Shilgat

BANYADIR
BANYULI
LYSANGRISCHER
ÄQUATOR
OZEAN
Langlava
Kelgarla
Sa'orq
km 0 500 1000 1500 2000 2500

GISBERT HAEFS

BARAKUDA TRILOGIE

GISBERT HAEFS

BARAKUDA TRILOGIE

Roman

Weltbild

Grundlage der vorliegenden Ausgabe ist die gründlich bearbeitete dreibändige Neuausgabe der ursprünglich vierbändigen, bei Goldmann SF 1986 erschienenen, Barakuda-Serie (»Die Waffenschmuggler von Shilgat«, »Die Mördermütter von Pasdan«, »Die Freihändler von Cadhras«, »Die Gipfel von Banyadir«). Die vorliegende Neuausgabe in einem Band wurde vom Autor durchgesehen.

Genehmigte Lizenzausgabe für
Verlagsgruppe Weltbild GmbH, Augsburg

Umschlaggestaltung: DYADEsign, Düsseldorf
Umschlagmotiv: ZEFA Visual Media, Düsseldorf
und Thomas Schlück GmbH, Garbsen
Gesamtherstellung: Clausen & Bosse, Leck
Printed in Germany
ISBN 3-8289-0617-6

2004 2003 2002 2001
Die letzte Jahreszahl gibt
die aktuelle Lizenzausgabe an.

Aus: Randwelten und Protektorate
Pym Bazhoglu (Atenoa, 442)

»... Die Landmassen des Nord- und Südkontinents sind am Äquator durch einen schmalen Isthmus verbunden. Auf beiden Kontinenten (sowie kleineren, eher unbedeutenden Inseln der Ozeane) leben die humanoiden Shil (=›Menschen‹) als Nomaden bzw. in bizarren Stadtstaaten, die etwa dem irdischen Mittelalter entsprechen. Es ist ungeklärt, ob sie tatsächlich vor Jahrtausenden freiwillig eine technische Zivilisation aufgegeben haben...

Bald nach der Entdeckung durch eine kartographische Expedition AD 2238 ging infolge des Zusammenbruchs der Erde der Kontakt verloren. Während der Wirren Jahrhunderte siedelten sich fünf Gruppen von Flüchtlingen auf Shilgat an. Zwei taten dies friedlich und bereicherten Fauna und Flora durch mitgebrachte Arten (Weide, Kudu, Axolotl, Kamel, Sauerampfer, Kaffee, Pferd etc.); sie vermischten sich mit den Shil und sind weitestgehend in der Urbevölkerung auf- bzw. untergegangen. Die drei übrigen Gruppen brachten Waffen und hermetische Weltanschauungen mit; sie siedelten und expandierten mittels Landnahme und Völkermord.

Nach der offiziellen Wiederentdeckung handelten die Shil mit dem Commonwealth der Menschheit das Shilgat-Abkommen aus (AD 2683/CT 198), durch das der Planet insgesamt zum Protektorat wurde. Aufgabe des in Cadhras, Isthmus, eingerichteten Gouvernements ist es, die Sektierer von Pasdan (Matriarchat, ›Heilige Mütter‹), Gashiri (Landkommunen, ›Anarchovegetarier‹) und Banyadir (Theokratie, ›Mathematische Mönche‹) an weiterer Ausbreitung zu hindern und die Shil vor jeder äußeren Beeinflussung (z. B. Technologietransfer, Missionierung) zu schützen...

Das Autonome Territorium des Isthmus verfügt über eigene Legislative, Exekutive und Jurisdiktion, unabhängig von den Einrichtungen des Gouvernements. Die antike Shil-Gründung Cadhras liegt dort, wo die alte Handelsroute vom Nordkontinent mit den beiden aus Südo-

sten (Langlava, Sa'orq, Kelgarla) und Südwesten (Losabu-Delta, Zheziri, Golgit) zusammentrifft. Zwei kleine Flüsse aus dem Zentrum des Isthmus, Sogga (Shil-Name Suqa) und Ylagas, münden hier wenige hundert Meter voneinander entfernt ins Binnenmeer; im Schwemmland östlich der von ihnen durchbrochenen Küstenhügel liegen die Marktgärten von Cadhras. Nördlich des Ylagas, auf den Hügeln, befindet sich das Palais der Gouverneure. Im Stadtkern zwischen den Flüssen liegen Konservenfabriken, die Gebäude der Territorialen Administration und Wohn- bzw. Geschäftsviertel; südlich des Sogga weitere Wohn- und Werkgebiete, die zum Fischerviertel um den alten Hafen abfallen. Südlich der langen, nach Westen vorspringenden Bucht mit Hotels und Sandstränden liegt der einzige Raumhafen des Planeten; Landungen andernorts sind illegal (Satellitenkontrolle). Im Raumhafenkomplex sind die meisten Sekretariate des Gouvernements untergebracht; die kleine Garnison von Cadhras (Gebäude südlich des Raumhafens; dort auch der Fusionsmeiler, der den Isthmus mit Strom versorgt) besitzt nur wenige Gleiter. Mit Ausnahme der wichtigsten Gouvernements-Einrichtungen gilt die Techniksperre auch für den Isthmus…«

Erster Teil

PASDAN

I.

Kurz vor sechs weckte ihn ein Vogelschrei. Irgendwie wußte Dante Barakuda, daß es ein lausiger Tag würde. Er rollte sich aus dem Bett. Durch dicke Luft watete er zum offenen Fenster. Das Thermometer zeigte 41° – beinahe kühler Morgen vor einem weiteren schwülen Tag. Die gestrige Kleidung, am Fenster über eine Stuhllehne gehängt, war voll von Möwenkot.

Der Vogel – oder ein anderer – hockte neben einem verwitterten Dämonenkopf aus Eisenholz auf dem First der Fischbörse: ein steiles Kupferdach auf vier Holzsäulen am Kai. Die Möwe starrte zu Barakuda hinüber. Etwas in der Körperhaltung schien Triumph und Schadenfreude auszudrücken. Barakuda grunzte und zeigte dem Vogel die Zunge.

Der Himmel war graugelb, Dunst brütete über der Stadt und dem Binnenmeer. Der Hafen belebte sich. Ein Teil der Küstenfischerei endete im Herbst, wenn bestimmte Fischsorten ins offene Meer zogen. Da die Mittagsglut alles lähmte, nutzten die Fischer den relativ erträglichen Morgen für erste Reparaturen. Das rechteckige Becken war voller Boote, die Frauen und Männer der Schiffe nagelten, sägten, flickten, schleppten Netze hin und her. Quietschende Winden wurden getestet. Es stank nach Salz, See, faulem Tang, altem Fisch, Abfällen, nassen Tüchern und nassem Metall, dazu kamen Schweiß und der Geruch von heißem Pech aus einem Reparaturschuppen am Südende des Beckens. Das

Feuer unter den Blechtonnen mehrte den Dunst durch Rauch und die Gerüche durch den Duft brennender Nadelhölzer.

Nach dem Duschen hockte Barakuda sich mit einem Becher Kaffee und der Frühstückszigarette auf die Fensterbank. In einem Versuch, inwendig wach zu werden, zählte er die Masten im Hafen, aber dann stellten seine Augen sich auf den Hintergrund ein: die graugrüne Fläche der See, glatt wie ein Öltuch, und Dunst, in dem reglos einige Yachten und kleinere Segler zu schweben schienen. Er verlor sich in der Magie des Meeres, bis ihn ein zappelnder Farbfleck irritierte. Auf der Quadermauer zwischen Hafenbecken und See turnte einer der grellrosa gekleideten Akrobaten, die tagsüber auf der Esplanade die Touristen aus den Luxushotels unterhielten. Jetzt lief er auf den Händen: vermutlich eine Art Morgengymnastik.

Das Haus am Hafen gehörte einem alten Shil, Segelmacher, der im Parterre seine Werkstatt betrieb und dahinter mit seiner Frau wohnte. In der letzten Zeit hielt er sich allerdings mehr im Garten auf, der zum Stadtzentrum hin anstieg. Die vier Apartments der Etage hatte die Rote Yolande gemietet, Herrin und Herrscherin im *Meeresleuchten* nebenan. Die Miete für drei der Wohnungen behielt sie vom Lohn der jungen Frauen ein, die in ihrer Taverne arbeiteten: Pa'aira, Rugazh und Begheli. Für sein Apartment zahlte Barakuda fünf Drachmen pro Tag. Er hätte Anspruch auf einen der Bungalows gehabt, in denen Gouvernement und Territorium ihre leitenden Leute unterbrachten. Dem Blick auf Stadt, Raumhafen und Meer von den Hügeln südlich von Cadhras zog er jedoch das Leben am Hafen vor.

Er schnippte die Zigarette über das Arkadendach auf den Kai, trank den Kaffee aus und zog sich an. Zu früh, um an die Arbeit zu gehen, aber er hoffte, einigen Papierkrieg erledigen zu können, ehe der Tag über ihm zusammenschlug.

Als er seine Wohnungstür ins Schloß zog und die Schlüssel einsteckte, öffnete sich die Tür eines der hinteren Apartments. Pa'aira, sehr verschlafen, ließ einen buntgewandeten Touristen hinaus. Der Mann nickte zum Abschied, murmelte etwas, sah Barakuda, senkte den Kopf und eilte treppab.

Dante grinste matt. »Umsatz oder Freizeit?«

Pa'aira zuckte mit den Schultern. »Ich hatte gehofft, es wär auch Vergnügen, aber... « Sie gähnte, blinzelte und schloß die Tür.

Auf dem Marsch durch die langsam erwachende Südstadt bedachte Barakuda seine Tagesordnung, die er für eine Unordnung hielt. Die Probleme ließen sich nicht verdrängen, da er ihnen dauernd unmittelbar begegnete; sie ließen sich, obwohl es einfache Möglichkeiten gäbe, auch nicht lösen, da das Shilgat-Abkommen und die Statuten des Protektorats bestimmte Dinge ausschlossen. Dante Barakuda haßte Probleme, die er mit gebundenen Händen anzugehen hatte. Er war 39 Standardjahre* alt, Major der Commonwealth-Abwehr und seit fast fünf Jahren im Sonderdienst als Sekretär für die Sicherheit des Protektorats. Während er, schon wieder verschwitzt, durch den klebrigen Morgen ging, vorbei an halboffenen Läden und leblosen Wohnhäusern, geschlossenen Lokalen und rumorenden Stallungen, dachte er an andere lausige Tage. Tage der Kindheit im Waisenhaus von Corvina auf Kolchis, dem vierten Planeten der roten Sonne Myrna; Tage im Internat von Tyrgonai, Kolchis (vor allem die Tage vor den Ferien, wenn die anderen Jungen und Mädchen mit ihrem reichen Taschengeld klimperten und auf die Heimfahrten zu ihren Familien warteten); die harten Tage der Grundausbildung bei der Flotte; die Tage beim Risikokommando der Abwehr; die Tage auf Tartagal, wo er beim Einsatz gegen eine brutale Diktatur, im Kampf von Haus zu Haus, verwundet wurde und fast gestorben wäre; Orden, Beförderung zum *kapitán* und Versetzung zum Raumhafendienst nach Atenoa; den dunkelsten aller Tage, als die eine Frau, mit der er leben wollte, von einem defekten Lastengleiter zerquetscht wurde und er sich in die Einöde versetzen ließ, nach Shilgat, an den Rand des Commonwealth, an die Grenze zum galaktischen Niemandsland. Und zum x-ten Mal überlegte er, ob er sich wieder ins Zentrum versetzen lassen sollte, zurück in die Zivilisation.

---

* Jahr: die Umlaufzeit der Commonwealth-Hauptwelt Gaia um ihre Sonne 324 Tage (12 Monate zu 27 Tagen zu 25 Normstunden zu 100 Minuten zu 100 Sekunden). Der 1. Januar 2501 AD fiel auf Gaia mit dem Mittsommertag der Region um die Metropole Atenoa/NeuAthen zusammen und wurde zum 1. Januar des Jahres 1 CT (Commonwealth-Zeit) erklärt. Die bedeutungslose Heimatwelt Erde behielt ihre alte Rechnung bei.

Das Shilgat-Jahr (388 Tage zu 23 Normstunden; 4 Jahreszeiten) entspricht der halben Umlaufzeit um die Sonne Shalga. Die planetare Achse steht fast senkrecht zur Ekliptik; gemäß der elliptischen Umlaufbahn sind Sommer und Winter die sonnennächsten bzw. sonnenfernsten Bahnphasen.

Kurz vor sieben erreichte er die runde Plaza Atenoa vor dem Raumhafenkomplex. Die ersten Leute der Morgenschicht trafen ein – zu Fuß, zu Pferd, einige mit Rädern, zwei mit Rikschas. Barakuda wechselte ein paar Worte mit den Leuten der Nachtschicht, keine besonderen Vorkommnisse. Aus der Halle warf er einen Blick durchs Panzerglas auf das Landefeld: sieben Frachter, die sechs Beiboote der drei Luxusliner, die im Orbit warteten, ein knappes Dutzend Privatyachten, am Südrand des Geländes die kleine Korvette, einziges raumtüchtiges Vehikel der Garnison. Eine Zollinspektorin nickte ihm müde zu. Im Eingang zur Zentrale des Großrechners, Herz und Hirn aller Technik auf Shilgat, flirtete eine junge Operatorin mit einem barfüßigen, muskulösen Lastträger, der an der Vorderseite seines Lederschurzes zupfte, wie um etwas zu demonstrieren. An seiner rechten Hand glitzerte ein Ring mit grünem Stein.

In der Kantine belud Barakuda ein Tablett mit Sampasaft, Kaffee und belegten Broten, dann ging er zum abgesperrten Militärteil des Tower. Er setzte das Tablett ab, steckte den kantigen Impulsstift ins Schloß des Schotts, preßte die Rechte auf das Tastfeld und schaute in den Spion. Der Rechner identifizierte Impulse, Hautstruktur und Retina und ließ das Schott zurückgleiten.

Hinter den Kontrollen lag Hauptmann Mirza Cebrian in seinem Sessel, die Beine auf dem Ablagetisch, einen Becher Kaffee auf der Brust. Als Barakuda das Tablett auf seinem überladenen Schreibtisch deponiert hatte und in den Kontrollraum zurückkehrte, waren Cebrians Augen immer noch geschlossen.

»Na, *kapitán,* alles Mist, wie üblich?«

»Aber gequirlt! Und bei Ihnen?« Mit geschlossenen Augen trank Cebrian einen Schluck Kaffee, ohne seine Lage zu verändern.

»Alles ganz entzückend. Aber mir ist was gegen die Touristen eingefallen.«

Cebrian öffnete ein Auge. »Diese Hektik so früh am Tag, Chef. Und?«

»Eine Rettungsübung. Dann habt ihr mal was zu tun.«

Die Stadt quoll über von Touristen, die zu den im Orbit wartenden Luxuslinern wollten, deren Kapitäne wegen der Verspätung zeterten. Aber noch fehlten fast zweitausend Urlauber, die irgendwo zwischen der Ferieninsel Huasiringa und Cadhras an Bord von Segelschiffen in der Flaute dümpelten. Die einzigen motorisierten Vehikel auf Shilgat waren ein paar kleine Schnellboote und die Gleiter der Garnison, die nicht touristisch verwendet werden durften.

Cebrians dünner schwarzer Schnurrbart hob sich, die weißen Zähne blitzten. »Ah, Chef, wie nett. Die Garnison wird dankbar sein, ewiglich, fürwahr.« Der linke Arm des *kapitán* machte eine matte Bewegung; der Zeigefinger deutete auf den Schreibtisch des abwesenden Garnisonskommandeurs.

Barakuda ignorierte die Geste. »Ihre Exzellenz müßte natürlich zustimmen. Aber die Gouverneurin steht früh auf.« Er blickte zur Uhr über dem Eingang – 7:21. »Geben Sie ihr noch neunundzwanzig Minuten. Ab halb acht kann man da anrufen.«

Cebrian schloß das Auge wieder, der Arm wies immer noch auf Maqaris Tisch.

Barakuda ging hin und sah den Zettel, der auf einem Stapel anderer Papiere lag. *6:85 Anruf Palais, evtl. Rettungsübung wg. Touristen?*

»Sie steht *sehr* früh auf.« Cebrian gähnte, stellte den Becher ab und setzte sich aufrecht. Jetzt waren beide Augen offen. »Wenn zwei sich was denken, freut sich der dritte.«

Barakuda verschränkte die Arme. Plötzlich fröstelte ihn in dem dünnen kurzärmeligen Khakihemd. Die Klimaanlage kühlte den Kontrollraum auf fast 20° herunter. »Wann kommt der Major?«

Cebrian hob die Schultern. »Auch *tribún* Maqari steht wahnsinnig früh auf. Müßte gleich hier sein. Dabei hat er so eine nette Frau.«

»Wird wohl die Gewöhnung sein. Bis nachher.«

Barakuda schloß die Tür seines Büros und öffnete das Fenster. Mit zwiespältiger Befriedigung sah er den Temperaturanzeiger auf 43° steigen, schloß das Fenster wieder und stellte die Anlage auf 28° ein.

Die nächste Stunde verbrachte er am Tisch und an seinem Terminal. In den letzten Tagen war vieles liegengeblieben. Seine Assistentin Lyle Nogura, Zivilbeamte der Abwehr, litt an Herbstfieber und hütete das Bett; er selbst hatte sich nur stundenweise im Tower aufhalten können und viel Zeit im Serai* und im Hinterland verbringen müssen, auf der Suche nach Informationen. Nun aktivierte er die Spezialgeräte, identifizierte sich erneut mittels Impulsgeber, Haut- und Retinacheck, beseitigte durch Eingabe des komplizierten Tagescodes eine weitere Sperre und ließ die aufgelaufenen Daten ausdrucken: Funkmeldungen von einigen der zweihundert Agenten überall auf Shilgat, Anweisungen und Mitteilungen aus Atenoa, für die Abwehr interessantes statistisches Material aus dem »freien« Datenwust der Administration.

Während sich der Korb unter dem Drucker mit Papier füllte, schlurfte Barakuda seinen Kaffee, aß die Brote und ließ sich die letzten Satellitenbilder, Wetterdaten, Schiffspositionen und andere örtliche Dinge auf den Schirm überspielen. Einen der Segler mit Touristen von Huasiringa hatte die Flaute etwa auf halber Strecke zwischen Cadhras und der Schulinsel Corilia überrascht; vor zwei Tagen war eines der Schnellboote ausgelaufen, um das Schiff abzuschleppen. Der Verband würde am Nachmittag Cadhras erreichen.

Er seufzte, als er den viel zu dicken Stapel aus dem Korb des Druckers nahm. Dann seufzte er noch einmal: Das oberste Blatt kündigte für den Abend die Landung des Kurierboots vom Hauptquartier des Raumsektors an, mit dem Inspektor der Randwelten und Protektorate.

»Viel zu früh«, murmelte Barakuda. »Ausgerechnet jetzt.« Er überflog die Meldungen der Agenten. Sie alle mußten ausgewertet und archiviert werden, nur eine war dringend: Ein Agent aus Gashiri hatte knapp »Syndrom« gemeldet, gefolgt von einer Zifferngruppe. Barakuda entschlüsselte sie und blickte auf den Kalender. Der Agent würde in drei Tagen einen der für solche Fälle festgelegten Abholpunkte im südöstlichen Bergland von Gashiri erreichen. Nach zwei oder drei Jahren im hermetischen Reich der Anarchovegetarier zerbrach bei fast allen Agenten etwas unter dem Druck des distanzierten Beobachtens bei gleichzeitiger perfekter Anpassung. Individuell verschieden waren lediglich

* Das Karawan-Serai am Sogga-Ufer oberhalb von Cadhras, wo sich die alten Handelsrouten zwischen Nord- und Südkontinent gabeln. Durch einen Zufall klingt der Shilgu-Begriff qurba n'sharay, »Ware-Fernweg-Rast«, fast mit dem galakteinischen karvan serai zusammen.

Zeitpunkt und Art des Kollapses unter der Bruchbelastung. Ein Agent mochte Gier nach Fleisch verspüren und beim heimlichen Verzehr feststellen, daß der Körper die Aufnahme der Nahrung verweigerte; ein anderer empfand möglicherweise bis zur Schlaflosigkeit intensive Schuldgefühle aufgrund »antikommuner Absenz«, wenn seine Kundschaftertätigkeit ihn zu Alleingängen zwang. Barakuda ließ Bild und Namen des Agenten ausdrucken und schrieb Ort und Zeit des Abholens an den Rand.

Kurz nach acht begann der Tagesbetrieb mit Visifonanrufen, Anfragen, Meldungen. Trotzdem gelang es Barakuda, bis zur ersten Konferenz die wichtigsten Papierstapel zu sichten und neu zu sortieren. Zuletzt zeichnete er den vom Großrechner durchgeführten Routinecheck ab – keine der in den letzten Tagen auf Shilgat gelandeten Personen wurde im Commonwealth gesucht – und ließ die neuesten Daten der Raum- und Seeschiffsbewegungen sowie der Karawanen ausdrucken. Diese Liste und das Blatt mit den Daten des Agenten in Gashiri verschloß er in seinem Schreibtisch. Als er das Büro verließ, war seine Stimmung nicht schlecht.

Die Laune hielt bis nach dem Treffen mit Major Maqari – die Rettungsübung war eingeleitet – und verflüchtigte sich während der Arbeitssitzung, die der feiste Raumhafenchef Ildo Aguilar einberufen hatte. Es ging um verbesserte Sicherheitskontrollen, schnellere Frachtabfertigung, die Ausstattung der Warteräume mit Unterhaltungsgeräten und Schlafsitzen – lauter Themen, die für die Sicherheitsabteilung nur bedingt interessant waren, an deren Beratung er aber teilzunehmen hatte. Wie immer, wenn Dante nervös oder gereizt war, strich er mit den Fingerkuppen die Narbe entlang, die vom linken Augen- zum linken Mundwinkel lief. Sein Gesicht und diese Geste mußten ihn wohl verraten haben. Der Raumhafenchef machte irgendwann eine anzügliche Bemerkung über »trotz allem wichtige Belange«, und die Erste Operatorin des Großrechners, Leontia Vilgram, wie Dante und Aguilar *ex-officio*-Mitglied des Krisenrats*,

---

* Notstandsausschuß unter Leitung des jeweiligen Gouverneurs. Ihm gehören Vertreter von Gouvernement (Erster Operator, Sekretär für Sicherheit, Leiter des Raumhafens, Garnisonskommandeur) und Territorium (Oberster Richter, Obmann des Parlaments, Präfekt der Gendarmerie) an.

blinzelte ihn spöttisch an. Punkt 11:50, Mittag, endete die Besprechung damit, daß Aguilar in die Hände klatschte.

»So. Und nun zu den angenehmen Dingen des Lebens.«

Barakuda ächzte lautlos. Wie sein Stellvertreter Felix Irgul war Aguilar den Ersprießlichkeiten übermäßig zugetan, vor allem gutem Essen und Trinken. Hin und wieder wurde gesagt, Aguilar habe seinen Bungalow unterkellern lassen und halte sich dort, je nach Jahreszeit und Windrichtung, exotische Lustknaben, Sklavinnen oder entführte Meisterköche.

»Natürlich sind Sie alle meine lieben Gäste.« Aguilars Gesicht glomm vor Wonne und Mildherzigkeit, dann zwinkerte er. »Das Budget des Raumhafens gibt sich die Ehre.« Barakuda aß ein paar Anstandshappen. Um 11:80 verließ er den Raum. Auf der Plaza Atenoa fand er einen stämmigen Mischling, der eine Rikscha mit Solarbatterie betrieb. Dante ließ sich zum zwei Kilometer entfernten Bungalowhügel bringen und bestellte den Mann für 13 Uhr zum Serai.

Während er darauf wartete, daß Lyle Nogura die Tür ihres Bungalows öffnete, blickte er über die gelben Blüten des süßlich duftenden Cinnamongo-Strauchs nach Westen. Eben landete ein kleiner Kugelraumer. Auf der Reede löste sich das Schnellboot vom geschleppten Luxussegler, Barkassen wurden ausgeschwenkt, und vom Hafen näherten sich die ersten Leichter. Ein dreimastiger Schnellsegler, wie das Matriarchat von Pasdan sie baute, glitt ohne Tuch in den alten Hafen. Irgendwo zwischen den Bungalows erklang der melancholische Gesang eines Zito-Männchens, und auf dem höchsten Punkt von Kap Qadhira wehte an einer Stange etwas, das eine ausgefranste Unterhose sein mochte.

Endlich ging die Tür auf. Lyle Nogura trug einen blassen Hausmantel; sie sah elend aus.

»Chef! Was machen Sie denn hier? Krankenbesuch?«

»Das auch. Außerdem gibt es Probleme.«

Nogura deutete auf den Wohnraum, schloß die Tür und folgte ihm zur Sitzgruppe. »Wie heißt die spezielle Katastrophe? Wollen Sie was trinken?«

»Nein, danke. Das Kurierboot kommt heute abend. Ich bin ein paar Tage weg.«

Sie nickte, ohne eine Miene zu verziehen. »Ist gut. Zwei, drei

Stunden am Tag werd ich schon schaffen. Irgendwas Besonderes?«

»Eigentlich nicht. Eine Stunde pro Tag wird reichen, bis Sie wieder in Ordnung sind. Für den Rest leiht uns Maqari einen seiner Leutnants.«

Die Nachhut der großen Nordkarawane vom Vortag war endlich eingetroffen. Viele Pferde, ein paar Kamele und zahllose P'aodhus grasten auf den Koppeln am Sogga-Hang. Dante war ausnahmsweise dankbar für die Windstille: neben Wolle, Leder und Milch lieferten die Pack- und Zugtiere* auch einen sehr intensiven Geruch. Der alte Händler, mit dem Barakuda sprechen wollte, saß auf der Arkadenterrasse über dem Sogga-Ufer und trank heißen Gewürztee. Im Schatten war es beinahe kühl; das für Cadhrassi angebrachte Thermometer zeigte 44°.

Das Gespräch war angenehm, aber eine Enttäuschung. Wie andere Händler konnte auch der ehrenwerte Hariyal nichts zur Lösung des wichtigsten Problems beitragen.

»Wir wissen nicht, wo die Pelze bleiben, Wächter von Cadhras.« Das gefurchte Gesicht des Shil drückte eine Art listigen Kummer aus. Die feinen, kräftigen Hände lagen verschränkt im Schoß, auf den Falten des weißen Umhangs. »Unser Weg beginnt in der Steppe nördlich der Sintul-Berge. Bei den Dorfbewohnern und den wandernden Stämmen tauschen wir Dinge ein. Von dort ziehen wir ostwärts zum großen Banyuli, dann hierher nach Süden. Am Ufer des Banyuli hält sich der weitgereiste Saravyi auf. Er weiß nichts hierüber.« Hariyal grinste plötzlich, die Furchen bildeten ein neues Muster. »Er sagt: ›Wo die Felle der Eistiere wachsen, gefriert eines alten Mannes Gesäß. Was soll ich da?‹ Und vorher, am Fluß der Bärenberge, habe ich mit dem Vater der Stämme gesprochen. Fürst Gortahork weiß nicht mehr, als die Gerüchte sagen – die du kennst.«

---

* Zoologen aus dem Commonwealth halten das »Multifunktions-Rind« für eine uralte Züchtung. Vor Einführung und Ausbreitung von Pferd und Kamel scheint es auch schlankere Renn-P'aodhus gegeben zu haben; in den Steppen des Nordkontinents sollen noch verwilderte Herden existieren. Die auf besonders widerwärtige Leute angewandte Rede, »er/sie benimmt sich wie ein Renn-P'aodhu«, deutet auf gewisse, nicht näher bekannte Probleme beim Umgang mit diesen Tieren hin, deren weitere Züchtung und Nutzung vielleicht auch deswegen aufgegeben wurde.

Barakuda hob die Schale mit Eis und verdünntem Sampawein. Über den Rand des Gefäßes blickte er Hariyal an, mit schmalen Augen. »Die Gerüchte? Daß gesetzlose Shil aus allen Ländern, zusammen mit Mischlingen und finsteren Cadhrassi, eine Bande von Wegelagerern und Räubern im Norden bilden? Unter Führung eines Cadhrassi, den man Schwarzbart nennt oder Würger des Nordens?«

Hariyal nickte. »Oder Großer-Töter. Mehr weiß ich nicht. Von da, wo unser Zug beginnt, bis dorthin, wo die Eistiere leben und die Räuber, ist es weiter als von Biyang bis hierher. Warum bestimmte Waren kommen und andere nicht?« Er breitete die Arme aus.

»Also – auch Gortahork weiß nicht mehr?«

Hariyal sah ihm ruhig in die Augen. »Nicht mehr als das. Aber er sendet Grüße. Und die unvergleichliche Mutter der Stämme, Tremughati, die Fürstin des Nordens, sendet ihrem Bruder in Cadhras ein Lächeln. Das zu überbringen mein altes Gesicht unzulänglich ist.« Er zog eine Grimasse.

Um 13:50 begann die nächste Konferenz in einem der Beratungsräume des Tower. Auf der Rückfahrt vom Serai schlug sich Barakuda mit drei Fragen herum, zwischen denen er eine Verbindung ahnte oder befürchtete. Der Handel mit Exotika machte in guten Jahren über vierzig Prozent des Exports aus, das Gouvernement finanzierte sich ausschließlich durch einen zehnprozentigen Ex-/Importzoll. Das Fehlen von Pelzen, Edelsteinen, Schnitzereien, Teppichen und anderen Objekten aus dem hohen Norden traf also nicht nur die Frachtagenten und Handelshäuser.

Dann dachte er an die Morgenbegegnung mit Pa'aira. Und an Begheli, die das andere Apartment an der Hafenseite bewohnte und mit der ihn, wenn nicht gerade beide anderweitig engagiert waren, eine Ab-und-An-Liebschaft verband, die sie spöttisch »nächtliche Solidarität« nannte. Pa'aira und Begheli arbeiteten im *Meeresleuchten*, seit sie von der »Vergnügungsflotte« zurückgekommen waren, einem treibenden Komplex aus Kasinos, Hotels und Bordellen auf dem Binnenmeer. Ein dunkelbärtiger Hüne aus dem Commonwealth hatte dieses und andere Geschäfte betrieben – Drogen, Mädchenhandel, Raub, Erpressung, Falschmünzerei. Die Behörden in Cadhras wußten Bescheid, kannten die wichtigsten Mitarbeiter von Eftalmi Nobrega, aber niemand konnte etwas unternehmen. Es gab keine Beweise. Nobrega balancierte am Rand des rechtsfreien Raums – die hohe See lag außerhalb von Protektorat und Shil-Ländern. Eine von Gendarmerie und Sicherheit gebildete Sonderkommission griff immer wieder ins Leere. Bis die Agentin Pa'aira sich freiwillig für die Vergnügungsflotte »anwerben« ließ. Sie brachte Begheli mit zurück und alle notwendigen Informationen, dann quittierte sie den Dienst.

Die dritte Frage galt dem alten Mann, von dem Hariyal gesprochen hatte. Saravyi war eine wandernde Legende, Odysseus von Shilgat. Die eher zynischen als pathetischen Shil verehrten ihn. Barakuda war ihm nie begegnet. Von den hochrangigen Cadhrassi kannte nur der Präfekt der Gendarmerie den alten Shil, aber viel Erhellendes konnte Vito Ataratz nicht sagen.

Ataratz eröffnete die Konferenz informell, man hatte längst mit allgemeinem Gerede begonnen, als Barakuda im Tower eintraf. Der Präfekt nickte ihm zu und räusperte sich.

»Na, haben Sie im Serai noch was rausgekriegt?«

Barakuda klopfte zur Begrüßung auf den Tisch, setzte sich und goß sich Kaffee ein.

»Kaum. Nur die Bestätigung der Dinge, die wir längst wissen.«

»Mit wem haben Sie gesprochen?«

»Hariyal. Der alte Händler aus Biyang.«

Ataratz strich sein eisgraues Haar. »Wenn *der* nichts weiß... «

Barakuda grinste ihn an, dann die beiden Vertreter der Wirtschaft, einen Frachtagenten und den Direktor eine Handelsniederlassung. »Da das so ist, können wir uns wohl vertagen, oder?«

Der Frachtagent hob eine Braue. »Sie belieben zu scherzen, wie?«

Die Sekretärin der Finanzen zwinkerte Barakuda zu, sagte aber nichts; ebenso die junge Shil, die von den Heilern und Häuptern der Isthmus-Stämme entsandt worden war. Neben ihr hüstelte der Assistent der Obersten Richterin auf seine Fingerspitzen, die er nicht ganz in Mundhöhe hielt.

»Fürwahr. Als einer der beiden Vertreter des Autonomen Territoriums in dieser Runde« – er warf Ataratz einen Blick zu – »muß ich darauf bestehen, daß ... «

Barakuda unterbrach ihn. »Geschenkt, edler Herr. Trifft uns alle, und alle wissen es.«

Der junge Mann spitzte den Mund. »Ich muß darauf bestehen, relevante Erwägungen vortragen zu können.«

Dante seufzte. »Wiederkäuen, meinen Sie.«

»Und zwar geht es darum, daß die Finanzlage nicht nur unserer Wirtschaftsunternehmen, sondern auch der beiden Gebietskörperschaften Anlaß zu Besorgnis bietet, zumal da dem Ausbleiben jener Objekte, die zum Entstehen besteuerbarer Einkünfte ebenso wichtig sind wie zur Erzeugung einer abgabeerheblichen Zollmasse, seitens der befaßten Behörden und privatwirtschaftlichen Organisationen beziehungsweise Individuen« – er holte Luft und zog mit der rechten Hand am linken Mittelfinger; es knackte – »nur sehr begrenzte Einwirkungsmöglichkeiten gegenüberstehen, soweit diese in der augenblicklichen Situation und hinsichtlich des mutmaßlichen geographischen Ursprungs der Probleme überhaupt durch Commonwealth-Recht und Protektoratsstatut sowie Shilgat-Abkommen sanktioniert, besser gesagt: sanktionierbar sind. Ich möchte insbesondere... «

Ataratz begann leise zu lachen, der Assistent unterbrach sich und musterte den Präfekten. Sein Gesicht zeigte eine Mischung aus Entrüstung und Zweifel.

Barakuda beugte sich vor und warf einen Blick auf das Blatt mit den Einzelheiten der Tagesordnung, um den Namen des Mannes herauszufinden.

»Hören Sie, Gyrster – pardon: *dom* Gyrster. Das haben Sie ganz prima auswendig gelernt. Es hilft uns aber nicht weiter. In diesem Kreis ist keiner, der nicht all das wüßte, was Sie gesagt haben. Die Händler leben vom Handel, das Territorium erhebt zehn Prozent Steuer auf Einkünfte, das Gouvernement kassiert zehn Prozent Zoll. Und wir können nichts dagegen tun. Weder gegen die Abgaben noch gegen die Pelzverknappung. Ich schlage daher vor, daß wir uns wieder zusammensetzen, wenn einer von uns was Neues weiß.«

Shura Thorony, Barakudas ranggleiche Kollegin aus dem Sekretariat für Finanzen, hob die Hand. »Dafür. Ich weiß sowieso nicht, warum wir uns heute treffen mußten.«

Gyrster widersprach und verwickelte Thorony, den Frachtagenten Tolliver und den Geschäftsführer Bemot in ein bürokratesisch-legalistisches Gespräch, dessen roter Faden vermutlich in einem sinnlosen Knäuel enden würde. Ataratz hatte die Arme verschränkt und die Augen geschlossen, sein Gesicht zeigte unendliche Geduld, oder unendliche Langeweile. Barakuda betrachtete die junge Shil, die ihm gegenüber saß. Sie trug einen helloliven Leinenkaftan, Ton in Ton passend zu ihrer Haut. Ihr Gesicht war ausdruckslos, die dunklen Augen blickten auf einen Punkt irgendwo über Dantes Kopf. Hatten die Häupter und Heiler eine sehr junge Frau geschickt, um so ihre souveräne Geringschätzung des Problems auszudrücken, oder war sie wirklich gut?

Er nahm einen Stift und schrieb in Banyashil-Kalligraphie auf ein Blatt: *Wer ist Saravyi?* Dann schob er das Blatt über den Tisch.

Die Frau – Nqarati, den Sitzungspapieren zufolge – blickte ihn einen Moment ausdruckslos an. Sie griff zum Stift, schrieb etwas und gab ihm das Papier zurück.

Wissen – Wachsamkeit – Spott. Barakuda runzelte die Stirn.

»Sie sollten sich lieber zum Thema äußern, statt Briefchen zu schreiben.« Gyrster schob die Unterlippe vor. Da begriff Barakuda, daß der junge Mann Angst vor seiner Verantwortung in dieser hochrangigen Runde hatte.

»Es hatte durchaus mit dem Thema zu tun, Gyrster.« Barakuda bemühte sich um einen freundlichen Ton. »Aber ich kann nur wiederholen, was alle wissen und was oft genug gesagt worden ist. Es mag sein, daß im Norden böse Dinge passieren. Aber wir können da nichts tun. Ich habe einige der Agenten im Norden darauf angesetzt, etwas herauszukriegen. Die Fürsten der Banyashil versuchen es auch. Händler wie der alte Hariyal würden es lieber gestern als morgen wissen, weil sie genauso viel Geld verlieren wie wir. Aber wir können nicht hinfliegen und nachsehen und die Garnison einsetzen. Das ist Shil-Gebiet, und wir haben da nichts zu suchen, außer, die Heiler und Häupter bitten um Intervention.«

Ataratz legte einen Finger an die Nase. »Haben Sie eigentlich irgendwas über die Banditen rausgekriegt? Und ob die was damit zu tun haben könnten?«

»Nichts, was uns weiterhelfen würde. Aber... «

Eine Assistentin der Raumhafenleitung trat ein. »Bitte um Vergebung – Sekretär Barakuda wird dringend gebraucht.«

Barakuda nickte und stand auf »Entschuldigen Sie mich.«

Er kritzelte *Nobrega?* auf den Zettel und schob ihn Ataratz zu. »Ich melde mich – heute abend oder morgen früh.«

Auf dem Gang vor dem Konferenzraum wartete eine Shil, Sprecherin der Stauergilde; Barakuda kannte sie vom Hafen.

»Dringlichkeit welcher Sorte bringt dich von einem Hafen zum anderen, Schwester?« sagte Dante auf Banyashilgu.

Die Shil lächelte sehr knapp. »Tut mir leid, Sie rausholen zu müssen.« Dann wechselte sie vom Galakteinischen ebenfalls ins Shilgu. »Pasdan, o Wächter. Die Mütter gebären Widerliches. Komm bitte mit.«

Der dreimastige Rahsegler lag mitten im Hafenbecken. Von einer Verlängerung der Besangaffel hing die lila Flagge des Matriarchats mit dem goldenen Emblem, dem um ein oberes Kreuz ergänzten Zeichen für weiblich. Die senkrechten Balken beider Kreuze bildeten Dolche.

Auf dem Kai lag ein Mann in einer Blutlache. Der muskulöse Rücken war von Peitschennarben gestriemt; zwischen den Schulterblättern steckte ein Pfeil. Der Lederschurz war zerknittert und abgewetzt: ein Rudersklave – »Manntier« aus Pasdan. Das Geschoß einer Wehrhaften Jungfrau hatte seinen Fluchtversuch beendet. Als der Hafenmeister daraufhin die Ausfahrt mit der schweren Kette sperren ließ, hatte die Kriegerin sich einen Dolch in die Brust gestoßen.

»Und die anderen haben geklatscht, richtig stolz.« Die Sergeantin der Gendarmerie starrte zum Schiff hinüber, Gesicht und Stimme mühsam beherrscht. Neben den beiden schußbereiten Steuerbordkatapulten standen Wehrhafte Jungfrauen, Bogen in den Händen. Die Tote lag noch immer über der Bordwand. Ein Rinnsal verfärbte unter ihr die Hölzer.

Auf dem Kai drängten sich Augenzeugen und Schaulustige. Frauen und Männer der Gendarmerie hielten sie von der Hafenkante zurück. Vor dem *Meeresleuchten* stand die Rote Yolande, die aussah, als wolle sie sich übergeben. Hinter ihr, mit einem langen Messer, Lopes der Koch, Begheli war da, ebenso Rugazh und Koryna Delaware. Die junge Frau arbeitete seit einem halben Jahr im *Meeresleuchten,* sie war schnell, geschickt und sehr verschlossen. Neben ihr lehnte unter den Arkaden ein Mann mit seltsam fahlbrauner Haut.

Barakuda fing Beghelis Blick auf, das halbe Lächeln; er bahnte sich den Weg durchs Gedränge dorthin, wo der Hafenmeister mit einer Unterpräfektin der Gendarmerie stand.

»Wie ist es passiert?«

Der Hafenmeister fuhr herum. »Ah, Barakuda. Danke, daß Sie... Aber es ist vorbei, fürchte ich.«

»Sie haben alles unter Kontrolle?«

Die Gendarmin hob die Schultern. »Zuerst wollten ein paar Leute sich auf die Frauen stürzen. Aber das Schiff ist weit genug vom Kai. Und die Jungfrauen können mit ihren Waffen umgehen.«

Der Segler aus Pasdan hatte wie alle anderen Schiffe in der Flaute gelegen, vier Beiboote mit Rudersklaven und Aufseherinnen hatten ihn zur Küste und in den Hafen geschleppt. Die Ladung – Edelhölzer, Naturarzneien, Kosmetika, Ziergegenstände aus Holz und Metallen – stimmte mit den vor Wochen von einem anderen Schiff übergebenen Listen überein. Während Stauerinnen der Zünfte das Löschen übernahmen*, holte ein Assistent des Hafenmeisters die vorbereiteten Tauschwaren aus dem Depot: Werkzeuge aus dichterem Stahl, feuerfestes Glas, Spezialgefäße aus dem fast unzerstörbaren Pharlit-Porzellan. Als der Ladevorgang beendet war und die Gangway eingezogen wurde, nutzte der Rudersklave das Durcheinander, um aus der Barkasse zu springen und zum Kai zu schwimmen. Stauerinnen zogen ihn aus dem Wasser, konnten ihn aber nicht schnell genug abschirmen. Die Wehrhaften Jungfrauen waren diszipliniert und trafen sicher.

»Die Gendarmerie ist ja nur für das Territorium zuständig. Das da« – der Hafenmeister deutete mit dem Kinn auf den Segler und zog die Mundwinkel herab – »ist ein diplomatischer Zwischenfall. Anderes Wort für widerliche Sauerei.«

---

* Fremde »Manntiere« durften den heiligen Boden des Matriarchats nicht betreten; dazu gehörten auch die Schiffe. Die Jungfrauen und Mütter betraten ungern profanen Boden. Die eigenen Sklaven hätten im Gedränge fliehen können.

Barakuda zündete sich eine Zigarette an, gegen den üblen Geschmack, der in ihm aufstieg. Er spielte einen Moment mit dem Feuerzeug, ehe er es in die Brusttasche des durchgeschwitzten Khakihemds steckte.

»Ich brauche die Anforderungsliste – für die Sachen, die nach Pasdan gehen. Von den gelöschten Waren bitte Proben ans Zoll-Labor.«

Der Hafenmeister nickte. Barakuda wandte sich an die Gendarmin.

»Um es offiziell zu machen – können Sie mich von zwei Ihrer Leute zum Schiff rudern lassen? Ah, machen wir eine Demonstration draus. Eine Frau und ein Mann, bitte.«

Als sie längsseits gingen, schnippte Barakuda den Rest seiner Zigarette ins Wasser und stand auf. Kaum zwei Meter entfernt lag eine der Barkassen, besetzt mit stumpf blickenden Rudersklaven. Im Heck standen zwei Wehrhafte Jungfrauen, Peitsche und Degen griffbereit.

Er setzte den Fuß auf die unterste Sprosse der Leiter und begann zu steigen. Über seinem Kopf klirrte etwas metallisch, eine harte Stimme gab Befehle. Nun erst registrierte er die Spannung, die bleierne Stille im Hafen.

Die Kommandantin hatte die Daumen in den Waffengurt gehakt. Über der weißen knielangen Tunika trug sie ein mit Metallscheiben besetztes Lederwams, darüber einen rosa Schulterumhang, der sie als Zweitmutter auswies: Sie hatte sich zweimal dem »Ekel der Frucht« unterzogen, durfte ein Schiff oder, an Land, eine halbe Tausendschaft befehligen und eine Abteilung in Verwaltung oder Forschung leiten.

Bis auf nicht endgültig verstaute Warenkisten war das Deck musterhaft, festes und laufendes Gerät in bestem Zustand. Vier Wehrhafte Jungfrauen richteten die gespannten Bogen auf Barakuda; die übrigen blieben auf ihren Positionen an den Bordwänden. Die beiden Steuerbordkatapulte konnten jederzeit den Kai mit Glastrümmern und Metallsplittern bestreichen.

»Sie sind Barakuda.« Es war keine Frage, sondern eine Feststellung. Der Sekretär für Sicherheit flog in unregelmäßigen Abständen nach Pasdan, meistens, wenn es Probleme gab. Barakuda haßte diese Inspektionsflüge, da die Atmosphäre von Unterdrückung und hermetischer Weltanschauung ihn an seine Internatszeit erinnerte und Brechreiz auslöste.

Er antwortete nicht, deutete statt dessen auf die Katapulte. »Sie haben freies Geleit. Niemand wird Sie angreifen. Demontieren Sie das, bevor zufällig ein Unheil geschieht.«

Die Zweitmutter legte eine Hand an den Degengriff. »Sie schänden heiligen Boden. Sie beflecken uns mit penetrierenden Reden. Gehen Sie.«

Barakuda lächelte. Es war eher ein Zähnefletschen. Er blickte auf den Leichnam der Gardistin. »Wenn die Mörderin sich nicht getötet hätte, würde ich Ihr Schiff beschlagnahmen, Mutter. Sie hätten sie ja kaum ausgeliefert, nicht wahr? Dieses Schiff wird nie wieder einen Hafen des Protektorats anlaufen. Weder einen des Isthmus noch Shil-Häfen am Binnenmeer. Dafür sorge ich. Sie können auslaufen.«

»Gehen Sie – Tier.«

»Ich gehe von Bord, sobald die Katapulte uns nicht mehr bedrohen. Sie haben drei Stunden Zeit, um die Küstengewässer zu verlassen. Andernfalls lasse ich Ihr Schiff von Gleitern aufbringen.«

Eine leere Drohung, da alle Gleiter der Garnison seit dem Vormittag mit der »Rettungsübung« zur Bergung überfälliger Touristen beschäftigt waren. Aber das konnte die Kommandantin nicht wissen.

»Was wollen Sie?« sagte die Zweitmutter eisig. »Sie schlachten doch in Cadhras auch Tiere.«

»Die Katapulte, bitte.«

»Und wenn wir uns weigern?«

»Lasse ich Sie versenken.«

Die Terrasse des noblen *Vistamari* war überfüllt von Touristen, sie stanken nach Schweiß, Sonnenöl, teuren Parfums und Alkohol. In den anderen Hotels an der langen Bucht war es ähnlich, bis auf die Preisklasse der Parfums. Gäste und Personal waren gereizt, als hätte der stickige, windstille Herbst alles mit statischer Elektrizität aufgeladen. Kinder zankten zwischen den Sportbooten am Strand. Im öligen, lauen Wasser der Bucht lagen reglos einige kleine Segler. Auf der Esplanade vor dem Hotel stritten ein Rikschafahrer und ein Tourist um den Preis; der olivhäutige

Shil hatte die Arme verschränkt und grinste, während der Fahrgast die Ballonreifen mit Fäusten bearbeitete. Aus dem orangen Rostfarn des Parks hoben sich zwei Köpfe. Im Astwerk einer Gruppe Laokoonfeigen saß ein Junge, als ob er dort gesprossen sei; mit seiner Schleuder schoß er eine der pflaumengroßen, überreifen Früchte auf den Touristen ab. Als der Mann fluchend herumfuhr, verschwanden die beiden Köpfe wieder im Farn.

Barakuda trank seinen Importbrandy aus, legte anderthalb Drachmen neben die leere Kaffeetasse und stand auf. Langsam wanderte er durch den Park, dann über das freie Gelände zum Raumhafen, wo er die weggesperrten Papiere aus seinem Schreibtisch holte, und weiter zur Garnison. Unter einer Shilgat-Platane, zwischen Offiziersbungalows und den Quartieren der B-*centuria*, stand einer der schweren Gleiter. Die sinkende Sonne überzog alles mit einem Anflug von Rost. Doc Ameche, der hagere Garnisonsarzt, desaktivierte die schwebenden Medikrobots; mit einem Seufzen von verdrängter Luft sackten sie auf den Transportwagen. Aram Elorza, einer der »Banditen« des alten Sergeanten Bondak, schob das Gefährt zum Depot. Er zwinkerte Barakuda zu.

Bondak lehnte an der Platane und kaute auf einem Grashalm. Er und seine Leute – zwei *manipel,* je vier *suldaus* und ein *kapral* – waren schon lange zusammen, zuerst bei der legendären 114. Brigade der Marineinfanterie, nun seit sechs Jahren auf Shilgat. Ihre Zechtouren gehörten ebenso zur Folklore von Cadhras wie die sieben Einsätze, die sie teils allein, teils mit anderen unter Barakudas Kommando absolviert hatten: die Erstürmung von Nobregas bewaffneter Vergnügungsflotte, drei blutige Scharmützel mit Wehrhaften Jungfrauen bei Übergriffen auf Shil-Gebiete, eine Auseinandersetzung mit Gardetruppen der Mönche von Banyadir, die nördlich des Banyuli zwei Karawanen überfallen hatten, eine Aktion gegen die Piraten des Lysangrischen Ozeans, die gelegentlich Feriensiedlungen an der Ostküste des Isthmus plünderten und Gäste entführten, ein bitteres Gefecht an der Südostgrenze von Gashiri, wo die Anarchovegetarier ein fruchtbares Hochplateau annektiert hatten.

»Schon fertig, *sirján?*« Barakuda deutete auf den Gleiter. Emlyn Skudder und Korporal Vanzuid hievten eine Verbandskiste aus dem Staudeck. René Nardini und Narciso Ping halfen einem

Techniker, der am Antigravaggregat herumfummelte, indem sie schäbige Kommentare abgaben.

»Den Rest macht die Korvette, Chef. Die andern sollen auch mal was tun. Außerdem stottert da irgendwas.« Bondak schob den Grashalm in den anderen Mundwinkel. »Und Sie hatten ein bißchen Zerstreuung am Hafen? Hab ich gehört.«

»Unsere besten Freundinnen, ja.« Barakuda zog die zusammengerollten Papiere aus der Brusttasche und reichte dem Sergeanten ein Blatt. »Was Nettes für Sie.«

Bondak nahm den Zettel mit den Daten des Agenten aus Gashiri entgegen, las und grunzte leise. »Ist klar, mach ich. Mitternacht, wie üblich?«

Barakuda nickte, tippte mit der Rolle der anderen Papiere an seine Schläfe und ging zum Waffendepot. Die *suldá* von einer der beiden Ausbildungskompanien salutierte und präsentierte grinsend den Gasdruck-Karabiner.

In der Waffenkammer II, die er mit seinem Impulsstift öffnete, verstaute Barakuda die Liste mit den Schiffs- und Karawanenbewegungen in der Stahlkiste. Sie enthielt private Papiere, dienstliche Urkunden, ein paar Fotos und Filmwürfel, die immer noch weh taten, außerdem die Schiffs- und Karawanenlisten der letzten fünf Jahre und andere Aufzeichnungen. Er wußte nicht, weshalb er dieses Privatarchiv, von dessen Inhalt keiner etwas ahnte, überhaupt unterhielt. Mißtrauen gegenüber der ausschließlichen Abhängigkeit von der Rechnerdatei mochte ein Grund sein, ein anderer der Wunsch, Fakten zu sammeln für die Memoiren, die er als alter Mann doch nie schreiben würde.

Major Maqari trug einen flauschigen Bademantel, seine graue Tonsur war noch feucht von der Dusche.

»Ich bin einmal mitgeflogen; das reicht. Die beiden letzten Flüge mit der Korvette macht *kapitá* Marivel. Die hat sowieso mehr Spaß dran als ich.« Er beugte sich vor, goß zweimal Kaffee und Schnaps ein und hob sein Glas. »Essen Sie mit uns?«

Barakuda klopfte auf seinen Bauch und lächelte die Frau des Majors an. »Sie kochen zu gut, Zayla. Außerdem muß ich gleich wieder zum Tower. Das Kurierboot kommt, und der Inspektor legt Wert auf angemessenen Empfang.«

Zayla Maqari stand auf. »Schade; ich hätte Sie gern mal wieder länger genossen, Dante. Aber kochen muß ich auf jeden Fall.«

Maqari schob einen Aschenbecher in die Mitte der Tischplatte. »Na, wie war der Tag? Konferenzen und ein Zwischenfall im Hafen, was?«

Barakuda rührte in seinem Kaffee. »Sie wissen ja doch schon alles, Ponce. Ein Scheißtag, zusammengefaßt.«

Der Kommandeur der Garnison kniff die Augen zusammen. »Sie klingen nicht besonders, Junge.«

»Keine Sorge, *tribún*; ich werd mich nicht bei Ihnen auskotzen. Bloß – macht alles keinen Spaß. Im Moment.«

»Wie lange sind Sie jetzt hier? Fünf Jahre?«

»Sie kennen mein Dossier doch. Fünf Jahre. Reicht, oder?«

Maqari schloß die Augen. »Wie man's nimmt. Manche kriegen nie genug und wollen hierbleiben, auch wenn sie woanders besser Karriere machen könnten. Andere wollen weg. Das ist nun mal so.« Er öffnete die Augen. »Vielleicht sind Sie einfach nicht ausgelastet.«

Barakuda knurrte. »Kann ich nicht finden. Eher – na ja, ohnmächtig. Genug zu tun, aber nichts, was man wirklich ändern kann.« Er spielte mit seinem Feuerzeug und starrte auf die Flasche mit gaianischem Importschnaps.

Maqari grinste. »Frust, was? Finden Sie sich damit ab, Junge. Sie wollten in die Wüste geschickt werden, jetzt müssen Sie das Beste daraus machen.«

Barakuda nickte müde. »Und zu allem Überfluß der Inspektor. Statt mir etwas wegen der Karawanen auszudenken oder die Papierberge im Tower abzutragen, muß ich Mtusi über den halben Planeten fliegen.«

Maqari kicherte. »Steigen Sie aus, Mann. Heiraten Sie. Machen Sie sich nützlich, indem Sie Kinder zeugen. Hören Sie auf mit der Grübelei. Führt zu nichts. Wissen Sie doch längst, was?«

Barakuda leerte Tasse und Glas und stand auf »Ei fürwahr, ja. – Welchen Gleiter kann ich morgen haben?«

Maqari blieb sitzen. »Egal. Ich glaube, bis auf den großen sind alle in Ordnung. Wen wollen Sie als Begleitung?«

»McVitie. Sie kennt sich mit den Shil aus und kann mir dolmetschen helfen.«

»Geht klar, Junge. Neun Uhr, was?«

Irgendwie ging der Tag doch vorüber. Barakuda eskortierte einen mürrischen Inspektor zum Hotel *Triton*, wanderte dann durch die Nacht, über Kopfsteingassen, zur steilen Treppe, die zwischen einigen alten Häusern direkt auf den Kai hinabführte, stolperte auf einem Absatz über einen Betrunkenen, der sich umdrehte und weiterschnarchte, ging in sein Apartment, duschte und zog frische Sachen an, die ein paar Minuten später wieder feucht waren.

Noch immer kein Wind, die Nacht war stickig. Aus dem *Meeresleuchten* schwappte ein Sud aus Gelächter, lauten Unterhaltungen, klirrenden Gläsern und dem Scheppern des von Emlyn Skudder mißhandelten Klaviers. Drei oder vier andere Leute der Garnison brachen hin und wieder in Gesänge aus, wenn Skudder Fetzen bekannter Melodien in seine Improvisationen flocht.

Barakuda ging hinein, aß im Stehen ein Fladenbrot und kalten Braten. Die Rote Yolande alias Mutter Schwabbel war nicht zu sehen, wahrscheinlich sehr früh abgestürzt. Begheli hatte die Bar übernommen, Pa'aira, Rugazh und Koryna schleppten Tabletts mit Tellern und Bechern hin und her. An einer Säule lehnte der Mann mit der fahlbraunen Haut, er trank Bier und schien die Musik zu genießen.

Die ersten Liner-Beiboote mit heimgeholten Touristen hatten im Lauf des Tages den Raumhafen verlassen, aber noch immer war alles überfüllt. Als jemand vom Zwischenfall mit dem Segler aus Pasdan anfing, ging Barakuda hinaus.

Die Fläche zwischen Hafenbecken und Arkaden war kaum weniger belebt als Mutter Schwabbels Lokal. Solange das Getriebe nicht nachließ, brauchte Dante nicht an Schlaf zu denken. Er nahm einen Schluck aus dem Becher mit herbem Sampawein und stellte den Fuß auf den Poller. Am westlichen Horizont, über dem Luxusclipper vor der Hafeneinfahrt, waberte die ovale Konstellation, die die Shil Himmelslatrine nannten, einmal in der Minute überspült vom Blitzen des Leuchtturms.

Auf dem nächsten Poller saß ein bärtiger Tourist. Er trank Amaranthbier, schwitzte prächtig und kicherte ausdauernd.

»Doc, erzählen Sie weiter«, sagte er. »Schöne Geschichten. Wenn ich bedenke, was mir alles erspart geblieben ist!«

Die dicke Ärztin gluckste. »Also, das war alles aus den letzten

Tagen. Was wollen Sie denn noch? Die feinsten Amputationen der Hospitalsgeschichte?«

Dr. Eileen Zavimbi hielt ihr leeres Glas hoch und blickte zu den Arkaden. Durch das Gewühl kam Koryna mit einem vollen Tablett. Dante leerte seinen Becher, stellte ihn ab, nahm sich einen neuen. Die Ärztin trank Importgin mit Sampasaft. Sie deutete mit dem Kinn auf Barakuda.

»Sie sind dran, Chef.«

Dante holte ein paar Münzen aus der Tasche und legte sie aufs Tablett. Koryna nickte und ging weiter.

»Waren Sie schon mal auf Huasiringa?« sagte der Bärtige.

Zavimbi schüttelte den Kopf, Barakuda nickte.

»Traumhaft.« Der Tourist trank mit geschlossenen Augen. »Wetter, Küche, alles bestens. Und – haben Sie gejagt? Shihuetis? Unvergleichlich. Ich hab zwar keinen erwischt, aber« – er öffnete die Augen und grinste – »dafür lebe ich auch noch.«

»Wieviel Tote hat's bei Ihrer Gruppe gegeben?«

Der Mann blinzelte. »Drei, und sieben Verletzte. Gegen zwei erlegte Shihuetis.«

Barakuda blickte wieder aufs Meer hinaus. Die Himmelslatrine war nur noch halb zu sehen; weit im Westen bewölkte sich die Nacht. »Das macht die Sache ja so reizvoll«, sagte er halblaut. »Fauna und Flora von Huasiringa liegen nach Punkten klar vorn.«

»Tolle Katzen, die Shihuetis. Und den Geruch werd ich nie vergessen. Hat sich wirklich gelohnt.«

Der Nervenkitzel kostete mit An- und Abreise, zum Beispiel ab Gaia, mehr als 15.000 Drachmen; keine Lebensversicherung des Commonwealth übernahm das Risiko von Shihuetijagden. Barakuda verdiente 23 Drachmen pro Tag* und fand die Safaris dekadent. Der Mann redete weiter von wilden Tieren und nicht minder wilden Pflanzen, von der Verpflegung und anderen Annehmlichkeiten Huasiringas. Aus dem *Meeresleuchten* tauchte Felix Irgul auf, der Stellvertretende Raumhafenleiter. Er torkelte und hielt sich einen Moment an Koryna fest. Sie zuckte zusam-

* »Ministerstufe« im Protektorat; Einkommen in der Privatwirtschaft gehorchen wie überall anderen Gesetzen. – Die Besoldung im Commonwealth-Dienst richtet sich nach den örtlichen Durchschnittskosten; bei Versetzung auf eine teurere Weit gibt es Aufwertungs- und Anpassungszuschüsse.

men, hätte beinahe ihr Tablett fallen lassen, dann lächelte sie mühsam. Irgul flüsterte ihr etwas ins Ohr, rülpste und wankte davon.

»Bloß Wein – wahnsinnig teuer, abgesehen von diesem vergorenen Sampazeug.« Der Tourist schielte in sein Bier. »Import, klar. Sagen Sie, warum wird eigentlich hier kein Wein angebaut?«

Dr. Zavimbi blickte Barakuda an. »Wissen Sie 's?«

»Nicht viel. Es gibt keine einheimischen Reben. In der Nähe von Barameq, im nördlichen Isthmus, stellen ein paar Bauern Versuche an. Der Boden soll geeignet sein, aber ich hab nie was davon gesehen. Die Shil machen alles aus Sampa – Saft, Fruchtwein, Likör, Schnaps. Geht, ist aber nicht zu vergleichen.«

»Billige Löhne«, murmelte der Bärtige. »Land. Hm. Vielleicht sollte man investieren. Aber es fehlt zuviel – Service, so was.«

»Waren Sie und die anderen Jagdgäste mit der ärztlichen Versorgung zufrieden?« Dr. Zavimbi lächelte verhalten.

»Ah, die paar Ärzte und Medikrobots... Überhaupt, Sie und Ihr verdammtes Protektoratsstatut. Kein Strom, keine Unterhaltungsprogramme, keine *mikrokoms* – wissen Sie, wie man sich fühlt, wenn man weder erreichbar ist noch andere erreichen kann?«

»Wie in Ferien, nehme ich an«, sagte Barakuda. »Sie wollten doch Ferien machen, oder?«

»Ja, schon, aber... «

Dr. Zavimbi wies auf Barakuda. »Der Sekretär für Sicherheit könnte Ihnen das besser erklären als ich, er scheint aber keine Lust zu haben. Also will ich's mal versuchen. Wenn man in Cadhras *mikrokoms*, implantierbare Minicomputer und all das kriegen könnte, wäre es ein paar Minuten später überall auf Shilgat zu haben, klar? Also müssen wir laut Statut und Vereinbarungen mit den Shil verhindern, daß es in Cadhras zu kriegen ist. Deshalb gibt es nur die paar vorsintflutlichen Funkgeräte bei den Behörden und der Garnison, und ansonsten kabelabhängige Kommunikationsgeräte. Erspart uns auch den ganzen Aufwand an Sendern, Verstärkern und Satelliten. Und – stellen Sie sich vor, was die Sektierer in Pasdan, Gashiri und Banyadir veranstalten könnten, wenn wir nicht verhindern, daß sie es zu

Stromerzeugung oder Mikroelektronik bringen. Oder was Sie sonst wollen.«

»Sie meinen, Kernwaffen in Gashiri? Oder« – der Mann gluckste – »die Mönche in Banyadir ziehen ein Genetikprogramm durch und klonen geschlechtslose und von vornherein hirnamputierte Novizen? So was?«

»Zum Beispiel. Oder die Mütter von Pasdan produzieren massenhaft, ah, weibliche Kampfmaschinen – Amazonen, ja?«

»Trotzdem. Wenigstens für die Touristen könnte es doch... na ja, schwierig, das zu kontrollieren, seh ich ein. Aber die Jagd auf Huasiringa, nur Pfeil und Bogen und Speere. Man könnte es sich auch ein bißchen einfacher machen.«

Barakuda nickte. »Würden Sie dann soviel dafür zahlen?«

»Nee.« Der Tourist grinste.

Die Himmelslatrine war verschwunden. Eine Vorahnung von Wind strich über das Hafenbecken und wühlte die Gerüche auf. Aus dem *Meeresleuchten* kam Begheli mit einem Tablett.

»Letzte oder vorletzte Runde.« Sie blieb neben Dante stehen. »Irgendwelche Wünsche?«

Der Tourist stand auf und leerte sein Bier. »Ich wanke jetzt wohl besser zum Hotel.«

Barakuda stellte seinen Becher auf Beghelis Tablett. »Danke. Nein, ich nichts mehr.«

Die Ärztin schwieg, hob ihr Glas und blickte zwischen dem narbigen Mann und der aparten Mischlingsfrau hin und her.

»Sehen wir uns noch?« sagte Begheli halblaut.

Barakuda beugte sich vor und küßte ihre Wange. »Zu müde.«

Aus: Eine seltsame Randwelt *von Alma Cyngond MA*
(in: XENOGRAM *3/466, Schrift des Instituts für Fremdvölker, Große Akademie Atenoa, Gaia)*

»... *In einschlägigen Lexika finden sich gelegentlich Vergleiche zwischen dem Denken der Shil und dem der Noastoa**. *Sie sind reizvoll, führen aber in die Irre. Die Offizialphilosophie des Commonwealth*

---

* »Neue Stoa«: Ursprünglich wohl aus einer Art »Heimweh nach gegliederter Unordnung« von oft bizarren Denkern unabhängig voneinander gegen En-

mit ihren diversen Unterdisziplinen, von der Analytischen Meditation bis zum Präventiven Exaltismus, wird viel studiert und selten angewandt – das Denken der Shil ist mit der Sprache Shilgu verbunden, wendet sich von selbst an und bedarf keines Studiums. Noastoa ist der skeptische Verzicht auf universale (metaphysische) Ordnung; die Shil umarmen das Chaos. Anders als die meisten früheren oder konkurrierenden Systeme hält die Noastoa den Menschen für nicht perfektionierbar, den Staat für eine Notlösung: Ihr Ziel ist nicht die beste aller Welten für den vollkommenen Menschen, sondern sozial kanalisierter Eigennutz, Schadensbegrenzung, *der Versuch, alle Defekte im Zusammenwirken ›bewohnbar‹ zu machen. Verglichen mit früheren historischen Zuständen dürfen wir wahrlich dankbar sein, in einem Commonwealth zu leben, das aufgeklärt und rational ist, das statt utopischer oder religiöser Zwangsvorstellungen die altirdischen Axiome von Parkinson (›Die von einem Kollektiv geleistete Arbeit ist umgekehrt proportional zur Anzahl der mit ihrer Erledigung befaßten Personen‹), Peters (›In einer Hierarchie werden Individuen bis zur Ebene ihrer maximalen Inkompetenz befördert‹) und Murphy (›Was schiefgehen kann, wird auch schiefgehen‹) zu Vermeidungsprinzipien der Staatsphilosophie erhoben hat! Aber es ist eine* Staatsphilosophie – *das Shilgu kennt keinen Begriff für* Staat...

In den Shil-Sprachen gibt es drei Zustandsformen: Real, Potential, Irreal. Materiell faßbare Dinge, oder solche der allgemein akzeptierten Erfahrung und Wahrnehmung, werden im Realis erörtert – Philosophisches oder Religiöses im Irrealis. Es gibt für die Shil kein Universum, *das eine einheitliche Ordnung ja voraussetzt; wo wir vom Universum reden, sagen die Shil* shigal, *Großes Chaos.* Universum *ließe sich nur als* nu'shigal-to *übersetzen, etwa ›Irreales Nicht-Chaos‹. Eine spezifische Irrealität, wie sie unsere metaphysischen oder staatspolitischen Systeme darbieten, ist für die Shil nur als Vision oder absurdes Spiel akzeptabel, etwa nach dem Genuß des Halluzinogens* Taumeltang.

---

de der Wirren Jahrhunderte (nach dem Kollaps der Erde und des Verbunds ihrer Kolonien) auf verschiedenen Weiten entwickelt; zunächst als »konfuzianisches Freistildenken«, »gräkoromanische Chinoiserie« oder »Windbeutel-Stoa« bezeichnet. Später auf Gaia formalisiert und verbindlich gemacht durch Dorji Dyogen Bahadur (67-181) und Ashme Zuvarov Chou (112-201), die ersten Modulatoren des der Großen Akademie von Atenoa angeschlossenen Peripatio. Für Karrieren in Staatsdienst, Diplomatie etc. ist ein mit Diplom/Examen beendetes Studium der Noastoa obligatorisch.

... die Bedeutung der Sprache für das Denken kann hier nicht genug betont werden. Wer allein materiell faßbare Dinge als real begreift und im Realis ausdrückt, nimmt die Welt, wie sie ist, *und stellt keine Hypothesen darüber auf, wie sie (oder der Mensch, die Gesellschaft etc.)* sein sollte. *Weltanschauung (›Opium für Intellektuelle‹) findet nicht statt, da die Welt der Anschauung nicht bedarf; Shil zimmern kein Weltbild, um sich geborgen fühlen zu können, sondern sie erfreuen sich des Chaos. Zur Erbauung oder Zerstreuung erfinden sie abstruse Systeme, an die keiner glaubt, die aber zeitweilig befolgt werden wie Regeln eines Kartenspiels...*

Jenseits erwiesener Gesetzmäßigkeiten (z. B. Newtons berühmter Apfelfall o. ä.) gibt es keine ›kosmischen‹ Gesetze. Im Großen Chaos sind unendlich viele Dinge/Aspekte; sie alle sind verschieden, aber an sich gleichwertig. Ein Gott gilt nicht mehr als z. B. ein Kaktus, außer man beschlösse vorübergehend, ihm einen bestimmten Wert beizumessen. Formeln wie ›Der Mensch ist das Maß aller Dinge‹ oder ›Jenseits von Gut und Böse‹ sind, wegen ihrer immateriellen Bezüge, sprachlich nur im Irrealis auszudrücken und werden damit von vornherein in den Bereich der spekulativen Spielerei ohne Wahrheitsgehalt verwiesen.

›Gut‹ ist keine ethische, sondern eine pragmatische Behauptung; das entsprechende Wort bedeutet ungefähr ›was möglichst vielen als möglichst nützlich oder angenehm erscheint und möglichst wenigen schadet‹. Da alle Aspekte des Chaos gleichwertig sind, kann keiner besonders hervorgehoben und zur Grundlage einer Ordnung gemacht werden (z. B. ›Proletariat‹, ›Rechtgläubige‹ o. ä.).

... Auf der Insel Zho verehrt man 34 nichtexistente Dämonen, deren gräßliche Taten von begabten Chronisten unaufhörlich erfunden werden. Bei den Bundashil des Südkontinents betete man lange Zeit einen Steingott an, dessen Wonne nach allgemeiner Übereinkunft die Verehrungslosigkeit war. Neuerdings pflegt man dort einen weltlichen Kult; eine Autorengilde ergänzt laufend eine Liste möglicher und unmöglicher Gruppierungen (z. B. ›Fliegende Fischesser‹, ›Befürworter des Vulkanismus‹, ›Gemüsebauern‹, ›Ungeborene Hummerkorbflechter‹ usw.), aus denen zu Beginn eines jeden Jahres eine durch Los ermittelte Gruppe Verantwortung für die Bürde der öffentlichen Geschäfte zu übernehmen hat. Meistens trifft es nichtexistente Gruppen...

In der Blutgrafschaft Vagaván wählt man den Blutgrafen/die Blut-

gräfin; Amtsträger werden gelegentlich zur Ader gelassen, damit sie nicht mit aktiver Politik die Bevölkerung belästigen...

In der alten Stadt Sa'orq wird in einem komplizierten Verfahren einer der Schwachsinnigen des Orts zum Erbgott bestimmt, dessen Weisungen von einer Theologenkaste im Sinne des Gemeinwohls ausgelegt und nicht angewandt werden... In Arameq führt man alles auf den Fisch zurück, von dem die Hafenstadt lebt. Der gewählte Obmann des Rats gilt als Vertreter des Großen Fisches und heißt immer Ubba-bul; die Mitglieder des Rats heißen ›Kiemen‹ und tagen in der ›Reuse‹; Kinder sind ›Laich‹ ...

... Die Königin von Kelgarla wird von den Erwachsenen des Landes gewählt. Sie kann Verträge schließen, garantiert die Einhaltung der Gesetze und befehligt im Fall von Konflikten die Streitkräfte. Die Verfassung von Kelgarla gilt auf Shilgat als außerordentlich bizarr... «

II.

Über Nacht war ein wenig Wind aufgekommen – nur ein Hauch, aber immerhin. Gegen 6 Uhr schien der Hafen vor Aktivität zu bersten. Barakuda versuchte, beim Frühstück Musik zu hören, aber die Hämmer und die kreischenden Sägen fanden kein Auskommen mit Händels *Wassermusik*. Knurrend nahm Dante den Musikwürfel aus dem Gerät.

Als er auf den Kai hinaustrat, lehnte die Rote Yolande an einem Pfeiler der Arkaden. Sie kratzte sich die Achseln und blickte mit Mordlust auf das Treiben.

»Morgen, Yolande. Gut geschlafen? Ist doch fein, so früh geweckt zu werden, wie?«

Mutter Schwabbel grunzte, kniff die kleinen, blutroten Augen zu, bückte sich und warf eine Holzlatsche nach ihm.

Barakuda grinste und setzte sich nach Norden ab. Am Ende des Hafens führte die Kopfsteinstraße zwischen großen Häusern zur Sogga-Brücke. Läden und Kneipen waren noch geschlossen. Dante warf einen Blick auf seine Uhr – kurz nach sieben, zu früh. Er lehnte sich ans Geländer, starrte in den schnellen Fluß und rauchte eine Morgenzigarette. Jenseits der beiden Konservenfabriken stieg die Straße an, auf dem Hügel lagen an einem von

Shilgat-Platanen umgebenen Platz die Gebäude der Territorialen Administration. In einem Lokal gegenüber trank Barakuda Kaffee und wartete. Punkt halb acht tauchte der Präfekt der Gendarmerie auf. Dante fing ihn vor dem Portal ab.

»Ah, Barakuda. Ziemlich früh. Kommen Sie rein. Drinnen redet sich's besser.« Der grauhaarige, drahtige Mann deutete mit dem Daumen über seine Schulter.

Aus dem Büro des Präfekten, in der Nordwestecke des Gebäudes, überblickte man das Meer, die grüne Ebene mit der Mündung des Ylagas und die Küstenhügel. Auf der Anhöhe nördlich des Flusses leuchtete das Palais der Gouverneure im Morgenlicht.

Barakuda ließ sich in den weichen Sessel sinken. Ataratz lehnte am Schreibtisch.

»Was war das mit dem Zettel gestern – Nobrega?«

Barakudas Zigarettenpäckchen war leer, er warf es in den Papierkorb und wühlte in der Reisetasche nach einem neuen. Der Präfekt reichte ihm einen Aschenbecher, ein wunderschönes muschelförmiges Stück aus dem halbtransparenten, hauchdünnen Pharlit-Porzellan.

»Nobrega, ja. Und noch was.«

»Eins nach dem anderen.«

»Na schön. Also – ich kann nichts beweisen, aber ich bin beinahe sicher, daß unser alter Freund Eftalmi Nobrega an der Warenverknappung und dem Banditenunwesen in der Nordsteppe beteiligt ist.«

Ataratz pfiff leise. »Oho. Das wäre was... Gut. Ich setz meine Leute drauf an. Wir gehen seine alten Kontakte durch, nehmen ein paar spezielle Freunde ein bißchen in die Mangel. Mal sehen... Was ist der andere Punkt?«

»Inspektor Mtusi. Er war ein wenig mürrisch, gestern abend. Mit dem Abkommen kann es eigentlich nichts zu tun haben. Selbst wenn die Shil Klagen haben – das erfährt er erst in den nächsten Tagen. Schätzungsweise geht es mal wieder um das Territorium und das reaktionäre Gouvernement, das allen Fortschritt blockiert.«

Der Präfekt setzte sich hinter den Schreibtisch, in seinen Drehsessel. »Wenn ich Sie richtig verstehe, wollen Sie ein Dossier. Eine Zusammenstellung der Reden und Vorschläge unserer besonderen Freunde in der *asambli* und der Administration, wie?«

Das Autonome Territorium des Isthmus wollte, wenn man seinem Parlament glaubte, mehr Technik: elektronische Kommunikation und Daseinsbewältigung, Automatisierung der Landwirtschaft, Motorisierung des Verkehrs. Das Gouvernement mußte das Abkommen einhalten und das bestehende Gleichgewicht bewahren. Ataratz vertrat als einer der wenigen führenden Leute des Territoriums oft die Position des Gouvernements, so war es ihm bisher gelungen, eine Bewaffnung seiner Gendarmerie zu verhindern.

Zusammen mit der Obersten Richterin hatten er und Barakuda die Amtsenthebung des früheren Gouverneurs betrieben, der unter Umgehung des Abkommens Dieselaggregate, Traktoren, hochenergetische Solarzellen und batteriebetriebene Schnellboote eingeführt hatte. Seine Nachfolgerin bemühte sich seit zwei Jahren, die Dinge wieder ins Lot zu bringen. Barakuda und Ataratz arbeiteten gut und auch gern zusammen. Nicht zuletzt verbanden sie einige erstklassige gemeinsame Feinde in der *asambli*.

Dante blies Rauch zur Decke, die mit schwarzgebeizten Hölzern getäfelt war. »Möglichst umfassend. Wie lange brauchen Sie dazu?«

»Wieviel Zeit habe ich?«

»Vier Tage.«

»Das reicht. Fliegen Sie heute?«

»Ja. Man muß die letzten schönen Tage nutzen.«

»Die übliche Route?«

Barakuda zählte auf. »Die Taggashil am Losabu, dann Kelgarla, Sa'orq und Golgit, von da in den Norden, nach Arameq und Golazin, dann Vagaván und zum Schluß zu den Fürsten der Steppe.«

»Alles in vier Tagen?«

»Das Kurierboot kann nicht länger bleiben.«

»Na, dann genießen Sie mal die schöne Aussicht.«

Über die zweite Sogga-Brücke ging Barakuda ins Zentrum, das ein wenig höher lag als die Hafengegend. Inzwischen hatte das Leben begonnen. Mehrmals mußte er Karren ausweichen, die auf dem Weg in die Gemüsefelder des Schwemmlands zwischen den Flüssen waren. Die zottigen P'aodhus waren ebenso stark wie langsam; außerdem sonderten sie Übelriechendes ab. Ein Radfahrer geriet in einen Fladen und glitt in die weichen Ballonreifen einer entgegenkommenden Rikscha.

Im Handwerkerviertel blockierte ein Karren den Verkehr. Dunkelrotes Holz der Blutweide türmte sich vor dem Hof eines Schreiners und Küfers. Der Fahrer eines Milchwagens hatte versucht, an dem Holzkarren vorbeizukommen; die Vehikel waren ineinander verkeilt. Die Fahrer tauschten Flüche und Hiebe aus. Der P'aodhu des Milchwagens stierte Barakuda an, schob die Unterlippe vor und rülpste. Aus der Traube der Zuschauer löste sich eine ältere Shil, ihre Augen funkelten. Sie drängte sich vorbei an den streitenden Männern, kletterte auf den Bock des Milchwagens, hob eine kleine Kanne von der Ladefläche und goß den Inhalt über die Fahrer. Unter dem Beifall der trockenen Zeugen turnte sie weiter nach hinten und verschwand.

Der Inspektor saß an einem Tisch in Fensternähe, frühstückte heftig und schaute auf die Plaza hinaus. Der Speiseraum des *Triton* war dezent dunkel tapeziert. Zwei livrierte Kellner hielten sich in Sichtweite des einzigen Gastes auf

»Ah, hm, Kaffee?« Mtusi deutete auf die silberne Kanne und kaute weiter.

Barakuda ließ sich am Tisch nieder. Einer der Kellner brachte ein zweites Gedeck und zog sich lautlos zurück,

»Ich hoffe, Sie haben sich erholt. Damit Sie den Strapazen gewachsen sind.«

Der Inspektor zwinkerte. »Es ist ein bißchen knapp, aber wir werden's schon schaffen.«

Falbergo Mtusi unterstand dem Sekretär für Dominien und Protektorate in Atenoa. Er war zuständig für ein halbes Dutzend Randwelten und zum drittenmal in Cadhras.

Barakuda goß sich Kaffee ein. Mtusi kaute immer noch und lud Nachschub von der Platte auf seinen Teller: kalten Braten, frisches Weißbrot und Butter. »Wann geht's los?«

»Von mir aus sofort.«

»Hm. Ich müßte noch etwas erledigen. Außerdem wollte ich einen Morgenbesuch im Palais machen.«

»Ihre Exzellenz steht früh auf und arbeitet. Sie werden sie sicher nicht wecken. Aber wir haben nicht viel Zeit.«

Mtusi seufzte. »Ja, ich weiß. Das Kurierboot. Es dauert auch nicht lange. Ein Schreiben des Sekretärs, das einige Begleitworte erfordert. Wie spät ist es?«

»Gleich neun.«

»Sagen wir, Sie holen mich um elf am Palais ab?«

Dante zögerte. Innerhalb von vier Tagen mußten sie 35.000 Kilometer zurücklegen und dabei acht diplomatische Besuche machen. »Ja, gut, wie Sie meinen.«

»Eh, noch etwas.« Der Inspektor schlug die weiße Tischdecke beiseite und hob ein Bein.

Barakuda betrachtete es irritiert. »Ein körpereigenes Fortbewegungsmittel.«

»Unsinn. Die Stiefel.«

Die Füße des dicken Mannes steckten in abgenutzten, ehemals dunkelbraunen Halbstiefeln aus weichem P'aodhu-Leder. Die elliptische Maserung war unverkennbar.

»Maßgefertigt bei meinem letzten Besuch hier. Und mit nichts zu vergleichen, was ich je getragen habe. Ich habe aber vergessen, wo der Schuhmacher wohnt.«

Dante lächelte. »Das ist einer der Vorzüge einer Randwelt. Bei den Entfernungen werden die Transportkosten so hoch, daß keiner hier sich industrielle Massenware leisten kann. Halten Sie sich rechts, wenn Sie das Hotel verlassen. Hauptstraße durchs Handwerkerviertel. Sie müssen ohnehin da entlang, um zum Palais zu kommen. Fragen Sie den ersten Schuhmacher, wer die Stiefel gemacht hat. Die haben alle ihre eigene Handschrift.«

Mtusi nickte, betrachtete die Reste seines kalten Bratens und schob den Teller fort. »Kommen wir zu den unerfreulichen Dingen.« Er öffnete den Aktenkoffer, der neben ihm auf einem Stuhl lag, und reichte Barakuda zwei Blätter.

Es handelte sich um Kopien von Zeitungsartikeln. Einer trug den Titel »Eine seltsame Randwelt«, war verfaßt von Alma Cyngond und erschienen in einer akademischen Monatsschrift. Der andere, »Das erzwungene Mittelalter« von Bogdan Pantaleo, stammte aus einer der großen Tageszeitungen von Atenoa, *Tempo*.

»Sie haben gestern was von Ärger gesagt. Geht es darum?«

»Eh ja. Das eine Dings von dieser Dame namens Cyngond, das ist ganz nett. Kennen Sie sie?«

Barakuda räusperte sich. »Eine reizende alte Dame, ein wenig gehbehindert. Ich habe ihr ein paar Auskünfte gegeben.«

Die Dame war bestens zu Fuß gewesen, dreißig Jahre alt, hatte sich für alle möglichen Aspekte und Perspektiven Shilgats interessiert und besonderen Gefallen an jenen gefunden, die Barakudas Apartment bot.

»Ein paar Formulierungen könnten glatt aus einem Ihrer Berichte stammen.«

»Ich wußte gar nicht, daß jemand die liest.«

»Ungern, aber ich werde dafür bezahlt. Hier, dieses zum Beispiel.« Er nahm das Blatt, hielt es hoch und intonierte feierlich, wenn auch nasal einen Absatz, der sich mit den Modi (Realis, Potentialis, Irrealis) der Shil-Sprachen beschäftigte und eine halluzinogene Substanz namens Taumeltang erwähnte. »Klingt wie ein echter Barakuda, oder?«

Dante runzelte die Stirn. »Einiges, ja. Aber von Taumeltang hab ich ihr nichts erzählt.«

»Was ist das eigentlich?«

»Ein besonderer Tang, wächst auf bestimmten Meeresböden im Pangotischen Ozean. Die Shil holen das Zeug mit Tauchern hoch; es wird getrocknet und pulverisiert. Die genauen Verarbeitungsweisen kenn ich nicht. Es gibt wohl drei Varianten – ein mildes Halluzinogen, ein Betäubungsmittel und ein starkes Rauschgift. Ich bin nicht besonders glücklich über den Artikel. Wir haben genug Probleme, die interstellare Narko-Mafia muß nicht auch noch dazukommen.«

»Probleme? Mit dem Abkommen, oder was?«

»Das werden Sie von den Shil hören, die wir besuchen. Nein, da liegt nichts vor. Aber sonst? Der neue Obmann der *asambli* will den Isthmus modernisieren – Technik für alle Lebensbereiche. Ubang Thang heißt er; von dem werden Sie noch hören. Dann die ewigen Probleme mit den Wahnsinnigen – Pasdan, Gashiri, Banyadir. Und neuerdings blockieren Banditen im Norden die Karawanenrouten, wichtige Handelsgüter bleiben aus und Sie wissen ja, was das für Wirtschaft, Steuer und Zoll in Cadhras bedeutet.«

Mtusi klopfte auf das andere Blatt, das vor ihm lag. »Hier steht was zu Wirtschaft und Technik. Lesen Sie mal.«

Barakuda überflog den Artikel. Er erinnerte sich dunkel den Autor, der vor etwa einem halben Jahr in Cadhras gewesen war und sehr viel Zeit mit Abgeordneten der Territorial-Versammlung verbracht hatte. Der Artikel behauptete, eigentlich wollten die Shil längst nicht mehr vor dem Fortschritt geschützt werden, wenn es denn überhaupt ein Fortschritt wäre, zum Beispiel elektronische Kommunikation und Datennetze zu ermöglichen, wie sie im Rest des Universums seit fast tausend Jahren üblich seien; beiderseitig interessante Handelsmöglichkeiten würden vom Gouvernement abgewürgt, etwa der Export des medizinisch sehr nützlichen Taumeltangs, der als harmloses und schnellwirkendes Narkotikum viele Operationen erleichtern könnte; ferner litten etliche Planeten des Sektors an Nahrungsmittelknappheit, und der auf Shilgat produzierte Getreideüberschuß von jährlich 10 Millionen Tonnen ließe sich durch Einsatz moderner Mittel mühelos verdreifachen.

»Das hat in Atenoa Ärger gegeben. Der Brief des Sekretärs für Dominien und Protektorate an die Gouverneurin befaßt sich damit.«

Barakuda ließ das Blatt sinken. »Alles Quatsch. Die Shil haben zu einer Zeit, als auf der Erde noch Neandertaler herumturnten, auf eine technische Zivilisation verzichtet und wollen bis heute nichts davon wissen. Der Mann hier hat zuviel Zeit mit den Leuten der *asambli* verbracht. Ich lasse Ihnen ein Dossier über den ganzen Fragenkomplex zusammenstellen, das Sie in Atenoa vorlegen können.«

* * * * *

Aus kupfernen Monstermäulern in der Täfelung quoll Heißluft; sie stieg an Tongefäßen empor, deren Wasser mit Duftessenzen von den Inseln des Pangotischen Ozeans versetzt war. Schwere, dunkelrote Teppiche bedeckten die Bohlen. Die Hitze im Raum war kaum auszuhalten; dennoch fröstelte die Frau auf dem Diwan. Die rechte Hand der Blutgräfin erschien zwischen den Pelzen der arktischen Eiskatze, blasses Oliv in Sahneweiß. Transparente Finger machten eine matte Bewegung, die gemurmelte Sätze begleitete. Die Audienz war beendet.

»Haben Sie was rausgekriegt?« sagte Mtusi auf dem Gang.

»Sie weiß auch nicht mehr als wir, obwohl die Karawanen hier zusammengestellt werden.« Barakuda seufzte. »Sie wollte was unternehmen, Nachforschungen anstellen... «

»Die Gräfin sieht schlecht aus«, sagte der Inspektor, als sie vor dem Portal der Blutburg standen. »Der Aderlaß kann noch nicht lange her sein.«

Barakuda nickte und schlug den Kragen seiner wattierten Jacke hoch. Der eisige Seewind war erfrischend, aber vor allem kalt. Die untergehende Sonne stand wie eine Bronzescheibe auf dem westlichen Horizont – ein Farbgong, dessen Dröhnen zunächst zu Karmesin anschwoll und dann, mit der Entfernung vom Ursprung, in undefinierbaren Schattierungen verebbte; in der Bucht von Vagaván war das Meer grau. Bruchsteinmolen ragten ins Wasser. An den hölzernen Landebrücken lagen zwei Frachtsegler und zahllose Fischerboote. Der Blick war fast die Reise wert. Unterhalb der Zitadelle sanken die Reihen heller Häuser in Terrassen zum Stadtkern am Strand.

»Sie ist ihren Leuten zu aktiv gewesen, fürchte ich. Haben Sie die Adern gesehen? Die Haut ist beinahe durchsichtig.«

Der Inspektor rammte die Hände in seine Manteltaschen. »Komischer Planet. Irgendwie kann ich mich nicht dran gewöhnen, daß eine Regierung nur für Notfälle da ist und zur Ader gelassen wird, wenn sie das Volk belästigt.«

In der Stadt herrschte der übliche Abendbetrieb. Noch waren die Läden und Verkaufsstände belebter als die Tavernen. Es roch betäubend nach Fisch.

Der Abendwind pfiff über den erhöhten Damm, der einmal ein Kai gewesen war. Mtusi zog den kurzen Hals noch tiefer zwischen die Schultern. »Kalt. Aber eigentlich müßte es hier oben doch um diese Zeit noch kälter sein.«

»Eine warme Strömung vom Äquator. Vagaván ist ganzjährig eisfrei. Die Bucht jedenfalls. An Land wird es schon mal ungemütlich.« Barakuda deutete auf die scharfen Umrisse des Vorgebirges, das die Bucht im Norden begrenzte. »Das Vorland geht fast zweihundert Kilometer in den Pangotik. Es staut die warme Strömung und leitet sie weit ins Meer hinaus. Jenseits des Vorgebirges, ungefähr fünfzig Kilometer nördlich, fängt bald die Eiszeit an.«

Der Resident des Gouvernements bewohnte einen kleinen Palazzo am Nordende des Stranddamms. Das Alter der Hafenanlagen aus riesigen Quadern war unbekannt; seit Beginn der Beobachtungen durch das Gouvernement hatte sich der Westen des Nordkontinents jährlich um zwei Millimeter gehoben, und um die Hafenanlagen wieder benutzbar zu machen, hätte der Wasserspiegel acht Meter steigen müssen. Vermutlich war Vagaván vor 4000 Jahren eine alte Stadt gewesen. Der Palazzo des Residenten dagegen war jung: nach Auskünften einheimischer Baumeister handelte es sich um eine Arbeit des Steinherren Yanuba, der vor etwa 1200 Shilgat-Jahren (ca. 1320 Standardjahren) gelebt hatte. Yanuba galt als irre, wiewohl interessant. Er hatte auf einem Hügel südlich von Vagaván kurz vor seinem Tod einen Monolithen und eine hauchdünne, quadratische Platte angefertigt, um sein Werk zu vollenden, wie er sagte. Erst danach stellte man fest, daß dieses Werk ausnahmslos aus Bauwerken bestand, in denen jeweils eine Primzahl verarbeitet war. Monolith und Fläche entsprachen 1 und 2 und vollendeten das Werk nach unten; niemand wußte, wie weit nach oben Yanuba in der Reihe der Primzahlen gekommen war, denn in seinen besten Jahren war er weit gereist. In der Residenz gab es 23 Räume; alle Treppen hatten 23 Stufen, die spitzen Bögen der Arkaden im Innenhof bestanden aus 23 abwechselnd golden und grün bemalten Steinen; die Grundfläche des Gebäudes, aller Räume und – angedeutet – sogar der Gänge war ein Dreiundzwanzigeck. In einem der vielwinkligen Räume brach ein umständlicher Alkoven zahlreiche Wände, und im letzten und untersten der 23 Kellerräume gab es eine 23eckige Steintür mit 23 Schlössern.

Das Abendessen war reichhaltig: Fischsuppe, gedünstete Fischfilets in einer aromatischen Tunke, gebratene Seevögel und eingelegte Früchte, die an winzige Kürbisse erinnerten. Barakuda hielt sich ein wenig zurück, der Inspektor fraß. Die Residentin, eine hagere Frau mit grauem Haar und stechend graublauen Augen, langte ebenfalls kräftig zu. Offenbar gehörte sie zu jener Sorte von Hageren, deren Gestalt nicht durch Nahrung zu beeinflussen ist. Die Pilotin, Leutnant Sarela McVitie, nippte nur.

Das fröhliche Gesicht mit der Stupsnase war nicht so frisch wie sonst, und ihre graugrünen Augen schauten müde.

Mit Kaffee, Gebäck und (importiertem) Brandy setzten sie an den Tisch vor dem Polygon des Kamins. Der Butler hatte 23 Scheite zu einer Pyramide geschichtet und angezündet. Als er gegangen war, zog die Residentin ein Blatt aus der Jackentasche und schob es Barakuda hin. »Ihre Liste, Sekretär.«

Dante überflog die Aufstellung der ansässigen fremden Händler und der Reisenden der letzten Monate. Die beiden in Vagaván lebenden Händler aus Cadhras würde er später sehen: mit ihnen war er in einer der Strandtavernen verabredet. Zwei Eintragungen interessierten ihn.

»Diese beiden Männer. Und: Was will ein Segler aus Pasdan hier?«

Seit das Commonwealth Gouvernement und Garnison in Cadhras unterhielt, hatten die Heiligen Mütter zwar die direkte Aggression gegen ihre Nachbarn eingestellt, betrieben sogar ein wenig Handel, aber die Feindseligkeit blieb.

»Die sind draußen in der Wetterküche am Kap in einen Sturm geraten«, sagte die Residentin. »Hier haben sie auf der Reede geankert und die Schäden repariert. Und die beiden Männer? Schräge Typen. Beide Cadhrassi, ich weiß aber nicht woher, Isthmus oder Commonwealth. Sie haben sich ein paar Tage in Vagaván herumgetrieben, fast wie Kundschafter, und sind wieder verschwunden. Für meinen Geschmack hatten sie zu gute Pferde und zu viele Waffen.«

Barakuda kniff die Augen zusammen. »Was für Waffen?«

»Nichts Verbotenes, sonst hätte ich etwas unternommen. Aber wozu reiten zwei Männer mit Reitersäbeln, Krummdolchen, Wurfpfeilen, Bogen, Armbrüsten und zusammensetzbaren Blasrohren durch eine friedliche Gegend?«

Dante pfiff leise. »Nettes Arsenal.«

»Banditen«, sagte McVitie.

Die Residentin schwieg; der Inspektor schlürfte mit geschlossenen Augen Brandy und schien weit weg zu sein.

»Dann würde es interessant«, sagte Barakuda. »Bisher haben wir uns um die Wegelagerer nicht gekümmert. Das sind Shil-Angelegenheiten, und die großen Karawanen haben sich ganz gut selbst verteidigt. Wenn bei den Banditen aber auch Cadhrassi sind, dann... « Er schnippte den Rest seiner Zigarette in den Kamin und rümpfte die Nase.

Später beschäftigten Mtusi und die Residentin sich mit den Büchern; Barakuda brach zu seiner Verabredung in der Taverne auf. Trotz aller Müdigkeit wollte McVitie mitkommen. Schweigend gingen sie über den von Laternen – in Vagaván wurden Gase aus tierischen Abfällen genutzt – matt erleuchteten Kai.

Die beiden Cadhrassi-Händler waren höflich und zurückhaltend, wesentliche Informationen hatten sie nicht. Mit Rücksicht auf die anderen Gäste wurde die Unterhaltung auf Banyashilgu geführt. Nach und nach beteiligten sich nahesitzende Shil, steuerten Anekdoten bei oder suchten Gerüchte durch anderslautende Mutmaßungen zu entkräften. Schließlich, als McVitie immer ausdauernder zu gähnen begann, erkundigte sich Barakuda nach möglichen Attraktionen des Nordens, die man auf dem Rückflug nach Cadhras unbedingt besichtigen sollte. »Einer von uns wird nämlich nicht so bald wiederkommen, deshalb sollte man es ausnutzen.«

Es wurden verschiedene Vorschläge gemacht – das langgestreckte Vorgebirge, der Nadelhafen (eine Bucht im Süden von Vagaván, die von Tausenden dünner Felsnadeln gesäumt war, Kunstwerken der Erosion), der Farnwald von Paqrash. Ein jüngerer Fischer sagte: »Die Ruinen von Thaggo. Aber das ist wohl ein Umweg, wie? Sie müssen besonders für Cadhrassi aufregend sein, bei Sonnenaufgang. Die beiden Cadhrassi, die vor einigen Zehntagen hier waren, haben es jedenfalls erzählt.«

Nach dem letzten Schluck des schwarzen Bitterbiers gingen Dante und Sarela zurück zur Residenz. Dort fanden sie Mtusi und die Residentin über eine Kiste mit seltsamen Gegenständen gebeugt: Metallzylinder von jeweils zehn Zentimetern Länge, besetzt mit unterschiedlich langen und verschieden angeordneten Stiften.

Die Residentin füllte die Brandygläser zu einem Nachttrunk. »Sechzehn Schlüssel. Seit zweihundertfünfzig Jahren suchen alle Residenten die Schlüssel für die schreckliche Tür im Keller. Dreiundzwanzig müssen es sein.«

»Und dann?« sagte der Inspektor.

»Dann wird die Tür geöffnet, und die Neugier zahlreicher Generationen von Diplomaten ist befriedigt.«

»Sie rechnen hoffentlich nicht mit einer Schatzkammer«, sagte Barakuda. »Wie ich unsere Freunde kenne, hat dieser Shil-Baumeister entweder Skelette da versteckt oder einfach einen Zettel, auf dem ›Ätsch‹ oder ›Willkommen‹ steht. Sarela, Inspektor: Wir haben eine kleine Programmänderung. Ich möchte gern im Morgengrauen die Ruinen von Thaggo besichtigen.«

»Ich dachte, wir wollten ausschlafen und dann in die Zentralsteppe zu Fürst Gortahork fliegen«, sagte der Inspektor. »Was ist das nun wieder für ein Unsinn?«

»Hat ihm ein Shil empfohlen.« McVitie gähnte. »Soll sehr reizvoll sein.« Es klang nach Mißbilligung und Schlafdefizit.

Barakuda grinste. »So ist es. Da ist nur etwas, was Sie nicht wissen, *legata*: Der Junge ist einer von unseren Leuten.«

550 Kilometer nordöstlich von Vagaván hatte einst die blühende Stadt gelegen, Thaggo-Die-Großartige. Südlich der Ruinen gab es ein riesiges, unpassierbares Sumpfgelände. Es reichte bis zu den Bergen, die die unendliche Hochsteppe des Nordkontinents vom Küstenland trennten. Die Sümpfe waren einmal heiß gewesen: brodelnder Schlamm, kochende Quellen, Geysire. Auch der Fluß, an dessen breitem Mündungsschlauch Thaggo lag, entsprang hier. In der Öde des Nordens mußten die ober- und unterirdisch kanalisierten, warmen Wasserläufe ein Paradies geschaffen haben – eine grüne, fruchtbare Insel nördlich des Polarkreises. Vermutlich hatte der Fluß ausgereicht, Teile des Eismeers aufzuheizen und den Bewohnern neben subtropischer Flora eine reichhaltige Fischkarte zu bescheren. Aber eines Tages war der Nachschub aus dem Inneren des Planeten versiegt. Die Kälte kam, die Menschen zogen fort und ließen die Stadt zurück. Die ausgeklügelten Kanalsysteme verfielen, und der Sumpf breitete sich über Tausende Quadratkilometer aus.

Der östliche Himmel wurde fahl. Barakuda lenkte den Gleiter in einem weiten Kreis etwa 1000 Meter über Thaggo. McVitie hatte die automatischen Kameras eingeschaltet und beobachtete die Schirme. Der Fluß war leer – zwischen den Ruinen und dem Eismeer keine Schiffe.

»Wärmeorter?«

Sarela nickte. »Kleine Ausschläge – Tiere, vielleicht Robben oder ein Gorgur. Sieht nicht nach Menschen aus.«

»Was ist ein Gorgur?« sagte Mtusi.

»Eine Art Schakal. Ist aber ein Katzentier, die Familie Hund gibt es auf Shilgat nicht.«

»Dann kläfft wenigstens nicht dauernd was.«

Sie überflogen eine Kette kahler Hügel. In bleichen Frühlicht dehnte sich unter ihnen das Sumpfland aus: graubraungrüne Wellen mit helleren Felsblöcken und Gesträuch.

Als die erste Röte sich abzeichnete, erreichten sie den Rand des Ruinenkomplexes. Barakuda ließ den Gleiter sinken und steuerte ihn durch die Ruinen. Unter ihnen, von Trümmerstücken bedeckt und von Pflanzen überwuchert, erstreckte sich eine Straße. Die ehemals massiven Gebäude des Stadtrands waren nur noch klägliche Haufen, aber weiter im Zentrum gab es mehr Mauerwerk. Einige Häuser hatten der Zeit und dem Klima getrotzt; die Strahlen der aufgehenden Sonne färbten die Oberkanten der Mauern rosa, dann rotbraun; eben erst aus dem Dunkel der Nacht aufgetauchte Bodenflächen verschwanden unter frühen Schatten.

Der Inspektor verrenkte sich den Hals. »Müssen fröhliche Zeitgenossen gewesen sein.«

Sie passierten Quaderbauten, die von langen, nicht mehr vollständigen Säulenreihen umgeben waren. Fürchterliche Ungeheuer reckten sich auf düsteren Sockeln; es folgte eine Gruppe verwitterter Frauen und Männer in schwierigen Kopulationsstellungen. Dann wieder Monster, unregelmäßig abgewechselt von streng aus augenlosen Höhlen blickenden Gestalten, abstrakt und verwittert.

»Sieht nach Rats- und Tempelbezirk aus«, sagte Mtusi.

Sie überquerten einen kleinen Platz. Unter dem vorspringenden Giebel eines soliden Gebäudes prangte ein Relief, das Menschen und Monster in allen möglichen Varianten sexueller Betätigung zeigte.

Plötzlich blieben die Trümmer zurück. Der Gleiter flog über abgesackte Kaimauern und ein steiniges Ufer. In der Mitte war der Fluß noch offen, am Rand hatten sich dünne Eisschichten gebildet. Jenseits des Flusses zog sich ein dichter Nadelwald Berghänge hinauf. Alles war von Rauhreif bedeckt.

»Entschuldigung, aber ich muß prosaisch werden.« Barakuda bremste den Gleiter jäh ab und ließ ihn schweben.

Sie befanden sich über einer aus Schutt und Kies gefertigten Mole, die weit genug in den Fluß ragte, um risikofreudigen Schiffern als Anlegeplatz zu dienen. Dort, wo sie begann, war die Ufermauer repariert worden. Einige Häuser hinter der Mole wiesen intakte Dächer auf

»Das sieht so aus, als ob hier doch noch was los wäre.« McVitie justierte die Feinortung. »Hm. Aber da ist keiner.« Die Schirme zeigten nichts, auch in den intakten Häusern war keine Körperwärme anzumessen.

Mtusi blieb im Gleiter. Er setzte sich an die Kontrollen, beobachtete die Umgebung und ließ die Aggregate für einen Notstart laufen. Barakuda und McVitie untersuchten die Gebäude. Vier von ihnen waren leer, im fünften fanden sich Hinweise auf regelmäßige Benutzung: Regale, Öfen, ein Herd, Vorräte, Pritschen, Gebrauchsgegenstände.

»Hier ist aber länger nicht geheizt worden.« McVitie schüttelte sich und betrachtete ihre Atemwölkchen.

Die Räume waren völlig ausgekühlt. Barakudas wattierte Jacke reichte nicht aus, die Kälte vom Körper abzuhalten. Die Finger wurden steif und konnten die Schnellfeuerpistole kaum noch halten. Er steckte sie in den Gürtel und die Hände in die Tasche.

»Aber was soll das alles hier?« Sarela öffnete eine schmale Tür an der Längsseite des Raums, dann stieß sie einen Pfiff aus. »Chef!«

Barakuda trat zu ihr. Der Nebenraum war eine Lagerhalle, etwa zur Hälfte gefüllt mit Ballen: Pelze und Felle, zusammengehalten von Stricken.

»Das dürfte die Ausbeute eines halben Jahres sein.« Dante holte tief Luft. »Kein Wunder, daß nichts in Cadhras ankommt – alles liegt hier.«

Eine flüchtige Untersuchung ergab, daß an die 2000 Stück Polarfelle hier gelagert waren – Wert in Cadhras etwa drei Millionen Drachmen.

»Das wird mir allmählich unheimlich«, sagte Barakuda leise. »Wer läßt das Zeug unbewacht rumliegen?« Langsam zog er die Pistole wieder aus dem Gürtel.

Neben den fest eingebauten Waffen der kleinen Korvette gab es auf Shilgat genau 414 Karabiner und 414 Handwaffen. Bis auf die beiden in Barakudas Hand und in McVities Halfter befanden sich alle in der Garnison zu Cadhras. Das Magazin enthielt 250 winzige Explosivgeschosse, wenn die geringe Ladung beim Auftreffen detonierte, entsprach die Wirkung der einer herkömmlichen Metallkugel mittleren Kalibers. Komprimiertes Gas in einer Stahlpatrone sorgte für kalten Schub.

»In alten Märchen werden solche Schätze immer von Drachen bewacht.« McVities Lippen wurden blau.

An der Rückwand der Halle entdeckten sie eine weitere Tür. Sie war versperrt. Mit einem Tritt sprengte Barakuda das rostige Schloß, die Tür schwang nach innen.

Unter der Decke des kleinen Raums gab es Lichtschlitze. Der Raum war leer, bis auf fünf Leichen. Die Kälte hatte sie konserviert.

Während McVitie zum Gleiter zurückkehrte, um eine Kamera zu holen, untersuchte Barakuda die Körper. Alle fünf – Männer – waren durch Messerstiche getötet worden.

Barakuda lehnte sich gegen den Türrahmen und schloß die Augen. Sarela McVitie kam mit der Kamera.

»Zwei Shil, zwei Mulis* und ein Cadhrassi«, sagte er. »Einer der Mulis ist aus Banyadir. Einer der Shil stammt vom Südkontinent, aus den Bergen nördlich von Sa'orq.«

Sarela blinzelte.

»In Banyadir schnitzt man Sklaven V-förmige Kerben in beide Ohrmuscheln«, sagte Barakuda halblaut. »Und in den Bergen von Sa'orq schneidet man ausgestoßenen Verbrechern die ersten Glieder der beiden kleinen Finger ab.«

Mtusi hatte sich an den Versorgungsapparaten zu schaffen gemacht; die warme Luft unter der transparenten Kuppel war von Kaffeeduft erfüllt.

»Kein Zweifel, das sind Banditen. Gewesen.« Barakuda wärm-

---

* Wie empirisch erwiesen, können homo sapiens sapiens und homo sapiens shil miteinander Nachkommen zeugen, Mischlinge (»Mulis«) sind jedoch beiden Ursprungsrassen gegenüber steril und nur untereinander fortpflanzungsfähig. Erst nach mehreren Generationen, wenn ein Erbteil dominant geworden ist, endet diese selektive Sterilität. Mischlinge der ersten Generation sind meist rosaoliv; später setzt sich eine der Rassen auch farblich durch. Bei Elternschaft weniger gemischter, sondern z. B. rein sinoider Cadhrassi ergeben sich andere Nuancen.

te sich die Hände am Becher und starrte auf das friedliche Flußpanorama. Die Sonne hatte die Hälfte des Himmels erklommen. »Ich frage mich nur, wie das alles zusammenhängt. Stellen wir eine Hypothese auf. Banditen aus der Steppe greifen nach dem Pelzhandel – ob sie die Pelzjäger umbringen oder zwingen, für sie zu arbeiten, bleibt dahingestellt. Sie horten Felle, früher oder später versuchen sie sicher, die Beute über Mittelsmänner in Cadhras abzusetzen. Aber wer hat die fünf Männer hier ermordet? Und wozu? Wenn es um die Pelze gegangen wäre, lägen die Ballen wohl nicht mehr hier.«

Mtusi verzog das Gesicht. »Sie vergessen noch etwas, Barakuda: Wer waren die beiden schwerbewaffneten Männer, die, wie Sie sagen, in Vagaván vom Sonnenaufgang über Thaggo berichtet haben?«

In niedriger Höhe überflogen sie abermals die Stadt. Diesmal entdeckten sie, dank des Tageslichts, einen von Schutt geräumten, passierbaren Weg durch die Trümmer, der nach Süden verlief und offenbar ins Sumpfland führte. Außerhalb der Stadt fanden sie von der gefrorenen Erde bewahrte Huf- und Karrenspuren sowie Exkremente von Pferden und P'aodhus, sonst nichts.

Sie überflogen den »eigentlichen« Nordkontinent – Millionen Quadratkilometer Hochsteppe, zwischen 1000 und 1500 Meter über dem Meeresspiegel, mit Wüsten, Flußläufen und kleineren Höhenzügen. Weit im Osten trennten Banyadirs Berge – Neuntausender – die Steppe von den Küstenländern am Lysangrischen Ozean; die Gebirgsketten im Süden, Westen und Norden waren niedriger, aber auch sie riegelten Steppe und Flachländer voneinander ab. Es gab nur wenige gute Pässe und einige Flußdurchbrüche.

Ihre Flugroute führte von Thaggo nach Südosten. Die Große Nordbarriere – kahle Felsmassive, die bis in 4500 Meter Höhe ragten – lag hinter ihnen, unter ihnen die Steppe, das unermeßliche Grasland der Banyashil-Nomaden. Braune und grüne Hügel, zwischen ihnen bisweilen Seen von tiefem Blau; erster Schnee auf einer Kette kleiner Berge; breite Flußbetten mit kläglichen Rinnsalen; Krüppelwälder und ausgedehntes Buschwerk; die dunkle Linie einer Karawanenstraße; eine nach Zehntausenden zählende P'aodhu-Herde, umkreist von Reitern auf schnellen Pferden, in der Nähe eines Zeltlagers; rechts vom Gleiter, vor der Sonne des späten Mittags, ein Tahork auf nackter Felskuppe, eines der riesigen bärenähnlichen Raubtiere des Nordens, das einer *mésalliance* zwischen Katze und Echse zu entstammen schien; träge schwebende Raubvögel, Toktaks, mit silbrig glitzerndem Gefieder über einer Schlucht; wie eine Schnur bunter Perlen eine Karawane, Kamele mit Packlasten; wieder Zelte und Herden; äsendes Wild bei einem kleinen Gewässer – Huadiris, von den Cadhrassi auch Shilgat-Antilopen genannt; an einem steilen, bewachsenen Hang Springschafe mit überentwickelten Hinterbeinen, Zhumzhums; schneller Übergang von Gras zu Flechten zu Steinen zu Wüste, Sand- und Kiesebenen mit Felsformationen in allen Formen und Farben, aber auch hier der Strich des Karawanenwegs und einzelne Zelte, in der Nähe von Brunnen.

Kurz vor Sonnenuntergang erreichten sie das Lager der Fürsten, am Fuß der Bärenberge: letzte Station auf der diplomatischen Rundreise des Inspektors. Sarela schaltete den Autopiloten ab und landete in der Steppe, außerhalb des Rings der Zelte und auf der den Herden abgewandten Seite.

»Du wirst grau und fett, Freund«, sagte Gortahork. Lächelnd umarmte er Barakuda. »Wann jagen wir wieder?«

»In zehn Tagen, Fürst. Jagen und viel reden.«

Tremughati war nicht anwesend. Barakuda verehrte die Fürstin sehr und tröstete sich damit, daß er sie bald sehen würde.

Beim Nachtmahl im Fürstenzelt erfuhr Mtusi, daß auch die Banyashil keine Klagen gegen Cadhras hatten. Gortahork lehnte sich zurück, wischte einen Flecken von seiner Lederkleidung und stützte den Ellenbogen auf die Pelze seines Lagers. »Solange von den Sternen Personen wie die augenblickliche Gouverneurin geschickt werden«, sagte er in einwandfreiem Galaktein, »wird es keine Probleme geben.«

»Dafür gibt es andere Dinge«, knurrte Barakuda.

Der Fürst sah ihn aufmerksam an. »Sprich, Bärenjäger.«

»Die Wegelagerer der Steppe greifen nach dem hohen Norden. Und es sind Cadhrassi dabei.« Er berichtete von den Dingen, die sie in Thaggo gefunden hatten.

Gortahork rieb sich die Hakennase. »Das ist schlecht. In diesem Sommer war es auch im Grasland manchmal schlecht. Mindestens eine halbgroße Karawane ist untergegangen, und einige Stämme hatten Gefechte mit Räubern. Cadhrassi, sagst du?«

»Leider. Und Mulis, und Shil aus dem Süden.« Barakuda blies über den heißen Tee. »Wenn die Probleme größer werden – wenn noch mehr Cadhrassi dabei sind, muß ich dich bald bitten, Krieger aus Cadhras im Grasland zu dulden.«

Gortahork bewegte die rechte Hand; es war eine wegwerfende Geste. »Ein kleines Problem. Unter dem alten Gouverneur hätte ich befürchtet, das Gouvernement könnte Land erobern wollen. Solange *diese* Gouverneurin in Cadhras ist und du alles bewachst, habe ich keine Besorgnis. Schick deine Krieger; unsere Jägerinnen und Jäger werden ihnen helfen.«

Barakuda nickte. »Noch etwas. Was geschieht mit den Fellen in Thaggo?«

Gortahork grinste. »Laß sie abholen.« Er klopfte auf die Pelze, auf denen er lag. »Ich brauche sie nicht, keiner bei uns muß frieren. Es würde zu lange dauern, wenn wir sie holten. Außerdem... « Er runzelte die Stirn und dachte nach. »Ich kenne einen Weg durch den Sumpf Aber es ist zu weit.«

Sarela nickte, als habe sie nichts anderes erwartet.

»Vierhundert Tagesreisen jenseits von Wüsten und Bergen!« sagte der Inspektor.

Gortahork hob eine Braue. »Der Vater aller Banyashil hat alles zu wissen. Auch die Menschen in Vagaván sind Banyashil, auch die Ruinen von Thaggo gehören zum Land der Nordmenschen. – Laß sie abholen mit euren Gleitern. Sie sollen auf dem üblichen Weg verkauft werden. Vom Erlös zieht ein Drittel ab, für den Transport. Zwei Drittel für die Banyashil.«

»Ein Drittel ist zuviel.« Barakuda schüttelte den Kopf.

»Ein Viertel dann.«

»Nein, Fürst. Wir werden die Felle holen und die Transportkosten berechnen. Das ziehen wir ab. Was geschieht mit dem Rest? Euer Guthaben?«

Die Fürsten, aber auch die einzelnen Stämme, unterhielten für eventuelle Notfälle – Hunger, Seuchen etc. – Konten in Cadhras und bei Banken und bankähnlichen Institutionen in größeren Shil-Städten.

»Ja. Ich werde überlegen, was damit zu tun ist.«

»O Freund, willst du nicht lieber die Fürstin fragen? Sie ist klüger als du.«

Gortahork kicherte. »Allzu große Klugheit im Umgang mit Werten führt zu ihrer baldigen Verminderung. Würde Saravyi sagen. Aber ich werde mit der Fürstin reden.«

Der Inspektor lächelte. »Wer ist Saravyi?«

»Ein weiser alter Mann. Ich wache über die Banyashil, die Fürstin wacht über mich, und Saravyi wacht über die Fürstin.«

»Und wer wacht über Saravyi?«

Gortahork schloß die Augen. »Nur noch das Große Chaos.«

III.

Nach dem Abflug des Kurierboots blieb die lästige Routine: Abfassung von Berichten, Sortieren von Meldungen, die Abwicklung der Saison vor Beginn der Toten Zeit. Barakuda brütete einige Stunden über dem Laborbefund. Die aus Pasdan gelieferten Waren und Substanzen waren einwandfrei, ließen aber Rückschlüsse darauf zu, daß Chemie und Biochemie im Matriarchat erheblich weiter fortgeschritten waren als angenommen. Die Spezialgefäße aus Pharlit, die Pasdan geordert hatte, konnten für alles mögliche verwendet werden.

Die Ergebnisse der Auswertung des Thaggo-Materials ließen auf sich warten. Dafür kam anderes Material: Ein Frachter aus dem Niemandsland brachte seltene Mineralien, extrem reines Schwingquarz, Druckbehälter mit Tritium aus den Meeren eines absurden Hochdruckplaneten. Die Besatzung bestand aus allerlei Humanoiden, aber auch Mischwesen und Fremdformen: Der Navigator war ein flaumiger Ball mit verkümmerten Flügeln, die in siebenfingrigen Händen endeten, den Lademeister bezeichnete Barakuda insgeheim als Minotaurus. Das größte Aufsehen in den Lokalen von Cadhras erregten jedoch drei gigantische Echsen, Renegaten oder Ausgestoßene aus der Ilithanischen Union. Der letzte Konflikt zwischen diesem Reich und dem Commonwealth lag acht Jahre zurück, aber der Friede war bestenfalls armiertes Mißtrauen, und auch in Cadhras kannte man die Geschichten. Ilithaner pflegten Gefangene zu zerreißen: lebendiger Proviant.

Mit dem Beginn des Winters fiel die ohnehin kurze Dämmerung am Äquator fast ganz aus; die Nächte wurden zunächst kühl, dann kalt. An einem dieser Abende fand Barakuda einen Teil von Bondaks Banditen im billigsten der Hotels an der Bucht. Kakoiannis, wie immer überaus adrett, spielte in einer Ecke 3-D-Schach mit einem der letzten Touristen. Die Band mit Emlyn Skudder am Klavier und Musikern aus Cadhras an Schlagzeug, Baß, Waschbrett, Banjo und Trompete machte höllischen Lärm. Zwischendurch begleiteten sie *suldau* Nardini, der heftig schlingerte und schielte, aber noch artikulieren konnte, bei Balladen von melancholischer Obszönität. Renés Heldentenor, normalerweise ohne jeden Rhythmus, klammerte sich förmlich um den Schlagzeuger. Karuka Katz, Lissa Escalante und Margo Vandamme, Profis der A-Kompanie, saßen mit der Korporalin Levon von der Ausbildungs*centuria* C ganz weit vorn und fuchtelten mit einem zum Knebel gedrehten Geschirrtuch, ihre Zwischenrufe gingen in der Musik unter.

Später trat eine Tänzerin auf. Barakuda versuchte an der Bar, sich mit einem Shil aus dem Hinterland zu unterhalten, vergeblich. Die Musik wurde immer wilder. Der Tanz hatte vermutlich keinen Namen, und die langbeinige Frau war unglaublich. Das hellblaue Haar flog, bildete Fächer, fing das Licht verschiedenfarbiger Lampen auf. Frauen und Männer johlten, klatschten und trampelten im Takt, der Boden bebte. Auf der Bar wanderten Gläser und Aschenbecher. An einem Tisch, wo scharf gespielt worden war, kippte lautlos ein Münzstapel um. Die Karten ruhten, sogar die fanatischen Würfler – zwei Shil-Fischer und drei Frauen aus der Garnison – starrten zur Tanzfläche. Es roch nach Körpern, Alkohol, Kaffee und Tabak; die schweißtriefenden Musiker beschleunigten noch einmal. Die Füße der Tänzerin waren nicht mehr zu sehen, das Kleid ein Flirren aus Silber. Sie tanzte neben dem Podest der Band, schien durch die hölzerne Wand schweben zu wollen.

Aus den Augenwinkeln sah Barakuda den baumlangen Soldaten Terence Learoyd, der sich mit einem Barhocker durch die Menge drängte und zehn Meter vor der Tänzerin aufbaute. Jemand reichte ihm Küchenmesser. Learoyd saß schwankend auf dem Schemel, wog eines der Messer in der Hand. Es bohrte sich links neben der Tänzerin in die Wand. Entweder hatte die Frau nichts gesehen oder sehr gute Nerven, sie tanzte weiter. Das zweite Messer. Rechts. Das dritte, wieder links. Stampfen und Gejohle ließen nach. Das vierte Messer nagelte einen der weiten Ärmel der Bluse an die Holzwand. Mit einem Ruck befreite sich die Frau, tanzte. Der Ärmel, an der Schulter ausgerissen, baumelte an der Wand. Das fünfte Messer, der andere Ärmel. Mit einer eleganten Bewegung schüttelte die Frau den Rest der Bluse ab. Das sechste Messer heftete den hellen Rock an die Wand. In schneller Folge umgab Learoyd die Frau mit Messern, während sie sich aus dem Rock herausdrehte. Er blieb neben dem Podest hängen. Sie trug nur noch hochhackige Schuhe und einen hauchdünnen Slip aus schwarzen Spitzen. Sie warf den Kopf zurück, blickte zu den Musikern, hob die Hand, ließ sie sinken. Jähe Stille. Die Tänzerin streifte lächelnd die Spitzen ab, tänzelte vorwärts, knüllte den Stoff zusammen und warf ihn Learoyd zu. Er fing das Geschenk auf, küßte es, schwankte, rülpste und stürzte mitsamt dem Hocker um. Zwei Kameraden – der lange dürre Vlad Oubou und der schwarze Korporal Timoara – trugen ihn hinaus.

Als die Tänzerin begriff, daß der Messerkünstler von Anfang an sinnlos betrunken gewesen war, taumelte sie rückwärts zur Wand, stand bleich zwischen Messern und Kleiderfetzen und schlug die Hände vors Gesicht. Barakuda bedauerte es, denn zuvor hatten ihre und seine Blicke sich mehrfach gekreuzt. Einer der Musiker warf ihr eine Decke zu; ein Fischer brachte ihr einen Becher. Sie nahm ihn in beide Hände und leerte ihn auf einen Zug.

»Tolle Show.« Eine Stauerin links neben Dante an der Bar grinste und schüttelte den Kopf. »Aber so abgefüllt hab ich den Langen noch nie gesehen. Der kann doch sonst nen Ozean leermachen.«

Barakuda nickte. »Er ist noch von vorgestern übrig.«

Die Stauerin kicherte. »Also, daß ein Höschen ausreicht, um Terence umzuwerfen... «

Zu den Legenden der Garnison würde eine weitere kommen. Und wie kaum anders möglich betraf auch sie einen von »Bondaks Banditen«.

»Wenn er morgen früh mit Kopfschmerzen aufwacht, werden ihn die schwarzen Spitzen sicher trösten«, sagte Barakuda.

Einer der Musiker riß ein Fenster auf. Über dem Binnenmeer lag Nebel, der kalt und feucht ins Lokal kroch.

»Wer ist eigentlich die Frau?«

Die Stauerin hob die Schultern. »Ich glaube, die hat zu dieser Revuetruppe gehört und den Abflug verpaßt.«

»Ach ja. Es lebe die tote Zeit. Immer das gleiche.«

Zu Beginn des planetaren Winters endete der Tourismus von den Sternen, nur manchmal überwinterte ein Fremder auf Shilgat, wenn er sich vom Universum distanzieren wollte. Die meisten Ernten waren eingebracht, alle frischen Produkte exportiert. Konserven, Handwerkserzeugnisse und spätes Getreide konnten gelagert werden. Wenn nicht irgendein Trampfrachter sich nach Shilgat verirrte, blieb Hyperfunk für etwa 50 Tage die einzige Verbindung zwischen dem Planeten und der Milchstraße. Keine Liner, keine Yachten, keine Frachter; das regelmäßige Kurierboot von der Hauptwelt des Sektors überschlug einen Monat, und die Korvette der Garnison flog zum Sektor-HQ, ins Dock, zum Überholen. An Bord waren die beiden Ausbildungskompanien, die ausgetauscht wurden (abgesehen von Offizieren und Unteroffizieren), sowie eventuelle Freiwillige aus dem Territorium, die zur Flotte wollten. Nur die Profis blieben zurück, die Frauen der A-Kompanie und die Männer der B-*centuria* .

Und Treibgut der Sterne. Wahrscheinlich waren es nicht mehr Desperados, Abenteurer, entlaufene Matrosen, Gestrandete als sonst, aber sie traten unverdünnt auf. Cadhras wurde damit fertig, soweit es noch in Betrieb war. An der langen Bucht lagen fünf Hotels. Vier von ihnen hatten den Namen verdient, und von diesen blieb nur das *Vistamari* im Winter geöffnet. Das fünfte, namens *Strandhotel*, war ein zweigeschossiger Holzbau kurz vor dem Kap. Es gab Zimmer mit Pritsche für zweieinhalb Drachmen die Nacht, einen Schlafsaal für 30 Leute, die jeweils 75 Obols bezahlten, wenn sie ihre eigenen Decken benutzten, sonst eine Drachme; das Essen war billig und einfach, und es gab reichlich Unterhaltung; wie heute. Musik, Tanz, bisweilen die eine oder andere Schlägerei mit Messerstichen. Und viele Geschichten. Barakuda kam gern hierher. Er saß an der Bar, trank Kaffee mit Importschnaps und fragte sich, worauf er wartete.

Das Lokal hatte sich bereits geleert, als eine warme Altstimme ihn aus seinen Grübeleien riß. »Hast du eine Zigarette für mich, Matrose?«

Es war die Tänzerin; sie schwankte leicht, lehnte sich an seine Schulter und sah ihn mit großen schweren Augen an. Dante schob ihr Feuerzeug und Päckchen hin.

»Deine Augen«, sagte sie. »Du bist auch einer von denen, die zu viele Sterne gesehen und sich die Wimpern versengt haben.«

Sie hatte die Reste ihrer Kleidung von der Wand gelöst und angezogen; die Decke des Musikers lag wie eine Mantilla um ihre Schultern. Es war eine rote Decke, darauf das hellblaue Haar wie ein Nest von Giftschlangen.

»Ich werde dich Sternmatrose nennen, Sternmatrose. Ich hab Durst, Sternmatrose.«

Das Gesicht mit den breiten Backenknochen war freundlich und ein wenig verlebt. Dante gab dem Barmann ein Zeichen und versuchte, den Akzent einzuordnen. Ihre Aussprache war nachlässig – Alkohol und Erschöpfung; zunächst hatte sie ihn auf Galaktein *marinyer astral* genannt, zuletzt *estarseyler.* Vermutlich kam sie von einer der ursprünglich anglisch besiedelten Welten.

Der Barmann brachte ein Bierglas mit einer trüben Flüssigkeit: *kasampa,* ein übler Obstbrand. Die kopfgroße Sampa lieferte wohlschmeckendes, bräunliches Fruchtfleisch und herben Saft, der auch unvergoren trinkbar war und zu allerlei alkoholischen Getränken weiterverarbeitet wurde. Bis hin zu *kasampa,* einer teuflischen Sache mit 54 %. Dante schüttelte sich, als die Frau das Glas auf einen Zug leerte.

»Und wo ankert dein Schiff, Sternmatrose?«

»Es ist an einer toten Sonne zerschellt. Wer bist du, Tänzerin zwischen den Messern?«

»Ich bin über Bord gegangen«, sagte sie. »Niemand hat mich vermißt. Eine Waise des Ozeans. Nenn mich Fimfinella Fandango.« Die vollen, spröden Lippen lächelten kaum merklich.

Barakuda verschluckte sich an seinem kalten Kaffee und hustete. ›Eine dieser absurden Nächte mit absurden Dialogen‹, dachte er.

Sie waren die letzten Gäste. Der Barmann hatte seine Verschanzung verlassen und räumte die Tische ab.

»Wo verbringst du deine Nächte, Sternmatrose?«

»In einer schwankenden Koje, Ozeanwaise.«

Sie hob die linke Hand; am Ringfinger blitzte ein rötlicher Stein. »Ich werde ihn versetzen müssen. Drei Tage essen und schlafen in diesem Schuppen hier, das war mein letztes Geld. Gibt es ein Pfandhaus in dem Nest?«

»Ja, aber es ist nachts geschlossen.«

»Schlingert deine Koje sehr?«

»Wenn man sie zum Schlingern bringt.«

Sie gingen nicht über die Esplanade, sondern den Strand entlang. Undeutlich glommen links von ihnen Positionslampen ankernder Boote im Nebel, sie bewegten sich auf der trägen Dünung wie in einem gravitätischen Tanz.

»Die Nacht ist voll von Sternen, Matrose.« Fimfinella deutete auf die Lampen. »Schlappe Schnuppen.« Sie legte den Arm um Dantes Hüfte; die Hand kroch unter die Jacke, und durch das Hemd spürte er die scharfen Nägel.

Landeinwärts verdünnte sich der Nebel; die wenigen Lichter der Bungalows auf dem Hügel waren gut zu sehen.

»Fixsterne.« Mit der freien Hand wies die Tänzerin nach Osten. »Es ist eine unbekannte Konstellation, Sternmatrose. Nennen wir sie Grimmer Mops.«

An der Südmole, wo der Strand endete, stiegen sie die Steintreppe hinauf. Bis hierhin hatten sie eine beeindruckende Reihe neuer Konstellationen gefunden. Die meisten Häuser am rechteckigen Hafenbecken waren dunkel; auf dem Kopfsteinpflaster des Kais und unter den Arkaden hallten die Schritte durch die Nacht. Nur im *Meeresleuchten* war noch Licht; Dante zögerte einen Moment.

»Meine Koje steht neben dieser Kneipe. Die linke Tür oder die rechte?«

Fimfinella räusperte sich. »Deine.«

Barakuda erwachte von Musik und Kaffeeduft. Er blinzelte ins Licht; der Vorhang zwischen Schlafkammer und Wohnraum war zurückgeschoben. Die Tänzerin hatte sowohl den Kaffee als auch die Hygienekabine gefunden. Sie trug nur ein Handtuch, in kunstvollen Windungen um den Kopf gelegt, unter denen die hellblauen Haare verschwanden. Vom Abtrocknen schien sie nicht viel zu halten, aber der flauschige Teppich wurde damit fertig. Sie stand vor dem Regal, hatte einen der kleinen Musikwürfel ins Abspielgerät geschoben und betrachtete Buchrücken. Barakuda drehte sich leise herum. Er lag auf dem Bauch, den Kopf zum Fußende des Betts, stützte das Kinn in eine Hand und betrachtete die Frau beim Betrachten.

»Gutes Morgenpanorama«, sagte er.

Sie fuhr herum und sah ihm in die Augen; sie schien verwirrt. »*Musikubos* und echte Bücher, irdische Klassiker – was für eine Sorte Matrose bist du eigentlich?«

Ein Schlüssel drehte sich im Schloß, die Tür des Apartments öffnete sich halb, es erschien eine Hand, die ein Tablett balancierte. Begheli trat ein, sie sah die Frau mit Handtuch, pfiff und stellte das Tablett auf den Tisch.

»Oha«, sagte Fimfinella. »Grase ich auf einer fremden Weide?« Mit elegantem *sidestep* suchte sie die Deckung einer hohen Sessellehne auf.

Begheli legte den Kopf schief und warf Barakuda einen Blick zu. »Kaum. Hier oben gibt es keine abgesteckten Grundstücke. Aber sehr bald Frühstücksbesuch.«

Dante grinste. »Eh, Begheli, hast du vielleicht einen Lendenschurz für unsere Freundin? Ich glaube, ihre Garderobe ist auch über Bord gegangen.«

»Wieso *auch*?« Begheli blieb in der Tür stehen und schaute über die Schulter zurück. Dann machte sie große Augen; sie schienen grüne Funken zu sprühen, aber ihr Kupferhaar fing kein Feuer. »Ach so. Die Geschichte macht schon die Runde. Dann hat Terence das Höschen, wie?«

»Das scheint mir eine schnellwuchernde Legende zu werden«, murmelte Barakuda.

»Kleine Orte sind geschwätzig.« Begheli unterzog die Tänzerin einer kritischen Musterung. »Geht in Ordnung, Schwester. Aber um die Hüften wird's ein bißchen eng.« Sie schnalzte mit der Zunge und schloß die Tür hinter sich.

»Geht das hier immer so zu, Sternmatrose?« Fimfinella schlüpfte in Dantes weiten Bademantel. Im Tageslicht sah Barakuda, daß ihre Augen ebenso hellblau waren wie ihr Haar, und auch sie schien Dinge zu bemerken, die sie nachts nicht gesehen hatte.

»Noch einmal: Was für eine Matrosensorte bist du? Und wo kommen all die Narben her?« Sie deutete auf seine rechte Hüfte, dann auf die lange Narbe zwischen Auge und Mundwinkel.

Beghelis Eintreffen mit einem Arm voller Kleider enthob Dante der Notwendigkeit, die Fragen zu beantworten. Er warf einen Blick auf den Tisch, auf das Tablett mit Brot, kaltem Braten, Butter und Sahne, und verschwand unter der Dusche, wo er länger blieb als nötig.

Als er erfrischt und rasiert wieder die Szene betrat, trug er bequeme schwarze Slipper aus P'aodhu-Leder, eine schwarze Hose aus Baumwollstoff und ein schwarzes Flanellhemd. Die Tänzerin, angetan mit braunem Rock und beigem Pullover, beides knapp, lehnte am Fenster und schaute über den Hafen hinaus. Sie wandte den Kopf, warf einen Blick in Dantes Gesicht und sah dann wieder aus dem Fenster. Über dem Meer lag noch immer Dunst, und der graue Himmel war undurchdringlich.

»In Ermangelung der Sonne bringst du Farbe«, sagte Barakuda; er schaute Begheli zu, die mit Tellern und Tassen hantierte. Sie steckte in einer leuchtend blauen Mischung aus Hosenanzug und Overall mit tiefroter Hüftschärpe, die olivrosa Stirn war gerunzelt. Begheli deutete einen Tellerwurf in seine Richtung an. Leise summend ging Barakuda zum Fenster und drehte am Rad des Heizkörpers, gebückt.

»Du bist also so was wie ein Minister«, sagte Fimfinella über ihm. »Und ein *barracuda* ist ein irdischer Raubfisch, glaube ich.«

Dante richtete sich auf und bleckte die Zähne; sie waren weiß und kräftig.

»Na gut, ich werde dich Fischminister nennen, Sternmatrose.« Sie fühlte sich offensichtlich unwohl.

»Was ist das nun mit dem geheimnisvollen Frühstücksbesuch?« Barakuda sah, daß Begheli für fünf gedeckt hatte.

»Wart's ab, eine Überraschung.«

Pa'aira erschien mit einer Pfanne: Rührei und Schinken. Anders als bei Begheli, die der ersten Mischlingsgeneration angehörte, hatte sich bei Pa'aira das Shil-Erbe bereits durchgesetzt: schwarze Haare, schwarze Augen, Olivhaut. Passend zum Inhalt der Pfanne trug sie Gelb, eine Art Kimono.

»Reger Durchgangsverkehr. Guten Morgen, o ihr Blumen des

Hafens.« Dante nahm die volle Kanne aus der Kaffeemaschine und schenkte ein.

»Gestern abend«, sagte Begheli, »ist ein Besucher gekommen. Er wollte zu dir.«

»Und du warst nicht da, und Begheli war beschäftigt, deshalb hab ich ihn bei mir untergebracht.« Pa'aira setzte sich, goß Sahne in ihre Tasse, rührte, trank einen Schluck und begann mit der gerechten Verteilung des Pfanneninhalts.

»Wer ist es denn, bei allen Göttern von Sa'orq?«

»Ich.« Buschige Brauen und eine Hakennase erschienen in der Tür; der dazugehörige Mann war noch länger als Barakuda, hager und von Wind und Wetter gegerbt.

»Ha!« schrie Dante. »Du altes Skelett!« Er packte die Hand des Neuankömmlings und schüttelte sie, als wolle er sie abreißen. Dann deutete er auf die Tänzerin, die immer noch am Fenster stand. »Darf ich bekannt machen? Zwei Pseudonyme, fürchte ich: Cuthbert Pinto, Klabautermann, und Fimfinella Fandango, Primaballerina.«

Vor fünf Jahren, zu Beginn der Toten Zeit, war Pinto im *Meeresleuchten* aufgetaucht. Auch er hatte diesen Blick – zu viele Sterne, zu viele Lichtjahre. Einige Tage später war eine Suchmeldung gekommen. Eine reisende Magieshow hatte auf dem Planeten Panormos Probleme mit der dortigen Unterwelt bekommen, nämlich die Zahlung hoher »Schutzgebühren« verweigert, es gab mehrere Tote und Verletzte. Der Chef der Truppe hatte zwei Unterweltler erwürgt und war geflohen, verfolgt von Hetzhunden der »Sippe«. Er wurde gesucht; man hätte ihn vermutlich vor Gericht gestellt und freigesprochen, da die übrigen Mitglieder seiner Truppe von den Gangstern umgebracht worden waren und er eindeutig in Notwehr gehandelt hatte. Aber die Behörden brauchten seine Aussage, um endlich einige Köpfe der »Sippe« fassen zu können. Barakuda hatte damals, in zwei langen Nächten, Pinto zu einer schriftlichen Aussage bewegt (die zur Verurteilung mehrerer Gangster beitrug), diese nach Gaia weitergeleitet und vermerkt, der Gesuchte sei aus der Untersuchungshaft entflohen und habe sich mit einem Trampfrachter ins galaktische Niemandsland abgesetzt. Seitdem segelte Pinto auf dem Binnenmeer herum, zauberte hin und wieder in den Hafenkneipen, übernahm Frachten und bisweilen auch zahlungskräftige Touristen.

Fimfinella starrte Pinto an. Cuthbert ging langsam zu ihr, streckte die Rechte aus, holte hinter dem Ohr der Tänzerin eine lila Blume hervor, aus dem Ausschnitt des Pullovers ein wabbelndes Gummikrokodil, eine Zigarette hinter dem anderen Ohr. Dann schnappte er mit den Fingern. Es knallte, Rauch stieg auf, und Fimfinella stieß einen Schrei aus.

»Der Große Magadonga!« Mit spitzen Fingern entfernte sie die Schlange von ihrem Hals, ein geflecktes Kunststoffband, das aus dem Nichts aufgetaucht war.

»Der ist tot, im Niemandsland verschollen«, sagte Pinto. »Und was ist mit einer gewissen Fiona geschehen, die Antigravakrobatin und Hochseiltänzerin war?«

»Sie ist über Bord gefallen«, sagte Barakuda. Er setzte sich zu Pa'aira und Begheli. »Die Eier werden kalt.«

Aber die beiden am Fenster hörten nicht auf ihn.

»Zehn Jahre? «

»Elf«, murmelte Fimfinella. Sie sah den hageren Mann an, blickte dann auf ihre Hände, die sich an den Heizkörper klammerten. »Seit dem Orbitkasino.«

Pinto seufzte und legte eine Hand auf ihre Schulter. »Die Große Tour; das beste Publikum der Milchstraße, die besten Gagen, und jenseits der Bullaugen die Meere und Kontinente von Gaia.«

»Das ist vorbei. Wach auf, Magier; man bietet uns ein Frühstück an.«

Er nickte. »Erinnerungen sättigen nicht.« Er warf Barakuda einen Blick zu. »Ich hab was vergessen. Das Wichtigste. Moment.« Er verließ den Raum.

Fimfinella setzte sich, starrte in die Kaffeetasse. Dann hob sie die Augen und sah Dante an.

Barakuda nickte langsam.

Die Tänzerin lächelte schwach und stocherte auf ihrem Teller herum, begann dann aber doch zu essen. Pa'aira und Begheli sagten gleichzeitig: »Schönes Wetter heute.«

Pinto kehrte zurück; er hielt einen Umschlag in der Hand, legte ihn auf den Tisch und setzte sich neben Fimfinella.

Barakuda schob schließlich seinen leeren Teller fort, zündete sich eine Zigarette an und klopfte auf den Tisch. »Bei unverhofften Wiedersehensfreuden stören Zeugen nur. Ich werde deshalb gleich an meinen Schreibtisch eilen. Ihr könnt machen, was ihr wollt.«

Die Tänzerin hob eine Braue und sah Pinto an. »Haben wir uns was zu erzählen?«

Pinto grinste plötzlich, sein hageres Gesicht legte sich in Falten, die wie konzentrische Ringe Mund und Nase umgaben. »Ich hab ein Boot auf der Reede liegen. Mit Kajüte und Kochnische. Vielleicht magst du es besichtigen?« Dann hob er den Umschlag und reichte ihn Dante quer über den Tisch. »Und ich hab Cargo an Bord, der dich interessieren könnte.«

Barakuda nahm den Umschlag entgegen, öffnete ihn aber nicht. »Was denn?«

Cuthbert lehnte sich zurück. »Ich war in Golazin. Im Landhafen.«

Dante nickte. Die alte Stadt am Nordrand des Binnenmeers bestand aus zwei Teilen, einem sehr alten mit Zitadelle auf einer Felseninsel vor der Küste und einem neueren an Land, auf dem Ostufer des größten Mündungsarms eines Stroms. »Und weiter?«

»Ein paar Männer, Mulis, sind abends zu mir gekommen, in einer Taverne. Sie müssen mich schon länger beobachtet haben, sie haben mir genaue Auskünfte über das Fassungsvermögen meines Schiffs gegeben. Einer von ihnen hatte Kerben in beiden Ohren.«

Barakuda beugte sich vor. »Das ist eine feine Geschichte, Cuthbert. Ich glaube, ich will sie ganz hören.«

»Hab ich's mir doch gedacht. Sie haben mir fünfhundert Foldar* für eine Ladung nach Cadhras angeboten. Ich sollte aber nachts mit dem Boot ein paar Kilometer flußauf segeln und den Kram am Westufer des Golzain übernehmen.«

»Das klingt«, sagte Begheli, »als ob jemand Wert darauf legt, nur ja klarzumachen, daß er was Verbotenes tut.«

Dante runzelte die Stirn. »Könnte stimmen. Und?«

Pinto breitete die Arme aus. »Was und? Ich hab sie auf siebenhundert hochgehandelt und nachts die Ladung übernommen. Im Umschlag ist eine Liste.«

Dante nahm die Papiere heraus und überflog sie. »Fein.« Er verzog keine Miene.

---

* Standard-Münzwährung der Shil; 1 Foldar = 2 Drachmen.

Pa'aira kicherte. »Sagenhaft geheimnisvoll. Dürfen wir erfahren, was es ist?«

»Zum Beispiel Eiskatzenpelze«, sagte Pinto.

Im Büro fand Barakuda einen weiteren Umschlag vor. Er kam von der Gendarmerie und enthielt Bilder, die Sarela McVitie in Thaggo gemacht hatte, ferner Kopien von Schriftstücken und einen handschriftlichen Kommentar des Präfekten: »Sieht nach einem feinen Wespennest aus. Arbeiten wir zusammen? V.A.«

Fotos und Unterlagen – Vernehmungsprotokolle und ein Urteil in Abwesenheit – betrafen vor allem den toten Cadhrassi aus Thaggo. Er war identifiziert, und das Ergebnis machte Barakuda keine Freude. Er legte die Papiere weg und starrte aus dem Fenster über das leere Landefeld auf die Küstenhügel südlich der Bucht. Dann nahm er die Unterlagen und ging in den militärischen Teil des Raumhafens hinüber, den »Bunker«.

Major Maqari hockte an einem Tisch neben dem von einer Leutnantin gehüteten Schaltpult und brütete über Bildern.

»Ah, Barakuda. Trifft sich gut. Ich wollte Sie sowieso anrufen. Die Gleiter aus Thaggo sind mit den Pelzen zurück, und es gibt ein neues Problemchen.«

Barakuda klopfte dem untersetzten Mann auf die Schulter und nickte der *legata* zu. »Wir haben offenbar beide was auf dem Herzen. Bei mir ist es ein Zwei-Pfeifen-Problem.«

Maqari grinste; aus der Tasche seiner Uniformjacke, die über der Lehne hing, holte er eine alte anrüchige Bruyèrepfeife hervor, dazu einen fleckigen Beutel.

»Dann lassen Sie mich anfangen, Dante – meins geht wahrscheinlich schneller. Sehen Sie sich das an.«

Barakuda starrte auf die Satellitenbilder. »Seit wann interessieren Sie sich für das Wetter?«

Maqari blähte die Wangen auf »Quatsch. Hier, westliches Binnenmeer. Finden Sie nicht, daß da ein bißchen viel Verkehr herrscht?«

Barakuda schätzte die Punkte auf einem vergrößerten Ausschnitt und nickte nachdenklich.

»Dreihundertdreiundzwanzig. Sagt der Rechner. Ich hab selber nachgezählt.« Maqari zündete seine Pfeife an. Der Raum füllte sich mit Qualm.

»Wir wissen seit einiger Zeit, daß Pasdan ein Schiffbauprogramm betreibt«, sagte Dante. »Bloß wozu? Sind das alles Segler aus dem Matriarchat?«

Maqari fischte eine abermals vergrößerte Aufnahme aus dem Stapel und schob sie Barakuda hin. Die meisten Shil bauten eher behäbige breite Schiffe, nur weit im Süden, in Sa'orq, gab es schlanke Schnellsegler. Und in Pasdan.

Maqari trommelte mit dem Mundstück der Pfeife gegen seine Schneidezähne. »Wenn's nicht albern wäre, würde ich sagen: ein Flottenmanöver.«

»Ich glaube, da hilft im Moment nur abwarten und beobachten. Ich hab was anderes für Sie.«

Dante informierte den Major über die Identität des toten Cadhrassi aus Thaggo. »Er gehörte zu Nobregas Organisation.«

»Ein Schatten aus der Vergangenheit, was?« sagte Maqari. »Früher oder später mußte der ja wieder auftauchen.«

»Heute scheinen verdammt viele Schatten aus der Vergangenheit aufzutauchen. Es gibt da noch was.« Dante berichtete von den seltsamen Auftraggebern, die Pinto in Golazin angesprochen hatten, und von der Ladung. »Nichts Illegales, das macht die Geheimniskrämerei ja so merkwürdig. Pinto hat drei Sorten Waren an Bord. Erstens Kistchen, sehr schöne Handwerkserzeugnisse mit Einlegearbeiten. Zweitens Teppiche. Drittens Pelze.«

Maqari kniff die Augen zusammen. »Pelze, was? Und einer von den Männern war mal Sklave in Banyadir?«

Barakuda nickte und schwenkte den Drehsessel herum. Maqari folgte seinen Blicken auf die große Wandkarte:

»Wir haben ein Pelzlager mit Leichen gefunden, in Thaggo. Und Gortahork sagt, es gibt einen Weg durch den Sumpf.« Er stand auf und ging zur Karte. »Also von Thaggo nach Süden, durch den Sumpf. Bis zu den Bergen. Die Große Nordbarriere. Und dann?«

Maqari trat neben ihn und deutete unbestimmt auf den Pangotischen Ozean. »Wieso nicht über See?«

»Nein. Von Thaggo durchs Eismeer nach Westen, um das Vorland von Vagaván herum, durch diese üble Wetterküche, dann Tausende Kilometer nach Süden, durch die Meerenge von Pasdan – viel zu schwierig und weit. Außerdem: Wenn schon, wieso dann wieder nach Norden, nach Golazin, und nicht gleich nach Cadhras oder zu einer Insel, wenn's um unauffälliges Umladen geht? Vergessen Sie's. Nein, das Zeug ist über Land transportiert worden. Wahrscheinlich... « Er betrachtete die Karte. »Wahrscheinlich über einen der Pässe in die Steppe, dann mit Tragtieren oder Karren ziemlich genau nach Süden, bis zum Oberlauf des Golzain. Der ist für kleinere Kähne auch im Norden passierbar. Bis zu den Bergen. Da den Kram ausgeladen, mit Tieren durch die Pässe und unterhalb der Wasserfälle wieder auf Kähne.«

Maqari kaute auf der Pfeife herum und qualmte wie ein aktiver Vulkan. »Fragt sich nur: Wer bringt da oben wen um, warum, wieso die Heimlichtuerei in Golazin. – Was soll Pinto mit dem Kram machen?«

»Warten, bis ein bestimmter Trampfrachter hier landet, und dann alles übergeben.«

Maqari grunzte leise. »Alles nicht illegal. Bis auf die Leichen, hehe. Ob Pintos Pelze aus der gleichen Quelle kommen wie die, die wir für Gortahork beschlagnahmt haben? Teppiche und Kistchen sind auch nicht illegal. Bah.« Er legte den Kopf schief und zwinkerte. »Aber wenn die so genau wissen, wieviel Pinto laden kann und daß er nach Cadhras fährt und daß hier bald ein bestimmter Seelenverkäufer landet, dann müssen die jemand in Cadhras haben.«

Barakuda nickte.

»Dann wissen die auch, daß Pinto mit Ihnen befreundet ist. Und der Kontaktmann, wer auch immer das ist, wird inzwischen wissen, daß Pinto mit Ihnen gefrühstückt hat.«

Barakuda nickte wieder.

Maqari seufzte. »Alles wirr. Bin ich vielleicht Kriminalist? Nein, ich bin nur ein dummer alter Soldat. Ich schätze, Sie wollen, daß ich einen Satelliten über den Norden setze, was?«

»Ja. Sobald Cebrian mit der Korvette und den Neuen zurück ist, könnte er einen aussetzen. Ich verspreche mir nicht viel davon, aber man sollte es versuchen.«

»Na gut. Weiter.«

»Was weiter?«

»Sie haben von einem Zwei-Pfeifen-Problem gesprochen. Ich bin noch bei der ersten.«

Barakuda lachte. »Habe ich was davon gesagt, daß Sie beide hintereinander wegrauchen müssen?«

Maqari zupfte an seinem Ohrläppchen. »Sie Optimist. Nobrega als Drahtzieher der Banditen in der Steppe, undurchsichtige Manöver mit Pelzen, und Sie meinen, mit einer weiteren Pfeife ist das getan?«

Dante hob die Brauen. »Rauchen Sie weniger. Wie geht's eigentlich Terence?«

»Ah, waren Sie dabei?« Maqari strahlte. »Muß ja zugeschlagen haben wie ein Wilder. Jetzt liegt er auf der Pritsche in der Arrestzelle und hat Kopfschmerzen.«

Barakuda stand auf. »Na dann. Ich werde ihn nachher mal besuchen. Wir sehen uns.«

Die großen Füße ragten über den unteren Pritschenrand. Zwei Meter davon lag der Kopf des Soldaten. Er hatte sein Gesicht gegen die Zumutung des Tageslichts bedeckt mit einem schwarzen Spitzenhöschen und schnarchte.

Wie zufällig standen andere von »Bondaks Banditen« auf dem Hof: Korporal Vanzuid und die *suldaus* Nardini und Kakoiannis. Barakuda winkte. »*Kapral!*«

Vanzuid reagierte sofort, brachte es aber dabei fertig, überrascht auszusehen. »Wie immer, Chef?«

Dante nickte und verbiß sich ein Grinsen. Der *kapral* ging leise in die Zelle. Barakuda zuckte zusammen, als drinnen ein tierisches Gebrüll ertönte; fast gleichzeitig hörte er ein Jaulen. Dann die Stimme des Korporals, etwas milder: »Komm, Junge, aufstehen!«

»Nicht so laut, Mann!«

»Doch, raus mit dir. Papi Barakuda hat nen Job für dich. Und das Höschen nimm gefälligst mit!«

Learoyd war der einzige gebürtige Terraner in Cadhras. Irgendwann hatte er sich einem reisenden Zirkus angeschlossen, später war er zur Flotte gekommen. Dort hatte man wenig Bedarf für Messerwerfer, aber in fast 20 Jahren hatte er gelegentlich privat weitergeübt.

Mit vorsichtigen Schritten ging er neben Barakuda her. Das rostrote Haar glänzte noch ein wenig; der Rest einiger Gallonen kalten Wassers. Außerhalb der Garnison schlug Barakuda ein schärferes Tempo an. Learoyd biß die Zähne zusammen; seine Wangenmuskeln arbeiteten.

»Oder lieber Bau?« sagte Barakuda.

Learoyd verdrehte die Augen, sie waren noch immer rot. »Nein, aber.«

»Los, weiter. Frische Luft und Bewegung.«

Eine Dreiviertelstunde später erreichten sie die Küste südlich von Bucht und Raumhafen; an einem kleinen Steg lagen Ruderboote der Garnison.

»Uhuhuh«, machte Learoyd, als sie in ein schwankendes Boot stiegen.

Barakuda löste die Leine und stieß ab. Terence betrachtete ihn mißtrauisch, dann ergriff er seufzend die Riemen.

»Sie werden sehen, es tut Ihnen gut.« Dante grinste, zündete eine Zigarette an, blies Learoyd den Rauch ins Gesicht.

Auf dem Meer lag eine Schicht feinen wintrigen Dunstes, die Sichtweite betrug kaum mehr als 20 Meter. Der Ausguck im Topp eines größeren Schiffs mochte wie auf Watte hinabschauen können, durch die geisterhaft Masten anderer Schiffe Furchen zogen, aber die Insassen eines kleinen Bootes waren geblendet. Und unsichtbar.

»Steuerbord«, sagte Dante.

Learoyd machte ein paar schnelle Züge. »Wohin geht's eigentlich, Skipper?«

»Einen alten Freund besuchen und mit ihm Kaffee trinken.«

»Haben Sie keine Rikscha gekriegt?«

Die *Zhumzhum* war ein breiter Einmaster der üblichen Shil-Bauweise. Sie ritt auf der sanften Dünung, eine Insel im Dunst; andere Schiffe oder die Küste waren nicht zu sehen.

Als sie an Bord stiegen, kamen Pinto und Fimfinella aus der Heckkabine. Learoyd klappte den Mund einige Male auf und zu, brachte aber nur ein »Aha, ojojoj« heraus.

Fimfinella zuckte mit den Schultern. »Ich hab's überlebt.« Sie lächelte. »Und es war ein Erlebnis. Außerdem gibt's hier Kaffee.«

»Das ist fein.« Learoyd steckte die Hand in die Tasche, zog sie wieder hervor und reichte Fimfinella mit einer angedeuteten

Verbeugung das schwarze Höschen. »Ich hab Ihnen was mitgebracht.«

»Sie dürfen es aber auch behalten, wenn Sie wollen.«

Learoyd grinste. »Und ob.« Er steckte es wieder ein.

Pinto seufzte. »Zelebriert euer Wiedersehen doch einfach in der Kajüte. Inzwischen können wir beide uns die Ladung ansehen.«

Der Laderaum war angefüllt mit Ballen, Rollen und Kisten. Barakuda sah sich gründlich um; Pinto stand mit einer Blendlaterne neben ihm.

Die Ballen enthielten dichte weiße Eiskatzenfelle, graue Pelze des Polarschakals, silbrige Robbenhäute – alles, soweit es im Halbdunkel unter Deck zu beurteilen war, beste Qualität. Die Rollen waren Teppiche in mehreren Größen, schwer, dunkelrot, mit leuchtend grünen Ornamenten und grüner Unterseite: einige Banyashilstämme verfertigten solche Kostbarkeiten aus P'aodhuwolle, Kamelhaar und seltenen Steppenpflanzen.

Die Kisten schließlich enthielten Kistchen – kleine, wunderschöne Behältnisse aus Fischbein, mit passenden Deckeln und Einlegearbeiten aus glänzenden Quarzkristallen.

»Feine Ladung«, sagte Dante, als sie in der geräumigen Kajüte am Tisch saßen und Kaffee tranken. Er gestikulierte mit seinem Feuerzeug. »Und nichts davon ist illegal. Stellt sich bloß die Frage, woher die Pelze stammen. Aber solange wir das nicht genau wissen, können wir nicht einmal behaupten, sie seien gestohlen.«

Fimfinella hob die Hand. »Nach allem, was ich gehört habe, sieht es aber doch so aus.«

»Ja, aber Aussehen reicht nicht für Maßnahmen.«

Pinto grinste. »Meinst du das politisch oder sexuell?«

»Ich wüßte was«, sagte Learoyd. Frische Luft und Kaffee hatten ihm sichtlich gutgetan. »Ist aber riskant.«

Barakuda musterte den erfahrenen Soldaten. »Und zwar?«

»Wenn man wissen will, wer dahintersteckt, muß man den Kram bloß behalten oder auf eigene Rechnung verscheuern. Dann wird sich sicher jemand melden.«

»Junge, Junge«, murmelte Pinto, »Sie haben Einfälle. Ich weiß nicht, ob die Sache so viel wert ist, daß ich unbedingt meinen Kopf riskiere.« Er streckte die rechte Hand aus, schnipste mit den Fingern und pflückte eine gräßliche, von winzigen Schwären besetzte Unke aus Learoyds rostrotem Schopf. »Und was soll man von Einfällen halten, die aus einem Kopf kommen, auf dem Sumpfunken hausen?« Er hielt das Tier auf der Handfläche hoch, blies darüber und ballte die Faust. Als er sie wieder öffnete, lag eine glänzende Goldmünze darauf, ein Fünf-Foldar-Stück. »Da, Learoyd. Mehr ist Ihr Einfall nicht wert. Aber das steht Ihnen zu.«

Er schloß die Hand, drehte sie um und öffnete sie über Learoyds ausgestreckter Pranke. Sand rieselte hinab.

»Soviel hierzu«, sagte Barakuda. »Findest du nicht, daß du dein Talent vergeudest? Du könntest doch in der Saison jeden Abend in einem der Luxushotels auftreten.«

Pinto kniff ein Auge zu. »Ich segle nun mal gern. Aber wir haben heute nachmittag schon überlegt, ob wir nicht zusammen eine Show machen sollen.«

Fimfinella räusperte sich. »Lassen wir das beiseite. Was wird mit den Pelzen? Fischminister, ich glaube, die Entscheidung liegt bei dir.«

Barakuda legte beide Hände um den Kaffeebecher. »Wir tun gar nichts. Ich kann das nicht beschlagnahmen, ohne handfeste Beweise. Und dein Kopf ist längst nicht so wertvoll wie deine Ladung, Pinto. Es wäre den Pelzen gegenüber ungerecht, ihn zu riskieren.«

»Sehr freundlich.« Pinto deutete mit der rechten Hand auf Dante; eine zischende Schlange fuhr auf das Gesicht los, verwandelte sich in ein Seidentuch und dann in Rauch.

Barakuda zuckte mit keiner Wimper. »Übrigens wird in den nächsten Tagen ein junger Shil bei dir anheuern, falls du doch noch weiter Cargo fährst.«

»Du meinst, die könnten mir noch mal so was Feines auftragen?«

»Ja. Möglich wär's. Und dann ist mir wohler, wenn einer meiner Leute dabei ist.«

Die meisten nahmen ihren Urlaub in der Toten Zeit, wenn ohnehin kaum etwas zu tun war. Barakuda hatte sich zu den Banyashil-Fürsten in die Steppe begeben wollen, nun beschloß er, das Eintreffen des Trampraumers abzuwarten, der Pintos Ladung übernehmen sollte. Am ersten Tag stürzte er sich auf die aufgelaufenen Papiere, die seinen Schreibtisch bedeckten. Abends hockte er im *Meeresleuchten,* aß Fisch, trank Sampawein und unterhielt sich lange mit Begheli. Gegen Mittag des zweiten Tages hatte er den Papierkrieg siegreich zu Ende gefochten und räumte auf. Dann wanderte er in die Stadt. Im kleinen Buchladen an der Plaza Tokman gab es neben den Lesewürfeln, die billiger herzustellen und zu transportieren waren, manchmal auch richtige Bücher – Luxusartikel wegen des Frachtraums über die Lichtjahrtausende vom Zentrum des Commonwealth zum Rand. In einer Ecke entdeckte er etwas Besonderes: einige Werke auf Taggashilgu, die die letzte Karawane aus dem Südkontinent mitgebracht haben mußte. Es waren kleine Kostbarkeiten, mit beweglichen Eisenholzlettern auf Büttenpapier gedruckt und in orangefarbenes Wildbockleder eingebunden. Es gab nicht viele Interessenten für richtige Bücher, noch weniger für Shil-Literatur, aber die Buchhändlerin kannte Barakudas Abneigung gegen *mikrolibros* und wußte, daß er Shilgu las.

Er überflog die Titel. Ein Versepos über die Wundertaten eines atheistischen Götzen, eine Analyse unwirksamer Gifte, eine Übersetzung von Spinozas Ethik (Untertitel: »Eine abstruse Halluzination«), drei Bände mit Grotesken aus dem Repertoire der Wanderbühnen von Golgit... Er entschloß sich, 20 Drachmen für den abenteuerlichen Schelmenroman eines Autors aus Sa'orq auszugeben; der Titel lautete *Wie der Vagabund Pajbany lieber in vielen Betten häufig als im Kampf einmal starb**.

Er ging früh zu Bett und las. Am dritten Tag wurde er unruhig und trieb sich im Raumhafen herum. Im Tower traf er den Hafenchef, der seinen Schreibtisch aufräumte.

»Das sieht nach Aufbruch aus.«

Ildo Aguilar nickte so heftig, daß sein Dreifachkinn Wülste warf und nachbebte. »Ja. Weg. Raus hier.« Der feiste Mann schlug auf den Tisch. »Ich kann's nicht mehr sehen.«

Einer der beiden Stellvertreter, Felix Irgul, befand sich längst im Urlaub. Er tauchte vor der Nordküste der Schulinsel Corilia. Yfon Batavy, Nummer Drei im Tower, sah Aguilar beim Räumen

---

* Das Sa'orqi-Verb lukhaai bedeutet sowohl »Leben aushauchen« (=sterben) als auch »lustvoll erschöpft ausschnaufen«.

zu. Sie hockte auf einem Schemel, die hageren Knie stachen durch ihre dunkle Hose. »Haben Sie ihn schon gefragt, was er tun will?«

Barakuda glaubte, ein verhohlenes Grinsen zu sehen. »Nein. Na, was machen Sie, Ildo?«

Aguilar schloß die Augen und spitzte genießerisch den Mund. »Im Serai gibt es einen neuen Koch. Er ist aus Golgit, angeblich, und da unten gibt es feine Sachen.« Er öffnete die Augen wieder und blickte mit einem verklärten Lächeln zwischen Batavy und Dante hin und her. »Da werde ich meinen Urlaub verbringen.«

Barakuda schnalzte mit der Zunge. »Sehr fein. Haben Sie schon jemand gefunden, der Sie abends den Hügel zu Ihrem Bungalow raufrollt?«

»Bah. Ich werde mich ganz im Serai einquartieren. Wozu immer rauf und runter wandern? Ein Zimmer mit Blick zum Fluß, gutes Essen, reichlich Getränke und viel Schlaf – was braucht man mehr?«

Dante klopfte auf die Verschalung des Rechnerterminals. »Recht so. Ich wünsche Ihnen eine besonders vergnügliche Verstopfung, mein Lieber.«

Nachmittags übergab Dante das Büro seiner Vertreterin Nogura, verabschiedete sich von Sarela McVitie, die im militärischen Tower einen billigen Roman las, packte die Tasche mit dem Notgepäck und flog mit dem kleinen Gleiter nach Pinding.

Die Insel südlich von Corilia war nicht dauernd bewohnt. Gendarmerie und Garnison unterhielten ein Camp für Überlebenstraining und Nahkampfübungen. Dort bildete man auch die künftigen Agenten von Cadhras aus.

Zur Zeit wurden sechs Kandidaten vorbereitet und mit den Eigentümlichkeiten ihrer späteren Einsatzgebiete vertraut gemacht: Sprache, Gewohnheiten, Gefahren. Eine Frau sollte nach Pasdan gehen, eine andere war für den Einsatz in Gashiri vorgesehen.

Drei Tage trainierte Barakuda mit ihnen und den Ausbildern. Danach hatte er einige Pfunde verloren und erneut die Erkenntnis gewonnen, daß er in Dingen wie Bogenschießen und Fechten niemals Meisterehren erringen wurde. Zwei der jungen Leute waren »fertig«.

Nach dem Abendessen ging er mit den beiden Kandidaten ans Meer. Der junge Mann, ein Shil namens Tugrik, sollte ihn nach Cadhras begleiten und zunächst auf Pintos Frachter anheuern.

»Mit dir habe ich etwas anderes vor«, sagte Dante. Die zwanzigjährige Cadhrassi hockte zwischen ihm und Tugrik auf dem Bootssteg.

»Großes Geheimnis, Chef?« Sie strahlte ihn an, und Dante kam sich wie ein Großvater vor. Die Art, wie Toyami ihn ansah, machte das Gefühl noch intensiver.

»Jetzt nicht mehr. Kannst du sofort aufbrechen, oder willst du dich noch von jemandem verabschieden?«

Toyami wurde ernst. »Nein, Chef. Du weißt, daß in Cadhras keiner auf mich wartet.« Sie sah ihn fragend an.

»Gashiri.«

Sie nickte. »Dafür bin ich ausgebildet worden. Das wußte ich schon. Aber als was? Als Kontaktperson? Als Aufsicht in der Verwaltung in Cadhras? Als Einsatzreserve?«

»Nein. Als Vollagentin. In der Hauptstadt.«

Toyami atmete tief durch und starrte ins Wasser. Schließlich sagte sie. »Danke für das Vertrauen. Ich traue es mir zu.«

»Wir haben das theoretisch abgehandelt«, sagte Dante eindringlich. »Du wirst es jetzt praktisch erleben. Es ist eine Art Schizophrenie. Du darfst nicht auffallen, mußt alles glauben und sagen und tun, was man in Gashiri tut. Wenn man dich aus dem Schlaf reißt und dir Fleischbrühe anbietet, mußt du dich übergeben. Wenn du aber bemerkst, daß dir wirklich übel wird, wenn du an Fleisch denkst, dann ist es Zeit, dich ablösen zu lassen. Du mußt dauernd sowohl neben dir stehen als auch dich mit deiner Rolle identifizieren. Zwei Jahre, höchstens drei, länger ist es nicht möglich.«

Toyami nickte. »Theoretisch weiß ich das. Wann beginnt die Praxis?«

Barakuda warf seine Zigarette ins Wasser und stand auf. Er zog Toyami und Tugrik hoch. »Heute nacht.«

Auf dem Flug nach Gashiri erfuhr Barakuda aus Cadhras, der erwartete Frachter sei im System aufgetaucht und habe um Landeerlaubnis gebeten. Wenig später zog er als leuchtender Punkt auf seiner Landekurve über sie hinweg.

Kurz vor Morgengrauen setzte Dante Toyami in einer einsamen Bucht ab. Die Ausrüstung der Agentin bestand aus ihren Kenntnissen, einem Kleiderbündel, ein paar Münzen und dem Funkgerät.

Am frühen Vormittag erreichten Barakuda und Tugrik den Raumhafen. Auf der Landefläche stand ein zerbeulter Metallzylinder, der nicht so aussah, als ob er je fliegen könnte.

»Vier Passagiere waren an Bord«, sagte der müde Zollinspektor, den man in der Frühe aus dem Bett geholt hatte. »Zwei Frauen und zwei Männer. Einen der Männer hab ich festgehalten, gegen die anderen lag nichts vor.«

»Wo sind die anderen?«

»Irgendwo in der Stadt. Sie werden nicht gesucht und hatten nichts Auffälliges im Gepäck. Sie haben sich nach Hotels erkundigt, ich hab ihnen ein paar genannt.«

Der festgehaltene Passagier war Mitglied eines fundamentalistischen neokatholischen Ordens und bestand darauf, mit einem Verantwortlichen zu sprechen. Barakuda ging in den abgesperrten Raum. Der Prediger überschüttete ihn mit einem empörten Wortschwall, dem Barakuda müde lauschte. Nach und nach erfuhr er, daß man dem Mann eine billige Passage angeboten habe. »Ich bin hergekommen, um diese Welt dem Teufel zu entreißen«, sagte er stolz.

Barakuda kratzte sich den Stoppelbart. »Diese transzendentale Person ist hier nicht heimisch. Wir haben an die dreitausend religionsähnliche Systeme, die der Erbauung und Zerstreuung dienen, außerdem drei, die bis zum Massenmord an Andersdenkenden ernstgenommen werden. Eine vierte Sache dieser Art ist völlig überflüssig.«

Der Prediger stierte ihn an. »Das ist keine Sache, sondern Gottes Wort, Mann! Außerdem herrscht im Commonwealth immer noch Freizügigkeit. Und Redefreiheit. Weshalb halten Sie mich hier fest?«

»Weil Shilgat nicht zum Commonwealth gehört, sondern ein Protektorat mit Sonderstatus ist. Dazu gehört ein vollständiges Verbot der technischen und kulturellen Beeinflussung der Urbevölkerung. Deshalb fliegen Sie mit dem Frachter wieder ab. Sie können sich ja bei der Lordkanzlerin beschweren.«

Ein Gespräch mit dem schmuddeligen Kapitän des Frachters

brachte keine Aufschlüsse. Er war nicht begeistert darüber, den Prediger wieder mitnehmen zu müssen. Jemand, dessen Namen er nicht kenne, habe ihn gebeten, den Mann zu befördern. Die drei anderen Passagiere hätten sehr gut gezahlt. Er wisse aber nichts über sie. Eine Frachtagentur auf Loreen V habe ihm Cargo für Shilgat mitgegeben und ihn gebeten, in Cadhras eine Ladung Pelze, Teppiche und Kistchen an Bord zu nehmen.

»Welche Agentur war das?«

Der Kapitän breitete die Arme aus, kratzte sich unter einer Achsel und grinste. »Das hab ich doch tatsächlich vergessen. Ist das denn wichtig? Hauptsache, ich hab Ihren Zoll hier bezahlt, oder? Der Rest kann Ihnen doch egal sein.«

Mit leicht erhöhtem Blutdruck und pulsierender Narbe inspizierte Barakuda die Ladung, die der Raumer ausgeladen hatte: demontierte Transportkäfige für große Raubtiere. Die einzelnen Teile bestanden aus jeweils zwei Meter hohen Gittern. Eine Durchleuchtung ergab, daß die Stäbe hohl und in der Mitte verschweißt waren. Der Empfänger war eine Gesellschaft für Shihueti-Fang, Tashila, Huasiringa, Shilgat.

Der Zollinspektor, der Barakuda begleitete, zuckte mit den Schultern. »Shihuetis fangen ist nicht verboten. Ich würde es nicht versuchen, aber verboten ist es nicht. Auch der Export nicht. Das Problem hat sich nur noch nie gestellt.«

»Sehr seltsam. Aber natürlich haben Sie recht.«

»Zusammengesetzt gibt das hübsche Käfige. Ich ziehe allerdings die kleinen Kistchen vor, die die Leute da mitnehmen. Die haben mich immer schon gereizt, aber ich hab nie eines kriegen können.«

»Ja, sie sind ganz niedlich.« Pinto hatte beim Ausladen eines der Kistchen »vergessen« und Dante geschenkt.

Dann stutzte er und riß sich aus seiner verärgerten Müdigkeit. »Was haben Sie gesagt? Sie kennen die Dinger?«

Der Zollinspektor sah ihn groß an. »Klar doch, Chef. Das ist mindestens die dritte Ladung, die nach draußen geht. Haben Sie die denn nie gesehen?«

»Nein, verdammt.«

In seinem Büro hockte sich Barakuda vor den Terminal und forderte vom Rechner genaue Daten über bisherige Exporte von Zierkisten an. Dann ging er in den Militärtower, schaltete über den Relaissatelliten eine Blitzverbindung zur Zentrale der Abwehr auf Gaia und bat um Auskünfte über Frachtagenturen auf Loreen V, Anlaufhäfen des Trampfrachters *Traumgold* in den letzten Jahren, Dossiers über den Kapitän, den Prediger und die drei anderen Passagiere.

In seinem Büro erwartete ihn eine unangenehme Überraschung. Auf dem Bildschirm des Terminals flimmerte die Mitteilung »Keine Daten«. Barakuda pfiff leise und wählte den Visifonanschluß der Rechnerzentrale. Er hatte mit den Leuten selten zu tun, kannte sie jedoch alle flüchtig, wie die meisten wichtigen Mitarbeiter des Gouvernements.

Der stellvertretende Leiter meldete sich. Er wirkte müde und nicht erfreut über die Unterredung.

»Hören Sie zu, Ram. Ich hab da ein Problem.« Dante beschrieb die Kistchen. »Der Zollinspektor behauptet, das ist mindestens die dritte Ladung. Ich hab Daten angefordert, aber der Rechner weiß nichts. Können Sie das überprüfen?«

Ram setzte eine skeptische Miene auf »Natürlich. Aber wenn nichts gespeichert ist, hat sich der Zollinspektor wohl geirrt. Jeder Passagier, jedes Schiff, jede Ladung wird eingegeben, und der Rechner vergißt nichts.«

»Trotzdem. Checken Sie das durch. Ich melde mich wieder. Wie lange brauchen Sie?«

»Zehn Minuten, höchstens. Vielleicht muß die Frage anders formuliert werden; vielleicht reicht ›Zierkisten‹ nicht aus. Ich versuch's mal.«

Dante nutzte die Wartezeit, um sich zu duschen und zu rasieren. Zum Glück waren die einzelnen Raumhafen-Abteilungen gut eingerichtet. Dann rief er Ram wieder an.

»Nichts, Dante. Der Zoll muß sich irren.«

»Irrtum Ihrerseits ausgeschlossen?«

»Vollkommen unmöglich.«

»Wie steht es mit Manipulation? Könnte jemand das gelöscht haben?«

Der Operator hielt die Luft an. »Wie meinen Sie das?«

»Genau so.«

»Hm. Tja. Möglich wäre das schon, wenn man sich gut auskennt. Aber wozu?«

Barakuda nickte verdrossen. »Eben. Wo steckt Leontia?«

»Sie macht Urlaub. Warum? Trauen Sie mir nicht?«

»Gesetzt, es wäre gelöscht worden – wem sollte ich dann trauen?«

Ram kicherte. »Ihnen selbst zum Beispiel auch nicht. Sie können das von Ihrem Terminal aus auch.«

»Ich war's aber nicht. Noch mal: Wo ist die Operatorin?«

Ram wandte sich irgendwem zu und stellte eine leise Frage, die Dante nicht verstand. »Wahrscheinlich auf Afuera«, sagte er. »Genau weiß ich's nicht.«

Dante seufzte. »Ausgerechnet. Na ja, kann man nichts machen. Einstweilen danke.«

In der Kantine trank er einen Kaffee, rauchte eine Zigarette und grübelte. Er hätte lieber geschlafen.

Der Zollinspektor blieb bei seiner Behauptung, als Barakuda ihn noch einmal nach den Kistchen fragte. Die Zeit, zu der die Ladungen nach draußen gegangen waren, konnte er nur ungefähr angeben: »Irgendwann im Laufe der letzten anderthalb Jahre.« Auf Dantes Frage, welche Frachter, oder zumindest welche Art Frachter, zuckte er mit den Schultern. »Können Liner oder Tramps gewesen sein.«

Von Gaia gab es noch keine Antwort, also wanderte Barakuda zurück in sein Büro und schlug die Nummer eines Visifonanschlusses nach.

An der Küste des Lysangrischen Ozeans, im Osten des Isthmus, hatten sich vor Jahrhunderten die sogenannten »Fischer« angesiedelt. Anders als in Pasdan, Banyadir und Gashiri war dies ohne Blutvergießen geschehen. Man hatte sich mit den dortigen Shil freundlich geeinigt. Inzwischen gab es kaum noch einen reinblütigen Abkömmling der Flüchtlinge von Dingo III.

Nördlich des Fischergebiets mündete der aus den Bergen des Isthmus kommende Yozan ins Meer. Vor Jahrtausenden hatte er ein Delta gebildet, die Gegenden, durch die er floß, waren längst ausgewaschen, und Mangel an Lehmnachschub sowie Meeresströmungen hatten das Delta zerstört. Lediglich einige mit tropischen Harzbäumen bewachsene Inseln waren übriggeblieben. Die größte, Afuera, verfügte über einen Naturhafen. Es gab dort einen Fischerort und ein halbstaatliches Hotel mit Pfahl-Bungalows am Strand.

Die Rezeption des Hotels meldete sich. Barakuda bat um Auskunft, ob Leontia Vilgram aus Cadhras sich auf Afuera aufhalte.

Die freundliche Shil warf einen Blick auf eine Liste außerhalb des Erfassungsbereichs des Geräts. »Sie ist in Bungalow neunzehn.«

»Ich würde gern in einer Stunde noch einmal anrufen. Meinen Sie, Sie können sie bis dahin auftreiben und in die Nähe des Geräts schaffen?«

Die junge Frau lächelte. »Aber nicht mit Gewalt.«

›Hin und wieder‹, dachte Barakuda, ›hätte ich dann doch gern die Möglichkeit, bestimmte Leute mit *mikrokom* auszurüsten und anzurufen.‹ Vielleicht hätte Leontia Vilgram eines der kleinen, von Solarzellen gespeisten Funkgeräte beantragen können, die Garnison und Gendarmerie benutzten; aber dann hätte sie vorher wissen müssen, daß man sie vielleicht würde erreichen wollen, und dann hätte sie wahrscheinlich verzichtet, weil sie in Ferien nicht erreichbar sein wollte... Er stöhnte lautlos.

Noch immer keine Antwort von der Abwehr. Da er nur warten konnte, entschloß sich Barakuda zu einem Spaziergang. Er nahm einen kleinen Stapel Papier aus der Schublade seines Schreibtischs – die Schiffe, Raumer und Karawanen der letzten Tage; handschriftlich trug er den Frachter *Traumgold* ein, rollte die Blätter zu einer Wurst zusammen und ging zur Garnison. In der Messe fand er Sergeant Bondak. Ihn bat er, einen Gleiter für den kommenden Morgen startklar zu machen, und schlug drei Leute für den Flug vor.

Von seinem Büro rief er erneut Afuera an.

Auf dem Bildschirm erschien eine hübsche, üppige Frau, die nichts als einen halbtransparenten Badeüberwurf trug.

»Das muß Ihr Ferien-Ich sein, Leontia.«

Sie lächelte kurz und strich nasses, dunkles Haar aus der Stirn. »Was gibt's denn? Es muß ja wohl eine mittlere Katastrophe sein, wenn Sie mich mit einem Käscher aus dem Meer holen lassen.«

Barakuda setzte ihr das Problem auseinander, nachdem er sie gebeten hatte, die Tür des Hotelbüros zu schließen.

Leontia kaute auf der Unterlippe. »Unangenehm. Wenn sich der Zollinspektor nicht irrt, heißt das, jemand hat Daten gelöscht.«

»Wer kann solche Daten löschen?«

»Eine ganze Menge Leute. Jeder, der Zugang zu einem Primärterminal hat.«

»Das schließt immerhin schon mal die Sekundärterminals aus, also Banken, Frachtagenturen und so weiter.«

»Richtig. Deren Zugang ist, was Einspeisen und Löschen angeht, auf ihre eigenen Bereiche begrenzt. Aber das hilft uns nur wenig. Zugang zu den Primär-Terminals haben alle, die daran arbeiten, und ihre Stellvertreter.«

»Braucht man zur Löschung einen besonderen Code?«

Sie schüttelte den Kopf. »Sie denken an Alpha-Eingaben? Die Löschung einiger Details fällt nicht unter Alpha. Tut mir leid, aber ich sehe keine Möglichkeit, den Kreis der Verdächtigen einzuengen.«

»Na fein. Ich werde eine Liste machen und mir den Kopf zerbrechen.«

»Halten Sie mich auf dem laufenden, Dante. Notfalls komme ich früher zurück.«

Die Liste brachte ihn nicht weiter. Primärterminals, die Zugang zum gesamten Datenschatz hatten, gab es im Ziviltower, Militärtower, Sicherheitsbüro, Zolldepot, ferner bei der Passagierkontrolle, der Personalabteilung des Gouvernements, dem Finanzsekretariat, im Gouverneurspalais und natürlich im Rechner selbst; außerdem im Zentraldepot des Seehafens, in den Abteilungen für Justiz, Gendarmerie, Finanzen und Personal des Territoriums sowie im Parlament und in der Kanzlei des Obmanns. In allen Fällen gab es mindestens zwei, in einigen bis zu fünf Eingabeberechtigte. Barakuda konnte auch nicht ausschließen, daß ein Unbefugter sich Zugang und Codekenntnisse verschafft hatte. Und wenn es neben den verkabelten Systemen der Behörden auch noch andere gäbe...

Müde und mürrisch ging er wieder in den Militärtower. Endlich waren die Auskünfte von der Zentrale in Atenoa gekommen. Die Diensthabende, *kapitá* Marivel, hatte die Sendung bereits entzerrt und entschlüsselt.

Über den Prediger war nur bekannt, was der Mann selbst gesagt hatte. Gegen den Kapitän der *Traumgold* hatte es mehrere Verfahren wegen Verdachts auf Schmuggel gegeben, immer eingestellt mangels Beweisen. Sehr interessant lasen sich dagegen die Informationen über die drei anderen Passagiere und eine Frachtagentur auf Loreen V. Zwei Frauen und ein Mann – Namen und Beschreibungen stimmten – hatten auf Ilian II einige Zeit in einem noblen Hotel verbracht, vorheriger Aufenthalt unbekannt. Schon das war mehr als ungewöhnlich. Von Ilian II waren sie über mehrere Zwischenstationen mit Linienraumern nach Loreen V gereist und dort an Bord der *Traumgold* gegangen. Unter den Frachtagenturen auf Loreen V gab es nur eine, die nicht dort ansässigen Eignern oder Gesellschaftern gehörte.

Barakuda schloß einen Moment die Augen, verfluchte die Verfasser der beiden Artikel, die Mtusi ihm gezeigt hatte, und rief den Präfekten der Gendarmerie an.

»Hören Sie zu, Vito. Es sind drei Leute angekommen, gegen die nichts direkt vorliegt. Es ist aber sehr wahrscheinlich, daß sie der Großen Familie angehören und etwas mit Rauschgift zu tun haben.«

Ataratz verzog den Mund und tastete nach Knöpfen. »Spielen Sie's rüber, ich kopiere.«

Barakuda hielt das Blatt vor die Aufnahmelinse. »Suchen und ausweisen. Das Protektoratsstatut macht es möglich, bei begründetem Verdacht.«

»Wie begründen Sie?«

»Eine Agentur auf Loreen V. Sie gehört einer interstellaren Spedition. Die Spedition wiederum gehört zu gleichen Teilen drei Firmen – Bau und Vercharterung von Frachtern und so weiter. Alle drei sind Tochtergesellschaften eines Konzerns, der so ziemlich alles macht – Hotels, Banken, Schwerindustrie, Dienstleistungen, was Sie wollen. Letztlich gehört der Konzern einer Gruppe von sechs Leuten. Fünf von denen sitzen auf Panormos, und Panormos gehört bekanntlich größtenteils der Großen Familie. Die drei Leute, die wir suchen, sind erst auf Ilian II aktenkundig aufgetaucht, vorher hat es sie nicht gegeben, soweit feststellbar. Ilian II ist aber der wichtigste Knotenpunkt für Fracht- und Passagierlinien im Ta'unga-Sektor.«

Ataratz nickte, seine Mundwinkel gingen nach unten. »Alles klar. Und Panormos liegt in dem Sektor, und von da nach Ilian kommt man schnell und ungesehen mit einem kleinen Privatboot. Also suchen und abschieben.«

»Ja. Ich bin ab morgen weg; die Formalitäten kann Nogura erledigen.«

Ataratz zögerte. »Ihren Urlaub gönne ich Ihnen, Dante. Aber müßte man nicht was gegen den Frachter unternehmen? Wenn er mit dieser Agentur zusammenarbeitet?«

»Keine Handhabe. Der Kapitän ist Eigner und kann zusammenarbeiten, mit wem er will. Weder die Ladung, die er gebracht hat, noch die, die er mitnimmt, ist illegal.«

Am späten Nachmittag startete die *Traumgold.* Der rosa Zylinder stieg langsam mit Hilfe der Antigravprojektoren. In einer Höhe von 200 Metern wurde die Leistung eines Teils der Projektoren gedrosselt, der Frachter kippte nach Westen ab. Teilschub und geringer Teilfall ergaben eine flache Steigung. Zehn Kilometer jenseits der Küstenlinie hatte die *Traumgold* eine Höhe von 250 Metern erreicht. Der Tower erteilte Zünderlaubnis. Die Impulstriebwerke sprangen an und jagten den Zylinder in die vorgeschriebene, flache Start-Lande-Kurve über dem Meer. Es gab keine Lärmbelästigung über bewohnten Gebieten.

Barakuda beobachtete mißmutig den Schirm, bis der Frachter unter den Ortungshorizont des Towers sank. Als der Punkt am unteren Rand des Bildes verschwand, murmelte Dante leise, aber deutlich: »Mögen dich die Piraten im Niemandsland zu ganz kleinen Hackfleischbällchen machen.«

Sarela McVitie, die inzwischen den Dienst im Militärtower übernommen hatte, musterte ihn kritisch. »Sie sehen aus, als ob Sie jemand umbringen wollen, Chef.« Dann rümpfte sie die Stupsnase und lächelte. »Wenn's Ihnen hilft, melde ich mich freiwillig.«

Dante winkte ab. »Sie sind für so was zu schade. Außerdem sind meine Mordgelüste eher platonisch.«

»Ich wußte nicht, daß es das auf dem Gebiet auch gibt. Aber man lernt ja nie aus.«

Bevor er sich am frühen Abend erschöpft ins Bett fallen ließ, nahm Dante noch einmal das Kistchen in die Hand, das Pinto ihm geschenkt hatte. »Ich hab dich durchleuchten lassen. Alles fein und erstklassig gearbeitet, aber du bist doch nur Fischbein und ein paar Quarzkristalle. Warum macht sich jemand die Mühe, dich aus dem Rechner zu löschen?«

Aus: Sektologie II *von Shiva Muhammad Dschugaschwili (Atenoa, 432)*

»... Soweit die Unterlagen es erlauben, kann man ihn sowohl als clever wie auch als geisteskrank bezeichnen. Er verfaßte eine Reihe fantastischer Romane; schließlich verfiel er auf den Gedanken, daß mit einer Religion mehr Geld zu verdienen sei. Kurz vor dem endgültigen Zusammenbruch der Erde und ihres Systems von Kolonialwelten ließ er sich auf einem der Vega-Planeten nieder, gab sich als Inkarnation irgendeines Urgeistes aus und begründete die Gemeinschaft der Einzig Wahrhaften Verehrer Allen Gottes. Wie jede erfolgreiche Hirnwäscherei gab auch diese ihren Gläubigen das, was sie haben wollten: Halt in einer hermetischen Gemeinschaft, eine Art spiritueller Nestwärme, gegenseitige Kontrolle der Mitglieder zur Festigung des inneren Zusammenhalts, eine Mystik von so vollkommener Abstrusität, daß sie (vgl. ›Ich glaube, weil *es absurd ist‹, Augustinus) den Gläubigen als unumstößliche, offenbarte Wahrheit erscheinen mußte, weil ein (gesunder) Mensch sich dergleichen nicht ausdenken kann und natürlich Zeremonien zur Stärkung des Herdengefühls. Hinzu kamen eine für Außenstehende unverständliche bzw. lächerliche pseudowissenschaftliche Terminologie, die die Mitglieder auch sprachlich von der Welt abschottete, der übliche Aufwand an Euphemismen zur Verschleierung unerfreulicher Dinge (so hieß der ordensinterne Scharfrichter ›Vergöttlicher‹, da er die Seele ja befreite, und die mit Kontrolle und Lenkung betrauten Inquisitoren wurden als ›Auditoren‹ bezeichnet); schließlich noch magische Maschinen, z. B. ein primitiver Lügendetektor, der jedoch angeblich nicht Körperenergie, sondern Göttliches Pulsieren maß, dabei wie jeder Lügendetektor die in Körperströmen manifesten Widerstände des vom ›Auditor‹ einer Inquisition Unterzogenen verzeichnete und somit jegliche Manipulation erlaubte – kurz: Das ganze gespenstische Arsenal aller Seelenverzehrer...*

... Im Pantheon, den er ersann, thronten 57 Göttinnen und 57 Götter verschiedenster Herkunft, darunter z. B. Qadhafi, Euklid, Odin, Vishnu, Tezcatlipoca, Myriam, Isis, Kali, Marilyn, Galadriel, Brynhild, Lincoln... In den ›Wirren Jahrhunderten‹, als auf Vega IX die Rationale Despotie herrschte, flohen die einheitlich mûnaks *genannten Nonnen und Mönche der 114 Gottheiten mit mehreren Schiffen in die Galaxis und ließen sich auf dem Nordkontinent von Shilgat*

nieder. Zunächst suchten sie die Shil zu bekehren. Da diese jedoch den Kosmos als Chaos begreifen, in dem jede Ordnung oder Weltanschauung ein erbauliches Spiel, keinesfalls jedoch wahr oder relevant sein kann, scheiterte der Versuch. Wie jede Gruppe, die sich im Besitz der absoluten Wahrheit wähnt, definierten die mûnaks *alle Ungläubigen zuerst als Feinde, dann als Unmenschen. Mit Hilfe der mitgebrachten, überlegenen Waffen und Kenntnisse begannen sie mit der Ausrottung der Urbevölkerung, hielten einige Überlebende als Sklaven, die auch zur experimentellen Fortpflanzung verwendet wurden... Der systematische Völkermord in den Bergen des Nordkontinents endete erst, als Shilgat zum Commonwealth-Protektorat gemacht und in Cadhras eine Garnison der Marineinfanterie eingerichtet wurde. Angesichts inzwischen verrotteter Waffen in Banyadir stellt das Bataillon in Cadhras ein unwiderlegbares Argument für die Wahrung des Friedens dar...*

Die Zahl der Gottheiten bestimmt das ganze Leben. Zunächst gab es ein Kloster (Namenloser-Allgott) mit 114 Abteilungen; später wuchs die Theokratie auf 114 Klöster... Mit Erreichen der Heiligen Zahl 12.996 (114) erwarteten die mûnaks *den Weltuntergang, der jedoch ausblieb. Inzwischen beträgt ihre Zahl etwa 200.000; in einigen Jahren wird nach der Mystomatik von Banyadir die nächste Heilige Zahl erreicht sein, 207.936 (114 x 4)...*

Es gibt 114 Farbnuancen; 114 Knoten zur Befestigung der Heiligen Schärpe; 114 Allem-Gott gefällige Beischlafpositionen; 114 Methoden der Folter; 114 Heilige Fragen des Generalauditors; 114 Rezepte zur Zubereitung des Visionen bewirkenden Kräutersuds; 114 erlaubte Speisefische... «

V.

Im milchigen Morgen hob der Gleiter ab; in den Fenstern der Territorialen Administration blitzten erste Sonnenstrahlen. Der schwarze Korporal Sten Timoara saß an den Kontrollen. Unten blieben die fruchtbaren Küstenländer des Isthmus zurück, die Berge und die Geröllwüsten des Inneren. Jenseits der Grenze folgten dichte Bergwälder, dann Dschungel, Sümpfe, das weite Flachland, durch das sich die Wassermassen des Banyuli nach Osten wälzten, schließlich die stetig ansteigenden Savannen, die am Fuß der bis zu 8000 Meter aufragenden Berge von Banyadir endeten.

Als sie ihre Flughöhe erreicht hatten, verließ Timoara das Pult und setzte sich zu Barakuda und Kakoiannis. Nardini frühstückte nicht mit. Er saß im Heck, einen Schreibblock auf den Knien, kritzelte und summte. Bald übertönte er Motor und Fluggeräusche. Timoara steckte den kleinen Finger ins Ohr, Kakoiannis wischte sich sorgfältig den Mund und warf die zerknüllte Papierserviette nach Nardini.

»Barde des Bataillons – laß den Lärm. Sonst vergeß ich meine gute Erziehung und schlag dir die Zähne ein. *Sapristi*!«

Nardini grinste und hob den Block. Das linke Auge richtete er aufs Papier, mit dem rechten starrte er Kakoiannis an. »Das Pflänzlein Lebenslust erblüht mir nie, es welket unterm Huf der Kameraden, ich schmachte nach Sarelas holdem Knie und seh nur Yasus dichtbehaarte Waden.«

Yasuhiro Kakoiannis lachte. »Armes Kerlchen. Aber wegen dir rasier ich mir nicht die Beine.«

Nardini verdrehte die Augen, ließ den Block wieder sinken und kaute auf dem Stift. Barakuda betrachtete das feine Profil des Don Juan der Garnison. Kakoiannis hatte den Helm in den Nacken geschoben; die schwarzen Locken züngelten unter dem Rand hervor.

»Sie haben da eben ein antikes Fluchwort benutzt, Yasu. Aus einer irdischen Regionalsprache.«

Timoara kniff ein Auge zu; Kakoiannis machte ein unbeteiligtes Gesicht. »Ja, Chef. Französisch. Wieso?«

»Wie alle anderen bewegt mich immer noch das Rätsel Ihrer Vergangenheit. Für den einfachen Mann, der Sie gern scheinen wollen, ist Ihr Galaktein manchmal zu gewählt. Ich weiß, daß Sie Banyashilgu sehr schnell gelernt haben. Sprechen Sie noch mehr Sprachen?«

Kakoiannis blinzelte und zog einen Flunsch. »*Je m'en fous de vos questions, Monsieur. Me jodo, comprende? Bloody insolence.*«

»Sprachen, 3-D-Schach, Manieren, seltsame Zitate.« Barakuda fuhr sich mit der Fingerkuppe über die Narbe. »In einer bestimmten Gegend der alten Erde nannte man so was wie Sie früher einen *gentleman ranker.* Der feine Herr vom Fußvolk – Leute mit bestem Hintergrund, die aus irgendwelchen Gründen nicht Bankier oder General oder Minister, sondern unter falschem Namen einfacher Soldat werden. Sind Sie vielleicht mit der Lordkanzlerin verwandt?«

Kakoiannis lächelte mild. »Ah, Chef, irgendwie langweilt mich das Thema, wenn Sie den Einwand gestatten. Und wenn Sie alles erführen, würden Sie sich auch langweilen. Ungelöste Rätsel sind interessanter als banale Antworten.«

Timoara giggelte leise. »Geben Sie's auf, Chef. Was meinen Sie, was wir schon alles mit ihm angestellt haben? Nicht mal der *sirján* hat was rausgekriegt.«

Kakoiannis zupfte ein Stäubchen von seinem Uniformhemd. »Haben Sie einen besonderen Grund für den Besuch in Banyadir? Abgesehen von der Routineinspektion?«

»Ein kleines Scharmützel zwischen Shil und Mönchsgardisten im Norden. Leider nicht groß genug – sonst hättet ihr was zu tun gehabt. Im übrigen aber nur Routine.«

»Wissen Sie, manchmal frage ich mich, ob... « Kakoiannis schüttelte den Kopf. »Ich glaube, die Erfinder der Noastoa haben etwas vergessen.«

Nardini blickte auf und tippte mit dem Stift an seine Schläfe. Timoara runzelte die Stirn.

»Was denn, Yasu?« Barakuda verkniff sich ein Lächeln.

»Dieser aufgeklärte Skeptizismus... Es gibt ja schöne Sätze von Bahadur und Chou, die wunderbar auf Pasdan und Banyadir passen. Gashiri auch. ›Totalitäre Ideologien sind monoman besessen von einem einzigen fiktiven Aspekt des Kosmos, der für sie alle realen ausschließt.‹ Und so weiter. Sie kennen das ja sicher.«

Barakuda nickte. »Bahadurs Abhandlung über die Unmöglichkeit der friedlichen Koexistenz zwischen einer offenen und einer hermetischen Gesellschaft. Und?«

»Festzustellen, daß die hermetische Gesellschaft die bloße Existenz einer Lebensform, die von den total gesetzten Prinzipien abweicht, als Widerlegung des eigenen Existierens auffaßt und bekämpfen muß, das ist eine Sache. Ich frage mich nur, ob nicht bei all den feinen Mechanismen des Denkens und Meditierens, die im *Peripatio* entwickelt worden sind, etwas Wichtiges fehlt. Eine Art Anti-Gehirnwäsche, mit der man zum Beispiel Pasdan, Gashiri und Banyadir komplett behandeln und heilen könnte.« Er lächelte und schob den Helm noch weiter in den Nacken. »Aber erstens ist das alles nicht neu, was Bahadur über totalitäre Ideologie sagt, steht wahrscheinlich schon bei Aristoteles, gegen Platon. Und zweitens würde es ohnehin nicht wirken, fürchte ich.«

Barakuda leerte seinen Kaffeebecher und hielt ihn hoch. »Einen leeren Schädel kann man füllen, einen vollen leeren. Aber eine Füllung läßt sich schwer in eine andere umwandeln. Tee wird nicht zu Kaffee, indem man Noastoa-Maximen darüber spricht. Außerdem wäre es ein Widerspruch. Noastoa ist ja gerade der Verzicht auf Indoktrination.«

Timoara hüstelte. »Du vergißt noch was, Yasu.«

»Was denn?«

Der Korporal tippte ihm mit dem Finger gegen die Brust.

»Wenn die Idioten in den drei Gebieten plötzlich normal würden, könnten wir die Garnison auflösen.«

Kakoiannis seufzte. »Ach ja, das wär ein Jammer. Mir gefällt's hier nämlich ganz gut.«

Timoara setzte den Gleiter sanft auf dem verschneiten Zentralplateau auf, vor dem Hauptportal des ältesten Klosters, Namenloser-Allgott, in dem alle anderen Klöster Gesandtschaften unterhielten. Das Gebäude war nur aus der Luft überschaubar und erstreckte sich über mehrere Quadratkilometer. Unter dem Kloster befanden sich Labyrinthe von Tunnels, Gängen, Schächten und Verliesen.

Auf den Fundamenten aus riesigen Felsquadern ragten die Mauern empor, die teils aus Steinen, teils aus Lehmziegeln mit hölzernem Fachwerk bestanden. Wie viele Geschosse es unter der Erde geben mochte, wußte außerhalb des Klosters niemand; oberirdisch hatten die Mönche bis zu fünf Stockwerke aufgetürmt. Der gesamte Komplex war ein überdachter Irrgarten aus unterschiedlichsten Elementen: Türme, Erker, Kuppeln, flache rechteckige Gebäudeteile, halbhohe Zwischenstücke mit Giebeln, langgestreckte Verbindungsbauten mit runden Glasdächern, Dachterrassen auf vielerlei Ebenen, Wendeltreppen im Freien, spiralförmige Schlote, Auffangbecken für Regenwasser, aufgesetzte bunte Steinkästen ohne sichtbare Öffnungen. Über das Portal zogen sich in einem Bogen Friese mit 114 stilisierten

Köpfen. Neben dem Portal wachten monströse Reliefs – Löwen mit Brille und Feuerwerfer, Drachen in pflanzlichen Rüstungen, ein dreiköpfiger Frosch, der mit einer Harfe Pfeile verschoß – über die Aus- und Eingehenden.

In einiger Entfernung, aber noch in Sichtweite des Zentralklosters, ragten vier jüngere Gebäude auf, die ein Quadrat bildeten, in dessen Mitte Namenloser-Allgott stand. Auch diese Klöster – Quetzalcoatl, Indira, Lenin und Astarte – bestanden aus Quaderfundamenten und Ziegelaufbauten. Weiter zum Rand des Hochplateaus zog sich ein äußerer Ring von zehn Klöstern um das Zentrum, sie waren Messalina, Amenhotep, Mao, Thor, Zorbas, Galileo, Homer, Kennedy, Mshimba-Mshamba und Kurdaitcha geweiht. Nach einer umwegigen Berechnung, die außer den Mönchen niemanden überzeugte, ergaben die äußeren zehn Klöster und das eine in der Mitte die Zahl 11, an welche die vier Bauten des inneren Quadrats zu hängen waren, was abermals 114 ergeben sollte.

»Sten, Sie bleiben im Gleiter, startbereit. Wir halten Funkkontakt.«

Timoara verzog das Gesicht. »Ich war noch nie da drin. Lassen Sie doch René hier, Chef, der kann gleichzeitig das Portal und die Kontrollen beobachten.«

Nardini warf dem Korporal einen unfreundlichen Blick zu, mit dem linken Auge. Das rechte hing an Barakuda, der in seine gefütterten Stiefel gestiegen war und den schweren Mantel zuknöpfte.

»Nichts da. Ich brauch René als Alarmsirene.«

Nardini seufzte mißtönend. Durch eine Laune der Natur konnten seine Stimmbänder notfalls gleichzeitig zwei Töne hervorbringen.

»Wie Sie meinen, Chef.« Timoara ließ die Ausstiegsluke auffahren.

Im eisenbeschlagenen Tor öffnete sich eine kleinere Tür. Gefolgt von den beiden Soldaten trat Barakuda ein und nickte der Frau zu, die in der Halle stand. Sie drehte sich um und ging voraus, einen dunklen Korridor entlang, an dessen Wänden unangezündete Fackeln in Halterungen steckten. Sie trug einen mit Pelz besetzten Lederanzug. Die Schuhe waren mit Eisenplättchen beschlagen. Ihre Schritte hallten durch den Gang.

Wie gewöhnlich wurden sie in einen ungeheizten, unmöblierten Raum gebracht, dessen Steinboden klamme Kälte ausstrahlte und in dem das einzige Licht durch ein kleines Fenster von außen kam. Wie gewöhnlich mußten sie einige Minuten warten. Wie gewöhnlich erschienen eine Frau und ein Mann. Beide gehörten der höchsten Stufe der Hierarchie an, den *supremi*. Beide trugen pelzbesetzte Winterkleidung. Die Mienen waren eisig.

Grußlos sagte die Frau: »Sie kommen zu spät. Wenn Sie schon kommen müssen, dann wenigstens pünktlich.«

»Ob und wann ich komme, entscheidet das Gouvernement. Wie alle wichtigen Dinge entzieht auch diese Frage sich Ihrer Kontrolle.«

Die *mûnaks* sprachen ein etwas antiquiertes Galaktein, aber die Verständigungsprobleme waren anderer Art.

»Haben Sie wieder unsinnige Beschwerden vorzubringen?« sagte der Mann.

Barakuda lächelte dünn. »Ich habe wieder begründete Beschwerden. Eine Shil-Karawane ist von Ihren Leuten überfallen worden. Drei Banyashil wurden getötet.«

Die *suprema* sagte, mit steinernem Gesicht: »Sie haben acht Grenzreiter getötet. Und sie hatten da nichts zu suchen.«

»Beide Einwände sind bedeutungslos. Die Karawane hat einen alten Handelsweg benutzt, der über einen Paß im Norden von Banyadir führt. Diese Routen sind offen, und das Gouvernement hat darauf zu achten, daß sie offenbleiben.«

»Was auf dem Boden des Heiligen Landes geschieht, ist allein unsere Sache.«

»Sondert das angeblich in Ihnen pulsierende All-Göttliche Emanationen ab, die auch Stiefelsohlen durchdringen und Lehm heiligen?«

Keine Antwort. Die *mûnaks* waren gut konditioniert, religiöse Themen wurden niemals mit Ungläubigen beredet. Die Gesichter der beiden *supremi* leerten sich von allem Ausdruck. Die Augen starrten an Barakuda vorbei.

»Und was Ihre acht Toten angeht – wer eine Shil-Karawane angreift und sich eine blutige Nase holt, hat selbst die Schuld zu tragen. Was haben Ihre angeblichen Grenzreiter überhaupt so weit im Norden zu suchen?«

Keine Antwort. In diesem Moment hatte Barakuda eine Erleuchtung; er zählte mehrere Dinge zusammen und räusperte sich. »Wir werden einen Beobachtungssatelliten über Ihr Nordland schicken. Ich rate Ihnen, die Zusammenarbeit mit Nobregas Banditen sofort einzustellen.«

Die Gesichter blieben unter Kontrolle, aber beide *supremi* holten tief Luft. In der eisigen Stille des Raums war es nicht zu überhören.

»Haben Sie sonst noch etwas?« sagte die Frau.

»Nur dies. Ihr Schweigen nehme ich als Geständnis. Ich werde die Fürsten der Banyashil auffordern, die Handelsgruppen von Jägern begleiten zu lassen. Notfalls setze ich die Garnison ein.«

Der Mann murmelte mit zusammengebissenen Zähnen: »Sie können nichts beweisen, Sekretär, und das zählt in Cadhras, oder? Kommen Sie doch einmal ohne bewaffnete Eskorte, wir würden Ihnen gern unsere Verliese zeigen.«

Kurz vor Sonnenuntergang setzten die Männer ihn westlich der Berge im Winterlager der Banyashil-Fürsten ab.

Tremughati war im Zelt geblieben. Sie umarmte und küßte ihn zur Begrüßung. Der Fürst stand lächelnd daneben.

»Fürstin, du machst mein Herz warm und mein Auge hell.«

»Erst Tee trinken«, sagte sie lachend, »dann reden.« Sie wies auf die Lager aus Decken und Pelzen und auf den Kupferkessel über dem Feuer.

Barakuda bückte sich nach seiner Reisetasche und zog eine Flasche heraus, die er dem Fürsten reichte. »Import-Rum.«

»Das hilft, den Tee zu beschleunigen.«

Die Fürstin war einige Jahre älter als Gortahork und Dante, ebenso groß wie der Fürst, schlank und doch kräftig, »eine Stahlfeder in Samt«, wie der alte Präfekt Ataratz gesagt hatte, als die Fürsten zur Amtseinführung der neuen Gouverneurin in Cadhras weilten. Sie hatte merkwürdig lichte schwarze Augen und schwarzes Haar, das sie kurz trug. Sie war ebenso viel klüger wie schöner als die beiden Männer, aber der Fürst und Dante litten nicht darunter. »Auch die Sonne ist zu groß für mich«, hatte Gortahork einmal gesagt, »aber soll ich trauern, daß sie mir Licht und Wärme spendet?«

Beim Tee sprachen sie von erfreulichen Belanglosigkeiten. »Es gibt viele Dinge, die schwer wiegen«, sagte Dante, »aber sie sollen warten.«

Gortahork rutschte auf seinem Fellsitz hin und her. Tremughati nickte und lächelte. »Es ist gut. Die schwierigen Dinge werden wir bereden, wenn auch dein Unkörper* eingetroffen ist. Er scheint noch zu reisen.«

Bald nach dem Nachtmahl, das aus einer kräftigen Brühe, gekochtem P'aodhu-Fleisch und Fladenbrot bestand, überfiel eine gewaltige Müdigkeit Dante. In seinem kleinen Zelt, in dem jemand Feuer gemacht hatte, lauschte er dem Schweigen der Steppe und dem Knacken des verglühenden Holzes. Durch den Rauchabzug sah er Sterne im Himmel der Winternacht, und irgendwie beruhigte es ihn, daß sie da oben standen.

Auch in den nächsten Tagen blieben die Probleme ausgespart. Dante schlief viel, erholte sich prächtig und machte einige längere Runden um das Lager der Fürsten. Es bestand aus etwa 300 Zelten mit insgesamt vielleicht 1000 Shil. Pferde und P'aodhus blieben sich selbst überlassen; mit den Hufen scharrten sie den leichten Schnee beiseite, um an das Gras zu kommen. Es gab keine Winterfütterung, und die Tiere waren entsprechend widerstandsfähig.

Am sechsten Tag fand man morgens die Reste eines gerissenen P'aodhu und Spuren eines Tahork. Vier Tage folgten Tremughati, Gortahork, Barakuda und einige Begleiter dem Bären, konnten ihn jedoch nicht stellen.

»Der vierte Bär muß warten«, sagte Dante, als sie nach der Rückkehr wieder im Fürstenzelt saßen.

Bei Gortahorks Geburt hatte seine Mutter aus dem Zelt gesehen und drei Bären erblickt. Die Tahorks waren in der Regel Einzelgänger, deshalb war die Dreiergruppe ein außerordentliches Ereignis, und der neugeborene Junge bekam den Namen Drei-Bären.

Der Fürst hielt die leere Rumflasche hoch, schüttelte den Kopf und nahm einen Schluck Tee. »Es gibt so viele Dinge, die

---

* nu'yiral'to – Nicht-Körper-Irreal; entspricht etwa Geist oder Seele, die für Shil bloße Redefiguren sind, da ihnen materielle Faßbarkeit abgeht. Das abstrakte Konzept eines nichtkörperlichen Teils einer Person wird bisweilen auch als »was bleibt, wenn nichts bleibt« umschrieben.

warten müssen. Da kommt es auf einen Bären mehr oder weniger nicht an.«

»Es kommt auf viele Dinge nicht an«, sagte Tremughati. »Außerdem ändert es nichts. Wie Saravyi sagt: Das Leben ist lang und breit, da kann man bisweilen auf Höhe und Tiefe verzichten.«

Dante lehnte sich gegen den Fellstapel. »Wer ist dieser Saravyi, den ihr dauernd zitiert? Seit Jahren höre ich immer wieder den Namen, aber ich weiß nichts über ihn.«

Gortahork verzog das Gesicht. »Auch ich weiß nicht viel. Niemand weiß das.«

Tremughati blickte ihn verweisend an. Die Winkel ihres vollen Munds bogen sich abwärts. »Unser Freund will nicht wissen, was du nicht weißt, sondern was du sagen kannst.«

Gortahork ließ sich aus dem Sitzen in eine Seitenlage fallen, stützte sich auf einen Ellenbogen und schloß die Augen. »Als der Vorgänger meines Vorgängers starb, vor sechzig Jahren, kamen die Heiler und Häupter zusammen, um den neuen Fürsten zu wählen. Ihre Wahl fiel auf Saravyi. Er war damals zwanzig Jahre alt, und der älteste Heiler konnte ihn nichts mehr lehren. Es heißt« – der Fürst öffnete die Augen und blinzelte zu Tremughati hinüber –, »daß er alle Männer und Frauen so weit übertraf wie später Tremughati alle Frauen und Männer. Saravyi lehnte die Wahl ab; er wollte, sagte er, über Shilgat reiten, die Spuren der Vergangenheit erforschen und der einen oder anderen Zukunft vorbeugen. Also wurde ein anderer Fürst gewählt. Seither gilt Saravyis Wort, wo immer er auftaucht, mehr als das der Fürsten.«

»Was ist das mit der Vergangenheit und der Zukunft?«

Gortahork schwieg. Tremughati starrte ins Feuer und sagte leise: »Du weißt, Bruder, daß wir vor Jahrtausenden eurer und unserer Rechnung Städte und fliegende Wagen hatten, wie ihr. Wir haben sie aufgegeben, weil sie die Aspekte des Chaos unerträglich vermehrten. Der Tod ist schneller als die schnellste Flugmaschine, und wer langsam lebt, lebt gründlicher. Auch ein Satz von Saravyi.« Sie lächelte versonnen. »Der alte Mann hatte gewisse Befürchtungen, was zum Beispiel die Tödlichen Mütter angeht. Deshalb wollte er in der Vergangenheit Mittel suchen, um einer künftigen Bedrohung zu begegnen. Er ist eine Art Hüter der Shil.«

Gortahork sprach weiter. »Du weißt, daß die Fürsten unabhängig voneinander gewählt werden? Der alte Fürst, mein Vorgänger, war ein Gargava aus dem Süden der Steppe, die alte Fürstin eine Frau der Loya am Oberlauf des Golzain. Sie haben einander nie gesehen. Als die alte Fürstin starb, vor dreiundzwanzig Jahren, haben die Häupter und Heiler Tremughati gewählt. Saravyi war dafür. Er hat damals bedauert, daß er nicht mehr jung genug war... «

Tremughati warf ihm einen schrägen Blick zu.

»Vier Jahre später starb mein Vorgänger, der alte Fürst. Es gab eine Reihe von möglichen Nachfolgern, aber keinen herausragenden Kandidaten.«

Gortahork sprach ohne jede Bitterkeit. Tremughati streckte die Hand aus und legte sie auf die Hüfte des Fürsten.

»Der unbegreifliche Zufall, die Essenz des Großen Chaos, hatte dafür gesorgt, daß sich die Fürstin in einen jungen Jäger verliebte, dessen Mutter einmal drei Bären sah. Als der neue Fürst gewählt werden sollte, erschien wieder einmal Saravyi. Niemand weiß, wo er gewesen war. Er sagte, die Fürstin Tremughati sei allen Kandidaten so weit überlegen, daß man ebensogut einen zum Fürsten machen könne, den sie ohnehin kontrolliert. Deshalb wurde ich Vater aller Banyashil. Ich achte Saravyi, aber es ist keine Liebe zwischen uns.«

Tremughati ließ die Hand liegen und wandte das Gesicht Dante zu. »Saravyi ist immer, wo Unheil geschehen könnte. Im Sommer war er im Nordwesten, dort, wo einer der Räuberherren wohnt.«

Dante richtete sich auf. »Einer der Räuberherren? Gibt es denn mehrere?«

Gortahork rollte sich auf den Rücken. Tremughatis Hand lag auf seinem Bauch. Dante beschloß, sich bald zurückzuziehen.

Der Fürst zögerte. »So sieht es aus. Es hat immer kleine Gruppen von Wegelagerern gegeben – entlaufene Sklaven, Geächtete. Nun scheinen es zwei große Banden zu sein, die einander bekämpfen. Eine hat den Pelzhandel lahmgelegt und Felle in Thaggo aufgehäuft – wie du weißt. Es scheint, daß die zweite dieses Pelzlager überfallen und die Wächter getötet hat. Niemand weiß Genaues. Außer Saravyi, der im Sommer dort war. Aber er sagt nichts.«

»Wo ist er jetzt? Ich habe gehört, am Banyuli.«

Tremughati senkte die Lider. »Das ist es, was mich unruhig macht. Er ist immer da, wo Unheil geschieht oder geschehen könnte. Er soll irgendwo an der Nordgrenze des Commonwealth-Territoriums eine Hütte für den Winter gebaut haben. Und nun frage ich mich, welches Unheil er dort verhindern oder beobachten will.«

Barakuda warf den Rest der Zigarette ins Feuer. »Ich habe gelernt, auf eure Ahnungen zu hören, trotzdem interessieren mich im Augenblick praktische Fragen mehr. Könnt ihr mir noch etwas über die Banditen erzählen? Wer die Herren sind, zum Beispiel. Ich habe den Verdacht, daß einer von ihnen ein entflohener Verbrecher aus Cadhras ist, ein Mann mit schwarzem Bart. Er heißt Nobrega.«

Tremughati blickte auf »Du kennst ihn? Ja, er hat einen schwarzen Bart; sein Name war uns bisher unbekannt. In den Zelten nennt man ihn Schwarzbart, Würger des Nordens, Großer-Töter. Es gibt noch andere Namen.«

»Die andere Gruppe«, sagte Gortahork, »kennen wir nicht. Von der ersten wissen wir immerhin, daß Großer-Töter ihr Anführer ist, aber weder, was er eigentlich will, noch, wo ihr Hauptlager ist. Von der zweiten wissen wir gar nichts. Außer Gerüchten. Sie sollen sich am mittleren Golzain herumtreiben, heißt es.«

Tremughati sagte langsam: »Eine Frau soll sie führen.«

»Vielleicht weiß Saravyi mehr. Wir nicht. Im Frühjahr, wenn der Schnee schmilzt, werden wir reiten. Die Steppe ist groß genug für uns und ein paar kleine Wegelagerer, aber nicht für die Banyashil und zwei große Räubervölker.«

»Es gibt da noch etwas«, sagte Tremughati. »Als du vor einigen Zehntagen hier warst, habe ich alte Freunde besucht. Von den dortigen Heilern habe ich etwas gehört, was wiederum nur ein Gerücht ist. Du kennst Taumeltang?«

Dante knirschte mit den Zähnen. »Ich kenne Taumeltang. Sprich weiter, Fürstin.«

»Es heißt, Cadhrassi hätten herausgefunden, daß man mit Taumeltang nicht nur heilen und besänftigen kann. Im Westen, dort, wo der Tang geerntet wird, sollen die gleichen Leute, die die Pelze erbeuten, Ernteschiffe überfallen und Tang entwendet haben. In Vagaván wird er schon knapp.«

Barakuda stand auf, ging zu den Fürsten, legte seine Hand an Tremughatis Wange und nickte Gortahork zu. »Ich will in mein Zelt gehen und denken. Es gibt viel zu denken.«

Tremughati nickte. »Und andere Dinge. Wir danken dir für dein So-Sein.«

Am nächsten Tag sprach Dante eher nebenbei von den seltsamen Kisten und den Teppichen. Gortahork fuhr senkrecht aus den Fellen, und Tremughati wurde bleich um die Nase.

»Beschreib uns diese Kistchen, Freund«, sagte der Fürst.

Erstaunt kam Barakuda der Aufforderung nach. »Warum?« sagte er dann. »Was ist daran Besonderes?«

Gortahork kniff die Augen zu. »Du hast sie untersucht und nichts an ihnen gefunden?«

»Sie sind schön und sehr fein gearbeitet – aber mehr nicht. Ich frage mich nur, weshalb sie so wichtig sind, daß jemand dafür unsere große Rechenmaschine manipuliert. Und daß die Fürsten der Banyashil bei ihrer Erwähnung erschrecken.«

Gortahork und Tremughati schauten einander in die Augen. Schließlich sagte Tremughati: »Es könnte sich um uralte Kistchen handeln, die bestimmte Eigenschaften haben. Aber die hättest du bei einer gründlichen Untersuchung herausbekommen. Außerdem – waren sie alt?«

»Nein, die Kistchen sind alle neu. Welche Eigenschaften?«

Gortahork schüttelte den Kopf. »Wir wissen es nicht genau und wollen dich nicht mit wirren Gerüchten schrecken. Wenn die Kistchen neu sind, dann ist es ohnehin belanglos.«

Am Abend vor seinem Aufbruch kamen sie noch einmal auf die Banditen zurück. »Ich werde mich sehr gründlich darum kümmern«, sagte Barakuda. »Es sind Cadhrassi dabei, und Leute von den Sternen haben den Shil genug Unheil zugefügt. Erlaubt ihr mir, wenn der Winter vorbei ist, Krieger in die Steppe zu bringen?«

Tremughati nickte nur. Gortahork tauschte wieder einen dieser langen Blicke mit ihr.

»Du weißt, daß die Heiler bestimmte Fähigkeiten haben?«

»Ich weiß, daß sie sich in den Körper des Kranken hineinfühlen und seine Zellen anregen können, die Krankheit selbst zu bekämpfen. Ist es das?«

»Nicht nur. Die Heiler können, bis zu einem gewissen Punkt, auch Gedanken fühlen. Es ist eine Gabe, die nicht viele Shil haben, und sie muß ausgebildet werden. Fürsten werden unter denen gewählt, die ausgebildet sind.«

»Ich beneide euch. Ihr sprecht also miteinander, wenn ihr euch so anschaut wie eben?«

Tremughati lächelte, aber es war kein frohes Lächeln. »Du beneidest uns, weil du uns liebst und denkst, daß wir auf diese Weise inniger verbunden sind? Es ist so, aber das ist nicht alles. Ich fühle deinen Zorn wegen der Banditen und des Tangs, und Sorge um uns und die anderen. Sehr undeutlich können wir aber auch manchmal Dinge fühlen, die in den Köpfen sind und irgendwann vielleicht ausbrechen.«

Barakuda schwieg. Gortahork kniete vor ihm und legte ihm die Hände auf die Schultern.

»Freund, Bruder, Bärenjäger. Du weißt es längst, nicht wahr? Oder hast es erraten. Wahrscheinlich ist all das bei Saravyi viel schärfer als selbst bei den besten Heilern. Wahrscheinlich ist er deswegen so oft da, wo Unheil geschehen könnte. Irgendwo an der Nordgrenze eures Territoriums. Hüte dich. Ich weiß nicht, was es ist, aber etwas steht uns bevor. Uns beide hat man gewählt, damit wir die Banyashil schützen. Vielleicht werden wir das neue Jahr nicht überleben. Vielleicht sitzen wir im nächsten Winter hier mit dir und lachen über Sorgen, die vergangen sind. Aber du, sieh dich vor.«

Dante ergriff die Hände des Fürsten und blickte zwischen ihm und Tremughati hin und her. »Ihr habt über die Banyashil zu wachen. Ich muß über ganz Shilgat wachen.«

»Ich weiß, du warst einmal so etwas wie ein Krieger und hast Wunden davongetragen«, sagte Tremughati. »Was, wenn du noch einmal verwundet wirst?«

Barakuda grinste plötzlich. »Eure Sorge ist überflüssig. Die ersten Wunden haben mich gewissermaßen vom Schlachtfeld zum Schreibtisch gebracht. Die nächste wird mich entweder töten, dann ist es vorbei, oder sie wird mir den Abschied eintragen. Dann bin ich ein altes Pferd, das zu nichts mehr taugt, aber immer noch gefüttert wird.«

»Wir füttern unsere alten Pferde nicht«, sagte Gortahork.

»Aber wenn es soweit kommen sollte, weißt du, wo dein Zelt steht. Wenn du willst.«

Am nächsten Mittag holte ihn der Gleiter ab. In Cadhras erfuhr er, daß die drei gesuchten Passagiere des Trampraumers gefunden, verhört und abgeschoben worden waren. Natürlich hatten die Verhöre nichts ergeben – außer der Tatsache, daß die drei über die Verhältnisse auf Shilgat ungewöhnlich gut informiert waren. Statt sich gleich über See oder die Karawanenroute nach Norden zu wenden, wo man sie zuerst suchen würde, waren sie mit einem der batteriegetriebenen Boote, einer umstrittenen Wohltat des letzten Gouverneurs, den Sogga flußauf gefahren, hatten im Binnenland Pferde gekauft und sich nach Südwesten zur Küste begeben, um von dort mit einem kleinen Segler das Binnenmeer zu überqueren. Barakuda brütete über den Unterlagen. Pelze, die wegblieben und über andere Kanäle auftauchten; Taumeltang, der plötzlich im Commonwealth publik wurde, aber nirgendwo mehr aufzutreiben war; Teppiche; harmlose, hübsche, neue Kistchen, die möglicherweise nicht ganz harmlos wären, wenn älter; Käfige zum Shihueti-Fang; eine oder zwei große Banditengruppen... Es gab keinen gemeinsamen Nenner. Oder falls es ihn gab, konnte Barakuda ihn nicht berechnen.

Aus: Handbuch der Zollvorschriften
(Gaia, 414, 334. Auflage)

»... Ferner ist gemäß Commonwealth-Recht, insbesondere in Anwendung der Vorschriften des Sekretariats für Dominien und Protektorate betreffend Handelsmengen und -arten sowie der Ausführungsbestimmungen hierzu, vor allem §§ 214, Abs. 4 a-c, 216 Abs. 3 f., 219 Abs. 2, 243 Abs. 2, 3, 4, 4 a und 7, 250 sowie 251 Abs. 2 b, von den Zollbehörden darauf zu achten, daß die in der dem vorstehenden Absatz angefügten Liste in alphabetischer Reihenfolge aufgeführten Güter unter keinen Umständen länger als drei Standardtage gelagert werden dürfen, da sonst Gesundheitsschäden zu befürchten sind. Gesundheitsschäden sind in diesem Sinne Folgen von Schädigungen der Gesundheit und die Schädigungen selbst auch im Sinne der Quarantäne-Verfügungen II B 1 b, II C 1 b, III A 3 c, IV A 4 a. Besondere Vorsicht

ist walten zu lassen im Umgang mit Dracheneiern von Arkturus IV, sollten diese eingeführt werden sollen, da die Jungtiere nach zwei- bis zweieinhalbtägiger Lagerung neben Torffeuern schlüpfen und Verwüstungen anrichten können. Es ist daher strikt darauf zu achten, daß in Lagerräumen von Raumhäfen keine Torffeuer entzündet werden. Von einer Anwendung dieser Vorschriften kann auch auf Welten ohne Torfvorkommen nicht abgesehen werden, da dessen Einfuhr trotz z. Z. nichtexistenter Nachfrage auf Dauer ebensowenig auszuschließen ist wie die illegale Einfuhr der unter Ausfuhrsperre befindlichen Dracheneier von Arkturus IV… «

VI.

Die Tote Zeit ging zu Ende, dann der Winter. Im Frühjahr erhielt Barakuda einen Brief von Gortahork, der nach Westen reiten wollte, zum Oberlauf des Golzain, um sich umzusehen. Karawanen brachten Gerüchte, aber keine Pelze. Die Gerüchte betrafen den Herrn der Räuber, die im Winter mit Überfällen auf entlegene Siedlungen und Zeltlager begonnen hatten. Sie schienen überall und nirgends zu sein.

Oder gab es mehrere Banden, wie die Fürsten der Banyashil gesagt hatten? Im Frühsommer kam es in der westlichen Steppe zu einem Gefecht zwischen Räubern, einer der Agenten hörte davon und alarmierte Cadhras. Als Barakuda hinflog, fand er nur verkohlte Leichen.

Pinto, Fimfinella, drei Shil-Matrosen und Tugrik segelten auf dem Binnenmeer herum; sie schienen gut miteinander auszukommen. Manchmal, wenn sie in Cadhras auftauchten, erzählten sie von der Idee, eine gemischte Tanz- und Magie-Show aufzustellen, dann wieder schwärmten sie von der Gelassenheit des Lebens auf See mit kleinen Frachten und gelegentlichen Passagieren. Barakuda überlegte, ob er Tugrik von der *Zhumzhum* nehmen sollte. Der junge Shil war nicht zum Agenten ausgebildet worden, um ewig auf einem Frachtkahn zu arbeiten.

Dann brachte ein Trampraumer wieder eine Ladung demontierter Raubtierkäfige für Huasiringa, und die vor Monaten exportierten Zierkistchen. »Reklamation, Qualität unbefriedigend, zurück via Hafenamt Tashila, Huasiringa, Hersteller weist sich aus«, lautete der Frachtvermerk. Barakuda ließ die Kistchen abermals untersuchen, da ihm die düsteren Andeutungen der Fürsten nicht aus dem Kopf gingen, aber auch diesmal fand sich nichts. Allerdings auch kein sichtbarer Grund für Reklamationen. Schließlich kam Dante zu dem Schluß, daß alles harmlos sein müsse, und zwar überzeugte ihn die Anschrift davon. Böse Menschen mit bösen Absichten, sagte er sich, müßten sich auf Shilgat besser auskennen. Sie wüßten, daß es in Tashila auf Huasiringa kein Hafenamt gab. Es handelte sich um eine Shil-Stadt mit Fischern, Handwerkern und Bauern sowie den üblichen Gilden, aber keiner einzigen Behörde. In Tashila verzichtete man sogar darauf, sich durch Erfinden einer abstrusen Metaphysik die Zeit zu vertreiben.

Dem Frachtbrief beigefügt war ein Lederbeutel mit zehn goldenen Talentmünzen, 1000 Drachmen »für den Seetransport«. Barakuda legte seine Amtspflichten weit aus und verabredete sich mit Cuthbert Pinto in einem Restaurant nahe der Plaza Chou.

Das *Pagodatsha* lag in der Südstadt, in einer Wohngegend, die sowohl von der Avenu Traversal, die Cadhras nordsüdlich durchquerte, als auch vom Bulvar Magellan zu erreichen war. Es gab dort ruhige, durch Schirme abgetrennte Tische, einen ausgedehnten Garten mit Hecken, Lauben und einem Teich. Die Küche war gemischt, das Personal unaufdringlich. Barakuda ging durch den Speiseraum zum Garten. Ein hagerer Mann und eine Frau mit hellblauem Haar seien noch nicht eingetroffen, sagte man ihm.

Im Vorübergehen sah er in einer Laube Tugrik mit einem großen, schlanken Mädchen sitzen: Koryna Delaware. Tugrik und Koryna beschäftigten sich sehr intensiv miteinander. Barakuda räusperte sich und ging weiter. Er setzte sich an den Rand des Teichs unter eine ausladende Blutweide und ließ sich ein großes Glas Sampasaft mit Eis bringen.

Lautlos und wie aus dem Boden gewachsen stand Tugrik plötzlich neben ihm. »Eh, Chef. Wie du dich geräuspert hast, das klang... vorwurfsvoll?«

Dante grinste und klopfte auf die Teichumrandung neben sich. Tugrik ließ sich nieder.

»Keine Vorwürfe. Was du mit deiner Freizeit machst, geht

mich nichts an. Du hast auf Pinding oft genug gehört, daß ungebundene Agenten Vorzüge haben.«

»Ich weiß, Chef. Aber es ist ernster.«

Barakuda starrte in sein halbleeres Glas. »Deine erste Erfahrung?«

»Nein. Das ist lange her. Aber es war noch nie *so*.«

»Die *Zhumzhum* faßt morgen Ladung und läuft aus. Wenn ihr zurück seid, nehme ich dich vom Schiff. Das hatte ich ohnehin vor, du kannst nicht ewig Matrose spielen. Ich wollte dich in den Norden schicken. Und sie?«

Tugrik senkte den Kopf. »Sie reist mit. Ich habe schon mit Pinto und Fimfinella gesprochen.«

»Na fein. Wie lange kennst du sie eigentlich?«

»Zehn Tage. Und sieben Nächte.«

»Das ist relativ lang. Du mußt wissen, was du tust. Aber was mache ich nach dieser Reise mit dir?«

»Kann... können wir das nicht klären, wenn wir zurückkommen?«

Als Pinto und Fimfinella eintrafen, war Barakuda wieder allein. Sie sprachen nicht über die Angelegenheit. Dante wußte nicht, ob Fimfinella wußte, daß Tugrik ein Agent war; außerdem hatte es ohnehin keinen Sinn.

»Es ist nicht rauszukriegen, wo die Kistchen waren und wer sie zurückgeschickt hat«, sagte Barakuda verdrossen. »Sie sind im Niemandsland, auf Lost Exile, umgeschlagen worden. Die Käfige wahrscheinlich auch, aber der Ursprung ist nicht auszumachen.«

»Na ja, egal.« Pinto hielt den Lederbeutel hoch und ließ die Goldmünzen klirren. »Zehn Talente – ein gutes Argument gegen Fragen. Außerdem, was soll passieren? Wir fahren nach Huasiringa, liefern den Kram im Hafen bei einer Gilde ab, alles andere ist nicht unsere Sache.«

»Du machst dir zu viele Gedanken, Fischminister.« Fimfinella lächelte. »Als Sternmatrose hast du mir besser gefallen.« Leichter Wind wehte durch den Garten. Als sie den Kopf schüttelte, bildete ihr hellblaues Haar für Sekundenbruchteile eine Art Windbeutel.

Sie aßen im Garten unter Lampions. Irgendwann später kicherte Pinto plötzlich. »Weißt du schon, daß wir diesmal zu siebt fahren statt zu viert?«

Barakuda nickte.

Pinto beugte sich vor und zog hinter Barakudas rechtem Ohr einen großen Ballon hervor, einen kleinen hinter dem linken, aus Fimfinellas Haar einen noch kleineren und schließlich aus dem Ausschnitt ihrer rosa Bluse ein grünes Kondom. »Das werden wir brauchen für die jungen Leute.«

»Sehr geschmackvoll.« Fimfinella stützte das Kinn auf die Hände und lächelte nur mit den Augen.

Barakuda blickte die beiden an, Magier und Tänzerin. Es war ein guter Anblick: die lächelnde Frau und der grinsende Mann mit seinem grünen Spielzeug. Und eine gute Erinnerung.

Einige Tage später brachte das Kurierboot neben amtlichen Schriften und Bargeld auch einen Stapel Zeitungen und Zeitschriften, darunter eine ältere Ausgabe des Magazins *Bonvivanthrop*. Es enthielt einen Bericht über eine Ausstellung exotischen Kunsthandwerks, bei der auch Stücke gezeigt wurden, die »von der furchtlosen Crew des Frachters *Traumgold* auf Randwelten und im Niemandsland gesammelt« worden waren. Barakuda stutzte angesichts der scharfen, genauen Farbbilder. Daß weder der Artikel noch die Fotos Kistchen zeigten bzw. erwähnten, beruhigte ihn, aber eine Serie »Teppiche und Gobelins von Shilgat« ließ ihn buchstäblich erstarren. Die wunderschönen schweren Knüpfarbeiten aus der Nordsteppe leuchteten warm von den Seiten, in tausend Schattierungen von Dunkelrot. Zur Sicherheit sprach Barakuda mit zwei Leuten vom Zoll, die bei Kontrolle und Auflistung der später von der *Traumgold* übernommenen Waren mitgewirkt hatten. Sie bestätigten seine Erinnerung. Danach rief er die Residentin in Vagaván an und bat sie, Auskünfte einzuholen. Er brütete, bis sie zurückrief

Die Teppiche, die Pinto aus Golazin gebracht hatte, unterschieden sich in einem wichtigen Punkt von denen im Magazin. Bei den Ausstellungsstücken fehlte das kräftige grüne Muster. Und Heiler in Vagaván sagten, daß Taumeltang nach der Ernte getrocknet wurde, bis er eine bestimmte Konsistenz erreichte – bis das Pflanzenmark, das alle Wirkstoffe enthielt, zu dünnen grünen Fäden geworden war, die später zerstoßen, pulverisiert, mit anderen Substanzen gemischt, geröstet und wieder verflüssigt wurden.

Wütend, vor allem über sich selbst und seine mangelnden Kenntnisse auf entlegenen Wissensgebieten, bereitete er Anweisungen an seine Kundschafter im Norden vor. Dann führte er ein längeres Gespräch mit dem Präfekten der Gendarmerie und schließlich verfaßte er einen knappen Bericht, der am späten Nachmittag verschlüsselt über Hyperfunk nach Gaia abgestrahlt wurde, an die für Rauschgifte zuständige Abteilung des Sicherheitsbüros in Atenoa.

Kurz bevor er seinen Schreibtisch verließ, erreichte ihn ein Routinebericht von Tugrik. Die *Zhumzhum* kreuzte gegen den frischen Westnordwestwind und kam nur langsam voran. Keine besonderen Vorkommnisse.

Von dem Wind, der die *Zhumzhum* behinderte, war in Cadhras noch nichts zu spüren, der Sommer war schwül. Barakuda machte einen kleinen Umweg, wanderte über die Esplanade, leerte auf der Terrasse des *Vistamari* eine Kanne Tee und einen Teller mit gebratenen Fischfilets. Die gutgelaunten, gebräunten Gesichter der Touristen machten sein Herz nicht leichter. Er ging zum Hafen, ignorierte die offene Tür des *Meeresleuchtens* und stieg zu seiner Wohnung empor. Begheli hatte frei. Sie steckte irgendwann am Abend den Kopf in Barakudas Wohnraum, riß ihn aus seinem Brüten und half ihm, Musik zu hören und Sampawein zu trinken.

In dieser Nacht fand er kaum Schlaf. Er lauschte dem Knarren der Schiffe und dem Schwappen des Wassers im Hafenbecken, den ruhigen Atemzügen der Frau an seiner Seite, registrierte die langsame Vermischung des Geruchs der Körper, des Tabaks und des Weins mit dem Aroma von Fisch, Salz, Brackwasser, Segeln und Holz.

Müde, zerschlagen und immer noch verdrossen, weil er das Gefühl hatte, etwas zu übersehen, machte er Frühstück. Begheli wählte ein zu Barakudas Laune passendes Musikstück und schob den Würfel ins Gerät. Unter die Geräusche des Hafens mischten sich die Klänge des osirischen Komponisten Singh Boncard – *Aqua Smeralda*, eine melancholische Suite für Glasharfe, irische Pipes, Fagott, Xylophon und Cembalo. In der Kochnische runzelte Dante bei den ersten Takten der Sarabande die Stirn. Bis die Pipes das Hauptthema wieder aufnahmen und den zweiten Satz, einen schnellen Jig, bestritten, waren der Toast fast verbrannt und die Eier viel zu hart. Er schleppte das Tablett in den Wohnraum. Begheli trug seinen Bademantel und musterte ihn.

»Wir sind unwirsch, unrasiert, unangezogen, unausstehlich und baumeln vermutlich mit der Seele im Gegenwind. Paßt Boncard dazu?«

Dante nickte nur. Die Glasharfe improvisierte über einem von Fagott und Xylophon durchgeführten Menuett.

Am Ende des wenig überzeugenden Frühstücks stand Barakuda auf, stieg in eine helle Leinenhose, setzte sich wieder und zündete sich die erste Zigarette des Tages an. Das Cembalo raste durch einen chromatischen Quickstep mit bizarren Auflösungen, über dem die Pipes ein pentatonisches Lamento schweben ließ – *Intermezzo: bren i kore de kadavraqua,* Hirn und Herz der Wasserleiche.

Begheli ging zum Regal. Sie nahm das Kästchen herunter, das Pinto abgezweigt hatte, drehte es hin und her, bewunderte die fugenlosen Kanten, strich über die milchige, weiße Oberfläche aus poliertem Fischbein und streichelte die Konstellationen der Quarzkristalle. Mit zögernden Synkopen erkundeten Harfe und Xylophon eine Fuge; das Cembalo färbte Abstände, die Zwischenräume wurden, aus denen das Fagott Auswege zu suchen schien. Eine zerbrechliche Passage, der eine gleichmütige Bordunpfeife Halt gab.

Barakuda kam sich lächerlich vor. Gleichzeitig erschien es ihm absurd, daß die Musik seiner Laune entsprach. Oder beeinflußte sie sie? Aber die ironischen Taktwechsel des *Pasquill marin,* bei denen Cembalo und Fagott einander abwechselnd überholten, hoben seine Stimmung nicht.

Gleichgültig sah er zu, wie die junge Frau, die eine vertraute Kameradin war, den luftdicht schließenden Deckel des Kistchens hob und den Innenraum untersuchte.

»Man könnte eigentlich deine ganzen *musikubos* hier drin unterbringen.« Sie deutete mit dem Kinn auf die unordentlich durcheinanderliegenden Würfel im Regal.

Dante nickte, stand auf und suchte die wichtigen Dinge aus den Kleidungsstücken des Vortags zusammen – Geld, Schlüssel, Notizzettel. Er legte alles auf den Tisch und zog sich an.

Es war auch zu dieser frühen Stunde schon unerträglich schwül, jede Bewegung führte zu sofortigen Schweißausbrüchen. Er goß Kaffee nach und betrachtete Beghelis geschickte Finger, die die kleinen *musikubos* im Kistchen stapelten.

»Da ist ein Fleck.« Sie rieb mit der Fingerspitze an einem Quarzkristall auf der Innenseite. »Geht nicht ab. Darf ich?« Sie wies auf den Schlüsselbund.

»Natürlich. Oder nimm ein Messer.«

Begheli hielt schweigend eines der mit Butterresten verschmierten Messer hoch, griff nach den Schlüsseln und entschied sich für den Impulsstift. Der eingebaute Mikrosender strahlte innerhalb einer Zehntelsekunde tausend geraffte Impulse auf Zufallsfrequenzen und allen Wellenlängen von Ultrakurz bis Hyperfunk ab.

Begheli setzte die Spitze des Stifts auf den Quarzkristall, um den kleinen Fleck abzukratzen.

Dann wurde sie unter der olivrosa Haut bleich und erstarrte. »Dante«, sagte sie kläglich. Sie atmete tief und hielt das Kästchen schräg.

Barakuda zwinkerte, weil er an eine Halluzination glaubte.

Das Kästchen war leer. Die gestapelten *musikubos* waren verschwunden.

»Ein unglaublicher Zufall, das mit dem Impulsgeber«, sagte der Funktechniker des Raumhafens. »Aber nachdem wir wußten, wo wir zu suchen hatten, war es kein Problem mehr.«

Er hielt das Kästchen hoch. Trotz der selbstsicheren Rede wirkte er verblüfft.

Barakuda betrachtete den Tisch, auf dem die Ergebnisse der Untersuchung sich stapelten: kleine Stoffbeutel, die eine weißliche, pulverförmige Substanz enthielten, und *musikubos*.

»Ich kann Ihnen nicht erklären, wie es funktioniert. Nur, daß es funktioniert. Der etwas dunklere Kristall, der wie Fliegendreck aussieht, reagiert auf einen bestimmten Hyperimpuls, der zufällig in Ihrem Geber vorkommt. Wenn er eingeschaltet ist, bildet der Kristall mit den anderen eine Art Hypersender. Als wir soweit waren, haben wir nicht genau anzupeilende Störfelder im Hyperbereich registriert. Der Rest war eine Frage des Unglaubens und Ausprobierens.«

Barakuda nickte langsam. Was da geschehen war, entzog sich nicht dem theoretischen Begreifen, wohl aber den praktischen Möglichkeiten der Technik des Commonwealth.

»Ein anderer Impuls polt, wenn Sie so wollen, den Sender um. Wichtig ist, daß nach jedem Abstrahl- oder Rückholvorgang der Sender sich sofort desaktiviert.«

»Wenn ich das richtig verstehe, handelt es sich also um ein Gerät, das Materie in Hyperimpulse umwandelt, die nicht abgestrahlt werden, sondern gewissermaßen als Bündel am Gerät hängenbleiben.«

»Physikalisch unmöglich, aber genauso funktioniert es. Mann, wenn ich wüßte, wie dieses Feld erzeugt wird, wie es zusammengesetzt ist – haben Sie schon mal von jemand gehört, der innerhalb eines Tages Multimillionär wird? Nicht in Drachmen, sondern in Talenten? Wenn ich das wüßte, dann wäre ich genau dieser Mensch.«

Maqari hielt sich an der Kaffeetasse fest, langsam bekam sein Gesicht wieder Farbe. »Die alten Shil hatten also das Problem gelöst, an dem unsere Physiker seit Jahrhunderten verzweifeln. Das Transmitterprinzip. Nicht zu glauben.«

»Nicht nur das. Tote Materie wird entstofflicht, aber nicht abgestrahlt, sondern als Impulsbündel vom Gerät festgehalten. Übrigens geht es nur mit toten Gegenständen, die Techniker haben natürlich eine Ratte geopfert. Sie ist zurückgekommen, hat es aber nicht überlebt.«

Der Major schüttelte immer wieder den Kopf. »Auflösung und Wiederverstofflichung. Konservierung abgestrahlter Energie. Haben Sie schon mal von Funkwellen gehört, die sich nicht ausbreiten, sondern am Sender hängenbleiben?«

Barakuda rieb sich die Augen. »Davon darf niemand erfahren. Zunächst jedenfalls. Die Techniker haben heilige Eide abgelegt. Aber da gibt es noch andere Dinge.« Er klopfte auf das zierliche, leere, harmlose Kästchen. »Die Speicherkapazität ist wahrscheinlich sehr viel größer, als wir im Moment annehmen. Es wäre das Ende der Frachtraumer, nebenbei bemerkt, wenn ein kleines Schiff, das diese Kästchen an Bord hat, tausendmal mehr Last befördert, als das eigentliche Schiff überhaupt aufnehmen kann. Aber das beiseite.«

Maqari nahm eines der Säckchen in die Hand. »Die Dinger waren da – kann man ›drin‹ sagen?«

»Ja; insgesamt zehn Kilo Taumeltang, pulverisiert. Und zwar in jener Form, die zu den Halluzinogenen gehört. Außerdem hat das Ding noch meine *musikubos* geschluckt.«

Maqari legte das Säckchen weg und stand auf. Er ging im Towerraum hin und her, blieb zwischendurch stehen und starrte auf das Landefeld hinaus.

»Was, frage ich mich, war ›in‹ den Kästchen, die als Reklamationen zurückgekommen sind?«

»Nicht nur das, Dante. Es könnte alles sein, wenn ich auch nicht weiß, welche der vielen unschönen Möglichkeiten zutrifft. Es fragt sich auch, wie groß die Mengen Rauschgift sind, die von Shilgat in die Galaxis exportiert wurden.«

Barakuda dachte an andere Probleme. »Tremughati und Gortahork sind erschrocken, als ich von den Kästchen erzählt habe. Sie fürchten sich aber nur vor alten Kästchen – was wohl heißt, daß es ihrer Meinung nach niemanden gibt, der so etwas heute herstellen kann.«

Maqari ging zum Zierkistchen. »Sieht aber nicht aus, als ob das Jahrtausende in der Erde gelegen hätte.«

»Eben.«

Maqari nahm seine Wanderung wieder auf. »Noch was. Sarela war mit ein paar Rekruten auf einem kleinen Übungsflug. Sie haben die *Zhumzhum* aus großer Höhe beobachtet. Sie sind nicht sicher, aber es sieht so aus, als ob Ihr Freund Pinto von zwei Seglern eskortiert würde, die sich immer am Rand seines Sichtfelds halten.«

»Na fein. Das fehlt noch – andererseits... «Barakuda summte leise und dachte eine Weile. »Die Techniker basteln spezielle Impulsgeber für die Kästchen. Sobald sie fertig sind, wollte ich eigentlich losfliegen und Pintos Ladung untersuchen. Aber wenn er eskortiert wird... Lassen Sie ihn aus großer Höhe beobachten, *tribún*. Vielleicht kommen wir, wenn wir nicht mehr tun als das, endlich näher an die Leute heran, die für diesen ganzen Dreck verantwortlich sind.«

»Ja. Gut. Mach ich. Und Sie?«

Barakuda deutete auf das Visifon. »Ich werde mich jetzt bei unserer allseits verehrten Gouverneurin anmelden. Jemand muß ihr ja die frohe Botschaft überbringen.«

Schließlich verließ er den Raumhafen. Das Quecksilber zeigte noch immer 44°. Shalga stand hoch im Südwesten. Die ersten Schritte legte Barakuda im Schatten zurück. Dann mußte er die Plaza Atenoa überqueren, nach Sekunden war er durchgeschwitzt. In der Narbe auf seiner Wange sammelte sich Schweiß, wie in einer Traufe. Er wischte ihn weg und unterdrückte einen Fluch. Sein Schatten löste sich auf, als Dante die Arkaden erreichte. Aus den Stallungen an der Avenu Traversal roch es schwer und süßlich.

Im Hafen wimmelte es. Die Küstenfischer waren eingelaufen und entluden. Neben dem Kai parzellierten Masten und Gestänge den tiefblauen Himmel. Irgendwo hörte Barakuda seinen Namen.

An einem der Fischstände entdeckte er Mutter Schwabbel. Die feiste Wirtin trug einen grellgelben Kittel, watschelte auf ihn zu und zupfte an seinem Hemd. »Fisch«, sagte sie fröhlich. »Du weißt schon, welcher, Junge.«

Auf einem der Tische lagen zwei Exemplare eines Raubfischs mit köstlichem roten Fleisch, Barak genannt. Wegen seiner Zuneigung zu diesem Tier hatte ein gebildeter Hafenbewohner Barakuda bereits der Autophagie geziehen.

Der glatzköpfige, verkrüppelte Lopes hinkte hinter Mutter Schwabbel her. Er zwinkerte Dante zu und kniff mit zwei Fingern in seine große Nase. Er haßte Fisch, aber kaum jemand bereitete ihn so gut wie er. Besonders Barak... Dante konnte sich nicht erinnern, wann er zuletzt diese Köstlichkeit genossen hatte. Der Fisch wurde selten gefangen.

»Ich komme heute abend.« Einen Moment lang vergaß er, daß es andere Dinge als Fisch und Wein gab.

Lopes stieß Barakuda in die Seite. »Was finden Sie nur an diesen widerlichen Schuppentieren? Sie sollten mir mal beim Ausnehmen zusehen. Vor allem, wenn so ein Vieh ein paar Tage in der Sonne gelegen hat.«

In seiner Wohnung riß sich Dante die verschmitzten Kleider vom Leib, duschte und rasierte sich, schlüpfte in frische Sachen und machte sich wieder auf den Weg. Er stieg eine der schmalen Treppen hinauf, durchquerte die Innenstadt und kam aus dem Gewirr der Häuser und Gassen ans Ufer des Sogga. Über den Treidelpfad ging er nach Osten, zum Serai, wo die Karawane aus Vagaván angekommen war.

Vor dem Haupttor drängten sich Schaulustige, Händler, Treiber und Arbeiter. Ein Pferd war in den Graben gestürzt, in dem eine Arbeitskolonne armdicke Kabel verlegte. Sie wurden vom Fusionsmeiler zu einem neuen Verteiler im Zentrum des Isthmus geführt. Die Frauen und Männer der Kolonne wurden nach Strecke bezahlt und verfluchten das Tier. Die Vorarbeiterin gestikulierte wild. Barakuda sah zu, bis schließlich ein Treiber in den Graben kletterte, das Messer zwischen den Zähnen, und die Leiden des Tieres beendete, das beide Vorderbeine gebrochen hatte. Der Kadaver wurde aus dem Graben gehievt. Barakuda wandte sich ab und trat durch den Torbogen in den Innenhof.

Auch diesmal waren keine Pelzballen unter den aufgetürmten Packlasten. Eines der P'aodhus im ersten Innenhof begann bei Dantes Eintreten zu blöken. Sofort fielen die anderen ein. Höfe und Gänge hallten wider vom Geschrei. Treiber kamen, gossen Wasser über die runden Köpfe oder traten in die Kehlen der Beingelenke, bis die zottigen Tiere sich beruhigten und niederlegten.

Das Serai war ein Komplex aus zehn quadratischen Höfen mit Brunnen und Trögen. Zur Straße lag eine zwei Meter hohe Mauer, zum Fluß das dreistöckige Gebäude mit Schankräumen und Schlafgemächern. Zwischen den Höfen befanden sich zweigeschossige Zwischengebäude mit Arkaden: unten Warenlager, oben wiederum Unterkünfte.

In dem Gewirr von Menschen, Tieren und Lasten suchte Dante einen der älteren Händler. Er fand den Mann im Schankraum. Der Shil trug eine Art Burnus in der dunklen Olivfarbe seiner Haut und trank Importschnaps. Er winkte.

»Fünfzig Tage trage ich ihn.« Der Shil reichte Dante einen Brief. »Aber du weißt, mein Freund, wie die Eile des Langsamen beschaffen ist.«

Barakuda schlug ihm auf die Schulter. Mit einem Glas Eistee setzte er sich auf eine Terrasse über dem Flußufer und las den Brief. Er war in der komplizierten Kalligraphie der Banyashil abgefaßt und wimmelte von Ornamenten und mehrdeutigen Zeichen.

Gortahork, Fürst aller Banyashil, Vater der Tausend Stämme, an Dante Barakuda, Auge und Ohr von Cadhras.

Lebst du? Aber – wer lebt schon in Steinstädten?! Wir sollten wie-

der Bären jagen, Bruder. Ich schreibe in Eile, daß der Bote noch die Karawane erreiche, ehe sie Arameq verläßt. Befremdliches raschelt zwischen den Gräsern. Großer-Töter, den du Nobrega nennst, bläht seinen Namen mit vielen Leben meines Volks. Die Frage, ob außer ihm noch ein großer Räuber mordet, beunruhigt mich. Noch ein Drittes bekümmert meinen Irreal-Nicht-Körper, doch will ich den deinigen, der weich ist, nicht besorgen, ehe ich weiß, was ich nicht weiß. Mit vielen Jägern bin ich aufgebrochen, es herauszufinden. Sobald ich es weiß, werde ich dir einen schnellen Boten senden – vielleicht hat er dich schon erreicht, bis die Karawane diesen Brief bei dir abliefert. Ich will nicht einen eurer Residenten durch die Luft sprechen lassen; sie hat vielleicht Ohren. Ein Teil des erstrebenswerten, wenn auch unvollkommenen Chaos der Steppe ist in Gefahr, einem unersprießlichen Irreal-Nicht-Chaos zu verfallen. Aber die Wege der mûnaks in die Steppe sind versperrt.

Kühle in heißen Nächten die Füße deiner Freundinnen, daß sie dich im Winter wärmen. Denn: Nichts ist ohne Erwiderung. Wir sollten, außerdem, wieder Bären jagen. In Eile dein Bruder – Gortahork.

Lachend steckte Barakuda den Brief ein. Aber es gab zu viele Fragen. Was war das dritte Problem, von dem der Fürst nicht sprechen wollte? Wieso mutmaßte Gortahork, die Luft könne Ohren haben? Bei aller Kontrolle ließ sich natürlich nicht völlig ausschließen, daß etwa Nobrega oder einer seiner Leute ein paar Funkgeräte aus Cadhras gestohlen hatte, aber wie kam der Fürst darauf? Außerdem schrieb er, er sei mit Jägern aufgebrochen, und Dante kannte ihn zu gut, um an eine Unachtsamkeit zu glauben. Bei großen Unternehmungen ritten Jäger und Jägerinnen zusammen – wieso also nur Jäger? Und was machte Tremughati, von der bisher jeder Brief mit unterzeichnet worden war? Nicht einmal Grüße. Tröstlich war immerhin, daß die Nomaden offenbar jedem Kontakt zwischen den Sektierern in Banyadir und den Banditen ein Ende gesetzt hatten. Dennoch hätte Dante sich wohler gefühlt, wenn er genau gewußt hätte, was diese Kontakte waren und welchem Zweck sie dienten. Und wenn der Brief nicht überhaupt mehr Fragen als Antworten enthalten hätte.

Langsam schälten sich aus dem Weiß des Tages andere Farbtöne heraus. Die hellen Bungalows am Hang oberhalb des Serai waren wieder von Grün umgeben, die Mauern des Gebäudes lösten sich gelblich aus dem grellen Licht. Barakudas Gedanken schweiften vom Brief ab und befaßten sich mit der Frage, wie stark das Gefühl des Schwitzens und der Hitze von den Wahrnehmungen der Augen abhängt.

Im Schwemmland, jenseits des Flusses, wuselten dunkle Punkte: Menschen mit breiten Hüten, Gemüsebauern. Barakuda dachte an ein Bad im Meer, am Abend, wenn Shalga untergegangen sein würde. An Abenden nach Tagen, an denen die Ebene Flirren und Dunst war, die Hügel schmolzen und eine unerfüllbare Verheißung über allem zu schweben schien, konnte er bisweilen fast glücklich sein, die inneren und äußeren Narben vergessen. Stumm drehte er das Wort *Verheißung* in seinem Kopf, während er den Teebecher leerte und in die Ebene starrte. Dann erinnerte er sich an die Verabredung mit der Gouverneurin und fror plötzlich, als die fatalen Entdeckungen des Tages sich mit Wucht in Erinnerung brachten.

Aus dem Schankraum näherten sich Schritte. Eine junge Frau von der Gendarmerie trat zu Barakuda; sie lächelte ihn an, offensichtlich erleichtert, ihn zu sehen.

»Seit einer Stunde, Sekretär, läßt der Präfekt Sie suchen. Es ist dringend, fürchte ich.«

Ataratz schwieg, bis Barakuda sich gesetzt hatte. Er reichte ihm einen Aschenbecher und baute sich dann vor Dante auf, mit dem Rücken zum Fenster. Barakuda sah ihn als Silhouette vor dem glühendroten Sonnenuntergang und dem glitzernden Meer.

»Schießen Sie schon los, Vito. Was gibt's? Ich hab heute genug Katastrophen gehabt, bitte nicht noch eine.«

Ataratz kicherte; es klang nicht besonders fröhlich. »Sie meinen die Kästchen? Maqari hat mich informiert; ich weiß schon Bescheid. Tja. Aber das ist eher harmlos. Maqari sagte, Sie wollen gleich noch zur Gouverneurin?«

Barakuda nickte ganz langsam.

»Das ist schön. Dann können Sie ihr noch etwas erzählen. Ich habe es vor einer Stunde erfahren und absolutes Stillschweigen angeordnet.«

Barakuda wartete, folgte Ataratz mit den Augen. Der Präfekt ging vom Fenster zum Schreibtisch, lehnte sich an die Kante und verschränkte die Arme vor der Brust. Das Gesicht war grau. »Sagen Sie mir eines, mein Lieber. Wie viele Schußwaffen gibt es auf Shilgat?«

»Je vierhundertvierzehn Karabiner und Pistolen in der Garnison«, sagte Barakuda automatisch. Dann kroch eine Eisschlange langsam seinen Rücken hoch, bis in die Haare, vermehrte sich dort und kroch wieder hinab. Er dachte an die Kästchen, an die Räuberbanden der Steppe, an die fanatischen Mönche in Banyadir, die Matriarchinnen in Pasdan, die Anarchovegetarier in Gashiri und daran, was diese mit ihren Nachbarn anstellen mochten, wenn sie statt Messern moderne Feuerwaffen besäßen. Er dachte an einen Planeten, der eine Bombe war, an der eine Lunte zu glimmen begonnen hatte.

Ataratz nickte, als könnte er Gedanken lesen. »Vor einer Stunde habe ich über Funk erfahren, aus dem Norden, daß dort letzte Nacht ein Pferd erschossen wurde. Es sind mehrere Schüsse gefallen, und vom Reiter keine Spur außer einer Blutlache. Aber viele weitere Pferdespuren.« Er ging zur Wand und deutete auf die Karte des Territoriums. »Hier, bei Barameq.«

Dante fühlte sich zu schwach, um aufzustehen. Mühsam wandte er den Kopf. Barameq lag nahe an der Nordgrenze; die Karawanenroute führte hindurch, ebenso eine Ost-West-Straße.

»Maqari hat das Arsenal schon überprüft. Keine Waffe fehlt.«

Barakuda schloß die Augen. »Die Fürsten der Banyashil haben mir von einem alten Mann berichtet, der sich immer dort aufhält, wo eine Katastrophe droht. Seit dem vergangenen Winter an unserer Nordgrenze.«

Auszug: Das Shilgat-Abkommen

... Als Rechtsnachfolger der Erde und ihrer Siedlungswelten erkennt das Commonwealth der Menschheit seine Verantwortung für die von illegalen Siedlern und ihren Nachkommen an den Shil-Völkern verübten Verbrechen an. Die Völker von Shilgat erklären den Wunsch, bis auf Widerruf bei innerer Autonomie und in Freiheit von jeglicher Beeinflussung hinfort den Schutz des Commonwealth gegen weitere Bedrängung zu genießen. Das Commonwealth der Menschheit und die Völker von Shilgat schließen daher folgendes Abkommen:

1. Mit Beginn der Rechtsgültigkeit dieses Vertrages ist der Planet Shilgat Protektorat des Commonwealth...

2. Zur Einrichtung der notwendigen Behörden räumt das Volk der Banyashil dem Commonwealth die unmittelbare Hoheit über das Territorium des Isthmus zwischen 6° N, 6° S, 3° W und 4° O ein. Der genaue Grenzverlauf bedarf der endgültigen Festlegung...

4. Vertreter des Commonwealth ist ein Gouverneur mit Sitz in Cadhras, Isthmus. Er untersteht dem Sekretär für Dominien und Protektorate im Außenamt von Gaia und wird für jeweils fünf Jahre ernannt.

5. Aufgabe des Gouvernements ist die Erfüllung des Abkommens. Zum Schutz der hierin garantierten Rechte der Shil... hat es alle Vollmachten im Rahmen der... Gesetze.

... 7. Begrenzte Einwanderung in das Isthmus-Gebiet von außerhalb des Planeten ist möglich... Die dortige Bevölkerung erhält auf Antrag innere Autonomie mit dem Recht, eine Versammlung in allgemeiner, freier und geheimer Wahl zu bilden und im Rahmen des Abkommens Institutionen zu schaffen... In Konfliktfällen ist durch den Gouverneur vorrangig Commonwealth-Recht durchzusetzen...

8. Zur Durchführung des Abkommens... sperrt das Gouvernement Shilgat... für jeglichen Technologie- und Kulturtransfer... Ausgenommen sind lediglich die zur Erhaltung des Territoriums und zur Funktionsfähigkeit der dortigen Einrichtungen notwendigen... Maßnahmen.

19. Das Abkommen verliert seine Gültigkeit, wenn die Völker von Shilgat, das Commonwealth der Menschheit oder beide vertragschließenden Parteien es kündigen...

Beschlossen – Unterfertigt – Ratifiziert – Verkündet

für das Commonwealth:	für die Völker von Shilgat:
Atenoa, Gaia	*Cadhras, Shilgat*
24. April 198 CT	*83. Tag der Spätzeit (83. III.)*
(16. Juni 2683AD)	*im Jahr 29.240 von Sa'orq*
Lemuel al-Hariri	Gorostil, *Sprecher der Heiler*
Sekretär für	Tibobhe, *Fürstin der Banyashil*
Dominien und	Tar-tagatrak, *Fürst der Banyashil*
Protektorate	Vigalta LXXVI., *Erbgott von Sa'orq*
	Chumbast, *Königin von Kelgarla*
	Breqbez, *Obfrau der Taggashil*

Hevxhyxhy-ath, *Ältester der Bilshil*
Lyshan, *Stadtsklavin von Golgit*
Tobtingo, *Blutgraf von Vagaván*
Vagra, *Älteste der Arugushil*
Ubba-bul, *Fischfisch von Arameq.*

VII.

Vom Hügel der Nordstadt führten kleinere Straßen hinab zum Ylagas-Ufer, wo sie die Avenu Traversal erreichten, die hier zur Küstenstraße wurde. Der Fluß markierte die Grenze der Stadt, jenseits begann die große, im Norden stark bewaldete Ebene zwischen den Küstenhügeln und den fernen Bergen des Binnenlandes.

Die steinerne Ylagas-Brücke stammte noch aus der Zeit vor der Einrichtung des Gouvernements. Sie war ein einfaches, solides Stück Shil-Arbeit. Der Fluß mündete in einer halbkreisförmigen Bucht, rechts und links der Mündung erstreckte sich feiner Sandstrand. Dahinter begann die langgezogene Steilküste. Auf dem ersten Hügel lag das Palais der Gouverneure. Ein begabter Architekt hatte es als Nachbildung eines altirdischen Tempelchens entworfen. Die weißen Steine und hellen Säulen des Portals schienen aus dem Küstenfels gewachsen zu sein.

Barakuda kürzte ab: er nahm statt der Zufahrt, die weiter nördlich von der Küstenstraße abzweigte, einen schmalen Fußweg, der zum Nordende der Bucht führte und dann in engen Serpentinen den Hügel erklomm. Es war noch immer drückend heiß. Atemlos und verschwitzt erreichte Dante das Tor und preßte die Hand auf den Abtaster. Die Kamera schwenkte auf sein Gesicht. Die Tür öffnete sich.

Ein Mädchen mit der Brosche des Diplomatischen Hilfsdiensts wartete zwischen den Säulen, bis er die Treppe erstiegen hatte. Sie führte ihn über den mit Shil-Teppichen ausgelegten Korridor in einen kleinen Konferenzraum.

Unmittelbar darauf trat die Gouverneurin des Protektorats ein, eine schlanke Frau von 40 Jahren mit feinem ovalen Gesicht, betonten Backenknochen und kurzem blonden Kraushaar. Lydia Hsiang trug einen Kaftan aus weißem Baumwollstoff und ging barfuß.

»Trinken Sie einen Tee mit mir?«

Ihre rechte Hand war leicht und kühl. Barakuda nickte und murmelte »Danke«. Das dunkelhaarige Mädchen deutete eine knappe Verneigung an und schloß die Tür.

Hsiang setzte sich Barakuda gegenüber. Trotz der bloßen Füße und des Kaftans wirkte sie kühl, gepflegt, souverän und unnahbar. Einen intensiven Moment fühlte Dante sich deplaciert in seinem verschwitzten Zeug.

»Ich weiß, daß es draußen heiß ist.« Die Gouverneurin lehnte sich zurück und verschränkte die Hände hinter dem Kopf. Die Ärmel des Kaftans fielen bis zu den Schultern. »Wenn Sie rauchen wollen, bitte sehr.«

Barakuda zündete sich eine Zigarette an; eher ein Verlegenheitsstäbchen. Der Aschenbecher war aus dem rauchigen Pharlit. Das Mädchen brachte den Tee, auch Kanne und Tassen waren aus dem kostbaren Material gebrannt.

Hsiang nickte der Assistentin zu. Als diese gegangen war, übernahm sie selbst das Eingießen.

»So, nun werden wir nicht mehr gestört. Was gibt es denn?«

Barakuda nahm die Papiere aus seiner kleinen Mappe und legte sie auf den niedrigen Tisch; desgleichen die Fotos. Dann erklärte er die Funde der letzten Tage: das fehlende Grün in den exportierten Teppichen, die unheimlichen Zierkistchen, die Untersuchungen der Techniker.

Schließlich räusperte er sich. »Das Beste zum Schluß, Exzellenz. Ich war eben bei Ataratz; er hatte mich suchen lassen. Die Nachricht, die er seit zwei Stunden begrübelt, ist wahrhaft fröhlich. Er hat es gern mir überlassen, Sie zu informieren. Im Norden des Territoriums ist ein totes Pferd aufgefunden worden. Blutspuren deuten darauf, daß auch der Reiter zumindest verletzt wurde, aber er wird vermißt. Das Pferd ist mit einer Feuerwaffe erschossen worden.«

Hsiangs Gesicht blieb kühl und beherrscht. »Ist das sicher?«

»Leider. Und im Arsenal der Garnison fehlt nichts, weder eine Pistole noch ein Karabiner.«

Sie beugte sich vor, nahm Fotos in die Hand, betrachtete

Kästchen und demontierte Raubtierkäfige. Dann warf sie einen Blick auf den Zettel, auf dem die genauen Maße der Kästchen verzeichnet waren. Nachdenklich sagte sie: »Hohlkolben für die Zylinder mit Treibgas lassen sich aus Eisenholz fertigen, wenn man das Prinzip kennt. Magazine mit maximal zweihundertfünfzig Schuß sind klein genug und passen ins Abstrahlfeld dieser Superkistchen. Der Bauteil mit Visiereinrichtung, Feuermechanik und Hahn ebenso. Und die Gitterstäbe der Käfige sind hohl? Zwei Meter lang, mit dieser Muffe in der Mitte und lösbar verschweißt? Das sind dann zwei Läufe pro Stab.«

Mit wenigen Sätzen hatte sie die Situation umrissen, und Barakuda fragte sich, was die Frau auf Shilgat tat. Aus diesem Kaliber machte man Lordkanzler, keine Provinzgouverneure. »Ich wußte nicht, daß Sie so viel Ahnung von Waffen haben, Madame.«

»In meiner Familie geht man zuerst zur Flotte und dann in die Politik. Ich nehme an, die Läufe sind besonders wichtig. Die Speziallegierung und die absolute Präzision der Bohrung sind auf Shilgat nicht herzustellen, und jeder weniger gute Lauf fliegt bei den kalten Geschossen auseinander.«

Dante rührte in seiner Tasse, bis er über den Lärm, den er dabei machte, erschrak. »Entschuldigung. – Ich habe die Abwehr bereits informiert und aufgefordert, die Lieferanten ausfindig zu machen. «

»Was nicht einfach sein wird. Das Commonwealth ist sehr groß, und wer garantiert, daß die Waffenteile nicht aus dem Niemandsland kommen? Dann wäre gar nichts zu machen.«

»Ja. Es stellt sich aber vor allem die Frage, wer hat nun diese Waffen? Und: wie viele?«

Die Gouverneurin lächelte. »Es stellen sich noch ganz andere Fragen; aber nehmen wir zunächst diese. Sie können nicht sagen, wie viele Kästchen insgesamt exportiert und reimportiert worden sind? Und wie viele Gitter?«

»Nein. Wie erwähnt ist der Rechner manipuliert worden. Ich habe erst von den Kästchen erfahren, als sie zusammen mit Teppichen und Pelzen aufgetaucht sind, zu einer Zeit, als Pelze schon sehr knapp waren. Allerdings schätze ich die Anzahl der Läufe aus Gitterstäben auf etwa fünfzehntausend.«

Die Gouverneurin spitzte den Mund. »Das sind fünfzehntausend zuviel. Ist da nicht noch eine Ladung unterwegs?«

»Ja. Ein Segler auf dem Weg nach Huasiringa. Er wird diskret von Gleitern überwacht. Wir hoffen, daß wir so an die Hintermänner kommen.«

Hsiang wiegte den Kopf. »Riskieren Sie da nicht zuviel? Was, wenn die Leute nach diesen Schüssen im Norden die Maske fallen lassen und den Segler kapern?«

»Ein Agent ist an Bord.«

»Reicht das?«

»Und Gleiter in der Luft.«

»Trotzdem, Barakuda – es scheint mir riskant.«

»Sie haben eben von weiteren Problemen gesprochen.«

Sie nickte. »Wer immer nun im Nordkontinent mit einigen tausend Schnellfeuer-Karabinern bewaffnet ist – wozu? Was sind die Ziele? Außerdem haben wir es, fürchte ich, mit einem genialen Strategen zu tun.«

Barakuda betrachtete sie erstaunt. »Ich gebe zu, die Kistchen sind fantastisch, aber das ist uralte Shil-Technik. Was finden Sie genial, an welcher Strategie?«

Die Gouverneurin schloß die Augen. »Kistchen und Teppiche werden exportiert. Die Teppiche enthalten Taumeltang in getrocknetem Rohzustand, die Kistchen vermutlich alle das gleiche Zeug als Halluzinogen. Richtig?«

»Ja.«

»Gleichzeitig manipuliert jemand den Datenspeicher und läßt die Kistchen verschwinden. Aus dem Speicher, meine ich. Und jemand unterbricht den Pelzhandel. Wer Tausende Karabiner haben möchte, plant größere Dinge. Die Karabiner werden mit Rauschgift bezahlt. In Einzelteilen geliefert. Man kann davon ausgehen, daß die Kistchen beim Zoll nicht besonders kontrolliert werden – Shil-Handwerk, hübsch, aber bedeutungslos. Das Rauschgift reicht zur Bezahlung der Karabinerteile. Und wer größere Dinge mit Schußwaffen plant, braucht sich vorher nicht mit Kleinigkeiten wie Teppichen und Pelzen abzugeben. Zumal sie für die Finanzierung nicht nötig sind – dazu reicht das Rauschgift.« Sie öffnete die Augen und sah Barakuda an.

Dante umklammerte mit beiden Händen die Sessellehnen. »Sie meinen... Sie meinen, das war nur Ablenkung?«

»Ja. Jemand unterbricht den Pelzhandel; Cadhras muß sich darum kümmern. Dann liefert er wieder Pelze und gleichzeitig rohen Taumeltang in Teppichen. Ich glaube, er hat damit gerechnet, daß früher oder später das unübliche grüne Muster auffällt. Nebenher sorgt er dafür, daß die Kistchen aus dem Datenspeicher verschwinden. Dann, wenn seine Pläne weit genug gediehen sind, läßt er Pelze, Teppiche und Kistchen zusammen nach Cadhras bringen. Inzwischen hat er vermutlich alles Material, das er haben wollte. Erste Ablenkung: Unterbrechung des Pelzhandels. Zweite Ablenkung: Verknappung von Taumeltang. Dritte Ablenkung: Pelze und Kistchen tauchen auf, werden entdeckte, es fällt auf, daß der Rechner manipuliert ist. Auch die Manipulation als solche, so ungemütlich der Verräter in unseren Reihen ist, war nur Ablenkung. Was hätten Sie getan, wenn nicht diese seltsame Pelzgeschichte, die Taumeltanggerüchte, die Kistchen und die Manipulation aufgetaucht wären?«

»Ich wäre mit ein paar Gleitern durch die Steppe gezogen, um festzustellen, ob tatsächlich ein entsprungener Verbrecher da oben ein Räuberimperium errichtet.«

»Und so haben Sie es aufgeschoben, weil diese anderen Dinge Ihnen wichtiger erschienen. Das ist kein Vorwurf, ich hätte das gleiche getan.«

»Also Eftalmi Nobrega als Drahtzieher eines einfallsreichen und raffinierten Manövers.«

»Trauen Sie ihm das zu?«

Dante zögerte. »Na ja, vielleicht.«

»Geben Sie dem Feind nicht zu früh einen Namen, nur um sich damit zu trösten.« Hsiang lächelte flüchtig. »Die Manöver sind brillant und mehrgleisig. Wenn nichts auffällt, ist es am besten. Wenn die Pelzgeschichte auffällt, laufen Teppiche und Kistchen weiter. Wenn ich mir das ausgedacht hätte, hätte ich dafür gesorgt, daß Sie zu einem mir passenden Zeitpunkt auf den Taumeltang aufmerksam werden.«

Barakuda bleckte die Zähne. »Ich habe schon um Nachforschungen gebeten. Ich wüßte gern, von wem die beiden Journalisten die Information über Taumeltang haben – auf die ich prompt hereingefallen bin.«

Hsiang hob die Schultern. »Vielleicht hilft das weiter. Aber im Moment sind andere Dinge wichtiger. Die Pelze, die Sie ablenken sollten, bringen Geld. Das ist der zweite Effekt. Außerdem muß man, um an die Pelze zu kommen, Stützpunkte und

Schiffe im Norden haben. Das gleiche gilt für diesen Tang. Addieren Sie das.«

»Ungern. Ein Gegner, der mit uns spielt. Der eine Organisation haben muß, die den ganzen Nordkontinent überspannt. Der Schußwaffen besitzt. – Kann ich Ihr Visifon benutzen?«

»Ich nehme an, Sie wollen Maqari anrufen. Meine Assistentin wird ihn herbitten.«

Während sie auf das Eintreffen des Kommandeurs warteten, erörterten sie das andere Problem.

»Barameq liegt nahe der Nordgrenze. Angenommen, man hat auf den Reiter geschossen, das Pferd getroffen, noch einmal geschossen und den Reiter erwischt. So sieht es jedenfalls aus. Die Gendarmerie ist sicher, daß menschliches Blut dort versickert ist. Wo steckt der Reiter?«

Die Gouverneurin schenkte Tee nach. »Verschleppt. Und sicher nicht über die Karawanenstraße, sie ist sehr belebt.«

»Es gibt keine Möglichkeit, das Gelände aus der Luft zu überwachen. Geröllfelder, ausgetrocknete Flußbetten mit Busch- und Baumbestand, das Gebirge, dahinter die Bergwälder, dann Hochsteppe und weiter im Norden, wo das Land abfällt, entweder die feuchten Dschungel im Osten oder die hügelige Steppe im Westen. Wenn wir hundert Gleiter hätten – aber die haben wir nicht. Und die, die wir haben, brauchen wir für andere Dinge.«

»Sie wollen also selbst los? Reiten?«

»Sie werden mir unheimlich, Exzellenz. Können Sie Gedanken lesen?«

»Nur ein bißchen denken, Barakuda. Aber Sie wissen, daß Sie damit möglicherweise Ihr Leben riskieren?«

»Das gehört zum Geschäft.«

Maqari schloß sich den Überlegungen der Gouverneurin an. Im großen Konferenzsaal des Palais hing eine Karte des Nordkontinents, die eine ganze Wand einnahm.

»Gortahork«, sagte Dante, »reitet zum Oberlauf des Golzain. Die Ladung Pelze, Teppiche und Kästchen wurde nahe der Mündung des Golzain übergeben. Übrigens wollte Gortahork mir einen Boten schicken... «

»Vielleicht ist auf den geschossen worden, was?« Maqari

starrte auf die Karte. Der Golzain entsprang in einem Hügelgebiet, floß nach Süden, an den westlichen Bergmassiven entlang, die Hochsteppe und Küstenländer trennten. Dann durchbrach er die südlichen Gebirgsketten, dabei schwenkte er nach Südwesten. Durch Sümpfe, Dschungel und Savannen floß er nach Süden und mündete bei Golazin ins Binnenmeer.

»Ich glaube nicht, daß irgendeine Form von Hauptquartier südlich der Katarakte zu finden ist. Es ist da ziemlich ungesund – Fiebersümpfe, Giftspinnen, alles, was man will. Außerdem laufen sämtliche Handelswege, bis auf den nach Golazin, durch die Steppe. Die Südrouten verlassen die Hochsteppe erst viel weiter im Osten, hier, bei Biyang.« Barakuda deutete auf den zweiten großen Flußlauf, den Avrak, der 2000 Kilometer östlich des Golzain die Berge durchbrach und nicht weit von Arameq ins Meer floß.

Maqari wies auf die Golzain-Katarakte. »Höhlen, was? In dem Gebirge. Und am Steppenrand uralte Ruinenstädte. Klingt eher wahrscheinlich als diese fiesen Sümpfe.«

»Wir können trotzdem nichts ausschließen.« Hsiang deutete auf vier Punkte der Karte. »Ich wäre dafür, einen Trupp zwischen Golzain und den Bergen nach Süden reiten zu lassen, in Richtung der Katarakte. Etwa ab da, wo die Route von Vagaván sich mit der alten Nordstraße kreuzt.«

Die zweite Truppe sollte östlich von Arameq durch die Steppe ziehen, eine dritte sich den Katarakten von Osten nähern. Die vierte würde zwischen Meer und Katarakten abgesetzt, um nach Norden zu reiten.

Maqari kaute auf seiner Oberlippe, die er zwischen die Zähne gesogen hatte. »Das wird fein – die Marineinfanterie des Commonwealth zu Pferd in der Steppe. Planetare Weltraumkavallerie, was? Keine Sorge, das arbeite ich aus. Die Gleiter als Einsatzreserve und Relaisstation auf einem Berg mit Fernsicht in der Nähe der Katarakte?«

Die Gouverneurin schüttelte den Kopf. »Die Gleiter sollen Kontakt halten, aber auch Aufklärung fliegen. Es wäre eine zusätzliche Chance.«

»Und Sie wollen allein losreiten, Dante?«

»Nicht allein. Ich glaube, ich werde da oben einen alten Shil finden, der mitreitet.«

»Können Sie nicht sonst jemanden schicken?«

Hsiang betrachtete eine Statue aus Eisenholz – ein Geschenk der Skulptoren von Golgit zur Amtseinführung. »Wen? Vielleicht sind da oben wichtige Entscheidungen zu treffen. Und keiner kennt die Shil so gut wie Barakuda.«

Lopes hatte ihm ein Pfund schieren Fleischs von dem Barak reserviert, gebraten und angerichtet in Kräutern, Senf und Sahne. Trotz aller Besorgnisse und Schwierigkeiten war Dante guter Dinge. Er freute sich auf einen langen Ritt. Und darüber, daß endlich die Zeit des nervtötenden Wartens vorüber war. Er aß mit Genuß und wischte mit knusprigem Weißbrot die Saucenreste vom Teller. Pa'aira räumte ab, brachte ihm Kaffee und nahm sein Geld entgegen. Begheli war nirgends zu sehen. Dante dachte an die unglaublichen Zufälle.

Mutter Schwabbel, zur Zeit trocken, winkte ihm hinterher. Auf dem Kai stand der kleine Gleiter, aus dem soeben Sarela McVitie stieg.

»Pünktliches Stelldichein, Chef. Ich bin gerade gekommen.« Sie trug statt der Uniform einen weißen Hosenanzug.

»Sie sehen aus, als ob Sie eine Lustpartie machen wollen.«

»Das ist jeder Ausflug mit Ihnen.«

Er lachte. »Danke. Moment noch, bitte, ich hole schnell meine Sachen.«

Er nahm nur das Nötigste mit. Wichtige Dinge wie Tabak und Proviant ließen sich in Barameq beschaffen.

Der Gleiter hob ab und jagte durch die Nacht nach Norden. Barakuda schlief plötzlich ein und träumte von Aasvögeln, von Horden fanatischer Sektierer mit Karabinern und von einem Kästchen, in dem ein übelriechender Fisch lag, den er essen sollte.

VIII.

Ein Busch mit Resten eines Lagerfeuers, ein Pferdekadaver, aus dem der mürrische Tierarzt zwei Projektile geholt hatte. Kein Brandzeichen, keine Markierungen an Sattel und Zaumzeug, die von normaler Banyashil-Machart waren, zertretene Spuren, tierisches und menschliches Blut. Das war alles, was sich am Ort des Geschehens fand. Ringsum erstreckte sich die Hartgrassteppe des nördlichen Isthmus. Die Pflanzen waren zäh, und eine Untersuchung ergab lediglich, daß Reiter nach Norden geritten waren, vermutlich hintereinander. Einzelheiten waren nicht auszumachen.

Barakuda wechselte einige Worte mit der Gendarmin.

»Ein alter Shil? Den Namen weiß ich nicht, aber seit dem letzten Winter haust einer nicht weit von hier, das stimmt.« Sie beschrieb den Platz.

Als Sarela von ihrem Erkundungsflug zurückkehrte, hatte Dante sich mit einem kräftigen Rappen, strapazierfähiger Kleidung und Proviant versorgt. Auf dem Marktplatz der kleinen Stadt umstanden Schaulustige den Gleiter. Barameq war eine Ansammlung von Holzhäusern und Ziegelbauten, die allerlei Stilrichtungen aus dem Commonwealth und diversen Shil-Gegenden imitierten.

»Die Spur führt zu einem alten Karrenweg«, sagte McVitie. »Ich fürchte, ab da ist nichts mehr zu finden. Festgebackener Lehm mit antiken Wagenrillen.«

»So ungefähr hab ich mir das vorgestellt.« Dante zeigte ihr auf der Karte, wo der alte Shil wohnte. »Ich reite. Wir müssen uns aneinander gewöhnen, außerdem paßt das Tier nicht in den Gleiter.« Er tätschelte den Hals des Pferdes. Dann reichte er der *legata* einen Umschlag, der die beiden Geschosse aus dem Kadaver enthielt. »Für den Ballistiker der Garnison. Wir sehen uns bei diesem Shil.«

Die Holzhütte stand neben einem namenlosen Wasserlauf. Barakuda fand Sarela im Gespräch mit einem alten, krummbeinigen Mann, der dort von Obst und Gemüse zu leben schien und, wie er mit einer Kopfbewegung zum Bach andeutete, von Fischen, »die mich gelegentlich besuchen«.

In der Hütte war es fast unerträglich heiß. Sie tranken Tee und rauchten.

Saravyis Augen waren hellwach und von tausend Runzeln umlagert. Er beendete das vorsichtige Abtasten. »Du bist also gekommen, um mit mir nach Norden zu reiten?«

»Ja. Wenn du willst. Die Fürsten sprechen groß von dir. Sie haben nicht gesagt, daß du zu alt seist zum Reiten.«

Saravyi breitete die Arme aus. »Es ist gut, daß du dort am Fenster sitzt, Sarela. Dort fällt das meiste Licht auf dich, und in der Gesellschaft dieses Narbengesichts hier wird bald mein Durst nach Schönheit gewaltig wachsen.«

»Wer bist du wirklich, alter Mann?« sagte Dante.

»Einer, der die unverdiente Ehre hoher Ämter verschmäht hat und lieber um die Welt reitet. Dabei hat er viel gesehen und vergessen.«

McVitie sagte: »Und lügen gelernt.«

Der alte Mann zwinkerte ihr zu. »Kluges Kind. Aber lassen wir es zuerst dabei bewenden. – Ich sehe, Bärenjäger, dein Anliegen ist eilig und duldet keinen Aufschub.«

»Woher weißt du... ?«

»Ein wichtiger Mann«, sagte Saravyi und goß Tee nach, »besucht einen unwichtigen alten Shil, nachdem in der Nähe Schüsse gefallen sind. Er kommt aus Cadhras, ist aber zu Pferd und begleitet von einer klugen Frau, die gern mitritte, aber mit dem Gleiter zurück nach Cadhras muß. Kommen Finsterlinge von weit her, ein Pferd zu töten und Satteltaschen zu stehlen? Nein, sie kommen, den Reiter oder die Reiterin zu fangen, wahrscheinlich zu töten. Reiten sie zu den Farmen im Süden oder zu den Bergwerken im Nordosten? Nein, dort sind überall Menschen. Sie reiten in die Öde nach Nordwesten, wo ihre Spur nicht aus der Luft zu verfolgen ist. – Wollen wir aufbrechen?«

Von einer nahen Weide holte Saravyi ein Pferd, das fast ebenso alt sein mußte wie er. Er sattelte es, schnallte sein Bündel hinter den Sattel, packte Bogen und Köcher dazu und ergriff die Schultern der Leutnantin. »Ich danke dir, dich gesehen haben zu dürfen.«

Sarela McVitie legte ihre Wange an die des alten Mannes. Barakuda ging mit ihr zum Gleiter, drückte ihr die Hände und sah ihr nach, als die Maschine abhob.

Hinter sich hörte er knisternde und prasselnde Geräusche. Er schaute sich um. Saravyi hatte Feuer an die Hütte gelegt und bestieg eben sein Pferd.

»Ich werde ohnehin nicht zurückkehren. Wozu die Erde mit unnützen Gebäuden belasten?«

Der Shil winkte Barakuda zu sich und wies auf den Boden, sein olivfarbenes Gesicht zeigte keine Regung.

»Sieben Pferde. Eines trägt doppelt.«

Barakuda sah nicht mehr als schwache Abdrücke. »Die Blindheit im Kleinen ist mein Fluch, Freund.«

Saravyi bewegte die Hand. »Ich dein Auge – du mein Feuer.« Er blickte auf den Karabiner an Dantes Sattel.

Es war eine kurze Rast. Sie rauchten und tranken einen Becher Wasser. Der Shil kauerte in seiner abgetragenen Lederkleidung da und hätte ein verwitterter Felsen sein können. Die Pferde standen nebeneinander und ließen die Köpfe hängen, die Luft war wie gestapelt. Dante steckte die Zigaretten wieder in die Brusttasche seines Hemds. Er hatte Blättchen und ein Kilo Tabak eingepackt, um nicht kostbaren Packraum zu vergeuden. Mehl, Salz, Tee, ein wenig Hartkäse und ein Säckchen mit Dörrobst vervollständigten sein Reisegepäck, dazu eine Notration Verbandszeug, Medikamente und Ersatzkleidung. Er blickte an sich hinab, auf die grauen Hosen aus festem Baumwollstoff. Mit Vorbedacht hatte er Beinkleider gewählt, die nur an der Außenseite der Schenkel Nähte aufwiesen. Trotzdem kam es ihm vor, als sei der Stoff innen mit glühenden Körnern besetzt.

Es war ihr zweiter Tag. Sie hatten Geröllfelder überquert, danach ein altes Flußtal, in dem ein Rinnsal dem Sommer trotzte, zuvor waren sie über einen Karrenweg geritten, dessen Oberfläche nur selten etwas erkennen ließ. Der Weg bog nach Westen ab, zur Küste. Nun wußten sie, daß die Reiter ihn verlassen hatten, um nach Nordwesten zu reiten.

»Böse Menschen.« Saravyi grinste. »Gute Menschen nehmen nicht die Äpfel ihrer Tiere mit. Nur Finsterlinge wollen solche Spuren nicht hinterlassen. Es muß bei dieser Hitze ein anrüchiges Reiten sein.«

Sie ritten weiter. Die Ebene war ausgedörrt, die Hufschläge klangen dumpf im gelben Gras. Vor ihnen zog sich als kaum zu ahnende Linie die Fährte der Reiter zu den westlichen Ausläufern der Pharl-Berge. In der Luft glomm ein Geruch von drohendem Brand und verfallener Vegetation. Disteln standen Posten in der Steppe, Krüppelbüsche klagten mit kahlen Zweigen in den Himmel.

In der Abenddämmerung erreichten sie die Vorberge: Hügel mit einfachen Sträuchern und Kräutern. Saravyi ließ die Zügel seines alten grauen Wallachs los.

»Großer Wasserfinder.«

Er glitt von seinem Tier und sattelte es ab, Barakuda ächzte. Breitbeinig machte er einige Schritte. Die Innenseiten der Schenkel waren wund. Er sattelte den Rappen ab und tätschelte ihm den Hals. Die Pferde näherten sich den Büschen und knabberten an der Rinde.

Barakuda deckte vorsichtig den Brunnen auf, während Saravyi zwischen den Hügeln verschwand. Als er mit einem Arm voller Blätter und Zweige zurückkehrte, hatte Dante bereits mit seinem breitkrempigen Lederhut die Pferde getränkt und das Kochgeschirr gefüllt.

Saravyi machte Feuer. Barakuda warf eine Handvoll Teeblätter in das Wasser.

Nach einer Mahlzeit aus Trockenfleisch, Dörrobst und Tee lehnte er sich an seinen Sattel und starrte in den samtigen Nachthimmel. Saravyi hobbelte die Vorderbeine der Pferde zusammen. Dann löschte er das Feuer, indem er die Zweige trennte und die Glut austrat.

Es wurde kalt. Die Männer hüllten sich in ihre Decken und benutzten die Sättel als Kopfkissen.

Barakuda gähnte. »Gestern haben wir nicht viel gesprochen. Die letzten Tage, ehe ich hergekommen bin, waren hektisch. Als ich mit dir zu Pferd durch die Welt zu reiten begann, war mir, als wäre ich aus rasender Bewegung zwischen Menschenmassen in jähen Stillstand in der Einsamkeit versetzt worden. Es hat mich benommen gemacht. Wollen wir von Gortahork reden?«

Saravyi schnaubte. Dante berichtete von Gortahorks Brief mit den unklaren Anspielungen.

»Einiges ist zu erklären, anderes weniger. Du weißt, daß Jägerinnen und Jäger gleich sind. Und daß die Fürsten nicht nur die unwichtigen, sondern auch die wichtigen Dinge gemeinsam erledigen.« Saravyi rümpfte die Nase. »Die Mönche von Banyadir spielen keine Rolle in dieser Sache. Sie sind widerwärtig, aber im Moment nicht bedeutend. Die Pässe zwischen Banyadir und der Steppe sind geschlossen und bewacht. Der Fürst hat es angeordnet, wie ich hörte, ausnahmsweise bin ich seiner Meinung.«

Als Dante sich eingehender nach dieser Meinung erkundigte, winkte Saravyi ab. »Ich bin viele Jahre um die Welt geritten und habe Dinge vergessen, die zu wissen für dich wichtig sein könnte. Andere Dinge, die du für wichtig hältst, sind noch in meinem Kopf, aber sie haben keine Bedeutung. Wieder andere sind wichtig, aber du wirst nicht nach ihnen fragen, weil du sie nicht kennst.«

»Sehr schön. Ich hatte eigentlich die Hoffnung, etwas mehr von dir zu erfahren als: daß ich nichts erfahren werde.«

Saravyi kicherte. »Nur die Dinge sind wesentlich, die man selbst zusammenträgt. Wenn ich dir nun sagte, dies und das passiert da und dort – würdest du deshalb das Funkgerät aus der Satteltasche holen, die Hüterin von Cadhras anrufen und sagen, es muß Folgendes geschehen?«

»Du meinst die Gouverneurin?«

»Das sollte das gleiche sein.«

»Ich könnte nichts tun ohne Beweise. Aber wenn du etwas Bestimmtes sagst, weiß ich, in welcher Gegend ich Beweise suchen muß.« Alles, was der alte Mann sagte, war voll von Anspielungen und Doppelbedeutungen. Dante fand diese Form des Redens sehr anstrengend.

»Ich habe es ja gesagt. Wenn es sinnvoll ist, werde ich mehr sagen. Es hilft dir ja hier doch nicht. Nimm an, ich sage, auf der Insel Zho sind Beweise zu finden – was nützt es dir, da du zehntausend Meilen von Zho entfernt bist und nicht danach suchen kannst?«

»Ich kann dich nicht zwingen. Aber ich habe viele Fragen.«

»Großer-Töter kontrolliert die wichtigsten Wege im Norden.« Saravyi grunzte. »Seine Leute haben die Pelzjäger getötet und ihre Schiffe erobert. Sie haben auch den Handel mit Taumeltang an sich gerissen. Ich bin im Norden gewesen. Ich kenne die Wege nach Thaggo. Einer führt durch den Sumpf, ihn kennen die Räuber und der Fürst. Es gibt drei andere.«

»Wer außer dir kennt sie? Wo sind sie?«

»Was die zweite Räubergruppe angeht, so weiß ich wenig von ihr, außer daß sie manchmal mit den Leuten von Großer-Töter zusammenarbeitet, dann wieder Krieg führt. Der Kontinent ist riesig, und selbst ich kann nicht alles wissen.«

»Weißt du denn wenigstens, wo Großer-Töters Hauptlager ist? Und das der anderen?«

Saravyi hustete. »Wenn Gortahork mit Jägern reitet, dann heißt dies, die Fürstin Tremughati reitet mit Jägerinnen. Vielleicht haben beide das gleiche Ziel, vielleicht verschiedene, die sich hinterher als eines herausstellen.«

»Da du meine Fragen nicht beantwortest, bleibt mir nur, abzuwarten, was du noch sagst, was du noch weißt.«

Der Shil spie aus. »Ich weiß, daß an einem Tag gegen Ende der Spätzeit alle Häupter und Heiler zusammenkommen.«

Barakuda versuchte, die Dunkelheit zu durchdringen, aber er sah nicht viel mehr als die glühende Spitze von Saravyis Zigarette.

»Ein großes Treffen, wie es zuletzt vor einigen Jahrhunderten stattfand.« Saravyi sagte es, als spräche er über das Wetter. »Großer-Töter hat fast nur Männer um sich gesammelt, den Abschaum der Nordvölker, Mulis, entlaufene Verbrecher, ehemalige Sklaven der Mönche aus Banyadir. Gegen sie, glaube ich, wird der Fürst mit den Jägern reiten.«

»Das heißt, daß wahrscheinlich die Fürstin mit den Jägerinnen gegen Frauen reitet?«

Saravyi breitete die Arme aus. »Ich weiß nichts«, murmelte er, »ich denke nur. Du weißt, was ich denke? Gut. Gut schlafen!« Damit wickelte er sich in seine Decke.

Und Dante Barakuda versuchte, die Räuber, die Schußwaffen, Funkgeräte, die Banyashil und das Matriarchat von Pasdan im fernen Westen zusammenzubringen. Außerdem fragte er sich nach dem Grund für ein Großkonklave aller Häupter und Heiler des Nordens, wie es nur bei Katastrophen oder historischen Entscheidungen stattfand.

Sie ritten zu der Stelle zurück, wo sie am Abend zum Brunnen abgebogen waren. Im fahlen Morgenlicht war die Linie ihrer Spuren kaum zu erkennen. Nordwestlich, vor ihnen, gab es nur Kiesel, Geröll, nackte Erde und struppige Büsche. Felsbrocken säumten den Weg, ihre Splitter bedeckten ihn. Barakuda fühlte sich nicht besonders wohl. Er wußte, daß es Tage dauern würde, bis Knochen und Haut sich wieder an langes Reiten gewöhnt hätten.

Mehrmals glitt Saravyi vom Pferd und untersuchte den Boden. »Schwach«, sagte er, »aber sie sind hier gewesen. Wo sollen sie auch sonst hin?«

Mittags machten sie Rast im Schatten eines riesigen Felsblocks, der den Eingang zu einem winzigen Seitental versperrte. Barakuda blickte zurück: hinter ihnen lag die Ebene, die sie am vergangenen Tag durchquert hatten. Vor ihnen türmten sich die Berge bis in eine Höhe von 3000 Metern.

Am Nachmittag mühten sich die Pferde immer steilere Geröllstrecken hinauf. Manchmal mußten Saravyi und Barakuda absteigen und die Tiere am Zügel führen.

Irgendwann blieb Saravyi stehen und schüttelte den Kopf. Er warf Barakuda den Zügel seines Wallachs zu und ließ sich auf die Knie sinken. Langsam kroch er nach rechts, verschwand zwischen den stachligen Büschen, dann rief er.

Hinter den Büschen führte ein Einschnitt zwischen den Felsen in ein Nebental mit reicher Vegetation. Zwischen zwei Blöcken an der linken Seite lag ein Pferdekadaver. Saravyi näherte sich ihm mit bebenden Nasenflügeln.

»Zwei Tage. Wir haben noch nicht aufgeholt.«

Der Kadaver war in einem schlimmen Zustand. Saravyi wedelte die Insekten mit einem Zweig beiseite und untersuchte das Tier. Dann deutete er auf eines der Vorderbeine und den Kopf.

»Gebrochen, erschossen.«

Während er die Umgebung des Kadavers abzusuchen begann, holte Barakuda die Pferde und führte sie zum Wasser.

Saravyi kauerte hinter einem Felsvorsprung und wühlte im Boden. Barakuda trat vorsichtig näher, um keine Spuren zu zertreten. Der Shil tastete mit den Händen in der Asche herum. Plötzlich grinste er und hielt ein Stück Leder hoch.

»Hier haben sie Sattel und Zaumzeug verbrannt und verscharrt. Was ist geschehen? Vielleicht so. Ein Mensch wird gejagt, gestellt, Jäger schießen, treffen sein Pferd. Sie schießen noch einmal, treffen ihn. Niemand soll ihn finden und erkennen – sie nehmen die Leiche mit. Nach einiger Zeit fängt sie an zu stinken. Vielleicht wollen sie die Leiche irgendwo in eine Schlucht werfen, wo niemand sie je findet, aber bisher war keine Schlucht. Dann bricht sich ein Pferd ein Bein, muß erschossen werden. Sie werfen es zwischen ein paar Felsen und verbrennen und vergraben das Zaumzeug – damit jemand, der sucht, etwas findet und nicht etwas anderes sucht.«

Barakuda nickte. Saravyi schüttelte sich und suchte abermals die linke Talseite ab. Barakuda ging nach rechts. Die Pferde grasten, Shalga berührte die westlichen Bergspitzen, und abgesehen vom Anlaß ihrer Suche war es ein Idyll.

Barakuda fand die Stelle. Sie war gut getarnt, aber der Zufall kam ihm zu Hilfe: die letzten Sonnenstrahlen fingerten über die kleinen Steine, die auffällig unauffällig dort lagen. Barakuda stieß einen Pfiff aus. Sekunden später kam Saravyi zu ihm, er trug zwei seiner Pfeile.

Mit den unvollkommenen Werkzeugen gruben sie die in eine löchrige Decke gewickelte Leiche aus. Als sie mit der Untersuchung fertig waren, vergruben sie sie wieder.

Anschließend erbrach Barakuda sich. Saravyis olivgrüne Gesichtsfarbe spielte ins Helle.

Sie hockten sich an den kleinen Bach, wuschen sich gründlich. Danach gingen sie einige Schritte weiter bachaufwärts und tranken in gierigen Zügen.

Saravyi blickte in den Abendhimmel. »Wir könnten hier lagern. Viel weiter kommen wir heute ohnehin nicht.«

Der Shil machte Feuer und bereitete die Mahlzeit. Mehrmals betrachtete er seine Hände.

Dante rief Cadhras und sprach mit der Gouverneurin. »Der Mann wurde von zwei Schüssen getötet. Die Projektile ähneln denen im toten Pferd, bei Barameq. Der Tote ist ein Shil. Sein Gesicht war kaum zu erkennen, aber der alte Mann sagt, es wäre einer von Gortahorks Jägern. Vielleicht der Bote, den der Fürst mir schicken wollte.«

Die Gouverneurin stellte einige Fragen; dann berichtete sie aus Cadhras. Der Transport von Leuten und Pferden in die Nordsteppe hatte begonnen; Maqari wollte mit der ersten Gruppe reiten. Er hatte eines der armierten Schnellboote losgeschickt, mit vier Mann Besatzung, um den Frachtsegler *Zhumzhum* diskret zu bewachen. Lyle Nogura hatte Tugrik über Funk verständigt. Das Schnellboot war eine Notlösung, aber alle Gleiter wurden für den Transport benötigt, ebenso die beiden Beiboote der Korvette. Die Korvette selbst, ein leichtes Übungsboot für die Ausbildung im Raum, war nicht gepanzert und als einziges verfügbares Raumschiff zu wichtig, als daß man sie Karabinerbeschuß hätte aussetzen können – außer wenn es unvermeidlich wurde.

Am nächsten Tag genoß Barakuda die Reise erstmals. Sie ritten unter schattigen Bäumen auf weichem Boden. Die Hufschläge dröhnten nicht, und er hatte sich an den Sattel gewöhnt. Vormittags machten sie Rast, tranken kalten Tee und aßen Brot. Saravyi schnupperte in den Wald, nahm Bogen und Pfeile und verschwand. Er kehrte mit einem großen Vogel zurück. Sie beschlossen, die Rastpause zu verlängern. Der Vogel wurde gerupft, ausgenommen und gebraten. Sie aßen die Hälfte, den Rest wickelte Barakuda in sein Reservehemd.

Die Spur führte nun nach Nordwesten. Abends behauptete der Shil, sie seien eineinhalb Tage hinter den anderen.

Zwei Tage später überquerten sie die Grenze. Barakuda sprach mit Cadhras, dann ritten sie in die Savanne. Am folgenden Tag kamen sie in hügeliges Gelände. Nach dem kargen Mittagsmahl – es gab Barakudas letztes Mehl, ohne Salz gebacken, und ein paar Beeren – kaute Saravyi auf einer monströsen Zigarette herum.

»Hör zu, o Freund. Weiter im Westen ist das Lager eines Banyashil-Stammes. Gargava. Bei ihnen gibt es schnelle Pferde und sichere Pfeile. Man kann ja nie weit genug sehen: die Wölbung des Planeten verbirgt die Zukunft.«

Barakuda schwieg und wartete. Schließlich schlug Saravyi vor, sich zu trennen. »Ich reite zu den Gargava und stoße morgen mit einigen Jägerinnen und Jägern dort zu dir, wo du dann sein wirst. Selbst für deine Augen ist die Spur nicht zu übersehen. Außerdem gibt es bei den Gargava vielleicht Nachrichten.«

Dante fühlte sich wohl. Er hatte Gewicht verloren, das Reiten kam ihm als natürliche Fortbewegungsart vor, seine Kondition war gut, sein Zigarettenkonsum minimal. Nachmittags kam er an einen Flußlauf, stieg ab, ließ den Rappen trinken und trank selbst. Dann drehte er sich die vierte Zigarette und hielt eine Ansprache an die Gegend, den Himmel, das Pferd, das Gras und sich selbst.

»Es ist eine brennende Schande, in Steinhäusern zu leben und Papier vollzuschreiben und Knöpfe zu drücken, wenn man im Sattel sitzen und mit Gaunern hartes Brot teilen kann. Warum quittierst du nicht den Dienst, überläßt die Sorgen anderen und ergibst dich dem Genuß?«

Er ritt bis zur Abenddämmerung, erreichte ein Buschwerk,

sattelte den Rappen ab und aß das restliche Brot. Dann drehte er sich die fünfte Zigarette und nahm das Funkgerät.

Aus den Augenwinkeln sah er eine Bewegung. Gestalten zeichneten sich vor dem bestirnten Himmel ab. Eine schien auf ihn zu deuten. Bevor er den Knall hörte, zertrümmerte eine Kugel das Funkgerät in seiner Hand. Eine zweite traf ihn in die Schulter, nach einem dritten Blitz fraß sich eine Feuerspur über seine Kopfhaut und raubte ihm das Bewußtsein.

Bei den Gargava

(Aus den Akten des Gouvernements, Cadhras, Shilgat; Bericht des Sekretärs für Sicherheit)

»... Die Kommentare gerade der jüngeren Leute des Stammes waren ebenso präzise wie illustrierend. Folgend ein Gedächtnisprotokoll.

Über Banyadir: ›Ein sehr willkürliches Verfahren. Warum nehmen sie denn unter den unendlich vielen möglichen ausgerechnet einhundertvierzehn Götter, die von allen verehrt werden müssen? Wäre es nicht viel amüsanter, alle anderen, also unendlich minus einhundertvierzehn, Götter zu erfinden, mit netten, nützlichen oder gräßlichen Eigenschaften, und ihre Verehrung unter allerlei Vorwänden unmöglich zu machen?‹

Über Gashiri: ›Das ist aber doch nicht nur langweilig, sondern auch unbequem. Eine bestimmte Form des Zusammenlebens und der Sexualität vorzuschreiben – das Leben ist zu kurz, um es derart einzuengen. Wenn es wenigstens interessant wäre... Aber genauso gut könnte man ja vorschreiben, daß nur noch auf Händen gegangen wird und man sein Wasser ausschließlich bei Nordwind läßt. Oder Fische nicht nach ihrer Eßbarkeit, sondern nach ihren Flugkünsten bewertet.‹

Über Pasdan: ›Wie kann denn eine Gruppe von Aspekten des Chaos wichtiger sein als eine andere? Unterschiede im Körperbau sind eine erbauliche Gegebenheit, aber kein Wert. Ebensogut könnte man hingehen und sagen, Eidechsen sind wichtiger als Bären, weil sie grüner sind. Oder die Shil in Arameq sind besser als die Gargava, weil sie in Häusern statt in Zelten leben.‹

›Alle Teile des Chaos haben den gleichen Wert. Sonst könnte man ja Berge schmähen, weil sie nicht fließen, oder Ameisen, weil sie nicht sättigen. ‹

›Es sei denn, man nähme sehr viele Ameisen.‹

›P'aodhus geben gute Wolle, aber Pferde sind bessere Reittiere.‹

›Ja, und einen Vogel fliegen sehen ist weniger reinigend als ein Bad im Fluß, der sich jedoch, was Trockenheit angeht, nicht mit der Wüste messen kann.‹

›Und unsere Fürstin Tremughati ist die klügste und lieblichste aller Frauen, aber auf dem Ozean hat ein Segelschiff Vorteile.‹«

IX.

Er lag in einem luftigen, hohen Zelt. Durch den offenen Eingang sah er die langen Schatten der Nachmittagssonne. Eine alte Frau mit kurzem grauem Schopf, fröhlichen Falten und schwarzen Augen kauerte neben ihm. Im Traum oder Halbdämmern hatte er sie schon gesehen: die Heilerin der Gargava. »Ist es dein Schatten oder bist du der Schatten?« sagte sie lächelnd. Sie drückte ihn auf sein Lager aus Fellen und Decken zurück, als er sich aufrichten wollte.

Der stechende Schmerz in der Schulter trieb ihm für einen Moment Tränen in die Augen. Mühsam erwiderte er auf Banyashilgu: »Ein finster Lebender grüßt Euch, Mutter.«

»Ein Metallstück sitzt in dir. Schwierig herauszuschneiden. Da es nicht sofort gefährlich ist, sollen das Schneiden deine Leute übernehmen, später. Das Blut ist still, das Metall redet.« Dabei strich sie mit der Hand über seiner rechten Schulter durch die Luft.

Dante blickte an sich hinab und sah den Verband aus grünem Stoff. Die Heilerin brachte ihm eine kräftige Fleischbrühe, und bald schlief er wieder.

Am nächsten Tag war er länger wach und erfuhr die Einzelheiten und die Anzahl der vergangenen Tage. Er lehnte sich gegen die Kissen.

»Dann wäre heute der dreißigste Tag der Spätzeit, Mutter.« Die Heilerin hatte den Verband erneuert und Heilkräuter auf die Wunde gelegt, die Dante fremd waren. Sie nickte, als er den Tag nannte.

»Wo ist Saravyi?«

»Er hat dich gesucht und hergebracht. Nun ist er mit Jägerinnen und Jägern geritten, die zu suchen, die dir aufgelauert haben.«

»Ein mutiger alter Mann, aber besser wäre er in eine andere Richtung geritten.«

»In welche? Nachricht zu deinen Leuten bringen?«

»Ja, Mutter. Sie sorgen sich um mich. Und um euch.«

Als sie lächelte, kräuselte sich ihr Gesicht wie ein Wasser bei leichtem Regen. »Saravyi hat uns berichtet, daß Feuerwaffen in den falschen Händen sind.«

»O Mutter, hat er auch gesagt, daß Narren spazierenreiten und sich leichtfertig überfallen lassen?«

Abends betrat, gestützt auf zwei junge Jäger, die Älteste der Gargava das Zelt. Nach einem längeren Gespräch versprach sie, sofort einen Boten zum nächsten Hafen zu senden, von wo die Nachricht mit einem Schiff zum nördlichsten Küstenort des Protektorats gebracht werden sollte.

Er erholte sich schnell. Die Heilerin nannte ihm Namen von Kräutern, doch glaubte er viel eher daran, daß aus ihren Händen Kraft in ihn floß. Am Nachmittag des übernächsten Tages erhob er sich mit Hilfe eines kräftigen Jägers. Ihn schwindelte, aber er biß die Zähne zusammen und wiederholte den Versuch mehrmals.

Am folgenden Tag saß er vor dem Zelt. Die Krone eines Baums schützte ihn vor der Sonne, er schlürfte starke Brühe und sah den Shil zu. Die Gargava-Gruppe, in deren Lager er sich befand, zählte vielleicht tausend Personen. Sie waren Halbnomaden, die im Wechsel der Jahreszeiten immer die gleichen Quartiere aufsuchten. Sie lebten von Jagd und Fischfang, daneben handelten sie mit den näheren Dörfern und Städten und den Karawanen, die durch ihr Gebiet zogen.

Mehrere junge Jägerinnen und Jäger setzten sich zu ihm und brachten ihre Beschäftigungen mit. Einer befaßte sich mit einem krähenden Säugling, der im Verlauf der Plauderei seine Freude an frischen Windeln dreimal dadurch bewies, daß er sie sofort benetzte. Der junge Gargava reinigte und wickelte jedesmal behutsam neu. Schließlich hielt er das Kind hoch. »Es ist wohl leck.«

Die anderen beschäftigten sich mit der Reinigung von Häuten, nähten Lederkleidung, flochten aus Binsen Körbe, Köcher und ähnliche Gebrauchsgegenstände. Das Lager befand sich unter hohen Bäumen an einem schnellen Fluß, in dem quiekende Kinder planschten und mit den Händen zu fischen versuchten. Vierzig Jägerinnen und Jäger waren mit Saravyi geritten, eine Gruppe junger Frauen befand sich auf der Jagd. Einige Mädchen und Jungen waren mit der Heilerin unterwegs, um die Kräuterkunde zu erlernen, andere hatten sich zu diskreterem Zeitvertreib an diskretere Plätze des Buschwerks begeben. Es wurde gekocht, gebraten und geflickt. Aus dem Norden des Lagers drangen manchmal helle Rufe: dort ritten Jägerinnen und Jäger Pferde zu. Etliche Shil waren unterwegs, um nach den P'aodhus zu sehen. Andere sammelten Beeren. Auf dem Fluß waren Boote unterwegs: Fischer mit Netzen, Angeln und Speeren.

Das Lager wurde vergrößert, mindestens vier neue Zelte sollten errichtet werden. Ältere Shil schnitten Stangen, nähten Häute und debattierten über die besten Plätze.

Der Säuglingswickler deutete mit dem Kinn dorthin und hielt gleichzeitig sein krähendes Bündel hoch, um die Folgen zu demonstrieren. »Paarungszeit. Einige junge Leute haben beschlossen, sich zusammenzutun, und jetzt bauen wir ihnen Zelte, damit sie, wenn sie allein sein wollen, nicht immer in die Büsche gehen müssen.«

Die Ältesten saßen am Fluß und blinzelten in die Sonne. Abgesehen von dem Problem der Waffen gab es nichts, was hätte beraten werden müssen. Der Rat der Ältesten war gefragt worden, aber große Entscheidungen wurden von allen Erwachsenen des Stammes gemeinsam und einstimmig getroffen. Da die Shil nicht glaubten, irgendwohin fortschreiten zu müssen, spielte es keine Rolle, wie lange die Beratungen dauerten. Nur in Notsituationen hatte der Ältestenrat eine gewisse Exekutivmacht.

Abends traf eine kleine Gruppe von Reiterinnen ein. Sie führten ein Pferd mit sich, auf dem ein Leichnam lag.

»Der Bote«, sagte die Älteste, als sie in Barakudas Zelt trat. »Man hat ihn mit einer Kugel erschossen und seine Geschlechtsteile abgeschnitten.«

Dante senkte den Kopf. »Ich bringe Unheil. Aber Cadhras muß so schnell wie möglich alles erfahren.«

Die Älteste nickte. »Das bedarf keines Rats. Eine Gruppe von Jägerinnen und Jägern wird reiten.«

Ein Rat fand dennoch statt, aber er dauerte nicht lang und kam zu einem einstimmigen Ergebnis – es handle sich, sagte eine Gargava, um eine jedem sichtbare Notwendigkeit.

Die frische Luft und die langen Gespräche hatten ihn sehr ermüdet, dennoch konnte er lange nicht einschlafen. Seine Gedanken kreisten. Das Zelt, in dem er lag, und die Gespräche des Nachmittags versetzten ihn – als er in jener Halbtrance war, die zwischen Wachen und Schlafen liegt – an einen anderen Ort zu anderer Zeit, in ein anderes Zelt und zu anderen Gesprächen.

Draußen war die Lautlosigkeit des Steppenwinters, Schnee und Nacht. Unter der Rauchöffnung des Zelts knisterte ein Feuer aus Hölzern, die den Innenraum mit herbem Duft füllten. Er saß zwischen Fellen und trank bittersüßen Tee, dabei blickte er zu den Fürsten hinüber. Gortahork war nur in Umrissen zu erkennen; er lag auf dem Rücken, hatte die Hände über dem Kopf verschränkt, starrte durch die Rauchöffnung die Sterne an. Vielleicht lächelte er.

Neben ihm, Dante zugewandt, saß Tremughati, die Fürstin. Die liebliche Jägerin. Die Anmut des Graslands. Dante entsann sich jenes altterranischen Satzes, demzufolge die Götter, wenn sie einem Sterblichen besonders wohl wollen, diesem zu einem gesunden Geist auch einen gesunden Körper geben. Die Götter, die es für die Shil nicht gab, hatten in Tremughati alles vereint.

Seit Tagen beredeten sie, außer wenn sie schliefen, aßen oder ausritten, den Kosmos des Commonwealth und das Chaos der Shil. Es war immer wieder Tremughati, die verständliche Vergleiche fand, um Dante die zynische Spekulation der Shil zu erläutern, und sie war es auch, die dem Fürsten erklärte, was Dante nur unvollkommen auf Banyashilgu sagen konnte.

Er hatte lange den Nordkontinent bereist, um zu begreifen, wessen Sicherheit er in Cadhras eigentlich schützen sollte. Dieses Zelt, diese Freundschaft und die langen Gespräche in den ruhigen, klirrend kalten Steppennächten zählten zu den kostbarsten Geschenken.

Er lächelte Tremughati an. »Ihr wißt es längst, aber manche

Dinge werden nicht vermindert, indem man sie ausspricht. Ich liebe euch. Und dich, Fürstin, besonders.«

Sie kniff Gortahork, während sie Dantes Lächeln erwiderte. »Hörst du, Jäger? Der wichtige Mann aus Cadhras sagt freundliche Worte.«

Im Halbdämmern begannen sich die Bilder zu vermischen. Die Bärenjagd in den Winterbergen. Tremughati und Gortahork, »Mutter und Vater der Stämme«, im Rat der Ältesten, zu Pferd, einander mit Schnee bewerfend. Der Abschied, der ihm ans Herz ging, die Umarmungen. Besuche in der Steppe, zu anderen Jahreszeiten.

Er drehte sich auf die Seite; der Schmerz in der Schulter riß ihn jäh aus seinem Halbtraum. Da bemerkte er, daß in den letzten Bildern Tremughatis Gesicht Ähnlichkeit mit dem von Lydia Hsiang angenommen hatte.

Die Aktion am Mirsali

(Unterlagen der Garnison Cadhras, Shilgat, zum niedergeschlagenen Verfahren Flotte gegen McVitie; zusammengestellt von kap. *Mirza Cebrian)*

»An der Sitzung des Krisenrats nahmen teil L. Nogura anstelle des vermißten Sekretärs für Sicherheit und kap. *Cebrian i. V. des abwesenden Kommandeurs der Garnison. Bei einer Enthaltung (Obmann U. Thang) wurde beschlossen, eine berittene Patrouille unter dem Kommando von* lta. *S. McVitie zusammenzustellen. Hierfür setzte Gouverneurin L. Hsiang die Anweisung von* trib. *P. Maqari außer Kraft, die Kampfgruppe Bondak als Eingreifreserve in Cadhras zu belassen. Dies war infolge des Einsatzes großer Teile der Garnison bei den vier Trupps in den Regionen des Nordens unumgänglich. Die Patrouille McVitie (Mannschaftsliste vgl. Anlage) wurde mit Ausrüstung und Reittieren sowie einem Sanitätszug (10 MedRobs, Ass. Dr. Tulio) per Korvette in das Gebiet gebracht, in dem eine Suche nach D. Barakuda sinnvoll schien.*

Als die Nachricht über D. Barakudas Verwundung und Aufenthalt bei den Gargava eintraf, unternahm L. Hsiang mit Gleiter III den Flug zur Bergung des Sekretärs. Gleichzeitig erging an die viel weiter nörd-

lich operierende Patrouille der Befehl, umzukehren und auf einem Plateau südlich des Mirsali das Eintreffen der Korvette abzuwarten.

Lange vor Erreichen des Flusses traf die Patrouille auf einen Trupp Gargava unter Saravyi, die den/die Urheber des Anschlags auf den Sekretär suchten. Der erfahrene Banyashil unterbrach die Suche, um die Patrouille bis zum Treffpunkt zu geleiten; Saravyi und seine Leute ritten in den gleichen Hinterhalt.

Nach Meinung der beteiligten Offiziere und Mannschaften sowie des Stabs in Cadhras war das folgende Gefecht unvermeidlich; lta. *McVitie handelte in Ausführung eines eindeutigen Befehls. Die Disposition der Truppe im ungünstigen Gelände war nach Lage der Dinge optimal; das Verhalten aller Beteiligten verdient Anerkennung. Ein Grund für ein Verfahren liegt nicht vor.*

Nachstehend Transkriptionen einiger Aussagen von Beteiligten.

Marsila Bodrelur, suldá, *Kompanie A: ›Ich weiß überhaupt nicht, was dieser Unfug soll. Wenn nicht mal der alte Saravyi die Falle riecht... Haben sich aber alle gut gehalten, sogar die Neuen von C und D. McVitie hat nen Orden verdient, wenn Sie mich fragen. Also, jedenfalls kein Verfahren.‹*

Elgin Astorgano, suldau, *Kompanie D: ›Den ersten Einsatz unter Feuer hab ich mir anders vorgestellt. Irgendwie. Marineinfanterie der Flotte des Commonwealth – wie ich mich gemeldet hab, war nich die Rede von mit Ferden durch ne Steppe reiten. Ich hab aber die ganze Zeit nich das Gefühl gehabt, McVitie weiß nich, was sie tut. Nee, die* legata *is in Ordnung. Sonst wären wohl mehr dabei draufgegangen.‹*

Kaleb Vanzuid, kapral, *Kompanie B: ›Der Hinterhalt war nicht zu erkennen; die Shil haben ja auch nichts gemerkt. McVitie hat durch ihre Umsicht eine Katastrophe verhindert. Ich kenne da einige Leutnants, mit denen ich nicht in so was reinrutschen möchte.‹*

Terence Learoyd, suldau, *Kompanie B: ›War in Ordnung. Netter Ausflug für die Profis, die Mädels von A und uns. Die Neuen haben gemotzt, von wegen planetare Weltraumkavallerie; die wollten gar nicht erst los, und wir andern, wir wollten nicht umdrehn. Hat uns McVitie aber schnell ausgetrieben. Verfahren? Muß wohl ein Witz sein; kann ich aber nich drüber lachen.‹«*

X.

Sie flogen niedrig, mit halbgeöffneter Kuppel und geringem Tempo. Nach der Hitze des Spätsommertages war die Nacht ein Genuß. Dante war dankbar, daß René Nardini nicht an Bord war; er hätte sicherlich in einem Anfall von Romantik zu singen versucht. Aram Elorza zog ein Kabel von der Konsole dorthin, wo Barakuda und Hsiang saßen. Emlyn Skudder baute das Aufnahmegerät aus und installierte es auf einer Sitzbank. Kakoiannis unterhielt sich angeregt mit der zierlichen, dunkelhaarigen *suldá* Tshun, und Narciso Ping braute Kaffee. Er tat dies mit Konzentration, um nicht an das Meer zu denken, das unter ihnen lag. Er, den weder grimme Sergeanten noch trostsuchende Damen mittleren Alters schrecken konnten, hatte panische Angst vor Wasser. Den Spott der anderen ertrug er gelassen.

Noch immer erstaunt dachte Barakuda an seinen Halbtraum, in dem Lydia Hsiang und Tremughati einander ähnlich geworden waren. Offensichtlich verehrten alle Leute im Gleiter die Gouverneurin. Sie konnte in diesem Kreis sitzen, Kaffee trinken, die Frauen und Männer einzeln mit Namen anreden; sie hielt Distanz dabei, ohne zu distanzieren, und strahlte gleichzeitig Wärme und Kühle aus.

Für die Banditen war vorübergehende Geheimhaltung nach Flügen mit Barakuda nichts Neues; *kaprala* Levon und die *suldás* Tshun, Bobredi, Monto und Yodan versprachen der Gouverneurin, zunächst zu schweigen. Also ersparte Dante sich späteren Papierkrieg und unterhielt die Gesellschaft mit seinem Bericht. Die Geräte des Gouvernements würden alles ausdrucken.

Irgendwann wandte sich Bondak den Kontrollen zu und nestelte an seinem Funkhelm. Dann hob er die Hand.

»Exzellenz – ich muß unterbrechen. Cebrian in Cadhras. Die Patrouille ist in einen Hinterhalt geraten.«

Lydia Hsiang ging nach vom; sie fing Barakudas Blick auf und nickte. Bondak reagierte sofort und schaltete die Lautsprecher zu.

»Hier Hsiang. Was gibt's, *kapitán*?«

Cebrian sprach sehr schnell. »Kommando McVitie ist in einen Hinterhalt geraten, zusammen mit ein paar Shil unter Saravyi. Banditen auf drei Seiten, auf der vierten Sumpf und Fluß. Sie haben sich zwischen Hügeln festgesetzt.«

»Was ist zu tun?«

»Wenig. Die Gleiter in den Golzain-Bergen sind schwach bemannt und genauso weit weg wie wir. Unsere Gleiter sind in einer halben Stunde in der Luft. Wir sind frühestens eine Stunde nach Sonnenaufgang da – also eine Stunde zu spät. Sobald es hell wird, greifen die wohl an.«

»Wir sind näher. Geben Sie die genaue Position durch.«

»Aber – Exzellenz, Sie und der arme Barakuda... «

Dante ging zum Bug. Mit einem kaum sichtbaren Zwinkern hielt Hsiang ihm das Mikrofon hin.

»Ave Mirza, der Tote meldet sich zum Dienst. Geben Sie schon durch, Mann, ich bin auf den Beinen. Jede Sekunde ist kostbar.«

Timoara steuerte, Bondak und Barakuda öffneten die Ladeklappen am Heck und inspizierten die Waffenkammer.

»Damit hat ja keiner gerechnet, Chef.«

Barakuda nickte. »Was haben wir? Leuchtmunition, Verbandszeug, Medikamente... «

»In der Waffenkammer!« Bondak bleckte die Zähne. »Ich werde der Wartung was erzählen!«

»... Blendgranaten, Karabinermunition, Tränengas. Alles. Und Sie und Ihre Leute mit Karabinern. Na schön.«

Dante wandte sich an Hsiang. »Sie wissen, was Sie riskieren?«

Sie hob die Brauen. »Wie Sie sagten, Barakuda: Das gehört zum Geschäft.«

Bondak hatte sich wieder an die Kontrollen gesetzt. Sein grünes Haar schien direkt aus der Armaturenbeleuchtung zu sprießen, und als er sich umdrehte, glommen seine schrägen Augen satanisch.

»Sie sehen so aus, als wüßten Sie was, Kommodore.«

Dante wechselte einen Blick mit der Gouverneurin. Sie zuckte mit den Schultern. »Ihr Kommando, Barakuda.«

In sechs Kilometer Höhe überflogen sie den Hügelzug. Barakuda und der Sergeant starrten auf den Infrarotschirm. Die Lage der Patrouille und der Shil war aussichtslos. Eine Flucht nach Osten durch den Sumpf und über den breiten Mirsali war ausgeschlossen, im Norden und Süden der Hügel zeigte der Schirm starke Wärmekonzentrationen.

»Jeweils hundertfünfzig bis zweihundert Mann, schätze ich«, murmelte der Sergeant. Sie hatten die Kuppelbeleuchtung ausgeschaltet. Kein Mensch konnte sie da unten hören oder sehen, trotzdem flüsterten die Leute.

Barakuda deutete auf die Hügelkette. »Und da drin stecken auch noch welche.«

Am Rande des Schirms tauchte ein riesiger Leuchtpunkt auf. »Was ist das, um Himmels willen?«

»Sieht aus wie eine halbe Legion«, sagte Barakuda tonlos.

Die Gouverneurin blickte über seine Schulter auf den Schirm. »Die Pferde.«

Barakuda sah den Sergeanten an, der den Blick erwiderte. »Natürlich. Die Pferde, was sonst?«

Sie gingen tiefer und flogen in einem weiten Bogen über den Fluß. Barakuda hatte die Truppe genau instruiert und an der Deckswand verteilt. Die Kuppel fuhr zurück. Nachtluft und Fahrtwind raubten ihnen den Atem. Die Gouverneurin starrte auf den Infrarotschirm. Barakuda fuhr sich mit dem Handrücken über die tränenden Augen.

»Die erste Lampe – jetzt!«

Zischend ging über den südlich der Hügel liegenden Räubern ein giftig oranger Feuerball auf. Männer liefen hin und her und ließen sich wieder fallen. Die zweite Leuchtrakete erhellte die Hügelkette. Die dritte: Hinter Bodenunebenheiten lagen an die zweihundert Männer.

Sie erreichten die vorgesehene Position nördlich der Hügel, etwa 500 Meter hoch. Der Autopilot hielt den Gleiter reglos in der Luft.

Zwei Blendgranaten barsten hinter der Pferdeherde. Die von den Leuchtraketen bereits beunruhigten Tiere gingen durch und jagten fort von dem blendenden Licht, nach Süden, dorthin, wo die meisten Banditen lagen.

Dort detonierten weitere zwei Blender. Die Reihe nördlich der Hügel löste sich auf, Männer taumelten umher, hatten die Hände vor die Augen geschlagen und die Karabiner fortgeworfen. Barakuda dankte dem Schicksal, daß er es nicht mit disziplinierten Einheiten zu tun hatte.

Die fünfte Blendgranate fiel auf den dritten Hügel, die beiden letzten brachten die südliche Linie in Unordnung. Dort platzten auch die Tränengasgranaten.

Sie feuerten weitere Leuchtraketen ab. In blinder Panik raste die Pferdeherde von Norden in die Banditen, zerriß die wirren Linien endgültig, bremste vor dem Hindernis der Hügel ab, machte kehrt, sprengte noch einmal durch die Horde und jagte in die Steppe hinaus.

Sie starrten über die Gleiterwandung hinab auf die gespenstische Szenerie unter dem gespenstischen Licht der Leuchtraketen. *Kaprala* Levon sagte: »Ich wette, die wußten gar nicht, wie schnell sie laufen können.«

Ping grölte: »He, Jungs, seid ihr blind?«

»Kopf runter, liegenbleiben!« Sarela McVities Schrei galt ein paar Neulingen, die sich aufgerichtet hatten.

Learoyd robbte an die Nordseite des zweiten Hügels und stieß einem der Männer von der D-*centuria* den Kolben in die Kniekehlen. »Trottel«, sagte er, als der Mann mit einem Schmerzenslaut zusammenknickte. »Bleib in Deckung.« Er feuerte, hinter einem Felsen liegend, auf einige Banditen, die in dem Durcheinander doch noch die Hügel nehmen wollten. Ein jaulender Querschläger riß ihm den linken Oberarm auf. Der junge Rekrut starrte mit großen Augen auf die Wunde. Learoyd preßte eine Hand auf den Arm, endlich reagierte der andere und half ihm, die Wunde notdürftig zu verbinden. »Nicht ohnmächtig werden; das ist kein Ausbildungsfilm, Junge.« Learoyd biß die Zähne zusammen. »Zu wenig MedRobs, wie immer.«

McVitie, Vanzuid, Henty und die fünf Frauen der A-Kompanie beschossen den dritten Hügel, auch von dort drohte ein letzter Vorstoß. Jemand rief: »Wo ist Saravyi?«

Vanzuid riskierte es, den Kopf kurz aus der Deckung zu heben. Dann brach er in Gelächter aus und deutete nach Süden. »Da. Nicht zu glauben.«

Die Gargava hatten es geschafft, ihre Pferde ruhig zu halten. Vom Gleiter aus wirkte die Aktion doppelt unwahrscheinlich, Teil eines Panoramas unter giftig-orangem Leuchtfeuer, eine Art verwaschener Albtraum. Die Jägerinnen und Jäger brachen aus der Hügelstellung. Sie preschten durch die verwirrten, geblendeten Horden auf der Südseite. Kein Schuß fiel. Da und dort blitzte ein Shilsäbel.

Bondak schaltete den Autopiloten aus und ließ den Gleiter

stürzen. Sie jagten wenige Meter über dem unebenen Boden dahin, an der Nordseite, und feuerten über die Köpfe der umherirrenden Wegelagerer. Viele blieben mit erhobenen Händen stehen, andere rannten in die Steppennacht.

Kurz nach Morgengrauen landete Cebrian mit den anderen Gleitern und genügend Medikrobots. Er fand fast zweihundert Gefangene vor, die unter Bewachung die gefallenen Räuber begruben. Die Verwundeten beider Seiten waren behelfsmäßig versorgt, in Pyramiden standen über dreihundert Karabiner, daneben lagen Mengen von Munition.

Erschöpft führte Sarela den *kapitán* an eine andere Stelle. »Gute Offiziere bringen ihre Leute lebend zurück.« Fünf Gargava und drei Leute (zwei Männer und eine Frau) von den Ausbildungskompanien waren gefallen, viele hatten leichte oder mittlere Verwundungen.

Terence Learoyd saß auf einem Stein; der linke Arm war verbunden. Er hielt die Waffe auf dem Knie und beobachtete die Gefangenen. »Das stimmt, *legata*. Aber es ist nicht einfach bei hirnlosen Helden, die ihre Deckung verlassen.«

Die Verhöre der Gefangenen brachten nichts Neues. Offenbar war keiner unter ihnen, der Autorität und Überblick besaß. Es gab vage Aussagen über eine zweite Räubergruppe, mit der man gelegentlich Konflikte habe; Großer-Töter habe von Bundesgenossen gesprochen, mit denen zusammen man Shilgat »befreien« werde; ein Cadhrassi, einer der Leute aus dem engsten Kreis um Großer-Töter, habe sie angeführt, sei aber weder tot noch gefangen; von einem Trupp, der jemanden bis zum Isthmus verfolgt habe, wisse man nichts. Es war eine seltsame Mischung: Shil, Mulis und Cadhrassi; Ausgestoßene, Abenteurer, ehemalige Händler, die bei Überfällen gefangen und vor die Wahl »mitmachen oder sterben« gestellt worden waren; dazu eine Reihe entlaufener Sklaven aus Banyadir. Die Waffen? Die seien eines Tages einfach dagewesen; man wisse weder woher, noch auf welchem Weg sie gekommen seien.

»Das ist alles sehr wirr«, sagte Barakuda mürrisch. Er hockte neben Saravyi auf einem Felsen und trank Tee.

Saravyi starrte über die Steppe. »Denk an die Wölbung des Planeten.«

»Wieso?«

»Ach, übrigens, ich reite mit den Gargava weiter nach Westen, zum Golzain, und sorge dafür, daß Gortahork keinen Unsinn anrichtet. Jemand hat hier zufällig ein paar Feuerwaffen liegenlassen. Wir werden sie einsammeln und vorläufig mitnehmen.« Das Gesicht war undurchdringlich.

»Irgendwann, wenn das alles vorbei ist, werde ich dich trotz deines Alters windelweich schlagen.«

Saravyi tippte mit dem Zeigefinger sanft auf die verbundene Schulter, und Dante sagte »Au«.

»Wir sehen uns.« Der alte Mann lächelte.

»Wo und wann?«

Saravyi blickte in den Himmel und machte eine Geste, die alles und nichts sagte.

Die Gouverneurin hatte sich um die Verwundeten gekümmert und versucht, Sarela McVitie aufzurichten. Nun winkte sie Barakuda zu sich.

»Was geschieht mit den geflüchteten Banditen?« Sie lehnte an einem Gleiter und hielt sich mit beiden Händen an einem Becher Kaffee fest.

»Vielleicht sollte man doch ein paar Gleiter losschicken und zusehen, daß möglichst viele von den geflüchteten Räubern entwaffnet werden.« Er musterte die müden Gesichter ringsum. »Schafft ihr es noch eine Weile, Leute?«

Nardini stellte sein entsetzliches Summen ein. »Warum? Wollen Sie noch ein paar Lampen anmachen, Chef?«

Es wurde gegrinst. Alle wußten, daß die Blendaktion ab sofort zur Folklore von Cadhras gehörte.

Später, als die Gleiter zurückgekehrt und die meisten Gefangenen in der Korvette untergebracht waren, tranken die Letzten Abschiedstee mit den Gargava und bewunderten das Feuerwerk des Sonnenuntergangs. Cebrian lehnte neben Barakuda an einem Felsen. Plötzlich sagte er sehr laut:

»Eins wüßte ich gern, Dante. Sie hatten ein paar Leute und Blendgranaten gegen fünfhundert Banditen mit Karabinern.

Außerdem sind Sie verletzt. Was stellen Sie an, wenn Sie gesund sind und man Ihnen die ganze Garnison überläßt?«

Learoyd blickte auf, kratzte sich den Schopf, deutete mit dem Messer, auf das er kaltes Fleisch gespießt hatte, auf Barakuda und sagte unter dem Gelächter der anderen: »Vermutlich ein historisches Freßgelage im *Meeresleuchten*.«

Aus: Randwelt-Folklore, *anonym; Gaia, 456*

»Am westlichsten Punkt des Isthmus, Kap Qadhira, hat einmal ein Astrophysiker gesessen, auf ›Landurlaub‹ von einem Aufklärer der Flotte. Bewaffnet mit einigen Flaschen und freundlicher Begleitung hatte der Mann den Granitfelsen erklommen und sich niedergelassen, mit Flaschen und Begleitung. In den folgenden Stunden – es war ein schöner Herbstnachmittag – widmete er seine Aufmerksamkeit zu je einem Viertel der Begleitung und der Aussicht, zu zwei Vierteln den Flaschen. Der große Park mit hohen, exotischen Bäumen, zwischen Raumhafen und Esplanade, stieß ihn ab, denn sein Herz verlangte nicht nach herbstlichen Farben. Er hatte zu viele Sonnen gesehen und zog den weißen Strand der Bucht von Cadhras, die hellen Hotels an der Esplanade und das blaugrüne Meer vor; die flammenden Blutweiden, rostroten Eisenbäume, bläulichen Laokoonfeigen, die Zinnobersträucher und die beigen Flächen des Nimmergrün erschienen ihm vulgär und aufdringlich.

Als der Nachmittag später wurde, entwickelte er eine Theorie. Seine freundliche Begleitung, eine Stauerin aus dem Seehafen, Shil, mit Olivhaut und Nachtaugen, hatte sich an den Flaschen ebenso beteiligt wie an der Aussicht und war später nicht imstande, die physikalischen Teile der Theorie wiederzugeben. Es lief darauf hinaus, daß Shilgat sich dort befinde, wo einst der Urknall ausgelöst wurde, und folglich als Nabel des Universums gelten könne. Cadhras sei das Zentrum von Shilgat. Was aber sei das Zentrum von Cadhras? Er blickte über die Bucht, den Park, die Wohnhäuser, die Esplanade mit Cafés, fliegenden Händlern, Musikern, Akrobaten und Gauklern, dann nahm er, schon verschwommen, den Hafen wahr und dahinter, höhergelegen, den eigentlichen Stadtkern. Undeutlich sah er im Norden die häßlichen Konservenfabriken und die ebenso häßlichen Gebäude der Territorialadministration (ein Wort, das er zwei Stunden zuvor noch hätte aussprechen können), und schließlich nördlich der Stadt das weiße Palais der Gouverneure.

Da der Nachmittag später wurde und auf dem Binnenmeer herbstlicher Dunst sich sammelte, begann etwa an dieser Stelle seiner Beobachtungen unter seinem Gesäß das Nebelhorn zu tuten, das, wie das Leuchtfeuer, in die Granitspitze des Kaps eingebaut ist. Der Astrophysiker, an alle denkbaren biologischen Anomalien gewöhnt (der Aufklärer war im galaktischen Niemandsland gewesen und hatte viele seltsame Welten und Rassen besucht), überschätzte bei diesem jähen Ton zunächst den eigenen Metabolismus, ließ sich dann von seiner trinkfesteren (und, wie gesagt, freundlichen) Begleiterin beim Abstieg helfen und in die Stadt steuern.

Am Hafenbecken angekommen, musterte er, soweit seine Augen dies noch zuließen, die Front alter, hoher Steinhäuser. In diesem Moment entzündete die Rote Yolande, gewichtige Wirtin des Meeresleuchtens, *jene giftig-orange Laterne, die nach Sonnenuntergang Zeugnis davon ablegte, daß in der Taverne unter den Arkaden der Tag weiterging. Das* Meeresleuchten *lag ziemlich genau in der Mitte der Häuserfront. Die unsicheren Blicke des Astrophysikers suchten Halt an der Laterne, der giftig-orangen Gegensonne.*

Seither gilt das Meeresleuchten *als Nabel der Welt.«*

XI.

Die Untersuchung war kurz und gründlich. Als Dante das Hospital verließ, war er einigermaßen beruhigt. Das Geschoß hatte sich einen kompliziert zu erreichenden Rastplatz ausgesucht, hinter dem oberen Teil des Schulterblatts. Da aber weder wichtige Gefäße noch Knochen verletzt waren, konnte es einige Tage warten. Und es mußte warten, da Barakuda die zwei Tage, die die Ärzte ihn im Hospital behalten wollten, im Moment nicht riskieren mochte. Nicht, solange er jederzeit damit rechnen mußte, daß im Norden etwas Dringendes geschah. Er ging die Stufen des weißen Gebäudes fröhlicher hinunter, schlenderte eine Weile durch den Park und trat schließlich durch den Laubengang, den die Äste bläulicher Laokoon-Feigen bildeten, auf die Esplanade. Shalga brannte vom Himmel. Der Tag war windstill. Auf dem Meer lag eine feine Dunstschicht. An einem Kiosk erstand Barakuda Zigaretten und die neueste Ausgabe des *Bulletin.* Er setzte sich in den Garten eines Strandhotels und ließ sich Kaffee und Sampasaft bringen. Die Lektüre des Amtsblatts, per Hyperfunk von Gaia übermittelt und vom Rechner ausgedruckt, lenkte ihn nur vorübergehend ab. Er las mit mäßigem Interesse eine Wiedergabe der Haushaltsdebatte in der Kammer der Welten zu Atenoa, faltete dann das Blatt zusammen und starrte aufs Meer.

Eine Rikscha brachte ihn zum Palais. Lydia Hsiang bat ihn auf die Terrasse. Unter dem Geländer fielen die Felsen senkrecht 200 Meter zum Meer ab.

Barakuda empfand die leichte Brise, die am Strand nicht zu spüren war, als angenehm. Die Assistentin brachte Tee, Gebäck und einige Papiere.

Die Gouverneurin wirkte kühl und beherrscht wie immer. An diesem Tag trug sie ein schlichtes graubraunes Kostüm aus Rohseide. Sie kam sofort zur Sache.

»Wir müssen über Ihre Verletzung reden, Dante.«

Es war das Ende eines großen Teils seines Lebens. »Ja. Die Operation kann warten, ich möchte noch etwas erledigen. Sobald die Aktion in der Steppe abgeschlossen ist.«

Die vier Trupps bewegten sich auf jene Stelle zu, wo der Golzain mit gigantischen Kaskaden das Gebirge durchbrach. Man hatte zerstörte Shildörfer, Spuren großer Reiterhorden und einige Massengräber entdeckt, bisher jedoch keine Lebenden, weder Nomaden noch Banditen.

»Die erste Verletzung hat Sie vom Risikokommando der Abwehr zum modifizierten Innendienst und dann nach Shilgat gebracht. Die zweite ist Ihr Abschied, das wissen Sie.«

Barakuda nickte. Die Vorschriften über die Verwendung versehrter Offiziere in Friedenszeiten waren eindeutig.

Sie hatte zwei Papiere vorbereitet. Als sie ihm das erste reichte, sagte sie halblaut: »Das zu unterzeichnen kann ich Sie nur bitten, Dante. Nicht befehlen.«

Es war seine Ernennung zum kommissarischen Sekretär für Sicherheit, gültig bis zum Eintreffen eines Nachfolgers. Er unterzeichnete wortlos. Dann reichte ihm die Gouverneurin das zweite Blatt. Es sprach für sie, dachte er, daß sie es nicht als Köder verwendet hatte: seine Beförderung zum Oberstleutnant. Als *supraetor* bezöge er täglich 25 Drachmen, zwei mehr als bisher: entsprechend erhöhten sich nach dem Ausscheiden Halbsold und Abfindung.

»Ich danke Ihnen abermals.« Die Ernennung war ab sofort gültig und kaum widerrufbar. Er blickte in die grauen Augen der schlanken Frau, die laut Protektoratsstatut im Krisenfall oberster Kriegsherr von Shilgat war.

Sie besprachen die Lage, kamen jedoch nur zu dem Ergebnis, daß sie zu wenig wußten. Vor allem die Pläne der Shil gaben ihnen Rätsel auf. Als die Gouverneurin erwog, die Flotte einzuschalten, widersprach Barakuda.

»Vergessen Sie bitte zwei Dinge nicht, Exzellenz. Wir sind nicht allein. Gortahork und Tremughati können im Ernstfall eine Million Reiter aufbieten. Sicher sind unsere Leute nicht sehr zahlreich, aber die vierhundert *suldás* und *suldaus* der Garnison sind diszipliniert und ausgebildet – die Räuber sind Horden. Und sobald wir wissen, was sie planen, können wir überall intervenieren. Sie mögen zahlenmäßig überlegen sein, aber wir beherrschen die Luft.«

Die Stadt ruhte in der Mittagshitze. In einem Straßenrestaurant unweit der Plaza Tokman aß er eine Kleinigkeit, dann begab er sich zum Raumhafen.

»Seit vorgestern haben wir keinen Kontakt mehr mit dem Schnellboot.« Lyle Nogura hockte auf der Schreibtischkante und schien erschöpft.

»Maqari und seine Leute in der Steppe, Sie und Exzellenz mit den anderen bei der Patrouille, da hat hier keiner mehr an das Schnellboot und die *Zhumzhum* gedacht.«

Barakuda ließ sich in seinen Sessel fallen. »Wer hier woran hätte denken müssen, darüber reden wir später. Was haben Sie unternommen?«

»Vor einer Stunde ist ein Gleiter gestartet. Und ich habe im Hotel auf Huasiringa angerufen, der Rückruf müßte gleich kommen.«

Dante schickte Nogura heim, wartete den Rückruf ab, der nichts Neues brachte, schaltete die Leitungen des Sicherheitsbüros zum Militärtower und bat darum, bei Neuigkeiten sofort im *Meeresleuchten* alarmiert zu werden.

Begheli servierte besonders anmutig. Dante saß in der Nähe des feuerspeienden Kamins und aß köstliche Fischpasteten. Unter der gewölbten Decke der Taverne stauten sich Rauch, Gerüche und Gespräche. Nach und nach stellten sich weitere Mitesser und Mittrinker ein: Aguilar und Irgul, dazu etwa die Hälfte der Frauen und Männer von Patrouille und Gleiter. Sie waren bald leicht angetrunken (bis auf Learoyd, der einen Ozean leeren konnte) und verkündeten der Welt, die »Operation Blitzlicht« sei ein voller Erfolg gewesen, und hinfort werde man überhaupt nur noch mit Hsiang, Barakuda und McVitie sowie gewissen alten Shil verreisen. Sarela grämte sich und verfiel nach dem zweiten Glas Sampawein in stumpfes Brüten.

Die Taverne war brechend voll. Fischerinnen, Touristen, Hafenbewohner, alle mußten immer neue Varianten des Epos anhören. Nardini schmetterte gräßliche Gesänge und schwieg erst, als Ping ihn mit Obstmessern bewarf.

Dann wurde es jäh still. Mutter Schwabbel hatte diesen Abend für einen ihrer Ausbrüche gewählt. Groß und fett, mit fuchsroter Perücke und zentimeterdicker Schminke wankte sie zwischen Küche und Tresen hin und her. Sie hatte zunächst friedlich in sich hineingetrunken, glasigen Auges rempelte sie nun Gäste und Mädchen an und stieß Beleidigungen aus. Die Gäste zogen die Köpfe ein und warteten ab. Man hörte Mutter Schwabbel in der Küche herumbrüllen, wo sie Lopes und seinen Gehilfen erklärte, wie sie die Welt sah.

»Schmutz seid ihr, Abschaum von der miesesten Sorte. Ihr seid nicht einmal wert, die Gräten abzulutschen. Eßbar ist der Fraß sowieso längst nicht mehr. Warum bin ich so geduldig, statt euch alle rauszuwerfen? Lopes, hör mit dem Grinsen auf. Bei deiner Visage muß ja jeder Fisch kotzen.«

Wie ein Geschoß brach sie durch die Schwingtüren in den Schankraum und fiel über die Mädchen her, die zunächst alles routiniert überhörten. Anschließend begab die Wirtin sich zum Tresen, wo sie eine weitere Weile friedlich trank, und die Lage schien sich zu beruhigen.

Nya näherte sich der Küche mit einem hochbeladenen Tablett – schmutzige Teller, Bestecke, gebrauchte Gläser. Pa'aira kam aus der Küche, auf ihrem Tablett türmte sich Fisch. Rugazh hatte ein Tablett mit vollen Gläsern vom Tresen geholt und drehte sich um, als Pa'aira die Schwingtür mit Elan aufstieß und auf Nya traf. Die drei Mädchen stießen zusammen. Essensreste, Fischbrocken, Trümmerstücke, Glassplitter und Flüssigkeiten vermengten sich mit den schrillen Rufen der Verunglückten und der bombardierten Gäste.

»Hah!« Mutter Schwabbel wurde jäh wieder aktiv. Ihr Mund war verzerrt; die glasigen Augen sprangen fast aus ihrem Kopf. »Zu blöd, um mit dem Arsch zu wackeln, aber alles zertrümmern.« Sie überschüttete Pa'aira, Rugazh, Nya, Begheli, die hinter dem Tresen stand, und Flor, die im Schankraum Bestellungen aufnahm, mit einem Schwall von unflätigen Verwünschungen, stürmte zur Unfallstelle, trampelte auf den Scherben herum und beförderte die Trümmer mit Fußtritten in die Küche, ohne einmal mit Keifen auszusetzen. Als der Koch protestierte, schlug sie ihm ein Tablett über den Kopf. Lopes riß sich die Schürze ab, warf sie ihr ins Gesicht und stampfte Richtung Ausgang. Er konnte sein lahmes Bein nicht schnell genug nachziehen. Dabei schrie er: »Es reicht! Es reicht! Gestrichen voll bis zu den Kiemen! Tagaus, tagein nur diese widerlichen Fische ausnehmen, und dazu dein schuppiges Gerede und deine Flossenflüche. Du bist ekelhaft, du... verweste Schwimmblase!«

Die Wirtin warf mit Bechern und Besteck. Rugazh erhielt einen Volltreffer und brach in Tränen aus. Die Gäste duckten sich, und Gelächter in vermeintlich sicheren Teilen der Taverne machte die Wirtin noch wilder.

Barakuda stand auf und näherte sich der zeternden Frau. Sie warf einen schweren Aschenbecher nach ihm. Er wich dem Projektil aus und schrie: »Hör auf mit dem verdammten Unsinn!« Dabei starrte er in ihre glasigen Augen, dann packte er sie an der Schulter und sagte laut und vorwurfsvoll: »Yolande, sei ein gutes Mädchen. Was, glaubst du, würde deine arme Mutter jetzt wohl von dir denken?«

Die glasigen Augen wurden wäßrig, der grelle Mund verzog sich, die Winkel tropften, und plötzlich begann Mutter Schwabbel zu schluchzen. Sie sackte auf einen Stuhl, schlug die Hände vors Gesicht, der massige Leib bebte, und zwischen den Fingern quollen Tränen hervor. Dabei wimmerte sie etwas, was kaum zu verstehen war. Darin kamen Wörter wie »Pensionat« vor und »immer für mich gesorgt« und »schiefe Bahn«, unterbrochen von »Buhuuu«.

Begheli und Pa'aira ergriffen die Wirtin bei den Armen und hievten sie hoch. Bondak schrie »Aaaachtung!« und salutierte. Die Leute der Garnison, sofern sie dies noch konnten, standen stramm. Nardini summte mißtönend den Totenmarsch, und Learoyd gab ihm mit Kopfnüssen den Takt an. Die beiden Mädchen schleppten Yolande durch eine rückwärtige Tür, die zu den Privatgemächern der *tavernera* führte. Lopes trat unter allgemeinem Gelächter wieder in die Küche, drehte sich um, zwinkerte und ließ die Tür zuschwingen.

Cebrian räusperte sich. »Interessante Raubtiernummer, das. Ich schätze, jeder von uns hat einen Punkt, an dem man ihn aushebeln kann, in so einem Zustand.«

Sarela blickte mit roten Augen auf »Was is los?«

Aguilars Pupillen glommen zwischen den fleischigen Wülsten seines Gesichts hervor. »Ich habe schon davon gehört, aber es ist das erste Mal, daß ich es sehe. Wie oft kommt so was vor?«

»Sieben- bis achtmal pro Jahr.« Irgul hob sein Glas mit vergorenem Sampasaft und blickte durch die matte Flüssigkeit. Dann stand er auf und rief »Ruhe.« Niemand hörte ihn.

Cebrian winkte Sergeant Bondak zu und gab ihm ein Zeichen. Bondak nickte, holte tief Luft und röhrte. »RUHE!« Augenblicklich kehrte Schweigen ein. Alles sah auf Irgul, der mit erhobenem Glas neben dem Tisch stand. »Ich schlage vor, wir trinken jetzt auf das Wohl der jungen Damen.« Alles trank mit. Die Angeredeten – Begheli und Pa'aira waren wieder im Raum – imitierten Hofknickse. Irgul blieb stehen und rief: »Und auf Lopes, König der Köche.«

Dieser steckte den Kopf aus der Küche und erklärte verdrossen, er hasse Fisch und wolle seinen Frieden.

»Und«, schrie Irgul, »auf die treffliche Herrin dieses unvergleichlichen Orts. Möge sie sanft ruhen. Der Raumhafen übernimmt eine Runde.«

Kurz nach Mitternacht kam ein Bote. Die *Zhumzhum* befand sich keineswegs in der Nähe des Zielhafens Tashila, an der Ostküste von Huasiringa, sie trieb westlich der Insel steuerlos und mit gerefften Segeln auf die Leeküste zu. Das bewaffnete Schnellboot raste den unteren Golzain hinauf.

Im Morgengrauen sichteten sie die *Zhumzhum*. Die zehn Frauen von der A-*centuria* sowie Bondaks Banditen und *legata* McVitie, alle ernüchtert, machten sich bereit. Bondak ließ den Gleiter bis zur Bordwand des Seglers sacken. Die Leute sprangen hinüber.

Die Ladung fehlte. Zierkisten und demontierte Käfige waren verschwunden. Ein Teil des Decks war geschwärzt. Offenbar hatte man das Schiff verbrennen und versenken wollen, die geschleuderte Fackel war jedoch neben den Wasserfässern gelandet. In der Kajüte lagen sieben Leichen – drei Shilmatrosen, drei der vier Soldaten, die das Schnellboot gesteuert hatten, und Tugrik. Der junge Shil hatte eine Messerwunde im Rücken, seine Kehle war zerschnitten. Die Matrosen waren ebenfalls erstochen worden, die Soldaten durchlöchert von Karabinerkugeln. Auf dem Achterdeck über der Kajüte lag Cuthbert Pinto neben dem kreiselnden Steuerrad. Auch der Magier war Messerwunden erlegen. Barakuda kniete neben dem Toten nieder und drückte ihm die Augen zu.

Vom vierten Mann der Besatzung des Schnellboots fehlte jede Spur, ebenso von Fimfinella und Koryna Delaware.

»Weiter«, sagte Barakuda. »Bei der Rückkehr werden wir die Toten bergen. Jetzt sind die Lebenden wichtiger.«

Sie rasten nach Nordwesten, Richtung Golzain. Barakuda sprach mit der Gouverneurin und *kapitán* Cebrian in Cadhras, danach rief er die Gleiter, die in den Bergen oberhalb der Kaskaden als Relais dienten. Er wies einen der Piloten an, zu starten und Ausschau nach dem Schnellboot zu halten, sich aber auf keinen Fall zu nähern. Außerdem warnte er die vierte Gruppe, die den Golzain hinaufritt.

Sarela reichte ihm Kaffee. »Wie reimen Sie sich das zusammen, Dante?«

Barakuda schwenkte den Kopilotensitz herum und blickte an McVitie vorbei auf die Leute, die dichtgedrängt auf den engen Bänken saßen. »Ich schätze, zuerst hat jemand die *Zhumzhum* geentert und Pinto, Tugrik und die Matrosen getötet. Dann mit Tugriks Funkgerät das Schnellboot zu Hilfe gerufen. Als die Boote nebeneinanderlagen, haben die Leute auf dem Segler drei der vier Männer erschossen, die Ladung auf das Schnellboot gebracht und wahrscheinlich den vierten Mann gezwungen, zu steuern oder ihnen die Steuerung zu erklären. Die beiden Frauen sind wohl auch an Bord des Schnellboots.«

Learoyd hob seinen Kaffeebecher. »Da fehlt was, Chef. Woher wissen die so gut Bescheid?«

»Stimmt, Terence. Ich schätze, wer so ein kompliziertes Waffenschmuggelverfahren ausklügelt, der kann auch einen Agenten in Cadhras einschleusen. Nicht nur den, der den Rechner manipuliert hat, die Geschichte kennt ihr ja. Nein, mindestens noch einen.«

Unter ihnen dampften in der nachmittäglichen Sonne die Dschungel. Wie eine dunstgeschuppte Riesenschlange wand sich der Golzain durch das unendliche Grün. Hin und wieder überflogen sie kleine, dichtbewaldete Inseln. Die Leute aßen Brot und kalten Braten, tranken Kaffee mit Schnaps und unterhielten sich über tausend Dinge, nur nicht über das, was vor ihnen lag. Es wäre müßige Spekulation gewesen.

»Das Boot ist zwischen den Kaskaden verschwunden. Wir wissen jetzt immerhin, daß da etwas sein muß – vermutlich ausgedehnte Höhlen.« Barakuda schob den Funkhelm in den Nacken und warf einen Blick auf die Uhr. »Wir werden gegen drei in der Frühe ankommen, vor Morgengrauen können wir nichts unternehmen. Seht am besten zu, daß ihr eine Mütze voll Schlaf erwischt.«

Nardini schloß die Augen und summte, Ping stieß ihm den Ellenbogen in die Seite. Learoyd blickte Barakuda an und schnitt eine Grimasse. »Bißchen eng, außerdem paßt Schlaf so schlecht in Helme.« Er zog die khakifarbene Kopfbedeckung aus Stahlplastik über die Augen.

»Schlafen Sie in Schichten.«

»Guter Vorschlag«, sagte eine der *suldás*. »Damenwahl? Dann leg ich mich freiwillig in die obere Schicht.«

»Pfui«, sagte Kakoiannis. »Orgien mögen wir doch nicht.«

»Ach, seit wann denn das, Yasu?«

»Außerdem halten das die Stabilisatoren nicht aus.«

Nardini kicherte. »Ich kann euch ja statt dessen was vorsingen.«

Ein vielstimmiges »Nein, danke!«

Bondak wandte den Kopf. »Beides würde so kurz vor dem Einsatz die Kampfkraft zersetzen.«

Barakuda grinste und stülpte sich wieder die Kopfhörer über. Der Beobachter im Norden hatte keine Neuigkeiten. Ein zweiter Gleiter meldete, man habe ungefähr die Stelle erreicht, an der vor zweieinhalb Tagen der Kampf mit den Banditen ausgetragen worden war, könne jedoch keine größeren Reitertrupps finden.

»Weitersuchen. Ich brauche den alten Mann. Falls Sie ihn finden und Saravyi nicht will, sagen Sie ihm, in den Höhlen bei den Kaskaden müßten Entscheidungen gefällt werden, die alle Shil betreffen.«

Der dritte Gleiter, der bisher auf dem Plateau geblieben war, schaltete sich ein. »Meldung von *tribún* Maqari für Barakuda«, sagte eine Frauenstimme. »Trupp Eins hat eine Stelle erreicht, die von wenigen Leuten gehalten werden kann, notfalls. Maqari fragt, ob Sie Verstärkung wollen.«

Barakuda überlegte. Solange nicht sicher war, ob die Trupps, die durch die Steppe nach Süden beziehungsweise am Golzain entlang nordwärts ritten, nicht doch auf Gegner stießen, wollte er dort niemanden abziehen. Es hätte wenig Sinn, fünf Leute mit vierzig Pferden zurückzulassen und drei Stunden später eine überstürzte Rettungsaktion unternehmen zu müssen.

»Wenn der Major sicher ist, daß die Stellung gehalten werden kann«, sagte er, »könnten wir noch ein paar Leute gebrauchen. Aber erst am Morgen. Vorher können wir ohnehin nichts unternehmen.«

Lange nach Sonnenuntergang überflogen sie die Stelle, an der sich der Trupp unter *legat* Yakku befand. Sie waren bereits nördlich des Dschungels.

»Riesige giftgrüne Morastlande«, sagte der Leutnant. In Barakudas Kopfhörer knisterte es. »Das ist das Feuer, wenn Sie es hören, Chef. Wir lagern in einer alten Ruinenstadt. Weiß der Teufel, wer es hier in diesem Sumpfland mal hat aushalten wollen. Ich glaube, hier spukt es nachts.«

»Haben Sie von da tagsüber gute Sicht?«

»Ja-a, es geht. Warum?«

Barakuda ließ die Stelle beschreiben.

»Gut. Brechen Sie nicht früh auf. Je nachdem, wie es bei den Kaskaden aussieht, jage ich den Gleiter los, um bei Ihnen Verstärkung zu holen. Zwanzig, mehr geht nicht rein. Die anderen sollten dann in den Ruinen bleiben, die sind notfalls besser zu halten als ein Camp im Sumpf.«

Er studierte die Karte. Sarela, die eingenickt und durch das Funkgespräch geweckt worden war, schaute über seine Schulter. Timoara hatte Bondak an den Kontrollen abgelöst. Er knurrte etwas wie »Spuk in Ruinen, pah« und »rotznasige Leutnants, frisch von der Akademie, am besten gleich im Sumpf versenken.« Dabei grinste er, und die schwache Beleuchtung der Kontrollen überzog sein schwarzes Gesicht mit grünlichen Verwerfungen.

Nach Mitternacht erreichten sie die Berge. Der Golzain hatte einen bizarren Canyon gegraben, hundert Kilometer lang, mit zahllosen scharfen Biegungen. Barakuda schaltete die Nachtkameras ein und studierte fasziniert den Bildschirm. Ein Arm reckte sich über seine Schulter, die Bügelfalten des Khakihemds waren messerscharf. Die zum Arm gehörende Hand hielt eine Metallflasche und bewegte sie auffordernd.

»Danke, Yasu«, sagte Barakuda halblaut. Er nahm einen Schluck; es war Rum.

Kakoiannis' Gesicht tauchte aus dem Halbdunkel hinter Dante auf. »Können Sie nicht schlafen, Chef?«

»Sie doch auch nicht, oder?«

Kakoiannis lächelte, die feingeschnittene Nase zog sich leicht nach unten. »Ich zöge einen seidenen Diwan vor, und angesichts der versammelten Liebreize der Garnison wüßte ich durchaus das eine oder andere Buch zu schätzen, zur Ablenkung.« Er brachte es fertig, gleichzeitig zu lächeln und zu seufzen. »Ein Makel, ich gebe es zu. Ein Fehler in der Erziehung. Meine Eltern haben das nicht gut durchdacht, als sie mich an gewisse Standards gewöhnten.«

»Was haben Ihre Eltern denn sonst noch gemacht?«

Kakoiannis' Lächeln wurde abrupt zu einem mehrdeutigen Grinsen. »Tut mir leid, Chef, aber das hab ich vergessen. Kippen Sie sich noch einen hinters Zäpfchen. Feines TV-Programm haben Sie da.«

Barakuda zuckte mit den Schultern, nahm noch einen Schluck und schaute wieder auf den Schirm. Sie flogen zwischen schroffen, blaßgrauen Felswänden hindurch, die fast einen Kilometer senkrecht in die Tiefe zu stürzen schienen. Tief unter dem Gleiter quirlte das Wasser des Golzain. Die gewaltigen Wassermengen suchten Raum, der Fluß schäumte und schoß, obwohl die Felswände 700 Meter auseinander standen.

Das Funkgerät blinkte. Dante griff zu den Kopfhörern.

»Sie sind jetzt unter uns«, sagte der Pilot des Beobachtungsgleiters. »Willkommen in den Schluchten. Die Kaskaden liegen am Ende des Canyons.«

Die Berge zwischen der Hochsteppe und dem Flachland ragten bis zu 5000 Metern auf. Der Golzain bildete nördlich des Massivs einen ausgedehnten See, der durch großartige Schluchten abfloß. Der obere Teil des Canyons lag etwa 200 Meter über dem Meeresspiegel, der See nördlich der Berge dagegen noch in 1500 Meter Höhe. Vier riesige Wasserfälle auf einer Strecke von etwa 20 Kilometern stellten den Abschluß des Durchbruchs dar. Bis zur ersten Stufe hatte der Golzain immerhin 150 Kilometer Schluchten in die Berge gefressen und dabei etwa 300 Meter Höhe verloren. Die oberste Stufe war die kleinste: auf einer Breite von 500 Metern fielen die Wassermassen hier 100 Meter senkrecht hinab, füllten ein riesiges Becken aus Granit und sprudelten durch einen kleineren, sehr engen Canyon. Die zweite Stufe war die größte – ein 400 Meter tiefer und ebenso breiter Wasservorhang über einem bizarren Granitbecken. Dann kam eine breite Schlucht, ein 200 Meter tiefer Fall und schließlich, oberhalb des langen Canyons, der letzte, wo die Fluten sich auf einer Breite von 600 Metern 300 Meter hinabstürzten. Hinter diesem untersten Vorhang war das Schnellboot verschwunden. Minutenlang betrachtete Barakuda das grandiose Schauspiel, dann wies er Timoara an, auf einem Plateau zu landen.

Vor Sonnenaufgang waren sie bereit. Barakuda rückte seinen Helm zurecht und starrte ein letztes Mal auf die Bildschirme. Auch die Taststrahlen des Feinorters gaben nicht viel her.

Hinter der untersten Kaskade, vor der der Gleiter in der Luft stand, umgeben von Gischt, lagen riesige Hohlräume. Der größte Teil der Strahlen wurde von Felswänden reflektiert. Die Metallorter sprachen an, verloren aber jenseits des Wassers bald ihre Wirkung.

»Höhlen«, sagte Barakuda laut. »Und Metall. Mehr wissen wir nicht. Ihr wißt, was zu tun ist? Gut. Los.«

Der Beobachtungsgleiter schwebte immer noch über dem Canyon. Er würde, solang es ging, die Funkverbindung aufrechterhalten, aber niemand machte sich Illusionen über die Durchlässigkeit der Felsen. Der zweite Gleiter hatte die Gargava in der Steppe gefunden, die Pilotin hatte mitten in der Nacht mit Saravyi gesprochen, der sich jedoch weigerte, mitzufliegen. »Ich kann ihn nicht zwingen«, hatte die *suldá* gesagt. »Die Shil haben Karabiner und sehen so aus, als ob sie damit umgehen können. Er läßt Ihnen ausrichten – Moment, ich habe es aufgeschrieben – also: ›Sag dem Narbengesichtigen, meine Anwesenheit sei völlig überflüssig. Falls es Dinge zu entscheiden gibt, sind dafür schönere Hände in der Nähe‹.«

Der dritte Gleiter, der einen Teil von Maqaris Leuten als Verstärkung bringen sollte, hatte Startschwierigkeiten gehabt. Nun war er in der Luft, aber es würde drei Stunden dauern, bis die Leute eintrafen. Barakuda hatte beschlossen, nicht länger zu warten. Es würde das Unternehmen erleichtern, wenn die erste Gruppe einen Brückenkopf in den Höhlen bildete. Mißmutig war neben Dante Korporal Vanzuid, der nach dem Aussteigen den Gleiter flußab jagen und die Hälfte des Trupps aus der Ruinenstadt holen sollte.

Vanzuid warf Dante einen scheelen Blick zu, schob die Unterlippe vor und beschleunigte. Der Gleiter bebte unter der Wucht der aufprallenden Wassermassen, die Leute zogen die Köpfe ein, als es auf die transparente Kuppel prasselte. Dann waren sie durch den Vorhang getaucht.

Vor ihnen erstreckte sich, im Licht der starken Scheinwerfer des Gleiters, ein gehauener Sims über die ganze Breite der zurückweichenden Felswand. Am tiefsten Punkt des Simses hatte man eine kleine Mole aufgeschüttet; dort lag vertäut das Schnellboot. Es schaukelte auf den Wellen des ewig aufgewühlten Beckens hinter dem Wasserfall.

An der Mole war der sonst kaum drei Meter breite Sims zu einer mehrere Dutzend Meter breiten und tiefen Plattform erweitert. Hinter ihr reflektierten die Metallbeschläge einer riesigen Tür das Scheinwerferlicht.

Der Gleiter landete an der Mole. Innerhalb weniger Sekunden waren alle abgesprungen. Vanzuid hob grüßend den Arm, zog die Maschine hoch und verschwand hinter dem Wasservorhang.

»Niemand zu sehen«, sagte Bondak, Er lag neben Barakuda am Rand des Simses und starrte zum beschlagenen Tor.

»Das Boot ist leer«, meldete Sarela McVitie.

Bondak gab Zeichen. Ping, Nardini und drei Frauen rannten zum nächsten Felsvorsprung. Ping richtete sich schließlich auf und winkte.

Nardini wandte den Kopf und sang: »Die Luft ist leer, kommt alle her.« Der Tenor füllte die Halle.

Die riesige Tür war in einen ebenfalls mit Metall beschlagenen Rahmen aus Eisenholz eingepaßt. Vor der Schwelle und erst aus der Nähe zu sehen lag in einer Mulde der Leichnam von Fimfinella Fandango neben dem des vierten Mannes der Schnellbootcrew. Die Kleider waren zerfetzt, die Körper zeigten zahllose Abschürfungen, als seien sie über unebenen Boden geschleift worden. Beide waren durch Genickschüsse getötet worden.

Barakuda nickte Bondak zu und deutete auf die Tür. »Sprengen«, sagte er tonlos. Dann bückte er sich und hob trotz wütender Schmerzen in der Schulter Fimfinellas Körper aus der Mulde. Das lange, hellblaue Haar war voll von geronnenem Blut und anderen Spritzern; die schlanken Finger zerschunden, die Nägel abgebrochen und blutig. Er trug sie einige Meter beiseite und legte sie sanft auf den Boden. Als er sich wieder aufrichtete, begegneten seine Augen denen von Terence Learoyd, die dunkel waren vor Wut und Entsetzen. Der lange Terraner spreizte den verbundenen linken Arm ab. Mit der Rechten hielt er einen Arm des toten Kameraden; eine *suldá* hatte dessen Beine genommen. Sie trugen ihn zu Fimfinella.

Bondak drückte Sprenggelatine in die Ritzen zwischen Tür und Rahmen und ins Schloß. Sie warfen sich zu Boden; Sarela richtete einen ovalen Impulsgeber auf die Tür.

Die Ladungen detonierten, die Tür brach in zwei Teilen nach außen. Felssplitter jaulten durch die Luft, trafen aber niemanden. Timoara schleuderte eine Blendgranate in den Eingang. Als Barakuda die Augen öffnete, sah er im abnehmenden Licht eine riesige Höhle. Sie war leer. Trotzdem gingen sie umsichtig vor und brauchten Minuten, um die rückwärtige Wand zu erreichen. Dort fanden sie einen nicht versperrten und anscheinend unbewachten Durchgang.

Timoara rollte einen Blendkörper hinein. Die Detonation erhellte eine zweite Höhle.

Eine Gruppe von sechs Leuten blieb zur Sicherung zurück. Die zweite Höhle war kuppelförmig gewölbt, gegenüber dem Durchgang lagen zwei dunkle Öffnungen. Aus Schlitzen in der Decke sickerte fahles Licht. Unterhalb der Wölbung zog sich ein Bord aus Ziegeln an den Wänden entlang, darüber in Abständen fünf Löcher – Fenster oder Scharten.

Mitten in der Höhle waren Zierkistchen aufgestapelt, eine Pyramide von fast fünf Metern. Die Kistchen schienen leer.

»Seltsam, daß hier niemand ist.« Kakoiannis stand neben Barakuda und hielt den Karabiner feuerbereit.

Dante nickte Bondak zu. »Die Ausgänge.« Er betrachtete den Stapel. Der Sergeant ließ die beiden gegenüberliegenden Gangöffnungen besetzen. »Ich glaube, wir bleiben hier«, sagte Dante. »Das riecht nach einer Falle. Hier haben wir unseren Brückenkopf. Wir werden warten, bis Maqaris und Yakkus Leute eintreffen.«

Er ging zu den Kistchen, blickte an der Pyramide empor. »Wer macht sich diese Mühe? Ob die oberen wirklich leer sind?«

»Feststellen?« Bondak kniff die Augen zusammen. »Sieht aber nicht so aus, als ob es zum Klettern stabil genug wäre.«

Einer der beiden hinteren Gänge schien abwärts zu führen, der zweite lief waagerecht zu einer matten Lichtquelle.

Sarela stieß einen Warnruf aus. Dante fuhr herum. Aus den fünf hochgelegenen Scharten zischten Brandpfeile; sie schlugen in die Spitze der Pyramide.

Bondaks Stimme dröhnte durch die Höhle. »Alles raus hier, schnell!« Der Trupp, der den zweiten Gang sicherte, zog sich in die abwärts führende Dunkelheit zurück. Barakuda schwankte zwischen dem Gang, vor dem er stand, und einer Flucht durch die Höhle, vorbei am Stapel. Die Korporalin Shulamit as-Sabah zerrte ihn am Ärmel. »Zu weit, Chef!«

Barakuda, as-Sabah, eine weitere *suldá* und die beiden Banditen Henty und Skudder rannten den Gang entlang, an dessen Ende das matte Licht glomm. Eine gewaltige Explosion warf sie zu Boden. Kistchentrümmer und Gesteinssplitter flogen durch den Gang, gefolgt von einer erdrückenden Staubwolke. Hustend, halbblind erreichten sie die nächste Höhle.

Sie war riesig und vielfach unterteilt. An den Wänden zogen sich mehrere Galerien übereinander entlang, mit Erkern, Vorsprüngen, Baldachinen und allerlei Stuckwerk: Dämonenköpfe, Schlangen, Lianen, Knospen. Die Trennwände der Höhle begannen in doppelter Mannshöhe und ruhten auf zierlichen Säulen, die wie gedrechseltes Holz aussahen. Wände und Boden waren reich an leuchtenden Mosaiken, die uralt sein mußten, sie zeigten Jagdszenen, die Errichtung seltsamer Bauten, Kämpfe und stilisierte Heroenfiguren.

All das nahm Barakuda mit einem schnellen Rundblick wahr, als er sich den Staub aus den Augen gerieben hatte. Das interessanteste Detail war jedoch eine Gruppe von etwa zwanzig Leuten. Es handelte sich um Shil, Mulis, einige Cadhrassi, Frauen und Männer aller Altersstufen. Sie hielten Karabiner auf die kleine Gruppe um Barakuda gerichtet und bildeten zwei Reihen. Die erste kniete, die zweite stand.

Ein Muli mittleren Alters mit teigigen Gesichtszügen lehnte scheinbar desinteressiert an einer Säule. Er streckte die rechte Hand aus. »Die Waffen weg, bitte!«

Barakuda nickte. Fünf Karabiner klirrten zu Boden.

»Sie sind Barakuda, eh?« Der Muli richtete den Zeigefinger auf Dante. »Unverkennbar, mit Ihrer häßlichen Narbe. Das hat ja bestens geklappt.« Er schnippte mit den Fingern.

Starr vor Entsetzen registrierte Barakuda die Salve und sah seine Begleiter stürzen. Gordian Henty lag fast vor Dantes Füßen, sein Gesicht zeigte ein ungläubiges Lächeln, und unter dem Rand des Helms war ein Loch in der Stirn.

»Nummer Zwei will das mit Ihnen persönlich regeln«, sagte der Muli. »Überflüssig, finde ich, aber egal.«

Sie rissen ihm die Arme auf den Rücken und fesselten die Handgelenke. Wie betäubt ließ Barakuda sich durch die Höhle stoßen, dann durch einen weiteren Gang. Ein Teil seines Gehirns nahm die Fresken und Statuen wahr, die die nächste kleine Höhle zierten.

Er wurde eine lange Steintreppe hinaufgeschleppt, dann wieder durch einen Gang. Schließlich kamen sie in eine von Fackeln erleuchtete Höhle mit Trennwänden auf Säulen, mit uralten Statuen, Wandreliefs und Mosaiken. Im Zentrum befand sich ein flaches, wassergefülltes Becken. Unterbrochen von mehreren Durchlässen zog sich um das Becken eine Konstruktion aus unglaublichem Granitfiligran, das aus der Ferne wie feine Spitzen wirkte.

An einer Seitenwand standen Stühle um einen schweren, mit Papieren, Waffen und einem großen Funkgerät belegten Tisch. Dort saß eine graugekleidete Gestalt.

»Ihr Gefangener, Chef«, sagte der Muli. »Die Explosion hat die zweite Halle zerstört. Vom Wasser kann jetzt keiner mehr herein.«

Sie führten Barakuda zum Becken, preßten ihn mit dem Rücken gegen das Filigranwerk und banden die Hände um ein Kreuz zweier Granitstäbchen, so hoch hinter seinem Rücken, daß Dante sich auf die Zehenspitzen stellen mußte, um nicht die Schultergelenke auszukugeln.

Die graue Gestalt schob den Stuhl zurück, stand auf und wandte sich um. Koryna Delaware kam näher und musterte Barakuda mit einer Mischung aus Gleichgültigkeit, Abneigung und Befriedigung. »Du siehst nicht gerade überrascht aus, Wächter von Cadhras.«

»Ich bin entsetzt über den Mord an vier Unbewaffneten, aber nicht überrascht, dich hier zu sehen.«

»Oh, deine Begleiter? Unwichtig. Du wirst ihnen bald folgen, aber das möchte ich selbst übernehmen. Und du hast dir vermutlich längst gedacht, daß nicht nur du Agenten unterhalten kannst.«

Dante antwortete nicht.

Sie wandte sich an den Muli. »Wenn sonst alles soweit ist, dann packt die Sachen zusammen.« Sie blickte zum Tisch und sah zu, wie die Leute mit dem Verpacken begannen. Zwei große Holzkisten standen in der Nähe. Barakuda nutzte die Sekunden, knickte in den Knien ein und hing nur an den gefesselten Handgelenken. Er hätte schreien mögen, als es durch seine verletzte rechte Schulter fuhr wie eine heiße Nadel. Die Granitstäbchen waren selbst in dieser feinen Verarbeitung zu stark, um zu brechen. Aber als er sich wieder auf die Zehenspitzen stellte, fühlte er, daß die Schnüre der Fessel nachgegeben hatten. Nur wenig, aber immerhin. Es mußte möglich sein, sie an den Granitstäbchen durchzuscheuern.

»Woher dies Interesse an meiner Person?«

Koryna hob eine Braue. »Du verfügst über gewisse Kenntnisse. Ich glaube, als einziger in Cadhras. Hinzu kommen sicherlich Informationen, die du von den Fürsten und von diesem alten Shil, Saravyi, erhalten hast. Auch sie sind kaum einem anderen in Cadhras zugänglich. Wenn sich gewisse Dinge ereignen, könntest du verschiedene Quellen addieren und die richtigen Schlüsse ziehen.«

»Du vergißt, daß ich nicht allein bin. Jemand wird meine Stelle einnehmen. Das Commonwealth wird auf Shilgat wieder für Freiheit und Frieden sorgen, auch wenn du mich und tausend andere tötest.«

Koryna winkte ab. »Freiheit gibt es nur im Dienst der absoluten Wahrheit, und Frieden erst dann, wenn Wahrheit und das einzig wahre Leben gesiegt haben.«

»Was sind diese ›gewissen Dinge‹, die sich ereignen können?«

»Unwichtig. Sobald hier alles geräumt ist, wirst du sterben.«

»Das ist mir klar. Da ich dir nicht mehr schaden kann, könntest du wenigstens meine Neugier befriedigen.«

»Wozu? Ich werde es genießen, dich mit Fragen sterben zu sehen.« Wieder blickte sie zu den Leuten, die sich mit dem Packen nicht gerade beeilten.

Dante begriff, daß sie keine Informationen preisgeben wollte, aber auch nicht konnte, da ihre Leute nicht voll informiert sein durften. »Sind das Nobregas Befehle? Für Handlangerdienste bist du wahrscheinlich gut genug.«

»Du kannst mich nicht provozieren. Großer-Töter kocht sein eigenes Süppchen, trotz aller Absprachen.«

»Ihr seid also die ›andere Räuberbande‹ und macht alles, um ihm zu schaden, weil er Absprachen nicht einhält?«

»Beeilt euch ein bißchen, da drüben! – Nein, vor allem, um ihn zu kontrollieren. Deshalb haben wir diese Konkurrenzbande aufgestellt.«

»Wer ist wir?«

Sie blickte wieder zu den Packern, und Dante bewegte sich vorsichtig. Die Schnüre gaben weiter nach.

»Das ist unwichtig.«

»Nobregas Pläne und Tricks sind brillant. Aber eure Bande hilft ihm auch, indem sie uns von ihm ablenkt.«

Die Leute hatten die erste Kiste gefällt; vier Männer hoben sie an und schleppten sie zum Ausgang, wie Dante vermutete. Er konnte sich nicht weit genug umdrehen. Auf der ersten Galerie, über dem halbleeren Tisch, tauchte eine Frau auf. »A und B sind geräumt und unpassierbar«, rief sie.

Koryna winkte hinauf und wandte sich wieder zu ihm um. »Es wird nicht mehr lange dauern. Übrigens stimmt das mit der Ablenkung, allerdings doppelt. Wir kontrollieren Großer-Töter, behindern seine Pläne, soweit sie uns nicht gefallen, lenken Cadhras von ihm ab, so daß er die Pläne, die wir billigen, ungestört ausfahren kann. Und wir lenken Cadhras von anderen Dingen ab, die viel wichtiger sind.«

Er wußte, daß sie nicht auf gezielte Fragen antworten würde. »Warum habt ihr eigentlich das Schiff überfallen? Wegen der Waffen?«

Sie lächelte. »Ich habe zu einem bestimmten Zeitpunkt, als ich wußte, daß du nicht tot warst, Tugrik, Pinto und die Matrosen getötet und Fimfinella gefesselt. Ich habe das Schnellboot angefunkt und um Hilfe gebeten, und ich habe die drei Männer erschossen und den vierten gezwungen, mir die Bedienung zu erklären. Ich war allein. Aber es geht nicht um die Waffen. Sie sind eine nette Zugabe.«

Die zweite Kiste war voll, der Tisch abgeräumt. Der Muli hob den linken Arm zu einem Gruß und ging mit den anderen weiter nach hinten. Auf der Galerie erschienen zwei Männer. Sie meldeten, C, D, E und F seien geräumt und unpassierbar. Koryna erteilte Befehle, deren Sinn Dante nicht verstand. Sein Geist arbeitete wie im Fieber. Koryna hatte herausbekommen, daß er, der Sicherheitschef, neben dem *Meeresleuchten* wohnte und dort verkehrte. Sie hatte mit Erfolg versucht, in der Taverne eine Aushilfsstelle zu bekommen. Dabei hatte sie einigermaßen mühelos Leute aushorchen können – Mutter Schwabbel, wenn sie nicht nüchtern war, vielleicht die Mädchen, wahrscheinlich redebedürftige und beduselte Gäste. Sicherlich hatte sie erkannt, daß Pinto und Tugrik, die häufig, zusammen mit Fimfinella, an Dantes Tisch saßen, keine rein sentimentalen Freunde waren. Sie hatte Tugrik als zugänglichstes Glied der Kette identifiziert; der Rest war nur noch Ausführung. Dante hatte sie kaum bemerkt, das sprach für ihre Agentenqualitäten. Daß sie es allein geschafft hatte, Pinto, Tugrik und drei Matrosen mit dem Messer zu töten, nacheinander, sozusagen Mann gegen Mann, sprach für etwas anderes und gegen jede Chance, die er sich noch ausrechnen mochte.

»Du hast das alles also nur gemacht, um, mich in eine Falle zu locken? Und wahrscheinlich Leute mit Brandpfeilen über die zweite Höhle gesetzt, die erst dann den Sprengstoff zünden sollten, als ich neben dem Gang stand.«

Sie sah ihn gleichgültig an. »So ungefähr. Das alles war Teil eines großen Plans, den du weder begreifen noch durchkreuzen wirst. Deine Leute werden einige hundert Räuber fassen und entwaffnen, aber sie werden nichts erfahren, keiner von ihnen weiß etwas. In der Steppe wird Ruhe herrschen, und Cadhras wird um dich trauern, aber keine weiteren Schritte unternehmen.«

Sie ging zu einem der Stühle, auf dem eine Tasche stand. Als sie zurückkam, hielt sie ein kleines scharfes Messer in der Hand. Auf der Galerie liefen Leute entlang. Dante war sicher, daß er die Fesseln zerreißen konnte, beschloß aber, bis zum letzten Moment zu warten – bis niemand außer Koryna und ihm mehr in der Höhle war.

»Leider bleibt für gewisse Dinge keine Zeit.« Sie hielt das Messer hoch; Barakuda glaubte in ihren Augen ein neues Glitzern zu sehen. »Auf dem Boot mußte alles schnell gehen, außerdem gab es bei Tugrik gewisse sentimentale Erwägungen.« Sie trat näher zu ihm und legte das Messer an seine Lende. Er glaubte, durch den Stoff die Kälte der Klinge zu spüren. »Wenn Zeit bliebe, würden es schöne Stunden.«

Unter Aufbietung aller Selbstbeherrschung blieb er ruhig stehen. »Du wartest darauf, daß alle gehen, nicht wahr?«

Koryna wandte ihm einen Moment den Rücken zu. Auf der Galerie erschien eine Muli. Sie hob den Arm und rief: »Alles geräumt und blockiert, bis auf den letzten Ausgang. Die Leute sind fast alle draußen. Nummer Eins ist fertig.«

Koryna Delaware warf einen Blick über die Schulter zu Dante; dann schaute sie zur Galerie hinauf »Gut. Ich komme in einer Minute.«

Die Frau auf der Galerie nickte und verschwand.

»Das letzte Kapitel.« Koryna trat zurück, blieb etwa fünf Meter von Dante entfernt stehen. »Ich weiß, daß du ein großer Nahkämpfer bist«, sagte sie spöttisch. »Und daß du eine Schulterwunde hast. Ich habe ein Messer, du nicht.«

»Und ich bin gefesselt. Wer ist Nummer Eins?«

Sie kicherte plötzlich. »O Wächter von Cadhras – meinst du, ich hätte dich an Stäbchen binden lassen, damit du deine Fesseln *nicht* durchscheuerst? Komm, du sollst noch ein paar Schritte tun.« Ohne Ansatz schleuderte sie das Messer; es blieb in der kaum verheilten Schußwunde stecken.

Der Schmerz raste durch seinen Körper und trübte ihm für einen Moment den Blick. Mit einem Ruck befreite er sich von der Fessel. Er sah Koryna zu den Stühlen huschen. Als er wieder Umrisse erkannte, hielt sie zwei weitere Messer in den Händen. Das erste bohrte sich in seinen rechten Oberschenkel, ehe er reagieren konnte. Noch im Fallen riß er mit der Linken das Messer aus dem Bein. Er konnte den rechten Arm kaum bewegen, und mit absurder Logik dachte er: ›Sie muß gesehen haben, daß ich Rechtshänder bin.‹

Koryna kam näher, ohne Eile. Er versuchte sich aufzurichten, führte einen schnellen Stoß aufwärts mit dem Messer. Wie eine Katze wich sie aus, dann traf ein Fußtritt seine Linke. Das Messer klirrte zu Boden, Meter entfernt. Ihre Hand zuckte herab, Stahl schlug Funken aus dem Boden, als Dante sich zur Seite rollte. Mit dem linken Fuß trat er nach der Frau, aber sie stand bereits wieder.

»Das ist das Ende, Barakuda«, sagte sie leise. Sie hob den Arm, und er wußte, daß das Messer in seinem Herzen enden würde. Blutend und halb bewußtlos vor Schmerzen lag er auf dem eisigen Steinboden und sah mit langsamer Verwunderung den Pfeil, der von irgendwo kam und sich durch Korynas Kehle bohrte. Sie ließ das Messer fallen, hob die Hände zum Hals, öffnete den Mund und stürzte vornüber.

»Wer hat geschossen, o Schwester und Freundin?«

Frauen und Männer der Garnison und Jägerinnen der Banyashil füllten die Halle. Man hatte provisorische Pritschen gebaut und aus anderen Räumen des weitläufigen unterirdischen Komplexes Tische und Stühle herbeigeschafft.

Tremughati legte eine Hand auf seine Stirn. Das dunkle Gesicht war müde, die Augen schwarzes Feuer. »Ich, Bärenjäger. Oder überläßt du die wichtigsten Dinge anderen?«

Das Höhlenlabyrinth hatte viele Ebenen und viele Eingänge. Korynas Leute hatten nur einen Teil erforscht, die Jägerinnen der Banyashil waren über andere Wege eingedrungen. Die meisten der Banditen waren entkommen.

Maqari kümmerte sich persönlich um den Abtransport der Verletzten. Henty und die zweite Soldatin waren tot, Emlyn Skudder und die Korporalin Shulamit as-Sabah würden mit viel Glück überleben. Auch bei den Jägerinnen und den Banditen hatte es Tote und Verwundete gegeben.

»Also deine Hände hat Saravyi gemeint.« Dante erzählte von der seltsamen Botschaft.

Tremughati machte ein verwundertes Gesicht, dann lachte sie. »Wir sind durch die Wälder südlich der Berge geritten, Gortahork im Norden durch die Steppe. Er reitet noch immer, um die Pläne von Großer-Töter herauszufinden und zu durchkreuzen. Wir hatten gehört, daß die zweite Bande in den Wäldern des Südens arbeitet, und daß ihr viele Frauen angehören. So sind wir hergekommen. Die alten Höhlen... Die Fürsten und Heiler der Banyashil kennen sie, wie viele Dinge der Vergangenheit. Aber woher Saravyi wußte, daß ich hier sein würde – das weiß ich nicht.«

»Eine lange Rede, Freundin. Ich bin beeindruckt. Aber die Schmerzmittel haben meinen Geist nicht völlig getrübt.«

Tremughati lächelte. »Schade. Ich hatte gehofft, die lange Rede würde dich zu sehr beschäftigen für weitere Fragen.«

»Wohin gehst du?«

Sie streichelte seine Wange. »Es gibt noch viele Wälder, weiter im Westen. Jägerinnen und Jäger der Banyashil haben ein gemeinsames Ziel. Wir werden es über Tausende Kilometer zur festgesetzten Stunde erreichen.«

Dante hielt ihre Hand fest. »Was ist dieses Ziel, Fürstin?«

Sie entzog ihm die Hand nicht, aber ihre Augen wurden undurchdringlich. »Es ist etwas, das getan werden muß.«

Maqari trat zu ihnen. »Schon wieder Fragen, Barakuda, was? Sie können von mir aus eine Milliarde Fragen stellen, wenn Sie wiederhergestellt sind. Ab mit ihm!« Er gab Zeichen. Zwei stämmige Frauen der Garnison hoben die Pritsche und trugen sie zum Ausgang. Tremughati ging mit, sie hielt Dantes Hand, schwieg aber. Sie erreichten eine Plattform über dem unteren Wasserfall. Dort wartete der Gleiter.

»Fürstin«, sagte Dante bittend.

Tremughati lächelte traurig. »Nein.« Sie neigte sich über die Trage und küßte ihn.

XII.

Barakuda schlief auf dem Flug nach Cadhras, aber es war kein erholsamer Schlaf. Albträume brachen unvermittelt ab und setzten wieder ein. In einem dieser gräßlichen Traumfetzen diskutierte er mit Koryna Delaware über Wahrheit und das einzig wahre Leben und wußte, daß die Spur nach Pasdan führte, ins Reich der Heiligen Mütter.

In Cadhras erfuhr er, daß Emlyn Skudder den Flug nicht überlebt hatte. Vor und nach der Operation plagte er sich mit den Gesichtern der Toten.

Er blieb zwei Tage im Hospital von Cadhras. Die Ärzte holten das Projektil aus seiner Schulter, besprühten die Verletzungen mit adaptiertem schnellwirkenden Wundplasma und rieten zu einer längeren Erholungspause.

Am Morgen nach der Operation besuchte ihn die Gouverneurin. In ihren kühlen grauen Augen glaubte Dante persönliche Anteilnahme zu lesen.

Nachmittags fiel Sergeant Bondak mit einigen Leuten der Bande ein – Learoyd, Nardini, Timoara, Kakoiannis. Sie setzten Personal, Ärzte und sich selbst unter Alkohol. Barakuda trank Sampasaft und kam sich mit seinen weißen Bandagen an Schulter und Oberschenkel wie ein Dahinsiechender vor. Die Gespräche drehten sich fast nur um ein Thema. Nach der Verletzung mußte Dante seinen Abschied nehmen, er würde kommissarisch im Amt bleiben, bis ein Nachfolger eintraf. Einige der Raufbolde mußten ebenfalls bald aus Altersgründen ausscheiden. Nun schmiedete man Pläne – Halbsold oder Abfindung; und wenn Abfindung, was dann? Eine Kneipe in Cadhras, ein Karawanenbetrieb?

Der nächste Besucher war Ildo Aguilar. Der Chef des Raumhafens brachte eine Flasche echten irdischen Burgunder mit, der ein Vermögen gekostet haben mußte. Sie tranken ihn langsam, zu zweit. Aguilar fragte nach Einzelheiten, Barakuda erzählte. Als Aguilar gegangen war, versuchte Dante ein paar Dinge, die nicht zueinander paßten, zu sortieren. Er war überzeugt, daß die zweite Gruppe, die Nobrega Konkurrenz machte, von Pasdan gelenkt wurde. Sie mußten sich weit in den Osten vorgewagt haben, er dachte an die verstümmelten Boten der Gargava und an Korynas Messer. Wie viele Agenten mochte Pasdan noch unterhalten? Aber wozu sollte das alles dienen? Gleich ob Pasdan oder Nobrega – alle wußten, daß jede größere Aktion Spuren hinterließ, und bei eindeutigen Spuren konnte Cadhras handeln. Was hätte jemand davon, im Ernstfall einen Einsatz der Commonwealth-Flotte zu provozieren? Und welche gemeinsamen Ziele verfolgten Mütter und Räuber? Nicht zu reden von den offenbar gegeneinander gerichteten Nebenaktionen.

Abends kam Begheli. Sie hatte dienstfrei und berichtete über neuere Vorfälle im *Meeresleuchten.* »Mutter Schwabbel sah heute so aus, als ob sie bald wieder zuschlagen will. Morgen bin ich wieder dran, wahrscheinlich knallt es dann.«

»Diesmal bin ich aber nicht zum Trösten da.«

Sie waren noch bei alten Anekdoten, als Dr. Zavimbi erschien, leidlich erholt vom Besuch der »Banditen«. Sie nickte Begheli zu und reichte Barakuda ein Päckchen Verbandmull. »Hätten wir ja fast vergessen. Das haben wir aus Ihrer Schulter geholt. Ich nehme an, Sie wollen es entweder aufheben oder selbst wegwerfen.«

Dante wickelte das Päckchen aus. Es enthielt die Karabinerkugel, die er seit seinem Ritt durch die Steppe in sich getragen hatte. Mit spitzen Fingern hob er das kleine Stückchen Metall hoch.

Er betrachtete das Projektil, dann begann er zu lachen.

Die Kugel hatte ein anderes Kaliber, sie war nicht aus einer der in Einzelteilen geschmuggelten Waffen abgefeuert worden.

Am Morgen des dritten Tags wurde Dante entlassen. Abends hatte er noch einige späte Gespräche geführt und darum gebeten, am Vormittag den Krisenrat einzuberufen.

Begheli holte ihn ab, zusammen mit Learoyd und Nardini.

»Nicht vor Freude singen, René«, sagte Learoyd, als sie mit Barakuda die Treppe zum Park hinabstiegen. »Sonst fällt er um. Er ist noch ein wenig schwach. Wohin, Chef?«

Dante stützte sich auf die beiden Soldaten, seine Beine waren weich. »Zur Esplanade. Ich möchte den Geschmack von Pflegekaffee und Krankenhaus loswerden.«

Auf der Terrasse des *Vistamari* saßen sie unter den ausladenden Zweigen eines Eisenbaums und tranken kräftigen Kaffee und importierten Rum. Begheli beschaffte Zigaretten.

Barakuda seufzte plötzlich. »Man könnte auch einfach hier sitzen und alt werden.«

Kurz vor elf brachen sie auf. Begheli wanderte mit Dantes leichtem Gepäck zum Hafen, um es in seiner Wohnung zu verstauen. Dante ging mit den beiden Soldaten langsam durch den blühenden Park zum Raumhafen. Die Männer brachten ihn bis zur Rechnersektion.

Er war der letzte. Die anderen Mitglieder des Krisenrats waren bereits versammelt.

Die Erste Operatorin des Rechners hatte das Hauptbüro umräumen und einen größeren Tisch und Sessel herbeischaffen lassen, die zu den Bildschirmen, Terminals und Schaltwänden der Zentrale unter dem Raumhafen gar nicht passen wollten. Leontia Vilgram nickte ihm zur Begrüßung lächelnd zu und deutete auf einen bequemen Sessel. Dante registrierte, daß die üppige Frau kleine weiße Zähne hatte, was ihn irgendwie irritierte.

Die Gouverneurin drückte ihm die Hand, lächelte kurz und setzte sich. Sie trug einen hellen Hosenanzug. Die makellose gebräunte Haut saß straff über den leicht betonten Backenknochen, und mit ihren feingeschwungenen Lippen und der schmalen Nase hätte sie ebensogut eine Marmorstatue nach Art der klassischen Skulpturen von Golgit sein können. Die Stirn unter dem kurzen aschblonden Haar war gerunzelt. Sie wirkte distanziert wie immer, und Dante fragte sich plötzlich, ob es dafür nicht noch mehr Gründe gab als Erziehung und Veranlagung. Ihr korrupter Vorgänger, der mit einer Technifizierung des Isthmus begonnen hatte, war nicht nur über die schwer nachzuweisenden Verstöße gegen das Shilgat-Abkommen gestürzt. Auf kleinen Vorposten wie Cadhras, wo die Macht in den Händen weniger Amtsträger lag, untersagte das Commonwealth persönliche Beziehungen zwischen dem Gouverneur und Angehörigen der zweiten hierarchischen Stufe – Abteilungsleitern, Mitgliedern des Krisenrats. Die Gefahr des Amtsmißbrauchs war zu groß. Der vorige Gouverneur hatte ein allzu enges Verhältnis mit der damaligen Obfrau der *asambli* gehabt. Vielleicht lag Lydia Hsiangs Distanziertheit auch daran, daß sie das Kleingedruckte kannte.

Der derzeitige Obmann des Territoriums war vor seiner Wahl Leiter eines der Internate auf Corilia gewesen. Er war lang und hager, auf seiner gekrümmten Nase ritt eine randlose Brille, ewig kurz vor dem Sturz. Ubang Thang gehörte zu Dantes guten Feinden in der *asambli*.

»Wir haben ja grundsätzlich andere Auffassungen über das, was das Territorium braucht, aber trotzdem ist mir lieber, Sie treten gesund aus dem Dienst.«

»Reizend. Ich hatte mich schon darauf gefreut, Ihre Jubelgesänge über meinem Sarg zu hören.«

Maretha Lunz legte ihm eine Hand auf die Schulter. Die Oberste Richterin war eine alte, kluge Frau, in deren Gesicht die Zeit viele Maserungen hinterlassen hatte. »Schön, daß Sie wieder auf den Beinen sind. Hören Sie nicht auf das Geschwätz des Obmanns.«

Der Kommandeur der Garnison trug Khaki ohne Rangabzeichen. Ponce Maqari hatte die Aktion in der Steppe vorläufig beenden und die eingesetzten Leute nach Cadhras zurückfliegen lassen. Er kratzte sich den kahlen, roten Schädel und ging um Barakuda herum. »Man kann Ihnen ja nicht mehr beliebig auf die Schulter klopfen, was? Nicht, daß Sie es immer verdient hätten, aber welche ist frei?«

»Die linke«, sagte Barakuda grinsend. Maqari schob den Unterkiefer vor und ließ seine Tatze bemerkenswert sanft auf Dantes Schulter fallen.

Vito Ataratz schüttelte Barakuda die Hand. Dante sah, daß der Präfekt sich um ihn gesorgt haben mußte.

»Warum haben Sie uns eigentlich herbestellt?« sagte Thang.

»Um Ihnen einen Film vorzuführen«, sagte Aguilar. »Er hat mich gestern abend vom Krankenbett aus angerufen.«

»Haben Sie ihn vorbereitet?«

»Selbstredend, Barakuda. Ich weiß nicht, was es soll, aber hier ist er.« Er hielt einen Mikrowürfel hoch.

Dante wandte sich an Leontia Vilgram, die auf einem Drehsessel vor dem Rechnerterminal des Büros saß. »Können Sie das da so abspielen, daß es über den Bildschirm zu sehen ist?«

Sie nickte, stand auf, holte den Würfel und ging zu einem anderen der zahllosen Apparate. »Kein Problem. Ich bin ja neugierig, welcher Film uns unterhalten soll.«

»Moment bitte, noch nicht abfahren. Ich möchte zuerst etwas klären.« Er zündete sich umständlich eine Zigarette an und beobachtete dabei die Gesichter. Er las Neugier, Aufmerksamkeit, Fragen.

Maqari räusperte sich. »Er denkt schon wieder. Muß das denn sein? Es ist ein besonders feiner, langer Herbst, mein Lieber. Ein Bungalow auf Huasiringa ist schon für Sie reserviert. Schlafen, essen, erholen. Bei Rekonvaleszenten führt heftiges Denken zu Rückfällen, also schieben Sie das auf.«

»Aus Gründen, die Ihnen bald einleuchten werden, habe ich mich nicht an Maqaris Verbot gehalten, sondern mir Gedanken gemacht. Der Räuberboß in der Nordsteppe scheint Nobrega zu sein. Die Organisation, die er aufgezogen hat, überspannt den gesamten Norden. Und es muß Mittelsmänner in Cadhras geben, denn einige Details aus dem komplizierten Schmuggelverfahren sind aus dem Datenspeicher des Rechners gelöscht worden.«

»Das wissen wir doch. Es ist unerfreulich, aber bekannt«, sagte Thang. »Zur Sache, Mann.«

»Unangenehm.« Aguilar schüttelte den Kopf. »Ich verstehe auch nicht, wie es passieren konnte. Aber dafür braucht man nur Zugang zu Terminal und Codes – den haben Dutzende. Eine Manipulation ist kaum zu verhindern.«

»Das stimmt. Wir haben ja auch bisher niemanden dafür verantwortlich machen können – der Kreis der möglichen Täter ist zu groß.«

»Ich verstehe nur nicht, weshalb das zu einer Krisensitzung führt«, sagte Maqari. »Wir wissen, wie die Karabiner nach Shilgat gekommen sind. Wir wissen, wer sie hat. Einige haben wir konfisziert, den Rest kriegen wir auch noch. Es war eine Lawine, die uns einen Moment zu verschütten drohte. Aber die Krise ist vorüber. Was also soll die Sitzung?«

»Leontia, fahren Sie bitte den Film ab.«

Es handelte sich um die Aufzeichnung eines beliebigen Landevorgangs. Ein Raumer erhielt Landeerlaubnis, verließ den Orbit, Flugdaten wurden vom Tower an den Satelliten und von diesem an den Autopiloten des Schiffs übermittelt.

»Weil das Schiff wegen der Krümmung der Planetenoberfläche zeitweilig unter dem Horizont des Towers fliegt«, sagte Barakuda langsam. »Die Start-Lande-Schneise führt über das Binnenmeer, um bewohnte Gebiete von Lärm zu verschonen. Ich habe in den letzten Tagen darüber nachgedacht, auf welche andere, vielleicht simple Weise Waffen auf den Planeten geschmuggelt werden könnten. Es gibt nur den einen Raumhafen, eine unkontrollierte Landung in anderen Gegenden von Shilgat ist ausgeschlossen. Der Satellit zeichnet alles auf. Auch der Zolldurchgang ist im Prinzip perfekt.«

Der Film endete. Die Gesichter der Anwesenden zeigten immer noch Fragen und Ratlosigkeit, bei Thang und Maqari auch beginnende Verärgerung.

Barakuda dachte an den rätselhaften alten Shil, mit dem er durch die Steppe geritten war. Saravyi, den die Fürsten der Banyashil als eine Art oberste Autorität und Wächter über die Völker von Shilgat bezeichneten. Saravyi, der viel mehr wußte, als er zu sagen bereit war – und Saravyi hatte gesagt, die Zukunft sei hinter der Wölbung der Welt verborgen. Was mochte der alte Mann sonst noch wissen?

»Sie werden das gleich verstehen. Behalten Sie bitte die Details des typischen Landeanflugs im Gedächtnis. Die Karabiner, die wir konfisziert haben, gehören alle dem gleichen Typ an. Sie sind einfach, leicht zusammenzubauen, haben alle das gleiche Kaliber. Was aber, wenn auch kompliziertere Typen auftauchen?«

Aus seiner Jackentasche holte er ein kleines Päckchen, wickelte es aus und hielt das Objekt hoch.

»Dieses Projektil haben die Ärzte aus meiner Schulter geholt. Eine ballistische Untersuchung wird uns die Details verraten, aber ich weiß genug über Waffen, um mit Bestimmtheit eines sagen zu können.« Er musterte wieder die Gesichter. »Es wurde aus einem modernen Karabinertyp abgefeuert, ähnlich dem, den die Garnison hat. Das Kaliber ist größer als bei den konfiszierten Waffen. Karabiner dieser Art sind nicht demontierbar.«

Nachdem sich das Stimmengewirr gelegt hatte, sagte Hsiang: »Sie sind ganz sicher? Das heißt, es gibt noch weitere Waffen auf Shilgat. Wer hat sie, wie hat er sie bekommen, was will er damit?«

»Ich fürchte, daß, um bei Ihrem Bild zu bleiben, Maqari, die richtige Lawine erst auf uns zukommt, alles Bisherige war nur ein harmloses Vorspiel.«

Aguilar machte plötzlich »Ah!«

Maqari deutete auf den erloschenen Bildschirm. »Ich begreife, worauf Sie hinauswollen. Die Flugphase bei der Landung, wenn das Schiff unter dem Ortungshorizont des Towers ist, ja? Man könnte unbeobachtet, sagen wir, einen Container abwerfen, und jemand fischt ihn auf.«

Es entbrannte sofort eine hitzige Diskussion. Thang hielt alles für reine Spekulation. Maqari, Maretha Lunz und Aguilar stellten Hypothesen auf und verwarfen sie wieder.

Schließlich sagte Barakuda: »Ruhe bitte! Niemand liefert Waffen ohne Bezahlung. Die Bezahlung kann nur auf zwei Arten vor sich gehen. Entweder über eine komplizierte Kette von Mittelsmännern, beginnend im Gebiet des Käufers und endend in Cadhras. Ziemlich kompliziert und unwahrscheinlich. Oder gleich in Cadhras. Zum Beispiel, indem jemand dem Kapitän des betreffenden Raumers, der Container, wenn es so wäre, abwirft, die Bezahlung aushändigt. Aber woher weiß der Aushändiger, daß die zu bezahlende Ware tatsächlich angekommen ist?«

»Es gibt Funk«, knurrte Maqari.

»Richtig, aber der Funkverkehr wird im Tower abgehört, und nur Gouvernement und Territorium verfügen offiziell über Geräte.«

Die Gouverneurin nickte. »Sie meinen also, daß der Empfänger der Waffen entweder persönlich oder per Vertreter in Cadhras auftaucht, um den Empfang zu quittieren?«

Barakuda legte die Hände flach auf den Tisch. »Abwurf über dem Meer löst bei mir die Assoziation Schiff aus. Ein Schiff fischt den Container auf, prüft den Inhalt, gibt durch Flaggensignal bekannt, daß alles seine Ordnung hat. Ein zweites Schiff gibt das Signal weiter. Es ist nicht schwierig, eine Kette zu bilden, die innerhalb weniger Stunden die Information Hunderte von Kilometern weit übermittelt. Das letzte Schiff läuft Cadhras an und leitet die Bezahlung in die Wege.«

Vilgram räusperte sich. »Das reduziert die möglichen Interessenten auf all jene, die eine Flotte besitzen.«

Dante lächelte boshaft. »Ja. Arameq, Golazin, Pasdan, Gashiri, die Fischergilde von Cadhras, jeder beliebige größere Hafen am Binnenmeer und notfalls darüber hinaus.«

Hsiang klopfte auf den Tisch. »Es müßte nicht jedesmal das gleiche Schiff sein. Wohl aber jedesmal ein Schiff der gleichen Organisation.«

Barakuda spielte mit seinem Feuerzeug. »Deshalb habe ich darum gebeten, die Sitzung im Rechner abzuhalten. Der Rechner speichert alle Daten, wenn er nicht manipuliert wird. Auch die Namen, Zeiten und so weiter aller Karawanen, Raumschiffe und Segler, die Cadhras erreichen. Können Sie ihn nach solchen Übereinstimmungen befragen, Leontia? Korrespondenzen zwischen bestimmten Raumern, oder Raumern bestimmter Linien, und bestimmten Schiffen, zum Beispiel?« Er erhob sich und trat neben sie.

»Kein Problem«. Sie drehte sich in ihrem Sessel zum Terminal und tippte Befehle ein. Dante beobachtete ihre Hände genau. Sie waren schlank und schmucklos und gaben das ein, was er erwartet hatte.

Da geschah das Unheil. Reparabel, aber zunächst fürchterlich. Alle Alarmlampen leuchteten auf. Die Stimme des Großrechners erklang über sämtliche Lautsprecher; auf allen Bildschirmen erschien der Text.

»Alpha-Anweisung. Alpha-Anweisung. Totallöschung in dreißig Sekunden. Gefährdete und rechnerabhängige Orte verlassen. Wiederholung: Alpha-Anweisung... «

Die Kontrollgeräte des Zolls fielen aus. Im Zentrallager des Seehafens erlosch der Bildschirm, auf den der Verwalter eine Bestandsliste hatte projizieren lassen. Auch diese Datenspeicher waren gelöscht. In den Banken stand alles auf Null: Niemand hatte ein Konto, ein Guthaben oder auch nur einen Namen. Im Hospital standen die elektronisch gesteuerten Instrumente still, die Tür zum Depot für besondere Medikamente, nur befugten Personen zugänglich, blieb verschlossen. Alle Daten – Melde-, Steuer-, Laufbahn-, Wohn-, Finanzdaten – der Territorialverwaltung, alle Gesetze, Erlasse, Dekrete des Gouvernements, alle zentral kontrollierten Türen und Fenster, der Hyperfunk, die vollelektronischen Maschinen der Gouvernementsdruckerei, alles. Cadhras war elektronisch tot.

Barakuda wandte sich um. »Bevor Sie etwas sagen – *dam* Vilgram hat nichts damit zu tun. Ich habe hinter ihr gestanden und gesehen, was sie eingegeben hat.«

Das Licht flackerte wieder auf, die Bildschirme blieben jedoch matt. Barakuda seufzte erleichtert. Mit Strom war ein Teil der schlimmsten Auswirkungen behebbar. Er tastete eine Nummer ins Visifon und registrierte, daß die Gouverneurin neben ihn getreten war.

»Shafis«, meldete sich ein müder Mann. Er starrte Barakuda an; dann grinste er. Der Sichtschirm war der einzige, der funktionierte. Alle anderen – Radar, optische Außenerfassung, Dauerverbindungen – wurden gesteuert; nur das normale Visifonnetz war unabhängig vom Zentralrechner.

»Ah, Barakuda. Verdammter Mist.« Shafis leitete die Energiestation im Süden von Cadhras.

»Danke für Ihre schnelle Reaktion, mein Freund. Ein Orden ist Ihnen sicher. Wie haben Sie das gemacht?«

Shafis zwinkerte. Er neigte grüßend den Kopf, als die Gouverneurin in den Bildbereich trat. »Exzellenz! – Wir haben natürlich die verdammte Durchsage gehört und nach ein paar Schrecksekunden das Notprogramm angeschmissen. Der Meiler arbeitet normal.«

Die Gouverneurin lächelte flüchtig. »Ein schwacher Trost. Immerhin retten Sie die Hälfte von dem, was zu retten ist.«

Shafis leckte sich die Lippen. »Das freut mich. Ich wäre Ihnen aber besonders dankbar, wenn Sie sich revanchieren könnten. Wir sind nämlich eingesperrt. Die Türen hängen an dieser verdammten Zentrale. Und ich kann die verdammte Garnison nicht erreichen.«

Barakuda lachte. »Keine Sorge, Mann, wir sprengen Sie notfalls raus. Aber ein bißchen verdammte Geduld werden Sie schon noch brauchen.«

Leontia Vilgram saß an der Tastatur, ihre Schultern bewegten sich, als wolle sie zu schluchzen beginnen. Lydia Hsiang blickte Barakuda an. Maretha Lunz war kreidebleich in ihrem Sessel zusammengesunken. Ildo Aguilar hatte die feisten Pfoten auf die Tischplatte gelegt und schüttelte unaufhörlich den Kopf. Ubang Thang raufte sich die Haare und lief wie ein eingesperrtes Tier auf und ab. Vito Ataratz notierte mit gerunzelter Stirn vermutlich Notmaßnahmen der Gendarmerie. Major Maqari machte Kaubewegungen und murmelte stumme Flüche. Sie alle wußten, welche Katastrophe die Löschung bedeutete.

»Alpha-Befehle«, sagte Barakuda, »können nur wenige Leute erteilen, die sich besonders ausweisen müssen.« Er blickte von einem Gesicht zum anderen. »Der Sekretär für Sicherheit. Der Kommandeur der Garnison. Die Erste Operatorin. Der Leiter des Raumhafens. Die Oberste Richterin. Der Obmann des Territoriums. Der Präfekt der Gendarmerie. Und die Gouverneurin. Mit anderen Worten, liebe Freunde: nur einer von uns. Und einer von uns ist ein Verräter.«

Die Gouverneurin empfing Barakuda im heißen Palais. Da die Klimaanlage tot war, hatte man die Fenster geöffnet.

Barakuda nahm einen Schluck aus seiner Kaffeetasse. Hsiang musterte ihn. »Nun schießen Sie schon los. Sie waren heute früh so seltsam gelassen.«

»Ja. Ich hatte mit so etwas gerechnet.«

»Aber wie wollen Sie jetzt jemals herausfinden, wie der Waffenschmuggel abgelaufen sein könnte?«

»Indem ich die Computerlisten durchgehe. Eine mühsame Handarbeit, natürlich, aber machbar.«

»Welche Listen? Es ist doch alles gelöscht.«

»Das schon. Ich habe mir aber, seit ich hier bin, in regelmäßigen Abständen Listen ausdrucken lassen. Sie sind gut aufgehoben, und niemand weiß es.«

Hsiang lächelte, dann lachte sie. »Also deshalb waren Sie so ruhig. Aber gut. Jetzt brauchen wir diese endlosen Papiermengen doch nur neu eingeben zu lassen, und dann... « Sie unterbrach sich und runzelte die Stirn.

Barakuda blickte in die kühlen grauen Augen. »Eben, das können wir gerade nicht, Exzellenz. Ein Mitglied des Krisenrats ist ein Verräter. Wahrscheinlich ist er oder sie auch für die Detaillöschung vor einem Jahr zuständig gewesen. Diese große Löschung beweist, daß wir auf dem richtigen Weg sind – was wir wissen wollen, sollen wir nicht wissen. Wenn wir jetzt gewissermaßen ätsch sagen, provozieren wir zwei mögliche Reaktionen.«

Die Gouverneurin verschränkte die Arme und schaute aus dem Fenster über das Meer. »Entweder werden unsere Gegner so vorsichtig, daß man ihnen gar nichts mehr anhaben kann. Oder sie schlagen zu. Das meinen Sie doch?«

»Ja. Beides kann uns nicht willkommen sein. Wir brauchen Zeit, um mehr zu erfahren. Und losschlagen hieße in diesem Fall: losschlagen mit Feuerwaffen.«

»Daran liegt uns natürlich nichts. Also was tun?«

»Zum Beispiel sollten wir über Motive nachdenken. Wer beschafft sich Waffen? Jemand, der sie einsetzen will.«

»Dafür gibt es im Grunde immer zwei Arten von Motiven«, murmelte Hsiang. »Pragmatische wie Machtstreben oder Machterhaltung, wenn man Macht als pragmatisch ansieht. Und idealistische oder ideologische – die Ausbreitung einer Idee und die Ausrottung einer anderen.«

»Wir scheiden aus. Wir haben Waffen für unsere pragmatischen Zwecke. Ebenso, glaube ich, die Banditen – warum sollten sie gleichzeitig zwei komplizierte Formen des Waffenschmuggels durchführen? Andererseits – warum nicht?«

»Außer uns scheiden, denke ich, nur die Shil aus. Was bleibt am Binnenmeer? Banditen, Pasdan, Gashiri.«

»Die Mütter von Pasdan unterhalten eine große Flotte und haben Handelsbeziehungen mit uns – also kommen sie am ehesten in Frage. Ein Schiff aus Pasdan in Cadhras ist nicht mehr so ungewöhnlich. Die Anarchovegetarier? Ihre Flotte ist klein, und sie kommen nie nach Cadhras. Die Banditen sind nicht auszuschließen, aber ich halte, ehrlich gesagt, Pasdan für wahrscheinlicher. Außerdem sind die Heiligen Mütter wahnsinnig genug für derlei.«

Die Gouverneurin nickte stumm. Seit Jahrhunderten hatte sich in Pasdan immer mehr die Ansicht durchgesetzt, nur die in die Gemeinschaft hineingeborenen Frauen seien auserwählt. Es gab keine »Bekehrungsversuche«.

»Wir wissen zu wenig«, sagte Barakuda. »Ich werde wohl meinen Erholungsurlaub noch ein bißchen aufschieben. Es ist ohnehin wieder Zeit für einen Routinebesuch in Pasdan, vielleicht ergeben sich dabei neue Erkenntnisse.«

»Was machen wir denn nun mit Ihren Listen?« sagte Hsiang. »Und – wer von uns ist es?«

Barakuda lächelte müde. »Wir haben von Motiven gesprochen. Ich glaube nicht, daß einer von uns acht ideologische Motive hat, zu deren Durchsetzung Waffen auf Shilgat nötig sind. Wir alle wissen viel zu gut, daß das Commonwealth riesig ist und seine Präsenz auf Shilgat nicht wegen einiger tausend Karabiner aufgibt.«

»Bliebe Geld. Macht, jenseits der Macht, die uns unsere Ämter verleihen, ist nicht durchsetzbar.«

»Ich könnte Geld brauchen. Ich scheide demnächst aus dem Dienst. Aguilar ist verfressen, er könnte Geld brauchen, um sich ein privates Luxusrestaurant oder eine Yacht mit Superkoch zu leisten. Thang? Vielleicht träumt er von einer eigenen Schule. Die Richterin? Der Präfekt? Maqari? Vilgram? Jeder könnte, aus welchen Gründen auch immer, bestechlich sein.«

»Sie haben mich vergessen.«

Dante lachte. »Verzeihung, Exzellenz – nein, ich habe Sie nicht vergessen. Das Privatvermögen Ihrer Familie reicht aus, um diesen Planeten und ein paar andere zu kaufen. Die paar Karabiner bringen nicht viel dazu. Außerdem weiß ich, weil ich Sie habe beobachten dürfen, daß Sie die Shil lieben und den Planeten so, wie er ist, erhalten wollen. Sie scheiden aus.«

»Sie ebenfalls, Dante. Machen wir uns nichts vor – Sie würden sich doch eher die übrigen noch heilen Arme und Beine abhacken und den Kopf dazu, bevor Sie zulassen, daß jemand Ihren Freunden Tremughati und Gortahork mit Karabinern droht. Was machen die Banyashil übrigens? Haben Sie etwas herausbekommen?«

»Nein. Tremughati wollte nichts sagen. Es sei etwas, das getan werden müsse. Ich glaube, Gortahork reitet gegen Nobregas Banditen, und Tremughati reitet mit ihren Jägerinnen gegen den Rest der zweiten Banditengruppe. Sie befürchten wohl, daß ich interveniere, wenn ich weiß, was sie planen, deshalb sagen sie mir nichts.«

»Sie meinen, die Banyashil sind entschlossen, notfalls den letzten Banditen an einen Baum zu hängen?«

»Darauf läuft es wohl hinaus. Die Räuber haben zahllose Banyashil ermordet, gefoltert, verstümmelt und geschändet.

Und bis wir zehntausend Karabiner eingesammelt und noch einmal so viele Räuber vor Gericht gestellt haben... «

»Trotzdem müssen wir wachsam sein und zusehen, daß wir das Schlimmste verhüten. – Wir sind aber nicht viel weiter als vorhin, Barakuda. Wem können wir trauen?«

»Keinem.«

Sie tauschten einen langen Blick. Schließlich sagte Hsiang: »Nun ja, auch damit werden wir fertig. Übrigens hat Atenoa noch nichts über einen Nachfolger für Sie verlauten lassen. Bleiben Sie?«

»Natürlich.«

»Dann schlage ich vor, Sie erledigen den Besuch in Pasdan. Ich glaube nicht, daß etwas dabei herauskommt, aber wir sollten ihn auch nicht ausfallen lassen. Und sobald Sie zurück sind, bringen Sie die Listen ins Palais. Wir gehen sie gemeinsam durch.«

Barakuda lachte gepreßt. »Wissen Sie, worauf Sie sich da einlassen? Das wird viele Tage dauern, Madame.«

Die Gouverneurin lächelte. Zum ersten Mal bemerkte Dante, daß sich dabei Grübchen in ihren Wangen bildeten. »Wir werden sehr viel Tee trinken.«

Aus: Mythen und Legenden der Banyashil,
Uglesa Husmin, Cadhras 456

»... Zwischen Wäldern, die fast zwei Drittel von Pangotajdir bedeckten, lebten sie in gläsernen Labyrinthen, fantastischen Städten, die in den Seen der künstlich verbreiterten Ströme standen. Die Glas- und Kristalldome waren erfüllt vom Rauschen des Stroms, vom Wispern des Winds, vom Sang des Regens; die unendlichen, verwinkelten Korridore und Hallen tief unter dem Flußbett bargen in ihrem Mittelpunkt Kammern der Stille und des Unlichts. Die Pangoshil nutzten die Kraft des Stroms zu vielen Dingen; über Turbinen gewannen sie Elektrizität; sie leiteten Wasser durch gläserne Leitungen, die erhitzt wurden. Das erwärmte Wasser, mit Leuchtstoffen angereichert, heizte die tiefliegenden Teile des Labyrinths; dabei glommen die Glasröhren, und mit den farbigen Gläsern und Kristallen der Wände und den Lichtern der Tiefe ergaben sie betäubende, belebende, träumeri-

sche und albträumerische Effekte. Es gab Kammern des Denkens, nur von jenen Farben erfüllt, die der Konzentration dienten; Kammern der Liebe, der Heilung, der Versenkung, der Nahrung, der Verwirrung, der Disputation, des Entsetzens, der Erinnerung... Und die Kammern der Stille und des Unlichts. Wenn die Bewohner der gläsernen Heimstätten ihr Ende nahen fühlten, begaben sie sich auf die Suche nach diesem Zentrum ihrer Welten. Dort legten sie sich zur Ruhe. Nach einem Leben in Licht und Lauten öffnete die dunkle Stille die Schleusen des Daseins, und das Leben floß aus den Menschen wie das Wasser aus den Ventilen am unteren Ende der Städte. Dort brachten Künstler zungenförmige Blätter aus Kristall an, und wenn das Wasser die Städte verließ, floß es über die Zungen, die unterschiedlich lang, breit und dünn waren und die Städte mit den seltsamsten Tönen füllten. Auch diese Musik war in den Kammern der Stille nicht zu hören; es hieß, daß die Sterbenden dort Todeslieder sangen, um sich von den Banden des Lebens zu lösen.

Als die Mütter mit moderner Technik und Strahl- und Feuerwaffen landeten, fanden sie ein fruchtbares Land vor, das bewaldet war, aber so gut wie ungenutzt. Die Mütter hätten das Land bebauen und die Pangoshil in ihren kristallenen Traumstädten lassen können, aber sie zerstörten Pangotajdir. Und die Pangoshil waren weder kriegerisch noch überhaupt in der Lage, sich zu wehren.«

XIII.

Mit verklebten Augen schaute Barakuda aus dem Fenster seines Wohnraums und wußte, daß ein weiterer heißer Spätsommertag bevorstand. Über dem Meer lag Dunst, die Masten auf der Reede von Cadhras schienen Dante durch Schleier milde zuzunicken.

Er seufzte. Die Dusche weckte ihn nur teilweise. Vor dem von Wasserdampf blinden Spiegel rasierte er sich naß und schnitt sich. Die Narbe auf der linken Wange wurde einen Millimeter länger, aber nicht schöner. Barfuß tappte er ins Wohnzimmer, ließ sich die Füße vom Teppich trocknen und frottierte sein ergrauendes Kraushaar. Er zog frische Wäsche an, stieg in eine helle Leinenhose, weiche Slipper aus P'aodhu-Leder und ein Khakihemd. Die Uniformjacke mit vollgestopften Taschen hängte er sich über die Schulter; dann verließ er seine Wohnung.

Vor Sonnenaufgang war es kühl. Er zog die Jacke an. Die Kopfsteine waren betaut und rutschig. Barakuda setzte sich auf einen Poller und frühstückte eine Zigarette.

Das rechteckige Hafenbecken war fast leer. Am Südende des Hafens lagen vor den kleinen Docks der Schiffbauer reparaturbedürftige Boote. Der Rest war Brackwasser, das leicht schwappte und einige Ruderboote und kleine Leichter schaukelte.

Aus einem Haus an der Nordseite des Beckens trat Sergeant Lugo Bondak. Er lebte dort mit einer temperamentvollen Shil zusammen, die aus einer früheren Verbindung fünf Töchter hatte. Drei von ihnen fuhren als Hochseefischerinnen und schleppten bei ihren Landaufenthalten jeweils wechselnde Freunde ins Haus – manchmal auch die gleichen in neuen Konstellationen. Barakuda war oft Gast bei den Fischgelagen, Bondaks Lebensgefährtin kochte entsetzlich gut.

Dante erhob sich und nickte dem Mann zu. »Morgen, *sirján*«. Dann schnüffelte er. »Haben Sie auf Fisch übernachtet?«

Bondak grinste müde, die Ringe um seine Augen bildeten Ellipsoide. Er klopfte auf seine Jackentasche. »Morgen, Boß. Freßpaket. – Und beste Empfehlungen.«

Sie verließen den Kai. Zwei unwirsche Pferde zerrten den Wagen einer Molkerei über das Pflaster des Bulvar Magellan. Der Kutscher war vermutlich taub. Bondak steckte einen Finger ins Ohr und blickte dem scheppernden Gefährt nach. Es fuhr zur Esplanade an der langen Bucht.

Das einzige Lebenszeichen auf der Plaza Atenoa war leiser: ein mürrischer Nachtportier. Er stand vor einer halboffenen Hoteltür, die Hände auf dem Rücken verschränkt. Über dem linken Ohr trug er eine Art *képi*. Er starrte auf die abstrakte Plastik in der Mitte der Plaza, dabei wippte er langsam auf und nieder. Die kalte Zigarette im Mundwinkel folgte gegenläufig den Bewegungen.

Als sie die Garnison erreichten, rötete sich der Himmel. Bondak begrüßte die anderen Männer und stieg in den schweren Gleiter. »Check!« sagte er laut.

Sarela McVities frisches Gesicht mit den graugrünen Augen war munter wie immer. »Morgen, Chef.« Der Nachtdienst schien spurlos an ihr vorübergegangen zu sein.

»Alles in Ordnung, *legata*?«

Die Leutnantin nickte. »Alles montiert. Und reichlich Proviant. Haben Sie schon gefrühstückt?«

Barakuda schüttelte den Kopf. Sie winkte ihm, ihr zu folgen. Auf dem Schreibtisch fanden sich eine Thermoskanne Kaffee, Becher und ein Stapel Sandwiches.

Eine halbe Stunde später hob der Gleiter ab. Einige Männer schliefen, sie hatten nachts den Gleiter vorbereitet. Dankbar nahm Dante wahr, daß Nardinis Augen geschlossen waren. Die beiden Korporale Sten Timoara und Kalef Vanzuid schnarchten leise.

Bondak saß an den Kontrollen. Die Hyperfunkstation blieb unter ihnen zurück, dann der Fusionsmeiler. Sie stiegen höher. Hinter ihnen ging Shalga strahlend auf

Learoyd hantierte mit der Kaffeemaschine. Die Morgensonne detonierte in seinem roten Schopf und verlieh ihm einen Unheiligenschein. Learoyd goß aus einer Flasche etwas in den Kaffeebecher. »Da, Chef. Zum Aufwärmen. Die Sonne ist ja so kalt.«

Dante nippte vorsichtig. Er schätzte den Anteil des Obstschnapses auf ein Drittel. »Sehr magenfreundliche Mischung, Terence.«

Bondak übergab die Kontrollen Kakoiannis. Leise kam der Sergeant nach hinten und setzte sich zu Dante und Learoyd. »Wo soll's langgehen?«

Sie beugten sich über die Karten. Die direkte Route Cadhras-Pasdan führte über das große Binnenmeer. Barakuda wies auf die küstennahen Berglande des Südkontinents. »Gashiri ist zwar nicht an der Reihe, aber wir sollten einen kleinen Umweg machen. Vielleicht haben unsere besonderen Freunde ja Neuigkeiten.«

Narciso Ping richtete sich auf. Die Haare standen zu Berge, sein gelbliches Gesicht war vorwurfsvoll. »Sie könnten nicht vielleicht Ihr klangvolles Organ etwas dämpfen, wie?«

Einige Zeit später überflogen sie die schroffen Bergketten, die bis an die Küste reichten und sich zu Inseln im Binnenmeer fortsetzten. In den Hochtälern und auf Plateaus lebten Taggashil. Aus der Höhe waren Dörfer, Umrisse von Feldern und Bergnester zu erkennen, wie Horste in schwindelerregenden Lagen.

Nach Westen fiel das Land zum großen Losabu und seinem

breiten Delta ab. Auch dort lebten Taggashil, in kleinen Städten und Dörfern. Die unendlichen Rieddschungel zwischen den Mündungsarmen des Losabu waren von der gleichen Farbe wie das lehmige Wasser des Flusses, das erst weit draußen im Meer allmählich türkis und ultramarin wurde.

Die nächste Bergkette: Der Gleiter flog über Hochland und Ruinen, die einst blühende Orte gewesen waren.

»Alles fertig?« Vanzuid, zuständig für die Beobachtungsgeräte, stand mit einem Becher Kaffee in der einen und einer fetten Wurst in der anderen Hand hinter Elorza und Kakoiannis, die die Steuerung der Sonden übernommen hatten.

Die beiden *suldaus* aktivierten die Geräte. Vanzuid biß in die Wurst. Ein fettiges Rinnsal troff von seinem Kinn. Er wischte mit dem Hemdsärmel und schlürfte Kaffee.

Grinsend blickte Barakuda durch die transparenten Seiten der Kuppel. Sie überflogen die Grenzfestungen von Gashiri.

»Meine Herren und Herren«, sagte Learoyd, »Sie überfliegen die *Anarchovegetarische Union der Ungläubigen Transzendentalisten.* Wunderbar ist die Vielzahl der Irren im All. Obwohl ich gern mal zu den, hm, Feiern von Gashiri eingeladen würde.«

Ping zwinkerte. »Da gibt's aber nicht viel zu trinken. Und der Rest geht sogar über deine Kondition.«

Vor Jahrhunderten hatten sich Flüchtlinge aus einem asketischen Kastensystem auf Arkturus VII in den fruchtbaren und dicht von Shil besiedelten Gebieten niedergelassen.

Die Urbevölkerung mußte etwa drei Millionen Shil gezählt haben: Sie lagen in Massengräbern und unter Ruinen. Seither existierte in Gashiri eine Verbindung von strenger Funktionshierarchie* mit agrarischem Urkommunismus, von öffentlichen Orgien mit einem Tabu des Zeugungsakts (was rasches Bevölkerungswachstum nicht ausschloß), von Atheismus mit strengem Glauben an Wiedergeburt.

Die Maschinen zeichneten auf. Gashiri zog unter dem Gleiter dahin: Vorposten, Festungen, Felder, Flüsse, die Hauptstadt Gashir, dann die höherliegenden Landesteile, die zu den westlichen Berggrenzen anstiegen. Erst die Auswertung der Aufnah-

---

* Tägliche Rotation in der Besetzung von Ämtern und Aufgaben.

men würde zeigen, ob es in Gashiri beunruhigende Neuheiten gab.

Am späten Nachmittag näherten sie sich ihrem Ziel. Shalga hatte sie überholt und berührte mit ihrer Scheibe den Pangotischen Ozean. Die Meerenge unter dem Gleiter war Blut. Der Bug deutete auf einen imaginären Punkt zwischen den Kaps Atlas und Herakles, welche die Mütter von Pasdan Atalanta und Hera, die Shil Banqa und Tanqa nannten. Diesmal saß Vanzuid selbst an den Beobachtungsgeräten. Hinter Kap Herakles begann das von der Außenwelt abgeschlossene Reich der Mütter.

Im Sinkflug näherten sie sich der Stadt. Unter ihnen tauchte der Freihafen auf, der einzige Ort im Matriarchat, den Fremde betreten durften, um Waren zu löschen oder zu stauen und Proviant und Wasser zu ergänzen – und vor Sonnenuntergang wieder auszulaufen.

Der innere, eigentliche Hafen (das Wort Kriegshafen drängte sich auf) und die Stadt – gewaltige Steinmauern aus Quadern, gehauen in den Pasdantiri-Bergen, die das Land von den Steppen, Sümpfen und Wüsten des Nordkontinents trennten, im Mittelpunkt der Heilige Hügel, mit Tempel und umwallter Zitadelle. Die Stadt Pasdan mochte an die siebzigtausend Einwohnerinnen haben, das ganze Land vielleicht eine halbe Million.

Die Landeschleife führte über die nördlich der Stadt liegenden Sklavenpferche und den Galgenberg. Er war ungenutzt.

Der Gleiter landete unterhalb der Zitadelle auf dem Platz, an dem die Verwaltungsgebäude lagen. Früher waren die Emissäre im Freihafen gelandet, wo sie oft lange warten mußten, bis eine Delegation der Mütter sich zu ihnen bequemte. Barakuda hatte das geändert. Er nickte den ausgesuchten Männern zu.

Timoara stieg als erster aus, ihm folgten Learoyd, der lange, dürre Vlad Oubou und Ping. Sie stellten sich neben dem Gleiter auf, die Karabiner geschultert.

Noch ehe Barakuda den Boden erreicht hatte, war der Gleiter umringt. Schlanke, großgewachsene Kriegerinnen riegelten die Zugänge zum Platz ab. Sie trugen leichte Kettenhemden, metallene Beinschienen und die mit vergoldeten Plättchen besetzten, von der Taille bis zur Mitte der Oberschenkel reichenden »Lendungen der Unberührbarkeit«. An den Ledergürteln der Wehrhaften Jungfrauen hingen kurze Schwerter mit zweischneidigen

Klingen und scharfen Spitzen, in den Händen hielten sie Langbogen.

Barakuda ignorierte die Sperrkette. Gefolgt von den vier Soldaten ging er zum Ratsgebäude. Hinter ihm klappte die Leiter zurück, der Gleiter stieg einige Meter. Die Gardistinnen gaben den Weg frei.

Neben dem Portal des Ratsgebäudes standen zu beiden Seiten Stelen, die sich nach oben verbreiterten und im Wappen von Pasdan endeten: dem Kreis mit zwei Kreuzen. Großflächig und erhaben war über dem Portal die abstrakte Darstellung eines Uterus mit Ovarien angebracht.

Im Eingang erwarteten drei Mütter den Emissär. Sie trugen togaähnliche Gewänder, die bis auf die Sandalen fielen. Zwei der Umhänge waren von der Farbe eines kräftigen Rotweins: ihre Trägerinnen waren demnach Gebietende Mütter oder Gebieterinnen. Schiffskommandantinnen, Ratsangehörige und Befehlshaberinnen von Tausendschaften der Wehrhaften Jungfrauen trugen diese Farbe. Die dritte Mutter war in ein Purpurgewand mit goldenen Kreuzkreisen gehüllt. Sie gehörte zur Kaste der Erzmütter und damit zur höchsten Stufe der Hierarchie: Hauptpriesterinnen und Kriegsmütter, die aus ihren Reihen die oberste Gebieterin wählten, die Scharlachprim.*

* Die Kasten von Pasdan entsprachen der Weltsicht des Matriarchats. Mädchen wurden von künstlich stimulierten Milch-, Zieh- und Lehrammen gesäugt, erzogen und ausgebildet; Jungen (»Aborte«) brachte man nach der Abnabelung aus den »Wiegen« in »Käfige«, wo Ziehsklaven sich um sie kümmerten, bis sie mit drei bis vier Jahren für Arbeiten verwendet werden konnten. Mädchen erhielten nach Beginn des »Makels« dauerhaft antizyklische Drogen und wurden Purgationsriten unterzogen; danach waren sie »rein« und gehörten bis zum 25. Lebensjahr den unterschiedlichen Graden der Dienenden, Werkenden oder Wehrhaften Jungfrauen an. Ab dem 16. Lebensjahr galten sie als erwachsen und konnten untereinander Liebesbeziehungen eingehen. Nach dem 25. Jahr mußten sie sich dreimal dem »Ekel der Frucht« unterziehen; sie erhielten empfängnissichernde Drogen, die die sensorischen Nerven ausschalteten, wurden maskiert und dann von ebenfalls maskierten, speziell präparierten Zeugesklaven befruchtet. Nach der ersten Geburt trugen sie orange, dann rosa, nach der dritten schließlich rote Togen und waren vollgültige Erst-, Zweit- und Hauptmütter. Ammen waren durch Zufall oder wegen besonderer Verdienste vom »Ekel« befreite Frauen in mutterähnlichem Rang. Aufstieg in der Hierarchie war nur Hauptmüttern möglich und abhängig von Leistungen in Verwaltung, Forschung o.ä.

Barakuda neigte gemessen den Kopf. »*Ave, madires*«, sagte er. Mit Absicht verwendete er nicht die antiquierte Form des Galaktein, die in Pasdan gesprochen wurde und *matres* verlangt hätte. »Erzmutter, Gebieterinnen, ich grüße Sie und überbringe die besten Wünsche des Gouvernements.«

Die Erzmutter machte eine Handbewegung, die man als Gruß auslegen mochte. Sie blickte an Barakuda vorbei auf seine Eskorte.

»Die tierischen Schlächter schänden die Heilige Stadt.«

»Die Männer sind keine Tiere, und sie sind Wehrhafte Krieger, nicht Schlächter. Außerdem ist der Boden Ihrer Stadt profan.« Er nickte den Soldaten zu. Sie präsentierten die Karabiner und nahmen neben dem Portal Aufstellung. Auf dem Platz bildeten die Gardistinnen weiter ihren Kreis.

»Aller Boden in Pasdan ist heilig«, sagte die Erzmutter.

»Heilig sind die Herzen der Menschen und ihre guten Absichten.«

»Wozu bringen Sie Waffen, Emissär?«

»Ein in Frieden kommender Gast sollte nicht mit Waffen begrüßt werden. Die Anwesenheit Wehrhafter Jungfrauen beleidigt und bedroht den Emissär.«

»Kommen Sie in den Freihafen, wenn Sie unbedingt kommen wollen. Dort entweihen Sie keinen Boden, und dort brauchen Sie keine Eskorte.«

»Der Emissär des Gouvernements entweiht nirgends Boden und ist überall willkommen, denn er vertritt das Gouvernement.«

»Hier ist er nicht willkommen. Das Abkommen ist für uns ohne Bedeutung, wie alle Machenschaften minderwertiger Tiere.«

»Sie irren. Das Shilgat-Abkommen ist für Sie von großer Bedeutung, denn es hindert Sie daran, die Bevölkerung dieser Welt auszurotten. Es ist gegen Sie gerichtet, also sollten Sie es besser hinnehmen. Können wir zur Sache kommen?«

Schweigend gingen die drei Frauen vor Barakuda her durch einen kahlen Korridor und traten in einen Raum.

Er brachte seine Anliegen vor. Es ging, wie üblich, um nicht eingehaltene Lieferverträge, Auseinandersetzungen mit anderen Schiffen und deren Besatzungen, Anfragen nach veränderten Lieferbedingungen oder geänderten Warenmengen, Verstöße von Jungfrauen und Offizierinnen gegen Praktiken und Verhaltensweisen, die in den angelaufenen Häfen üblich waren. All dies wurde schnell und eisig erörtert.

Schließlich stellte Barakuda einige vorsichtig formulierte Fragen. Man habe, wie den Müttern sicher bekannt sei, Probleme mit bewaffneten Banditen in der Steppe, und Gerüchten zufolge seien im Bereich des Binnenmeers ebenfalls Feuerwaffen gesehen oder verwendet worden. Die Erzmutter erwiderte lediglich, Auseinandersetzungen unter Tieren seien für Pasdan gänzlich bedeutungslos. Dante gab den Versuch auf, es war nichts zu erfahren. Zumindest nicht, solange nichts Greifbares vorlag, dem man nachgehen konnte.

Nach dem Start herrschte zunächst Schweigen. Dann schob Timoara seufzend den leichten Helm in den Nacken. »Und auch beim dritten Mal hatte ich dauernd das Gefühl, jemand steht hinter mir und fährt mit einem eiskalten Messer einen Millimeter über meiner Wirbelsäule entlang.«

Ping goß mit Schnaps versetzten Kaffee in Becher und verteilte sie.

Barakuda nippte an dem heißen Gebräu und legte die Füße auf einen Sitz. »Was, glauben Sie, ist mit meiner Wirbelsäule, wenn ich da im Ratsgebäude sitze, Sten?«

Acht Stunden, mit kurzen Pausen, arbeitete er jeden Tag im Palais mit der Gouverneurin über den Listen. Sie hatten einen kleinen Konferenzraum ausgewählt, dessen Balkon über dem Meer lag. Die Einrichtung war teils funktionell, teils erlesen. Schlichte Stühle aus schwarzem Tungbaholz, bespannt mit P'aodhuleder, und ein großer, ebenfalls schwarzer Tisch, auf dem sich Papiere stapelten, versanken in kostbaren, weichen Teppichen aus der Nordsteppe. An einer Wand hingen, über einer mit Polarfellen bezogenen Couch, alte Kartendrucke aus Sa'orq in Eisenholzrahmen. Das Regal an der gegenüberliegenden Wand enthielt Bücher, zum Teil aus Sa'orq oder Kelgarla, und neben der Tür stand ein unbezahlbarer Schrank aus altem Eisenholz, dessen Oberfläche Szenen aus einer längst aufgegebenen Mythologie von Golgit zeigte.

Sie tranken teuren Importtee, und zum gegenseitigem Respekt kam eine gewisse unpersönliche Vertrautheit. Irgendwann am dritten Abend sagte Barakuda: »Exzellenz, geben Sie mir doch bitte dieses Blatt da.«

Die Gouverneurin reichte es ihm, ohne aufzublicken. Dann hob sie den Kopf und sah ihn an. Sie hatte Schatten unter den Augen, trug einen hellgrünen Kaftan, war barfuß und wie immer souverän. »Hören Sie, Dante, das ist die Anrede für offizielle Anlässe. Solange wir hier Papiere wälzen, können Sie mich ruhig Lydia nennen. Wenn Sie wollen.«

»Mit Vergnügen, Lydia.«

Nach und nach wuchsen Dante ebenfalls Schatten unter den Augen; Konzentration und Anspannung machten sich bemerkbar, die Schulter schmerzte, und er wußte, daß er die Erholungspause nicht mehr lange aufschieben konnte.

Diese Spätsommertage waren drückend schwül, aber das Gewitter wollte nicht kommen. Am Nachmittag des siebten Papierkriegstages im Palais brauten sich endlich Wolken über dem Hinterland zusammen.

Barakuda brütete schweißüberströmt über den Listen, er mußte sich immer wieder Gesicht und Hände trocknen, um nicht durch Flecken alles unleserlich zu machen. Die Gouverneurin war kühl wie immer. An diesem Abend trug sie einen bis zum halben Oberschenkel geschlitzten weißen Kaftan mit weiten Ärmeln, die sie manchmal bis zu den Schultern hinaufschob. Die Fenster waren geöffnet; die trockene Luft der wieder arbeitenden Klimaanlage wäre auf die Dauer noch unerträglicher gewesen als die Hitze. Selten perlte ein Tröpfchen auf der glatten Haut der Gouverneurin, und wenn Barakuda es zufällig bemerkte, empfand er es nicht als erniedrigend. Der Schweißtropfen machte Lydia Hsiang noch kühler.

Er erhob sich und suchte zwischen halbleeren Teetassen und überquellenden Aschenbechern Blätter aus verschiedenen Stapeln zusammen. Ein jäher Blitz erhellte für einen Moment die Küste unter dem Palais.

»Das wär's«, sagte Barakuda. Er meinte das Gewitter und die Listen, denn sie hatten die erhofften Daten ermittelt. Die Gouverneurin blickte auf, wischte mit dem Ärmel über die Stirn; dann erhob sie sich und kam um den Tisch herum, um kalten Tee nachzugießen. Ihr Ärmel streifte Barakudas Arm.

Plötzlich küßten sie einander gierig und ausdauernd wie zwei Dürstende. Hsiang zog ihn zur Couch, die sie mit einer Handbewegung vom Papier befreite. Barakuda stellte fest, daß sie nichts unter ihrem Kaftan trug und allenthalben kühl war, und er wußte, daß er nicht mehr als die Oberfläche dieser glatten Haut würde berühren können.

Später tranken sie kalten Tee. Dante tastete zwischen den Kleidern am Boden nach seinen Zigaretten. Die Gouverneurin ging zum Fenster. Sie sah in die zuckende Nacht hinaus und hob die Arme, als wolle sie den frischen Wind umarmen. Barakuda betrachtete sie und fragte sich, ob er träumte.

Sie wandte sich um, fand seinen Blick, setzte sich zu ihm und sah ihn an. »Das wär's.« Einer ihrer Mundwinkel zuckte. »Es ist unmöglich, das wissen Sie. Wir sollten es einen gelöschten Durst nennen.«

Barakuda streckte die Hand aus und folgte der Linie ihres Halses vom Ohr zur Schulter. »Ich weiß. Ihr Vorgänger hatte die Vorschriften vergessen.«

Hsiang starrte auf den dunkelroten Teppich. »Sie gelten für den Gouverneur auch einem ausgeschiedenen Mitglied des Krisenrats gegenüber.« Dann berührte sie die Narbe unter seinem Schlüsselbein und sagte tonlos: »Wir sollten uns anziehen, glaube ich.«

Barakuda breitete die Liste auf dem Tisch aus. »Hier«, sagte er, mühsam konzentriert. »Siebenmal in dreieinhalb Jahren war der Frachter *Nadir* hier. Er landet immer vormittags. Innerhalb der nächsten drei Tage läuft jedesmal das Boot *Varli Soleyn* aus Pasdan den Hafen Cadhras an, mit Waren.«

Die Gouverneurin leerte ihre Teetasse. »Wann ist die *Nadir* wieder fällig?«

»Genau weiß ich es nicht, aber ich glaube, so in etwa vierzig bis fünfzig Tagen, gegen Anfang der Endzeit. Vorher kaum.«

»Gut. Dann haben wir Zeit. Wir brauchen Beweise. Entweder passiert bis dahin etwas, oder wir müssen warten, ob die *Nadir* etwas an Bord hat. Wenn ja, können wir handeln. Wenn nein, müssen wir uns etwas einfallen lassen.«

»Wir werden nichts weitergeben. Kein Anlaß, Verdacht gegen die *Nadir* zu haben. Und – keine Dossiers über Personen von

Gaia anfordern, keine Nachforschungen, nichts, was jemanden alarmieren könnte.«

»Dieses Matriarchinnenboot, *Varli Soleyn*, das klingt wie ein Personenname.«

»Wahrscheinlich. Aber der Name sagt mir nichts.«

»Vermutlich unwichtig. Jedenfalls haben wir zunächst Zeit. Kein Grund also, Ihren Erholungsurlaub weiter hinauszuschieben. Ich möchte Sie auf dem Posten und in Form haben, wenn es losgeht.«

»Ist das ein Befehl?«

»Ein dienstlicher Befehl. Und eine Empfehlung unter Freunden.«

Aus: Tagebuch II *von Florisa de Clare, Gaia 118*
(Manuskript)

»... Die Gebietende Mutter, die mich nach der Ermordung meiner Begleiter gerettet hatte, zeigte mir eines Tages ein Exemplar des Heiligen Buches von Varli Soleyn. Über seinen Ursprung ist wenig bekannt; in Pasdan heißt es, die Schrift sei bereits alt gewesen, als die Urmütter nach Shilgat kamen. Das Werk enthält die Grundlagen der Weltsicht, aber auch Hinweise, wie zu verfahren sei, um das Große Ziel zu erreichen. Da ich nach der langen Zeit nicht wörtlich zitieren kann, muß ich mich auf Paraphrasen beschränken, so wie mein Gedächtnis sie hergibt.

Es heißt da gleich zu Anfang, das Große Ziel sei die Zerstörung der Staatsformen, die Abschaffung der unkreativen Arbeit und vor allem die Beseitigung des männlichen Geschlechts, das für all diese Monstrositäten verantwortlich sei. Man müsse die Fortpflanzung ohne Männer anstreben, dann seien nur noch Frauen zu zeugen. Ohnehin sei der Mann ein biologischer Unfall; sein Y-Chromosom sei ein defektes weibliches X-Chromosom, der Mann somit eine verkrüppelte Frau, eine wandelnde Abtreibung. Er übe negative Magie aus: Was er berühre, werde zu Kot. Da er kein Eigenleben besitze, begreife er das Leben als absurd und unterwerfe sich äußeren Zwängen – Kontrolle, Staat, Führerschaft, Religion –, um seine innere Leere zu vergessen. Eine Gesellschaft rationaler Frauen sei auf derlei Zwangsvorstellungen nicht angewiesen.

(Varli Soleyn schrieb auch, Kriege und militärische Organisationen seien lächerliche Versuche der Männer, ihr minderwertiges Geschlechtsleben in einer kosmischen Penetration zu überkompensieren und dabei auch ihre – von den Frauen zu fördernde – Todessehnsucht zu erfüllen. Im Gegensatz hierzu sei das Zusammenleben von Frauen in militärischen Verbänden lobenswerte Kameradschaft.)

Ich fragte weiter, weshalb die Mütter nicht wenigstens die Shil-Frauen zu befreien statt auszurotten suchten. Die Gebietende Mutter erklärte, es gebe eine starke Fraktion, die nur die in Pasdan geborenen Frauen als Auserwählte betrachte; selten komme es – wie bei mir – zu Ausnahmen, und in der Zukunft werde diese Fraktion wohl die Politik bestimmen. Außerdem seien alle Shil, gleich welchen Geschlechts, zur Bildung des angestrebten künftigen Gemeinwesens unfähig, da ihre Sprache es ihnen unmöglich mache, die grundlegenden Begriffe (ich nehme an, hiermit sind kosmische Ordnungsvorstellungen wie ›Welt‹, ›Realität‹ etc. gemeint) als wirklich hinzunehmen. Alle Shil-Sprachen behandelten materiell nicht faßbare Dinge, z. B. alles Weltanschauliche, als ästhetisches Spiel ohne realen Wert und seien daher ungeeignet zur Errichtung dauerhafter Gebilde, die auf Wertvorstellungen beruhen... «

XIV.

Der Hafenort Tashila, am Ostgestade von Huasiringa, war eine alte Shil-Gründung mit etwa 5000 Einwohnern. In der fruchtbaren Ebene nördlich der Stadt wurde Landwirtschaft betrieben, südlich stieg das Land schnell an; dort gab es nur noch Felsen und – in langen, einsamen Tälern – Einödhöfe und winzige Weiler. Die hohen Tamar-Berge trennten Huasiringas Ostteil vom niedrigen Sumpf- und Dschungelland, Hauptmasse und Hauptattraktion der Insel.

Die Feriensiedlung existierte seit etwa 100 Jahren: ein großes Hotel, dazu Bungalows an einer flachen Bucht. Touristen konnten angeln, wandern, baden, Bootstouren unternehmen oder jenseits der Berge – die zu Fuß zu überqueren waren – Safaris gegen die gefährliche Tierwelt unternehmen. Der Westteil war praktisch unbewohnt, die Küste bestand aus Lagunen hinter Riffen und Sandbänken, der Rest war Dschungel und Sumpf. Dort gab es Nattern, deren Biß innerhalb einer Stunde zum Tod führte. An verschiedenen Stellen wuchsen Fleischbäume, die mit lianenartigen Auswüchsen Tiere und Menschen fingen und einer Speiseöffnung im Unterteil des Stammes zuführten. In den Sümpfen und Dschungelseen hausten mehrere Sorten Alligatoren, die größten von ihnen bis zu sieben Meter lang, sie bevorzugten Touristen als Diät. Es gab wandernde Ätznelken, die sich der Umgebung anpaßten, so daß die Sicherheitsdistanz von zwei Metern (so weit sprühten sie ihre Säure) nicht immer einzuhalten war. Vor allem aber gab es den Shihueti, eine riesige Raubkatze mit reißenden Fängen und mächtigen Pranken. Wer in den Dschungeln auf Safari gehen wollte, war auf Pfeil, Bogen und Messer angewiesen. Zahllose kleinere Katzen mit schönem Fell standen nicht so hoch im Kurs wie der Shihueti, dessen silbergraue Decke mit verschlungenen Goldzeichnungen als Trophäe unter Fachleuten für unvergleichlichen Ruhm sorgte, als Handelsobjekt unvergleichlich teuer war. Aber im Commonwealth übernahm keine Versicherung das Risiko einer Shihueti-Jagd; die Safaritouristen unterzeichneten vor Beginn des Unternehmens eine Erklärung, in der sie die Veranstalter von jeglicher Verantwortung entbanden. Für das letzte Jahrzehnt verzeichnete die Statistik 30 erlegte Shihuetis und 87 zerrissene Touristen. Hinzu kamen jene, die im Sumpf versunken, von Fleischbäumen gefressen, von Ätznelken zersetzt, von Sumpfnattern vergiftet oder von Alligatoren zerstückelt worden waren.

Das *Grand Hotel* war ein zweigeschossiger weißer Bau zwischen den Klippen und dem Küstenwald. Die Bungalows lagen ohne Sichtverbindung untereinander an Buchten, umgeben von üppigen Orchideenhecken und Zinnobersträuchern. Tashila war eine Ansammlung massiver, dunkler Holzhäuser um einen Naturhafen mit Fischerbooten. Die Luxusclipper wirkten fehl am Platz.

Am zweiten Tag inspizierte Barakuda die Fischerkneipen von Tashila. Als die Rede auf die Touristen kam, zitierte ein alter Shil eine Legende.

»Die Götter waren kurz nach Beginn unzufrieden mit der Lage der Dinge, da zum Erreichen der Stabilität eine gewisse Ordnung gehörte, die ihnen langweilig erschien. So förderten sie dann im Rahmen der unabdingbaren Naturgesetze das Chaos, und wunderbar ist ihr Tierreich geworden. Dieser Vogel« – er wies auf ein graugelbes Tier, ähnlich einer Krähe. Es hockte träge schaukelnd auf einer Rah und musterte die Fische, die eine weibliche Bootsbesatzung körbeweise an Land schleppte – »sitzt dort und wägt ab. Bald wird er einen Fisch nehmen und zu den Klippen fliegen, um ihn zu verzehren. Er baut ein Nest und sucht einen Partner, sein Leben hindurch rackert er sich ab, um stark genug für die Paarung und den Nestbau zu sein. Wenn die Eier gelegt sind, bedecken die Vögel sie mit bestimmten Moosen, die Sonnenhitze speichern. Danach verstopfen sie ihre Schnäbel mit Kräutern, beschmieren die Flügel mit Lehm und stürzen sich von den Klippen zu Tode. Und du willst, daß ich mich über die Jäger wundere?«

Die meisten Feuerwaffen waren nach Tashila geliefert worden, an eine nichtexistente Adresse. Barakuda erfuhr lediglich, die Lieferungen seien von der Hafenwerkerzunft angenommen und gelagert worden. Innerhalb weniger Tage sei jeweils ein großer Segler ohne auffällige Kennzeichen, bedient von Shil und Mulis, in den Hafen eingelaufen. Die Besatzung habe die Gebühren entrichtet und die Lieferungen mitgenommen. Sie seien nach Norden gesegelt.

Barakuda erholte sich ausgezeichnet. Das Hotel hatte eine gute Küche und erstklassiges Personal. Er schlief in einem luxuriösen Bungalow, schwamm viel, las mehr und verbrachte die Abende lieber im Hafen von Tashila als im Hotel. Das gesellschaftliche Leben und die organisierte Unterhaltung ließen ihn kalt.

Nach einigen Tagen erfuhr er über Funk aus Cadhras, daß es nichts Neues gab. Maqari kündigte ihm lediglich an, einer seiner Kundschaftet, ein Banyashil namens Avlok, sei zu ihm unterwegs, von Golazin aus, einer Hafenstadt weiter im Westen des Nordkontinents.

Im *Grand Hotel* redete man über einen auffälligen Touristen namens Gerames, der die Statistik verändert hatte. Der Mann war vor wenigen Tagen von einer Safari aus dem Westteil Huasiringas zurückgekehrt, mit den Häuten dreier Großalligatoren, den Fellen eines halben Dutzends kleinerer Katzen und – zwei Shihuetidecken. In der vom Hotel geführten Liste stand er damit an zweiter Stelle hinter einem Gast, der es vor 50 Jahren auf drei

Shihuetis gebracht hatte. Der Aushang am Schwarzen Brett in der Halle führte aber auch drei Jagdtouristen auf, die nicht von der Safari zurückgekommen waren, von Shihuetis zerrissen. Eines der beiden von Gerames erlegten Tiere hatte zwei Touristen erlegt.

An seinem neunten Tag lag Barakuda dösend im heißen Sand unterhalb des Bungalows. Er hörte Schritte. Eine Stimme sagte vorsichtig: »Chef, schläfst du?«

Avlok hockte sich zu ihm, rauchte eine Zigarette und berichtete über merkwürdige Vorgänge in der Stadt und im Flußland. »Die Wege werden unsicher. Auf dem Wasser kommt man noch vorwärts, aber auf dem Land sind alle Büsche Ohren und die Nächte Dolche.«

Scharmützel zwischen Händlergruppen und Wegelagerern, Karawanen, die längst fällig waren und ausblieben, Leichen, die den Golzain hinabtrieben. »Ich dachte, es wäre besser, dies weiterzugehen, ehe mich der große schwere Schlaf ohne Morgen erwischt.«

»Lebende Kundschafter ziehe ich toten Helden vor; es ist angebracht, den Rücken vor zusätzlichen Körperöffnungen zu hüten. Sprich weiter.«

»Die Matriarchinnen überziehen die Steppe mit Spitzeln und Gruppen ihrer Kriegerinnen. Was wollen sie so weit im Osten?« Avlok berichtete, er sei den Fluß hinaufgeritten und habe verbrannte Dörfer gefunden. Mehrmals sei er knapp dem Tod durch Pfeile entronnen, auch habe er Feuerwaffen gesehen und gehört. In den Buschlanden am südlichen Golzain seien jüngst viele Gräber angelegt worden, aber niemand habe bisher Lust verspürt, sie zu öffnen. Auch wisse keiner, wer sie gegraben habe, allerdings gebe es Gerüchte, denen zufolge Jägerinnen der Banyashil, viele tausend Kilometer von ihrer Steppenheimat entfernt, einen stummen Buschkrieg mit versprengten Banditen und Streifen aus Pasdan führten.

Abends aß Barakuda im Speisesaal des Hotels, der mit orangefarbenen Marmorfliesen ausgelegt war. Nach dem Essen sprach er mit dem Manager und zog sich dann mit einer Karaffe Wein in die Bibliothek zurück.

Über das Matriarchat von Pasdan gab es nur wenige Unterlagen, die mehr enthielten als Gerüchte. In Cadhras, in der Bibliothek des Gouvernements ebenso wie in der des Territoriums, gab es reichhaltige Bestände an Lesewürfeln, aber kaum ältere Bücher. Gleiches galt für die diversen Institute auf der Schul- und Universitätsinsel Corilia, die über ein Tiefseekabel mit Strom aus dem Isthmus versorgt wurde. Die *mikrolibros* waren nur mit Geräten zu lesen, zu deren Betrieb Elektrizität benötigt wurde. Huasiringa lag fast 2000 Kilometer von den Küsten des Isthmus entfernt, damit auch vom Fusionsmeiler bei Cadhras. Lesegeräte und *mikrolibros* waren hier nicht zu finden. In der Bibliothek mit ihren dunklen Eichenpaneelen, schwarzgebeizten Regalen aus Shilgat-Esche, bequemen Polstersesseln und Kerzenhaltern samt gleißenden Reflektoren gab es nur Bücher. Es war viel Unterhaltungslektüre, aber auch ortsbezogenes Material dabei, und Barakuda, der bei seinen Nachforschungen in Cadhras immer wieder auf Zitate aus nicht mikrolibrierten Büchern gestoßen war, hoffte einige dieser Texte in der Bibliothek zu finden. Sie enthielt jedoch nur die üblichen Werke über den Planeten Shilgat, die er sämtlich kannte, und von denen er die meisten geringschätzte. *Erbgott, Fischfisch und Stadtsklave – Institutionen der Shil auf Shilgat,* das Werk eines Reisejournalisten namens Ireneo Fnuse, der über der Aufzählung oft falscher Details eine Untersuchung ihrer Bedeutung vergessen hatte; *Linguistische Betrachtungen: Banyashilgu* von Berengar Z. Golyubin, eine Arbeit mit verdienstvollen darstellenden Kapiteln und waghalsigen Hypothesen im Hauptteil; *Geschichte von Shilgat* von Isis Myrer – ein von pseudowissenschaftlichen Termini durchsetztes Werk, dessen Hauptproblem der Titel war, da es keine Geschichte von Shilgat gab; daran litt auch die *Untersuchung der Annalen von Sa'orq* aus der Feder eines akademischen Schwätzers namens Shalmassi Vankvard, der zwei Wochen in Cadhras verbracht, Fischern und Händlern gelauscht und dann diese Arbeit vorgelegt hatte – ein Werk, in dem behauptet wurde, Sa'orq, vermutlich älteste Stadt auf Shilgat, sei eine Ratsdemokratie und seine Annalen (die der Autor nie gesehen hatte) enthielten eine Fülle interessanter Berichte, die er im Anschluß daran zitierte: wiederum Legenden und Märchen.* Ferner standen in den Re-

* Die Sa'orqi halten Kriege und Dynastien für allfällig und daher nicht aufzeichnenswert; die Annalen reichen fast 30.000 Jahre zurück und verzeich-

galen *Handbuch des Shihueti-Jägers auf Huasiringa* von Julo Bonotze; *Ich zog mit der Nordkarawane* von Flimmer Bundobust; *Die Irren von Pasdan, Banyadir und Gashiri* von Eira Enxol, ein Buch, das Barakuda kannte und dessen Titel er schätzte, das aber keine substantiellen Nachrichten enthielt; *Mythen und Legenden der Banyashil* von Uglesa Husmin, außerdem die offiziellen Handbücher, Gesetzestexte usw.

Barakuda gab die Suche auf und widmete sich der Lektüre von Band LXII des *Lexikons der bewohnten Welten* (»Sa-Smu«). Er blätterte »Shilgat« durch, entdeckte nichts Neues und stieß dafür weiter hinten auf eine fesselnde Darstellung der »Formen des sanktionierten Totschlags durch Lob und Handlesekunst sowie Bauchpinseln bei den Drogol von Skaamtgi IV«, in die er sich lächelnd vertiefte.

Kurze Zeit später trat der Manager mit einem breitschultrigen Touristen ein, den er als Gildor Gerames vorstellte. »Nachdem Sie mich zu diesen Matriarchinnen befragt hatten«, sagte der Manager, »fiel mir ein, daß *dom* Gerames vor einiger Zeit ebenfalls etwas über Pasdan wissen wollte.« Er ließ sie allein.

Barakuda musterte Gerames. Der Mann war einen halben Kopf größer als er und schwarzgebrannt von der Sonne. Er trug einen cremefarbenen Strandanzug und ein transparentes Seidenhemd, aus dem die titanische Brustbehaarung quoll. Ein kantiger Schädel mit einer kurzen Matte blaugrauen Haares, wulstige Lippen, wuchtiges Kinn und grellgraue Augen – der Mann gab ein formidables Bild ab. Barakuda hatte ihn schon mehrfach von weitem gesehen, meist mit wechselnden Gespielinnen der Luxusklasse.

Gerames balancierte auf dem Handteller seiner Rechten eine Flasche Wein und zwei Pharlit-Gläser. Als er diese wichtigen Ob-

---

nen nichts als bemerkenswerte Scherze, Anekdoten, Bizarrerien. – Die erfundenen und verhöhnten Götter von Sa'orq thronen am Nachthimmel und schauen, der Überlieferung nach, niemals hin. Sa'orq wird von einer Theologenkaste regiert; die Priester halten es für ein verzweiflungsvolles Unterfangen, auf göttliche Offenbarungen zu warten, da a) Götter nicht existieren, sich b) vorwiegend Geisteskranken aufdrängen und c) in einem absurden Chaos göttliche Gesetze stören würden. Die mutmaßlichen Weisungen werden daher von den Priestern in einer Art Lotterie ermittelt, die dem Gemeinwohl folgt und dient. – Die Gottheit ist in der Stadt erblich; Erbgott wird jeweils ein Schwachsinniger.

jekte auf den Tisch in der Sitzecke gestellt hatte, schüttelte er Barakudas Hand mit einem mörderischen Griff. Dann zog er ein Buch aus seiner Jacke und legte es auf die Platte.

»Hier. Hab ich vor Jahren in einem Antiquariat gefunden und aus reiner Neugier gekauft – Kuriosität, Sie verstehen. Es ist der zweite Band. Ich hatte gehofft, auf Shilgat den ersten zu finden. Vor ein paar Tagen hab ich mich mit dem Geschäftsführer darüber unterhalten. Das ist ihm jetzt eingefallen. Wer sind Sie eigentlich?«

Barakuda umschrieb in dürren Worten seine Noch-Funktion.

Gerames grinste. »Netter Job, aber meiner ist besser.«

Er besaß auf Osiris, einem der Antares-Planeten, eine Fabrik für Sportgleiter, ultrateure Raumyachten und ähnlich kostspielige Gegenstände. Er konnte sich den Luxusurlaub auf Shilgat ebenso leisten wie den Wein, den Barakuda verstört betrachtete: ein dreißigjähriger Chambertin, abgefüllt vom Erzeuger. Weine und melancholische Kunst, das war fast alles, was die alte Erde noch produzierte. Der *Grand Cru* stand mit 800 Drachmen auf der Karte.

»Sie sehen aber nicht so aus, als ob Sie sich in Antiquariaten wohlfühlten.«

Gerames lachte und entblößte zwei Reihen blitzender Zähne. »Sie irren. Alles, was teuer ist, übt eine gewisse Anziehungskraft auf mich aus. Dieses Werk gehörte damals dazu. Außerdem bin ich nur halb so beschränkt, wie ich in Ihren Augen offenbar wirke.«

Barakuda grinste und griff nach dem Buch. Es handelte sich um ein gebundenes Manuskript in einer gestochenen Handschrift. Das erste Blatt trug den Titel *Zweiter Teil – Fortsetzung der Lehren der Heiligen Mütter von Pasdan; meine Aufnahme als Novizin und Flucht; CT 114-117. Florisa De Clare, Gaia, 118.*

»Ich habe das einige Male gründlich gelesen«, sagte Gerames. »Es ist so ungefähr der abstruseste Blödsinn, von dem ich je gehört habe. Allerdings macht es einen in sich so geschlossenen Eindruck, daß ich es für wahr halte.«

Barakuda begann vorsichtig zu blättern.

Gerames goß beide Gläser voll und reichte ihm eines. »Ich nehme an, Sie trinken notfalls ein wenig Wein. Übrigens können Sie bei dem Bändchen zupacken, ich habe die Seiten behandeln lassen.«

»Danke, ich trinke gern einen Schluck von Ihrem Wein, vor allem, weil ich ihn mir nicht leisten kann.« Barakuda roch, schnüffelte, inhalierte. Sie tranken einander zu. Es war, als explodiere ein vielfarbiges Geschmacksfeuerwerk auf Barakudas Zunge. Andächtig setzte er das Glas wieder ab.

»Das ist eine gute Sache.«

Gerames hob die Brauen. »Reden wir vom Buch. Ich habe mich mit der über den bewohnten Kosmos verstreuten Sippe der De Clares in Verbindung gesetzt. Offenbar weiß keiner etwas. Vor einiger Zeit hatte ich auf der Erde zu tun und kam auf den Gedanken, nachzusehen, ob da noch De Clares existieren. Es gibt sie noch. Sie sitzen in alten Familienhorsten in Irland herum und halten wenig von der verstreichenden Zeit. Diese Florisa hat es gegeben, und die Daten scheinen zu stimmen. Sie muß lange vor der Unterzeichnung des Shilgat-Abkommens hier gewesen sein.«

Barakuda nickte. »Das Abkommen wurde 198 unterzeichnet; wenn sie tatsächlich zwischen 114 und 117 in Pasdan war, wäre das neben ein paar Logbüchern der erste zusammenhängende Text über Shilgat. Abgesehen natürlich von den alten Aufzeichnungen der Shil.«

Gerames winkte ab. »Sie meinen die Annalen von Sa'orq und so was? Ich habe das Buch von Vankvard gelesen – reiner Blödsinn.«

Barakuda erfuhr in den nächsten Stunden einige interessante Dinge. Gerames' Vater hatte mit der Produktion von Sport- und Freizeitfahrzeugen für die Reichen und Superreichen begonnen. Natürlich war er nicht der erste gewesen, aber er hatte einige neue Einfälle gehabt. Gerames hatte mit 16 Jahren, beim Tod des Vaters, die Firma übernommen und ausgebaut. Beiläufig erwähnte er den letzten Jahresumsatz, zwanzig Millionen Talente.

»Zwei Milliarden Drachmen«, sagte Barakuda andächtig.

»Etwas mehr als die Hälfte ist Reingewinn.« Gerames grinste. »Ich will nicht angeben, Sie sollen das nur wissen, damit Sie ohne Skrupel meinen Wein trinken. Wissen Sie, mit der Zeit wird alles öde. Neulich mußte ich meine vierte Frau abfinden und dachte, nach all dem Zirkus könnte mir Urlaub in einer anderen Umgebung nicht schaden. Ich habe mich für ein halbes Jahr aus dem Geschäft zurückgezogen. Die Fabrik ist in guten Händen, und ich wollte mal etwas anderes sehen als Gleiter, Empfänge und Frauen, die ihren Schmuck nur tragen können, weil die Colliers mit Antigravprojektoren ausgestattet sind.«

Er goß nach. Barakuda bot ihm eine Zigarette an. »Und dann sind Sie auf Shilgat verfallen?«

»Ja. Ich habe zuerst eine Weile in einem entlegenen Bungalow gehockt und gelesen. Lesen macht den Kopf frei von Dingen, mit denen man sich sonst herumschlägt. Irgendwann hatte ich plötzlich dieses Manuskript in der Hand. Da machte es tick, und ich habe mir gesagt: Wenn es schon unmöglich ist, den ersten Band irgendwo aufzutreiben, warum fliegst du dann nicht einfach nach Shilgat und schaust dich an Ort und Stelle um, ob die wilden Geschichten stimmen? Und, dachte ich, vielleicht findet sich auf Shilgat irgendwo ein Sammler, der zufällig den ersten Teil dieser Lebensgeschichte besitzt.«

Barakuda schüttelte den Kopf. »Das Commonwealth hat tausend Welten und Billionen Bürger. Und Sie suchen ein altes handgeschriebenes Tagebuch. Nicht zu fassen.«

Gerames verschränkte die muskulösen Arme hinter dem Kopf. »Ja, warum nicht? Es gibt Zufälle... «

Barakuda klopfte auf das kleine, in kostbares, weiches Leder gebundene Buch. »Zu den Zufällen gehört natürlich, daß ich ausgerechnet über das Matriarchat in dieser entlegenen Hotelbibliothek Informationen suche, während Sie mit diesem alten Buch hier herumsitzen und Urlaub machen. Rechnen Sie sich die Chancen aus: die Wahrscheinlichkeit für unsere Begegnung ist null.«

Gerames grinste plötzlich satanisch, streckte die Hand aus und nahm das Buch an sich. »Passen Sie mal auf, Sicherheitssekretär Barakuda, ich mache Ihnen ein Angebot. Ich habe meinen Luxus, meine geschiedenen Frauen, meine Gleiter zurückgelassen, um ein paar Abenteuer zu erleben. Jetzt hocke ich auf Shilgat und langweile mich entsetzlich. Das Territorium kann man besichtigen, man kann Kreuzfahrten zwischen diesen reizvollen Inseln machen, und man kann sich jenseits der Tamar-Berge von Moskitos fressen lassen und seltsame Tiere jagen. Ich habe zwei Shihuetis mit Dolch und Pfeil erledigt, bin in bester Verfassung und finde das Leben in diesem Hotel öde. Als ich vor fünfzig Tagen aufgebrochen bin, dachte ich, ich könnte das Matriarchat von Pasdan bereisen, mit einer Karawane über den Südkontinent ziehen und in den Annalen von Sa'orq blättern. Das alles ist verboten, weil es zu gefährlich ist, wie man mir sagt. Ich habe versucht, ein Boot zu mieten, das mich nach Pasdan bringt. Man ist bereit, mir so viele Boote zu verkaufen, wie ich haben will, aber ich kriege keine Besatzung. Niemand findet meine Vorschläge gut.«

Er lehnte sich zurück und legte die Beine auf den Tisch.

Barakuda ahnte, was kommen würde.

»Und jetzt sitzen Sie hier und suchen Informationen über die Matriarchinnen. Höchst interessant. Wieso findet der Sekretär für die Sicherheit des Protektorats Shilgat keine Informationen? Weil es keine gibt, offensichtlich. Aber wieso sucht er welche? Ich habe Gerüchte gehört, daß auf diesem Planeten zur Zeit nicht alles in jenem Gleichgewicht sein soll, das dem Gouvernement in Cadhras heilig ist.«

Barakuda antwortete nicht.

Gerames fixierte ihn. »Wissen Sie was: Ich werde Ihnen das Buch nicht zum Lesen überlassen. Ich werde es gut verstecken und übermorgen mitnehmen, wenn ich mit einem dieser Luxussegler nach Cadhras zurückfahre.« Er lächelte und nippte an seinem *Grand Cru.*

Barakuda betrachtete den großen, durchtrainierten Mann mit dem eisernen Händedruck. Zweifellos war Gerames körperlich fit, und ebenso zweifellos besaß er eine scharfe Intelligenz, sonst hätte er es nicht innerhalb von 20 Jahren zu solch exorbitantem Erfolg bringen können. Außerdem schien er Humor zu haben.

»Okay, Gerames.« Er hob das Glas und musterte den Mann über den Rand hinweg. »Spielen wir das Spiel zu Ende. Was ist Ihr Einsatz?«

Gerames nahm die Beine vom Tisch. »Ich habe noch einhundertzehn Tage Zeit. Sie erzählen mir die Wahrheit über diese seltsamen Gerüchte und nehmen mich mit, wenn es irgendwie zur Sache gehen sollte. Mein Risiko natürlich. Und Sie zeigen mir den Planeten, soweit das in der Zeit und bei Ihren Aufgaben möglich ist.«

Barakuda musterte den großen, kräftigen, widerwärtig gut

aussehenden und dazu reichen Mann und stellte fest, daß Gerames ihm sympathisch war. Außerdem hatte er nicht versucht, ihn zu bestechen.

Er lachte. »Na gut. Auf Ihre Verantwortung, Mann. Machen Sie Ihr Testament.«

Sie schüttelten einander die Hände. Gerames klingelte nach einem Kellner, bestellte eine weitere Flasche Wein und füllte die Pharlit-Kelche nach.

Am nächsten Morgen kam er in Barakudas Bungalow. Er brachte das Buch mit.

Aus: Tagebuch II *von Florisa de Clare, Gaia 118 (Manuskript)*

»... Mit der Prophezeiung einer kommenden Hüterin, die sich um die Belange ihrer Töchter kümmern werde, sei die Gemeinschaft von Pasdan über den Rest des Universums erhoben. Meine Frage, ob nicht der Glaube an derlei Prophezeiungen mit der männlichen Unterordnung unter Führer und Religionen identisch sei, tat die Gebietende Mutter ab; im Fall der Tiere sei solches Krücke, für uns dagegen letzte Erfüllung.

Die Prophezeiung ist bemerkenswert, ich glaube, daß sie sich mir nahezu wörtlich eingeprägt hat. Varli Soleyn (oder eine spätere Bearbeiterin?) schreibt etwa:

›Dann wird kommen ein Tag im Herbst, da Ängste sprießen und fließendes Blut grell ist wie das Morgenleuchten. Fast siegreich, doch bedrängt sein werden die Töchter des Lebens von den Kräften des tierischen Dunkels. Dann jedoch ereignen sich Zeichen.

Steine werden treiben auf dem Wasser; brennen wird das Meer; die Steppe wird wuchern auf Schiffen, und im Morgen erstrahlt über der Stadt der Töchter das Zeichen des Kreises der beiden Kreuze. Gewaltiger Donner erschüttert den Boden; über dem brennenden Meer kreisen Millionen Vögel in dichter Ballung, kreischend und schlagend. Dann werden sie fliehen, und über das brennende Meer wird reiten die Hüterin.

Sie reitet auf einer weißen Stute. Die Hüterin trägt ein blendend weißes Gewand aus einem Stück, denn auch Sie ist Ein. Sie wird reiten durch das Feuer und nimmer brennen. Sie wird reiten auf dem Meer und nimmer sinken.

Die HÜTERIN kommt vor die Stadt der Töchter. SIE, die Mutter ist und doch nicht Mutter, Jungfrau und doch nicht Jungfrau, wird keinen Einlaß finden, da die Furcht der Frauen die Freude besiegt. SIE wird heben IHRE Hand und die Mauern stürzen. Dann wird SIE reiten in die Stadt IHRER Töchter. Dort wird manche Kleingläubige zweifeln an IHR und fordern, daß SIE in schmerzlicher Prüfung beweise, daß SIE Mutter und doch nicht Mutter ist, Jungfrau und doch nicht Jungfrau. Die HÜTERIN wird SICH der Prüfung beugen, und die kleingläubigen Töchter werden beschämt leben ohne Ansehen bis zum Schluß ihrer Tage.

Die HÜTERIN wird sodann zum Gestade treten und heben IHRE heilende Hand. Das Feuer erlischt, die Steine versinken, die Steppe flieht, und abermals wird entstehen das Zeichen des Kreises der beiden Kreuze im Himmel. Allenthalben schweigen die Waffen des tierischen Dunkels, und die HÜTERIN sammelt alle Waffen der Töchter und weist einen Weg zum Erhabenen Ziel.‹… «

XV.

Der von Sarela McVitie gelenkte kleine Gleiter holte Barakuda, Gerames und Avlok ab und brachte sie zunächst nach Arameq. Die alte, weiße Stadt am Meer war umgeben von Wällen und Türmen, an denen heftig gearbeitet wurde. Sarela sollte den Kundschafter zu einem bestimmten Punkt in der Steppe fliegen und dann nach Cadhras zurückkehren. Barakuda machte mit ihr ein Treffen an einer anderen Stelle im nördlichen Grasland aus. »Gerames und ich werden nach Norden reiten. Vielleicht kriegen wir ja noch was raus.«

Er übergab der Leutnantin das kleine, ledergebundene Buch mit der Anweisung, es der Gouverneurin auszuhändigen.

Der Resident des Gouvernements bewohnte ein schlichtes Gebäude aus weißgeschlämmten Ziegeln. Es lag gleich neben der Ratsreuse. Beim Abendessen, das sie auf der Terrasse einnahmen, genoß Barakuda den Blick auf Hafen und Meer, während Gerames der See den Rücken kehrte und die Reliefs und Mosaike an der Vorderfront der Reuse betrachtete.

»Der Fischfisch hatte einen Traum«, sagte der Resident, ein

grauhaariger Mann mittleren Alters. »Deshalb werden die Mauern ausgebessert, und man legt Vorräte an.«

Gerames deutete auf die Darstellungen an der Fassade der Reuse: Bilder aus der mythischen Geschichte der Stadt. »Mir ist das alles zu dunkel. Fische und Kiemen und Reusen, pah. Und nun auch noch Träume.«

Der Resident hatte sich langwierigen Vorträgen dadurch entzogen, daß er noch vor dem Abendmahl Gerames die Kopie einer Zusammenfassung wichtiger Einzelheiten der Stadtgeschichte aushändigte. Dort hieß es:

»Wenngleich im Hinterland – fruchtbares Schwemmland, das der nur wenig westlich von Arameq in einem breiten Delta ins Meer fließende Avrak in Jahrtausenden aus dem Norden gebracht hat – Landwirtschaft betrieben wird, ist doch Fischfang die wichtigste und historische Basis der Stadt, auf die sich alle anderen Aktivitäten beziehen. Wie üblich haben die Shil auch hier in Ermangelung des Zutrauens zu einem sinnvollen Kosmos und etwaigen Göttern ihre Schöpfungsgeschichte, Mythen und Ordnungsprinzipien nach ästhetischen Gesichtspunkten erfunden. Die Erwachsenen unter den 50.000 Einwohnern wählen die Kiemen, 100 Frauen und Männer, die in der Ratsreuse tagen. Die Kiemen ihrerseits wählen, manchmal auf Zeit, manchmal auf Lebenszeit, den Fischfisch, der immer Ubba-bul heißt. Dem Mythos zufolge war einst ein Shil, der durch ungünstige Liebschaften das Gedächtnis verloren hatte, ans Gestade getreten und hatte das Meer laut rufend befragt, wer er sei. Ihm erschien daraufhin der Große Fisch und ließ eine Blase aus seinem Maul aufsteigen, die dem Shil seinen künftigen Namen Ubba-bul offenbarte. Er gilt als Gründer von Arameq. Der gewählte Fischfisch erhält durch geheimnisvolle und vermutlich absurde Riten in der Grotte auf einer küstennahen Felseninsel jene visionäre Kraft, die all seine Entscheidungen und Träume zutreffend macht. Er irrt sich tatsächlich nie, denn seine Weisungen werden vom Rat der Kiemen interpretiert, und der Spielraum für Deutungen ist groß. Einer der letzten Fischfische hatte verkündet, der Mond werde auf den Planeten stürzen. Diese Prophezeiung war insofern waghalsig, als Shilgat keinen Mond besitzt. Ubba-bul hatte am Vorabend mit einem Händler aus Cadhras gezecht und sich altirdische Liebeslyrik rezitieren lassen.

Die Kiemen beschlossen nach langer Beratung, die Vision habe keinen Belang für die realen Geschicke der Stadt, was sich als zutreffend erwies, da tatsächlich keinerlei Mond fiel. Da des Fischfischs Träume jedoch immer die Absichten des Großen Fisches wiedergeben und also nicht mißachtet werden dürfen, konstruierte man ein riesiges Katapult, mit dessen Hilfe ein großer Felsbrocken ins Meer geschleudert wurde. Angelehnt an Begriffe aus den lyrischen Deklamationen des Besuchers nannte man den Brocken *mun-lun*, offenbar war der Cadhrassi-Händler polyglott gewesen.

Übrigens sind alle wichtigen Lebensbereiche mit Fischtermini durchsetzt; so heißen die Zunftausschüsse Gräten, die Bürgerwehr Schuppen, und die kleineren Küstenboote werden nicht von Rudern, sondern von Flossen bewegt... «

Am Morgen führte Barakuda in der Ratsreuse ein Gespräch mit einem der Kiemen. Dieser geleitete ihn später zum Fischfisch.

Ubba-bul war ein uralter Fischer mit breitem Mund und klugen Augen, die infolge starker Weitsichtigkeit den erstrebenswerten Ausdruck des Unendlichen Blicks gewonnen hatten. Er empfing Barakuda freundlich und ließ ihn bewirten, man tauschte Belanglosigkeiten über die stets guten Beziehungen zwischen Arameq und dem Protektorat aus. Der Fischfisch erkundigte sich nach dem Wohlergehen er Gouverneurin, »der unvergleichlichen Schwimmblase von Cadhras«. Er und der Kiemen zeigten sich befriedigt darüber, daß der ehemalige Gouverneur, ein notorischer Schänder künftiger Laichplätze, auf einer trockenen Strafwelt des Commonwealth fernab jeden Wassers seine Missetaten mit harter Arbeit büßen müsse. Der Kiemen zitierte ein Sprichwort: »Den Tröckner verstoße man, daß er immerfort japse.«*

Barakuda erfuhr von Umtrieben einer neuen Gruppe von Traditionalisten unter der Stadtjugend. »Wir haben ihnen einen Platz östlich der Mauern angewiesen, wo sie sich wie die Ureltern öffentlich im Wasser fortpflanzen können. Sollten die jun-

* Tröckner – grerre: einer, der in fluchwürdiger Weise die Dinge ihrer natürlichen Feuchtigkeit beraubt; japsen – huaaxhai: sterbend nach Luft schnappen wie ein Fisch auf dem Trockenen.

gen Leute ihre Nachkommen allerdings im Meer aussetzen, müssen wir in einigen Zehntagen einschreiten.«

Schließlich kam man auf Gerüchte aus dem Hinterland und die Visionen des Fischfischs. Ubba-bul bestätigte, daß kaum noch Handelsgut aus den Steppen ankomme, dort herrsche offenbar die Zähnung böser Tröckner. Ein Traum habe ihm die Notwendigkeit eingegeben, die Mauern der Stadt auszubessern und die Schuppen zu mehren.

Am späten Vormittag trieben Barakuda und Gerames sich im Hafen herum. Neben Fischerbooten lagen Frachtsegler an den Molen und am Kai – Schiffe aus Cadhras ebenso wie aus Golazin und anderen Shil-Städten, aber auch Küstenhändler und Boote aus Orten am Oberlauf des Avrak. In einem Kramladen kaufte Dante einen Stift, der alt und seltsam genug aussah, um vielleicht einer der fehlenden Schlüssel für die Tür im Keller der Residenz in Vagaván zu sein. Barakuda schleppte Gerames durch mehrere Tavernen, bis sie endlich Leute fanden, die auf Avrak-Kähnen arbeiteten. Dante fragte sie nach Gerüchten und Informationen, erfuhr aber nichts Neues.

Ein junger Mann mit mürrischem Gesicht, der an einem Nebentisch gesessen, Fischsuppe gelöffelt und gelauscht hatte, kam schließlich zu ihnen. Sein Name, sagte er, sei Ang'har. »Ich bin Maat auf einem Frachter aus Biyang.« Sein Gesicht hellte sich während des Gesprächs keineswegs auf. Er war schlank, beinahe zierlich gebaut, hatte halblange schwarze Haare und merkwürdig bräunlich schillernde Augen. Seine Haut verriet, daß er ursprünglich aus dem Norden, aus den Steppen stammte, den metallischen Unterton im dunklen Oliv fand man sonst nirgends auf Shilgat. »Wenn ihr bereit seid, mit uns zu fahren, kann ich euch in einem Dorf nahe Biyang mit Leuten zusammenbringen, die mehr wissen. Weitgereiste Frauen und Männer.«

Gerames schnaubte. Barakuda beendete die Übersetzung und verzog geringschätzig das Gesicht. »Was sollen die schon wissen? Sicher bist du am Gewinn beteiligt und willst für den Bootsbesitzer zahlende Passagiere ködern.«

Ang'har hob die schmalen Schultern. »Wenn du meinst, Cadhrassi.« Es schien ihn nicht weiter zu interessieren. Dann beugte er sich jedoch vor und flüsterte, so daß niemand außer

Barakuda es hören konnte: »Interessieren dich auch Nachrichten über Beziehungen zwischen Großer-Töter und seinen Banditen und den Müttern von Pasdan nicht?«

Dante winkte ab. »Daß die Beziehungen existieren, weiß ich längst. Es müßte schon mehr dabei herauskommen.«

»Ja. Ich habe etwas von Feuerwaffen gehört. Aber viel weiß ich nicht. Forsal – ihm gehört das Schiff – kann euch sowohl sagen, wo das Dorf genau liegt, als auch, was er gehört hat.«

Das Boot lag an der westlichen Mole und war gebaut wie die meisten Kähne der Gegend – geringer Tiefgang, ein breiter Rumpf, hochgezogene Bordwände, ein großer und ein kleiner Mast, am Heck eine Kajüte, über dieser das Steuerrad. Ladung wurde einfach um die Masten herum gestapelt und festgezurrt, es gab keine Laderäume. Der Eigner verlangte 50 Foldar für Fahrt und Informationen. Barakuda handelte ihn auf 30 herunter. »Über das Dorf werden wir aber erst reden, wenn wir dort sind«, sagte der Mann. »Und dann müssen wir auch noch einmal den Preis bereden. Auf der Fahrt gibt es nichts zu erzählen.« Während des ganzen Gesprächs hatte Forsal immer wieder zum Achterdeck geblickt, dort lag eine junge Frau auf den Planken. Sie trug nur einen kleinen Lendenschurz und sonnte sich.

Gerames war unerträglich. Er wußte alles, konnte alles, hatte alles schon vorher geahnt und langweilte sich. An einem Arkadenplatz in Hafennähe ließen sie sich vor einer Taverne nieder, Barakuda bestellte ein leichtes Mahl. Gerames schwieg angesichts der aufgetischten Köstlichkeiten und begann vorsichtig zu essen. Die Vorspeise, gebackenen Cava-Rogen in einer scharfen, grellgelben Tunke, bewältigte er mit Hilfe vielen Biers. Der anschließend servierte Cava, ein armlanger Fisch mit vier Glotzaugen, in einer milden Kräutersoße gekocht und serviert, mundete ihm prachtvoll, wenn er auch Abstand nahm von der Beilage, faulig riechendem Tang. Als Barakuda ihn auf die Vorzüge der Algenplätzchen, garniert mit gelierten Schlickwürmern, hinwies, verzichtete er dankend. Den von Barakuda mit einem milden Lächeln bestellten Verdauungsschnaps, Bhalat, kippte er hinunter. Dann schnappte er nach Luft, und seine Augen traten aus den Höhlen. Andere Gäste auf der Arkadenterrasse, ausnahmslos Shil, kicherten.

»Was ist das für ein entsetzliches Zeug?« Der Konstrukteur rieb sich die Augen und ächzte.

»Kleine abfallfressende Schalentiere. Sie werden lebend geröstet, zerstampft und danach mit Tran gesotten. Das Ganze seiht man durch, versetzt es mit Fruchtzucker, läßt es gären und brennt es dreimal. Das Ergebnis ist Bhalat, der widerlichste Schnaps das Universums.«

Gerames lachte matt. »Okay, Barakuda. Ich verstehe, was Sie wollen. Ich hoffe aber, daß Sie mit Ihren originellen Initiationsscherzen vor dem Totschlag aufhören.«

Auf dem Platz rempelten spielende Kinder einen alten Shil an, der nach ihnen trat und dabei etwas rief, was Barakuda für Gerames übersetzen mußte. »Laich ist aufmüpfig.«

Die Besatzung bestand nur aus Forsal, seiner jungen Frau namens Leyso und dem mürrischen Ang'har. In der Luft lag eine gewisse Spannung.

Die Kajüte unterhalb des Steuerrads war verschlossen, Gerames und Barakuda mußten sich am Fuß des Hauptmasts einrichten. Forsal hatte Bauholz aus den Wäldern der Sintul-Berge gebracht und fuhr mit Salzfisch, Tangmehl und Dörrobst zurück.

»Aufbruch«, sagte Gerames leise. Er stand an der Bordwand auf einem Faß und starrte ins brackige Hafenwasser.

Forsal bellte Befehle, aus dem verschlossenen Raum am Heck drang eine Art Knirschen. Ang'har kletterte über die Ladung nach vorn und zerrte an einigen Fässern. Das Segel blieb schlaff, dennoch bewegte sich das Boot. Barakuda erklomm das Achterdeck, auf dem die junge Frau, nun ganz bekleidet, mit abweisendem Gesicht an der Reling lehnte. Dante beugte sich vor und schaute ins Heckwasser. Eine riesige Schraube aus Hartholz drehte sich langsam. Aus dem verschlossenen Raum drang noch immer leises Knirschen. Gerames kletterte zu Barakuda empor. Neben dem Steuerruder, das Forsal bediente, stand ein seltsames Objekt, eine Art Fahrrad ohne Räder. Von den Pedalen wurde ein Riemen getrieben, der durch Löcher in die Kajüte führte.

Auf Forsals Anweisung hin kletterte Leyso auf den Hocker oberhalb der Pedale und begann zu strampeln. Die junge Shil trug eine kurze Hose und eine bauschige Bluse, in der sich der aufkommende Fahrtwind verirrte. Ang'har stand noch immer zwischen Heck und Mast und starrte nach achtern, offenbar interessierten ihn die Beine der jungen Frau.

Während das Boot aus dem Hafen glitt, unterhielten sich Barakuda und Gerames. Der Konstrukteur stellte Vermutungen über die Beziehungen zwischen Heckschraube und Pedalen an.

Forsal schüttelte den Kopf, als Dante ihn direkt fragte. »Meine Erfindung. Ich werde sie keinem verraten.« Er sprach leise, Barakuda mußte genau hinhören.

Vor der bunten Küste glitten sie westwärts. Gerames stolperte mittschiffs zwischen den Ballen und Fässern herum und untersuchte das Schiff. Schließlich hob er den Kopf und rief Barakuda etwas zu.

Der Ruf riß Dante aus seinen Meditationen. Er hörte wieder das Knirschen aus dem Heckraum, konnte aber nicht sagen, ob es neu eingesetzt oder ob er es nur längere Zeit nicht wahrgenommen hatte. Leyso, die längst von den Pedalen gestiegen war und stumm an der Bordwand lehnte, warf Gerames einen nicht zu enträtselnden Blick zu. Ang'har runzelte die Stirn, und Forsal ließ einen Moment das Steuerrad los. Inzwischen trieb ein stetiger Ostwind das Boot, das Segel war gebläht, aber die Schraube rotierte noch immer.

Forsal beugte sich vor und fixierte Gerames. Er winkte ihn näher heran und sagte mit unterdrückter Stimme etwas. Gerames verstand nur den bösen Unterton. Barakuda übersetzte.

»Er sagt, auf diesem Schiff seien empfindsame Apparate, und Sie sollten leise sein. Keinesfalls schreien oder so.«

Dann stockte er einen Moment und umklammerte die Bordwand. Nur Ang'har schien es zu bemerken.

Bei Sonnenuntergang erreichten sie den östlichen Arm des Avrak-Deltas. Der Wind flaute ab. Leyso stieg auf Forsals Zeichen wieder in die Pedale, und trotz der gegenläufigen Strömung machte das Boot gute Fahrt – bessere sogar als zuvor, da das Segel gebläht gewesen war.

Ang'har bereitete eine Art Abendmahlzeit aus Fruchtsäften, Obst und kaltem Bratfisch. Als sie gegessen hatten, löste er Leyso auf den Pedalen ab, damit die junge Frau auch essen konnte. Forsal nahm sein Mahl im Stehen am Ruder ein.

»Sie sind so still.« Gerames musterte Barakuda.

Dante zwinkerte ihm zu und ging langsam zum Bug, wo er sich zwischen Fässer und Ballen an die Bordwand setzte und eine Zigarette drehte.

Nach einiger Zeit schlenderte Gerames ebenfalls zum Bug und setzte sich neben ihn. Barakuda drehte ihm eine Zigarette, da der Konstrukteur sich auf diesen Konstruktionszweig nicht verstand.

»Ich habe nachgedacht«, sagte Barakuda leise.

»Interessante Betätigung.« Gerames spie Tabakfäden aus. »Worüber?«

»Über den Antrieb des Boots.«

»Darüber hab ich auch nachgedacht, aber ich komm zu keinem Schluß. Eine Übertragung von den Pedalen auf die Schraube bringt in keinem Fall etwas, das Fahrt machen könnte. Selbst wenn dieser Schiffer in der Kabine geheimnisvolle Flaschenzug-Varianten versteckt hat. Unmöglich. Aber er will nichts sagen?«

»Nur, daß wir keinen Lärm machen sollen. Daß Sie mit Ihrem Manuskript auf Huasiringa sitzen, während ich Informationen über Pasdan suche, ist der erste irrsinnige Zufall. Dies hier könnte der zweite sein.«

»Was meinen Sie?«

Barakuda warf die Zigarette über Bord. »Wir sind hier am Äquator. Fast jedenfalls. Auf einigen Inseln jenseits des Polarkreises, gute neuntausend Kilometer nördlich, gibt es seltsame Geschichten, die hier unten unbekannt sind. Ich bin dort oben gewesen. Ist es ein irrsinniger Zufall oder nicht, daß ich, vielleicht der einzige Mensch, der überhaupt im Binnenmeer diese Geschichten kennt, nun auf diesem Boot sitze?«

Gerames feixte. »Sie drücken sich allzu deutlich aus, guter Mann.«

»Es heißt in diesen Geschichten, daß eine merkwürdige Sorte von Geschöpfen* im hohen Norden existiert: diese Tiere sind schreckhaft und lärmempfindlich. Der Sage nach fahren ihre Seelen nach dem Tod in Steine, und diese Steine erben die Lärmempfindlichkeit. Legendäre Piraten der Nordmeere verwenden die Steine angeblich als, hm, Schiffsantriebe, indem sie sie anschreien. Haben Sie das Knirschen im Heckraum gehört?«

---

* Der Sage zufolge leben in den Blumenwäldern des Nordens die Rogil, seßhafte Tiere von der Größe irdischer Biber. Sie verlassen niemals den Ort

Gerames kicherte. »Sie wollen mir doch nicht einreden, daß Sie an magische Steine mit schreckhaften Seelchen glauben? Und selbst wenn – wie sollen die aus dem hohen Norden hierhergekommen sein?«

Barakuda lächelte müde. »Ich bin zu lange auf Shilgat, um nicht mit allem zu rechnen, und nicht lange genug, um alles zu kennen.«

»Magische Steine. So was.« Gerames gab glucksende Geräusche von sich.

»Nennen Sie mir einen Grund, aus dem man auf diesem Boot nur leise spricht. Und einen für die Bewegung der Heckschraube.«

Gerames fuchtelte mit den Händen im Dunkel. »Egal, was weiß ich. Jedenfalls keine magischen Steine.«

»Sie sind der Fachmann für Antriebe und Gleiter. Können Sie an etwas denken, das Stille und Bewegung erklärt? Und die Pedale?«

---

ihrer Geburt und ernähren sich von herabfallenden Blumenblättern, Insekten, Gräsern und vor allem den vom Wind getragenen Pollen. Im Lauf des Lebens wächst ihnen am Unterleib eine Hornhaut. Bei Annäherung natürlicher Feinde sowie bei lauten Geräuschen versetzen die Rogil sich in rasende Rotation und bohren sich in den Boden. Junge Rogil vor dem Fortpflanzungsalter sind in der Regel schwerhörig.

Unter der Humusschicht und an erodierten Stellen der Oberfläche findet sich ein sonst nirgends bekannter grüner Stein; den Legenden zufolge handelt es sich hierbei um petrifizierte Exkremente (oder versteinertes Mana) riesiger Unholde der Vorzeit. Wenn ihr Leben erschöpft ist, bohren die Rogil sich bis in die Felsen hinein, wo sie sterben.

Die Schreier sind angeblich hellgrüne, großwüchsige Piraten des Nordens und gelten als Abkömmlinge der erwähnten Unholde. Mit steinernen Schiffen verwüsten sie die Flüsse des Nordens und schänden die Meere. Aus den ihnen in der Substanz verwandten Grünen Steinen schlagen sie Zahnräder, in denen Rogilseelen eingesperrt sind. Durch Zurufe versetzen die Schreier die Räder in rasende Rotation und navigieren unter beständigem Grölen über die Meere. Nach nicht genau meßbaren Mengen aufgenommenen Unflats wird die Rogilseele erlöst; das Rad zerspringt, und die Schreier montieren ein neues.

Die Seelen der Rogil fahren anschließend in die Embryos der Schreier, die sich als Läuterungsstufe der »feigen Kreiseler« verstehen. Nach dem Tod eines Schreiers fährt dessen (ehemalige Rogil-)Seele in den grünen Felsen. An exponierten Stellen treibt der Felsen bunte Steinblumen. Wenn im Frühling ihre Pollenballen platzen (lautstark), trägt der Wind die Pollen zu den nahe sitzenden Rogil, deren Stoffwechsel die Blumensubstanz zu Hornhäuten verarbeitet, ohne die das Anbohren des Bodens unmöglich wäre.

»Fragen Sie doch einfach den Alten.« Gerames grinste. »Wie heißt er?«

»Forsal.« Er ging zum Achterdeck, Gerames folgte. Dante winkte Forsal, das Steuer Ang'har zu übergeben und herunterzukommen. Forsal warf seinem Maat einen schiefen Blick zu, desgleichen seiner Frau, und kam dann herab.

Barakuda lauschte einen Moment lang dem Knirschen aus dem Heckraum. Auf dem Achterdeck saß Leyso und strampelte.

»Wie machst du das eigentlich«, sagte Barakuda leise, »daß in Häfen, wo viel Lärm ist, die Rogilseelen nicht dauernd durchdrehen?«

Forsal starrte ihn an. Im Zwielicht der Bordlaternen traten seine Augen weißlich aus den Höhlen, der Mund stand offen. »Was... wieso... «

Barakuda wiederholte die Frage. Forsal schwieg eine Weile, schließlich murmelte er: »Nun ja, da du es weißt... « Er trat zur Tür des Heckraums und sperrte sie mit einem kleinen Schlüssel auf, den er unter seinem Hemd an einem Faden trug. Barakuda und Gerames folgten ihm in den Raum, der Konstrukteur brachte eine Laterne mit.

Der Treibriemen kam aus der Holzdecke und endete in einer Schlaufe, die eine Achse trieb. Auf dieser Achse saß eine große grüne Steinscheibe mit Zahnkranz und einem Durchmesser von mehr als einem Meter. Der Stein drehte sich rasend schnell; die Zähne griffen in die eines Metallrads, das die Welle der Heckschraube trieb.

»Wenn man«, flüsterte Forsal, »sie nicht anschreit, sprengt die Seele den Stein erst viel später. Der Stein dreht sich auch lange weiter, wenn man ihn mit den Pedalen und dem Riemen antreibt.«

Barakuda trat aus dem Heckraum und winkte, Leyso stieg von den Pedalen. Die unwirkliche Konstruktion drehte sich weiter.

»Woher weißt du all das?«

Forsal wand sich. »Vor zwei Jahren, Ang'har war seit kurzem bei mir als Gehilfe. In einer Nacht haben wir klickende Geräusche auf dem Wasser gehört. Wir haben nachgesehen und die Steine gefunden.«

»Die Steine? Du hast also nicht nur den einen?«

»Zwanzig zunächst, später noch mehr. Sie trieben den Fluß hinab. Ang'har kommt aus den Nordsteppen, er kennt die Sage und hat sie mir erzählt. Wir haben die Steine an Land gebracht und in einer Höhle versteckt. Wenn der erste, dieser hier, zerspringt, werde ich noch immer mehr als genug haben, um bis an mein Lebensende mühelos gegen Wind und Strom zu fahren.«

Barakuda übersetzte. Gerames fletschte die Zähne und griff nach dem Treibriemen. Langsam ließ die Rotation nach, und schließlich stand der Stein still. Das Knirschen hörte auf.

»Rogilsteine«, sagte Barakuda leise und ungläubig.

Forsal legte die Hand auf die Zähne der stillen Steinscheibe.

»Gut behandelt halten sie lange, sagt Ang'har«, flüsterte er.

Gerames bleckte wieder die Zähne und sagte heftig: »Hah!«

Mit einem Ächzen zog Forsal die Hand zurück; sie blutete. Der Stein hatte sich in rasende Bewegung versetzt; das Boot, das fühlbar zu treiben begonnen hatte, machte Fahrt.

Der Konstrukteur hockte auf einem Faß mit Salzfischen. An den Ufern glitten die Lichter einzelner Häuser und Siedlungen vorüber, der breite Strom war ruhig und dunkel.

»Wenn ich es nicht gesehen hätte... «, murmelte Gerames. Barakuda ließ ihn in Ruhe.

Sie legten sich am Fuß des Masts nieder und wickelten sich in Decken. Auf dem Achterdeck, im trüben Lampenlicht, sprachen Ang'har und Forsal miteinander. Ang'har machte mit Daumen und Zeigefinger die universale Geste des Geldzählens. Leyso hockte auf dem Sitz und trat in die Pedale.

Mitten in der Nacht erwachte Barakuda. Er glaubte Schritte gehört zu haben und richtete sich auf. Neben ihm regte sich Gerames. Dann traf ein furchtbarer Schlag Barakudas Schädel.

Im Morgengrauen kam Forsal zu ihnen, er brachte ihre Taschen. Die Männer lagen gefesselt unter dem Mast. Der Shil durchwühlte ihre Habseligkeiten. Barakuda zerrte an seinen Fesseln, aber sie waren gut verknotet. Gerames wußte es bereits. Seine Handgelenke bluteten.

Forsal zählte die Münzen, die sie bei sich getragen hatten. »Wer solche Reichtümer bei sich trägt, der fordert zum Raub heraus. Siebenhundertdreißig Foldar!«

Barakuda schwieg. Sie kannten Forsals Geheimnis, er hatte

sie gefesselt und beraubt. Ob zwischen diesen Dingen eine kausale Verbindung bestand, war gleichgültig, das Endergebnis konnte nur eines sein.

»Fischfutter«, sagte Barakuda halblaut.

Gerames nickte. »Hast du einen Vorschlag?«

Barakuda schüttelte den Kopf.

Forsal untersuchte den Rest der Sachen. Die beiden Schnellfeuerpistolen und die Munition legte er beiseite, Barakudas Funkgerät warf er über die Bordwand. Dann ging er nach achtern.

Die Zeit schlich. Die Sonne stieg und brannte ihnen in den Augen. Irgendwann kam Forsal wieder. Er schien wenig Zutrauen zu seinen Knoten zu haben: er prüfte sie gründlich.

»Habt ihr Durst? Bald werdet ihr trinken, sehr bald. Pflegt den Durst, es ist euer letzter. Die Dörfer werden weniger, bald wird niemand mehr vom Ufer aus sehen können, welchen Ballast ich abwerfe.«

Aus dem Bug schleppte er zwei Ankersteine herbei. Er wickelte Seile um sie, die er mit den Füßen der Männer verband.

Auf dem Achterdeck begann Leyso sich auszuziehen, Ang'har klemmte einen Fuß zwischen die Speichen des Steuers. Mit den Händen assistierte er der jungen Frau. Barakuda und Gerames starrten verblüfft nach achtern, bis Forsal ihren Blicken folgte.

Er rannte zum Heck und sprang die Leiter hinauf, dann stürzte er sich auf die beiden. Leyso, inzwischen unbekleidet, wich tänzelnd aus. Ang'har hielt plötzlich ein Messer in der Hand. Beinahe lässig beschrieb sein Arm einen Halbkreis.

Forsals Hände zuckten zum Hals empor, aus dem Blut spritzte. Er gurgelte und brach zusammen. Leyso wandte ihm den Rücken zu und zog sich wieder an. Ang'har nahm den Fuß aus dem Ruder, legte das Messer aufs Deck, packte den Leichnam und stieß ihn über die Bordwand.

Leyso übernahm das Steuer. Ang'har ergriff wieder das Messer und kam ruhig zum Mast. Er kauerte sich neben Barakuda nieder. Sein Gesicht war mürrisch und verschlossen wie immer.

»Was mache ich mit euch?«

»Schneid uns los.«

Ang'har spielte mit dem Messer. »Forsal ist tot.«

»Ein bedauerlicher Unfall.«

»Wie konnte das nur passieren?« Ang'hars Gesicht war unbewegt, jung und faltenlos.

»Er ist die Leiter hinabgestürzt und hat sich das Genick gebrochen. Man hat ihm eine Schifferbestattung gewidmet.«

Ang'har dachte nach. »Das Erbe eines wohlhabenden Mannes gehört der Witwe. Oder wird es geteilt?«

»Auch wir sind wohlhabend. Unsere Wünsche erstrecken sich nur auf die Freiheit und unsere Besitztümer.«

»Ich bin ein Banyashil, dem die Steppe zu öde wurde, deshalb bin ich nach Süden gegangen. Aber mein Fürst Gortahork hat einen langen Arm und schätzt Besitzerweiterung mittels eines Messers nicht.«

»So ist es.«

»Er schätzt aber angeblich einen Cadhrassi, mit dem er bisweilen Bären jagt. Dieser Mann hat eine Narbe im Gesicht, wie du, und spricht Banyashilgu, wie du.«

Barakuda nickte. »Außerdem fährt er manchmal auf seltsamen Schiffen den Avrak hinauf«

»Bärenjäger sind verschwiegene Männer, die nicht alles erzählen.«

»Nicht alles.«

»Und vielleicht ist er wichtig genug, daß man ihn in Cadhras vermißt und nach ihm sucht. Vielleicht auch wichtig genug, daß Cadhras zürnt, wenn man ihn nicht findet.«

»Er ist wichtig genug dazu«, sagte Barakuda.

Es gelang Barakuda und Gerames nicht, ein Gespräch mit der jungen Frau in Gang zu bringen. Leyso schwieg beharrlich, ihre Beiträge beschränkten sich auf Gesten und ein gelegentliches Ja oder Nein.

Auch aus Ang'har war nicht viel herauszubekommen. Nach der ungewöhnlich langen Unterhaltung, an deren Schluß er Dante und Gerames von den Fesseln befreite, wurde er wieder mürrisch und wortkarg. Barakuda erfuhr, wo Forsal und Ang'har die restlichen Rogil-Steine verborgen hatten; Einzelheiten über jenes Dorf mit Leuten, die Dinge über die Mütter von Pasdan und die Banditen wußten, konnte der junge Mann nicht mitteilen. »Was ich weiß, wißt ihr auch. Mehr hat Forsal mir nie gesagt.«

Leyso hatten die Angelegenheiten ihres alten Mannes nie besonders interessiert.

Biyang war eine häßliche Ansammlung von Holz- und Steinhäusern. Nördlich der Stadt durchbrach der große Avrak die Berge, zwischen Hochsteppe und flachem Küstenland, die Route der Karawanen führte über einen nicht allzu hohen Paß unweit der Serie von Katarakten. Zwei kleinere Flüsse kamen von Westen, vereinigten sich wenige Kilometer vor der Stadt und flossen in den Avrak. Die Sintul-Berge schwangen sich in einem weiten Bogen nach Nordwesten: Bei Biyang waren ihre Ausläufer nur etwa 200 Kilometer nördlich des Binnenmeers. Je weiter man nach Westen kam, desto ausgedehnter wurden die flachen Küstenländer, die bald in riesige Sumpf- und Dschungellande übergingen. Nordwestlich von Biyang gab es Eisenerzgruben und düstere Bergwälder. Die Nebenflüsse des Avrak brachten Flöße zur Stadt. Holz, Schmelzen, Schmieden und die Karawanen hatten Biyang reich gemacht. Essen, Sägemühlen, Schreinereien, Schlosserwerkstätten prägten das Bild des Orts, und Ruß und Rauch hingen über allem.

Nachmittags gingen sie im Flußhafen vor Anker. Barakuda und Gerames verabschiedeten sich von ihren merkwürdigen Reisegefährten und fanden Unterkunft in einer Taverne nördlich des Hafens. Der Teil, in dem sich die Zimmer befanden, stand auf Pfählen im seichten, schmutzigen Uferwasser des Stroms, der hier, südlich der Katarakte, fast anderthalb Kilometer breit war.

In Biyang gab es keinen Residenten des Gouvernements, Barakuda hatte den Ort nur selten besucht. Er erkundigte sich nach einem alten Mann aus der Gilde der Feinmetaller und erfuhr, er sei gestorben.

»Ist das wichtig?« sagte Gerames. Sie saßen auf der Terrasse einer kleinen Schenke und starrten auf den breiten, quirlenden Nebenfluß.

Barakuda blies über die heiße Brühe und schlürfte vorsichtig. »Halb. Er war der einzige, den ich hier kannte. Also auch der einzige, der mich kannte. Falls es Probleme gäbe... Wir sind, so ohne Gleiter und Funkgeräte, nur zwei reisende Cadhrassi. Das heißt, ich kann hier nicht als Amtsträger aus dem Isthmus Dinge in Gang bringen.«

Sie verließen die Taverne und gingen zu den Flößerschuppen, die dort, wo die beiden Nebenflüsse zusammenkamen, auf einer aufgeschütteten Halbinsel lagen. Barakuda befragte einige der Leute mit Hilfe von Münzen und erfuhr, Leichen seien aus den Bergen angetrieben, eingeklemmt zwischen Stämmen. Ein anderer Mann behauptete, Jägerinnen der Banyashil unter ihrer Fürstin Tremughati seien durch die Bergwälder gezogen, um Jagd auf Banditen und angeblich auch auf Jungfrauen aus Pasdan zu machen. Man habe Lärm wie von Cadhrassiwaffen gehört.

Auf dem Heimweg zur Flußtaverne sagte Dante: »Ich hab dir ja schon unser Problem geschildert – mit den Gleitern, der Korvette und ihren beiden Beibooten können wir nicht den ganzen Nordkontinent überwachen. Für uns verlieren sich zehntausend Banditen mit Gewehren in den Steppen, Wüsten und Gebirgen. Für die Banyashil stellen sie ein Problem dar, weil sie die Handelswege unterbrechen und Dörfer überfallen.«

Gerames nickte und trat im Vorübergehen nach einer welken Blume, deren giftiggelber Kopf über den Weg hing. »Ihr würdet, wenn ihr könntet, jeden einzelnen Banditen entwaffnen und vor Gericht stellen, denke ich mir. An Stelle der Shil hätte ich das wohl auch selbst in die Hand genommen.«

»Es geht schneller... Außerdem sind das laut Shilgat-Abkommen interne Angelegenheiten der Shil, in die sich das Gouvernement nicht zu mischen hat. Wir mischen uns in diesem Fall nur ein, weil es um Feuerwaffen geht, die via Cadhras eingeschmuggelt worden sind. Und weil die Räuberbosse Cadhrassi sind.«

Gerames gluckste. »Trotzdem ist die gründlichere Lösung der Shil vorzuziehen. Hinterher müßt ihr die Waffen allerdings bei den Nomaden einsammeln.«

Barakuda hob die Schultern. »Das ist keine Schwierigkeit. Sobald das erledigt ist, haben sie keinen Bedarf mehr dafür, sie finden sie langweilig. Es ist viel interessanter, Bären mit dem Dolch zu erledigen. Aber es gibt noch andere Dinge... «

Gerames wartete. Sie erreichten den Stadtkern wieder und gingen auf der Uferstraße nach Norden. In der Abenddämmerung herrschte lebhafter Betrieb im Hafen. Flußfischer machten ihre Boote für die Nachtfahrt fertig.

»Als Freund der Shil«, sagte Dante schließlich, »teile ich viele ihrer Ansichten zu diesem Thema. Als Amtsträger muß ich die radikale Lösung mißbilligen. Aber da ist noch mehr, worüber Gortahork und Tremughati nicht reden. Ihr eigentliches Ziel scheint ein anderes zu sein, und ich habe den Verdacht, es geht gegen Pasdan. Wenn ich wüßte, was sie wissen, wären wir vielleicht weiter. Außerdem ist da noch der alte Saravyi, der seit sechzig Jahren über den Planeten wacht und etwa die Hälfte aller lockeren Redensarten erfunden hat, die man bei den Shil hört. Auch er treibt seltsame Spiele und schweigt sich aus.«

Beim Abendessen in der Taverne, das aus mehreren Sorten gebratener Flußfische, Fladenbrot, P'aodhubutter und Amaranthbier bestand, erzählte Barakuda von Saravyi.

»Die Fürsten werden gewählt und haben meistens nichts miteinander zu tun«, sagte er zum Schluß. »Tremughati und Gortahork sind auch in dieser Beziehung Ausnahmen: Fürst und Fürstin kennen einander normalerweise gar nicht. Saravyi wäre Gortahorks Vorgänger gewesen – Quatsch: Wenn er die Wahl angenommen hätte und noch lebte, wäre Gortahork nicht Fürst. Jedenfalls ist der alte Mann eine Art Überfürst. Außerdem gilt er als besonders fähiger Heiler und hat, wie alle ausgebildeten Heiler, eine gewisse telepathische Begabung. Er ist immer da, wo Katastrophen geschehen könnten. Deshalb ist es gut zu wissen, wo Saravyi sich aufhält. Und das wüßte ich gern.«

Gerames wiegte zweifelnd den Kopf. »Mag sein, das mit der Telepathie. Aber wenn diese drei wichtigen Shil, deine Freunde, nichts Genaues sagen, kann es doch auch bedeuten, daß sie nichts Genaues wissen, oder?«

Barakuda grunzte nur.

»Sag mal, wie heißen die Fürsten auf Banyashilgu?«

Barakuda murmelte ein Wort, Gerames bat um Übersetzung.

»Potentiell-Notfalls-Haupt.«

Gerames rümpfte die Nase. »Und was, wenn alle potentiellen Notfälle eingetreten und bewältigt sind?«

Nach dem Abendessen setzten sie sich zu anderen Gästen vor den gemauerten Kamin, tranken heißes Würzbier und lauschten der Musik, die zwei junge Shil in einer Ecke des Gastraums machten. Einer spielte einen komplizierten Dudelsack, mit den

Füßen betätigte er einen Blasebalg, aus dem der unter seinem linken Arm hängende Sack gefüllt wurde. Mit dem Arm preßte er die Luft in zwei Baßpfeifen, von denen die eine eine Dezime höher gestimmt war als die andere, und in eine mit zehn Löchern versehene Melodieflöte, die er mit beiden Händen bediente. Der Grundton der Flöte lag eine weitere Dezime über der höheren Baßpfeife. Ein Schlauch führte vom Luftsack zu dem Instrument, das der zweite Musiker bearbeitete, einem rechteckigen Kasten mit halboffener Oberfläche, über der fünfzehn Saiten angebracht waren, die der junge Mann abwechselnd zupfte, mit den Fingerkuppen strich oder mit den Knöcheln drückte.

Durch das große Schalloch sah man fächerförmig auslaufende Windkanäle mit Membranen. Auf Knopfdruck öffneten sich die jeweiligen Kanäle, die Luft aus dem Schlauch strich durch das Instrument und versetzte die Membranen in Schwingungen.

Die Musik war unvergleichlich. Trotz des wärmenden Feuers lief es Barakuda eiskalt den Rücken hinauf und hinab, seine Haare standen zu Berge.

Das entsetzliche Stück endete. Die Shil trampelten beifällig, und der Dudelsackspieler verneigte sich. »Nach diesem sanften Wiegenlied«, sagte er, »wollen wir nun eine Improvisation in der Art des großen Veng'ga vortragen. Sie heißt *Dämonen verbringen die Winternacht auf einer Eisscholle und zählen tote Sterne.*«

Nach den ersten Takten stieß Gerames Barakuda an. »Da wird die Milch im Mund des Säuglings sauer«, sagte er leise.

Barakuda nickte. Sie leerten ihre Humpen und verließen die Taverne. Einige Shil blickten ihnen kopfschüttelnd nach.

In der Nähe des Nordtors fanden sie Stallungen, die noch erleuchtet waren. Sie traten in das Büro. Nach einer halben Stunde hatten sie sich mit dem Besitzer auf zwei Pferde geeinigt. Das Ende des Feilschens – Barakuda drückte den Preis von 180 auf 100 Foldar pro Pferd, einschließlich Sattel und Zaumzeug – wurde mit Händeschütteln und einem Getreideschnaps gefeiert, der, wie Gerames hustend befand, »die Löcher in den Socken von innen zuzieht«.

Sie schlenderten durch die Nacht den Kai entlang. In den Hafentavernen war Betrieb, Gejohle, Musik und spitze Schreie schallten ins Freie. Eine Gestalt kam ihnen im Laufschritt entgegen: ein schmächtiger Mann, der eine weite Jacke mit Kapuze trug. Er lief an ihnen vorbei, blieb stehen, drehte sich um und ergriff Barakudas Ärmel.

»Ang'har«, sagte Gerames erstaunt, »was willst du denn in dieser Verkleidung?«

Der junge Shil verstand nur seinen Namen. Sein Blick war gehetzt. »Leyso«, stieß er hervor. Er verzog den Mund zu einem bitteren Grinsen.

»Was ist mit dem Mädchen?« sagte Barakuda.

»Ich habe mit ihr abgemacht, daß wir Schiff und Ladung verkaufen und an die Küste ziehen. Fünftausend Foldar habe ich herausgeschlagen. Als wir das Geld in der Hand hatten, ist sie zu den Bütteln gelaufen. Sie wird ihnen erzählen, ihr und ich, wir hätten Forsal umgebracht.«

Am Südende des Kais glommen Laternen auf, eine Gruppe von Männern kam aus einer der Gassenmündungen. Gerames hatte nur »Büttel« und »Forsal umgebracht« verstanden, zu mehr reichte sein Banyashilgu noch nicht. Barakuda hielt ihn und Ang'har fest.

»Nicht rennen«, sagte er leise.

Er ging den Männern mit Laternen einige Schritte entgegen. Dabei sagte er verdrossen: »In Biyang gibt es keinen Residenten, ich habe kein Funkgerät, und wir haben keine Zeit für tagelange Palaver.«

Kurz vor der Begegnung mit der Gruppe zog Barakuda seine beiden Begleiter ruhig in den Eingang einer Taverne. »Kommt«, sagte er laut. Im harten Banyashilgu der Nordsteppen setzte er hinzu: »Wir wollen sehen, ob es so weit im Süden etwas gibt, das man trinken kann.«

Die Männer warfen ihnen belustigte Blicke zu und gingen weiter. Barakuda, Gerames und Ang'har traten in die Taverne. Sie durchquerten die Menschentrauben und steuerten eine Tür im Hintergrund an. Ang'har bewegte sich unruhig und zupfte an seiner Kapuze.

Die Tür führte zu den Latrinen auf dem Hinterhof, den eine Mauer abschloß. Barakuda verschränkte die Hände, Gerames stieg und spähte über die Mauerkrone.

»Eine Gasse. Keiner zu sehen.«

Sie klommen über die Mauer und hielten sich nach Norden. Barakuda summte tonlos vor sich hin. Ang'har schwieg und schaute sich bisweilen schnell um.

»Unser Gepäck wird immer leichter«, sagte Gerames. »Zum Glück haben wir Geld und Waffen eingesteckt.«

Die Stallung war unbeleuchtet, das Hoftor verschlossen. Sie kletterten über die Einfassung und holten die beiden gekauften Pferde aus dem Stall. Ang'har suchte sich einen Falben aus und sattelte ihn schnell und geschickt. Dante legte 100 Foldar auf die Fensterbank des Büroraums.

Im Morgengrauen erreichten sie den Paß in den Sintul-Bergen. Unterhalb des höchsten Punktes lag eine kleine Schenke, in der sie rasteten und ein eiliges Frühstück zu sich nahmen. Ang'har grinste plötzlich und nestelte unter dem Umhang an seinem Gürtel, er legte Münzen auf den Tisch und schob sie Barakuda hin.

»Da«, sagte er, »für das Pferd.«

Barakuda steckte das Geld ein und grinste ebenfalls. Gerames sagte: »Was soll dieses alberne Zähneblecken?«

Ang'har sah sich um. Niemand beobachtete sie. Die Schänke war leer, ein paar Holzfäller waren eben aufgebrochen, und der Wirt hantierte in einem Nebenraum.

Der junge Shil schlug den Umhang zurück. Um den Leib hatte er eine lederne Geldkatze geschlungen. Sie war dick. Gerames pfiff leise.

»Sollte ich«, sagte Ang'har mit seinem gewöhnlichen mürrischen Gesicht, »etwa die fünftausend Foldar diesem bösen Weib überlassen?«

Nachmittags erreichten sie den Stapelplatz Venh. Pfade aus der westlichen Savanne und vom Fuß der Berge trafen hier auf die Karawanenstraße. Im Hinterland existierten nur wenige feste Siedlungen, deren Bewohner ebenso wie die nomadisierenden Viehzüchter ihre Produkte in unregelmäßigen Abständen nach Venh brachten, wo sie von den Lagerverwaltern und Vertretern der Handelshäuser aus Biyang, Arameq und auch Cadhras aufgekauft und bis zur nächsten Karawane gehortet wurden.

Zwischen den uralten Steinhäusern ritten sie zum Mittelplatz. Gerames musterte Gebäude und Schuppen und stellte zahllose Fragen. Seine Großspurigkeit war ihm abhanden gekommen. Vermutlich trieb sie neben Forsals Leichnam im unteren Avrak.

Vor dem Rasthaus mit Laden zügelten sie die müden Pferde und stiegen ab. Ang'har band die Tiere an eine Stange über dem Trog, schöpfte Wasser und füllte Futter in die Krippen.

Sie aßen gesottene Flußfische, die mit Kräutern gewürzt waren, und tranken Tee dazu. Gerames wischte sich den Mund. »Besser als in Arameq«, sagte er grinsend, »wenn ich auch bald keinen Fisch mehr sehen kann.«

Auf Barakudas Fragen hin machte der Wirt eine Geste der Ratlosigkeit. »Böse Menschen.« Er rümpfte die Nase. »Die Herbstkarawane ist ausgeblieben. Viele Gerüchte.«

Kurz vor Sonnenuntergang erstanden sie noch einige Kleidungsstücke, Seife, Proviant und Pferdefutter für Notfälle, dazu ein Packpferd. Dann ritten sie weiter. Sie folgten der Straße und dem Fluß. Das Wasser schimmerte unter dem Sternenhimmel.

Um Mitternacht lagerten sie an einer felsigen Uferstelle. Ang'har übernahm die erste Wache. Die vier Pferde, angehobbelt, ästen müde einige Meter weiter flußauf, wo zwischen Bäumen ein wenig Gras gedieh.

Mehrere Tage folgten sie der alten Handelsstraße. Tagsüber war es noch warm. Gerames genoß die würzige Luft und verbesserte seine Sprachkenntnisse. Mit gelegentlichen Hilfen von Barakuda unterhielt er sich lange mit Ang'har.

Das Land ringsum war leer. Dante verspürte wachsende Besorgnis. Eigentlich war es zu früh für die Winterlager: man hätte hier und da Shil treffen müssen.

Oft ritt er mit dem Zügel des Packpferdes in der Hand hinter den beiden anderen her. Vor einigen Tagen war ihm in einer Art Erleuchtung eine absolut fantastische Idee gekommen, die mit dem von Gerames zur Verfügung gestellten alten Manuskript zusammenhing. Seither schmiedete er Pläne, verwarf sie, setzte Einzelteile neu zusammen, bedachte jeden denkbaren Aspekt, und je länger er grübelte, desto irrsinniger und gleichzeitig sinnvoller erschien ihm der Plan.

Gerames und Ang'har lenkten ihre Pferde näher zum Ufer: Zeit für eine kurze Rast. Barakuda hatte keinen Hunger. Sie tränkten die Tiere. Die beiden anderen aßen ein wenig Dörrobst und kaltes Fleisch, während Dante mehrere Zigaretten drehte und nacheinander rauchte. Er warf kleine Steine in den Fluß und summte vor sich hin.

»Weiter!« sagte er schließlich.

Gerames runzelte die Stirn, sagte aber nichts. Auch der junge Shil stellte keine Fragen. Offensichtlich war Ang'har damit zufrieden, in Begleitung zweier Fremder durch die Steppe zu reiten und nicht länger untergeordnete Arbeiten auf unheimlichen Schiffen zu tun.

Am nächsten Tag verließen sie die Karawanenstraße und bogen nach Norden, fort vom Fluß. Drei Tage später begann sich mittags der Horizont vor ihnen zu wölben. Barakuda stellte sich in den Steigbügeln auf und hielt die Hand über die Augen. »Drei-Bleiche-Schwestern«, sagte er auf Banyashilgu. Ang'har warf ihm einen schnellen Blick zu.

»Was für Frauen?« sagte Gerames.

Barakuda lachte. »Eine kleine Hügelformation aus hellem Stein, vermutlich von der letzten Eiszeit hier deponiert.«

Ang'har nickte. »Kennst du die Gegend?«

»Kennen ist übertrieben. Ich bin vor Jahren mit Gortahork hier vorbeigeritten.«

Nördlich der Hügel schlängelte sich ein Rinnsal durch die Steppe, das weiter im Westen in einen Nebenlauf des Golzain mündete. Eine Gruppe verkrüppelter Bäume war der mit McVitie ausgemachte Treffpunkt für den Mittag des folgenden Tages. Gerames wußte weder den genauen Ort noch die genaue Zeit, und Ang'har gegenüber hatte Barakuda nichts gesagt, ohne dafür einen Grund zu wissen.

Abends erreichten sie die Hügel und kampierten auf der Südseite. In der Nacht erwachte Barakuda, Gerames hatte ihn an der Schulter berührt. »Ich habe die zweite Wache«, sagte der Konstrukteur leise, »aber Ang'har hat mich nicht geweckt. Er ist fort.«

Barakuda wickelte sich aus den Decken. Er blickte zu den Pferden hinüber, die neben einem hellen Block standen. Alle vier waren da. »Sie sind wach und wittern«, flüsterte er. Der leichte Nachtwind kam von Norden; die Pferde hatten die Köpfe den Hügeln zugewandt. Barakuda schnüffelte. Eine Ahnung von Rauch war in der Luft.

Er nahm die Pistole in die Hand. »Kriech zu den Pferden«, sagte er leise. »Und bleib hinter den Steinen.« Gerames gehorchte ohne Widerspruch.

Dante schlich zu den Hügeln. Vorsichtig suchte er einen Weg zum Gipfel, wenn man die vielleicht 50 Meter aufragende Spitze der Formation so nennen mochte. Oben kroch er auf dem Bauch zum Nordrand der Kuppe.

Knapp unter ihm flackerte ein winziges Feuer. Daneben hockte Ang'har. Der junge Shil starrte nach Norden. In diesem Moment machte Barakuda in der klaren Nacht eine undeutliche Masse aus, die sich zu nähern schien. Er hörte das Trappeln der Hufe vieler Pferde.

Gerames wartete ungeduldig. »Was ist los?«

Barakuda sattelte sein Pferd. »Tempo. Wir sind in Eile. Ang'har hat sich offenbar mit Freunden verabredet. Frag mich nicht, wie oder seit wann, ich weiß es nicht. Wir müssen weg.«

»Gott erhalte meinen Magen. Ich bin wach geworden, weil ich Hunger hatte.« Gerames schwang sich in den Sattel und nahm den Zügel des Packpferds.

Sie ritten langsam und leise nach Süden, bald trieb Barakuda sein Pferd an. In einem großen Halbkreis galoppierten sie zunächst nach Osten, dann nach Norden. Als die Pferde müde wurden, ließ Dante sie in Schritt fallen. Lange vor Sonnenaufgang überquerten sie den kleinen Bach und erreichten die von Buschwerk umgebene Baumgruppe.

Sie ließen die Pferde saufen und rauchten einige Zigaretten. Gerames spekulierte über Ang'har, seine Motive und seine Freunde. Die Steppe in der Nähe des Gebüschs war leer.

Im Morgengrauen ging Barakuda zu einer Stelle, von der er Drei-Bleiche-Schwestern sehen konnte. Gerames beobachtete die Steppe nördlich des Bachs.

Bei den Hügeln stieg Rauch auf – Zeichen für ein Lager. Gerames pfiff leise. »Da vorn ist was«, sagte er, als Dante zu ihm trat.

»Wo?«

»Da drüben. Jetzt nicht mehr, aber eben hab ich eine Bewegung gesehen.«

Plötzlich hörten sie von den Hügeln her Schüsse. Barakuda fluchte. »Banditen. Oder Matriarchinnen. Oder der Satan persönlich.« Er schaute in den blaßblauen Morgenhimmel und schrie: »Warum wollt ihr diese verdammte Welt mit aller Gewalt zerstören? Reicht es nicht aus, daß man wie ein Wurm von allein krepiert, sobald es an der Zeit ist? Ich möchte einfach wieder durch die Steppe reiten können und sicher sein, daß, wenn mich etwas trifft und tötet, es nur ein Pfeil ist. Ich bin wählerisch geworden, ich hasse diese zischenden Bleikugeln. Die elf Götter von Sa'orq und der Große Fisch sollen euch alle in Schlangengalle ertränken!«

Gerames klopfte ihm auf die Schulter; sein Gesicht zeigte Besorgnis.

»O Bruder«, sagte Dante aufatmend, »keine Sorge, ich bin schon wieder in Ordnung.«

»Trotzdem danke für die Vorstellung.« Gerames grinste.

Zwischen den Büschen tauchten zwei Köpfe auf. Barakuda seufzte erleichtert.

»Avlok, Gatvas – gut, euch zu sehen. Woher kommt ihr?«

Die beiden jungen Shil sahen erschöpft aus und zogen ihre Pferde hinter sich her.

»Wir haben diese Abkömmlinge obszöner Schleimpflanzen verfolgt.« Avlok spie aus. »Sie sind blind und dumm. Ihre Mütter hätten sie bei der Geburt in ein Jauchefaß werfen sollen.«

Barakuda lachte. »Wo hast du Saravyi getroffen?«

Avlok zuckte zusammen. »Woher weißt du... ?«

»Ich kenne ihn und weiß, wie ansteckend seine Reden sind. Du bist zu jung, um selbst auf so etwas zu kommen.«

Avlok berichtete knapp. Gerames lauschte und beobachtete gleichzeitig die Hügel, wo noch immer ohne sichtbaren Grund Karabiner knatterten.

Avlok war von McVitie in der Steppe abgesetzt worden und hatte bei einem der Treffpunkte, die Barakudas Agenten untereinander abgesprochen (und wo sie Depots mit den wichtigsten Dingen eingerichtet) hatten, Gatvas getroffen. Sie hatten Gerüchte gesammelt, aus denen keine handfesten Informationen zu machen waren; dann waren sie etwa 50 Banditen gefolgt, die mit Karabinern bewaffnet nach Süden ritten. Avlok hatte vor zwei Nächten seinen Hals riskiert, um sie zu belauschen. So hatte er erfahren, daß sie nach Drei-Bleiche-Schwestern ritten, um dort wichtige Männer aus dem Protektorat abzufangen.

»Sie haben Funkgeräte«, sagte der Shil. »Ich habe gehört, wie sie mit einem Genossen in Biyang gesprochen haben. Gonwan heißt er.«

Barakuda verstand plötzlich viel mehr von den Vorgängen der letzten Tage.

»Vor vier Tagen sind wir Saravyi begegnet.«

Vor Morgengrauen überflogen sie in großer Höhe den vereinbarten Treffpunkt.

Unter Sarela McVities Kommando war der Gleiter mit zehn Frauen der A-*centuria* und Bondaks »Bande« gestartet.

Die Infrarotgeräte zeigten mehrere kleine und zwei größere Gruppen oder vielleicht auch Tierherden. Vanzuid spielte mit den neuen Flugsonden. McVitie sah mit zusammengekniffenen Brauen auf die Schirme.

Bei den merkwürdigen Hügeln hielten sich offenbar Banditen auf, das zeigten die ersten Bilder sehr deutlich. Aber wo steckte Barakuda mit seinem Begleiter, diesem exzentrischen Milliardär?

Die Sonden näherten sich einigen schwach erkennbaren Bäumen weiter östlich.

»Das sieht wie Barakuda aus.« Sarela atmete auf, Bondak nickte, und Elorza sagte: »Eindeutig der Chef. So krumm sitzt sonst keiner auf dem Pferd. Aber wo wollen sie hin? Zwei Mann mit vier Pferden?«

Ein Stückchen nördlich nahm eine weitere Sonde zwei müde Reiter auf »Sieht aus wie Barakudas Agent, der eine, links, wie heißt er noch?«

Timoara kratzte sich den Kopf, Learoyd zwinkerte. »Avlok, glaub ich. Netter Junge, verträgt aber nicht viel.«

Die zweite große Gruppe, vielleicht zehn Kilometer nördlich von Drei-Bleiche-Schwestern: einige hundert Shil. McVitie lächelte, als sie die vertraute Gestalt an der Spitze sah.

»Bondak, wir landen bei den Shil.«

Es waren Gargava-Jäger, darunter auch die, die vor mehreren Zehntagen zusammen mit Sarela McVities Patrouille in einen Hinterhalt der Räuber geraten waren. McVitie und Saravyi besprachen sich, dann stieg der Gleiter wieder auf, flog nach Westen und von dort niedrig und langsam zu Drei-Bleiche-Schwestern.

Die Sonne ging auf. Der Gleiter sackte ruckartig immer tiefer, setzte auf, hob wieder ab, beschleunigte, bremste, fiel, schleifte auf dem Boden. Mit Geheul und sinnlos feuernd galoppierten die Banditen hinter etwas her, was sie für einen defekten Gleiter halten mußten, der über den Hügeln aufgetaucht war. Kaum eine der Kugeln traf, und die Treffer waren harmlos dank der Panzerung. Bondak saß an den Kontrollen und spielte mit der Maschine. Er genoß es, die Banditen immer näher herankommen zu lassen, immer wieder kurz abzuheben, wieder fast zu stürzen. Einige Leute der Besatzung hatten hellgrüne Gesichter, und Bondak freute sich noch mehr.

Der Gleiter zog Banditen und eine Staubwolke hinter sich her. Sarela ließ ihr Fernglas sinken. »Alles klar – hoch!«

Bondak fletschte die Zähne und ließ die Maschine steigen.

Als die galoppierenden Banditen aus der Staubwolke kamen, ritten sie in einen Halbkreis gut postierter Shil.

»Jetzt holen wir Barakuda«, sagte McVitie.

Die meisten Banditen saßen stumm auf dem Boden. Es hatte kaum Verluste gegeben, alles war zu klar und schnell gegangen. Saravyi und Dante begrüßten einander herzlich.

»Man übertreibt wie immer«, sagte der Alte. »Ich hörte, wichtige Cadhrassi seien in Gefahr. Aber du warst es ja nur.«

Saravyis Truppe bestand aus fast sechshundert Jägerinnen und Jägern; etwa die Hälfte verfügte über Karabiner. Saravyi zwinkerte. »Wir haben sie gefunden.«

Sarela kicherte, Gerames schüttelte sich vor Lachen, und Barakuda steckte dem alten Shil einen Finger in den Bauch. »Wenn alles vorbei ist… «

»Ich weiß. Die Überlebenden geben die Waffen ab.«

Ang'har saß zwischen den anderen Banditen am Boden. Er blickte auf, als Barakuda näher kam. Eine Wolke zog über sein mürrisches Gesicht.

»Du«, sagte Barakuda, »wirst sofort aufstehen.«

Ang'har erhob sich wortlos. In diesem Augenblick hörte Barakuda ein leises Summen.

Er wandte sich um. Ein nicht weit entfernt sitzender Bandit sah betont gleichgültig drein. Dante winkte einigen Shil.

In der Innentasche der Jacke fand Barakuda das Funkgerät. Es summte wieder. Er nahm es in die Hand und aktivierte den Empfänger. »Ja?« sagte er auf Banyashilgu.

»Bist du das, Mirekhi?« Die Stimme war rauh und schien aus weiter Ferne zu kommen.

Barakuda erkannte sie. Er räusperte sich und sagte auf Galaktein: »Nicht direkt, Nobrega. Mirekhi steht neben mir, ich hab ihm das Gerät abgenommen. Barakuda.«

Nach einer winzigen Pause kam ein dröhnendes Lachen aus dem Gerät. »Ah, Barakuda. Hast du wieder Spaziergänger überfallen?«

Barakuda sagte nichts.

Nobrega schwieg, er schien zu überlegen. Dann sagte er: »Nun ja, früh er oder später war das unvermeidlich. Zu deiner Information: Du sprichst mit dem künftigen Generalgouverneur. Ich werde dich entlassen, wenn es soweit ist. Hoffentlich verschlingt dich vorher die Hölle. Wenn nicht, werde ich mir für dich eine besonders raffinierte Methode ausdenken, um dich an diesen warmen Ort zu befördern.«

Barakuda klickte mit der Zunge. »Ich zittere, Großer-Töter. Wieviel Lebenszeit verbleibt mir noch, daß ich die Kunst lerne, dich anzubeten? Oder bist du nicht Gott?«

»Welcher Gott?«

»Gott Lubangi.«

»Wer ist Lubangi?«

»Im Süden«, sagte Barakuda laut und auf Banyashilgu, so daß die umstehenden und umsitzenden Shil einschließlich der Banditen es hören konnten, »gibt es einen Ort namens Langlava. Zu den lokalen Göttern gehört Lubangi. Er ist aufdringlich und größenwahnsinnig und gilt als Inbegriff der Lächerlichkeit. Man stellt ihn als Schmeißfliege und Kotfresser dar.«

Nobrega schaltete ab.

Sarela, Dante und Saravyi gingen zu einer Gruppe kleiner Felsbrocken, für eine Art Kriegsrat. Ein Blick in McVities Gesicht genügte Dante. Die Gouverneurin mußte sich zu dem gleichen Vorgehen durchgerungen haben, das er seit Tagen abwechselnd auskalkulierte und dann wieder für irrsinnig hielt. Und das Gesicht der jungen Frau zeigte, daß sie eingeweiht war.

Saravyi lehnte sich mit geschlossenen Augen an einen Felsen. »Wie geht es der Hüterin von Cadhras?«

In diesem Moment erst erinnerte Barakuda sich daran, daß der alte Mann bereits vor vielen Zehntagen die Gouverneurin immer Hüterin genannt hatte. Als habe er testen wollen, ob Barakuda im Besitz bestimmter Informationen sei. »Deshalb also.«

Saravyi hob die Achseln. »Natürlich. Aber damals hast du nicht reagiert. Wieso jetzt?«

Barakuda berichtete von dem zufällig gefundenen Buch. McVitie schwieg. Saravyi warf einen Blick zu den anderen hinüber. »Der lange Mann dort?« Er deutete mit dem Kinn auf Gerames.

»Ja. Was hättest du gemacht, wenn dieser Zufall nicht eingetreten wäre?«

»Es gibt mehrere Möglichkeiten.« Der alte Mann blinzelte in die menschenleere, graugrüne Steppe. »Ich hätte dir, spätestens bei diesem Treffen hier oder sonst bei nächster Gelegenheit mit Hilfe der Funkgeräte deiner Kundschafter, die nötigen Dinge erzählt.«

»Und wenn ich nichts davon hätte wissen wollen?«

Saravyi verschränkte die Arme. Seine Augen bohrten sich in die Barakudas, und der Blick war eisig und sehr weit weg. Unter der Maske des verschmitzten alten Mannes sah Dante für Sekundenbruchteile erstmals jenen Saravyi, den Fürsten und Heiler der Shil respektierten. »Es gibt gewisse Erzeugnisse meiner Vorfahren«, sagte Saravyi tonlos. »Erinnerst du dich an die hübschen Kästchen?«

Sarela hockte vor ihnen auf dem Boden und blickte zwischen den Männern hin und her. Bei Erwähnung der Kästchen riß sie die Augen weit auf.

Saravyis Blick senkte sich zu ihrem Gesicht, er lächelte. »Du wirst dies vergessen, meine liebe Tochter.« Der Ton war sanft, aber er ließ keine Widerrede zu.

»Darüber reden wir später«, knurrte Barakuda. Ihn schwindelte einen Moment. »Was gibt es noch in dieser Art?«

Saravyi hüstelte. »Grüne Kreiselräder. Es war nicht einfach, sie aus dem Norden zum mittleren Avrak zu schaffen und dafür zu sorgen, daß jemand sie bemerkt, wenn sie auf dem Wasser treiben.«

Barakuda starrte ihn ungläubig an. »Wie bitte?«

»Außerdem noch einige Dinge, die in alten Archiven erwähnt und beschrieben sind. Habe ich dir erzählt, daß ich alte Archive untersucht habe?«

»Ich wußte nicht einmal, daß es sie gibt. Du hast keine Lust, auf Fragen zu antworten, oder?«

»Reden wir nicht davon. Oder nur so viel: Es gibt Dinge, die zum Beispiel das Problem Pasdan innerhalb weniger Minuten lösen könnten. Die Lösung würde unzählige Menschenleben fordern... «

»Sprichst du von atomaren Waffen?«

Saravyi winkte ab. »Eure Spalt- oder Fusionswaffen sind ziemlich primitiv, Freund. Nein, davon rede ich nicht. Ich rede von Dingen, die nur das zerstören, worauf sie gerichtet sind. Sie versengen nicht den Boden und schädigen nicht umstehende Menschen durch Strahlen. Aber ich hoffe, daß sie niemals zum Einsatz kommen, denn sie sind fürchterlich.«

Er schwieg wieder. Dante stellte mehrere Fragen, erhielt jedoch keine Antwort. Der alte Mann musterte das Gesicht der Leutnantin, die immer noch vor ihm auf dem Steppenboden hockte.

»Nun ja«, murmelte er schließlich. »Das wäre die letzte Möglichkeit. Die vorletzte, um genauer zu sein. Gortahork und Tremughati wollten nichts davon wissen. Eigentlich wollten sie die Probleme auf eine einfachere Weise lösen, die aber viel blutiger ist.«

»Reden wir von Pasdan?«

Saravyi nickte. »Wir reden von den mörderischen Müttern. Und von vielen Banyashil, die in das Land der sieben Ströme reiten, um den Boden mit ihrem Blut und dem der Mütter zu benetzen.«

Barakuda ließ sich neben Sarela auf den Boden sinken und barg das Gesicht in seinen Händen. »Warum habt ihr denn nichts gesagt?«

»Dies ist vor drei Jahren erörtert worden. Wir wußten, daß in Pasdan düstere Dinge vorbereitet wurden, aber dieses Wissen ist – Heilerwissen. Nichts, was einer Prüfung durch eure Behörden, die Tatsachen anfassen wollen, standgehalten hätte. Gortahork war für schnelles Reiten, Tremughati war für Abwarten und wollte vielleicht mit dir sprechen. Damals war die Gouverneurin noch neu und uns unbekannt. Und du, meine Tochter? Machst du mit?«

Sie richtete sich auf und starrte verloren über die Steppe. Saravyi nahm ihre Hand; sie blickte den alten Mann an und lehnte sich einen Moment gegen Barakudas Schulter. »Ja«, sagte sie dann leise. Sie schluckte und setzte sich gerade hin. »Ich nehme an, Chef, daß ich mit Ihnen und der Gouverneurin die einzige aus Cadhras bin, die davon weiß?«

»So ist es. Und mit der Gouverneurin habe ich kein Wort gewechselt über diese Sache. Wir haben nur den gleichen Text gelesen und offenbar die gleichen Schlüsse gezogen.«

»Sie ist eine sehr bemerkenswerte Frau.«

Saravyi kicherte. »Auf diesem Planeten«, sagte er auf Galaktein, »wimmelt es von bemerkenswerten Frauen. Einige sind groß im Guten, wie Tremughati und eure Gouverneurin. Andere sind groß im Bösen. Und auch du bist bemerkt worden, wie du weißt.«

Barakuda räusperte sich. »Vielleicht werden Sie deshalb nicht mehr schlafen können, Sarela. Sie können mir sagen, daß Sie nicht mitspielen wollen. Aber Sie dürfen um keinen Preis darüber sprechen.«

Sie blickte ihn mit ihren hellen Augen an; dann senkte sie den Kopf. »Ich mache mit. Obwohl... «

Barakuda lächelte beinahe wehmütig. »Ich weiß. Sie fragen sich ›Warum ich?‹, nicht wahr? Es gibt viele Gründe. Sie sind die einzige von den Offizieren, die fließend Banyashilgu spricht, und Sie werden mit Shil umgehen müssen. Sie sind intelligent und fähig, sich auf die fantastischen Einzelheiten einzustellen. Außerdem hat ein alter Shil, der nicht erzählen will, welche Rolle er in diesem Spiel spielt, einen Narren an Ihnen gefressen. Und ein gewisser halbalter Cadhrassi kann das sehr gut verstehen. Das war eine außerdienstliche Bemerkung, *legata*. Außerdem«, setzte er nach einer kurzen Pause hinzu, »ist die Frage ›Warum ich?‹ eine, die ich auch für mich nicht beantworten kann. Wenn Ihnen das hilft. Ich glaube, bei solchen Entscheidungen ist das normal. Warum ich, warum wir, warum nicht die nächste Generation oder mein Nachfolger? Aber das Problem stellt sich *heute*, und *wir* müssen damit fertig werden.«

»Noch etwas«, sagte Saravyi. »Für den Plan werden wir viele hellhäutige Frauen brauchen.«

Barakuda nickte. »Ich weiß. Ich weiß aber nicht, woher wir sie nehmen sollen.«

Saravyi deutete allgemein nach Osten. »Jenseits von Banyadir gibt es Dörfer, zwischen den Bergen und dem Ozean. Dort haben sich, auf Waldinseln, Inseln im Meer der Bäume, ehemalige Sklaven der Mönche niedergelassen, Flüchtlinge aus Banyadir. Es sind Nachfahren von Mischlingen, und bei ihnen sind viele, die fast wie Cadhrassi aussehen.«

Sarela McVitie hustete plötzlich und warf den Rest der Zigarette fort. »Sind diese hellen Frauen auch seefest?«

Saravyi legte ihr eine Hand auf die Schulter. »Geh, Freundin. Wir werden einander sehr viel sehen, aber es gibt noch eines zu bereden, das keiner hören darf.«

Als sie weit genug entfernt war, wandte der alte Mann sich zu Barakuda.

»Stop, Saravyi. Es gibt mindestens zwei Dinge zu bereden, die keiner hören darf. Deinen dunklen Andeutungen entnehme ich, daß die Räuber und die Mütter verbündet sind, wenn ich das auch nicht ganz begreife.«

Saravyi starrte reglos auf einen Punkt hinter Barakudas Schulter.

»Aha. Gortahork, sagst du, wollte die Probleme mit Pfeil, Bogen und Säbel klären. Dann sind plötzlich die Kistchen aufgetaucht und die zweite Räubergruppe, die wir zusammen mit Tremughatis Jägerinnen in den Höhlen am Golzain erledigt haben. Ich denke mir, die Kistchen, die Waffen der Räuber und die zweite Gruppe haben Gortahork daran gehindert, seinen Plan so auszufahren, wie er wollte, nicht wahr?«

Saravyi nickte.

»Diese Meinungsänderung des Fürsten war doch das, was du auch haben wolltest. Es muß dir also angenehm gewesen sein. Wie sind eigentlich die Räuber an diese unheimlichen Kistchen gekommen?«

Saravyi grinste. »Vielleicht hat jemand, der sich mit der Vergangenheit auskennt, sie ihnen gezeigt.«

Barakuda biß sich auf die Unterlippe. »Kann es sein, daß er dies deshalb getan hat, weil er erstens die Fürsten zu einem weniger blutigen, dafür vollendet irrsinnigen Vorgehen bringen und zweitens die Dinge so beschleunigen wollte, daß sie sich ereignen, solange in Cadhras bestimmte Personen im Amt sind, denen er vertraut?«

Saravyi klopfte ihm mit halboffener Faust gegen den Bauch. »Die Farben der Steppe im Herbst sind besonders angenehm. Was ich dir sagen wollte, ist dies. Ich habe es, vor vielen Zehntagen, schon einmal kurz erwähnt. Ein großes Treffen aller Heiler und Fürsten findet nur statt, wenn sehr große Dinge zu beraten sind. Zuletzt war es der Fall vor ungefähr zweihundertsiebzig eurer Jahre, als das Abkommen mit dem Commonwealth zu erörtern war. Die Fürstin hat angeordnet, daß ein großes Treffen stattfinde. An einem Ort, den keiner außer uns, hm, den Fürsten und Heilern kennt... « Er zog Barakudas Kopf zu sich herunter und sprach in sein Ohr.

»Übrigens«, murmelte er, als sie zu den anderen zurückkehrten, »solltest du die Insel Kar'ayis kennen.«

Es handelte sich um eine große, stark bewaldete Insel im Pangotischen Ozean, etwa 1000 Kilometer westlich der Meerenge von Pasdan.

»Warum?«

»Nun, dort nimmt das Holz ab. Und es gab da früher einmal, als meine Ahnen sich für derlei interessierten, Diamanten.«

Zwei Stunden später brachen sie auf. Eine kleine Truppe von Jägerinnen und Jägern hatte die Banditen auf Pferde gesetzt und gefesselt, um sie nach Biyang zu bringen. Der größere Teil von Saravyis Leuten hatte ein anderes Ziel.

Saravyi saß im Sattel und umklammerte mit einer Hand den Knauf. Mit der anderen strich er über Sarela McVities Haar. Sie lächelte halb traurig zu ihm empor und ging dann zum Gleiter, an dem Barakuda lehnte.

»Also Golazin«, sagte Saravyi. Er zwinkerte Sarela zu. »Herrin der Geisterschiffe, wir sehen uns dort, und das ist das einzige, was mich an der Sache erfreut.«

In Biyang suchte Barakuda das Gildehaus auf. Die Zünfte der Händler, Feinmetaller, Schwertfeger, Holzwerker, Schürfer, Erzschmelzer etc. stellten die einzigen Organisationen des Orts dar.

»Von einer Anzeige ist uns nichts bekannt«, sagte ein Zunftrat, während sie zu den Gebäuden des Handelsherrn Gonwan gingen. »Wir haben aber die Leiche einer jungen Frau aus dem Avrak gefischt, unterhalb der Stadt. Es könnte gut diese Leyso sein. Man hatte ihr die Kehle durchgeschnitten.«

Gonwan war nicht erfreut über den Besuch. Von Mirekhi hatte Barakuda die Frequenz erfahren, auf der die Banditen untereinander Kontakt hielten. In Anwesenheit des Zunftrats und einiger Büttel stellte Dante auf dem konfiszierten Gerät von Mirekhi die Frequenz ein und rief Gonwan. Aus dessen Schreibtisch ertönte ein leises Summen. Das Gerät fand sich unter Papieren in einer Schublade.

Danach flogen sie zu der Stelle, an der Ang'har und Forsal die übrigen Kreiselsteine versteckt hatten. Sie wurden in den Transportkammern des Gleiters verstaut.

Kurz nach Sonnenaufgang befanden sie sich über dem Hinterland von Arameq. Wegen der ungewöhnlichen Lasten machten sie keine schnelle Fahrt. Sie flogen niedrig. Der hintere Teil der transparenten Kuppel war geöffnet und sorgte für angenehme Luft.

Gonwan, Mirekhi und Ang'har saßen auf der Heckbank. Die Hände hatte man ihnen auf den Rücken gebunden, alle drei schwiegen verbissen. Ang'har gähnte plötzlich, erhob sich und lehnte sich gegen die Gleiterwand. Er warf einen Blick auf die Felder, die unter ihnen vorbeizogen. Dann schaute er nach vorn und begegnete Barakudas Augen. Er grinste.

Dante musterte den jungen Mann, der als Spion für Großer-Töter alias Nobrega im Südland gearbeitet hatte. Die Stellung auf Forsals Boot war ideal gewesen. Er hatte Fluß und Küste bereist und in den Häfen vieles gehört. Barakuda nahm an, daß Ang'har den alten Schiffer auf die Idee gebracht hatte, die Passagiere auszuplündern, damit er selbst sie retten und in den Norden begleiten konnte. Leyso war eine hübsche Dreingabe gewesen.

Ang'har blickte zur Seite, über die Bordwand. Unter ihnen glitzerte das Binnenmeer in der Morgensonne, sie waren vielleicht einen Kilometer vor der Küste. Ang'har ging in die Knie, federte hoch, hing einen Moment über der Bordwand und verschwand.

Dante und Gerames schauten hinter dem ehemaligen Reisegefährten her. Ang'har fiel dem Wasser entgegen und erzeugte eine Fontäne. Der Gleiter flog nicht sehr hoch. McVitie wollte wenden lassen, aber Barakuda winkte ab. Er beobachtete die Aufschlagstelle noch eine Weile mit dem Fernglas.

Plötzlich kicherte Gonwan. »Er war wichtig, einer der wichtigsten Leute überhaupt. Von mir könnt ihr kaum etwas erfahren – er hätte euch alles sagen können. Und wir waren noch nah am Land, nicht wahr? Er ist ein sehr guter Schwimmer.«

»Du irrst.« Barakuda lächelte verzerrt. »Ein Mann mit gebundenen Armen kann durchaus den Sturz überleben und an Land schwimmen, auf dem Rücken, mit Hilfe der Beine. Das meinst du doch, oder?«

Gonwan schwieg und sah irritiert drein.

»Aber er kann nicht seinen Gürtel öffnen. Glaubst du nicht auch, daß ein Gürtel mit fünftausend Foldar zu schwer wiegt für einen Schwimmer, der die Arme nicht bewegen kann?«

Gonwan stieß einen Fluch aus. Mirekhi sagte: »Ein gutes Ende. Er hat mehr Männer getötet, als ich bei Drei-Bleiche-Schwestern befehligte. Und er wollte immer reich sterben.«

Auf dem Landefeld von Cadhras stand eine kostbare, diskusförmige Yacht mit verzierten Erkern und sehr viel Chrom. Gerames runzelte die Stirn.

»Das sieht nach einer alten Freundin aus. Eh, Barakuda, was ist das beste Hotel an der Bucht?«

»Das *Vistamari.* Warum?«

»Ach, Quartier... «

Gerames verschwand mit einem Nicken. Dante wanderte zum Palais, wo er der Gouverneurin berichtete. Erörterungen des Plans und des künftigen Vorgehens verschoben sie auf später.

Nach einem langen Schlaf nahm Barakuda im *Meeresleuchten* ein kleines Frühstück zu sich. Begheli hatte noch nicht viel zu tun und konnte ihre Aufmerksamkeit zu etwa gleichen Teilen ihm und ihrem derzeitigen Gespielen widmen, einem höflichen, wiewohl wohlhabenden Gaianer, der nach einer Kreuzfahrt noch zehn Tage in Cadhras verbracht hatte und am folgenden Tag abreisen würde.

Gegen Mittag warf Dante einen Blick in den Tower. Irgul hatte Dienst.

»Na, leben Sie noch? Gibt es was Neues? Seit Sie fort waren, hat es kein richtiges Gelage mehr gegeben.«

Barakuda vertröstete ihn auf später und stieg in die Rechnerräume hinunter. In der Zentrale saß Leontia Vilgram wie eingeklemmt zwischen dem Terminal und einem Papierstapel, unter dem sich vermutlich ein Tisch verbarg. Sie blickte auf, als Dante den Raum betrat.

»Ah, Barakuda.« Sie gähnte. »Wir sind bald wieder komplett, die Nachtschichten gehen zu Ende. Und Sie haben wilde Abenteuer erlebt?«

Er nickte und trat zu ihr. Er wollte einen Blick auf das Terminal und die Papierstreifen werfen, dabei legte er eine Hand auf die Schulter der Ersten Operatorin.

Wie ein kräftiger Wechselstrom baute sich zwischen ihnen eine intensive sinnliche Spannung auf. Barakuda holte Luft und fühlte seine Knie weich werden. »Das träume ich aber nur«, murmelte er.

Fast drei Jahre distanzierter Zusammenarbeit, meist per Visifon, ohne einen einzigen Händedruck – und nun das. Er blickte auf das dunkle Haar hinab, das lang über die Khakibluse fiel.

Langsam drehte sie sich mit ihrem Sessel herum und hob das Gesicht. Barakuda fragte sich, wieso er diese Frau mit ihren vollen Lippen, dem energischen Kinn und den warmen dunkelbraunen Augen nie zuvor gesehen hatte.

Sie musterte ihn mit verschleiertem Blick. »Etliche Volt«, sagte sie leise. Sie hob die rechte Hand und berührte seine Finger, die noch immer auf ihrer Schulter lagen.

Er erledigte mit mangelhafter Konzentration notwendige Routinearbeiten, führte Gespräche mit seiner Vertreterin und Major Maqari, studierte ohne großes Interesse Dossiers, die der Präfekt der Gendarmerie hatte zusammenstellen lassen. Sie betrafen ihn und Ataratz selbst ebenso wie die anderen sechs Mitglieder des Krisenrats, enthielten aber nichts Neues. Keiner der acht für Manipulation in Frage Kommenden besaß große Schätze oder sonstwie Auffälliges. Ataratz hatte in seiner krakeligen Schrift angemerkt: »*Wer von uns hat die Möglichkeit, Geld o. ä. nach draußen zu schmuggeln? V.A.*«

Dante legte die Papiere beiseite und knurrte: »Jeder.«

Abends traf er sich mit Leontia Vilgram in einer kleinen Bar im Zentrum. Die Operatorin sah müde und munter zugleich aus.

Sie hatte das dunkle Haar im Nacken mit einer hellroten Schleife zusammengebunden und trug eine weite weiße Bluse, einen hellgrünen kurzen Rock und Sandalen. Dank Ataratz' Dossier wußte Dante, daß sie nach einer Scheidung um Versetzung nach Shilgat gebeten hatte. Entschlossen verdrängte er alle bösen Gedanken. »Rätselhaft«, sagte er.

Leontia saß neben ihm auf einem Hocker und legte eine Hand auf sein Knie. »Was ist rätselhaft?«

Er musterte im Halbdunkel ihr Profil. »Jahrelang sehen wir uns von weitem und wissen nicht, daß eine flüchtige Berührung Funken sprühen läßt.« Er fühlte sich merkwürdig wohl und unwohl, er fürchtete sich vor plötzlicher Nähe.

Leontia zog ihre Hand zurück. »Ich habe ein paar sensationelle Vorschläge.«

Barakuda grinste plötzlich. »Ja?«

Sie verließen die Bar. Leontia hakte sich bei ihm unter. »Übrigens riechst du nach Pferd. Sehr aufregend.«

»Ehrenwörtlich versichere ich, daß ich mich mehrmals gründlich gewaschen habe, ja, ich habe sogar frische Kleidung über mich gestülpt, aber an den guten Tieren, wenn man mit ihnen wochenlang zu tun hat, ist etwas Haftendes.«

»Pferd reicht völlig. Fisch muß nicht sein heute abend. Einverstanden, wenn wir zu mir gehen statt zum Hafen und deiner Wohnung, über die so viele Legenden umlaufen?«

»Natürlich. Aber welche Legenden?«

Sie gingen nach Westen, vorbei an den seltener werdenden Häusern; während sie sich dem Hang näherten, an dem oberhalb von Stadt und Serai die Bungalows lagen, informierte Leontia ihn kichernd über die zahllosen Geschichten, die man sich vom *Meeresleuchten,* der Wirtin, den Mädchen und den anderer Figuren jener Umgebung erzählte.

Leontia bewohnte einen der kleineren Bungalows. Dante bewunderte die Aussicht auf das nächtliche Meer und die Lichter der Stadt, der Hotels und des Hafens. Er stand zwischen Büschen auf der Terrasse und atmete kühlen Nachtwind. Leontia braute Kaffee.

Viel später lagen sie nebeneinander. Dante starrte in die Kerze, verkniff sich den Griff zur Zigarette und streichelte den Rücken der Frau.

»Warm und kuschelig«, sagte sie. »Aber tiefer wird es nicht gehen, nicht wahr?«

»Ja. Ist das schlimm?«

Sie lachte und fuhr mit einem scharfen Nagel sein Rückgrat entlang. »Nein. Äußerst erholsam. Mein Bedarf an verzehrender Liebe, die alles andere ausschließt, ist für die nächsten beiden Jahrtausende gedeckt.«

Sie sprachen nicht viel in dieser Nacht. Irgendwann wurde es zu Ende gehen. Dante war dankbar für Wärme, die nicht Auslieferung zum Preis hatte, und er achtete Leontias Motiv, weil er es nicht kannte.

Die Verhöre der beiden ehemaligen Räuber waren unergiebig. Auf dem Weg von der Garnison zum Raumhafen überdachte Barakuda zum tausendsten Mal die Details des Großen Geheimen Plans und fragte sich, wie lange er noch geheimzuhalten war. Zumindest Maqari mußte informiert werden.

Ein Hotel an der Plaza Atenoa hatte bereits geschlossen, der Winter und die Tote Zeit näherten sich, und das brachte weitere Probleme mit sich. Die Fischschwärme zogen auf die hohe See hinaus, der Tourismus endete, das Kurierboot von der Hauptwelt des Sektors überschlug einen Monat. Die Korvette flog zum Sektor-HQ, nahm die beiden fertigen Ausbildungskompanien mit und brachte später neue Rekruten nach Cadhras. Und vermutlich konnte man an dieser Routine nichts ändern, ohne große Aufmerksamkeit zu erregen. Für die Durchführung des Plans brauchten sie jedoch die ganze Garnison.

Auch die Bäume des Parks bereiteten sich auf die Tote Zeit vor. Die Blutweiden flammten noch einmal auf und begannen mit dem Abwerfen der Blätter, die meisten der angepaßten Shilgat-Eichen waren bereits kahl. Die Nimmergrün genannten Schlingpflanzen wiegten sich in der Seebrise, bläuliche, verworrene Laokoon-Feigen verfärbten sich dunkelviolett. Die Blätter der Eisenbäume oxydierten, und ein einsames Liebespaar stimmte Barakuda melancholisch.

Auf der verlassenen Esplanade blieb er stehen, lehnte sich an eine winterfeste Karmesin-Kiefer, rauchte eine Zigarette und starrte blicklos über die dunstige Bucht, in der nur noch wenige

Schiffe ankerten. Als die Glut seine Finger erreichte, warf er die Kippe fluchend weg und ging weiter.

Das *Vistamari* gehörte zu einem halbstaatlichen Konzern und war ein langgestrecktes, niedriges Gebäude von dezenter Eleganz mit eigenen Yachtstegen. Barakuda fand Gerames in guter Gesellschaft auf einer Terrasse am Meer. Der Milliardär wirkte vollkommen übermüdet und erschöpft. Allerdings waren die Höhlen unter seinen Augen fröhlich, und die junge Dame, die er mit Dante bekannt machte, sah hinreißend aus, trug ein abenteuerliches halbtransparentes Seidenkleid und hieß Zhízhora. Das hüftlange Platinhaar nahm Barakuda so gefangen, daß er die Nachnamen nicht verstand.

»Ich habe schon von den Irrfahrten gehört. Schade, ich wäre gern mal bei so etwas dabei. Auch wenn es riskant ist.« Sie hatte eine rauchige Altstimme.

Barakuda zwinkerte. »Ich hoffe, er hat Ihnen keine Staatsgeheimnisse verraten.«

Gerames kicherte. »Nur ein paar. Aber Zhízhora ist selbst Geheimnisträgerin und kann den Mund halten.«

Ein livrierter Kellner räumte die Reste der Mahlzeit ab – Meeresfrüchte, Fisch und diverse Salate – und goß trockenen Champagner nach. Dante bestellte »einen großen Topf Kaffee, und was haben Sie an Schnäpsen?«, und Zhízhora ergänzte die Bestellung, indem sie »dreimal viel Kaffee und drei terranische Calvados« anforderte.

Gerames lehnte sich zurück, gähnte und knackte mit den Fingern. »Was liegt an?«

Zhízhora spielte mit einem goldenen Feuerzeug, das mit vielfarbigen Steinchen besetzt war und sich von ihren dunkelgrün lackierten Fingernägeln abhob. Sie blickte zuerst Gerames, dann Dante an. »Soll ich gehen, oder hat es Zeit bis nach dem Kaffee?«

Gerames winkte ab. »Haben wir Geheimnisse?«

Barakuda hob die Schultern. »Nicht direkt. Das können wir später klären. Zunächst nur so viel: Ich brauche Geld.«

Der Konstrukteur nickte. »Ich weiß zwar noch immer nicht, was du eigentlich beabsichtigst, aber es ist wohl so, daß du vorläufig keine ausreichende Handhabe hast, um öffentliche Gelder zu verschwenden, ja?«

Barakuda lachte. »So kann man es ausdrücken.«

»Hm. Tja. Machen wir ein Geschäft?«

»Wie gehabt?«

»Ja. «

»Wenn du das riskieren willst... «

»Ich will. Wieviel?«

»Ungefähr eine Million.«

»Drachmen oder Talente?«

»Drachmen.«

Gerames knackte wieder mit den Fingern. Der Kellner kam mit den Getränken. Als er gegangen war, sagte Zhízhora: »Wollen Sie eine Flotte ausrüsten oder so was?«

Dante erschrak, ließ sich aber nichts anmerken. Er nippte an seinem Calvados, dann nahm er einen Schluck Kaffee zum Nachspülen.

Gerames beobachtete ihn und grinste. »Meine schöne Freundin besitzt ein paar Asteroiden mit sehr interessanten Schwermetallvorkommen. Außerdem steckt sie uns beide intellektuell in die Tasche und sitzt im Aufsichtsrat von Pandinga. Verglichen mit ihr bin ich ein kleines Würstchen.«

Barakuda pfiff leise. Der Pandinga-Konzern lieferte einen großen Teil dessen, was die Flotte benötigte, von Handwaffen bis zu kompletten Schiffshüllen. Die 21 Mitglieder des Aufsichtsrats – je 7 Vertreter des Commonwealth, der Industrie und der Arbeiter – wurden schärfsten Sicherheitschecks unterzogen.

Barakuda blieb mißtrauisch. »Wir können ja später darüber reden. Zum Beispiel heute abend.« Dann fiel ihm Leontia ein, und daß er abends bessere Dinge zu tun hatte.

Gerames musterte ihn. »Willst du den Vorschlag zurückziehen?«

Barakuda spielte mit seinem Schnapsglas. »Ich bin schon verabredet, später. Aber wir könnten vorher ein kleines Mahl zu uns nehmen – sagen wir gegen sechs?«

Gerames blickte auf die kostbare Uhr an Zhízhoras Handgelenk »Na, es ist jetzt halb eins. Bis dahin haben wir bestimmt wieder Appetit.«

Zhízhora warf ihm einen mehrdeutigen Blick zu. Dann wandte sie sich an Barakuda. »Einverstanden. Wenn Sie Ihre Freundin nicht mitbringen wollen, wird es sicher Gründe geben, oder? Aber vielleicht verraten Sie mir nachher wenigstens, welcher Unflat in meinem Dossier steht.«

Begleitet von Gerames' Gelächter verließ Dante die Terrasse.

Das Dossier, das ihm Gaia übermittelte, enthielt keinerlei Unflat. Zhízhora Ndanda Bunofre war 36 Standardjahre alt, Industrielle mit einem geschätzten Vermögen von zehn Milliarden Drachmen, Aufsichtsrätin und Geheimnisträgerin, ihr Sicherheitsstatus lag weit über seinem eigenen. Den Unterlagen zufolge machte sie zur Zeit Urlaub an Bord ihrer Yacht, Shilgat war eines der möglichen Reiseziele.

Nachdenklich wanderte er durch die Stadt zum Palais der Gouverneurin. Nach kurzer Begrüßung warteten sie, bis die Assistentin Tee und Gebäck gebracht hatte. Dann berichtete Dante von Zhízhora Ndanda Bunofre, mit deren Hilfe ein Weg für Nachforschungen außerhalb amtlicher Kanäle gefunden werden konnte.

»Offizielle Anfragen könnten Staub aufwirbeln und dazu führen, daß jemand Wind von der Sache bekommt und zum Beispiel den Frachter *Nadir* stoppt. Wenn die *Nadir* aber nicht wie vorgesehen Shilgat anläuft, werden wir nie handfeste Beweise bekommen.«

In der folgenden Stunde besprachen sie erstmals das gesamte abenteuerliche Vorgehen, dessen Grundidee ihnen unabhängig voneinander bei der Lektüre von Florisa de Clares Tagebuch gekommen war.

»Es ist natürlich irrsinnig«, sagte Dante schließlich, »aber wahrscheinlich die einzige Möglichkeit, ein Blutbad zu verhindern.«

»Sollte der Plan scheitern, gibt es eine Katastrophe.«

»Es gibt, habe ich von Saravyi erfahren, irgendwo im Nordosten eine Gruppe heller Mischlinge, deren Ahnen den Mönchen entlaufen sind. Ich werde in einigen Tagen dorthin fliegen und Mitarbeiter anwerben. Ich hoffe, ich kann dort auch die Hauptrolle besetzen.«

Lydia Hsiang atmete tief ein. »Die Hauptrolle ist besetzt.«

Dante starrte sie verstört an. »Das... das ist nicht dein... Ihr Ernst.«

Sie erhob sich und lächelte flüchtig. »Erwarten Sie, daß ich einem Plan zustimme, bei dem Sie und Hunderte anderer Menschen das Leben riskieren, und ich, nachdem ich alles ausgeheckt habe, soll mich hier in Ruhe hinsetzen und abwarten?«

»Aber… «

»Kein Aber. Wir können in einigen Tagen noch einmal darüber sprechen. Ich schlage vor, unser Gespräch jetzt und an dieser Stelle zu beenden. Sie würden die nächsten Stunden doch nur damit verbringen, mich vom Gegenteil überzeugen zu wollen.«

Sie ging zur Tür und öffnete sie. Leiser setzte sie hinzu: »Nicht, daß ich Ihre Sorge nicht zu schätzen wüßte. Und ich gäbe vieles darum, wenn es mir erspart bliebe.«

Bedrückt ging Barakuda zurück nach Cadhras. In seiner Wohnung duschte er und zog sich um; danach warf er einen Blick ins *Meeresleuchten* und trank mit Mutter Schwabbel einen Kaffee, um auf andere Gedanken zu kommen. Die Rote Yolande war guter Dinge und füllte seine Ohren mit absurden Anekdoten und dem neuesten Klatsch des Hafens.

Gegen fünf Uhr erreichte er das *Vistamari*. Gerames und Zhízhora waren nirgends zu finden; Dante rief vom Empfang aus Gerames' Apartment an, dann, als sich dort niemand meldete, das von Zhízhora Ndanda Bunofre.

»Störenfried!« sagte Gerames, als sie zu Barakuda an die Bar kamen. »Wir sind doch viel später verabredet.«

Dante grinste. Gerames sah noch müder aus als am Mittag, die Aufsichtsrätin des großen Konzerns noch hinreißender.

Er wandte sich an Zhízhora. »Madame, Ihr Dossier enthält keinerlei Unflat. Deshalb wage ich, Sie um einen sehr wichtigen und sehr hilfreichen Gefallen zu bitten.«

Sie sah ihn aufmerksam an. »Soll ich für Sie Hersteller und Lieferanten dieser Karabiner ausfindig machen?«

Dante seufzte. »Sie sind mir wirklich weit voraus. Wollen Sie nicht meinen Job übernehmen?«

Sie schüttelte den Kopf. »Zu schlecht bezahlt, danke.«

Gerames gähnte und begann, Kringel und Zopfansätze in Zhízhoras Platinhaar zu flechten.

»Wenn ich jetzt offiziell die Abwehr nachforschen lasse, bekommt am Ende jemand Wind von der Sache, und ein wichtiger Beweis, nämlich eine weitere Lieferung, die ich erwarte, findet nicht mehr statt. Ich nehme an, wenn ich Ihnen eine Waffe mitgebe, können Sie ohne großes Aufsehen etwas herausfinden?«

»Kann ich. Aber dazu müssen Sie mich erst mit der Waffe im Gepäck durch Ihren famosen Zoll schleusen. Und ich will genau wissen, was hier eigentlich vorgeht.«

Gerames hüstelte. »Ah, übrigens – die Bank honoriert meinen Scheck. Sie haben sogar genug Bargeld. Und große Augen gemacht.«

Barakuda verbrachte eine stürmische Herbstnacht in Leontias Bungalow. Beim Frühstück sahen sie, daß der Dunst auf dem Binnenmeer zu Nebel wurde.

Danach begab er sich zur nächsten Konferenz ins Palais. Sie besprachen noch einmal die notwendigen Maßnahmen und sparten die Kernfrage höflich aus.

»Ich schätze«, sagte Barakuda schließlich, »wir werden Maqari allmählich einweihen müssen.«

»Ja. Das alles ist nicht über seinen Kopf hinweg durchzuführen. Natürlich könnte ich ihm schlicht unbegründete Befehle erteilen... «

»Wissen Sie, Lydia, ich glaube nicht, daß Maqari der Finsterling ist, aber wir können nicht sicher sein. Immerhin, wir sollten es riskieren. Wenn ich, was ich natürlich nicht tun sollte, nach meinem Gefühl gehe, würde ich mich weit eher Maqari ausliefern als etwa dem Obmann oder Aguilar.«

Die Gouverneurin stand auf und ging unruhig hin und her. »Wenn wir nur wüßten... Aber es gibt noch ein anderes Problem. Die Tote Zeit.«

»Darüber habe ich mir auch schon den Kopf zerbrochen.«

»Wir können natürlich nicht alles über den Haufen werfen. Aber mir ist unwohl bei dem Gedanken, daß möglicherweise gerade dann die entscheidenden Dinge passieren, und wir sitzen in Cadhras ohne die Korvette und mit höchstens einem Drittel der Garnison.«

Barakuda seufzte. »Die Korvette ist defekt und nur noch begrenzt einsatzfähig. Es hilft nichts. Das Boot muß ins Dock. Was wir machen könnten, wäre, einen Teil der ausgebildeten Leute aus erfundenen Gründen hierbehalten und über die beiden Einsatzkompanien Urlaubssperre verhängen. Aber dazu müssen wir Maqari einweihen.«

Schließlich kam Barakuda auf die Dinge zu sprechen, die er

in den kommenden Tagen außerhalb von Cadhras zu erledigen hatte. »Ich kann ja keinen schicken, weil wir niemandem vertrauen können. Außerdem sind all diese Dinge nur auf höchster Ebene zu erledigen.«

Hsiang nickte. »Zu den Mulis könnte ich natürlich fliegen. Kontaktaufnahme und Vorbereitung, den Rest müßten Sie später erledigen, aber so gewinnen wir ein paar Tage. Sie können ja nicht überall zugleich sein.«

Barakuda spielte mit einer unangezündeten Zigarette. »Was wir hier machen, ist absolut illegal. Ich wollte Sie eigentlich heraushalten. Wenn es eine Katastrophe gibt, kostet es nur meinen Kopf.«

Die Gouverneurin lächelte. »Das ist reizend, aber ich lehne es ab. Wir sitzen im gleichen Boot, und da ich allem zustimme, kann ich ebensogut mitmachen.«

»Übrigens habe ich *dam* Bunofre gebeten, sich um die Herkunft der Waffen zu kümmern.«

Hsiang lachte laut. »O Dante, eines Tages, wenn das alles vorbei ist und wir noch leben, werde ich die von uns gebrochenen Gesetze heraussuchen, analysieren und dir mitteilen, wie viele Jahrhunderte Strafplanet für jeden von uns dabei herauskommen. – Soll ich Maqari übernehmen?«

Die bei Mirekhis Bande gefundenen Waffen gehörten zu drei Vierteln dem bekannten, zu einem Viertel dem neuen Karabinertyp an, aus dem das Geschoß abgefeuert worden war, das Barakuda längere Zeit in der Schulter getragen hatte.

Statt einer Waffe wollte er Zhízhora lieber Zeichnungen mitgeben. Die Industrielle war einverstanden. Barakuda sprach mit Gerames über Varianten des Plans, bei denen der Konstrukteur helfen konnte. Irgendwann sagte Zhízhora:

»Mir ist das alles zu mystisch. Aber wenn es gutgeht, ist es sicher sinnvoll, und wenn nicht, ändert es wenig an der Gesamtzahl von Toten, die die Katastrophe sonst fordern würde.«

Später landete wie verabredet der Gleiter vor dem Hotel. Dante und Gerames trugen eine Metallkiste vom Hotelsafe zur Flugmaschine. Der Behälter wog schwer und enthielt zweitausend Goldmünzen zu je 5 Talenten.

Die Verhandlungen in Arameq nahmen nicht viel Zeit in Anspruch, das anschließende Feilschen jedoch um so mehr. Ubba-bul erinnerte noch einmal an seine Träume: einige Kiemen verwiesen auf Gerüchte aus dem Hinterland und die Tatsache, daß die Herbstkarawane aus dem Norden noch immer nicht in Biyang eingetroffen war. Ein alter Fischer sagte: »Die Oberfläche des großen Mutterleibes birgt Platz für alle und jeden. In letzter Zeit treiben sich jedoch allzu viele Schwellkörper aus Pasdan hier herum.« Barakuda nickte nur. Die letzten Satellitenaufnahmen hatten eine auffällige Zunahme der Segler aus dem Matriarchat gezeigt.

Arameq war bereit, neunzig Schiffe samt Ausrüstung und Besatzung zu stellen. Barakuda bot dafür 500 Drachmen in Gold pro Schiff, als Entschädigung für die Shil, die für die Dauer des Unternehmens nicht ihrer gewohnten Arbeit nachgehen konnten. Die Kiemen verlangten 3000, man traf sich bei 1750.

»Gut«, sagte Dante schließlich. »Einige Kiemen sollten mich zur Residenz begleiten, um die Münzen entgegenzunehmen. Und ich habe eine Bitte. Die genauen Pläne darf ich euch leider nicht verraten. Ich bin beeindruckt davon, daß ihr trotzdem bereit seid, mitzumachen. Aber selbst das, was ihr wißt, muß geheim bleiben. Die Schiffe fahren nach Golazin – fertig.«

Ubba-bul zog ihn beiseite. Leise sagte der Fischfisch: »Glaube nicht, o Wächterrochen von Cadhras, daß all dies so leicht wäre, wenn... wenn wir nicht seit Jahrhunderten darauf vorbereitet wären und gewartet hätten.«

Dante lehnte sich an eine Säule der Ratsreuse und starrte den alten Mann fassungslos an. »Kannst du das bitte langsam wiederholen?«

Ubba-bul seufzte. »Du wirst später alles von Größeren erfahren, die mehr wissen. Ich weiß nur, was ich wissen muß, um tun zu können, was getan werden muß.« Dann grinste er. »Das Feilschen war ein Vergnügen. Ich will dir aber verraten, daß vor einigen Zehntagen ein Bote der Fürstin Tremughati uns angewiesen hat, dir jeden Wunsch zu erfüllen. Du hättest die Schiffe auch umsonst bekommen.«

Ein alter Kiemen flog mit ihnen, um die Vereinbarungen notfalls zu bestätigen, falls es in Golazin Probleme gäbe.

Sie flogen nach Westen. Barakuda wickelte sich in eine Decke und versuchte zu schlafen, es gelang ihm jedoch nicht. Der Tanz der Gedanken war zu wild. Der Kiemen, der nie zuvor ein Luftfahrzeug benutzt hatte, zeigte keinerlei Angst oder Besorgnis. Nach einer kurzen, neugierigen Inspektion des Gleiters legte er sich auf eine der hinteren Bänke und schnarchte bald.

Im Morgengrauen löste Barakuda den Sergeanten ab. Sie hatten die Bergkette zwischen Steppe und westlichem Flachland bereits hinter sich gelassen. Unter ihnen lag die endlose, gewellte, von Büschen, Bächen und Felsen durchbrochene Ebene. Das eigentliche Ziel der Etappe, die Blutgrafschaft Vagaván, lag noch weit im Norden.

Unter ihnen wurde die Ebene zu dichtem Wald, aus dem kleinere Berge ragten. Gegen Ende des Vormittags erreichten sie wieder eine Savanne. Sie befanden sich etwa 2000 Kilometer nördlich der Grenzberge von Pasdan und 500 Kilometer vor der Küste des Pangotischen Ozeans. Ping und Levon, die die verschiedenen Ortungsgeräte beobachteten, machten Dante auf dunkle Punkte aufmerksam.

Ping übernahm die Kontrollen und ließ den Gleiter sinken. Die Korporalin drehte an Knöpfen; der Bordrechner wertete die Bilder aus und projizierte »Zentauren, ca. 7000« auf einen Schirm.

Barakuda lachte. »Wer hat sich denn *das* ausgedacht?«

Bondak räusperte sich. »Es war uns zu langweilig, immer nur ›Reiter‹ oder ›Lasttiere‹ zu lesen.«

Es waren Banditen; mit Geheul eröffneten sie ein sinnloses Feuer auf den Gleiter. Ping beschleunigte; die von verwirrten Pferden unter wütenden Reitern aufgewühlte Staubwolke blieb hinter ihnen zurück.

Die Banditen folgten einer breiten, nicht zu übersehenden Spur, die nach Südwesten bog, dann nach Süden. René Nardini bereitete sanglos eine halbwegs eßbare Mahlzeit. Der Kiemen sagte nichts über den fehlenden vorgeschriebenen Fischgang, murmelte lediglich etwas über Illusionen. Dante zeigte ihm auf einer Karte, wo sie sich befanden.

»Die Wege der Vögel«, sagte der alte Shil, »sind geradliniger als die der Fische, aber in der Weite fallen Gerades und Ungerades zusammen.«

Die Korporalin meldete eine weitere Gruppe von Zentauren,

diesmal etwa 10.000. Es waren Gortahorks Jäger. Ihr Vorsprung vor den Banditen betrug etwa 50 Kilometer.

Sie flogen dicht über die Shil hinweg und landeten in der Savanne. Begleitet von einigen älteren Reitern näherte sich der Fürst dem Fahrzeug. »Bärenbruder«, sagte er laut und herzlich, als Dante ihm entgegenging. Er sprang vom Pferd, und die beiden Männer umarmten einander.

Der große, kraftvolle Shil steckte ganz in Leder. Aus einer Tasche an seinem Sattel lugte ein Karabiner. Dante nahm den Fürsten beim Arm und zog ihn von den anderen fort. Das letzte, was die Leute im Gleiter hörten, war eine Frage. »Ich dachte, du wärst in der Steppe, aber mir scheint, du schleppst ein Kielwasser von Räubern Richtung Pasdan, oder?«

Die Gleiterbesatzung und die älteren Shil tranken gemeinsam Tee und redeten. Zwischendurch blickten sie dorthin, wo der Fürst und der Sekretär im Gras saßen.

Schließlich kamen Barakuda und Gortahork zurück. Der Fürst der Banyashil wirkte unverändert. Barakuda sah ein wenig bleich drein.

»Auf«, rief Gortahork. »Wer der Eile nicht verfallen will, sollte sich in der Langsamkeit sputen.«

»Moment.« Dante winkte dem Kiemen. Der alte Mann kam näher und neigte den Kopf leicht vor Gortahork. Er murmelte etwas, was die Umstehenden nicht verstanden. Der Fürst runzelte die Stirn, lachte dann plötzlich und nickte. »Es ist gut, mich daran zu erinnern. Nichts ist von Dauer, und meine Aufgabe ist es, überflüssig zu werden. Du weißt, was zu tun ist?«

Der alte Mann murmelte wiederum etwas. Dante ging zum Gleiter, ließ sich die Karte des Nordkontinents herunterreichen und hielt sie dem Fürsten hin.

Gortahork beendete sein mysteriöses Gespräch mit dem Kiemen, warf einen schnellen Blick auf die Karte und deutete dann auf einen Punkt in der Steppe. »Wir sind hier?« Dante nickte. Der Fürst rümpfte die Nase und deutete auf eine hakenförmige Bucht weit oben im Norden.

Nach Sonnenuntergang erreichten sie die Blutgrafschaft Vagaván. Von der Stadt am Meer war nicht viel zu sehen. Als Barakuda und der Kiemen ausstiegen, drang die eisige Nachtluft des nördlichen Winters in den Gleiter.

Eine Stunde verging, bis die beiden Männer zurückkehrten. Dante erteilte Fahrtanweisungen und hüllte sich fröstelnd in Schweigen und eine Decke. Bondak brachte ihm Kaffee mit einem Schuß Obstschnaps. Nachdem er daran gerochen hatte, bat auch der Kiemen um dieses Getränk

In der eisigen Polarnacht landete der Gleiter neben einem halben Dutzend Hütten nahe einer Bucht. Barakuda stieg allein aus, nachdem er aus der schweren Kiste im Unterdeck viele Münzen genommen hatte. Man blickte hinter ihm her, und der Kiemen wandte das Gesicht ab, als die Tür einer der Hütten sich öffnete. Im unsicheren gelben Licht, das aus der Behausung fiel, wirkte der Schatten des Bewohners, der Barakuda entgegensah, riesig und ungeschlacht.

Sie tranken Kaffee und rätselten. Der Kiemen, der als einziger etwas hätte sagen können, tat, als ob er schliefe. Nach einer halben Stunde öffnete sich die Hüttentür wieder, und Barakuda trat zusammen mit einem wahren Riesen heraus. Sie gingen zur nächsten Hütte.

Dann bildete sich über dem eisigen Meer Nebel, der in langen Schwaden landeinwärts zog und alles verhallte. Bondak und Learoyd sahen einander an. Der Sergeant murmelte etwas von »Hexerei« und schlug den Kragen seiner Jacke hoch. Ihn fröstelte, obwohl die Luft heiß und stickig war.

Mindestens eine weitere Stunde verging. Durch den dichten Nebel stapften große, schwere Gestalten. Barakuda war bei ihnen und führte sie zum Heck des Gleiters, dann kam er nach vorn, blau von Kälte, und bedeutete Bondak durch Zeichen, die Ladeklappen zu öffnen.

Schwere Gegenstände wurden eingeladen. Niemand sah, um was es sich handelte. Nebel, Frost, das Wissen, an einem Ort zu sein, an den es vermutlich in dreihundert Jahren niemals einen Cadhrassi verschlagen hatte, die nur vom Rumpeln des Ladens unterbrochene Stille der Polarnacht, Barakudas Schweigsamkeit: all das trug nicht dazu bei, an Bord für eine frohe Stimmung zu sorgen.

Schließlich war der Ladevorgang beendet. Bondak betätigte die Schaltungen, um das Heck wieder zu verschließen; dabei murmelte er: »Komische Steine? Wie neulich in Biyang? Und warum mußte es unbedingt der schwerste Transportgleiter sein?«

Als Barakuda an Bord kam, sah er bleich, elend und durchfroren aus. Er konnte sich kaum auf den Beinen halten und sagte nur matt: »Golazin, so schnell wie möglich.« Dann rollte er sich in eine Decke.

Die alte Stadt an der Mündung des Golzain lag im sanften Licht Shalgas und war fast heimatlich.

Barakuda wies Bondak an, im Hof der Residenz zu landen, unweit der Zitadelle im Zentrum. Golazin lag auf einer Felseninsel, etwa einen halben Kilometer vom Ufer und einen Kilometer östlich der Flußmündung. Zyklopische Mauern schützten die Bewohner vor jeder noch so stürmischen Flut, und sie würden auch einer Belagerung standhalten, wenn die Belagerer nicht überlegene Waffen einsetzten.

Anders als in Arameq hatte man in Golazin auf die Ausarbeitung einer spezifischen Mythologie verzichtet und befleißigte sich eines pragmatischen Materialismus. Zusammen mit dem Residenten und dem Kiemen begab Dante sich zum Kastell der Zünfte, einem besonders geschützten Gebäude in der Zitadelle.

Die Verhandlungen verliefen ähnlich wie in Arameq. Golazin war bereit, 100 Schiffe zu stellen und darauf zu warten, daß die Boote aus Arameq eintrafen. Und Banyashil unter Führung des alten Saravyi. Auch in Golazin waren Boten von Tremughati eingetroffen. Dennoch zahlte Dante für die Schiffe. Wenn der Plan gelang, war das Geld gut angelegt – mißlang er, kam es darauf auch nicht mehr an.

Im kühlen Seewind tranken sie Tee auf der Terrasse des Palais. Major Maqari, inzwischen eingeweiht, war mürrisch und müde und machte kein Hehl aus seiner Ablehnung des »hirnrissigen« Unternehmens. Er hatte allerdings keine Alternative anzubieten, außer einer, die nicht gangbar war.

»Ein paar Raumlandedivisionen«, knurrte er. »Aber das geht ja nicht. Das gibt genau das Blutbad, das wir verhindern wollen. Außerdem brauchen wir dann handfeste Beweise und müssen tausend Anfragen und Begründungen mit zweitausend Durchschlägen einreichen. Bis dahin ist die Welt untergegangen.«

Hsiang sah aus wie immer, obwohl auch sie müde sein mußte. Sie hatte die von Saravyi erwähnten Mischlingsdörfer besucht. »Zweitausend hellhäutige Jägerinnen warten auf die Korvette. Sie waren nicht schwer zu überzeugen. Tremughati hatte Boten geschickt.«

»Ich wüßte zu gern, was Tremughati und Gortahork planen, aber der Fürst hat nicht viel verraten. Er schleppt Großer-Töter hinter sich her und scheint die Nordgrenze von Pasdan erreichen zu wollen. Was er da will und wozu er sich von den Banditen verfolgen läßt... Ich weiß es nicht. Ponce, wie regeln wir das Problem Korvette und Tote Zeit?«

Maqari starrte in seinen Tee. »Cebrian ist sauer. Er wird fliegen, statt bei Unternehmungen mitzumischen, von denen er nur Umrisse kennt. Die Korvette wird die Mischlingsjägerinnen und Sarelas Gruppe nach Golazin bringen, samt Ausrüstung und Proviant. Dann fliegt sie offiziell mit den beiden Ausbildungseinheiten und den Frauen der A-*centuria,* die angeblich Urlaub machen, zum Sektor-HQ. Tatsächlich wird sie die drei Kompanien auf Pinding absetzen und mit Minimalbesetzung weiterfliegen. Das muß aber sein, sie gehört dringend ins Dock.«

Nachmittags brütete Barakuda zusammen mit dem »freiwilligen technischen Berater« Gerames und einigen Technikern und Ballistikern von Garnison und Gouvernement über Plänen für Projektile, Fernsteuerungen, Attrappen und Fahrzeuge, deren Sinn den nur oberflächlich informierten Technikern nicht einleuchtete.

Abends fand sich die gesamte Gleiterbesatzung im *Meeresleuchten* ein. Barakuda hatte zu einem Umtrunk geladen, und Gerames, der einen Teil der Leute ja ebenfalls kannte, gab ein Essen aus. Aguilar und Irgul stießen dazu.

Gegen Mitternacht stiegen Leontia, Begheli, Barakuda und Gerames in Dantes Wohnung hinauf

Leontia sah sich interessiert um und sagte »Aha«.

Gerames hockte sich auf einen der Stühle, die den schweren Eichentisch umstanden. Seine Augen wanderten die Buchrücken in den Regalen entlang. Dante bat Begheli, aus ihren Räumen Gläser und Fruchtsaft zu holen. »Schnaps habe ich noch, aber keine Lust auf langwierige Spülmanöver.«

Natürlich wollte Leontia mehr über die letzten Tage wissen, und Gerames, der das bereits kannte, unterhielt sich währenddessen mit Begheli, die ihm haarsträubende Anekdoten aus der Vergangenheit des Lokals auftischte. Die Luft wurde schwerer von Rauch und Gesprächen, und Dantes Lider wurden schwerer von Müdigkeit und dem Bedürfnis, zwei Leute weniger um sich zu haben. Begheli erriet seine Gedanken und erhob sich lächelnd.

»Ich glaube, ich sollte allmählich gehen.«

Dante stand auf und drückte ihr einen Kuß auf die Stirn.

»Dann mache ich mich von hinnen«, sagte Gerames.

Begheli sah ihn aufmerksam an und legte ihm die Hand auf den Arm. »Wenn du nicht unbedingt willst, mußt du nicht einsam durch die Nacht laufen.«

»Das ist überaus freundlich von Euch«, sagte der Konstrukteur mit einer förmlichen Verbeugung. »Tatsächlich war mir bei diesem Gedanken auch unwohl. Es ist da so dunkel, draußen, meine ich, und die Alternative ist an Reiz nicht zu überbieten.«

Leontia sah hinter ihnen her, bis die Tür ins Schloß fiel, dann legte sie die Arme um Barakudas Hals. »Nett. Überhaupt ist in diesem Haus mehr Leben als in den Bungalows.«

Aus: Lydia Hsiang, Memoiren (Gaia, 501)
»Ein Seilmacher in Arameq«

»Schau, die Faser des Sampa-Baumes: leicht genießbar die Frucht, leicht zu flechten die Stränge. Gute Seile, geeignet zur pfleglichen Bindung junger Bäume an ihre Pfosten.

Ried aus dem Delta des Avrak. Man muß es der Länge nach schneiden, die Stücke danach in eine Harzlösung tauchen. Später flicht man ein gutes Stück Seil aus den Teilen, bestens geeignet für sanfte Zähmung ungebärdiger Fohlen.

Blauer Tang vom Westgestade von Huasiringa. Streich die Knoten und die Verwachsungen glatt. Ah, es fehlt dir die Hand der Erfahrung. Sieh, wie ich streiche – der Tang ist glatt, wird niemals verdorren und gibt, verflochten, ein prächtiges Seil für Harpunen. Man holt sie sicher zurück, niemals werden sie fehlen.

Langgras vom Nordhang der Berge Sintul. Ich spreche am Morgen über die Halme ein langes Gedicht, fünf fünfzeilige Strophen ohne Gereimtes, und flechte fünf Gräser. Bojen und Reusen hängen sicher daran.

Dieses? Oh, dieses ist anders. Die Haare eines Wahnsinnigen, der sich schäumend ertränkte. Ich habe sie unter Wasser geflochten, verknotet; aber du siehst keine Knoten. Ich habe sie im Nordwind getrocknet, verflucht, aber du hörst keinen Fluch. Ich habe sie nachts zum Seil verwandelt, gehaßt; aber du spürst keinen Haß. Du nicht, denn es ist nicht für dich, meine Freundin. Es ist für den Schlächter des Nordens. Ein Seil für den Hals von Großer-Töter.«

XVII.

Yfon Batavy hatte Dienst im Tower; Felix Irgul machte irgendwo Ferien, und Ildo Aguilar stapfte keuchend neben Barakuda in Richtung Palais. Die *Nadir* war gelandet, die Fracht kontrolliert, die Mannschaft hatte »Landurlaub«, der Kapitän hockte im *Meeresleuchten* und wurde unauffällig beobachtet.

Eines der auf Shilgat verbliebenen Beiboote der Korvette kam angeblich von einem Übungsflug zurück. Leutnant Yakku flog zum Palais und überholte Dante und den Raumhafenchef. Vor dem Säulenportal wartete er auf sie; als er Barakuda zunickte, zwinkerte er. Dante atmete auf.

Der Krisenrat war versammelt. Für den Obmann Ubang Thang, der auf Corilia in seinem alten Internat Ferien machte, nahm die Präsidentin der *asambli* an der Sitzung teil. Hsiang begrüßte die Anwesenden, dann begaben sich alle in einen größeren Konferenzraum mit Bildschirm.

Barakuda räusperte sich. »Wir wollen uns einen Film anschauen. Leutnant Yakku von der B-*centuria* hat auf seinem Übungsflug interessante Aufnahmen gemacht.«

Er gab ein Zeichen. Der Film lief ab, und Yakku stand auf, um die nötigen Kommentare zu geben.

»Anflug auf den Larena-Archipel.« In rasendem Tempo stürzten Inseln und Fragmente des Meeres auf die Betrachter zu. »Die Umgebung.« Das Beiboot war gelandet; die ausgewählte Insel, unbewohnt und von Dschungel bedeckt. Einige Männer bauten empfindliche Außenantennen zusammen und justierten sie. Barakuda erkannte Bondak, Learoyd, Ping und Nardini. Nardini öffnete den Mund, und Yakku schaltete den Ton ab. »Nardini meinte, er müßte unbedingt singen.« Die winzigen Beobachtungskameras wurden ausgeschleust und stiegen blitzschnell in den Himmel. Innerhalb von Sekunden waren sie verschwunden.

»So. Das sind jetzt Bilder von oben.«

Eine Weile war nichts zu sehen. Eine der Kameras kippte plötzlich und zeigte nicht den leeren Himmel, sondern die Wasserstraße zwischen den drei größten Inseln des Archipels. Fünf Segler standen in beinahe gleichmäßigen Abständen in der Passage. »Mütter.« Kamerawechsel.

Ein Punkt tauchte am Himmel auf. »Die *Nadir*.« Das Schiff wurde schnell größer und flog exakt über die Passage zwischen den Inseln. Ein länglicher, kantiger Gegenstand löste sich aus dem Frachter. Die *Nadir* verschwand. Zwei der Pasdan-Segler näherten sich mit dem Westwind dem im Wasser treibenden Container, der mit Antigravprojektoren ausgerüstet sein mußte. Er war nicht gestürzt, sondern geschwebt. Einige Frauen kletterten aus den Schiffen auf den Behälter, berührten Dinge an der Oberfläche, der Container hob sich aus dem Wasser. Unsicher schwebend näherte er sich einem der beiden Schiffe und landete an Deck.

»Das wär's«, sagte Maqari grimmig. »Deutlichere Beweise brauchen wir nicht.«

»Das haben Sie gut gemacht, Leutnant«, sagte Hsiang.

Yakku deutete eine kleine Verneigung an und hob die Hand. »Ich habe aber noch ein paar Zugaben für Sie.«

Der Film lief weiter. Der Segler, der nahe dem östlichen Ende der Passage gestanden hatte, setzte Segel und rauschte vor dem Wind ostwärts. Nach einigen Minuten wurden Signalwimpel aufgezogen, dann ging der Segler auf Nordkurs. Die Kamera schwenkte, am östlichen Horizont tauchte ein weiterer Segler auf

Schiff Nr. 2 war dem ersten gefolgt und ging am Ende der Passage über Stag; nach dem Manöver lief es nordwärts. Nummer 3 und 4, die beiden Schiffe, die den Container aufgefischt hatten, taten das gleiche. Nummer 5 wendete noch in der Passage und kreuzte hart am Wind nach Westen.

Yakku hatte den Film schnell durchlaufen lassen und die Ereignisse von Stunden in Minuten gedrängt. Nun sagte er: »Wir fliegen Richtung Corilia.«

Der Film zeigte nichts als Meer und in Abständen Segelschiffe. Alle zeigten Signalwimpel. »Die Abstände betragen jeweils etwa zwanzig Kilometer. Schnelle Nachrichtenübermittlung. – Ich lasse durchlaufen. Wir kommen zum gestrigen Abend und zum Ende der Signalstaffel. Die folgenden Aufnahmen sind mit Nachtkameras gemacht und nicht ganz so klar, aber ausreichend gut.«

Das letzte Schiff. Großaufnahme: der Bug mit dem Namen *Varli Soleyn*. Barakuda pfiff leise durch die Zähne.

»Das ist die Nordspitze unserer Akademikerinsel Corilia«, sagte Yakku, als Felsen ins Bild kamen.

»Kap Kogaly«, sagte jemand.

Barakuda grinste in die Dunkelheit. »Ich muß an dieser Stelle zwei Dinge sagen.« Er berichtete von der Rechnerlöschung und davon, daß er Listen mit den gesuchten Daten gerettet und zusammen mit der Gouverneurin ausgewertet hatte. Der Schirm zeigte noch immer das Schiff aus Pasdan. Im Konferenzraum waren bei Barakudas Eröffnungen unterdrückte Laute des Erstaunens zu hören.

»Wir haben festgestellt«, sagte Dante, »daß immer dann, wenn die *Nadir* nach Shilgat kommt, die *Varli Soleyn* Cadhras anläuft. Ferner haben wir herausgekriegt, daß zwei Leute abwechselnd gerade zu diesem Zeitpunkt Ferien auf Corilia machen.«

Jemand murmelte »Ubang Thang«; ein anderes Geräusch war zu vernehmen, so als ob jemand aufstehen wollte, und Leutnant Yakkus Stimme erklang, ruhig, aber entschieden: »Sitzen bleiben. Das ist eine Pistole.«

»Die Frau, nach der das Schiff benannt ist, Varli Soleyn, war die Prophetin, die den Sieg der Frauen und die Ausrottung der Männer beschrieben hat. Passend, daß Pasdan gerade dieses Schiff zu diesem Zweck nach Cadhras schickt. Ich habe Ihnen vom alten Saravyi erzählt? Gut. Bei unserer letzten Begegnung hat er mir gesagt, auf der Insel Kar'ayis im Pangotischen Ozean gebe es Diamanten. Außerdem gibt es dort Wälder. Wir haben uns alle gefragt, woher die Mütter aus Pasdan das Holz für ihren Flottenbau nehmen.«

Am unteren Bildrand erschien ein Ruderboot, in dem eine einzelne Person saß. Das Bild sprang ihnen entgegen, Yakku hatte hier auf Großaufnahme geschaltet. Die *Varli Soleyn* drehte bei, das Ruderboot ging längsseits. Die Person erhob sich taumelnd. Von Bord des Pasdan-Seglers wurde ihr ein kleiner Gegenstand zugeworfen.

»Das Schiff fährt immer an Corilia vorbei.« Barakuda ging zum Projektor und hielt das Bild an.

Maqari stieß einen Fluch aus. »Der Obmann.«

Barakuda klickte mit der Zunge. »Ponce, gebrauchen Sie Ihren Kopf. Yakku richtet eben eine Pistole auf jemanden, der Obmann ist nicht da, und bei seinem Amtsantritt war das Tandem *Nadir/Varli Soleyn* längst unterwegs. Nein, zwei Leute wechseln sich auf Corilia mit dem Urlaub ab. Einer ist hier und kann Alpha-Befehle erteilen, die den Rechner löschen. Der andere... «

Er ließ den Film weiterlaufen. Der Ruderer vollendete die Bewegung, verstaute den aufgefangenen Gegenstand und richtete sich auf. Das Gesicht war deutlich zu sehen.

»... ist Felix Irgul.« Barakuda machte Licht.

Alle starrten dorthin, wo Ildo Aguilar saß. Hinter dem feisten Raumhafenleiter stand Leutnant Yakku mit Pistole.

»Wo ist Irgul?« sagte Ataratz. Seine Mundwinkel hingen herab. Er sah aus, als wolle er sich erbrechen.

»In der Arrestzelle der Garnison.« Yakku steckte die Pistole ein und holte zwei Gegenstände aus seiner Mappe. Die Handschellen streifte er dem reglosen Aguilar über. die dunkle Kassette legte er auf den Tisch. »Irgul hat eine feine Ladung Diamanten von den Müttern bekommen.«

»Und beide, Irgul und Aguilar, können am Raumhafen jederzeit durch den für andere gesperrten Sonderzugang aufs Landefeld«, sagte Barakuda. »Zum Beispiel, um einem bestimmten Skipper ein Päckchen Diamanten mitzugeben. Yakku, Sie haben von mehreren Zugaben gesprochen.«

»Die zweite wird Ihnen nicht gefallen.« Er beugte sich über die Tastatur und ließ den Film ein Stück zurücklaufen. Dann wieder vor. Aus der Perspektive der östlich fliegenden Kamera sah man wieder den ersten Segler am Ende der Passage. Die Signalwimpel. Das Segelmanöver. Der neue Kurs. Yakku hielt das Bild an.

»Wir betrachten«, sagte er dozierend, »die Steuerbordseite. Sehen Sie den schwarzen Punkt mittschiffs?«

Yakku schaltete den Projektor aus und kam zu den Zuschauern. Er griff nach seiner Mappe und holte großformatige Bilder heraus.

»Vergrößert und ausgedruckt. Und hier, mehrere Minuten später.«

Die Bilder waren eindeutig. Unterhalb des Decks zog sich ein breiter Streifen mit abstrakten Ornamenten um den Segler. Ein Stück der verzierten Bordwand stand offen wie eine Luke. In der Vergrößerung sah man deutlich die Mündung einer Kanone. Die nächsten Bilder zeigten, vergrößert, wie die Kanone verschwand und die Luke verschlossen wurde.

»Mein Gott!« Maqari war blaß geworden. »Stückpforten!«

Barakuda beugte sich noch einmal über die Bilder. »Das dürften zwölf sein. Auf jeder Seite. Macht vierundzwanzig.«

Lydia Hsiang griff nach ihrer Teetasse. Ihrem Gesicht war nichts anzumerken, aber die Tasse zitterte leicht, als sie sie zum Mund führte. »Wie ist das möglich?«

Barakuda tastete nach seinen Zigaretten. »Setzen Sie sich, Yakku. Und besonders herzlichen Dank. Das Commonwealth schuldet Ihnen einen Gedenkstein.«

»Ich werde ihn beantragen, sobald ich tot bin.«

Aguilar, der verbissen schwieg, wurde von vier Gendarmen abgeholt. Barakuda beendete die Stille und zählte an den Fingern auf. »Salpeter und was man sonst für Schießpulver braucht, ist auf Shilgat sicher zu finden, wir haben nur nie danach gesucht. Kohle und Eisen gibt es, einige Shil – Beispiel Biyang – gehen damit um. Keiner, auch nicht die Mütter, verfügt über die notwendige Technik, um brauchbare Hinterlader-Gewehre zu bauen, von Schnellfeuer-Karabinern gar nicht zu reden. Aber Feldschlangen und auch schwerere Kanonen können die Mütter sicherlich gießen.«

»Das«, sagte Maqari schwer, »ändert alles.«

Die Gouverneurin schüttelte den Kopf. »Es ändert nichts. Es macht alles nur schwerer. Und dringender.«

»Aber«, sagte Yakku, »schaffen denn nicht diese Kanonen eine neue Lage?«

»Nein. Sie verschlimmern nur die bekannte Situation. Wir

können jetzt nicht mehr davon ausgehen, daß wir es mit etwa 30.000 disziplinierten Wehrhaften Jungfrauen zu tun haben, es kommen wahrscheinlich an die hundert oder mehr Schiffe mit kompletten Batterien hinzu. Das ändert aber nichts an der Alternative – Kampf um jedes Haus und jedes Schiff oder große Bomben. Wollen Sie das verantworten?«

»Und was bleibt uns dann?« sagte Maqari heiser.

»Unser wahnsinniger Plan.« Die Gouverneurin wirkte fast heiter. »List gegen Gewalt. Die Chancen, daß der Plan gelingt, sind nicht von den Kanonen abhängig.«

»Und wenn er mißlingt? Wenn Sie und Barakuda und alle anderen dabei sterben?«

»Dann müssen Sie die Flotte rufen.«

»Ich habe da noch eine Idee«, sagte Barakuda plötzlich. »Ich wollte ja ohnehin in einigen Tagen nach Pasdan fliegen, um die präparierten Sprengladungen zu legen. Ich wollte nachts dort ankommen. Ich werde aber früher fliegen, sobald die letzten Vorbereitungen abgeschlossen sind, und ich werde nicht heimlich, sondern offen dort landen.«

»Und was versprechen Sie sich davon, Dante?«

»Zweierlei. Solange ich mit den Müttern verhandle, werden sie nicht viel Aufmerksamkeit auf den Gleiter verschwenden, der die Präsente ferngelenkt verteilt. Und außerdem werde ich den Müttern ins Gesicht sagen, daß wir alles wissen, und ihnen mit der Flotte drohen. Entweder verleitet es sie dazu, Fehler zu machen, zu früh loszuschlagen, oder – ich glaube es nicht, aber es wäre möglich – sie geben auf«

Nach kurzem Schlaf und eiligem Frühstück verabschiedete Dante sich von Leontia, Begheli und Gerames. Die Augen des Konstrukteurs waren verquollen; er hatte bis zum frühen Morgen Sonderanfertigungen in den Gleiter gepackt und die Besatzung instruiert.

»Viel Spaß damit, Barakuda.« Er gähnte. »Und paßt auf, daß ihr nicht die falschen Knöpfe drückt.«

Leontia begleitete ihn dann doch bis zum Landefeld an der Garnison. »Und komm zurück«

Er küßte ihre Nasenspitze. »Keine Sorge. Das ist erst die erste Runde, da kann noch nichts passieren.«

Bondaks Bande war vollzählig vertreten. Learoyd und Ping hoben die Köpfe. »Hallo, Boß«, murmelte Terence Learoyd. »Die Ratten sind vollzählig an Bord.«

Barakuda nickte ihnen zu. »Weiterschlafen.« Zusammen mit Bondak und Korporal Timoara hatten sie die Nacht mit Gerames und seinen Höllenmaschinen zugebracht. Die vier schnarchten leise, als Vanzuid den Gleiter startete.

Nardini begann drei Minuten später mit dem obligatorischen Brauen von Kaffee. Er summte leise, rücksichtsvoll und arhythmisch vor sich hin, dabei schielte er mit dem rechten Auge auf die Kaffeemaschine, mit dem linken auf Barakuda, und dazu grinste er.

Bei Beginn der Abenddämmerung erreichten sie Pasdan. Barakuda stellte fest, daß diesmal, da man nicht mit seinem Kommen rechnete, der Galgenhügel neben den Sklavenpferchen nicht leer war. Bondak saß an den Kontrollen. Vanzuid betätigte die Kameras. Barakuda biß die Zähne zusammen. »Der Galgenberg, *kapral.*«

Vanzuid seufzte und filmte. Bondak ließ den Gleiter sinken. Die Galgen waren leer. Neben ihnen standen vier Kreuze und drei Pfosten. Drei gepfählte Frauen und vier gekreuzigte Männer, denen man die Genitalien abgeschnitten hatte.

Bondak landete wie üblich auf dem Platz vor dem Ratsgebäude. Timoara, Learoyd, Elorza und Ping ergriffen die Karabiner und stiegen aus, Barakuda folgte. Im Nu war der Platz gesäumt von Wehrhaften Jungfrauen, gespannte Bogen in den Händen.

»Die gleiche Prozedur wie letztes Mal?« sagte Elorza.

»Die gleiche Prozedur wie jedesmal, Trottel«, sagte Learoyd.

Hinter ihnen hob der Gleiter ab und schwebte einige Meter über dem Platz. Sobald es ganz dunkel war, würden die Männer die vorbereiteten kleinen Sonden und Projektile ausschleusen und zu den von Sprengstoffexperten und Statikern berechneten Stellen lenken. Dort, wo der Gleiter nun schwebte, konnte niemand ihnen dabei zusehen.

Als er das Ratsgebäude erreichte, warf Barakuda einen Blick auf das Wappen über dem Portal. Seit seinem letzten Besuch war eine Veränderung vorgenommen worden. Die abstrakte Darstellung von Uterus und Ovarien war ergänzt. Zwischen den Ovarien sah er die Wiedergabe eines spiralförmig gebogenen Instruments, das, den gleichen Abstraktionsgrad vorausgesetzt, eine Injektionsspritze sein mochte.

Etwas in Barakudas Hirn begann, über Kanonen und andere Formen angewandter Technik nachzudenken. Über Injektionsspritzen und Pharmazeutik, über empfängnisverhütende Drogen, über die Möglichkeiten der Mütter, seit Jahrhunderten bekannte Spiele zu imitieren, über Molekularbiologie und Genetik und DNS. Aber dann mußte er seine Aufmerksamkeit auf anderes richten.

Seine Eskorte nahm wie üblich Aufstellung, und im Portal erwarteten ihn die gleichen drei Mütter. Es schien wieder mit dem Verweis auf die Schlächter und Tiere zu beginnen, die die Heilige Stadt schändeten. Dante unterbrach brüsk. »Ich bin nicht gekommen, um zu plaudern. Ich bringe Ihnen ein Ultimatum.«

»Sie sagten Ultimatum?«

»Es gehen Gerüchte, die Mütter hätten die Waffen geliefert und sich mit einer Sorte niedriger Tiere verbindet, um andere Sorten niedriger Tiere auszurotten.«

»Unkraut und Tiere tuscheln miteinander«, sagte die Erzmutter regungslos. »Diese Märchen sind ohne jeden Bezug.«

»Dann wird es Ihnen sicher nichts ausmachen, wenn ich die *Ssenda** Ihrer Wehrhaften Jungfrauen inspiziere, um mich über den Zustand der Waffenkammern zu informieren.«

»Kein zwanghaft penetrantes Tier wird je die Reinheit der *Ssenda* beflecken«, sagte die Erzmutter heftig.

Barakuda hob die Brauen. »Ich bin kein Tier, sondern ein Botschafter des Commonwealth. Betrachten Sie mich für die Dauer meines Aufenthalts als geschlechtslos. Wie die gekreuzigten Sklaven und die gepfählten Frauen.«

Eine der Befehlenden Mütter sagte: »Läufige Hündinnen, die mindere Tiere in den Besitz von Schreibzeug gebracht haben. Tiere brauchen nicht zu schreiben.«

Barakuda nickte. Er genoß es, endlich zuschlagen zu dürfen, aber er bezähmte seine kalte Wut. »Ich bestehe auf einer Unter-

---

* Ssenda – unübersetzbar; etwa »Ort des Aufenthalts in Geborgenheit und natürlicher Wärme«; nach Meinung von Linguisten abgeleitet aus placenta.

suchung der *Ssenda*. Andernfalls muß ich davon ausgehen, daß Sie Schußwaffen besitzen.«

»Undenkbar. Dieser Schändung können wir nicht zustimmen.«

Dante schloß einen Moment lang die Augen. Er dachte an die Lordkanzlerin des Commonwealth, die Gouverneurin des Protektorats, die Oberste Richterin des Territoriums, an die Chefin der Rechenanlage, an Begheli und Zhízhora, die Frauen der Flotte, die Fischerinnen, die Obfrauen und Heilerinnen der Shil, die Jäger bei der Säuglingspflege und die Jägerinnen beim Ausweiden erlegten Wilds. Er bedauerte die Mütter, die einem patriarchalischen Terrorregime entflohen waren, und verfluchte ihre Nachkommen, deren Regime von gräßlicher Perfektion war. Er bedachte die Kunstwörter von Pasdan, mit denen Ableitungen ursprünglich männlicher Bezeichnungen ausgemerzt werden sollten, fragte sich, ob die *Scharlachprim* besser war als eine *Scharlach-Fürst-in,* dachte an Besitz- und Abhängigkeitsverhältnisse in Wörtern, daran, daß ein *Bürger* des Commonwealth diesen Status auch dann nicht verlor, wenn er auf einem Asteroiden oder unter Wasser lebte und nie eine Burg gesehen hatte, daß *calculus* ein zum Rechnen verwendetes Kalksteinchen war und man trotzdem mit einem Großrechner kalkulierte, daß beim Hyper*funk* nichts sprühte, daß ein Krieger Frieden halten und ein Jäger Obst essen konnte, daß Wörter nicht auf magische Weise mit dem Bezeichneten identisch waren, sondern dieses nur andeuteten; daß historische Gewalt in einem Wort keine gegenwärtige Gewalt in der Realität gewährte, daß der Priester für die Priesterin so grenzenlos unwichtig war wie die Burg für den Bewohner des Asteroiden und daß man wegen alter Wörter nicht das Universum umwerfen mußte. Daß, wenn es sprachlicher Terrorismus war, die Prim »Fürstin« zu nennen, dann auch ein Bäcker, der nicht buk, sondern spazieren ging, das Recht haben mußte, jeden zu erschlagen, der ihn »Bäcker« nannte, weil dies in der Freizeit eine Versklavung zu Zwangsarbeit war. Er entwarf eine Sprache, in der jener Bäcker nicht mehr Bäcker, sondern Mensch-der-sein-Brot-mit-Brotbacken-verdient-aber-gerade-spazierengeht hieß und Dante Barakuda hybride-Mischung-aus-metaphysischem-Poeten-und-falsch-buchstabiertem-Raubfisch-in-Form-eines-unfrohen-Botschafters-der-vor-sich-hinfantasiert...

Dann lachte er und stand auf. »Sie haben Waffen. Wir wissen es. Sie sind mit den Banditen ein Bündnis eingegangen, um in der Toten Zeit Cadhras auszuschalten. Wenn später wieder Schiffe kommen, wird eine neue Regierung in Cadhras sitzen, und ihr werden einige Shil-Renegaten angehören, und sie werden das Shilgat-Abkommen kündigen. Und Sie glauben, das Commonwealth sieht zu?«

Die Mütter hatten sich ebenfalls erhoben. Die Erzmutter sagte kalt: »Sie fantasieren, Emissär. Gehen Sie. Sofort.«

»Ich fantasiere nicht. Ich weiß, daß ein Frachter namens *Nadir* über dem Meer Waffen abwirft, daß ein Schiff namens *Varli Soleyn* dem Agenten Diamanten von der Insel Kar'ayis bringt, daß die Mütter von Pasdan über Kanonen verfügen.« Er sagte dies schnell und hart, als sie bereits unter dem Portal angekommen waren. Nur Pechfackeln erhellten den Platz. Bondak mußte genug Zeit gehabt haben.

Er wandte sich wieder an die drei Frauen. »Rufen Sie Ihre Flotten zurück. In ein paar Tagen komme ich wieder, und ich komme nicht allein. Pasdan wird unter die direkte Kontrolle des Gouvernements gestellt. Sie haben keine Bedenkzeit; ich erwarte Ihre Kapitulation.«

Die Erzmutter lächelte nur. »Nichts davon geschieht.«

Barakuda nickte knapp. In diesem Moment, da sie glaubte, die Oberhand zu haben, tat er ihr das Schlimmste an. Er streckte die Hand aus und berührte ihre Wange. »Daß Ihre Genetikerinnen die Jungfernzeugung erreicht haben, wird Ihnen nicht helfen.«

Die Erzmutter fuhr zurück. Ekel und Panik standen in ihrem Gesicht. Die beiden anderen Mütter rissen die Augen auf. Da wußte er, daß er das neue Symbol im Wappen richtig gelesen hatte. Er gab Vanzuid das Zeichen.

Der Korporal feuerte in die Luft. Der Gleiter sackte aus der Dunkelheit auf den Platz. Barakuda warf sich als letzter durch die enge Tür. Sie hoben ab. Auf dem Platz wimmelten Wehrhafte Jungfrauen und Mütter, Karabinerkugeln klatschten gegen die Panzerung.

»Sehr laute Kriegserklärung«, sagte Bondak ruhig.

Die Stimmung war gedruckt. Learoyd zwinkerte kurz. »Ich dachte schon, Sie wollten uns den Müttern zur Adoption anbieten, Chef, so lange hat das gedauert.«

Barakuda grinste. »Sie doch nicht, Terence, Sie nimmt doch keiner. Wer soll Sie denn stillen, bei Ihrem Durst?«

Das Gelächter war schwach. Ping seufzte. »Ich hab gedacht, wir kommen da nicht lebend raus.«

Nardini schielte Ping und Barakuda an. Dann öffnete er den Mund zu einem seiner Gesänge. Ausnahmsweise protestierte keiner.

Ein Soldat hat niemals Angst,
außer, er ist bang.
Sterben ist ein kurzer Weg,
Totsein dauert lang;
trotzdem ist der lange Marsch
leichter als der kurze Gang.
Ein Soldat hat niemals Angst,
außer, er ist bang.

»Schlechtes Lied«, sagte Learoyd. Er schlürfte an einem mißglückten Kaffee, den jemand mit Schnaps zu retten versucht hatte. »Ganz mieses Lied. Hab ich vielleicht Angst?« Er grinste. »Ich hab mir nur aus Sorge um die Nasen der Gardistinnen da unten nicht in die Hose gemacht.«

»Trinken wir auf seine Hose, und möge sie noch lange aromaversiegelt bleiben.« Barakuda hob den Becher.

Bondak beschleunigte weiter. Als sie über dem Meer waren und die Küste weiter hinter sich gelassen hatten, ging er auf Nordkurs und Höchstgeschwindigkeit.

Etwas mehr als eine Stunde später überflogen sie den wichtigsten Paß in den Pasdantiri-Bergen, die das fruchtbare Land der sieben Ströme von den Steppen, Sümpfen und Wüsten des Nordkontinents abriegelten.

Bondak setzte den Gleiter sanft auf einem Plateau westlich des Passes auf.

»Ihr wißt, was ihr zu tun habt.« Barakuda drückte ihnen die Hände. »In ein oder zwei Tagen ist Gortahork hier. Seht zu, daß ihr bis dahin den Paß einigermaßen kontrolliert. Die Geräte müßten dazu ausreichen.« Er nickte zu den Kisten hinüber, die sie ausgeladen hatten. »Aber kein Risiko, wenn es nicht sein muß. Mit toten Helden kann ich das *Meeresleuchten* nicht leertrinken. Und bitte – alles aufzeichnen.«

Bondak nickte. »Ich paß schon auf die Kleinen auf. Aber unter uns, Chef, ich glaub, unsere Chancen stehen besser als Ihre.«

Barakuda ignorierte die Bemerkung. »Hat mit den Sonden und Sprengsätzen alles geklappt?«

»Ja. Und den Störsender haben wir an einer besonders schönen Stelle versteckt. Auf dem höchsten Punkt von Kap Herakles.«

Barakuda warf einen Blick auf das Funkgerät, das seit Pasdan nur noch ein Rauschen von sich gab. »Na, dann können sie ihre Schiffe und Vorposten nicht mehr anfunken, wenn sie Funk haben. Aber ihr könnt uns auch nicht erreichen.«

»Wir können Ihnen ja schreiben«, sagte Learoyd. Die Männer lachten.

Aus: Lydia Hsiang, Memoiren *(Gaia, 501)*

»... Bei Durchsicht fand ich auch ein Band mit folgendem Gespräch zwischen Sarela McVitie und Saravyi.

›Ich hoffe, ihr gebt wirklich alle Waffen wieder ab.‹

›Natürlich. Was sollen wir damit? Kunstlos und mit viel Lärm jagen? Wie öde. Da wir keine neue Welt einrichten und andere nicht zum Mitwirken zwingen wollen, würden wir sie auch nur zur Wehr brauchen, und außer Pasdan bedroht uns niemand. Du siehst also, Tochter: Waffen sind nicht das Problem.‹

›Sondern? Waffen in Händen von Verbrechern?‹

›Von Kranken. Sieh: Das Große Chaos ist eine unendliche Kugel, deren Mittelpunkt überall und deren Umkreis nirgends ist. In dieser Kugel gibt es unzählige kleine Kreise, Hilfsordnungen vielleicht, die Umfang und Mittelpunkt haben und sehr verschieden, aber gleichwertig sind. So kannst du Steine nicht essen, aber mit ihnen Häuser bauen oder in fischlosen Gewässern nicht angeln, wohl baden. Wenn du einen dieser kleinen Kreise im Großen Chaos verschiebst, wirst du krank. Iß zum Beispiel einen Stein. – Nun gibt es aber viele Kreise und viele Krankheiten, nicht nur des Leibes. Menschen sind von Trübsinn befallen oder zwei Wesen in einem Leib – eine Krankheit des Gemüts, da sind andere Kreise verschoben worden. Es gibt aber auch Krankheiten des Denkens – etwa, wenn man unter den unzähligen Kreisen des Chaos einen bestimmten heraussucht und sagt, dieser sei der Mit-

telpunkt von allem. Zum Beispiel eine bestimmte Form des Zusammenlebens, des Arbeitens, der Götterverehrung. Bestimmte Kreise vorzuziehen ist natürlich – jeder hat Vorlieben, manche essen lieber Fisch als Fleisch. Diese Vorlieben aber mit abstrakten Gründen versehen und anderen vorschreiben – das ist eine Krankheit des Denkens.‹

›In unsere Begriffe übertragen hieße das also, daß für dich all unsere Philosophen Geisteskranke sind, alle Vorkämpfer für irgendeine große Sache Paranoiker, jedes festgelegte Denken eine Neurose, jede Weltanschauung eine Zwangsvorstellung?‹

›Ja. Außer, wenn es als Spiel betrieben wird.‹

›Oha. Und was macht ihr, wenn jemand anfängt, eine eurer philosophischen Spekulationen ernst zu nehmen?‹

›Was man mit Kranken immer macht. Wir versuchen, ihn zu heilen.‹

›Und Unheilbare?‹

›Werden isoliert, damit sie niemanden anstecken. Oft kommen sie dann nach einer Weile wieder zu sich.‹

›Und wenn nicht?‹

›Nun, es gibt da einige kleine Inseln im Östlichen Ozean. Dorthin bringen alle Shil die schlimmen Fälle von Weltanschauung.‹

›Wenn aber einer kommt und sagt: Ich weiß, wie die Welt beschaffen ist und was man tun muß, um sie für alle heilsamer und heiliger zu machen?‹

›Märchenerzähler mit Funktionsstörungen? Wir lassen sie erzählen, solange sie nicht schädlich werden. Zuerst hatten wir auch die Mütter zu dieser Sorte gerechnet. Bis sie mit dem Morden angefangen haben.‹

›Hört niemand auf sie?‹

›Selten. Manchmal finden sich Zuhörer, die genauso krank sind, aber die meisten Krankheiten, wie gesagt, sind entweder durch Isolation oder durch heilende Eingriffe zu kontrollieren.‹

›Und was, wenn eine Krankheit wirklich gefährlich wird, vielleicht tödlich? Wenn zum Beispiel Propheten eine Weltvision verbreiten und viele Anhänger gewinnen, die bereit sind, Blut zu vergießen, um die Welt ihrer Vision anzupassen? Was macht ihr dann?‹

›Hängen.‹«

XVII.

Er stellte den Autopiloten ein, Kurs Cadhras, streckte sich auf einer der Sitzbänke aus und wickelte sich in eine Decke. Der 4. Tag der 4. Jahreszeit auf Shilgat hatte eben begonnen. Barakuda rechnete damit, am Morgen in Cadhras zu sein. Das Funkgerät, das im Einflußbereich des Störsenders nur Rauschen abgab, hatte er ausgeschaltet. Bevor er einschlief, hakte er im Geist die einzelnen Schritte ab, die getan waren oder noch zu tun blieben. Die Flotte aus gemieteten Schiffen mit den hellhäutigen Frauen aus den Mischlingsdörfern – vor langer Zeit von Saravyi vorbereitet. Was hatte der alte Mann, was hatten die Fürsten der Banyashil gewußt, geplant, ausgekocht, was bereiteten sie im Moment vor? Saravyi und die Heiler und Heilerinnen an Bord der Schiffe gaben keine Informationen. Die Flottenkommandantin McVitie konnte mit antiken Flaggensignalen umgehen, aber nicht die Verschwiegenheit der Shil beenden. Im Eindämmern dachte er an die Schulungen. Philologen von der Akademikerinsel Corilia hatten die Mischlingsfrauen und die Freiwilligen der Garnison (nur zehn waren davon zurückgetreten. Sie hatten wichtige Aufgaben in Cadhras und Umgebung durchzuführen, zusammen mit der Gendarmerie) im antiquierten Galaktein von Pasdan unterrichtet. Ob jemand auf Corilia ein Zauberwort wüßte, die Shil zu erschließen? Im Traum vermischten sich Bilder von der Straßenkampfausbildung und von Gerames' komplizierten Maschinen mit Legenden aus dem Norden.

Als er kurz vor Cadhras erwachte, war der Funk wieder klar. Klar genug, um Katastrophenmeldungen vom Tower zu empfangen. Ein Projektil aus Pasdan hatte den Relaissatelliten zerstört; fast gleichzeitig war die Hyperfunkstation in die Luft geflogen, und ein Sprengsatz hatte die Funkanlage des beschlagnahmten Frachters *Nadir* zerlegt.

»Und die Korvette ist im Sektor-HQ. Wir sind abgeschnitten.« Maqari hielt sich an seinem Kaffeebecher fest und starrte die anderen Konferenzteilnehmer hohläugig an.

»Was jetzt?« sagte Ataratz.

»Wir müssen die Bevölkerung informieren. So gut es geht die Gendarmerie bewaffnen. Und allergische Punkte schützen.«

Hsiangs Stimme war beherrscht. Bis auf Schatten unter den Augen war die Gouverneurin makellos wie immer.

Es ratterte leise. Leontia beugte sich vor, wartete das Ende ab und riß das bedruckte Papier aus dem Terminal. »Die Antworten. ›Weitere Aktionen sind zu erwarten. Ziel: Ausschaltung der Versorgung, der Institutionen und der Bevölkerung von Cadhras. Kritische Punkte: Energiestation, Wasserwerk.‹ Das wär's.«

»Wieso Wasserwerk?« sagte Maqari.

Barakuda hustete, trotzdem steckte er sich eine weitere der allzu vielen Zigaretten der letzten Stunden an. »Angenommen, Sie wollten möglichst viel Schaden anrichten, ohne dabei wählerisch zu sein – fällt Ihnen etwas ein, das effektiver wäre als eine Vergiftung des gesamten Trinkwassers?«

»Aber... das ist Massenmord.« Der Major setzte seinen Kaffeebecher ab und starrte Barakuda an.

»Die Heiligen Mütter von Pasdan haben offensichtlich die Absicht, den ganzen Planeten zu entvölkern. Was ist da die Bevölkerung von Cadhras? Ein kleiner Anfang und das größte Hindernis für den Plan.«

Zwei Stunden später lieferten die Beobachtungssatelliten über dem Meer neue Bilder. Der Tag war angebrochen.

Barakuda und Maqari brüteten über den Aufnahmen, verglichen sie mit denen der letzten Tage. Das Meer war voll von Schiffen aller möglichen Herkunftsorte. Auch Pasdan beteiligte sich an der in diesen Tagen ertragreichen Hochseefischerei. Die Fischschwärme zogen.

»Bis gestern ist nichts Auffälliges dabei«, knurrte Maqari. »Sie scheinen in Pasdan eine Lawine losgetreten zu haben.«

Zahlreiche Schiffe, die bis zum vergangenen Abend zusammenhanglos auf dem Binnenmeer, vor allem in den mittleren und östlichen Teilen, operiert hatten, schienen über Nacht Flotten geworden zu sein. Es gab deutliche Konzentrationen.

»Huasiringa. Natürlich Golazin und Arameq. Und die Hauptmacht hat offenbar Kurs auf Cadhras genommen.«

Maqari nickte. Mit einem Fettstift kreiste er die Schiffsformationen ein. »Wie viele von denen mögen Kanonen haben? Und vielleicht neben der normalen Besatzung Gardistinnen, und wenn, wie viele?«

Barakuda überflog die Wettermeldungen der letzten Stunden. »Ziemlich konstanter Westwind in den wichtigen Gebieten. Die Verbände, die Arameq und Golazin – ja, was? – blockieren, belagern, erobern sollen, sind sozusagen bereits da. Die Flotte mit Ziel Cadhras durfte fünf bis sechs Tage brauchen.«

Maqari kaute auf seinem Stift. »Das sind an die zweihundert Segler, oder mehr. Schlimmstenfalls verfügen alle über Kanonen, die schlimmstenfalls ausgebaut und an Land geschafft werden können.«

»Macht an die fünftausend«, sagte Barakuda. »Rechnen wir außerdem damit, daß die Schiffe neben der normalen Besatzung und den wahrscheinlichen Geschützbedienungen noch je fünfzig Gardistinnen an Bord haben, vielleicht auch mehr ... «

»Malen Sie den Teufel nicht an die Wand! Das wäre ja... «

»... eine Invasion, die innerhalb von ein paar Stunden das Protektorat erledigen kann.«

Später tauchte Gerames auf. Seine Augen funkelten, er konnte sich »so richtig austoben«, wie er fröhlich sagte. Er wurde jedoch ernst, als Dante ihm die Lage schilderte.

»Verdammter Mist.« Er ließ sich in einen Sessel fallen, roch an seinem Kaffee und rümpfte die Nase.

»Wie sieht es in Sachen Hyperfunk aus?«

Gerames machte eine wegwerfende Handbewegung. »Wir haben alle Lager durchstöbert. Kein Problem. Nur eine Frage der Zeit... «

»Was heißt das?«

»Mein Freund, mit den vorhandenen Materialien können wir dir keine schöne, aber eine funktionierende Anlage bauen. Innerhalb von fünfundzwanzig bis dreißig Tagen.«

Barakuda nickte. »Sehr nett. Bis dahin gibt es niemanden mehr, den das noch interessiert.«

* * * * *

Neben Bergen, Savannen und Sümpfen weist der Nordkontinent von Shilgat auch eine Anzahl Wüsten auf, größere und kleinere, mehr oder weniger leblos. Im Herzen einer der größeren Wüsten findet sich eine fast runde Fläche mit beinahe einhundertfünfzig Kilometern Durchmesser. Die Fläche ist tot und tödlich, sie ist Tod. Es gibt keine Wasserstelle, wohl aber von Salzsand überwehte Abgründe, wo vor kurzem noch eine begehbare Wegstrecke gewesen sein mag.

Im Zentrum der Wüste steht ein uralter Laubbaum. Sein Stamm ist bizarr, die Krone ausladend. Die Wurzeln umgeben den einzigen unterirdischen Quell in all dieser Leblosigkeit.

Das Leben, heißt es bei den Shil, ist absurd und ein Chaos. Ordnung läßt das Leben erstarren und tötet es. So ist dies der Heilige Ort. In der leblosen Ordnung Wüste erhebt sich absurd und bizarr das Chaos Leben, Der Baum Der Bäume, Der Baumbaum. Es gibt eine Steigerung des Lebens und des Todes: Ordnung und Chaos unauflöslich miteinander verbunden, einander durch Nähe noch ferner und gleich.

Es gibt keine Götter, nur das göttliche Chaos. Der Wärmetod des Alls ist das Erlöschen des göttlichen Chaos. Entropie ist ein Ordnungsprozeß.

Welcher Ort könnte heiliger sein?

Der Gleiter stand neben dem unglaublichen Laubbaum. Lydia Hsiang und Dante Barakuda gingen langsam zum Krater, den vielleicht ein Vulkan, vielleicht ein Meteor hinterlassen hatte. Ein steiler Pfad führte an der äußeren Kraterwand zu einem Einschnitt; sie durchkletterten die Enge und stiegen in den Kessel hinab. Dort schienen sich Luft und Zeit zu stauen.

In der gespenstischen Lautlosigkeit hörten sie weder den eigenen Atem noch die eigenen Schritte. Später fragten sie sich (und einander), ob Erschöpfung und Zweifel sie vielleicht nicht betäubt, sondern besonders aufnahmebereit gemacht hatten. Sie empfanden, daß sie ins Zentrum der konzentrischen Reihen versteinerter Gestalten gehen sollten.

Sie ließen sich auf dem glasierten Boden nieder. Um sie herum saßen die Heilerinnen und Heiler der Shil, die Häupter des Nordens. Barakuda überflog die Reihen. Das, dachte er, können nicht alle sein.

Es sind alle. Nicht nur aus dem Bereich, den ihr Nordkontinent nennt, auch die aus dem Süden und die von den Inseln.

Die Stimme sprach in ihren Köpfen. Etwas wie eine kraftvolle Aura hüllte sie ein, und sie waren für Momente Teil der Einheit. Tremughati war dabei und Gortahork und Saravyi, und doch waren sie weit fort.

Nur einmal sind alle leiblich hier versammelt gewesen. Das war, als wir beschlossen, die Stadt aufzugeben, die ganz Shilgat war, und die Maschinen. Und die Gleichheit wieder in der Vielfalt zu leben. Die Verwirrung des Regelwerks für alle in das klare Chaos für jeden heimkehren zu lassen.

(Tremughati:) *Die beiden letzten Treffen dienten der Vorbereitung des heutigen. Das erste beriet über die Bedrohung durch Pasdan, Gashiri und Banyadir und erdachte einen Plan. Das zweite billigte das Abkommen mit dem Commonwealth.*

(Dante:) *Welchen Plan?*

(Lydia:) *Einen Plan, der noch immer gilt?*

(Gortahork:) *Er gilt, und wir erfüllen ihn. Ihr, indem ihr am Heiligen Ort seid und bald tun werdet, wovor ihr euch fürchtet; andere auf andere Weise. Die Einheit spreche.*

So erfuhren sie, daß es keine Einheit, sondern eine Vielheit war, in der nichts Einzelnes verlorenging. Sie erfuhren die Pläne von Pasdan und die lange vorbereiteten Gegenmaßnahmen der Häupter, und daß ihr fantastischer Plan Billigung fand.

Wir werden helfen. Über Pasdan wird eine Aura dessen liegen, was ihr ›Gläubigkeit‹ nennt.

Lydia dachte eine schwierige Frage. *Ordnung ist die Versklavung aller Einzelheiten des Lebens durch einen beliebigen von ihnen. Philosophische Ordnung, staatliche Ordnung, die Ordnung von Pasdan. Ihr seid doch ebenfalls eine Ordnung?*

Wir schämen uns, des Chaos nicht würdig zu sein. Aber wir wissen, daß die vielen selbsterdachten Ordnungen nicht wahr sind, sondern Spiel, deshalb doch Chaos und ungeeignet, Spieler, die andere Spiele spielen, zu verachten oder zu bekämpfen.

(Dante:) *Was soll am Ende geschehen? Mit den Müttern? Mit Großer-Töter?*

Was eure Gerechtigkeit für Pasdan sagt, soll geschehen. Was wollt ihr, daß mit Großer-Töter geschehe?

(Lydia:) *Er ist ein Schwein. Was soll mit Schweinen geschehen?*

Was ist ein Schwein?

Lydia dachte ein Schwein.

(Dante:) *Er ist ein reißender Wolf.*

Was ist ein Wolf?

Dante dachte einen Wolf.

(Die Einheit kicherte; zahllose alte Shil kicherten in einem einhelligen Gedanken. Dann:) *Es soll geschehen, wie ihr meint.*

* * * * *

Als Dante morgens aus dem Fenster seines Wohnraums über den Hafen blickte, lag ein klammer Dunstschleier über Meer und Küste. Barakuda erschien dieses Winterwetter dem Tag und der Mission angemessen.

Sie frühstückten schweigend. Als er seine Morgenzigarette anzündete, seufzte Leontia leise.

»Wenn das alles vorbei ist, gehe ich zurück nach Gaia.«

Er nickte. »Ich habe es mir gedacht.«

»Und du? Hast du dich entschlossen?«

»Ja. Moment.« Er stand auf und ging zu seinem Schreibtisch. »Nachtarbeit«, sagte er, als wolle er sich entschuldigen.

»Du warst doch müde – hast du nicht schlafen können?«

»Nur in Streifen.«

Er reichte ihr ein mit wenigen Zeilen beschriebenes Papier. Sie las halblaut.

»›Dante Barakuda, Oberstleutnant im Sonderdienst, bittet bei Entlassung aus dem Dienstverhältnis um Abfindung. Wegen der gestörten Verbindungen nach Gaia richte ich das Gesuch an das Gouvernement zu Cadhras. Cadhras, Shilgat, 5. IV. 29484 Sa'orq/12. März 467.‹ Das Datum von gestern.«

Lydia Hsiang nahm sein Abfindungsgesuch entgegen. Sie schien ausgeschlafen und unbewegt.

»Soll ich es gleich billigen, Dante?«

»Es wäre mir sehr lieb.«

»Warum die Eile?«

Er grinste halb spöttisch, halb melancholisch. »Damit für alle Fälle die Abfindung ins Testament eingeht.«

Sie lächelte. »Haben Sie ein Testament gemacht?«

Nun grinste er sehr breit. »Ja. Ich habe ja nicht viel zu hinterlassen, aber ich wollte sichergehen, daß ein antikes silbernes Fischbesteck, terranisch, in die richtigen Hände gerät.«

»Wer soll es denn bekommen?«

»Lopes, der Koch vom *Meeresleuchten.* Er haßt Fisch.«

Aus: Tagebuch II *von Florisa de Clare, Gaia 118 (Manuskript)*

»...Die Hüterin-Prophezeiung findet sich kurz vor Ende des Heiligen Buchs; möglicherweise wurde sie später eingefügt.

In den letzten Abschnitten des Textes heißt es weiter, der Mann sei von Natur aus inwendig tot, wolle sterben und halte sich nur als Parasit des Wahren Lebens aufrecht. Da er keine ethische Daseinsberechtigung habe, sei es nicht nur förderlich, sondern ein Akt der Gnade, alle Männer auszurotten.

Sexualität, die Zuflucht der Bewußtlosen, sei unkreative Zeitvergeudung. Bis zum Erreichen des Großen Ziels solle weibliche Zärtlichkeit gehegt werden, um die Zusammengehörigkeit zu stärken...

Später (sobald Jungfernzeugung möglich ist?) sei nur noch Wahres Leben zu zeugen. Es wäre unmoralisch, gezielt Krüppel oder Krebskranke zu zeugen – noch unmoralischer sei folglich die Produktion männlichen Nachwuchses.

Bis dahin sei die Erziehung von Sklaven für Arbeit und Befruchtung unerläßlich; sie seien jedoch so zu konditionieren, daß ihr höchstes Ziel die eigene Auslöschung bleibe. Die Ausrottung der finsteren Tiere sei kühl und umsichtig zu betreiben...

Ich habe die Widersprüche nie auflösen können. Meine Beschützerin sah sie nicht als solche an. Sie sagte jedoch voraus, bald werde die Fraktion der Hermetikerinnen die gesamte Politik von Pasdan bestimmen und nicht nur alle Männer, sondern auch außerhalb der Gemeinschaft geborene Frauen als unrettbare, mindere Tiere ansehen. Dann würde eine schiffbrüchige Touristin wie ich genauso getötet, wie schon meine Begleiter ermordet wurden.

Sie war eine aufmerksame und großmütige Liebhaberin. Ohne ihre stillschweigende Duldung wäre mir sicher nicht die Flucht geglückt... «

XIX.

Es war eine Geisternacht. Die Geräte zeichneten alles auf. Irgendwo weit über ihnen hing René Nardini zwischen den Felsen und sang. Er sang mit voller Stimme, und sein Tenor füllte die Dunkelheit. Die Berge gaben mehrere Arten Hall und Echo dazu. Zum dritten Mal stimmte er nun *La donna è mobile* an, und die mobilen Gardistinnen der Paß-Garnison schickten immer wieder kleine Spähtrupps aus. Aber Nardini wechselte die Bühne.

»Jetzt ist er weiter oben«, murmelte Ping. Er starrte durch das Nachtglas auf den Paß hinunter.

Learoyd, der neben ihm lag, grunzte leise. »So gut hat er noch nie gesungen. Das Publikum kann sich ja diesmal auch nicht wehren.«

Ping kicherte. »Vergiß nicht, Timoara ist bei ihm. Der tut mir leid.«

»Ach so. Ich habe mich schon gefragt, wie es kommt, daß René den Takt hält. Wahrscheinlich tritt der *kapral* ihn dauernd.«

Vor Morgengrauen kam Nebel auf. Ping und Learoyd, die nichts mehr beobachten konnten, zogen sich zurück. Nach halbstündigem Klettern und Kriechen erreichten sie das relativ sichere kleine Hochplateau.

Bald erschienen auch Nardini und Timoara. Der Sänger war heiser, aber sehr zufrieden. Der Korporal dagegen schien Schmerzen zu haben oder Nachwirkungen von Schmerzen. Er zündete sich einen Zigarillo an, starrte in seinen Kaffeebecher und warf Nardini noch einen verdrossenen Blick zu.

»Hat sich aber gelohnt.« Learoyd grinste.

Timoara seufzte. »Welch ein Preis.«

»Ungefähr zweihundert«, sagte Ping. »Und sie haben die ganze Nacht nicht geschlafen. Sicher glauben sie jetzt an Geister.«

»Zweihundert?« krächzte Nardini. »So viele? Wie sollen wir die denn ausschalten?«

Der Sonnenaufgang war statistisch wahrscheinlich, blieb aber unsichtbar und brachte nur graues Licht. Elorza und Ping wachten. Nardini, Timoara und Learoyd schliefen.

Plötzlich war doch die Sonne da. Der Dunst in der Höhe verging, der Nebel zog sich zu einer brodelnden Masse über den

Sümpfen nördlich der Berge zusammen. Vom unsichtbaren Boden des riesigen Topfes kochten Goldschleier hoch. Als Shalga stieg und der Einfallswinkel des Lichts sich änderte, wurde die Märchenkulisse wieder zu gemeinem Nebel.

Der Infrarotorter, der auf kurze Distanz kaum vom fernen Störsender beeinflußt wurde, sprach an. Elorza weckte die Schläfer. Die Männer nahmen ihre Posten ein.

Aus dem Nebel unterhalb tauchten Vanzuid und Oubou auf Wenig später trafen Bondak und Kakoiannis ein, von weiter oberhalb, aus den Bergen.

»Oben ist alles ruhig«, sagte der Sergeant. »Kaffee! Der Nebel bleibt übrigens hier hängen, Pasdan ist ganz klar. Dafür haben die tolle Funksuppe.«

Vanzuid kaute auf einem kalten Zigarrenstummel. »Wir haben was gefunden. Ich kann mir aber noch keinen Reim darauf machen.«

»Was?«

»Sehr viele Spuren – Pferde und Menschen, Tausende. Sieht so aus, als ob vor ein paar Tagen eine Armee durch den Paß gezogen wäre. Nach Norden. Sieht aber auch so aus, als ob andere von Norden zum Paß gekommen wären. Und ein paar Hügel, die Gräber sein könnten.«

Der Nebel wurde dünner. Nachmittags sprach der Orter wieder an. Ping klopfte gegen den Schirm, als könne er es nicht glauben. »Da kommt was von Norden«, sagte er andächtig, »und zwar jede Menge.«

Bondak hängte sich den Karabiner über. »Terence, Narciso. Wie ich das sehe, kommt ihr freiwillig mit. Wir wollen mal näher ran.«

Learoyd trat seine Zigarette aus. »Im Handbuch steht was von schriftlichen Aufforderungen.«

»Das stimmt«, sagte Bondak. »Aber seit wann kannst du lesen?«

Die anderen beobachteten die Geräte und, soweit sie sichtbar war, die Umgebung. Nach etwa einer Stunde erschien Learoyd. Er grinste.

»Entwarnung. Wir haben lieben Besuch bekommen.«

Oubou wies auf den Schirm. Er machte ein skeptisches Gesicht. »Das müssen aber tausend liebe Besucher sein. Wer ist es denn?«

»Haben sie Blumen mitgebracht?« sagte Kakoiannis.

»Laßt euch überraschen.«

Wenig später erschienen Bondak und die beiden anderen, aber sie kamen nicht allein. Bei ihnen waren einige Jägerinnen und Jäger der Banyashil und die Fürsten des Nordens, Tremughati und Gortahork.

Bondak beendete seinen Bericht über die Lage in Cadhras und Barakudas Anweisungen.

»Ein kluger Plan.« Die Fürstin sprach Galaktein und hatte eine helle, klare Stimme.

Gortahork nickte. »Der kluge Plan eines verzweifelten Mannes. Morgen wird er mehr wissen.«

»Wir haben viele Spuren gesehen, Fürst«, sagte Vanzuid.

Wieder sprach Tremughati als erste. »Die Hälfte davon sind unsere.«

»Gut, Sie alle hier zu sehen«, sagte Bondak. »Sie sind angenehmere Gesellschaft als die da im Paß. Darf ich was fragen?«

Gortahork und Tremughati lächelten. »Barakudas Fragen?« sagte der Fürst.

Bondak schob den Helm zurück, kratzte sich den Kopf und starrte seinen Karabiner an. »Na ja, der Chef macht sich Sorgen. Wir wüßten aber auch gern ein bißchen mehr.«

»Die Dinge sind sehr einfach, nur die Hintergründe nicht.« Gortahork trank einen Schluck Kaffee.

»Die Dinge wären schon ganz hilfreich.« Bondak grinste. »Die Hintergründe überlassen wir gern dem Chef.«

»Gut. Dies sind die Dinge. Die Jäger weiter im Norden der Steppen, die Jägerinnen näher an der südlichen Küste, so haben wir viele Zehntage lang die Länder von einzelnen Banditen und von Trupps Wehrhafter Jungfrauen gesäubert. Es war vorgesehen, daß sich Jägerinnen und Jäger in der Nacht nicht weit von hier begegnen. In einem Sumpfgebiet, in das nur wenige Wege führen, und in dessen Mitte trockener Grund ist. Die Jäger von Norden, gefolgt von der Hauptmacht der Wegelagerer; die Jägerinnen von Süden, gefolgt von möglichst vielen Kriegerinnen aus Pasdan.«

»Also *ihr* habt die hier weggelockt?«

Tremughati lächelte nicht. »So ist es. Es war ein Plan, der schon alt ist, und er wurde über Tausende Meilen und zahllose Tage ausgeführt, genau und blutig. Die Jäger haben im Sumpf die Banditen bekämpft, die Jägerinnen die Jungfrauen. Dann kamen die Nacht und der Nebel, und die Shil sind aus dem Sumpf herausgesickert. Unbemerkt.«

Bondak holte tief Luft. »Und Pasdan und Nobregas Leute haben weiter geballert – aufeinander?«

»Vielleicht«, sagte Gortahork, »haben sie am Morgen bemerkt, daß sie jeweils gegen verhaßte Verbündete kämpften. Vielleicht sind genug Überlebende aus dem Sumpf zurückgekehrt und reiten nun hierher. Vielleicht kommen sie in ein oder zwei Tagen hier an. Bis dahin werden wir im Flachland von Pasdan sein. Und ihr Cadhrassi müßt mit den wenigen, die wir hierlassen, den Paß hüten.«

Tremughati erhob sich. »Wer ist der Sänger?«

Nardini stand auf. Mühelos sah er gleichzeitig die Fürstin und den Fürsten an.

Tremughati lächelte ihm zu. »Sänger, du wirst wieder in der Dunkelheit singen. Es wird die Wehrhaften Jungfrauen ablenken und unsicher machen. Und es darf kein Schuß fallen, den die Festung im Tal hören könnte. Es ist dies ein Werk für das Messer.«

Als sie in Nacht und Nebel verschwanden, sah Kakoiannis hinter der schlanken Fürstin her und rieb sich die unrasierte Wange. Dann wandte er sich René Nardini zu, der mit Kaffee und Schnaps gurgelte. »Los, geh grölen!«

Lydia Hsiang saß im Heck des Gleiters, wo jemand einen der nichtoffiziellen Slogans der Flotte angeklebt hatte. *Wir sind das Fernreiseunternehmen mit den exotischsten Bestattungen.*

Abends erreichten sie die kleine Gruppe felsiger Inseln, etwa 80 Kilometer südöstlich von Pasdan. Die anderen Gleiter und Beiboote waren bereits eingetroffen, und man hatte mit der Montage der Maschinen begonnen.

Aus dem letzten Gleiter stieg Gerames und kam zu Barakuda. »Sobald es ganz dunkel ist, werden wir mit den vorbereitenden Zeichen des Himmels beginnen. Im Volksmund auch als Barakudas Märchenstunde bekannt.«

Aus dem Halbdunkel trat Begheli zu ihnen. Dante war ein wenig entsetzt. Sie zuckte mit den Schultern.

»Du hättest mich doch nicht mitgenommen. Da mußte ich mich ja an Gerames halten.«

Kurz vor Mittag am 5. IV. erwachte Saravyi aus der angekündigten Trance. Sarela McVitie sah, daß auch die sechzig Heilerinnen und Heiler auf den drei ausgewählten Schiffen sich zu bewegen begannen.

Der alte Mann wirkte erschöpft. Sie kniete neben ihm auf den Planken des Achterdecks nieder und reichte ihm ein Gefäß mit heißer Brühe. »Trink, Vater.«

Saravyi nahm die Kalebasse, schlürfte laut und lächelte. »Wenn du schon in grober Mißachtung anderer Beziehungen zwischen Frau und Mann eine Verwandtschaft erfindest, dann respektiere gefälligst, daß ich dein Großvater sein könnte.«

Sie streichelte die Wange mit den tausend Runzeln. »Ich habe mich davor gefürchtet, für all dies verantwortlich zu sein.« Mit dem Arm beschrieb sie einen Halbkreis, der die beinahe zweihundert Schiffe einschloß. »Aber neben dem weisen Saravyi ist das Schwere leicht.«

Er richtete sich auf und stellte die Kalebasse ab. »Alles steht gut. Die Gouverneurin und Barakuda wissen nun fast alles, und Gortahork und Tremughati reiten bald durch den Norden von Pasdan.«

Sie erreichten die vorgesehene Warteposition. Sarela McVitie überprüfte die Funkgeräte, die nichts als Statik und die gelegentlichen schrillen Piepser des Störsenders von sich gaben, und die automatischen Kameras, die alles registrierten.

»Wenn der Störsender abgeschaltet wird, beginnt die Zeit der Entscheidung.«

»Sind die Geisterschiffe vorbereitet?«

Sie nickte. »Alles ist vorbereitet, Saravyi.«

»Dann können wir nur noch warten.«

Die Maschinen auf den Inseln wurden installiert und einsatzbereit gemacht. Am späten Vormittag des 7. IV. gab die Gouverneurin den Startbefehl. Die Gleiter mit den Sonderausrüstungen starteten und flogen knapp über der Wasseroberfläche ab, Richtung Pasdan. Hsiang, Barakuda und die beiden Frauenkompanien stiegen in die Beiboote der Korvette; neben dem Bedienungspersonal der Maschinen blieben achtzig Mann der D-Kompanie zurück, die später eine andere Aufgabe erfüllen sollten.

Kurz vor Erreichen der als optimal berechneten Punkte im Meer tauchten die Gleiter ein, wurden unter Wasser nebeneinandermanövriert und angekoppelt.

Gerames im mittleren Gleiter testete die Sprechverbindungen. »Gut.« Er sah auf die Uhr. »Elf Uhr dreiundvierzig Ortszeit Pasdan. Sieben Minuten vor Mittag. X minus siebenhundert Sekunden.«

Hsiang und Barakuda hatten ihn zum technischen Leiter des Unternehmens bestimmt. Er betrachtete die angespannten Gesichter der anderen Männer, die vor den Geräten saßen. Plötzlich lachte er. »Ihr seht aus, als ob ihr Angst hättet, daß die Knöpfe beißen. Sie sind ganz harmlos, und alles wird funktionieren.«

Punkt elf Uhr fünfzig Ortszeit Pasdan, Mittag, erschreckte aus dem Himmel ein Heulen die Stadt der Mütter. Es wurde lauter und lauter und endete mit einem furchtbaren Knall. Die Scheiben der Häuser in Pasdan barsten, und viele Frauen auf den Straßen, die in den Himmel gestarrt hatten, stürzten zu Boden. Gleichzeitig erlosch der Störsender; im Himmel über Pasdan zeichnete sich blaßrot auf Blau das Emblem des Matriarchats ab: der Ring mit den beiden Kreuzen. Dann stiegen um die Stadt plötzlich Nebelbänke auf, die sich nach und nach rot färbten, blutrot. Und über die wieder funktionierenden Funkverbindungen mit den Orten und Festungen des Hinterlandes erfuhren Scharlachprim und Erzmütter, daß Shil die nördlichen Gebiete überrannt hatten und sich Pasdan näherten.

In Cadhras registrierte man hektische Funksprüche zwischen Pasdan und den Mütterflotten; Schiffe wurden zurückbeordert, um das Heilige Land zu schützen. Die Belagerung von Golazin und Arameq endete; die nach Huasiringa gesandten Schiffe drehten ab. Nur die größte Flotte blieb auf Kurs. Ihr Ziel war Cadhras.

Am Nachmittag legte sich eine seltsame Stimmung über die Heilige Stadt der Mütter; auch die Leute in den Gleitern und den Beibooten spürten sie.

»Das sind die Heiler«, sagte Lydia Hsiang.

»Wie machen sie das nur?« murmelte Gerames. »Ich wäre im Moment bereit, an den Klapperstorch, den Froschkönig und das Gute im Menschen zu glauben. Dabei kriegen wir nur einen Randeffekt der Aura mit.«

Fast wütend wandte er sich wieder den Knöpfen zu. Über Pasdan erschien abermals der Ring mit den zwei Kreuzen, diesmal tiefrot. »Wo bleiben die Holos?«

»Kommt schon«, sagte jemand im dritten Gleiter.

Aus den blutroten Nebelbänken um Pasdan stiegen gräßliche Monster auf, starrten auf die Stadt, spien Blut und Feuer und lösten sich wieder auf. Die Techniker hatten ganze Arbeit geleistet bei der Vorbereitung der Hologramme; alles wirkte echt, und die von den Heilerinnen und Heilem der Shil ausgehende »Stimmung der Märchengläubigkeit« verbesserte die Wirkung noch.

Am Abend begann das Meer zu brennen; dafür löste sich der Nebel um Pasdan auf. Hoch im Norden des Landes der sieben Ströme registrierten Bondak und seine Männer die Annäherung einer großen Reiterschar und zündeten die vorbereiteten Sprengladungen. Der Paß stürzte ein, Felsen blockierten den Weg; gleichzeitig jagte Bondak wie besprochen Signalraketen in den Nachthimmel, die höher und höher nach Süden stiegen und schließlich bei ihrer Detonation das ganze Land für Sekunden in fahlgelbes Licht tauchten. Dann gingen die Männer hinter den Felsen in Stellung.

Die Heilerinnen und Heiler »arbeiteten« abwechselnd in Gruppen zu je zwanzig. Saravyi stand mit gerunzelter Stirn auf dem Achterdeck; im Morgengrauen würden sie das Land sichten; bereits jetzt sahen sie am Himmel den Widerschein des Infernos, das Gerames mit seinen Maschinen erzeugte.

Sarela McVitie hatte sich umgezogen; nun erschien sie wieder an Deck und musterte besorgt die müden, angespannten Gesichter der konzentrierten Shil. »Wie lange können sie das durchhalten?«

Saravyi wehrte ab. »Je näher wir kommen, um so leichter wird es.«

Die winzigen fliegenden Kameras übertrugen Bilder aus der Stadt. Die Leute in den Gleitern und Beibooten sahen, was die Bewohnerinnen von Pasdan sahen, und obwohl die Märchenaura sie nun kaum noch berührte, waren sie beeindruckt von den Vorführungen. Die Kameras zeigten auch, daß in Pasdan und Umgebung hektische Betriebsamkeit herrschte, Verwirrung und offenkundige Unsicherheit.

Die ganze Nacht lang brannte das Meer.

Durch die Flammenvorhänge, die Hunderte von Metern aufflackerten, segelten immer wieder holographische Geisterschiffe auf die Küste und die Stadt zu, verfärbten sich und vergingen mit dumpfem Krachen und schrillem Kreischen.

»Ist das schön!« sagte einer der Männer, als ein besonders großes, giftgrünes Schiff sich aus dem Wasser erhob und in der Luft zu zerplatzen schien.

Die Gleiter und Beiboote, von Wasser und Flammenwänden zweifach verborgen, näherten sich langsam der Küste. Im Schleusenhangar des ersten Beiboots waren die letzten Vorbereitungen abgeschlossen. Noch war blutrote Nacht.

Barakuda trug nur einen Lendenschurz und ein kleines Antigravgerät. Langsam hob der Pilot, Yakku, das Boot aus dem Wasser, bis die Schleuse knapp über der Oberfläche lag.

Dante blickte die Reihen der unkenntlichen *suldás* der Garnison an, die bereits ihre Einsatzkleidung trugen. Er hob grüßend die Hand.

Wie im Fieber kniete er plötzlich vor der Gouverneurin nieder. Sie stand da in einem weißen, weiten Kaftan; der speziell angefertigte Überwurf lag noch auf einem Gerätestapel. Irgendwie war die Geste selbstverständlich nach all den Stunden des Schauspiels und der Märchenaura der Heiler und vor all den Stunden der Gefahr.

»Ich fahr dahin, Fürstin«, sagte er. »Wünscht mir Glück.«

Mit der gleichen Selbstverständlichkeit legte Lydia Hsiang ihm die rechte Hand auf den Kopf.

Das Schott fuhr zurück. Barakuda wandte sich ab, aktivierte sein Fluggerät und schoß in die wilde Nacht hinaus.

In einem weiten Bogen flog er an Pasdan vorbei. Er landete auf einer riesigen Müllhalde nördlich der Sklavenpferche und des Galgenbergs. Dort ließ er das Gerät zurück. Und während er den mächtigen Einfluß der Heilerinnen und Heiler spürte, die gespenstischen Erscheinungen sah und sich auf den Weg machte, fragte er sich immer wieder, ob es noch verrücktere Formen kalkulierten Selbstmords gab.

Im Morgengrauen wurde Pasdan von mehreren Kugelblitzen heimgesucht, die keinen Schaden anrichteten. Gleißend hell bildeten sich dann im Zenit über der Stadt drei Ringe mit Doppelkreuz, über dem Hafen drei weitere. Und noch einmal drei über dem Meer. Sie verblaßten, als wenige hundert Meter vor der Küste, dort, wo unter Flammen und Nebel die Gleiter und Beiboote lagen, eine blendende Kunstsonne aufging.

Sie hatten das Ruder festgebunden, die Segel halb gerefft und das Schiff verlassen. Getrieben von einer Schraube, die wiederum getrieben wurde von einer Serie rotierender Steinscheiben, die getrieben wurden von einer Sirene, durchbrach der hölzerne Segler die Flammen und fing Feuer. Das brennende Wrack trieb – Saravyi und die anderen sahen es nicht mehr, denn für sie war es jenseits des Flammenvorhangs – zum Hafen von Pasdan.

Die grelle Sonne, die im Süden erstanden war, schien auf eine silbern glänzende Wasserstraße. Aus den flammenden Nebeln kam die Reiterin hervor. Über der Stadt erschien erneut das Zeichen des Rings mit dem Doppelkreuz, dann ein weiteres über der Reiterin. Sie saß auf einer makellos weißen Schimmelstute und trug ein leuchtend weißes Gewand mit abstrakten Goldmustern. Hinter ihr gingen in Zweierreihen Wehrhafte Jungfrauen mit blitzenden Schwertern. Über ihnen erschienen plötzlich Millionenschwärme kreischender Vögel, und aus den Flammenwänden weiter im Osten segelten riesige Schiffe, auf denen Gras und Bäume wuchsen, Hügelkuppen ragten und Bäche rieselten. Das brennende Geisterschiff trieb gegen die glitzernde Bahn, auf der die Reiterin und die Wehrhaften Jungfrauen sich dem Ufer näherten. Es rammte die Straße auf dem Wasser, zitterte und zerbrach. Die Reiterin auf der Schimmelstute hielt an und hob die Hand. Zischend versanken die brennenden Trümmer des Wracks, und nahe am Ufer trieben klickend und kreiselnd große Mengen grüner Steine.

Erneut hob die Reiterin die Hand. Die kreischenden Vögel verschwanden. Dann loderte eine Flammenwand auf der Straße über dem Meer.

Die Reiterin ritt hindurch, ohne zu brennen; die Wehrhaften Jungfrauen schritten über das Wasser, ohne zu sinken.

Die Schimmelstute, vollgepumpt mit Beruhigungsmitteln, tänzelte über das Wasser. Noch wenige Meter bis zum Ufer. Hsiang wandte sich nicht um; die beiden Kompanien mußten hinter ihr sein. Sie durfte sich nicht umwenden.

Mit Absicht hatten sie den Antigravprojektor nicht auf den Hafen, sondern auf das östlich davon gelegene Ufer gerichtet. Die Prophezeiung wollte, daß die Hüterin vor die Stadt reite und keinen Einlaß finde; der Hafen gehörte bereits zum Stadtbereich. So näherte sie sich dem Osttor von Pasdan. Auf den Mauern standen dichtgedrängt die Bewohnerinnen der Stadt, und Lydia Hsiang seufzte. Aber dann atmete sie auf; offenbar entsann man sich in Pasdan der Prophezeiungen und begann, überhastet die Mauern zu leeren.

Saravyi und Sarela McVitie warteten. Endlich gab das Funkgerät den vereinbarten Codespruch von sich.

»Die Küste ist bestimmt leer; alles ist in Pasdan und schaut zu«, sagte Saravyi.

Das Funksignal zeigte an, daß die übrigen Schiffe die Küste nordöstlich von Pasdan erreicht hatten und mit dem Ausschleusen der Besatzungen begannen. Nur die drei »Geisterschiffe« mit den Heilern blieben hinter dem Flammenvorhang zurück.

Lydia Hsiang zügelte die Schimmelstute und richtete sich in den Steigbügeln auf. Sie hatte den ausersehenen Platz kurz vor dem Osttor erreicht und betete, daß nicht ausgerechnet nun ein Gerät, eine Kamera oder ein Beobachter ausfiel. Dann hob sie die linke Hand.

»Aber mit Vergnügen, Madame«, sagte Gerames. »Der Zünder. Sehr wohl, sofort.«

Die zahlreichen Kapseln, die Bondak und Vanzuid an die entsprechenden Stellen gelenkt hatten, detonierten. Im Norden, Osten und Westen von Pasdan schien die Erde die Brust zu wölben und Luft zu holen; langsam bewegten sich die Massen der Wälle, Mauern und Tore, dann stürzte alles in einem gewaltigen Krachen zusammen.

Lydia Hsiang ritt in die Stadt Pasdan. Hinter ihr gingen zweihundert Wehrhafte Jungfrauen mit blitzenden Waffen.

Später entsann sie sich der folgenden Stunden nur undeutlich. Etwas war bei ihr und half. Dieses Etwas half ihr, die – vermutlich – erwarteten Worte zu sprechen und sich jener Untersuchung zu unterziehen, die beweisen sollte, daß sie Mutter und doch nicht Mutter, Jungfrau und doch nicht Jungfrau war. Sie entsann sich tiefster körperlicher und seelischer Erniedrigung und des Traumgefühls, als sie neben der Scharlachprim auf den großen Platz vor dem Tempel trat und diese ihr Knie beugte und rief: »Die Hüterin!«

Wieder und wieder hatte sie in Cadhras die Aufnahmen betrachtet, die die starren, maskenhaften Züge der disziplinierten Kriegerinnen und der befehlenden Mütter zeigten, nun sah sie auf ein Meer entspannter, lachender Frauen hinab. Sie traten zur Seite, bildeten eine Gasse und knieten nieder, als sie langsam zum Hafen ging. Dort hob sie wiederum die Hand.

Nach einem Moment der atemlosen Stille brandete Jubel auf. Die gespenstischen Schiffe, auf denen die Steppe wucherte, vergingen; die Flammenwände auf dem Meer fielen in sich zusammen, der Nebel verzog sich; dann waren auch die unheimlichen Steine verschwunden.

Gerames starrte mit angehaltenem Atem auf die Schirme. »Sie tragen sie im Triumph zum Tempel. Aber geglaubt hab ich das alles keine Sekunde lang.«

Hsiang hob wieder die Hand; die Menge vor dem Tempelhügel verstummte.

»Seht«, rief sie, »was ich euch bringe.«

Sie wies nach Osten, wo gleichsam aus der aufgehenden Sonne drei Schiffe das flache Ufer erreichten.

Sarela McVitie steckte das Fernglas weg und wandte sich Saravyi zu. Sie hatte Tränen in den Augen. »Es geht gut«, sagte sie, fast schluchzend. »Die Gouverneurin in Weiß steht vor dem Tempel, die Mauern sind zerstört.«

Über der Stadt erschien noch einmal der Ring mit den beiden Kreuzen. Saravyi nickte. »Dann gehöre ich jetzt unter Deck. Wir wollen das Fest nicht durch Anwesenheit von Männern stören.«

Sarela blickte hinter ihm her, nestelte an ihrer ungewohnten Tracht einer Wehrhaften Jungfrau und hielt sich an einem Tau fest.

Knirschend rollten die drei »Geisterschiffe« an Land. Die Kunstwerke der Techniker hielten. Riesige Holzräder an stählernen Achsen trugen die Seegefährte auf die Stadt zu. Die letzten grünen Steine trieben die komplizierten Systeme aus Zahnrädern und Transmissionsriemen an. In einem der Schiffe saß ein Gargava-Jäger bei den Steinen und deklamierte Jagdlegenden; im zweiten sang eine Jägerin Wiegenlieder; im dritten stieg Saravyi leise in den Kielraum und lauschte eine Weile der Korporalin Levon. Sie hielt ein Buch auf den Knien und las den Steinen daraus vor. Es war mit einer Mischung aus Spott und Staunen ausgesucht worden – eine galakteinische Fassung von Dantes *Göttlicher Komödie,* und wenn darin ein Frauenname genannt wurde, sagte Levon ohne Rücksicht auf das Metrum »Lydia«. Die grünen Steine drehten sich auch dann noch, als die Schiffe angehalten wurden, indem man die Übertragungsmechanismen auskuppelte.

Die Aura wurde immer dichter. Aus den drei Landeschiffen stiegen weitere Wehrhafte Jungfrauen und näherten sich der Stadt.

»Und seht meine Macht!« rief Lydia Hsiang mit heller, tragender Stimme. »Die Macht über das Tier!«

Zehn Frauen der A-*centuria,* angetan mit den Gewändern Wehrhafter Jungfrauen, kamen von den Sklavenpferchen. Sie führten einen Mann mit sich. Vor dem Tempel hielten sie an; eine der Frauen griff in die Haare des Sklaven und riß seinen Kopf hoch. Prim und Erzmütter sahen in das Gesicht von Dante Barakuda.

Die Gouverneurin rang mit ihren Gefühlen. Zusammen hatten sie den Plan ausgeheckt, und Barakuda hatte ihn um diese Variante ergänzt. Welche überzeugendere Demonstration der Macht der Hüterin gäbe es denn als diese? Die unerklärliche Anwesenheit des einzigen ihnen bekannten Mannes aus Cadhras, den sie fürchteten und haßten, der sie verhöhnt hatte und nun gedemütigt vor ihnen stand?

Als das Stimmengewirr sich beruhigt hatte, sagte die Hüterin: »Bindet ihn hoch an einen Galgen auf dem Galgenberg. Aber schädigt ihn nicht; er soll langsam sterben.«

»Mit solchen Schiffen«, sagte Lydia, »die durch Feuer und über Land segeln können, werden wir alle Ziele erreichen. Tragt eure Waffen zu dem Hügel neben den Schiffen, meine Töchter.«

In dieser Nacht – es war die Nacht vom 8. auf den 9. IV. – schlief niemand in Pasdan. Aus dem ganzen Hinterland strömten Frauen herbei, um die Hüterin zu sehen und mit den Schwestern zu feiern. »Ruft alle Töchter zu mir, auch die fern von Pasdan sind«, sagte Lydia, und in Cadhras registrierte Major Maqari, daß die Invasionsflotte, die kurz vor Corilia stand, beidrehte und wendete und nach Westen zu kreuzen begann.

Niemand kannte alle Frauen, die nach Pasdan kamen, niemand konnte alle kennen. Es fiel auch nicht auf, daß einige Wehrhafte Jungfrauen wenig sprachen und manchmal, wenn sie redeten, Sprachfehler machten. Es bemerkte auch niemand, daß es vor allem diese wortkargen Wehrhaften Jungfrauen waren, die die Schiffe und den wachsenden Waffenberg bewachten.

»Hüterin«, sagte die Scharlachprim, eine stattliche Frau mittleren Alters, »das Böse greift von Norden nach uns.«

»Ich will es anhalten«, sagte Lydia. Sie trat wieder vor den Tempel und hob die Arme. Dann rief sie: »Ich befehle den Feinden im Norden, in ihrem bösen Tun innezuhalten.«

Yakku zog das Mikrofon zu sich, starrte auf den Schirm, der die Gouverneurin zeigte, und sagte deutlich: »Fürsten der Banyashil – es ist so weit. Legt die Waffen nieder.«

Wie ein Hurrikan waren die Banyashil durch das dünnbesiedelte, fruchtbare Flachland der Sieben Ströme gejagt. Fast alle besaßen inzwischen Feuerwaffen. Eineinhalb Tagesritte nördlich der Hauptstadt Pasdan stießen sie erstmals auf eine größere Einheit Gardistinnen.

Da kam das Signal. Tremughati und Gortahork gaben die vereinbarten Zeichen. Sichtbar warfen die Shil Pfeil und Bogen sowie einige Karabiner weg, stiegen von den Pferden und zogen an einer langen Stange die Flagge mit dem Wappen von Pasdan auf

Die Befehlende Mutter der Garde meldete es nach Pasdan. Die Scharlachprim verkündete es den Frauen, und wieder wurde gejubelt.

Tremughati bat darum, waffenlos mit ihren Leuten zur Stadt reiten zu dürfen, um dort der Hüterin zu huldigen. Prim und Hüterin, über Funk befragt, gaben die Erlaubnis.

Fast zwanzigtausend Banyashil mit verborgenen Karabinern ritten weiter.

In dieser Nacht, als auf dem Galgenberg ein Feuer aufflammte und alle Galgen zerstörte, wurde Dante Barakuda losgeschnitten und zu einem der Geisterschiffe gebracht, wo Saravyi sich um ihn kümmerte. In dieser Nacht werteten die Männer in der Zentrale des zweiten Beiboots die aufgefangenen Funksprüche aus und markierten auf der Karte die Lage der Raketenbatterie.

Am Morgen des 9. IV. führte Barakuda ein verschlüsseltes Gespräch mit Maqari und erfuhr, daß die Gendarmerie eine Gruppe von Männern festgenommen hatte, die große Mengen einer wasserlöslichen, vermutlich hochgiftigen Substanz bei sich führten. Und daß die Invasionsflotte zurück nach Pasdan kreuzte, gegen den winterlichen Nordwest.

»Wie lange noch, Freund?« sagte er. Er blickte auf die Heilerinnen und Heiler. Einige von ihnen waren bereits zu schwach, um sich noch mit den anderen zusammenzuschließen.

»Zwei Tage«, sagte Saravyi bestimmt. »Höchstens.«

Barakuda bewegte den schmerzenden rechten Arm und zündete sich eine Zigarette an. »Gut«, murmelte er. Dann blickte er in die Augen des alten Shil. »Mein Freund, noch sind wir nicht am Ziel.«

Kurz nach Sonnenuntergang machte er sich auf den Weg. Er trug einen langen Umhang und ging gebeugt. Wer nicht genau hinsah und keine Männer zu sehen erwartete, mochte ihn für eine alte Frau halten.

Als er die Sklavenpferche erreichte, schlug ihm der betäubende Gestank entgegen, den er fast vergessen hatte, und wieder war es nicht der Gestank, sondern der Ruch von Unterdrückung, der ihm Brechreiz einflößte.

Seit seinem ersten Aufenthalt in den Pferchen war ihm der Gedanke vergangen, eine Art Sklavenaufstand zur Unterstützung der anderen Aktionen entfesseln zu können. Die Männer in den Pferchen waren seit frühester Kindheit, wie Generationen vor ihnen, als Tiere behandelt und zu Tieren geworden. Es würde sehr lange dauern, sie an ein menschliches Dasein zu gewöhnen. Jemand, dachte er, der sein Leben lang angekettet gelegen hat, wird nicht gleich laufen können, wenn man ihn befreit.

Er fand das kleine Fluggerät, wo er es zurückgelassen hatte. In einem großen Bogen, der ihn weit jenseits der drei Landschiffe führte, steuerte er die Inseln an, auf denen Gerames und die anderen warteten.

Die Begrüßung war herzlich bis stürmisch. Begheli, inzwischen vollintegriertes Mitglied der Truppe, massierte seine schmerzende Schulter, nachdem er geduscht hatte. Unter ihren geschickten Fingern lockerten sich die wehen Muskeln und Sehnen ein wenig.

Später fand der nächste Kriegsrat statt. Dante hatte gegessen, trank Kaffee und fühlte sich fast wieder lebendig.

»Nun seid ihr an der Reihe«, sagte er schließlich. Da die Zentrale des Beiboots zu klein war, fand die Besprechung mit allen in der Hangarschleuse statt.

»Es hilft nichts. Nach den Bruchstücken an Informationen, die wir haben auffangen können, ist es möglich, daß die Mütter nicht nur über Raketen mit Zielautomatik verfügen; sie besitzen offenbar auch Kernsprengköpfe.«

Begheli sah ihn von der Seite an. »Ist die Batterie gut bewacht?«

»Ich nehme es an. Es wird hart und schwierig werden.«

Yakku hob die Brauen. »Wir kennen alle die Geschichte von den Fernreisen. Wer soll den Stoßtrupp in die Hölle anführen?«

Dante zündete sich eine neue Zigarette an. »Ich.«

Gerames klopfte ihm auf die Schulter. »So ist es richtig. Auch ein Abt kann von seinen Mönchen nicht mehr Gebete verlangen, als er selbst verrichtet.«

»Du wirst nicht mitbeten. Du wirst hierbleiben und die profane Technik bewachen.«

Gegen Mittag forderte die Hüterin die Scharlachprim und einige Erzmütter auf, sie zu den Schiffen zu begleiten. Langsam gingen die Frauen aus der Stadt, gefolgt von einigen hundert Wehrhaften Jungfrauen. Zwischen dem Waffenberg und den Schiffen blieben sie stehen und erörterten die Lage.

Plötzlich entstand hinter ihnen in der Stadt Unruhe. Dann hörten sie fern in den Hügeln südlich von Pasdan, im Vorland des Kaps Hera/Herakles, das dünne Knattern von Schüssen.

Eine Gruppe Wehrhafter Jungfrauen umringte sie. Sie hielten Karabiner in den Händen. Eine junge Frau trat vor, salutierte kurz vor der Gouverneurin und wandte sich an die erstarrte Scharlachprim.

»In dieser Sekunde erobert ein Trupp unter Führung von Dante Barakuda Ihre Raketenstellung.« McVitie sprach normales Galaktein, ohne die Altertümlichkeiten des Pasdan-Idioms. »Wir wären Ihnen dankbar, wenn Sie und die Erzmütter von sinnlosen Aktionen Abstand nähmen.«

Die Scharlachprim starrte die vermeintliche Wehrhafte Jungfrau an, sah sich um, stellte fest, daß die ganze Umgebung von bewaffneten Frauen abgeriegelt war, daß nur wenige, die aus Pasdan hinter ihnen hergegangen waren, nicht zu diesen fremden Frauen gehörten, daß diese wenigen überwältigt und gefesselt wurden, daß die gläubige Stimmung, die sie seit Tagen erfüllt hatte, verschwunden war, und sie starrte die weißgewandete Frau an, die sie für die Hüterin gehalten hatte. Die Hüterin der Prophezeiung.

»Wer... wer bist du?«

Lydia Hsiang runzelte die Stirn. Einen intensiven Moment lang wünschte sie, daß Dante und die anderen schnell und ohne Verluste die Stellung einnähmen. Dann blickte sie die Prim an.

»Ich bin Lydia Hsiang. Die Gouverneurin des Protektorats. Betrachten Sie sich als Gefangene.«

Mit zwei tieffliegenden Gleitern kamen sie über den Pangotischen Ozean – aus einer Richtung, die die Gardistinnen nicht beobachteten. Die Wehrhaften Jungfrauen waren dabei, die Raketen startklar zu machen – gegen wen?

Die Auseinandersetzung dauerte nur fünf Minuten, aber sie kostete elf Männer aus Cadhras und vierzehn Frauen aus Pasdan das Leben. Die Raketen wurden nicht abgefeuert.

Von Pasdan näherten sich einige hundert Gardistinnen. Barakuda versuchte seine Schmerzen zu ignorieren und die Verteidigung der Stellung zu sichern. Eine Kugel hatte ihm das linke Schultergelenk zertrümmert. Einer der Männer drückte ihm ein Injektionspflaster in den Nacken.

Jemand berührte ihn an der heilen Schulter. Er schaute wie durch einen rötlichen Schleier Leutnant Yakku an, der aus mehreren leichten Wunden blutete. Yakku strahlte; er wies in den Himmel. Barakuda blickte nach oben.

»Wir haben die meisten Waffen«, sagte McVitie. »Natürlich nicht alle, aber ich glaube, wir können hier gut aushalten. Bis morgen. Bis die Banyashil kommen.«

Sie waren zwischen den Hügeln und hinter den Schiffen in Deckung gegangen; zuvor hatten sie die Heilerinnen und Heiler aus den »Geisterschiffen« geholt. Einige der Mischlingsfrauen bewachten die gefangenen Mütter. Die Jägerinnen und Jäger der Gargava lauschten Saravyi, aber der sagte nicht mehr als: »Gehorcht den Anweisungen, die euch jene dort gibt. Sie ist meine liebe Tochter.«

Hsiang lächelte. »Sie hören es. Ihr Kommando.«

In Pasdan herrschte, auch aus der Entfernung sichtbar, kurze Zeit Durcheinander. Dann begannen die verbliebenen Erzmütter und Gebieterinnen, die Ordnung wieder herzustellen. Bald formierten sich übersichtliche Einheiten, und das Fernglas verriet Sarela, daß es noch immer mehr als genug nicht abgelieferte, vergessene oder versteckte Schußwaffen in der Stadt gab.

Weit auseinandergezogen rückten Gardistinnen vor; sie nutzten die Unebenheiten des Geländes zur Deckung.

Hsiang lag neben McVitie in einer Mulde. »Sie haben sich sehr schnell gefangen«, sagte sie.

Sarela nickte. »Sie sind gut, aber wir auch. Wir haben noch ein paar Überraschungen für sie.«

Die Gouverneurin sah sie an.

»Ich habe knappe dreihundert Muli-Jägerinnen als Verstärkung zu Barakuda geschickt. Wir haben die Prim und einige Erzmütter. Und wir haben in den letzten Nächten noch ein paar Sprengsätze in der Stadt gelegt. Und dies.«

Sie wandte sich um und gab einer neben dem ersten Schiff

postierten Gruppe ein Handzeichen. Einige mitgeführte Werfer husteten Projektile aus, die zwischen den vorrückenden Gardistinnen aufschlugen und zerplatzten.

»Barakudas Idee. Nebel- und Tränengasbehälter. Und Gerames hat mit den Chemikern noch ein harmloses Narkosegas herstellen können. Zu wenig davon, aber immerhin.«

Der Vormarsch geriet ins Stocken. An einigen Stellen breiteten sich kleine Wolken aus und verdeckten die Sicht; an anderen sahen sie Gardistinnen aufspringen, sich an den Hals fassen und dann langsam in die Knie gehen. An anderen jedoch standen plötzlich Wehrhafte Jungfrauen auf, verließen die Deckungen, liefen durcheinander und wiesen in den Himmel.

Lydia Hsiang hob den Blick. Zwei Kugelschiffe schwebten über ihnen. Beiboote und Flugpanzer fielen wie Steine, bremsten jäh und landeten an verschiedenen Stellen um Pasdan. Kleine dunkle Punkte rieselten vom Himmel: Landetruppen.

Hsiang und McVitie standen auf. Einen Moment lang sahen sie einander an, dann umarmte die Gouverneurin stumm Sarela und ging zur Scharlachprim.

»Kommen Sie. Kommen Sie mit, und sorgen Sie dafür, daß Ihre Gardistinnen aufgeben. Es wäre ein sinnloses Blutbad. Sie haben keine Chance.«

Die Scharlachprim stand auf, blickte in den Himmel, senkte den Kopf und starrte Hsiang in die Augen. Die Gouverneurin las abgrundtiefen Haß und abgrundtiefe Verzweiflung. Die Prim breitete die Arme aus und sagte mit brüchiger Stimme: »Sie haben recht. Es soll ein Ende sein.«

Kabinetts-Memo

(gez. »Mac«, wahrscheinlich Fergus McPhellimey, Subadministrator des Amts für Dominien und Protektorate; entnommen den Sitzungsprotokollen der Lordkanzlei Atenoa, Zeitraum 465-469)

»... Da man auf Shilgat befürchtete, amtliche Nachforschungen könnten zum falschen Zeitpunkt Staub aufwirbeln, nahm die zufällig auf Shilgat anwesende Pandinga-Aufsichtsrätin Bunofre Zeichnungen der fraglichen Waffen mit und ließ über diskrete Mittelsleute

im legalen und illegalen Waffenhandel Marktchancen eines ähnlichen Karabiners sondieren; so ließen sich die Hersteller und Vermarkter konkurrierender Erzeugnisse schneller und zuverlässiger ermitteln als auf amtlichen Umwegen. Als Bunofre Shilgat informieren wollte, kam kein Funkkontakt zustande, daher wandte sie sich mit der Bitte um Diskretion an uns. Ich instruierte das im fraglichen Sektor operierende Grenzgeschwader XI und den attachierten politischen Stab und bat um sofortige Entsendung zweier für Bodenoperationen ausgerüsteten Einheiten. Die Aktion konnte ohne Aufwand zufriedenstellend abgeschlossen werden... «

XX.

An einem langen Tisch neben den »Geisterschiffen« saßen ein für politische Haarspaltereien dem Grenzgeschwader zugewiesener, mit allen Vollmachten und neuen Instruktionen ausgestatteter Beamter des Sekretariats für Dominien und Protektorate, Tremughati, Gortahork, Saravyi, Hsiang und ein bleicher Barakuda, den linken Arm in einer Schlinge.

»Wie der Konteradmiral schon sagte, Barakuda – ohne ihren Handstreich gegen diese Batterie wären wir nicht hier; die Flotte könnte zwei Schiffe und einige tausend Mann abschreiben. Das wird Ärger geben – nicht für Sie hier, natürlich. Automatische Fernortung, Kernsprengköpfe, Zielautomatik. Wer hat das geliefert?« Dann betrachtete der Subsekretär wieder nachdenklich die verschlossenen Gesichter der Shil. Vieles von dem, was er in den letzten Stunden gehört hatte, stellte ihn vor Probleme: des Begreifens, des Bewältigens, des Formulierens im notwendigen Bericht.

Er wandte sich an Hsiang und Barakuda. »Dieser Plan war fantastisch, einfallsreich, relativ unaufwendig und vor allem erfolgreich. Unsere Landung hat ein größeres Blutbad verhindert, aber mit der Hilfe Ihrer Leute, Fürstin und Fürst, wäre Pasdan auch ohne die Flotte bald ein gelöstes Problem gewesen.«

Barakuda versuchte ein Lächeln; es wurde eher ein Zähnefletschen. »Es war blutig genug, Exzellenz. All die toten, verstümmelten, gefolterten Shil der letzten Jahre; etliche meiner Kundschafter; Leute aus Cadhras; die Frauen und Männer der

Garnison, nicht zuletzt auch die tapferen Gardistinnen, allesamt Opfer einer unmenschlichen Doktrin. Ich kann nicht behaupten, daß ich bedaure, daß wir durch die Landung der Flotte um einen vollständigen Sieg gebracht worden sind.«

Lydia Hsiang legte ihm eine Hand auf den heilen Arm. »Dante, machen Sie sich nicht unglücklich. Das klingt, als wären Sie verantwortlich für jeden einzelnen Tod.«

»Natürlich bin ich das. Ich war zuständig für die Sicherheit; ich hätte früher etwas bemerken müssen.«

»Wie denn, Freund?« sagte Tremughati.

Der Untersekretär nickte. »Das ehrt Sie, aber es ist Unsinn, Barakuda. Ohne Beweis hätten Sie nichts unternehmen können, und mit Beweisen? Mit Beweisen hätten Sie eine Flottenaktion beantragen können. Darüber haben wir aber doch schon geredet – Bombardierung oder verlustreiches Landemanöver. Nicht zu reden von den Raketen. Nein, Mann, eine bessere Möglichkeit als die von Ihnen allen hier gewählte gab es nicht. Schlagen Sie sich das aus dem Kopf.«

Er blickte die drei Shil an. »Und ohne Ihre Heilerinnen und Heiler… «

Lydia Hsiang räusperte sich. »Da ist noch etwas – eure Wachsamkeit.«

Tremughati lächelte mild. »Was meinst du, Hüterin von Shilgat?«

»Du weißt, was ich meine, Tremughati – ihr habt uns ein Jahr und eine Katastrophe noch größerer Ordnung erspart.«

Der Untersekretär beugte sich vor. »Wie war das?«

Die Banyashil und Barakudas zweiter Flug nach Pasdan hatten aus einem Flottenmanöver zur Probe den Ernstfall gemacht. Alles war erst für das nächste Jahr, die nächste Tote Zeit, vorgesehen gewesen. Dafür gab es Aussagen, aber auch Annahmen, die der Sekretär nicht erfuhr und die in keinen Bericht eingingen. Ein Jahr später hätte der Organisationsstand der Mütter den Höhepunkt erreicht. Längst vorbereitete Sprengungen, Flotten mit Landetruppen und Feldschlangen, dazu die für die Aktion mit den Müttern verbündeten Banditen – am Ende der Toten Zeit hätte ein Gouverneur *ad interim* namens Eftalmi Nobrega in Cadhras gesessen, Shil-Renegaten aus Sa'orq, Arameq und anderen Städten präsentiert und das Shilgat-Abkommen gekündigt.

»Natürlich«, sagte Hsiang, »hätten Sie die Vorgänge durchschaut, Exzellenz – aber das Commonwealth hat den jeweiligen Status quo zu respektieren und, falls die Shil es wünschen, das Protektorat aufzulösen. Außer Nobrega und Konsorten gäbe es auf Shilgat keine Commonwealth-Bürger mehr, die geschützt oder abgezogen werden müßten. Also wird der Planet aufgegeben, weil das Abkommen es so vorsieht.«

»Und«, sagte Barakuda, »weil es auf dieser unwichtigen Randwelt keine Interessen mehr zu schützen gibt. Dann steht in Pasdan eine bis dahin vermutlich größere und stärkere Batterie von Raketen herum. Und die Wahrscheinlichkeit, daß das Commonwealth und die Öffentlichkeit auf Gaia der Meinung sind, ein unwichtiger, uninteressanter und von intelligenten Eingeborenen beherrschter Planet sei hundert Schiffe und eine Million Tote wert – die Wahrscheinlichkeit ist sehr gering.«

Der Untersekretär nickte langsam. »Teuflisch. Und dann?«

»Dann«, sagte Tremughati unerwartet hell, »haben die Mütter von Pasdan alles in der Hand – die beste Organisation, technische Kenntnisse, Waffen. Sie werden die niedrigen Manntiere, Nobregas Banditen, mit denen sie aus pragmatischen Gründen zusammengearbeitet haben, schlachten, danach alle Shil, und mit Hilfe künstlicher Befruchtung werden sie in den folgenden Jahrhunderten Shilgat mit Frauen besiedeln.«

Der Untersekretär breitete die Arme aus. »Und was schlagen Sie mit Ihren Kenntnissen des Planeten nun vor?«

Barakuda deutete auf eine Prozession, die von einem eben gelandeten Beiboot zu ihnen kam: einige Shil, mehrere Gebieterinnen, Korporal Timoara, die Soldaten Oubou und Learoyd und ein großer Mann mit schwarzem Bart und Handschellen.

Barakuda stand mühsam auf. Er begrüßte die drei von Bondaks Bande mit Handschlag und wandte sich dem großen Gefangenen zu. »Willkommen in der Realität, Lubangi, Großer-Töter, Würger des Nordens oder wie auch immer.«

Nobrega spie auf den Boden. »Wir haben alle unsere schwachen Stunden. Immerhin, es war eine amüsante Zeit, über die ich in den komfortablen Gefängnissen des Commonwealth lange nachdenken kann.«

Barakuda starrte in die Augen des Verbrechers. Sie waren ruhig, kalt, beißend hellblau; das rechte schielte.

Nobrega blickte an ihm vorbei und neigte ironisch den Kopf. »Alle bezaubernden und wichtigen Damen des Planeten. Der Fürst dazu.« Dann blickte er Saravyi lange an. »Und du, alter Mann«, knurrte er, »mit deinen brillanten Vorschlägen... Ich hätte wissen müssen, daß du auf der anderen Seite stehst.«

Saravyis Gesicht war ausdruckslos. Barakuda hustete und setzte sich wieder; Hsiang betrachtete den alten Shil nachdenklich. Plötzlich lächelte sie.

»Sie sind vermutlich ein wichtiger Mann von Gaia. Schade, Sie und Ihre Leute sind zu früh gekommen. Sie hätten sonst mehrere Überraschungen erlebt. Du auch, Barakuda.«

Dante sah ihn fragend an. Nobrega bewegte die gefesselten Hände. »Nächstes Jahr«, sagte er grinsend, »hätte ich einen kleinen Teil meiner Leute in den Isthmus geschickt. Mit dem größten wäre ich nach Pasdan gezogen, in dem Moment, in dem die Mütter Cadhras, Vagaván, Sa'orq und was weiß ich noch alles angreifen. Es wäre bestimmt sehr spannend geworden. Auch darüber werde ich in den netten, gemütlichen Zellen nachdenken.« Er lachte; Learoyd setzte seinen Karabiner ab und traf zufällig Nobregas Zehen.

Tremughati blickte Gortahork an; der Fürst runzelte die Stirn und nickte Dante zu. Saravyi kicherte.

»Darf ich fragen, welche Geheimbotschaften Sie austauschen?« sagte der Untersekretär.

Barakuda rieb sich die Augen. »Die Banditen stellen ein Problem dar. Shil und Mischlinge unterliegen sicherlich der Autorität der Fürsten. Die Cadhrassi unter den Räubern sind jedoch Commonwealth-Bürger.«

Nobrega grinste. »Gemütliche Zellen, sage ich doch.«

»Kommen Sie, Terence«, sagte Barakuda. Learoyd hatte die Hand gehoben.

Der erfahrene Soldat trat vor. Die erlauchte Versammlung beeindruckte ihn offenbar nicht. Tremughati sah ihn an und nickte; ihre Mundwinkel zuckten.

»Vergebung, Exzellenz«, sagte Learoyd, an den Untersekretär gewandt, »aber es sieht anders aus. Nobrega ist von Jägerinnen der Shil am Paß gefangengenommen worden. Er ist Gefangener der Banyashil; sie haben ihn uns übergeben, damit wir ihn Gortahork und Tremughati aushändigen.«

»Das ist nicht wahr«, schrie Nobrega. »Ich habe mich der Truppe ergeben.«

Vlad Oubou trat vor. »Er lügt.« Timoara nickte nur.

Der Untersekretär zwinkerte. »Na gut. Bei all dem Durcheinander kann niemand von mir verlangen, daß ich alle Augenzeugen befrage. Die Aussage bewährter *suldaus* soll mir genügen. Ich danke Ihnen, meine Herren. Der Mann ist als Gefangener der Banyashil zu betrachten.«

Der zeternde Nobrega wurde fortgeführt. Barakuda würde den Blick aus den beißenden blauen Augen, deren eines schielte, nicht so bald vergessen.

»Was geschieht mit den Müttern von Pasdan?« sagte der Untersekretär. »Ich habe *carte blanche* vom Kabinett bekommen, jeder vorgeschlagenen vernünftigen Regelung zuzustimmen.«

Tremughati und Lydia Hsiang tauschten einen langen Blick. Dann sagte die Gouverneurin: »Wir haben uns darüber unterhalten. Die Shil stimmen meinem Vorschlag zu.«

»Lassen Sie hören. Sie sind ohnehin zuständig, und wenn Ihr Spruch keine Rechtsprinzipien verletzt... «

»Ich glaube, es ist alles vereinbar mit den Commonwealth-Gesetzen.« Seine Gedanken schweiften ab. »Seltsam«, murmelte er, »wie oft sich die gleichen Dinge wiederholen. Eine Gruppe glaubt sich im Besitz der absoluten Wahrheit und kapselt sich ab, um die Goldene Zukunft, das Tausendjährige Reich oder das Paradies auf Erden zu erwarten; mit fortschreitendem Realitätsverlust kommt sie zu der Annahme, daß die göttlichen Geschenke allein für sie bestimmt seien...« Er verstummte.

»Der alte Komplex, den die Wissenschaftler Chiliasmus und Nativismus nennen«, sagte der Untersekretär. »Nach einer zynischen Bemerkung der Noastoa nur durch Lebensentzug zu heilen. Haben Sie vielleicht weniger radikale Anregungen?«

»Ich schlage, da ich keine Besserung sehen kann, Deportation vor.« Dante hustete. »Alle höheren Ränge, alle Frauen über fünfundzwanzig werden auf eine zu bestimmende Ödwelt gebracht und nehmen nichts mit als ihr Leben – keine Bücher, keine Werkzeuge, nichts. Dort wird ihnen Saatgut zur Verfügung gestellt, und sie können unter sich, wie sie es immer gewollt haben, ihr Leben zu Ende leben. Ohne Männer und ohne künstliche Befruchtung. Die jüngeren bleiben hier und werden in kleinen Gruppen unter Shil-Aufsicht angesiedelt – Heilerinnen werden sich um sie kümmern. Sie sollen versuchen, sich der Realität anzupassen; außerdem sollen sie diese zu Tieren versklavten Männer an ein menschenwürdiges Dasein gewöhnen helfen. Nach zwei Jahren können sie dann entscheiden, ob sie auf Shilgat bleiben oder zu den anderen gebracht werden wollen. Ich glaube nicht, daß die Älteren noch geändert werden können; die jüngeren jetzt gleich zu fragen ist sinnlos, da sie nicht wissen, was die Alternative ist. Tremughati wird sich um die Durchführung der Umsiedlung kümmern.«

Da den Beamten im Stab des Untersekretärs ebenso wie den Flottenoffizieren oft die nötigen Detailkenntnisse fehlten, um für Shilgat sinnvolle Beschlüsse zu treffen, konnte niemand sich ausruhen. Die Fürsten der Banyashil, vom langen Ritt und den Strapazen ermüdet, teilten Jägerinnen und Jäger in Ruhe- und Wachtschichten ein; sie selbst mußten auf Schlaf verzichten. Gerames erteilte sich eine Ausnahmegenehmigung. »Es reicht, daß ich die Dinger erfunden und bedient habe. Wegräumen sollen die anderen.« Aber er schlief dann doch nicht; zusammen mit Begheli inspizierte er die »Geisterschiffe« und sprach mit Flottentechnikern, die versuchten, die »Rogilsteine« zu enträtseln.

Dante befaßte sich mit Problemen der Umsiedlung, Deportation und Neugestaltung von Pasdan; zusammen mit Gortahork, Hsiang und dem Untersekretär brütete er über Karten. Meist waren mindestens zwei Männer von Bondaks Gruppe in seiner Nähe, als Adjutanten oder als Leibgarde. Mit Bekümmerung sah Hsiang, wie Barakuda dem langen Oubou zunickte. Das Gesicht war fahl, die Lippen zusammengepreßt, und Oubou holte einen MedRob, der Barakuda eine Injektion gab. Die Abstände zwischen den schmerzstillenden Spritzen wurden kürzer.

Tremughati fing ihren Blick auf. Die Fürstin seufzte und fuhr sich mit der Hand durch ihr schwarzes Haar. Dann ging sie zum Kartentisch, trat hinter Dante und legte ihm die Hände sanft auf die Schultern. Barakuda entspannte sich und schloß für einen Moment die Augen. Es war, als flösse dunkles Feuer.

»Ich bedaure, daß Sie ausscheiden.« Der Untersekretär riß seine

Augen von den Staubwolken los, die über dem gesprengten Tempel aufstiegen. »Und Sie wollen auf Shilgat bleiben, mit Abfindung?«

Barakuda nickte und schwankte ein wenig; Gortahork und Tremughati legten jeweils einen Arm um ihn, und Saravyi kniff die Brauen zusammen.

»Wie Sie meinen. Bei den verwickelten Verhältnissen hier frage ich mich nur, ob es klug ist, einen Vertreter der Abwehr hierher zu versetzen. Man braucht wohl eher einen, der den Planeten gut kennt, wie?«

Dante nickte wieder. »Das stimmt«, sagte er mit schwerer Zunge.

Der Sekretär sah ihn besorgt an. »Sie gehören ins Hospital, Mann.« Er winkte einer Ordonnanz. »Sind Sie mit dem Lazarett des Flaggschiffs einverstanden? Gut. Letzte Frage: Haben Sie einen Vorschlag, wer Ihr Nachfolger werden könnte?«

Barakuda warf Saravyi einen flehenden Blick zu.

Der alte Shil nahm den Beamten am Arm und zog ihn mit sich. »Im Verlauf der Ereignisse«, sagte er fröhlich, »hat sich zufällig ergeben, daß ich über eine mir vorher unbekannte Tochter verfüge. Sie heißt Sarela... «

Dante zwinkerte die Schlieren und Wolken fort, die vor seinen Augen trieben und dichter wurden. Undeutlich erkannte er Gerames und Begheli, die von einem der »Geisterschiffe« kamen.

Tremughati und Gortahork ließen Barakuda auf einen Stuhl sinken. Mit großer Zärtlichkeit legte die Fürstin ihre Arme von hinten um Dantes Hals und bettete seinen Kopf an ihrer Brust.

»Fürstin«, sagte Barakuda überraschend klar, »und Fürst, Freunde und Bärenjäger – seid ihr zufrieden?«

Gortahork kniete vor ihm nieder, damit Dante nicht aufschauen mußte. »Wir sind zufrieden. Aber wir sind keine Fürsten.« Er lächelte.

Barakuda zwinkerte wieder. Er nahm nur noch Umrisse wahr; sein Kopf war leicht. »Warum seid ihr keine Fürsten?«

»Wer die Illusion hat, er müsse fortschreiten und eine andere Welt schaffen, braucht dazu gegliederte Einrichtungen. Wer fähig ist, die Welt so zu nehmen, wie sie ist, braucht sie nicht. Solche Illusionen des einen bedrohen all jene, die keine andere

Welt haben wollen. Der einzige Grund, Krieger und Fürsten zu haben, ist, daß man sich gegen eine Bedrohung wehren muß. Es war der lange Plan, und er ist heute aufgegangen. Der Fischfisch von Arameq, der Erbgott von Sa'orq, der Stadtsklave von Golgit – das sind Spiele, die helfen sollen, das göttliche Chaos erbaulicher zu gestalten. Sie werden bleiben. Die Königin von Kelgarla, die Obfrauen und Obmänner der Taggashil des Südens, die Fürsten der Banyashil – das war Ernst.«

»Ich hätte es wissen müssen. Potentiell-Notfalls-Haupt, so heißt der Fürst in eurer Sprache. Der Notfall war Pasdan, und er ist vorüber.«

»So ist es. Darum sind wir keine Fürsten mehr. Die Heiler werden heilen, die Weisen werden weisen; und Tremughati und ich? Wenn alles getan ist, was noch getan werden muß, werden wir jagen.«

»Und du«, sagte Tremughati sanft, »wirst du mit uns jagen?«

»Jagen«, murmelte Barakuda.

Dann hörte er Saravyis Stimme: »Lydia, die Hauptperson, läuft herum, und dieser dumme Mensch meint, er müsse umfallen, um Aufmerksamkeit zu erregen«; die von Gerames: »He, Barakuda, willst du dich abseilen?«; die von Begheli: »Dante, Lieber, was ist mit dir?«, und über ihm die von Tremughati: »Er wird lange schlafen, aber sorgt euch nicht.« Und weil sein Kopf an ihrer Brust lag, spürte er, während sie sprach, Schwingungen. Seine Gedanken befaßten sich, zähflüssig wie Brei, mit Stimmbändern, und dann lange Zeit mit nichts.

Aus: Erzählungen der Banyashil, *anonym, Cadhras 511 CT*

»... Viele Zehntage nach diesen Ereignissen, heißt es, begaben sich Lydia und Dante, die Hüterin und der Wächter, an einen öden Ort; dort ragt inmitten der tödlichen Ebene der Baum des Lebens. An diesen Baum gefesselt fanden sie ein seltsames Geschöpf, das nicht leben und nicht sterben konnte; wie es dem Ort angemessen ist. Sein unterer oder hinterer Teil war hell und fast haarlos sowie fett – wenn auch inzwischen abgemagert –, wie es, sagt man, auf anderen Welten bei Tieren sein soll, die ›Schwein‹ genannt werden; sein oberer oder vorderer Teil aber war haarig und hager und trug einen spitzen Kopf mit

spitzen Ohren und spitzen Zähnen, wie es, sagt man, auf anderen Welten bei Tieren sein soll, die ›Wolf‹ genannt werden. Dieses Geschöpf war über und über bedeckt mit Stellen der Räude, des Eiters und der Pein; mit seiner langen Zunge leckte es seltenes Tauwasser und seltenere Insekten vom Baum des Lebens – zuviel für einen kurzen Tod, zuwenig für ein langes Leben. Um den Hals trug es ein würgendes Band, mit dem es an den Baum gefesselt war; ein Band aus Haar, wie es manche Seilmacher in Arameq zu flechten verstehen. Lydia sagte: ›Ist er es?‹, und Dante sah in die Augen des Tiers, die waren beißend hellblau, und das rechte schielte um ein weniges, und er sagte: ›Er ist es.‹ Und da Lydia ihn anschaute, nahm Dante eines jener kleinen Feuerrohre, die lärmen und töten können, und richtete es auf den Kopf des seltsamen Geschöpfs, daß aus dem langsamen Leben ein schneller Tod werde.«

XXI.

Ein scharfer, kalter Westwind fegte über die Bucht voll Cadhras. Er jagte Wolken über den Himmel, wühlte das Meer auf und trieb Gischt und Regen wie in Vorhängen über die Stadt. Tropfen prasselten auf die leere Esplanade; im Park bogen sich die kahlen Bäume. Die Antennen des Raumhafens waren vom Strand aus nicht mehr zu sehen, ebensowenig das Palais der Gouverneure nördlich von Cadhras.

Lydia Hsiang und Dante Barakuda verließen das *Vistamari* und gingen über die Esplanade Richtung Hafen. Sie hatten zu Mittag gegessen und über die Berichte gesprochen. Vor allem über jene Dinge, die nicht zu berichten waren. Das Gespräch hatte sich hingezogen; nun war später Nachmittag. Irgendwo jenseits von Pasdan sank die Sonne; für Cadhras bedeutete es nur eine Verfinsterung des himmlischen Grau.

Teile der Berichte würden geheim bleiben; es sollte keinerlei Publicity über alte Shil-Artefakte wie die unheimlichen Kistchen oder die Rogilsteine geben. Letztere waren kein Rätsel mehr. Es handelte sich um fossile organische Masse mit eingeschlossenen Luftkammern. In die Masse waren seltsame Schwingquarzkristalle eingelagert. Sie reagierten auf Wellen wie z. B. Stimmen oder das Quietschen von Transmissionsriemen. Die Quarzkristalle waren in Spiralen angeordnet, der Schliff der Steine unterstützte die Effekte. Die Wellen wurden von den Kristallen aufgenommen und verstärkt, spiralförmig nach außen übertragen und durch den Schliff wieder in den Kern zurückgeführt, so daß sie sich bei geringem Impulsschwund gewissermaßen ein zweites und tausendstes Mal selbst anstießen.

Keine Erwähnung würde die undurchsichtige Rolle des alten Saravyi in den Berichten finden. Lydia und Dante waren ziemlich sicher, welche Impulse der Shil gegeben hatte; da er sich aber ebenso ausschwieg wie die ehemaligen Banyashil-Fürsten, gab es keine Beweise. Und Eftalmi Nobrega, der mehr hätte sagen können, konnte nichts mehr sagen. Saravyi mußte frühzeitig die Pläne der Mütter erraten oder erfahren haben und auch, daß sie vorübergehend der Mitwirkung der Banditen bedurften. Natürlich hatte Pasdan den »räuberischen Manntieren« nur wenig Waffen zur Verfügung gestellt. Der Plan des Matriarchats war zu weit gediehen, um noch ohne großes Blutvergießen gestoppt werden zu können. Saravyi schien daraufhin Nobrega in die Lage versetzt zu haben, sich Waffen zu beschaffen, um von Pasdan unabhängig zu sein. Ob Saravyi selbst die Kistchen und die Räder konstruiert oder nur »ausgegraben« hatte, blieb ein Geheimnis. Durch die Manipulationen des alten Shil waren die Fürsten des Nordens von einem blutigen Feldzug abgehalten worden; außerdem hatten die Mütter zur Kontrolle ihrer zeitweiligen Verbündeten eine Konkurrenzbande aufstellen, ihre Kräfte und Aufmerksamkeit zersplittern müssen und durch unübersehbare Aktionen Cadhras alarmiert. Nobrega schließlich war es durch die Waffen möglich geworden, eigene Pläne gegen Pasdan auszuhecken.

Barakuda bewunderte die komplizierten Manöver des alten Mannes, gleichzeitig mißbilligte er sie. Das vielschichtige Spiel Saravyis hatte dafür gesorgt, daß die Aktionen der Räuber und der Mütter sich teilweise gegeneinander und nicht nur gegen Cadhras und die Shil richteten. Hätte Saravyi frühzeitig das Gouvernement informiert, so wäre viel Blut nicht geflossen, Cadhras hätte die Waffen beschlagnahmt, die Pläne vereitelt – und Pasdan hätte weiterhin existiert. Saravyi hatte offenbar das Problem definitiv lösen, nicht nur bis zum nächsten Anschlag aufschieben wollen.

»Wir sind alle nur Bauern auf seinem Brett gewesen«, sagte Hsiang. Sie trug keine Kopfbedeckung, Regenperlen rollten durch ihr aschblondes Haar. »Aber Pasdan wäre nie zu friedlicher Koexistenz bereit gewesen.«

Barakuda dachte an die Toten. Pinto und Fimfinella, die *suldaus* Henty und Skudder, die in den Höhlen am Golzain gestorben waren; den gutmütigen dicken Korporal Vanzuid und Aram Elorza und ihre Gräber in den Pasdantiri-Bergen, wo sie mit den anderen von Bondaks Bande und einigen Shil-Jägern den letzten Ansturm der Räuber abgewehrt hatten. Er dachte an all die anderen, die nicht mehr mit von der Partie waren, an die Hunderttausende, die von Pasdan gefoltert, verstümmelt, ermordet worden waren, an den Plan, der den ganzen Planeten hatte entvölkern sollen, an all jene, die in den kommenden Jahrhunderten nach und nach getötet worden wären, falls Pasdan weiter existiert hätte.

Die Gouverneurin warf ihm einen Seitenblick zu. Barakudas Haar war grau geworden, die Narbe auf der Wange schien nur eine von vielen eingekerbten Falten zu sein. »Was wirst du jetzt machen?«

»Schlafen, lesen, essen, vielleicht ein bißchen vergessen. Analytische Meditation. Sentenzen der Noastoiker auswendig lernen. Die Übungen in präventivem Exaltismus haben wir ja in Pasdan durchgeführt.« Er lächelte flüchtig. »Und sobald das Wetter besser wird, beginnt die Arbeit der TraPaSoc.«

Sie hatten eine Transport- und Passage-Gesellschaft gegründet – Barakuda, die sieben Überlebenden von Bondaks Bande und fünf Frauen der alten A-*centuria*. Mit der wunderlichen Logik von Regierungen hatte das Commonwealth beschlossen, die Garnison zu verkleinern. In Zukunft würde dort ein normales Bataillon mit drei Kompanien stationiert sein – zwei wechselnde Ausbildungseinheiten und eine *centuria,* die aus überlebenden jüngeren Frauen und Männern der beiden alten Einsatzkompanien gebildet war. Begründung: Es habe sich gezeigt, daß derartige Konflikte auch von einem vierzügigen Bataillon nicht vermieden oder gelöst werden könnten. Eine Verminderung verringere also nicht die Leistungsfähigkeit der Garnison.

»Und du?«

Lydia Hsiang lächelte müde. »Drei Jahre bin ich nun hier; die

Amtszeit der Gouverneure beträgt fünf Jahre. Danach? Ich weiß es nicht. Ich hoffe, wir werden zwei ruhige Jahre haben, um Trümmer beseitigen und Wunden verbinden zu können. – Weißt du, was Saravyi jetzt macht?«

»Er ist mit Sarela durch die Steppe gezogen, um ihr zu zeigen, worauf sie sich eingelassen hat. In einigen Zehntagen wird er nach Cadhras kommen und dann weiter nach Süden reiten. Ich weiß nicht, wohin – Kelgarla, Sa'orq, vielleicht sogar Golgit oder Bu'ndai.«

Lydia blieb stehen. »Du weißt, er reitet immer dahin, wo Katastrophen sich ereignen könnten.«

»Ich hoffe, daß er nur in seinen Lebensabend reitet.«

Das Hafenbecken war gefüllt mit vertäuten Schiffen, die auf dem unruhigen, aufgewühlten Brackwasser tanzten. Unter den Arkaden vor dem *Meeresleuchten* hockten auf Querstreben aufgeplusterte Möwen.

In der Taverne war nicht viel Betrieb. Mutter Schwabbel thronte feist hinter dem Tresen. Lopes übertraf sich an diesem Abend; der Fisch, den er bereitete, war köstlicher als jeder andere, an den Dante sich erinnern konnte. Vielleicht, dachte er, weil die Gouverneurin ein hohes Tier ist und ich ein schräger Vogel. Dann grinste er, als aus der Küche Flüche des Kochs zu hören waren, der jeden Fisch aller Meere und Flüsse des Planeten einzeln sowie alle samt und sonders mit üblen Ausdrücken bedachte. Lopes würde nie erfahren, daß ihm ein antikes Fischbesteck entgangen war.

»Na, ich wünsche Ihnen und den anderen alles erdenklich Gute«, sagte die Gouverneurin. Sie waren wieder zum Sie zurückgekehrt und hatten über die Pläne der TraPaSoc gesprochen. Die Halbinsel Shontar, nördlich von Cadhras, ein ehemaliges Trainingscamp der Gendarmerie, eignete sich gut für das Unterfangen. Sie lag an der Küstenstraße, nicht zu weit von den Häfen und dem Serai entfernt. Wie Barakuda hatten auch die ehemaligen *suldás* und *suldaus* der Garnison eine Abfindung anstelle des Halbsolds gewählt; bis auf weiteres war die neue Gesellschaft finanziert.

Begheli räumte das Geschirr ab und brachte Kaffee. Sie zwinkerte Dante zu, bevor sie zurück zum Tresen ging. Es waren ihre letzten Tage im *Meeresleuchten*; sie hatte ihre Ersparnisse ebenfalls in die TraPaSoc gesteckt. Mit ihr würde auch Pa'aira das Lokal verlassen und nach Shontar ziehen.

»Ach, Dante«, sagte die Gouverneurin plötzlich, »fast hätte ich's vergessen. Heute früh kam aus Atenoa die Meldung, daß der Prozeß beendet ist.«

»Ich hätte die beiden lieber den Banyashil ausgeliefert.«

»Sie kommen nie wieder von einem der unangenehmeren Strafplaneten herunter. Und die beschlagnahmten Gelder sind für Wiedergutmachung an den Shil freigegeben.«

Dante nickte mürrisch. »Na ja, das letzte Kapitel.« Aguilar und Irgul hatten ausgepackt. Sie waren über Einzelheiten des Plans informiert gewesen, auch über Konsequenzen und Zeitpunkt. Zu Beginn des Frühjahrs hätten beide ihre Versetzung beantragt und das sinkende Schiff Cadhras verlassen.

Barakuda begleitete die Gouverneurin durch die Nacht. Sie verließen den Kai und wanderten schweigend bis zum Sogga, überquerten den Fluß auf der alten Steinbrücke und stiegen den Nordhügel hinauf. In einigen Fenstern der Territorialen Administration war noch Licht. Plötzlich sagte die Gouverneurin: »Haben Sie eigentlich zwiespältige Gefühle, was Cadhras angeht? Nach allem, was Pasdan dargestellt hat?«

Die windungsreiche Straße, die vom Hügel hinab zum Ufer des Ylagas und zur Küstenstraße führte, war leer. Dante versuchte, in der Dunkelheit etwas aus Hsiangs Profil zu lesen. »Ich verstehe die Frage nicht, Lydia. Was meinst du?«

»Das Frauenregime. Leontias Nachfolge geht an eine Frau aus dem Commonwealth. Yfon Batavy übernimmt die Leitung des Raumhafens. Der Obmann ist zurückgetreten; die *asambli* hat eine Obfrau. Du gehst; deine Nachfolge übernimmt Sarela McVitie. Dazu die Richterin und ich. Nur Maqari und Ataratz – sechs zu zwei im Krisenrat, wenn er noch einmal tagen sollte. Territorium und Gouvernement sind in Händen der Frauen.«

Sie erreichten die Ylagasbrücke; Lydia blieb stehen und lehnte sich an das steinerne Geländer. Ferne Lichter glitzerten matt im Wasser des Flusses; vor dem erleuchteten Portal des Palais hing ein Dunstschleier. Aus der feuchten Ebene stieg Nebel auf.

»In Händen der Frauen«, sagte Barakuda lächelnd, »wie das *Meeresleuchten* und die Herzen der meisten Männer. Du hast die Lordkanzlerin in Atenoa vergessen. Es zählt doch nur, daß die besten Leute auf den wichtigsten Posten sind. Menschen, nicht Monster. Alles andere ist unwichtig. Oder hast du nach allem, was Nobregas mordende Männer angestellt haben, zwiespältige Gefühle, wenn du mit mir durch die Nacht gehst?«

Sie legte ihm kurz die flache Hand auf die Brust. »Noch eines zu zwiespältigen Neigungen.«

Er seufzte. »Ich weiß. Das Handbuch.« Er legte seine Hand auf ihre.

»Danke für die Begleitung.« Sie ließ es zu, daß er flüchtig ihre Fingerspitzen mit den Lippen berührte. »Ich würde den Rest gern allein gehen, Dante. Sie sollten mich nicht zu bald besuchen.«

Er nickte und gab ihre Hand frei; sie war kühl und glatt wie immer.

Zweiter Teil

GASHIRI

I.

Dante ließ den Hammer fallen und richtete sich auf. Knie und Rücken schmerzten. Der Bart war naß von Gischt. Grau war er ohnehin.

In den letzten Zehntagen waren seine Hände zuerst wund, dann schwielig geworden. Er starrte mit zusammengekniffenen Augen aufs Meer hinaus und rollte eine Zigarette.

Die wichtigsten Dinge waren provisorisch instand gesetzt. An diesem Morgen hatte Barakuda morsche Planken vom alten Bootssteg gelöst und ersetzt.

Beim fünften Versuch gelang es ihm, die Zigarette anzuzünden. Er inhalierte tief und blickte auf das Kombigerät an seinem Arm.

Cadhras, Shilgat	88-I-29.485	Sa'orq	11:64
Atenoa,Gaia	22-9-467	CT	15:03
Greenwich, Terra	05-9-2932	AD	13:01*

»Vierzehn Minuten nach Mittag«, brummte er. »Zeit zum Essen.« Er blieb jedoch auf dem Steg stehen, sah aufs Meer, wo unter dem Frühjahrsdunst schwach erkennbar die Gruppe kleiner Inseln lag, lauschte seinem Magen und rauchte langsam.

Nach Barakudas Schätzungen mußte die Gendarmerie des

* vgl. Fußnote zu Kap. I Teil I, »Pasan«.

Autonomen Territoriums an die dreihundert Kilo Dynamit verwendet haben, um einen Zugang zur Bucht zu schaffen. Der Strand unter den steilen Klippen bestand aus grobem Sand; wenn alles fertig war, würde man dort baden und vom Steg aus segeln oder fischen können.

Der Steg wäre nicht an der Reihe gewesen. Eigentlich hatte Barakuda zusammen mit Begheli Papiere sortieren und sich den Kopf über Finanzen zerbrechen wollen. Außerdem waren defekte Stühle zu reparieren, und im Sammelraum fielen regelmäßig einige Steine aus dem Kamin, sobald das Feuer erlosch. Aber Pa'aira war mit einem Karren nach Cadhras gefahren, um Besorgungen zu machen, und darum hatte René Nardini Küchendienst. Bei derlei Verrichtungen pflegte Nardini heftig zu singen. Er besaß eine herrliche und laute Tenorstimme, verfügte aber nur mangelhaft über sie. Man mußte ihr gegenüber eine gewisse Fluchtdistanz einhalten, denn Nardini hatte kein Rhythmusgefühl und intonierte außerhalb des harmonisch Erlaubten.

»Herbe Sache«, knurrte Barakuda. Er schnippte den Rest der Zigarette ins Meer. Hammer, Zange und Nägel packte er in den Beutel, warf ihn über die Schulter. Dann nahm er sechs der morschen Planken und machte sich auf den steilen Weg.

Abgesehen von den Folgen seiner alten Verletzungen – das feuchte Frühjahr hatte ihm einige Anfälle von Nervenschmerzen an Hüfte und Schulter beschert, wo die künstlichen Gelenke saßen – fühlte er sich fit. Er trabte die langen, flachen Stufen hinauf, die vermutlich von Rekruten der Gendarmerie angelegt worden waren. Ein anonymer Künstler hatte mit farbigen Steinchen ein Mosaik in der Felswand hinterlassen. Es stellte einen Kraken dar, dessen aufgerissener Rachen so beeindruckend war, daß man erst später das wichtigste Detail erblickte. Ein an seiner Uniform kenntlicher Ausbildungs-Sergeant wand sich in rachenwärts strebenden Tentakeln des Ungeheuers.

Leise pfeifend schritt Dante über die abfallende Wiese; sie war von Frühlingsblumen gesprenkelt und duftete intensiv. Hinter der Koppel mit Pferden und P'aodhus begann der Wald aus alten Laubbäumen: Shilgat-Eichen, kerzenförmige Saglodis, ausladende Blutweiden, Minz-Ulmen und einige Eisenbäume. Letztere wuchsen etwa einen Meter pro Jahrzehnt und wurden bis zu 100 Meter hoch; im Wald von Shontar gab es ein Dutzend solcher Riesen. Und die ehemaligen Gendarmerie-Baracken waren von leuchtenden Blutweiden umgeben; Barakuda freute sich auf herbstliche Abenddämmerungen.

Er nahm die Abkürzung, watete den von Büschen und Farn bestandenen Abhang hinunter. Der flache Stapelplatz unterhalb des Hangs war leer. Nach der harten Arbeit an den Gebäuden wurde es Zeit, erste Aufträge für die TraPaSoc zu beschaffen. Dante hatte einige Ideen, die der Ausführung harrten.

Die fünf zweigeschossigen Gebäude des ehemaligen Ausbildungslagers bildeten ein nach Osten offenes Rechteck. Die beiden »Baracken« an der Südseite hatten einmal in großen Schlafsälen eine Hundertschaft Gendarmerie beherbergt; die beiden an der Nordseite waren Schuppen, Lager und Waschräume gewesen. Das Einzelhaus am Westkopf hatte als Zentrale gedient, mit Kantine und Büro. Alle Gebäude waren über Betonfundamenten errichtet, aus Lehmziegeln und Fachwerk.

Es war schlimme Arbeit gewesen. Außer Fundamenten und dem größten Teil der Außenwände hatten sie fast alles ersetzt oder ergänzt. Zeit, Regen und Seeluft hinterließen Trümmer. Alles, was die Frauen und Männer der TraPaSoc benötigten, mußte mit quietschenden Karren weither geholt werden – Bauholz, Möbel, Matratzen, Schindeln, Rohre, Ziegel, Farbe...

Nun gab es Wände und Zwischendecken, neue Böden, insgesamt zwölf Apartments, jeweils mit Wohn-, Schlaf- und Hygieneraum; es gab Wasser und Strom. Und die Küche, in der Nardini kochte und sang.

Barakuda ließ die Planken neben dem Hauklotz im Innenhof fallen und ging durch den Sammelraum in Nardinis Grölweite.

Der ehemalige *suldau* stand am Herd mit Schürze und kurzer Hose, aus der die haarigen Beine wie Schachtelhalme ragten. Mißtönendes Gesumme und Rühren. Dante räusperte sich.

René Nardini wandte sich halb um; sein linkes Auge ruhte auf einem großen Topf, das rechte sah forschend an Barakuda hinauf und hinab.

»Gibt's was zu essen, oder hast du nur gesungen?«

Nardini legte den Kopf schief und blickte entsagungsvoll gleichzeitig an die Decke und auf den Boden. »P'aodhu-Stew«, sagte er mürrisch, »mit fünfhundert Sorten Gemüse und Kräutern, dazu frisches Brot mit Butter, kaltes Bier. Zum Nachtisch verwöhn ich euch ganz besonders, obwohl niemand das verdient hat.« Er öffnete einen der Kühlschränke und deutete auf eine riesige Schüssel. »Grießpudding, mit Vanille und Importrosinen, die ein Weilchen in Gashiri-Rum gelegen haben.«

Barakuda ging zum Spülbecken und wusch sich die Hände. »Ein Festmahl. Hoffentlich kann man es auch essen. Bei dir weiß man nie, was du aus guten Zutaten machst. – *Woher* kommt der Rum?«

Nardini runzelte die Stirn. »Sag ich doch – aus Gashiri. Ach so, das weißt du ja noch nicht. Die große Sensation.«

Sten Timoara steckte den Kopf in die Küche. Der schwarzhäutige ehemalige Korporal der Marineinfanterie des Commonwealth holte Luft und brüllte: »Die *centuria* hungert, *suldau* Nardini. Und halt dich gefälligst nicht am Kühlschrank fest, wenn ich mit dir rede.«

Nardini schloß die Augen. Leise und weinerlich sagte er: »Warum werden arglose Zivilisten beim Kochen immer wieder von Ungeziefer belästigt? Raus hier, *kapral,* bevor ich mit Blechnäpfen nach dir werfe.«

»Was war mit der Sensation?«

»Ach ja. Vor drei Tagen, als ich mit dem Karren in Cadhras war, war ein Frachtsegler aus Gashiri im Hafen, und weil Gashiri der einzige Platz auf diesem Planeten ist, wo Zuckerrohr sinnvoll verwendet wird, habe ich ein paar Fläschchen mitgebracht.«

Barakuda schüttelte ungläubig den Kopf. »Ein Segler aus Gashiri?«

»Genau. Er hatte keinen Botschafter an Bord, aber immerhin eine Handelsdelegation. Sie wollen ab jetzt wohl die Welt zur Kenntnis nehmen.«

Dante starrte Nardini an, um zu sehen, ob es nicht doch ein Scherz war.

René seufzte und nahm den Deckel vom großen Topf. »Ah, gleich fertig.« Er deutete auf den Tisch neben dem Herd.

Zwischen all den Töpfen, Töpfchen, Dosen und sonstigen Utensilien stand eine Flasche. Dante hob sie hoch und starrte auf das Etikett. »›Rum‹«, las er halblaut. »›Destilliert und abgefüllt in Kommune Balatz. Naturrein. Exportiert durch Fremdland-ImpExKom, Gashiri. Anarchovegetarische Union Der Ungläubigen Transzendentalisten.‹« Er entkorkte die Flasche, schnupperte und machte »Puh«. Laut Etikett 54° Alkohol. »Nicht zu glauben.«

»Vielleicht«, sagte Nardini, »haben die AVs etwas begriffen. Daß es Grenzen gibt, und daß deswegen Pasdan nicht mehr existiert. Dann hätte alles doch so was wie Sinn gehabt.«

Nach dem Waschen hatte Dante sich die Hände noch nicht getrocknet. Er stand da und dachte an seine Inspektionsreisen nach Gashiri, mit bewaffneter Eskorte. Nardini war mehrfach dabeigewesen. Das Etikett auf der Flasche in seiner Hand schien gedruckt zu sein und trug als Echtheitsnachweis eine Nummer und eine Unterschrift. Von Dantes Hand rann ein Tropfen den Flaschenhals hinab, über das Etikett; die Unterschrift verschwamm.

Barakuda pfiff leise. Er stellte die Flasche beiseite.

»Übrigens gibt es Gründe für das Festmahl«, sagte Nardini. »Bondak hat angerufen. Der *sirján* hat Jobs für uns.«

Begheli saß im Büro vor einem Haufen Papier und starrte aus dem Fenster. Als Dante eintrat, streckte sie die Hand aus.

»Komm, küß mich. Mir ist schwindlig.«

Dante kam der Aufforderung nach. »Meinst du, davon wird es besser?«

»Nein. Aber jetzt weiß ich wenigstens, wovon. Es gibt drei Neuigkeiten. Bondak hat angerufen; er hat zwei Jobs für uns, die ersten. Das sind auch die zwei ersten Neuigkeiten. Und Pa'aira hat aus der Stadt angerufen; sie ist schwanger.«

Barakuda streichelte Beghelis Wange. »Das freut mich für sie und Yasu«, sagte er halblaut.

Es war ein schwieriges Thema, aber nicht zu ändern. Pa'aira und der ehemalige Don Juan der Garnison, Yasuhiro Kakoiannis, hatten im Verlauf des Winters eine intensive Zuneigung zueinander entwickelt.

Pa'aira gehörte der vierten oder fünften Mischlingsgeneration an. Die Mulis, Abkommen von *homo sapiens sapiens* und *homo sapiens shil,* waren durch eine Laune der Natur zunächst nur miteinander fortpflanzungsfähig, den beiden Ursprungsrassen gegenüber jedoch steril. Erst nach mehreren Generationen, wenn ein Erbteil dominant geworden war, endete die »selektive Sterilität«. Kakoiannis stammte von einer der zivilisierten Welten des Commonwealth; niemand wußte genau, von welcher. Der unglaubwürdige Name war erfunden; wenn Kakoiannis sich bisweilen vergaß, blitzte eine erstklassige Erziehung auf, gute Bildung und gewählte Sprache. Keiner wußte, weshalb er die Vergangenheit verleugnete und simpler *suldau* geworden war. Jedenfalls war er reiner Cadhrassi, und Pa'aira war nun schwanger.

Dante und Begheli hatte lange Zeit eine Ab-und-Zu-Liebschaft verbunden, wenn beide nicht anderweitig beschäftigt waren. In den langen Winternächten nach dem Sturz von Pasdan war daraus etwas geworden, das irgendwo zwischen Kameradschaft und Liebe lag.

Irgendwann einmal hatte Begheli gesagt, später wolle sie mit der Arbeit im *Meeresleuchten* aufhören und ein paar Kinder haben. Ihre Haut – zartes Olivrosa, das gut zu den grünen Augen und dem Kupferhaar paßte – zeigte jedoch, daß sie der ersten Mischlingsgeneration angehörte. Begheli hatte das *Meeresleuchten* geleitet, wenn Mutter Schwabbel ihre Trinkphasen bekam; sie hatte die Taverne freiwillig verlassen und erledigte die Buchführung der TraPaSoc. Sie und Kakoiannis waren als Barakudas Stellvertreter in die Geschäftsführung gewählt worden. Aber andere Dinge waren nicht durch Abstimmungen und Papiere zu erreichen.

»Worum geht's bei den Jobs?«

»Erstens: Ein Frachter mit Saatgut für Tadja'ut ist gelandet, und bei den augenblicklichen Windverhältnissen dauert der Seetransport zu lange.«

Die großen Agrar-Kooperativen von Tadja'ut im Norden des Territoriums bauten exotische Gemüse- und Obstsorten für Gourmet-Grossisten im Commonwealth an, mit Naturdüngern und komplizierten Bewässerungs- und Vereinzelungs-Verfahren. Augenblicklich schwankte der Wind zwischen Nord und Nordwest; Frachtsegler von Cadhras nach Tadja'ut müßten weit aufs Meer hinaus und dann nach Norden kreuzen, um nicht zu nahe an die gefährliche Küste des Isthmus zu geraten. Und es war allerhöchste Zeit für die Frühjahrs-Aussaat.

»Das geht jetzt über Land schneller. Wieviel ist es?«

Begheli hielt einen Zettel hoch. »Neun Karren.«

»Und der zweite Job?«

»Pharlit.«

»Oha. Die haben doch ihren eigenen Fuhrpark.«

»Ja, aber da hat es offenbar gebrannt. Zwei Schuppen mit Karren und drei oder vier Lagerräume mit dem kostbaren Zeug. Das ist aber feuerfest, da ist wenig passiert, bloß wollen sie es so schnell wie möglich loswerden.«

»Konditionen?«

»Wie üblich. Zwanzig Drachmen pro Karren pro Tag. Beides.«

Dante überlegte. Saatgut wurde von den Grossisten geliefert und mit den Ernten verrechnet. Da gab es keine Lücke. Pharlit war ein anderer Fall. Die Töpfereien belieferten Agenturen, diese verfrachteten das Porzellan und verkauften an Großhändler, die wiederum an Einzelhändler – eine lange Kette.

»Darüber werden wir gleich bei Tisch reden. Ich hab ein paar Vorschläge. – Sonst noch was?«

»Ja. Sarela will dich sprechen, wegen Gashiri. Hast du es schon gehört?«

»Ja. Wir haben einen bedeutenden Nachrichter im Haus. René. Er hat Gashiri-Rum gekauft und das beiläufig erwähnt. Irgendwann wird er sagen: ›Ich habe gerade Suppe gekocht. Übrigens ist die Welt untergegangen.‹«

Jemand, vermutlich Nardini, demolierte den Gong. Begheli verließ das Büro.

Dante rief den Raumhafen an. Sarela McVitie war an ihrem Schreibtisch. »Hallo, Chef.«

»Hallo, Sekretärin. Wie geht's?«

Seine Nachfolgerin, zuständig für die Sicherheit des Protektorats, hob die Brauen. Die graugrünen Augen unter dem kurzen braunen Schopf blickten müde, und das Gesicht war weniger frisch als sonst. »So-so. Ich nehme an, du weißt, wen wir zu Besuch haben.«

»Gashiri, ja. Was wollen sie eigentlich?«

»Sie haben Waren und eine Art Delegation an Bord. Du weißt ja, wie es bei denen geht. Gestern habe ich mit einer Frau verhandelt; die ist heute für die Küche zuständig. Und der augenblickliche Kapitän des Seglers war gestern Bootsmann.«

Die Anarchovegetarier verbanden agrarischen Urkommunismus mit strikter Funktionshierarchie, bei der die Amtsbesetzung täglich rotierte.

»Sie wollen handeln.« Sarela blickte auf eine Liste und zählte auf. Neben Kunsthandwerk, das eher zum weiteren Export ins Commonwealth geeignet war, gab es vor allem Landwirtschaftsprodukte – Rum, mehrere Sorten Früchte und Konfitüren, dazu modifizierte Tabak- und Kaffeearten.

Dante schnalzte mit der Zunge. »Tabak und Kaffee – die werden mir ja glatt sympathisch.«

»Hmm. Außerdem bieten sie, falls das jemand interessiert, Reitkamele an.«

»Und als Gegenleistung?«

»Geld und Fertigprodukte – Handwerkszeug, Messer, Gebrauchsgegenstände.«

»Habt ihr das Zeug analysiert?«

»Alles bestens – kein Gift.« Sarela spitzte die Lippen. »Aber natürlich fragen wir uns, was mit den AVs los ist. Nach all den Jahrhunderten mit Kriegen und Abschottung plötzlich eine Handelsdelegation.«

»Hat jemand eine Erklärung?«

»Alles, was uns einfällt, ist, daß die AVs vielleicht Lehren aus dem Fall Pasdan gezogen haben. Andererseits braucht das nicht viel zu bedeuten; auch die Mütter haben ein bißchen Handel getrieben.«

»Hast du die Verpackungen untersuchen lassen? Die Etiketten der Rumflaschen zum Beispiel?«

Sarela betrachtete ihn verblüfft. »Erleuchte mich, o Herr – wozu?«

»Wenn ich für die Sicherheit zuständig wäre und Informationen sammeln müßte, würde mich zum Beispiel interessieren, welche Rückschlüsse sich aus dem Kram ergeben – auf den Stand der Technik in Gashiri. Papier, Kleber, Druckerschwärze. Außerdem hab ich festgestellt, daß die Unterschrift auf den Etiketten von Hand ist; sie löst sich in Wasser auf. Man kann sicher die Tinte analysieren und vielleicht datieren. Dann weiß man, ob die Etiketten vor oder nach Pasdan beschrieben worden sind.«

Sarela schluckte. »Danke für die Nachhilfe. Willst du meinen Job, Chef?«

»Kein Bedarf. Haben unsere – also, deine Kundschafter in Gashiri nichts zu dieser außenpolitischen Öffnung zu sagen?«

»Nein. Bisher jedenfalls. Keiner von ihnen wußte auch nur, daß ein Schiff zu uns unterwegs war.«

Sarela versprach, die Ergebnisse der Untersuchungen sofort durchzugehen. Barakuda bat sie um die Namen der für die nächsten zehn Tage angekündigten Frachtraumer. Bei den meisten handelte es sich um Schiffe diverser Frachtagenturen, deren Kapitäne Barakuda flüchtig kannte. Ein privater Frachter, dessen Kapitän gleichzeitig Eigner war, interessierte ihn mehr.

»Die *Pentarc*? Von Puerto Albaicín, NeuGranada?«

Sarela blätterte. »Hm, ja. Kapitän und Eigner Javier Villegas. Warum? Kennst du ihn?«

»Ja, ganz gut, er hat einmal Mutter Schwabbel unter den Tresen gesoffen.« Er überlegte kurz. »Wenn ich bis dahin nicht aus den Bergen zurück bin, halt ihn fest. Sag ihm, ich hätte das Geschäft seines Lebens für ihn.«

»Mach ich. Aber welche Berge?«

»Wird nicht verraten. Mach's gut, Sekretärin. Und nimm's nicht zu schwer. Du solltest mal ausschlafen.«

»Ha. Ha. Ha.«

Beim Mittagessen berieten alle die Lage und Dantes Vorschläge, die skeptische Billigung fanden. Danach wurden die Trupps zusammengestellt. Die drei am besten gefederten Karren wurden für die Fahrt in die Pharl-Berge abgestellt. Dante lud Decken, Proviant und P'aodhufutter auf, während Narciso Ping sechs der zottigen Tiere von der Weide holte und einschirrte. Für den Saatgut-Transport wurden neun Pferdekarren fertiggemacht. Timoara und Kakoiannis übernahmen die Leitung des Karrenzugs Richtung Tadja'ut.

»Pa'aira kommt nachher zurück; wir beide halten die Stellung hier«, sagte Begheli.

»Wenn das so weitergeht«, murrte Nardini, »müssen wir noch Leute einstellen. Aber wahrscheinlich gibt's jetzt ein halbes Jahr nichts.«

Am Nordrand des ausgedehnten Waldes traf eine der alten Ost-West-Routen auf die Küstenstraße. Barakuda dachte an die andere Gruppe, die von Shontar nach Cadhras fuhr, dort lud und danach wieder zurück, an Shontar vorbei nach Norden, fahren würde. Viel weiter als bis zu diesem Punkt konnten sie bis Sonnenuntergang kaum kommen.

Sie folgten der Ostroute durch ansteigendes Hügelgelände. Äcker mit Weizen und Amaranth wechselten sich mit Waldgruppen ab; metallisch glitzernde Koniferen, hellgelbe Zimteschen und violette, breitblättrige Sobesis. Dörfer und Höfe blieben zurück. Bei Sonnenuntergang lagerten sie auf einer Wiese neben einem Bach. Dante schirrte die P'aodhus aus und überließ sie sich selbst. Narciso Ping verschwand im Busch, kam mit Ästen und Zweigen zurück, machte Feuer und hängte sein gelbliches Gesicht über den Kochtopf, als wolle er das Wasser durch Grimassen zum Sieden bringen. Die ehemalige Korporalin Shulamit as-Sabah ergriff Decke und Handtuch und wanderte bachabwärts. Dante lehnte sich an einen Karren, rollte auf Vorrat einen kleinen Haufen Zigaretten und freute sich des Lebens. Unter dem klaren Abendhimmel wogte das Weideland nach Westen, durchsetzt von Busch- und Bauminseln. Der Wind war sanfter als an der Küste; dennoch waren Meer und Salz in der Luft, aber auch die Wiesen, das satte Gras und tausend Blumen. Unterschiedliche Grüntöne mutierten und vermengten sich zu Schwarzgrün. Die P'aodhus ästen, grunzten und stanken; Ping kauerte am flackernden Feuer, in dessen Widerschein sein Gesicht, als er Barakuda anblickte, eine vertraute Dämonenfratze war. Shulamit kam von ihrem Bad im eiskalten Bach zurück; sie hatte die Decke um die Schultern gelegt und hängte das nasse Handtuch über die Seite eines Karrens. Dann hockte sie sich neben das Feuer, und in ihrem feuchten roten Haar schienen tausend Flämmchen zu tanzen.

Am Nachmittag des übernächsten Tages kamen sie in das abgesperrte Pharlit-Gebiet zu Füßen der Pharl-Berge.

Durch Zufall hatte man dort vor Jahrzehnten einen einzigartigen Boden gefunden und zunächst Shilgat-Kaolin genannt. Die Zusammensetzung wurde ebenso geheimgehalten wie das Brennverfahren. Isolatoren für Hochenergieleiter waren ein Teil der Produktion, der größte Teil jedoch waren Eß-, Trink- und Ziergefäße: hauchdünn und transparent, wie rauchiges Glas, aber nahezu unzerbrechlich und wegen ihrer Qualität und schlichten Eleganz im Commonwealth begehrt. Das Gouvernement hatte die Erschließung der Vorkommen mitfinanziert und verfügte über 33 % der Anteile. Die Töpfereien lagen hinter einem hohen Drahtzaun. Nur Mitarbeiter hatten Zutritt zu den Gruben und Werkstätten; die Brennöfen waren undeutlich zwischen den Bäumen zu erkennen. Weiter entfernt standen die Unterkünfte der Arbeiter, daneben die Werkstätten und Lagerschuppen. Deutlich zu sehen waren Spuren eines größeren Brandes.

»Funkenflug«, sagte die breitschultrige Frau, als Dante nach der Ursache fragte. Ping und as-Sabah spannten die P'aodhus aus und führten sie zu einer Weidefläche, während Barakuda mit der Direktorin durch die kleine Tür im Drahtzaun trat und zum Büro ging, einem flachen Holzhaus.

Es roch nach Kaffee, Leim und Akten. Die Direktorin, die sich nur mit dem Nachnamen Suarto vorgestellt hatte, deutete auf einen Sessel neben dem überladenen Schreibtisch und nahm zwei Becher aus einem Schrank. »Oder wollen Sie auf Ihre Leute warten mit Kaffeetrinken?«

Dante winkte ab. »Die sind alle erwachsen. Darf ich rauchen?«

Suarto schob ihm einen Aschenbecher hin und goß Kaffee ein. »So«, sagte sie, nachdem sie sich gesetzt hatte. »Und Sie retten also zur Zeit nicht mehr den Planeten, sondern haben sich dem Transportwesen ergeben?«

Barakuda grinste. »Das richtet weniger Schaden an.«

Suarto nickte. »So könnte man es sehen. – Wollen Sie gleich wieder los?«

»Essen, wenn Sie eine Kantine haben. Dann aufladen und weg.«

»Die Kantine ist nicht besonders, aber ich lade Sie natürlich ein. – Hier sind die Transportpapiere.« Sie schob ihm zusammengeheftete Blätter hin.

Dante überflog die Aufstellung: 60 Kisten mit Tellern, Tassen und Kelchen; die Spalte »Warenwert laut Zolltarif Cadhras« ergab addiert 67.980 Drachmen.

»Netter Batzen.«

Suarto zuckte mit den Achseln. »Luxus für das Commonwealth. Der Zollwert enthält bereits die Kosten für die Transportversicherung. Außerdem die zehn Prozent, die das Territorium kassiert.«

Barakuda drückte seine Zigarette aus. Er roch am Kaffee und hatte plötzlich eine Idee.

»Moment bitte«, murmelte er. Dann lief er zu den Karren hinaus, wo er Narciso und Shulamit bat, noch eine Viertelstunde lang diskret draußen zu bleiben. Aus dem Proviantsack nahm er eine angebrochene und eine volle Flasche Gashiri-Rum und ging zurück zum Büro.

Nachdem er den Kaffee aufgebessert hatte, kniff er die Augen zusammen und sah Suarto an. »Die Agenturen zahlen die Transportkosten von zwanzig Drachmen pro Karren pro Tag. Und sie übernehmen die Verzollung – zehn Prozent vom Zollwert für das Gouvernement. Richtig?«

Suarto nickte. »Ja, natürlich. Wieso?«

»Und sie übernehmen alles für achtzig Prozent des Zollwerts?«

Suarto grinste. »Klar, hätte ich mir denken können, daß Sie das wissen. Sie haben ja im Raumhafen gesessen.«

»Was soll mit der Lieferung geschehen?«

»Sie bringen den Kram zum Depot in Cadhras. Von da wird er an die erste interessierte Agentur verkauft. Ich glaube, alle haben vorbestellt, deshalb hat niemand Anspruch auf diese paar Kisten. Die sind außer der Reihe.«

»Dann kann es Ihnen doch gleich sein, wer das Zeug kauft, oder?«

Suarto setzte ihren Becher ab und machte große Augen. »Wollen Sie da einsteigen?«

Dante zog einen Scheck aus der Jacke. »Wie die Noastoa* uns lehrt, soll man einen Brand, den man nicht löschen kann, als ästhetisches Ereignis genießen und zum Fleischgaren nutzen. – Ist es nur unüblich oder illegal?«

»Noch nie dagewesen, aber die Vorschriften sagen nichts dazu.« Sie grinste. »Mann, können Sie das denn bezahlen? Wenn Sie diesen Zufall schon ausnutzen wollen… «

»Mein Wort und meine Unterschrift. Die Commonwealth-Bank wird bestätigen, daß die TraPaSoc noch Kredit hat.«

Suarto lehnte sich zurück und legte die Füße auf den Schreibtisch. Sie starrte Barakuda an. Dann nickte sie. »Wenn das Wort

---

* vgl. Fußnote zu Einschub nach Kap. I, Teil I »Pasdan«.

von Dante Barakuda nichts mehr gilt, können wir das Commonwealth abschaffen. Achtzig Prozent?«

Dante lächelte freundlich, mit halb gebleckten Zähnen. »Siebzig. Ich denke, hier liegt ein Notfall vor, und Sie müssen Platz schaffen.«

Als Shulamit und Narciso nach geziemender Wartezeit das Büro betraten, schrieb Barakuda den Scheck aus. »Also fünfundsiebzig, eineinhalb Flaschen Rum und ein Essen im *Meeresleuchten,* wenn Sie den nächsten Stadturlaub machen«, sagte er eben. Der Scheck lautet auf 50.985 Drachmen. Ping sah Dante über die Schulter und bekam einen Schluckauf. Suarto hielt den Scheck einen Moment lang hoch, bis die Unterschrift getrocknet war; Dante hatte einen antiken Füllfederhalter mit schwarzer Tinte benutzt. Dann steckte sie ihn in eine Schublade und blickte Shulamit as-Sabah, Narciso Ping und Dante Barakuda an.

»Der Kaffee geht auf meine Rechnung. Darf ich Sie zu einem Rum einladen? Ich hab ihn erst seit kurzer Zeit. Etwas ganz Neues, Rum.«

Erschöpft, schmutzig und zufrieden erreichten sie drei Tage später Shontar. Sie luden die Karren zunächst nicht ab; Begheli half beim Ausspannen der P'aodhus, und Pa'aira machte Essen. Es war mittlerer Nachmittag.

»Was macht der Saatgut-Express?« Dante hatte geduscht, frische Kleidung angezogen und gegessen. Im Kamin prasselte ein Feuer, Ping saß davor und schnarchte leise.

Begheli saß Dante gegenüber; ihre Finger spielten mit dem Aschenbecher, und in den grünen Augen hing eine Art Schleier. »Bestens. Sie sind gestern angekommen und haben kurz gefunkt. Alles in Ordnung.«

Barakuda ergriff ihre Hand. »Und was ist nicht in Ordnung?«

»Bondak. Lirian, die älteste von Subhats Töchtern, ist nicht zurückgekommen.«

Dante wußte, wie sehr der alte Sergeant an den Mädchen hing, die nicht seine Töchter waren. »Wie ist das passiert?«

»Bei den Frühlingsstürmen. Sie waren irgendwo vor der Küste von Gashiri. Vier Schiffe insgesamt. Drei haben es geschafft, aber das mit Lirian ist nicht mehr von der Leeküste weggekommen.« Begheli schüttelte den Kopf. »Und dann ist vor zwei Tagen noch ein Schiff aus Gashiri gekommen, mit Reitkamelen an Bord und einem höflichen Brief an die Stadt Cadhras. Sie haben Trümmer von dem Schiff an der Küste gefunden, aber keine Überlebenden.«

Barakuda zwinkerte. Er war müde, aber es gab noch zuviel zu tun. »Merkwürdig. Ich rechne eher damit, daß die AVs Schiffbrüchige umbringen. Aber nicht damit, daß sie Kondolenzbriefe verschicken.«

Sie berieten einige Minuten lang, ob Lugo Bondak und vor allem Subhat irgendwie zu helfen sei. Danach ging Dante ins Büro und rief Sarela McVitie an, die zweimal versucht hatte, ihm eine Botschaft zukommen zu lassen.

»Die Untersuchung«, sagte sie. »Du hast natürlich wieder eine Nase gehabt, Chef. Das Papier der Etiketten stammt vermutlich aus den Papiermühlen von Süd-Langladir. Wie es nach Gashiri kommt, weiß ich nicht. Die Druckfarbe ist ein organisches Gemisch, enthält aber einen Stabilisator, der sie wasserfest macht. Der Druck wurde mit beweglichen Lettern aus Eisenholz vorgenommen. Die Tinte ist eine Mischung aus animalischen Sekreten und Pflanzenstoffen, ohne Stabilisator. Die Unterschrift ist etwa eineinhalb Jahre alt.«

Barakuda kratzte sich den Kopf. »Damit ist die Theorie erledigt, daß die AVs Konsequenzen aus dem Pasdan-Konflikt gezogen hätten. Viel Spaß beim Grübeln, Sarela. Es muß sich um eine vor längerer Zeit festgelegte Politik handeln. Und die richtet sich nicht am Markt von Cadhras aus.«

»Das heißt, du nimmst an, daß irgendeine Teufelei dahintersteckt?«

»Ja. Wie die gute alte Ashme Zuvarov Chou sagte, soll man Fanatikern und Regierungen gegenüber dann besonders skeptisch sein, wenn sie rational zu handeln scheinen. Daß Fanatiker wie die AVs freiwillig zu friedlicher Koexistenz finden, ist mir allzu abenteuerlich und widerspricht der Geschichte.«

Sarela grinste plötzlich. »Na schön. Wenn es dich beruhigt: Alle Kundschafter auf dem Südkontinent haben im Augenblick den Auftrag, sich ausschließlich um die Aktivitäten der AVs zu kümmern. Gut so, großer Meister?«

Dante zwinkerte ihr zu. »Sonst was Neues? Wenn du schon so freundlich bist, einem ausgedienten Greis Bericht zu erstatten, damit er nicht an Neugier stirbt?«

»Dein Freund Villegas mit der *Pentarc* ist gestern gelandet. Ich glaube, er hat sich im *Meeresleuchten* auf einem Schnapsfaß niedergelassen.«

In der Hafentaverne gab es zur Begrüßung ein mittleres Hallo. Die Rote Yolande befand sich in einer Trockenperiode und hatte alles unter Kontrolle; Lopes, der hinkende Koch, mühte sich, all seine Meisterleistungen beim Zubereiten toter Fische zu übertreffen, aber selbst das und die liebevolle Aufmerksamkeit von Flor und Rugazh, die beide Dienst taten, konnte Dantes Laune kaum aufbessern. Bevor er ins *Meeresleuchten* ging, war er bei Subhat und Bondak gewesen.

Javier Villegas hatte eine weiße Nacht und einen heftigen Tag hinter sich. Er versuchte, Barakuda beim Essen zuzusehen, konnte aber die Augen nicht mehr ausrichten. Der dunkelhaarige Mann mit Schnauzbart, Hakennase und Freibeuter-Visage hing bei Dantes Eintreffen auf einem Hocker am Tresen und redete fließend, wenn auch undeutlich, mit einem Unbekannten. Barakuda erinnerte sich später nur an Brauntöne: braunes Haar, braune Haut, braune Arbeitskleidung und stechend braune Augen. Ein Seemann von einem der beiden Gashiri-Schiffe, sagte Villegas irgendwann, und von anderen erfuhr Barakuda Tage danach, die Frauen und Männer aus Gashiri hätten sich in den Bars und Tavernen des Raumhafens, des Seehafens, der Stadt und der Bucht diszipliniert ausgetobt. Dann fiel ihm ein, daß die braunen Hände des Mannes im *Meeresleuchten* keine Spur von härterer Arbeit gezeigt hatten – ungewöhnlich für einen Seemann, ungewöhnlich vor allem für einen Mann aus der Anarchovegetarischen Union, wo jeder im täglichen Wechsel jegliche Arbeit zu verrichten hatte. Und noch später wußte er plötzlich, daß er den Mann schon einmal gesehen hatte, ebenfalls im *Meeresleuchten*: damals, als Koryna Delaware noch als Kellnerin arbeitete und das Matriarchat von Pasdan noch existierte. Es überkam ihn wie ein Frostschauer; als er nach dem Mann suchte, war er nirgends zu sehen. Shaban, Shevan? Er konnte sich nicht mehr auf den Namen besinnen.

Während Dante aß, sorgte er dafür, daß Villegas mit Kaffee vollgepumpt wurde. Nach kurzem Abschied von den anderen packte Barakuda den Raumfahrer auf seinen Karren. Als sie

Shontar erreichten, war der Kapitän fast nüchtern. Mit Begheli und Pa'aira saßen sie noch lange vor dem Kamin im großen Sammelraum, feilschten, berieten über die Absatzmöglichkeiten von Pharlit auf fremden Welten und tauschten Anekdoten aus.

Am folgenden Morgen besichtigte Villegas die Halbinsel. Beim zweiten Frühstück kamen sie wieder zum Geschäft.

»Schön habt ihr's hier«, knurrte der Kapitän, als Dante die Papiere hochhielt, die Begheli fertiggemacht hatte. »Kann man hier mal Urlaub machen?«

»Sicher. Wir nehmen jederzeit zahlende Gäste auf, vorausgesetzt, sie können P'aodhus melken.«

Villegas grinste und kaute auf den hängenden Enden seines Schnurrbarts. »Und wenn die Urlauber größere Umsätze für euch machen? Ändert das was?«

»Das ändert vieles.«

»Auf NeuGranada ist das Zeug nicht oft zu kriegen. Ich glaube, ich werde mich in Puerto Albaicín mit einigen Warenhäusern unterhalten. Was scheren mich Grossisten?«

Begheli nickte aufmunternd. »Gut so. Aber sagen Sie, *kapitán*: Reden Sie oft mit Häusern?«

»Nur mit ganz jungen. – Wie machen wir's denn jetzt, Barakuda? Wie ich vorgeschlagen habe?«

»Kommt nicht in Frage. Ich spiele Agentur, du zahlst hundertfünfzig Prozent und machst dann, was du willst, wie? Vergiß nicht: Ich kenne dich zu lange, Villegas. Ich weiß zum Beispiel, weil du es mir vor langer Zeit mal in der Bar des Raumhafens erzählt hast, daß dir ein paar Läden auf NeuGranada gehören.«

»Man redet zu viel. Trotzdem – das war mein Angebot.«

»Oh, das Zeug steht hier gut. In den nächsten hundert Tagen werden viele Frachter in Cadhras landen.«

»Ah, bah. Also wie denn nun?«

»Wir addieren. Einkaufspreis plus zehn Prozent Zoll auf den Warenwert. Das macht siebenundfünfzigtausendsiebenhundertdreiundachtzig. Du gibst uns einen Scheck über die Hälfte. Wenn du alles abgestoßen hast schickst du der TraPaSoc fünfzig Prozent vom Gewinn.«

»Pah. Du träumst. Frachtraum. Versicherung. Weiterverkauf. Ich die ganze Arbeit, und ihr die Hälfte vom Gewinn? Lächerlich. Ich will fünfundsiebzig Prozent.«

»Frachtraum brauchst du nicht zu mieten, du Verbrecher. Das Schiff gehört dir und ist pauschal versichert.«

Schließlich einigten sie sich darauf, den erhofften Gewinn 55:45 zu teilen. Villegas schrieb einen Scheck über 25 492,50 Drachmen aus; Barakuda bestand auf den 50 Obols. »Wenn ich anfange, dir Nachlässe in dieser Größe einzuräumen«, sagte er, als sie die P'aodhus anspannten, »glaubst du am Ende, du kannst alles mit mir machen.«

* * * * *

Ihre Eltern – reine Cadhrassi, deren Eltern von verschiedenen Commonwealth-Welten eingewandert waren – hatten sich auf einen Nachnamen nicht einigen können und auf einen herkömmlichen Vornamen für die Tochter nicht einigen wollen. Deshalb bekam sie einen Shil-Namen, Toyami, und beide Familiennamen. Aber Toyami Takahashi Muir verlor mit sechs Standardjahren den Vater durch einen Unfall, mit neun die Mutter durch einen Schlangenbiß und wurde von einer Shil-Sippe aufgenommen, die nahe Barameq im nördlichen Isthmus Gemüse anbaute. Nach und nach gerieten die Familiennamen durch mangelnde Abnutzung außer Gebrauch.

Bis sie zwölf war, blieb sie auf der Gemüsefarm; dann gewann sie ein Stipendium des Protektorats, ließ Streifporree, Gelbkohl, Kidronen, Erbsen und Tangri-Schoten hinter sich und floh. Die Ausbildung auf den selbstverwalteten Schulen und Akademien der Insel Corilia endete spätestens mit dem 21. Geburtstag; man hielt es für unzumutbar, junge Leute länger von der Realität fernzuhalten. Selbst diese Zeit war ihr zu lang. Mit neunzehn hatte Toyami zur Flotte oder zur Gendarmerie gewollt. Der damalige Sekretär für Sicherheit in Cadhras, Barakuda, hatte sie ausgewählt – Intelligenz, Fitneß und Interesse qualifizierten sie für die Tätigkeit als Agent. Außerdem war sie Waise; ungebundene Agenten eigneten sich besser für die riskanten Einsätze.

Nach eineinhalb Shilgat-Jahren und vielen verschiedenen Tätigkeiten kannte sie einen Teil der Anarchovegetarischen Union der Ungläubigen Transzendentalisten. Gelegentlich erhielt sie über Funk Anweisungen oder Informationen aus Cadhras; wenn sie Dinge entdeckte, die für das Protektorat interessant waren, sonderte sie sich von der Kommune ab, in der sie gerade war, und gab ihre Kenntnisse an das Sicherheitsbüro des Gouvernements weiter.

Andere Agenten hatten eine auffällige Zunahme der polizei- bzw. milizähnlichen Ordner im Süden der AVU festgestellt und gemeldet, daß feingebohrte Blasrohre mittleren Kalibers sowie Armbrüste mit Stahlfedern und Stahlbolzen in großer Zahl hergestellt wurden. Niemand wußte, was es zu bedeuten hatte; Gashiri lebte mit dem Rest des Universums in bester Feindschaft, aber die Garnison des Gouvernements in Cadhras, mit Gleitern und modernen Waffen ausgerüstet, war ein gutes Argument für Frieden. Wozu die plötzliche Aufrüstung?

Toyami hielt sich in Liolin auf, einer kleinen Stadt am Mittellauf des Gashigar. Neue Ereignisse legten ihr nahe, den Aufenthaltsort zu wechseln; sie hatte die nötigen Vorbereitungen getroffen und wanderte ziellos durch die Innenstadt. Liolin besaß einen alten Stadtkern, der kurz nach der Glorreichen Ansiedlung vor etwa 550 Standardjahren errichtet worden war – zweigeschossige Häuser aus behauenem Stein, mit hohen Giebeln und verspielten Erkern. Die Gassen waren eng und uneben. Toyami trug einen Arbeitsoverall aus beigem Leinenstoff und kräftige Lederschuhe; andere Kommunarden liefen wesentlich bunter herum. Es gab viel Durchgangsverkehr in Liolin, dafür sorgte der Gashigar, der weit im Süden in den Bergen entsprang und im Norden ins Binnenmeer mündete. Er war eine wichtige Verkehrsader.

Auf dem Platz im Stadtzentrum, nahe der Stele der Wahren Wirklichkeit, herrschte Gedränge. Flußschiffer waren im Ort; sie trugen lila Schärpen und Sandalen aus Naturgummi, helle Hosen und blaue, einteilige Überwürfe. Toyami sah auch einheimische Flußfischer mit breiten Strohhüten, Leute aus nahen Landkommunen, buntgekleidete Handelskommunarden aus dem Norden; außerdem etliche Frauen und Männer jener Gruppe, die sie »Die Braunen« nannte und die ihr Rätsel aufgaben. Sie gehörten keiner bestimmten Kommune an; ihre einzige Gemeinsamkeit war eine merkwürdige gelblich-braune Hautfarbe. Die meisten hatten auch braune Haare und Augen, und bei vielen waren sogar die Nagelbetten der Finger nicht mehr rosa.

Zwischen Stele und Zeugehalle verlas ein Herold der Lauten

Wahrhaftigkeit Mitteilungen und Anweisungen. Wie üblich begann alles mit Grundsatzvarianten: »Die Wirklichkeit ist eine Funktion ihrer Definition durch die Gemeinschaft – Wer andere Wirklichkeiten fälschlich herstellt und verbreitet, wird von der Gemeinschaft gezüchtigt – Über uns ist nichts, bis wir selbst uns zu Göttlichkeit verwandeln – Eßt kein Fleisch, sondern spart es auf für die Große Wandlung – Dies sind die Mutmaßungen der Glorreichen Kommunarden... «

Mutmaßungen (Anweisungen) ergingen von den Zünften der einzelnen Orte, oder sie kamen aus der Hauptstadt. Aber damit endete bereits alle Gewißheit. Die inneren Abläufe der Gesellschaft, wenn es denn tatsächlich eine war, ließen sich weder durch Mutmaßungen noch durch Agenten klären. Toyami lauschte dem Herold, verlor aber bald das Interesse – Kleinigkeiten, Einzelheiten, Belangloses. Sie ließ sich in einer halboffenen *kantina komun* nieder. Jemand brachte ihr einen Holznapf mit dicker Gemüsesuppe und einen Brotfladen. Es war das Einheitsmahl des Tages, das jedem Kommunarden kostenlos zustand.

Während sie aß, befaßte sie sich wie so oft mit den tausend Problemen und Widersprüchen von Gashiri. »Anarchie kann nur aus Ordnung sprießen« – auch so ein Spruch, den man auf den Stelen der Wahren Wirklichkeit fand. Die Leute waren frei und fröhlich, aber Gashiri war ein Polizeistaat; es gab keine erkennbare Hierarchie, aber Befehle »von oben«. Alle waren gleichrangig; wo hierarchische Strukturen nötig waren, etwa in Zunftausschüssen, auf Schiffen o. ä., gab es Kommandoposten, die jeden Tag von einem anderen Kommunarden besetzt wurden, und um Anweisungen eines offensichtlich Unfähigen nicht ausführen zu müssen, hatte man Techniken der Umgehung entwickelt, »kreative Kooperation« genannt oder »periphere Einpassung«. Auf Ortsebene konnte es funktionieren, daß es im ganzen Land funktionierte, ließ sich nur mit der Existenz einer anonymen, geheimen Leitung erklären, einer der täglichen Amtsrotation entzogenen Machtelite. Aber in all den Jahrzehnten der inneren und äußeren Beobachtung war man in Cadhras nie über diesen Punkt hinausgekommen, der streng genommen lediglich eine Annahme war – Mutmaßung, wie die Befehle der mutmaßlichen Zentrale. Die reisenden Herolde erhielten Anweisungen, die sie entweder ausführten oder nicht;

von wem sie schließlich kamen, wußten sie selbst nicht. Es gab die Ordner – Polizei, Miliz, Militär –, es gab die reisenden Kontrolleure, angeblich über diesen noch Hochkontrolleure, aber wer sie rekrutierte, ausbildete, ernannte, leitete, war ebenso verborgen wie die eigentliche Ideologie des Landes. Anarchisch, vegetarisch, ungläubig, transzendental – Bündel von Widersprüchen; oder zumindest Ideen, deren Zusammenhang nicht ersichtlich war. Die leibliche Existenz galt als Illusion, aber Askese war verpönt; es gab keine aufs Jenseits gerichteten religiösen Strömungen, keine Götter, wohl aber die Annahme, die wahre Existenz werde im Jenseits beginnen, wenn alle Kommunarden und das gesamte tierische Leben zu einer Art Superintelligenz kollektiv vergeistigt seien. Wie das geschehen sollte, wußte keiner; es schien auch niemanden zu bekümmern. Ebensowenig die Tatsache der landesweiten Testreihen, ihr Sinn, ihr organisatorischer Ursprung.

Gashiri schottete sich ab. Selbst über den Fall des Matriarchats von Pasdan hatte es keine Informationen gegeben, nur Gerüchte. Toyami war natürlich über Funk informiert worden. Sie bedauerte keineswegs, daß das entsetzliche Matriarchat im Westen des Binnenmeers nicht mehr existierte; das einzige, was sie bedauerte, war, daß der ehemalige Sekretär Barakuda ausgeschieden war. Soweit sie wußte, hatte er zusammen mit ebenfalls ausgemusterten alten Soldaten der Garnison eine Transport- und Passagegesellschaft gegründet. Sie hatte eine kleine Schwäche für den älteren Mann gehabt und nahm an, daß er es wohl wußte. Vielleicht, sagte sie sich, war es Vatersuche; ihre Gefühle konnte sie jedoch kaum als töchterlich bezeichnen. Sie hob die Schultern und leerte den Napf. Introspektion war nicht ihre Sache; sie zog es vor, die Dinge so zu nehmen, wie sie waren.

Jedenfalls solche Dinge, die ihr Innenleben betrafen. Andere, äußere, mußten erforscht werden. Als sie noch in der Hauptstadt Gashiri gearbeitet hatte, war sie auf einige interessante Rätsel gestoßen; sie hatte sie nach Cadhras gemeldet, aber damals liefen gerade die entscheidenden Aktionen gegen Pasdan an, und sie wußte nicht, wieviel Aufmerksamkeit man Routineberichten aus Gashiri widmen konnte. Zwischen Gashiri und dem verbotenen Hochland im Süden, Tag'gashir'dir, gab es auffällig viele Fluß- und Landkarawanen. Was sie beförderten, war nicht herauszubekommen. Im Süden nahm gleichzeitig die Zahl der Ordnertruppen zu, und im ganzen Land liefen merkwürdige Testreihen. Kommunarden wurden biologisch und ideologisch untersucht; manche verschwanden, andere kamen nach einiger Zeit zurück. Von den Rückkehrern waren viele braun geworden. Manchmal gab es Gerüchte über Handel mit den Shil; darunter auch solche, die andeuteten, man habe eine seltsame Substanz entdeckt, die über die Taggabahn nach Tag'gashir'dir gebracht werde.

Nun hatte die Testreihe auch Liolin erreicht; deshalb zog es Toyami vor, sich einen neuen Aufenthaltsort zu suchen. Sie war nicht sicher, ob ihr nicht im entscheidenden Moment ein Fehler unterlaufen würde – ob sie nicht unter Prüfungsdruck von Wissen Gebrauch machte, das sie in Cadhras erworben hatte und in Gashiri gar nicht besitzen durfte. Besser, sich beizeiten abzusetzen. Außerdem war in der kleinen Stadt nichts mehr zu ermitteln, wie es schien. Außer, daß alle qualifizierten Chemiker der Nährwerkerkommunen abgezogen worden waren, um irgendwo anders wichtige Dinge zu tun.

Sie hatte ihre antikommune Absenz bestens vorbereitet. Am frühen Morgen verließ eine Treidelgruppe den Ort; ein Mann war nachmittags verunglückt, und sie hatte nachgeholfen. Nichts Arges, nur ein gebrochenes Bein, aber dadurch war ein Platz in der Gruppe freigeworden.

Toyami glitt aus der Koje; im Schlafsaal hörte sie die übliche Geräuschmischung aus Atmung, Geschnarch und dem Knacken der Gestelle. Sie war sicher, daß niemand außer ihr wach war. Niemand außer ihr und einem Quintupel. Drei Männer und zwei Frauen hatten gegen Mitternacht das Nebengemach aufgesucht und mit Rücksicht auf jene, die früh aufstehen mußten, leise ihr Fleisch geweckt.

Toyami wich herumliegenden Gegenständen aus und ging zur Tür, die auf den Flur und zu den kommunen Waschwannen führte. Ihren Beutel hatte sie abends an einem sicheren Platz versteckt. Wer ihre Abwesenheit bemerkte, würde ein halbwarmes Bett und die übliche Menge von Ersatzkleidung und anderen Habseligkeiten finden; man würde annehmen, sie sei kurz aufgestanden, vielleicht um in einem anderen Gebäude des Orts an einem Tripel, Quintupel oder Septupel teilzunehmen.

Sie schloß die Tür und drückte sich an der zweiten Tür des Nebengemachs entlang. Hier waren die Geräusche des Quintupels besser zu vernehmen. Sie sagten ihr, daß von dort keine Aufmerksamkeit drohte.

Auch daran hatte sie sich gewöhnt. In Gashiri war die zur Fortpflanzung nötige paarweise heterogenitale Vereinigung nur an zwei fruchtbaren Tagen je Periode gestattet. Frauen, die Wert darauf legten, schmückten sich mit einer roten Blume und gingen in die Zeugehallen, wo man über ihre Frequenzen Buch führte. Die Hallen wurden von den polizeiähnlichen Fruchtordnern geleitet. Interessierte Männer betraten die Hallen durch andere Eingänge; in lichtlosen Kabinen fand die Union anonym und wortlos statt, überwacht von lauschenden Ordnern. Nach der Geburt wurden die Kinder in Erziehungskommunen geholt und mit fünf Jahren im Land verteilt, je nach Bedarf und Plan. Private Beziehungen fanden nicht statt.

Toyami hatte nie eine solche Halle aufgesucht, obwohl es ihre Pflicht gewesen wäre. Aber sie war nie lange genug an einem Ort gewesen, um von den Fruchtordnern aufgefordert zu werden. Den Zerstreuungen hatte sie sich jedoch nicht entziehen können. Manchmal fragte sie sich, ob sie jemals wieder Vergnügen an einem Zweierlager haben würde. Zweisam vereinzeltes Privatisieren war streng verboten. Damit sich auch nicht mehrere Paare verschwören konnten, fanden die Zerstreuungen immer mit ungeraden Teilnehmerzahlen statt: 3, 5, 7, 9, 11, 13; ab dann galt es als gleichgültig, da man damit rechnen durfte, daß variantenreiche Orgien mit mehr als dreizehn Teilnehmern keinesfalls zu Paarbildungen führten.

In einer der Nachtküchen des Ortes aß Toyami ein Pfannengericht aus Reis, Zuckerrohr, verschiedenen Gemüsen und Pilzen. Außer ihr waren nur drei Hungrige anwesend: ein mürrischer Ordner, der unausgesetzt die Nase hochzog und an seinem Ausweisband zupfte (er hatte einen gewaltigen Bizeps, den das Band offenbar unangenehm einschnürte), und zwei rotbeblümte Frauen aus einer Landkommune, die sich über die lange Anreise unterhielten. Eine warf einen verstohlenen Blick auf den

Ordner und sagte leise: »Daß man dafür aber auch immer in die Stadt muß!« Toyami hörte es; sie saß nahe genug.

Ihr Beutel war im Versteck. Er enthielt Seife, zwei Schlüpfer zum Wechseln, einige Münzen, das Messer und, unkenntlich in seiner Verpackung, das Funkgerät. Toyami wanderte zum Kai.

Der Flußhafen lag ruhig da; nur wenige Arbeiten waren so dringend, daß sie nachts erledigt werden mußten. In der Schänke der Transportkommune trank sie einen mit Rum angereicherten heißen Tee, unterhielt sich mit zwei Stauern der Nachtschicht und wartete auf das Morgengrauen.

Als der Osten grau wurde, schirrten sie die Pferde an. Der vollbeladene Kahn glitt durch das Brackwasser. An diesem Tag hatte ein Mann namens Tontarg das Kommando; er stand am Ruder und dirigierte die Frauen und Männer an den Leinen und neben den Pferden durch laute Zurufe. Aus einem der Häuser am Hafen kamen Flüche wegen der frühen Störung.

Toyami hatte ihren Beutel auf eine Bank an Bord des Kahns gelegt. Sie schritt neben den Pferden und achtete darauf, daß die zahlreichen Leinen sich nicht verhedderten. Bei Sonnenaufgang waren sie bereits mehrere Kilometer nördlich von Liolin. Toyami warf einen Blick zurück, dann schaute sie zum Kahn, wo der Tageskommandant Tontarg am Ruder stand. Im Morgenlicht sah sie, daß er zu den Braunen gehörte.

Aus: Lydia Hsiang, Memoiren *(Gaia, 501)*
›Im Serai von Cadhras‹

»... Der alte Mann kam aus Golgit, im Süden; seine Hände waren von Brandwunden oder Verätzungen marmoriert, das Gesicht eine Kraterlandschaft aus Narben und Runzeln. Er sagte, er habe sein Leben lang Karawanen über den Südkontinent geführt, P'aodhus gefüttert und getreten, Waren bewertet und veruntreut, Händler gehütet und beraubt. Nun wolle er, ehe die Anziehungskraft des Großen Chaos die Beharrlichkeit des Lebens zersetze, den Norden sehen. Cadhras mißfiel ihm.

›Städte sowieso, Herrin des Landes. Das Malmen und Stinken der P'aodhus, der gemächliche Wandel des Bergs zum Sandkorn, die Anmut der Wolken und das hurtige Verweilen des Wassers in einer La-

gune, das ist meine Lust. Menschen stören dabei, und viele Menschen, die eine Stadt ergeben, sind nichts als Lärm und widerliche Ordnung. Das Sodbrennen der Welt... Und dann all eure Maschinen! Wir hatten derlei auch, Jahrtausende ist es her, als wir noch nicht begreifen mochten, daß ein Ort ein wenig wie der andere ist, nur anders, und daß der Tod überall wartet. Mit Maschinen war es nicht besser, nur schneller, und wenn man starb, heißt es, hatte man das Gefühl, alles Erlebte sei wie der Traum eines anderen gewesen, denn die Dinge in ihrer Eile ließen kaum Fußstapfen im Gedächtnis. Deshalb haben wir Flugmaschinen und Denkmaschinen und all die anderen Dinge abgeschafft, bis auf wenige – zur Erinnerung, gewissermaßen, und als Abschreckung. Und als es an der Zeit gewesen wäre, sie noch einmal zu verwenden, haben wir es versäumt. Hier und da, jedenfalls.‹

›Was meinst du, Vater der Karawanen? Wann habt ihr was unterlassen, wo, gegen wen?‹

Er leerte sein Glas mit kasampa*, schüttelte sich, spülte mit bitterem Kräutertee nach und betrachtete seine Hände. ›In Gashiri, zum Beispiel‹, sagte er wie verträumt. ›Dort lebten in den Bergen und an der Küste viele Menschen – zu viele Menschen. Wenige hätten vielleicht eine andere Entscheidung getroffen, aber die vielen... nun ja. Sie lebten, wovon man nun einmal lebt. Sie sprachen mit den Fischen, zähmten Gemüse, ordneten die Steine des Landes zu Straßen, verminderten die Gnade des Windes durch Häuser und die Glätte der Flüsse durch Dämme und die Wucht der Berge durch Steinbrüche. All dies ist unnütz und finster, und wären sie nicht so viele gewesen, hätten sie dieser Dinge nicht bedurft.*

In einigen alten Gebäuden – sie nannten sie Horte – gab es damals warnende Überreste des Früheren. Sie konnten sich nie entscheiden, derlei entweder zu vergessen oder zu verwenden, deshalb wollten sie es bisweilen betrachten. Es gab Hüter, die diese Dinge pflegten und warteten. Als nun die Vorfahren der Anarchovegetarier, wie ihr sie nennt, mit sechs großen Schiffen, mit Waffen und Meinungen landeten, gab es Streit unter den Taggashil. Einige sagten, laßt uns auf Wanderschaft gehen; sie wollen hier leben, und wir sind schon viel zu lange seßhaft. Andere sagten, laßt uns kämpfen und sie vertreiben. Wieder andere hofften, mit der Zeit zu Eintracht mit den Fremden zu gelangen. Da sprangen, ganz von selbst, einige der alten, gehegten Maschinen an. Eine war dabei, nennen wir sie Entmeiner*, die von den Alten entworfen war, um den Frieden herzustellen, wenn irgend-*

wo Menschen dabei waren, durch gewalttätiges Denken die Vielfalt des Chaos zu beenden und den Terror einer Ordnung zu errichten. Ein anderes Gerät, riesengroß, hatte früher das Land durchstreift und leblose Dinge, Abfall, Müll, Schutt beseitigt – Dinge, die mit Urin oder Kot markiert waren. Sie wurden in Energie verwandelt und als Wärme oder zum Betrieb anderer Maschinen genutzt. Eine dritte große bewegliche Anlage diente ebenfalls der Beseitigung überflüssiger Dinge, indem sie große Pilze herstellte, Säurepilze, die harte Dinge aus Metallen oder Kunststoffen schnell zersetzen konnten und dann selbst zerfielen. Es gab wohl noch mehr Maschinen, aber beschränken wir uns auf diese drei.

Die Fremden verließen also ihre Schiffe, führten ein paar Gespräche, nachdem eine Verständigungsmöglichkeit gefunden war, und stellten fest, daß die Shil, unwürdige Kinder des Großen Chaos, nicht bereit waren, alle Aspekte und die ganze Vielfalt aufzugeben und dem einen, einheitlichen Terror einer Weltsicht zu unterwerfen. Da beschlossen die Fremden, die Shil auszurotten. Währenddessen stritten die Shil untereinander, ob sie nun kämpfen oder auswandern oder die alten Maschinen verwenden sollten. Die aber sprangen von selbst an und machten sich auf den Weg. Der Entmeiner, groß wie ganz Cadhras, war in Gang gesetzt worden durch die gewalttätigen Gedanken der Fremden, aber als er zur Arbeit aufbrach, hielten ihn die gewalttätigen Gedanken der streitenden Shil auf, und er nahm ihnen ihre Meinungen, indem er sie leersog und bewußtlos liegenließ. In der Bewußtlosigkeit aber öffneten sich die Schleusen ihrer Körper, und sie waren gewissermaßen mit Kot und Urin markiert. Der Entmeiner, der zu den Schiffen der Fremden vorrückte, besudelte sich zwangsläufig. Nun brach der Müllfresser auf und beseitigte die markierten Dinge – die Straßen und Häuser der bewußtlosen Shil und diese selbst; dann verfolgte er den besudelten Entmeiner, erreichte ihn, ehe er die Fremden entmeinen konnte, und fraß ihn. Dabei zerstörte er eines der Schiffe, ohne selbst von den Strahlwaffen der Fremden aufgehalten zu werden. Der Gestank von Metalltrümmern und qualmenden Kunststoffen weckte überall im Land die bewegliche Pilzmutter, die schnellwuchernde Sporen ausstieß. Sie zerfraßen die Reste des Müllfressers, den Entmeiner und die Schiffe der Fremden, nicht jedoch deren tragbare Ausrüstung wie Handwaffen, die sie auf die Berge retteten. So ging Gashiri unter, und so begann das schlimme Reich der Fremden, die heute noch das Land mit ihrem Denken schänden.‹

›Ist das eine Überlieferung, ein Märchen? Oder willst du mir erzählen, es hätte solche Maschinen wirklich gegeben?‹

›Ein Märchen, Herrin, und ebenso wahr wie jede andere Lüge, auf die man sich einigt.‹

›Darf ich fragen, woher die Narben an deinen Händen und in deinem Gesicht stammen?‹

Der alte Mann blinzelte. ›Säure, Herrin. Die Mutter der Pilze ist tot, aber hier und da ruhen noch Sporen in den Bergtälern von Gashiri. Und immer, wenn die Anarchovegetarier entlegene Gebiete erschließen, mit Metall und Kunststoffen, lassen sie die Gegend zuvor von Sklaven räumen. Sklaven, meistens Shil, die sich mit bloßen Händen der Säurepilze annehmen müssen.‹

›Du willst allen Ernstes behaupten... Nun gut. Also, du warst Sklave in Gashiri. Vermutlich in deiner Jugend, wie? Und wie bist du entkommen?‹

›Ich bin geflogen, Herrin, aber die Nacht ist schon alt, und dies wäre eine andere Geschichte.‹«

II.

Manchmal wünschte er, sie hätten sich dies alles nicht aufgeladen. Es war jedoch eine Sache, die getan werden mußte. Er beobachtete die Männer, von denen einige inzwischen erträglich gut ritten. Andere würden es nie lernen. Sie müßten andere Dinge tun, um zu leben – nur welche? Jene, die nicht einmal schief auf dem Pferd sitzen konnten, würden auch anderes nicht zuwege bringen; sie waren die geistig völlig Verstümmelten.

Gortahork biß die Zähne zusammen und trieb sein Pferd an. Eine Gruppe von P'aodhu-Kälbern sonderte sich gemächlich ab, und niemand achtete darauf. Gortahork stellte sich in den Steigbügeln auf und stieß einen schrillen Pfiff aus. Einige der auf ihren Pferden dösenden Männer schreckten zusammen, sahen sich um und ritten zu der Kälbergruppe.

Tausend schlachtreife P'aodhu-Kälber, langsam, dumm und eigensinnig; zehn ehemalige Sklaven, von denen zwei oder drei allmählich zu leben begannen. Der Rest war nicht einmal kindlich, denn Kinder können lernen; den Männern hingegen mußte man jeden Morgen die gleichen Handgriffe von neuem zeigen. Die Mütter von Pasdan hatten in allen Männern niedrige Tiere gesehen und Unterdrückungsmechanismen entwickelt, um tatsächlich niedrige Manntiere aus ihnen zu machen. Es war leichter, die zu intelligentem Verhalten (wenn auch innerhalb eines absurden Systems) erzogenen Wehrhaften Jungfrauen von ihrer Konditionierung zu befreien. Gortahork dachte in untauglichen Vergleichen, die das Problem zu verdeutlichen halfen. Die Wehrhaften Jungfrauen waren erzogen, die Welt schwarzweiß zu sehen; es war aber nicht unmöglich, ihnen Farben näherzubringen und die Schablone Fremd-Schwarz-Böse aufzubrechen. Die ehemaligen Sklaven hingegen waren gewissermaßen von Kindheit an geblendet, verstümmelt worden und konnten Schritte in der Dunkelheit nur tun, wenn jemand sie an der Hand nahm. Einige begannen zu sehen, andere würden immer blind bleiben.

Gortahork blickte nach der Sonne, die sich im Westen hinter dünnen Wolken als orangeroter Fleck abzeichnete. Der große, kraftvolle Mann rieb sich die Augen. Zum ersten Mal in seinem Leben war er nicht sicher, eine Aufgabe bewältigen zu können. Seit zwanzig Tagen ritt er mit der Herde und den Männern durch die Steppe nach Süden, und der Zwang zu unausgesetzter Aufmerksamkeit höhlte ihn aus. Nicht einmal bei der Hetzjagd durch Pasdan war er so erschöpft gewesen. Damals hatten sie lange Strecken in kürzester Zeit zurücklegen müssen, fast ohne Schlaf und mit gelegentlichen Kämpfen. Aber er hatte sich nicht jeden Morgen darum zu kümmern brauchen, ob alle Sattelgurte festgeschnallt, alle Kochgeschirre verpackt, alle Jacken zugeknöpft waren.

Abends kamen sie zum Golzain. Einige Kilometer flußabwärts fand sich eine weite Uferwiese, durch einen steilen Hang von der Savanne getrennt. Sie trieben die Kälber in die Senke. Gortahork sattelte sein Pferd ab; er und die drei halbwegs selbständigen Männer halfen den anderen beim Absatteln. Einer nahm drei seiner armen Kameraden mit und sammelte Holz. Gortahork gab Anweisungen – Wasserholen, Decken ausbreiten, Sättel als Kopfkissen zurechtlegen. Er machte Feuer, während die anderen zum Fluß gingen, sich gehorsam auszogen und wuschen – das erste große Wasser seit Tagen, und Gortahork konnte den Gestank nicht länger ertragen.

Zwei Tage später erreichten sie die Vororte von Golazin. Die eigentliche Stadt lag auf einer Felseninsel einen halben Kilometer vor der Küste und einen Kilometer östlich der Flußmündung, geschützt durch gewaltige Mauern. Westlich des größten Mündungsarms hatte der Golzain ein ausgedehntes Delta gebildet, das von Riedinseln und Salzsümpfen durchsetzt war. Die östlichen Nebenarme waren von den Shil zu einer Lagune zusammengefaßt worden, in der man Speisefische züchtete. Ein Netz von Kanälen bewässerte Reisfelder, und Dammstraßen verbanden die Dörfer und Vororte mit dem Festlandhafen. Es gab kaum Weideland; die Bewohner von Golazin deckten ihren Fleischbedarf, indem sie Vieh aus dem Hinterland kauften. Die Herde, die Gortahork und seine Männer in den großen Schlachthofpferch trieben, gehörte dem Banyashilstamm der Tugril. Auch sie waren, wie so viele andere Stämme und Sippen, bereit gewesen, kleine Gruppen ehemaliger Sklaven und Wehrhafter Jungfrauen aus Pasdan aufzunehmen und an ein neues Leben zu gewöhnen.

»Neunhundertsiebenundsechzig«, sagte der Meister der Fleischzunft, der alle mit Fleisch befaßten Golaznari angehörten, vom Futtergehilfen über die Kehler und Pökler bis zu den Beschauern, Wurstern und Verkäufern.

Gortahork hatte mitgezählt. 967 von 1100; das war nicht gut und nicht schlecht. Einige Tiere hatten sie unterwegs geschlachtet und verzehrt, andere waren in die Steppe gelaufen und verloren. ›Der Zufall sorgt dafür‹, dachte Gortahork, ›daß immer dann ein Kalb sich ein Bein bricht und geschlachtet werden muß, wenn man gerade schon ein anderes geschlachtet hat.‹ Immerhin – etwas mehr als zehn Prozent Verlust auf fast tausend Kilometern, bei zehn unmündigen Kindern als Treiber. Es hätte schlimmer kommen können.

Die ehemaligen Sklaven sollten die Nacht mit anderen Schlachthofarbeitern in der geräumigen Baracke des Komplexes verbringen. Gortahork begleitete den Zunftmeister ins Büro.

»Nun, Vater der Banyashil«, sagte der Ältere, »wie wollen wir das Geschäft abwickeln?«

Gortahork streckte die Beine aus. Der Sessel war nicht bequem, aber der ehemalige Fürst der Nomaden war nicht an bequeme Sessel gewöhnt. Mit dem Sturz von Pasdan war die Notwendigkeit erloschen, daß es Fürsten gab; die Achtung, die Gortahork in zwanzig Jahren erworben hatte, haftete jedoch an seiner Person und überdauerte den Titel.

»Was ist der Preis?« sagte er.

Der Zunftmeister runzelte die Stirn. »Ihr kommt in einem guten Moment. Es ist früh im Jahr, und bisher sind nur wenige Herden angeliefert worden. Der Bedarf ist groß, also werden die Preise besser sein als sonst.«

Gortahork überlegte. Die nördlichen Nomaden lebten von Jagd und Viehzucht, betrieben Tauschhandel mit Händlern oder Karawanen und verfügten nicht über große Geldbeträge, da sie diese nicht brauchten. In Städten unterhielten sie bisweilen Konten, auf denen die durch Tier- oder Pelzhandel gewonnenen Beträge lagen. Es gab reiche und arme Stämme. Die Gelder gehörten immer der Gemeinschaft, die damit notwendige Käufe bezahlen konnte – Medikamente aus Cadhras, zum Beispiel, oder Metall für Pfeilspitzen, und natürlich Werkzeug sowie in knappen Jahren Lebensmittel. Gortahork schloß die Augen, rang mit seiner Erschöpfung und wünschte sich weit fort. Er sehnte sich nach Tremughati, der unvergleichlichen Mutter der Stämme; nach ihrer Kunst, die Zeit zu stauen und fließen zu lassen, den Tageslagunen und Nachtkaskaden an ihrer Seite; nach der Weite der verschneiten Steppe des Winters, den duftenden Gräsern des Sommers, Bärenjagden im Gebirge und langen Ritten; nach vertrauten Gesichtern des eigenen Stammes, nach Zelten und weichen Fellen des eigenen Lagers. Er träumte in schnellen Bildern von Langsamkeit. Barakuda kam, und die langen Nächte im Zelt waren voll leichter und schwerer Worte, Geschichten aus der Steppe und von den Sternen. Saravyi kam, nannte Tremughati »Leuchtende Wärme des Nordens« und Gortahork »Triefende Dummheit des Finsterwinters«, erzählte Lügengeschichten aus der Vergangenheit, und es war eine gute Zeit in den Zelten. Mord und Brand und Terror von Pasdan waren weit, weit auch die Sorge um unmündige Sklaven und wirre Jungfrauen. Dann war da eine Hand, die beharrlich an ihm zupfte und ihn daran hinderte, weiter zu träumen.

»Vater der Banyashil«, sagte der Fleischmeister.

Gortahork öffnete die Augen und begriff, daß er tatsächlich geschlafen hatte. Vielleicht nur Sekunden, aber sehr tief. Er zwinkerte.

»Du bist müde«, sagte der Ältere mitleidig. »Es war eine harte Reise, nicht wahr? Was soll mit den armen Pasdani geschehen?«

Gortahork seufzte. »Ich weiß es nicht, Freund. Aber laß uns zuerst die Kälber bereden.«

Der Zunftmeister nickte. »Sprich, Vater. Sprich offen. Mit Gortahork feilscht man nicht. Sag, welche Absprache du mit den Tugril getroffen hast, und ich will dir geben, was ich geben kann.«

Gortahork richtete sich im Sessel auf. Er fürchtete, wieder einzuschlafen. »Elfhundert Kälber waren es«, sagte er mit belegter Stimme. »Dreizehn Foldar pro Kopf, das macht vierzehntausenddreihundert. Davon fünfzehn Prozent für die Treiber. Ich will in Golazin das Geld für die Pasdani anlegen. Und einen kleinen Teil für mich, denn, o Freund, meine Herden und Zelte sind weit im Nordosten, und auch ich muß essen und trinken.«

Der Zunftmeister lächelte und nahm einen Stift und Papier. 14.300, schrieb er. Daneben: 15 % – 2145. Er zog diese Summe von der anderen ab: 12.155. Dann schrieb er 967 und multiplizierte die Zahl der abgelieferten Kälber mit 19. Schließlich rechnete er 18.373 – 12.155 = 6218.

»Dies, Vater der Stämme, ist die höchste Kopfsumme, die ich je bezahlt habe. Betrachte es als einen Beitrag der Zünfte zum Versuch, aus ehemaligen Sklaven Freie zu machen. Sechzehn Foldar ist der augenblickliche Kopfpreis für ein Schlachtkalb.«

Gortahork ergriff die ausgestreckte Hand des Älteren und drückte sie kräftig. »Dann schreib mir drei Anweisungen aus. Eine für das Guthaben der Tugril.« Er überlegte. »Teil die Restsumme durch elf. Ungefähr, wenn es nicht auskommt, und schreib zehn Elftel für die Pasdani und ein Elftel für mich.«

Der Zunftmeister reichte ihm drei Zahlungsanweisungen: über 12.155, 5633 und 565 Foldar. »Du siehst nicht aus, als ob du noch lange essen und viel trinken wolltest«, sagte er, während Gortahork die Zettel faltete und einsteckte. »Nebenan steht ein Bett. Es ist nicht sehr weich, aber du wirst darin ungestört sein. Ich kümmere mich um die Männer, deine Kinder. Morgen werden wir weiter beraten.«

Zwei der drei aufgeweckteren Männer begleiteten Gortahork am

Vormittag zum Hafen. Sie hatten den Beratungen beigewohnt, an der auch andere Zunftmeister teilnahmen, und den Beschlüssen zugestimmt. Die Zünfte von Golazin würden sie und die anderen Männer aufnehmen und in verschiedenen Bereichen zu Arbeiten einsetzen, bei denen sie versuchen konnten, unter Aufsicht und Obhut weiter zu erwachen.

Im Schatzhaus der Zünfte legte Gortahork die drei Zahlungsanweisungen vor. Das Guthaben der Tugril wurde ergänzt; seine 565 Foldar ließ er sich auszahlen. Für die Pasdani wurde ein Konto eingerichtet.

Der Abschied von den Männern war kurz, aber für Gortahork merkwürdig rührend. Sie dankten ihm und nannten ihn »Vater«, und er wußte, daß sie nie Väter gekannt hatten, ebensowenig wie Mütter (außer den grausamen »Müttern« von Pasdan). Sie hatten den Begriff von den Shil gelernt, und es war ein ungeheures Wort, dessen Bedeutung ausschließlich positiv und beschützend schien.

Nachdenklich ging er zum Kai. Er warf seinen Reisebeutel in eines der kleinen Fährboote und ließ sich zur Stadt übersetzen. Einige Ruhetage bei alten Bekannten, Mitgliedern des Rats der Zünfte; dabei wollte er seine nächsten Schritte überlegen.

* * * * *

Der zehnte Tag auf der ansteigenden Hochfläche.

Langsam rückten die schneebedeckten Berge näher. Der Karrenweg war eine Vertiefung in der graugrünen Landschaft. Der Westwind wehte auch im Frühsommer eisig; im Winter, wenn das Hochland von Langladir unter Schneemassen verschwand, mußte es eine weiße Hölle sein.

Dante Barakuda richtete sich in den Steigbügeln auf und hob das Fernglas an die Augen. Endlich war der Paß zu sehen. Er seufzte und trieb das Pferd wieder an. Aus tiefblauem Himmel brannte die Sonne auf Menschen und Tiere herab, aber sie vermochte die Luft nicht anzuwärmen.

Grunzend und knurrend stapften die Lasttiere die zermürbende Steigung hinauf. Die mannshohen, büffelähnlichen P'aodhus waren stark und ausdauernd. Sie dienten als Tragtiere, lieferten Wolle und Leder, Milch und Fleisch, aber vor allem waren sie langsam. In der Ebene mochten sie vierzig oder mehr Kilometer am Tag zurücklegen können, hier in den Bergen wagte Barakuda keine Schätzung.

Rechts und links des Pfads erstreckte sich bis zum Horizont das öde Hochland. Moos und Flechten, Zwergbüsche, Felsblöcke und Steine; wenn im späten Frühjahr der Schnee schmolz, bildeten sich Bäche, die Geröll mitrissen, das Land umgestalteten, ohne es zu verändern, und den Weg noch weniger passierbar machten.

Vor langer Zeit – zwei planetare Jahre war es her, aber ihm erschien es eine Ewigkeit – war Barakuda in diesem Teil der Welt gewesen. Natürlich mit einem Gleiter. Grundsätzlich billigte er die strikte Transfersperre, die Shilgat vor technologischer und kultureller Beeinflussung schützte. Aber ein Gesetz zu billigen, heißt nicht unbedingt, die Folgen zu genießen. Zum Beispiel dann, wenn man mehr als zwanzig Tage für eine Strecke benötigte, für die selbst ein schwerer Transportgleiter nur drei Stunden brauchen würde.

Er blickte auf das Kombigerät an seinem Handgelenk. 15:66 Uhr, mittlerer Nachmittag; die Lufttemperatur betrug 9°C; die kleine Karawane bewegte sich mit einer Geschwindigkeit von 3,121 km/h; sie befanden sich in einer Höhe von 2243 m über NN. Er drehte an einem Rad; im Gerät erschienen weitere Skalen: der dreifache Datumsanzeiger; Luftfeuchtigkeit, Luftzusammensetzung; Positionsautomatik – sie peilte Funkfeuer an und projizierte eine stilisierte Windrose mit genauen Angaben zu Himmelsrichtungen, Längen- und Breitengraden; schließlich die miniaturisierte Spreizbandskala des Funkgeräts.

»Gespenster?« sagte Sten Timoara. Der ehemalige Korporal war abgestiegen und zog das Pferd hinter sich her. Er hatte Barakudas Spielerei mit dem Gerät beobachtet. Es war ein naheliegender Schluß, daß die Schatten der Vergangenheit sich auf Dantes Gemüt gelegt hatten. »Ich habe letzte Nacht von der Kantine geträumt«, sagte Timoara. Er grinste, schob die Kappe ins Genick und kratzte sich den grauen Schopf. »Vielleicht hilft Absteigen?«

Schweigend gingen sie nebeneinander her, am Ende der Karawane, hinter ihnen nur noch ihre Pferde und das öde Hochland. Im Gehen rollte Barakuda zwei Zigaretten.

»Danke.« Timoara warf sein Feuerzeug in die Luft, fing es mit der Linken auf und steckte es wieder ein. »Ein Glück, daß es auf Shilgat Tabak gibt.«

Barakuda hustete. »Nur schade, daß bisher niemand daran gedacht hat, Reben anzubauen. Sampasaft schmeckt vergoren ja ganz ordentlich, aber... « Er erinnerte sich an eine Flasche terranischen Burgunders, die er auf der Ferieninsel Huasiringa auf Kosten eines exzentrischen Milliardärs geleert hatte.

Timoara spie einen Tabakfaden aus. »Mir reichen der hiesige Rum und das Bier völlig. Wobei mir einfällt... « Er blickte nach Westen, wo die Sonne Shalga sich den Berggipfeln näherte. Dann murmelte er etwas; Barakuda glaubte, ›Kein Alkohol vor Sonnenuntergang‹ gehört zu haben und grinste, als der schwarze Mann mit grauen Haaren die Schultern hob, sich umwandte und eine Flasche aus der Satteltasche holte.

Hoch über ihnen schwebte ein Raubvogel, wahrscheinlich ein Byano. Das Sonnenlicht fiel schräger ein, es schien mit dem Wind zu kommen und schmerzte in den Augen.

Der Weg führte nun genau nach Westen; Barakuda hielt sich einen Moment lang die Nase zu. Es roch nach P'aodhus, Leder, Pferden, tierischem und menschlichem Schweiß, vor allem aber nach den Ausdünstungen der zottigen Tiere.

Timoara setzte die Flasche ab und reichte sie Dante. »Leute mit feiner Nase sollten sich nicht in Lee von P'aodhus aufhalten.«

Kurz vor Sonnenuntergang erreichten sie einen geeigneten Lagerplatz. Größere Blöcke boten Schutz vor dem Wind; sie begrenzten eine von Moos, Büschen und bescheidenen Sträuchern bestandene Fläche.

Terence Learoyd sammelte die Kotbeutel ein, die die P'aodhus tagsüber trugen. Sie wurden unter den Aftern der Tiere angebracht. Der lange Terraner murmelte lautlose Flüche vor sich hin, leerte die Beutel und fing den Strohsack auf, den Timoara ihm grinsend zuwarf. Dann hockte er sich nieder und begann, Kotbriketts zu fertigen. Ein paar Strohsäcke und die jederzeit mit Nachschub versorgten Beutel nahmen weit weniger Platz weg als Brennholz.

Barakuda schleppte trockene Briketts vom Vortag zu den Felsen und sammelte Steine für eine Feuerstelle.

Gavril Tatuschin kam von einem Geröllfeld zurück. Sie nickte Barakuda zu und winkte. Zwei Shil, die mit der Fütterung beschäftigt gewesen waren, ergriffen Ledereimer. Nuqarsuq wies mit dem Kinn auf Learoyd.

»Das ist gut. Wo Wasser ist, kann auch er sich waschen.«

Learoyd zog die Nase hoch und antwortete nicht; er knetete. Am Vorabend hatte er von einem heißen Bad geschwärmt; Nuqarsuq und Bhiyar, beide erfahrene Karawanenmänner, erzählten seitdem von langwierigen Reisen durch Wüstengebiete, in denen wasservergeudendes Waschen in alter Zeit durch Amputation des gewaschenen Körperteils geahndet wurde.

Gavril, Nuqarsuq und Bhiyar kamen mit sechs vollen Eimern zurück. Sie beschrieben den Weg; Dante und Learoyd nahmen Eimer und Seife und gingen in die angegebene Richtung.

Neben dem kleinen Bach aus den Bergen fand sich eine passende Mulde. Sie schöpften Wasser in die Vertiefung, die sie mit den Lederhemden ausgekleidet hatten, und wuschen sich. Das Wasser war eisig und färbte sich schnell mit Seife, Staub und Dungresten. Die Methode war umständlich, aber sie mochten auf dem Rückweg gezwungen sein, weiter unterhalb aus dem Bach zu trinken; da war es schon besser, Vorsorge zu treffen.

Langsam verfärbte sich das Ödland. Shalga war hinter den Bergen verschwunden. Von Westen nach Osten wurde der Himmel violett, samtblau, blaßblau, unbestimmt. Die Grautöne der riesigen Hochfläche wurden bräunlich, dann fast schwarz; zwischen den tausend Nuancen von Grün der Sträucher und Moose leuchteten einzelne Blöcke hervor, deren heller Stein nicht überwuchert war. Es gab nichts als die Berge im Rücken und diese unerbittliche, großartige Wüstenei, diese graugrüne Urlandschaft seit dem letzten Paß vor fast dreihundert Kilometern. Eine niedrigere Bergkette begrenzte das schräge Plateau des nordöstlichen Langladir; dahinter erstreckte sich fast bis zum Isthmus-Territorium die Dünung des wald- und wildreichen Hügellands von Turga.

Barakuda riß sich mit Gewalt von der grandiosen Öde los und blickte nach oben. Der große Raubvogel schwebte noch immer am Himmel. Nun stand er auf der Stelle, rüttelte, dann stürzte er wie ein schwarzer Meteor herab. Was er in den Fängen trug, als er sich wieder aufschwang, war nicht auszumachen.

Möglicherweise einen kleineren Vogel, oder eine Bergratte, ein pelziges Nagetier, das Stollen grub und in der Dämmerung Steine erklomm, wo es herzzerreißend pfiff.

Auf dem Rost über dem Feuer näherte sich das Nachtmahl der Vollendung: heißes Wasser, Instantbrühe, P'aodhu-Dörrfleisch, dehydriertes Suppengemüse, das im heißen Wasser aufquoll; dazu gab es Hartbrot und einen Kochtopf voll Tee.

Myrtxin, der dritte Shil, erschien von irgendwoher und warf eine Handvoll Kräuter in den Eintopf. Ihr Nährwert war begrenzt, aber es roch gleich viel besser. In der zunehmenden Dunkelheit stellte Barakuda fest, daß die vom glimmenden Feuer spärlich beleuchteten Gesichter mit ihren Schluck- und Kaubewegungen, den verschiedenen Ausdrucksformen von Konzentration oder Abwesenheit, verbunden mit dem gelegentlichen Schnauben eines Pferdes und dem ständigen Grunzen der P'aodhus einen bemerkenswerten Effekt ergaben. Wie ein schlecht belichteter Film mit der falschen Tonspur, die dennoch irgendwie paßte.

Er spülte seinen Becher aus, füllte ihn mit gesüßtem Tee und rollte einen kleinen Zigarettenvorrat. Der Boden war kalt, klamm und hart. Barakuda rutschte auf der Pferdedecke hin und her, bis er eine halbwegs bequeme Position gefunden hatte. Er lehnte den Rücken an seinen Sattel und nahm den heißen Becher zwischen beide Hände.

Vlad Oubou setzte sich neben ihn. Der lange dürre Mann wandte ihm die Raubvogelnase zu, rollte eine Zigarette und suchte Streichhölzer. Dante wies mit dem Kinn auf das Feuerzeug.

Oubou wurde zu einem Umriß hinter der auf- und abschwellenden Glut der Zigarette. Schließlich nahm er sie aus dem Mund. »Und du meinst, daß sich das alles lohnt?«

Dante schlürfte an seinem Tee. »Ja. Wieso?«

Vermutlich machte Oubou eine Handbewegung. »Das ist alles härter und kostet mehr Zeit, als ich geglaubt habe.«

Barakuda sagte halblaut: »Natürlich. Es ist ein Risiko dabei. Wie bei allem. Wenn wir Pech haben, werden wir unsere Sachen in Langlava nicht los. Dann haben wir zweitausendfünfhundert Drachmen in den Sand gesetzt. Wenn wir Glück haben, verdoppeln wir den Einsatz.«

Oubou nickte in der Dunkelheit. »Schon klar, Chef. Es ist nur so, daß dieses graugrüne Einerlei, durch das wir seit Tagen zuckeln, einen nicht gerade auf zartrosa Gedanken bringt.«

Später setzte er hinzu: »Abgesehen davon macht's Spaß.«

»Mhm. Die viele frische Luft, der gute Duft der P'aodhus, die erstklassige Verpflegung?«

»Alles. Ich könnte ja auch irgendwo sitzen, Däumchen drehen und darauf warten, daß der Monat vorbeigeht und die nächste Runde Halbsold überwiesen wird.«

Learoyd setzte sich zu ihnen; er hatte die letzten Bemerkungen gehört. »Führt ihr erbauliche Gespräch? Ihr seid doch beide zu alt, um über den Sinn des Lebens nachzudenken, oder?«

Oubou schwieg.

»›Das Leben ist das einzig Sinnvolle am Leben, das macht es so interessant.‹ Originalton Saravyi«, sagte Barakuda.

Learoyd schnaubte. »Wo steckt der alte Halunke eigentlich?«

Oubou grunzte. »Vielleicht erklärt er den demobilisierten Wehrhaften Jungfrauen von Pasdan das Chaos.«

»Interessanter Vorschlag.« Learoyd grinste.

»Er ist in den Süden geritten«, sagte Barakuda. »Ich hoffe, das hat nichts zu bedeuten. Er ist ja immer da, wo Unheil droht. Im Norden werden wir ihn nicht finden, leider.« Dante hoffte, demnächst eine Karawane für den Norden zusammenstellen zu können und dort alte Freunde zu besuchen. Aber Tremughati und Gortahork waren in Pasdan, um das Land der Sieben Ströme wieder bewohnbar und friedlich zu machen.

Erinnerungen drängten sich auf, schlimme und gute, die er beide gleichermaßen nicht gebrauchen konnte. Er zündete sich eine neue Zigarette an. »Sagt mal, ihr Verbrecher«, murmelte er. »Aber sagt es leise. Ich habe noch eine längere Abenteuerreise vor, wenn wir in Langlava fertig sind. Wollt ihr mitmachen?«

Oubou sagte leise: »Wohin?«

Learoyd beugte sich vor. »Hat das was mit der Munitionskiste zu tun, Chef?«

Dante grinste. »Genau. Neunzig Punkte für dich, Terence. Es ist eine Strecke von ungefähr achttausend Kilometern zurückzulegen, und ich schätze, daß wir dafür zwölf Tage brauchen werden.«

Oubou schnalzte mit der Zunge. »Hast du hier irgendwo einen Gleiter verbuddelt?«

»Nein. Es gibt da ein ausgefallenes Verkehrsmittel.«

Learoyd kicherte. »Er will mit der Taggabahn fahren«, sagte er ungläubig. »Die gibt's also tatsächlich? Ehrlich, ich hab das immer für ein Märchen gehalten. Wohin soll's denn gehen, und was hat die Kiste damit zu tun?«

Eines der P'aodhus schleppte eine Kiste, die mit Präzisionsinstrumenten gefüllt war: Scheren, Skalpelle, winzige scharfe Sägen, zwei Mikroskope und andere Geräte. Sie gehörten zu den Dingen, die Barakuda in Langlava verkaufen wollte. Da in einigen Shil-Städten derlei Instrumente, wenngleich weniger fein, hergestellt wurden, fielen sie nicht unter das Technik-Embargo des Commonwealth.

Interessanter war die Kiste selbst. Sie maß etwa 1 x 0.5 x 0.5 Meter und bestand aus Stahl, inwendig verstärkt durch eine Schicht druck- und hitzefesten Spezialporzellans, und versehen mit einer batteriegespeisten Druck- und Temperaturautomatik. In solchen Kisten wurde Sprenggelatine transportiert, die nur unter hohem Druck und gekühlt gelagert werden konnte. Major Maqari, der Kommandant der Garnison, hatte Barakuda den Behälter leihweise überlassen und festgestellt, er wisse von nichts. Da Dante nicht beabsichtigte, die Kiste weiterzugehen, war das Transfergesetz zwar geknickt, aber nicht gebrochen.

»Was das alles soll, das ist eine lange Geschichte. Die erzähle ich euch, wenn wir unterwegs sind. Auf der Taggabahn. Die gibt es nämlich tatsächlich. Was ich vorhabe, verstößt weder gegen Gesetze, noch ist es besonders riskant. Es könnte uns langfristig den ganz großen Gewinn bescheren, wenn meine Vermutungen stimmen. Aber seid still, sonst wollen alle mitkommen, und das geht nun mal nicht.«

Er hatte gute Gründe, gerade Oubou und Learoyd auszusuchen. Es konnte, trotz allem, gefährlich und strapaziös werden. Die Taggabahn war nichts für empfindsam Knochen. Damit schied Marsila Bodrelur aus, wegen ihrer Prothese. Sie und die beiden anderen Frauen der Karawane, Gavril Tatuschin und Karuka Katz, konnten aus einem weiteren Grund die Reise nicht antreten. Ziel des Unternehmens war Bu'ndai, Hauptort der Bundashil. Dort gab es, wie fast überall auf Shilgat, eine auf absurden spekulativen Spielen beruhende Form des Zusammenlebens. In der Nacht vor dem ersten Tag des neuen Jahrs wurde in Bu'ndai bestimmt, welche Gruppe im folgenden Jahr die »entehrende Bürde des Verwaltens und Verwesens« zu tragen hatte. Das Los fiel oft auf eine Gruppe, die in der Stadt nicht existierte. Dadurch änderte sich insofern nichts, als das Leben ohnehin weiterging; Händler handelten, Fischer fischten, Jäger jagten. Die im Commonwealth verbreitete Ansicht, der Mensch sei ein Gemeinschaftswesen und bedürfe strukturierter Gesellschaften und Systeme, hatte auf Shilgat kaum Anhänger. Sie galt als bizarre Monomanie, da sie unter allen Aspekten des Chaos ausgerechnet den unwahrscheinlichsten, nämlich die Ordnung, als ausschließlich bedeutsam hervorhob. Und zur Zeit war in Bu'ndai die Gruppe aller Frauen zuständig, die je außerhalb von Bu'ndai Gemüsegerichte zu sich genommen hatten.* Es war daher für Frauen aus Cadhras nicht ratsam, sich zu dem Ort zu begeben.

Am Nachmittag des nächsten Tages kamen sie zur Baumgrenze. Westlich der Berge war die Welt entschied freundlicher. Sanft abfallende, grüne Hänge mit den verschiedensten Sträuchern, die alle in Blüte standen, dazu Milliarden strahlender Wildblumen des Gebirges und eine unglaubliche Vielfalt von Singvögeln boten erfreuliche Abwechslung nach den mühseligen Tagen im Ödland. Der Weg war ebenfalls angenehmer; es

---

* Alle Schielenden, Blinden, Kurzsichtigen usw. von Bu'ndai (der von Ethnologen aus dem Commonwealth für sie geprägte Begriff »Visiarchen« ist exzessiv) arbeiten seit langem an einer erschöpfenden Liste aller überhaupt möglichen Gruppen; inzwischen hat ihre Zahl die Million überschritten. Zunächst finden sich dort mit niedrigen Platzziffern (1, 2 usw.) offensichtliche Einteilungen – Frauen, Männer, Linkshänder, potentiell Seekranke, hermaphroditische Säuglinge, Kopfarbeiter, Frischverstorbene usw. Sehr bald geht die Liste jedoch zu flüchtigen oder unauffindbaren Kollektiven über, z. B. »alle in Bu'ndai weilenden einbeinigen Sa'orqi«, »alle, die im Moment an rosa P'aodhus denken«, »alle, die vor drei Tagen meinten, Kloaken seien nicht wesentlich verschieden von Wolken«, usw. In der Neujahrsnacht wird mittels eines komplizierten Würfelverfahrens die Ziffer der Gruppe ermittelt, die im neuen Jahr die »Bürde« zu tragen hat. – Früher war mit Ausübung der gesellschaftlichen Ohnmacht jener betraut worden, der die größte Sammlung von Ohrläppchen vorweisen konnte, welche er Korallkorsaren abgeschnitten hatte. Dieses System hatte zu unerfreulichen Wettbewerben geführt und war außerdem mit diplomatischen Risiken behaftet da die Korsaren sich nicht damit anfreunden mochten.

war deutlich, daß er verwendet und, falls nötig, gepflegt wurde. Die veränderte Landschaft ließ Barakuda den gleichen Wind, der jenseits der Berge beißend kalt gewesen war, nun als erträglich frisch empfinden.

Kurz vor Sonnenuntergang erreichte die Karawane das Plateau von Langlava. Der Weg schlängelte sich über weichen Wäldboden. Barakuda ritt an der Spitze. Mitten im ausgedehnten Forst herrschte Windstille, es war warm, und der Duft der harzigen Langla-Zedern betäubte Dante beinahe.

Auf einer Lichtung hielt er an und gab den anderen Zeichen. Sie trieben die Tiere zu einem Kreis und blickten verwundert nach vorn, wo unter den Bäumen einige Hütten standen; sie machten einen eher ärmlichen Eindruck.

Timoara ritt neben Dante und deutete auf die Holzbauten. »Was ist das? Ich dachte, wir kommen heute nach Langlava.«

»Das ist Langlava, Sten.«

»Ich denke, Langlava ist eine große, wohlhabende Stadt... «

Karuka Katz beugte sich im Sattel vor und starrte zu den Hütten, als wolle sie sie mit den Augen durchbohren. »Ist vielleicht noch was dahinter?«

Terence Learoyd war wieder einmal der erste, der begriff. Er legte plötzlich den Kopf in den Nacken; dann lachte er. Die anderen blickten ebenfalls hoch.

Dante stieg ab. Laut sagte er dabei: »Richtig. Wir werden seit ungefähr einer Stunde von Wipfel zu Wipfel eskortiert. Wenn die P'aodhus nicht dauernd diesen Lärm machten, hättet ihr längst was gehört.«

Die Langla-Zedern standen dicht beieinander; manche ihrer oberen Äste schienen ineinander überzugehen oder miteinander verflochten zu sein. Die olivhäutigen Shil waren vor dem grünen Hintergrund in der Höhe kaum auszumachen. Die drei Shil-Treiber krümmten sich vor Lachen beim Anblick der verblüfften Gesichter ihrer Gefährten.

Nach einhelligem Beschluß der Bewohner von Langlava war ihr Teil des Planeten vor etwa fünfzig Jahren von einem wirren Subalterngott namens Lubangi geschaffen worden, der gleichzeitig die unzuverlässigen Erinnerungen an vorherige Epochen hatte entstehen lassen. Lubangi liebte den Boden, Dreck, Aas, Abfall, wenn man ihn darstellte, dann als Schmeißfliege, Aasfresser oder Made. Da Lubangi zu seiner Verehrung des Schimpfs bedurfte, hatten die Shil von Langlava ihre Behausungen über den Boden erhoben. In den Wipfeln der Bäume war eine komplette Stadt entstanden, mit schwankenden Kabinen, Wasserleitungen, Verbindungsstegen. Vom Erdboden aus sah man fast nichts davon, wenn man nicht genau wußte, wonach man zu suchen hatte. Es galt als beschämend, die Erde zu betreten; Erde war ein Zerfallsprodukt aus Blättern und moderndem Holz, durchsetzt von den ätzenden Absonderungen des irren Gottes. Die Strickleitern, mit deren Hilfe die Shil von den Bäumen stiegen, wenn es sein mußte, endeten etwa einen halben Meter über dem Boden. Dort waren kleine Plattformen angebracht, die sich wie Bänke um die Stämme zogen; auf ihnen standen und lagen Stelzen und hohe Holzschuhe. Einige Probleme – Ackerbau und Viehzucht, zum Beispiel – ließen sich nicht in der Höhe lösen, und wer immer mit ihrer Lösung betraut war, sollte die notwendigen Dinge tun können, ohne sich durch Bodenkontakt zu besudeln.

Von den Bäumen stiegen Langla'iri herab, Frauen, Männer, Kinder; die meisten trugen Holzschuhe, einige balancierten auf Stelzen über die Lichtung. Andere gingen barfuß und bückten sich zwischendurch, um Gesicht und Körper mit Erde und zerkrümeltem Laub zu beschmieren. Zwischen diesen Häretikern und den Getreuen gab es jedoch keinerlei Mißstimmung; wie alle anderen religiösen, weltanschaulichen oder politischen Systeme der Shil diente auch das von Langlava der Zerstreuung, Ablenkung und ganz allgemein der Ästhetik, war unabhängig von realen Gegebenheiten und besaß keinerlei Anspruch auf Wahrheit.

Zu Barakudas Überraschung waren die Langla'iri nicht erstaunt über die Karawane. Er wußte, daß Langlava selten besucht wurde; das waldreiche Hochland war nach allen Richtungen von Bergen umgeben, die große Strapazen verlangten. Einzelne Händler aus anderen Gebieten des Südkontinents mochten bisweilen nach Langlava kommen.

»Das stimmt. Aber ihr seid die zweite Karawane innerhalb von zwanzig Tagen«, sagte Rorino. Er war der älteste der Wipfler und zuständig für Geschäfte.

»Eine andere Karawane?«

»Aus Gashiri. Flachlandfrüchte gegen Hochlandgewürze, und süßen Schnaps aus dem Tiefland gegen Kräuterbrand aus den Bergen.«

Die geschäftlichen Verhandlungen entwickelten sich zur beiderseitigen Zufriedenheit. Langes Feilschen gab es nicht, und Dante schätzte, daß die Waren, die sie mit zurück nach Cadhras nehmen würden, etwa den dreifachen Wert der mitgebrachten Produkte besaßen. Im Hochland von Langladir gab es kaum Metallvorkommen; Barakuda hatte die Karawane vor allem mit Instrumenten, Werkzeug, Gebrauchsgegenständen wie Töpfen und Pfannen sowie etlichen Schläuchen voll vergorenem Sampa-Saft bepackt; die beliebteste und schmackhafteste Frucht des Territoriums gedieh nicht in den Höhenlagen des Südens. Die Langla'iri tauschten die Waren gegen Schläuche mit Kräuterschnaps ein; außerdem gab es mehrere Sorten nur im Bergland vorkommender Gewürze und Säcke voll von Heil-, Würz- und Teekräutern. Hinzu kamen wundervolle Holzarbeiten, darunter auch Schnitzereien aus dem härtesten, widerspenstigsten Material, dem Holz des Eisenbaums.

Schließlich blieb nur der Satz medizinischer Instrumente übrig, die in der Munitionskiste gereist waren.

»Das ist etwas für Bauchöffner.« Barakuda zeigte dem alten Wipfler die feinen Skalpelle, Scheren, Nadeln, Klammern; die Binden und die elementaren Medikamente gegen Schmerzen, Blutvergiftungen und andere häufige Erkrankungen; das Mikroskop.

Rorino breitete bedauernd die Arme aus und wippte auf seinem Siesta-Ast. »Unser guter Blutlenker ist offenbar von Wipfelhupf* erfaßt worden und verschwunden.«

»Dann werde ich diese feinen Dinge wieder mit mir nach Cadhras nehmen müssen.«

Rorino machte eine flüchtige Handbewegung. »Laß sie hier. Xhiran wird schon zurückkommen. Ich übernehme sie, aber ich weiß nicht, was ich dir dafür geben soll.«

»Gib mir Foldar.«

---

* »Fernweh«; auch Art der Fortbewegung, mittels derer man dem Fernweh gehorcht.

»Wieviel?«

Barakuda zuckte mit den Schultern. Der Wert der Instrumente lag bei etwa 500 Drachmen. Eine Drachme war ein halber Foldar. »Tausend Foldar«, schlug er vor.

Rorino prustete vor Lachen. »Hundert.«

Nach einer Viertelstunde waren sie bei 500 angekommen, und Dante hatte für die TraPaSoc 100 % Gewinn gemacht.

»Und einen Rat«, bat er.

»Ratschläge und Prophezeiungen sollten immer kostenlos sein, denn meistens sind sie nichts wert. Was willst du wissen?«

»Ist die ›Schnelle Straße‹ begehbar?«

Rorino hob die Brauen. »Ich weiß es nicht. Wahrscheinlich. Wenigstens die näheren Teile. Die Händler aus Gashiri sind auf ihr gereist und haben an der letzten Station Tiere gemietet. Also wird sie wohl bis zum Südzipfel von Gashiri in jenem Zustand sein, der für das Bereisen dieses Teils des Chaos notwendig ist.« Dann beschrieb er den Weg zur letzten Station.

* * * * *

Am Mittag passierten sie eine Brücke. Der Gashigar war hier reißend; die steinigen Ufer lagen nicht so weit auseinander. Eine Gruppe Kommunarden lagerte am Brückenkopf. Der Treideltrupp machte eine Pause und nahm die Einladung zum gemeinsamen Mahl an.

Es handelte sich um Bewohner einer nahen Landkommune von zehn Dörfern. Toyami unterhielt sich mit jungen Frauen, die alle jene seltsame gelblichbraune Hautfarbe aufwiesen.

»Die Erfasser sind bei uns gewesen«, sagte eine. »Was du hier siehst sind die besten Ergebnisse.« Sie lachte.

Die Tests, denen Toyami sich in Liolin durch Abreise entzogen hatte, waren in den Dörfern bereits durchgeführt worden, wie sie nun hörte. Man hatte die Besten, in körperlicher wie in geistiger und ideologischer Hinsicht, ausgewählt. Sie hatten Injektionen erhalten und sich dann auf den Weg gemacht.

»Wir sollen weiter nach Südosten gehen«, sagte eine andere. »Wir wissen nicht genau wohin, aber die Große Union hat sicher wichtige Aufgaben für uns.«

Ehe Toyami unverfänglich auf die Hautfarbe zu sprechen

kommen konnte, trat Tontarg zu ihr. Er lächelte, aber seine Augen lächelten nicht mit.

»Ich finde, wir sollten weitermachen«, sagte er.

Toyami verabschiedete sich von den Frauen und stand auf. An diesem Tag hatte sie das Kommando.

Die Treidler kämpften fast eine Stunde, ehe sie die Enge überwunden hatten und der Strom wieder träge wurde. Als Toyami Zeit fand, zurückzuschauen, war die Brücke nicht mehr zu sehen. Abends, beschloß sie, würde sie Cadhras über die Begebenheiten informieren.

Sie stand vom Feuer auf. Die Nacht war kühl und klar; das Band der Milchstraße zog sich über den Himmel wie die Schleimspur einer gashirischen Phosphorschnecke. Ein Ast knackte im Feuer, ein Schläfer ächzte und warf sich hin und her. Die Übrigen lagen in ihre Decken gerollt. Im Herzen von Gashiri bestand keine Notwendigkeit, nachts Posten aufzustellen.

Etwas raschelte in den niedrigen Bäumen, als Toyami die Böschung hinabglitt. Nachtvögel. Sterne spiegelten sich im Wasser des breiten Gashigar, zwischen Treidelpfad und Lastkahn gluckerten und plätscherten winzige Wellen.

Vorsichtig kletterte Toyami über die schlaffen Taue, die den Kahn mit zwei Bäumen verbanden. Die Pferde grasten oberhalb der Böschung, wo auch die Treibschaft schlief.

Sie ging geräuschlos flußaufwärts. Ein Klatschen ließ sie zusammenfahren; der Leib eines großen Raubfischs, der nachts jagte. Sekunden später schnellte weiter entfernt ein anderer Fisch aus dem Wasser. Erleichtert ging sie weiter; dabei verfluchte sie in Gedanken erneut die Bewohner der Anarchovegetarischen Union. Die Wälder von Gashiri waren wildreich, in den Flüssen wimmelte es von Fischen, die herrlichsten großen Vögel nisteten in den Flußniederungen, und sie mußte sich tagaus tagein von Korn, Obst, Gemüse und seltsam gewürzten Mischungen ernähren.

Als sie glaubte, weit genug vom Lager entfernt zu sein, ließ sie sich am Rand des Treidelpfads nieder, zog das Funkgerät aus der Gürteltasche und schaltete es ein. Sie drückte den Knopf, der den Peilton auslöste. Dabei behielt sie die Umgebung im Auge.

Cadhras hatte sich noch nicht gemeldet, als sie eine undeutliche Bewegung wahrnahm. Hastig schaltete sie das Gerät wieder aus, stellte es auf den Boden und stand auf.

Eine Gestalt glitt die Böschung herab. Es war Tontarg.

»Wen haben wir denn hier? Unsere hübsche kleine Toyami vielleicht, etwa bei einem verbotenen Fischessen?«

Sie schwieg. Tontarg ging um sie herum. Das Funkgerät war in der Dunkelheit nicht auszumachen.

»Oder eine Verabredung mit einem Fleischfresser?« Er trat nah an sie heran, und sie roch seinen unangenehmen Atem. Das Weiße der Augäpfel schimmerte.

»Was willst du von mir?« sagte sie ruhig.

Tontarg fuhr sich mit der Zunge über die Lippen. »Sehen, was du hier nachts treibst. Und mit wem.«

Toyami trat einen Schritt zurück, um dem zudringlichen Atem zu entgehen, aber der Mann folgte. Er legte die rechte Hand an Toyamis Hüfte.

»Laß mich los.«

»Warum?«

»Weil ich deine Hand nicht mag. Dich übrigens auch nicht.«

Er legte auch die andere Hand an das Mädchen. »So, du magst mich nicht? Wir sind aber alle Geschwister in der großen Gemeinschaft, und Geschwister haben einander zu lieben.« Er zog Toyami an sich und suchte ihren Mund.

Sie bewegte den Kopf zur Seite. »Laß mich los«, sagte sie halblaut. »Oder es wird dir leid tun. Verbotene Zweisamkeit.«

Er erneuerte seinen Versuch, preßte dabei seinen Unterleib gegen sie.

Toyami seufzte und stieß ihm aufgestellte Daumen in beide Achselhöhlen; gleichzeitig trat sie auf seine Füße. Er ließ einen Laut hören, in dem sich Schmerz und Verblüffung mischten, wollte zurückweichen und stürzte der Länge nach hintenüber, als Toyami auf seinen Füßen stehenblieb und sich gegen ihn lehnte. Aneinandergeklammert rollten sie einige Sekunden auf dem Pfad, bis Toyami sich lösen konnte. Als er auf die Knie kam und die Hände ausstreckte, setzte sie ihm einen Fuß vor die Brust und stieß ihn zurück. Sie hörte ein Knirschen, sah, wie Tontarg sich zuckend streckte; dann lag er still.

Sie wartete eine Minute, lauschte, aber Tontarg schien ihr als einziger gefolgt zu sein. Er bewegte sich nicht. Sie kniete neben ihm nieder; da erst sah sie den unnatürlichen Winkel, den Nacken und Körper bildeten, und entdeckte die massige Wurzel des Eisenbaums.

Toyami biß sich auf die Lippen. Sie kauerte am Ufer nieder und wusch sich die Hände. Ein Unfall, sicherlich; sie hatte ihn gewarnt, sie hatte die Wurzel nicht sehen können, niemand hätte vorhergesagt daß Tontarg so unglücklich fallen würde. Aber nun war es geschehen. Sie spritzte sich Wasser ins Gesicht.

Beim Kampf mußte jemand mit dem Fuß das Funkgerät erwischt haben. Sie fand es weit von der Stelle entfernt, wo sie es abgestellt hatte. Sie kroch über den Pfad und tastete im Dunkeln herum. Schließlich schlossen sich ihre Finger um das zertrümmerte Plastikgehäuse. Hoffnungslos versuchte sie ein paar Schaltungen. Dann schleuderte sie das Gerät in den Fluß.

Sie kauerte wieder neben dem Leichnam nieder. Viel Zeit blieb nicht. Bis zum Morgengrauen höchstens fünfeinhalb Stunden.

Natürlich kannte sie die Karte von Gashiri auswendig; dafür hatte Barakuda gesorgt. Das Land der AVU glich grob einem Trapez; die lange Küste mit Buchten, Halbinseln und Kaps erstreckte sich fast 1600 Kilometer ostwestlich. Im Osten und Westen bildeten unterbrochene Systeme von Bergketten und Hochmooren die Grenzen, die ungefähr 2000 Kilometer nach Süden liefen und von Festungen gesichert waren Die Südgrenze schließlich war fast 2500 Kilometer lang und ähnlich ungerade wie die Küste.

Der Gashigar entsprang in den Bergen des äußersten Südwestens, bewässerte einige Hochtäler, durchbrach Gebirge und floß dann zunächst nach Norden, schließlich nach Nordosten. Sie befand sich etwa 1000 Kilometer südwestlich der Mündung, 200 Kilometer vor dem letzten Austritt des Stroms aus den Bergen. Man würde nach ihr suchen; flußabwärts zu fliehen war sinnlos. Die Gebiete im Norden waren zu dicht besiedelt, die Nachrichtenübermittlung per Signalfeuer und Semaphor gut entwickelt, nicht zu vergessen die Flußclipper der Ordner. Das Treidelgespann würde am folgenden Mittag einen Ort erreichen; dort gab es sowohl einen Semaphor als auch eine Ordnerstation.

Sie mußte flußaufwärts reiten, das Dorf in einem weiten Bogen umgehen und versuchen, bei der nächsten Furt, die etwa eine Tagesreise im Süden lag, den Strom zu überqueren.

In Tontargs Taschen fand sie ein Klappmesser und ein paar Münzen, an seinem Gürtel einen größeren Beutel.

Sie warf sich den Toten über die Schulter und ging flußabwärts. Oberhalb von Lager und Kahn legte sie Tontarg nieder, zog sich aus, ergriff die Leiche wieder und stieg ins Wasser. Sie hielt Tontargs Messer zwischen den Zähnen, ließ sich auf dem Rücken treiben und krallte eine Hand in den Schopf des Toten. Sie passierte den Lastkahn an der Stromseite. Als sie das Heck erreichte, öffnete sie das Messer mit den Zähnen und der freien Hand und zerschnitt Tontargs Kleider.

Unter dem Heck, dank der schweren Ladung noch tiefer unter Wasser als gewöhnlich, hing das Steuerruder in einem kastenartigen, offenen Gerüst. Wieder und wieder tauchte sie. Zunächst klemmte sie den Leichnam unter Wasser zwischen zwei Streben, dann band sie den Toten mit Streifen seiner eigenen Kleidung an die Backbordseite der Konstruktion.

Schließlich schwamm sie erschöpft unterhalb des Kahns an Land und blieb im seichten Wasser liegen, bis ihre Atmung sich normalisiert hatte. Wenn die Stoffstreifen lange genug hielten, würde man Tontargs Leiche frühestens beim Entladen finden. Wenn sie vorher rissen, würde es vermutlich während der Fahrt geschehen, und die Leiche konnte ungesehen stromab treiben.

Endlich hatte sie die Kraft aufzustehen. Sie schaute nach den Sternen und stellte erschrocken fest, daß seit dem Kampf fast zwei Stunden vergangen waren. Wieder kletterte sie über die schlaffen Taue, geräuschlos, und ging zu der Stelle, wo sie ihre Kleider abgelegt hatte.

Leise schlich sie durchs Lager, raffte ihre Sachen zusammen und kroch dann zu den Pferden.

Aus: ›Administration & Linguistik‹, *Bashuro Tsagan,*
in: LINGO IX*-466, Akademie Atenoa, Gaia*

»›... daß die einzige Aufgabe der Banyashil-Fürsten die Leitung des Widerstands gegen Pasdan war. Mit dem Sturz des Reichs der Mütter endete auch die Institution der Fürsten.

Eine weitere Nische im anarchischen Kosmos der Shil ist die Königin von Kelgarla. Ihre Aufgabe ist es, die Taggashil vor Übergriffen von Gashiri zu schützen. Sollte Gashiri eines Tages untergehen, wird Kelgarla kein Königreich mehr sein. (Die Verfassung von Kelgarla, mit hierarchischer Ordnung, Gesetzen, Exekutive und stehendem Heer, gilt auf Shilgat als außerordentlich bizarr.)‹

Soweit ein Auszug aus der Darstellung der Pasdan-Krise auf Shilgat, entnommen dem BULLETIN *unserer löblichen Administration. Halten wir uns nicht mit ungelenken oder gar unersprießlichen Formulierungen auf; das ist nun mal so, wo immer Behörden sich äußern, und der hohe Stand der Sprache auf Shilgat fußt vielleicht auch darauf, daß dort keine amtlichen Sprachaborte in Umlauf gejagt werden...*

Der zitierte Text betrifft Shilgat und die Shil, nimmt Bezug auf ihre Eigenarten, wäre aber für sie in dieser Form unverständlich – möglicherweise überhaupt nicht übersetzbar. Bevor wir uns mit den Schlüsselwörtern befassen, sollten wir bedenken, daß die Shil nur Faßbares oder Offenkundiges mit Real-Begriffen bezeichnen. Wir haben z. B. keine Bedenken, das Wort ›Regierung‹ zu verwenden – bei uns hat nun mal jede Region, jede Welt, jedes Sonnensystem so etwas. Mit wenigen Ausnahmen gibt es derlei auf Shilgat nicht. Man kennt dort nur etwas, was wir bestenfalls als ad-hoc-Komitees bezeichnen könnten: Zunftausschüsse oder Ältestenversammlungen, die nur dann zusammenkommen, wenn etwas Dringendes anliegt. Die Vorstellung, ein Gebiet müsse strukturierte Organisationen haben, die dauernd *mit irgend etwas befaßt sind, ist für die Shil völlig absurd. Derlei Einrichtungen sind nur in Potential- oder Irrealfügungen auszudrücken; ebenso unsere gesamte Staatsphilosophie, die ja nichts Faßbares betrifft, sondern akzeptierte oder strittige Konzepte. Folglich ist Shilgat weitestgehend frei von Ideologien und Religionen, da diese dort nur spaßeshalber entworfen und in Potential- oder Irrealfügungen ausgedruckt werden. Wer sagt, ›Die Welt ist so, wie ich sie sehe, und jede andere Sicht ist Unsinn‹, der mag gegen den Unsinn mit Feuer und Schwert kämpfen; wer aber nur sagt, ›So könnte es vielleicht sein, angenommen – spaßeshalber –, meine verrückten Prämissen stimmen, aber jede andere Sicht ist genauso denkbar und unwichtig‹, wird für Fanatismus kaum zu haben sein.*

Nehmen wir die wichtigsten Begriffe und suchen ihre Entsprechungen...

Zunächst drei häufige Partikel, die als Prä-, In- oder Suffix verwendet werden (ich beziehe mich hier auf die ›reine‹ Schriftform von Sa'orq):

nuq *(oder anderswo* n/ñ-u/û/ü-q/qh/g/gh/k/kh), *vor Konsonanten meist* nu' (*bzw.* nü' *etc.): Negation (›-un-‹, ›anti-‹, ›nicht-‹ etc.);* kto (kh/r/q-t/th/d/dh-ö/ò/aa), *meist* 'to: *Irrealität;* ya (zh/dz/g-a/ä): *Potentialität bzw. Zweifel.* shil: *Mensch;* shilgu: *Sprache der Shil, von:* shil + gu (g/r/kh-u/û/o/ò), *dies aus:* khuaai, *sprechen, auch:* guai (z. *B. im Norden);* nuq + guai = nu'guai, *nicht sprechen, absichtlich schweigen;* nuq + guai/khuaai = nuqkhuaai, *widersprechen;* nuq + ya + khuaai = nuqyäguai (nu'yäguai), *›theoretische Zweifel mimisch bekunden‹.*

Dies als kurze Einleitung; interessant ist auch die Bezeichnung für Commonwealth-Bürger, die entweder Cadhrassi (von der Hauptstadt des Protektorats, Cadhras) genannt werden, oder aber sheyel bzw. she'el, *aus* sh + ya + il, *›Wesen, deren Menschtum zweifelhaft ist‹.*

Ebenfalls mit shil *gebildet ist* shigal (shil + ya, *wie oben), ›nicht unbedingt für den Menschen geeignet‹ = Großes Chaos, wie die Shil den Kosmos auffassen, der eben kein einheitliches Universum ist. Das ›Universum‹, wie der zitierte Text es versteht, wäre auszudrücken durch* nuq + shigal + kto = nu'shigal'to, *Nicht-GroßesChaos-Irreal = völlig unsinnige und in keinem Fall existente Form von Antichaos (= Große Ordnung).*

Die Fürsten der Banyashil (aus ban, *Nord,* + ya + shil, *Fast-Nord-Menschen, Bewohner der Gebiete unterhalb des Nordpols) und ihre begrenzte Zuständigkeit werden begreifbar, wenn man sich die Shilgu-Fügung ansieht:*

zhéol, *Kopf, Haupt;* tis, *Klemme, Notfall, Falle,* tis + zha(ya) + zhéol = ti'zhazhé, *Klemme-Potential-Haupt, ›Fürst‹, bzw.* ti'zhazhí, *›Fürstin‹.*

Und skoraai (skorai), *tun, machen, handeln (hierzu* skoyarai, *vielleicht doch besser unterlassen, sowie* kto + skorai = 'toskorai, *etwas Irreales tun, ›philosophieren‹) ergibt* skorna, *Tat, Aktion; dazu:* skoyarna, *potentielle Tat, Absicht, Wunschtraum (?),* und yaskoyarna, *potentiell potentielle Tat = fremdbestimmte Absicht, verhängte Aufgabe o. ä.*

Wenn wir nun also yaskoyarna f 'ti'zhazhé, *›potentiell potentielle und unfreiwillige Tat von Klemme-Potential-Haupt‹ nehmen, was die einzig mögliche Übersetzung von ›Aufgabe des Fürsten‹ wäre, sehen wir, daß die Vorstellungen der Shil andere sind als jene des Verfassers des* BULLETIN*-Artikels. Ähnlich verhält es sich mit ›Gesetz‹, was allenfalls als Potentiell-Nützlichkeit-Empfehlung-Allgemein über-*

setzt werden kann. (Bei ›Nützlichkeit‹ hat sich auch der anonyme Autor des Kleinen touristischen Wörterbuchs für Shilgat-Reisende *vergriffen. Unser ›gut‹, mit allen moralischen und sonstigen Assoziationen, ist auf Shilgu nicht wiederzugeben; es gibt da z. B.* bzad, *gut = nützlich,* tgar, gut = *angenehm, erfreulich,* shaz, *gut = gesund bzw. der Gesundheit förderlich, und weitere Adjektive ohne feststellbare Zahl. Laut obengenanntem Wörterbuch soll der Reisende den Shil, wenn er ›Guten Tag‹, meint,* bzad gash' *sagen, was ›nützlich-Helleperiode‹ bedeutet und im Klartext heißt: Du könntest mit dem Tageslicht wohl Besseres anfangen als hier herumzuhängen, faules Schwein!)*

›Anarchisch‹ ist auch so ein Wort... Die drei gebräuchlichsten Verben, die vielleicht ›herrschen‹ übersetzen könnten, sind: dagai, *zwingen, unterdrücken;* lisai, *lenken, treiben (Zugtiere o. a.); und* tis + skorai + na *(Partikel, ›zur Behebung von‹ o. ä.)* = tiskoranai, *gemeinsam gefaßte Notbeschlüsse ausführen.*

(Ich will einen feinen Euphemismus nicht unterschlagen; wie oben erwähnt ist 'toskorai *etwas Irreales tun, ›philosophieren‹. Durch Einfügung von* na *erhält man* 'toskoranai*; dieses Wort bedeutet im Kern ›zur Behebung von Irrealem arbeiten‹, tatsächlich jedoch ›einen lästigen Philosophen/Agitator hängen‹.)*

Schließlich die Königin von Kelgarla: ti'zhatazhí f Kelgarl'. ta *wird nur bei Zusammensetzungen verwendet und bedeutet groß, sehr, intensiv. (Der durch die Berichterstattung bekannt gewordene ›Fürst‹ Gortahork heißt tatsächlich* gor, *drei,* ta, *groß,* hork, *kleines, bärenähnliches Pelztier, wobei* tahork, *großes* hork, *gleich ›Bär‹ ist.) Die ›Königin‹ besteht aus* tis + zha + ta + zhéol (tazhéol, *großer Kopf, ist auch Wasserkopf), also Klemme-Potential-Großköpfin. (Nicht unterschlagen sollte man zwei Informationen:* ti'zhatazhí *oder* -zhé *ist auch einer, der sich bei der kleinsten Widernis bis zu Wahnsinn und Kopfplatzen echauffiert; und aus* tis + skorai = tiskorai, *in eine Klemme bringen o. ä.,* dazu tiskorna, *etwa In-die-Klemme-Gebrachtes, ergibt sich* tiskorna f ti'zhatazhí, *›Notdurft der Königin‹, abgekürzt* tifti, *ein schwerer goldfarbener Dessertwein aus Kelgarla.)... «*

III.

»Bei Sonnenaufgang ist ein Handelsschiff eingelaufen«, sagte die Zunfträtin. »Aus Gashiri.«

Gortahork ließ das mit kaltem Braten belegte Brot sinken. »Woher?!«

Sie wiederholte: »Aus Gashiri.« Ihr war anzusehen, daß sie genauso verblüfft war.

Der Speiseraum des alten Hauses lag im ersten Stock; aus den Fenstern konnte man über den Hafen aufs Meer hinaussehen, nach Süden. Die Vormittagssonne hing noch im Südosten, und die alten, dunkelgebeizten Möbel aus *sial*-Holz färbten sich schwärzer und strahlten eisige Kälte aus. So erschien es Gortahork beim Klang des Wortes Gashiri.

Er trank einen Schluck von der heißen Brühe. »Händler?«

Yehuaglu nickte. »Sie haben Stoffe, Obstkonserven und Schnaps an Bord, hauptsächlich. Sie wollen handeln.«

Gortahork lehnte sich zurück. Seine Finger faßten nach dem Griff des Messers, während seine Gedanken rasten. Vor Jahrhunderten hatten Sektierer von den Sternen das reiche Gashiri in Besitz genommen, die Bewohner getötet bis auf einen kleinen Rest, der versklavt wurde, und seitdem entweder Krieg geführt oder sich völlig abgeschottet. Ein Handelsschiff aus Gashiri war ihm so unvorstellbar wie ein sinnvolles Universum. Nicht ganz, denn ›sinnvolles Universum‹ ließ sich nur durch eine Negation des Chaos unter Beifügung qualifizierender Irrealitäts-Partikel sprachlich ausdrucken und ergab keinerlei Sinn; »Handelsschiff aus Gashiri« konnte man immerhin sagen. Allerdings wurde die Vorstellung dadurch nicht minder abenteuerlich.

Nach dem Frühstück ging Gortahork zum Kai und betrachtete die Tische, die Waren, die Frauen und Männer aus Gashiri. ›Sie sehen aus wie Cadhrassi‹, dachte er. ›Und Mulis sind auch dabei.‹ Die Leute aus Gashiri benahmen sich nicht auffällig oder ungewöhnlich; es schien, als seien sie seit Jahren daran gewöhnt, mit Shil zu handeln.

Prüfer der Zünfte hatten Warenproben mitgenommen und untersucht. Sie kamen kurz nach Gortahork zum Kai. Erst jetzt, als sie verkündeten, es gebe keine Beanstandungen, kamen die Geschäfte in Gang.

Gortahork schloß die Augen. Er spürte kalte Schwärze, die von den Waren aus Gashiri kam. Ein dringendes Gefühl von Feindlichkeit, das sich nicht präzisieren ließ. Er öffnete die Augen wieder und sah einen Mann aus Gashiri, der einen Schluck von dem Schnaps nahm, den er verkaufen wollte. Gortahork ging nachdenklich weiter. Gift hätten die Prüfer entdeckt, und wenn die Leute aus Gashiri das Zeug selbst tranken, was konnte es dann schaden?

Das Gefühl blieb. Ein sehr brauner Mann mit braunen Haaren, braunen Kleidern und braunen Augen hatte die Verhandlungen mit den Zünften geführt und wanderte nun von Tisch zu Tisch, gab leise Hinweise und lächelte viel.

Als der Mann zwischen zwei Tischen stehenblieb und sich eine Zigarette anzündete, bemerkte Gortahork, daß auch Tabakballen und jene seltsamen Bohnen, die Barakuda »Kaffee« nannte und liebte, zum Angebot gehörten. Er näherte sich dem Mann und grüßte ihn.

Der Braune aus Gashiri sagte: »Deine Tage und Nächte seien erfreulich.« Sein Banyashilgu war korrekt, allerdings sprach er stark durch die Nase.

»Feine Dinge bringt ihr über das Meer.« Gortahork nahm ein Stück Tuch in die Hände und befühlte es. Die Schwärze blieb in seinem Kopf, aber mit den Augen sah er bunte Farben, komplizierte Muster, und mit den Fingern fühlte er die Feinheit des Stoffs. »Ihr müßt sehr gute Webstühle haben.« Er deutete auf die Schnapsflaschen, die fast alle unterschiedliche Formen hatten. »Und erstklassige Glasbläser.« Dies sagte er auf Galaktein.

Der Braune lächelte nicht mehr. »Wer bist du?«

Gortahork sah ihm in die Augen. »Meine Mutter schaute aus dem Zelt, als ich geboren wurde, und erblickte drei Bären. Deshalb nannte sie mich so. Drei-Bären.«

Es war die korrekte Übertragung seines Namens ins Galakteinische, *Tres-Orsos*. Er sah, wie es in den braunen Augen kurz flackerte.

»Ich grüße den Vater des Nordens«, sagte der Braune. »Mein Name ist Shevshan. Ich habe viel von dir gehört.«

Gortahork lächelte. Es war ein kaltes Lächeln. »Wo hast du von mir gehört, Shevshan? In deinem fernen Gashiri?«

Shevshan lächelte zurück, genauso eisig. »Cadhras. Von dort

sind wir über Gashiri hierher gekommen. Zuvor waren wir aber schon in den Steppen des Nordens.«

Gortahork nickte. Dieser Mann mochte sich durchaus als Cadhrassi ausgegeben haben, vielleicht als Händler, und durch die Steppen gereist sein. Etwas in ihm drängte ihn zu einem jähen Entschluß. Laut sagte er: »Da du, Shevshan, meine Heimat kennst, wäre es doch nur billig, wenn ich die deine kennenlernte, nun, da ihr euch der Welt nicht länger widersetzt.«

Der Braune deutete eine Verneigung an, die der Atmosphäre nichts von ihrer Kälte nahm. »Meine Heimat wird dich sicher nicht besonders interessieren, Vater des Nordens. Aber wenn du sie betreten möchtest, so wird niemand dich daran hindern.«

Nachdenklich begab Gortahork sich zur Zitadelle von Golazin. Er bedauerte zum ersten Mal, nach Pasdan sein Funkgerät an Barakuda zurückgegeben zu haben. Dante war nicht mehr für die Sicherheit zuständig. Vielleicht hatte er noch nicht einmal die Händler aus Gashiri mit eigenen Augen gesehen. Gortahork kannte fünf Augenpaare, die ähnlich schnell und ähnlich genau sehen konnten – seines, das von Tremughati, das von Saravyi. Und zwei Paar Augen in Cadhras. Tremughati hielt sich in Pasdan auf; dort weilte auch sein Herz. Und Saravyi ritt irgendwo im Südkontinent herum. Bei diesem Gedanken blieb Gortahork stehen und faßte sich an den Kopf. Es lief ihm kalt den Rücken hinab. »Saravyi!«

Natürlich. Seit 60 Jahren wachte Saravyi. Er wußte mehr als alle anderen Heiler und Häupter. Vor 60 Jahren hatte man ihn zum Fürsten der Banyashil machen wollen, aber er hatte abgelehnt. Er war in den letzten Jahren weit im Westen gewesen, auf den Inseln im Pangotischen Ozean, in Vagaván, in der Steppe nördlich von Pasdan, dann hatte er Tremughati und Gortahork in ihrem Zelt besucht, die Fürstin gestreichelt, den Fürsten beschimpft, Gewitterwolken im Sonnenuntergang vermutet (an einem klaren Tag, wie Gortahork sich erinnerte) und war fortgeritten, in die Nähe von Cadhras. Dort hatte er hellsichtig auf jenen Zufall gewartet – oder war es kein Zufall gewesen? Hatte er berechnet, daß Gortahork von Pasdans Plänen erfahren und Boten nach Cadhras schicken würde, die niemals ankommen konnten? Das erste Unheil war aus dem Westen gekommen.

Dort hatte Saravyi sich zuvor aufgehalten und von Gewitter geredet. Nun ritt er durch den Süden. Dort lag Gashiri.

Gortahork umrundete die Zitadelle und näherte sich der Residenz des Gesandten von Cadhras. Es war ein schlichtes Gebäude in einem verwunschenen Garten; von der Terrasse hatte man freien Blick nach Osten und Süden, aber Gortahork war nicht in der Stimmung für erhebende Ausblicke. Ihm war, als griffe eine Eisfaust nach seinem Magen.

Er ging sofort auf die Terrasse. Der alte Herr saß in einem windgeschützten Winkel und blätterte in einem Buch.

»Fürst Gortahork!« sagte er erstaunt, als er den großen Shil erblickte. Er erhob sich.

Gortahork winkte ab und reichte dem Residenten die Hand. »Der Fürst lebt nicht mehr. Sie sehen den alten Nomaden Gortahork vor sich.«

»Wie kommen Sie nach Golazin? Zuletzt hörte ich, Sie seien bei den Tugril. Es waren doch die Tugril, oder?« Der Resident klatschte in die Hände. Ein Diener kam und nahm Befehle entgegen. Sekunden später kehrte er mit einem zweiten Sessel zurück. Nach kurzem Überlegen bat Gortahork um Kaffee.

»Resident«, sagte er schließlich, als beide saßen und tranken, »haben Sie von der Ankunft des Schiffs gehört?«

Der alte Mann hob die Brauen und schob Gortahork das Buch hin, in dem er geblättert hatte.

Der ehemalige Fürst warf einen Blick auf den Titel – *Die Anarchovegetarische Union von Gashiri; Versuch einer Einschätzung* – und begriff, daß er den alten Mann unterschätzt hatte. Ein Greis, der ein Sonnenbad nimmt und sich nicht für die Welt interessiert, das war sein erster Eindruck gewesen.

»Vieles daran ist seltsam«, sagte der Resident. »Als vor einigen Wochen Cadhras meldete, eine Delegation aus Gashiri sei dort eingetroffen, war ich verwundert, aber ich habe mir gedacht vielleicht hängt es mit Pasdan zusammen, nun wollen sie Frieden mit dem Gouvernement schließen. Glauben Sie, es ist mehr?«

»Viel mehr.« Gortahork erläuterte seine Eindrücke und die Schlußfolgerungen; er verschwieg seine schwarzen Ängste. Am Ende sagte er: »Deshalb komme ich zu Ihnen. Ich würde gern dies und einige andere Dinge mit Barakuda bereden. Dazu brauche ich Ihr Funkgerät.«

Der Resident nickte und stand auf. »Es steht Ihnen selbstverständlich zur Verfügung, Nicht-Mehr-Fürst.« Er lächelte.

Der Resident stellte selbst die Verbindung zum Tower von Cadhras her und bat darum, mit Dante Barakuda verbunden zu werden. Die junge Dame in der Zentrale lächelte bedauernd. »Ich glaube, er ist nicht in Cadhras. Aber ich will es versuchen.«

Plötzlich war Begheli auf dem Schirm. Sie musterte den Residenten, den sie nicht kannte; dann trat Gortahork vor. »Begheli, nicht wahr?« sagte er. Er hatte sie vor Pasdan gesehen.

Begheli nickte, immer noch verwundert. »Gortahork. Wahrscheinlich willst du Dante sprechen. Aber er ist nicht hier.«

Gortahork kniff die Augen zusammen. Er las in Beghelis Gesicht und lächelte plötzlich. »Er ist nun dein Gefährte«, sagte er im Tonfall einer Feststellung. »Das ist gut. Er taugt nicht zur Einsamkeit. Du auch nicht, meine Freundin.«

Begheli lächelte zurück. Auf seine Fragen hin erklärte sie ihm das neue Unternehmen TraPaSoc, und daß Dante vor einigen Tagen mit einer Karawane nach Langladir aufgebrochen sei.

Gortahork dachte nach. Das letzte Paar Augen in Cadhras wollte er nicht bemühen – aber was war mit Dantes Nachfolgerin? Sie mußte zwar noch sehen lernen, aber sie hatte alle Anlagen dazu.

»Weißt du, ob Sarela in Cadhras ist?«

»Ich weiß es nicht. Du müßtest es versuchen. Gibt es wichtige Dinge?«

»Ja, aber kein Grund zur Besorgnis.«

Die junge Dame in der Zentrale versuchte, Sarela McVitie zu erreichen, aber ohne Erfolg.

Gortahork seufzte. »Dann muß ich Exzellenz belästigen.«

»Das ist kein Problem«, sagte die Vermittlerin lächelnd. »Ihr Name steht auf der Liste der Privilegierten.«

Das feine Gesicht der Gouverneurin sah müde aus, aber es erhellte sich sofort, als sie Gortahork erblickte. Der Resident hatte diskret den Raum verlassen.

»Lieber Vater und Bruder«, sagte Lydia Hsiang auf Banyashilgu. Sie strahlte ihn an. »Es ist eine große Freude.«

»Die muß ich leider gleich dämpfen. Dich sehen macht mein Herz leichter, aber es ist schwer.«

Lydia nickte knapp und ernst. »Du bist in Golazin?« sagte sie nach einem Blick, der offenbar dem Hintergrund des Funkraums galt. »Was gibt es dort?«

Gortahork berichtete von der Handelsmission aus Gashiri. Schließlich sagte er: »Es ist ein Gefühl der Schwärze und der Bedrohung. Und Saravyi, der nördlich von Pasdan war, kurz bevor dort das Gewitter kam, ist nun südlich von Gashiri.«

Die Gouverneurin nickte wortlos.

»Ich frage mich viele Fragen«, fuhr Gortahork fort. »Und weiß keine Antwort.« Er schilderte die Waren, den braunen Mann Shevshan, das Gespräch. »Sie haben dort offenbar Webstühle, die um ein Vielfaches feiner sind als die unsrigen, und sehr gute Glasbläser. Und Shevshan gehört nicht zu den einfachen Leuten dort. So, wie die Besatzung sich verhalten hat, muß sie seit langem auf den Umgang mit Fremden vorbereitet sein. Und ein einfacher Mann aus Gashiri hat weder die Nordsteppe bereist, noch kennt er meinen Namen, noch wird er mir erlauben, Gashiri zu bereisen. Also muß Shevshan ein wichtiger Mann sein, und dies alles ist lange vorbereitet.«

Lydia überflog das Blatt, das sie aus einem Stapel gezogen hatte. »Die Waren sind getestet worden, sie sind unbedenklich«, sagte sie. »Auf Dantes Veranlassung hin wurden auch die Verpackungen untersucht. Die verwendete Druckfarbe läßt den Schluß zu, daß man dort mit Chemie experimentiert.«

Gortahork seufzte erleichtert auf. »Man soll sich nicht überschätzen. Ich hatte befürchtet, ich hätte als einziger Schlüsse gezogen.«

Lydia legte das Blatt weg und sah ihn ernst an. »Das nicht. Aber ich fürchte mich vor deinen Ängsten. Ich werde Sarela informieren. Bleibst du länger in Golazin?«

Er hob die Schultern. »Ich weiß es nicht. Vielleicht noch einige Tage. Ich werde dem Residenten sagen, wohin ich mich begebe.«

* * * * *

Unter dem hellen Felsen stand ein Blockhaus, daneben einige Schuppen. Auf der anderen Seite erhob sich eine merkwürdige Konstruktion aus waagerechten und senkrechten Rädern. P'aodhus und Pferde weideten an einem nahen Hang, und eine

Schar von Shilgat-Schnepfen, *sisu-huiit,* rannte vor den Neuankömmlingen schnatternd davon.

»Ah«, sagte Learoyd. Er schmatzte. »Vielleicht gibt's hier zur Abwechslung ein paar Eier.«

Ein mittelalter Shil trat aus dem Blockhaus und blickte den drei Reitern entgegen. Er trug einen blaugrauen Kittel und feste Lederschuhe.

Barakuda sprang vom Pferd. »Ich grüße dich, Wächter der schnellen Straße.«

Der Shil deutete wortlos auf Tröge, über denen Balken angebracht waren. Dante, Oubou und Learoyd sattelten die Reittiere ab. Dann hoben sie die schwere Kiste vom Packpferd.

»Habt ihr Hunger, Durst, Schlaf oder sonstwie unreinliche Lüste? Die Latrinen sind weiter da hinten« – er deutete auf einen Verschlag am Hang –, »Waschen und Essen könnt ihr bei mir.«

»Du lebst allein hier oben?« sagte Dante.

Der Shil nickte. »Die Gesellschaft der Tiere, der Berge und des Himmels ist mehr als genug für eine Person. Zumal bisweilen Leute wie ihr, mit Geschwätz und schlechten Gerüchen... « Er wandte sich ab und schlurfte ins Blockhaus. Oubou und Learoyd tauschten amüsierte Blicke.

Der Hüter bereitete aus *sisu-huiit*-Eiern, Kräutern und Pilzen ein Omelett in einer schmierigen Pfanne. Dazu gab es Brot und Tee.

»Bevor wir uns setzen und deine minderwertige Gastfreundschaft annehmen, wollen wir über den Preis reden.« Barakuda lehnte sich gegen den gemauerten Kamin und verschränkte die Arme.

Der Shil warf ihm einen unfreundlichen Blick über die Schulter zu. »Erfahrene Reisende und gar solche, die den Schnellen Weg nehmen, sollten über ausreichende Vorräte an Foldar und Freundlichkeit verfügen.«

»Das stimmt.« Learoyd fletschte die Zähne; sein rotes Haar schien sich aufzurichten. »Aber das heißt nicht, daß sie alle Vorräte in deiner verlausten Behausung deponieren müßten.«

»Wie wahr. Und dennoch – wie traurig. Wohin wollt ihr reisen?«

Dante schnupperte; der Inhalt der Pfanne roch besser, als er aussah. »Das kommt darauf an.«

»Worauf?«

»Wie weit der Weg begehbar ist.«

Der Shil wandte sich wieder dem Herd zu und rührte in dem Gemenge herum. »Bis zum Ende.«

»Der Preis?«

»Der Preis ist festgesetzt worden, damit habe ich nichts zu tun. Fünf Foldar pro Person pro Abschnitt. Ich setze nur die Preise fest, die das betreffen, was ihr bei mir verzehrt.«

Barakuda nickte. »Wie weit reicht dein Abschnitt?«

»Bis zur nächsten Station – ungefähr hundert Meilen.«

»Wie lang werden wir für diese Strecke brauchen?«

Der Hüter wandte sich wieder zu ihm um. »Ihr reist das erste Mal auf dem Schnellen Weg?«

»So ist es.«

Der Shil kniff die Augen zusammen. »Der Wind ist nicht günstig und nicht ungünstig in dieser Zeit des Jahres. Vier Stunden vielleicht.«

Schließlich einigten sie sich darauf, daß die Nacht in seinem Blockhaus mit Abendessen und Frühstück insgesamt 10 Foldar wert sei.

Am Morgen packten sie ihre Habseligkeiten in Beutel und ließen die Pferde in der Obhut des mürrischen Hüters. Der Shil spannte zwei P'aodhus an eines der waagerechten Räder unter dem Felsen und bedeutete den Männern, in einen Kasten aus Holz und Flechtwerk zu steigen.

Die P'aodhus setzten sich in Bewegung. Das große Rad drehte sich langsam. Über ein System von Riemen und Zahnrädern wurde die Bewegung in die Vertikale übertragen; der Transportkorb begann zu steigen. Etwa 200 Meter über dem Boden blieb er pendelnd stehen. Learoyd und Dante packten die Munitionskiste; Oubou öffnete die Seitentür des Korbs. Sie traten auf eine aus dem Felsen gehauene mit Kantsteinen befestigte Plattform. Quietschend verschwand der Korb in der Tiefe.

»Meine Herren – die Taggabahn!« sagte Barakuda großartig, als habe er alles eigenhändig gebaut.

Am Erde der Plattform lag eine lange, überdachte Halle, eine Art Hangar, in der zehn Wagen standen. Vom Ausgang der Halle bot sich den Männern ein ungeheures Panorama dar.

»Wir sind dreitausenddreihundert Meter über Null«, sagte Dante nach einem Blick auf sein Kombigerät.

Vor ihnen lag ein von Steinbrocken übersäter Hang, der in die Unendlichkeit abzufallen schien. Unter dem klaren Morgenhimmel türmten sich in der Ferne Berge auf, Bergsysteme, Ketten, übereinander geschichtete Hochlandterrassen Zwei Steinbänder verließen den Hangar und wurden zu Fäden, zu dünnen Strichen, zu einem winzigen Akzent in der grandiosen Bergwelt, bis sie nicht mehr zu sehen waren.

Oubou seufzte, ließ sich auf die Kiste fallen und starrte schweigend in die Welt.

Learoyd kletterte in den Hangar hinab, ließ sich auf die Knie nieder und untersuchte die Steinbänder. Sie waren etwa zweieinhalb Meter breit. Außerhalb des Hangars ragten sich eine halbe Mannslänge über den unebenen Boden; sie lagen auf fugenlosen Blöcken. Die Steinbänder bestanden aus jeweils etwa 30 Meter langen Platten; der milchige, fast weiße Stein wirkte, als sei er gegossen. Alles war glatt und vollkommen.

Auf den Platten gab es zwischen aufgewölbten Rändern eine zwei Meter breite Innenfläche; sie entsprach der Spurbreite der Wagen, die mit zwei Stahlachsen versehen waren. Die vier Räder aus Eisenholz trugen eine dicke Naturgummi-Bereifung. Der eigentliche Waggon ruhte auf Stahlfedern und bestand aus Leichtmetall-Streben und leichtem Hartholz. Es gab Fenster und verglaste Türen sowie Holzbänke, die bis zu dreißig Leuten Platz boten. Bug und Heck liefen spitz zu.

»O Mann.« Oubou stand auf. »Wie weit geht das? Und wie alt ist es?«

»Die erste Erwähnung findet sich in den Chroniken von Sa'orq, vor etwa dreißigtausend Jahren«, sagte Barakuda. »Und es verbindet alle Gebiete zwischen hier und Bu'ndai, am Ozean – an die achttausend Kilometer. Kommt; Aufbruch, Freunde. Wir werden unterwegs genug davon sehen.«

Sie packten Kiste und Reisebeutel in den ersten Wagen und schoben ihn über eine Art Weiche auf die rechte Spur. Er rollte wunderbar leicht. Dann sprangen sie auf. Fast lautlos glitten sie aus dem Hangar.

Learoyd setzte sich auf eine Bank, streckte die langen Beine aus und sah Barakuda von unten an. »Achttausend Kilometer? Und alles ohne Motor, ohne Kraft, nur mit Gefälle?«

Dante ließ sich auf eine andere Bank fallen. »Genau so, Terence. Ich halte das für eine der großartigsten Leistungen, die jemals irgendwo in der Galaxis von Landvermessern und Steinmetzen erbracht worden sind.«

Draußen zog die graugrüne Fläche des steinigen Hangs vorbei. Sie tranken kalten Tee und unterhielten sich immer wieder über andere Aspekte der Taggabahn. Bisher waren beide Steinbänder parallel gelaufen. Nun näherte sich das linke Band einem kleinen Hügel, lief daran hinauf, verschwand hinter der Kuppe und verlor sich, während der Wagen auf der rechten Linie immer schneller abwärts glitt.

»Das werden wir kurz vor Ende der Teilstrecke auch mitmachen«, sagte Barakuda. »Mit der restlichen Fahrt auf einen Hügel, und von da steil abwärts, um die Station erreichen zu können.«

Irgendwann kamen sie auf die verschiedenen Shilvölker des Südkontinents zu sprechen, und Dante entzog sich einem großen Vortrag.

»Wir werden in den kommenden Tagen fast alle wichtigen Gebiete berühren«, sagte er. »Dann können wir noch genug darüber reden. – Zuerst mal etwas anderes.«

Learoyd nickte. »Ja. Was wollen wir eigentlich genau in Bu'ndai? Du willst doch sicher nicht die Liste der möglichen und unmöglichen Bevölkerungsgruppen abschreiben, oder?«

Barakuda grinste. »Dazu reicht die Tinte nicht.«

»Was dann?«

Dante bediente sich an dem von Vlad Oubou zugeschnittenen Proviant. Mit vollem Mund stürzte er sich in einen Exkurs über den Hauptort der Bundashil. Der Wagen glitt immer noch schnell über die Spur; das gegenläufige Steinband lief wieder parallel. In unregelmäßigen Abständen passierten sie einsame Hütten, Unterkünfte der wandernden Streckenwärter, die dafür zu sorgen hatten, daß die Steinbänder frei von Verwehungen oder Geröll blieben, und die eventuelle Schäden ausbesserten.

»Bu'ndai liegt an der Küste und hat einen Hafen, betreibt aber keine Schiffahrt außer ein bißchen Küstenfischerei.«

Der Südteil des Pangotischen Ozeans war von Inselgruppen durchsetzt; vor Bu'ndai lagen mehrere kleine Archipele mit Korallenriffen. Auf den Inseln und flachen kiellosen Schiffen lebten dort die Korallkorsaren, eine Shil-Gruppe mit kaum erforschten Gewohnheiten. Die Korsaren beanspruchten das Meer für sich. Dieser Teil des Ozeans war fast nicht befahrbar, wegen der zahllosen Untiefen und Atolle, und Schiffe, die sich dennoch dorthin wagten, wurden von den Korsaren aufgebracht; die Besatzungen wurden verschleppt und als Sklaven verkauft.

»Bu'ndai ist also praktisch nur von Land aus zu erreichen, außergewöhnlich bei einer Küstenstadt. Es gibt da unten aber eine Besonderheit, und deshalb fahren wir hin. Habt ihr schon mal die großen Wale des Pangotik gesehen?«

Es handelte sich um riesige Meerestiere, Säuger; sie gehorchten alten »Blutgesetzen«, wie die Shil sagten. Zur Fortpflanzung begaben sie sich im Sommer in die Weite des nördlichen Pangotik. Wenn es Zeit zum Sterben war, schwammen sie angeblich einmal eine Art Abschiedsrunde um den ganzen Planeten und zogen sich dann an einigen Stellen in »Hallen des schweigenden Chaos« zurück.

»Eine dieser Hallen ist in dreihundert Meter Tiefe nicht weit von Bu'ndai. Eine unterseeische Grotte ohne Verbindung zur Atmosphäre. Die Wale legen sich dort zum Sterben hin. Das heißt, ich weiß nicht, ob sie im Liegen sterben. Die großen Körper zerfallen mit der Zeit, und übrig bleibt das von einer widerstandsfähigen Haut umgebene Gehirn. Außerdem eine ölige, nach dem Tod erstarrende Substanz, die wir der Einfachheit halber Ambra oder Walrat nennen wollen. Unter dem hohen Druck und im Salzwasser zersetzen sich Gehirn und Walrat und werden zu einer andersartigen, harten Substanz zusammengepreßt. Die Bundashil nennen es *alangra*. Taucher aus Bu'ndai holen es aus der Grotte. Das Zeug hält sich nur unter Druck; sonst zerfällt es. Die Bundashil-Heiler machen daraus vor dem Zerfallen verschiedene Medikamente, die angeblich gegen tausend Dinge gut sind.«

Oubou klopfte auf die Munitionskiste mit den Druck-Aggregaten. »Du willst also frisches Ambra einpacken, unter Druck nach Cadhras transportieren und untersuchen lassen?«

»Ja. Wenn die Heiler recht haben, dann müßte man daraus interessante Dinge machen können. Wenn nicht?« Er zuckte mit den Schultern. »Dann haben wir eine Reise mit der Taggabahn gemacht.«

Plötzlich führte das Steinband eine steile Hügelkette hinauf. Auf der Kuppe des ersten Hügels schien der Wagen fast stehenbleiben zu wollen, glitt dann aber langsam weiter, bekam an einem steilen Hang sehr viel Fahrt und stieg einen weiteren Hügel hinauf. Das wiederholte sich noch dreimal, und dann rollte der Wagen mit letztem Schwung in einen Hangar auf der letzten Anhöhe.

Die Besatzung dieser Station bestand aus fünf Frauen zwischen 20 und 30 Jahren. Sie alle waren groß, schlank, hatten hübsche offene Gesichter, helle Augen und helle Stirnen. Zwei von ihnen unterzogen den Wagen sogleich einer gründlichen Inspektion, prüften die Federung, zogen Schrauben nach, schmierten die Achsen und die Radnaben. Die anderen brachten Barakuda, Oubou und Learoyd zu einem flachen Holzgebäude; dahinter führten eine Treppe und eine Rutsche zu einem Platz mit Schuppen, Ställen und einer ausgedehnten Weidefläche voller Pferde und P'aodhus.

Es gab heiße Getränke und einen kleinen Imbiß. Dante erkundigte sich nach dem allgemeinen Wohlbefinden und den Händlern aus Gashiri.

»Es waren zwei Gruppen«, sagte eine der Frauen. »Die erste ist weitergefahren, nach Langladir, die meinst du wohl. Die zweite bestand nur aus Männern und hat unser Tal besucht.« Sie seufzte, und die anderen Frauen nickten. »Ein sehr angenehmer Besuch; sie sind beide Male über Nacht hier oben geblieben. Und ihr?«

»Wir müssen weiter«, sagte Barakuda mit einer Geste des Bedauerns. »Wir haben noch viele Meilen zurückzulegen.«

Eine Stunde später rollten sie über eine grüne Hochsteppe. Learoyd blickte verdrossen zurück. Dante klopfte ihm auf die Schulter. »Vielleicht auf der Rückfahrt.«

Oubou hatte sich lang auf einer Bank ausgestreckt. »Wo sind wir hier, und wieso so viele schöne Frauen?«

»Des Hochtal von Zheziri ist alles, was von einem früher sehr großen Bereich übriggeblieben ist. Zheziri reichte vor fünfhundert Jahren nördlich bis zum Meer; bis die Anarchovegetarier gekommen sind. Jetzt ist es klein. Es gibt noch eine zweite Zheziri-Station, aber vorher durchquert die Strecke einen Zipfel des AV-Gebiets.«

Oubou setzte sich auf und zwinkerte. »Und haben die hier denn keine historischen Aversionen? Immerhin heißt das doch, daß die AVs ihnen ihr Land genommen und ihre Vorfahren umgebracht haben.«

Dante nickte. »Das heißt es. Aber sie haben beschlossen, die Vergangenheit nicht anzutasten. Das Hochtal hat sich damals unter den Schutz der Königin von Kelgarla gestellt. Als das Commonwealth eingriff und die gewaltsame Expansion der AVs stoppte, waren die Zhezirishil fast ausgestorben. Seitdem gibt es im Tal eine seltsame Entwicklung, für die niemand einen Grund weiß. Nur jedes zwanzigste Kind ist ein Junge. Dadurch haben sich sehr komplizierte Strukturen gebildet. Und natürlich sind männliche Besucher willkommen, auch wenn sie aus Gashiri stammen.«

Irgendwann durchfuhren sie eine leere Station. Auch dieses Gebiet unterstand nominell der Königin. Dante wußte keine Erklärung für das Fehlen der Hüter.

Am Abend dieses Tages erreichten sie die einzige Station, die auf dem Territorium von Gashiri lag, im äußersten Süden der AV-Union. Die Besatzung bestand aus sieben Leuten – vier Frauen und drei Männern. Eine mürrische Frau unbestimmbaren Alters hatte das Kommando und wies den drei Reisenden unbequeme Kojen an. Auch das Nachtmahl war bescheiden. Zu ihrem Bedauern konnten sie die Reise nicht sogleich fortsetzen; die Wagen verfügten zwar über Bremseinrichtungen, damit die Insassen bei Zwischenfällen anhalten konnten, aber nachts war nicht zu sehen, ob sich zum Beispiel eine Herde wilder P'aodhus auf den Steinbändern herumtrieb.

Am Morgen gab es ein fürstliches Frühstück, das die Kommandantin vom Vorabend auf Geheiß einer alten Frau, die an diesem Tag Haupthüter der Station war, anfertigen mußte.

Weiter. Die Landschaft änderte sich von Stunde zu Stunde. Sie fuhren durch ausgedehntes Buschland, überquerten auf weitgeschwungenen Steinbrücken phantastische Schluchten, glitten über karge Hochflächen, passierten ungeheure Bergfestungen (in denen kriegerische Greise saßen und den Feind im Norden beobachteten); sie verließen die gastlichen Höhlen zwergwüchsiger Murshil, die den Sand als letztmögliche Verfeinerung der göttlichen Berge anbeteten, und erreichten abends Pfahldörfer in einem Hochmoor, wo die wenigen Bewohner sich mit Sumpfgasen berauschten und Krötenlaich aßen. Durch tief eingekerbte Pässe passierten sie eine Bergkette, die den Himmel stützte, und gelangten in eine rote Wüste aus Eisensand; danach kamen sie in einen unendlichen Farnwald. Am dreizehnten Tag durchquerten sie fruchtbare Hochebenen voller Getreide, Dörfer und Bäche, und am vierzehnten erreichten sie die letzte Bergkette vor dem Hang der Westküste. Von der Plattform der Station aus sahen sie fern die Sonne über einer glitzernden Fläche untergehen.

* * * * *

Sie hatte kaum geschlafen. Seit eineinhalb Jahren hielt sie sich in Gashiri auf. Sie hatte als Hafenkellnerin gearbeitet, als Packerin einer Transportkommune, Aufseherin einer Flußgaleere, Schreibkraft in einer Kooperative. Sie hatte die AV-Kost heruntergewürgt und sich daran gewöhnt, sie hatte sich an den politischen und sexuellen Riten beteiligt, soweit es unvermeidbar war. Nun war sie erstmals absolut allein. Sie lag am Rand eines Laubwaldes im zentralen Hochland von Gashiri und wartete auf die Morgendämmerung. Sie dachte an Barakudas Ausführungen über die zeitlichen Grenzen des Agenteneinsatzes auf Shilgat: »Gebräuche der Umgebung, an die man sich anpassen muß, führen mit der Zeit und der Gewöhnung zu einer inneren Anpassung; was anfangs Maske ist, wird später Teil des eigenen Wesens. Das ist der spätestmögliche Zeitpunkt, zu dem ein Agent ausgetauscht werden muß.« Mit Entsetzen begriff sie, daß dieser Zeitpunkt für sie längst gekommen war. Es hatte ihr nichts ausgemacht, in den diversen Kommunen zu leben, sich wie eine Anarchovegetarierin zu benehmen und dabei mit Gedanken zu spielen, die Gashiri völlig fremd waren. Sie erinnerte sich an die Nacht am Fluß, als sie Tontarg getötet hatte, an ihre Überlegungen anhand der springenden Fische, an die Gedanken an Wild. Am vergangenen Abend hatte sie ein kleines Wildtier erlegt, um die karge Kost aufzubessern, die sie im Gepäck mit sich führte. Nach den ersten Bissen hatte sie sich übergeben.

Im Osten brach die Nacht auf, wie Haut, die von Graufäule

befallen ist und sich zu zersetzen beginnt. Das Pferd äste auf der Wiese, unmittelbar vor den Büschen, hinter denen sie lag. Im Wald zelebrierten Millionen Vögel ihren Morgenlärm.

Die Entlohnung für die meisten Arbeiten in Gashiri bestand in Naturalien – Verpflegung, Unterkunft, Gebrauchsgegenstände, soweit diese nicht ohnehin der Kommune gehörten. Obwohl offiziell von der Außenwelt abgeschlossen, betrieben die Anarchovegetarier verdeckten Handel mit anderen Gebieten auf Shilgat, meist mit Hilfe der überall unauffälligen Mischlinge. Zu diesem Zweck hatte Gashiri eigene Münzen geprägt, Gold- und Silberfoldar, die überall auf Shilgat akzeptiert wurden, weil sie den Shil-Münzen entsprachen. Nach den spartanischen Anfängen hatte sich in Gashiri ein gewisser Konsum entwickelt. Da Boden, Gebäude, Tiere und Menschen der Kommune gehörten, Dienstleistungen wie Medizin und Transport frei waren, gab es nur geringen Geldbedarf, vor allem zur Befriedigung ästhetischer Privatbedürfnisse oder Genüsse außerhalb der Kommune. Brot und Wasser und ein Bett standen jedem zu; wer etwa Tabak rauchen, Alkohol trinken oder Vergnügungsreisen unternehmen wollte, brauchte Geld. Deshalb entwickelte sich gegen alle Grundsätze der Anarchovegetarischen Union ein halbherziges Leistungs- und Vergütungssystem. Arbeitserfüllung galt als normal, nur Übererfüllung wurde mit Geld entlohnt. Toyami hatte gelegentlich bis zu einem Foldar pro Zehntag verdient und wußte, daß dazu sehr viel Arbeit gehörte.

Tontargs Geldkatze hatte Münzen im Gesamtwert von fast 1000 Foldar enthalten. Daß er das Geld am Gürtel getragen hatte, ließ annehmen, daß er es nicht unrechtmäßig, etwa durch Diebstahl oder Unterschlagung, erworben hatte. Die Treidler brauchten nur die Last abzuliefern; folglich konnte Tontarg nicht mit großen Handelsaufträgen betraut worden sein.

Es gab nur eine sinnvolle Erklärung. Tontarg mußte zur hierarchischen Spitze gehört haben – zu jener anonymen Gruppe von AVs, deren Ämter nicht der Besetzungsrotation unterlagen. Wahrscheinlich war er Hochkontrolleur gewesen. Natürlich wußte man in Gashiri, daß zumindest das Gouvernement von Cadhras Agenten unterhielt; außerdem gab es immer wieder Versuche der inneren Abweichung. Die Kontrolleure waren eine Art Geheimpolizei, arbeiteten verdeckt und standen über den einfachen Ordnern, die sich um tägliche Probleme wie Mord, anstößigen Privatismus oder Realitätsverfälschung* zu kümmern hatten. Kontrolleure überwachten subtilere Vorgänge; sie betrachteten Menschen als zweischichtig, zusammengesetzt aus faßbarer, kommuner *persona* und unfaßbarer subkommuner *persona*. Ihre Aufmerksamkeit galt den Ausuferungen der atavistischen Individualität, die als immaterielles Fossil angesehen wurde und den eigentlichen kommunen, weiterentwickelten Menschen verhinderte. Sie kümmerten sich nicht um heimliche Fischfresser. Ihre Aufgabe war es, Dossiers über Kommunarden anzulegen, tatsächliche oder potentielle Abweichungen aufzuzeichnen und bei Realitätsverfälschungen die innere Struktur der Pseudorealität zu analysieren. Daraus ergaben sich Schlüsse auf den an dieser spezifischen falschen Realität möglicherweise interessierten Personenkreis. Wenn sie beschlossen, eine im Ort A manifest gewordene Pseudorealität könne tausend Kilometer entfernt in B eine bestimmte Person infizieren, weil deren subversive Fossilität empfänglich für die spezifische Unwahrheit sein mochte, genügte dies, um die infizierbare, wiewohl noch nicht infizierte Person vorsorglich auszuschalten, in Zwangsarbeitslager zu stecken oder vorbeugend zu reindoktrinieren. (Bei dieser »Wahrwaschung« wurde die kommune *persona* durch Drogen, Folter und verbale sowie hypnotische Manipulation zerstört und durch eine andersartige ersetzt. Es galt als sicher, daß durch das Verfahren auch die subversive, subkommune bzw. präkommune *persona* geändert wurde.)

Toyami hatte Gerüchte gehört, denen zufolge Hochkontrolleure mit größeren Geldsummen versucht haben sollten, Cadhrassi-Agenten zu kaufen. Dies ließ, wenn es stimmte, nur den Schluß zu, daß Aktionen vorbereitet wurden oder bereits abliefen, zu deren Durchführung man Informationen von der Gegenseite brauchte. Normalerweise wurden Cadhrassi-Agenten gepfählt oder öffentlich gekehlt.

---

* »Die gesellschaftliche Realität ist eine Funktion der Anwendung ihrer von der Kommune festgelegten Definitionen. Außerhalb der kommunen Definitionen gibt es keine Realität. Wer durch Denken oder Handeln erkennen läßt, daß er Wirklichkeit jenseits der Definitionen vermutet oder diese gar formuliert und in Umlauf bringt, macht sich der Realitätsverfälschung schuldig.« Wortlaut der Plakette, die in Gashiri die Stele der Wahren Wirklichkeit schmückt.

Tontarg war wichtig gewesen. Vermutlich hatten sich in seinem Gepäck Hinweise auf seine Wichtigkeit gefunden, und die anderen Mitglieder der Treidelgruppe hatten gleich die nächste Ordnerstation informiert. Jedenfalls war Toyami nur knapp entkommen. Im ersten Ort östlich des Gashiri hatte sie im Kommunepferch ihr Pferd gegen ein Reitpferd mit Sattel und Zaumzeug eingetauscht. Während sie im Büro des Pferchs Foldar bezahlte (da sie nicht nachweisen konnte, daß sie im Auftrag oder im Arbeitseinsatz reisend die Ausrüstung brauchte, hatte sie die üblichen Lustreise-Tarife zu entrichten), war ein Herold ins Dorf gekommen und hatte von der Ermordung eines Kommunarden aus Gashiri durch eine junge Frau berichtet. Seitdem bewegte sie sich vorsichtig nach Osten, vermied Siedlungen und schlief in Wäldern.

Die Graufäule des Himmels lief blutig an. Das weite Land wurde sichtbar. Sanft gewellt erstreckten sich bis zum Horizont Getreidefelder und Ostplantagen, unterbrochen von Viehweiden und Brachland. Toyami trank Wasser aus der Lederflasche, aß Körner und einige Stücke undefinierbaren Trockenobstes. Zwischendurch blickte sie immer wieder über ihre Schultern zurück.

Das war eines ihrer Probleme. Sie wurde gesucht, gejagt, aber es war nicht das Gefühl konkreter Bedrohung, das sie beunruhigte. Es war das Gefühl sündigen Treibens, verbrecherischer Absonderung, fossilen Privatisierens. Sie war zum ersten Mal wirklich allein, und es erfüllte sie beinahe mit Panik. Nicht Angst vor dem Dunkel der Nacht oder des Waldes, sondern tiefe Unsicherheit, weil sie etwas Subversives tat, sich individualisierte.

»Höchste Zeit zum Austausch«, murmelte sie. Sie biß die Zähne zusammen und ging, ohne sich umzudrehen, zum Pferd.

Das zentrale Hochland war durch eine Bergkette von den Ebenen an der Küste getrennt; es stellte eine Art Zwischenterrasse dar. Im Süden und Südosten konnte Toyami bereits die schneebedeckten Berggipfel erkennen, hinter denen die Täler und Plateaus von Tag'gashir'dir lagen. Wie alle Grenzregionen war das zerklüftete Südland ein Verbotenes Gebiet. Weiter im Süden verlief die legendäre Taggabahn durch einen Zipfel des AV-Gebiets; dort berührten einander die Länder Gashiri, Langladir, Zheziri, Golgit und mehrere kleine Shilgebiete.

An einem Bach machte sie Rast. Es war früher Nachmittag. Mit dem Kochgeschirr schöpfte sie Wasser, trank und aß dazu wieder eine Handvoll Körner, Dörrobst und einige Bissen der nahezu geschmacklosen Substanz namens *panyám*, deren Hauptbestandteile Gemüse (dehydriert und pulverisiert) und pflanzliche Fette waren. Dann zog sie sich aus, wusch sich im Bach und ließ sich von der Nachmittagssonne trocknen. Ihre Oberschenkel waren wundgeritten, und ihre Rippen begannen sich abzuzeichnen.

Beim Anziehen faßte sie einen plötzlichen Entschluß. Die Berge waren oder schienen greifbar nah. Um die Ostgrenze von Gashiri zu erreichen, die 1000 Kilometer Luftlinie entfernt war, würde sie ebenfalls Hügel und Berge überwinden müssen, dazu drei große Flüsse mit relativ dicht bevölkerten Einzugsgebieten. Bei ihrem Tempo und der erzwungenen Umsichtigkeit konnte sie nicht hoffen, die Kette der Sperrstationen im Osten schnell zu erreichen. Dreißig, vielleicht vierzig Tage; danach die steilen Grenzgebirge mit den scharf bewachten Straßen und unwegsamen Schluchten, dann erst das System der Grenzfestungen. Schwieriger konnte es auch im Süden nicht sein, aber die Südgrenze war näher, und die Verbotenen Gebiete sicher ebenso scharf bewacht wie der Osten, aber weniger dicht besiedelt. Außerdem würden die Verfolger nicht damit rechnen, daß eine Flüchtige ausgerechnet Tag'gashir'dir aufsuchte. Was mit ihr geschah, falls man sie fangen sollte, war nicht von der Gegend abhängig, in der sie erwischt wurde. Sie machte sich keine Illusionen. Verhöre, Drogen, Foltern, Vergewaltigungen; die Kontrolleure würden sicher nicht versuchen, sie, die Mörderin eines Hochkontrolleurs, zu kaufen; sie durfte mit einem langwierigen, qualvollen Tod rechnen.

Sie zog sich an und stieß einen leisen Pfiff aus; der Rappe schnaubte und kam zu ihr. Ein gutes Pferd, ausdauernd und schnell, sie hatte Glück und ein gutes Auge gehabt, als sie ihn auswählte. Sie befestigte ihren Beutel wieder am Sattelknauf.

Nach Süden. Jenseits des Bachs erstreckte sich eine wellige Steppe. Nachdenklich prüfte Toyami die Schneide ihres Messers. Dies und die erlernten Kampftechniken waren ihre einzigen Waffen. Angesichts dessen, was ihr im Fall der Gefangennahme drohte, war sie entschlossen, sich sehr teuer zu verkaufen. Mit der Zungenspitze tastete sie nach der winzigen Schwellung an der Innenseite ihrer Unterlippe. Zum ersten Mal begriff sie konkret und persönlich die bittere Notwendigkeit der Giftkapsel. Man konnte sie nur absichtlich, gewaltsam herausbeißen.

Am frühen Abend durchquerte sie einen kleinen Wald; an dessen Südseite begann Weideland, aber bald stellte sie fest, daß die Pferde und Kamele unbeaufsichtigt waren. Es mochte sich um eine der zahllosen Reittierherden der Ordnergruppen handeln. Das wiederum hieße, daß in der Nähe eine größere Garnison sein mußte. Sie dachte an die Karte von Gashiri und kam zu dem Schluß, daß sie nur wenige Kilometer westlich der großen Straße von Gashiri nach Tag'gashir'dir war. Eine der wichtigsten Nordsüd-Verbindungen des Landes, die sicherlich immer schärfer kontrolliert wurde, je weiter man nach Süden kam, in die Nähe des Verbotenen Landes.

Vorsichtshalber ritt sie nach Südwesten, wo keine Siedlungen sein sollten. Unmittelbar am Fuß der Berge verlief noch eine Transportstrecke ostwestlich, aber bis sie diese erreichte, konnte sie eigentlich sicher sein, keine Dörfer mehr zu berühren.

In der Abenddämmerung fand sie eine kleine, einzelne Hütte. Sie schien verlassen, dennoch näherte Toyami sich nur behutsam. In einem halboffenen Verschlag neben der Hütte entdeckte sie Werkzeug und Material für Zäune, Drahtrollen sowie Brandeisen. Es mußte sich um eine Notunterkunft für Viehhirten handeln. Nicht weit hinter einem Brunnen sah sie in einem Drahtgehege aufgeplusterte Hühner auf überdachter Stange hocken. Sie sattelte den Rappen ab. Aus dem Brunnen schöpfte sie Wasser, tränkte das Pferd und inspizierte die Hütte. Es gab mehrere Pritschen, eine Feuerstelle und einen Schrank sowie eine winzige Vorratskammer. Im Schrank fand sie einen kurzen Bogen und einen Köcher mit etwa fünfzig Pfeilen, Messer, Lederriemen, Nägel und anderes Werkzeug. Der Bogen verblüffte sie, bis sie daran dachte, daß die Hirten häufig Probleme mit Raubtieren haben mußten.

Plötzlich bemerkte sie, daß ihr Nacken schmerzte. Erst da fiel ihr auf, daß sie sich tagsüber dauernd umgeschaut hatte. Sie murmelte einen Fluch und ging wieder hinaus.

Im ungewissen Abendlicht näherte sie sich dem Hühnergehege. Ein Rinnsal floß hindurch, und als sie unmittelbar neben ihnen stand, wurden die diffusen Bottiche zu Trögen, die mit Körnern gefüllt waren. Mit schnellem Griff packte sie ein Huhn. Sie machte Feuer im offenen Herd der Hütte und briet das gerupfte und ausgenommene Tier. Dann ging sie noch einmal hinaus und suchte nach Eiern. Sie fand vier, vertraute auf ihre Frische und briet sie in einer Kupferschale, zusammen mit einem Stück des dehydrierten Gemüsekoagulats, das beim Erhitzen ein wenig Fett freigab.

Als das Huhn fertig war, fühlte Toyami sich bereits zu drei Vierteln gesättigt. Sie spülte den letzten Bissen Ei mit Wasser hinunter. Dann brach sie ein Hühnerbein ab, roch daran und fand es köstlich.

Nach dem zweiten Bissen stürzte sie hinaus und erbrach sich neben der Tür. Keuchend, ausgepumpt und mit pochenden Schläfen taumelte sie wieder in die Hütte. Sie löschte das Feuer mit einem Schuß Brunnenwasser und legte sich mit ihrer Decke auf eine der Pritschen. Sie versuchte die aufsteigenden Tränen niederzukämpfen. Solange sie sich unverletzt und heil fühlte, konnte sie mit einem gewissen Stoizismus der Todesgefahr entgegenreiten, das Messer prüfen und mit der Zunge nach der Giftkapsel tasten. Aber nun, da etwas in ihr sie zwang, sich dauernd umzudrehen und nach Beobachtern Ausschau zu halten –Beobachtern, die sie nicht etwa verfolgten, sondern ihr beim subversiven Privatisieren zuschauten; nun, da auch ihr Körper in einem wichtigen Punkt nicht mehr gehorchte, hatte sie das Gefühl, aufgespalten zu sein in drei Teile, deren Verbindungen überdehnt und brüchig waren. Ein Teil hatte nach langer Verstellung die Maske der Anpassung verinnerlicht; er fürchtete sich vor Sünde und Häresie, an die er eigentlich nicht glaubte. Der zweite Teil, vielleicht nur Kehrseite des ersten, war der Körper, der sich umschaute und Fleisch auswürgte und vielleicht bald weitere Dienste aufkündigen würde. Der dritte Teil war sie selbst, die alte Toyami, die bei der entsetzten Betrachtung der rebellierenden Teile begriff, daß sie den dritten Teil, den eigentlichen, nicht kannte.

Aus: Lexikon der bewohnten Welten *LXII (Sa-Smu)*

»... Auf dem Südkontinent von Shilgat sind neben den behandelten größeren Gruppen noch einige ephemere Ethnien (?) erwähnenswert; hierzu gehören die ›Stinker‹ von Garidu, die weiter unten besonders aufgeführt sind. * *Ohne Anspruch auf Vollständigkeit (oder Auffindbarkeit, da derlei meta- bzw. pataphysisch orientierte Gruppierungen meist nur kurze Zeit bestehen) hier eine Aufzählung der Stämme östlich der ›zivilisierten‹ Gebiete um Bu'ndai:*
– die Dhuwalli des Farndschungels; sie glauben an Wiedergeburt in den Bäumen. Es sind zwergwüchsige Giftmischer (Gifte sind ihr einziges Handelsgut); je kleiner ein Individuum ist, desto größer wird es im folgenden Baum-Leben. Sie horten Anekdoten und Berichte über einzelne Dhuwalli, um diese später als Bäume identifizieren zu können. Das Gift, das übrigens für den Zwergwuchs verantwortlich sein dürfte, gewinnen sie ausschließlich aus jenen Bäumen, die Inkarnationen alter Familienfeinde sind und zur Ader gelassen werden. Statt einer Blut- kennen sie die Saftrache. Versuche, von der herkömmlichen Fortpflanzung zu einer Art Bestäubung oder Aufpfropfung zu gelangen, waren bisher erfolglos...
– die Schweiger der Roten Wüste; sie halten die Sprache, die ja eine Art Ordnung darstellt, für eine Zersetzung des Großen Chaos und schweigen daher bekräftigend, außer an Redetagen, die aufgrund besonderer Ereignisse beschlossen werden, z. B. nach Sandzeichen, Windwechseln, Träumen oder beliebigen Omen;
– die ›Stalagmoshil‹; sie stehen oft mit geschlossenen Augen starr in den Bergtälern des nördlichen Golgit, und zwar bisweilen tagelang, ohne je Auskunft über Gründe oder Verlauf des Stehens zu geben;
– die Kryptodonten von Zighal; sie zeigen Fremden niemals die Zähne, essen immer allein, außer an Festtagen, an denen sie den Tod ihres Gottes feiern, den sie mit Stößel und Mörser hingerichtet haben und in seiner Wandelform als Brot verzehren, wobei sie die Zähne blecken und mit vollem Mund Sakralgesänge röhren;
– die Leumen, Bewohner dreier Dörfer im westlichen Golgit; sie betreiben eine Art Ratsdemokratie und halten Dinge für wahr, wenn sie erörtert und beschlossen wurden... «

* vgl. Teil III »Banyadir«, Kap. V.

IV.

Abenddämmerung weichte die Farben der grauen Steingebäude mit ihren bunten Fenstern, braunen Balken und grünen Dachschindeln auf. Das Meer pulsierte schwarzblau. Die Bauern der Umgebung räumten ihre Theken ab, packten die Reste von Obst, Gemüse und Getreide mit den Brettern auf Karren. P'aodhus blökten, grunzten und rülpsten. Eine gelblich-braune Mischung aus dem Saft zerquetschter Früchte, Putzwasser und Ausscheidungen, durchsetzt mit Abfall, kroch die Kopfsteinstraße hinab.

Barakuda inhalierte den Duft des heißen, mit einem unbekannten Alkohol versetzten Kräutertees. Terence Learoyd beobachtete die Sprünge der Bauern und Bäuerinnen und lauschte ihren Verwünschungen. Weiter oben hatten drei Leute Schläuche gelegt und eine Pumpe mit ausladenden Wipp-Schwengeln in Betrieb genommen. Ein armdicker Wasserstrahl peitschte die Straße, ein Vorhang von Spritzern stieg auf. Vlad Oubou legte die Füße auf das Geländer und nickte beifällig. Unterhalb der Terrasse des Gasthauses hüpften Bauern, späte Kunden und allerlei Passanten, um den Fluten zu entgehen. Zeternde P'aodhus, von den jähen Benetzungen, imitiert, setzten sich mit halbbeladenen Karren in Bewegung.

Mit seinem dampfenden Becher wies Xhadruga auf das Ende der parallel zum Hafen verlaufenden, nordwärts abfallenden Straße.

»Da sind Gruben.«

Am Ende der Straße standen keine Häuser. Ein dünner Strich schien dort zu verlaufen; dahinter dehnten sich schroffe Küstenfelsen aus.

Barakuda rümpfte die Nase und betrachtete den dünner und schneller fließenden Brei. Die meisten Leute hatten sich inzwischen in Sicherheit gebracht, die P'aodhus beruhigten sich, und Kinder tobten durch die glitschigen Bäche.

»In den Gruben«, sagte Xhadruga, »sind Karren und Reformer. Die Reformer schaufeln das, was von oben neben die Karren fällt, auf die Ladefläche und fahren alles auf die Felder.«

Learoyd riß seinen Blick vom Panorama los, kratzte sich den roten Schopf und sah den alten Shil fragend an.

»Ach so.« Xhadruga lächelte. »Reformer – das sind Leute, die gelegentlich glauben, so etwas wie eine Regierung einrichten zu müssen. Wir stecken sie dann in die Gruben oder weisen ihnen andere nützliche Aufgaben zu, bis sie wieder zur Vernunft gekommen sind.«

Xhadruga war ein weitgereister Händler; seit er in Cadhras Geschäfte gemacht hatte, kannte Barakuda ihn. Seither kannte Xhadruga auch solche bizarren Begriffe wie Regierung.

Auf der anderen Seite der Straße begann das Gewirr der kleinen und kleinsten Häuser und Gassen der Hafengegend. Von der Terrasse war das Meer gut zu sehen. Das Gasthaus ragte weit über alle anderen Gebäude hinaus.

Der Hauptort der Bundashil lag im Scheitelpunkt einer halbkreisförmigen Bucht; die Entfernung zwischen den Kaps im Norden und Süden betrug fast 200 km. Beide Kaps waren die Vorsprünge schroffer Gebirge, die das Land der Bundashil nach Norden und Süden von der Welt trennten und sich im Pangotischen Ozean in Inseln fortsetzten. Im Osten stieg der Boden in regelmäßigen Stufen an – Hügel, Plateau, nächster Hügelzug, nächstes Plateau. Unmittelbar nördlich von Bu'ndai bildete erstarrter Basalt Flächen, Dome und Schründe an der Küste. Wo der Basalt endete, begann Schwemmland. An der Grenze zwischen Humus und Basalt hatten die Bundashil den großen Graben der Reinlichkeit gezogen; nach Süden stieg das Land an, so daß die Straßen mühsam abgespült werden konnten.

Am oberen Ende der großen Nord-Süd-Straße stand der Ratskerker, ein Gebäude aus zweimal mannshohen Basaltsäulen, die mit Abständen von etwa einem Meter aufgerichtet waren. Das Dach bestand aus lockeren Sparren, die ebenfalls große Zwischenräume aufwiesen und weder Wind noch Regen abhalten konnten. In diesem rundum offenen Käfig wurden die ausgelosten Träger der »Entehrenden Bürde des Verwaltens und Verwesens« aber keineswegs gefangengehalten, wie Dante angenommen hatte.

»Nein, nein.« Xhadruga schüttelte den Kopf. »Das wäre denn doch zuviel. Die Einrichtung einer amüsanten Sinnlosigkeit wie Ordnung und Herrschaft sollte nicht so ernst genommen werden, daß Menschen darunter leiden.«

Barakuda warf ihm einen schrägen Blick zu. »Ich hörte, daß

es für Frauen, die außerhalb von Bu'ndai Gemüsegerichte zu sich genommen haben, zur Zeit nicht ratsam sei, die Stadt zu betreten.«

»Das ist schon richtig. Sie werden aber nicht dort eingesperrt; sie können sich frei bewegen und die Ehrlosigkeit ihrer Bürde dadurch beweisen, daß sie vernünftigen Beschäftigungen nachgehen und das Verwalten und Verwesen dem Ungeziefer überlassen. Aber bis zum Ende des Jahres müssen sie in Bu'ndai bleiben.«

Vorsichtig brachte Barakuda die Ambra-Taucher ins Gespräch.

»Ich kann dir einen oder zwei nennen«, sagte der alte Händler. »Aber sprechen mußt du selbst mit ihnen. Vielleicht liefern sie, vielleicht nicht.«

Sie ließen ihre Gepäckstücke und die schwere Kiste im Gasthaus zurück. In den wimmelnden Gassen der Altstadt – Lehmpfade mit Holzstegen zwischen Holz- und Ziegelbauten – kamen sie nur langsam vorwärts. Xhadruga hatte drei Taucher beschrieben und einige Tavernen genannt, in denen sie sich aufhalten mochten.

In einem kleinen Lokal setzten sie sich an einen Tisch; durch das Fenster sahen sie den schwach erleuchteten Kai. Barken und Küstenkutter schaukelten in der halben Dunkelheit.

Es gab gebratenen Fisch, gedünstetes Gemüse und schwarzes Bier. Learoyd leerte seinen Becher auf einen Zug, nickte heftig und winkte dem krummbeinigen Shil.

»Wenn wir«, sagte Barakuda nachdenklich, »wirklich Ambra bekommen, dann bin ich auf die Untersuchungen gespannt.«

Oubou nippte an seinem Bier. Der lange dürre Mann mit den Eulenaugen betrachtete Learoyd aufmerksam, der soeben den zweiten Becher liebkoste. »Was Xhadruga erzählt, klingt eher wie ein Märchen«, murmelte er.

Dante grinste. »Stimmt schon, aber wenn nur die Hälfte wahr ist, können wir einen Pharmakonzern aufmachen; vorausgesetzt, wir kriegen genug von dem Zeug.«

»Husten«, sagte Oubou. »Rheuma, Impotenz, Schwellungen, Klaustrophobie, Vergiftungen, Bluthochdruck, Knochenbrüche,

Verstopfung, Fruchtbarkeit, Unfruchtbarkeit, Ausschlag, Depression – es ist nicht zu glauben.«

Learoyd nickte und schlürfte. Er wischte sich den Schaum vom Mund. »Dieses Bier heilt mindestens genau so viele Krankheiten.«

»Ich bin nur nicht ganz sicher, ob das Hospital über ausreichende Analysemöglichkeiten verfügt«, sagte Barakuda.

»Was, wenn nicht?« sagte Oubou.

»Ich weiß nicht. Vielleicht müßte man sich mit Gerames in Verbindung setzen und fragen, ob er ein Laborschiff kaufen und in ein hypothetisches Pharmageschäft einsteigen will.«

Sie lachten.

Die Taverne war gut besucht. Learoyd schien nicht der einzige zu sein, der das schwarze Bier schätzte. Der krummbeinige Wirt bestätigte, daß er es selbst braue. Die meisten Frauen und Männer waren Bundashil, aber selbst, hier, so weit entfernt von den Plätzen am Binnenmeer, gab es Mulis.

Barakuda schob den leeren Teller von sich. »Wir sollten weitergehen. Hier kann ich keinen von den beschriebenen Tauchern sehen.«

Learoyd verschränkte die Arme vor der Brust und legte den Kopf schief. »Das könnt ihr doch bestimmt allein.«

Dante zwinkerte. »Zirpt die Leber?«

Terence nickte, ohne das Gesicht zu verziehen. »Sie ist bekanntlich aus Eisen, aber aus besonderem Eisen. Wenn sie nicht mal wieder gründlich gespült wird, rostet sie. Und diese oxydierten Haare reichen mir völlig.« Er fuhr sich mit dem Zeigefinger um den Schädel, als wolle er sich skalpieren. »Außerdem stehen da am Tresen einige reizende Fischerinnen. Vor allem eine, und sie scheint rote Haare zu mögen. Sind ja auch selten hier.«

Oubou beugte sich vor und klopfte ihm auf die Schulter. »Leber spülen reicht nicht, wie? Da war doch noch was... «

Barakuda stand auf. »Hast du Geld?«

Learoyd hob die Brauen. »Nicht viel. Soll ich eure Zeche übernehmen, damit ihr verschwinden könnt?«

Barakuda zog eine Handvoll Münzen aus der Tasche und ließ sie in Learoyds Brusttasche gleiten.

Zwei Lokale weiter landeinwärts entdeckten sie einen Shil,

auf den Xhadrugas Beschreibung zutraf. Als Dante vor ihm stand, sah er die geplatzten Äderchen in den Augen und auf den Wangen.

Zu dritt setzten sie sich an einen Tisch in Türnähe. Barakuda interessierte sich besonders für das Tauchverfahren, über das der Taucher sich jedoch nicht äußern wollte. Er machte vage Andeutungen, denen zu entnehmen war, daß er eine Art Glocke verwendete.

Barakuda saß mit dem Rücken zur Tür. Fast die Hälfte der Kundschaft dieser Schänke schien aus Mischlingen zu bestehen. Nach längeren Verhandlungen, die zum Teil etwas lauter geführt wurden, erklärte sich der Taucher bereit, die gewünschte Menge *alangra* zu beschaffen. Sie einigten sich auf 750 Foldar, zahlbar zur Hälfte sofort, zur Hälfte bei Ablieferung.

Dante legte sieben goldene Fünfziger, zwei goldene Zehner und einen silbernen Fünfer auf den Tisch.

»Du findest uns im großen Gasthaus an der Steinstraße.«

Der Taucher nickte. Er trank sein Bier aus, strich die Münzen ein und stand auf. »Dann will ich schlafen gehen, damit ich erholt bin, wenn ich das Geld verdiene.«

Er ging zur Tür, die sich in diesem Moment nach innen öffnete. Jemand trat halb ein, schaute sich um und verließ das Lokal sofort wieder. Der Taucher zuckte mit den Schultern und trat hinaus.

Oubou runzelte die Stirn. »Komisch«, sagte er mit schwerer Zunge, »das sah aus wie ein Cadhrassi, aber außer uns und Terence ist doch keiner hier.«

Barakuda wandte sich um; zu spät, um noch etwas zu sehen. Er fühlte sich beobachtet und schüttelte den Kopf. »Gespenster, Vlad. Ich bin müde. Ich glaube, ich gehe.«

Oubou nickte. »Ich trinke noch dieses Töpfchen aus, und vielleicht noch eines. Nach diesem Gereise ist eine Hafenkneipe was Feines.« Er grinste.

Dante zwinkerte ihm zu und winkte der Kellnerin. Nachdem er gezahlt hatte, trat er auf die Gasse hinaus.

Kurz bevor er die gepflasterte Hauptstraße erreichte, nahm er aus den Augenwinkeln eine Bewegung wahr. Benommen von Müdigkeit und Alkohol reagierte er nicht gleich. Jemand legte von hinten einen Arm um seine Kehle. Dante stieß ihm den Ellbogen in den Magen und trat mit der Ferse. Der Gegner ächzte und ließ los, aber gleichzeitig blitzte links vor Barakuda ein Messer. Es stieß von oben herab. Dante versuchte auszuweichen; der Stahl schlitzte Jackenärmel und Hemd auf, ritzte die Haut, sprengte das Lederband des Kombigeräts. Mit der Rechten packte Dante das Gelenk der messerführenden Hand. Ein Tritt traf ihn von hinten in die Kniekehlen, ein Faustschlag explodierte in seiner Magengrube. Er spürte Brechreiz, aufsteigendes Bier, sackte vornüber. Dann krachte ein harter Gegenstand auf seinen Schädel.

Am mittleren Vormittag rollte Terence Learoyd sich aus dem Bett. Es machte ihm nichts aus, daß er die Umgebung nicht kannte. Er fühlte sich hervorragend. Am Ende des dritten Bechers von dem köstlichen schwarzen Bier hatte er zu trinken aufgehört, da die Alternative ihn mehr lockte.

Die deftige, mittelalte Bundashil stand am Herd und blickte über die Schulter. Der zerknautschte, knielange Kaftan war olivgrün wie die stämmigen nackten Beine, wie das fröhliche Gesicht mit den tausend Lachfältchen. »Der Tag sei dir ein lieblicher«, sagte sie in kehligem Taggashilgu. »Frühstück, o wilder fremder Mann?«

Die hochstehende Sonne spiegelte sich im Wasser der weiten Bucht; Segel blitzten in der Ferne. Die Wohnung lag im Obergeschoß eines der zweistöckigen Häuser an der südlichen Strandpromenade, und durch die offenen Fenster roch es nach Salzwasser, Tang und Menschen.

»Frühstück, o Fürstin der Laken.« Terence rekelte sich und hielt Ausschau nach seinen Kleidern. »Wenn dein Tag halb so lieblich wird wie meine Nacht«, sagte er, während er seine Unterhose aus einem Korbsessel am Fußende des Bettes fischte, »dann wird er den Rest des Jahres grell überstrahlen.« Er fand es völlig normal, solche Sätze zu sagen, denn erstens entsprachen sie der Wahrheit, und zweitens flossen sie ihm auf Taggashilgu wie von selbst von der Zunge. Galaktein, fand er, war eine spröde Angelegenheit.

Es gab Brot Fleisch, Obst und kräftigen Tee. Terence aß und trank mit Genuß und Eile, denn er fühlte sich ausgehungert. Lerio stand zwischendurch vom Tisch auf, um sich anzuziehen. »Wie lange bleibt ihr in Bu'ndai?«

Terence verstand die Frage, obwohl Lerio sie in dem Moment stellte, als sie den Kaftan über den Kopf zog. Er betrachtete den muskulösen Körper und spülte sich den Mund mit Tee. »Ein paar Tage.«

Lerio stieg in derbe Lederkleidung. Mit dem Kinn deutete sie aus dem Fenster, aufs Meer. »Meine Hummerkörbe; ich werde kurz nach Sonnenuntergang wieder im Hafen sein.«

Terence nickte. »Die genaue Zeit kann ich dir nicht sagen, aber ich komme sicher vorbei.«

Sie lächelte, kam durch den Raum zu ihm und zog mit kräftigen rauhen Fingern an seinem roten Haar. »Das bitte ich mir aus.«

Bester Laune und leise pfeifend betrat Terence Learoyd kurze Zeit darauf das große Gasthaus. Der Wirt sah ihm entgegen und schien verblüfft. »Du lebst!«

»Sollte es anders sein? Ich lebe sogar ganz ausgezeichnet.«

»Aber... aber deine Freunde.«

Learoyd blieb stehen, wie von einer Keule getroffen. »Was ist mit ihnen?«

»Böse Menschen«, sagte der feiste Shil. »Böse Menschen, schwärzliche Finsterlinge haben sie in der Nacht überfallen.«

Morgens hatte jemand das zertrümmerte Kombigerät gefunden, dazu Stoffetzen und Blutspritzer. Der kluge Finder hatte angesichts des Geräts auf Cadhrassi geschlossen, von denen dem Vernehmen nach mehrere im großen Gasthaus abgestiegen seien, und die Trümmer dorthin gebracht. Oubou und Barakuda, so hatten zwei Bundashil ermittelt, waren nacheinander aus einer Taverne aufgebrochen.

Der Wirt kniff die Augen zusammen. »Jemand will weitere Cadhrassi gesehen haben.« Er holte die betrüblichen Überreste von Barakudas Kombigerät aus einer Schublade und schob sie Terence zu.

Mit schweren Schritten stieg Learoyd zu den Zimmern hinauf, sammelte Barakudas und Oubous Reisebeutel ein, schleppte die Munitionskiste aus Dantes Zimmer und setzte sich auf sein Bett, um zu denken. Schließlich nahm er sich die Beutel vor. Das kurze Messer, das Dante mit auf die Reise genommen hatte, schob er in seinen rechten Hemdsärmel. »Lange her«, murmelte er. Er stand auf, ging zum Fenster, drehte sich schnell um und ließ dabei das Messer in die Hand gleiten; ansatzlos verlängerte er die Bewegung zu einem Wurf. Das Messer blieb zitternd in Brusthöhe in der Tür stecken.

»Geht so«, knurrte er. Jahrelanges Üben hatte ihm zu einer gewissen Meisterschaft im Messerwerfen verholfen, aber seit er nicht mehr der Marineinfanterie angehörte, war er nicht zum Üben gekommen. Oubous Messer fehlte; vermutlich hatte Vlad es im Gürtel getragen. Schließlich holte Learoyd sein eigenes Messer hervor und wog es in der Hand. Es war eine lange, gerade Waffe; die zweischneidige Klinge glitzerte, und der schmucklose Griff schmiegte sich in seine Handfläche. Wie ein zum Leben erwachendes, durstiges Wesen. Er hatte die wundervoll ausbalancierte Waffe immer gepflegt und sorgsam nachgeschliffen; seit mehr als 25 Jahren waren sie gewissermaßen miteinander befreundet.

Mit 12 Jahren war er aus einem Waisenhaus entlaufen und hatte sich einem Zirkus angeschlossen, der durch die Wälder, Weinberge und Savannen Mitteleuropas zog und die uralten Dörfer besuchte. Aus Learoyd wurde ein erstklassiger Messerwerfer. Mit 15 Jahren hatte er (behauptend, er sei 16) auf dem Raumhafen des alten London auf einem Frachter angeheuert als Lader und Stauer. Er war schon damals baumlang und kräftig gewesen, wollte die verschlafene Erde verlassen und zur Commonwealth-Flotte, die auf Terra keinen Stützpunkt unterhielt. Das Messer hatte einem Hilfskoch gehört, der sagte, es sei einige hundert Jahre alt und habe ungefähr die gleiche Anzahl Menschen getötet, allein 11 in der Zeit, seit er es besitze. Einige Wochen später waren es 12; der Hilfskoch war in einem Streit plötzlich mit der Waffe auf Learoyd losgegangen, und Terence hatte die Hand gepackt, gebrochen und dabei das Messer in die Brust des Mannes gestoßen. Nun bebte es in seiner Hand.

Er schob es zurück in die Scheide, die er am Gürtel befestigte. Dann zog er Dantes Messer aus der Tür, steckte es wieder in den Ärmel und verließ das Gasthaus.

Xhadruga stapfte durch sein Kontor am Hafen und zählte Fässer mit Salzfischen. Auch er hatte Terence für tot gehalten oder verschleppt wie die beiden anderen.

»Vielleicht leben sie ja noch«, sagte Learoyd. Er setzte sich auf ein Faß. »Die Leichen hätte man doch einfach liegen lassen.«

Xhadruga nickte bedächtig. »Vielleicht. Oder entfernt um keine Spuren zu hinterlassen.«

»Dann hätte man sicher auch das zerbrochene Armbandgerät mitgenommen.«

»Möglich, mein Freund. Möglich.« Der alte Händler seufzte. »Wir leben in würdelosen Zeiten. Was willst du nun tun?«

Learoyd starrte an die Decke der klammen Lagerhalle. »Ich werde die beiden suchen. Und vor allem auch die, die das veranstaltet haben.« Er klopfte auf den Griff des Messers an seiner Seite.

»Brauchst du Foldar?«

Learoyd hob die Schultern. »Ich habe ein paar Münzen, vielleicht insgesamt hundertfünfzig Foldar.«

»Das reicht nicht, komm mit.«

Sie gingen in sein Büro, dessen großes Fenster auf den Hafen hinaussah. Xhadruga öffnete eine versteckte Klappe in der Wand und holte einen Beutel heraus. Er einige blickte Terence ausdruckslos an. »Barakuda hat mir Gefallen erwiesen. Und er hat viel für uns alle getan. – Du warst in Pasdan, nicht wahr?«

Terence krempelte den linken Ärmel auf; der Oberarm war von einer großen Narbe entstellt, die ein Querschläger hinterlassen hatte. »Und in der Steppe, nördlich der Sintul-Berge.«

Xhadruga warf ihm den Beutel zu. Learoyd fing ihn auf; er wog schwer.

»Das sind fünftausend«, sagte Xhadruga, als handle es sich um ein Taschengeld. »Bring mir den Kopf des Mörders von Dante Barakuda.«

Learoyd warf dem alten Händler den Beutel zurück. »Der Kopf des Mörders oder Entführers von Dante Barakuda und Vlad Oubou ist nicht käuflich.«

Xhadruga setzte sich. »Kannst du denn mit einem Messer umgehen, Krieger? Eure Feuerwaffen verderben die Hände und Augen für alles wirkliche Spielzeug.«

Learoyd machte eine blitzschnelle Armbewegung. Xhadruga zuckte nicht, zog auch den Kopf nicht zur Seite. Zwei oder drei Zentimeter neben seinem linken Ohr sauste das kurze Messer aus Terences Ärmel vorbei, bohrte sich in einen Wandbehang und zitterte aus.

Der Händler wandte sich um, betrachtete die Waffe, zog sie aus Leinwand und Täfelung und legte sie neben den Beutel. »Fünftausend«, sagte er. »Und behalt den Kopf. Gib sie mir zurück, wenn du sie nicht brauchst.«

Neben dem Ratskerker, an einer Mauer, hingen viele Zettel mit Botschaften, Wünschen, Verkündungen. Learoyd hängte dort das große Blatt hin, das Xhadruga für ihn beschrieben hatte. Terence sprach zwar Tagga- und Banyashilgu, beherrschte aber nicht die komplizierte Kalligraphie. Die Botschaft forderte jeden dazu auf, Neuigkeiten über den Verbleib der beiden entführten oder ermordeten Cadhrassi gegen Belohnung im großen Gasthaus zu melden.

Der Wirt reichte ihm einen Zettel, als Learoyd das Gasthaus betrat. »Ein Junge hat das abgegeben.«

Terence nahm das Papier entgegen. Die Botschaft war auf Taggashilgu, aber mit galakteinischen Zeichen abgefaßt. »Nachrichten von Barakuda um Mitternacht am Nordende des Hafens.«

Learoyd brachte den Nachmittag in der Stadt zu, in den Tavernen, die in der Nähe des vermutlichen Tatorts lagen. Er befragte Wirte, Wirtinnen, Gäste, brachte aber keine Neuigkeiten in Erfahrung. Zwischendurch überlegte er sich Möglichkeiten, mit Cadhras in Verbindung zu treten. Das Verschwinden des ehemaligen Sekretärs für Sicherheit mußte dessen Nachfolgerin interessieren. Sarela McVitie hätte ganz andere Möglichkeiten, eine Suchaktion in Gang zu setzen. Vor allem kannte sie die Kundschafter in diesem Teil des Südkontinents, während er lediglich wußte, daß es welche gab, aber nicht, wo.

Gegen Sonnenuntergang begab er sich zurück ins Gasthaus, stieg in sein Zimmer hinauf, packte Oubous und Barakudas Beutel in die schwarze Kiste, hob sie auf die Schulter und schleppte sie hinab. Der Wirt versicherte, er werde sie in einem sicheren Kellerraum aufbewahren.

Terence überzeugte sich davon, indem er die Kiste selbst dort abstellte, die Tür versperrte und den Schlüssel einsteckte.

Den Abend verbrachte er mit Lerio in den Tavernen des Hafens; er trank fast nichts. Lerio brachte immerhin in Erfahrung, daß in der vergangenen Nacht ein Kajütboot gestohlen und früh morgens auf See gesichtet worden sei, als es zu den Atollen und Inseln segelte. Terence geleitete Lerio zu ihrer Wohnung und verschwand wieder, unter dem Vorwand, er habe etwas im Gasthaus vergessen.

Er näherte sich dem Nordende des Kais mit großer Vorsicht, durch eine Seitengasse. An der angegebenen Stelle erwartete ihn eine Gestalt mit verhalltem Gesicht. Eine Männerstimme sagte auf Galaktein, mit einem undefinierbaren Akzent: »Hier bin ich, Cadhrassi!« Dabei breitete der Mann die Arme aus und zeigte die Handflächen als Zeichen, daß er keine Waffe trug.

Learoyd trat zögernd näher. »Wo ist Barakuda?«

Der Mann lachte dumpf unter dem Gesichtstuch. »Er lebt. Der andere auch. Wenn dich das beruhigt, Cadhrassi.«

Einen Augenblick lang fühlte Terence sich erleichtert. Die Erleichterung war stärker als die Vorsicht. Der Mann vor ihm ließ die Arme sinken; aus der Dunkelheit sprangen zwei Gestalten.

Learoyd sah sie beinahe zu spät. Er schleuderte das kurze Messer auf die linke der beiden Gestalten; mit der gleichen Bewegung riß er den langen Dolch aus der Scheide. Stahl klirrte auf Stahl, als er in der Luft den Stoß des Mannes auffing, der von rechts gekommen war. Der Vermummte wich dem zweiten aus, der langsam zusammenbrach. Learoyd stieß seinem Gegner das Knie in den Unterleib, packte mit der Linken nach der Messerhand, preßte sie zusammen.

Mit einem Aufschrei sackte der Mann vornüber; das Messer klirrte zu Boden, und im Licht der Hafenlaternen sah Learoyd die gebrochene Hand, die beinahe einen rechten Winkel mit dem Arm bildete. Der Vermummte sprang ihn an, trat ihn in die Brust. Terence fiel auf den Rücken, entging durch eine Drehung dem niederfahrenden Messer, stach selbst noch in der Drehbewegung zu und fühlte Widerstand. Der Vermummte stöhnte auf, hielt sich die Hand. Learoyd kam wieder auf die Beine; sein Gegner ließ die Wunde los, wechselte das Messer in die Linke und duckte sich.

In der Nähe wurden Stimmen und Fußtritte laut. Der Vermummte bewegte den Kopf, blickte zum Kai. Terence wich zurück, tänzelnd, bis er im Rücken eine Hauswand spürte. Sein Gegner folgte vorsichtig. Learoyd duckte sich unter einem zu hoch angesetzten Stoß, das Messer ließ an der Hauswand Funken regnen. Terence stieß dem Mann den Knauf in die Achselhöhle und griff nach dem Kopftuch.

In der Nähe flackerte Licht auf. Der Mann mit dem gebrochenen Gelenk hatte sich aufgerafft; auch er schien beidhändig mit dem Messer umgehen zu können und attackierte Learoyd. Terence stieß den Vermummten von sich, dessen Tuch er in der Hand behielt, ließ sich schräg nach vorn fallen und streckte sich unter dem Messer des Gegners in einen aufwärts geführten Stich.

Um die Ecke bogen Fischer mit Laternen. Learoyd blickte dorthin, wo der Mann, der ihn angeredet hatte, eben wieder auf die Beine kam. Blut rann aus der Hand, wo Learoyds ungezielter Stich den kleinen und den Ringfinger abgetrennt hatte. Das Gesicht war verzerrt; mit einem halblauten Fluch sprang der nicht länger Vermummte in die Dunkelheit und verschwand. Learoyd kam auf die Beine und rannte hinterher, fand ihn aber nicht. Langsam ging er zurück zum Kai. Dabei bemühte er sich, jede Einzelheit des Gesichts fest in seinem Gedächtnis einzugravieren. Ein hellbraunes Gesicht, das Gesicht eines Cadhrassi. Oder vielleicht eines Anarchovegetariers. Jedenfalls weder ein Shil noch ein Mischling.

Die Fischer beugten sich über die beiden Toten. Beide waren Mischlinge. Erst jetzt sah Terence, daß einer der Fischer eine Fischerin war, Lerio. Sie blickte ihn vorwurfsvoll an.

»Trottel. Wenn du etwas gesagt hättest – wir hätten sie lebend fangen können. Warum hast du das allein gemacht?«

Terence zuckte mit den Schultern. Er fühlte sich zerschlagen und verwirrt, wütend und gleichzeitig apathisch. Er preßte die Lippen zusammen und zog das lange Messer aus der Brust des Mannes, der vor ihm lag. Einer der Fischer reichte ihm das kleine Wurfmesser; er hatte es bereits abgewischt.

»Ich weiß nicht, ich wollte keinen hineinziehen. Außerdem konnte ich nicht wissen…« Dann schüttelte er langsam und lange den Kopf, ohne jemanden anzusehen. »Aber was soll das alles?«

Drei Tage nach dem Messerkampf ging Terence Learoyd morgens von Lerios Wohnung zum Gasthaus. Dort traf er den Taucher an, der Barakuda und Oubou gesucht hatte.

»Ich habe am Abend, bevor die beiden verschwanden, mit ihnen verhandelt«, sagte der Shil. »Wie ich jetzt weiß,

»Woher weißt du, wo du mich findest?«

Der Taucher sah ihn abschätzend an. »Deine Freunde haben gesagt, sie seien im Gasthaus. Ich bin gleich hergekommen, und eben erst hat mir der Wirt erzählt, was geschehen ist. Und daß es einen dritten Cadhrassi hier gibt. Bist du an dem Geschäft interessiert?«

Learoyd seufzte. Drei Tage lang hatte er alle möglichen Schritte erwogen und wieder verworfen. inzwischen war er fast sicher, daß Barakuda und Oubou entführt und zu den Korallkorsaren gebracht worden waren. Der gestohlene Kajütkutter war nicht wieder aufgetaucht, aber mehrere Fischer hatten ihn auf hoher See gesehen.

Niemand war bereit, ihn zu den Korsaren zu bringen; nach allem, was er gehört hatte, sah Terence die Sinnlosigkeit eines derartigen Versuchs ein. Die Korallkorsaren würden jeden Fremden gefangensetzen und verkaufen, ohne mit ihm über die Gründe seines Kommens zu diskutieren. Ein paar Gleiter und eine halbe *centuria aus* Cadhras würden die Aussichten auf ein Interview wesentlich erhöhen – aber wie sollte er sich mit Sarela oder Major Maqari in Verbindung setzen? Cadhras war weit.

»Hast du *alangra*?«

Der Shil nickte. »Natürlich. So war es besprochen. Ich habe die Hälfte des Preises erhalten, ich habe das *alangra* beschafft. Wenn du mir die zweite Hälfte zahlst, liefere ich es dir. Aber überleg nicht zu lange. Du weißt, es wird bald zerfallen.«

»Welcher Preis war abgemacht?« Learoyd wußte, daß er sich damit auslieferte, aber wie sollte er erfahren, was Barakuda zu zahlen bereit gewesen war?

»Siebenhundertfünfzig. Es fehlt die zweite Hälfte.«

»Wo ist das *alangra*?«

»Ich werde es holen, wenn du es so willst.«

Terence nickte. Der Mann verließ das Gasthaus, und Learoyd setzte sich auf die Terrasse. Er ließ sich einen Tee servieren und grübelte. ›Notfalls‹, dachte er, ›werde ich mit der Kiste eben allein nach Cadhras aufbrechen. Viel länger hier herumzusitzen ist sinnlos. Und die TraPaSoc muß weitermachen, egal, wo die beiden stecken.‹ Der Gedanke war bitter, aber er hatte noch immer eine kleine Hoffnung. Irgendwo im Land der Bundashil gab es Kundschafter – das von Barakuda eingerichtete Informationsnetz; und irgendwann mußte ein Kundschafter vom Verschwinden zweier Cadhrassi in Bu'ndai erfahren. Kundschafter hatten Funkgeräte.

Einige Zeit später fuhr ein Karren vor, gezogen von zwei P'aodhus. Der Taucher sprang vom Bock, entdeckte Learoyd auf der Terrasse und winkte.

Sie schleppten drei feuchte Holzkisten in den Keller des Gasthauses. Terence öffnete die Munitionskiste, nahm die beiden Reisebeutel der Verschollenen heraus und packte das in geteerte Tücher eingeschlagene Ambra um. Die Substanz war schwer und dicht: eine weißgraue Masse ohne jeden Geruch.

»Aus welcher Tiefe hast du es geholt?«

Der Taucher kaute auf seiner Unterlippe. »Mhmhm. Ungefähr elfeinhalb Schlingen.«

Eine Schlinge entsprach der Länge von dreizehn Männern, das war die klassische Bootsbesatzung der Hochseefischer auf Shilgat. Eine Mannslänge war etwa 1,75 m; die Schlinge also ungefähr 22,75 m. Demnach hatte der Mann das Ambra aus einer Tiefe von annähernd 260 m geholt. Learoyd stellte den Druckregler auf 26,5 bar ein und verschloß die Kiste.

Vor dem Gasthaus händigte er dem Taucher 375 Foldar aus. Der Shil nickte und steckte die Münzen ein. »Wenn ihr wieder einmal in Bu'ndai seid und *alangra* wollt, weißt du, wo ich zu finden bin.«

Am nächsten Morgen weckte Lerio ihn sehr früh. »Da sind zwei Männer. Sie wollen zu dir.«

Murrend stieg Terence aus dem Bett, kleidete sich an und ging zur Tür. Lerio war schon längst wach und braute Tee. Die beiden Männer saßen auf der obersten Treppenstufe, vor der Wohnungstür. Sie standen auf, als Learoyd öffnete – Lerio hatte sich zunächst geweigert, die Männer einzulassen, nicht unverständlich nach den letzten Ereignissen.

»Guten Morgen«, sagte einer der beiden Shil auf Galaktein.

»Wir sind müde und hungrig, die letzten Tage und Nächte waren lang. Sie sind Terence Learoyd, nicht wahr?«

Mit Rücksicht auf Learoyd sprachen sie beim ausgedehnten Frühstück Taggashilgu. Die beiden jungen Männer hatten Gerüchte über die Vorgänge in Bu'ndai gehört und waren zwei Tage und Nächte unterwegs gewesen.

»Wir haben einige Male versucht, Funkkontakt zu bekommen«, sagte Nalgeri. Beide waren kräftig und bewegten sich mit einer fast katzenhaften Geschmeidigkeit; beide waren mittelgroß und unauffällig, aber Nalgeri schien der etwas ältere von beiden zu sein. Er hatte buschige Brauen und eine schmale Nase; am Mittelfinger der Linken fehlte das vordere Glied. Uyina besaß breite Schultern und prominente Backenknochen; sein Lederhemd stand offen, und als er sich weit vorbeugte, um nach der Teekanne zu langen, sah Terence die Narbe über dem Brustbein.

»Barakuda war der einzige mit *telekom*«, sagte Learoyd. »Habt ihr eure Geräte bei euch?«

Uyina nickte und wies mit dem Kopf auf die beiden tornisterähnlichen Gepäckstücke, die auf dem Boden lagen. »Da drin.«

Terence atmete auf. »Gut so. Her damit. ich werde mit McVitie sprechen; dabei hört ihr dann auch, was genau geschehen ist.«

Es war ein langes Gespräch. Nachdem er das Gerät wieder ausgeschaltet hatte, sagte Terence auf Taggashilgu, an Lerio gerichtet: »Sie bereiten noch etwas vor. In zwei Tagen werden sie kommen.«

Die Hummerfischerin blickte ihn ausdruckslos an. »Dann wirst du in zwei Tagen fliegen und suchen.«

Learoyd nickte. »Dann werde ich dir danken.«

Lerio stand auf und schaute aus dem Fenster aufs Meer. »Man soll nicht weinen, wenn der Hummer geknackt und verspeist ist.«

Sarela McVitie kam mit einem schweren Gleiter; an Bord waren vier Männer und sechs Frauen der neugebildeten A-*centuria,* erfahrene Leute, die alle seit Jahren auf Shilgat waren und sowohl die Vermißten als auch Learoyd kannten.

Sarela begrüßte Terence mit einem langen, dunklen Blick und einem kurzen Händedruck. »Maqari wäre am liebsten mitgekommen. Und die komplette TraPaSoc sowieso. Jedenfalls soll ich grüßen, auch von Ihrer Exzellenz.«

Der Gleiter stand auf dem Karrenplatz hinter dem großen Gasthaus. Learoyd tauschte Begrüßungen, Grimassen und Bemerkungen mit der Besatzung aus, während Sarela die beiden Shil-Kundschafter beiseite nahm und sich leise mit ihnen unterhielt. Terence bat einen der *suldaus*, ihn zu begleiten. Sie holten die Munitionskiste und die Reisebeutel aus dem Keller. Learoyd beglich die Rechnung im Gasthaus.

Alle hatten von den Korallkorsaren gehört, aber hören und sehen sind zweierlei. Das blaugrüne Meer war durchsetzt von dunkleren Inseln, deren die meisten klein und kahl, einige aber üppig bewachsen waren. Zwischen ihnen und um sie herum wölbten sich aus der Tiefe flamingorosa Formationen auf; aus der Höhe wirkten die Korallengebilde, die zum Teil unter blaugrüngrauem Wasser lagen, auf dem kupfern die Sonne spielte, zwischen braungrauen und tiefgrünen Inseln wie erstaunlich scharf umrissene Farbkleckse, die ein Delirierender auf eine gescheckte Leinwand geworfen hatte. Die dunkelbraunen Rümpfe und weißen Segelflächen von Schiffen jeder Größe waren blendende Tupfer.

Die größte optische und ästhetische Wirkung ging fraglos von jenen riesigen flamingorosa Konstruktionen aus, die einige Leute der Besatzung schlicht als »irrsinnig« bezeichneten.

Annähernd gleichgroße Korallkalotten dienten als stabilisierende Ausleger. Sie waren aus den Korallbänken im Ganzen oder teilweise herausgeschnitzt, luftdicht verpicht, mit Luft gefüllt und umgedreht ins Wasser gesenkt worden. Es gab Tausende Gebäude; sie ruhten meistens auf einer oder zwei kleinen Inseln und bedeckten Flächen zwischen wenigen hundert Quadratmetern und mehreren Quadratmeilen. Einige waren flach, andere ragten hoch über die Wasserfläche, in verwinkelten, versetzten Ebenen, mit Türmen ohne jede beschreibbare Form und Aufbauten, die rosa Geschwulsten glichen. An den nicht auf Inseln ruhenden Außenkanten der Korallschlösser lagen in kurzen Abständen die luftgefüllten Kalotten.

Sarela murmelte Anweisungen; der Gleiter sank und flog langsamer. Die rosa Burgen und Schlösser auf dem Wasser zogen sich von Horizont zu Horizont – Korallkastelle, die nicht nur die ausgedehnte Bucht von Bu'ndai abriegelten. Der Scheitel der Bucht, zweihundert Kilometer im Osten, war nicht einmal vom Gleiter aus zu sehen, der langsam die Mitte der ebenfalls zweihundert Kilometer langen Kette zwischen den beiden Kaps anflog. Je näher sie der rechnerischen Mitte kamen, desto breiter wurde der Gürtel der Korallbauten.

Der Gleiter sank noch tiefer; sie flogen nun knapp über der Wasseroberfläche. Die rosa Wände wiesen unregelmäßige Vorsprünge auf, die keine Funktion haben konnten – sie entsprangen vermutlich lediglich der Beschaffenheit des Baumaterials. Es gab auch funktionelle Details: Fenster, die aus allen denkbaren Winkeln auf, über oder neben die Meeresfläche schauten; Türen in absurder Form und Höhe, aus denen niemand treten konnte; Schiffs- und Bootsanlegestellen, die so zwischen vorspringenden und zurückweichenden Wänden verkeilt schienen, daß nur ein artistischer Navigator sie ohne Schiffbruch anlaufen konnte. Auf der Basisebene des nächstschwimmenden Gebäudes ragte versetzt wie die zweite Stufe einer Pyramide ein beinahe ovales Stockwerk in den Himmel, versehen mit dreieckigen Fenstern und runden Türöffnungen, umgeben von einer unebenen Terrasse, auf der vielleicht Möbel, vielleicht Koralltrümmer standen, über die große Fischernetze zum Trocknen gebreitet waren. Auf der ovalen Etage thronte ein rosa Quader, der keinerlei Öffnungen aufwies. Eine unbebaute Meergasse von etwa dreißig Metern trennte dieses vom nächsten Gebäude, das keine geraden Kanten besaß; die zackigen Wände lehnten nach außen und endeten in stilisierten Schwertern und Blüten, von denen Strickleitern baumelten. Es schien keine andere Möglichkeit zu geben, dieses Korallkastell zu betreten. Hinter den Schwertern und Blumen dehnte sich eine Plattform aus, die poliert und eben war und in einer wahnsinnigen Wucherung von Flächen, Kurven, Kuben, Wülsten und Nadeln endete. In diesem Aufbau wirkten rechteckige Türen und quadratische Fenster schlicht absurd.

Keines dieser zigtausend Gebäude glich einem anderen. Die jüngeren, äußeren waren sämtlich Variationen zum Thema

Schachtel – Quader, dreidimensionale Verbindungen von Rhomben und schiefen Ebenen, Trapeze mit durchhängenden Dächern. Die großen Kastelle in der Mitte erhoben sich in aufeinandergetürmten Blöcken wie düstere Fragmente eines erstarrten, von Riesenfäusten zerbrochenen und von den Zuckungen eines kranken Planeten sinnlos aufgeschichteten Lavastroms in allen Schattierungen von Rosa.

Learoyd kratzte seinen rostroten Kopf. »Ich hätte nie geglaubt, daß Rosa finster und bedrohlich sein kann. Ob es da drin viele Leute mit Glatze gibt, die mich sofort zum Oberkorsaren wählen würden?«

»Das müssen mehrere hunderttausend Menschen sein«, sagte McVitie. »Wie sollen wir hier eine bestimmte Person finden?«

Die Pilotin manövrierte den Gleiter neben eines der größeren Segelschiffe, das in einer Art Binnensee, lag, umgeben von Riesenburgen. Frauen und Männer kämpften mit einer Fischladung. Der Gleiter schwebte in Höhe der Bordwand.

Die Korallkorsaren warfen ihnen flüchtige, desinteressierte Blicke zu und arbeiteten weiter. Sarela runzelte die Stirn und gab kurze Anweisungen.

Der Gleiter legte schwebend an der Bordwand des Schiffes an; vier Frauen sprangen hinüber, packten den ältesten der Korsaren und schleppten ihn zum Gleiter. Die anderen Frauen und Männer ließen sofort ihre Lasten fallen, stießen Wutschreie aus und griffen zu langen Entermessern und Bogen.

Die Pilotin ließ den Gleiter schnell steigen; Schiff und Wasserfläche blieben zurück.

Der alte Korsar wirkte gelassen. Er saß mit verschränkten Armen auf einer Bank und musterte die Gesichter und die Ausrüstung.

»Warum wollt ihr nicht mit uns reden?« sagte Sarela.

»Warum sollten wir?«

»Aus Neugier oder Höflichkeit.«

»Wir leben mit dem Wasser, und das Wasser gehört uns. Was in der Luft vorgeht, ist bedeutungslos.«

»Und wenn wir mit einem Boot gekommen wären?«

Der Korsar spuckte aus. »Dann hätten wir euch gefangen und verkauft.«

»Ihr hättet also auch dann nicht mit uns geredet?«

»Wir hätten euch Befehle erteilt, soweit es nötig gewesen wäre.«

Sarela nickte nachdenklich. »Also, was aus der Luft kommt, ist euch gleichgültig; mit den Leuten an Land macht ihr Geschäfte, und was auf dem Wasser schwimmt, gehört euch. Wie kann man denn überhaupt mit euch reden?«

Der Alte grinste. »Indem man uns zwingt. Wie du es getan hast, Frau aus Cadhras.«

»Du weißt, woher wir kommen?«

Er machte eine geringschätzige Handbewegung. »Daß wir auf dem Wasser leben, heißt nicht, daß wir nicht wüßten, wie die öden Teile der Welt beschaffen sind.«

»Wir suchen zwei Männer.«

Der Alte grinste wieder. »Du hast doch« – er sah sich um – »fünf Männer an Bord. Mit mir sechs. Wieviel willst du denn noch?«

Sarela lächelte; einige der Leute lachten. »Wir suchen zwei bestimmte Männer, die vor einigen Tagen aus Bu'ndai verschleppt worden sind und wahrscheinlich zu euch gebracht wurden.«

»Das kann sein, aber davon weiß ich nichts.«

»Wer könnte es wissen?«

»Die, die es getan haben. Und die, die eure beiden Männer nun festhalten oder schon verkauft haben.«

»Wie können wir erfahren, wer es weiß?«

Der Alte streckte beide Arme aus, als wolle er die Welt allgemein und die tausend Burgen und Schiffe speziell umarmen. »Jedes einzelne Schiff fragen. In jedem Kastell fragen. Ihr müßt aber jedesmal eine Person zwingen, euch zu antworten. Vielleicht weiß die Person, die ihr erwischt, aber nichts. Vielleicht erwischt ihr einen weisen Lüfter*, der sich um nichts anderes als seine Aufgabe kümmert. Oder ihr packt den Koch des Schiffs, auf dem eure Freunde sich aufhalten, aber er interessiert sich nicht für einzelne Sklaven. Alles in allem« – er lächelte – »wünsche ich euch glückliche hundert Jahre bei der Suche. Schneller wird es nicht gehen, es sei denn durch Zufall. Und vielleicht

* Art Ingenieur, der die luftgefüllten Ausleger zu warten hat.

dauert es auch länger. Mich solltet ihr aber vorher wieder zu meinem Schiff bringen. Ich habe nicht mehr so viel Zeit.«

Als sie ihn von Bord gehen ließen – die anderen Korsaren seines Schiffs sahen aufmerksam, aber friedlich zu –, setzte er noch hinzu: »Obwohl der Wal kein Interesse an der Möwe hat, will ich euch noch eines sagen. Vielleicht sind eure Freunde irgendwo im Reich der Korallkorsaren, wie ihr uns nennt. Vielleicht sind sie an Bord eines Schiffes, das einen jener Häfen anläuft, in denen wir Sklaven verkaufen. Während ihr hier sucht, fahren sie vielleicht nach Norden, und wenn ihr im Norden sucht, segelt ein Schiff, das sie im Kielraum hat, nach Südwesten. Vielleicht findet ihr in einigen Jahren das Schiff, das sie geborgen hat, aber dann werden sie längst irgendwo an Land sein, und die Sklavenhändler ziehen weit herum.«

Fünf Tage später gaben sie auf. Es gab unter den Korallkorsaren keine Organisation, die über das jeweilige Gebäude oder Schiff hinausging. Sie hatten zahllose Korsarinnen und Korsaren verhört, aber niemand konnte oder wollte Auskunft erteilen.

»Wir müßten ein paar Divisionen mit Flugpanzern einsetzen und jedes einzelne Kastell, jedes einzelne Schiff und jeden einzelnen Korsaren untersuchen.«

Learoyd räusperte sich. »Die einzige Möglichkeit scheint zu sein, alle in Frage kommenden Häfen und alle Sklavenhändler zu überwachen.«

»Richtig. Wissen Sie, wie viele das sind? Abgesehen von Bu'ndai ungefähr dreihundert allein an der Westküste des Kontinents. Nicht zu reden davon, daß die Schiffe auch die Ostküste erreichen könnten. Und nicht zu reden von den zehntausend Inseln im Pangotischen Ozean. Selbst wenn wir uns auf die größeren beschränken – wer sagt uns dann erstens, daß Barakuda und Oubou überhaupt zu den Korsaren gebracht worden sind, und zweitens, daß die Korsaren sie nicht als Zuladung zu einer kleineren Insel gebracht haben?«

Learoyd bat um ein Stück Papier und einen Stift.

»Was haben Sie vor, Terence?«

»Anweisungen an Begheli, was mit dem Ambra geschehen soll; was Dante damit vorhatte.« Er klopfte auf die Munitionskiste neben seinem Sitz.

»Wieso sagen Sie es ihr nicht selbst?«

Terence blickte auf und zuckte mit den Schultern. »Ich komme nicht mit zurück.«

Sarela seufzte. »Ich hätte es mir denken können.«

Sie landeten wieder hinter dem großen Gasthaus. Terence nahm seinen Reisebeutel. Sarela ging mit ihm, einige Schritte vorn Gleiter fort.

»Mach den Beutel auf«, sagte sie leise.

Terence gehorchte. Sie hatte ein kleines, offenbar nicht ganz leichtes Bündel unter dem Arm; nun ließ sie es in den Beutel fallen.

»Und sieh dich vor, Mann!«

Der Gleiter startete, beschleunigte, stieg steil nach Nordosten und verschwand. Als er sich vergewissert hatte, daß niemand ihn beobachtete, öffnete Terence den Beutel und löste die Schnüre des Bündels.

Es enthielt ein Funkgerät und eine kleine Schnellfeuerpistole mit zehn Magazinen.

Lydia Hsiang, Memoiren *(Gaia, 501)*

»... über die Korallkorsaren wußten wir absolut nichts; wir kannten lediglich Gerüchte und Geschichten sowie Mutmaßungen. Der damalige Sekretär für Sicherheit, Barakuda, schrieb 464 in einem Bericht, nachdem er Bu'ndai bei einer Routineinspektion des Südens besucht hatte:

›Dank der anekdotischen Historiographie der Shil sind Zeit und Hergang nicht zu ermitteln; die ältesten bestehenden Korallkastelle dürften jedoch mindestens 3000 Jahre alt sein. In Bu'ndai weiß man nur, daß die Korsaren früher weiter nördlich im Pangotischen Ozean lebten, vermutlich auf einer der großen Inseln oder einer Inselgruppe; es heißt, sie hätten dort schändliche Dinge getan und seien zur Strafe durch die Häupter und Heiler dazu verurteilt worden, bis zu einem bestimmten Ereignis oder Zeitpunkt (?) die Bucht von Bu'ndai abzuschirmen und dafür zu sorgen, daß niemand von See oder von Land her die Bucht aufsucht. Wozu das alles? Ein Zusammenhang mit den Sterbegrotten der Shilgat-Wale (angeblich schwimmen alle Wale zum Sterben hierhin) läge nahe, ergibt aber nach dem Stand der Kenntnis-

se keinen Sinn. Es sei denn, das von Tauchern im Auftrag der Heiler aus den Grotten geborgene Ambra, das in Bu'ndai zu Arzneien verarbeitet wird, hätte okkulte oder schädliche Eigenschaften. Ich habe versucht, diese Frage zu klären; anders als angenommen gibt es in Bu'ndai jedoch keinerlei Ambra-Industrie. Der Stoff wird von den Tauchern gegen Bezahlung an die Heiler abgegeben – genauer: an einige Heiler, die sich durch bestimmte Zeichen zu erkennen geben, Ambra kaufen und damit verschwinden. Die gewöhnlichen Heiler der Gegend verwenden Arzneien aus Ambra, stellen diese jedoch nicht her, sie beziehen sie allem Anschein nach von den Korallkorsaren, die ansonsten Fischfang und Piraterie betreiben und nur in Abständen Bu'ndai aufsuchen, um zu handeln.

Das Bild ist also undeutlich, wenn es überhaupt eines ist: Taucher besorgen Ambra aus Höhlen unter dem Meer, in die sie der Legende nach gar nicht eindringen dürfen; die Korsaren sollen sie und andere eben daran hindern. Sie geben das Ambra an mysteriöse Heiler ab, von denen die gewöhnlichen Heiler nichts wissen. Nur die gewöhnlichen Heiler jedoch verwenden Endprodukte aus Ambra, die in Abständen von den Korsaren als Tauschwaren geliefert werden. Die Taucher bestreiten aber, Ambra an Korsaren abgegeben zu haben. Und die Korsaren selbst sagen überhaupt nichts – außer bei Tauschgeschäften oder im Verlauf der von ihnen betriebenen Sklavenverschiffung sprechen sie nicht mit Außenstehenden… ‹«

V.

Unter dem Sommerhimmel tanzten die Halme im Westwind, der Salzgeruch vom Pangotischen Ozean mischte sich mit dem der Gräser und des Getreides; Sensen blitzten im Takt der Ballade. Längst trugen die schlanken, kräftigen Schnitterinnen nicht mehr den Lederharnisch und die Lendungen der Unberührbarkeit; weiße und beige Tuniken waren bewegliche Tupfer im Korn. Hinter den Schnitterinnen kamen andere Frauen und Männer, bündelten die Ähren und brachten die Garben an den Rand des Feldes. Auf dem Weg standen Karren.

Tremughati stieg zum riedbestandenen Flußufer hinunter. Die Arbeitsgesänge erfüllten sie mit einer leichten Melancholie, denn sie kannte die anderen, die ganz alten Lieder, die in der

Nordsteppe über das Land der Sieben Ströme gesungen wurden, als dieses noch nicht Pasdan, sondern Pangotajdir gewesen war, das Glückliche Westland.

Das träge Wasser murmelte und schmatzte im Ried. Vielleicht war hier einst eines der fantastischen kristallenen Labyrinthe gewesen. Die Festungen, Verliese, Sklavenpferche, die Werften und Wälle, die Schmieden, Gießereien und Laboratorien der Heiligen Mütter von Pasdan waren zerstört, wie zuvor die Glaspaläste der Pangoshil. Das Land und die Ströme waren geblieben.

Tremughati wanderte langsam flußaufwärts und sammelte aromatische und heilende Kräuter, die in Flußnähe unter Stauden und kleinen Bäumen gediehen. Ein Kraut zur Heilung aller Wunden der Welt war nicht darunter. Manchmal dachte sie an die vielen Shil, Cadhrassi und Pasdani, die in das Große Chaos eingegangen waren; meistens jedoch war sie mit den jungen Frauen und Männern beschäftigt, die sich in den verschiedenen Formen eines kleineren Chaos nicht zurechtfanden, weil sie an eine terroristische Ordnung gewöhnt waren. Tremughati hielt sich im Hintergrund; sie hütete sich, in beginnende selbstlenkende Gruppenprozesse einzugreifen.

An einer flachen, sandigen Stelle ohne Schilf legte sie die Tasche mit den Kräutern ab, zog das helle weite Kleid über den Kopf und watete in den Strom. Erst nach etwa fünfzig Schritten war das Wasser tief genug zum Schwimmen. Das andere Ufer war fast fünfhundert Meter entfernt; mit kräftigen Schlägen schwamm sie flußaufwärts. Später ließ sie sich auf dem Rücken treiben. Das Wasser erfrischte und entspannte sie, aber es vertrieb nicht die Gedanken.

Sie watete wieder an Land, legte sich ins Gras der Uferböschung und ließ sich von Wind und Sonne trocknen. Dies war ihr einundvierzigster Sommer; ihr Körper war noch immer straff und geschmeidig. Nach der Rechnung der Cadhrassi war sie fünfundvierzig Gaiajahre alt. Zusammen ergaben die Zahlen etwa ein Zehntel dessen, was sie an Jahren schon erlebt zu haben glaubte. Aber das war eher die Last von Kenntnissen als die von Erfahrungen. Die ehemalige Fürstin der Banyashil, Mutter der Stämme und Städte des Nordens, hatte Teil am Wissen der Heiler, und dieses umfaßte den gesamten Planeten und viele Jahrtausende.

Fürstin – Potentielles-Notfalls-Haupt; flüchtig dachte sie an Barakuda, der ihr und Gortahork die andersartigen Vorstellungen der Cadhrassi zu erläutern versucht hatte. Sie hatten all dies nur begreifen können, weil sie Galaktein beherrschten; in ihrer Sprache, in der es für abstrakte Dinge wie Ordnungsprinzipien keine konkreten Wörter gab, sondern nur Potential- und Irrealformen, die das Gesagte von vornherein denunzierten, war es kaum möglich, die entsetzlichen, beklemmenden, unfreien Vorstellungen auszudrücken, die in Cadhras mit Wörtern wie Regierung oder Universum verbunden waren. Barakuda. Vor wenigen Tagen hatte Sarela McVitie, seine Nachfolgerin im Wächteramt zu Cadhras, Tremughati besucht und berichtet, daß Dante verschleppt und vielleicht tot sei.

Tremughati wußte, daß er lebte, irgendwo im Süden; sie hätte gefühlt, wenn er gestorben wäre. Sarela war halb beruhigt wieder abgeflogen. Nun wartete Tremughati mit Freude und Sehnsucht auf das Eintreffen des ehemaligen Fürsten Gortahork. Sarela wollte ihn in der Nordsteppe suchen, wo er sich um andere Gruppen von Frauen und Männern aus Pasdan kümmerte; und sie wollte ihn auf dem schnellsten Weg nach Pasdan bringen. Tremughati wußte, daß Gortahork in wenigen Tagen bei ihr sein würde, mit seinen Tagen und Nächten.

Sie streifte das Kleid über ihren halb getrockneten Körper. Es würden nicht nur Tage und Nächte sein, sondern auch Sorgen. Neben den Sorgen, die es ohnehin gab. Etwas ging in Gashiri vor; etwas, das Shilgat insgesamt bedrohen konnte. Sie wußte nicht, was es war; die Geister derer in Gashiri waren ihr verschlossen, aber sie fühlte deutlich die Bedrohung. Um diese Bedrohung, sollte sie einmal groß und fürchterlich werden, abzuwehren, hatten die Heiler vor Jahrhunderten die Institution der Königin von Kelgarla geschaffen, die für den Süden zu tun hatte, was die Fürsten der Banyashil für den Norden getan hatten. Aber Tremughati konnte ebenso wenig wie Gortahork mit dem Titel die Last der Kenntnisse ablegen, und dieses Wissen drängte sie zum Handeln.

Abends wurde das Idyll zur Agonie. In einem der Gemeinschaftshäuser des Dorfs erhob sich kurz nach Sonnenuntergang

Lärm. Tremughati saß mit einem uralten Heiler vor dessen Zelt; sie aßen schweigend und lauschten dem Klang der beginnenden Nacht, den Gräsern und Vögeln, als die Stille zunächst von erregten Stimmen unterbrochen wurde, denen bald das Krachen geworfener Gegenstände folgte. Plötzlich gellte ein Todesschrei.

Der alte Mann blieb sitzen; er murmelte etwas und begann mit dem Oberkörper zu schaukeln. Tremughati sprang auf und eilte zu dem langen, niedrigen Gebäude. Die Tür wurde aufgerissen; Tureela, die Troubadourin, stürzte heraus und lief in Tremughatis Arme, wie blind.

»Mutter«, sagte sie erstickt. Dann biß sie sich auf die Lippen.

Tremughati schob die junge Frau von sich und betrat das Gebäude. Auf dem Holzboden, zwischen dem langen Eßtisch und der Spülbank, breitete sich eine Blutlache aus. Ein Mann lag darin; seine Brust war von einem Messer geöffnet. Umgestürzte Stühle und zerbrochenes Geschirr bedeckten den Boden. Neben dem Toten kauerte ein älterer Mann; seine Augen waren wirr, und Speichel tropfte ihm aus den Mundwinkeln, rann über das Kinn, hing in Fäden herab. Hals und Kleidung waren von Erbrochenem besudelt. Mehrere Männer, alle jünger, standen um ihn herum, mit Messern in den Fäusten.

Dieser Gruppe gegenüber hatten sich etliche Frauen aufgebaut; auch sie mit Messern. Eines der Messer war rot, und die junge Frau, die es hielt, atmete schwer, mit einem knurrenden Keuchen. Ihre Augen waren blutunterlaufen, Spuren von Erbrochenem auf ihrer weißen Tunika.

Später erfuhr Tremughati die Einzelheiten (der wirre, ältere Mann gehörte zu einem Trupp, der die von den Müttern für ihre Schiffbauten abgeholzten Wälder neu anlegen sollte; er hatte hastig und unkontrolliert sein Essen heruntergeschlungen und sich über die junge Frau erbrochen; als diese ihn anschrie, beschimpfte und fortstieß, war der Mann, der nun in seinem Blut lag, ihm zu Hilfe gekommen...), aber zunächst kümmerte sie sich nicht um Ursachen.

Mit ihr trat auch Stille in den großen Raum; nur das Wimmern des Mannes und das knurrende Keuchen der jungen Frau waren zu hören. Irgendwo tropfte Wasser.

Die übrigen starrten Tremughati an. Einen Moment lang war es, als ändere sich mit ihrem Eintreten die Gravitation im Gemeinschaftshaus. Sie schien zu schweben, biegsam, groß und schlank, in ihrem knielangen hellen Kleid. Die nackten Arme und Beine schienen sich nicht zu bewegen, das olivfarbene Gesicht schien unbewegt, die bloßen Füße schienen den Boden nicht zu berühren; dennoch bewegte sie sich vorwärts, und es war, als sei dort, wo sie sich befand, das Zentrum aller Schwerkraft, das alle Blicke, alle Köpfe anzog. Nur der Tote, der Kauernde und die Keuchende blieben frei von diesem Einfluß, gefangen in ihrer jeweiligen eigenen Sphäre.

Tremughati trat zu den Frauen. Sie hob nicht die Stimme. Auf Galaktein sagte sie halblaut, aber vernehmlich: »Das ist mein Kind; ich liebe es.« Dabei berührte sie den Hals der verkrampfen Frau; absichtlich verwendete sie »es«, das geschlechtsneutrale *lo*.

Unter Tremughatis Berührung schien die Frau aus ihrem Rausch zu erwachen. Tremughati faßte die Klinge des blutigen Messers; der klammernde Griff löste sich, die Frau gab das Messer frei.

Tremughati wandte sich um; alle konnten sie sehen, als sie in die Mitte zwischen die Gruppen trat. Sie hob das Messer hoch, führte es an ihre Stirn, beide Wangen, legte es an ihre Lippen und wischte das restliche Blut an ihrem Kleid ab, über dem Herzen. Sie trat zu dem kauernden, wirren Mann, beugte sich vor, legte eine Hand auf seinen Kopf, wischte ihm mit der anderen den Speichel vom Kinn und sagte wieder: »Das ist mein Kind; ich liebe es.« Dann trat sie zu dem Toten; sie kniete in der Blutlache nieder und bettete den Kopf des Erstochenen in ihren Schoß. Das Messer legte sie auf die Brust des Mannes. »Das war mein Kind«, sagte sie; »ich habe es geliebt.«

Sie wandte sich der jungen Frau zu, die aus Zorn und Blutrausch auftauchte und mit flackernden Augen um sich sah. »Komm, Kind. Das Blut, das du trinken wolltest, ist von deinem Messer auf meine Lippen und mein Herz gekommen. Küß mich.«

Langsam, zögernd näherte sich die junge Frau und kniete neben Tremughati nieder. Sie schloß die Augen; ihre Lippen bebten.

Die ganze Nacht brannte das Feuer auf dem Platz im Herzen des Dorfs. Tremughati saß mit dem Ermordeten im Schoß; die ganze

Nacht saß die Mörderin neben ihnen, und immer weitere zwei Frauen und zwei Männer, die abgewechselt wurden. Tremughati schwieg, also schwiegen auch die anderen.

Am Morgen stand die ehemalige Fürstin auf. Niemand hätte ihr ansehen können, daß sie die Nacht ohne Schlaf verbracht hatte. Scheinbar mühelos nahm sie den Leichnam auf die Arme. Dann bedeutete sie der Mörderin mit einer stummen Geste, anzufassen. Gemeinsam legten sie den Toten auf den Holzstoß, der immer wieder neu angefacht worden war.

Später, lange nach Sonnenaufgang, kam Tureela in Tremughatis Zelt. Sie trat leise auf und näherte sich der Lagerstatt.

»Was ist, Tureela?« Tremughati blickte sie an; sie schien noch immer nicht geschlafen zu haben.

Tureela ging in die Hocke und schlug die Augen nieder. »Sie haben mich geschickt«, sagte sie leise. »Um dir zu danken.«

Tremughati winkte ab.

»Doch. Und um dir zu sagen, daß wir dich bitten, uns weiter zu lieben. Und an der Gerichtssitzung teilzunehmen.«

Tremughati richtete sich auf. »Ihr wollt zu Gericht sitzen? Wann?«

»Sofort.«

Alle Frauen und Männer des Dorfs nahmen teil. Tureela vertrat eine Art Anklage; ein junger Mann die Verteidigung. Tremughati hielt sich zurück; sie lauschte und schwieg. Sie saß nicht weit von Byam entfernt; die junge Frau machte nicht den geringsten Versuch, sich zu rechtfertigen.

Tureela sagte nur einen Satz: »Byam hat getötet.«

Der junge Mann (Tremughati konnte sich nicht auf seinen Namen besinnen) nickte und erwiderte: »Sie hat getötet. Vor einem Jahr hätten Heilige Mütter gesagt: ›Sie hat ein Tier gestraft.‹ Nun haben wir eine wirkliche Mutter. Seit sie gesagt hat, alle drei, Byam, der tote Glodar und auch Leng, seien ihre Kinder, die sie liebe, wissen wir, wieviel wir noch zu lernen haben. Niemand von uns kann ein lebenswertes Leben leben. Noch nicht. Und Byam ist nicht verantwortlich für das, was sie getan hat, denn so hat sie es gelernt.«

Tureela schüttelte den Kopf. »Das ist nicht richtig«, sagte sie fast stolz. »Als Wehrhafte Jungfrau hat sie gelernt, Tiere ohne Haß und kalten Blutes zu schlachten. Als sie Glodar erstochen hat, hat sie kein Tier, sondern einen Menschen erstochen, und sie hat es nicht kalten Blutes getan. Aber du hast recht – sie ist nicht verantwortlich.«

Es gab nur wenige weitere Sätze die gesagt werden mußten. Tureela stand schließlich auf und blickte auf die Sitzenden hinab. Wie fast alle ehemaligen Wehrhaften Jungfrauen war sie groß, schlank und kräftig. Wie bei den meisten anderen waren auch bei ihr die Gesichtszüge in den vergangenen zweihundert Tagen weicher, die Haltung gelassener geworden, fast anmutig.

»Keiner kann Byam etwas vorwerfen«, sagte sie. »Aber alle, die Glodar geschätzt haben, werden Byam ungern sehen. Wir können Byam nicht bestrafen für etwas, wofür sie nicht verantwortlich ist; wir können sie nicht im Dorf behalten, wenn wir sicher sein wollen, daß dieser Tod nicht weitere nach sich zieht. Ich schlage vor, daß Byam uns verläßt und sich einer anderen Gruppe anschließt.«

Niemand erhob Einwände. Als Tureela um Handzeichen bat, stimmten alle zu. Auch Byam; sie nickte langsam.

Tureela wandte sich an Tremughati. »Mutter – bist du damit einverstanden?«

»Es ist eure Entscheidung. Ich will nichts einwenden.« Tremughati erhob sich ebenfalls und trat zwischen Byam und Tureela; eine Hand legte sie auf Byams Kopf, die andere auf Tureelas Schulter. »Ich möchte euch etwas berichten. Ich habe diese Nacht viel Zeit gehabt, über euch und vieles andere nachzudenken.«

Sie schwieg einen Moment, als suche sie nach den besten Worten für den Beginn der Geschichte. Dann faßte sie die Ereignisse des Pasdan-Konflikts noch einmal zusammen. Besonderen Wert legte sie auf die Bedeutung einiger Personen; ohne bescheiden oder unbescheiden zu sein, mit knappen Worten, skizzierte sie die Rollen, die sie und Gortahork gespielt hatten; dann sprach sie, beinahe liebevoll, über den alten Saravyi, schließlich über die Gouverneurin Lydia Hsiang, »die auch eure Mutter ist und die von ganz Shilgat«, und zuletzt über Dante Barakuda.

»Nun sieht es so aus«, schloß sie, »als ob uns allen neues Unheil drohte, das aus Gashiri kommt – aber niemand weiß genau, was es ist. Nur eines wissen wir: Dante Barakuda, dem wir alle das Überleben und ihr eure jetzige Freiheit verdanken, ist entführt worden. Er wird auf dem Südkontinent gesucht; ich bin aber sicher, daß er früher oder später in Gashiri auftauchen wird – verschleppt oder nach seiner Befreiung. Und wenn er dort auftaucht, wird es zu einem Zeitpunkt sein, da das Unheil sich entlädt.«

Sie wandte sich an Byam. »Du, Kind, kannst wählen zwischen der schmerzlosen Verbannung, die das Gericht dir auferlegt, und der vielleicht sehr schmerzvollen Expedition, die ich unternehmen will. Sobald Gortahork kommt, werden wir aufbrechen. Gashiri schickt zur Zeit Delegationen zu vielen Städten und Ländern, und wir werden einen Gegenbesuch machen.«

Byam blickte zu ihr empor. Das Gesicht war noch immer ernst, aber der stumpfe Schleier glitt von den Augen.

»Wenn Byam will, werde ich sie mitnehmen. Wir werden viele Male Pfeil und Bogen brauchen, fürchte ich. Das ist auch eine Gelegenheit, die Große Waage des Chaos an einer Stelle wieder auszubalancieren.«

Byam nickte nur.

Tureela räusperte sich. »Wir können nichts gegen deine Entscheidung sagen. Ich glaube, sie ist gut. Aber nimmst du auch Freiwillige?«

* * * * *

Nach dem Frühstück zerstreuten sich die wenigen noch in Shontar befindlichen Leute der TraPaSoc. Begheli und Kakoiannis gingen ins Büro. Sie hatten sich kaum niedergelassen, als das Visifon schrillte. Die Commonwealth-Bank Cadhras meldete den Eingang einer Überweisung aus Puerto Albaicín auf dem fernen NeuGranada, in Höhe von 112.376,21 Drachmen. »Ich dachte, von einem derartigen Betrag würden Sie gern sofort wissen«, sagte die lächelnde Bankangestellte.

Begheli dankte und beendete das Gespräch. Dann dachte sie daran, daß Dante alles eingeleitet hatte und verschollen war.

Der glühende Herbst vor dem Fenster entsprach Beghelis Stimmung gar nicht. Das Kinn auf die geballten Fäuste gestützt, starrte sie lange Minuten dorthin, wo der farbtriefende Zweig einer Blutweide im leichten Seewind schaukelte.

Sie riß sich vom Bürofenster los und wandte sich Kakoiannis zu, der auf der anderen Seite des Schreibtischs saß.

»Tut mir leid«, sagte er. »Soll ich es erledigen?«

Begheli gab den Blick zurück. Ihre Augen schienen verschleiert. Sie musterte das feingeschnittene, braune Gesicht des Mannes, als gebe es darin versteckt den Rat, die Idee, die Erlösung. Dann blieb ihr Blick an den langsam ergrauenden Schläfen des ehemaligen Don Juan der Garnison hängen, und mit einer kleinen Irritation sagte sie sich, daß auch Yasuhiro mit seiner Bildung, seinen Manieren und seiner geheimnisvollen Vergangenheit unvollkommen war. Wie sein Haar. Wie seine Möglichkeiten. Wie sie selbst.

»Warum bist du eigentlich einfacher *suldau* geworden, statt bei deiner zweifellos noblen Familie zu bleiben?« sagte sie zerstreut.

Kakoiannis hob eine Braue. »Ich verstehe, daß du ablenken willst. Aber das Problem muß gelöst werden, und in meiner Vergangenheit, die keinen etwas angeht, liegt der Schlüssel nicht.«

Begheli nickte. »Entschuldige. Aber es ist nicht ganz einfach.«

»Es ist nur halb so schwer. Warum läßt du mich das nicht erledigen?«

»Ich muß mich da durchbeißen, sonst wird es mir immer nachhängen.«

Dante war verschwunden. Shulamit as-Sabah ritt mit der Karawane zu den namenlosen Dörfern der Mischlinge im Norden. Lugo Bondak hatte zugestimmt, aber die letzte Entscheidung mußten Begheli und Kakoiannis treffen. Begheli nahm wieder den Bericht des Labors in die Hand. Er hatte die TraPaSoc 1000 Drachmen gekostet.

»Zusammenfassend ist zu sagen, daß es sich um eine Substanz mit faszinierenden Eigenschaften handelt, die mit den Mitteln des Hospital-Labors von Cadhras keineswegs erschöpfend analysiert werden können.« So stand es im Bericht. Man hatte das Ambra beziehungsweise eine kleine Probe unter den unterschiedlichsten Bedingungen getestet: verflüssigt vergast, erhitzt, gefroren, mit tausend anderen Substanzen, von destilliertem Wasser bis zu Radium, gemischt, jedes Mal mit anderen Ergebnissen.

Kakoiannis stand auf. Er streichelte Beghelis Kopf. »Ich lasse dich wohl besser allein.«

Begheli starrte wieder eine Weile aus dem Fenster. Dann aktivierte das Visifon. Sie wählte die Funkzentrale des Raumhafens an und bat um eine Auskunft. »Geben Sie mir bitte die Ortszeit von Pugan auf Osiris.«

Der junge Mann am anderen Ende betätigte die Tasten seines Terminals. »Einundzwanzig neunundsiebzig.«

»Gut; dann verbinden Sie mich doch bitte mit folgender Nummer.«

Nur etwa zwei Minuten waren vergangen, als sich der graue Bildschirm stabilisierte. Begheli sah den massigen Kopf von Gildor Gerames über einem offenen Hemd, aus dem die gewaltigen Brusthaare quollen.

Der Konstrukteur hatte offensichtlich gearbeitet; er lehnte sich überrascht zurück, und die Automatik seines Geräts veränderte die Einstellung. Er saß am Schreibtisch. An einem antiken, wunderschön gearbeiteten Schreibtisch, dessen grüne Lederplatte von Papieren übertürmt war.

»Begheli!«

»Ja. Ich bin's. Wie geht es dir?«

»Gut. Viel Arbeit. Erstklassiger Umsatz. Ausgefülltes Privatleben.« Gerames grinste schief, legte den Kopf auf die Seite und kniff die Augen zusammen. »Du siehst bezaubernd aus. Aber müde. Hast du Sorgen?«

»Ja. Eine Sorge ist Dante; er ist verschwunden. Tot oder verschleppt.«

Gerames spitzte den Mund. Dann zwinkerte er. »Hat er wieder was Heißes gefunden? Er ist doch jetzt Privatmann. – Aber du klingst... Habt ihr euch zusammengetan?«

»Ja. Woher weißt du... ?«

»Die Schwingungen in deiner Stimme, als du ›Dante‹ gesagt hast. Aber das freut mich. Das finde ich ganz ausgezeichnet.«

Sie lächelte. Sarkastisch sagte sie: »Was? Daß er vielleicht tot ist?«

Gerames runzelte die Stirn. »Quatsch. Also, was kann ich tun? Soll ich eine Flotte bauen und schicken?«

Begheli berichtete von der Gründung der TraPaSoc, den ersten Unternehmungen, Dantes Reise nach Bu'ndai und seinem Verschwinden. Und dem Gutachten des Labors.

Gerames nickte langsam. »Gute Arbeit. Was ist das für ein Zeug?«

Er lauschte ihren Erklärungen. Schließlich sagte sie ihm, was Dante, Learoyds Botschaft zufolge, für den Fall der Nichtanalysierbarkeit des Ambra vorgeschlagen hatte.

»Ja. Aha. Hmmm. – Halt mir doch mal den Bericht vor den Apparat.«

Sie hielt die Seiten des Laborberichts nacheinander vor den Aufnahmeteil des Visifons. Auf dem Schirm sah sie, wie Gerames Knöpfe drückte. Offenbar verfügte er über die Möglichkeit, ein Visifonbild zu kopieren.

Er überflog die Seiten, las das Wesentliche, nickte. »Sehr interessant. Also, Barakuda meint, wir sollten das gemeinsam machen? Klar, ihr habt die Mittel noch nicht. Hm. Pharma ist etwas, wovon ich keine Ahnung habe. Aber das heißt nichts. Es gibt vieles, wovon ich keine Ahnung hatte, mit dem ich aber inzwischen gut verdiene. Ich höre mich um. Ich weiß auch schon wo. In zwei Tagen, ungefähr, ruf ich zurück. Wie ist eure Nummer?«

Es dauerte dann doch länger. Neun Tage später erhielt Begheli zwei Anrufe. Die gute Nachricht stammte von einem älteren grauhaarigen Mann mit asketischen Gesichtszügen.

»Rábano Lugusel ist mein Name, gnädige Frau«, sagte er mit trockener Stimme. Dann erklärte er, er sei seit einigen Stunden ihr Kollege. »Die genauen Einzelheiten gehen Ihnen schriftlich zu, Madame. Ich freue mich auf unsere Zusammenarbeit.«

Gildor Gerames hatte eine neue Firma gegründet, die GERAFARMA, die er auch selbst zu leiten beabsichtigte; er hatte Begheli und Lugusel zu gleichberechtigten Geschäftsführern bestimmt. Begheli schluckte. Die GERAFARMA, erfuhr sie, habe soeben ein mit den besten erhältlichen Wissenschaftlern und Apparaten ausgerüstetes Laborschiff nach Shilgat gesandt.

Während sie noch überlegte, wie sie, Mischlingsmädchen und ehemalige Aushilfs-*tavernera,* sich als Mit-Leiterin eines pharmazeutischen Unternehmens fühlte, das irgendwo in der Galaxis existierte (und sie hatte niemals Shilgat verlassen), kam der schlechte Anruf .

Pa'aira, die seit einigen Tagen im Haus von Bondak und Subhat im Hafen war, hatte eben, im dritten Monat, ihr Kind verloren. Und Begheli durfte es Yasuhiro Kakoiannis mitteilen. Sie legte einen Moment den Kopf auf die Arme. Als sie sich gefaßt hatte, fiel ihr Blick auf die Flasche mit Gashiri-Rum. ›Ich könnte einen vertragen‹, dachte sie. Dann beschloß sie, es sei noch zu früh am Tag.

* * * * *

Morgens versuchte Toyami, ein Stück kalten Hühnerfleischs hinunterzuwürgen. Das Ergebnis war wie zuvor. Anschließend zwang sie sich zu einem kargen Körnerfrühstück, um wenigstens etwas in den Magen zu bekommen. Sie fühlte sich schwach.

Sie beseitigte die Spuren ihrer Fleischfresserei, nahm Bogen und Köcher an sich, sattelte den Rappen und brach auf. Es war ein kühler Morgen.

Nach etwa einer Stunde erreichte sie einen Wald, der zunächst klein und licht zu sein schien. Vorsichtig trieb sie den Rappen zwischen den ersten Bäumen hindurch. Je weiter sie ritt, desto dichter standen die Bäume. Nach einiger Zeit kam sie zu einem von Nordwesten nach Südosten, dann nach Süden verlaufenden Weg.

Später ließ sie die Zügel locker hängen und achtete kaum noch auf ihre Umgebung. Sie horchte in sich hinein, suchte wieder eins mit sich zu werden, aber die fremden Einzelteile beharrten auf ihrer Andersartigkeit.

Sie konzentrierte sich auf die Landkarte in ihrem Kopf und sortierte die Pässe durch das Gebirge. Alle Straßen mußte sie vermeiden, und alle Pässe lagen an Straßen oder zumindest Karrenwegen. Dann beschäftigte sie sich mit der Frage, was in Tag'-gashir'dir tatsächlich vorgehen mochte. Gerüchte über Forschungsstationen oder ähnliche Einrichtungen halfen nicht viel weiter, denn erstens ließen sie sich nicht verifizieren, und zweitens waren sie viel zu allgemein und erlaubten keine Schlüsse. Sie hielt es für wahrscheinlicher, daß sich im verbotenen Bergland Straflager befanden.

Der Weg beschrieb eine scharfe Biegung nach rechts, und jäh

war der Wald zu Ende. Zwanzig Schritte vor ihr standen einfach gekleidete Leute vor Holzhäusern und unterhielten sich. Es war später Nachmittag; man hatte sie längst gesehen. Sie konnte nur hoffen, daß in dieser entlegenen Gegend noch nicht nach ihr gesucht wurde.

Zu ihrer Überraschung behandelten die Kommunarden sie beinahe zuvorkommend. Sie begriff, daß man sie für eine Kontrolleurin hielt. Es war auch die einfachste Erklärung für eine allein durch den Wald reitende Person. Kinder kümmerten sich um ihr Pferd. Jugendliche und erwachsene Kommunarden führten Toyami zum großen Sammelraum.

»In letzter Zeit ist viel Bergverkehr«, sagte eine ältere Frau.

Ein Mann ergänzte: »Natürlich kommen sie nicht hier vorbei, aber bei Tag sehen wir die Staubwolken von der Großen Straße.«

Toyami nickte und aß weiter.

So ähnlich, glaubte sie, würde ein Kontrolleur sich verhalten. Offenbar glaubten die Kommunebauern es auch. Während des Essens wurde sonst nicht viel gesprochen. Der große Sammelraum war Koch, Eß- und Redeplatz, aber alles zu seiner Zeit. Sie musterte die gegerbten Gesichter und die rauchigen Balken. Zum Nachtisch gab es Kaffee; einige der Kommunarden frönten dem Luxus des Tabaks.

Toyami hielt sich an ihrem Kaffeebecher fest. Seit sie vom Pferd gestiegen war, kämpfte sie gegen die Müdigkeit. Die Gespräche waren nicht gerade lebhaft; auch die Bauern hatten sicher einen harten Tag hinter sich.

Als es draußen völlig dunkel geworden war, erhob sie sich und bat darum, man möge ihr einen Schlafplatz zuweisen.

»Wir haben eine Initiation«, sagte ein junges Mädchen fröhlich. »Magst du uns nicht ehren und daran teilnehmen, Geschwist?«

Toyami ächzte innerlich, bemühte sich jedoch, ein freundliches Gesicht zu machen. »Es wird mir natürlich ein Vergnügen sein.«

Wie überall, wo das Geschlechtsleben reglementiert war, gab es auch in Gashiri dafür Gründe, die mit der Aufrechterhaltung von System und Kontrolle zusammenhingen. Junge Leute neigten dazu, sich bei Beginn der Geschlechtsreife abzusondern:

zweisam vereinzelt zu privatisieren. Um empfindsam Jugendliche nicht zu verschrecken, war die vorbeugende Initiation einem begrenzten Kreis vorbehalten, den *kintupl' inisyatik,* an dem neben dem Initianden vier Initiatoren teilnahmen, drei von ihnen Angehörige des jeweils anderen Geschlechts.

Beim üblichen gemeinsamen Bad, das der Einleitung und Vorwärme diente (und natürlich der erforderlichen Reinlichkeit), lernte Toyami die anderen vier kennen und war erleichtert, da es sich um durchweg sympathische junge Leute mit offenen Gesichtern handelte. Der 13jährige Initiand hatte große, verwunderte grüne Augen und war der Fremden gegenüber sichtlich verlegen. Der ältere Junge war kräftiger und, wie die beiden Mädchen, bereits behaart. Toyami beschloß, sich weitestgehend zurückzuhalten, und hoffte, daß die anderen es dulden würden. Sie duldeten es nicht. Aber später konnte sie erstmals wieder gut und tief schlafen.

Sie erwachte erholt, aber auch erschrocken, denn es war bereits vollkommen hell. Eigentlich hatte sie bei Morgengrauen aufbrechen wollen.

Nach einem hastigen Frühstück im Sammelraum ergänzte sie ihren Proviant und verabschiedete sich von den Kommunarden, die sich weigerten, Geld für die Nahrungsmittel anzunehmen. Der grünäugige Junge kam zu ihr, als sie bereits aufgesessen war, und dankte ihr für »die erfreulichen Lehren«.

Der Weg führte nach Süden, und solange man sie vom Dorf aus sehen konnte, durfte sie ihn nicht verlassen. Während sie durch Obstpflanzungen und Getreidefelder ritt, dachte sie über einiges nach, was sie zufällig im Dorf aufgeschnappt hatte. Auch hier waren jene seltsamen Eignungstests durchgeführt worden, einige Leute hatte man zur Arbeit an anderen Orten geholt – wohin genau wußte keiner. Und seit dieser Zeit, etwa einem dreiviertel Jahr, waren keine Kinder mehr geboren worden.

Kurz vor Sonnenuntergang kam sie in die Hügel. Vorsichtig näherte sie sich der ostwestlich verlaufenden Straße und beobachtete sie eine Weile von einer Hügelkuppe aus. Nach Einbruch der Dunkelheit überquerte sie die Trasse und ritt noch etwa eine Stunde weiter über stetig ansteigendes Gelände.

In der Nacht schlief sie unruhig. Im fahlen Frühlicht erklomm sie den nächsten Hügel und studierte das Gelände. Die Berge waren unmittelbar vor ihr. Von der Kuppe konnte sie die abends überquerte Straße nicht sehen; es gab kein Anzeichen für menschliche Aktivitäten. Die Hügel waren spärlich mit Gräsern und Moosen bewachsen, in den Senken drängten sich Büsche. Dazwischen und an den Hängen lagen Steine, Felstrümmer, teils überwuchert, teils nackt. Mit oder ohne Pferd, sie sah keinen Weg in die Höhe. Die glatten, kahlen Steinwände ragten wie himmelhohe Mauern auf.

Weiter westlich glaubte sie, oberhalb einer Steilwand einen grünen Hang zu erkennen, auf dem sich dunkle Punkte bewegten. Vermutlich *zhumzhums*, Springschafe mit überentwickelten Hinterläufen, die sich im Bergland wie irdische Känguruhs bewegten. Im Osten dagegen sah sie nur steile Wände, und sie nahm an, daß die erste Möglichkeit, dort die Berge zu überwinden, die große Südstraße war. Dort hatten die Bauern in den letzten Tagen große Staubwolken gesehen, die auf dichten Verkehr schließen ließen. Toyami fragte sich, wer da unterwegs sein mochte – Nachschub für Grenzfestungen, Truppenkontingente, Sträflingskolonnen? Jedenfalls schied diese Route aus.

In Zickzacklinien ritt sie am Fuß der Berge nach Osten. Der beschwerliche Weg zwischen den Hügeln wurde nicht leichter dadurch, daß sie immer in Deckung zu bleiben versuchte.

Gegen Mittag kam sie an einen Bach, der aus den Bergen floß. Nach kurzer Rast folgte sie dem Bachlauf. Nachmittags stieg sie ab, hängte sich Proviantbeutel und Köcher über den Rücken, nahm den Bogen in die Hand und gab dem Rappen einen Klaps auf die Hinterbacken. Es war soweit – weiter oberhalb verschwand der Bach hinter Vorsprüngen, aber der Hang war zu schaffen. Nicht jedoch für ein Pferd.

Das Tier stand lange da und starrte ihr nach; als sie den Rappen nicht mehr sehen konnte, hörte sie schwach ein letztes Wiehern. Nach erschöpfenden Stunden am steilen Hang, zwischen Geröll, Moosen und Flechten, erreichte sie gegen Abend keuchend eine kleine Felsplattform. Es dauerte lange, bis sie ausreichend zur Ruhe gekommen war, um eine Handvoll Körner und Obst zu essen. Im Westen sah sie bei Sonnenuntergang die Windungen einer Straße, vielleicht auch nur eines kleinen Wegs in die Berge. Als sie sich erholt hatte, wog der Köcher keine hundert Kilo mehr. Alle Fasern schmerzten, aber sie beschloß, die letzten hundert Minuten Zwielicht auszunutzen und weiter zu steigen, bis sie nichts mehr sehen konnte.

Die Schleifen des Bergwegs kamen dem Bachlauf immer näher, und am dritten Tag nach Beginn des Aufstiegs sah sie den kleinen Paß. Bis zum Abend arbeitete sie sich vorsichtig näher. Der Hang war hier nicht mehr so steil; er bildete eher eine schräge, von Brocken übersäte Terrasse, auf der sie gute Deckung fand. In der Nacht schlich sie zwischen Weg und Bach näher an den Paß heran, einen scharfen, wahrscheinlich von der Geduld des Baches geschaffenen Einschnitt.

Im Morgengrauen stellte sie fest, daß die Wände zu steil waren. Es gab keine Möglichkeit, den Paß zu umgehen; die blanken Felsen hingen teilweise über, und so weit sie blicken konnte, boten die oberhalb des Schräghangs aufragenden Berge weder im Osten noch im Westen viel Hoffnung.

Der Paß war bewacht. Sie sah einen grünuniformierten Ordner auf und ab gehen; manchmal blieb er stehen und starrte in die Ebene hinab, dann wieder wandte er sich um und gestikulierte. Sie nahm an, daß er mit anderen sprach. Rechts und links waren am Ausgang des Passes schwere Armbrüste auf Stativen montiert. Man konnte sowohl Metall- oder Eisenholzbolzen als auch Metallsplitter damit abschießen, die mit einem leichten Klebemittel verbunden waren. Es löste sich nach dem Abschuß durch die Luftreibung auf.

Nachdem sie den Posten vier Stunden lang beobachtet hatte, wurde er abgelöst. Toyami zog sich einige hundert Meter zwischen Felsblöcke zurück. Der Weg zum Paß war eng und von oben kilometerweit überschaubar. Wahrscheinlich wurde er selten benutzt und wenn, dann nicht von Wagen. Sie schloß daraus, daß hier keine komplette Paßgarnison liegen konnte. Wahrscheinlich handelte es sich um einen kleinen Trupp, vier oder fünf Leute.

Vorsichtig kroch sie wieder auf ihren Beobachtungsplatz. Der Posten ging immer noch auf und ab. Als die fünfte Stunde abgelaufen war, am frühen Nachmittag, kam eine uniformierte Frau und löste den Mann ab. Toyami seufzte. Wenn die Wachdauer fünf Stunden betrug, mußte sie mit einer Postenbesatzung von fünf Leuten rechnen, die sich den 23stündigen Tag teilten und dabei jeden Tag zwei Stunden Überhang hatten. Sie schätzte, daß es nun kurz nach 15 Uhr sein mochte. Der nächste Wechsel würde also um 20 Uhr stattfinden, bei Sonnenuntergang, dann wieder um zwei Uhr früh.

Leise kroch sie zurück zwischen die Felsen. Sie kalkulierte alle Möglichkeiten durch, die sie finden konnte, und sie haßte alle gleichermaßen.

Als sie erwachte, ging die Sonne unter. Toyami aß und trank wieder eine Kleinigkeit; dann packte sie Beutel, Köcher und Bogen und kroch zu ihrem Beobachtungsplatz. Im Paß stand eine andere Frau. Kurze Zeit darauf kam ein Mann und ging den Weg hinunter, kam immer näher. In die letzte Biegung stellte er eine Pechfackel und entzündete sie. Eine zweite loderte bald darauf am Eingang des Passes, so aufgestellt, daß jeder Näherkommende zu sehen war, selbst aber nicht in den Paß schauen konnte.

Toyami fluchte lautlos. Die Möglichkeit, sich im Schutz der Dunkelheit bis auf sichere Pfeilschußentfernung an den Paß zu schleichen, war damit Illusion geworden. Der Weg war beleuchtet und die undeutliche Gestalt, die sie im Flackerlicht der zweiten Fackel bisweilen sah, als ihre Augen sich an die Lichtverhältnisse gewöhnt hatten, war kein sicheres Ziel.

Sie wartete. Sie wandte mehrere Entspannungstechniken an, die allesamt nicht halfen; vielleicht hatte sie diese Techniken auch allzu lange nicht mehr verwendet. Einmal hörte sie raschelnde Geräusche in ihrer Nähe und dachte mit unguten Gefühlen daran, daß in den Berglanden des Südkontinents giftige Flugschlangen existierten.

Als sie glaubte, von dem Geräusch ihres Herzklopfens taub zu werden, kroch sie von ihrer Beobachtungsstelle fort zwischen zwei Felsen und machte Kniebeugen.

Endlich bequemten sich die Sterne dazu, sich den Positionen zu nähern, die ihr den nächsten Wachwechsel ankündigten. Toyami tastete zwischen den Steinen, bis sie eine erdige Stelle fand. Sie zog die wärmende Lederjacke aus, die ihr hinderlich werden konnte. Hemd und Hose waren aus grobem Baumwollstoff und dunkel. Nach kurzem Überlegen streifte sie auch die Stiefel ab. Dann beschmierte sie Gesicht Hände und Füße mit Erde und kroch an ihren Beobachtungsplatz zurück. Dort legte sie Jacke und Stiefel zu den anderen Sachen, wickelte sich Dolch und Scheide mit einem Lederriemen um das linke Handgelenk und brach auf.

Geräuschlos kroch sie an der ersten Fackel vorbei, dicht an den Boden gepreßt und so weit entfernt wie möglich von dem lodernden Pech. Sie blieb einen Moment liegen und starrte zum Paß, aber dort hatte sich nichts verändert. Sie atmete tief durch und horchte.

Die Nacht war fast windstill. Toyami strengte die Ohren an, schloß die Augen, konzentrierte sich. Wie aus weiter Ferne hörte sie ein leises, regelmäßiges Kratzen: die Stiefel der Frau hinter den Armbrüsten. Wenn sie auf und ab ging, konnte sie noch nichts gesehen haben.

Auf Zehen und Fingern kroch sie weiter. Ein blödsinniger Einfall brachte sie beinahe zum Lachen. Was gäbe sie darum, eine Flugschlange zu sein! Sie wartete, lautlos keuchend, bis sie sich wieder gefangen hatte.

Langsam näherte sie sich dem Eingang zum Paß. Sie schaute nach den Sternen. Ungefähr zwei Uhr; der Wachwechsel mußte gleich erfolgen. Sie drückte sich hinter einer kleinen Bodenunebenheit an die Erde, unweit der zweiten Fackel, und wartete.

Schritte kamen aus dem Hintergrund des Passes. Eine Frauenstimme. Ein belangloser Scherz; eine zweite Frau, näher, antwortete. Die erste Stimme wurde lauter. Dem Klang nach mußte die Frau älter sein, wahrscheinlich kräftig. Toyami wartete noch ein paar Sekunden, dann riskierte sie einen Blick. Sie sah undeutlich im Flackerlicht zwei Gestalten und glaubte, beide schauten in den Paß hinein. Sie unterhielten sich über etwas in der Wachhütte, blickten wahrscheinlich unwillkürlich dorthin.

Wie eine Schlange näherte Toyami sich dem Paß, eng an die steilen Seitenwände gepreßt. Unterhalb der westlichen Armbrust sprang der Felsen ein Stück vor, warf einen zuckenden Schatten. Dahinter, im Dunkel, tat sich eine Nische auf.

Sie kauerte sich hinein. Die beiden Frauen waren kaum zehn Meter entfernt. Endlich beendeten sie ihre Unterhaltung; die Schlankere ging fort, die Stämmige begann mit der unvermeidlichen Wanderung, knapp hinter den montierten Armbrüsten, fünf oder sechs Meter entfernt.

Das Gesicht war nicht zu sehen, und auf den wenigen Metern ließ sich aus dem Gang nicht viel ablesen, aber das wenige reichte. Toyami schloß auf Kraft und gute körperliche Verfassung; die Frau war ihr vermutlich überlegen, und sie konnte es nicht auf einen Ringkampf ankommen lassen. Alles mußte schnell und völlig geräuschlos gehen.

Seit dem Wachwechsel war etwa eine dreiviertel Stunde verstrichen. Nur die Schritte, manchmal der Atem der Frau, die auf und ab ging, auf und ab, wie ein Uhrwerk.

Toyami wunderte sich plötzlich über das leichte Erdbeben, bis sie begriff, daß die Kälte der Bergnacht nach ihr faßte. Sie kauerte dort barfuß und ohne Jacke und zitterte erbärmlich. Es wurde Zeit.

Als die Frau wieder auf ihrer Seite des Passes war und sich auf dem Absatz umdrehte, sprang Toyami. Zwei weite, lautlose Sätze. Sie hielt den Dolch in der Rechten und preßte die Linke auf Mund und Nase der Wachtfrau. Die Halsmuskeln waren hart.

Toyami hielt den erschlaffenden Körper fest. Die Frau trug einen Degen an der Seite; sie durfte um keinen Preis auf den steinigen Boden stürzen. Die Nacht blieb still. Toyami schulterte den Körper und glitt wieder aus dem Paß. Sie trug die Tote in die Nähe der Stelle, wo ihre Sachen verborgen waren. Dort legte sie die Frau hinter einen Felsen.

In der Dunkelheit versuchte sie, Hände und Dolch mit Erde zu reinigen. Plötzlich bemerkte sie, daß ihr Tränen über das Gesicht liefen. Sie schluckte, drängte alle Gedanken beiseite, zog die Jacke an, stopfte den Lederhut zwischen die Pfeile im Köcher, damit sie nicht klapperten, klemmte sich die Stiefel unter einen Arm, warf mit dem anderen Beutel und Köcher über die Schulter, griff nach dem Bogen und lief wieder bergauf.

Sie glitt über den unebenen Boden des Passes. Am anderen Ende sah sie endlich die Postenhütte. Sie hielt den Atem an und huschte zum südlichen Ausgang. Im Sternenlicht sah sie, daß der Weg abfiel und dann in einem langen Bogen wieder anstieg. Neben dem Pfad lag eine umzäunte Weide, auf der sie fünf Pferde zählte. Sie näherte sich den Tieren, die nicht unruhig wurden, stieg über den Zaun, öffnete das Gatter von innen, schlüpfte in die Stiefel und trieb vier der Pferde hinaus. Dann sprang sie auf das fünfte. Sie nahm sich nicht die Zeit, nach Sattel oder Zaumzeug zu suchen. Das Pferd war sanftmütig und ging gehorsam im Schritt; die anderen folgten. Toyami ließ das Tier weiter gehen, neben dem Weg, nach Süden, bis ans Ende des grasbewachsenen Stücks. Dann schnalzte sie mit der Zunge und preßte ihre Absätze in die Flanken des Tieres. Die anderen vier Pferde folgten, bis ihnen der nächtliche Ausflug uninteressant wurde. Aber da waren sie schon einige Kilometer vom Paß entfernt, und der Weg flog unter Toyami dahin.

* * * * *

Nach acht Tagen kannte Terence Bu'ndai auswendig. Lerio fuhr tagsüber mit anderen hinaus, um zu fischen und Hummerkörbe zu kontrollieren. Einmal fuhr sie nicht; diesen Tag verbrachte sie mit Terence in ihrer Wohnung. Für beide war es eine gute Zeit, und die Gewißheit, daß sie enden würde, beeinträchtigte die Freude nicht.

Am neunten Tag entdeckte Learoyd zwei Löcher in der Sohle seines rechten Stiefels. Er grinste und suchte einen Schuhmacher auf, der abfällige Äußerungen über die Qualität der Infanteriestiefel aus dem Commonwealth machte (»Aber langes Gehen ist zwischen den Sternen wohl von Übel, wie?«) und beide Stiefel mit neuen Sohlen aus P'aodhu-Leder versah.

Außer den Sohlen erreichte er nichts. Er schlenderte zum x-ten Mal durch die engen Hafengassen, setzte sich vor ein Lokal am Kai, trank schwarzes Bier und rollte Zigaretten. Als er die zweite anzündete, legte eines der Taucherboote ab und steuerte in die Bucht hinaus. Die Schiffe waren breit, hatten flache Bordwände und Aufbauten, mit deren Hilfe die Dreiviertelkugel aus halbtransparentem druckfesten Korall geschwenkt, abgelassen und aufgezogen wurde – eine Art Hebebaum, verbunden mit Riemen, Ketten und Zahnrädern.

Learoyd stieß einen wilden Fluch aus. Bundashil an Nebentischen warfen ihm interessierte Blicke zu. Er hatte sich auf Galaktein beschimpft, aber Ton und Miene hatten den Nachbarn verraten, daß es sich um interessante Fügungen handeln mußte. Einer der Bundashil sagte: »Dürfen wir hören, welche anmutigen Bemerkungen du soeben abgesondert hast?«

Bei aller Wut mußte Learoyd doch grinsen. Er versuchte eine Übersetzung, der entgegenstand, daß es auf Shilgat keine Hunde gab, so daß er zunächst eine Erläuterung über geringgeschätzte Tiere zu erstatten hatte. »Ich habe mich als plattköpfigen, schweißfüßigen Bastard einer räudigen Hündin bezeichnet, in deren Sippe Gehirnschwund erblich ist.«

Die Bundashil lächelten und dankten für diese willkommene Bereicherung ihrer Kenntnisse.

Learoyd knallte eine Münze auf den Tisch und marschierte los. ›So viele Tage sinnlos vergeudet, dabei gibt es nur eine sinnvolle Möglichkeit‹, dachte er verärgert. ›Kein Wunder, daß ich nicht General geworden bin.‹

Seit Tagen hatte er sich mit Versuchen abgeplagt, Gründe für den Anschlag zu finden. Annehmend, bei den Drahtziehern handle es sich um Leute aus Gashiri, hatte er sich den Kopf mit wilden Hypothesen zerbrochen: Verschwörung der AVs mit Bundashil zur Errichtung einer anarchovegetarischen Kolonie in Bu'ndai; politische Verbindungen zwischen AVs und Korallkorsaren; Racheaktion irgendeines AV, dem Barakuda in seiner Zeit als Sicherheitschef auf die Füße getreten haben mochte... All diese und drei Dutzend andere Überlegungen führten immer wieder zur Frage nach Nutzen, Motiv, Ort und Zeit. Warum sollten AVs Barakuda und Begleiter verschleppen, statt sie auf der Stelle zu töten? Warum in Bu'ndai und nicht beispielsweise in der zu Gashiri gehörenden Station der Taggabahn? Wenn ein Rächer ihnen gefolgt war, warum hatte er dann erst in Bu'ndai zugeschlagen und nicht früher, an einem einsamen Ort? Inzwischen hielt Learoyd es für wahrscheinlich, daß die AVs, aus welchen Gründen auch immer, Barakuda aus dem Weg schaffen, aber nicht sichtbar umbringen wollten, und daß Oubou und er selbst nur notwendige Dreingaben, zufällig anwesende Zeugen waren. Zeugen für was?

Der Anblick des Taucherboots gab ihm die einzig sinnvolle Antwort. Er wußte jetzt, warum jemand Dante und Vlad überfallen und verschleppt hatte, und warum versucht worden war, auch ihn zu beseitigen.

Jemand mußte gehört haben, daß Barakuda auf der Suche nach Ambra war. Jemand mußte Interesse daran haben, zu verhindern, daß Barakuda Ambra erhielt und nach Cadhras brachte. Das konnte nur bedeuten, daß jemand – Terence war sicher, daß es sich hierbei um AVs aus Gashiri handelte – selbst an dem Zeug zu sehr interessiert war, um Einmischung oder Konkurrenz zu dulden.

Learoyd ging schnell nach Süden am Kai entlang, dorthin, wo jener Taucher wohnte, der ihm Ambra gebracht hatte. Dabei schüttelte er immer wieder den Kopf über seine Dummheit. Händler hatte er gefragt; Wirte; Bauern, die in der Nähe großer Straßen arbeiteten; die Leute, die die Endstation der Taggabahn warteten – nur keine Taucher.

Der Mann war zu Hause. Nach einigem Murren erklärte er sich bereit gegen Zahlung eines größeren Betrags sofort in See zu stechen und Learoyd die ungefähre Stelle zu zeigen, unter der sich die Grotten der sterbenden Wale befanden. Terence erklärte ihm in Umrissen, weshalb er solch großen Wert darauf lege; der Taucher seinerseits bestritt, jemals Ambra an Fremde von außerhalb Bu'ndais abgegeben zu haben. Er könne natürlich nicht für alle Taucher sprechen.

Am Nachmittag des übernächsten Tages liefen sie wieder in den Hafen von Bu'ndai ein. Learoyd hatte einige Dinge gelernt; er wußte, daß die Grotten tief unter der Wasseroberfläche zwischen Riffen und ehemals vulkanischen Inseln lagen, an der unzugänglichen Steilküste im Süden der weiten Bucht.

Mühsam fragte er sich durch das Gewirr der Gassen, Straßen und Plätze. Er hatte die Namen mehrerer Taucher, und bis zum Abend war es ihm gelungen, sechs Männer und zwei Frauen zu finden, die regelmäßig oder bisweilen Ambra holten. Von ihnen war keine hilfreiche Auskunft zu bekommen – alle bestritten, jemals Ambra an Fremde abgegeben zu haben.

Von der zweiten Frau erfuhr Learoyd immerhin noch einen weiteren Namen. »Versuch es bei Shari. Er wohnt draußen im Süden, unter den Klippen. Ein Eigenbrötler. Wahrscheinlich sagt er dir nichts, aber versuch es wenigstens.«

Es war längst dunkel, als Terence die Hütte zwischen Sand und Felsen erreichte. Sie lag fast einen Kilometer außerhalb der Stadt. Das Taucherboot dümpelte neben einem morschen Steg.

Die Hütte war nicht erleuchtet; als er näher kam, stellte Learoyd jedoch mit Bestürzung fest, daß er kein Licht brauchte, um zu wissen, was er dort finden würde; seine Nase sagte es ihm.

Shari war tot, der Leichnam bereits in Verwesung übergegangen. Terence hielt die Luft an und tastete sich durch die enge Hütte. Endlich fand er eine Tranlampe. In ihrem undeutlichen Licht sah er, daß der Kopf des Mannes wie von einer Riesenfaust zerschmettert worden war; ein dickes Brett lag nicht weit von der Leiche entfernt.

Learoyd löschte die Lampe, flüchtete aus dem Schuppen, schloß die Tür und atmete gierig die Seeluft. Er ging zu der Taucherin, die ihn zu Shari geschickt hatte.

Sie hörte ihm zu, nicht besonders begeistert. In einer Ecke ihres kleinen, einräumigen Hauses stand ein riesiges Paddel, und zerstreut fragte Terence sich, wie es ins Haus gekommen sein mochte; wahrscheinlich war das Gebäude um diesen Gegenstand herum errichtet worden.

»Was tut ihr, wenn jemand ein Verbrechen begeht oder Opfer eines Verbrechens wird?«

Sie kratzte Reste eines Fischeintopfs aus ihrem Steingutteller. »Seine Verwandten, seine Freunde, seine Nachbarn, seine Kollegen«, sagte sie mit vollem Mund. Dann leckte sie den Löffel aus Walknochen ab. »Sie tun sich zusammen und suchen den Verbrecher. Oder wenn jemand einen Mord oder so etwas begeht, beraten alle, die davon betroffen sind. Dann wird er an die Korsaren verkauft, und sein Besitz wird aufgeteilt oder fällt an die Hinterbliebenen des Opfers.«

»Und was kann man in diesem Fall tun?«

»Wenig.« Sie stand von dem rohen Tisch auf, ging in eine der kaum erhellten Ecken, wühlte unter Fellen und Decken und kam mit einer Flasche Schnaps zurück. Terence sah mit Erstaunen, daß es sich um Rum aus Gashiri handelte.

»Woher hast du das?«

Sie zuckte mit den Achseln. »Gekauft. Vor Wochen, von einem Händler aus Lolai.«

Lolai lag im Hinterland. Terence nahm ein Glas an.

»Wir können morgen früh die Taucher versammeln. Shari hatte keine Freunde und keine Verwandten. Nachbarn, wie du weißt, auch nicht – außer seiner Hütte steht da unten ja nichts. Wir können uns eine Stunde nach Sonnenaufgang dort treffen und versuchen, etwas herauszufinden. Ich werde die anderen informieren.«

Im Morgenlicht rissen sie Türen und Fenster auf; danach machten sie sich an eine Untersuchung der Hütte. Offenbar war Shari tatsächlich mit dem dicken Brett erschlagen worden. Die Hütte hatte man durchwühlt; alles war zertrümmert und verstreut. Die wenigen Habseligkeiten des Tauchers sahen beklagenswert aus. Bodenbretter waren herausgerissen, das flache Brett zerbrochen und der wurmstichige Schrank demoliert.

Learoyd zählte zwei und zwei zusammen, addierte eine imaginäre Zahl und wanderte leise pfeifend zum Bootssteg. In der Kajüte des kleinen Schiffs fand er unter Planken, deren Schrauben glänzende Schlitze aufwiesen, eine Kiste. Er rief die anderen herbei; zu dritt schleppten sie die Truhe an Land und brachen den Deckel auf.

Die Summe der Goldmünzen hatte einen Gesamtwert von etwa elftausend Foldar; es waren Drachmen und sogar zwei goldene Fünf-Talent-Münzen (500 Drachmen) aus dem Commonwealth dabei, außerdem Foldar aus Kelgarla, Sa'orq, den Bergstaaten, Bu'ndai und Gold- und Silbermünzen von Foldargröße aus Gashiri.

»Was geschieht damit?«

Die Taucher berieten stumm, indem sie Blicke tauschten. Der Mann, der Learoyd mit Ambra beliefert und in den letzten Tagen über See gefahren hatte, räusperte sich. »Es gibt keine Interessenten.« Er grinste böse. »Außer dem Mörder, oder den Mördern, die wahrscheinlich genau nach dieser Kiste gesucht haben. Komisch, daß sie nicht auf Sharis Boot gekommen sind. Mit dir sind wir zehn.«

Sie teilten. Learoyd bat um die beiden goldenen Talentmünzen und ein paar Gashiri-Foldar. Insgesamt erhielt er so 1000 Drachmen, 250 Gashiri-Foldar und 350 in gemischten Münzen.

Danach rissen sie die Hütte nieder, bauten aus den Brettern und der Einrichtung einen Scheiterhaufen und legten Shari darauf.

Einer der Taucher schrieb eine Notiz für das Kundgabe-Brett nahe dem Ratskäfig. Darauf stellte er fest, der Taucher Shari sei, vermutlich von Leuten aus Gashiri, ermordet worden, und empfahl den Lesern, sich bei Geschäften mit den Bewohnern jenes wirren Landes äußerster Vorsicht zu befleißigen.

Learoyd mietete ein kräftiges Pferd, das an steile Wege gewöhnt war, und begann die Umgebung von Bu'ndai zu erkunden. Er war überzeugt, daß Shari den größten Teil seines Schatzes durch Ambra-Handel verdient haben mußte. Die meisten Münzen waren neu; sie konnten nicht lange in der Truhe gelegen haben. Vorsichtig schätzte er, daß Shari etwa die zwanzigfache Menge dessen, was in die schwere Munitionskiste gepaßt hatte, geliefert und verkauft haben mußte. Aber nun stellte sich das Problem des Transports und des Zerfalls. Unter normalem Druck hielt *alangra* sich nicht lange, und die AVs verfügten nicht über Kisten mit Druckautomatik. Überlegungen, zu welchem Zweck die AVs so viel Ambra gekauft haben mochten, schob er zunächst beiseite. Wenn seine Annahme stimmte, daß das Ambra für Gashiri wichtig genug war, um deswegen Dante Barakuda, Vlad Oubou und (versuchsweise) Terence Learoyd aus dem Weg zu schaffen, war es auch wichtig genug, den Lieferanten zu töten, wenn man verhindern wollte, daß jemand ihm Fragen stellte.

Er begann im Norden, in den ausgedehnten Basaltfeldern an der Küste. Zwanzig Tage lang bewegte er sich in einem großen Bogen von dort nach Süden, bis zu den steilen, kahlen Felswänden oberhalb der Sterbegrotten, aber er fand nichts, was auf ein geheimes Laboratorium oder auch nur einen versteckten Stützpunkt hindeutete.

Am einundzwanzigsten Tag kehrte er nach Bu'ndai zurück. Am folgenden Morgen sprach er lange mit Xhadruga, dem er einen Teil der geliehenen Foldar zurückgeben wollte, aber der alte Händler weigerte sich.

Nachmittag und Abend verbrachte Terence mit Lerio in ihrer Wohnung, danach in einigen Tavernen. Die Stimmung war gedämpft, auch deshalb, weil Lerio am Morgen bei einer alten Freundin gewesen war, die sich lange vergebens ein Kind gewünscht und nun, endlich schwanger, im dritten Monat eine Fehlgeburt erlitten hatte.

Morgens verließ er Bu'ndai. Lerio begleitete ihn bis zur Taggabahn.

Aus: Flimmer Bundobust, Ich zog mit der Nordkarawane *(Atenoa, 427)*

»… je weiter wir nach Westen kamen, desto größer wurde meine Lust, Pasdan zu besuchen. Pasdan! Welch ein Name! Welch ein Raunen und Wogen in diesen zwei Silben! Verbotenes Land schöner Frauen, exotischer Gewürze, absurder Riten? Irgendwie mochte ich mich mit den Auskünften nicht zufriedengeben – weder den kargen Daten, die ich in Cadhras erhalten hatte (und die im Lexikon der bewohnten Welten *ebenso karg zu lesen sind), noch mit den Geschichten der Händler und Treiber.*

›Pasdan? Geh nicht hin‹, sagte einer. Ein anderer, den ich als beflissenen Zyniker kennengelernt hatte, riet mir: ›Geh ruhig hin, aber beschwer dich nicht bei mir, wenn du nicht zurückkommst.‹ Ja, der köstliche Humor der Steppe…

Dem Vernehmen nach wurde Pasdan einst von Träumern bewohnt, die im Wasser der Flüsse Kristallpaläste besaßen und sich darin der Kunst und der Nacht ergaben. Angeblich landeten eines Tages, lang, lang ist's her, einige Schiffe mit Frauen, die einem Patriarchat entflohen waren, um ein Matriarchat zu errichten. (Als ob man zur Feier der Tatsache, daß man vom Typhus geheilt ist, die Cholera in Umlauf brächte!) Obwohl die Träumer unter Wasser lebten und das Land nicht nutzten, das also zur Besiedlung frei war, hätten die fremden Frauen – die ein paar Männer zu Zuchtzwecken mitbrachten – alle Shil des Landes getötet, zunächst die Männer, dann auch die Frauen, da diese nicht bereit gewesen seien, den Regeln des neuen Paradieses entsprechend zu leben. Erst die Einrichtung des Gouvernements in Cadhras soll das ewige Blutvergießen und die Übergriffe der ›Mütter‹ beendet haben.

Nun, ich mußte mich mit derlei Märchen begnügen, zu meinem und sicher auch zu deinem Leid, lieber Leser, da die Karawane weit nördlich von Pasdan Richtung Vagaván zog und es mir doch als allzu tollkühn erschien, Tausende Meilen auf einem fremden und, sagen wir es ruhig, barbarischen Planeten allein zurückzulegen, nur um am Ende festzustellen, daß alles doch ein Märchen ist und in Pasdan das Leben nicht anders verläuft als sonstwo. Ich tröstete mich mit der Aussicht, das nicht minder fantastische Vagaván kennenzulernen – die Blutgrafschaft! Dort, so sagte man mir, lasse man die gewählte Regierung – Graf oder Gräfin, je nachdem – zur Ader, wenn er/sie et-

wa die Bevölkerung durch den Versuch belästige, Politik zu machen. Welch überaus idyllische Vorstellung!«

VI.

Der dickbauchige Frachtsegler ankerte zwischen den Riedinseln des Losabu-Deltas. Leichter verkehrten zwischen dem Schiff und den Anlegestellen der Taggashil-Dörfer; für größere Segler waren die Untiefen des gemächlichen Losabu unüberwindlich. Lehm- und Sandbänke zwangen selbst kleinere Schiffe mit minimalem Tiefgang zu ständigem Loten, und das Hochseeschiff aus Gashiri hatte sich bis an den äußersten Rand des eben noch befahrbaren Wassers gewagt.

Der zweite Besuch. Vor zehn Zehntagen hatte das gleiche Schiff mit der gleichen Besatzung den Taggashil erstmals Waren angeboten und viele Säcke Schlickreis eingehandelt. Diesmal brachten die Leute aus Gashiri nur wenig, vor allem Flaschen mit ausgezeichnetem Zuckerrohrschnaps, den sie »Rum« nannten, und einige Ballen feinen Tuchs.

Die Obfrau der Taggashil verhandelte mit einem Mann über den Preis. Es war der gleiche Verhandler wie beim ersten Besuch; Tineti stufte dies als ungewöhnlich ein, da bei den Anarchovegetariern, wie sie wußte, die Kommandofunktionen jeden Tag von anderen Personen eingenommen wurden.

Er hatte stechend braune Augen und braunes Haar. Tineti mißtraute ihm zutiefst, schob dies aber auf die Umstände. Gashiri lag im Westen, vom Land am Losabu nur durch steile Berge getrennt. Es hatte nie andere denn blutige Kontakte gegeben.

Immerhin, Handel bedeutete eine Art von Friede, und Tineti ignorierte die Abneigung, die sie diesem Shevshan entgegenbrachte.

»Wir fahren weiter nach Cadhras.« Der Sprecher der Anarchovegetarier steckte die rechte Hand in die Tasche seiner braunen Hose. »Deshalb bringen wir euch diesmal nur wenig, und deshalb können wir nichts mitnehmen. Oder fast nichts.«

Tineti war alt und ging bereits gebückt, dennoch brauchte sie nicht zu dem Fremden aufzuschauen. »Aber wie sollen wir euch bezahlen? Ihr wollt uns doch sicher keine Geschenke machen.«

Shevshan lächelte; er hatte links einen goldenen Eckzahn. »Das wollen und können wir nicht. Aber wir können Münzen gut gebrauchen – Foldar. Ihr prägt doch auch Foldar, oder? Und wenn nicht, sind wir bereit, eine bestimmte Menge an Gegenleistungen vertraglich festzuschreiben und beim nächsten Mal mitzunehmen.«

»Nein, Foldar sind besser. Man soll Schulden immer gleich aus dem Keller schaffen, bevor sie einem das Dach eindrücken.«

Shevshan zog Papier und einen Stift aus der Tasche seines braunen Hemds und schrieb Zahlen nieder.

Tineti hatte das Gefühl, beobachtet zu werden, wandte sich jedoch nicht um. Sie wartete auf das Ergebnis der Rechnung.

»Das wären ungefähr zweihundertfünfzig Foldar«, sagte Shevshan schließlich. Er blickte über Tinetis Schulter, und sie hatte das Gefühl, er betrachte die Person, von der sie sich beobachtet wähnte.

Tineti wollte nicht feilschen. »Wir werden den Preis im Kreis der Alten beraten.«

Vom Dorfplatz zwischen den riedgedeckten Holzhäusern näherten sich Schritte. Tineti wandte sich nun doch um und riß die Augen auf.

Der alte krummbeinige Mann mit tausend Runzeln im Gesicht trat neben sie und legte die Innenfläche seiner Hand an ihre Wange. »Mutter der Taggashil«, sagte er lächelnd, »der Fisch meiner Seele schnellt aus dem Wasser des Trübsinns, da ich dich sehe!«

Tineti kicherte. »Freund und Vater. Du solltest einer alten Frau nicht solche Dinge sagen. Sie lassen mich daran denken, daß ich kaum noch Zähne habe und einen krummen Rücken.« Sie warf Shevshan einen Blick zu. »Dies ist Shevshan aus Gashiri. Und dies ist der weitgereiste, weise Saravyi.«

Einen winzigen Moment lang schienen die braunen Augen des Mannes aus der Anarchovegetarischen Union zu flackern; dann neigte er knapp den Kopf. »Gruß«, sagte er. Er wandte sich Tineti zu. »Ich werde auf dem Schiff gebraucht, Obfrau der Taggashil. Bitte schick uns einen Boten, wenn die Alten über den Preis beraten haben.«

Saravyi blickte ihm nach. Shevshan ging mit schnellen Schritten zum Anlegesteg, sprang in das Beiboot und gab mit Gesten Anweisungen. Die Ruderer ergriffen ihre Riemen und steuerten das Schiff an.

»Ein merkwürdiges Gesicht«, sagte Saravyi. »Man könnte fast meinen, er kennt mich und will ganz schnell aus meiner Nähe.«

Tineti strahlte; sie legte eine Hand auf die Schulter des alten Mannes. »Unmöglich, Saravyi. Wer würde sich freiwillig der Wonne deiner Gegenwart berauben?«

Saravyi starrte mit zusammengekniffenen Brauen zum Schiff aus Gashiri hinüber. Eine kaum merkliche Brise wehte von Nordwesten und kräuselte das Wasser des trägen Stroms. »Oh, ich könnte dir einige Namen nennen«, sagte er gedehnt. »So zum Beispiel die ehemals wichtigsten Mütter von Pasdan.«

Tineti wurde ernst. »Du meinst, Shevshan gehört zu den wichtigsten Leuten aus Gashiri und hat deshalb Besorgnis, wenn er dich sieht?«

Saravyi zuckte mit den Schultern. »Ich weiß es nicht. Gibt es unter diesen seltsamen Wahnsinnigen wichtige Leute? Ich dachte, alle seien gleich wahnsinnig. Und gleich unwichtig.«

Während die Alten über den Handel berieten, wanderte Saravyi durchs Dorf und grübelte. Gerüchte über Besucher aus Gashiri hatten ihn zu diesem Umweg veranlaßt. Er war auf dem Weg aus dem Norden über Cadhras nach Golgit, Kelgarla und Sa'orq im Süden. Seit dem Ende des Matriarchats von Pasdan hatte er sich vergebens bemüht, seine düsteren Ahnungen abzuschütteln oder sie einem übermäßigen Realismus zuzuschreiben. Saravyi seufzte und setzte sich auf einen ausgehöhlten Baumstamm, durch den Kinder krabbelten. Sie wuselten um seine Füße, verwickelten ihn in ihr Spiel. Der alte Mann spielte mit, beantwortete Rätselfragen, gab Tips zum unauffindbaren Verstecken nichtexistenter Gegenstände (ein Mädchen behauptete, einen fürchterlich großen Schatz verstecken zu müssen, damit die Fremden – dargestellt durch einen Jungen – ihn nicht fänden), aber ein Teil seines Geistes wanderte zerstreut umher und befaßte sich mit den Besorgnissen.

Saravyi starrte in den Nachmittagshimmel, rollte eine unförmige Zigarette, zündete sie an und sah dem aufsteigenden

Rauch hinterher. Entweder handelte es sich um eine langfristig angelegte Öffnung des bisher verschlossenen Gashiri, also eine Änderung zum Besseren, zum friedlichen Miteinander; aber dann mußte es innere wie äußere Signale dafür geben, und die Kundschafter des Protektorats in Gashiri hatten bisher nichts von inneren Änderungen berichtet. Oder es war eine politische Reaktion auf Pasdan, ein Einlenken angesichts der Tatsache, daß das Gouvernement in Cadhras schnell und hart reagiert hatte, daß Fantasie, Shiljäger und Commonwealthtruppen zusammen ein Blutbad verhindert, den Terror beendet und damit den Sektierern in Gashiri indirekt ein Warnsignal gegeben hatten. ›Aber‹, dachte Saravyi, ›wozu dann eine Handelsdelegation zu den Taggashil statt einer diplomatischen Gesandtschaft nach Cadhras, nach Arameq, nach Kelgarla und zu den anderen wichtigen Orten?‹ Oder gab es in Gashiri eine innere Notwendigkeit für forcierten Außenhandel nach Jahrhunderten der Isolation? Aber auch von Überproduktion oder Hunger war ihm nichts bekannt.

Er seufzte erneut und trat den Rest der Zigarette aus. Die Shil, die an nichts außer an das Große Chaos glaubten, neigten nicht zu der Annahme, große Dinge könnten aus reiner Freundlichkeit geschehen; ein ausbalanciertes System voneinander abhängiger Egoismen war dauerhafter als Gefühle. Große Versöhnungs- oder Weltumarmungsgefühle schloß Saravyi für Gashiri aus, weil er Realist war. Blieb ein Kalkül. Niemand wußte, wer in Gashiri entschied; es gab zweifellos Führungsgruppen oder -personen, aber sie waren anonym. Persönliche Rückschlüsse oder solche auf das Interesse einer kleinen Gruppe waren nicht zu ziehen. Der einzige greifbare Sinn, den Saravyi sah, war eine Form des Gewinns. Aber mit so kleinen Warenmengen zu so geringen Preisen ließen sich keine wesentlichen Gewinne erzielen, zumal im Tauschhandel.

Er erhob sich von dem Baumstamm, streichelte die Kinder zum Abschied und schlenderte zurück zum Flußhafen. Die letzte Möglichkeit war also, daß die von Gashiri exportierten Dinge wichtig waren, daß Gashiri sehr daran interessiert war, diese Waren in Umlauf zu bringen. Er trat zu den gestapelten Kisten und Ballen, schloß die Augen und konzentrierte sich.

Als Zehnjähriger hatte er die Lehrzeit bei den Heilern der

Banyashil begonnen, mit 15 war er bestauntes Wunderkind gewesen. Als er 20 wurde und der alte Fürst der Banyashil starb, hatte man ihn zu dessen Nachfolger wählen wollen. Er hatte abgelehnt und sich seitdem bemüht, die Mechanismen zu erforschen, die das Leben, Handeln und Sterben von Menschen und Gruppen bestimmten, und mit besonderer Aufmerksamkeit hatte er die seltsamen Fremden von Pasdan, Gashiri und Banyadir beobachtet, soweit er sie indirekt beobachten konnte. Ohne seine Kenntnisse und Einfälle wäre es vielleicht ein Jahr zuvor doch zur großen, entsetzlichen Katastrophe gekommen, als die Heiligen Mütter von Pasdan sich aufmachten, die Welt nach ihrem Zerrbild umzuformen. Er schaltete alle anderen Fähigkeiten ab, konzentrierte sich ganz auf die Gefühle, die geistigen Tastsinne des Heilers.

Einige Taggashil, die die noch nicht endgültig übernommenen Waren bewachten, beobachteten ihn aufmerksam. Saravyi war Legende; bereits ihre Großeltern hatten von ihm gesprochen. Nun sahen sie, wie der alte, weitgereiste Mann erstarrte. Sie alle hatten schon Heiler bei der Arbeit gesehen, wenn sie sich in den Leib eines Kranken hineinfühlten und ihre Kraft in die siechen Körperteile fließen ließen, damit diese selbst die Krankheit bekämpften. Aber Saravyis Konzentration war stärker, seine Erstarrung felsiger als alles, was sie je gesehen hatten. Sie traten lautlos zurück und bildeten einen Kreis, der jede Störung fernhielt.

Er berührte glattes, feines Tuch. Hauchdünn und kühl. Der analytische Teil seines Geistes sagte ihm, ehe er ihn ausschaltete, daß Gashiri über sehr feine Webmaschinen verfügen mußte, wie es sie nirgends sonst auf Shilgat gab. Allein dies war eine Besorgnis, denn feine Webmaschinen setzten ein ganzes Netz weiterer feiner Techniken voraus, mit denen auch andere Dinge hergestellt werden konnten. Dann erlosch der Analyseteil.

Er empfand Eis und Schwärze. Etwas Fremdes, das sich entzog. Nicht fremd wie von einem anderen Stern, ungesehen, kaum faßbar, sondern furchteinflößend fremd wie etwas Bekanntes, Vertrautes, das bei grellem Licht plötzlich nie geahnte dämonische Züge entwickelt, die viel fremder sind als alles Fremde. Etwas völlig Neuartiges, nie zuvor Erblicktes oder auch nur Vorgestelltes kann unfaßbar sein, aber gleichzeitig weist es eine beruhigende Eigenschaft auf, nämlich die Fremdheit, mit der man rechnet, die in sich erwartet und damit beinahe vertraut ist. Beängstigender ist jähe, unbegreifliche Fremdheit bei Altbekanntem; der über Nacht in Verwirrung versunkene Freund ist viel fremdartiger als ein sich bizarr gebärdender Unbekannter. Saravyi empfand etwas, das er nicht benennen konnte. Wie ein gewöhnliches Wort, das durch eine winzige Veränderung eine unauslotbare, bedrohliche Bedeutung bekommt. Erschreckende Bilder formten sich: Gräßlich entstellte riesige Fische, die an Land stiegen und durch Straßen wanderten, welche sich unter ihrem vielbeinigen Trampeln veränderten, als seien sie schon immer Fischstraßen gewesen, auf denen Menschen nicht gehen sollten.

Er öffnete die Augen, zog die Hände zurück. »Schwarzes Eis und wandernde Fische«, murmelte er. Langsam ging er zum Anlegesteg und starrte über das matte Wasser zum Schiff, das im Strom ankerte. Wieder schloß er die Augen und tastete nach dem braunen Fremden. Wie alle Heiler konnte er zwar keine Gedanken lesen, aber Stimmungen fühlen, die ungefähre Beschaffenheit eines Menschen oder die Gemütslage einer Gruppe erahnen. Er fand Shevshan schnell – kalter Intellekt, der mit etwas beschäftigt war, das die gleiche Qualität hatte wie der Stoff: schwarzes Eis.

Saravyi massierte sich die Schläfen. Eine junge Frau trat schnell neben ihn und berührte seinen Arm. Er lächelte sie an. »Keine Besorgnis, Tochter. Ich werde alt und meine Kraft läßt nach, aber stürzen werde ich deshalb nicht.«

Er war ratlos. Am liebsten hätte er den Taggashil gesagt: ›Werft die Waren ins Wasser oder verbrennt sie!‹ Aber die Fremdartigkeit, die er wahrgenommen hatte, war nicht konkret bedrohlich. Nicht so konkret zumindest, daß er hätte sagen können, was sich aus ihr ergeben mochte.

Im Rat der Alten schwieg er; besser nichts sagen als Ungenaues. Zwei Tage später verließ er das Losabu-Delta. Die Händler aus Gashiri waren längst abgesegelt, und die Waren wurden verteilt. ›Harmlos‹, dachte er, als er fortritt, ›oder furchtbarer als alles Bisherige, einschließlich Pasdan.‹ Aber er wußte nicht, welche Möglichkeit zutraf.

Vom Delta des Losabu ritt Saravyi zunächst gemächlich flußaufwärts. Etliche Tage verbrachte er in Dörfern am Mittel- und Oberlauf des großen Stroms, besuchte alte Freunde und beriet mit örtlichen Heilerinnen und Heilern über die Düsternis der Zeiten und die Unvollkommenheiten des Menschen, der niemals des Großen Chaos würdig sein könne. Danach überquerte er die südlichen Berge des Losabu-Landes auf schwierigen, kleinen Pfaden.

Als er nach Langladir gelangte, war der Sommer bereits älter geworden. In Langlava erfuhr er, daß vor einigen Zehntagen eine Karawane aus Cadhras gekommen und wieder abgereist war. Er erfuhr auch, daß sein Freund Barakuda nicht zurück nach Cadhras, sondern weiter zur Taggabahn geritten sei, und daß in den vergangenen hundert Tagen kein Kind mehr in den Wipfeln erspossen war.

Er wandte sich südwärts und durchquerte einen Ausläufer des Landes der Frauen von Zheziri, wo er ähnlich betrübliche Botschaften hörte.

An einem kühlen Sommerabend traf er in den Bergen der Mitte, dort, wo die Bereiche von Golgit, Sa'orq, Zheziri und Kelgarla zusammenstoßen, Heilerinnen und Heiler, die seine Gedanken empfangen und sich dorthin begeben hatten.

In der kalten Nacht der Berge berichtete Saravyi von dem, was er gesehen und dem, was er daraus geschlossen hatte. Die alten Shil lauschten und nickten bedächtig. Die Feuer brannten nieder, bis der schreckliche Beschluß feststand. Saravyi bestimmte einen Tag. »Wenn wir das Licht erhalten wollen, müssen wir in die Finsternis hinabsteigen«, sagte er. »Sind die Wege gangbar?«

Die Heilerinnen und Heiler bestätigten dies. Saravyi blickte sie der Reihe nach an. Die alten Gesichter waren starr.

Im fahren Morgenlicht verließen die anderen den Ort der Sammlung. Saravyi blieb zurück, mit einer alten Frau aus den Bergen von Sa'orq.

»Mutter«, sagte er. »Du weißt, was ich will?«

Die Heilerin lehnte sich an den Felsen und sah in Saravyis Augen. »Die Bläser und Feuerspeier werden bereit sein.«

Als auch sie gegangen war, stand Saravyi noch lange auf einem Felsvorsprung und blickte hinab. Die ausgedehnten, fruchtbaren Täler, die gewaltigen Berge, die Dörfer, weit im Osten und nicht sichtbar der Lysangrische Ozean. Shalga vervielfältigte sich strahlend in Millionen Tautropfen; für Sekunden glühte die Welt.

* * * * *

»Drei Leute von der Freien Handelskommission? Was wollen die denn?« Yasuhiro Kakoiannis lehnte sich an Beghelis Schreibtisch und verschränkte die Arme. Die Bügelfalten von Hemd und Hose waren wie immer tadellos. Er hatte P'aodhu-Kühe gemolken, aber das sah man ihm nicht an.

Begheli kratzte ihr kurzes Kupferhaar; dann stützte sie das Kinn auf die Fäuste. »Ich weiß nicht. Sie haben nicht viel gesagt. Nur, daß sie mit uns in einer wichtigen und für beide Seiten lukrativen Sache reden wollen.«

»Soll die TraPaSoc Mitglied in der Kommission werden? Das wäre aber nicht besonders lukrativ.«

»Ich könnte mir vorstellen, daß sie allmählich begreifen, wie interessant unsere Geschäfte sind. Alle anderen Händler sind Mitglieder der Kommission – wir sind Außenseiter. Und Konkurrenten.«

Kakoiannis murmelte etwas, verschwand Richtung Küche und kam mit zwei Bechern Kaffee zurück. Er stellte Begheli einen hin, dann setzte er sich in den Sessel vor ihrem Schreibtisch. »Also sind wir der kleine Fisch, der das Monopol der Haie stört?«

»So ungefähr.«

»Was kann dabei herauskommen?«

Sie hob die Schultern. »Eine Aufforderung, mit der Kommission zusammenzuarbeiten, Märkte abzusprechen, Informationen auszutauschen, Preise festzulegen. Oder Drohungen, falls wir uns weigern.«

Kakoiannis starrte in seinen Becher. »Wahrscheinlich. Und was tun wir?«

Begheli lehnte sich zurück. Ihre schlanken Finger, die keinen Schmuck brauchten, spielten nervös mit dem Rotstift. »Wir sollten noch eine dritte Möglichkeit bedenken.«

»Nämlich?«

»Vielleicht wollen sie uns kaufen und auszahlen.«

Kakoiannis grinste. »Wie sieht unser Konto aus?«

»Oh, gut. Dantes Coup mit dem Porzellan hat uns saniert. Alles andere dazu, lauter nette Kleinigkeiten – wir sind mit knappen Hunderttausend im Plus.«

»Was ist mit dem Laborschiff und der Pharmasache?«

»Das kostet uns zur Zeit nichts, bringt aber auch nichts ein. Zukunftsmusik.«

»Wie fühlt man sich eigentlich?« Kakoiannis zwinkerte. »Vor einem halben Jahr hast du noch im *Meeresleuchten* betrunkene Seeleute bedient, und heute bist du befehlende Herrin der TraPaSoc und an einem interstellaren Pharmakonzern beteiligt.«

Begheli winkte ab. »Alles rein formal. Und was uns hier angeht... « Sie seufzte und schaute aus dem Fenster. Rauher Seewind zerrte an den Zweigen der flammenden Blutweide. »Dante und Vlad sind verschollen. Learoyd treibt sich im Süden rum und sucht nach ihnen. Sechs sind zu den Mischlingsdörfern im Nordosten geritten und werden erst in vierzig oder fünfzig Tagen zurück sein. Sind wir überhaupt beschlußfähig?«

»Wir sind. Der Chef ist futsch. Entschuldige, Begheli, so war's nicht gemeint. Wir haben vier Stellvertreter – du, ich, Bondak und Shulamit. Die *kaprala* ist mit den anderen im Nordosten, der *sirján* sitzt in Cadhras und ist erreichbar. Notfalls beschließt der Vorstand mit einfacher Mehrheit. Wenn du, Bondak und ich also einer Meinung sind, gilt es.«

Begheli schloß die Augen. »Ich weiß. War nur eine rhetorische Frage. Paß auf, Yasu – ich hab heut früh schon mit Bondak gesprochen. Weißt du, was er sagt?«

Kakoiannis schüttelte den Kopf.

»Verkaufen.«

»Huch. Wieso?«

»Du weißt, er hat immer eine gute Nase gehabt – sagt ihr jedenfalls alle. Bei Einsätzen oder vor Einsätzen. Der Sergeant wußte immer, daß was passieren würde. Stimmt's?«

»Es stimmt. Aber was soll denn passieren?«

Sie sah ihn nachdenklich an. »Er hat ein paar Dinge zusammengezählt. Die plötzliche Öffnung von Gashiri, die Handelsdelegationen der AVs; dann verschwindet Dante, zusammen mit Oubou, in Bu'ndai. Sarela erzählt, daß Tremughati und Gortahork düstere Befürchtungen haben. Seit Pasdan wissen wir auch, wie das mit Saravyis Nase ist – der alte Mann ist immer da, wo Unheil droht, und im Moment ist er irgendwo an der Südgrenze von Gashiri. Addier die mysteriöse Welle von Fehlgeburten. Alles zusammen ergibt keinen Sinn, aber es beunruhigt mich. Vielleicht hat nichts von alledem miteinander zu tun aber wenn doch, dann sehe ich keine fröhlichen Handelskarawanen vor mir, sondern Katastrophen. Und dann gibt uns niemand mehr was für die TraPaSoc. Dann können wir aber mit ihr auch nicht mehr viel anfangen.«

Kakoiannis kaute auf der Unterlippe. »Weiß jemand was über die Beziehungen zwischen uns und dem Labor-Schiff?«

»Nur wir, das Gouvernement und die GERAFARMA.«

»Wir könnten also diesen Teil aus einer eventuellen Transaktion heraushalten?«

Begheli lächelte ironisch. »Wir müssen. Ich komme erst allmählich dahinter, wie schlau Gerames' Anwälte sind. Im ganzen GERAFARMA-Vertrag taucht der Begriff TraPaSoc nicht auf.«

Am Nachmittag traf kurz nach Lugo Bondak die dreiköpfige Abordnung der Kommission ein – eine alte Frau, eine junge Frau und ein Mann irgendwo dazwischen. Begheli und Kakoiannis übernahmen die Begrüßung und Führung über die von der TraPaSoc gepachtete Halbinsel.

Die ältere der beiden Frauen betrachtete mißbilligend die vom feuchten Farn auf ihrem grauen Kostüm hinterlassenen Spuren, kniff den Mund zusammen und betrat wortlos den Sammelraum. Der Mann trug ein Pokerface zur Schau, gab sich dabei verbindlich und sah sich sehr aufmerksam um. Die jüngere Frau und er waren – vermutlich unabsichtlich – in einer Art Partnerlook erschienen: in uniformähnlichem Anzug bzw. Hosenanzug von dezenter und teurer Eleganz. Sie blieb noch einen Moment auf dem Innenhof stehen und nickte.

»Gute Arbeit«, sagte sie. »Ich bin vor zwei oder drei Jahren mal hier gewesen und weiß, wie der Trümmerhaufen vorher aussah. Wirklich, Respekt.«

Es gab Kaffee, importierten Brandy, Gebäck und belegte Brote. Tatuschin, Pa'aira und Nardini zogen sich zurück; die beiden Frauen kümmerten sich um das Vieh, und der schielende *suldau* mußte angeblich dringend einen Karren reparieren.

Im hohen, mit Holzbänken und schweren Holztischen eingerichteten Sammelraum saßen sich die drei Leute der Delegation und die drei Vertreter der TraPaSoc zunächst noch ein wenig steif gegenüber. Nach dem Austausch ritueller Höflichkeiten kam die junge Frau zur Sache. Sie war offenbar die Sprecherin.

»Vermutlich haben Sie sich Gedanken gemacht, was wir von Ihnen wollen.«

Kakoiannis lächelte maliziös und musterte zunächst das Gesicht der Frau, dann seine gebügelte Hose; wie an diese gewandt, sagte er halblaut: »Natürlich. Wir stören Sie, und Sie wollen etwas dagegen tun.«

»Das stimmt.« Die Miene der Sprecherin veränderte sich nicht. »In der Freien Handelskommission sind alle Handelsinteressen von Cadhras vertreten – Cadhrassi und Shil, Karawanen, Frachtsegler, Agenturen, Export-Import-Büros. Mit Ihrem Porzellan-Coup haben Sie die Agenturen verärgert... «

»Das freut uns«, sagte Begheli kühl.

»... und mit Ihrem Exotikahandel aus abgelegenen Regionen die großen Karawanen.«

»Versäumnisse«, knurrte Bondak, »sollte man nicht denen anlasten, die sie aufarbeiten.« Das grüne Haar des alten Sergeanten stand zu Berge.

»Einige unserer Mitglieder haben die Möglichkeiten nicht erkannt oder unterschätzt. Der Umsatz der TraPaSoc im ersten halben Jahr des Bestehens ist erstaunlich, wie unsere Versäumnisse.«

Begheli hob die Brauen. »Was wissen Sie über unseren Umsatz?«

Die Frau lächelte. »Sie haben etwa achtzigtausend Drachmen investiert und inzwischen an die zweihunderttausend eingenommen. Bei oberflächlicher Kalkulation ihrer laufenden Kosten und kleineren Nachinvestitionen dürfte man auf einen Gewinn von tausend Talenten kommen – hunderttausend Drachmen in einem halben Jahr. Es ist nicht schwierig, die Ziffern zu bekommen. Oder zu berechnen, wenn man beobachtet, was Sie machen.«

»Richtig«, sagte Begheli munter. »Und weiter?«

»Der Kuchen ist sehr groß; Sie haben bisher kaum ein paar Krümel aufgepickt.«

»Und nun wollen Sie an dem Kuchen, den wir gebacken haben, mitknabbern.« Kakoiannis nickte versonnen.

»Es gibt mehrere Möglichkeiten«, sagte die ältere Frau. »Vergessen Sie unsere zahlenmäßige Überlegenheit nicht – wir können in jedes Gebiet, in das Sie eine Karawane schicken, drei schicken, bis für Sie nichts mehr bleibt. Für uns wäre es nur kostspielig, aber Sie würden es nicht überstehen. Wir können auch dafür sorgen, daß keine Agentur Ihnen mehr Aufträge erteilt oder Ihnen etwas abnimmt. Und daß Frachter, die von Ihnen direkt kaufen, von niemand anderem in Cadhras mehr beliefert werden. Das sind nur einige Vorschläge. Es gibt weitaus unangenehmere.«

Die Stimmung im Raum war nun sehr kalt. Plötzlich lehnte Bondak sich zurück, bis die Holzbank knirschte, und lachte. »Ein interessantes Gespräch.« Er gluckste und fuhr sich durch das Haar. Die elliptischen Ringe um seine schrägen Augen schienen zu zucken. »Begheli, was meinst du, was in der Nordsteppe für die regulären Karawanen zu holen sein wird, wenn wir Tremughati und Gortahork von diesem Gespräch berichten?«

Die ältere Frau kniff den Mund wieder zusammen und schwieg; die jüngere warf ihr einen mißbilligenden Blick zu.

»Wir wissen, daß Sie alle, besonders Barakuda, mit den Banyashilfürsten befreundet sind«, sagte der Mann schnell. »Wir wollten ihnen auch keineswegs drohen; meine Kollegin hat unsere Möglichkeiten in einem etwas unpassenden Moment und unpassenden Ton aufgezählt.«

»Ach, das macht nichts.« Begheli lächelte. »Als wir vor der Gründung der TraPaSoc gesetzliche und wirtschaftliche Probleme beredet haben, hat uns Lydia Hsiang auf einige Schwierigkeiten vorbereitet. Ich glaube, wir sollten Sie zu Ende anhören und dann Ihre Vorschläge mit der Gouverneurin und dem Wirtschaftsrat erörtern.«

»Hören wir mit dem Spiel auf«, sagte die junge Frau energisch. »Reden wir nicht von Ihren guten Beziehungen, sondern vom Geschäft.«

Begheli schaute sie direkt an; es lag fast Sympathie in ihrem Blick. »Was haben Sie wirklich vorzuschlagen?«

Es lief auf ein Kaufangebot hinaus. Die TraPaSoc sollte begonnene Geschäfte abwickeln und sich anschließend aus dem Geschäft zurückziehen. Die Mitarbeiter sollten sich verpflichten, relevante Kenntnisse schriftlich niederzulegen und der

Kommission zur Verfügung zu stellen. Dafür bot man ihnen Übernahme zu den üblichen Bedingungen in andere Transportfirmen an.

»Und Ihr Preis?«

»Wir hatten an hunderttausend Drachmen gedacht.«

Kakoiannis kicherte, Bondak schnaubte. Begheli schüttelte nicht einmal den Kopf. »Das ist lächerlich.«

»Und natürlich können Sie, wenn Sie wollen, versuchen, den bisher ungenutzten Passage-Aspekt Ihrer Firma auszubauen.«

»Wie extrem großzügig.«

»Welche Vorstellungen haben Sie denn vom Wert der TraPaSoc?«

»Zwei Millionen«, sagte Begheli kaltschnäuzig.

Es wurde ein langer Abend.

Sarela McVitie legte den Finger auf eine kreisrunde Stelle. Maqari beugte sich vor, obwohl er die Satellitenaufnahmen längst kannte. Hsiang verglich Bilder aus den letzten Jahren mit den neueren. Im Konferenzraum des Palais war es angenehm kühl; die Assistentin brachte frischen Tee und zog sich zurück. Nur der Kommandeur der Garnison, die Sekretärin für Sicherheit und die Gouverneurin nahmen an der Beratung teil.

»Können Sie etwas dazu sagen?«

Maqari brummte etwas Unverständliches.

Sarela rümpfte die Nase. »Wenig. Wenn Dante hier wäre... «

Hsiang lächelte. »Nicht aufgeben, Sarela.«

McVitie nickte müde.

Maqari hüstelte. »Meiner Ansicht nach ist dieser Komplex in den letzten Jahren ständig umgebaut worden. Er ist aber nicht größer als vorher.«

Es handelte sich um vergrößerte Aufnahmen des Zentrums von Tag'gashir'dir, des Verbotenen Landes im Süden von Gashiri. Mitten in einer ausgedehnten Wüste befand sich dort ein Gebäudekomplex – Lager, Schuppen, Unterkünfte. Die Wüstenzentrale wurde regelmäßig über eine Piste mit Nachschub versorgt. Nur wozu?

»Alles ist streng geheim. Es ist uns bisher nicht gelungen, Agenten einzuschleusen.« Sarela nippte an der hauchdünnen

Tasse aus Pharlit. Der Tee stammte von der Erde und war kaum zu bezahlen.

»Was da so streng abgeschirmt wird, ist sicher wichtig. Aber was geht da vor?«

Maqari deutete auf eine andere Bilderserie. Sie zeigte die große Nordsüd-Route innerhalb von Gashiri. Die Aufnahmen waren an mehreren Tagen gemacht worden; alle bewiesen, daß reger Transportverkehr auf der Route herrschte. Karren und Karawanen zogen durch die Pässe ins Verbotene Hochland. Und Truppen. Maqari legte die Stirn in Falten. »Schätzungsweise mehrere tausend Tonnen Fracht und an die fünfzehntausend Mann Ordner, in den letzten zwei oder drei Monaten. Aber auch hier frage ich mich, was das soll.«

»Und ob es vielleicht einen Zusammenhang zwischen diesen Aktivitäten und der seltsamen Handelsoffensive gibt.« Die Gouverneurin spitzte den Mund.

»Noch etwas.« Sarela faltete die Hände auf dem Tisch. »Sie sind wachsamer geworden. In den letzten Zehntagen sind mindestens vier unserer Agenten geschnappt worden.«

»Aber wir haben keine Handhabe für Aktionen?« sagte Maqari.

Die Gouverneurin seufzte. »Nichts. Nur abwarten. Und Tee trinken.« Sie hob die Tasse, aber ihr Lächeln war unecht.

* * * * *

Seine Hände und Füße waren gefesselt, die Augen verbunden. Der schmerzende Kopf brachte die Erinnerung zurück. Die Planken unter ihm bewegten sich; aus der Schnelligkeit der Stöße schloß er, daß er sich auf einem sehr kleinen Boot befand.

Barakuda grübelte über die Gründe für den Überfall. Er war noch immer mit Grübeln beschäftigt, als das Boot an einem größeren Schiff anlegte. Er hörte gedämpfte Stimmen, konnte aber nichts verstehen. Nach einer Weile quietschten Scharniere; Geräusche und Gerüche wurden deutlicher, die Kajüte wurde geöffnet. Schritte kamen näher; Hände packten ihn, zerrten ihn vom Boden hoch. Die Fußfesseln wurden gelöst. Auf tauben Beinen stolperte Dante vorwärts. Niemand sprach.

Seine Gedanken rasten. Die Entführer mochten ihn über eine Planke gehen lassen, an deren Ende nur Luft und Ozean waren – aber wozu hatten sie ihn dann entführt? Ein Messerstich in Bu'ndai hätte das gleiche Resultat erbracht.

Er wurde gestoßen; Fäuste rissen ihn in die Luft, dann kam er wieder auf den Boden.

Man brachte ihn zu einem Niedergang; er stieß sich den Kopf und stolperte Stufen hinab. Unten befreite man seine Augen von der Binde und löste die Handfesseln.

Er brauchte nicht lange, um zu wissen, wo er war. Er kannte die Weltgegend und die Gebräuche des Ozeans von Bu'ndai. Man hatte ihn auf ein Schiff der Korallkorsaren gebracht. Der Laderaum war weitläufig; im Halbdunkel stellte Barakuda fest, daß fünf Shil sich darin aufhielten, vier Frauen und ein Mann. Alle waren relativ jung, soweit sich das im ungewissen Licht bestimmen ließ.

Drei Korallkorsaren standen am Fuß des Niedergangs; sie hielten gespannte Bogen in den Händen. Ein vierter bedeutete ihm, sich an die Bordwand zu begeben. Dort wurden seine Füße in einen Stock aus Eisenholz gesteckt. Sekunden später krachte die Klappe auf den Niedergang

Eine der Frauen sagte ruhig: »Willkommen an Bord, Fremder. Du bist Cadhrassi?«

Barakuda nickte. »Und ihr?«

Sie kamen aus verschiedenen küstennahen Orten; alle waren Bundashil. Allerdings waren sie nicht entführt worden und äußerten Erstaunen, als Barakuda von dem Überfall berichtete.

Eine Frau hatte eine Nachbarin mit dem Messer verletzt; die zweite hatte Foldar gestohlen, um mit der Taggabahn ans Ende der Welt zu reisen. »Jetzt komme ich dafür ans andere Weltende«, sagte sie mürrisch. Die dritte hatte die Erschaffung des Großen Chaos durch eine Hierarchie geisteskranker Dämonen geschaut und versucht, in ihrem Landstrich eine ähnliche Hierarchie zur Verwirrung der materiellen Angelegenheiten einzurichten. Wie üblich hatten die Bundashil sie zunächst gewähren lassen; erst als sie Anhänger fand und lästig wurde, hatte man sie und den Mann, ihren obersten Subaltern-Dämonen, an die Korallkorsaren verkauft. Die vierte Frau schließlich hatte einen Fischer erschlagen

»Wir haben vielleicht Glück«, sagte sie. »In dieser Jahreszeit können sie uns nicht in den Norden oder Westen bringen; die Windverhältnisse sind zu ungünstig.«

»Was ist daran Glück?« sagte der Mann verdrossen.

»Wir bleiben auf dem Kontinent. Stellt euch vor, sie brächten uns auf eine kleine Insel. Da müßten wir dann ewig bleiben.«

Zwanzig Tage brachten Barakuda und die anderen Sklaven in einem Kastell zu. Sie konnten sich in drei Räumen frei bewegen, aber eine Möglichkeit zur Flucht gab es nicht. Die rosa durchscheinenden Wände waren stabil. Durch die engen Fenster war ein Entkommen nicht einmal für die schmächtigste der Frauen möglich, und Dante mußte allen Gleichmut und sämtliche Noastoa-Techniken der konstruktiven Sublimierung aufbieten, als er tagelang einen Gleiter über dem Kastellkomplex schweben sah. Er konnte sich nicht bemerkbar machen, und alle Versuche, mit den Korsaren zu reden, scheiterten. Seine Habseligkeiten hatte man ihm abgenommen; vielleicht wäre es anders gewesen, wenn er einen Korsaren hätte bestechen können. Aber seine Behauptung, die Cadhrassi würden für ihn weitaus mehr zahlen als jeder Sklavenhändler, stieß auf Unglauben. Ein Korsar zwinkerte ihm freundlich zu. »Sie werden dich mitnehmen und nichts zahlen. Sie haben Feuerwaffen und Flugapparate – wie könnten wir sie zum Zahlen zwingen?«

Die tägliche Routine. Morgens, lange vor Sonnenaufgang, stiegen Fischer in ihre Boote und fuhren auf den Pangotik hinaus. Taucher holten von Muschelbänken Nahrung, andere schafften Algen herbei, auf Dachgärten zog man Gemüse. Frauen und Männer bereiteten in einer großen Gemeinschaftsküche Speisen für alle zu. Kinder wurden in den wichtigen Dingen des Lebens unterwiesen – Schwimmen, Tauchen, Umgang mit Messern und bewaffneten Gegnern, Segeln, Sternkunde. Barakuda beobachtete durch ein Fenster eine kleine Plattform, auf der man winzige Boote baute. Zunächst fertigten die Kinder aus hauchdünnen Korallplatten und biegsamen Walgräten, Sehnen und gebeizter Walflossenhaut eine Art Windsurfer, mit dem sie sich im Wasser tummelten und die Geheimnisse von Wind und Wellen erlernten. Von den schweren Walknochen, die beim Bau der Kastelle als Balken und Säulen verwendet wurden, blieb manchmal Abfall zurück, aus dem Pfeil- und Harpunenspitzen, aber auch Messergriffe und allerlei Gebrauchsgegenstände sowie Zierat geschnitzt wurden. Mit einiger Faszination lauschte Barakuda eines Tages einer Unterweisung. Ein alter Korsar erläuterte, indem er für die Kinder mit einem Pfeil und großen Schuppen Zeichnungen anfertigte, welcher Fisch bei welchem Wetter in welcher Tiefe schwimmend welche Wasserverwerfungen an der Oberfläche erzeugte, und wie man einen kräftigen jungen Wal, ohne ihn zu Gesicht zu bekommen, von einem der bösartigen alten Tiere unterscheiden konnte, die zum Sterben in die Tiefseegrotten schwammen und deren Fleisch und Haut nicht mehr verwendbar waren.

Nach und nach kamen weitere Sklaven ins Kastell. Als 50 beisammen waren, wurden sie auf ein größeres, dreimastiges Schiff gebracht. Im Zwischendeck konnten sie sich frei bewegen; es gab Decken und Latrinen, und jeden Tag holte man sie in Zehnergruppen unter Bewachung an Deck.

Die Fahrt war ereignislos. Barakuda erfuhr von vielen Schicksalen; die unterschiedlichen Vergangenheiten, kanalisiert durch die Gegenwart, mündeten in eine gewisse Zukunft: Sklaverei. Vermutlich würde man sie zu einem Hafen nahe dem südlichen Wendekreis bringen und dort entweder an Einzelabnehmer oder an Händler verkaufen.

»Sklavenhändler wäre mir lieber«, sagte eine anmutige junge Shil; ihren Händen sah man nicht an, daß sie einen Mann erwürgt hatte. »Wenn ich gleich im Hafen verkauft werde – nein, lieber nicht. Da unten gibt es nur kleine Orte, und ich habe keine Lust, die nächsten zehn Jahre am exkrementalen Spundloch von Shilgat zu verbringen. Lieber mit einem Händler in eine größere Stadt.«

Anders als seine Leidensgenossen sah Dante sich nicht als Objekt eines üblichen und akzeptierten Strafvollzugs, sondern als Opfer eines Verbrechens, dessen Hintergründe ihn immer mehr beunruhigten.

»Was heißt Verlust der persönlichen Freiheit?« sagte ein Mädchen bei einer der Debatten im Zwischendeck. »Wenn ich in meinem Heimatdorf nähe oder Unkraut jäte oder Stiefel besohle, bin ich doch genauso angebunden.«

»Ja«, sagte Barakuda ungeduldig. »Aber du könntest weg, wenn du wolltest.«

»Das stimmt, aber ich will ja nicht.«

Ein älterer Mann, über dessen Verfehlungen niemand etwas wußte, mischte sich ein. »Ich glaube, ihr Sternenleute leidet an übertriebenem Bewegungsdrang und bildet euch ein, irgendwo, zum Beispiel in der Zukunft, sei etwas besser oder wesentlich anders. Deshalb auch eure Manie, was die Umgestaltung der Welt angeht, die sich doch nie wirklich ändert, falls es sie überhaupt gibt. Ich dagegen bin immer da, wo ich bin, ob ich nun hier oder dort bin.«

Dante nickte. »Das ist so. Aber macht es euch nichts aus, zehn Jahre lang* nicht tun zu können, was ihr wollt?«

»Wir können nie oder immer tun, was wir wollen«, sagte das Mädchen. »Was zählt, ist das Wollen. Vielleicht werde ich von einem Sa'orqi gekauft, der an der Zwangsvorstellung leidet, Karren herstellen zu müssen. Dann werde ich Räder verspeichen oder Kutschböcke verleimen. Vielleicht kauft mich eine Frau, die ein Bergwerk betreibt; dann werde ich Gold oder Eisen fördern. Vielleicht kauft mich ein Mann mit absonderlich hohem Sexualbedarf; dann werde ich dem abhelfen. In jedem Fall wird der Käufer seine Interessen berücksichtigen und meine Fähigkeiten, und mich wird nur der kaufen, der zwischen beidem eine gesunde Relation herstellen kann. Es wäre sinnlose Geldvergeudung, etwa eine schmächtige Frau für eine Arbeit zu erwerben, die nur Muskelprotze erledigen können. Und wer einen süßen, flaumhaarigen Lustknaben möchte, ist weder an mir noch an dir interessiert, Cadhrassi.«

Vierzehn Tage dauerte die Seereise. Sie liefen einen Hafen weit im Süden an. Segrest war unbedeutend; es lag an der Westküste des Südkontinents, der hier eine – nach planetaren Maßstäben – dünne Halbinsel bildete. Die Westküste erstreckte sich noch fast 1000 Kilometer nach Süden, in den subarktischen Be-

---

* Sklaverei ist ein ökonomischer bzw. Straf-Zustand auf Shilgat. Auf dem Südkontinent beträgt seine Dauer üblicherweise zehn Jahre; Sklave und Käufer schließen häufig einen Kontrakt, in dem der Sklave Verzicht auf Fluchtversuche garantiert, der Käufer sich verpflichtet, sein Eigentum gut zu behandeln und für jeden Arbeitstag eine bestimmte Summe (meistens 0.25 bis 0.5 Foldar) zurückzulegen; die Gesamtsumme steht am Ende der Zeit dem Sklaven zu. Der Kontrakt garantiert dem Käufer eine dauerhafte Arbeitskraft zu geringen Kosten, dem Sklaven gute Behandlung sowie Bewegungsfreiheit innerhalb der Stadt- oder Landesgrenzen. – Die Gepflogenheit der Korallkorsaren, niemals Sklaven in deren Heimat zu verkaufen, schützt Missetäter davor, z. B. Verwandten ihrer Opfer in die Hände zu fallen.

reich hinein. Dort lag Kap Tagga, das Südkap, mit einigen öden Inseln. Auf der Höhe von Segrest durchmaß die »Halbinsel« etwa 300 Kilometer – eine Bergkette, abfallende Plateaus, ein Sumpfgürtel, dann wieder Küste.

In einer Verhandlung, von der sie nichts sahen und hörten, wurden alle Sklaven einem Händler übergeben, der eine Ladung Robbenfelle, Trockenfisch und Schildpatt zum Hafen Lorgan, an der Ostküste, brachte. Am folgenden Tag brach die Karawane auf; die Sklaven wurden locker aneinandergekettet, so daß sie sich zwar bewegen, nicht aber fliehen konnten, und zwar immer in Gruppen zu zehn Frauen und Männern etwa gleicher Körpergröße. Die Karawane setzte sich aus Packtieren, Karren und Sklaven sowie berittenen Händlern und Treibern zusammen.

In gemächlichem Tempo durchquerten sie die Halbinsel. Die Sklaven wurden weder gut noch schlecht behandelt. Manchmal wurde einer krank, meistens fußkrank; dann wurde die Verkettung gelöst, und der oder die Kranke reiste bis zur Genesung auf einem Karren.

Die Bergkette stellte kein großes Hindernis dar; der Paß lag etwa 1500 m über NN. Karge Vegetation, beständiger Nieselregen und die Ausdünstungen der P'aodhus waren das einzig Erwähnenswerte an der Reise. Dante lernte etliche Marschlieder kennen, die die Fortbewegung ein wenig erleichterten. Die meisten von ihnen waren vielstrophig, episodenhaft und burlesk oder obszön.

Barakuda rutschte auf einen Stein aus und begann zu humpeln. Der Sklaventrupp stockte. Einer der Aufseher kam und starrte mißvergnügt auf Barakudas Beine. Dann winkte er einem zweiten Mann, der einen Schlüssel von seinem Gürtel nahm, Barakudas Kette öffnete und den Humpelnden stützte. Ein Karren wurde angehalten, auf dem bereits ein Sklave lag.

Der Mann hatte eine häßliche Wunde am rechten Oberschenkel; auch er war ausgerutscht, gestürzt und hatte sich an einem scharfkantigen Stein das Fleisch aufgerissen.

Der Treck setzte sich wieder in Bewegung. Dante bettete sich auf Felle und Decken und begann ein Gespräch mit dem Leidensgenossen.

Abends kampierten sie in einem kleinen Seitental, begrenzt

von schroffen Vorsprüngen und Steilwänden; als bei Sonnenuntergang die Wolken kurz aufrissen, sah Dante, daß sie etwa die halbe Höhe zwischen Paß und Ebene erreicht hatten.

Feuer wurden angezündet, Essen in großen Bottichen bereitet; nach Einbruch der Dunkelheit warfen die Flammen huschende Schatten auf die nackten Felswände. An einer Stelle, am Ende des Einschnitts, war der Beginn eines engen, steilen Pfads zu sehen gewesen; nun herrschte dort finsterste Dunkelheit.

Der Sklave mit dem wunden Oberschenkel sprang plötzlich auf und lief schreiend durchs Lager. Immer wieder heulte er schrill, brüllte seine Angst in die Nacht, warnte vor giftigen Flugschlangen. Zunächst dachte niemand daran, daß diese Reptilien so weit im Süden nicht existierten. Sklaven zeterten, Wächter, Treiber und Händler rannten hin und her, versuchten, die aufgebrachten Menschen zu beruhigen und den durch das Lager tobenden Sklaven einzufangen, dem sich inzwischen andere Verletzte angeschlossen hatten.

Endlich kehrte Ruhe ein. Durchdringendes Stöhnen und ein erstickter Hilfeschrei alarmierten die Wächter erneut. Sie fanden einen Händler, der sich den Kopf hielt. Man hatte ihn niedergeschlagen; als er an sich herumtastete, stellte er fest, daß sein Geldbeutel und sein Messer fehlten.

Mit Erleichterung bemerkte Dante, daß das Getöse noch anhielt. Er hatte die Hälfte der im letzten Licht erblickten Kletterstrecke zurückgelegt und wußte nicht, worauf er sich einließ, wohl aber, wovor er floh.

Auf einem winzigen Vorsprung machte er eine Pause, bis seine Atmung sich beruhigte. Weit unten sah er die Feuer des Lagers, in dem wieder Stille herrschte, die jählings von neuem Durcheinander gesprengt wurde. Er lächelte grimmig in die Nacht, überprüfte die Riemen des Geldbeutels und der Messerscheide an seinem Gürtel; dann klomm er weiter.

Nach kurzer Zeit hatten seine Augen sich an die Dunkelheit gewöhnt. Zwar konnte er nie mehr als zwei oder drei Meter weit sehen, aber das reichte, um ihm das beklemmende Gefühl zu nehmen, er taste sich durch einen steilen Kohlensack.

Längst hörte er nichts außer dem Nachtwind und Gräsern. Er stieg einen Abhang hinauf, dessen Fels von einer dünnen Humusschicht bedeckt war. Unter seinen Füßen fühlte der Boden sich weich an.

Nach etwa einer Stunde erreichte er eine weitere überhängende Wand. Rechts und links bot sich, so weit er dies in der Dunkelheit feststellen konnte, kein Ausweg. Er befand, er sei außer Reichweite etwaiger Verfolger, und suchte nach einer windgeschützten Nische, in der er notfalls auch im Morgengrauen vor Blicken sicher war.

Er brauchte nicht lange herumzutasten. Unter dem überhängenden Gestein war es absolut finster; dennoch war er sicher, daß er den gesuchten Unterschlupf gefunden hatte. Er ließ sich auf Hände und Knie nieder und prüfte den Boden. Die Nische mochte sechs Meter tief und eineinhalb Meter breit sein; sie schien keine seßhaften Bewohner mit Nägeln und Klauen zu haben. Er fühlte weder Lagerspuren, noch roch er Wildausdünstungen. Blind räumte er Steine beiseite, schuf eine einigermaßen glatte Fläche und streckte sich aus. Es war kalt und feucht, aber hier spürte er den eisigen Nachtwind nicht. Und er war nicht mehr angekettet.

Im Morgengrauen erwachte er aus einem unruhigen, immer wieder abreißenden Schlaf. Vorsichtig lugte er aus der Höhlung. Unter ihm wogten dichte Schwaden von Morgennebel, so daß es ihm unmöglich war, seine Position im Verhältnis zum Lager zu bestimmen. Er ignorierte das Knurren seines Magens, lutschte Tautropfen von Gräsern, um den ärgsten Durst zu stillen, und sah sich um.

Offenbar steckte er in einer Klemme. Die überhängende Wand bot keine Aufstiegsmöglichkeit, und die nahezu ebene Fläche zu ihren Füßen war begrenzt. Er ging nach rechts, dann nach links; schaudernd dankte er seinem Geschick, daß er nicht nachts noch versucht hatte, weiterzukommen. Am Rand der felsigen Fläche gähnten Abgründe, in denen der Nebel kochte.

Es würde ihm nichts anderes übrigbleiben als zu warten. Warten, bis der Nebel sich verzog und er sehen konnte, wo er war; warten, bis der Sklaventreck weitergezogen war, damit er wieder hinabsteigen konnte.

Im fahlen Morgenlicht wirkte die Nische wie eine rechteckige Gruft. Bei genauer Betrachtung glaubte Dante, Spuren von Bearbeitung an den Wänden zu sehen, aber es konnten ebensogut Bruchstellen infolge Erosion sein oder Spuren von Tierkrallen. Eine Reihe von elf Steinen in Kopfhöhe an der rückwärtigen Wand erregte seine Aufmerksamkeit. Sie bildeten ein Band, das in einer flachen Kurve aufwärts gewölbt war. Er stellte sich auf die Zehenspitzen und betrachtete den mittleren Stein. Er schien anders als die übrigen; so, als sei er gelegentlich berührt worden.

Barakuda trat einen Schritt zurück und zwinkerte. Die rückwärtige Wand schloß fugenlos mit den Seiten, der Decke und dem Boden ab.

»Auf Shilgat«, knurrte er, »ist nichts unmöglich.« Er dachte noch einen Moment nach; dann zuckte er mit den Schultern, nahm das Messer in die Rechte und berührte mit dem linken Zeigefinger den Stein.

Nichts geschah. Dante versuchte, den Stein zu drehen. Er gab nach. Von links ertönte ein leises Knirschen, und zwischen Kopfwand und Seite bildete sich ein schmaler Spalt. Dante bückte sich und schlüpfte hindurch. Hinter ihm schloß sich die Wand wieder; er stand im Dunkeln.

Aus: Erzählungen der Banyashil *(anonym, Cadhras 511)*

»Laßt uns nun schweigen von jenem, der jahrelang die Welt durchzog um zu sehen, ob sie sei wie sie war, ob sie würde wie sie schien, ob sie ist was sie nie wird, ob sie seiner bedurfte oder ihn ausspie. Als Saravyi zwanzig wurde, hatten die Häupter und Heiler ihn alles gelehrt, was anzuwenden oder zu vergessen sich überhaupt lohnt. Man wollte ihn zum Fürsten des Nordens machen, doch verlangte es ihn danach, die Rückseite des Windes zu sehen und die losen Enden der Welt zu verknoten. So brach er denn auf. Mit Karawanen zog er, verschnitt P'aodhus und feilschte mit Händlern von den Sternen. Er baute Schiffe in Tashila, lernte fremde Gedanken und Handwerke in Cadhras, riffelte Taumeltang und trank Grafenblut in Vagaván, kelterte Sampas für tifti *in Kelgarla, tauchte in Bu'ndai nach* alangra *und suchte Steine auf der Dämoneninsel Zho, stieg auf die Gipfel von Banyadir und in die Eingeweide von Sa'orq, zählte die Rispen im Farndschungel und den einmütigen Sand der Roten Wüste. Er barg das verschüttete Wissen der Vergangenheit, um die Zukunft zu formen. Er war der Spieler, wir alle seine Puppen. Der Süden ruht auf seinen Knochen, im*

Norden trägt ein Berg seinen Namen. Deshalb wollen wir nun nicht daran erinnern, daß er zu einer ihm genehmen Zeit Wegelagerern und Müttern half, eine Bedrohung zu werden, damit Cadhras sie ausschaltete; daß er den Schrecken von Gashiri beendete; daß er die Heiler an ihre Pflicht und die Häupter an ihre Lust erinnerte; daß er alle List und aller Witz von Shilgat war. Deshalb wollen wir versuchen, ihn zu vergessen und vor allem die folgenden Geschichten, die man sich von ihm erzählt... «

VII.

Nachts kam sie langsam voran, tagsüber war jede Bewegung gefährlich. Außerdem unmöglich; unter der heißen Herbstsonne knapp südlich des Äquators wurde Tag'gashir'dir zu einem Brutbecken. Das ringsum von steilen Bergsystemen umgebene Hochland litt unter anhaltender Dürre, Wind kam selbst nachts kaum auf, und für jemanden, der wie Toyami nicht an diese Bedingungen gewöhnt war und nicht gesehen werden durfte, gab es erfreulichere Landschaften. Aber alle waren weit weg.

Unweit der Berge hatte sie viele Tage gebraucht, um durch ein Netz von Wehr- und Versorgungsdörfern zu schlüpfen. Toyami war es gelungen, sich und ihr Pferd zu versorgen; sie hatte jene ekelhafte, aber nährende Substanz aus Pflanzenfetten und Körnern, *panyám*, in ausreichender Menge aus Depots stehlen können.

Jenseits der Dörfer begann die Savanne. Dort hatten die Führer der AVs in Abständen kleine befestigte Postenstationen angelegt. Tagsüber fanden Transporte oder Truppenverschiebungen statt; dann wimmelten die bergnahen Savannen von Menschen, Tieren, Karren und Material. Riesige mobile Katapulte waren dabei und andere Konstruktionen, die aus der Ferne nicht genau zu erkennen waren. Die Bewegungen deuteten nach Süden.

Dreißig Tage nach jener Nacht im Paß hatte Toyami bestenfalls 100 Kilometer Luftlinie zwischen sich und die nördlichen Berge von Tag'gashir'dir gebracht. Immer wieder sah sie sich gezwungen, Umwege zu reiten, nachts, ungewiß, ob nicht hinter dem nächsten Hügel eine Patrouille wartete. Einmal hatten sie und das Pferd zwei Tage ohne Wasser verbracht; es gab in der Hochsteppe genügend Brunnen, aber die meisten lagen im unmittelbaren Bereich einer Wachstation.

Was auch immer der Grund für die Transporte und Märsche war – allmählich kam sie zu dem Schluß, daß sie auf diese Weise nie die südliche Grenze erreichen würde. Das Verbotene Land Tag'gashir'dir ließ sich als unregelmäßige Schüssel betrachten. In der Nähe der Berge, die allenthalben den Rand der Schüssel bildeten, gab es hügelige Steppe, Brunnen, Stationen und scharf kontrollierte Wege. Weiter im Zentrum der Schüssel erstreckte sich ein Wüstengebiet, und dorthin wurde sie unweigerlich abgedrängt.

Von einem niedrigen Hügel aus erblickte sie am Nachmittag zwei Stationen, die etwa fünf Kilometer auseinanderlagen. Von einer stieg eine dünne Rauchsäule auf. Sie befand sich westlich der hauptsächlichen Transportrouten, eingeklemmt zwischen den Savannenpfaden und dem System der Wachstationen einerseits und der zentralen Wüste andererseits. Die beiden kleinen Festungen waren nicht zu umgehen.

Es sei denn, sie versuchte abermals, im Schutz der Dunkelheit unter den Hügelkuppen vorbeizukriechen. Zu riskant; diese Möglichkeit schied aus. Die Stationen waren zu nah beieinander, die Transportroute zu nah neben der östlichen der beiden Stationen, und ein Wiehern ihres Pferdes konnte das Ende bringen.

Sie nahm den Zügel und zog das Tier nach Westen; die Hügel gaben ihr Deckung. Nach einer Stunde machte sie halt und kletterte auf die nächste Kuppe. Die Landschaft schien sich nicht verändert zu haben; wieder sah sie zwei Stationen. Offenbar hatte sie eine Reihe von Sperrforts innerhalb des Verbotenen Landes erreicht, und zum wiederholten Male fragte sie sich, ob es überhaupt eine Aussicht gab, die Südgrenze zu erreichen. Sie versuchte, den Aufwand der anonymen AV-Führer zu kalkulieren. An dieser Stelle mochte die Savanne von den östlichen Bergen bis zum Beginn der Wüste etwa 160 bis 180 Kilometer durchmessen. Entlang den Nordsüd-Routen gab es Wachstationen und Depots, die bereits aufwendig zu unterhalten und zu besetzen waren. Wenn nun auch noch eine Kette von jeweils etwa 5 Kilometer voneinander entfernten Sperrstationen ostwestlich eingerichtet war, bedeutete das an die 35 Stationen mit mindestens fünf bis sieben Leuten; hinzu kämen Versorgungstrupps und Ablösemannschaften. Aber was war der Sinn des Ganzen? Wozu Sperrstationen in einem fast unzugänglichen Land, in dem nur Autorisierte sich aufhalten durften? Gab es in Tag'gashir'dir eine Abstufung der Unzugänglichkeit – eine Absolut Verbotene Zone innerhalb des Verbotenen Landes? Vielleicht gar noch eine Gänzlich Absolut Verbotene Zone innerhalb der Absolut Verbotenen?

Bei Sonnenuntergang bewegte sie sich noch immer parallel zu der nicht abreißenden Kette von Sperrposten. Am folgenden Nachmittag fand sie einen kleinen, halbverdeckten Brunnen in einer Hügelsenke, an dem sie das Pferd tränken und Lederflasche und großen Wasserschlauch füllen konnte. Kurz vor Beginn der Abenddämmerung kam sie zu einem Wasserlauf, der an einer Stelle einfach aus dem Boden trat. Sie folgte ihm vorsichtig, wobei sie das Pferd hinter sich her zog, und stellte fest, daß sich in einer Senke zwischen zwei Sperrstationen eine Art See gebildet hatte, an dessen Ufern Pferde grasten. Niedriges Buschwerk bildete Inseln in der Savanne. Toyami beobachtete die Pferde, die Stationen auf ihren Hügeln, den kleinen See.

Als es dunkel geworden war, zerrte sie das unwillige Tier langsam zwischen den letzten Kuppen Richtung Seeufer. Fast schien es, als habe das Pferd in den langen einsamen Tagen eine Abneigung gegen Artgenossen entwickelt. Bis auf den als Zügel dienenden Lederriemen, den sie aus ihrer Jacke geschnitten hatte, trug das Tier keinerlei Zaumzeug. Sie hätte viel für einen Sattel gegeben; ihre Baumwollhosen waren längst nur noch Fetzen.

Aber es gab Wichtigeres.

Behutsam schlich sie vorwärts. Manchmal blieb sie stehen, ließ das Tier einige Minuten grasen oder einfach ruhen; dann wieder ging sie ein wenig seitwärts. Sie hoffte, auf diese Weise eventuellen Beobachtern nicht aufzufallen. In ihrem dunklen Zeug war sie kaum auszumachen; sie bewegte sich tief gebeugt. Wer den See und die Pferde sah, falls er nachtsichtig war, der konnte kaum mehr als ein weiteres Pferd erblicken, das sich langsam zwischen den anderen Tieren hindurch von Norden nach Süden bewegte.

Für die Strecke von 600 Metern brauchte sie fast drei Stunden. Schließlich erreichte sie das Ende des Sees, wo das Wasser ebenso jäh versickerte, wie es aus dem Boden getreten war. Noch ein paar Meter bis zu den Hügeln.

Endlich konnte sie aufsitzen. Sie ritt noch eine Stunde, bis sie sich sicher genug fühlte, um ein wenig zu schlafen.

Zwei Tage lang ritt sie durch verlassenes Land. Hier gab es kleinere Wildtiere und viele große Vögel, aber beim Gedanken an Fleisch wurde ihr übel. Am dritten Tag, nachdem sie den See passiert hatte, trat das Pferd während einer langen Galoppstrecke in ein verdecktes Loch und überschlug sich. Toyami wurde vom Rücken des Tieres geschleudert. Der Wasserschlauch, den sie mit Stücken aus ihrer Jacke und Fetzen ihrer Hose um den Hals des Reittiers gebunden hatte, platzte; den Bogen verlor sie beim Sturz, und die Pfeile schossen aus dem Köcher und verteilten sich in der Steppe.

Das Pferd wälzte sich, schlug aus und schrie. Es war kein Wiehern, sondern ein Schmerzensgeschrei, das Toyami erschauern ließ. Das rechte Vorderbein war gebrochen; wahrscheinlich waren auch noch Muskeln und Sehnen gerissen. Als sie nähertrat, richtete das Pferd die Augen auf sie und lag einen Moment still. Toyami kauerte neben dem Kopf des Tieres nieder, tätschelte ihm den Hals und tastete nach den Adern. Dann zog sie das Messer.

Eine halbe Stunde suchte sie die Pfeile zusammen. Als sie weiter nach Süden ging, schlotterte die zerschnittene Jacke um ihre abgemagerte Gestalt. Der Hut saß im Nacken wie ein verbogenes, undichtes Schneckenhäuschen. Die Sohle des rechten Stiefels war vorn gelöst und schlappte bei jedem Schritt; die Hose bestand aus Fetzen und Fäden. Am Gürtel hing der Dolch in seiner Scheide, daneben der volle und völlig nutzlose Geldbeutel. Das dunkle Baumwollhemd war verklebt und stank, aber Toyami nahm es längst nicht mehr wahr. In den Jackentaschen steckten ihre restlichen Vorräte: drei Handvoll Körner und ein Stück *panyám*. Über der linken Schulter trug sie die halbvolle Wasserflasche und den Bogen, über der rechten den Köcher. Bei Einbruch der Nacht las sie aus den Sternen, daß sie etwa 300 Kilometer Steppe, Wüste und Feinde vor sich hatte, wenn sie zur Südgrenze kommen wollte. Erschöpft ließ sie sich am Fuß eines Hügels nieder und starrte eine Weile in den Himmel. Später zog sie den Dolch, betrachtete die Klinge, die im Licht der Sterne glitzerte, zog die Jacke aus und krempelte den linken Ärmel des Hemds auf. Die kalte Nachtluft biß in ihre Haut, und da merkte Toyami, daß sie zum Sterben noch zu lebendig war.

* * * * *

Drei Tage und Nächte – die einzigen nach und vor langer Zeit. Das Schiff lag an der unzerstörten Mole, und als sie im Morgengrauen zu den Ruinen von Pasdan hinüberschaute, fragte Tremughati sich erneut, ob es wirklich erst ein halbes Jahr her war. Sie erinnerte sich an einen anderen Morgen – zuschanden gerittene Pferde, erschöpfte Jägerinnen und Jäger der Banyashil, längst nicht besiegte Wehrhafte Jungfrauen, die Mischlinge aus dem Nordosten, die Frauen und Männer der Garnison; dann die aus dem Himmel fallenden Landetruppen des Commonwealth und die Sprengung der Hauptstadt der mörderischen Mütter. Sie dachte an viele andere Tage und Nächte, die Mühsal des Erziehens, den Versuch, ehemalige Gardistinnen und versklavte Manntiere an ein anderes Leben zu gewöhnen. Und nun, da die schwerste Arbeit vorüber war, die ausgesuchten Heilerinnen und Heiler der Shil zusammen mit fortentwickelten Zöglingen den Rest tun konnten, waren eine Heimkehr in die Steppe und Friede an Gortahorks Seite weit entfernt.

Sie seufzte. Gortahork sah, daß ihre Augen, sonst von einem eigentümlich lichten Schwarz, trüb waren. Dann bemerkte er, daß seine eigenen Fingerknöchel weiß durch das dunkle Oliv der Haut stachen, weil er die Reling umklammerte.

Sie brauchten an diesem frühen Morgen keine Worte. In drei Tagen der Arbeit und drei Nächten der Liebe war alles gesagt worden. Als mittschiffs die ersten Frauen erschienen und in den Morgen blinzelten, standen sie noch immer an der Steuerbordreling des Achterdecks.

Über dem Meer wuchs ein Punkt aus dem Himmel und wurde schnell größer. Der kleine Gleiter landete neben dem Ruderhäuschen. Sarela McVitie war allein gekommen. Nach kurzer Begrüßung gingen sie zu dritt in die Heckskajüte. Ein Frühstück aus Obstsaft, Brot und kaltem Braten war vorbereitet; Sekunden nach ihnen trat eine ehemalige Gardistin von Pasdan ein. Sie brachte dampfenden Kaffee.

Sarela trug bequeme Halbschuhe aus Leder, eine Khakibluse und einen hellgrünen Uniformrock; nach beinahe einem halben Jahr als Sekretärin für Sicherheit fühlte sie sich in Zivil noch immer seltsam. Sie hob die Tasse. »Die Gouverneurin hat mir aufgetragen, euch zu grüßen, Fürsten.« Dann rümpfte sie die Nase. Auch das war etwas, woran sie sich noch gewöhnen mußte. Fürstin und Fürst der Banyashil gab es nicht mehr.

»Deine Schiffe sind bereit, Vater der Banyashil.« Sarela zwinkerte müde, nach langem Alleinflug durch die Nacht. »Sie liegen auf der Reede von Tashila. Es sind vierzig.«

Der große breitschultrige Mann nickte. Auch an Bord eines zum Auslaufen bereiten Dreimasters wirkte er in seiner Lederkleidung nicht wie ein verirrter Savannenläufer. Gortahork war überall ein Fürst, und die Ausstrahlung war keineswegs mit dem Amt erloschen. »Gut. Weißt du, ob alle Dinge an Bord sind, die an Bord sein sollten?«

Sarela lächelte. »Ja«, sagte sie auf Banyashilgu. »Wer verstieße denn gegen deine Anweisungen? Es ist alles an Bord. Pelze, Gewürze, Teppiche, Handwerkserzeugnisse, alle Handelsgüter des Nordens. Und viele seekranke Jägerinnen und Jäger mit ihren Waffen.«

Gortahork erwiderte das Lächeln. »Dann ist es gut, Schwester und Freundin.« Halblaut setzte er hinzu: »Besser wäre es, all dies wäre nicht nötig. Aber nach der beschwerlichen Arbeit, ehemalige Manntiere zu Menschen zu machen, ist die Fahrt nach Gashiri geradezu verlockend.«

Nachdenklich sah Sarela ihn an, dann die wunderschöne dunkle Frau im weißen Kaftan. »Was genau sind eure Pläne? Dies fragt die Gouverneurin.«

Tremughati schob den Metallteller von sich; sie hatte nicht viel gegessen. »Gortahork segelt mit Schiffen und Waren nach Gashiri, um die Handelsbesuche zu erwidern und die Augen aufzuhalten. Ich segle in den Süden, um Barakuda zu suchen, mit zweihundert ehemaligen Wehrhaften Jungfrauen.«

»Hoffentlich sind alle wenigstens noch wehrhaft«, sagte Sarela trocken.

Die dunkle Frau lächelte kurz. »Das ja. – Weißt du Neues über Dante?«

Sarela schüttelte den Kopf; die graugrünen Augen blickten traurig.

»Du sagtest, er sei in Bu'ndai überfallen und verschleppt worden.«

»Oder getötet.«

»Er ist nicht tot. Wir würden es spüren«, sagte Gortahork entschieden.

Sarela dachte an die Heiler, schwache Telepathen, die sich mit dem Geist in den Körper des Kranken fühlten. Auch die ehemaligen Fürsten waren Heiler. Sie nickte. »Ja. Ich weiß. Ich glaube euch und freue mich.«

Tremughati musterte die Tischplatte; ohne Betonung fragte sie: »Was hat Dante eigentlich in Bu'ndai gesucht?«

»Ihr wißt ja, daß er zusammen mit anderen Ehemaligen aus der Garnison eine Transport- und Passagegesellschaft gegründet hat, die TraPaSoc. Sie schaffen Dinge nach Cadhras, an die sonst keiner denkt. Dante wollte, glaube ich, in Bu'ndai vor allem Ambra auftreiben.«

Gortahorks olivfarbenes Gesicht wurde fahl. Tremughati schloß die Augen.

Sarela sah beide erstaunt an. »Was ist daran so furchtbar?«

Tremughati biß sich auf die Unterlippe. »Ambra ist ein galakteinisches Wort«, sagte sie tonlos. »Du meinst *alangra,* nicht wahr?«

Sarela nickte.

Gortahork holte tief Luft. »Dann wissen wir, was zu tun ist.« Seine Augen loderten plötzlich, und Sarela erschrak.

»Was hat es denn damit auf sich?«

»Eine Gegenfrage«, unterbrach Tremughati. »Weißt du, ob seit dem Besuch der Handelsdelegation aus Gashiri in Cadhras seltsame Dinge geschehen sind?«

McVitie runzelte die Stirn. »Was meinst du?«

»Zum Beispiel – sind noch Kinder geboren worden?«

Sarela öffnete den Mund; dann ließ sie sich gegen die Stuhllehne zurückfallen. »Es... es hat in den letzten Wochen sehr viele Fehlgeburten gegeben.«

Gortahork stand auf und ging zum Heckfenster. Es war, als

spräche er mit dem brackigen Wasser des ehemaligen Hafens von Pasdan. »Das ist eine der möglichen Wirkungen, die mit zerfallenem *alangra* zu erzielen sind.«

»Was sind die anderen?«

Gortahork antwortete nicht. Tremughati faltete die Hände auf der Tischplatte. »Es ist eine der harmlosen Wirkungen«, murmelte sie. »Das Große Chaos möge uns die anderen ersparen.«

»Was sind die anderen?«

Sarela erhielt keine Antwort. Nach einer langen Pause blickte Tremughati sie an. »Du warst bei den Korsaren, auf der Suche nach Dante?«

»Ergebnislos.«

Gortahork wandte sich wieder zum Tisch. »Nun weiß ich, was ich gefühlt habe. In Golazin habe ich Waren aus Gashiri in den Händen gehalten. Die Schwärze des letzten Abgrunds und die Kälte der tödlichsten Ordnung waren darin.«

»Es ist nichts, was ihr in Cadhras als Anlaß für ein ›amtliches Vorgehen‹ verwenden könnt.« Tremughatis spöttischer Tonfall täuschte Sarela nicht; die ehemalige Fürstin war zutiefst entsetzt. »Dann ist auch klar, was geschehen ist. Dante wollte *alangra* holen; jemand, der auch an *alangra* interessiert ist und nicht will, daß andere damit experimentieren, hat dafür gesorgt, daß Dante überfallen wurde.«

»Und Vlad Oubou«, sagte Sarela. Die ehemaligen Fürsten kannten die alten *suldaus* der Garnison. »Nur Terence Learoyd ist entkommen. Er schwört, daß die Anarchovegetarier dafür verantwortlich sind. Er wird, fürchte ich, wieder die Taggabahn besteigen und einen privaten Rachefeldzug beginnen.«

Die beiden Shil lächelten, aber es war ein Lächeln voll Sympathie und Respekt.

»Er wird nicht viel ausrichten, aber ich wünsche ihm Glück«, sagte Gortahork.

»Vielleicht treffe ich ihn«, murmelte Tremughati. Sie registrierte Sarelas fragenden Blick. »Ja. Ich werde zu den Korallkorsaren segeln. Sie werden nicht sehr erfreut sein.«

Sarela seufzte. »Erklärt mir wohl jemand, wovon eigentlich die Rede ist?«

»Die Korsaren«, sagte Gortahork, »sollen dafür sorgen, daß

nur die Heiler *alangra* bekommen – sonst keiner. Deshalb und nur deshalb dulden die Heiler und Häupter aller Shilvölker ihre seltsame Lebensweise. Außerdem erfüllen sie mit dem Sklavenhandel eine sinnvolle Tätigkeit – aber wichtiger ist die Wache über die *alangra*-Höhlen.«

»Verzeih, aber warum sollten sie über deinen Besuch nicht erfreut sein, Tremughati? Sie werden ihn nicht zur Kenntnis nehmen – ebenso wenig wie den bewaffneten Gleiter des Gouvernements.«

Tremughati hob die Brauen. Einen Moment lang fühlte Sarela McVitie sich winzig; erstickt, zermalmt von Macht und Wissen weit jenseits ihres Begreifens. Dann lächelte die Fürstin, und Sarela vermochte wieder zu atmen.

»Sie werden trauern«, sagte Gortahork. »Wächterin von Cadhras, wir sollten aufbrechen. Was du erzählt hast, macht die Dinge nur noch eiliger.«

Tremughati dachte an etwas anderes – an einen alten, listigen Mann, der immer dort war, wo Unheil drohte. »Weißt du, wo Saravyi steckt?«

Sarela nickte. »Ungefähr. Er wollte zu den Shil im Delta des Losabu und dann nach Kelgarla. Warum?«

»Die Königin von Kelgarla hat für den Süden zu tun, was die Fürsten der Banyashil für den Norden tun mußten.« Die Stimme der ehemaligen Fürstin klang dumpf.

Gortahork öffnete die Kajütentür. »Dann ist es soweit, und die arme fette Varanira wird die letzte Königin sein. Und unsere Schwester Lydia die letzte Gouverneurin von Cadhras.«

Sarela blickte völlig fassungslos.

»Hoffentlich bleibt einer übrig, der sich an die Namen erinnern kann«, sagte Gortahork. »Komm, Freundin, laß uns fliegen. Ich werde dir sagen, was ich sagen kann.«

* * * * *

Der von zwei P'aodhus gezogene Wagen ratterte durch die Straßen des Zentrums von Cadhras. Yasuhiro Kakoiannis saß auf dem Bock; Begheli, die ihn von hinten betrachtete, erkannte an der Kopfhaltung und, wenn er sich bewegte, an den Schwellungen der Wangenmuskeln, daß Kakoiannis unausgesetzt grinste.

Neben ihr, auf der Ladefläche, hockte der alte Sergeant auf einer älteren Metallkiste. Auch Bondak grinste. Die Kiste enthielt 7.500 goldene Talente, 750.000 Drachmen. Es war der ausgehandelte Preis dafür, daß sich die TraPaSoc aus dem Karawanengeschäft zurückzog und ihre Kenntnisse der Freien Handelskommission zur Verfügung stellte.

»Ein Scheck hätte es nicht getan, Lugo?« sagte sie.

Bondak klopfte auf seine massive Sitzgelegenheit. »Nein.« Er schüttelte mehrfach heftig den Kopf, ohne mit dem Grinsen aufzuhören. »Nein, hätte es nicht. Auch kein Bares in Papier. Nein. Wenn schon denn schon.«

»Nicht schlecht für ein halbes Jahr«, sagte Kakoiannis.

»Wenn jeder seine Einlage zurückbekommt, wie vereinbart, und der Rest gleichmäßig aufgeteilt wird, sind das immer noch fast fünfzigtausend pro Nase.« Bondak faßte sich ins Gesicht, als wolle er das genannte Objekt prüfen.

»Wir haben ja schon ein paar Möglichkeiten gefunden, neue feine Dinge zu tun«, sagte Begheli. »Aber selbst wenn wir nichts tun – Shontar ist gepachtet, wir haben ein Dach über dem Kopf und einen Gemüsegarten, und unter diesen Umständen kann man mit fünf Drachmen pro Tag mehr als luxuriös leben. Also, irgendwann in den nächsten zehn Jahren wird uns bestimmt noch was einfallen.«

»Eh, *sirján*«, sagte Kakoiannis. »Ich hab den Mund gehalten, als du das ausgehandelt hast, aber jetzt wüßte ich doch gern, was die Gashiri-Sache soll.«

Bondak nickte und wurde ernst. »Später«, knurrte er.

Sie hielten vor der Commonwealth-Bank an der Plaza Tokman. Bondak und Kakoiannis wuchteten die Kiste vom Wagen und schleppten sie ins Bankgebäude. Bis auf weiteres würde das Gold nutzlos in einem Tresor liegen; bis eine Vollversammlung der aufgelösten TraPaSoc entschied, was zu tun war.

»So. Was jetzt?«

Begheli deutete auf das gegenüberliegende, gediegene *Hotel Centro*. »Heute können wir uns das leisten. Ich könnte ein zweites Frühstück vertragen. Zum Beispiel mit echtem Champagner.«

Als die livrierten Kellner aufgetragen und den abgetrennten Raum wieder verlassen hatten, kam Bondak zur Sache. »Eine

Idee, die ich schon länger hatte.« Er starrte Begheli durch den hauchdünnen, transparenten Pharlit-Kelch an. »Wegen Dante und den anderen.«

Die junge Frau nickte; ihr Gesicht wurde ernst.

Kakoiannis' gute Manieren brachen wieder durch; er warf Bondak einen mißbilligenden Blick zu, als der ehemalige Sergeant sein Frühstück mit stoßbereitem Messer überfiel.

»Was hat diese Idee mit Dante zu tun?«

»Ganz einfach. Saravyi ist immer da, wo Unheil droht, und jetzt ist er an der Südgrenze von Gashiri. Die AVs schicken Handelsdelegationen aus; seit sie hier waren, hat es viele Fehlgeburten gegeben. Dante, Terence und Vlad werden in Bu'ndai überfallen; Terence behauptet, er hätte einem, der aussah wie ein besonders brauner AV, zwei Finger abgeschnitten. Tremughati reist zu den Korallkorsaren, und Gortahork ist mit Schiffen aus Arameq und Golazin nach Gashiri unterwegs. Da, finde ich, sollten wir nicht zurückstehen.«

»Du meinst, all das hat mit Dingen zu tun, die die AVs ausbrüten?«

»Hast du eine andere Erklärung? – Jedenfalls: Wenn die AVs uns Handelsdelegationen schicken, können sie keine Einwände haben, wenn wir auch zu ihnen kommen.«

Die Freie Handelskommission war darauf eingegangen; die defunkte TraPaSoc würde die Kosten für den Schiffscharter übernehmen, Händler der Kommission würden Waren zur Verfügung stellen, und nach Abzug der Unkosten würde man den erhofften Gewinn teilen – 35% für die TraPaSoc, den Rest für die Kommission.

»Und wie soll das genau aussehen?« Kakoiannis gab sich keine Mühe, die Skepsis zu verbergen.

Bondak hustete. »Ich denke mir das so«, sagte er.

Die Erklärung nahm eine Weile in Anspruch; schließlich, nach vielen Reden und Gegenreden, seufzte Begheli und hielt ihren leeren Kelch hoch. Kakoiannis goß aus der Magnumflasche nach.

»Und du glaubst Sarela spielt mit, die Garnison spielt mit, das Gouvernement spielt mit, und die AVs spielen mit? Ganz zu schweigen davon, daß unsere Leute im Norden sind und nicht morgen hier in Schiffe klettern können.«

Bondak grinste. »Ja. Das habe ich alles bedacht. Ich werde gleich einen Spaziergang zur Garnison machen und mit dem Chef reden. Dann sehen wir weiter.«

»Hier«, sagte Bondak. Er deutete auf die große Karte des Südkontinents. Der mächtige Gashigar durchzog von Südwesten nach Nordosten das Gebiet der Anarchovegetarischen Union der Ungläubigen Transzendentalisten. Die Hauptstadt Gashir lag etwa 100 km südlich der Mündung. »An der Mündung sind zwei gegenüberliegende Forts, mit Schnellseglern und Ordnertruppen und riesigen Katapulten. Wir segeln dorthin und verhandeln. Wenn wir Glück haben, lassen sie uns flußauf zur Hauptstadt segeln. Wenn wir Pech haben, werden wir die Ladung in den Forts oder einem Küstenhafen löschen müssen und heimkehren, aber auch dabei könnte man etwas herausfinden. Und wenn wir großes Pech haben, schicken sie uns sofort wieder weg.«

Es war ein heißer Tag; vom Binnenmeer wehte kaum Erfrischendes über das flache Küstenland zu Garnison und Raumhafen herüber. Auf der Halbglatze des Kommandanten der Garnison glitzerten Schweißtropfen. Ein altertümlicher Ventilator an der Decke der Schreibstube brachte keine Abhilfe.

»Klingt nicht schlecht, Bondak.« Maqari trommelte mit Zeige- und Mittelfinger der Linken auf seinem Schreibtisch. »Ich kann natürlich nicht sagen, was Ihre Exzellenz davon halten wird. Ich könnte mir aber vorstellen, daß sie mit allem einverstanden ist, was uns vielleicht weiterbringt. Sie sitzt genau wie wir herum und mopst sich, weil wir nichts wissen, nichts tun können, solange wir nichts wissen, und fast nichts tun können, um was zu erfahren.«

Bondak nickte. Er hütete sich, die Gedanken des Majors durch Worte zu stören. Er kannte Maqari zu lange und wußte, daß der Kommandant im Moment damit befaßt war, eine Entscheidung zu fällen, bei der jedes weitere Argument nur stören konnte.

»Und die Besatzung, sagten Sie?«

»Ein Teil von uns Ehemaligen – Sie wissen schon: Kakoiannis, Nardini, Ping, Timoara, die Damen Tatuschin, Bodrelur, As-Sabah, Katz, Kikuyo und ich. Pa'aira und Begheli halten die Stellung auf der Halbinsel. Ein Teil Leute aus dem Hafen – Shil und Mulis, möglichst robust; ich kenn mich da aus und finde schon die richtigen. Und Freiwillige von der Truppe. In Schifferkluft, aber mit Karabinern und Funk und so.«

Maqari seufzte. »Wie ich Sie kenne, wissen Sie auch da schon, wer sich Ihrer Meinung nach meldet, was?«

Bondak grinste. »Ich hatte an *legat* Yakku gedacht und ein paar Frauen und Männer, die noch von den alten *centurias* übriggeblieben sind.«

»Wenn Sie meinen, der Leutnant macht mit... « Maqari kniff die Augen zusammen. »Aber sind nicht die meisten von Ihren Leuten im Moment oben im Norden, mit einer kleinen Karawane?«

Bondak nickte. Ungerührt gab er zurück: »Ja, die müßte man holen – Gleiter, Sie verstehen.«

Der Kommandant lachte. »Prima Sache, *sirján.* Gut ausgedacht. Na ja, was soll's. Sind Sie sicher, daß die Alten alle mitmachen?«

Bondak runzelte nur die Stirn.

»Gut. Aber fangen Sie bitte keinen Krieg an. Sie können dreißig Leute haben. Ich regle das mit der Gouverneurin.«

Bondak drückte ihm die Hand. »Was den Krieg angeht, *tribún*«, sagte er gleichmütig, »den kriegen Sie von den AVs sowieso bald gratis, schätze ich.«

Aus: Randwelten und Protektorate
Pym Bazhoglu (Atenoa, 442)

»... Aber die problematischen Mönche und ihr hochgelegenes Reich in Banyadir sowie die von ihnen erzeugten und ausgestoßenen Mischlinge sind vergleichsweise nebensächlich. Der gesamte sonstige Norden – ausgenommen der scheußliche Appendix namens Pasdan – untersteht, wenn dies das richtige Wort ist, den ›Fürsten des Nordens‹. Sie werden von den Heilern und Häuptern aller Gebiete des vielgestaltigen Nordkontinents gewählt, immer eine Frau und ein Mann, ›Mutter und Vater der Stämme‹. In der Regel kennen die beiden einander nicht und haben nichts miteinander zu tun; ein besonders prägnantes Beispiel waren vor etwa achtzig Jahren die Fürsten Uqbar und Tadhuli. Tadhulis Vorgängerin, eine Heilerin aus dem Hinterland von

Vagaván, starb mit kaum 50 Jahren; ebenso alt war Tadhuli bei ihrer Wahl. Sie lebte in einem der arktischen Küstendörfer nördlich von Banyadir, jagte Eiskatzen und konnte weder lesen noch schreiben, kannte die Wege des Eises und der Winde, den Fellhandel und das hungrige Dunkel des Winters. Nachdem sie – abwesend – gewählt worden war und die Wahl mit einem Schulterzucken angenommen hatte, bereiste sie einige Zeit den Norden, bis hinüber nach Vagaván und hinunter nach Arameq, ehe sie wieder zum Eis heimkehrte. In den Städten achtete man, wie es hieß, ihren herben Ruch (Tran?) und ihr ironisches Schweigen; in den Steppen pries man ihr scharfes Gehör und die Gelassenheit ihrer Augen.

Uqbar, Nachfolger eines Jägers aus den Bergen am oberen Golzain, war Stiefelmacher in Golazin. Bei seiner Wahl – durch die er vom einfachen Handwerker zum stimmlosen Berater der Zunftältesten aufstieg, denen er im Fall einer großen Krise ebenso hätte Befehle erteilen können wie dem Blutgrafen oder dem Fischfisch – war er 23 Jahre alt und wurde so zum Kollegen von Tadhuli, die bereits seit 20 Jahren ›Mutter der Stämme‹ und inzwischen 70 war. Beide sahen einander nie; ihr ›Amt‹ hatten sie – abgesehen von den üblichen Beratungen in Streitfragen – nur ein einziges Mal wirklich auszuüben, als die Mönche von Banyadir am Banyuli südwärts vorstießen. Zu dieser Zeit residierte in Cadhras ein schwacher, an den Belangen des Planeten weidlich desinteressierter Gouverneur (der wegen seiner Untätigkeit daraufhin abgesetzt wurde). Die Gargava und andere Stämme in der Nähe des Banyuli sowie, natürlich, die von den Mönchen bedrängten Bewohner der fruchtbaren Ufer verlangten einen Kriegszug. Uqbar und Tadhuli berieten mit Heilergruppen, die untereinander (telepathisch?) Kontakt hielten, ließen das von den Mönchen besetzte Land gänzlich räumen und einige Tagereisen unterhalb den Fluß stauen. Als ihre Häuser davonschwammen und die Saaten ertranken, gaben die Mönche auf und zogen sich in die Berge zurück – hierin zweifellos bestärkt von den Gleitern der Garnison, die der neue Gouverneur sofort losgeschickt hatte...

Das Amt der Fürsten des Nordens scheint erst eingerichtet worden zu sein, nachdem Pasdan und Banyadir entstanden waren; möglich, daß es erlischt, sollten die Sektierer-Enklaven eines Tages verschwinden.«

VIII.

Learoyd schaute nicht zurück. Vielleicht hatte Lerio sich abgewandt, vielleicht blickte sie noch hinter ihm her. Er wollte weder das Gesicht noch den Rücken sehen.

Die Bu'ndai-Station der Taggabahn lag auf einem der höheren Küstenhügel, nördlich der Stadt. Es gab eine Art Aufzug der üblichen Shil-Bauweise: ein Transportkäfig, über Rollen und Riemen gehoben von der Kraft einiger P'aodhus, die an ein horizontales Rad geschirrt wurden. Terence beschloß, die zottigen Büffel nicht zu behelligen. Sein Gepäck war leicht; er stieg die in den Fels gehauenen Stufen empor.

Oben legte er sein Bündel in einen Wagen und schob ihn auf das rechte der beiden Geleise. Die Konstruktion aus leichtem Metall und Hartholz ließ sich mühelos bewegen.

Am Ausgang der Halle sprang Terence auf; der Wagen rollte mit geringer Geschwindigkeit über die Bahn, die sich sanft neigte. Terence hockte auf einer Bank, starrte auf die zurückbleibenden schwarzgrauen Felsen der Küste und kaute kalten Braten.

Allmählich wurde der Wagen schneller. Die Bahn sank von der Höhe der Hügel dem fruchtbaren Flachland entgegen. Learoyd rauchte, trank Wasser und blickte ohne großes Interesse über die ausgedehnten Gemüse- und Getreidefelder, in denen zahllose Menschen arbeiteten. Mit kaum merklichem Rütteln nahm der Wagen eine kleine Steigung, wurde langsamer, fiel in ein ausgetrocknetes Flußtal hinab, raste mit dem neuen Schwung einen weiteren Hügel hinauf. Nach kaum einem Drittel des Hangs würde der Schwung verbraucht sein. Learoyd fragte sich, was in diesem Fall vorgesehen sein mochte. Er hängte sich kopfunter aus der Tür und musterte die steinerne Fahrbahn.

In der Mitte der Spur entdeckte er eine Rille, wie sie ihm bisher nirgends aufgefallen war. Schieferplättchen, die den Boden der Rille bildeten, mochten durchaus Verkleidung für etwas Darunterliegendes sein – aber was? Oberhalb der Plättchen zog sich eine Stahltrosse bergauf; an ihr waren in Abständen von etwa fünf Metern Stifte befestigt.

Der Wagen blieb stehen, begann dann, bergab zu rollen. Learoyd entdeckte noch etwas Neues: Unter dem Wagen, an Bug und Heck, befanden sich Metallbügel. Der Heckbügel glitt gerade über einen der Stifte an der Trosse und klappte um; gleichzeitig blieb der Bugbügel an einem anderen Stift hängen. Learoyd schloß daraus, daß beide Bügel zur Wagenmitte umzuklappen waren. Er zerbrach sich den Kopf über den Sinn der Vorrichtung.

Der Wagen rollte weiter bergab und zog dabei den Stift und die Trosse mit sich, bis zu dem Punkt, an dem die Trosse verschwand: Sie lief in einer ausgesparten Vertiefung der Steinbahn um eine Welle, die in V-förmigen Halterungen ruhte. Knapp unterhalb dieser Konstruktion ragte ein Bolzen aus der Bahn. Der rollende Wagen zog mit seinem Bugbügel den Stift und die Trosse über die Halterung hinaus, die ein wenig Spiel hatte und der Abwärtsbewegung folgte, bis sie den Bolzen in der Bahn berührte.

Er schien eine Art Arretierung zu lösen. Plötzlich hielt der Wagen an, bebte und begann ganz langsam, dann schneller bergauf zu rollen, von der Trosse gezogen.

Learoyd richtete sich auf, kroch in den Wagen und blickte mit großen verwunderten Augen durch die Bugverglasung. Er schätzte die Länge der Steigung, die noch vor dem Wagen lag, auf fast 500 Meter, den Winkel auf annähernd 25°. Als das Vehikel sich dem Gipfel näherte, hängte er sich wieder aus der Tür und versuchte, etwas zu sehen, ohne zu wissen, wonach er suchte.

Auf der Höhe des Hügels – eigentlich war es schon ein Berg, der weit über das Niveau der Küstenhügel hinausragte – wurde die Strecke eben. Learoyd sah neben der Bahn Platten, die möglicherweise Schächte verschlossen; sonst nichts.

Plötzlich endete die Zugwirkung; unter dem Wagen verschwand das Tau mit den Schleppstiften. Gleichzeitig verlangsamte sich die Fahrt spürbar. Terence hatte keine Augen für die Umgebung; kopfunter hängend versuchte er, aufschlußreiche Einzelheiten auf und neben der Strecke zu entdecken; vergebens. Als der Wagen das Ende der nahezu ebenen Strecke auf dem Berg erreichte, gab es einen leichten Ruck.

Der vordere Bügel glitt über einen angeschrägten Stift, wurde gegen den Wagenboden gedrückt und klappte dann wieder herunter; der hintere Bügel blieb an dem Stift hängen, und die Geschwindigkeit sank abrupt. Nun begann jedoch eine Gefällstrecke, das Tempo erhöhte sich erneut, der Wagen zog den Stift und mit ihm das Tau des abwärts weisenden zweiten Systems. Nach einer Strecke, die Learoyd länger vorkam als die Steigung auf der anderen Bergseite, lief das Tau über eine Welle und verschwand; der Wagen rollte frei bergab.

Kopfschüttelnd kletterte Terence zurück, schloß die Tür und ließ sich auf den Sitz fallen. Er stellte alle möglichen Vermutungen an, dachte etwa an eine Art Uhrwerk, das von bergab rollenden Wagen aufgezogen wurde und ankommende Wagen bergauf zog. Aber nichts erschien ihm plausibel oder durchführbar.

Die Gegenspur war nicht zu sehen; sie verlief vermutlich weit links von seiner derzeitigen Fahrstrecke, im Norden. Die Taggabahn Richtung Osten hatte die erste Terrasse nahe der Küste erreicht; Terence schätzte das Tempo auf 60 km/h. Der Wagen rollte den Hang einer ostwestlich verlaufenden Hügelkette entlang, die das Plateau kreuzte. Felder wechselten sich mit Viehweiden ab, dazwischen sah er Bauminseln. Der Wagen rollte langsamer, fuhr durch eine Station; dann fiel die Strecke wieder, das Tempo stieg. Die Landschaft blieb bunt, durchsetzt von kleinen Dörfern und einzelnen Gehöften.

Am mittleren Nachmittag überwand der Wagen den Hang des zweiten Plateaus in der gleichen Weise – Taue, Stifte, Wellen, aber ansonsten nichts Sichtbares. Vom Kamm blickte Learoyd zurück. Das Meer war nicht einmal mehr zu ahnen; er schätzte, daß er inzwischen 1000 Meter über dem Flachland der Küste angekommen war. Noch eine Stufe – wenn er sich recht erinnerte –, dann begann die Fahrt durch die Farnwälder des Hochlands.

Die Strecke lief über einen Damm durch ein Hochmoor, überquerte mehrere kleine Wasserläufe; langsamer und langsamer erklomm der Wagen einen kegelförmigen Hügel, kam fast zum Stillstand, erreichte den Gipfel und beschleunigte auf einer langen Gefällstrecke. Sie schien kein Ende zu nehmen, führte

Kilometer um Kilometer den Hang eines tiefeingeschnittenen Flußtals hinab. Unter sich sah Learoyd Pfahldörfer und auf dem Wasser vereinzelte Nachen. Immer noch fiel die Strecke; der leichte Wagen begann zu rütteln, das Tempo mußte inzwischen über 100 km/h betragen. Dann führte die Taggabahn in einer eleganten Schleife aufwärts, der Wagen überwand einen Kamm, der Fluß blieb zurück.

Learoyd blickte durch das Bugfenster. Vor ihm ragte eine steile Felswand auf, rötlich im Sonnenuntergang. Der Wagen wurde langsamer und rollte schließlich in eine überdachte Station am Fuß des Berges.

Morgens bedankte Terence Learoyd sich bei dem alten Shil für das Nachtlager im Haus neben der Station, für Essen und Trinken, vor allem für Informationen. Dann schulterte er seine Tasche und machte sich an den langen Aufstieg. »Gutes Training«, murmelte er mit zusammengebissenen Zähnen.

Es gab ein kompliziertes, vielfach abgesichertes Transportsystem zur Beförderung von Lasten oder größeren Reisegruppen; für einen einzelnen rüstigen Mann mit geringem Gepäck war es jedoch zu aufwendig, wie der Hüter der Bergräder versicherte. Learoyd gab ihm recht. Während er die flachen Stufen in Angriff nahm, um die 1400 Meter Höhenunterschied zu überwinden, hatte er genug Gelegenheit das System zu betrachten. Und nachzudenken.

Die Westseite des graubeigen Berges war entweder von Natur aus oder durch Bearbeitung vor nicht abschätzbarer Zeit abgeschrägt und längst nicht so steil, wie sie aus der Ferne wirkte. Dennoch war der Aufstieg über die in den Fels gehauenen, ausgetretenen Stufen auch für einen rüstigen Mann beschwerlich.

Nachts hatte Learoyd vom Hüter der Bergräder erfahren, wie die Zugvorrichtungen an den Steilstrecken der Taggabahn funktionierten.

Unter der eigentlichen Bahnstrecke verlief ein schräger Schacht, in dem auf Rollen ein riesiger Felsblock lag. Sein Gewicht reichte aus, um einen vollbesetzten Wagen langsam bergauf zu ziehen – wenn nicht, mußten eben einige Passagiere aussteigen. Auf dem jeweiligen Gipfel angekommen, verließ der Wagen das Zieh-System, gewann freilaufend bergab Geschwindigkeit und hakte sich ins zweite, ins Schlepp-System auf der anderen Seite ein.

Auch dort gab es einen unterirdischen Schacht, in dem über einige gegeneinander versetzte Zahnradkreise fünf kleinere Steine nacheinander durch das Gewicht des rollenden Wagens angehoben wurden. Zusammen waren sie schwerer als der Felsblock der Gegenseite, konnten jedoch einzeln den Wagen nicht völlig bremsen. Die Gefällstrecke reichte aus, um alle fünf an die Schachtspitze zu heben. Wenn der letzte oben war, löste er beim Anschlagen eine weitere Arretierung aus. Die fünf kleineren Brocken rollten dann wieder den Schacht hinab und zogen dabei den großen Felsen auf der anderen Seite hoch.

Die Hebestrecke hier am Berg funktionierte nach einem ähnlichen Prinzip. Es gab 15 Abschnitte vom Fuß zum Gipfel. In jedem Abschnitt liefen gesicherte Stahltrossen um ein Boden- und ein Kopfrad; an einer Seite befand sich ein Transportkorb, an der anderen ein schwerer verketteter Felsbrocken; beide liefen in Stahlschienen am Berg. Nicht voll besetzte Körbe mußten abgebremst werden. Hatte der Fels den Korb 80 Meter gehoben (die tatsächlich zurückgelegte Strecke war größer, wegen der Schräge des Hangs), stiegen die Passagiere mit ihren Packen in den nächsten Korb um.

Die sanfter abfallende Südseite des Bergs bestand vor allem aus Bergweiden. Es gab mehrere P'aodhu-Herden, die sich zum Gipfel hinaufgrasten. Oben wurden die zottigen Tiere bei Bedarf in den Korb gepfercht; ihr Gewicht reichte aus, das System umgekehrt zu bewegen, die Steine wieder hochzuziehen. Wenn die Rinder unten angekommen waren, wurden sie erneut auf die Bergweide gebracht. Der Hüter der Bergräder hatte die Tiere mit einem Namen belegt, den Learoyd sich leicht grinsend mit *Orbitbullen* übersetzte.

Als er den Gipfel erreichte, war er total ausgepumpt. Hier befand sich, fast zweieinhalbtausend Meter über dem Meer, die nächste Station der Taggabahn. Unterhalb der überdachten Halle, in der zehn Wagen standen, sah er ein Wohnhaus mit Gemüsegarten und kleiner Quelle, darunter wiederum eine ausgedehnte Weide mit mindestens dreihundert P'aodhus, aber auch Pferden und zahmem Hochlandwild. Einen Augenblick lang zerbrach er sich den Kopf darüber, woher die Wagen kommen mochten, denn von dieser Station führte nur eine Spur fort. Dann fiel ihm ein, daß die Förderkörbe Schienen aufwiesen. Vermutlich wurden aus dem Kopfbahnhof am Berg bei Bedarf Wagen hochgebracht. Er zögerte, entschied sich gegen ein längeres Frühstück mit dem Bewohner des Hauses, steckte eine Münze in den dafür vorgesehenen Behälter der Station und legte seine Tasche in den vorderen Wagen.

* * * * *

Sekunden nach dem Sonnenaufgang war die glatte Ebene des Lysangrischen Ozeans von einem Kupferfirnis bedeckt, und die Frühlingsbrise schien milder. Es war, als nähme die Luft Farben auf und gäbe sie gefiltert und neu gruppiert weiter.

Der alte Mann auf der Terrasse bewegte sich, zwinkerte dem Diener zu, der dampfende Brühe in einem schweren Becher brachte. Die Augen waren hell und wach zwischen den tausend Falten und Runzeln.

»Du brauchst nicht zu schleichen, Freund«, sagte Saravyi. »Ich habe nicht geschlafen. Manche Nächte sind zum Denken da, vor allem, wenn man zu alt ist, um sie mit anderem als seinen Gedanken oder Träumen zu teilen.«

Der Diener lächelte. Er war jung, Sohn einer der großen Familien von Kelgarla, und leistete seinen zweijährigen Gemeinschaftsdienst im Palast ab.

Am anderen Ende der Terrasse klang Musik auf. Es war ein altirdisches Stück. Die Königin liebte exotische Musik wie die von Bach; der Resident des Gouvernements versorgte sie regelmäßig mit neuen *musikubos* und Batterien.

»Die Herrin erwacht.« Saravyi nahm einen Schluck von der Brühe. »Dann darf auch Shalga steigen.«

Die Sonne erhob sich langsam über das Meer. Hinter den verzierten Türen aus Eisenholz und Kristall wurden Vorhänge beiseite geschoben.

Der Palast lag nördlich der Stadt in den Felsen, direkt über dem Meer. Er war aus orangefarbenem Naturstein gebaut, schlicht und weitläufig. Im Inneren endete die Schlichtheit in unentwirrbaren Gangknäueln und grell ausgeschmückten Sälen jeder denkbaren Form. Die Palastküche war rechteckig, der große Konferenzsaal rund, der kleine oval. Das Archiv befand sich in mehreren sechseckigen Räumen, das Schlafgemach der Königin hatte den Grundriß eines Karos. Die Terrasse – eigentlich war es eine Serie von Terrassen – bestand aus gleichseitigen Dreiecken, deren Spitzen über das Meer ragten; es gab keine Brüstung (»einer lebensmüden Königin soll nimmer der Große Sprung verwehrt sein«), doch waren die Dreiecke durch kleine Stege verbunden, die die Mittelpunkte der Seiten berührten und mit den vielfarbigen Mosaiken der Dreiecksflächen, den Schnittpunkten der Lote und dem blaugrünen Hintergrund des Meeres ein Lehrstück der Geometrie schienen.

Der junge Diener erstarrte, als die Königin verschlafen auf die Terrasse trat. Aus der geöffneten Doppeltür dröhnte terranische Musik.

Varanira zwinkerte der Sonne zu und rieb sich die Augen. Die Herrscherin war Mitte Dreißig; ihre gebleichten weißen Haare ringelten sich wie Maden dem Tag entgegen. Den beinahe kugelförmigen Leib hatte Varanira in ein Gewand von der Farbe blutiger Orangen gehüllt.

»Ah. Der edle Greis ist bereits wach, wie?« Sie trat zu Saravyi, der ihr lächelnd entgegensah und in seinem bequemen Sessel liegenblieb.

»Deine Träume sollen gewesen sein wie Flaumwölkchen im Morgenrot und dein Schlummer leicht wie der Herzschlag eines Kolibris, o Fürstin.« Neben irdischer Musik liebte Varanira auch exotische Tiere.

Die Königin klatschte in die Hände und deutete auf einen Korbsessel. Der Diener stellte ihn neben Saravyi.

Varanira ließ sich hineinfallen. »Ächz nicht so, dummes Stück«, sagte sie. Dann beugte sie sich vor und schnupperte an Saravyis Becher. »Ha, ba, ba«, machte sie. »Brühe so früh? Furchtbar. Mein übliches Frühstück, Söhnchen!«

Der Diener lächelte und verschwand. Varanira sah seufzend auf das Meer hinaus. Saravyi schlürfte lautstark und steckte sich eine der monströsen Zigaretten in den Mund, die er im Lauf der Nacht gedreht hatte.

Varanira warf ihm einen mißbilligenden Blick zu. »Natürlich will und kann ich einen gelehrten Gast nicht daran hindern, zu rauchen, bevor ich gefrühstückt habe. Aber muß es denn sein?«

»Herrscherin des Südens«, sagte Saravyi sanft, »es muß.« Er entzündete das Machwerk.

Varanira verfolgte den aufsteigenden Rauch mit den Augen. »Ei ja. Es gibt Schlimmeres.«

Zwei Dienerinnen brachten Tabletts. Varanira hatte eine entschiedene Vorliebe für exotische Genüsse. Auf einem der Tabletts stand eine Kanne aus hauchdünnem Pharlit, ein Geschenk der Gouverneurin zu Cadhras; darin dampfte süßer Kakao, importiert von der alten Erde. Die Mädchen entluden die Tabletts. Kakao, Pharlitgeschirr, Berge von Gebäck, Fettkringel, heiße Pfannkuchen mit Rosinen aus dem Commonwealth, kandierte Früchte.

Varanira begann konzentriert mit der Nahrungsaufnahme. Saravyi schaute ihr bewundernd zu. Schließlich seufzte die Herrscherin, wischte ihre Hände am unförmigen Gewand ab und lehnte sich zurück.

»Ah«, sagte sie. »Ah ja.«

Saravyi nickte. »Alle Tage ist es eine Freude, dir zuzuschauen.«

Varanira faltete die Hände über dem Bauch und blinzelte; sie streckte die Beine aus, wackelte mit den bloßen Zehen und gähnte. »Wenn ich schon all meine Kraft dem Amt opfere, soll ich dann auch noch hungern? – Söhnchen!«

Der Diener erschien und blieb neben ihr stehen, stumm. »Wir brechen in einer Stunde auf. Stell die Musik in meinem Schlafgemach ab; es ist der grüne Knopf. Dann sorg dafür, daß meine Zofen alles bereitlegen. Ich werde in wenigen Minuten kommen.«

Sie sah ihm hinterher und wandte sich Saravyi zu. »Ach ja, dieser Gang«, sagte sie wehmütig, »und die Hüften. Hast du eine Entscheidung gefällt, alter Mann?«

Saravyi nickte.

»Und wie sieht sie aus, deine Entscheidung?«

Saravyi breitete die Arme aus, als wolle er die Welt oder die Fürstin umarmen. »Ich habe keine Lust.«

Varanira verzog schmollend den Mund. »Ich weiß, daß es langsam gehen wird. Die Garde kann nicht schneller reiten, als die Pferde meinen Eisenkarren ziehen. Aber du alter Mann kannst doch ohnehin nicht mehr galoppieren wie ein Jüngling.«

»Das ist wahr. Aber besser als ein solcher jederzeit.« Mit einer geschmeidigen Bewegung streifte er die Decke ab und stand auf.

»Und wer wird an meiner Seite sein und mir raten im Gemetzel?«

Saravyi zuckte mit den Schultern. »Wenn es zu einem Gemetzel kommt, Varanira, weißt du selbst am besten, was zu tun ist. Die Heiler haben dich vorgeschlagen, das Volk hat dich gewählt, und zehn Jahre hast du prächtig regiert. Du bist das Bollwerk des Südens.«

Varanira kicherte. »Ein breites Bollwerk, das stimmt. Aber was wirst du tun, Vater? Was wäre aus dem Norden geworden, ohne deine Hilfe? Glaubst du, Tremughati und Gortahork hätten es ohne dich geschafft?«

»Tremughati ja, Gortahork nein.« Saravyi grinste. »Außerdem hatten sie viel Hilfe – die Gouverneurin Lydia und, nicht zu vergessen, Dante Barakuda.«

Varanira stemmte die Fäuste auf die gerundeten Hüften. »Und wir haben diese Hilfe nicht, also brauche ich dich um so mehr.«

Saravyi nickte. Sein Gesicht wurde ernst, aber das Lauern blieb. »Du wirst meine und die Hilfe vieler Menschen haben, Fürstin.«

»Wie das?« Varanira blickte ihn aufmerksam an.

Saravyi hustete. »Nun, da du alle Anweisungen gegeben hast und nicht mehr zurück kannst, will ich es dir sagen.« Er beugte sich vor und sprach leise. »Ich werde hinabsteigen. Die Heiler der Berge sagen, die Wege seien in gutem Zustand.«

Varanira schwieg fast eine Minute. »Ach ja«, sagte sie dann. »Und was willst du dort unten?«

»Du weißt, daß ich nicht zum ersten Mal hinabsteige.«

Varanira nickte. »Ich weiß, daß du seit sechs Jahrzehnten die alten Geheimnisse über und unter der Erde erforschst. Wohin willst du, und wozu?«

»In den Bergen bei Sa'orq gibt es eine Gruppe von Heilern. Ich habe sie – ihre Meister, genauer – vor fünfzig Jahren etwas gelehrt, was ich zunächst selbst enträtseln und lernen mußte. Nun ist es an der Zeit, es anzuwenden.«

Die Königin seufzte. »So lange Jahre... Hast du all dies vorbereitet, damit du es eines Tages einsetzen kannst?«

»Bläser und Speier«, sagte Saravyi wie nebenher.

Varanira wurde blaß. »Gibt es diese schrecklichen Waffen doch noch? Es ist also so furchtbar, daß du sie verwenden willst?«

Saravyi hustete. »Ich habe Kenntnisse gesammelt. Ich weiß, was in Gashiri geschieht, wo genau es geschieht, und was geschehen wird, wenn nicht bald was geschieht. Drücke ich mich klar aus?«

Die Königin grunzte nur.

Saravyi legte eine Hand an ihren Hals, zog ihren Kopf zu sich und flüsterte in ihr Ohr. Als er fertig war, ließ er die Königin los.

Varanira betrachtete ihn einen Moment lang. Ihr Gesicht war blutlos, die Augen groß und starr. Dann schlug sie die Hände vors Gesicht.

Eine Stunde später stieg Varanira, die letzte Königin von Kelgarla, auf den Eisenkarren, den vier Hengste zogen. Die Garde – zweihundert junge Frauen und Männer – bildete lockere Formationen vor und hinter dem Karren. Saravyi ritt neben der Fürstin.

Der Zug verließ den Palasthof und wand sich bergab zur Stadt. Einzeln und in Grüppchen standen Kelgarl'iri auf den Straßen und Plätzen der Metropole. Die Steinhäuser wirkten dunkel, fast trüb, und das karge Laub der Bäume gab allem einen herbstlichen Hauch.

Mitten im Ort beugte Saravyi sich zur Seite und streichelte Varaniras weißen Schopf. Die Königin lächelte und küßte seine Hand. »Sei vorsichtig, Vater der Shil. Und hilf uns.«

Er nickte und ritt beiseite, blickte dem Trupp nach. Dann trieb er sein Pferd an.

Bei Sonnenuntergang ließ Saravyi das Tier auf einem Hof an der Nordseite des großen Küstenberges zurück. Er war einen großen Bogen geritten. Gegen Mitternacht erreichte er zu Fuß den Palast, drang durch eine Geheimtür ein und gelangte ungesehen in einen Kellerraum. Dort öffnete er eine nur den Heilern und Herrschern bekannte, verkleidete Felspforte und verschwand aus Kelgarla.

* * * * *

Nichts Neues. Wie die Satellitenaufnahmen zeigten, kam Gortahorks Handelsflotte wegen der Flaute auf dem Binnenmeer nur mühsam voran; das Schiff der ehemaligen Fürstin auf dem Pangotik war längst außerhalb des Erfassungsbereichs. Gortahorks Flotte hatte erst ein Viertel der Strecke zurückgelegt und befand sich zwischen Huasiringa und dem Larena-Archipel.

Im Palais war es angenehm kühl; draußen regte sich kaum ein Lüftchen. Hsiang schob die Aufnahmen beiseite und wandte sich dem nächsten Bericht zu. Auch er hatte mit Satellitenbeobachtung zu tun. Meteorologen von der Akademikerinsel Corilia hatten vor längerer Zeit um Erlaubnis gebeten, die Gouvernements-Satelliten für gründliche Studien der Meeresströmungen nutzen zu dürfen. Lydia Hsiang hatte die Erlaubnis erteilt; nun hielt sie das Ergebnis in den Händen. Dem Bericht zufolge gab es eine starke Strömung vom Pangotischen Ozean; sie wurde durch noch zu erforschende Faktoren ausgelöst. Der Bericht vermerkte mit Fragezeichen Äquatorialdrift und/oder Wind- und Strömungsphänomene im Pangotik als mögliche Ursachen. Die Strömung drang durch die Enge von Pasdan ins Binnenmeer, verlief in Küstennähe nach Osten, wurde durch die Wassermassen der großen Flüsse, wie Losabu und Gashigar, angereichert und jeweils ein wenig nach Norden abgedrängt, traf südlich von Cadhras auf die Isthmusküste; hier wurde die Strömung nach Norden gelenkt, wo sie unweit der Protektoratsgrenze abermals deflektiert wurde und an der Südküste des Nordkontinents nach Westen lief. Auch hier kamen die großen Flüsse mit ihren Süßwassermassen hinzu: Avrak und Golzain. Schließlich verließ die Strömung das Binnenmeer wieder durch den nördlichen Teil der Meerenge von Pasdan. Der Bericht endete mit der Bitte um Bereitstellung von Satelliten für eine Untersuchung der Strömungen des Pangotischen Ozeans.

Sie warf einen Blick auf die Uhr, dann klingelte sie ihrer Assistentin und bat sie, den Forschungsbericht im Rechner speichern zu lassen. Während sie durch die Bruthitze zur Stadt ging, überlegte sie, daß die Shil wahrscheinlich längst von der Strömung wußten, zumindest grundsätzlich, und daß es einen Zusammenhang zwischen den Bewegungen der großen Fischschwärme und denen des Wassers geben mochte.

Sie aß in einem Restaurant an der Esplanade von Cadhras;

durch das Fenster blickte sie auf die Bucht, auf der zahllose Schiffe lagen und auf Wind warteten. Das Meer, das sie seit Jahren jeden Tag sah, kam ihr plötzlich fremd vor.

Beim Essen überprüfte sie noch einmal ihren Entschluß; sie fand kein neues Gegenargument.

Der Weg zum Raumhafen führte durch den großen Park. Es hatte seit Tagen nicht geregnet; Gärtner kümmerten sich um die empfindlicheren Pflanzen und Bäume. Die zwei P'aodhus vor dem Wagen mit Wassertank standen reglos in der Hitze; eines schob die Unterlippe vor und stierte die Gouverneurin an. Lydia Hsiang hing einen Moment lang der albernen Vorstellung nach, wie sie sich als Grasbüschel unter diesem Blick fühlen würde.

Die Gouverneurin ließ sich zunächst die Mitglieder der navigatorischen und der wissenschaftlichen Besatzung vorstellen. Danach führte Arman Mugadisk sie durch eine Internschleuse in die eigentlichen Labors. Der Leiter des wissenschaftlichen Teams erläuterte ihr die wesentlichen Apparate, die Sicherheitsvorkehrungen, die Isolation. »Schließlich könnte es ja sein, daß wir auf ein furchtbares Gift stoßen. Dann sollten wir nicht unbedingt den ganzen Planeten auf einen Schlag verseuchen.«

Hsiang nickte; ihr Lächeln war jedoch sehr nachdenklich. »Was haben Sie denn bisher herausbekommen?«

Mugadisk senkte den Blick. »Exzellenz«, sagte er zögernd, »ich hoffe, das muß ich vorausschicken, also, hm, ich meine, Sie werden uns vielleicht, oder aber… «

Die Gouverneurin lachte leise, und Mugadisk stellte fest, daß die schlanke, beherrschte Frau mit den feinen Zügen sehr schön war.

»Hören Sie, ich halte Sie sicher nicht für Stümper. Also sprechen Sie einfach.«

»Nun ja, immerhin kommen wir von irgendwoher und basteln hier seit langem herum.«

Die Gouverneurin nickte. Etwas in ihren Mundwinkeln zuckte. »Ich weiß. Aber halten Sie mich bitte Ihrerseits nicht für eine Stümperin. Sie sind Arman Mugadisk, geboren im Dezember vierhundertneunzehn auf Trasom, Praesepe-Sektor. Promotion in Biochemie an der Zentralakademie von Atenoa im Jahre dreiundvierzig. Sie haben anno zweiundfünfzig den Erreger der antarischen Graufäule isoliert. Die Dame dort« – sie deutete auf eine vierschrötige, kahle Frau in bläulichem Overall, die vor einem Bildschirm stand, Zahlenreihen betrachtete und mit dem kleinen Finger im Ohr bohrte – »haben Sie mir als Doktor Labruyère vorgestellt. Georgina Labruyère ist zweifache Commonwealth-Preisträgerin für Serologie. Bei einer Sicherheitsüberprüfung im Jahre neunundfünfzig haben Sie den damaligen Lordkanzler mit vollem Recht als hirnlosen Alkoholiker und Waisenschänder bezeichnet.«

Mugadisk hob die Hände. »Ich gebe mich geschlagen, Exzellenz.« Er lächelte. »Betrachten Sie mich als hoffnungslos zerknirscht. Ich bin allerdings begeistert darüber, daß inzwischen mit der Lordkanzlerin und Ihnen gewisse Spitzenpositionen besser besetzt sind.«

»Vergessen Sie's. Sie wissen so gut wie ich, daß die Gouverneurin einer unwichtigen Randwelt keine Spitzenposition einnimmt.«

»Darf ich mich erkundigen, Exzellenz, weshalb Sie sich für diese Experimente interessieren?«

»Sie dürfen. Erstens aus Interesse an bedeutenden Wissenschaftlern, die unseren Planeten besuchen. Zweitens muß ich so gut wie alles wissen, was auf Shilgat vorgeht, und ich nehme an, daß Ihre Experimente politische Bedeutung bekommen werden.«

»Wie darf ich das verstehen? Wir sind im Auftrag einer Privatfirma hier... «

»... der Gerames-Pharma A.S., ich weiß. Ich werde Ihnen später mehr dazu sagen. Lassen Sie uns mit dem Rundgang beginnen.«

Langsam wanderten sie von Raum zu Raum. Mugadisk erläuterte die Anordnungen in allgemeinen Begriffen und war verblüfft, als Lydia Hsiang sehr präzise Zwischenfragen stellte, die weit über eine fundierte Allgemeinbildung hinausgingen.

Schließlich beendeten sie den Rundgang und nahmen im Büro des Leiters Platz. Mugadisk wartete, bis sein Sekretär Kaffee und Gebäck gebracht und den Raum wieder verlassen hatte.

»Tja, nun wissen Sie in groben Zügen Bescheid, Exzellenz«, sagte er dann. »Es handelt sich um die unglaublichste Substanz, mit der jemals einer von uns zu tun hatte. In jeder Form, jedem

Zustand, jeder Mischung entwickelt sie andere Eigenschaften. Eins zu hundert in Alkohol gelöst regt dieses Ambra die Haut zur Bildung neuer Hautflächen an – ein wunderbares Mittel gegen großflächige Verbrennungen. Wir haben Versuchstiere mit Lungen-TB infiziert und sie eine gasförmige Verdünnung inhalieren lassen; sie waren innerhalb von zwei Tagen geheilt. Wir haben das Zeug tiefgefroren, ultrahocherhitzt, mit Alkohol, Wasser, Säuren und Gasen versetzt, verdünnt, abermals verdünnt. Flüssig, verdampft und wieder gekühlt, dehydriert und pulverisiert, als Brei, als Aufgußgetränk, was Sie wollen – immer hatte es eine neue, überraschende Wirkung, und bisher waren die Wirkungen ausnahmslos heilsam.«

»Wie viele Möglichkeiten gibt es Ihrer Meinung nach?«

Mugadisk breitete die Arme aus. »Die Anzahl der möglichen Kombinationen, Mutationen von Kombinationen und Permutationen von Kombinationsmutationen ist unendlich. Fürchte ich jedenfalls.«

Die Gouverneurin nickte und deutete auf den Bildschirm, der die Umgebung zeigte, die Garnison und im Hintergrund die östlichen Hügel. »Deshalb habe ich Sie hier untergebracht, nicht auf dem eigentlichen Raumhafen«, sagte sie leise. »Und deshalb stehen Sie und all Ihre Leute unter Dauerbewachung, egal, wohin Sie gehen.«

Mugadisk seufzte. »Ich habe es mir fast gedacht. Es ist zu wichtig, nicht wahr? Auch für unseren Auftraggeber. Was, wenn die pharmazeutische Konkurrenz davon erfährt? Ich könnte ohne lange zu überlegen Konzerne nennen, die Milliardenbeträge auszugeben bereit wären dafür, daß wir sie entweder informieren oder aber das Zeug unterdrücken.«

Lydia Hsiang spitzte die Lippen. »Keine Sorge deswegen«, sagte sie, beinahe ironisch. »Gerames ist ein kluger Mann. Er kennt den Planeten, hat ein paar Dinge addiert und. Schlüsse gezogen. Deshalb« – sie beugte sich ein wenig vor – »besteht Ihre navigatorische Crew aus Offizieren und Mannschaften der Abwehr. Das konnten Sie nicht wissen, nein. Gerames trägt die Unkosten. Die Leute sorgen dafür, daß zum Beispiel keiner Ihrer Mitarbeiter die Galaxis allgemein oder einen Pharmakonzern informiert.«

Mugadisk nickte langsam. »Man hätte damit rechnen müssen. Ich vielmehr. Natürlich. Wenn Gerames mit etwas Ähnlichem wie diesem Ambra gerechnet hat...«

Hsiang räusperte sich. »Und Sie alle haben sich zu diskretem und notfalls riskantem Arbeiten verpflichtet – für gutes Geld, wie ich weiß. Der Punkt ›Risiko‹ kann bald vordringlich werden. Sowohl von der Arbeit her als auch von der politischen Lage auf dem Planeten.«

»Was ist mit der Lage?«

»Wir haben tausend Hypothesen, aber keinen Beweis. Deswegen will ich mich nicht näher dazu äußern. Ich bitte Sie aber um eine besondere Untersuchung.«

Mugadisk verschränkte die Arme. »Aha. Nun kommen wir zur Sache. Worum geht es?«

»Die bisherigen Untersuchungen sind an intaktem Ambra vorgenommen worden. Dem Vernehmen nach zerfällt die Substanz, wenn sie nicht unter Druck gehalten wird.«

»Ja. Nach gewissen stabilisierenden Behandlungen spielt der Druck keine Rolle mehr, aber im Urzustand zersetzt sich Ambra sehr schnell.«

»Ich bitte Sie um Folgendes. Lassen Sie Ambra zerfallen und untersuchen Sie es dann. Präzise: Kann man mit zerfallenem *alangra* etwas anfangen?«

Mugadisk pfiff leise. »Sie nehmen an, jemand auf Shilgat hat Ambra, aber keine Möglichkeit, es unter Druck zu halten? Und lebt zu weit vorn Fundort entfernt, so daß es nicht sofort verarbeitet werden kann?«

»So ähnlich, ja.«

Mugadisk grübelte. Schließlich sagte er: »Das läßt sich sicher so machen, daß niemand direkt damit in Berührung kommt. Falls wirklich etwas Gefährliches dabei herauskommt. Aber« – er kniff die Brauen zusammen – »was tun Sie, wenn ich mich weigere? Wenn mir die Sache zu kitzlig ist – und sie muß ja kitzlig sein, wenn die Gouverneurin persönlich sich herbemüht.«

Hsiang warf ihm einen eisigen Blick zu. Einen Moment hatte Mugadisk das Gefühl, die Raumtemperatur stürze ins Bodenlose. Er war seit langem an den Umgang mit Vertretern von Regierungen oder einzelnen Behörden gewohnt, aber diese Empfindung war neu – persönliche Kompetenz, die schiere Macht eines galaxisweiten Apparats und das Bewußtsein, diese Macht anwenden zu können, wenn es sein mußte. Plötzlich traten Erscheinung, Charme, Umgangsformen zurück, wurden zu zweitrangigen Accessoires.

»In diesem Fall«, sagte die Gouverneurin ruhig, »würde ich Sie und ihr Team durch ein Laboratorium der Abwehr oder des Sekretariats für Forschung ersetzen und Ihnen ein Jahr bezahlten Forschungsurlaub auf einem entlegenen Asteroiden oder einem TecSat beschaffen – in einem Jahr wird wohl nichts von alledem mehr der Geheimhaltung bedürfen.«

Mugadisk hustete trocken. »Können Sie mir sagen, ungefähr jedenfalls, in welche Richtung Ihre Befürchtungen gehen?«

Hsiang stand auf und näherte sich dem Schott. »Ja«, sagte sie, die Hand bereits am Öffnungsmechanismus. »Etwas, das durch Luft, Nahrung oder Kontakt übertragen wird und innerhalb kurzer Zeit – zwei, drei Monaten – Erbanlagen verändert.«

Mugadisk erhob sich ebenfalls. »Können Sie das präzisieren? Haben Sie Gründe für diese Vermutung?«

»Vor etwa vier Standardmonaten hatten wir in Cadhras Besuch von einer Delegation aus einem bestimmten, dubiosen Gebiet. Seit ein paar Wochen sind in Cadhras und Umgebung keine Kinder mehr lebend geboren worden.«

Auf dem Heimweg zum Palais kam ihr plötzlich ein entsetzlicher Gedanke. Einen Moment blieb sie stehen und umklammerte das Geländer der Brücke über den Ylagas. Dann eilte sie zum Palais und begab sich in den Funkraum.

Am Abend kamen die Antworten auf ihre Fragen; eine halbe Stunde später trafen sich die erreichbaren Mitglieder des Krisenrats im Palais. Kommandant Maqari holte die Sekretärin für Sicherheit McVitie, die Richterin Lunz, den Präfekten der Gendarmerie Ataratz mit dem Gleiter ab; die Obfrau des Territoriums, Baramky, war ebensowenig aufzutreiben wie die Erste Operatorin des Rechners, Khalila, und die Leiterin des Raumhafens, Batavy.

»Ich hätte diese Fragen längst stellen sollen, aber sie waren mir nicht in den Sinn gekommen«, begann die Gouverneurin. Sie sah müde aus und war bleich. »Sie wissen, daß in Cadhras und Umgebung seit vielen Zehntagen nur Fehlgeburten auf die

Welt gekommen sind.« Sie machte eine Pause, goß Tee nach und starrte auf ihre schlanken Finger.

Maqari beugte sich vor. »Madame, was haben Sie herausbekommen?« Seine Stimme war belegt.

»Ich hatte befürchtet, es könnte mit Gashiri zu tun haben. Aber die Analyse der Waren aus der AVU hat ja nichts ergeben, und aus anderen Gebieten, in denen AV-Delegationen waren, haben wir nichts gehört. Heute habe ich endlich die Residenten und die erreichbaren Agenten aufgefordert, sich nach Krankheiten, Fehlgeburten und so weiter umzuhören. Die Antworten liegen vor. Überall, wo Delegationen aus Gashiri waren, ist kein Kind mehr geboren worden.«

Maqari war aschgrau unter der gebräunten Haut. »Aber das hätten die doch längst melden müssen!«

Hsiang schüttelte den Kopf und sah ihn traurig an. »Eben nicht.«

Die Residenten des Gouvernements vertraten die Interessen von Cadhras und meldeten, ebenso wie die Agenten des Sekretariats für Sicherheit, alle wichtigen Vorgänge an die Hauptstadt. Alle hatten gehört, daß Fehlgeburten aufgetreten waren – aber alle wußten es nur aus ihrer direkten Umgebung. Private Tragik gehörte nicht zu den meldenswerten Ereignissen. Keiner hatte gewußt, daß das gleiche Phänomen anderswo auftrat.

»Als ich ihn fragte, sagte der Resident in Arameq sofort: ›Ja, hier hat es viele Fehlgeburten gegeben. Aber wieso interessiert Sie das?‹«

McVitie zwang sich, an praktische Fragen zu denken.

»Was ist zu tun?«

Die Gouverneurin hob die Achseln. »Ich habe Anweisungen vorbereitet. Am Ende der Beratung gehen sie ins Universum. Ich bitte Sie, solange dazubleiben; vielleicht brauche ich Zeugen.«

»Und wir können gar nichts gegen Gashiri unternehmen?« fragte die Richterin.

»Wir haben keinen Beweis – nur Indizien. Ich glaube nicht an eine zufällige Seuche, aber das ist nicht zu belegen. Mit dem Laborschiff habe ich schon gesprochen, sie machen ab sofort auch nachts weiter. Aber – wenn es sich um eine biologische Waffe der AVs handelt, kann ich, solange wir nicht mehr darüber wissen, nicht einmal die Garnison einsetzen. Wir würden jedes Kommando in den Untergang schicken. Und wir müssen die Galaxis warnen.«

Maqari schloß die Augen. »Natürlich«, sagte er dumpf. »Wie viele Frachter waren hier, seit die AVs uns Rum und alles mögliche andere gebracht haben? Wenn es eine Seuche ist – wie weit haben die Frachter sie dann schon im Commonwealth verbreitet?«

Hsiang erhob sich. Sie blickte die anderen nacheinander ruhig und intensiv an. »Sie wissen alle, was das heißt, nicht wahr? Shilgat muß blockiert werden.«

Sie gingen sehr langsam und still zum Funkraum. Die Gouverneurin setzte sich ans Pult, schaltete den Großrechner zu und gab die Anweisungen und Anforderungen selbst aus. Die Liste war lang und bedrückend. Start- und Landeverbot für den Raumhafen, Sperrung des Hyperfunkverkehrs – Ausnahme nur für das Gouvernement –, Rundum-Ausstrahlung des Quarantäne-Signals über Normal- und Hyperfunk, Liste der Schiffe, die in den letzten Standardmonaten Cadhras angelaufen hatten, und ihrer Heimat- sowie Zielhäfen, Bereitstellung einer Blockadeflotte mit Labor- und Lazarettschiffen zum sofortigen Einsatz im Orbit um Shilgat...

»Und Bondaks und Gortahorks Schiffe?« sagte McVitie.

Hsiang breitete die Arme aus. »Bondaks Leute sind längst infiziert. Sie haben Gashiri-Rum getrunken und waren in Cadhras, als die Delegation kam. Für die Shil ist es vielleicht noch nicht zu spät. Übernehmen Sie das, Sarela? Vielleicht kann Gortahork eine Art Seeblockade von Gashiri durchführen. Wir können im Moment nur auf die klugen Menschen im Laborschiff hoffen. Und warten.«

* * * * *

Sie war immer gern und viel barfuß gelaufen und litt nur den ersten Tag ohne Stiefel; das war der zweite nach dem Tod des Pferdes. Am folgenden Tag schaffte sie etwa 50 Kilometer, am Tag danach 30 bis zum frühen Nachmittag. Sie fühlte sich leicht, denn sie hatte nicht mehr viel abzunehmen, und die Vorräte waren fast aufgezehrt. Ihr Kopf war wärmer als sonst, wenn auch nicht heiß.

Von einem spärlich mit Gräsern und Gestrüpp bestandenen

Hügel beobachtete sie die westöstlich verlaufende Straße; es handelte sich um den wichtigsten Verbindungsweg zwischen der Nordroute und der Wüste.

In kurzen Abständen rollten Karren nach Osten, in die Wüste. Die Karrenbesatzungen waren klein, meistens nur ein Fahrer, manchmal eine zweite Person. Sie konnte nicht erkennen, womit die Wagen beladen waren, aber keiner fuhr leer. Es kam auch keiner aus der Wüste heraus.

Bis zum Abend beobachtete sie die Route. Allerdings wechselte sie zwischenzeitlich ihre Position, ging weiter nach Osten. Nach etwa einer Stunde befand sie sich gegenüber einem kleinen Depot. Karren hielten dort, die Zugtiere wurden getränkt und gefüttert, die Fahrer schienen Anweisungen, Hinweise oder Tips von den Depotbesatzungen zu erhalten und versahen sich mit Proviant.

Toyami trank den letzten Schluck Wasser aus ihrer Lederflasche, aß die letzte Handvoll Körner. Vorsichtig verließ sie den Hügel und vertraute sich der Dunkelheit an. Nahe der Route verbarg sie sich hinter einer Unebenheit des sandigen Bodens.

Sie rechnete sich keine Chance mehr aus, die Südgrenze von Gashiri erreichen zu können. Jedenfalls nicht zu Fuß und ohne neuen Proviant. Und nun, da sie die Sperrsysteme überwunden hatte und vielleicht näher an der geheimnisvollen Zentrale in der Wüste war als je ein anderer Agent, änderte sie ihre Pläne erneut.

Der nächste Wagen, gezogen von zwei Pferden, kam näher; auf dem Bock saß nur ein Mann. Als der Wagen vorüberrumpelte, warf sie ihr Bündel auf die Ladefläche und sprang neben den Fahrer. Sie preßte ihm das Messer an die Kehle und sagte halblaut: »Weiterfahren!«

Der Mann starrte sie mit aufgerissenen Augen an, nickte; sie verringerte den Druck der Schneide.

»Wohin fährst du?«

Er räusperte sich und blickte sie von der Seite an. Er war unbewaffnet; sie ließ das Messer sinken.

»Red schon!«

Er räusperte sich erneut und öffnete den Mund. Da sah sie, daß seine Zunge fehlte.

Im Morgengrauen legten sie eine kurze Pause ein. Toyami sah mißtrauisch zu, wie der Fahrer abstieg, die Tiere tränkte und ihnen Futtersäcke umhängte. Als er wieder zu ihr trat, sah sie sein verwüstetes Gesicht zum ersten Mal deutlich. Es war von Narben übersät, von denen die meisten frisch zu sein schienen. Das offene Hemd zeigte die ähnlich entstellte Brust, und auch die Hände waren wie ausgebeult und zerstochen. Die Augen des Fahrers flackerten unruhig; ein sehr tiefer Schmerz schien sie getrübt zu haben. Die Haut des Mannes war braun. Es handelte sich aber nicht um eine gesunde Bräune von Wind und Sonne; ein gelblicher Ton schwang darin mit, und im fahlen Morgenlicht wirkte alles zusammen gespenstisch.

Sie ließ den Mann nicht aus den Augen und tastete nach ihrem Bündel. In einer Innentasche der Jacke verwahrte sie ein kleines Notizheft und einen Stift. »Kannst du schreiben?«

Der Mann hob die Brauen und nickte heftig; in seinem zerstörten Blick flammte so etwas wie Leben auf.

Toyami hielt ihm Heft und Stift hin. »Wohin fahren wir?«

Er schrieb die Antwort nieder: *Denkzentrale Tagg.*

»Was ist das?«

Hochkontrolleure und Forscher.

»Was machen sie in der Wüste?«

Die so geführte Unterhaltung war mühsam und langwierig. Toyami hatte eben erfahren, daß in der Wüste eine unterirdische Forschungsstation existierte, als der Mann auf die Straße deutete. Sie wandte sich um; der nächste Karren war knappe drei oder vier Kilometer hinter ihnen. Der Fahrer nahm den Pferden die Futtersäcke ab und kletterte wieder auf den Bock.

Toyami beschloß, ihm in Grenzen zu vertrauen. Er hätte sie nicht auf den folgenden Wagen aufmerksam machen müssen; ebenso gut hätte er warten und den oder die Fahrer alarmieren können.

Sie stellte eine Serie von Fragen, auf die der Mann jeweils mit Nicken oder Kopfschütteln antworten konnte. Im Lauf der nächsten Stunde erfuhr sie so einen Teil seiner Geschichte.

Er stammte aus dem Flachland nahe der Gashigar-Mündung und hatte sich beim Fleischessen erwischen lassen. Nach einem kurzen Verfahren, an dem Mitglieder seiner Kommune und ein Kontrolleur teilnahmen, hatte man ihn zur Verbannung verurteilt, aus der Kommune ausgestoßen und auf ein Schiff gebracht. Oberhalb von Gashir waren er und einige andere an Land und zu Karren geschafft worden, die nach Süden fuhren. Man hatte sie nach Tag'gashir'dir gebracht. Den letzten Teil der Strecke, von dem Punkt an, wo die Wüstenroute von der Nordsüdstraße abzweigte, hatten sie marschieren müssen. In der zweiten Nacht gab man ihnen Wasser zu trinken, in dem winzige graue Partikel schwammen. Zwei Tage später, als der Treck bereits in der Wüste war, wurden die ersten Gefangenen krank. Von über hundert Frauen und Männern erreichten nur zwanzig die Denkzentrale.

Nach und nach bekam Toyami noch mehr heraus. Bei schwierigen Teilen des Berichts übernahm sie die Zügel, und der Mann schrieb mit vielen Kürzeln und zittriger Schrift. Die Verbannten starben an Verformungen, aufweichenden Knochen, vor allem aber an entsetzlichen Beulen, die sich am ganzen Körper bildeten und platzten.

»Wie heißt du?«

Lanshi.

»Berichte weiter, Lanshi.«

Er schrieb, hielt das Heft so, daß sie ihm über die linke Schulter sehen und dabei den Karrenweg im Auge behalten konnte.

Einige waren zäher als andere; er gehörte zu denen, die zuletzt von der Beulenkrankheit befallen wurden, einen Tag vor Erreichen der Zentrale. Offenbar hatte der Marsch mit der gezielten Verseuchung als Härtetest gedient; die Überlebenden wurden mit Injektionen behandelt. Zwar platzten auch bei ihm die Beulen und bildeten sichtbare Narben, aber sie platzten in langen Abständen und sonderten nicht, wie bei den Sterbenden, eine grünliche, ekelhafte Brühe ab. Dafür verfärbte sich die Haut der Behandelten, wurde gelblich-braun.

In der Zentrale liefen viele Sklaven herum, die diesen Härtetest überstanden hatten, aber auch sehr viele Frauen und Männer, deren Haut gelblich-braun ohne Narben war; Lanshi nahm an, daß es sich um Immunisierte handelte. Die Sklaven wurden zu den verschiedensten Arbeiten herangezogen: sie mußten unterirdische Stollen graben, schwere Gegenstände schleppen, oder, wie er seit kurzem, mit Karren in die Savanne fahren, Wassertanks füllen und zur Zentrale bringen.

»Warum kommen uns keine Karren entgegen?«

Geschl. Kreislauf – Weg Tagg-Brunnen südl. von hier.

Man verließ die Wüste auf dem einen Weg, kehrte auf dem anderen nach Tagg zurück. An der Zentrale, am Brunnen und an verschiedenen Stationen wurden die Wagen scharf überwacht.

Keine Sorge, jetzt erst wieder Tagg.

»Wann kommen wir an?«

Lanshi warf einen Blick in den Himmel und hob fünf, dann noch einmal drei Finger.

Toyami überlegte.

»Acht Uhr? Oder acht Stunden?«

Bei der zweiten Möglichkeit nickte Lanshi. Toyami stellte weitere Fragen, erfuhr aber nicht mehr viel. Was in Tagg tatsächlich vorging, wußte Lanshi nicht. Man hatte ihm und den anderen Sklaven die Zungen herausgeschnitten; erstens konnten sie so niemandem etwas verraten, es sei denn schriftlich, aber Papier gab es nicht; und zweitens schränkte es die Möglichkeiten einer Sklavenverschwörung drastisch ein.

Toyami schwieg eine Weile und stellte mehrere widersprüchliche Hypothesen auf, die sie sämtlich verwarf, ohne Lanshi zu befragen. Er reichte ihr plötzlich wieder die Zügel und griff noch einmal zu Papier und Stift.

Ballons, Feuer – schrieb er.

Toyami starrte ihn verblüfft an. Was machten die anonymen AV-Oberen in der Wüste mit Heißluftballons? Lanshi ergänzte:

Nicht Luft, Höhle.

Also, sagte Toyami sich, würde man auch davon in Cadhras nichts wissen.

Bis zum späten Nachmittag ließ sie sich von Lanshi den Wüstenstützpunkt beschreiben und zerbrach sich den Kopf. Zwischendurch trank sie, trotz seiner Warnungen, Wasser aus einem der Fässer auf dem Karren. Vielleicht infizierte sie sich; vielleicht war das Wasser sauber. Jedenfalls würde sie sicher verdursten, und die Chancen standen zwei zu eins.

Endlich senkte sich die erbarmungslose Sonne. Vor ihnen tauchten Umrisse von Gebäuden aus dem abendlichen Glast auf. Toyami kam zu einem Entschluß.

»Ich bin Cadhrassi«, sagte sie. Dabei beobachtete sie die Reaktion des Fahrers.

Lanshi warf ihr einen beinahe amüsierten Blick zu, als wolle er sagen: ›Das weiß ich doch längst.‹ Er nahm Papier und Stift abermals in die Hand und kritzelte etwas.

Bisher mind. 3 (4?) Cadhras-Agenten in Tagg, gefangen. u. tot. Alle.

Toyami nickte. Es mußte sich um erwischte Agenten handeln, die man aus Gashiri in die Wüste geschleppt und dort behandelt hatte wie alle anderen. Sonst hätte sie von Funksprüchen hören müssen, als sie noch ein Funkgerät besaß.

»Willst du mir helfen?«

Lanshi sah sie von der Seite an; dann nickte er langsam.

Aus: Flimmer Bundobust, Ich zog mit der Nordkarawane *(Atenoa, 427)*

»... Hier trafen wir mehrere Händler aus einem Hafen des Südkontinents, dessen Namen ich damals leider nicht notierte und nun gründlich vergessen habe. Sie waren mit dem Schiff ins Delta des Avrak und dann flußauf bis Biyang gefahren, hatten sich an Land begeben und suchten nun nördlich der Sintul-Berge nach Waren. Beim abendlichen Gespräch am Feuer – ah, die Steppennächte! die Eisdiademe der Galaxis! die kreisenden Becher mit Kräutertee! der Gestank von Kamelen und P'aodhus! abermals ah! – erzählten sie allerlei Scheußlichkeiten, die sich an den Grenzen Gashiris zugetragen hätten; du weißt, verehrter Leser, wenn du aufmerksam warst, von jener seltsamen Anarchovegetarischen Union. Kein Jahr, sagten sie, vergehe ohne Übergriffe, Beutezüge, Annektierungsversuche. Die Beutezüge dienten vor allem der Gewinnung von Sklaven – Überfälle auf Shil-Dörfer, deren Bewohner entweder getötet oder, falls körperlich tüchtig, mitgenommen würden. Kleine Aktionen würden in der Regel erst später bemerkt, wenn nichts mehr zu machen sei, etwa Überfälle auf einsame Dörfer. Mittelgroße Aktionen riefen den Widerstand der nächsten Nachbarn hervor, große führten zum Einsatz der Garnison von Cadhras, allerdings nur auf Anforderung der Shil, oder vielleicht doch auch ohne diese.

Unmittelbar zuständig für die Abwehr solcher Ausuferungen, wie sie es nannten, sei das Königreich Kelgarla, ein für die Shil befremdliches Gebilde mit Legislative, Exekutive, Streitkräften und Gesetzen.

Von den Heilern und Häuptern eingerichtet zur Bekämpfung Gashiris, wie es hieß. Um die Sache ein wenig erträglicher zu machen – wie du weißt, lieber Leser, halten die Shil nichts von Weltanschauungen und stabilen Institutionen –, wurde festgelegt, daß das Königtum keineswegs erblich sein solle. Die Königin – denn meistens ist es eine solche – wird von allen Erwachsenen des Landes gewählt, auf Vorschlag der Räte des Reichs. König(in) ist immer entweder eine fette Frau mit dem Ehrentitel ›Bollwerk des Südens‹, oder – falls keine ausreichend fette und ausreichend fähige Frau zu finden ist – ein Hermaphrodit. Die Herkunft ist unwichtig, sowohl sozial als auch geographisch; die Räte mögen eine Karawanenköchin aus dem Norden für wählbar erklären oder den hermaphroditischen Sproß einer wohlhabenden Händlersippe. Residenz ist der Terrassenpalast außer- und oberhalb der Stadt Kelgarla, von dem es heißt, er bestehe aus wenigen bewohnbaren Räumen und mehreren übereinander aufgetürmten Labyrinthen, deren Sinn es sei, eine allzu geradlinige Politik zu behindern... «

IX.

Weit vor Cadhras, im Binnenmeer, lag eine öde Insel, die von der Garnison manchmal zu Ausbildungszwecken benutzt wurde; dort war vor zwei Tagen ein ferngelenkter Transporter gelandet. An Bord befanden sich Kampf- und *medik*-Robots. Maqari und die halbe Garnison, begleitet von vier Frauen aus dem Laborschiff, kümmerten sich um sie. Die Gouverneurin sprach ständig mit Maqari und dem Kommandeur der drei Einheiten (ein Kampfschiff und zwei Versorgungstender), die Shilgat vom Universum abriegelten. Im Commonwealth ging die Suche nach möglicherweise Infizierten weiter; die Schiffe, die in Cadhras mit den teuflischen Teilchen in Berührung gekommen waren, hatten inzwischen andere Welten angelaufen. Die Gendarmerie des Territoriums suchte Güter aus der Anarchovegetarischen Union. Sarela McVitie hatte sich per Funk von Terence Learoyd Einzelheiten über die Lage der Sterbegrotten bei Bu'ndai erzählen lassen, um Nachschub an Ambra zu beschaffen.

Die Garnison war vollständig im Einsatz: Leute in Bu'ndai, die vor kurzem gemeldet hatten, sie seien in 260 Meter Tiefe auf Grotten gestoßen, in denen sich *alangra* befinde; Maqari und seine Leute, die sich mit den Robots plagten; die 30 Freiwilligen auf den TraPaSoc-Schiffen vor der Nordküste von Gashiri; der Rest beschäftigt mit Hilfsunternehmungen zur Unterstützung der Gendarmerie und mit Gleiter- und Beibootflügen über dem Meer zur Sperrung des Seegebiets vor Gashiri – es durfte nichts mehr passieren, denn die Kräfte des Protektorats waren zerstreut.

In einer halbwegs ruhigen Minute betrachtete Sarela ihre Mitarbeiter, danach ihre Fingerspitzen. Sie holte frischen Kaffee und ging zum Drucker des Rechnerterminals, der in diesem Moment begann, die Auswertung der Satellitenaufnahmen auszuspeien. Sie nahm sie und ging wieder zu ihrem Tisch. Der Text des Rechners ließ keinen Zweifel daran, daß genau das geschehen war, was nicht hatte geschehen dürfen. Sie verbrühte sich den Mund mit heißem Kaffee, zog eine Grimasse und rief die Gouverneurin an.

»Ja?« Lydia Hsiang war ebenso erschöpft wie alle anderen, und sie war kurz angebunden.

»Tut mir leid, daß ich Sie stören muß.« Sarelas Zunge prickelte. »Ich habe eine neue Hiobsbotschaft.« Sie hielt die Bilder vor das Aufnahmegerät. Mit einem Stift deutete sie auf einzelne Punkte.

»Hier. Die AVs haben offenbar erfahren, daß die Königin von Kelgarla anrückt und das getan, was für sie militärisch sinnvoll ist, nämlich vorgelagerte Pässe besetzt. Und Stationen der Taggabahn. Damit ist die Südgrenze von Gashiri für Bodentruppen nicht mehr erreichbar. Die Pässe sind so eng, daß ein paar gute Bogen- oder Armbrustschützen sie gegen eine ganze Armee halten können.«

Die Gouverneurin rieb sich die Augen. »Wunderschön. Damit haben wir, was wir nun gar nicht gebrauchen können, nicht wahr? Wir sind zu wenige.«

Sarela nickte stumm.

Plötzlich lachte Hsiang. Es klang wie ein fröhliches Lachen, und McVitie kniff die Augen zusammen. Brach die Gouverneurin zusammen?

»Wissen Sie, was das bedeutet?« Hsiang lächelte tatsächlich. »Bisher hatten wir nichts als Verdachtsmomente, die keine Aktion unsererseits zulassen. Das da« – sie deutete auf den Schirm und meinte offenbar die Satellitenbilder – »ist eine militärische Aktion, und die ist laut Shilgat-Abkommen durch das Protektorat und das Gouvernement sofort zu unterbinden. Wie weit ist Maqari?«

Aber Maqari war noch nicht sehr weit. Desaktivierte Kampfroboter waren umzurüsten; ihre Programme mußten von Raum- auf Bodenkampf, von kleinen Gruppenleitstellen auf ein zentrales Kommando umgestellt werden, und von Strahl- auf Lähmwaffen. Dafür hatte Maqari nur eine Handvoll Leute.

»Sechs Tage«, sagte er mürrisch. »Aber nur, wenn wir nicht zwischendurch schlafen.«

* * * * *

Nach langen Tagen erreichte Learoyd die Station von Golgit*,

---

* Nach dem Hauptort benanntes Shil-Gebiet im Einzugsbereich des Huagilera. Der Fluß entspringt südlich der Grenzberge von Gashiri und mündet in

die vorletzte vor jener, die auf einem Zipfel des Territoriums von Gashiri lag. An jeder Station hatte er die Bahn verlassen und Dörfer und Städte aufgesucht, aber ohne Erfolg. Niemand wußte etwas von Barakuda, niemand erinnerte sich, braunhäutige Menschen aus Gashiri gesehen zu haben. Zwischendurch hatte Learoyd sich per Funk mit Cadhras in Verbindung gesetzt, mehrfach; er hörte, Gortahork sei mit einer Handelsflotte nach Gashiri unterwegs, Tremughati segle zu den Korallkorsaren, sonst gebe es wenig Neues. Tage später erfuhr er, die Königin von Kelgarla rücke mit Truppen gegen die Südgrenze von Gashiri vor, und seine Freunde hätten die TraPaSoc verkauft, Schiffe gechartert und segelten nach Gashiri, um sich dort umzuschauen. Irgendwie war alles sehr weit weg, und nicht einmal der Verkauf der eben erst gegründeten TraPaSoc berührte ihn. Er hungerte nach Aktionen, aber auch Cadhras konnte ihn nicht über Zusammenhänge aufklären. Allerdings hatte er das Gefühl, daß McVitie ihm nicht alles sagte.

In der Golgit-Station erwarteten ihn zwei Überraschungen. Zunächst wurde er von drei Männern empfangen, die er flüchtig kannte – Agenten des Sekretariats für Sicherheit. Sie nannten ihm die schlechte, die zweite Überraschung.

»Seit zwei Tagen ist die Bahn blockiert. Gashiri hat die nächsten Stationen im Osten und Westen besetzt.« Der drahtige Mischling nickte, als Terence ihn verblüfft anstarrte. »Wir haben schon mit Cadhras gesprochen.«

Terence setzte sich auf das Trittbrett des abgestoppten Wagens. »Dann geht es los, wie?«

Die beiden jüngeren Agenten verließen die Plattform. Der drahtige Mann zog eine Grimasse.

---

den Ozean des Südens; der »Golgit« genannte Bereich ist etwa 4000 km lang und bis zu 500 km breit. – Im Hauptort Golgit, einer sehr alten Stadt (erste Erwähnung in den Annalen von Sa'orq vor ca. 25.000 planetaren Jahren) regeln Zunftausschüsse die unabdingbaren Nöte – Straßenreinigung, Vorratshaltung, Bestrafung von Missetätern etc. Politische Fiktionen werden vom »Stadtsklaven« bzw. der »Stadtsklavin« wahrgenommen. Jährlich wird unter den zu zehnjähriger Sklaverei Verurteilten bzw. Verkauften eine Person ausgewählt, die neun Jahre absolviert hat; das Auswahlverfahren wechselt je nach Witterung, Ernteertrag und Stimmungslage. Der alten Formel zufolge soll der Stadtsklave »Unrecht mildern, Recht zügeln, Macht entbehren und den Shil der Berglande Anordnungen ersparen«. – Vgl. Teil III, »Banyadir«, Kap. II.

»Wohin gehen die?«

Er musterte Learoyd aufmerksam. »Essen. Wie steht es mit dir, Kamerad?«

»Das hat mir den Appetit ein bißchen geraubt.« Learoyd grinste schief. »Aber er wird schon wiederkommen. – Wie heißt du?«

»T'unga. – Ja, wahrscheinlich geht es jetzt los. Du kennst die Karte?«

Learoyd nickte stumm. Die Aktion war unerwartet, aber logisch. Mit dem Unternehmen hatten die AVs einen wichtigen Teil der Ostwest-Verbindungen gekappt; außerdem lagen die Stationen sämtlich in der Nähe der Südgrenze von Gashiri. Damit kontrollierte Gashiri alle Pässe und Wege, über die ein hypothetischer Gegner die Anarchovegetarische Union hätte erreichen können.

»Was sagt Cadhras?«

»Cadhras sagt, du bist zu uns unterwegs, deshalb haben wir dieses Empfangskomitee gebildet. Sonst sagt Cadhras wenig. Sie wollen erst noch ein paar Tage warten und versuchen, mehr herauszubekommen. Wir sollen uns auf jeden Fall vorsehen.«

Vier Tage später sahen sie sich immer noch vor. Aus den näheren Dörfern von Golgit waren an die zweihundert Bogenschützen zusammengekommen, um die Station zu verteidigen. Learoyd betrachtete sie mit Sympathie und Skepsis; es handelte sich um wortkarge Jäger und Bergbauern, die mit Pfeil und Bogen umgehen konnten. Welche Chancen sie gegen die Ordnereinheiten der AVs haben würden, mußte dahingestellt bleiben.

Am folgenden Morgen näherte sich eine große Gruppe der Station. Es handelte sich um Fußgänger, und aus der Entfernung wirkten sie wie eine disziplinierte Truppe. Da sie jedoch von Golgit her kamen, beunruhigte es niemanden.

Als sie nahe genug waren und Learoyd, der von einem Felsen Ausschau hielt und darauf wartete, daß endlich etwas geschah, sie erkennen konnte, stieß er eine Serie wilder Flüche aus. Er kletterte von seinem Ausguck und rannte zu den Schuppen und Zelten neben der Station.

»Jungfrauen von Pasdan!« keuchte er, als er T'unga in die Arme lief.

Der Agent betrachtete ihn wie einer, dem ein seltenes Insekt in den Schoß gefallen ist. »Wer bitte?«

Sie sammelten Schützen und besetzten den Zugang zum kleinen Tal, aber die Näherkommenden machten keine Anstalten, sich zum Angriff zu formieren Sie gingen einfach weiter. An der Spitze der Gruppe sah Learoyd nun drei alte Frauen, Shil.

Als sie auf Rufweite herangekommen waren, stand Terence auf und hob den Arm. Eine der alten Frauen gab den anderen Zeichen zu warten. Sie kam allein näher.

»Wir sind Heilerinnen«, sagte sie; dabei deutete sie auf sich und die beiden anderen Shil. »Und die Kriegerinnen von Pasdan kommen auf Befehl von Tremughati; sie sind auf unserer Seite.«

»Ziemlich beeindruckend«, sagte eine der jungen Frauen aus Pasdan. Sie saßen um viele Feuer und aßen und redeten. »Diese Korallbauten, wie aus einem Albtraum.«

Learoyd erinnerte sich sehr gut an die Korsarenburgen.

»Und dann?«

»Tremughati hat uns genau in die Mitte der Kette segeln lassen. Sie stand auf dem Vorderdeck und wartete. Schließlich sind ein paar Schiffe der Korsaren gekommen, von allen Seiten. Als sie nahe genug sind, hebt Tremughati die Hand und ruft laut etwas, was keine von uns versteht. Eines der Schiffe geht längsseits, sie springt hinüber, das Schiff legt ab, und Tremughati ist an Bord bei denen. Wir warten, bis zum Abend, wie sie gesagt hat. Dann kommt sie zurück, und mit ihr kommen an die zweihundert Korsaren mit seltsamen Waffen. Alle ziemlich zerknautscht, aber keiner erzählt was. Tja, und mit denen an Bord sind wir nach Bu'ndai gesegelt. Und jetzt sind wir hier.«

Es gab zu viele Fragen. Learoyd wußte, daß sich die ehemaligen Banyashilfürsten und die Heiler des Nordens darum bemühten – bemüht hatten? –, die Wehrhaften Jungfrauen von Pasdan an ein anderes Leben zu gewöhnen. Dennoch fiel es ihm schwer zu glauben, daß die jungen Frauen, die um die Feuer saßen und wie normale Menschen redeten, vor kurzem noch zur Garde der Heiligen Mütter gehört hatten. Und was mochte Tremughati mit ein paar Worten bei den Korsaren erreicht haben, die nicht einmal auf einen armierten Gleiter des Gouvernements reagiert hatten? Und wie kamen die Frauen von Bu'ndai nach Golgit? Was sollten sie hier? Wo waren die Korsaren, die sie begleitet hatten? Wo steckte die Fürstin?

Einige der Fragen wurden nie beantwortet. Sie seien mit einer seltsamen unterirdischen Bahn bis Golgit gefahren, erzählten die Frauen. Dort habe Tremughati ihnen gesagt, sie sollten aussteigen und sich von den drei Heilerinnen, die an der unterirdischen Station auf sie warteten, zur Taggabahn bringen lassen. Dann sollten sie versuchen, von dort allein oder mit fremder Hilfe Richtung Gashiri vorzustoßen, wo sie von ihr hören würden. Sie sollten jedoch nicht über die Gashiri-Station hinaus vorstoßen, sondern in der Nähe der Taggabahn bleiben. Und Tremughati sei mit den Korsaren weitergefahren.

Die Heilerinnen schwiegen zu allem. Learoyd starrte kopfschüttelnd ins Feuer. Er war wie betäubt. »Eine unterirdische Bahn? Tremughati und Korsaren gegen Gashiri? Irgendwann muß ich doch aufwachen. Das kann alles nicht sein.«

Vier Tage später meldete einer der Posten einen von Osten kommenden Wagen. Learoyd und T'unga gingen in die Halle und setzten einen vorbereiteten Prellbock auf die Strecke.

Der Wagen rollte fast geräuschlos in die Station, prallte gegen den Bock und blieb stehen. Niemand stieg aus. Da man mit irgendeiner Teufelei der AVs rechnen mußte, beeilte sich auch keiner, die Tür zu öffnen und nachzusehen.

Schließlich stieß Learoyd einen Fluch aus und zog die kleine Automatik. T'unga warf ihm einen ausdruckslosen Blick zu, und die Frauen und Männer aus Golgit zogen sich an den äußersten Rand der Stationshalle zurück; einige hatten Pfeile aufgelegt.

Vorsichtig stieg Terence auf das Trittbrett und spähte durch das Fenster. Im Wagen stand eine Kiste, etwa in der Größe eines Sargs, und darin lag etwas.

Learoyd holte tief Luft und wandte sich ab. T'unga blickte zu ihm empor. »Du bist weiß wie ein Fischbauch. Was ist?«

Learoyds Halsmuskeln arbeiteten; das Würgen ließ nur langsam nach. Mühsam brachte er ein paar Wörter heraus. »Eine Kiste. Mit einer Person. Sie sieht gräßlich aus.«

T'unga hob die Brauen. »Gräßlich? Wieso? Und was heißt Person? Mann oder Frau? Shil, Muli, Cadhrassi?«

Learoyd stieg vom Trittbrett; die Bogenschützen näherten sich und lauschten.

»Ich weiß es nicht«, sagte er. »Was ich sehen kann, ist ein aufgedunsenes Monstrum, das zu leben scheint. Über und über mit Beulen bedeckt.«

In diesem Moment zuckten alle zusammen; aus dem Wagen drang dumpfes Geheul. Learoyd überwand sich und stieg noch einmal auf das Trittbrett.

In der Kiste bewegte sich das Ungeheuer. Eine verformte Hand schob sich über den Rand des Sargs. Es sah aus, als seien die Finger auf das Doppelte der ursprünglichen Größe aufgebläht und zusammengewachsen; durch die Scheibe und über mehr als drei Meter sah Terence die Beulen, aus denen grünliche Flüssigkeit troff.

Er sprang wieder vom Trittbrett und berichtete. Der Obmann der Bogenschützen kam näher, stieg zur Tür, warf einen Blick hindurch und schüttelte sich; sein olivfarbenes Gesicht wurde bleigrau. »Das kann nicht hier bleiben. Wir schieben es zurück Richtung Gashiri.« Er winkte einigen Leuten.

T'unga nickte langsam. »Was immer es ist, wir können ihm bestimmt nicht helfen. Wir können uns nur alle anstecken.«

Learoyd rang mit sich. Der ehemalige Soldat des Commonwealth focht mit dem Händler; der *karavanist* unterlag dem *suldau,* der Informationen haben wollte und verschleppte Freunde suchte. Sie waren wohl von den Leuten verschleppt worden, die dieses arme Monstrum losgeschickt hatten.

»Halt«, sagte er schwach. Dann, lauter: »Moment mal.« Er wandte sich an den Obmann. »Wir können den Wagen nicht hierbehalten, das stimmt. Aber wir müssen versuchen, soviel wie möglich über unsere Gegner zu erfahren. Deshalb sollten wir den Wagen nicht einfach zurückschicken.«

T'unga wandte sich ab und ging zu einem der anderen Agenten. Der Obmann betrachtete Learoyd nachdenklich. »Was schlägst du vor, Cadhrassi?«

Terence seufzte. »Ich werde aufsteigen und mit dem Wagen Richtung Gashiri fahren. Wenn wir aus dieser Station heraus sind, werde ich von außen bremsen, einsteigen und nachsehen.«

T'unga kam zurück; er hielt einen feinen Schal in der Hand. »Binde ihn dir vor Mund und Nase, vielleicht hilft das.«

Learoyd nahm das Tuch entgegen. »Danke, Freund. Aber ich kann nicht zurückkommen, wenn ich euch nicht anstecken will. Und Cadhras muß das erfahren.«

* * * * *

Nach und nach nahm Barakuda Nuancen wahr. Das Dunkel stufte sich ab, durchsetzte sich mit Striemen. Von innen sah alles anders aus – nicht, als sei Dante durch eine merkwürdige Wand aus einer Nische in den Berg getreten, sondern als habe vor sehr langer Zeit jemand eine große Höhle durch Einbau einer Wand zu einer nicht mehr ganz so großen Höhle plus vorgelagerter Nische gemacht.

Vorsichtig, dann immer schneller ging er vorwärts. Das diffuse Licht im Inneren des Berges nahm zu, wurde jedoch nicht weniger diffus. Lichtschlangen krochen über Boden und Wände, Lichtfetzen zuckten um Vorsprünge des Felsens. Immer wieder blieb er stehen und zwinkerte oder rieb sich die Augen.

Die Höhle war ein Gang, ein langer, sanft abfallender, regelmäßig geformter Gang, fast kreisrund; der ebene Boden wies rechts und links Rillen auf, die parallel liefen, wie Kufenspuren oder eingelassene Schienen.

Stundenlang marschierte er, immer weiter, leicht abwärts (wie er annahm), diesen seltsamen Gang entlang, bis Füße und Beine schmerzten und der Kopf sich anfühlte wie ein fremdes Objekt in einem Kasten aus Glaswatte. Durst und Hunger waren nicht so schlimm wie dieses Gefühl völliger Irrealität.

Endlich erreichte er eine größere Kammer, die eine Art Kreuzung von drei Gängen bildete. In der Mitte des Raums gab es eine Öffnung im Boden, aus der warmes, fast goldenes Licht stieg. Unter einem Metallgitter zogen sich in endloser Spirale enge Stufen um einen Schacht.

Barakuda zögerte. Schließlich hob er die Schultern, öffnete das mit Scharnieren versehene Gitter und stieg in die Tiefe, immer kreiselnd. Manchmal preßte er sich mit geschlossenen Augen, die unter den Lidern zuckten, an die Wand. Irgendwann erreichte er den Boden einer Halle und stürzte, als er mit angewinkelten Knien weitersteigen wollte.

Er richtete sich mühsam auf; die Kreiselbewegungen von Hirn und Augen wurden langsamer. Als er wieder auf die Füße kam, stand er an der Seitenwand einer riesigen, domartigen Halle, die so viele Ecken aufwies, daß sie fast rund war. Zwölf Tunnel mündeten in die Halle oder verließen sie; die dunklen Öffnungen lagen nebeneinander in kaum mehr als einem Viertelkreis der gesamten Wandlänge. Die sonstigen Wände waren voll von Nischen, offenen Kammern, Türen, Leitern und weiteren Treppen.

Und von etwas anderem. Barakuda ging langsam und staunend von einem Säulensockel zum nächsten. Rings an den Wänden standen Pfeiler, etwas über mannshoch, und auf ihnen ruhten Kugeln, die jenes warme, goldene Licht ausstrahlten, das nicht blendete.

Es waren Kristalle, kopfgroß, wunderbar symmetrisch, mit unzähligen winzigen Flächen. Das weiche Licht kam aus dem Inneren der Kugeln, und es blendete Barakuda auch dann nicht, als er sich auf die Zehenspitzen stellte und aus geringster Entfernung in die Kugel starrte.

Im Innern glaubte er, etwas wie eine dreidimensionale goldfarbene Rosette zu entdecken, ein inneres System goldbelegter Flächen. Die Kristallkugeln waren kühl.

Mitten in der Halle stand auf einer massigen Säule eine große bernsteinfarbene Lampe. Barakuda ließ zunächst die faszinierenden Kugeln und wandte sich dem Zentralpfeiler zu, an dem eine Eisenleiter lehnte. Er stieg hinauf und betrachtete die Lampe aus der Nähe. Sie bestand aus einer Art rauchigen Glases, das an Pharlit erinnerte, war fast einen Meter hoch und geformt wie eine große Vase mit breitem Boden. Die Lampe war warm. Als er die Säule erklommen hatte und sich über die Lampe beugte, kam es ihm so vor, als würde die Halle ein wenig dunkler. Das Gefäß war zur Hälfte mit einer klaren zähen Flüssigkeit gefüllt, deren Geruch eindeutig war: Fischtran. Ein dicker, langsam brennender Docht trug eine große Flamme. Das Gefäß mochte ausreichen, um etwa vierzig bis fünfundvierzig Tage lang zu leuchten, dann mußte der Tran nachgefüllt und ein neuer Docht eingesetzt werden.

Er wollte sich eben verblüfft wieder an den Abstieg machen, als ihn ein abenteuerlicher Gedanke durchzuckte. Er zog seine schwere Jacke aus und legte sie über das Lampengefäß. Augenblicklich lag die weite Halle in absoluter Dunkelheit.

Dante hob seine Jacke wieder hoch; die Flamme brannte noch, die Halle füllte sich wieder mit goldenem Licht. Er zog das Kleidungsstück an und kletterte hinab. Fassungslos näherte er sich noch einmal den Kristallkugeln.

»Sie brechen nicht nur das Licht, sondern auch alle möglichen Gesetze der Optik«, murmelte er. Offenbar reichte die relativ schwache Flamme der Tranlampe als Primärquelle aus. Die Kristalle und die goldenen Innenkugeln speisten sich aus dem Tranlicht, nahmen es auf, brachen es, *vermehrten* es und strahlten ihrerseits durchdringendes warmes Gold ab. Dabei blieben sie kühl.

Lange saß Dante mitten in der weiten Halle und bestaunte die Kristalle. Endlich raffte er sich auf und untersuchte den Rest der unterirdischen Anlage.

Die zwölf Tunnel waren mit Symbolen gekennzeichnet die er nicht enträtseln konnte. Barakuda spähte in die Tunnel; sie glichen dem Gang, den er durchwandert hatte, waren nahezu kreisrund und wiesen zwei parallele Rillen auf. Er konnte jedoch nicht weit hineingehen; wo das Licht aus der Halle endete, begann Finsternis.

In den Nischen, den offenen Kammern und den durch unverschlossene Türen abgetrennten Nebenräumen fand er vielerlei Vorräte – kleine Kristalle, die golden aufleuchteten, als er die Türen öffnete; Fässer mit Trinkwasser, andere mit Tran; Werkzeug; Regale voll mit Dolchen, Degen und Armbrüsten; Säcke voller Getreide; Stapel von Decken und Kleidungsstücken, manche von ihnen stockfleckig, andere frisch; Dörrobst; Hartbrot; sogar Konserven aus Cadhras und dem Commonwealth, mit Dosenöffnern und anderen Utensilien.

Während Dante aß, versuchte er, den unterirdischen Komplex zu begreifen. Wenn man davon ausging, daß die Tranlampe niemals erlöschen sollte, dann mußte in Abständen von etwa vier Zehntagen jemand Vorräte ergänzen und anfallende Reparaturen vornehmen. Nur – wer? Und wozu? Seit wann? Alles war in gutem Zustand, und gleichzeitig wirkte alles uralt. Barakuda war bereit, alle Eide darauf abzulegen, daß diese Anlage schon bestanden hatte, ehe die ersten Raumschiffe mit Sternenantrieb die alte Erde verließen.

In einem anderen Raum, in dem allerlei Gerümpel gestapelt war – Kisten mit zerbrochenem Geschirr, halbe Schuhe, ein ausgestopfter Seevogel, ein schlechtes Bild eines blühenden Zirgobeerenstrauchs, ein Päckchen Präservative mit dem Aufdruck einer Apotheke in Cadhras, unbrauchbares Werkzeug, stumpfe Nägel, eine welke Steppenblume –, entdeckte er einen seltsamen kantigen Stift; er hielt ihn in der Hand, bis er die gesuchte Erinnerung gefunden hatte. Dann lachte er und steckte ihn ein. Hoch im Norden, in der Blutgrafschaft Vagaván, saß der jeweilige Resident des Gouvernements in einem absurden Gebäude, das aus Dreiundzwanzigecken bestand; seit Jahrhunderten suchten alle Beamten nach den 23 Schlüsseln für die 23eckige 23schlossige Steintür in einem 23eckigen Keller. Sechzehn Schlüssel hatte man gefunden; dies mochte der siebzehnte sein.

In einem weiteren kleinen Lagerraum fand er zu seinem Entzücken Tabak und Papier sowie Zündhölzer aus dem Protektorat. Er rollte sich die erste Zigarette seit langem.

Die Tür des letzten Raums war breiter als die der anderen. Als er sie öffnete, sah er zwei Reihen von Fahrzeugen – kleine Wagen, ohne Dächer, in denen jeweils bis zu zehn Leute Platz finden mochten. Sie glichen den Wagen der Taggabahn.

Dante Barakuda setzte sich auf ein Einstiegbrett, drehte die nächste Zigarette und dachte nach. Es mußte mehrere derartige Stationen geben; andernfalls wäre die Wartung dieser hier ein sinnloser Spaß. Und wer, außer den Heilern, war überall auf Shilgat präsent? Ferner gehörte diese Tagga-U-Bahn, wie er sie in Gedanken nannte, zu den gut gehüteten Geheimnissen, denn nicht einmal er hatte jemals von seinen Shil-Freunden auch nur eine Andeutung gehört. Auch das Hüten von Geheimnissen fiel in die Zuständigkeit der einzigen überall präsenten Gruppe.

Die übrigen Fragen waren nicht durch Logik zu lösen. Irgendwann einmal hatten die Shil der Technik entsagt und sich auf eine fortschrittliche Antike beschränkt. Heute wäre außer dem Gouvernement niemand in der Lage, auf Shilgat eine solche unterirdische Bahnanlage zu bauen. Und da sie offenbar wie die Taggabahn nur mit Gefälle arbeitete – denn die Wagen wiesen keinerlei Aggregate auf –, mochte sie ebenso alt und von den gleichen Erbauern konstruiert worden sein. Ein unterirdisches Röhrensystem so auszukalkulieren, daß darin Fahrzeuge ohne Eigenantrieb verkehren konnten, würde nach Barakudas Meinung die Ingenieure des Commonwealth überfordern.

Er machte einen weiteren Rundgang und fand eine winzige Tür, die er bisher übersehen hatte; sie führte zu einem Lagerraum, in dem Säckchen mit Heilkräutern und Flaschen mit allerlei Flüssigkeiten aufbewahrt wurden.

Barakuda ging zurück in die Halle und musterte die zwölf Tunnel und die Symbole über den Schlußbögen. Er befand sich weit im Süden; südlich erstreckte sich die lange Halbinsel bis zum Südkap, Kap Tagga. Im Westen lag nur Segrest, das Fischerdorf. Es war also sicher davon auszugehen, daß die Strecken dieser unterirdischen Bahn nach Nordwesten, Norden, Nordosten und Osten führten; Westen und Süden schieden aus.

Vermutlich handelte es sich, wie bei der Taggabahn, um je zwei gegenläufige Bahnen zwischen den gleichen Orten oder Gebieten. Wenn die bisherigen Annahmen stimmten, wenn es eine Bahn war, dann gab es bei zwölf Tunnels, gleich sechs Strängen zwischen Nordwesten und Osten, nur sechs sinnvolle Ziele, nämlich Ballungsgebiete; dorthin mußte jeweils die rechte Spur führen. Die Strecke nach Osten verlief vermutlich an der Küste nach Sa'orq. Nordöstlich von Sa'orq lag der Bereich der Königin von Kelgarla, Berge, Flachland und Küste am Ostrand des Kontinents. Der dritte Strang sollte nach Nord-Nordost führen, wahrscheinlich unter den Ländern Zheziri und Langladir hindurch – bis wohin? Der vierte genau nach Norden – allgemeine Richtung Gashiri? Der fünfte verlief vermutlich bis Golgit oder weiter, jedenfalls unterquerte er das Bergland der Golgishil. Der letzte nach Bu'ndai?

Als er so weit gekommen war, betrachtete er erneut die Symbole über den Bögen. Nun sah er, daß sie paarweise ähnlich, wenn auch nicht gleich waren, und fühlte sich in seinen Mutmaßungen bestätigt. »Wahrscheinlich«, knurrte er, »heißt das ›von Bu'ndai – nach Bu'ndai‹ und so.«

Er fluchte halblaut; der Klang seiner Stimme schien sich in

der Halle auszubreiten wie das goldene Licht, sanft und gemächlich. Natürlich wollte er zurück nach Cadhras, zu Begheli und den anderen – aber wer hatte ihn entführt? Warum? Was war mit Learoyd und Oubou? Er konnte ja nicht davon ausgehen, daß man nicht auch versucht hatte, sie zu erwischen – vielleicht mit Erfolg. Dann hätte niemand *alangra* beschafft. Ob alles mit diesem seltsamen Stoff zusammenhing? Hatte man ihn überfallen, weil er *alangra* haben wollte? Wußte man inzwischen, ob die plötzliche Handelsoffensive von Gashiri Teil einer Politik war? Wenn ja – welchem Zweck diente sie?

Allmählich traten die persönlichen Fragen und Wünsche zurück. ›Wahrscheinlich‹, dachte er, ›bin ich viel zu lange in der Flotte und beim Sicherheitsdienst gewesen, um mich jetzt schon als Privatmann zu fühlen.‹ Er wollte noch immer nach Cadhras, heimkehren, aber Argumente gewannen die Oberhand über Wünsche. Mehr herausfinden – über diese U-Bahn und ihre Geschichte, über die Vorgänge auf dem Südkontinent, über mögliche Entwicklungen im Zusammenhang mit den AVs.

Er kam zu einem Entschluß und stand auf. Nirgends auf Shilgat gab es, soweit er wußte, Archive im herkömmlichen Sinn. Andererseits mußten die Heiler, wenn sie zum Beispiel eine solche Bahnstrecke wahren und nutzen wollten, über ältere Informationen verfügen – und hatte nicht der alte Saravyi mysteriöse Dinge aus der Vorgeschichte des Planeten gefunden und zum Teil eingesetzt?

Es mußte also irgendwo einen Wissensspeicher geben, gleich ob Museum, Archiv, Datenbank oder Wandzeichnung. Und wo ließe sich ein *richtiges* Archiv besser verstecken als dort wo schon ein anderes, unernstes existierte – in Sa'orq, dessen bekanntes Archiv nichts als Schelmenstreiche und Bizarrerien verzeichnete und 30 000 planetare Jahre zurückreichte?

Er stellte Proviant zusammen. Es gab Beutel und lederne Feldflaschen. Dann versah er sich mit einer Armbrust, einigen Schachteln mit Bolzen und einem Degen. Er warf alles auf den nächsten erreichbaren Wagen und schob ihn aus dem Abstellraum.

Der Wagen war leicht zu bewegen und nahezu geräuschlos; er hatte einen windschnittigen, verjüngten Bug. Dahinter befand sich eine Art Fahrersitz mit einer Schutzscheibe aus dickem

Glas. Vor der Scheibe war eine merkwürdige Vorrichtung angebracht: eine halbkugelförmige Versenkung mit einer gekrümmten, polierten Metallscheibe. Dante lief in einen der ersten untersuchten Räume und holte eine der kleineren Kristallkugeln. Sie paßte genau in die Vertiefung und strahlte golden auf. Vor der Kugel entdeckte er im warmen Licht eine Höhlung im Bug, wie durch eine aufgebogene Kufe nach vorn abgeschirmt. Dort hinein stellte er eine kleine Tranlampe und entzündete sie.

»Nicht zu fassen«, murmelte er. Die Tranlampe, windgeschützt, brannte ruhig und lieferte jenes bernsteinfarbene Licht, das das Oberteil der halbversenkten Kugel aufnahm, vergoldete und verstärkte. Der polierte Metallspiegel war beweglich; nach vorn gerichtet reflektierte er das goldene Leuchten und schirmte den Wagen ab. Alles zusammen ergab einen kräftigen, angenehmen Frontscheinwerfer.

Leise summend schob Barakuda den Wagen an. Seine Mutmaßung schien zumindest in diesem Teil zu stimmen: Der scheinbar völlig ebene Tunnelboden mußte ein leichtes Gefälle besitzen. Die Räder paßten genau in die parallelen Rillen. Dante lief noch einen Moment nebenher und schob; als der Wagen schneller wurde, sprang er auf.

Er setzte sich in den Fahrersitz. Seine Füße berührten ein Pedal – eine Bremsmöglichkeit? Er entschloß sich zu einem kleinen Test, und tatsächlich reagierte der Wagen sofort auf einen leichten Druck, wurde langsamer.

Dante nahm den Fuß wieder vom Pedal. Im goldenen Licht des Kristalls glitten die Tunnelwände vorbei. Barakuda lehnte sich zurück und ergab sich dem Staunen.

* * * * *

Vor der Küste von Gashiri tobte ein Spätsommerunwetter. Die beiden Mündungsforts am Gashigar und die dazugehörigen Ortschaften waren kaum, die riesigen Katapulte gar nicht zu erkennen; Nebel, Gischt und tiefe Wolken bestimmten das Bild. Die drei von der TraPaSoc gecharterten Schiffe tanzten auf dem Wasser.

Überall bildeten sich Kabbelungen. Der heftige Nordwest trieb Salzwasser weit in die Mündung hinein; wenn er nachließ, setzte sich die träge Strömung des Flusses wieder durch. Die Ankerketten spannten sich und erschlafften in unregelmäßigen Abständen. Nicht ausreichend befestigte Gegenstände rollten durch die Kajüten und das Zwischendeck.

Durch das aufgeregte Wasser quälte sich ein großes Ruderboot; es kam vom Fort auf dem Ostufer. Die Ruderbesatzung leistete schwere Arbeit; als das Boot endlich längsseits ging und die Ruder eingezogen wurden, duckten sich die Leute unter einem plötzlichen Hagelschauer.

Der Mann, der an Bord turnte, hatte ein seltsam aufgequollenes Gesicht. Er stellte sich als Zollinspektor der AVU vor, machte mit Bondak einen Rundgang über das Schiff, inspizierte die Waren und machte sich Notizen. Bondak stellte fest, daß auch die Hände des Mannes Schwellungen aufwiesen; er verzichtete aber auf Nachfragen nach der Gesundheit.

Die zwischen doppelten Trennwänden und unter Bodenbohlen versteckten Karabiner und sonstigen technischen Geräte fand der Inspektor nicht.

In der großen Heckskajüte tranken sie heißen Kaffee mit Rum. Der Inspektor legte die entstellten Hände um den Becher, als wolle er sich gleichzeitig wärmen und festhalten.

»Daß es einen Zollinspektor gibt«, sagte Bondak vorsichtig, »deutet darauf hin, daß Sie mit Handelsbesuchen rechnen.«

Der Inspektor nickte knapp. »Seit die *Verweser Der Kommunen Wirklichkeit* in Gashir beschlossen haben, die Realität neu zu definieren und Delegationen auszusenden, mußten wir mit Gegenbesuchen rechnen. Sie sind allerdings die erste Handelsflotte. Folglich mein erster Einsatz in Erfüllung der neuen Pflichten.«

»Welche Möglichkeiten gibt es für uns, die Waren zu löschen und zu verkaufen?«

»Das habe ich nicht zu entscheiden.«

»Wer denn?«

Der Inspektor deutete mit dem Kinn dorthin, wo sich seiner Meinung nach das Festland befand. »Sobald die Fahrrinne frei ist, können Sie das Fort am Ostufer anlaufen; dort wird die gesamte Ladung überprüft. Ich habe ja nur Stichproben auf einem von drei Schiffen gemacht. Danach wird entschieden, was zu tun ist. Vielleicht können Sie flußaufwärts segeln bis Gashir, vielleicht laden Sie alles schon hier aus und übergeben es der zuständigen Kooperative. Es bleibt abzuwarten.«

»Sie sagten etwas von der Fahrrinne.«

»Vor vier Tagen kam ein großer flacher Lastkahn flußab, wahrscheinlich von der Hauptstadt. Er ist zwischen den beiden Forts gesunken – das war, als der Sturm anfing. Er hat den Kahn quergestellt und einfach umgekippt. Wir haben die Ladung bergen können, aber die gesamte Besatzung ist ertrunken. Wir wissen nicht, was wir mit der Ladung tun sollen und warten auf Anweisungen, aber bei diesem Wetter helfen uns auch die Semaphoren und Heliographen nicht. Das Wrack liegt noch immer im Fluß. Sobald der Sturm endet, können wir es heben. Vielleicht hat dann aber der Fluß auch genügend Kraft, es ins Meer hinauszutreiben. Im Moment kommt dafür zu viel Wasser flußauf.«

Bondak verzog den Mund. »Ich dachte, der Gashigar ist in voller Breite befahrbar.«

Der Inspektor zwinkerte. »In Gashiri ist das, was Sie denken, unwichtig. ›Die Realität ist eine Funktion ihrer Definition.‹ Es gibt eine passierbare Fahrrinne, und sie ist durch ein Wrack blockiert.«

»Wie lange müssen wir denn hier liegen und den Sturm ausreiten?«

»Bis ich oder ein Kommunarde vom anderen Fort erkläre, daß die Rinne frei ist.«

»Trotz des Wetters? Können wir nicht wenigstens in den Hafen und an Land kommen?«

»Ausgeschlossen. Seien Sie froh, daß Sie nicht so unter dem Wetter zu leiden haben wie ich.« Der Inspektor deutete auf eine besonders üble Schwellung an seinem Handgelenk. »Kurz nachdem der Sturm und die Feuchtigkeit begonnen haben.«

Lydia Hsiang überflog die Niederschrift von Bondaks Funkmeldung – ein Kahn mit unbekannter Ladung sei in der Mündung gekentert, man warte auf Wetterbesserung und Landeerlaubnis.

Eine Weile starrte sie den Zettel an. Etwas bohrte in ihrem Hirn – als enthalte die Meldung geheimnisvolle Informationen, die einem Teil ihres Verstandes keine Geheimnisse, sondern wichtige Erkenntnisse seien. Plötzlich begriff sie. Der Arbeitsraum mit den alten, schweren und doch feinen Möbeln aus allen Gegenden von Shilgat drehte sich um sie. Sie stand langsam auf und ging mit schleppenden Schritten über den Korridor. Sie hatte das Gefühl, in den weichen Teppichen wie in Morast zu versinken und kaum vorwärts zu kommen.

Im Funk- und Rechnerraum setzte sie sich an den Terminal und formulierte einige Fragen. Die Antworten kamen sehr schnell.

Die Gouverneurin aktivierte das Visifon und rief die Sicherheitszentrale im Tower. McVitie meldete sich sofort; sie wirkte übermüdet.

»Hören Sie zu«, sagte Hsiang. »Vor einiger Zeit hatte ich einen Forschungsbericht über Meeresströmungen auf dem Schreibtisch.« Sie faßte zusammen, verwies auf Bondaks Bericht und musterte McVities Miene. »Sehen Sie? Wenn unser Verdacht stimmt und es sich bei der Welle von Fehlgeburten nicht um eine zufällige Seuche, sondern um eine biologische Waffe handelt – welche bessere Möglichkeit der Verbreitung gäbe es? Man braucht nur das Zeug zum Beispiel in den Gashigar zu schütten, der spült es ins Meer, die Strömung nimmt es auf und verteilt es an allen Küsten des Binnenmeers.«

Sarela rieb sich die Augen. »Wunderschön, Exzellenz. Und was machen wir? Wir haben nur zehn Gleiter und ein Beiboot zur Verfügung. Von der Blockadeflotte« – sie deutete in den Himmel – »können wir niemanden anfordern, wenn wir nicht das ganze Commonwealth kontaminieren wollen.«

Die Gouverneurin lächelte bitter. »Das stimmt. Aber wir können vielleicht ein paar robotgelenkte Gleiter oder Flugpanzer bekommen, die hinterher zu vernichten sind. Ich spreche mit dem Subsekretär. Das einzige, was wir im Moment tun können, ist hoffen. Und eins noch – sprechen Sie mit Gortahork. Er soll alle Flußmündungen abschirmen.«

Aus: Lydia Hsiang, Memoiren *(Gaia, 501)*

»Zu den wenigen relevanten (?) Dingen, die unversehrt geborgen wurden, zählt die Stele der Wahren Wirklichkeit aus Gashir. In vielen anderen Orten der AV-Union kam es in den Tagen des Untergangs zu in-

neren Auseinandersetzungen und Kämpfen, bei denen vor allem Symbole des bisherigen Systems zerstört wurden; in vielen Fällen wohl von ehemaligen Führungskadern, sei es, um Spuren zu verwischen, sei es, um quasi sakrale Gegenstände nicht der profanen Nach- und Umwelt zu überlassen. Die auf der Stele und dem vierseitigen Marmorsockel angebrachten Maximen sind ganz interessant, wirken aber im Verhältnis zur Monstrosität des Regimes beinahe putzig.

›Es gibt keine Welt, nur Anschauung.‹

›Die gesellschaftliche Realität ist eine Funktion ihrer von der Kommune festgelegten Definitionen. Außerhalb der kommunen Definitionen gibt es keine Realität. Wer durch Denken oder Handeln erkennen läßt, daß er Wirklichkeiten jenseits der Definitionen vermutet oder diese gar formuliert und in Umlauf bringt, macht sich der Realitätsverfälschung schuldig.‹

›Wer die Realität verfälscht, wird aus ihr entfernt.‹

›Macht euch keine Götter nach eurem Vorbild. Die einzige Göttlichkeit wird entstehen, wenn wir unkenntlich eins sind.‹

›Setzt die Wahre Wirklichkeit durch. Außerhalb der Realität gibt es nur Tote. Da von diesen einige zu leben scheinen, wollen wir ihnen zur Erfüllung verhelfen.‹

›Sag nicht, dein abtrünniger Bruder sei hingerichtet worden. Die Kommune hat ihn zur Bekräftigung der Realität verpflichtet.‹

›Leben zum Tod; der Sieg ist jenseits und fleischlos.‹... «

X.

Toyami kauerte zwischen den Wasserfässern auf der Ladefläche. Die Kontrolle am Tor war oberflächlich. Sie hörte Stimmen. Dann rollte der Karren weiter. Nach einiger Zeit klopfte Lanshi auf das vordere Faß, und sie streckte den Kopf heraus.

Sie befanden sich innerhalb des abgegrenzten Bereichs, zwischen langgestreckten Gebäuden. Lanshi lenkte den Karren zu einem Schuppen am Ende des Areals. Im Abendlicht sah Toyami den Drahtzaun, hinter dem die Wüste lag. Eigentlich war eine Abschirmung überflüssig; wer sollte versuchen, in die lebensfeindliche Öde zu fliehen?

Zwischen zwei Schuppen drehte Lanshi den Kopf und nickte ernst. Erwartung und Angst spielten auf dem entstellten Gesicht. Toyami hob die Hand; dann glitt sie vom Wagen und verschwand im Schatten.

Sie wartete, bis es dunkel geworden war. Oberirdisch hielten sich nur Sklaven und Ordner auf; alle wichtigen Dinge, so hatte Lanshi ihr bedeutet, geschahen unter der Oberfläche. Die ausgedehnten Gebäude waren in der Mehrzahl Sklavenunterkünfte und Lagerhäuser; die Leiter der Zentrale lebten in der Tiefe.

Toyami trank einen Schluck Wasser. Ihr leerer Magen verlangte nach fester Speise, aber sie verzichtete darauf, die kleine Menge an Körnern und Obst anzugreifen, die Lanshi ihr hatte überlassen können. Sie befürchtete, in den nächsten Stunden unausgesetzt auf der Hut sein zu müssen; daher konnte sie es sich nicht erlauben, nun noch etwas zu essen und dann im ungünstigsten Moment Ausschau nach einer Latrine zu halten.

Schweren Herzens trennte sie sich von der Jacke. Das zerschnittene Lederding war nicht mehr so fest anzuziehen, daß nicht irgendwo Teile abstanden. Barfuß, mit den Fetzen ihrer Hose und dem groben, starren Wollhemd bekleidet huschte sie zwischen den Schuppen zu einem der Treppenhäuschen. Sie wartete, bis der Posten abgelöst worden war. Laut Lanshi wechselten die Wachen alle vier Stunden. Die kleinen Treppen waren von je einem Posten bewacht; die großen von einem ganzen Trupp.

Vor dem Häuschen lag eine freie Fläche, von Fackeln erleuchtet. Toyami beobachtete den Posten eine Weile. Er stand im Eingang der kleinen Holzkonstruktion, die die Treppe gegen die Luftbeobachtung durch Cadhras absicherte, und blickte starr auf die helle Fläche. Neben dem Häuschen erstreckte sich der Zaun. Es war nicht möglich, sich anzuschleichen. Der Posten verfügte über zwei Armbrüste, und die helle Fläche wies keine Unebenheiten auf, die Schatten geben könnten.

Sie zog den Hut aus dem Köcher, nahm drei Pfeile und legte den ersten auf die Sehne. Der Mann war gut sichtbar; er stand zwischen den Armbrüsten und stützte sich auf eine Pike. Toyami zog die Bogensehne bis zur Schulter zurück, zielte und ließ los.

Der Pfeil blieb zitternd im Herzen des Postens stecken. Ohne einen Laut sackte der Mann zusammen. Er hielt noch immer die Pike fest.

Toyami schloß die Augen und lauschte. Nur ferne Geräusche,

die nichts mit ihr zu tun hatten. Offenbar hatte niemand den dumpfen Fall gehört.

Mit schnellen Sätzen überquerte sie die helle Fläche, schlüpfte in das Postenhäuschen und legte ihre Sachen ab. Dann packte sie den Toten und zog ihn aus dem Eingang.

Sie schleppte den Mann in die dunkelste Ecke des Innenraums, kniete neben der Falltür und versuchte, die schwere Holzklappe geräuschlos zu öffnen. Unsinnige Überlegungen schossen ihr dabei durch den Kopf. Alles hier verbaute Holz hatte von weither transportiert werden müssen. Sie rechnete, während sie an der Klappe zerrte, Kilometer in Tagereisen um, bis sie begriff, daß ihr Geist sich selbständig darum bemühte, an etwas anderes als an den Toten zu denken, der da in der dunklen Ecke lag und nicht mehr atmete, nicht mehr essen und trinken und lachen konnte, weil sie ihn mit einem Pfeil erschossen hatte.

Leise Schritte kamen näher. Sie legte den nächsten Pfeil auf und wartete. Lanshi huschte durch den Eingang und nickte ihr zu. Sie sah sein entstelltes Gesicht, dachte an die herausgeschnittene Zunge und beschloß, den toten Posten als mitverantwortlich für all die Qualen und Torturen zu betrachten. Das half ihr, sich der Falltür zu widmen.

Langsam, ächzend bewegten sich die Scharniere; Toyami spähte durch den ersten kleinen Spalt. Sie sah eine matt von Ampeln beleuchtete Holztreppe, darunter steinerne Stufen und behauene Felswände. Einen Moment lang lauschte sie ins Zwielicht hinab; dann winkte sie Lanshi, der die Falltür hochwuchtete. Sie packte ihre Waffen. Als sie die Treppe betreten hatten, schloß Lanshi die Falltür hinter ihnen. Erst da sah Toyami, daß er eine Axt trug.

Die Stufen knarrten in der Mitte; sie drückten sich an den Rand. Allenthalben herrschte Stille; die trüb flackernden Ampeln waren die passende Illumination zu Lanshis Atem, der stoßweise kam und ging. Der entstellte Mann wirkte nervös, aber entschlossen; einmal nickte er Toyami grimmig zu, und das machte sein Gesicht nicht schöner.

Die Agentin atmete auf, als sie die steinerne Wendeltreppe erreichten. Der Boden war eisig unter ihren bloßen Füßen. Sie überlegte angestrengt, mit welcher Bewachung unter der Erde zu rechnen sei. Wahrscheinlich würde sie gering sein; die AVs hatten so umfangreiche und brutale Vorkehrungen über der Erde getroffen, daß eine Überwindung der Treppenposten kaum zu befürchten war. Sie dachte wieder an Lanshis Zunge.

Die Treppe mündete in einen Gang, der nach einer Richtung leicht abwärts führte, in der anderen an einer Wand endete. Nach den Drehungen der Treppe wußte Toyami nicht, welche Richtung es war, aber es gab ja keine Alternative.

Der Gang bog nach links. Hundert Schritte weiter erreichten sie eine Galerie. Toyami zog Lanshi zu Boden, winkte ihm, hinter ihr zu bleiben, ließ Bogen und Köcher liegen und kroch vorwärts.

Blakende Öllampen erhellten eine riesige Höhle. Sie war menschenleer. Arbeitstische und herumliegende Utensilien zeigten, daß jeden Moment jemand zurückkommen konnte.

Toyami versuchte, so viel wie möglich so schnell wie möglich aufzunehmen. Die Höhle maß etwa 100 Meter vom Boden bis zur Decke, war viereckig und sicher 200 mal 200 Meter weit. Die Wände glitzerten feucht, wiesen keinerlei Spalten oder Fugen auf. Über den Boden liefen Schienen, vermutlich aus Hartholz, auf denen schwere Arbeitstische verschoben werden konnten.

Toyami blickte wieder nach oben. Daß die Tische nur in bestimmten Bahnen verschoben werden konnten, mußte einen Grund haben. Sie entdeckte massige Haltearme kurz unterhalb der Decke; dort oben war es so dunkel, daß die Konstruktion ihr zunächst entgangen war. Die Arme schienen über mehrere Gelenke zu verfügen und sowohl horizontal als auch vertikal beweglich zu sein.

Sie zwinkerte, denn vor ihren Augen begann die Decke leicht zu flimmern. Allmählich bemerkte sie, daß das Flimmern Kreise bildete. Endlich begriff sie, worum es sich handelte. Unter der Decke befanden sich große Lupen, Brenngläser vielleicht, die an den beweglichen Armen befestigt waren. Die starke Krümmung des Glases ließ die darüberliegende Höhlendecke verschwimmen.

Sie schüttelte den Kopf und betrachtete wieder die Schienen am Boden. Da erst wurde ihr klar, was die Konstruktionen bedeuteten. Die Höhle war ein einziges großes Labor. Wenn die

Decke geöffnet war, fielen die Strahlen der Sonne auf die justierbaren Brenngläser, die das Licht sammelten und bündelten. Die beweglichen Metalltische am Boden konnten so postiert werden, daß der Brennpunkt jeweils auf ein mit Hitze zu behandelndes Objekt fiel, das auf einem der Tische lag.

Toyami warf noch einen Blick auf den Boden der Höhle; dann winkte sie Lanshi. Er packte die Axt, sie nahm Bogen und Köcher auf. Sie liefen die Galerie entlang bis zu einer Leiter.

Der Boden der Höhle war übersät mit Gegenständen, von denen Toyami nur wenige identifizieren konnte. Sie versuchte, sich einiges einzuprägen; wenn sie jemals wieder nach Cadhras kam und wissenschaftlich kompetenteren Menschen berichtete, konnten diese vielleicht Rückschlüsse aus genauen Beschreibungen ziehen. Mehrere große Tuchhaufen lagen herum, türmten sich bis in drei Meter Höhe auf. Es war das hauchdünne, widerstandsfähige Tuch, das sie erstmals vor wenigen Zehntagen in Gashiri gesehen hatte. Lanshi berührte ihre Hand und wies auf die Haufen; dazu malte er mit den Armen einen Kreis in die Luft und bildete mit den Lippen stumm das Wort *Ballon*.

Das war es, worauf sie seit Lanshis langem schriftlichen Bericht ihre Hoffnung gesetzt hatte. Sie schaute sich um. Im Hintergrund der Höhle zeichneten sich die Umrisse einer Schiebetür ab. Entschlossen schob sie Lanshi zwischen die Tuchhaufen. Sollte nun jemand aus dem hinteren Teil kommen, wären sie in Deckung. Sie legte Bogen und Köcher geräuschlos nieder und kroch unter das nächste Tuch.

Der Stoff war glatt und luftdicht, fühlte sich jedenfalls so an; sie konnte nicht atmen und kroch zurück. Flüsternd bat sie Lanshi um Hilfe, dann kroch sie wieder unter den Stoff. Lanshi hielt ihn hoch und versuchte, die Bahnen zu spannen, damit sie nicht gleich wieder durchhingen und Toyami erstickten.

Unter dem Stoffberg fand sie einen Korb, der mit seinem Gerüst die Höhe des Tuchhaufens bestimmte. Sie kletterte in den Korb und untersuchte ihn. Am Außenrand hingen Sandsäcke, deren Funktion ihr sofort einleuchtete – Ballast. Interessanter waren die Blechbehälter im Korb. Sie öffnete einen der Kanister und schnüffelte: Erdöl. Sie hatte nicht gewußt, daß es in Gashiri Erdöl gab; auch in Cadhras war nichts davon bekannt. Dann verzog sie zweifelnd das Gesicht. Es gab Erdöl an verschiedenen Stellen des Südkontinents, aber wie kamen die AVs daran?

Insgesamt befanden sich drei Kanister im Korb. Weiter oben hing aufgerollt ein breiter, starker Docht, der durch enge Röhren mit jedem der Kanister verbunden werden konnte: das Prinzip der Petroleumlampe. Der Docht endete in einem kreisförmigen Kolben, der durch Räder bewegt wurde.

Heißluftballons. Toyami überlegte fieberhaft. Sie mochten im besten Fall noch zwei Stunden haben, bis der tote Posten entdeckt wurde. Sie entrollte den Docht und schob ihn in eine Röhre, steckte diese in den nächsten Kanister. Sie wußte nicht, wie lange der dicke Stoff brauchen würde, um sich vollzusaugen. Vorsichtig kletterte sie auf die Korbkante und drehte an den Justierrädern, bis das Dochtende aus dem Kolben lugte. Dann sprang sie zu Boden und kroch zurück zu Lanshi.

Irgendwo mußte ein Mechanismus zum Öffnen der Höhlendecke sein, wahrscheinlich eine Konstruktion aus Riemen, Zahnrädern und Kurbeln. Sie suchten eine halbe Stunde. Toyami begann bereits zu verzweifeln, als Lanshi zu ihr kam und in eine Ecke deutete, nahe der Schiebetür. Eine fast mannsgroße Kurbel hing dort an der Wand; Drähte und Seile führten nach oben in die Dunkelheit. Die Zahnräder waren gut geölt. Toyami ergriff die Kurbel und zog sanft daran.

Von oben kam leises Quietschen. Toyami stoppte sofort. Oben, an der Oberfläche, mochte das Quietschen furchterregend laut sein und Alarm auslösen. Mit angehaltenem Atem warteten sie einige Minuten, aber nichts geschah.

Toyami kalkulierte. Der Ballon, den sie inspiziert hatte, lag ungünstig, wenn man davon ausging, daß die Decke sich in der Mitte öffnen würde. Sie deutete auf einen besser gelegenen Haufen. Lanshi nickte.

Sie wiederholten die Prozedur – er hielt den Stoff hoch, und Toyami kroch zum Korb. Auch hier gab es drei Kanister; alle waren gefüllt. Sie justierte den Docht wie beim anderen Ballon; dann hängte sie jeden zweiten Sandsack ab.

Sie kroch zum ersten Ballon und betastete den Docht. Er war feucht. Erleichtert atmete sie auf; es würde keine Ewigkeit dauern, bis der zweite Ballon startklar war. Sie zog Docht und Röhre aus dem Kanister, ließ diesen jedoch geöffnet.

Sie brachten Bogen, Köcher, Axt und Wasserflasche zu dem Korb, mit dem sie fliehen wollten. Plötzlich stieß Toyami einen halblauten Fluch aus. »Verdammter Mist! Feuer!«

Sie sah Lanshi an; er breitete die Arme aus und machte ein ratloses Gesicht. Wieder liefen sie durch die Höhle, suchten auf allen Tischen und in allen Ecken nach etwas, mit dem man Feuer machen konnte – vergebens.

Bestenfalls eine Stunde noch. Toyami schlich in den hinteren Teil der Höhle und preßte ein Auge an den Spalt der Schiebetür.

Sie sah in einen helleren, kleineren Raum. Zwei Frauen und drei Männer arbeiteten an niedrigen Tischen, auf denen Glaskästen standen. Graues, pulverartiges Zeug befand sich in den Kästen und in Beuteln, die neben den Tischen standen. Die Frauen und Männer waren allesamt hellbraun. Am anderen Ende des Raums entdeckte Toyami eine weitere Tür. Eine der Frauen verließ den Tisch, an dem sie arbeitete; sie trug einen kleineren Glasbehälter zu einem riesigen, aufgespannten Tuch und leerte die weibliche Substanz hinein. Das Tuch hing durch; die Ränder waren etwa einen Meter über dem Boden.

Auf dem Rückweg stolperte die Frau über etwas und schimpfte; dabei verfolgte sie das, was Toyami nicht sehen konnte, mit den Augen bis zur Schiebetür. Dann ging sie zurück zum Tisch.

Toyami kauerte sich nieder und belastete den Boden; an diese Stelle fiel kaum Licht von den blakenden Öllampen. Sie machte zwei Entdeckungen – zum einen die, daß sie entsetzlich dumm war, denn in der Höhle gab es ausreichend Feuer: in den Lampen. Zum anderen, daß neben der Schiebetür an den Wänden dicke Metallstränge verliefen, die weiter im Höhleninneren nicht zu sehen waren, weil Tische und alle möglichen Gegenstände vor ihnen standen. Sie preßte sich noch einmal an die Tür; nun, da sie wußte, wonach sie zu suchen hatte, sah sie am anderen Ende des Raums, neben der kleineren Tür, die zum Wohntrakt führen mußte, ein Metallgerüst, das momentan als Regal genutzt wurde, für diesen Zweck aber viel zu massiv schien. Sie wußte nicht, was sie mit der Beobachtung anfangen sollte, prägte sich aber die Einzelheiten ein.

Sie lief zurück zu Lanshi, wies auf ihren Kopf, schnitt eine Grimasse und deutete auf die nächste Lampe. Lanshi verzog das Gesicht. Toyami holte einen Holzspan von einem der Tische, ging zu einer Lampe und zündete den Span an. Sie schlichen zu ihrem Ballon; Toyami kroch zum Korb und entzündete den feuchten Docht oben am Kolben. Das Gerüst hielt dort das Tuch fest, weit genug von der Flamme entfernt, die begann, die Luft unter dem Haufen aufzuzehren. Toyami kroch zu Lanshi zurück und hielt ebenfalls ein Stück Tuchrand hoch, damit die Flamme Nahrung finden konnte. Dabei setzte sie Lanshi flüsternd auseinander, daß einer von ihnen die Höhlendecke öffnen, der andere den Korb startbereit machen mußte, sobald der Ballon sich zu füllen begann. Lanshi nickte und wies mit dem Kopf zur Kurbel; er würde diesen Teil übernehmen.

Unendlich langsam bewegte sich etwas unter dem Tuchhaufen, als kröche ein träges Reptil unter einem Kleiderberg herum. Schließlich brauchten sie das Tuch nicht länger hochzuhalten. Lanshi ging leise Richtung Kurbel, und Toyami näherte sich dem Korb.

Sie hatten zuviel Zeit verloren. In diesem Augenblick wechselten an der Oberfläche die Posten. Schrille Pfiffe ertönten, noch ehe Lanshi die Kurbel erreicht hatte. Einen Moment blieb er starr stehen, dann rannte er vorwärts und packte zu. Nun kam es nicht mehr auf Lautlosigkeit an.

Toyami sprang in den Korb, hakte zwei weitere Sandsäcke ab und ergriff den Bogen. Die Schiebetür öffnete sich. Der erste Pfeil schwirrte los und verfehlte die Frau in der Tür. Der zweite traf einen der Männer an der Schulter. Toyami schoß schnell und gezielt. Der dritte Pfeil traf die Frau am Hals; sie stieß einen Schrei aus, riß die Hände hoch und sank zu Boden. Jemand schob die Tür wieder zu. Eine kleine Atempause.

Schritte klangen aus den zahlreichen Gängen, die auf die Galerie mündeten. Toyami blickte nach oben. Schräg neben den noch immer nicht ausgefüllten Wülsten des Ballonstoffs sah sie Sterne; die Decke stand offen. Wieder wollte jemand die Tür öffnen; der nächste Pfeil zischte durch die Öffnung, traf niemanden, war aber genug Warnung. Die Tür schloß sich.

Gestalten tauchten auf der Galerie auf. Die meisten waren unbewaffnet, aber zwei Männer hatten kleine tragbare Armbrüste bei sich. Toyami schoß Pfeil um Pfeil; sie erwischte den zweiten der beiden Bewaffneten erst, als dieser schon gespannt hatte. Im Fallen löste er den Bolzen aus, der hoch über den Ballon hinwegsauste und an die gegenüberliegende Wand klatschte. Toyami schrie: »Lanshi!«

Der Sklave kam herbeigerannt, als der Ballon sich bereits vom Boden gelöst hatte. Er klammerte sich an den Korbrand, zog sich mit einer gewaltigen Anstrengung hoch. Toyami hakte die letzten Sandsäcke aus. Der Ballon stieg schneller. Einen Pfeil setzte sie in Brand, indem sie ihn in die Flamme des Dochts hielt; dann schoß sie ihn in den Tuchhaufen, unter dem der Korb mit offenem Ölkanister lag.

Weitere Bewaffnete tauchten auf der Galerie auf, aber sie würden zu lange brauchen, um ihre Armbrüste zu spannen. Der Ballon erreichte das Höhlendach. Der Tuchhaufen flammte auf und erhellte das Innere der Höhle.

Aus der Höhe sah Toyami, daß die nunmehr beleuchteten Metallstränge aus dem hinteren Raum zusammen mit anderen, die sie zuvor nicht hatte sehen können, ein Riesenkatapult andeuteten.

Die Oberfläche. Alles nahm nur Sekunden in Anspruch, schien aber ewig zu dauern. Vier oder fünf Posten mit Armbrüsten stürzten zum Rand; drei standen bereits dort. Einer hatte gespannt und zielte auf den Ballon. Lanshi warf die Axt; sie traf nicht den Mann, sondern den Ständer der Armbrust. Der Bolzen löste sich, klatschte gegen den Korb, zerriß Toyamis linke Wade und durchlöcherte einen der Kanister. Toyami biß die Zähne zusammen und schoß weiter. Ein Pfeil ging fehl, der zweite traf den Oberarm eines Schützen, bevor dieser seine Armbrust fertig gespannt hatte, der dritte drang dem letzten, der ihnen noch gefährlich werden konnte, in die Brust. Der Mann sackte zusammen, hielt sich an seiner Waffe fest, spannte zu Ende und löste den Bolzen aus. Er hatte die Hülle des Ballons treffen wollen, der jedoch weiter gestiegen war. Der Bolzen traf Toyami in die rechte Schulter, zerschmetterte das Schlüsselbein und blieb im Gewebe stecken. Sie ließ den Bogen in den Korb fallen, klammerte sich noch einen Moment an einem der Halteseile fest; dann knickten ihre Beine ein, als die Schmerzimpulse das Gehirn erreichten.

Sie schrie, während sie zwischen die Kanister fiel. Sie sah den gewölbten Ballon, die flackernde Flamme, einen Rand Sternenhimmel und Lanshis Augen. Dann nichts mehr.

* * * * *

Als der Wagen in die Halle fuhr, die nach Dantes Berechnung die Station Sa'orq sein mußte, bremste Barakuda und stieg aus. Er warf sich Lederbeutel und Waffen über die Schulter und suchte nach einem Ausgang. Im warmen Goldlicht entdeckte er eine Reihe von Leitern und Treppen und vertraute sich seiner Intuition an. Nach langem Steigen erreichte er keuchend eine höhere Halle, aus der wiederum Treppen aufwärts und abwärts führten. Die Wände wiesen mehrere Öffnungen auf – vermutlich Gänge, zwischen den Öffnungen standen Statuen, deren seelenlose Blicke sich im Mittelpunkt der Halle trafen, wo sich die Lichtquelle befand. Vorsichtig tastete er sich glitschige Treppenstufen hinauf und erreichte eine Tür.

Unversehens befand er sich auf einem gefliesten Gang, an dem viele Räume zu liegen schienen – oder viele Kellerzugänge. Von rechts hörte er leise Stimmen und ging langsam in diese Richtung. Der Korridor führte in eine Säulenhalle mit Statuen, abstrakten Mosaiken und Darstellungen von Heilerinstrumenten.

An einem Ende der Halle standen schwere Holztische und Stühle; hinter einem Tisch saß eine ältere Frau und beriet zwei einfach gekleidete Leute, ein Paar. Der Mann trug einen Schulterverband.

Barakuda ging betont selbstverständlich in die Halle, blickte zum Tisch hinüber, nickte der Heilerin zu, die kurz aufblickte, und verließ das Gebäude durch ein ebenfalls von Säulen umgebenes Portal.

Es war früher Nachmittag; die Hafenstraße war nur mäßig belebt. Barakuda blickte über dümpelnde Schiffe und Fischstände hinaus aufs Meer des Südens. Es roch nach Salz, faulendem Holz, Abfall, Tang, Brackwasser, Schweiß, Fisch und Kot; Dante konnte sich nicht erinnern, jemals Köstlicheres eingeatmet zu haben.

Der Resident des Gouvernements bewohnte ein altes, helles

Haus auf einem kleinen Hügel nördlich des Hafens. Dante ging langsam den Kai hinauf; er blinzelte im hellen Sonnenlicht, spürte, wie sich die Müdigkeit von den Beinen nach oben ausdehnte und bemühte sich, nicht wie ein Idiot zu grinsen.

Der Resident war nicht anwesend. Barakuda war nicht traurig darüber, denn das ersparte ihm langes Reden, und im Moment hatte er zu vielen anderen Dingen weit mehr Lust. Der Sekretär des Residenten, ein Muli aus dem Protektorat, kannte Barakuda natürlich noch, begrüßte ihn und bereitete ihm persönlich ein Bad und ein Mahl, da das übrige Personal mit dem Residenten verreist war.

»Wo steckt er eigentlich?«

»Er hatte eine leichte Sommergrippe und erholt sich an Bord eines Schiffes. Sehr zum Mißfallen von Cadhras, übrigens.« Der Sekretär zwinkerte. »Es scheinen große Dinge zu passieren. Und das Funkgerät an Bord des Schiffes ist offenbar defekt. Wir können den Residenten nicht erreichen.«

Barakuda gähnte ausgiebig und stützte sich am Rand der Wanne mit den Knien ab. »Was immer sich ereignet, muß auf mich warten, bis ich gebadet, gegessen und lange geschlafen habe.«

»Natürlich. Ich kann mir denken, daß Sie schlimme Tage hinter sich haben.«

Dante gähnte wieder und begann sich auszukleiden. Er hielt den Mann, der sich zurückziehen wollte, mit einem Blick fest. »Eins noch. Ich wäre Ihnen dankbar, wenn Sie Cadhras benachrichtigen könnten. Und auch davon, daß ich morgen früh einen längeren Bericht abgeben und wieder zur Verfügung stehen werde, wenn man meine Dienste wünscht.«

Nach fünfzehnstündigem Schlaf fühlte er sich dem reichhaltigen Frühstück gewachsen. Der Sekretär leistete ihm dabei Gesellschaft und berichtete von den Ereignissen, soweit er Bescheid wußte. Barakuda erfuhr von Fehlgeburten, vom Aufbruch der Königin von Kelgarla gegen Gashiri, von Tremughatis Reise zu den Korallkorsaren, Gortahorks Handels- und später Blockadeflotte, Learoyds einsamer Suche auf der Taggabahn – und davon, daß Saravyi vor zwanzig Tagen kurz in Sa'orq gewesen war.

»Wo genau war er hier?« Sein Kopf arbeitete selbständig, die

Gedanken rasten und versuchten, die Informationen zu einem einheitlichen Bild zusammenzusetzen.

»Er war kurz in der Residenz, um uns vom Aufbruch der Königin in Kenntnis zu setzen. Außerdem hat er sich eine Weile bei den Priestern und im Archiv aufgehalten, soweit ich weiß. Allerdings ist mir schleierhaft, was er in dieser Situation von den Schelmengeschichten im Archiv erwartet.«

Die Gouverneurin hatte den Sekretär angewiesen, Barakuda die Residenz so zur Verfügung zu stellen wie zu den Zeiten, als Dante noch im Dienst war. Nach dem Frühstück geleitete er ihn zum Funkraum und zog sich diskret zurück.

Dante zögerte, wählte dann zunächst die Nummer der TraPaSoc. Begheli meldete sich sofort; natürlich hatte man sie noch am Abend davon unterrichtet, daß der Totgeglaubte aufgetaucht war.

Nach dem kurzen, intensiven Gespräch wählte er die Sicherheitszentrale. McVitie strahlte ihn an.

»Wie oft hab ich mir in den letzten Tagen gewünscht, du wärst da, Chef.«

»Nix Chef, Sarela. Das bist du jetzt.«

McVitie schüttelte heftig den Kopf. »Du hast die Erfahrung und die Kenntnisse, Dante. Das zählt jetzt mehr als Titel. Du weißt, daß Shilgat blockiert ist – Quarantäne?«

Er nickte und faßte in ein paar Sätzen seine Informationen zusammen.

»Viel mehr wissen wir hier auch nicht«, sagte Sarela. »Hast du eine Ahnung, was Saravyi vorhat?«

»Nein, aber das krieg ich raus.«

Sie tauschten noch einige Sätze, dann verband Sarela ihn mit dem Palais.

Lydia Hsiang wirkte kühl und gepflegt wie immer, aber in den Schatten unter ihren Augen las Barakuda die Sorgen.

»Wir sind unter uns, abhörsicher. Willkommen unter den Lebenden, Dante. Es ist schön, dich zu sehen. Aber es sieht schlimm aus.«

»Wie schlimm?«

»Wenn die Wissenschaftler im Laborschiff endlich etwas herausfinden und unsere Befürchtungen beweisen, dann ist es zehnmal schlimmer als Pasdan.«

»Davon sollten wir ausgehen.« Barakuda zögerte mit dem nächsten Satz. »Wenn Saravyi die Königin von Kelgarla auf einen Kriegszug schickt und Tremughati und Gortahork den Norden im Stich lassen, ist mir das Beweis genug. Nicht amtlich, natürlich. Aber ich bin ja nicht im Amt. Nach allem, was ich weiß, gehe ich davon aus, daß die AVs eine biologische Waffe gebastelt haben und den Rest des Planeten entvölkern wollen.«

Hsiang sah ihn regungslos an. »Was hat Saravyi vor?«

Er breitete die Arme aus. »Ich weiß es noch nicht. Ich hoffe, ich kriege es in Sa'orq raus. Schnell. Ich gebe es dann sofort weiter.«

Nach dem Ende des Gesprächs verließ Barakuda die Residenz und begab sich zur Zitadelle. Inmitten des aus schwarzem Stein errichteten Komplexes lagen die Gebäude der Zünfte, der Elfpriester und der Annalen. Die wuchtigen Bauten schienen aus dem Grundfels des Südkontinents aufzuschießen, für die Ewigkeit gebaut und weder durch Stürme noch Erdbeben noch gar durch Feuer und Schwert zu nehmen.

Drei der Elfpriester hielten sich im Archivgebäude auf. Sie kannten Barakuda von seinen Besuchen und begrüßten ihn freundlicher, als die kurzen Kontakte dies bewirkt haben konnten. Dante war überrascht.

Die große Überraschung wartete allerdings erst noch auf ihn. Er hatte lange überlegt, ob er sich an die Theokraten wenden oder das vermutete »richtige« Archiv, zu dem es sicher keinen öffentlichen Zugang gab, auf eigene Faust suchen sollte. Einer der Priester unterbrach ihn nach dem ersten Halbsatz.

»Du suchst die geheimen Kammern des Wissens, nicht wahr?«

»Woher weißt du das?« Dante atmete auf, denn offenbar gab es das Archiv tatsächlich.

»Saravyi war hier. Er hat uns angewiesen, zwei Cadhrassi den Zugang zu gestatten. Falls sie kommen und ihn suchen. Dante Barakuda und Lydia Hsiang. Er hat uns gesagt, wir sollten diese beiden behandeln wie ihn. Was sind deine Befehle?«

Drei Tage brachte Barakuda in den Gewölben des geheimen Archivs zu. Ständig war ein Priester oder eine Priesterin bei ihm, um ihm bei der komplizierten Kalligraphie der alten Shil zu helfen. Leider hatte Saravyi nicht hinterlassen, welche der zahllosen Folianten Dante (oder Lydia) untersuchen sollte.

Die Geheimen Kammern des Wissens befanden sich unter den Latrinen des Ratskomplexes; sie waren nur durch ein Labyrinth zu erreichen, in dem kein Uneingeweihter überlebt hätte. Lichtlose Gänge aus schwarzem Stein, Treppen ins Nichts, Türen zu tiefen Schächten, Fallgruben, blinde Korridore – Dante dankte dem Schicksal, daß er es nicht auf eigene Faust versucht hatte.

Er las und las und las. Die Geschichte von Shilgat, so sehr sie ihn fesselte, mußte beiseite bleiben. Es war nicht die Zeit für faszinierende Forschungen; er mußte Antworten auf bestimmte Fragen finden. Dicke Lederbände mit Tausenden von Seiten aus einem für die Ewigkeit haltbar gemachten Pergament, angefüllt mit Daten aus den Jahrtausenden der Vergangenheit.

Er irrte durch Odysseen und Schelmengeschichten, Königslisten einer undatierbaren Vorzeit, Haushaltspläne von Staaten, deren Namen nirgends in der ihm bekannten Geographie von Shilgat auftauchten; er fand Erkenntnisse über ausgestorbene Tierarten und tektonische Verschiebungen, Namen antiker Völker und Reiche, eine schwindelerregende und offenbar ernsthafte Chronologie von Sa'orq, die etwa 60.000 Jahre zurückreichte; er sah Pläne für Energiegewinnung aus der Sonne, Pläne für Raumhäfen, las Berichte der ersten Expeditionen zu anderen Systemen; es gab Konstruktionsunterlagen für drei verschiedene Überlichtantriebe, für Materietransmitter (er dachte an die unheimlichen Kästchen, mit denen die Wegelagerer und vielleicht auch die Mütter von Pasdan Waren und Waffen geschmuggelt hatten) und für Dinge, von denen er keine Vorstellung hatte – Zeichnungen und Formeln, die vielleicht nicht einmal die besten Physiker des Commonwealth auswerten könnten. Er beschloß ächzend, all dies zu vergessen, da der Kosmos ohnehin kompliziert und übel genug sei. Er überflog die Zusammenfassungen der unendlichen Debatte, an deren Ende die Shil auf all das verzichtet und den Rückweg angetreten hatten.

Als er schließlich die Antworten auf seine Fragen fand, wußte er, wie die Taggabahn entstanden war; er wußte, wer auf welche Weise das unterirdische Bahnsystem angelegt hatte; er begriff plötzlich Saravyis dunkle Andeutungen, die dieser lange vor Pasdan gemacht hatte – über eine oder mehrere Möglichkeiten, die Hauptstadt des Matriarchats innerhalb von Minuten spurlos verschwinden zu lassen. Und er wußte, was Saravyi beabsichtigte, wenn er auch noch immer nicht sagen konnte, aus welchen Gründen.

»Wenn einer von uns so verzweifelt ist, daß nur noch die Suche nach alten Shilgeheimnissen und nach Saravyi weiterhilft«, sagte er, »dann kommen wir her und finden und glauben, was wir nicht geglaubt hätten, wenn Saravyi es uns gesagt hätte.«

Die Priesterin nickte. »So ist es. Aber du weißt nicht, weshalb er nun tut, was er tut, nicht wahr?«

Dante war zu müde und zu benommen; er schüttelte stumm den Kopf.

»Es ist wegen *alangra*«, sagte die Priesterin gelassen. »Du kennst den Stoff, der einmal Wal war? Gut. Die Heiler wissen seit langer Zeit, daß man frisches *alangra zu* vielen guten, heilenden Dingen machen kann. Verfallenes *alangra* läßt sich zu ebenso vielen bösen, zerstörenden Dingen machen. Die erste Möglichkeit, es negativ zu verwenden, ist eine bei bestimmter Behandlung mit Hitze entstehende Substanz. Wer sie berührt, ißt, trinkt oder einatmet, wird nie wieder Kinder haben.«

Dante dachte lange und konzentriert nach. Schließlich sagte er: »Und wer die erste Möglichkeit gefunden hat, kann auch weitere finden, nicht wahr? Wie sehen sie aus?«

Die Priesterin wehrte ab. »Saravyi wird es dir sagen. Wenn es nicht schon zu spät ist.«

»Wo ist er genau? Unter Gashir? Unter den Bergen?«

Die alte Frau holte eine Karte herbei und legte den Finger auf einen Punkt. »Hier. Im Zentrum von Tag'gashir'dir befinden sich die Versuchshöhlen der Leute von Gashiri. Er ist genau darunter.«

In der Residenz erfuhr er, daß Cadhras mehrfach nach ihm gefragt hatte. Er ging in den Funkraum und rief das Palais.

Hsiang war aschgrau. Dante hob die Hand, als sie beginnen wollte zu sprechen. »Ich habe die Archive gefunden und war dort. Du siehst aus, als ob die Leute im Labor es gefunden hätten – *alangra*, nicht wahr?«

»Ja. Und es ist in den Archiven beschrieben? Gibt es Gegenmittel?«

Barakuda seufzte. »Die Priesterin, die mir half, sagt ja, aber sie sind sehr schwierig herzustellen, und es dauert sehr lange. Nach dem, was Saravyi den Theokraten gesagt hat, arbeiten die Heiler der Bundashil daran, haben aber noch keinen Erfolg gehabt. Vielleicht schaffen die Koryphäen im Laborschiff es schneller.«

»Was hat Saravyi vor?«

»Kann uns jemand abhören?«

»Nein.«

Dante nickte. Langsam und deutlich sagte er der Gouverneurin, was er herausgefunden hatte. »Das sind meine Folgerungen – ich nehme an, sie laufen auf das hinaus, was Saravyi gerade tut.«

Lydia Hsiang faßte sich mühsam. »Es ist ein entsetzlicher Plan«, sagte sie matt. »Können wir ihn davon abbringen?«

Barakuda verzog das Gesicht zu einer grimmigen Dämonenmaske; seine Narbe schien zu pulsieren. »Kaum. Und was mich angeht – ich bin ja kein Amtsträger mehr und habe die humanen Gesetze des Commonwealth nur noch zu respektieren, nicht jedoch offensiv zu vertreten. Ich billige seinen Plan. Er wird aber im entscheidenden Punkt scheitern.«

Die Gouverneurin ging nicht auf die ersten Sätze ein. »Welcher Punkt ist das?«

»Er kann das Zentrum der Macht der AVs vernichten, aber nicht alle mutierte *alangra*-Substanz. Wenn er die AVs direkt angreift, können sie in einem letzten Verzweiflungsschlag genug von dem Zeug einfach mit heißer Luft oder Katapulten in die Atmosphäre blasen. Wenn er sie von unten angreift und überrascht, wird das meiste mit in die Tiefe stürzen, aber nicht vernichtet werden. Unterirdische Wasseradern werden es wieder ausspülen, vielleicht erst in Jahrhunderten, aber sie werden. Das Zeug ist nur durch ungeheure Hitze zu vernichten.«

»Wir können ihn also nicht von seinem Plan abbringen, sondern müssen ihm helfen, ihn zu vollenden?«

* * * * *

Die Gänge des Laborschiffs waren matt erleuchtet. Ein Teil des Teams ruhte; die anderen trieben die Forschungen voran.

Seit Tagen verschlechterte sich die Stimmung. Es gab keine Ergebnisse, und die von der Gouverneurin verhängte Quarantäne und Nachrichtensperre schnitt das Team vom Rest des Universums ab. Außerdem wurde ihnen schlagartig bewußt, daß sie nicht theoretisch arbeiteten, sondern helfen sollten, eine Bedrohung zu beseitigen. Eine Bedrohung, die auch ihnen galt; denn wenn diese obskuren Sektierer etwas entwickelt, entdeckt oder erfunden hatten, was Fehlgeburten auslöste, dann waren zumindest die jüngeren Frauen und Männer ebenfalls betroffen.

Arman Mugadisk hatte diese Sorge nicht, jedenfalls nicht persönlich. Mit seinen 48 Jahren beabsichtigte er nicht, von der Wissenschaft, der er bisher absoluten Vorrang eingeräumt hatte, zur Gründung einer Familie überzulaufen. Er verstand jedoch die Sorgen der Jüngeren, die er nicht ausräumen konnte. Sie alle hatten in den vergangenen Wochen in der Stadt Speisen und Getränke zu sich genommen, Hände geschüttelt, Luft eingeatmet. Wenn die Bedrohung real war, dann waren sie alle längst befallen.

Morgens gegen drei Uhr platzte die Serologin Georgina Labruyère in Mugadisks Kabine. Er hatte sich vor zwei Stunden zu einem kurzen Schlummer zurückgezogen.

»Ich glaube, wir haben was«, sagte sie.

Mugadisk starrte sie an. Sie stand in der Tür, mit fleckigem Overall und schimmernder Glatze, und lächelte in einer beinahe komischen Mischung aus Erschöpfung, Triumph und Feierlichkeit.

Er folgte ihr in einen Laborraum, in dem sich nahezu die gesamte Nachtschicht versammelt hatte. Erstmals seit Tagen sah Mugadisk entspannte Gesichter; ein älterer Biochemiker schleppte ein Tablett mit Kaffee und Schnaps herein.

Labruyère zerrte den Chef förmlich zu einem der hermetischen Glaskästen. »Hier. Das sind die kleinen Teufel.«

Es handelte sich um eine Ambraprobe, die dem natürlichen Zerfall ausgesetzt worden war, während man in vielen anderen Räumen und Kästen versucht hatte, den Zerfall zu beschleunigen. Die unterschiedlich aufgewendeten Mittel hatten sämtlich versagt.

»Gestern früh.« Labruyère rieb sich die Augen. »Da hab ich festgestellt, daß das Ambra sich zu zersetzen begann. Seitdem bin ich drangeblieben. Ich habe alles mögliche damit angestellt; Sie wissen schon.«

Mugadisk nickte. Erhitzen, gefrieren, mischen, verdünnen, konzentrieren, dehydrieren, spalten, binden, Katalysatoren beigeben...

»Hier in dem Kasten habe ich am Nachmittag angefangen, die Dinger zu erhitzen. Unterschiedliche Proben in unterschiedlichen Temperaturen. Bei etwa dreihundertfünfzig Grad bildeten sich mehrere neue Verbindungen. Die ersten beiden sind noch im Simulanthrop, bisher keine Erkenntnisse. Die dritte – da, sehen Sie.«

Die mit sämtlichen relevanten Funktionsdaten eines Menschen programmierte Simulationsmaschine hatte Zahlen- und Formelkolonnen ausgedruckt. Am Schluß stand eine kurze Zusammenfassung. Mugadisk überflog den Bogen. Dann schnalzte er mit der Zunge.

»Ein Teufelszeug.« Er war gleichzeitig begeistert und entsetzt.

»Nicht wahr?« Labruyère trommelte mit ihren kurzen, dikken Fingern auf die Tischplatte. »Kleine Satansbraten, die Dinger. Ich weiß noch nicht, ob man sie unter Viren oder was auch immer einordnen soll; eine ähnliche Zerfallssubstanz, die sich fortwährend verändert und umgruppiert, habe ich noch nie gesehen.«

Arman Mugadisk nickte. Er rang sich zu einem schnellen Entschluß durch. »Schön schrecklich. Georgina, Sie weisen die anderen ein. Alle mal herhören. Ich möchte, daß alles andere zurückgestellt wird. Sie bilden bitte ab sofort zwei Gruppen. Eine, die sich mit den weiteren Möglichkeiten dieser Zerfallssubstanzen befaßt, und die zweite, die nach einer Heilung oder Prävention gegen diese Teufelsdinger sucht. Unter Einsatz aller Möglichkeiten. Wenn Sie die Kollegen eingewiesen haben, legen Sie sich hin, Georgina. Wir brauchen Sie ausgeruht.«

Labruyère nickte. »Und was machen Sie, Arman?«

»Ich werde die Gouverneurin wecken.«

»Danke für die Mühe und die rasche Nachricht.« Hsiang blickte auf die Uhr. »Gleich vier. Es lohnt sich nicht, mit dem Schlafen weiterzumachen.«

Mugadisk versprach, alles in Bewegung zu setzen.

Lydia Hsiang lehnte sich zurück. Die ebenfalls geweckte Assistentin brachte Kaffee. Die Gouverneurin rieb sich die Augen, goß Sahne in ihren Becher und trank.

Ihre wissenschaftlichen Kenntnisse reichten nicht aus, jede Einzelheit des Vortrags zu begreifen. Immerhin waren sie groß genug, das Problem als Ganzes überschauen zu können. Eine Substanz, die mit der Atemluft oder der Nahrung aufgenommen wurde, nahezu unsichtbar war, den Geschmack der Speisen oder Getränke nicht veränderte, in winzigsten Dosen wirkte, auf keine herkömmliche Analyse ansprach. Eine unter Vorbehalt als »Breitband-Antisteroid« bezeichnete Substanz, die bei Frauen die Bildung der Placenta verhinderte bzw. die gebildete Placenta zerstörte, und die den Kopf des Spermiums aufweichte, so daß es nicht mehr in eine Eizelle eindringen konnte.

»Die Schädigung ist endgültig. Soweit wir das bisher haben erforschen können. Es ist nicht so, daß *einer* Placenta oder *einer* Ejakulation bestimmte Dinge entzogen werden; der befallene Körper kann sie nie mehr produzieren.«

Hsiang nickte. Ihr Gesicht zeigte keine besondere Regung.

Mugadisk faltete die Hände auf der Platte seines Schreibtisches. »Es tut mir leid, Exzellenz«, sagte er leise. »Und es wird Sie und die Menschen hier sicher nicht trösten, daß auch wir davon betroffen sind.«

»Also keine Heilung?«

Mugadisk schüttelte langsam den Kopf. »Bis jetzt nicht. Wir sind aber einer anderen Sache auf der Spur. Es sieht so aus, als ob eine dieser seltsamen Zerfallssubstanzen die andere abstößt. Das heißt, vielleicht finden wir da etwas, das Befallene nicht heilen kann, aber bisher nicht Betroffene vorbeugend immunisiert.«

Hsiang erhob sich. »Das wäre immerhin ein schwacher Trost. Bisher dürfte etwa ein Prozent der Bevölkerung des Planeten betroffen sein. Wenn den anderen zu helfen wäre… «

Fünf Stunden nach ihrem Abendbesuch im Laborschiff hatte die Gouverneurin sich zur Ruhe begeben, als die Assistentin sie bat, ein Gespräch entgegenzunehmen.

Es war Mugadisk; erschöpft und mit einem Ausdruck des

nackten Terrors in den Augen. Hsiang spürte, wie ihre Finger sich selbständig machten und um die Armlehnen krallten.

»Bei höherer Temperatur«, sagte Mugadisk ohne Vorrede, »bildet sich ein weiterer Stoff. Stoff für Albträume, Exzellenz. Infektion wie gehabt: Berührung, Einatmen, Nahrungsaufnahme. Der Simulation zufolge sieht die Wirkung so aus.« Er ratterte eine Serie medizinische Fachbegriffe herunter.

Hsiang hob die Hand. »Langsam, langsam. So schnell komme ich nicht mit. Fassen Sie das doch verständlich zusammen, Mann! Was war das mit Schwellungen?«

Mugadisk holte tief Luft. »Ja. Also. Zwei bis vier Tage nach der Infektion schwellen Drüsen und vermutlich etliche Organe an. Genau wissen wir das noch nicht. Blut und Lymphe zersetzen sich, werden in die oberen Gewebeschichten geschwemmt und bilden Beulen. Diese bersten und sekretieren eine üble Flüssigkeit. Exitus erfolgt durch Vergiftung des gesamten Organismus und gleichzeitige Organrupturen.«

Die Gouverneurin zog den Kaftan enger um sich, als ob sie fröre. Mühsam brachte sie schließlich eine Frage heraus: »Halten Sie es bei den begrenzten Möglichkeiten auf Shilgat für denkbar, daß dieses Zeug wohl in Ihren Labors, nicht aber in Gashiri produziert werden kann?«

Mugadisk sah sie traurig an. »Madame, die Substanz, bildet sich bei etwa vierhundertzwanzig Grad. Wenn diese Anarchovegetarier dreihundertfünfzig Grad Hitze erzeugen können, was kaum ein Problem sein dürfte, dann schaffen sie den kleinen Sprung auch.«

»Könnte jemand von Natur aus dagegen immun sein?«

Mugadisk begriff die eigentliche Frage. »Nein, Exzellenz. Wenn Gashiri diesen Erreger empirisch gefunden hat – jemand spielt mit dem Ambra herum, zum Beispiel, und wird krank, und wenn sich das wiederholt, kann man ein Gesetz daraus ableiten –, also, wenn die wissen, was sie da in der Hand haben, dann gibt es nur zwei Möglichkeiten. Entweder sie sind zufällig darauf gestoßen, es gerät ihnen aus der Hand und sie gehen selbst daran zugrunde, oder sie können es kontrollieren und als Waffe einsetzen, dann müssen sie ein Gegenmittel haben. Oder – aber das wäre absurd. Oder sie löschen bewußt den ganzen Planeten und sich selbst aus.«

»Finden Sie etwas. Ganz schnell.«
Mugadisk breitete die Arme aus.

Aus: Erbgott, Fischfisch und Stadtsklave.
Institutionen der Shil auf Shilgat
Ireneo Fnuse (Atenoa, 448)

»... In Sa'orq gibt es mehrere Institutionen von unterschiedlicher Wichtigkeit. Bedeutend und unwichtig ist der Erbgott von Sa'orq, der die Stadt nach außen repräsentiert und Verträge unterzeichnet. Die Göttlichkeit kommt dem ganzen Land Sa'orq zu und ist nicht in einer Familie, sondern in der Bevölkerung insgesamt erblich. Nach dem Tod des letzten Erbgotts wird sein Nachfolger bzw. seine Nachfolgerin unter den freundlichsten Schwachsinnigen der Stadt gewählt, indem man diese mit Wasser und Brot versehen in einen Ratssaal sperrt, in welchem eine der Menge der Schwachsinnigen entsprechende Anzahl von einteiligen Kleidungsstücken in verschiedenen Farben ausliegt. Die Kandidaten werden vor Beginn des Konklaves von den Mitgliedern der Schneiderzunft entkleidet und betreten den Saal nackt. Sie verbringen dort eine Nacht. Elf Blinde (falls es zum fraglichen Zeitpunkt nicht genügend Blinde in Sa'orq gibt, lädt man die fehlenden aus der Umgebung ein, notfalls aus entlegenen Orten) werden in einen anderen Raum gebracht, in welchem weder Fenster noch Lampen sind. Auf einem Tisch in diesem Raum stehen elf Farbtöpfe. Jeder der Blinden erhält einen kleinen Becher und wird aufgefordert, diesen aus einem der Töpfe zu füllen und in einen neben dem Eingang stehenden Behälter zu gießen. Am folgenden Morgen analysieren die Mitglieder der Zünfte der Gerber und Färber die Farbmischung und bestimmen, welcher Grundfarbe sie am ehesten nahekommt. Sobald sie sich geeinigt haben, wird das Konklave der Schwachsinnigen für beendet erklärt; die Türen des Ratssaals werden geöffnet. Da es dort nachts kalt war, haben die Kandidaten der Göttlichkeit sich mit größerem oder kleinerem Erfolg bemüht, sich mit den ausgelegten Kleidern gegen die Kälte zu wappnen. Der Schwachsinnige, dessen Kleidung mit dem von Gerbern und Färbern bestimmten Farbton übereinstimmt, ist der neue Erbgott. Das Verfahren ist gerecht und gegen jeden Versuch der Manipulation gefeit.

Den Erbgott berät eine Theologenkaste, die ›Künder der Gottheit‹.

Hierbei handelt es sich um alte Frauen und Männer, die keinen sinnvollen Beruf mehr ausüben können und daher frei für die Politik sind. Auch ihre Zahl ist elf, und sie werden von den Zünften der Stadt gewählt. Zunächst wird hierbei unter den mehr als elf Zünften durch das Los entschieden, welche elf in Frage kommen; diese haben sodann auf der Stelle nach einer ebenfalls durch Los festgelegten Verteilung einen Kandidaten oder eine Kandidatin aus einer bestimmten anderen Zunft vorzuschlagen. Auch hier sind Absprachen und Manipulationen unmöglich. Diese Theologen legen die Ratschlüsse des Erbgotts aus oder erfinden sie. Elf ist auch die Anzahl der erfundenen und verhöhnten Götter, die in Gestalt der elf hellsten Sterne des südlichen Himmels der Nacht vorstehen und, wie die Überlieferung sagt, niemals hinschauen. In Sa'orq hält man es für ein verzweiflungsvolles Unterfangen, auf göttliche Offenbarungen zu warten, da Götter a) nicht existieren, sich b) vorwiegend Geisteskranken offenbaren und c) in der Absurdität des Großen Chaos ohnehin keine Chance haben. Die Ermittlung der göttlichen Weisungen richtet sich nach dem Gemeinwohl.

Die wichtigste der Institutionen von Sa'orq ist jedoch zweifellos die der Annalen. In ihnen verzeichnen begabte Chronisten, die ebenfalls durch Losentscheid bestimmt werden, mit vielerlei Ausschmückungen bemerkenswerte Scherze, Anekdoten und Bizarrerien. Kriege, Epidemien oder benachbarte Dynastien gelten als gewöhnlich und daher nicht aufzeichnenswert. In die Annalen von Sa'orq aufgenommen zu werden gilt als höchste Anerkennung, die einem Schelm auf Shilgat widerfahren kann.«

XI.

Der Wagen rollte langsam aus der Halle der Golgit-Station. Learoyd klammerte sich an den Haltegriff neben der Tür. Er hatte seinen Beutel an einen weiter links angebrachten Griff gehängt und starrte abwechselnd ins Wageninnere und dann wieder auf die Bremsklötze rechts von ihm.

T'unga nickte dem Obmann zu; der Shil zuckte mit den Schultern und ging zurück zu den anderen. Als er die Plattform verließ und zu den Wohngebäuden hinabstieg, traf eine weitere Truppe von Frauen und Männern mit Bogen, Degen und Pike ein. Die Besatzung der Station lag nun bei fast achthundert, und es würde schwierig werden, alle auf dem kleinen Hochplateau unterzubringen. Nicht zu reden von Nahrungsmitteln. Bintiq überlegte nicht lange. Er stieg hinunter und versammelte die Sprecher der Freiwilligen.

Die Berge des nördlichen Golgit-Landes überzogen sich mit Wolkenschatten. T'unga hockte am Ende der Plattform, schon unter freiem Himmel. Er sah dem davonrollenden Wagen nach; ein erster Regentropfen streifte seine Nase. T'unga wischte ihn ab, starrte in den Himmel, als wolle er ihn mit Beleidigungen bewerfen; dann schnaubte er und schaltete das Funkgerät ein.

Es dauerte eine Weile, bis er Sarela McVitie persönlich sprechen konnte.

Er schilderte den Vorfall, gab Learoyds Beschreibung des Sarges samt Inhalt durch und sagte schließlich: »Terence hockt auf dem Trittbrett. Er wird den Wagen bald abbremsen. Ich nehme an, auf einem Hügel, der ihm später die Weiterfahrt in beide Richtungen erlaubt. Dann wird er hineinklettern.«

Sarela schwieg. Als sie sprach, klang ihre Stimme brüchig. »Ich habe eben, noch während du geredet hast, versucht, Terence zu erreichen. Er meldet sich nicht.«

T'unga hustete. »Er hat sein Funkgerät im Beutel, der hängt links von ihm. Wahrscheinlich hört er bei dem Fahrtwind das Piepsen nicht.«

»Du meinst, er läßt ohnehin nicht mit sich reden, nicht wahr, und überhört es absichtlich?«

T'unga schwieg.

»Hör zu, T'unga, merk dir jedes Wort; es ist wichtig, aber es wird weh tun. Wir wissen seit ein paar Stunden, was da in Gashiri ausgebrütet worden ist.« Sie gab ihm eine knappe, schonungslose Zusammenfassung.

T'unga lauschte. Er hatte bemerkt daß inzwischen der Obmann wieder zu ihm getreten war und alles hörte, und er wußte, daß Bintiq genug Galaktein verstand.

Schließlich sagte Sarela: »Ihr habt vier Tage; wenn ihr euch schont, kann es ein wenig länger dauern. Wahrscheinlich beginnen die ersten Symptome innerhalb von zwei Tagen – Schwellungen und Fieber. Wer immer den Kranken in den Wagen geschoben hat, hat auch den Wagen berührt; damit sind alle, die in der Nähe des Wagens waren, angesteckt, ob ihr ihn direkt berührt habt oder nicht.«

Bintiq beugte sich über die Schulter des hockenden Mischlings vor. »Wächterin von Cadhras. Dies sagt Bintiq, Obmann der freiwilligen Kämpfer von Golgit. Ich habe das gehört. Aber sag mir eines – werden auch die sterben, die den Kranken in den Wagen gesetzt haben? Werden alle Leute aus Gashiri sterben, die die Stationen besetzt haben?«

Sarela schwieg einige Sekunden lang. »Nein, Obmann«, sagte sie dann. »Es gibt ein Gegenmittel aus dem gleichen Stoff wie die Krankheit. Aber wir haben bisher sehr wenig davon. Wir sind sicher, daß Gashiri das Gegenmittel ebenfalls hat. Wir versuchen alles, was wir können. Bleibt in der Station, laßt keinen weg und keinen zu euch. Sobald wir können und genug Mittel haben, schicken wir einen Gleiter und *mediks*. Habt ihr verstanden?«

T'unga machte klickende Geräusche mit der Zunge. »Wie lange kann man das Mittel anwenden?«

»Wenn die Schwellungen zu Beulen werden, wird es kritisch. Wenn die Beulen zu platzen beginnen, ist es zu spät. Der Kranke im Wagen ist, so wie du ihn beschrieben hast, nicht mehr zu retten. Er hat vielleicht noch einen oder zwei Tage zu leben. Keine schönen Tage. Die Schmerzen sind schlimm.«

Bintiq räusperte sich. »Wächterin, das alles kommt für uns zu spät. Eben sind einige hundert Leute zu uns gekommen. Sind diese auch schon infiziert?«

»Wahrscheinlich, Obmann.«

»Dann werden wir tun, was wir tun müssen. Wir können nicht alle hier bleiben, es gibt nicht genug Platz, Wasser und Nahrung. Die Station ist auf eine Besatzung von zehn Leuten eingerichtet.«

»Was wollt ihr tun?«

»Hier stehen elf Wagen. Wir werden einen Teil der Leute zurücklassen und mit den anderen dorthin fahren, wo wir niemanden anstecken können. In die nächsten, von Gashiri besetzten Stationen.«

T'unga nickte. Laut sagte er: »Chef, der Obmann hat recht. Wir sind die letzte Station, die etwas unternehmen kann. Die Königin von Kelgarla kann nicht nahe genug an die Bahn herankommen; die Gashiri-Trupps kontrollieren ja alle Pässe. Wenn da überhaupt etwas zu tun ist, muß es von hier aus geschehen. Oder aus der Luft.«

Sarela klang einen Moment wie verzweifelt. »Wir können noch nicht angreifen. Wir haben im Moment nicht einmal genug Mittel, um auch nur einen Teil der Garnison zu impfen. Wir würden die Frauen und Männer in den sicheren Seuchentod schicken.« Ihr war klar, was sie den infizierten Männern gerade gesagt hatte.

Bintiq wandte sich ab. T'unga sah hinter ihm her. »Der Obmann geht«, sagte er leise. »Er wird jetzt die Wagen vollpacken.«

Sarela seufzte wieder. »Was soll ich sagen?«

»Nichts, Chef. Das ist jetzt eine Sache zwischen uns, den Infizierten, und denen, die uns und den anderen das angetan haben. Ich glaube, ich würde keine Befehle entgegennehmen, Chef.«

»Ich werde dir keine erteilen. Ich bleib am Gerät, bis Terence sich meldet.«

Einer der anderen Agenten kam zu T'unga. Leise stellte er ein paar Fragen; schließlich sagte er: »Sie halten sich. Keine Panik bisher; alle wissen Bescheid. Ich glaube, jetzt etwas tun ist sinnvoller als hier herumsitzen und auf das Ende warten.«

Eine halbe Stunde später meldete sich Terence Learoyd. »Ich hab den Wagen gebremst. Ich geh jetzt rein. Ich meld mich dann wieder. Muß ja keine durchgehende Übertragung werden, oder?«

Sarela rief: »Stop, Terence!«

»Ist das die Chefin?«

»Ja, Terence. Bevor du in den Wagen steigst, solltest du noch etwas wissen.«

Learoyd lauschte der Zusammenfassung. Am Ende knurrte er: »Na ja, dann kann ich beruhigt in den Wagen steigen, wenn ich ohnehin angesteckt bin.«

Mit einem trockenen Knacken schaltete er sein Gerät ab.

Die anderen warteten. Sie warteten sehr lange, fast eine Stunde. In Cadhras war die Stimmung hektisch; T'unga hörte immer wieder unverständliche Gesprächsfetzen. In der Golgit-Station verteilte Bintiq die zweihundert Frauen aus Pasdan und hundert

Männer auf die verfügbaren Wagen. Die Atmosphäre war ruhig, gelassen, fatalistisch. Wie lange noch? T'unga vermied es, in sich hineinzuhorchen.

»Learoyd hier.« Die Stimme kam wie aus weiter Ferne, wie aus einer Zukunft, in der Terence Learoyd nur ein vergessener Schatten und die Welt ein Trümmerhaufen war. »Der Kranke... Das ist – das war Vlad Oubou. Er konnte kaum sprechen und hat sich nur an wenig erinnert. Sie haben ihn mit der Taggabahn von Bu'ndai nach Gashiri gebracht und zu Experimenten verwendet.«

T'unga und Sarela schwiegen.

Nach einer Weile sprach Terence weiter, müde. »Von Barakuda hat er nichts gewußt.«

Sarela dachte an den dürren alten Soldaten. Ruhig, zuverlässig, ein guter Freund, Mitglied von Bondaks legendärer »Bande«. Ein aufgequollenes Ungeheuer mit berstenden Beulen, aus denen grünliche Flüssigkeit troff. Die Seele eines Menschen in einem unmenschlichen, von unsäglichen Qualen gepeinigten Körper.

T'unga versuchte, nicht zu denken.

Bintiq kam zu ihm. »Fertig zum Aufbruch.«

T'unga nickte. Mit schwacher Stimme sprach er ins Funkgerät. »Terence, hörst du? Wir brechen gleich auf.«

Learoyd antwortete nicht.

Eine neue Stimme klang aus den Geräten. »Hier ist Lydia Hsiang. Agent T'unga und Obmann Bintiq, hören Sie mich?«

T'unga warf dem Obmann einen Blick zu; der Shil nickte.

»Ja, Exzellenz.«

»Ich mache ungern davon Gebrauch, daß mir laut Shilgat-Abkommen auch das Recht zusteht, Obleuten und Fürsten der Shil Befehle zu erteilen. Aber es muß wohl sein. Sie werden die Station nicht verlassen. Ich schicke so bald wie möglich einen Gleiter mit Medikamenten. Haben Sie verstanden?«

Bintiq beugte sich über T'ungas Schulter vor. »Herrin von Shilgat«, sagte er, und es klang durchaus nicht ironisch, »Mutter der Völker. Dies ist Bintiq, der Obmann. Ich habe gehört und werde nicht gehorchen.«

T'unga nickte. »Ich ebenfalls nicht, Exzellenz.«

Die Stimme der Gouverneurin klang unverändert. »Das habe ich befürchtet. Kann ich Sie wirklich nicht umstimmen?«

T'unga übernahm die Antwort. »Nein, Exzellenz. Sollen wir hier wie Vieh auf den unsichtbaren Metzger warten? Lieber unternehmen wir noch etwas.«

»Gut so. Ich fahr langsam los.« Das war Learoyds Stimme.

»Ich wünsche Ihnen Glück und ein langes Leben«, sagte die Gouverneurin ernst. »Halten Sie Funkkontakt. Wir werden die erste Ladung Medikamente losschicken, sobald wir sie zusammenstellen können. Wir schicken sie dorthin, wo Sie dann sind.«

»Danke, Exzellenz«, sagte T'unga. »Wir melden uns.«

»Leben Sie wohl. Learoyd, bitte dran bleiben. Ich möchte mit Ihnen noch reden. Allein.«

T'unga schaltete sein Gerät ab. Der Obmann legte ihm eine Hand auf die Schulter; sie gingen zu den Wagen. Gegenverkehr war nicht zu erwarten.

Learoyd wartete, bis er das Knacken des Ausschaltens vernommen hatte. Dann räusperte er sich. »Exzellenz?«

Die Gouverneurin klang plötzlich müde. »Lassen Sie die Förmlichkeiten, Terence. Niemand hört uns, nicht einmal Sarela. Was war mit Oubou? Ist er tot?«

Terence zögerte. Dann sagte er tonlos: »Sie haben ihn nicht gesehen, Lydia. Und seine Schreie nicht gehört. Er... er hat mich gefragt, ob ich eine Pistole habe. Seine Finger, verstehen Sie? Er konnte nichts mehr anfassen, so dick.« Er verstummte.

Hsiang schwieg. Nach einer langen Weile sagte sie leise: »Es ist gut, Terence. Sie sollten wissen, daß ich an Sie denke. Fahren Sie wohl, mein Freund.«

Die erste Station war nicht blockiert. Die Wagen rollten langsam hindurch. Erst als alle bis auf die letzten beiden Vehikel die Plattform passiert hatten, stürzten gelblichbraune Bogenschützen aus den Treppenaufgängen.

Vorbei. Learoyd, allein im ersten Wagen mit Oubous monströsem Leichnam, kaute auf einem Stück Oberlippe, das er zwischen die Zähne gezogen hatte.

In der Abenddämmerung kam die Station von Gashiri näher. Es war noch hell genug, um von weitem sehen zu können, daß beide Spuren der Bahn blockiert waren. Die AVs schienen Wagen zertrümmert und die Bruchstücke aufgetürmt zu haben.

Learoyd ging vom Wagenbug zur Mitte und starrte auf das hinab, was einmal Oubou gewesen war. »Alter Freund«, sagte er, »ich weiß nicht, ob sie dich von dieser Station abgeschickt haben. Es sind aber die gleichen Finsterlinge. Außerdem sind sie dumm. Du hättest ihnen bestimmt gesagt, daß sie die Trümmer vor die Station schütten sollen, nicht in die Station.«

Als der Wagen in die Halle rollte, kauerte Terence Learoyd unter einem zerschlagenen Fenster. Die Magazine lagen neben ihm, griffbereit.

Es dauerte nicht lange. Die AV-Truppen waren gewarnt worden, durch Signalfeuer, Heliograph oder Semaphor. Hinter Trümmern und Verschanzungen hockten etliche Dutzend Bogen- und Armbrustschützen.

»Damit«, sagte Terence trotzig, »haben sie bestimmt nicht gerechnet, Vlad. Anders als du werden sie sich aber nicht freuen.«

Er hielt sich fest, erwartete den Aufprall des Wagens auf die Trümmersperre. Dann schob er die automatische Pistole über den unteren Fensterrand und schoß. Die nachfolgenden Wagen mit sicheren Bogenschützen aus Golgit und Pasdan rollten in die Halle, krachten gegen die Trümmer, schoben sich in Learoyds Wagen und ineinander und spien ihre tödliche, gefiederte Ladung aus.

* * * * *

Am Nachmittag des dritten Tages nach dem Besuch des Inspekteurs mit dem verquollenen Gesicht bildeten sich die ersten Schwellungen. Bondak und Yakku standen an der Heckreling und unterhielten sich über die Symptome.

»Auf den anderen Schiffen haben sie sie auch«, murmelte der Leutnant.

Lugo Bondak ballte die Fäuste, öffnete sie wieder, ballte sie erneut. Sie gehorchten; die Schwellungen in anderen Gegenden des Körpers waren merklicher, aber nicht besonders schmerzhaft. Der ehemalige Sergeant ließ seine Blicke prüfend über Yakku und andere Mitglieder der Mannschaft schweifen. Auch ihre Gesichter waren aufgequollen. Bondak nickte langsam.

Yakku sah ihn forschend an. »Na, ein Entschluß?«

»Ja. Wir landen.«

Der Leutnant atmete auf und schlug Bondak fast die Schulter ein. »Endlich, Mann. Ich dachte schon, wir würden hier draußen liegen, bis wir krepieren.«

»Du meinst, es ist ernst?«

Yakku nickte kurz. »Ich fürchte, ja. Allmählich frag ich mich, weshalb wir keinen Besuch mehr von den Mündungsforts bekommen haben.«

Sie verständigten sich mit Zeichen von Schiff zu Schiff. Das vornehme Gesicht des einstigen Don Juan der Garnison begann, die Proportionen zu verlieren; Kakoiannis hatte seit dem Morgen auf ein Landeunternehmen gedrängt. Er sah genauso erleichtert aus wie alle anderen – alles war besser als dies nervzerfressende Warten.

Die Schiffe setzten Segel; die Brise war schwach und kam bisweilen von querab, wenn der Wind in erratischer Laune umsprang, aber die meiste Zeit wehte er aus Nordwesten. Sie steuerten die kleine Mündungsfestung auf dem Westufer des Gashigar an; es war jenes, an dem weiter flußauf die Hauptstadt Gashir lag.

Bondak stand auf dem Vorderkastell und starrte durch das Glas zum Fort. Die riesigen Arme des Semaphors hingen herunter, auch in der Nähe der Katapulte war nichts zu sehen. Das Ufer kam näher, die beiden anderen Schiffe folgten in Kiellinie.

Auf der Plattform der Katapulte bewegten sich Gestalten. Riesige Drähte und schwenkbare Arme erwachten zum Leben, eine der großen Schleudermaschinen wurde ausgerichtet.

»Zu weit«, knurrte Bondak. Er drehte sich um, gab Zeichen. Hinter der Reling knieten einige der Freiwilligen aus der Garnison. Yakku hatte die besten Schützen ausgesucht und auf das erste Schiff geschickt. »Versucht es«, sagte Bondak laut. »Einzelfeuer.«

Sie wußten, worauf es ankam. Die Frauen und Männer schossen ruhig und gezielt, aber die Plattform war noch zu weit entfernt, um sicher treffen zu können.

Noch immer liefen einige Menschen in Nähe der Katapulte

herum. Plötzlich bewegte sich die Schale. Dann brach das Unheil über das Schiff her. Kleine Steine mit scharfen Kanten und gehacktes Metall prasselten auf die Leute nieder. Der größte Teil der Ladung ging ins Wasser; Fontänen stiegen ringsum auf. Aber einiges traf auch das Schiff. Segel wurden zerfetzt, Taue rissen singend. Eine Rah stürzte aufs Zwischendeck, riß Taue und Blöcke mit und begrub zwei Shil und Gavril Tatuschin.

Das Katapult neben dem eben abgefeuerten wurde geschwenkt, aber inzwischen waren sie nah genug. Die Scharfschützen aus Cadhras konnten die Ziele nicht mehr verfehlen; das zweite Katapult trat nicht in Aktion. Als das Schiff sich der Kaimauer näherte, sprangen dort Gestalten auf, legten gespannte Armbrüste an und schossen. Bondak spürte den Luftzug, als ein Bolzen knapp neben ihm vorbeisirrte. Die Schützen an Land ließen sich sofort wieder hinter die Mauer fallen; zwei oder drei mochten vom Karabinerfeuer getroffen worden sein.

Die Steuerbordkante knirschte den Kai entlang. Die Frauen und Männer, die an Land sprangen, fanden zwei Tote neben Dutzenden von Armbrüsten; die anderen hatten sich kriechend aus dem Staub gemacht.

Während die beiden anderen Schiffe festmachten und ihre Besatzungen zusammen mit den Leuten von Bondaks Schiff das Ufer sicherten, kümmerte der alte *sirján* sich um die Verletzten und Eingeklemmten.

Gavril Tatuschin war tot; ihr Kopf stand in einem unmöglichen Winkel vom Körper ab. Als die herunterstürzenden Teile der Takelage sie umrissen, war sie seitlich gegen den Fuß des Hauptmastes gefallen. Die beiden Shil lebten, hatten nur leichte Abschürfungen.

Auf dem Vorderdeck lagen noch fünf Tote – Karuka Katz, ein Shil, zwei Mischlinge und Narciso Ping. Die Armbrustschützen hatten sehr gut gezielt. Mehrere andere Leute waren von Bolzen gestreift worden und leicht verletzt.

Bondak starrte auf die Toten. Katz, Tatuschin, Ping – sie hatte er seit vielen Jahren gekannt, und viele Jahre waren ausgelöscht. Einen Moment fühlte er sich uralt, leer, gleichzeitig verantwortlich, weil er das Unternehmen vorgeschlagen hatte.

Dann betrachtete er das friedliche, leicht verwundene Gesicht von Narciso Ping. Der Bolzen war aus kurzer Entfernung mitten in die Stirn geschlagen. Lugo Bondak schloß eine Sekunde die Augen. »Abschied, Freunde«, murmelte er schließlich. Er tastete nach der dicksten Beule, die die Haut über seiner rechten Schläfe spannte. »Vielleicht werde ich euch in ein paar Stunden beneiden.«

Die Wohngebiete um den Hafen waren seltsam still. Erst als sie in die engen Gassen eindrangen, bemerkten die Frauen und Männer aus Cadhras den schweren, süßlichen Geruch, den die Brise flußauf wehte. Bondak sah einen Muli, der sich übergab; alle liefen mit blassen, gespannten Gesichtern vorwärts und spähten in die Häuser.

Am frühen Abend erreichten sie die eigentliche Festung auf einem Hügel. Die Tore waren geöffnet. Nahe den Katapulten fanden sich acht Tote. Alle hatten auffallend braune Haut. Fünf von ihnen waren an Schußwunden gestorben; die anderen waren verwundet worden, gestorben jedoch nicht an Kugeln, sondern an durchschnittenen Kehlen. Ein Shil, der einen Turm erkletterte, gestikulierte wild und deutete nach Süden. Bondak verstand nicht, was er schrie; eine Frau, die näher beim Turm gewesen war, kam herbeigelaufen.

»Es müssen noch einige hier gewesen sein«, sagte sie. »Sie reiten nach Süden.« Dann sah sie die Messerspuren an den Leichen.

Yakku kratzte sich den Kopf. »Sie haben ihre verwundeten Kameraden umgebracht, damit sie uns nichts erzählen können.«

Bondak hob die Schultern. »Was sollen sie uns erzählen? Die Stadt ist voller Leichen; alle sind offenbar an dieser Beulenpest – oder was es auch sein mag – gestorben. Die anderen hier, mit dieser seltsamen Hautfarbe, die waren offenbar immun.«

Kakoiannis kauerte neben einer Leiche und betastete die Haut. »Aber nicht gegen Messer und Kugeln«, murmelte er. Er richtete sich auf. »Sieht so aus, als ob sie nicht zufällig immun wären. Alle haben die gleiche Bräune. Gelblichbraun, eher.«

Yakku starrte in den Himmel. »Es gibt zwei Möglichkeiten. Entweder handelt es sich um eine Seuchenkatastrophe oder um eine biologische Waffe. Und entweder sind diese Gelbbraunen zufällig immun, oder sie sind immunisiert worden.«

Sie durchsuchten die Räume des Forts, fanden aber nichts

außer Vorräten und Material. Danach durchkämmten sie die Stadt.

Es war, als hätten sich alle zum Sterben in die Häuser zurückgezogen. Die meisten Toten waren kaum als Menschen kenntlich. Entstellte, aufgedunsene Leiber mit verformten Gliedmaßen, übersät mit zerplatzten Beulen, aus denen grünliche Flüssigkeit gesickert und später geronnen war.

Bei Sonnenuntergang fanden sich alle neben den Schiffen ein.

Yakku und Bondak wechselten Blicksignale. Der Leutnant verschwand an Bord des ersten Schiffs, und Bondak winkte die Frauen und Männer, Shil, Mulis und Cadhrassi zu sich. Sie bildeten einen dichten Kreis um ihn.

»Wir haben uns alle angesteckt, Kameraden.« Bondak blickte von einem Gesicht zum anderen. »Wir haben gesehen, wie es wirkt. Es scheint schnell zu gehen. Aber offenbar gibt es was dagegen. Ihr habt die Immunen gesehen, oder?«

Sie nickten; in einigen Gesichtern spielte plötzlich wieder eine kleine Hoffnung. »Yakku informiert gerade Cadhras. Ihr wißt, da liegt ein Laborschiff mit erstklassigen Wissenschaftlern. Ich bin sicher, daß die was finden, was uns hilft. Schließlich haben sie ganz andere Möglichkeiten als die AVs, und die haben ja offenbar auch was gefunden.«

Er machte eine kleine Pause, suchte wieder die Augen seiner Zuhörer. Er las Skepsis, aber auch Hoffnung und viel Fatalismus. Die Shil begannen, sich in sich selbst zurückzuziehen, einige der Mulis ebenfalls.

»Wir müssen uns nur über eines klar sein: Auf keinen Fall darf das, was wir uns hier geholt haben, weiter verbreitet werden. Sonst stecken wir ganz Shilgat an. Ich bin sicher, daß Cadhras uns helfen wird, aber wir müssen warten, bis sie Hilfe zu uns schicken. Wir dürfen nicht versuchen, uns hier abzusetzen. Und dann sollten wir uns überlegen, was wir gegen das Fort auf dem anderen Ufer tun können.«

Er mußte die Leute beschäftigen. Er blickte zu den Schiffen und wartete auf Yakku, aber der kam nicht. Noch nicht. Bondak unterdrückte einen Seufzer; dann schickte er Kakoiannis mit zwanzig Leuten los, um die Festung noch einmal zu untersuchen. Kakoiannis zwinkerte. Den anderen befahl er, ein paar Lastkähne so mit den nötigen Dingen wie Proviant und Munition zu beladen, daß eventuelle Beobachter vom anderen Ufer nichts sehen konnten. »Wenn es völlig dunkel ist, werden wir übersetzen und auch drüben das Fort ausschalten. Je weniger Katapulte hier herumstehen, um so besser für Ärzte und Krankenschwestern, wenn sie uns besuchen kommen.«

Er erntete sehr schwaches Gelächter; immerhin hatten die Leute nun ein paar Minuten etwas zu tun.

Yakku tauchte auf dem Achterdeck auf und winkte. Bondak kletterte an Bord.

»Sie versuchen seit Stunden, uns zu erreichen«, sagte der Leutnant. »Aber das war während der Landung, da hat keiner an die Funkgeräte in der Kajüte gedacht. Letzte Nacht haben die Wissenschaftler herausgefunden, was los ist. Sie wußten schon von der Geschichte, bevor ich ihnen die Leichen hier beschrieben habe. Explosive Beulenpest nennen sie es.«

»Hervorragend. Wir gehen vor die Hunde, und die überlegen sich einen passenden Namen dafür. Haben sie denn auch was dagegen?«

Yakku blickte fort, auf das schimmernde Wasser, das sich in der Abenddämmerung blutig färbte. »Sie glauben, daß sie bald was finden; vielleicht schon diese Nacht. Aber spätestens in ein paar Tagen.«

»Sehr beruhigend«, sagte Bondak. »Sie können es dann über uns ausstreuen. Nach dem Salutschießen.«

Plötzlich stieß Kara Kikuyo einen Schrei aus und deutete zum Fort. »Feuer!«

Die geflüchteten AVs mußten im letzten Moment in irgendeinem für Fremde unzugänglichen Winkel der Festung Feuer gelegt haben. Es hatte eine Weile gebraucht um sich nach außen zu fressen, aber nun war es nicht mehr einzudämmen. Der kräftige Seewind fachte es weiter an; es würde nur noch Minuten dauern, bis die ganze Stadt mit ihren zahllosen Holzbauten in Flammen stand. Eine schwarze Rauchsäule stieg in den Abendhimmel, und keiner wußte, was mit ihr in die höheren Luftschichten gelangte. Aber spätestens, wenn das Feuer die entstellten Leichen erfaßte, würden auch giftige Teilchen aufsteigen.

Die Boote und die drei Schiffe legten ab, ehe sie von den Flammen erfaßt werden konnten. Bondak, der in einem der

Boote saß, ließ flußaufwärts rudern. Er hoffte, daß die Besatzung des gegenüberliegenden Forts in der Abenddämmerung zu sehr mit dem Brand und den Seglern beschäftigt wäre, um auf die Boote zu achten.

In der Dunkelheit legten sie am Ostufer an, oberhalb des Forts. Wie Geisterclipper standen die Schiffe zwischen ihnen und dem Feuermeer.

Auch dieser Ort war eine Stadt der Toten, aber hier hatten die Immunen offenbar das Weite gesucht, ohne Feuer zu legen und ohne auf eine Aktion von Bondaks Leuten zu warten.

Schweigend kehrten sie zu den Booten zurück und ruderten auf den breiten Strom hinaus, dorthin, wo die Lampen der drei Schiffe nur Pünktchen waren, gegenüber dem noch immer tosenden Inferno am Westufer kaum wahrzunehmen.

»Ich habe eine gute und eine schlechte Nachricht.« In den letzten Stunden hatte Yakkus Nase sich zu einem Rüssel verformt. Er biß auf die Unterlippe, als wieder einer der Schmerzkrämpfe durch seinen Kopf raste. »In Cadhras ist etwas gefunden worden, das wahrscheinlich diese Explosive Beulenpest stoppen kann.«

Ringsum hellten sich Gesichter auf.

»Ja, und die schlechte ist, daß sie noch nicht ganz sicher sind und Versuchskaninchen brauchen.« Er machte eine Pause. »Im Morgengrauen wird ein Gleiter über uns fliegen, einen Antigravkasten mit diesem Medikament abwerfen und zu einem der Schiffe steuern. Ich werde mir eine Spritze setzen. Was hab ich schon zu verlieren?«

Bondak nickte. »Das stimmt. Nicht viel. Hattest du übrigens noch nie.«

* * * * *

Über ihr dehnte sich der Ballon aus, der den sichtbaren Himmel bis auf einen schmalen blauen Rand einnahm. Sie sah nackte Füße und Beine, eine kurze Wollhose. Lanshi. Als sie versuchte, sich zu bewegen, rasten Wellen irrsinnigen Schmerzes durch ihren Körper. Es gab zwei Quellen, in der Schulter und in der Wade. Da erinnerte Toyami sich und stöhnte auf.

Lanshi beugte sich vor. Er saß auf dem leergelaufenen Petroleumkanister und trug nur die kurze Wollhose. Es war kalt; sein entstelltes Gesicht zeigte Müdigkeit.

Toyami blickte an sich herunter, so gut es ging. Sie lag auf dem Boden des Korbes, zwischen den beiden intakten Kanistern; Lanshi hatte ihr das schmutzstarrende Hemd ausgezogen und ihre Schulter mit Fetzen seiner Kleidung verbunden. Sie fror; auch sie trug nichts als spärliche Überreste ihrer zerrissenen Wollhose und diesen notdürftigen Verband. Mit zusammengebissenen Zähnen sagte sie: »Wie lange war ich bewußtlos?«

Lanshi hob den Daumen und beschrieb einen Kreis mit der Hand.

»Einen ganzen Tag?«

Er nickte.

»Wo sind wir?«

Er spähte über den Rand des Korbes. Dann deutete er mit beiden Händen eine Schüssel mit aufgebogenem Rand an, wies in eine Richtung und machte Schwimmbewegungen, danach wies er in die andere Richtung und nickte.

»Wir sind nach Süden getrieben worden?«

Sie bemühte sich, die Schmerzen, die Kälte und etwas anderes zu ignorieren, das ihr noch nicht ganz bewußt war.

»Sind wir noch über Gashiri oder schon weiter?«

Seinen Gesten nach befanden sie sich über den südlichen Grenzbergen.

Plötzlich wußte sie, was sie zusätzlich fühlte. Langsam hob sie die Hand. Auf dem Handrücken hatte sich eine kleine Schwellung gebildet. Sie suchte Lanshis Augen, und er nickte langsam, deutete auf ihre Stirn, ihre Brust, ihre Lenden.

»Hilf mir. Wenn's auch weh tut, ich muß über den Rand sehen, sehen, wo wir sind.«

Sie schrie vor Schmerzen, als Lanshi vorsichtig versuchte, sie auf die Beine zu stellen. Es dauerte lange, bis sie die Tränen fortgezwinkert hatte, die aus ihren Augen schossen, ohne daß sie etwas dagegen tun konnte.

Der Anblick des Landes im strahlenden Morgenlicht raubte ihr einen Moment den Atem. Sie schwebten über einem tiefblauen, klaren Bergsee, in dessen Wasser nichts zu sehen war als das winzige Bild eines Ballons. Nadelbäume bedeckten die Hänge. Der Ballon trieb auf die nächste Kette zu, überquerte sie.

Toyami erinnerte sich an die Landkarten und wußte, daß sie nicht mehr über Gashiri waren. Die letzte Kette von Bergen gehörte bereits zu Zheziri; weiter im Süden sah sie die Linie der Taggabahn.

Was sollten sie tun? Cadhras mußte gewarnt werden. Wie? Auf gar keinen Fall durften sie landen. Sie wußte nicht genau, was es war, aber wenn sie sich in Tag'gashir'dir angesteckt hatte und nun überall Schwellungen und Beulen bekam, würde sie zweifellos bald sterben, und mit ihr alle, die nicht wie Lanshi immunisiert worden waren. Er hatte von den aufgequollenen Leichen berichtet, und von den Injektionen, die er und andere erhalten hatten.

Sie konnten nicht ewig weiterfliegen, ohne zu verhungern. Früher oder später würde auch das Petroleum aufgebraucht sein; dann mußte der Ballon langsam sinken. Cadhras konnte nur gewarnt werden, wenn sie landeten. Aber landen durften sie nicht, wenn sie nicht diese furchtbare Seuche über ganz Shilgat verteilen wollten.

Sie bat Lanshi, ihr wieder beim Niederlegen zu helfen. Von unten starrten sie in die Flamme des Brenners, die Lanshi eigenmächtig kleiner gestellt hatte. Das war richtig.

Sie dachte nach, aber ihre Gedanken verirrten sich immer wieder zu dem Tod, der unausweichlich auf sie zu kam. Aus ihr kam, aus den Schwellungen, die Beulen wurden.

Dann durchfuhr sie eisiger Schrecken. Sie dachte an die Luftströmung, die den Ballon nach Süden getrieben hatte. Sie dachte an die graue Pulversubstanz, die die AV-Wissenschaftler in der Höhle zubereiteten. Sie dachte an die anderen Ballons in der Höhle. Und an das riesige Katapult.

Sie richtete sich wieder auf. »Lanshi«, schrie sie, »hilf mir auf. Wir müssen landen!«

Als sie stand, sah sie schräg unter dem Ballon die Taggabahn, und nicht weit entfernt eine ihrer Stationen. Der Wind sprang um, südlich der Berge, trieb den Ballon nach Osten. Die Station kam näher. Toyami preßte die Lippen zusammen; dann faßte sie einen Entschluß.

»Stell die Flamme ganz ab.«

Am mittleren Vormittag hockten Learoyd und T'unga auf dem

Felsvorsprung oberhalb der Station. Sie tranken Gashiri-Rum aus der Flasche. Learoyd erzählte T'unga Geschichten aus den Garnisonen des Commonwealth, und der Agent revanchierte sich mit Anekdoten aus den Annalen von Sa'orq.

Plötzlich deutete T'unga in den Himmel und öffnete den Mund, sagte aber nichts. Learoyd blickte empor. Über ihnen trieb ein Ballon; er war nicht sehr hoch, und etwas fiel aus ihm herab.

»Fünfzig Meter vielleicht«, knurrte Terence, der zunächst an Halluzinationen dank des Rums geglaubt hatte. Wer immer der Passagier im Ballon sein mochte, er hatte gut gezielt. Zwei Pfeile, mit einem Stoffstreifen zusammengebunden, lagen nicht weit von Learoyd und T'unga entfernt. Terence ging hin und hob das Bündel auf. Ein Zettel steckte zwischen Stoff und Pfeilen. Darauf stand eine Zahlenreihe. Terence schüttelte ungläubig den Kopf. »Flottencode. Sie wollen, daß wir sie runterholen. O verdammt.«

Er schwankte ein wenig, als er die Pistole zog. T'unga stützte ihn. Die Kugel traf. Der Ballon begann zu flappen, dann sank er immer schneller. Die Luft entwich, der Stoff riß weiter aus.

Eine Bö faßte nach den Resten der Stoffkugel, schleppte sie und den Korb weiter. Vom Schuß aufgeschreckte Shil standen neben der Station und starrten auf das seltene Bild. Learoyd und T'unga rannten dem havarierten Luftgefährt nach. Der Korb krachte gegen einen Hügel, wurde über die Kuppe gezerrt, umgedreht, wieder aufgerichtet, schleifte über den Boden, hüpfte und blieb in einem Baum hängen.

Am Hügel fanden sie zwei Gestalten. Der Mann mit dem entstellten Gesicht lag da wie zum Picknick ausgestreckt; sein Genick war gebrochen. Die junge Frau mit den schweren Verletzungen war bei Bewußtsein. Sie starrte Learoyd aus matten, schmerzvollen Augen an.

»Könnt ihr Cadhras erreichen?« Sie biß auf die Lippen, bis Blut floß.

Learoyd kniete neben ihr nieder, während T'unga zur Station rannte, um das Funkgerät und ein paar Notmedikamente zu holen, die zu seinem Gepäck gehörten.

»Ja. Wer bist du?«

Sie lächelte mühsam. »Agentin Toyami, Kamerad. Du mußt Learoyd sein. Keiner hat so rotes Haar.«

»Ja. Was soll ich Cadhras sagen?«

Aus: Lydia Hsiang, Memoiren *(Gaia, 501)*

»... Während der zähen, komplizierten Verhandlungen gab es Momente, in denen alle sich weit fort wünschten. An einem nassen Abend floh ich ins Serai, wo ich mit den Frauen und Männern einer kleinen Karawane Tee trank und Geschichten lauschte. Sie behandelten mich wie ihresgleichen, was ich meinem langen Shil-Umhang und den Sprachfertigkeiten zuschrieb. Ich irrte mich. Später, als ich mit einem alten Händler allein vor dem Feuer saß, bei heißem Sampawein, begriff ich dies. Der alte Mann zog sein Messer und ließ den Schein der Flammen auf der Klinge tanzen.

›Ich fürchte‹, sagte er bedächtig, ›wenn ihr alles aufgelöst habt, Hüterin von Cadhras, werden wir nur noch tanzende Flammen sein ohne Klinge, auf der wir ruhen können.‹

›Du weißt... ?‹

Er hob die Schultern und kratzte sich den grauen Bart. ›Alle wußten, aber wenn du wie wir zu sein beschließt, kommt es nicht uns zu, dich daran zu hindern.‹

›Du bist also gegen die Kündigung des Statuts?‹

Wieder hob er die Schultern. ›Warum etwas zerstören, solange es allen nutzt? Aber ihr werdet Gründe haben oder finden, zu tun, was euch sinnvoll erscheint. Ob es in hundert Jahren noch sinnvoll ist, wird man sehen. Auch die Weisen irren sich bisweilen. Wie sich die Heiler und Häupter geirrt haben, als sie die Korsaren zu Hütern des alangra *machten.‹*

Ich bemühte mich, meine Erregung nicht zu zeigen. Keiner, weder Gortahork noch Tremughati noch gar Saravyi, hatte bisher Fragen zur Vorgeschichte beantwortet.

Vorsichtig sagte ich: ›Du hältst es für einen Irrtum? Weil sie alangra *nicht gut genug gehütet haben? Oder weil es zu gefährlich ist?‹*

Er hielt die Klinge senkrecht. ›Jede kundige Hand kann ein Messer führen; jede starke Scheide kann es bergen. Das alangra *wurde immer von jenen Heilern bewacht und verarbeitet, die bei Bu'ndai auch die schnellen Straßen über und unter der Erde hüteten. Sie waren der Arbeiten überdrüssig, heißt es; sie wollten wandern und heilen, nicht tauchen und Buchten absperren, indem sie auf Schiffen dort herumfuhren. Zu jener Zeit gab es im Norden des Meeres eine Sippe von Piraten mit wenigen Schiffen, jenseits der großen Insel Zho. Sie hatten damit begonnen, eine verkürzte Sprache zu entwickeln, um sich schneller von Bord zu Bord verständigen zu können. Und um reden zu können, auch wenn Fremde zuhörten. Diese verkürzte Sprache verzichtete auf viele Feinheiten, darunter auf die Formen der Möglichkeit und der Unwahrscheinlichkeit. Sie sagten nicht: 'Laßt uns tun, als wäre die See wichtiger als das Land, der Seemensch wichtiger als der Landmensch, der Pirat wichtiger als alle anderen; und wenn wir es eine Weile gespielt haben, hören wir wieder damit auf.' Sondern: 'See ist wichtiger als Land, und wir sind die Allerwichtigsten.' Die ersten Generationen sprachen diese verkürzte Sprache noch im Bewußtsein, daß sie verkürzt war. Aber bald vergaßen ihre Nachkommen es und hielten jeden gesprochenen Traum, jede irrsinnige Aussage für möglich, weil sie sagbar war. Sie erbeuteten Schiffe und behielten sie, statt sie wieder zu verkaufen. Sie fingen Shil und töteten sie, statt sie zu verkaufen oder freizulassen. Da beendeten die Heiler und Häupter des Nordens den Unfug, indem sie ihnen den Gebrauch der Kurzsprache untersagten und sie zur Sühne für begangene Verbrechen in den Süden schickten, in die Bucht von Bu'ndai. Eigene und andere Taucher brachten ihnen* alangra*; ihre eigenen Heiler, ohne Verbindung zu denen des Landes, verarbeiteten es und ließen zu, daß Ware daraus wurde. Dies ist einige tausend Jahre her, und es war kein guter Einfall.‹*

›Was hätte deiner Meinung nach getan werden sollen?‹

Der alte Shil kicherte. ›Sie hätten ihnen die Zungen herausschneiden sollen.‹ Er spielte mit dem Messer. ›Den Kindern hätten Lehrer von außerhalb der Sippe Shilgu beibringen können. Und in Bu'ndai hätte man die Dinge beim alten belassen sollen. Aber so?‹ Er hob die Schultern.

›Was geschieht nun mit ihnen? Und wie ist es Tremughati gelungen, sie zum Kampf gegen Gashiri zu bewegen?‹

Er lachte leise. ›Die Fürstin schweigt? Nun ja, ihre Gründe sind nicht meine. Die Korallbauten sind verlassen, Herrin von Cadhras; sie werden verfallen. Heiler hüten die Höhlen des alangra*, wie es hätte sein sollen. Die Korsaren werden über die Meere verstreut, als Fischer und Händler und Walfänger. Was nun die ehemalige Fürstin des Nordens angeht... So erzählt man es sich: Einige Schiffe näherten sich den Korallkastellen; wie ein düsteres Tuch hing über ihnen die Stimmung der Strafe und Verzagtheit. Die Fürstin ging von Bord und begab sich ins älteste Korallgebäude. Die Korsaren rutschten vor ihr auf dem Bauch, da sie nicht anders konnten. Tremughati sah sie an, dachte dies und jenes, sagte kein Wort. Da begannen die Korsaren von*

Gebäude zu Gebäude, von innen nach außen, ihre Habseligkeiten auf Schiffe zu bringen und auf die See hinauszufahren. Die leeren Burgen blieben zurück. Einige kampfkräftige Leute begleiteten die Fürstin an Land, um Sühne zu leisten.‹

›Mehr erzählt man sich nicht darüber?‹

›Mehr gibt es darüber nicht zu erzählen. Noch nicht. Es dauert immer einige Zeit, Herrin, bis das Gerippe der Wahrheit durch das Fleisch des Erfindens zum Körper der Geschichte wird.‹«

XII.

Die Zeit lief davon. Barakuda atmete auf, als abends endlich die beiden robotgesteuerten Transportgleiter von einem der Blokkadeschiffe landeten.

Drei Frauen der Garnison und *kapitán* Cebrian waren in Cadhras zugestiegen. Einerseits wurde der Offizier überall dringend gebraucht, andererseits war er der einzige, der einen Spezialkurs für den Umgang mit den Spezialbomben absolviert hatte. Barakuda begrüßte die *suldás* und Cebrian knapp und herzlich; dann luden sie die Bomben auf mitgebrachte Antigravplattformen. Die Transportgleiter waren zu groß für die unterirdischen Gänge.

Im Norden von Sa'orq begannen die Berge. In einem nach Erdrutschen und Überschwemmungen unzugänglich gewordenen Tal, in dem sich ein uralter, vor Jahrtausenden aufgegebener Steinbruch befand, hatten die Heiler und Elfpriester einen der Zugänge zum unterirdischen Bahnsystem geöffnet. Cebrian und die *suldás* schoben die Schweber in den Eingang. »Immer den Heilern nach«, sagte Barakuda. »Erklärungen folgen später. Auf der Fahrt haben wir genug Zeit dazu.«

»Welche Fahrt?« sagte der *kapitán;* dann hob er die Schultern und verschwand in der Tiefe.

Barakuda instruierte die Robotpiloten der Transporter. Sie würden in den Bergen südlich von Tag'gashir'dir warten. Warten auf ein Funksignal, das vielleicht niemand geben konnte, wenn es soweit war.

Auf der langen Fahrt nach Norden berichtete Dante von seinen Erlebnissen und Entdeckungen. Cebrian ergänzte Barakudas Kenntnisse dessen, was sich in Cadhras ereignet hatte. Die *suldás* und der *kapitán* nahmen die fantastische U-Bahn nach dem ersten Erstaunen als gegeben hin; die Einzelheiten des Plans dagegen wurden heiß diskutiert.

Vor sechzig Tagen hatten die Heiler begonnen, die unterirdische Strecke zu erweitern. Eine neue Abzweigung von der Station unter Zheziri führte nun unter das Zentrum von Tag'gashir'dir. Die Gänge und Wände seien mit stabilisierter Energie verstärkt worden, um den großen Schock auszuhalten, hatten die Heiler gesagt, aber unter stabilisierter Energie konnte Dante sich nichts vorstellen. Seine Fragen wurden nur mit dem Hinweis beantwortet, er werde alles weitere von Saravyi erfahren.

Zweieinhalb Tage nach der Abfahrt erreichten sie die Halle von Zheziri. In einer Hallenwand klaffte ein riesiges Loch. Eine junge Heilerin nickte Barakuda zu, als der Wagen in der Halle ausrollte; sie deutete auf den neuen Durchbruch.

Der Gang war ebenso beschaffen wie alle anderen, durch die sie bisher gekommen waren. Der Wagen rollte immer schneller; offenbar hatten die Heiler größeres Gefälle für sinnvoll gehalten – man durfte keine Zeit verlieren, da war Geschwindigkeit eine Tugend.

Trotz der Eile, mit der diese Strecke angelegt worden war, wiesen die Wände keine Unebenheiten auf; auch der Boden war glatt, und die Spurrillen ließen den Wagen mit seinen fünf Passagieren, den Schwebern und den Bomben fast geräuschlos rollen.

Endlich erreichten sie die neue Halle, eigentlich eher eine kahle Höhle ohne die sonst üblichen feinen Verarbeitungen: ein riesiger unterirdischer Raum, aus dem eine zweite Gangröhre – die »Gegenfahrbahn« – zurück nach Zheziri führte. Überall standen Wagen und Material herum. Shil aller Schattierungen hatten Ketten gebildet und schafften Dinge, die die Cadhrassi nur zum Teil identifizieren konnten, vor und zurück. Ein Loch in der Kopfwand der Halle führte in einen weiteren neu angelegten Raum, von dem viele Gänge in den schwarzgrauen Fels liefen. Wie in den regulären Bahnhallen spendeten jene seltsamen Goldkristalle, zusammen mit armseligen Tranfunzeln, ein warmes Licht.

Auch in der Decke gähnte ein Loch. Barakuda legte den Kopf in den Nacken und starrte nach oben, sah jedoch nichts als goldenes Licht und baumelnde Taue.

Eine junge Heilerin trat aus dem Gewirr zu ihm. »Du bist Dante Barakuda.« Es war eine Feststellung; ihre Augen hingen einen Moment an der Narbe auf seiner Wange.

»Ja. Wo finde ich Saravyi?«

»Ganz oben.«

Aus dem Deckenschacht kam ein Transportkorb herab. Er war gefüllt – mit golden leuchtenden Kristallen. Shil eilten herbei, leerten ihn, stapelten die Kristalle auf Schubkarren und brachten sie fort. Der Korb verschwand wieder im Schacht.

»Gibt es hier einen sicheren Lagerraum?«

Die Heilerin nickte und ging voraus. Sie erreichten eine Gangbiegung; dahinter lehnte eine dünne Felsplatte. Barakuda und Cebrian hoben sie an und setzten sie seitlich wieder ab; dann dirigierten die *suldás* die Schweber mit den Bomben in die Höhle, die sich hinter dem Durchgang öffnete. Barakuda pfiff leise.

»Die ist aber nicht neu«, sagte er.

Es handelte sich um eine nur in Ansätzen überschaubare Tropfsteinhöhle. Weiße Stalaktiten und beige Stalagmiten formten Bildergruppen, Labyrinthe, Vorhänge, Gebisse; an einer Stelle sickerte goldgrün glänzendes Wasser aus der Wand, bildete einen Spiegeltümpel und rann in drei dünnen Adern fort zum Hintergrund der Höhle.

»Ein Jammer«, sagte Dante dumpf, »daß dieses Wunderwerk vergehen muß.« Er riß sich zusammen. »Ich brauche einen Schweber.«

Schnell und vorsichtig luden sie die Bomben von einer der Antigravplatten ab. Die Mäntel der kopfgroßen Geräte waren wasserbeständig. Cebrian überprüfte die Zündeinstellungen, hielt einen Impulsgeber hoch und nickte.

»Wir sehen uns«, sagte Barakuda. »Ich muß erst mal mit Saravyi reden. – Gibt es hier etwas zu essen und zu trinken für meine Freunde?«

Die Heilerin lächelte. »Natürlich. Alles ist eng und eilig und ungemütlich, aber so schlimm nun doch nicht, daß jemand hungern müßte. Ich sorge dafür.«

Dante kletterte auf den Schweber, nachdem er ihn unter den Schacht geschoben hatte. Eng an der Wand entlang, um nicht mit Transportkörben zu kollidieren, schwebte er aufwärts. Der Schacht stieg nicht ganz senkrecht; in Abständen von etwa 50 m gab es kleine Plattformen mit Rädern, über die die Taue für die Körbe liefen. Rechts und links, vorn und hinten gingen in allen möglichen Winkeln und Durchmessern Bohrungen in den Fels. Nach etwa 800 m des Steigens erreichte der Schweber eine weitere Halle, voll mit Gerümpel, Schutt und Kristallen. Auch hier arbeiteten zahllose Shil. Ein Heiler blickte zu Dante hinüber und deutete nach oben.

Blaßhäutige Shil mit riesigen Brustkörben standen in Zehnergruppen in der dritten Halle und bliesen durch schlangenförmige Mundstücke gemeinsam in je ein seltsames Instrument pro Gruppe. Es handelte sich um große, unregelmäßige Luren – ein anderes Wort fiel Dante nicht ein. Zylinder, die aus Tausenden verschiedener Teile zusammengesetzt schienen und metallisch glänzten. Die Mundstücke, mehrfach gebogen, waren noch die normalsten Bestandteile. Es gab hauchdünne, durchsichtige Hohlspiralen, ausgelagerte Glaskammern, abstehende Kristallwülste, Röhren, Verdickungen, Verjüngungen, mit Füßen bediente Blasebalge, Schläuche, Spitzkegel, kubische Wucherungen.

Am Vorderende der unglaublichen Instrumente befanden sich verschiedene – Schalltrichter? Sie waren nach oben gerichtet, und dort, wo die Decke der Halle sein sollte, waren Löcher.

Neben den »Bläsergruppen« standen andere, ebenfalls blasse Shil mit kleineren Geräten, die sich vollends jeder Beschreibung entzogen. Alle waren irgendwie kubisch, schienen aber keine festen Umrisse zu haben; sie glommen, leuchteten, waberten und flimmerten. In regelmäßigen Abständen bildeten sie ballonförmige Aufblähungen an einem – dem hinteren? – Ende, und diese Aufblähungen verfestigten sich zu Kristallkugeln mit dreidimensionalen Goldrosetten im Inneren. Shil – Frauen und Männer – fingen die Kugeln auf und legten sie in Körbe; andere schleppten die Körbe zu einer Wendeltreppe, reichten sie weiter, immer abwärts.

Dante stieß sich von der Wand ab und ging in die Halle.

Unter den Shil, die Körbe füllten und schleppten, sah er viele mit rosa Gewändern und Korallplättchen. Allmählich kam er sich wie in einem wirren Traum vor. Was machten Korallkorsaren hier, unter der Wüste von Tag'gashir'dir?

Jemand deutete einen Gang hinab. Dante bog in den Korridor; aus einem offenen Raum hörte er Stimmen. Er ging hinein.

Saravyi blickte über die Schulter nach dem Eindringling. »Ah, alter Freund«, sagte er. Es war sehr beiläufig, so wie man auf einer belebten Hauptstraße jemanden begrüßt, den man seit einigen Stunden nicht mehr gesehen hat.

»Was geht hier eigentlich vor?« sagte Barakuda. Allmählich kam ihm die Frage wie ein Refrain vor.

Saravyi rümpfte die Nase. »Warte noch.« Er wandte sich wieder den Shil zu, die vor ihm standen, und beendete eine offenbar längere Litanei von Anweisungen. Dann seufzte er, kam zu Dante, sah ihn aus müden roten Augen an.

»Komm. Nebenan gibt es Kaffee und Sitzgelegenheiten.«

»So, nun weißt du es.« Saravyi lehnte sich zurück und nahm einen Schluck aus seinem Becher. Dante rollte mit zitternden Fingern zwei Zigaretten und reichte eine dem alten Mann.

Er brauchte Zeit, um all das zu verdauen. Die blaßhäutigen Shil mit den gewaltigen Brustkörben, die »Bläser«, gehörten zu den Wissenshütern und lebten in den Bergen des Landes Sa'orq. Genauer, unter den Bergen. Saravyi verfügte, wie er behauptete, nicht über Kenntnisse der wichtigen wissenschaftlichen Details; Barakuda nahm jedoch an, daß Saravyi ganz einfach nicht darüber reden wollte. Die von den Bläsern bedienten Luren erzeugten eine nicht näher definierte Form von Infraschall, die die atomaren und subatomaren Bausteine der Materie – jeder Materie – demontierte und in Energie umwandelte. Was Barakuda nicht unrichtig als Schalltrichter angesehen hatte, waren »Abmesser«, wie Saravyi sie nannte; die Infrawellen wurden durch sie gerichtet und die Form des zu erzeugenden Lochs bestimmt.

Barakuda sagte schwach und mühsam: »Ich nehme an, man kann diese Luren auch mit Trichtern in der Form von Tunnels versehen – großen Trichtern, nicht wahr, mit zwei kleinen Ausbuchtungen für die Wagenrillen?«

»So ist es.« Saravyi kaute auf seinem erloschenen Stummel

herum. »So ist vor ganz langer Zeit das Bahnsystem angelegt worden. Ja, ja, ja.«

Die anderen, seltsam instabilen Geräte waren »Wandler«. Sie fingen die freigesetzte Energie dessen auf, was einmal Materie gewesen war, und machten daraus andere Dinge.

»Zum Beispiel Leuchtkristalle. Man kann aber auch glatte, mit Spurrillen für Wagen versehene Pseudo-Felsplatten machen; du kennst ja die Taggabahn. Dies alles mit Hammer und Meißel zu behauen, wäre selbst für die Geduld von Shil-Generationen zuviel.«

Um einer schnelleren Eroberung von Shilgat durch die Sektierer in Gashiri, Pasdan und Banyadir vorzubeugen, hatten die Shil die unterirdischen Strecken verheimlicht und unzugänglich gemacht, und, bis auf die Taggabahn in ihrer heutigen Form, alle oberirdischen Wege zerstört. »Es gibt natürlich einige Einstiege. Einer, zum Beispiel liegt unter dem Palast der Königin von Kelgarla. Du hast einen anderen gefunden.«

»Aber warum habt ihr euch denn vor Jahrhunderten nicht mit diesen fürchterlichen Luren gegen die Eindringlinge aus dem Weltraum gewehrt?«

Saravyi breitete die Arme aus; er sah sehr alt aus und müder, als Barakuda ihn je gesehen hatte. »Sie waren vergessen. Vor sechzig Jahren hat ein gewisser alter Shil, der damals noch jung war, die unterirdischen Archive erkundet und dafür gesorgt, daß diese vergessenen Dinge wieder gebaut wurden.« Er seufzte und starrte auf Barakudas Nasenspitze. »Im vorigen Jahr hast du mich mehrmals gefragt, welche Alternative ich vorbereitet hatte. Du weißt, für den Fall, daß du nicht auf den Einfall mit der Hüterin von Pasdan gekommen wärst. Damals wollte ich nichts sagen. Ich habe bis vor wenigen Zehntagen noch gehofft, ohne Einsatz dieser Dinge auskommen zu können. Aber nun ließ es sich nicht mehr vermeiden. Wenn du, wenn Cadhras nicht fähig gewesen wäre, das Problem Pasdan mit verhältnismäßig wenig Blut und Tod zu lösen, dann hätte ich im letzten Jahr diese bleichen unterirdischen Shil, die Bläser, Wandler und Feuerspeier, nach Pasdan gebracht, und die Stadt der Mütter wäre in einer halben Stunde untergegangen.«

»Wer sind die Feuerspeier?«

»Du hast sie nicht gesehen, und vielleicht brauchen wir sie

nicht. Sie machen Flammen aus der freigesetzten Energie und richten sie auf ein Ziel.«

Barakuda lief es kalt den Rücken hinauf und hinunter. »Pasdan war also nicht so schrecklich, daß du diese Waffen unbedingt gegen die Mütter einsetzen wolltest. Was macht denn Gashiri so schrecklich, daß du es jetzt tust?«

Saravyi schloß die Augen. »Es ist das *alangra*«, murmelte er. »Die Heiler kennen es, und es hat viele gute Eigenschaften, wenn es frisch ist. Wenn es zerfällt, hat es sehr viele gräßliche Eigenschaften, und Gashiri hat die harmlosesten davon bereits entdeckt. Ich kann nicht abwarten, bis sie die schlimmsten herausfinden.«

Barakuda leerte den Becher. Er hatte sehr viele Fragen, aber sie mußten warten. »Kommen wir zur Sache, Freund. Eins noch. Wo, zum Teufel, kommen die Korsaren her?«

Saravyi grinste. »Laß eure fiktiven Dämonen aus dem Spiel, sie haben nichts damit zu tun.« Er wandte sich zur Tür, steckte den Kopf auf den Gang und fragte jemanden etwas. Dann kam er zurück. »Die Erklärung wirst du gleich aus berufenem Munde bekommen. Reden wir zuerst von den anderen Dingen. – Du bist also in Sa'orq gewesen?«

»Ja. Aber die Geschichten können warten. Du willst die AV-Zentrale mit allem dort lagernden mutierten *alangra* versenken?«

Saravyi nickte stumm.

Dante hustete und zündete sich eine weitere Zigarette an. »Dadurch wird aber das *alangra* nicht vernichtet.«

Saravyi hob einen der Goldkristalle auf. »Sie sehen aus wie die anderen, die du unter der Erde gesehen hast. Aber sie sind anders. Die hierin gespeicherte Energie wird frei, wenn die Wandungen, die auch Energie sind, unter Druck oder bei einem Aufprall zerplatzen. Ob das ausreicht, so viel Hitze zu erzeugen, daß alles *alangra ver*nichtet wird, weiß ich nicht. Jedenfalls ist es so besser als ganz ohne Hitze.«

»Warum hast du die Gouverneurin nicht eingeweiht?«

»Sie hätte nein gesagt.«

Barakuda nickte grimmig. »Das hätte sie. Aber du läßt dich nicht abhalten, nicht wahr?«

»Alles ist zu weit fortgeschritten. Außerdem muß es sein. Oder hast du einen anderen Vorschlag?«

»Nein. Aber ich habe dir etwas mitgebracht.«

Saravyi legte den Kopf schief. »Was?«

Barakuda berichtete von den Spezialbomben. »Und *kapitán* Cebrian, den du ja noch kennst, ist dabei. Er kennt sich damit aus.«

Der alte Mann rieb sich die Augen. »Das ist gut. So wird es möglich sein, diese schreckliche Substanz zu vernichten.«

Schritte. Dante blickte zum Eingang und erstarrte.

»Mein Freund und Bruder. Bärenjäger.«

Tremughati trat zu ihm, legte die Arme um seinen Hals und küßte ihn auf den Mund. Die ehemalige Fürstin der Banyashil war sichtbar erschöpft, aber ihre lichten schwarzen Augen strahlten.

»Tremughati – wie kommst du hierher?«

»Es ist eine lange Geschichte, und sie muß warten. Ich bin hier, weil ich von *alangra* hörte. Und ich habe eine Abordnung der Schuldigen mitgebracht, die durch Arbeit und, wenn es sein muß, Kampf einen Teil der Schuld abtragen sollen.«

Dante packte ihre Oberarme und sah in die dunklen Augen. »Wovon redest du?«

Saravyi, der einige Meter entfernt stand und lächelnd zuschaute, räusperte sich. »Hast du dich nie gefragt, weshalb die Heiler und Häupter die Existenz und die wirren und teilweise schädlichen Lebensformen der Korallkorsaren dulden?«

Dante schüttelte fassungslos den Kopf. »Du meinst... ihr wollt sagen, sie leben in der Bucht von Bu'ndai auf ihren Korallkastellen nur deshalb, damit sie die Walhöhlen bewachen? Verhindern, daß jemand von See an *alangra* herankommen kann?«

»So war es gedacht. Sie sollten die Höhlen hüten und nur Taucher im Auftrag der Heiler zu ihnen lassen. Aber sie haben es vorgezogen, ein wenig weiter aufs Meer hinaus zu ziehen und die Wasserwege vom Land zu den Höhlen nicht zu beachten.«

»Und was nun?«

»Das wird ein Treffen der Heiler und Häupter entscheiden, wenn dies hier abgeschlossen ist.« Tremughati berichtete von ihrer Fahrt und davon, daß sie zwei Hundertschaften Gardistinnen im Norden von Golgit an die Oberfläche geschickt hatte.

Dante war immer noch fassungslos. Er erinnerte sich zu gut

an seine verschiedenen Besuche bei den Korallkorsaren, die ihn niemals auch nur eines Blicks gewürdigt hatten, und an seine Gefangenschaft. »Aber wie hast du es angestellt, daß sie mit dir reden?«

Tremughati lächelte und schwieg. Saravyi warf ihm einen mißbilligenden Blick zu. »Glaubst du, jemand auf Shilgat könnte schweigen, wenn einer von uns – ich meine die wichtigsten Heiler und Häupter, hm, nicht mich – mit ihm reden will?« Er starrte Barakuda an.

Für einen Moment fühlte Dante sich gleichzeitig zermalmt und von Hitze umspült. Er sah nur riesige Augen, die etwas von ihm verlangten.

Dann endete die Illusion, und vor ihm standen wieder ein alter, müder Mann und eine erschöpfte, schöne Frau in zerfetzten und von Steinstaub bedeckten Gewändern, die nie wieder weiß sein würden.

Eine ganze Weile später, nachdem sie technische Einzelheiten beredet hatten, sagte Barakuda plötzlich: »Es gibt da noch etwas. An der Oberfläche spitzt sich alles zu. Ordner von Gashiri haben, wie ich aus Cadhras hörte, Stationen der Taggabahn besetzt und beginnen, Flüsse und Meere mit dem *alangra* zu vergiften, das steril macht. Wir müssen uns auf jeden Fall beeilen, bevor noch mehr Unheil geschieht – *alangra* des zweiten Grades, zum Beispiel. Und wir müssen unbedingt mit Cadhras Kontakt aufnehmen. Aber das geht nicht von hier unten; die Felsschichten lassen keine Funkimpulse durch.«

Saravyi winkte ab. »Das ist keine Schwierigkeit. Komm mit.«

Durch Tasten und Versuchen hatten die Heiler jene Stelle gefunden, an der in Nähe der AV-Zentrale der Fels am weitesten nach oben reichte, die Stelle mit der dünnsten Sanddecke. Die Bläser hatten einen schrägen Schacht bis kurz unter die Oberfläche getrieben. Er war noch nicht geöffnet, weil Saravyi das Risiko einer vorzeitigen Entdeckung, aber auch das einer möglichen Vergiftung durch *alangra* zweiten oder dritten Grades vermeiden wollte – falls die AVs es bereits besaßen.

»Es muß sein«, sagte Dante verdrossen. »Aber vielleicht ist die Schachtdecke dünn genug, um Impulse durchzulassen. Ich will es versuchen – sonst müssen wir aufmachen.«

Er steckte sich das Gerät ein, das Cebrian ihm überlassen hatte, und kroch in den schrägen, aufwärts führenden Tunnel.

Nach zwei Stunden kam er zurück. Tremughati brauchte ihn nur anzusehen, um zu wissen. »Du hast Cadhras erreicht und Schlimmes erfahren«, sagte sie.

Dante ließ sich auf den Boden nieder. Er blickte von der ehemaligen Fürstin zu Saravyi und wieder zurück. »Ja. Die AVs haben den zweiten Grad entdeckt. Und sie haben in ihrer Zentrale Ballons und ein riesiges Katapult, um *alangra* in die Luft zu schleudern. In einer Höhe von fünfzig Metern beginnen über der Wüste Strömungen, die das Pulver sehr weit tragen werden. Wieviel Zeit braucht ihr noch?«

»Einen Tag.« Saravyi verzog keine Miene.

Tremughati blickte auf Dante hinab. »Armer Bruder«, sagte sie. »Ist es sehr schlimm? Und bist du sicher, daß sie die Ballons und Katapulte bald einsetzen?«

Er nickte. »An der Taggabahn sterben schon Cadhrassi und Shil an diesen schrecklichen Beulen. Eine Agentin war in der AV-Zentrale und ist mit einem Ballon entkommen. Jetzt wissen sie, daß das Spiel vorbei ist. – Einen Tag, sagst du?«

Saravyi nickte.

»Dann gibt es nur noch eine Möglichkeit. Wir müssen den Schacht öffnen und versuchen, mit einem Stoßtrupp die Zentrale zu erreichen. Und dort verhindern, daß die Ballons und Katapulte eingesetzt werden.«

Saravyi lächelte. Beinahe heiter sagte er: »Das ist ein feines Todeskommando. Ein Stück Wüste mit einem Durchmesser von zwei Kilometern wird in die Tiefe stürzen. Wir hier unten können uns vorher in Sicherheit bringen; die Gänge sind stabilisiert, sie werden die Erschütterung aushalten. Aber wer an der Oberfläche ist, wie soll der entkommen?«

»Er kann versuchen, den Kreis zu verlassen.«

Saravyi kicherte. »Und wenn die Wüste in die Tiefe stürzt, wird der Boden in weitem Umkreis beben und nachstürzen, und Luft wird in die plötzliche Leere stoßen und alles mitreißen, was nicht fest genug ist. Und was wäre darin fest genug? Außerdem – wer sagt dir, daß die AVs den Stoßtrupp laufen lassen?«

Barakuda stand auf. Sein Gesicht war blaß, aber entschlossen. »In den Bergen befinden sich zwei Transportgleiter, die ich mit einem kurzen Funkimpuls rufen kann. Ihr Antrieb ist stark genug, um auch den Sturm zu überstehen. Sie werden uns herausholen.«

Saravyi nickte. »Ich dachte mir, daß du es tun willst. Fürstin, es muß sein, so oder so ähnlich. Wer soll gehen?«

»Du nicht.« Tremughati schloß die Augen und atmete tief. »Du bist der einzige, der weiß, wie dieses Labyrinth von Höhlen am Ende wirklich zum Einsturz zu bringen ist. Wie schnell können die Bläser anderen zeigen, wie man mit den Luren und Speiern umgeht?«

»Sehr schnell. Es ist ganz einfach. Schwierig ist zu verstehen, *wie* sie funktionieren, aber sie bedienen ist leicht.«

»Dann sag es den Bläsern. Sie sollen schnell lehren. Ich suche die Korsaren aus, die mit uns gehen.«

Barakuda starrte sie an. »Mit uns?«

Die ehemalige Fürstin der Banyashil legte eine Hand an seine vernarbte Wange.

Die Korsaren arbeiteten stumm. Auch wenn sie nicht in die Luren bliesen, sagten sie kein Wort. Tremughati gab Anweisungen. Sie hatten den Gang zu einer Höhle erweitert und mit der Energie, die durch den Zerfall der Felsmaterie entstand, den Gang nach hinten verschlossen. Keine Luft, keine Teilchen konnten von oben nun noch in Saravyis Labyrinth eindringen.

Barakuda hatte nicht zugeschaut; er überprüfte noch einmal sein Funkgerät und lud die Pistole, die eine der *suldás* ihm, ebenso wie die Uhr, überlassen hatte.

Nun blickte er auf, als die Lure sich nach oben richtete. Die Luft zwischen Trichter und Felsen flimmerte. Der Stein löste sich nicht auf, er zerfiel nicht, er war einfach nicht mehr da. Plötzlich setzten die Bläser ab; Sand rieselte aus dem Tunnel.

Minuten später erreichten sie die Oberfläche, die Wüste. Es war kurz vor Mitternacht, die Sterne leuchteten kalt und erhaben über alle Probleme.

Etwa einen Kilometer entfernt sahen sie die Lichter der AV-Zentrale. Barakuda schaltete das Funkgerät ein. Es spielte keine Rolle mehr, ob die AVs den Funkverkehr abhörten. Er benutzte eine offene Frequenz und rief Cadhras. Nach einigen kurzen Sätzen übergab Lydia Hsiang an Sarela McVitie.

»Ja, Dante, wir haben die Sonden noch näher herangefahren.

Die Kuppel, unter der Ballons und Katapulte versteckt sind, ist geschlossen. Nach Toyamis Bericht braucht man etwa zehn Minuten, um das Dach zu öffnen. Wie weit seid ihr entfernt?«

»Einen Kilometer. Wir versuchen, näher ranzukommen, ohne gesehen zu werden. Bis zum Morgen könnte es gehen. Aber gebt sofort Bescheid, wenn die Kuppel geöffnet wird.«

»In Ordnung.«

Lydia Hsiang meldete sich wieder. »Dante, wieviel Zeit habt ihr? Wann gibt Saravyi das Zeichen?«

Dante zögerte einen Sekundenbruchteil. »Am Nachmittag, sechzehn Uhr Ortszeit«, sagte er dann. Es war eine Lüge. Um elf Uhr würde die Erde beben. »Aber Sie können niemanden schicken, Lydia. Wenn hier wirklich alles verseucht ist, wäre es Mord.«

»Schicken nicht. Ich komme selbst.«

Tremughati streckte die Hand aus; Dante reichte ihr das Gerät. »Schwester, hier ist Tremughati. Dante hat etwas von Robotgleitern gesagt. Du solltest in Cadhras bleiben.«

»Wie lange dauert der Flug, Sarela?« sagte die Gouverneurin.

»Anderthalb Stunden mit dem schnellen Gleiter, Exzellenz. Zwei mit dem schweren.«

»Dann werde ich um dreizehn Uhr Ortszeit Gashiri hier aufbrechen. Keine Widerrede, Dante, Tremughati.«

»Wenn Sie unbedingt wollen. Aber... «

»Kein aber.«

»Ach ja. Wir versuchen jetzt uns näher an die Zentrale zu arbeiten. Ich melde mich wieder. Ende.« Dante steckte das ausgeschaltete Gerät ein; im fahren Sternenlicht sah er Tremughatis Zähne blitzen, als sie lächelte.

»Lydia hat in Pasdan alles riskiert und alles gegeben«, sagte sie. »Es muß nicht schon wieder sein.«

Der wellige Wüstenboden in der Nähe der Zentrale erleichterte ihnen die Annäherung. Als die Sonne aufging, lagen sie hinter einer Sanddüne, etwa einhundert Schritt vom nächsten Gebäude entfernt. Die Piste durch die Wüste, über die der Nachschub für die Zentrale abgewickelt wurde, war etwa einen Viertelkreis nördlich ihrer jetzigen Position.

Drei Korsaren kamen geräuschlos zu Tremughati gekrochen.

Sie hatten in den letzten Stunden versucht, näher an die Gebäude zu gelangen. Erstmals, seit er in Saravyis Labyrinth eingetroffen war, hörte Dante die Korsaren wenn nicht sprechen, so doch flüstern.

Die Fürstin lauschte, nickte und robbte näher zu Dante. Sie wies auf ein halbhohes Gebäude weiter links, das wie die gesamte überirdische Anlage aus Holz bestand. »Stallungen. Mit Pferden, vielleicht auch P'aodhus.«

Die Minuten verstrichen wie überdehnte Stunden. Gegen acht Uhr, als in der AV-Zentrale längst wieder unübersehbar gearbeitet wurde, meldete sich Sarela McVitie.

»Dante, hör zu. Das Kampfschiff im Orbit hat einen Torpedo umgerüstet und mit konventionellem Kopf versehen. Wenn ihr etwa einen Kilometer zurückgeht, können sie ihn einsetzen, um die Labors zu vernichten.«

Barakuda schnalzte leise mit der Zunge. »Vergeßt es. Wir sind zu nah dran, ungesehen kommen wir jetzt nicht mehr weg. Außerdem würde die Hitze nicht ausreichen, um das Teufelszeug zu vernichten; dafür würde der Explosionsdruck reichlich *alangra* in die Atmosphäre schleudern.«

Sarela schluckte. »Ja, Chef. War nur ein Vorschlag.«

Am Morgen war es bereits unerträglich heiß. Sie hatten nicht viel zu trinken. Dante sehnte sich nach einer Zigarette, durfte aber nicht rauchen, weil sie zu nah an der Zentrale waren, wo man vielleicht die dünne Rauchsäule in der unbewegten Luft gesehen hätte.

Um 8:96 Uhr – er hatte gerade zum tausendsten Mal auf die Uhr gestarrt – meldete McVitie sich erneut. »Sie haben eben die Kuppel einen kleinen Spalt geöffnet und fahren wieder zu. Ich weiß nicht, was es soll.«

»Ich auch nicht«, sagte Dante müde.

Warten. Unter sengender Sonne lagen sie hinter Sanddünen und beobachteten die hellbraunen Baracken und Schuppen, die von einem Zaun umgeben waren. Auf der Wüstenpiste verließ ein Karren die Zentrale. Tremughati wies einen der Korsaren an, näher zur Piste zu kriechen und vielleicht einen Blick auf die Ladung des nächsten Karrens zu werfen. Der Mann nickte wortlos und robbte im Schutz der Düne fort. Es gab eine kritische Stelle, wo die Düne abgemacht war. Vielleicht fünf Meter, bis die nächste Sandwelle wieder Schutz bot. Ausgerechnet in diesem Moment tauchten zwei berittene Posten auf, die noch innerhalb des Zauns um die Zentrale ritten.

»Warum tun sie das?« murmelte Tremughati.

»Sie setzen Sklaven für die Arbeit ein«, flüsterte Dante. Er kam sich albern vor, denn auf die Entfernung konnten die Posten auch ein mit normaler Lautstärke geführtes Gespräch nicht hören.

»Was machen wir mit den Sklaven?«

Barakuda warf ihr einen ausdruckslosen Blick zu; sie nickte langsam. Sie hätten, wenn sie überhaupt selbst heil herauskämen, niemals genug Zeit und Transportraum.

Der näher am Zaun reitende Posten hob den Arm und stieß einen Schrei aus. Dante fuhr herum; erst jetzt sah er, daß der Korsar die ungedeckte Sandfläche überquerte.

»Das war's«, knurrte er.

Tremughati räusperte sich. »Wir müssen Zeit gewinnen.«

Minuten vergangen. Aus dem Tor an der Piste brach eine Kavalkade hervor. Mindestens hundert Reiter näherten sich. Auf den Dächern der nächsten Baracken erschienen Köpfe; Barakuda sah eine Armbrust, die sich senkte und hinter der Dachkante verschwand.

Er kniete, richtete die Pistole auf das erste Pferd und feuerte. Das Tier brach zusammen.

Die Reiter parierten und sammelten sich nahe beim toten Pferd; der Abgeworfene rappelte sich benommen auf. Einer der Männer gab seinen Bogen einem Kameraden, hob die Hand und ritt vorwärts. Als er auf Rufweite herangekommen war, legte er die Hände an den Mund. »Wer seid ihr? Was wollt ihr?«

Barakuda grinste freudlos. »Verhandeln«, schrie er. »Einige von uns kommen freiwillig und ungefesselt mit. Wenn ihr uns anrührt, werden viele sterben.«

Der Reiter mochte ebenfalls grinsen oder auch nicht, es war nicht zu sehen. »Sterben werden ohnehin viele. Wer seid ihr?«

»Barakuda aus Cadhras, mit Eskorte.«

»Warten.« Der Mann winkte und ritt an der Gruppe seiner Kameraden vorbei zum Tor.

Tremughati berührte Dantes Knie. »Wer geht?«

Barakuda rollte mit bebenden Fingern eine absurde Zigarette. »Ich. Ich schätze, ein paar der Leute, mit denen ich bei meinen Besuchen in Gashir geredet habe, werden hier sein. Außerdem, nichts für ungut, haben die AVs, wenn überhaupt, mehr Respekt vor den Waffen des Gouvernements als vor der ehemaligen Fürstin der Banyashil.«

»Das mag sein.«

Dante blickte zum Zaun.

»Die Armbrustschützen«, murmelte er, »Ich nehme eine Gruppe Bläser und Speier mit; du behältst die zweite hier. Sobald wir uns dem Zaun nähern, zieht ihr euch noch mal hundert Schritt zurück geduckt. Die AVs brauchen nicht zu wissen, wie viele noch hier sind, und ob es sich um Shil oder Cadhrassi handelt.« Dann hielt er inne. »Verdammt, du hast ja keine Uhr.«

Tremughati nickte. »Ja. Ich brauche keine. Ich werde wissen, wann es soweit ist.«

»Was machen wir mit den Tieren?«

Die ehemalige Fürstin hob die Brauen. »Sobald ihr da drinnen Probleme bekommt und macht, werden die Schützen nicht mehr auf uns achten.« Sie wandte sich an die Korsaren. »Er ist wie ich«, sagte sie; dabei deutete sie auf Barakuda. Die stummen Männer nickten gleichmütig.

Zehn Minuten später traten Barakuda und zwanzig Korallkorsaren durch das Tor in die geheime Zentrale der Anarchovegetarischen Union der Ungläubigen Transzendentalisten. Reiter geleiteten sie in geziemendem Abstand.

Auf einem Platz inmitten des umzäunten Areals wartete eine Gruppe gelblichbrauner AVs. Barakuda hielt die Pistole in der Hand, ließ den Arm jedoch baumeln. Das eingeschaltete Funkgerät steckte in seiner Brusttasche. Hinter ihm bildeten die Korsaren einen geschlossenen Kreis. Sie trugen eine Lure, die auf die AVs gerichtet war; auf der Innenseite des Kreises befand sich der Rest der unheimlichen Ausrüstung.

Barakuda überflog die Gesichter der Frauen und Männer aus Gashiri. Einige kamen ihm flüchtig bekannt vor: Leute, die er in Gashir gesehen und gesprochen hatte, vor langer Zeit. Ein Gesicht hingegen war ihm unangenehm vertraut. Inzwischen wußte er, daß Shevshan auch die Delegationen nach Golazin und Arameq geleitet hatte.

Shevshan trat vor. »Barakuda höchstpersönlich.« Es klang halb höhnisch, halb respektvoll. »Wahrscheinlich mit einem Gleiter in der Nacht, wie? Und mit Shil. Was ist das für ein seltsames Rohr?« Er deutete auf die Lure.

»Beten Sie, daß Sie es nie genau erfahren. Im übrigen stelle *ich* hier die Fragen. Ich vertrete das Commonwealth, das Protektorat und die Völker von Shilgat. Stellen Sie sofort alle Experimente ein, liefern Sie alle Produkte und Erkenntnisse aus und ergeben Sie sich. Dann haben Sie Aussichten auf ein gerechtes Verfahren.«

Shevshan grinste. Er schien der Sprecher zu sein, jedenfalls ließen die anderen AVs ihn reden. »Interessante Forderungen. Und wenn wir ihnen nicht nachkommen?«

»Dann werden Sie alle dahin gehen, wo schon Tausende Ihrer Kommunarden sind.«

»Wen meinen Sie? Und welchen Ort?«

»Ich meine Bewohner Gashiris, die bereits an der Explosiven Beulenpest gestorben sind. Die nicht immunisiert wurden, anders als Sie und Ihre verbrecherischen Kollegen.«

Shevshan verschränkte die Arme vor der Brust. »Na, Sie wissen ja schon sehr viel. Aber was Sie nicht wissen ist, daß Ihre eigenen Leute, die vielleicht jetzt irgendwo in Gashiri landen, in ein paar Tagen auch tot sein werden. Und Sie, Barakuda? Ich fand es lustig, daß unsere Leute Sie in Bu'ndai entführt und an die Korsaren verkauft haben. Das sind doch Korallkorsaren bei Ihnen, ja? Leider ist uns einer Ihrer Begleiter damals entkommen; der zweite hat uns bei ein paar Experimenten geholfen. Aber wie kommen Sie hierher? Und wie ist es Ihnen gelungen, die Korsaren an Land zu bringen?«

Dante mußte Zeit gewinnen; Shevshan kam ihm entgegen. Vielleicht mußte auch er Zeit schinden. Wozu? Gleichgültig; was zählte war die Uhr, und sie zeigte 9:72 – noch eine Stunde und 28 Minuten bis 11:00.

»Warum haben Sie mich eigentlich entführt? Ich wußte bisher nicht, daß Sie es waren.«

»Um sicherzugehen, daß Sie kein *alangra* bekommen. Und um die Aufmerksamkeit Ihrer Freunde in Cadhras abzulenken.«

Barakuda lächelte kalt. »Ich muß Sie enttäuschen. In Cadhras befindet sich reichlich *alangra;* außerdem ist dort ein Wissenschaftlerteam mit der Zubereitung des Gegenmittels gegen die Pest beschäftigt. Ihre Pläne sind gescheitert.«

Shevshan hob die Brauen. »Das wird Ihnen nicht viel helfen. In wenigen Minuten geht eine Wolke über diese Welt. Sie besteht aus Teilchen, die einen schnellen Krebs erzeugen. Dagegen haben Sie kein Mittel. Und bis Sie es haben, wird niemand mehr da sein, den es interessiert. Außer uns. Aber wir sind immun. Und unsere lieben toten Kommunarden? Sie werden, wie die Lehre sagt, nach gewisser Zeit in ne uen Leibern wiedergeboren. Das gilt aber nur für die wahren Ungläubigen Transzendentalisten. Nicht für Cadhrassi oder Shil.«

Barakuda starrte die Gruppe an, blickte von einem zum anderen. »Sie haben also den dritten Aspekt des mutierten *alangra* gefunden?«

Einen Moment glaubte er, so etwas wie Unsicherheit zu sehen. »Sie wissen davon?«

»Natürlich.«

Shevshan kniff die Augen zusammen. »Woher?«

»Die Heiler der Shil wissen alles, was man über *alangra* wissen kann.«

Shevshan wandte sich ab; die AVs drängten sich näher zusammen und flüsterten. Barakuda holte tief Luft. Er glaubte nicht, daß man auf seinen Bluff hereinfallen würde, aber immerhin gewann er wieder Sekunden.

Als Shevshan sich an ihn wandte, waren zwölf Minuten vergangen. »Ich glaube Ihnen nicht.«

»Aha.«

»Das hieße nämlich, daß die Heiler auch die Gegenmittel kennen.«

Barakuda zuckte mit den Schultern. Aus seiner Hemdtasche holte er eine auf Vorrat gedrehte Zigarette und zündete sie umständlich an, ohne die Pistole loszulassen. »Wie Sie meinen«, sagte er schließlich. »Aber wozu das alles? Wozu wollen Sie den Planeten entvölkern?«

Der Sprecher der AVs lächelte eisig. »Es erschien uns sinnlos, diese hübsche Welt weiter mit Shil und Cadhrassi und dem Protektorat zu teilen. Und anders als die Närrinnen von Pasdan können wir dafür sorgen, daß niemand uns stört.«

»Wie wollen Sie das erreichen? Haben Sie die Flotte vergessen?«

Shevshans Lächeln wurde dämonisch. »Die Hochkontrolleure und Forscher von Gashiri haben die Flotte nicht vergessen. Wir vergessen überhaupt nichts, Barakuda. Glauben Sie, die Flotte des Commonwealth wird einen total verseuchten Planeten besetzen? Man wird Shilgat sperren, ja, aber das wäre uns nur lieb. Habe ich Ihnen gesagt, daß die aus *alangra* gewonnenen Substanzen nur Menschen befallen? Die prächtige Tierwelt wird uns erhalten bleiben.«

»Und was, wenn das Commonwealth beschließt, den verseuchten Planeten in Stücke zu schießen?«

Shevshan lachte. »Das tut die Flotte nicht. Man ist doch human auf Gaia. Außerdem sind wir in der Sicherheit der Wiedergeburt geboren – auch auf einem anderen Planeten. Die Seelen der Anarchovegetarier werden durchs All schweifen.«

»Wissen Sie«, sagte Dante gedehnt »wir haben viele Möglichkeiten erwogen, Sie an Ihrem Vorhaben zu hindern und Ihre Zentrale hier auszuschalten.«

Shevshan verschränkte die Arme. »Interessant. Erzählen Sie mir mehr davon.«

Barakuda schaute sich gewissermaßen selbst über die Schulter. Er hörte sich reden, fantastische Hypothesen aufstellen und so vortragen, als ob es sich um die lautere Wahrheit handelte.

Plötzlich sagte er: »Welche Rolle haben Sie eigentlich vor anderthalb Jahren gespielt?«

Shevshan grinste. »Ist Ihnen eingefallen, wo Sie mich schon mal gesehen haben?«

Barakuda kaute auf der Unterlippe. »Hatten Sie was mit den Müttern zu tun?«

Der Mann aus Gashiri lächelte nur. »Lassen Sie uns doch keine alten Socken auswaschen; mehr als Schmutz und Gestank kommt nicht dabei heraus.«

Barakuda setzte nach, dachte laut, konstruierte eine wahnwitzige Zusammenarbeit von AVs, Müttern und Wegelagerern, bezog auch noch die Mönche von Banyadir ein; Shevshan lauschte, anscheinend amüsiert, gab aber keine Auskünfte, nur ein paar ironische Kommentare.

Irgendwann beendete der AV das sinnlose Gespräch.

»Das ist alles müßig. Schauen Sie dorthin, da geht unsere Botschaft an den Planeten ab.« Er deutete mit unbequem abgewinkeltem Arm hinter sich.

Dante wunderte sich, daß er in dieser Lage die Unbequemlichkeit des Abwinkelns registrierte; er schaute auf die Uhr und stellte ungläubig fest, daß er und Shevshan fast eine Stunde geredet haben mußten. Es war 10:63, noch 37 Minuten. Dann blickte er zu der Stelle, auf die Shevshan deutete, und plötzlich begriff er, weshalb auch die AVs hatten Zeit gewinnen müssen – Zeit, die nun abgelaufen war.

Im Boden bewegten sich Gegenstände. Er war zu weit entfernt, um die Kuppel selbst zu sehen, das Dach über den Laboratorien, das selbst noch unter dem Erdniveau lag. Aber dort mußte es sein, und was nun auftauchte, waren die Spitzen, die Oberteile der Hüllen von Ballons.

»Ihr Todesurteil, Shevshan«, sagte er laut.

»Was soll das?« Der AV-Sprecher trat einen Schritt vor. Auf dem nächststehenden Gebäude erhoben sich Bogen- und Armbrustschützen.

»Blast das Haus mit den Schützen weg«, sagte Dante auf Taggashilgu. »Speit das Feuer über die Höhle, aus der die Tücher auftauchen. Versiegelt die Erde.«

Die Bläser hatten einen sehr breiten Trichter an ihre Lure gesteckt. Es dauerte nur eine Sekunde, bis sie gerichtet hatten, und in diesem Moment schrie Shevshan: »Verdammt. Wir hätten doch... Schießen, da oben!«

Die Bogenschützen zielten, die Armbrüste wurden gespannt.

Dann existierte das Haus nicht mehr. Und während Barakuda das fassungslose Staunen in den Augen von Shevshan sah, der dorthin starrte, wo leere Luft die Schützen und das Gebäude verschlungen zu haben schien, richteten die anderen Shil, die zweite Gruppe, ihre seltsam wabernden Röhren auf die Ballons, die inzwischen zur Hälfte aus der Höhle aufgetaucht waren.

Barakuda schloß die Augen. Dennoch sah er den Blitz, der fahlweiß durch die geschlossenen Lider schlug. Der Kopf schmerzte ihm, und einen Moment lang schwankte er. Dann fühlte er, wie kräftige Hände nach seinen Armen griffen.

»Komm«, sagte eine ruhige Stimme auf Taggashilgu. »Wir sollten fliehen.«

Es waren die ersten lauten Wörter, die er von den Korsaren hörte. Dann stieß er einen Fluch aus. Das Haus, auf dem die Schützen gestanden hatten, das Haus, das nicht mehr existierte, war die große Stallung gewesen. Auch die Reittiere existierten nicht mehr. Ein Armbrustbolzen von irgendwo zertrümmerte die Lure.

Dante zog das Funkgerät, sprach das Codewort für die Robotgleiter und rannte los. Auch die Korsaren rannten. Sie hatten die unheimlichen Instrumente fallen lassen und liefen in die Wüste hinaus, nach Westen. Vor ihnen liefen andere, die bei Tremughati geblieben waren. Dante sah die Fürstin, die bis zum letzten Moment gewartet hatte. Sie deutete auf etwas, das hinter ihm war, dann wandte sie sich ebenfalls zur Flucht. Er schaute sich nicht um. Er rannte, wie er nie gerannt war. Nicht, daß er geglaubt hätte, dem entgehen zu können, was die Zentrale gleich in die Tiefe reißen würde. Aber vielleicht... Zwei Kilometer Durchmesser... zwei Kilometer Durchmesser... zwei Kilometer Durchmesser. Wie ein Metronom tickten die Wörter durch sein Gehirn. Sie tickten noch immer, als seine Beine den Dienst aufgaben und seine Lunge ein schmerzender, ohnmächtiger Fremdkörper wurde.

Alle Leute waren in Sicherheit. Saravyi wechselte noch einmal stumme Blicke mit den Bläsern. Neben ihm stand Kapitán Cebrian; er war bleich, aber gefaßt, und seine Finger umklammerten den Impulsgeber. Er wußte, daß sein Knopfdruck ein Inferno auslösen würde. Ein Inferno, das ihm nicht schaden konnte. Aber Barakuda und Tremughati standen da oben. Dann atmete er tief. Es war eine Abwägung zwischen millionenfachem Tod und einigen hundert Sterbenden, und die Fürstin und Barakuda hatten zugestimmt. Es gab eine kleine Chance. Wenn sie schnell genug laufen konnten. Und wenn sie nicht festgehalten wurden.

Tag'gashir'dir ruhte auf einer Gesteinsart, die Ähnlichkeiten mit Basalt hatte. Sie war vulkanischen Ursprungs, aber der alte Planet kannte seit langem keine vulkanische Aktivität mehr. Saravyi gab das Zeichen. Die Bläser begannen mit dem letzten Teil der Arbeit. Sie alle waren erschöpft. Tagelang hatten sie, fast ohne Pause, manchmal alle zusammen, manchmal in Schichten, viele Kilometer in die Höhe, in die Tiefe und in die Breite Tunnels getrieben. Sie waren sorgsam zu Werk gegangen; zwei riesige Säulen aus Shilgat-Basalt trugen noch immer Milliarden Tonnen Gestein, Sand, Gebäude und Menschen. Nun hatten sie zwei Gruppen gebildet, die abgestimmt waren und mit extrem breiten Trichtern in die Tiefe bliesen. Dreihundert Meter unter ihnen lösten Säulen sich auf. Teile von Säulen.

»Nun ja«, sagte Saravyi. Er kletterte auf einen Vorsprung und warf einen letzten Blick nach oben, nach unten. Sie befanden sich im Eingang des Tunnels, dort, wo einmal Wagen zwischen Zheziri und der Küste von Gashiri verkehrt hatten. »Wenn es denn sein muß«, murmelte der alte Shil. Sein zerknittertes Gesicht war entspannt. Alles Unheil, das geschehen konnte, würde nun geschehen, und es war nicht mehr abzuwehren.

Zu seiner Überraschung empfand Cebrian Erleichterung bei diesem Gedanken.

Saravyi nickte ihm zu. Die Bläser setzten ab, lauschten in die goldene Halle mit den tiefen Abgründen. Unheimliche Geräusche kamen von unten. Es war, als klage der Fels, als knirsche ein unterirdischer Gigant in Agonie mit den Zähnen.

Cebrian schüttelte den Kopf. Es gab keine Worte den Klängen gerecht wurden. Er wußte nur, daß er nie vergessen würde; er sah sich, Jahre in der Zukunft, entsetzt aus Albträumen auffahren. Dann drückte er den Knopf.

Die erste Bombe schüttete den Tunneleingang zu. Die Bläser gingen mit gemessenen Schritten zu den bereitstehenden Wagen, stiegen zu Cebrian und Saravyi. Ihre Geräte ließen sie liegen. Ein Nebeneffekt der Sprengung war, daß der Luftdruck die Wagen anschob. Sie rollten nach Süden.

Die zweite Bombe war im Basaltgestein oberhalb der Tunnels deponiert worden. Sie glühte geräuschlos auf. Niemand sah etwas, dennoch bildete Cebrian sich ein, die Tunnelwände würden für Bruchteile von Sekunden gleißend hell und transparent. Er wußte, daß sein Gehirn diese Illusion produzierte. Die Thermobombe schmolz das Gestein und versiegelte die Tunnels für die absehbare Ewigkeit mit flüssigem Basalt.

Dann bebte die Erde. Oben, an den belagerten Pässen, die sie bisher nur hatte beobachten lassen, erhob Varanira sich vom Boden. »Die Felsen werden bald tanzen«, sagte sie laut. Die Gardisten aus Kelgarla zogen sich zurück, dorthin, wo sie nicht von Brocken getroffen oder von stürzenden Wänden verschüttet werden konnten.

An der Mündung des Gashigar entstand einige Zeit später ein kleines Seebeben; eine von südwärts gesaugter Luft erzeugte Flutwelle hob die drei Schiffe hoch und immer höher, schleppte sie mit, ließ sie in ihr Tal sacken und warf sie landeinwärts, dorthin, wo einmal ein Kornfeld gestanden hatte. Wie durch ein Wunder – oder mehrere – gab es keine Toten.

Der erste Gleiter startete. Noch als die letzten Flüchtenden auf den zweiten Robottransporter kletterten, begann die Erde zu beben. Der Gleiter hüpfte, hob ab, startete mit Vollschub, ehe die transparente Kugel sich schließen konnte. Etwas zersprang; die Kuppel blieb offen. Die Entkommenen schnappten nach Luft, krallten sich fest, schlossen die Augen. Der Gleiter stieg, fort vom Zentrum. Dann packten Titanenfäuste nach dem Fluggerät, ließen es tanzen, schüttelten es durch, bis der Gleiter die Wucht der in das neuentstandene Vakuum strömenden Luftmassen überwunden und hinter sich gelassen hatte.

In einer weiten, flachen Kurve rasten beide Gleiter nach Süden, über die Grenzberge, sackten dann ab und wurden langsamer. Die Leute auf der Ladefläche des zweiten Transporters konnten endlich die Augen öffnen und frei atmen. Barakuda richtete sich vorsichtig auf. Er spähte über den Rand in die Tiefe und sah einen wundervoll klaren, tiefblauen See nicht weit unter sich. Eher unbewußt nahm er eine Bewegung wahr; als er zurückschaute, stürzte ein Körper der Wasserfläche entgegen, die sie bereits hinter sich gelassen hatten. Er schlug ein und tauchte unter. Einer der Korsaren zupfte Barakuda am Ärmel.

»Shevshan. Er war mit uns geflohen.«

Und Dante wußte, worauf Tremughati gedeutet hatte.

In Cadhras starrten McVitie und Hsiang noch auf den Schirm. Sie sahen Tag'gashir'dir, das Zentrum, sie sahen nicht viel – wirbelnde Sand- und Staubmassen, durchdrungen von einem diffusen, unheimlichen Glühen in der Tiefe. Dann plötzlich nur noch Staub.

Arman Mugadisk rief den Tower. Als er Sarela sah, sprudelte er die gute Nachricht hinaus. »Wir haben genug Gegenmittel für die ersten tausend Pestkranken.« In einem Anflug von makabrem Humor setzte er hinzu: »Ich hoffe, Sie haben so viele, damit nicht die ganze Mühe umsonst war.«

Die dritte und vierte Bombe schmolzen den Rest der beiden Basaltsäulen. Das von Tunnels, Gängen, Schächten, Kammern, Diagonalen, Hohlbögen durchzogene, zerfressene Gestein gehorchte der Schwerkraft. Zwei Kilometer Durchmesser. Die gesamte Anlage der Anarchovegetarier mit Gebäuden, Einrichtungen, Menschen, vor allem mit den todbringenden Tonnen von Partikeln stürzte in den Abgrund.

Vier Kilometer tief waren die Eingeweide des Planeten Shilgat aufgerissen.

Als die ersten Bruchstücke von der Oberfläche den Boden des riesigen Schlunds erreichten, zündeten mit kalkulierter Verzögerung die restlichen Thermobomben. Schlagartig setzten sie Millionen Grad Hitze frei. Sie vernichteten das mutierte *alangra;* sie kochten tausend verschiedene Substanzen zu einem sterilen, glühenden Brei zusammen; sie bedeckten alles mit dicken Lagen geschmolzenen Basalts.

Die mit »stabilisierter Energie« gesicherten Tunnelwände bebten, aber sie hielten stand. Die Wagen wurden durchgeschüttelt und rollten weiter. Saravyi klopfte Staub und kleine Brocken aus Haar und Kleidern und sah Cebrian von der Seite an. »Das war's, mein Freund«, sagte er.

XIII.

Es war ein verregneter Frühling. Die obere Koppel wurde zu einer seltsamen Form eingezäunten Morasts; ein nächtlicher Sturm hatte das friedliche Binnenmeer gegen die Küsten des Isthmus gejagt, das Hafenviertel von Cadhras unter Wasser gesetzt und in der sandigen Bucht der Halbinsel Shontar den Bootssteg abgerissen. Im Farnlabyrinth zwischen Koppeln und Gebäuden konnte man baden. Von den Zweigen der Blutweiden troff Wasser in Fäden auf die tiefen Wege. Pferde und P'aodhus wateten durch Schlamm und soffen aus dem Gras.

Die Überlebenden der aufgelösten TraPaSoc hatten sich an

viele Dinge gewöhnt; die lange Schlechtwetterperiode war darunter, zählte aber kaum.

Der alte *sirján* Lugo Bondak hatte eine seiner Stieftöchter verloren. Von den elf legendären Mitgliedern von »Bondaks Bande« lebten nur noch fünf – Henty und Skudder waren in der Höhle am Golzain gestorben, Vanzuid und Elorza im Norden von Pasdan, Oubou in einem Wagen der Taggabahn (und vorher in Gashiri), Ping an Bord eines der gecharterten Schiffe in der Mündung des Gashigar. Dort waren auch Karuka Katz und Gavril Tatuschin geblieben, zwei der fünf ehemaligen *suldás* der Garnison. Die übrigen hatten gelernt, mit den eigenen Gesichtern und denen der anderen zu leben. Begheli, Pa'aira und Barakuda waren nur ein wenig gealtert; Dantes Haar hatte sich endgültig für grau entschieden, und alle würden noch lange brauchen, um wieder leicht und traumlos zu schlafen.

Terence Learoyd und Toyami hatte der Wind zusammengeführt; die Herzensaffäre sah zumindest vorübergehend dauerhaft aus. Die ehemalige Agentin behauptete, immer schon eine Schwäche für ältere Männer gehabt zu haben, und in Shontar gab es genug Platz, nachdem die für die TraPaSoc tätigen Treiber und Tierpfleger – Shil und Mulis – mangels Arbeit gegangen waren. Toyami und Learoyd hatten das gleiche Schicksal erlitten, und die gleiche Rettung in letzter Minute, wie die Frauen und Männer an Bord der Charterschiffe.

Manche Kommentare waren makaber gewesen. Pa'aira hatte in die Hände geklatscht, als Yasuhiro Kakoiannis zögernd zu ihr trat. »Dynamik und Veränderung – du warst sowieso viel zu schön für mich.« Dann hatte sie ihn umarmt und geweint. Der ehemalige *gentleman ranker* war wie die anderen, sämtlich gerade noch durch Injektionen des in letzter Sekunde entwickelten Gegenmittels geretteten Opfer der Explosiven Beulenpest im Gesicht und am ganzen Körper von schlimmen Narben entstellt. Marsila Bodrelur, Shulamit as-Sabah, Kara Kikuyo, Sten Timoara, Lugo Bondak, Kakoiannis, Learoyd, Toyami – und René Nardini, der nach der Heimkehr lange vor dem Spiegel gestanden hatte. »Ich finde, mit den Narben gibt es ein harmonisches Ganzes.« Dabei hatte er den dünnen Mund verzogen, die in verschiedene Richtungen strebenden Augen gerollt, sich die hagere Nase gestrichen und plötzlich begonnen, mit seiner jedem Rhythmus abholden Tenorstimme Jubelarien auszustoßen.

Plastische Chirurgie hätte die schlimmsten Entstellungen beseitigen können – aber die Ärzte des Commonwealth waren unerreichbar weit. Das Hospital von Cadhras war für derlei Dinge nicht gerüstet, und Shilgat stand unter Quarantäne.

Hundertfünfzig Tage nach dem Untergang von Gashiri ließ sich eine Bilanz ziehen, und sie war bitter. Fast ein Fünftel der Bevölkerung des Isthmus-Territoriums war durch *alangra*-I geschädigt, ebenso die meisten Shilstädte am Binnenmeer und ihr Hinterland sowie eine Reihe anderer Gebiete des Südkontinents, in die Waren aus Gashiri gelangt waren. Es würde an vielen Stellen des Planeten keine Kinder mehr geben.

Auch die Menschen in der einstigen Anarchovegetarischen Union der Ungläubigen Transzendentalisten waren davon betroffen. An vielen Orten hatte es Unfälle mit *alangra* gegeben, und nicht alle, die damit in Berührung gekommen waren, hatte man vorher immunisiert. Unfälle mit *alangra*-II waren seltener; diese Substanz war schon ausschließlich in Tagg erzeugt worden, und nur an einigen Stellen war es, wie an der Gashigar-Mündung, durch Transportunfälle zu Katastrophen gekommen. Aber *alangra*-II war in die Luft und ins Meer geraten. Die Teilchen hatten, wie die Leute im Laborschiff nun wußten, eine Lebenszeit von ungefähr zwei Shilgat-Jahren. Also hätte Saravyis Plan auch ohne die Hitzebomben diesen Teil des Problems gelöst; für viele im Gouvernement war das ein bitteres Eingeständnis. Mit Hilfe von Heilern und *medik*-Robots wurden Shil auch der entlegensten Gebiete vorbeugend immunisiert; die Aktion war längst noch nicht abgeschlossen. Das Commonwealth hatte Shilgat zur Verbotenen Welt erklärt – zunächst für zwei Standardjahre. Die auf dem Planeten eingesetzten Robots und Robotgleiter würden nach Beendigung der Behandlungen zerstört werden. Menschen und Waren durften für die Dauer der Quarantäne Shilgat nicht verlassen. Handel und Tourismus waren erledigt, jedenfalls für lange Zeit, und auch routinemäßige Versetzungen mußten aufgeschoben werden. Die Amtszeit der Gouverneurin war längst abgelaufen, und die Ausbildungseinheiten der Garnison blieben in Cadhras.

Bondak zeigte sich nur selten im alten Camp von Shontar. Mit seiner Lebensgefährtin hockte er im Haus am Hafen der Metropole, wo es still geworden war, sah aufs Meer hinaus und wartete. Alle warteten. Der rechtzeitige Verkauf der TraPaSoc hatte sich ausgezahlt; während Frachtagenturen am Raumhafen, Luxushotels, Clippervercharterer zusammenbrachen und die Handelsgesellschaften sich bemühten, allein mit planetarem Handel zurechtzukommen, saßen die elf noch lebenden Gründer der TraPaSoc auf einem Goldberg. Sie hatten eine Entscheidung über die Verwendung oder Verteilung des Geldes aufgeschoben.

Alle warteten auf den Ausgang der Konferenz im Palais der Gouverneurin. Sie war der Grund, weshalb auch Barakuda nur selten in Shontar auftauchte. Beide Seiten hatten ihn gebeten, als Berater teilzunehmen. Durch den Dauerregen war die alte Nordroute, die den Kontinent der Banyashil mit Cadhras verband und Shontar streifte, nahezu unpassierbar geworden. Bei gutem Wetter brauchte man zu Pferd oder mit dem Karren eine Stunde; nun bestand der Weg nur noch aus Schlamm und Pfützen. Dante hatte bis auf weiteres wieder sein altes Appartement im Haus neben dem *Meeresleuchten* am Hafen bezogen. Auch in Mutter Schwabbels Taverne war es still geworden, und überall gab es viel Platz. Begheli war bei ihm, an den langen Abenden im *Meeresleuchten* und in den langen Nächten im alten Steinhaus. Die Wissenschaftler vom Laborschiff der GERAFARMA hatten die Hafenkneipe zum Zweitheim gewählt; auch sie konnten Shilgat nicht vor dem Ende der Quarantäne verlassen und mußten sich darauf einrichten, jahrelang Forschung als Beschäftigungstherapie zu betreiben. Die Stimmung war entsprechend.

»Ziemlich bizarre Angelegenheit, die Konferenz«, sagte Barakuda an einem der Abende. Learoyd und Toyami hatten sich durch den Schlamm zur Stadt gekämpft und saßen mit Begheli und Dante vor dem Kamin. Es war spät; Saravyi und Tremughati hatten mit ihnen ein Nachtmahl eingenommen und sich inzwischen zurückgezogen. Wie die meisten anderen Konferenzteilnehmer waren sie vom Gouvernement in einem der Hotels des Zentrums untergebracht. Und sie waren sehr müde.

»Wieso bizarr? Beziehungsweise – was ist hier nicht bizarr?« sagte Learoyd. Er hob den Becher mit heißem Bier; sein furchtbares Gesicht war regungslos.

»Na ja, zähl mal zusammen.« Barakuda tickte die einzelnen Punkte an den Fingern ab. »Der Subsekretär aus Gaia sitzt im Raumschiff, im Orbit, und wird seine Unterschrift fernschriftlich leisten. Die Erbgöttin von Sa'orq hat einen Wasserkopf und ist eine lallende Schwachsinnige, aber zur Vertragschließung befugt. Der Stadtsklave von Golgit ist eigentlich nicht mehr zuständig, weil sein letztes Sklavenjahr abgelaufen ist. Die Blutgräfin von Vagaván entwickelt beängstigende Energie, seit sie fern von ihrer Heimat ist und nicht mehr bei jedem Aktionsvorschlag zur Ader gelassen wird. Der Fischfisch von Arameq stellt ein anderes Problem dar – wie beim Abschluß des Abkommens vor Jahrhunderten. Alle Teilnehmer sollen mit Namen und Titel unterzeichnen. Der Fischfisch heißt aber immer Ubbabul, sobald er gewählt ist; das wird in den Akten auf Gaia so aussehen, als ob da einer mindestens dreihundert Jahre alt geworden wäre. Königin von Kelgarla und Fürst und Fürstin der Banyashil werden mit diesen Titeln unterzeichnen, obwohl die Ämter nicht mehr bestehen. Varanira ist seit dem Sturz von Gashiri Privatperson, Tremughati und Gortahork schon seit dem Untergang von Pasdan. Und auf der anderen Seite haben wir eine Gouverneurin, deren Amtszeit laut Abkommen fünf Jahre nicht überschreiten darf, die aber längst länger im Amt ist. Und eine Obfrau des Autonomen Territoriums, die unterzeichnen muß, obwohl sie nicht will und eigentlich nicht darf – das Gouvernement hat das Territorium für aufgelöst erklärt. Insgesamt eine feine Sache. Ich bin kein Jurist, aber ich schätze, die Konferenzakte wird als Kuriosität in die Rechtsgeschichte des Commonwealth eingehen.«

Das Hauptergebnis der Konferenz stand längst fest; die Verhandlungen kreisten nur noch um einzelne Punkte der Ausführungsbestimmungen.

Das Protektorat war eingerichtet worden, um die Shil zu schützen: Gegen die Mönche von Banyadir – aber die saßen zwischen hohen Bergen, hatten keine überlegenen Waffen und stellten nach Meinung aller Beteiligten kein Problem dar, gegen die Heiligen Mütter von Pasdan – aber das mörderische Matriarchat bestand nicht mehr, gegen die Sektierer in Gashiri – aber die Anarchovegetarische Union hatte ihre Führer verloren, außerdem einen Teil der Bevölkerung, stand unter der Kontrolle der Shil, wurde von Heilern verwaltet und aufgelöst und existierte praktisch nicht mehr.

Nun hatten die Vertreter der Völker von Shilgat das Abkommen aufgekündigt.

»Was geschieht mit uns und all dem hier?« Toyami machte eine Handbewegung, die die Taverne, den Hafen, die Stadt Cadhras und das Isthmusterritorium einschloß.

Barakuda spielte mit einer unangezündeten Zigarette. »Nichts. Oder jedenfalls nicht viel. Bestimmt werden etliche Cadhrassi auswandern. Sie werden entschädigt. Neue Einwanderer wird es nicht geben. Damit löst sich das Problem der Isthmusbevölkerung größtenteils von selbst.«

In hundert Jahren, so wurde geschätzt, würde es keine reinen Cadhrassi mehr im Territorium geben. Viele von ihnen konnten keine Kinder mehr bekommen; die Nachfahren der übrigen würden in Shil und Mischlingen aufgehen. Ähnliches zeichnete sich für Pasdan und Gashiri ab.

»Übrigens kommt es zu seltsamen Koalitionen bei der Konferenz. Gortahork und Saravyi sind in der Vergangenheit fast nie einer Meinung gewesen – jetzt aber wohl. Beide sind im Prinzip dafür, das Protektorat weiter bestehen zu lassen.«

»Warum? Und warum ausgerechnet die beiden?« Begheli schüttelte den Kopf.

»Saravyi scheint noch irgendwas von Banyadir zu befürchten. Und nach allen Entdeckungen auf dem Südkontinent weiß ich nicht, ob er nicht vielleicht recht hat. Vielleicht gibt es unter den Bergen von Banyadir irgendwelche schrecklichen Geheimnisse aus der planetaren Vergangenheit, und die Mönche wissen bisher nichts davon. Und Gortahork? Ich glaube, er ist ganz einfach dafür, eine funktionierende Einrichtung, die allen nützt, nicht zu demontieren. Aber sie haben keine Chance; alle anderen sind gegen sie.«

»Deshalb also... « Learoyd blickte zum leeren Tisch, an dem Saravyi und die Fürstin gesessen und geredet hatten. Nach dem gemeinsamen Nachtmahl. An diesem Tisch war plötzlich ein wenig gestritten worden – leise, aber unmißverständlich.

»Ja. Aber da ist keine Hilfe.«

Begheli seufzte. »Und wie geht es wirklich weiter?«

Dante sah ihr in die Augen. »Langes Zwielicht.«

»Meinst du mich?«

Er kicherte. »Im Gegenteil. Nein. Das Territorium ist aufgelöst; das Gouvernement wird abgeschafft. Statt eines Gouverneurs oder einer Gouverneurin wird ein Kommissar bestimmt, über dessen Ernennung die Shil zu konsultieren sind. Der Kommissar überwacht die allmähliche Demontage der Einrichtungen und Institutionen. Alles hat Zeit, niemand braucht sich zu beeilen. Niemand, der bleiben will, muß gehen. Früher oder später wird es in Cadhras eine Art Botschafter des Commonwealth geben; die Botschaft wird den Raumschiffsverkehr überwachen und den Handel fördern. So ungefähr.«

In der Nacht frischte der Wind weiter auf, wehte den Regen fast waagerecht gegen die Scheiben. Durch die geschlossenen Fenster hörte Begheli das Knirschen und Knacken der Boote, die im Hafenbecken tanzten, und das Grollen der Brandung an den äußeren Hafenmauern. Sie konnte nicht schlafen. Als sie sich auf die linke Seite rollte, sah sie, daß Dantes Augen geöffnet waren. Er starrte an die weiße Decke, wo sich Lichtfetzen tummelten; sie stammten von schwankenden, quietschenden Laternen rund um das aufgewühlte Hafenbecken.

»Und was wird aus uns?« sagte sie leise, ohne Einleitung.

Barakuda schaute sie an. Er lächelte, streckte die Hand aus und legte sie an Beghelis Wange. »Wir haben noch eineinhalb Jahre Quarantäne vor uns«, sagte er sanft. »In dieser Zeit geschieht ohnehin nichts. Außer den wesentlichen Dingen – Nächte in deinen Armen, zum Beispiel.«

»Zum Beispiel.« Aber sie erwiderte das Lächeln nicht. »Was kommt danach? Was wirst du tun?«

Er setzte sich auf, knipste die kleine Lampe an und tastete nach den Zigaretten. »Ich weiß nicht.« Er inhalierte tief, hustete, blies Rauch an die Decke, der sich mit den tanzenden Lichtern vermischte. Im matten Schein der Leselampe schimmerte Beghelis Haut olivrosa.

Fröstelnd zog die junge Frau die Decke wieder über die bloßen Schultern. Sie war zur Hälfte Shil, wenn auch aufgewachsen unter Cadhrassi. Und sie konnte sich nicht vorstellen, den Planeten einmal zu verlassen.

»Was kommt danach?« wiederholte sie.

»Die nächsten fünfzig Jahre wird alles gehen wie bisher. Nur langsamer und immer leiser.«

»Ich rede nicht von der Welt.«

Dante nickte. »Wir müssen sehen, was wir mit dem Geld und den Resten der TraPaSoc anfangen. Und dann? Ich fürchte, wenn nach der Quarantäne die Dinge in Bewegung geraten, wird man mich fragen, ob ich nicht in der Kommission zur Auflösung des Protektorats mitarbeite. Aber ich bin ziemlich sicher, daß ich keine Lust haben werde.«

»Wozu wirst du Lust haben?«

Er warf ihr einen schrägen Blick zu und lächelte. »Zweitens zum Fischen, Segeln und Bücherlesen. Wenn du magst, können wir Tremughati und Gortahork in der Steppe belästigen, Bären jagen und durch Schneestürme reiten. In den Zelten ist es dann gemütlich. Oder wir schnappen uns einen der kleineren Schnellsegler; die sind ja jetzt billig zu haben. Damit können wir über die Meere von Shilgat segeln.«

Begheli sah ihn nachdenklich an. »Du willst also nicht zurück ins Commonwealth?« Sie klang sehr erleichtert und gleichzeitig verwundert.

Dante drückte die Zigarette aus, löschte das Licht, drehte sich zu Begheli um und nahm sie in die Arme. »Du liebe Zeit«, murmelte er. »Also darum ging es. Ich dachte, das wüßtest du längst. Nein, was soll ich im Commonwealth? Ohne Begheli? Ohne die restlichen Bondak-Banditen, ohne P'aodhus und ihren Gestank, ohne Blutweiden und Eisenbäume und Farndschungel, ohne das Binnenmeer und die endlosen Savannen des Nordens?«

»Und nichts mehr zu erledigen? Kein Matriarchat erobern, keine AV-Zentrale versenken? Überhaupt nicht mehr den Kosmos retten, sondern nur noch fischen und reiten?«

»Und lieben«, sagte er. Sie sah im Widerschein der Lichtfetzen seine Zähne, als er grinste.

»Was ist mit diesem AV-Führer, der mit euch geflohen ist?«

Barakuda räusperte sich. »Shevshan? Was soll mit ihm sein?«

»Wenn er nicht ertrunken ist – kann er nicht noch Unheil anrichten? Mit seinen Kenntnissen und vielleicht der Hilfe anderer, die überlebt haben?«

Dante zögerte. »Ich glaube nicht«, sagte er dann. »Der Gleiter war nicht sehr hoch; er hat den Sturz oder Absprung sicher überlebt. Aber was soll er noch anrichten können?«

»Er könnte die Mönche von Banyadir aufwiegeln. Oder sich an dir rächen.«

Barakuda hob die Schultern.

Auszug aus: Zusatz zum Shilgat-Abkommen

... 21. Im Hinblick auf die durch Auflösung des Matriarchats von Pasdan (18. März 467 CT – 11/IV/29.484 Sa'orq) sowie durch Untergang der Anarchovegetarischen Union von Gashiri (21. April 468 CT – 7/IV/29.485 Sa'orq) entstandene neue Situation erkennen daher die vertragschließenden Parteien an, daß die Voraussetzungen des Abkommens nicht länger existieren.

22. Mit Beginn der Rechtsgültigkeit dieses Zusatztextes wird das Shilgat-Abkommen unwirksam...

24. Bis zum Ende der über Shilgat verhängten Quarantäne bleibt die Administration des bisherigen Gouvernements im Amt. Das Gouvernement trägt nun die Bezeichnung »Kommission für die Auflösung des Protektorats«. Für den genannten Zeitraum erhält die bisherige Gouverneurin Lydia Hsiang als Kommissarin sämtliche Vollmachten. Nach Aufhebung der Quarantäne wird die Kommission neu besetzt; hierzu bedarf es der Zustimmung beider Parteien...

25. Das Autonome Territorium des Isthmus ist aufgelöst. Seine Institutionen unterliegen den Anweisungen und der Kontrolle der Kommission...

28. Die Einrichtungen des bisherigen Gouvernements bleiben vorerst erhalten. Näheres hierzu unter Ausführungsbestimmungen...

33... Einwanderung aus dem Commonwealth ist nur noch in Ausnahmefällen möglich. Bürger des aufgelösten Protektorats, die Shilgat verlassen wollen und deren Existenzgrundlage nicht beweglich ist, werden im Rahmen der in den Ausführungsbestimmungen *vorgesehenen Möglichkeiten entschädigt.*

34. Alle nicht gesondert aufgeführten natürlichen oder juristischen Personen und Organisationen sowie ihre Nachkommen oder Rechtsnachfolger können auf Shilgat bleiben, wenn sie dies wünschen. Mit Vollzug der Auflösung des Protektorats erlöschen sämtliche Rechte und Pflichten zwischen dem Commonwealth und seinen ehemaligen Bürgern...

Beschlossen – Unterfertigt – Ratifiziert – Verkündet

für das Commonwealth:

Shilgat:
Atenoa, Gaia/Cadhras, Shilgat
24. September 468 CT
(24. Juni 2933 AD)
Yvain Rosemer
Subsekretär für
Dominien und Protektorate
für das Gouvernement:
Lydia Hsiang, *Gouverneurin*
für das Territorium:
Elis Baramky, *Obfrau*

für die Völker von

Cadhras, Shilgat
60. Tag der Frühzeit (60/I)
im Jahr 29.486 von Sa'orq
Saravyi, *Sprecher der Heiler*
Tremughati, *Fürstin der Banyashil*
Gortahork, *Fürst der Banyashil*
Dibdagid II., *Erbgöttin von Sa'orq*
Varanira, *Königin von Kelgarla*
Tineti, *Obfrau der Taggashil*
Ruzavo, *Ältester der Bilshil*
Nuzueta, *Stadtsklave von Golgit*
Zilguri, *Blutgräfin von Vagaván*
Alyut, *Älteste der Arugushil*
Ubba-bul, *Fischfisch von Arameq*

Dritter Teil

BANYADIR

I.

Unterhalb von Golgit, am Ende des breiten Sees, stürzten die Wassermassen des Huagilera auf einer Breite von fast einem Kilometer senkrecht in die Tiefe. Am Fuß der dreihundert Meter kochte es milchig zwischen den bläulichen Basaltklippen. Die untergehende Sonne färbte den Gischtvorhang und ließ vom Westufer den konischen Schatten eines Gipfels hineinwachsen.

Elzo Savinnik schaltete auf Weitwinkel und schmatzte. »Hoffentlich wird das was.« Der umgebaute Aufklärungsrobot bewegte den Kugelkopf langsam von links nach rechts.

»Bei dem Licht müßte es eigentlich eine Delikatesse werden. Wenn man es mag.« Barakuda blickte über die Schulter zurück; dann griff er ins Steuerrad und schob den Fahrtregler hoch. Vorsichtig brachte er das Boot aus der reißenden Strömung in das ruhigere Uferwasser.

»Und morgen wollen Sie über diese Berge?« Der Reiseschriftsteller deutete auf die steilen schattigen Ausläufer des Massivs.

»Nicht ganz. Es gibt da einen gangbaren Paß, am Ende eines Tals. Alles halb so wild.«

Saravyi räusperte sich. »Ein Ausflug für junge Leute. Ich werde an Bord bleiben und mich des Alters erfreuen.« Er lehnte an der Backbordreling und blickte zum Ostufer, wo der dichte Farnwald in der Abendsonne lag. »Außerdem kenne ich Golgit und das Wahlverfahren.«

Savinnik schaltete den Robot ab. »Ich kenne Golgit nicht«,

sagte er. »Aber ich habe noch immer Muskelkater von der Kraxelei bei Kiotliq. Können Sie die kleine Kamera mitnehmen, Barakuda?«

Dante wiegte den Kopf. »Und hinterher schreiben Sie irgendeinen Unsinn über Golgit, ohne dagewesen zu sein?«

Savinnik kicherte. »Sie dürfen das Manuskript korrigieren. Bringen Sie ein paar schöne Bilder mit, ein bißchen interessanten Ton, und mal sehen, was ich daraus machen kann.«

Valdir Töröcsik hatte sich nach dem Schauspiel des Wasserfalls wieder dem Medikrobot zugewandt, der an unerklärlichen Bewegungsstörungen litt. »Wer geht dann überhaupt mit?« Er fuchtelte mit einem Stift und deutete auf seinen Kollegen, der sich nahe dem Aufgang zum Sonnendeck in einem Liegestuhl fläzte und die Stirn runzelte. »Bogai und ich und die Robots, wir müssen ja. Sie sind als Führer unentbehrlich, Dante. Wer noch? Sieht nach einer sehr kleinen Expedition aus.«

»Generelles Abschlaffen, schätze ich.« Nardini stand von der dritten Stufe der Treppe auf. Er hängte das rechte Auge an Barakuda; mit dem linken schien er das vorbeigleitende Ufer abzusuchen. »Ich bin auch für einen Ruhetag. – Weib, komm, Suppe kochen.« Er zog die ehemalige *suldá* Marsila Bodrelur vom Deck hoch und schob sie vor sich her in die Kombüse.

Seit dem Untergang von Gashiri waren eineinhalb Jahre vergangen. In sechs Standardmonaten würde die Quarantäne-Blockade des Planeten enden. Für eine endgültige Bilanz war es zu früh, aber es gab Grund zur Hoffnung. Die erste Seuchenwaffe der Anarchovegetarier, das Breitband-Antisteroid, war mit den Handelsgütern, die es enthielten, in viele Gebiete von Shilgat gelangt; manche waren stark, andere kaum betroffen. Die zweite Waffe, der kurz *alangra*-II genannte Erreger der Explosiven Beulenpest, hatte vor allem in den Gebieten um das äquatoriale Binnenmeer Opfer gefordert, ebenso in den Berglanden, die an Gashiri grenzten. Und in Gashiri selbst. Das vom Team des Laborschiffs entwickelte Gegenmittel hinterließ an der Stelle der Injektion – meistens am Oberarm – eine häßliche wulstförmige Narbe, die gleichzeitig als eine Art Impfnachweis diente. Die Blockadeflotte des Commonwealth hatte Gleiter, Medikrobots und einige Freiwillige – Ärzte und Pfleger – abgestellt, die bis zum Ende der Quarantäne auf Shilgat bleiben mußten. Zwei Jahre betrug die Lebensdauer der Erreger aus mutiertem *alangra.*

Das Shilgat-Abkommen hätte strenggenommen den massiven Einsatz technischer Hilfsmittel untersagt, aber nach dem Ende der Anarchovegetarischen Union hatten die Vertreter der Shilgebiete das Abkommen gekündigt und diese Form der Hilfe erbeten. Monatelang waren die Gleiter mit Ärzten und Robots auf dem Doppelkontinent und den Inseln des Planeten unterwegs gewesen. Sogar Banyadir, die letzte Sektierer-Enklave, hatte Hilfe angenommen, sich danach aber wieder abgeschottet.

Dante Barakuda und die anderen Überlebenden der verkauften Transport- und Passage-Gesellschaft TraPaSoc hatten einen Teil ihres makabren Goldbergs sinnvoll investiert. Ein kompakter Wasserstoff-Helium-Meiler, geliefert von der Blockadeflotte, war in ein Fischerboot eingebaut worden. Barakuda und seine Gefährtin Begheli, René Nardini, Marsila Bodrelur, zwei Shil und zwei Mischlinge aus dem aufgelösten Protektorat, alle erfahren im Umgang mit Maschinen und Schiffen, sowie die Wissenschaftler Valdir Töröcsik und Nazim Bogai aus dem Laborschiff, das bis zum Ende der Quarantäne auf Shilgat bleiben mußte, waren von der Ostküste des Isthmus nach Süden gefahren. In Küstenstädten und erreichbaren Ballungsgebieten an Flüssen wollten sie Nachimpfungen und Kontrollbesuche vornehmen. Sie hatten die Fischerdörfer südlich des Protektorats besucht, später die Hauptstadt des ehemaligen Königreichs des Südens, Kelgarla. Dann befuhren sie den zwischen Südkontinent und Antarktis liegenden Ausläufer des großen Lysangrischen Ozeans; an der Taggasee lag die uralte Stadt Sa'orq, und dort war Saravyi an Bord gekommen. Sie hatten das weltabgeschiedene Kiotliq besucht und waren dann den Huagilera aufwärts gefahren, bis zum Katarakt von Golgit. Seit Anfang der Fahrt war auch Elzo Savinnik dabei; der Autor hatte zu Beginn der Gashiri-Krise Urlaub auf der Touristeninsel Huasiringa gemacht und beschlossen, nach Verhängung der Quarantäne die Zwangslage kreativ zu nutzen.

Zwei Meilen südlich des Wasserfalls steuerte Barakuda das Boot in die zuvor ausgesuchte kleine Bucht. T'unga sprang an Land und wickelte das Tau um einen Eisenbaum. Der frühere Agent des Sekretariats für Sicherheit war wie Nardini und Bodrelur durch die gräßlichen Narben der Beulenpest entstellt. Nach dem Ende von Gashiri hatte er den Dienst quittiert und fast ein Jahr lang bei den Sprengkommandos mitgearbeitet, in jener Gruppe, bei der auch die ehemaligen *suldaus* und TraPaSoc-Mtglieder Sten Timoara und Kara Kikuyo arbeiteten. Im Lauf der Jahrhunderte war von den AVs ein bis zu vierfach gestaffeltes System von Grenzfestungen mit Verliesen angelegt worden. Die Sprengungen waren noch längst nicht beendet.

Nardini und Peloy, einer der Mulis aus Cadhras, kletterten ebenfalls an Land. Sie schleppten Eimer und holten Frischwasser aus dem kleinen Bach, der hier in den Huagilera mündete. Nardini hatte freiwillig den Küchendienst für die ganze Reisedauer übernommen; seit er und Marsila Bodrelur sich zusammengetan hatten, sang er weniger und war umgänglicher als früher.

Barakuda schaltete den Antrieb aus und half Begheli beim Tischdecken. Es war ein kühler Herbstabend; das Achterdeck zwischen Kombüse und Steuer bot etwas mehr Schutz vor dem Wind als das Sonnendeck. Savinnik hockte auf der Reling und spielte mit dem Kasten der Fernsteuerung. Im Halbdunkel richtete der Aufklärungsrobot glimmende Augen auf Begheli.

»Bilden Sie sich nicht ein, ich wollte Sie abbilden, Dante«, sagte Savinnik. »Aber von Ihnen, gnädige Frau, kann ich nicht genug bekommen. Auf den Film, meine ich.«

Begheli lächelte. »Versprechen Sie mir etwas?«

»Kommt drauf an.«

»Morgen will ich mir einen ruhigen Tag machen, baden und in der Sonne liegen.«

Savinnik ächzte theatralisch. »Und dabei darf ich keine Aufnahmen machen?«

»Das wäre sehr rücksichtsvoll, ja.«

»Ach ja. Rücksichtsvoll. Na denn.«

Beim Abendessen – es gab P'aodhu-Stew, Safranreis, kandierte Früchte und leichten trockenen Sampawein – erzählte Saravyi Schelmenanekdoten aus den ungeschichtlichen Annalen von Sa'orq. An den Hängen des vom Bach ausgewaschenen kleinen Tals flackerte Feuermoos, Wasser plätscherte gegen den

Bootsrumpf und raschelte zwischen tiefhängenden Zweigen einer Blutweide, und über allem lag der schwere, süßliche Duft des Strauchs, den die Shil *mongur,* die Cadhrassi *cinnamongo* nannten.

Plötzlich sagte Saravyi: »Bevor wir uns in ersprießlichem Geplauder verlieren – ich glaube, wir sollten Wachen aufstellen. Noch nicht, aber später, für die Nacht.«

Barakuda studierte das runzlige Gesicht des Greises, der nicht gealtert zu sein schien, seit sie vor Jahren zusammen durch die Steppe geritten waren. »Hast du Gründe?«

Saravyi hob die Schultern. »Ein Gefühl. Ich habe in letzter Zeit viele Gefühle.«

»Ich mag deine Gefühle nicht.« Barakuda schob den Teller fort und zündete sich eine Zigarette an. »Immer, wenn du Gefühle hast, passiert etwas.«

Saravyi nickte. »Deshalb sollten wir Wachen aufstellen. Vielleicht ist es nichts, aber... ich kann sowieso nicht schlafen. Ich werde wachen.«

Savinnik gähnte. »Ich wache mit – wenn Sie mir beim Wachen Geschichten erzählen.«

»Versprechen Sie ihm nichts, Saravyi«, sagte Nazim Bogai. »Sonst wachen wir am Ende alle, nur um Ihre Geschichten zu hören.«

»Da wir gerade dabei sind... «, murmelte Savinnik. Er stand auf, verschwand im Niedergang zu den Kajüten und kehrte mit einer Tasche zurück. Töröcsik und Yagur, der zweite Shil, räumten den Tisch ab. Savinnik steckte einen Magnetstift hinter sein rechtes Ohr und wühlte in den Papieren und Fotos, die er aus der Tasche gezogen hatte. Dann schaltete er den kleinen Computer ein, der Bild und Ton aufzeichnete, einen von Solarzellen gespeisten *mikrokompakt.* »Das ist der erste Abend vor Anker, gewissermaßen«, sagte er, als wolle er sich entschuldigen. »Bisher war immer soviel zu erledigen... Ich habe viele Fragen. Darf ich?«

Saravyi nickte. Barakuda runzelte die Stirn, nickte dann aber auch.

»Also, ich weiß nicht so recht, was ich mit dem ganzen Material anfangen soll«, sagte Savinnik.

»Verbrennen«, schlug T'unga vor.

»Pah. Das hier ist ja nur ein Teil. Ich stelle mir das im Moment so vor – entweder wird es ein Buch über Shilgat allgemein, mit Anekdoten und schönen Bildern und so, oder eine Geschichte der beiden Krisen, Pasdan und Gashiri, mit Blick auf Hintergründe und Nebenschauplätze und mit den Biographien der wichtigsten Personen.« Er blickte Barakuda an, fast vorwurfsvoll. »Wenn nicht ein paar von denen so überaus zurückhaltend wären, könnte ich viel weiter sein.«

Dante hob sein Weinglas; Begheli betrachtete ihn amüsiert. »Was wollen Sie mit Biographien?« sagte Barakuda. »Die Ereignisse sind wichtig, die Personen austauschbar. Bis auf Saravyi, natürlich.«

Der alte Shil verzog keine Miene. Er starrte zum Feuermoos hinüber und schien dem aufgeregten Lärm der zahllosen Zimtschrillen im Gesträuch zu lauschen.

Savinnik klopfte auf den Papierstapel – Notizen und Ausdrucke – und nahm den Stift, um ihn wie eine Waffe auf Barakuda zu richten. »Damit untertreiben Sie, Mann. Was ist mit Ihnen und der Gouverneurin, den Frauen und Männern der Garnison, nicht zu reden von den Fürsten der Banyashil und der Königin von Kelgarla?«

»Sie sprechen von nichtexistenten Amtsträgern«, sagte Dante. »Die Ämter galten dem Notfall. Nach Pasdan ist das Fürstentum der Banyashil erloschen, nach Gashiri die Königinnenwürde von Kelgarla.«

»Ich weiß, ich weiß. Sie haben mir ja genug Vorträge gehalten. Aber verstehen Sie – die nackten Fakten sind fein und aufregend, nur reichen sie nicht aus. Ich brauche Personen aus Fleisch und Blut, mit denen sich die Leser identifizieren können.«

Barakuda blickte auf den Fluß hinaus, in dessen Wasser Sterne glitzerten. »Ich glaube, Sie sollten bei einer Planetenbeschreibung bleiben. Die meisten Leser werden ohnehin Schwierigkeiten haben, sich mit sich selbst zu identifizieren; wozu dann noch mit anderen?«

Savinnik seufzte und schob ihm einen Zettel hin. »Da. Ihre Daten, soweit ich sie hier und da habe zusammentragen können. Was soll man damit anfangen? Es ist zu dünn, viel zu dünn.«

Dante nahm das Blatt und überflog es ohne Interesse. *Dante Barakuda, geb. 14-6-425 CT auf Kolchis, Myrna IV, Praesepe-Sektor; Eltern?; Waisenhaus in Corvina (Kolchis-Süd, Bez. DCXVI) bis 436; Internat Tyrgonai/Corvina, bis 443; Commonwealth-Flotte (Risikokommando der Abwehr); bei Einsatz gegen Diktatur auf Tartagal als* legat *verwundet (452); Beförderung* – kapitán – *und Versetzung zum Raumhafendienst, Abwehrzentrale, Atenoa, Gaia. Nach Unfalltod seiner Frau 459 Versetzung nach Shilgat, dort als* tribún *im Sonderdienst Leiter des Sekretariats für Sicherheit; koordinierte 466 Aktionen gegen Banditen und Matriarchat, dabei erneut verwundet; 467 nach Ende der Pasdan-Krise ausgeschieden mit Rang und Abfindung eines* supraetor*; gründete mit ehemaligen* suldás *und* suldaus *Karawanengesellschaft TraPaSoc in Shontar, Cadhras-Nord; sorgte Ende 467/Anfang 468 (?) für Aufdeckung der Gashiri-Pläne; Teilnahme an Zerstörung von Tag'gashir'dir 468.*

Barakuda schob das Blatt zurück und schnitt eine Grimasse. »Viel zu viel. Lassen Sie mich da raus.«

Savinnik schüttelte heftig den Kopf. »Ich denke nicht daran. Und es ist viel zu wenig. Ich wüßte zum Beispiel gern, woher Ihre Narbe stammt und was mit Ihrer Kindheit und den Eltern ist, und ob die Daten stimmen... «

Barakuda legte den Zeigefinger an die Narbe, die zwischen Auge und Mundwinkel über die linke Wange lief. »Ein Souvenir von Tartagal. Und was die Daten angeht – ich kann Ihnen nicht viel sagen.«

»Sie werden doch mehr über Ihre eigene Vergangenheit wissen als das, was da steht!«

Begheli legte die Hand auf Dantes Unterarm. »Weiß er bestimmt. Das heißt aber nicht, daß irgendwer etwas davon erfahren muß. Nicht mal ich weiß viel mehr als Sie.« Dann lächelte sie und setzte hinzu: »Wozu auch?«

»Und die Daten aus der jüngsten Zeit kriegen Sie vom Gouvernement.« Barakuda blickte Begheli in die Augen und zwinkerte. »Ich war während der Gashiri-Krise lange Zeit auf einem Sklavenschiff. Meine Erinnerungen daran beziehen sich, wenn überhaupt, auf den Sa'orqi-Kalender, und ich habe keine Lust, das alles in Commonwealthzeit umzurechnen.«*

---

* vgl. Fußnote zu Kap. I Teil I, »Pasdan«.

Savinnik hob die Hände und ließ sie wieder fallen.

»Fragen Sie Saravyi, wenn Sie mit ihm Wache halten«, sagte Barakuda. »Er weiß alles, was es zu wissen gibt, und wenn Sie unbedingt einen Helden aufbauen wollen, nehmen Sie ihn. Er hat nämlich alles ›koordiniert‹, wie Sie sagen, und er wäre auch ohne das Gouvernement mit Pasdan und Gashiri fertig geworden.«

Saravyi starrte immer noch zum Land. »Da war ein Schatten auf dem Feuermoos«, sagte er. »Dante Barakuda, du redest wirr. Laß dir etwas Albernes einfallen, nicht nur Wirres. Wenn es ausreichend albern ist, sorge ich dafür, daß du als erster Cadhrassi in die Annalen von Sa'orq aufgenommen wirst.«

»Was hast du eigentlich in Sa'orq gemacht, alter Mann?«

Saravyi blinzelte. »Gelesen.«

Barakuda legte den Kopf schräg. »Suchst du schon wieder Informationen aus der Frühzeit eures Volkes? Oder noch immer?«

»Beides. Weder noch. Wie du willst.« Saravyi schloß die Augen. Die Zimtschrillen schwiegen für einen Moment, und als er weitersprach, hallte seine Stimme über das Wasser der Bucht. »Es gibt da etwas unter Banyadir... « Er öffnete die Augen, horchte dem Klang seiner Stimme nach und schüttelte den Kopf. Leiser sagte er: »Aber es ist hier nicht die Zeit noch der Ort für derlei Reden.«

Später lagen sie einander in den Armen. Als Dante das Fenster der Kajüte öffnete und im Stehen eine Zigarette rauchte, genoß er die kühle Nachtluft auf seinem verschwitzten Körper. Begheli wickelte sich in die Decke. Im Widerschein des Feuermooses schien ihre olivrosa Mischlingshaut zu brennen.

»Liebe, Ruhe und Reisen«, sagte sie halblaut. »Keine Krisen; keine Konflikte, außer den kleinen alltäglichen. Ich glaube, so gefällt mir das Leben.«

Dante legte die Hand an ihre Wange. »Wir haben noch ein paar Jahrzehnte davon vor uns. Ruhe und Reisen jedenfalls.«

Sie murmelte etwas Unverständliches.

»Na ja, du bist fünfzehn Jahre jünger als ich«, sagte Dante. »Außerdem halten Frauen sich sowieso länger.«

Die leichte Brise brachte undeutliche Stimmen vom Ufer. Barakuda spähte mit zusammengekniffenen Augen hinaus. »Saravyis Märchen- und Geisterstunde«, sagte er dann. »Ich glaube, er hält Savinnik einen Vortrag über die Weltanschauung der Kiotliqi. – Was meint er bloß mit ›unter Banyadir gibt es etwas‹?«

Begheli sog Luft durch die Zähne. »Er wird es dir schon noch sagen. Bitte, keine großen Unternehmungen zur Rettung der Welt mehr.«

Aus: Nachgelassene Fragmente, *Elzo Savinnik; aus Notizen und Bändern zusammengestellt und herausgegeben von X. Faringi, Atenoa 472.*

»... Die Sprache der Shil erlaubt keine Realitätszuweisung bei immateriellen Begriffen; nur faßbare Gegenstände – oder zweifelsfrei wahrzunehmende wie die nicht unfaßbare Sonne Shalga – werden mit normalen Substantiven bezeichnet. Alle spekulativ-weltanschaulichen Termini hingegen werden, abgestuft nach dem Grad ihrer Unmöglichkeit, durch Fügungen von Potential- oder Irrealpräfixen (bzw. -suffixen) und Substantiven angedeutet.

... Abgesehen von den defunkten Notfalls-Einrichtungen (Fürsten der Banyashil, Königin von Kelgarla) gab es in der überschaubaren Vergangenheit keine Strukturen, die sich auf Konzepte wie Regierungen oder dergleichen gründen. Alltägliche Verrichtungen (Straßenreinigung, Absprachen von Handwerkern in Zünften o. ä.) gelten als real, da sie jedem unmittelbar eingängig sind. Aber schon eine Feuerwehr wäre ein Potentialgebilde, da es ja nirgendwo dauernd brennt und da im Brandfall einfach der Nächststehende löscht. Die Vorstellung einer ständig mit ›Gesetzen‹ oder ›Zukunftsplanung‹ befaßten Regierung ist völlig absurd.

... Daher dienen alle (und es sind zahllose) von den Shil erfundenen politischen bzw. weltanschaulichen Systeme (weder ist der Shil ein zoon politikon, *noch bedarf die faßbare Welt abstrahierender Anschauung!) einzig der Verblüffung und Zerstreuung... Aus gleichen oder ähnlichen Gegebenheiten erwachsen dabei die abstrusesten Gegensätze. Während z. B. in Arameq am Binnenmeer alles auf den Fisch ausgerichtet ist (die Zunfträte heißen ›Kiemen‹, sie tagen in der ›Reuse‹, Wächter sind ›Schuppen‹, ohnmächtiges Stadtoberhaupt ist der Fischfisch, der gemäß einer aus dem Maul des Großen Fisches einmal aufgestiegenen Luftblase immer Ubba-bul heißt), ist die Küstenstadt Kiotliq an der Taggasee allem abhold, was mit Meer und Fisch*

zu tun hat – allerdings verehrend abhold. Einige Reiseeindrücke und Fotos:

... Der Weg von Sa'orq ist kaum gangbar, wird nicht gepflegt und außerdem durch Kullus erschwert, eine seltsame Sorte von Aasvögeln des Hochlands, die in ihrer Dummheit Schlafende nicht von Toten unterscheiden können; dies gilt für Tier und Mensch gleichermaßen. Da die Reise etwa acht Tage lang durch Kullu-Gebiet führt, die Tiere spitze Schnäbel haben und chronische Schlaflosigkeit auf Shilgat nicht endemisch ist, verschmähen die Händler die Strecke Sa'orq-Kiotliq.

... Die Stadt ist Hauptort eines von der Welt nahezu völlig abgeschlossenen Gebiets; sie liegt an der Spitze einer breiten Mündungsbucht. Der Bhartotandi entspringt im Hochland und frißt sich durch unzugängliche Schluchten südwärts. Verstärkt durch mehrere kleine Nebenflüsse, hat er nahe der Küste ein breites, fruchtbares Tal geschaffen, das vom Binnenland aus nicht zu erreichen ist.

Die Tagesreise vom Paß zur Stadt führte uns durch Salzmarschen und Lagunen am Meer entlang über einen mit großen Brocken und Geröll aufgeschütteten, durch Pfosten und Knüppel befestigten Damm. Gehöfte und – seltener – kleine Ortschaften standen auf Pfählen im grauen Marschland neben dem Damm. Schwarze Punkte näherten sich uns hüpfend von den Pfahlbauten.

Die Marschen sind allenthalben mit Pfosten gekennzeichnet, die offenbar halbwegs begehbare Strecken markieren. An diesen Pfosten entlang hüpften Kinder und Erwachsene mit verblüffender Geschwindigkeit zum Damm und folgten der Karawane. Als sie nahe genug gekommen waren, sahen wir, daß sie unter die Füße ovale Schilde geschnallt hatten, die ihnen halfen, nicht im Morast zu versinken. Mit langen Stangen, die etwa einen halben Meter oberhalb des Unterendes ebenfalls eine kleine Platte aufwiesen, bewegten sie sich wie Stabweitspringer vorwärts, ohne zu versinken oder jemals die Balance zu verlieren.

In der Nähe der ersten größeren Ansammlung von Pfahlbauten, offenbar ein Vorort von Kiotliq, entdeckten wir mehrere runde Plattformen aus Holz. Sie lagen zwischen massigen Pfosten unbefestigt auf dem schwankenden Boden; bei höherem Wasserstand oder einer Überflutung konnten sie zwischen den Pfosten steigen.

Die Leute von der hüpfenden Eskorte steuerten diese Plattformen an, legten Fußschilde und Stakstangen ab und liefen auf Stegen weiter, die zwischen den Pfosten ebenfalls auf dem feuchten Grund lagen und schwankten.

Der steinige Weg entfernte sich vom Meer. Die eigentliche Stadt Kiotliq liegt zu Füßen der Berge auf einem vorgeschobenen Felsplateau und besteht – abgesehen von den Vororten – aus normalen Holz- und Steinhäusern. Über den Türen und neben den Fenstern der Untergeschosse sind Reliefs und Statuen, Bilder und Objekte zu sehen. Es wimmelt da von gräßlichen Fischdämonen, die aus klebrig malmenden Seen heraus auf den Betrachter starren; in ihren geöffneten Rachen drohen nadelfein zugeschliffene Zähne oder aber Barten, die züngelnde Schlangen sind. Über einer Eingangstür wälzt sich eine monströse Muräne; man erwartet unwillkürlich, jeden Augenblick die Tür zusammenbrechen zu sehen. Am nächsten Haus zerdrückt eine Eisscholle, auf der ein Seedrache sitzt und an einem menschlichen Bein nagt, die angedeuteten Trümmer eines Boots. Die Tür eines Ladens, dessen Auslage verschiedene Hölzer, ein Terrarium und Honigtöpfe zeigt, ist von Brechern eingerahmt, die über dem Eintretenden zusammenzuschlagen und ihn zu vernichten drohen (Fotos 17-29). Daneben findet sich ein besonders häßliches Seeungeheuer am Portiko, eine Mischung aus Igelfisch und Flügelschlange, mit einem glotzenden Auge, zwei Zungen, Sägezähnen und einem Geißelschwanz.

... Die Kiotliqi haben beschlossen, ihre Ahnen seien über See von einer versunkenen Insel im Lysangrischen Ozean hierher gekommen. Bei dieser Reise wurden sie angeblich von Fischen, Tang und Wellen in selbstloser Freundlichkeit unterstützt; zum Dank haben sie geschworen, die Geschöpfe des Meeres und das Meer selbst nie wieder zu behelligen. Also stellen sie die hilfreichen Meeresbewohner als Ungeheuer dar. Kein Bewohner von Kiotliq und Umgebung kann schwimmen. Diese Menschen leben am Meer und an der Mündung eines Flusses, fischen manchmal mit Ritualnetzen, die sie an langen Stangen befestigt haben, gehen dabei aber weder ins Wasser, noch bauen sie etwa Boote. Sie essen auch den Fisch nicht, den sie fangen, sondern werfen ihn wieder zurück. Das macht auch den Handel mit ihnen so schwierig. Es wäre kein Problem, Kiotliq von See her anzulaufen, aber davon wollen sie nichts wissen. Alles hat über Land zu geschehen...

... ›Seevergeuder‹ ist ein Schimpfwort für jene, die das Meer nicht in Abscheu ehren, sondern durch Gleichgültigkeit oder gar Nutzung schmähen – also alle Nicht-Kiotliqi... Einer der vielen Sammelbegriffe für Ekelhaftes oder Belastendes ist ›Würgetang‹; auch sagt man ›eher sollen mir Flossen sprießen, als daß ich... ‹. Der in einem demonstrativ defekten, kieloben liegenden Steinboot tagende Rat besteht

aus ›Bodenbürgen‹; diese ehrende Bezeichnung für alle, die in Abkehr vom göttlichen Meer dem profanen Boden schmähend huldigen, gilt per extensionem *auch für Kiotliqi, die den Rat für überflüssig halten... «*

II.

Eine Stunde vor Sonnenaufgang erzählte Saravyi noch immer. Der alte Mann winkte, als sie dem Bach talauf folgten. Barakuda klopfte auf die Tasche mit dem kleinen Aufnahmegerät, und Savinnik klatschte.

Talsilaq ging voran. Der stämmige, wortkarge Muli hatte einige Zeit zum technischen Personal einer der zahlreichen Wanderbühnen von Golgit gehört und behauptete, die Gegend zu kennen. Barakuda kannte sie nur flüchtig und vom Überfliegen in seiner Zeit als Sekretär für Sicherheit. Der Weg führte zwischen dem Bach und den Feuermoos-Flächen aufwärts zu einem kleinen Paß, hinter dem eine auch von Karawanen benutzte Nord-Süd-Straße verlief. T'unga ging am Ende der Gruppe; in der Mitte schwebten drei Medikrobots. Ihre Antigrav-Aggregate reichten nicht aus, Menschen als »Marschgepäck« zu tragen. Die beiden Wissenschaftler debattierten halblaut über das graugrüne Feuermoos und den unerforschten Vorgang der Selbstzündung. Tagsüber speicherten die Pflanzen Sonnenlicht und Hitze. Das Moos gedieh nur auf sauren Böden, denen es Mineralsalze und andere Elemente entzog; bis zum mittleren Frühjahr erreichten die Kissen eine Höhe von fast eineinhalb Metern. In kalten Jahren bestand immer die Gefahr der Petrifizierung; erst bei Tagestemperaturen über 21,41° konnten die Pflanzen genug Energie speichern, um jenen Vorgang einzuleiten, den die Commonwealth-Biologen einigermaßen hilflos als »para-osmotische Reduktions-Verbrennung« bezeichneten. Die gespeicherte Energie verflüssigte bestimmte aufgenommene Mineralstoffe zu Säuren, die die Moossubstanz angriffen und die übrigen Mineralien zersetzten. Das Zersetzungsprodukt, ein klebriges, ätzendes Koagulat, wurde abermals zersetzt und in einer kalten Gasflamme abgegeben. Die Selbstzündung fand statt, wenn die Lufttemperatur nach Sonnenuntergang unter 18,2° absank; wie sie funktionierte, war rätselhaft. Bis zum Herbstende schrumpften die Moose zu einem wenige Zentimeter dicken Teppich zusammen. Die Shil nutzten sie, um übersäuerte Böden zu sanieren, wobei in kälteren Gebieten abgeflämmt werden mußte.

Als sie den kleinen Paß erreichten, ging die Sonne auf. Die Nord-Süd-Route jenseits der Berge war schon zu dieser Stunde belebt; die Wahl in Golgit lockte mit ihren Begleiterscheinungen Shil aus dem ganzen Einzugsgebiet der Stadt an.

»Verstehen Sie jetzt, weshalb ich in den letzten Tagen ein bißchen zur Eile gedrängt habe?«

Töröcsik klopfte Barakuda auf die Schulter. »Alles klar, Chef.« Er grinste. »Ein schöner Morgen und ein feines Schauspiel. Und wenn die alle in Golgit sind, haben wir es mit dem Überprüfen der Impfnarben leichter. Dann sind sie alle zusammen.«

Zwei Stunden nach Sonnenaufgang kamen sie zur Stadt. Diesseits der Katarakte hatte der Huagilera ein weites Tal zum See gemacht; Golgit nahm den größten Teil des Westufers und der Berghänge ein. Mehrere Seilbahnen, getrieben von großen Schwungrädern, in denen P'aodhus stumpfsinnig vor sich hintrotteten, verbanden die Unterstadt mit dem neueren Viertel der Wohlhabenden, das auf einem Plateau lag.

»Wie viele Einwohner hat das Labyrinth hier?« Bogai bestaunte eine Gruppe von Shil in grellrosa Gewändern. Die dunkle Olivhaut der Gesichter war mit komplizierten, ebenfalls grellrosafarbenen Mustern bemalt. Die Gruppe ging fast im Gleichschritt, bahnte sich einen Weg durch das Gewimmel in den engen Kopfsteingassen und reagierte weder durch Gesten noch durch eine Regung der versteinerten Mienen auf die Umgebung. »Und was sind das für Leute?«

Barakuda hob die Schultern. »Ich schätze, Golgit hat etwa hunderttausend Einwohner, aber im Moment sind viele Besucher aus dem Umland hier. Und die kann ich nicht einordnen. Talsilaq, diese grellrosa Gruppe da vorn, kennst du sie?«

Der Muli wiegte den Kopf. »Kennen ist zuviel gesagt. Ich habe von ihnen gehört. Sie wohnen in einem fast unzugänglichen Nebental, weiter im Süden.« Den Gerüchten zufolge hielten die Bewohner des Tals alles Menschliche, repräsentiert durch die (Haut-)Farbe Oliv, für minderwertig und verehrten statt dessen die »Gegenfarbe« Rosa. Sie hatten rosafarbene Häuser, zogen rosafarbene Pflanzen, merzten alle Grüntöne in ihrem Tal aus und hatten es sogar geschafft, aus den braungrünen, zottigen P'aodhus eine rosa Büffelrasse zu züchten.

Die meisten Häuser von Golgit bestanden aus Basaltfundamenten, einem steinernen Erdgeschoß und weiteren Stockwerken aus Holz und Lehmziegeln. Auf dem Plateau blitzten weiße Gebäude in der Morgensonne; ein mit stinkenden Algen beladener Karren rumpelte aus einer Nebengasse zum Marktplatz.

»Ein Leckerbissen«, sagte Talsilaq. »Am Seeufer gibt es gläserne Unterwassergärten, in denen das Zeug gezogen wird, *amthi'stai.* – Ich glaube, das hier ist der beste Platz.«

Der Markt lag zu Füßen der Felswand, auf der sich die Paläste erhoben. Der Hauptzugang zum Marktplatz war leicht zu überblicken und mühelos abzusperren.

»Hier könnte man gut einen Impfpaß einrichten.« Töröcsik schüttelte den Kopf und kicherte. »Das war nicht beabsichtigt. Ist aber ein gutes Wort.«

Barakuda bat um Geduld. Er ließ die anderen mit den Robots zurück und ging zum Gebäude der Zünfte, wo er ein kurzes Gespräch mit einigen alten Frauen führte, die er noch aus seiner Amtszeit kannte. Sie billigten seine Vorschläge, wenn auch keine Fälle von Explosiver Beulenpest aufgetreten seien, wie sie versicherten. Dante hörte es mit Erleichterung.

T'unga und Talsilaq schafften Tische herbei, mit denen der Durchgang bis auf einen engen »Paß« blockiert wurde. Bogai und Töröcsik aktivierten die Medikrobots. Zwei der Zunftfrauen stellten sich neben die Tische, um im Fall von Mißmutsäußerungen angehaltener Shil Erklärungen abzugeben. Das Verfahren war einfach und schnell durchführbar: Alle Passanten wurden gebeten, die Oberarme zu entblößen. Wer eine Impfnarbe hatte, konnte sofort weitergehen; die übrigen – es waren wenige – erhielten eine Injektion und den Rat, sich über eine kleine Entzündung mit Narbenbildung nicht aufzuregen.

Mit Savinniks Kamera wanderte Barakuda eine Weile durch den Ort. Dann begab er sich zur Residentin des Noch-Gouvernements. Das Gebäude der Vertretung von Cadhras lag auf einem kleinen Hügel am Seeufer. Von der blumengesäumten Terrasse bot sich ein prächtiger Blick über Stadt und See.

Die Residentin begrüßte ihn freundlich und ließ Kaffee auf die Terrasse bringen. »Sie segeln jetzt also um den Planeten und impfen? Interessant. Ich hätte nicht gedacht, Sie jemals bei einer so vergleichsweise ruhigen Tätigkeit zu sehen.«

Barakuda lächelte knapp. »Wissen Sie, nach den Ereignissen der letzten Jahre kann ein bißchen Ruhe nicht schaden. Zumal keiner weiß, was nach dem Ende der Quarantäne geschieht.«

Sie nickte; ein wenig traurig, wie es schien. »Ja. Wir werden das alles hier wohl aufgeben und abziehen, wenn sich an dem Beschluß nichts mehr ändert.«

»Gibt es etwas Neues in Cadhras? Ich habe seit zwanzig Tagen nichts gehört.«

Sie überlegte. Barakuda betrachtete die kleine, energische Frau. Die Residentin war Anfang Fünfzig und vertrat das Gouvernement seit sieben Jahren in Golgit. Dante wußte, daß sie den Planeten und seine Bewohner liebte. Und daß sie, wie so viele, bald zwischen Shilgat und dem Commonwealth wählen mußte.

»Ich glaube, in den letzten Tagen ist nichts passiert. Die Erfassung geht weiter, ebenso die Entschädigungsberechnungen. Nach den neuesten Zahlen werden etwa vierzig Prozent das Territorium verlassen.«

Gegen den Widerstand des ehemaligen Banyashilfürsten Gortahork und des alten Saravyi hatten die Shilvölker das Shilgat-Abkommen gekündigt. Außer der Erkenntnis, daß man notfalls auch ohne Hilfe von Cadhras die Krisen um Pasdan und Gashiri hätte bewältigen können, war die Einschätzung der letzten Sektierer in Banyadir entscheidend gewesen. Die »Mathematischen Mönche« stellten keine Gefahr dar; ihr Land war von hohen Bergen eingeschlossen. Sie mochten dort in Ewigkeit ihre Halluzinationen pflegen.

Unmittelbar würde sich wenig ändern. Im Palais der Gouverneure würde bald ein Kommissar sitzen; anstelle des Gouvernements würde das Kommissariat den Raumhafen und die sonstigen Anlagen verwalten, den Passagier- und Frachtverkehr mit anderen Welten überwachen und den Kultur- bzw. Technologie-Transfer unterbinden. Aber mit dem Ende des Protektorats endete auch der Einfluß von Gadhras; anders als die Gouverneure würden die Kommissare außerhalb der ihnen unterstehenden

Anlagen keinerlei Befugnisse besitzen, nicht einmal in der Stadt Cadhras – falls nicht neue Beschlüsse winzige Änderungen ergaben. In den beiden Krisen war die letzte Gouverneurin praktisch Beherrscherin des Planeten gewesen; der zu ernennende Kommissar wäre nur ein Botschafter mit gewissen Vollmachten. Das Autonome Territorium des Isthmus wurde aufgelöst; die Bewohner konnten entweder bleiben oder mußten sich, wenn sie weiterhin Bürger des Commonwealth mit Rechten und Pflichten sein wollten, auf anderen Welten ansiedeln. Wegen der von vornherein offengelassenen Möglichkeit der Kündigung des Abkommens hatte es im Isthmus nie privaten Grundbesitz gegeben; das Land war von den Shilvölkern widerruflich zur Verfügung gestellt und von den Commonwealth-Behörden an Bauern, Unternehmer und Privatleute verpachtet worden. Nun hatte sich das Commonwealth verpflichtet, denen, die Shilgat verlassen wollten, auf anderen Welten für eine Übergangszeit von zehn Jahren ähnliche Ackerflächen pachtweise zur Verfügung zu stellen beziehungsweise bei der Anmietung von Wohn- und Nutzgebäuden zu helfen.

»Was werden Sie machen, Madame?«

Die Residentin hob die Hände. »Ich weiß es nicht. Es wird kaum möglich sein zu bleiben... «

»Das Kommissariat wird genauso Botschafter brauchen wie das Gouvernement.«

»Natürlich. Aber es gibt vor allem zwei Probleme; von den zahllosen anderen nicht zu reden. Geld und Beziehungen.«

Barakuda nickte. »Sie haben natürlich recht. Aber ich würde nicht zu schwarz sehen. Erfahrung sollte auf jeden Fall zählen.«

Ob ein Kommissar oder eine Kommissarin die bisherigen Residenten übernahm oder neue Leute ernannte, war eines der beiden Probleme. Das zweite war wichtiger. Bisher hatte das Gouvernement sich ausschließlich aus Zolleinnahmen finanziert – zehn Prozent vom Warenwert aller Güter, die den Raumhafen passierten. Durch den Exodus eines Teils der Bevölkerung und die nicht kalkulierbaren Entwicklungen des interstellaren Fracht- und Personenverkehrs nach Shilgat würde sich die Lage ändern. Zunächst stand noch nicht fest, ob ein Kommissariat überhaupt Zoll erheben durfte; selbst wenn ja, blieb zweifelhaft, ob die Höhe der Einnahmen nach dem »Wandel« ausreichen würde, die bisherigen Abteilungen des Gouvernements beizubehalten.

»Wir können es ohnehin nicht ändern und müssen abwarten. Was haben Sie denn vor?«

Barakuda blickte über den See. Fischerboote mit eckigen Segeln; Laubenflöße, üppig bewachsen, auf denen Paare oder Ausflugsgruppen den See genossen; ein Schwarm fliegender Plattfische, der sogenannten *pinyapadis* oder Flatterflundern; die Spitze des Kristalldoms, der das unterseeische Amüsierviertel überwölbte. Unterhalb der Terrasse standen Laokoon-Feigen mit verschränktem Geäst; daneben Zinnobersträucher und Kissen von Nimmergrün, süßer *cinnamongo,* junge Blutweiden, in denen eine orangefiedrige *shimsel* hockte und ihren Pentatriller ausstieß, und würzige Minz-Ulmen.

»Ich werde bleiben.«

Auf dem Weg von der Residenz zum Markt schlenderte Barakuda durch das Handwerkerviertel. Bei einem Lederwerker sah er einen sauber gearbeiteten, mit grünen Halbedelsteinen verzierten Umhängebeutel, den er für Begheli kaufte. Nebenan gab es einen Schlosser, der gleichzeitig allen möglichen metallischen Krimskrams – geflickte Töpfe, alte Zierleisten, kleine gußeiserne Dämonenfiguren, Nägel, Zahnzangen – in Kästen unsortiert feilbot. Dante wühlte eher zerstreut eine Weile darin herum; eine halbe Stunde später hatte er acht kleine Metallzylinder mit Ausbuchtungen und Stiften gefunden. Sie erinnerten ihn an seltsame Schlüssel. Hoch im Norden, in der Blutgrafschaft Vagaván, hatte einst ein irrer Baumeister, dessen Gebäude ausnahmslos auf Primzahlen basierten, einen Palazzo mit einem Dreiundzwanzigeck als Grundriß errichtet. In diesem Palazzo, in dem es 23 Räume gab und alle Treppen 23 Stufen hatten, wohnte seit Bestehen des Gouvernements der jeweilige Resident von Cadhras. Im Keller (im 23. Kellerraum) gab es eine 23eckige Tür mit 23 Schlössern, und in zweieinhalb Jahrhunderten hatten die Residenten 16 Schlüssel zusammengetragen Es fehlten 7 – hier hatte er nun 8 gefunden, die den gesuchten ähnelten; einer, der ihm vor einiger Zeit in die Hände gefallen war, lag noch in seiner Wohnung in Shontar. Wahrscheinlich paßten sie nicht in die Schlösser; außerdem war einer überzählig. Aber es wäre ja möglich. Der Schlosser wußte nichts über die Herkunft der Zylinder und überließ sie Dante billig.

Schließlich erwarb er bei einem Buchdrucker noch drei in Bockleder gebundene Werke, gedruckt mit beweglichen Eisenholzlettern auf Büttenpapier: eine *Sammlung hypothetischer Tatsachen von ersprießlicher Nutzlosigkeit,* vollkommen bizarre Einfälle, Notizen und Anekdoten eines dem verschwiegenen Drucker angeblich unbekannten Autors; eine Serie von Mystifikationen und philosophischen Vexierspielen unter dem Titel *Katalog unbewohnbarer Gedanken*; sowie lakonische Erzählungen eines berühmten Autors namens Durdary aus Sa'orq, *Trockene Geschichten vom Fluß*. Durdarys Buch kostete 25 Foldar, die beiden anderen je 10. Barakuda, der nicht mehr genug Shilgeld bei sich trug, legte 90 Drachmen hin. Er steckte die Bücher und Schlüssel in den Beutel und machte sich auf zum Markt, um das Ende der Wahldebatten mitzubekommen.

Die Wahl des neuen Stadtsklaven fiel in eine Zeit der Besorgnis. Die Besitzer hatten jene Frauen und Männer nominiert, die ihnen in neun der üblichen zehn Jahre* mit auffallender Wirksamkeit und Intelligenz gedient hatten. Delegierte aus den Dörfern, Bergnestern und Städten des Bereichs, der sich viertausend Kilometer von Nord nach Süd und fünfhundert von West nach Ost erstreckte und Hochebenen, Bergketten, Moore, Wüsten und Wälder umfaßte, waren wie jedes Jahr in Golgit zusammengekommen, zu Markt, Volksbelustigung, Götterschmähung und Sklavenwahl, aber über allem lag noch der Schatten der Ereignisse von Gashiri. Eine alte, erfahrene Schmäherin mit sprödem Greisinnenbart und ungeheuerlichem Wortschatz mutmaßte, die Prinzipien der Akausalität** drohten zu Ordnung zu

---

* Sklaverei ist ein ökonomischer bzw. Straf-Zustand auf Shilgat. Auf dem Südkontinent beträgt seine Dauer üblicherweise zehn Jahre; Sklaven und Käufer schließen häufig einen Kontrakt, in dem der Sklave Verzicht auf Fluchtversuche garantiert, der Käufer sich verpflichtet, sein Eigentum gut zu behandeln und für jeden Arbeitstag eine bestimmte Summe (meistens 0,25 bis 0,5 Foldar) zurückzulegen; die Gesamtsumme steht am Ende der Zeit dem Sklaven zu. Der Kontrakt garantiert dem Käufer eine dauerhafte Arbeitskraft zu geringen Kosten, dem Sklaven gute Behandlung sowie Bewegungsfreiheit innerhalb der Stadt- oder Landesgrenzen.

** Auf Tagga- bzw. Banyashilgu sehr kompliziertes Wort; besteht aus elf verwerden; das fruchtbare Chaos sei nur dadurch zu gewinnen, daß man Konzessionen an die fiktive Kausalität mache und die nichtexistenten Gottheiten in ausreichendem Maße beschimpfe. Dies sei in den vergangenen Jahren vernachlässigt worden, und Früh- und Fehlgeburten seien die angemessene Strafe, eine das Große Chaos pervertierende Unzufälligkeit.

Manche stimmten ihr zu; andere hingegen brachten gewichtige Einwände vor. Wenn, so sagte ein stimmbrüchiges Milchgesicht, die Schmähung nichtexistenter Gottheiten das Große Chaos an einer Stelle schwäche, indem sie darin einen geballten Kausalbereich erfinde, so bewirke dies keineswegs, wie angenommen, an einer anderen Stelle einen besonders wirksamen Akausalbereich, der den Schmähenden zugute komme. Diese Annahme setze ein inneres Auswiegen im Großen Chaos voraus, das dadurch zu einer Form von Ordnung werde – eine offenkundige Absurdität. Vielmehr sei bezeichnend für das Große Chaos eben jegliches Fehlen von Kausalität; daher diene die Schmähung nichtexistenter Gottheiten lediglich der Befriedigung ansonsten nicht kanalisierbarer Sprachtriebe.

Dem hielt ein nervöser Schmäher entgegen, die Annahme, das Chaos sei ein Chaos, stelle bereits eine unzulässige Strukturierung des Unstrukturierbaren dar; indem nämlich gesagt werde, es gebe keine übergeordneten Kausalmechanismen, definiere man das Große Chaos als zuverlässig regellos. Diese Zuverlässigkeit, das kalkulierbare Fehlen jeder Kausalität, die regelmäßige Regellosigkeit mache aber aus dem Chaos bereits eine Art Antiordnung***, die ihrerseits von tyrannischer Striktheit sei. Der junge Vorredner übersehe das eigentliche Problem: Im Chaos gebe es keinerlei Gesetzmäßigkeit, nicht einmal die der dauerhaften Akausalität. Vielmehr sei die Akausalität in sich abermals akausal, so daß sie auf der untersten wahrnehmbaren Ebene durchaus den Anschein von Symmetrie annehmen könne.

---

schliffenen und zusammengefügten wurzeln sowie der Verneinung nu; wörtlich übersetzt etwa: »Nicht-potential-Wirkung-von-potential-Ursache-unkenntlich-beide-GroßesChaos-gliedernd-irreal.«

*** Etwa: »Irreal-nicht-GroßesChaos-gliedern-widerlegen-irreal«; einer der wichtigsten Aspekte der Debatten in Golgit ist zweifellos, daß dort agglutinierende Wortakrobatik in einer Weise betrieben wird, die aus den geformten Langwörtern schon fast reale Objekte macht, welche als luzides Halluzinogen zur Hintertreibung aller Logik logisch verwendet werden.

Und auch die Akausalität der Akausalität sei akausal, und so weiter.

Während die Debatten mit ersprießlicher Fruchtlosigkeit wucherten, unterzogen sich die nominierten Sklavinnen und Sklaven dem strengen Ausleseverfahren, das körperliche Belastbarkeit ebenso testete wie geistige Beweglichkeit und Wissen. Schließlich blieben zwei Kandidaten übrig, ein vor Jahren aus Vagaván ausgestoßener Mann mittleren Alters und eine 28jährige Bilshil von einer der großen Inseln im Pangotischen Ozean. Zunächst galt der Banyashil wegen seiner größeren Lebenserfahrung als Favorit, wenngleich einige der Delegierten von Anfang an die jüngere Bilshil vorzogen. Schließlich hatte sie, zog man die bisher abgedienten neun Jahre und vielleicht ein weiteres halbes Jahr für den Transport von ihrer Insel zu den Korsaren und weiter nach Golgit von den 28 Jahren ab, ihr Verbrechen bereits mit 18 Jahren verübt; man sah dies als überzeugenden Beweis ihrer frühentwickelten politischen Fähigkeiten an. Im Verlauf des großen Streitgesprächs vor einigen tausend Delegierten, die gelegentlich Fragen stellten oder Vorwürfe äußerten, wirkte die Bilshil weitaus standfester als der Banyashil, der auch in neun Jahren der Sklaverei keineswegs alle Illusionen über die Beschaffenheit des Menschen abgelegt hatte. Zum Schluß wählten die Delegierten nahezu einstimmig die Frau von den Inseln zur neuen Stadtsklavin. Ein Jahr lang sollte sie »Unrecht mildern, Recht zügeln, Macht entbehren und den Shil der Berglande Anordnungen ersparen«, wie es in der alten Formel hieß.

Kisijian übernahm von ihrem Vorgänger, einem alten Mischling aus Banyadir, den Eisenkragen des Amts. Der alte Mann erhielt 1800 Foldar von seinem ehemaligen Besitzer – angesammelter Sklavenlohn aus neun Jahren – und zahlte von dieser Summe 500 Foldar in die Kasse von Golgit: den Preis für ein Jahr im höchsten Amt. Die Delegierten dankten ihm für seine maßvolle Zurückhaltung und unaufdringliche Amtsführung; er habe in vorbildlicher Weise darauf verzichtet, die Bewohner der Berglande zu belästigen, die ihm nun zehn Tage gewährten, in welcher Frist er das Land auf immer zu verlassen habe.

Am Nachmittag beendeten sie die Impfaktion. Genau 118 Injektionen hatten die Robots gezählt; T'unga berichtete, elf grellrosa Shil seien darunter gewesen. Barakuda beschloß, dem Gouvernement die Entsendung eines Gleiters in das entlegene Tal zu empfehlen, da es offenbar bei den planetenweiten Vorbeugemaßnahmen übersehen worden war.

In einem kleinen Lokal am Hafen aßen sie Bratfisch in scharfer Tunke; die beiden Wissenschaftler verzichteten auf die Algenbeilage. Am Nebentisch saß Kisijian; freie Verpflegung gehörte zu den Privilegien ihres neuen Amts, wie (zumindest anfangs) Einsamkeit zu den Lasten. Dante lud sie an den größeren Tisch ein. Sie erzählte einige abstruse Anekdoten aus ihrer Sklavenzeit, erkundigte sich bei T'unga nach seinen Narben und den Gefühlen, die er ihnen gegenüber empfand, und bemerkte schließlich, sie käme am Ende ihrer Stadtsklavenzeit gern einmal nach Cadhras. »Ich weiß aber nicht, ob man innerhalb von zehn Tagen das Land Golgit in einer Richtung verlassen kann, die nach Cadhras führt.«

»Du solltest über den Fluß setzen«, sagte Talsilaq. Er dachte einen Moment nach. »Mit guten Pferden kann man es in acht Tagen bis zur Grenze nach Sa'orq schaffen.«

»Eine Tagesreise vor der Grenze«, sagte T'unga ohne besonderen Nachdruck, »gibt es ein kleines Karawan-Serai. Heute ist der vierunddreißigste Tag der Spätzeit. Vielleicht werde ich am Zweiundvierzigsten dort sein. Nächstes Jahr.«

Kisijian lächelte. Ihre herben Züge hellten sich entschieden auf »Ihr wollt weiterreisen – oder kann ich euch mit den gastlichen Gemächern der Stadtsklavin locken? Ein paar Tage wenigstens?«

Dante spitzte den Mund. »Wir werden sicherlich noch einen halben Tag in der kleinen Bucht bleiben. Aber dann müssen wir weiter.«

T'unga nickte. »Bis gegen Mittag werde ich dort sein.«

»Wie weit ist es von Cadhras bis Banyadir?« sagte Kisijian plötzlich.

»Sehr weit. Fast so weit wie von hier bis Cadhras. Warum?«

Sie zögerte. »Ach, es ist nichts. Nur ein dummer Traum.«

»Du träumst?« T'unga hob die Brauen.

Sie winkte ab. »Keine Sorge. Nein, einer meiner bisherigen Mitsklaven. Er hat vor zwei Jahren, bevor jemand etwas wußte, geträumt, daß böse Dinge aus Gashiri über uns kommen würden. Vor einigen Nächten nun träumte er von einer malmenden Lawine aus Banyadir. Jedenfalls war es ein hohes Bergland, und dort stand in seinem Traum die Sonne mittags links von ihm. Er hatte einen Felsen betrachtet, hinter dem sie morgens aufgegangen war.«

»Also Norden«, murmelte Barakuda.

»Ja. Ein hohes Bergland im Norden.«

»Das war aber eine jähe und lakonische Romanze.« Töröcsik regulierte die Projektorleistung eines schief schwebenden Medik-Robots. Sie passierten die letzten Häuser der Stadt. »Und wenn Sie uns nicht so getreten hätten, daß wir ein bißchen Shilgu lernen, hätte ich nichts davon mitgekriegt.«

Barakuda lächelte zerstreut; er dachte an Saravyis kryptische Äußerungen über etwas unter Banyadir und an den Traum des Sklaven; er nahm sich vor, den alten Mann auszuquetschen. Soweit Saravyi sich ausquetschen ließ.

Talsilaq, der wieder voranging, drehte sich halb um und grinste. »Es gibt eine nette alte Geschichte; aus Golazin, glaube ich. Unter den Passagieren einer Fähre sind auch eine junge Frau und ein junger Mann. Sie haben einander nie gesehen; die Überfahrt dauert vielleicht fünf Minuten, und während dieser Zeit sitzen sie einander gegenüber. Der Mann betrachtet die Frau. Sie ist anregend. Sie trägt Kleidung aus P'aodhu-Leder; der Schnitt ähnelt dem, der bei einem bestimmten Banyashil-Stamm nahe Vagaván üblich ist, und dem entsprechen auch gewisse Ornamente. Aber die Taschen der Jacke sind nicht verschließbar; es handelt sich also um das nachempfundene Produkt eines Schneiders, nicht um Kleidung, wie man sie trägt, wenn man zu Pferd zu reisen pflegt. In der Stadt gibt es nur drei Schneider, die P'aodhu-Leder so kunstvoll verarbeiten können, und alle drei sind sehr teuer. Die Frau hat feine, aber kräftige Finger mit kurzen Nägeln; die Nägel der Zeigefinger sind rötlich verfärbt, ebenso die beiden Fingerspitzen. Sie trägt hochhackige Stiefel mit sehr dicken Sohlen, fast eine Handbreit dick, und die Sohlen und Absätze sind *nicht* verfärbt. Vermutlich, denkt sich der Mann, arbeitet sie als Aufseherin in der Quetsche.«

»Wo?« Bogai blickte ihn fragend an.

»Ach so, das können Sie nicht wissen. In Golazin werden Purpurquallen verarbeitet; sie sind selten und finden sich vor allem vor der Golzain-Mündung. Sie werden mit bloßen Füßen zertreten, deshalb Quetsche. Aufseher tragen dort hohe Schuhe; sie prüfen die Qualität der gewonnenen Farbe, indem sie Schwämme in eine Purpurlache tauchen und dann mit dem Zeigefinger ausdrucken. Die Lederkleidung ist makellos; also ist die Aufseherin vermutlich unverheiratet. Erstens wegen der Eitelkeit, zweitens wegen des Geldes. Eine Aufseherin verdient genug, um sich vieles zu leisten; wenn sie aber einen Mann und vielleicht Kinder hätte, trüge sie kaum für den simplen Heimweg Extrakleidung und ungefärbte Extraschuhe, die nur deshalb so hoch sind, weil sie sich an flache nicht mehr gewöhnen kann.«

»Mach das kürzer«, sagte Barakuda. Er kannte die Geschichte und wußte, daß sie so, wie Talsilaq begonnen hatte, bis zum nächsten Nachmittag dauern würde.

Talsilaq zwinkerte. »Na gut. Also, durch bloßes Hinschauen und Nachdenken ermittelt der Mann, daß diese hübsche junge Frau reich, unabhängig, ledig und leichtlebig ist, daß sie vermutlich in einer bestimmten Hafenstraße wohnt, in einem Haus, dessen Garten zum Strand abfällt und seitlich an einen Bootsschuppen stößt. Der Schuppen gehört einem Freund von ihm, und dieser Freund will den Schuppen verkaufen.

Inzwischen hat die junge Frau den Mann betrachtet. Er gefällt ihr, sieht gut aus, trägt am Kragen seiner Arbeitsjacke einen Streifen Polarfell, und so weiter und so weiter. Sie ermittelt durch Denken, daß er nicht gerade arm ist eine bestimmte Sorte begehrter und teurer Fässer aus Spezialholz herstellt und längst ins Geschäft mit Fischerbooten und Fisch einsteigen will, um sich auszudehnen. Zu expandieren – sagt man das? Ah ja. Expandieren ist aber schwierig, weil in der alten engen Stadt kein Platz für neue Gebäude ist. Es gibt da einen Schuppen, in dem kleine Boote repariert werden, neben ihrem Garten. Sie liebt den Garten, vor allem den unteren Teil, in dem sie seltene Blumen und Früchte zieht. Wenn der junge Mann nun den Schuppen kaufen sollte, der bald zum Verkauf stehen wird, dann wird er den Schuppen ausbauen wollen, denn für seine Zwecke ist er zu klein. Ausbauen kann er ihn nur, wenn er einen

Teil des Gartens bekommt, und zwar den mit den seltenen Pflanzen. Nun gefällt ihr der Junge aber so gut, daß sie genau weiß, nach einer ersten Nacht wird es viele weitere geben, und irgendwann wird sie, nur um ihm eine Freude zu machen, die Beete aufgeben und ihn den Schuppen ausbauen lassen, er wird weniger Zeit für sie haben, weil er mehr Zeit ins expandierende Geschäft stecken muß, und dann wird es ihr leid tun um die Pflanzen.«

»Sie könnte«, warf Töröcsik unbewegten Gesichts ein, »den Schuppen doch selbst kaufen und da unten am Strand, im eigenen Garten, eine Purpurquetsche aufmachen.«

Talsilaq nickte begeistert. »Gut, gut. Das ist der zweite Teil ihrer Überlegungen. Seiner übrigens auch. Er will da einsteigen, mit den Booten, die er im vergrößerten Schuppen bauen möchte.«

»Aber dann ist doch kein Platz mehr für eine Quetsche.«

»Doch, doch; man braucht noch ein bißchen mehr vom Garten. Als die Fähre mit den beiden jungen Leuten am Ziel anlegt, ist der junge Mann so weit, daß er die Frau sehr anziehend findet, den Schuppen ausbauen und eine Purpurquetsche einrichten will. Sie dagegen – die Frau, nicht die Quetsche – findet ihn zwar aufregend, sieht aber im Geiste den ganzen Garten und den Strand von Werkschuppen bedeckt, aus denen es nach Purpurquallen und Pech für Boote stinkt, und in ihrem Haus sind Arbeiter einquartiert.«

»Und?« sagte Bogai. »Wie geht's weiter?«

Talsilaq grinste. »Ganz einfach. Sie steigen aus; der Mann bleibt vor ihr stehen, legt die Hand auf sein Herz und sagt: ›Ja?‹ Und sie wirft ihm eine Kußhand zu und sagt ›Leider nein‹.«

Bogai brummte. Töröcsik nickte und pfiff eine atonale Sequenz. Dann sagte er: »Es stellt sich jetzt also die Frage, was T'unga und Kisijian sich alles gedacht haben.«

Talsilaq gluckste. »Ich denke mir da was.«

Kurz nach Sonnenuntergang begann in der Bucht das Feuermoos zu brennen; zwar war die Lufttemperatur zu hoch für die Selbstzündung, aber in Bachnähe hatten sich dank des fließenden Wassers Kältenischen gebildet in denen die Pflanzen sich entzünden konnten. Es war ein phantastisches Bild; im Zwielicht hüpften Flämmchen hangaufwärts und steckten einander an.

Barakuda blieb am Ufer stehen. »Da stimmt was nicht«, sagte er.

Vor ihnen lag, festgemacht wie zuvor, das Boot. An Bord regte sich nichts, keine Lampe war entzündet. Über die Reling hing ein Arm, und die Bordwand darunter wies eine dunkle Spur auf.

Töröcsik legte die Hand auf Barakudas Schulter und blickte ihm ins aschgraue Gesicht. »Moment, übereilen Sie nichts«, murmelte er. Er winkte Bogai herbei; mit wenigen Handgriffen änderten sie das Schwebeprogramm der Robots.

Während Talsilaq das kleine Beiboot heranholte, schwebten die Robots zum Achterdeck des Schiffs und landeten.

Nichts geschah. Töröcsik und Bogai stiegen ins Boot und griffen wortlos zu den Rudern. Talsilaq bedachte Barakuda mit einem langen Blick; dann zog er sein Messer und hielt es wurfbereit. Barakuda stand im Heck; unter der eisigen Taubheit, die über ihn kroch wie ein Seenebel, fühlte er sich nackt und schutzlos und dachte an die Tage, da er als Sekretär für Sicherheit eine der wenigen Feuerwaffen auf Shilgat hatte tragen können.

Talsilaq spähte über die Reling; das Ruderboot knirschte an der Bordwand entlang. »Nichts«, flüsterte der Muli. Dann lauter: »Ich gehe.«

Sekunden später – oder Stunden, so schien es Dante – tauchte er aus dem Niedergang wieder auf »Nichts. Kommt. Aber... « Er schwieg und starrte irgendwohin. Barakuda sah zunächst nicht, um was es ging. Er zog sich an den Sprossen der Leiter hoch.

Elzo Savinnik lag in einer Blutlache, mit drei Pfeilen im Rücken. Die rechte Hand umklammerte die Fernsteuerung des umgebauten Aufklärungsrobots. Eher unbewußt registrierte Barakuda, daß der Kugelkopf mit den glimmenden Augen sich unentwegt hin und her, hin und her drehte.

Peloy saß auf den Decksplanken, mit dem Rücken an die Steuerbordreling gelehnt. Er hatte einen Pfeil in der Brust und einen im linken Auge. Yagur war mit vier Pfeilen förmlich an die Kombüsenwand genagelt; eine Hand umklammerte noch den Schaft des Geschosses, das ihm durch die seitliche Halsmuskulatur gedrungen war.

Der Arm über der Backbordreling gehörte Saravyi. Saravyis Rumpf. Der Kopf des klugen, undurchsichtigen, unersetzlichen alten Mannes lag auf einem Tablett auf dem Tisch, an dem sie gestern zu Abend gegessen hatten.

Talsilaq hielt Barakuda fest. »Geh nicht rein.« Er schüttelte ihn. »Geh nicht rein.«

Bogai stieg ins Schiffsinnere; Töröcsik stellte sich in den Niedergang.

Als Barakuda nickte, ließ Talsilaq ihn los. Dante wandte sich ab, ging zum Heck und starrte in die Nacht, die über ihn hereinbrach. Einige Zeit später kam er zu sich, als das Holz der Reling unter seinen verkrampfen Fingern zu knirschen begann. Sein Mund schmeckte salzig vom Blut der zerbissenen Unterlippe. Mit dem Hemdsärmel trocknete er Augen und Wangen; dann wandte er sich um. Töröcsik hatte das Schiff durchstöbert und ein paar Schaufeln gefunden, über deren Sinn und Herkunft Barakuda nachzudenken versuchte.

III.

Der Medikrobot schwebte an Land, mit der Nachricht für die Residentin. Talsilaq hatte gehen wollen, aber die Mörder mochten irgendwo in der Dunkelheit warten. Barakuda steuerte das Boot zur Flußmitte, weg vom Ufer und von den Gräbern, weg von einem möglichen Überfall.

Als der Anker fiel, schaltete Dante den Antrieb aus und blieb am Ruder stehen. In ihm dachte etwas, sah dem Rest seines Körpers bei der fortschreitenden Versteinerung zu. Er fühlte sich leer, unfähig zu Aktionen oder Reaktionen. Wie in einem fortgesetzten Albtraum erschienen Schauplätze und Gesichter in seinem Kopf, vergingen, erschienen erneut und vermischten sich. Atenoa, die Hauptstadt, eine Einkaufszone; die Frau, mit der er hatte leben wollen, zermalmt unter einem defekten Frachtgleiter. Begheli in Cadhras, lächelnd, hinter dem Tresen im *Meeresleuchten.* Eine kreisförmige Geisterbahn, ein Endlosband, eine Möbiusschleife mit rasenden Bildern, die wiederkehrten, sich verwandelten, einander überlagerten und deformierten.

Bogai hatte die Tonspur gelöscht. »Keine substantielle Information«, murmelte er. »Sie haben nicht viel gesprochen.« Er sah Dante nicht an, und Dante stellte keine Fragen.

Der Film begann abrupt; Savinnik hatte sterbend den Robot aktiviert. Die Mörder waren längst an Bord; wie sie unbemerkt dorthin gekommen waren, blieb ungeklärt. Nach etwa fünf Minuten schaltete Bogai ab.

»Das geht so weiter, bis sie von Bord gehen. Und den ganzen leeren Tag, bis wir ankommen.«

Barakuda schloß die Augen, lehnte sich zurück und tastete nach seinen Zigaretten. Die entsetzlichen Bilder, scharf und farbig, hatten ihn aufgewühlt, die Kruste aufgebrochen. Was sich darunter regte, war ihm unbekannt, aber er konnte es sofort identifizieren. Haß.

»Können Sie mit den Bildern etwas anfangen?« sagte Töröcsik leise.

Dante nickte und öffnete die Augen wieder. »Zuviel.« Er hustete und spülte den Mund mit Sampawein, aber der Geschmack blieb.

Es mochten noch mehr Personen dabeigewesen sein, die auf dem Film nicht zu sehen waren, aber die acht Leute waren deutlich erkennbar. Ein Shil, dem die ersten Glieder der beiden kleinen Finger fehlten: So markierte man in den Bergregionen von Sa'orq Geächtete. Drei Mischlinge ohne besondere Kennzeichen, aber mit unvergeßlichen Gesichtern. Und vier fahlbraune Männer aus Gashiri. Die in den Labors der Anarchovegetarischen Union entwickelten Immunpräparate aus mutiertem *alangra* hatten bei den Behandelten die Pigmentierung verändert – eine Nebenwirkung, die dem Serum aus Cadhras zum Glück fehlte.

Drei der Männer kannte Barakuda nicht, aber auch ihre Gesichter würde er nicht vergessen. Den vierten kannte er um so besser. »Shevshan«, sagte er mit zusammengebissenen Zähnen.

Talsilaq nickte, als ob er sagen wollte: Das habe ich erwartet. Die beiden Wissenschaftler konnten mit dem Namen nichts anfangen.

»Er war in der anonymen Führungskaste der AVU«, sagte Barakuda. »Er hat die Handelsdelegationen geleitet, die das Breitband-Antisteroid in allen möglichen Waren um das Binnenmeer herum verteilt haben. Am Ende war er in der geheimen Zentrale in Tag'gashir'dir.«

»Wie ist er denn entkommen?«

»Mit uns.« Dante lachte bitter. »Als wir mit den furchtbaren Shil-Waffen die Kuppel versiegelt hatten, aus der die AVs ihre dritte Seuchenwaffe hochjagen wollten, sind wir losgerannt, weil wir ja wußten, was kommen würde. Er hat als einziger der AVs richtig reagiert, ist hinter uns hergelaufen und hat den letzten Robotgleiter noch erreicht. Über einem Bergsee ist er abgesprungen.« Dann erinnerte er sich, daß Begheli ihn gewarnt hatte: Shevshan könne versuchen, sich zu rächen. Er hatte die Warnung mit Schulterzucken quittiert.

In der langen einsamen Nacht, deren Geräusche er nicht wahrnahm, saß er auf dem Achterdeck und grübelte. Vielleicht, fand er, hätte er doch nachsehen sollen, was mit René und vor allem Begheli und Marsila im Schiffsinneren geschehen war, denn die Realität hätte auch nicht gräßlicher sein können als die Bilder, die sein Gehirn produzierte.

Im Morgengrauen brachte er das Schiff wieder in die Bucht und ruderte mit Talsilaq an Land. Sie hatten sich mit Messern und Bratspießen notdürftig bewaffnet.

In Ufernähe fanden sie Spuren; sie führten flußabwärts. Die Mörder hatten sich immer in der Deckung von Bäumen und Sträuchern bewegt. Anderthalb Kilometer weiter südlich entdeckte der Muli eine vom Fluß aus nicht einsehbare Bucht; das Ufer war hier dicht mit Blutweiden bestanden, deren Zweige ins Wasser hingen und einen Vorhang bildeten. Die Bucht selbst, wenn man sie so nennen konnte, war oval und höchstens 500 Quadratmeter groß. Im feuchten Boden der Böschung war der Abdruck eines Kiels konserviert. Barakuda schob die Weidenzweige beiseite und glaubte, im Morgenlicht am fernen Ostufer des Huagilera ein Ruderboot liegen zu sehen.

In dem kleinen Taleinschnitt landeinwärts fanden sich Lagerspuren; Talsilaq behauptete, nachdem er einige Zeit hier und da den Boden untersucht hatte, es seien neun Pferde gewesen. Die Reiter hatten kein Feuer gemacht; Barakuda wühlte an einer Stelle, die frisch umgegraben schien, und förderte Obstreste sowie fettiges Papier zutage, wie man es in Gashiri zum Einwickeln von *panyám* verwendete.

Talsilaq verschwand landeinwärts und tauchte nach ein paar Minuten wieder auf. »Neun Pferde. Sie sind talauf geritten, zu den Bergen. Wahrscheinlich gibt es da irgendwo einen kleinen Pfad oder Paß. Das bringt sie auf die Nord-Süd-Route.«

Barakuda wies mit dem Daumen hinter sich. »Und das Boot?«

Talsilaq hob die Schultern. »Vielleicht waren es zehn oder fünfzehn Leute. Neun sind jedenfalls zur Straße geritten. Und vorher von der Straße gekommen.«

Beim Rückweg flußaufwärts setzte er nach langem Schweigen hinzu: »Das macht natürlich die Verfolgung schwierig. Die Sache mit dem Boot, meine ich. Was hast du vor?«

Barakuda blieb stehen. Trotz Schlafmangels fühlte er sich körperlich gut, war aber inwendig noch immer betäubt. Er suchte in seinem Gedächtnis nach Worten, die er sonst sofort zur Verfügung gehabt hätte. Langsam sagte er auf Banyashilgu: »Acht Personen, deren Gesichter ich kenne, belasten den Boden der Welt. Shilgat wird sich leichter drehen, wenn diese und vielleicht einige andere keine Last mehr sind.«

Talsilaq nickte. »Mein Messer dein Diener«, sagte er, ebenfalls auf Banyashilgu.

Pferde grasten in Ufernähe. Die Residentin war persönlich gekommen, mit einem einheimischen Sekretär; sie hatte Kisijian und T'unga geweckt und mitgebracht. Die neue Stadtsklavin stand am Ufer und redete mit einigen Shil, berittenen Bütteln der Zünfte von Golgit.

»Neun Reiter«, sagte sie statt einer Begrüßung. »Sie haben gestern gegen Mittag die Nord-Süd-Straße überquert und den Weg genommen, der zum Andhangi-Paß führt. Man hat sie nahe der Raststation von Uq-Algal'ai gesehen. Vier von ihnen sind aus Gashiri.« Sie deutete auf die grasenden Pferde, an deren Sattelknäufen Proviantbeutel hingen. »Eine Leihgabe von Golgit.«

Es waren vier Pferde. Barakuda räusperte sich. »Danke für die schnelle Hilfe, Kisijian. Wer ist der vierte, der mitreitet?«

Kisijian wies auf das Schiff. T'unga erschien an der Reling, winkte knapp und sprang ins Ruderboot, um ihn an Bord zu holen. Als Barakuda sich auf die nächste Ruderbank setzte, ließ T'unga die Riemen los, beugte sich vor und legte die Hände leicht an Dantes Oberarme.

Die Residentin drückte ihm stumm die Hand; ihr Golgi'shil-Sekretär verneigte sich. Mit einem Becher Kaffee in der Hand tauchte ein etwa 30jähriger, kräftiger Shil aus der Kombüse auf. Er trug strapazierte Lederkleidung und eine schrägsitzende graugrüne Kappe; seine linke Ohrmuschel fehlte.

»Zhazyro«, sagte Barakuda erstaunt und erfreut. »Woher kommst du?«

Der Mann gehörte zu den Kundschaftern, die das Sicherheitssekretariat in Cadhras überall auf dem Planeten unterhielt; er wies nach hinten und lächelte. »Aus der Kombüse, Chef.« Dann wurde er ernst und ging vom Galaktein zum Banyashilgu über. »Schwarzer Horst des Kummervogels in meinem Gedärm.«

»Cadhras ist informiert«, sagte die Residentin. »McVitie wird gegen Mittag eintreffen.«

Dante nickte. »Dann wird sie mich nicht finden. Die Mörder haben einen Tag Vorsprung.«

»Wollen Sie hinterher? Natürlich, dumme Frage. Aber wäre das nicht sinnvoller mit einem Gleiter zu machen?«

Zhazyro sagte: »Unmöglich.«

»Erstens, weil ich nicht mehr dem Gouvernement angehöre und keinen Gleiter bekommen werde«, sagte Barakuda. »Und zweitens wegen des Geländes. Die berühmte Nadel im Heuhaufen – man muß schon in den Heuhaufen kriechen, wenn man sie finden will; aus der Luft ist das hoffnungslos.«

Über den Andhangi-Paß führte eine kleine alte, kaum benutzte Handelsstraße nach Nordwesten. Jenseits der Bergkette fiel sie steil ab und durchquerte eine ausgedehnte Sumpflandschaft. Es folgte ein Dschungelgürtel, dann ein bewaldetes Plateau, danach, hinter einer weiteren Bergkette, der tausend mal tausend Kilometer große urweltliche Farndschungel von Tushura, der im Westen bis zum Küstengebirge nahe Bu'ndai reichte, im Norden stetig anstieg und erst jenseits der Taggabahn endete.

»Wer gute Augen hat, kann dort Pferdespuren finden; wer sich nicht vor den seltsamen Tieren fürchtet und die Bewohner dieser Gegenden fragen kann, der erfährt vielleicht, ob jemand vorbeigeritten ist. Aber aus der Luft ist nichts zu machen. Man kann wochenlang in jede Richtung durch den Dschungel reiten, ohne einmal die Sonne durch das Laub zu sehen. Da drüben können die neun jederzeit die Richtung ändern und zum Beispiel ungesehen nach Nordosten reiten, während ein Gleiter sie im Nordwesten sucht. Können Sie McVitie einige Dinge ausrichten?«

Die Residentin wies auf Zhazyro. Der Shil setzte den Kaffeebecher ab und zog ein kleines Funkgerät aus der Jacke.

»Natürlich.« Barakuda ärgerte sich über sich selbst. Töröcsik brachte ihm Kaffee und Braten. Nach kurzem Gespräch mit Sarela McVitie suchte Dante die Dinge zusammen, die er mitnehmen wollte, händigte Töröcsik und Bogai den Rest aus, einschließlich des Beutels mit Büchern und Schlüsseln, und ruderte mit der Residentin, T'unga, Talsilaq und Zhazyro an Land.

Kisijian hockte auf einem umgestürzten Stamm. Ihr herbes Gesicht zeigte keine Regung, als T'unga gewollt spöttisch sagte: »Also nächstes Jahr nachmittags kurz vor der Grenze.« Sie nestelte nur einmal am Sklavenkragen ihres Amts, als ob sie ihn abstreifen und mitreiten wollte.

Sie ging mit ihnen zu den Pferden. Die Residentin holte ein Päckchen aus ihrer Satteltasche und reichte es Barakuda. Es enthielt Notmedikamente, Verbandszeug, schmerzstillende Mittel und ein kleines Gerät zur automatischen Analyse zweifelhafter Nahrungsmittel und Getränke.

Als Barakuda aufsaß, kam Kisijian zu ihm und klopfte auf ein dickes, in Ölhaut eingeschlagenes Bündel hinter Dantes Sattel. »Das«, sagte sie, »ist keine Leihgabe von Golgit, sondern ein persönliches Geschenk der Stadtsklavin. Seht hinein, wenn ihr rastet, und stattet euren Dank durch geziemende Verwendung ab.«

Kurz vor Sonnenuntergang kamen sie auf das kleine Plateau unterhalb des Andhangi-Passes, wo der Gleiter wartete. Sarela hatte an Bord Kaffee gekocht und ein Essen vorbereitet. Sie legte zur Begrüßung ihre Wange an Barakudas, und Dante hielt sie einen Moment in den Armen. Ehe Sarela seine Nachfolge im Sicherheitssekretariat angetreten hatte, war sie Leutnantin der Marineinfanterie gewesen, zu Zeiten, da Marsila Bodrelur und

René Nardini noch der Garnison angehörten; mit Begheli hatte sie eine Art kühler Freundschaft verbunden, und ihr besonderes Verhältnis zum alten Saravyi, der sie »meine liebste Nenntochter« genannt und ihr die Steppe des Nordens gezeigt hatte, machte sie nun zur Hinterbliebenen.

Beim Essen redeten sie von anderen Dingen. Sarela hatte eine Notbesatzung – zwei ältere Shil-Fischer und eine der seefahrenden Stieftöchter des alten Sergeanten Bondak mit ihrem derzeitigen Gefährten, ebenfalls einem Fischer – zum Huagilera geflogen; sie sollten zusammen mit Bogai und Töröcsik das Schiff zurück zum Isthmus bringen. In Cadhras gab es wenig Neues; Sarela berichtete von der allgemeinen Exodus-Stimmung und dem Versuch des Gouvernements, in dieser Lage und bei fortdauernder Quarantäne eine Art Normalität aufrechtzuerhalten.

Nach dem Essen ging T'unga zu den Sätteln und kam mit dem Ölhaut-Bündel zurück. Es enthielt Waffen: einen schlichten, scharfen Krummdolch in weicher Scheide; ein auch als Machete verwendbares, zweischneidiges Kurzschwert; einen Bogen aus *saglodi*-Holz, mit verschließbarem Lederköcher, in dem 50 Pfeile steckten; und eine Schleuder – Stahlfedern, Gummiriemen und drahtbesetztes Lederstück –, mit der Stahlwürfel verschossen werden konnten, die rasiermesserscharfe Kanten und Stacheln aufwiesen. Der zugehörige Draht-Leder-Beutel enthielt hundert Würfel.

»Das erinnert mich daran... «, murmelte Sarela. Sie ging zum Gleiter und holte ebenfalls ein Bündel, das sie Dante reichte. Die beiden Karabiner darin stammten nicht aus der Garnison, sondern aus den vor Jahren auf abenteuerlichen Wegen nach Shilgat geschmuggelten Arsenalen der Banditen des Nordens. Die Pistole dagegen war Regierungsgut.

»Mehr war nicht möglich. Die Karabiner und die Munition habe ich vor ein paar Tagen im Norden bei Biyang einigen Shil abgenommen. Da treiben sich noch immer Reste von Nobregas Horden herum.«

Außerdem enthielt das Bündel ein Funkgerät, noch eine Notapotheke, einen schweren Lederbeutel und einen Briefumschlag mit den Insignien des Gouvernements.

»Der Beutel ist von deinen Leuten. Für Wegzehrung und sonstige Reisekosten, nehme ich an. Learoyd wollte sofort mitkommen, hat sich dann aber von mir am Palais absetzen lassen, um irgendwas mit der Gouverneurin zu bereden. Von ihr ist der Umschlag. Ich weiß nicht, was drin ist.«

Der Beutel enthielt hundert goldene Talentmünzen: zehntausend Drachmen oder fünftausend Foldar, mehr als genug für eine kleine Expedition. Dante öffnete den Umschlag. Er fürchtete, ein offiziöses Kondolenzschreiben zu finden, mußte sich dann aber eingestehen, daß er Lydia Hsiang unterschätzt hatte. Er fand einen Grashalm, drei verflochtene, schwarzgefärbte P'aodhu-Haare, einen flachen, runden Kiesel, grün, mit einem Loch in der Mitte, und ein paar aschblonde Haare, die von einer dunkelgrünen Paste zusammengehalten wurden. Er legte den Umschlag mit den Gegenständen auf den Klapptisch, unter das Windlicht.

T'unga und Zhazyro, beide Banyashil aus dem Protektorat, wechselten einen Blick; T'unga pfiff leise.

»Erleuchtet mich«, sagten Sarela und Talsilaq gleichzeitig. Der Mischling war unter Cadhrassi aufgewachsen und kannte nicht alle Feinheiten der Objektsymbolik des Nordens.

»Der Halm steht für Haßgras«, sagte Dante langsam. Er war fast gerührt. »Wenn ein Mörder gerichtet wird und man seinen Leichnam den Aasvögeln überläßt, wird das Gras, das um das Skelett wächst, Haßgras genannt. Schwarzgefärbte P'aodhu-Haare bedeuten zornige Anteilnahme an einem schlimmen Verlust.« Er verschwieg, daß *drei* dieser Haare die Anteilnahme einer liebevollen Person bezeichneten; T'unga zwinkerte kaum merklich.

»Der grüne Kiesel, Stein und Wasser, ist Kind von Shilgat und steht normalerweise für Shil. Rund ist vollkommen, sehr wichtig, also ein bedeutender Shil; flach heißt ›aus den Ebenen‹. Das Loch bedeutet ›Tod‹, Verlust, Lücke – und zwar eine zu schließende Lücke. Also: Ein bedeutender Shil aus den Ebenen ist getötet worden, töte den Mörder. Das sagt der Stein. Die Haare stammen vom Kopf der Gouverneurin, vom Haupt; und sie sind zusammengeklebt mit verarbeitetem Taumeltang, wie ihn die Heiler für Narkosen verwenden. Die Person, die sich durch die Haare zu erkennen gibt, gehört also den Häuptern und Heilern an und ist berechtigt, den Tötungsbefehl zu geben.«

»Die Form des Taumeltangs«, sagte Zhazyro. »Sie leidet

Schmerz, der betäubt werden muß, indem der Empfänger dem Befehl gehorcht.«

Sarela klickte mit der Zunge und wiegte den Kopf. Ihre Augen waren groß und voll Verwunderung. »Sie erstaunt mich immer wieder«, sagte sie. »Obwohl... es ist ja nicht gerade eine Anweisung, wie sie einer Gouverneurin im Dienst des zivilisierten Commonwealth ansteht.«

Dante lächelte müde. »Nicht zu reden von gewissen Sekretärinnen, deren Aufgabe es ist, alle modernen Waffen auf Shilgat zu konfiszieren, nicht zu verteilen.«

»Seit wann ist Ihre Exzellenz denn eine von den Heilern und Häuptern?«

»Seit Saravyi uns damals zum geheimen Konklave geladen und angeordnet hat, daß man uns Zugang zu den Annalen von Sa'orq gewährt.«

T'unga und Zhazyro blickten Barakuda an, als sähen sie ihren früheren Vorgesetzten zum ersten Mal.

»Du auch?« sagte T'unga.

Am Morgen, ehe sie sich verabschiedeten, brüteten Dante und Sarela eine Weile über Karten. Woher die Überlebenden der AV-Führung gewußt hatten, wo Barakuda zu finden war, würde vermutlich nicht zu klären sein, war aber kein großes Rätsel. Natürlich hatte die AVU, meist mit Hilfe der überall unauffälligen Mischlinge, ein verzweigtes Informationssystem besessen, das nach dem Untergang des Zentrums führungslos, aber keineswegs zerstört war. Und in Cadhras, Kelgarla und Sa'orq wußten viele, daß Barakuda mit einem Boot unterwegs war und zur Wahl in Golgit sein wollte. Alles andere ergab sich daraus.

»Ich wüßte bloß gern, wie viele es wirklich waren. Und was es mit dem Ruderboot auf sich hat.« Dante markierte die Stelle auf der Karte.

Sarela kaute auf einem Grashalm. »Ich glaube nicht, daß ich da viel finde, aber ich werde nachsehen«, sagte sie ohne Begeisterung.

Mittags rasteten sie auf einem Plateau knapp oberhalb des Sumpflandes, das unsichtbar blieb. Unter der kräftigen Herbstsonne war bis zum Horizont (der nur zu vermuten war) eine

Dunstschicht über dem feuchten Land entstanden; das Plateau mochte Gestade eines phantastischen Ozeans aus graugrünen Gasen sein. Zhazyro murmelte etwas von einer Mischung aus alter Watte und schimmeliger P'aodhu-Milch. Barakudas Gedanken kreisten um zwei mutmaßliche Werte: 45° C und 90 % Luftfeuchtigkeit. Er schüttelte sich.

Es war eine grünbraune, schwankende, schmatzende Hölle. Dante wunderte sich nicht mehr, daß die alte kleine Handelsroute seit langem unbenutzt war; er fragte sich, wieso jemals einer gemeint hatte, hier entlangziehen zu müssen.

Der Weg war mit Stangen markiert, die so weit auseinander standen, daß sie im Dunst kaum auszumachen waren. Manchmal ritten sie über aufgeschüttetes Geröll, dann über kurze Strecken relativ festen, feuchten Grasbodens, dann über etwas, das wie zusammengebackene P'aodhu-Fladen aussah und roch; hin und wieder wurde der Weg zum Knüppeldamm, der unter den Pferden in voller Breite schwankte und sank. Sehr schnell waren Männer und Tiere schweißgebadet. Barakuda fühlte sich, als ob ihm jemand den Kopf mit einem heißen, nassen Gazewickel verbunden hätte, durch den kaum Luft zu holen war.

Rechts und links erstreckte sich, soweit sichtbar, eine breiige Masse, in der gelegentlich Blasen aufstiegen, blubberten und platzten; es stank nach Schwefel und allen nur denkbaren Varianten der Fäulnis. Auf der alten Welt Shilgat gab es längst keinen Vulkanismus mehr; Barakuda fragte sich, welche Prozesse in diesem Sud aus Wasser, Erde und tausend anderen Substanzen ablaufen mochten.

Talsilaq hatte in seiner Zeit in Golgit Geschichten über das Sumpfland gehört. Im Winter, behauptete er, sei es noch unangenehmer. »Dauernebel, und wenn es ganz kalt wird, gefriert die obere Sumpfschicht und knirscht pausenlos, wenn jemand über den Weg reitet und den Boden niederdrückt. Außerdem können sich dann die Tiere und Pflanzen besser bewegen.«

Als Barakuda sich genauer erkundigte, ritten sie über eine Geröllstrecke. Talsilaq stieg kurz ab, nahm einen Stein und warf ihn in etwas, das aussah wie ein Moosfleck. Der Fleck warf sofort Wellen, zog sich um den Stein zusammen und versank im Sumpf. »Eine der netten Pflanzen«, sagte der Mischling. »Genau, wie ich es in den Geschichten gehört habe. An Tieren soll es zum Beispiel einen fleischfressenden Tausendfüßler geben, fünfzehn Schritt lang. Er hat einen leichten Bauchpanzer mit eingeschlossenen Luftkammern und sinkt nur mit den Beinen ein.«

»Frißt er Passanten?« sagte Dante unwillkürlich auf Galaktein.

Talsilaq nickte. »Und im Winter muß er wie ein trampelnder Pfeil über das Sumpfeis zischen. Wenn auch die Hälfte der Beine einbricht, der Rest reicht, um weiterzukommen.«

Einige Zeit später setzte er hinzu: »Und Baumschlangen. Da, zum Beispiel.« Er wies auf eines der seltsamen Gewächse, die wie riesige Kohlstrünke allenthalben aus dem Sumpf ragten, sich mit Auslegerwurzeln an den aufgeschütteten Weg klammerten und in vier bis fünf Meter Höhe einen schirmartigen Geästkreis aufwiesen. An diesen Ästen oder Zweigen hing jeweils ein großes lappiges Blatt. Kurz vor den Reitern schien ein Blatt ausgebeult zu sein; es war jenes, auf das Talsilaq deutete. Als sie fast darunter waren, sahen sie, daß die Beule der Kopf einer blattfarbenen Schlange war. Talsilaq zog den Bogen aus seinem Bündel, stellte sich in den Steigbügeln auf und berührte das Blatt mit dem Holz. Die Schlange ließ sich fallen, ringelte sich auf dem Weg zusammen und verschwand blitzschnell im Sumpf. Das Blatt war dort, wo sie gelegen und gelauert hatte, gerillt.

»Die Biester sondern eine ätzende Flüssigkeit ab, mit der sie die Beute töten oder, bei größeren Tieren und Menschen, betäuben. Dann essen sie sie.«

»Also deswegen schaust du dauernd nach oben.« Barakuda schlug den Kragen hoch und setzte den Lederhut wieder auf, den er in den Nacken geschoben hatte.

Als es dunkel wurde, begannen die Spitzen der Markierungsstäbe grünlich zu glitzern. Sie waren mit einer phosphoreszierenden Flüssigkeit bestrichen.

»Wer reitet oder läuft denn nachts hier unter den Schlangenbäumen lang?« T'unga verzog das Gesicht. Sie alle fühlten sich unwohl.

Talsilaq hob die Schultern. »Wir, im Moment. Und irgendeinen Sinn wird die Markierung schon haben.«

Sie hielten Ausschau nach einem Rastplatz, aber soweit überhaupt noch etwas zu sehen war, gab es nur Sumpf, den schmalen Weg und die »Schlangenbäume«.

Müde ritten sie immer weiter, auf müden Pferden. Plötzlich verbreiterte sich der Weg; durch das dunstige Dunkel, das bestenfalls auf 40° abgekühlt war, sahen sie Lichter.

Die Shil, die hier auf einer Sumpfinsel lebten, wirkten beinahe mondän; Barakuda, der in dieser Umgebung eine Gruppe mit bizarren, hermetischen Weltphantasien erwartet hatte, war fast enttäuscht, als man den Männern Unterkunft und Bewirtung in Pfahlhütten anbot. Die Pferde wurden auf eine von Palisaden umgebene Weide getrieben, auf der einige der unvermeidlichen P'aodhus grasten.

Von der Dorfältesten hörten sie, am vergangenen Abend seien waghalsige Nachtreiter vorübergekommen, neun an der Zahl. Sie hätten ein kurzes Mahl zu sich genommen, Hüte gekauft und seien weitergeritten.

Was es mit den Hüten auf sich hatte, sahen sie am Morgen. Es handelte sich um Kopfbedeckungen, die sich nach oben zu fast einen Meter durchmessenden Scheiben verbreiterten; an der Oberfläche waren sie mit winzigen scharfen Nägeln besetzt. »Gut gegen Schlangen«, sagte ein alter Mann lakonisch.

Das Dorf lebte unter anderem durch den Verkauf von Silber- und Eisenfolien nach Golgit. Irgendwo in den Tiefen der heißen Sumpfteile wurden die Metalle aus dem Boden gekocht und stiegen an die Oberfläche, wo sie erkalteten und Folien bildeten. Da der Sumpf zu zäh für Boote und zu weich für Fußgänger war, hatten die Shil ein besonderes Fortbewegungsmittel entwickelt: Sumpfräder. Auf einen fünf Meter durchmessenden Doppelrahmen aus Schilf, Bambus und leichtem Hohlholz wurden breite, dünne Hartholzbretter gebunden. Die Erz-Ernter gingen damit wie auf Panzerketten über den Sumpf; es gab sogar Wettrennen. Die *tsaldans* genannten »Tausendfüßler«, versicherten die Leute, hausten tiefer im Sumpfland, nicht so nah am Rand, wo zu viele Menschen lebten. »In den nächsten Tagen, bis ihr den Sumpf verlaßt, werdet ihr genug *tsaldans* zu sehen bekommen.« Acht Tage würden sie wohl brauchen, um das Sumpfland zu durchqueren, aber überall gebe es gastliche Inseln. Acht Tage für einen Fußgänger, genauer; man solle aber mit dem Galoppieren vorsichtig sein, da der Weg dies nicht immer zulasse – man könne leicht versinken.

Nach Barakudas Meinung handelte es sich um trostreiche

Auskünfte; der Trost darin erschien ihm jedoch zweifelhaft. Immerhin: Dante hatte gut und fest geschlafen und fühlte sich einigermaßen fähig, weiterzureisen. Innerlich war er auf die Reise ohnehin gut eingestimmt, und das Ziel, Verfolgung und Rache, rückte weiter fort wurde zweitrangig. Im Moment zählte, daß er eine gewisse Verwandtschaft empfand; das dunstige, schwüle, feindselige Sumpfland war ein ziemlich getreues Abbild seines Gemüts.

Nachdem sie sich mit Foldar für Gastfreundschaft und die Überlassung von Schlangenhüten bedankt hatten, sattelten sie die Pferde und brachen auf.

IV.

Zwischen den Hügeln, die das Sumpfland vom Dschungelgürtel trennten, gab es Gras, eine Quelle und Lagerspuren. Barakuda traute den AVs alles zu; er schöpfte Wasser in den Analysator und war erst beruhigt, als die Untersuchung nichts ergab.

T'unga und Zhazyro beschäftigten sich mit den Spuren. Im Sumpf hatten die vier viel Zeit verloren; an den zahlreichen Gabelungen der Sumpfroute mußte man immer wieder stundenlang in die eine oder andere Richtung reiten, bis man ein Stück härteren Wegs fand, wo sich Spuren nicht sofort im Schlick verloren. Die neun Reiter hatten jedoch ihr Anfangstempo nicht durchhalten können; auch sie waren nicht jede Nacht durchgeritten, sondern in Pfahldörfern eingekehrt. Und sie hatten zweimal die Richtung gewechselt. Zunächst waren sie von der grob nordwestlich, Richtung Küste und Bu'ndai führenden Hauptroute abgewichen, nach Nord-Nordwest; verlängerte man die Strecke, konnte man bis zur Küste des Binnenmeers, knapp östlich der Meerenge von Pasdan, etliche tausend Kilometer zurücklegen, ohne bedeutende, dichtbesiedelte Gebiete zu berühren. An einer der nächsten Gabelungen hatten die Mörder dann abermals die Route verlassen; nun waren sie fast genau nach Norden geritten, als ob sie irgendwo westlich von Gashiri ans Meer wollten.

»Sie haben hier die letzte Nacht verbracht«, sagte T'unga;

Zhazyro nickte und ergänzte: »Acht bis zehn Stunden, mehr Vorsprung haben sie nicht.«

Barakuda blinzelte in die Nachmittagssonne. »Was schlagt ihr vor? Weiterreiten oder eine lange Pause?«

»In einer Stunde sind wir durch die Hügel und im Dschungel«, murmelte T'unga. »Der Gürtel ist hier schmal, aber einen Tag werden wir wohl brauchen.«

Barakuda breitete die Karte des Südkontinents aus. Die Hügelkette zog sich in langem Bogen von Norden nach Südwesten um das Sumpfland. Der Dschungelgürtel verbreitete sich weiter westlich; vor ihnen lag der nordöstlichste Zipfel, die schmalste Stelle. Das Plateau mit dem ausgedehnten Wald war ebenfalls im Westen breiter als vor ihnen, aber die Verlängerung der augenblicklichen Route führte durch die größtmögliche Ausdehnung des Farn-Urwalds.

»Was wollen die bloß da? – Egal. Wir rasten. Morgen früh geht es in den Dschungel. Was wir hier an Zeit verlieren, können wir auf dem Plateau wieder aufholen. Ich habe keine Lust, im Dschungel zu übernachten. Wenn es nicht sein muß.«

Am Spätnachmittag des nächsten Tages ließen sie das heiße, menschenfeindliche Dickicht hinter sich. Beim Aufstieg zum Plateau, auf einer Fels- und Geröllstrecke, summte Barakudas Funkgerät. Zhazyro, der voranritt, griff in seine Brusttasche, schaltete aber nach einem Blick über die Schulter zu Dante sein Gerät nicht ein. Barakuda meldete sich.

»Biologische Forschungsexpedition. Wir haben uns verflogen. Bitte Position durchgeben.« Es war die Stimme von Yasuhiro Kakoiannis. Dante grinste und beschrieb die weitere Umgebung.

»Das war Yasus Idee. Hsiang hat gelacht, aber dann hat sie den Antrag gebilligt und abgezeichnet.« Terence Learoyd lächelte; die Narben der Explosiven Beulenpest machten sein Gesicht zur gräßlichen Fratze.

»Wir haben einen der großen Gleiter gekriegt. Falls wir exotische Tiere finden. Pferde, zum Beispiel.«

Dante zwinkerte Toyami zu; die ehemalige Agentin hatte ein wenig zugenommen, aber nichts von ihrer Geschmeidigkeit verloren. Learoyd schaute ihr nach, als sie zum Gleiter ging, um Decken und eine weitere Flasche Rum zu holen. Toyami hatte, wie sie behauptete, immer schon eine Schwäche für ältere Männer gehabt, und diese spezielle Schwäche namens Terence dauerte nun schon eineinhalb Jahre.

Die beiden alten Soldaten hatten Grüße auszurichten. »Pa'aira und Shulamit halten die Stellung, und Bondak läßt grüßen. Sten und Kara wissen noch nichts. Sie sprengen Gashiri in die Luft. Das wird noch ein bißchen dauern.« Kakoiannis sagte das, als hielte er die Sprengkommandos für eine besonders erstrebenswerte Form des Gruppenurlaubs. Seit er nicht mehr der Garnison angehörte, hatte er sich verändert. Vor dreißig Jahren war er 18jährig zur Flotte gegangen, unter dem angenommenen Namen, den er noch immer trug. Über seinen Hintergrund war nur bekannt, daß er einer vornehmen Familie entstammte und erstklassige Bildung genossen hatte. Aus welchen Gründen er einfacher *suldau* statt Offizier oder Politiker geworden war, wußte niemand. Er war immer durch besonders gepflegtes Aussehen aufgefallen; gleichzeitig hatte er sich um gewöhnliche Sprache bemüht und seine Bildung verheimlicht. Der Kontrast war geblieben: Die messerscharfen Bügelfalten gehörten der Vergangenheit an, aber er bekannte sich neuerdings dazu, Bücher gelesen zu haben.

Learoyd nahm die Flasche entgegen und goß Rum in seinen Kaffeebecher. Ob das Destillat *alangra*-I enthielt, war gleichgültig, da sie alle längst geschädigt waren.

Terence hob den Becher. »Auf abwesende Freunde«, sagte er halblaut. Er trank. »Was hast du nun vor, Chef?«

Barakuda breitete die Arme aus. »Schwer zu sagen. Ich habe Zweifel, was die Flugtauglichkeit der Pferde angeht. Außerdem können die Verbrecher im Wald jederzeit die Richtung ändern, und von oben sehen wir nichts. Andererseits... « Er überlegte. Man könnte an einer Stelle im Wald landen, Spuren suchen und dann weiter beraten.

Der Gleiter gehörte zu den schweren Transportmitteln, war robotgesteuert, ließ sich aber auch manuell bedienen. Mit solchen Gleitern hatten die Schiffe der Blockadeflotte Medikamente und andere benötigte Güter aus dem Orbit auf den Planeten gebracht. Bis zum Ende der Quarantäne mußten sie auf Shilgat bleiben. Da das Abkommen suspendiert war, nahm man es in Cadhras mit gewissen Vorschriften nicht mehr so genau, und wer würde später in einem Amt in Atenoa, der Hauptstadt der Welten, bei der Meldung stutzen, ein Mann namens Yasuhiro Kakoiannis habe einen Gleiter beantragt, um Fauna und Flora der unzugänglichen Gebiete im Zentrum des Südkontinents zu erforschen? Zumal der Antragsteller auf Zuschüsse verzichtet hatte und folglich keine Ergebnisse nachweisen mußte?

Nach Sonnenaufgang verbrachten sie eine Stunde damit, die Pferde auf die Ladefläche des Gleiters zu bringen und einigermaßen sicher anzubinden. Kakoiannis übernahm die Steuerung; er ließ das Gefährt sanft steigen. Die unruhigen Tiere konnten sich mit ihren zusammengehobbelten Beinen kaum bewegen; trotzdem gelang es ihnen, auszuschlagen. Sie schnaubten und wieherten, und selbst der Robotpilot, den Kakoiannis bald zuschaltete, hatte Schwierigkeiten, den Gleiter einigermaßen stabil zu halten. Die Schwankungen und die harten Rucke, mit denen sie wieder abgefangen wurden, machten die Tiere noch unruhiger.

Sie hatten bestenfalls hundert Kilometer hinter sich gebracht, als Barakuda kopfschüttelnd aufgab. Kakoiannis nickte; es war kein erholsamer Flug, alle waren nervös und schweißgebadet.

Toyami, die seit dem Passieren des Trenngebirges den Wald durch das Fernglas beobachtet hatte, wies schräg voraus nach Nordosten. »Da ist eine Art Lichtung, und eine dünne Rauchsäule.«

Es war ein Jäger- und Holzfällerlager mit Behelfshütten. Ein Hinkender, der die Fellbestände hütete und ohne Eile Essen vorbereitete, lud sie zu heißer Brühe ein und sagte, die große Nordstraße verlaufe etwa 20 Meilen* weiter im Westen. Die Pferde blieben auf der Ladefläche, bis sie sich beruhigt hatten; eher konnte niemand es wagen, die Fußfesseln zu lösen. Als die Tiere endlich vom Gleiter sprangen und sich auf der kleinen Lichtung verteilten, flogen Learoyd und T'unga los.

Nach einer Stunde kehrten sie zurück. »Spuren«, sagte der

---

* Meile: tausend Mannslängen, etwa 1,7 km.

Shil. »Sie haben immer noch einen kleinen Vorsprung; wahrscheinlich kommen sie kurz vor Sonnenuntergang in die Berge. Morgen sind sie im Farn.«

»Wie weit ist das?« Talsilaq blickte zu den Pferden. »Schaffen wir das getrennt?«

Barakuda studierte die Karte. »Nicht zu machen. Von hier aus brauchen wir mit den Pferden mindestens einen Tag, wahrscheinlich länger.« Er kaute auf der Unterlippe. »Man könnte natürlich die Pferde hierlassen, hinfliegen und später zurückkommen.«

Der hinkende Waldshil rümpfte die Nase. »Ich hüte keine Pferde.« Er spuckte aus. »Eines dieser bösartigen Tiere hat mich abgeworfen und mir das Bein gebrochen. Nein, ich will nicht mit Pferden alleinbleiben.«

Zhazyro hob die Hand. »Außerdem – wer sagt uns, daß die Verbrecher nicht eine halbe Stunde früher da sind, als wir annehmen? Sie brauchen nur eine längere Galoppstrecke einzulegen. Dann hängen wir mit dem Gleiter über dem Farndschungel, durch den man nichts sehen kann, und wünschen uns, wir hätten die Pferde dabei.«

Am Nachmittag machten sie einen erneuten Versuch. Diesmal brauchten sie noch länger, um die Tiere auf die Ladefläche zu bekommen. »Letzter Versuch«, sagte Barakuda leise.

Sie flogen langsam und relativ niedrig, aber unter dem dichten Laubdach des Waldes waren keine Bewegungen von Tieren oder Menschen zu erkennen. Höhe und Tempo hatten keinen mäßigenden Einfluß auf die Pferde. Wieder und wieder jaulten die Aggregate auf, um Schwankungen auszugleichen oder den Gleiter, der zu kippen und zu trudeln drohte, stabil zu halten.

»Ich gehe höher. Vielleicht hilft das«, sagte Kakoiannis schließlich entnervt.

Es half aber nicht. Sie hatten etwa zwei Drittel der Strecke zu den Grenzbergen zurückgelegt, als es einem der Pferde gelang, sich loszureißen. Dabei demolierte das Tier einen Teil der Gleiterverkleidung. Das linke Ohr war halb abgerissen, am Kopfriemen baumelte der Haken samt einem Stück Innenbordwand; das Pferd schrie und trampelte, hüpfte mit den verbundenen Beinen auf der Stelle. Toyami wollte auf die Ladefläche klettern, aber Dante hielt sie zurück.

»Das hat keinen Sinn; du holst dir den Tod. Bleib sitzen. Yasu, schneller! Wir müssen die Berge erreichen.«

Learoyd zog Toyami zurück, die trotz Dantes Worten einen Beruhigungsversuch unternehmen wollte. Der Gleiter tanzte; die Insassen der halboffenen, von der Ladefläche nur durch eine Zwischenbordwand getrennten Kabine hielten sich fest, so gut es ging.

»Feiner Mist«, schrie Learoyd. »Da ist nicht nur die Wand zu Bruch gegangen.«

Barakuda wandte sich um. An dem Stück Bordwand, das vom Kopf des rasenden Pferdes hing, war manchmal, wenn die Bewegungen des Tieres und des Gleiters überhaupt einen Blick auf die Unterseite des Metalls zuließen, ein Stück Leitung zu sehen.

Der Lärm von Pferd, Fahrtwind und belasteten Aggregaten wurde immer lauter. Kakoiannis hantierte an den Kontrollen und schrie plötzlich: »Verdammt! Aussetzer!« Gleichzeitig begann der Gleiter trudelnd an Höhe zu verlieren.

Das Pferd hatte sich bei seinen Sprüngen inzwischen umgedreht, schnappte nach den anderen Tieren, die wieherten und trampelten, und geriet mit dem Hinterbein an die offene Stelle der Innenwand. Blutend und vor Schmerz, Wut und Furcht halb wahnsinnig, tat es einen Satz zum Heck. Die Rißwunde am Bein endete oberhalb der Fesseln. Schien oberhalb der Fesseln zu enden, die bei dem Satz platzten. Barakuda starrte auf die Ladefläche und sah, wie in Zeitlupe oder einem bösen Traum, daß die Seile sich zerfaserten, auflösten, abfielen. Er wollte die Pistole ziehen, aber die wilden Stöße des Gleiters schleuderten Talsilaq gegen seinen Arm und quer über seinen Schoß. Das Pferd keilte aus, drehte sich halb, rammte das gesunde Hinterbein gegen eine andere Stelle der Innenwand, die knirschend nachgab, wieherte, warf den Kopf zurück, drängte sich zwischen zwei anderen Tieren hindurch und verschwand mit einem weiten Sprung über die Heckwand. Der Bug des Gleiters sackte ab; Talsilaq stieß einen seltsamen Laut aus, als er gegen den Rücken von Kakoiannis geworfen wurde. Zhazyro krachte in die Kontrollen, lag sekundenlang auf Kakoiannis rechtem Arm; seine Stiefelspitze traf Learoyds Kinn. Kakoiannis schrie vor Schmerz, versuchte verzweifelt, mit der linken Hand irgendwelche Hebel zu erreichen. Aus den Augenwinkeln sah Barakuda Baumwipfel auf sich zurasen; der Gleiter hing mit der Backbordseite nach unten. Die drei Pferde rutschten über die Ladefläche. Toyami, Talsilaq und Learoyd lagen fast auf Dante. Kakoiannis stieß ein langes, gurgelndes »Aaahhh« aus; Holz zersplitterte am Panzerglas, dann rissen dickere Äste die Sichtkuppel auf, überschütteten die Insassen mit Holz- und Glasteilchen. Der Gleiter hüpfte, schien sich noch einmal auf- und ausrichten zu wollen, wurde langsamer, krachte mit der Breitseite durch mehrere Baumwipfel, riß eine Schneise in das Laubdach des Waldes, landete auf der Backbordkante, schleifte über den Waldboden, hob sich zuckend in die Luft und rammte mit dem Bug einen Baumstamm. Die Rückwand der Kabine wurde eingedrückt, als der Aufprall die Pferde nach vorn warf.

Unter das Schreien der Pferde, Ächzen der Menschen und Knirschen des Metalls mischte sich die nölende Stimme des Robotpiloten. »Mayday, Mayday.« Kakoiannis fluchte, legte einen Hebel um, die Stimme schwieg.

T'unga war als einziger weder verletzt noch eingeklemmt. Er kletterte vorsichtig über Banktrümmer und zog den bewußtlosen Zhazyro aus den Resten der Kontrollen.

Der Gleiter ein Wrack; Zhazyro und Learoyd bewußtlos; Kakoiannis' rechter Unterarm gebrochen; Talsilaqs Brust gequetscht zwischen ausgebeulter Rückwand und Vorderbanklehne; Toyami, Learoyd und Barakuda eingeklemmt zwischen Rückwand und Backbordausstieg. T'unga handelte schnell, aber besonnen. Zunächst wickelte er ein Stück Tuch, das er aus seinem Hemd gerissen hatte, um Yasuhiros Arm und half dem wachsbleichen Mann aus der Kabine. Dann zertrümmerte er den Rand der Lehne. Talsilaq half, so gut er konnte; er hatte Schmerzen beim Atmen.

»Jetzt wird es schwierig«, sagte T'unga ruhig.

Barakuda fletschte die Zähne. »Kümmert euch um die Pferde. Hier ist es nicht sehr bequem, aber wir werden nicht gleich draufgehen.« Toyami murmelte etwas Unverständliches. Dante, sie und Learoyd konnten nicht aus eigener Kraft freikommen, waren aber auch nicht unmittelbar gefährdet.

Eines der Tiere schrie unausgesetzt. T'unga zog sich am Rand der Ladefläche hoch. »Beinbruch«, sagte er. »Mist, verdammter.« Die beiden übrigen Pferde schienen mit Abschürfungen davongekommen zu sein; sie waren beinahe ruhig, fast schicksalergeben, bis auf Schnauben und Wiehern.

T'unga und Talsilaq brauchten mehrere Minuten, um eine der verkeilten Stauraum-Klappen zu öffnen. »Kannst du schießen?« sagte der Shil.

Talsilaq brachte ein gequältes Grinsen zustande. »Besser als lachen«, knurrte er.

T'unga reichte ihm einen der Karabiner und verschränkte die Hände vor dem Bauch. Talsilaq stieg hoch, legte den Karabiner auf die Umrandung der Ladefläche und schoß zweimal. Die Schüsse peitschten durch den Wald.

Während Talsilaq eine der Notapotheken nahm und in der Nähe des Gleiters nach geeigneten Stöcken für eine Armschiene suchte, kletterte T'unga auf die Ladefläche und befreite die beiden noch lebenden Tiere von ihren Beinfesseln. Als er die Heckklappe öffnete, sprangen sie ab und liefen unter den Bäumen herum, blieben aber in der Nähe.

Zhazyro regte sich. Er sah schlimm aus, blutete aus mehreren Schnittwunden am Kopf, doch schien alles nur oberflächlich zu sein. T'unga stützte ihn; Zhazyro saß und lehnte mit dem Rücken an der Gleiterwand, nahe bei Kakoiannis, über den Talsilaq sich beugte.

Mit einem der Karabiner stemmte T'unga die Lehne der teilweise zertrümmerten, zusammengedrückten Vorderbank weit genug auf, daß Toyami sich ins Freie zwängen konnte. Barakuda hatte nun ausreichend Platz, um durchzuatmen und den Kopf von Terence Learoyd auf seinen Schoß zu betten.

Toyami stand noch in den Resten der Kabine. Plötzlich schrie sie »Achtung!« und hechtete hinaus. Sie landete auf dem Waldboden an der Backbordseite; mit einer schnellen Rolle kam sie neben der geöffneten Stauraumklappe zu liegen.

Der Absturz und die beiden Gnadenschüsse waren weit zu hören gewesen. Aus dem Wald brachen Reiter hervor; sie ritten freihändig und hielten gespannte Bögen. Barakuda sah nichts; er zog nur Schlüsse aus Toyamis Schrei und den Geräuschen und duckte sich. T'unga, der mit dem Karabiner weitere Schlupflöcher aufzustemmen versuchte, ließ sich in die Kabinentrümmer fallen, riß die Waffe hoch und begann zu feuern. Pfeile zischten über die vom Gleiter eröffnete Lichtung. Zhazyro legte langsam eine Hand an das Geschoß, das in seine Brust eingedrungen war, als wollte er es herausziehen. Er vollendete die Bewegung nie. Zwei Pfeile trafen Talsilaq in den Rücken; der Mischling brach über Kakoiannis zusammen, deckte ihn sterbend mit seinem Körper. Toyami wühlte blind im Stauraum des Gleiters, fand jedoch nicht den zweiten Karabiner, sondern nur eine der Schleudern. Es schien Stunden zu dauern, bis sie den Beutel mit Stahlwürfeln geöffnet hatte.

Die neun Reiter umkreisten das Wrack und überschütteten alles mit einem Pfeilhagel. Sie waren gute Schützen; zwischen dem Abschuß des ersten Pfeils und dem Spannen der Sehne zum nächsten Schuß lagen nur Sekunden. T'unga feuerte rasend schnell; einer der Reiter stürzte gellend von seinem Tier, ein zweiter ließ den Bogen fallen und faßte nach seiner linken Schulter. Toyami kam mit der unvertrauten Waffe gut zurecht; bereits der fünfte Versuch glückte. Das scharfkantige Stahlstück zerfetzte die Stirn eines weiteren Reiters.

Einer, vermutlich der Anführer, stieß einen Pfiff aus; die sieben Überlebenden verschwanden unter den Bäumen. Toyami sprang auf, rannte hinterher und schickte noch einen Stahlwürfel ins Dickicht, der nichts mehr ausrichtete. Die beiden verstörten Pferde und die zwei reiterlosen Tiere schlossen sich der Kavalkade an, kehrten aber nach einiger Zeit zurück.

Sie hoben zwei Gräber aus. In eines legten sie Talsilaq und Zhazyro; in das andere die beiden toten Verbrecher, einen Mischling und einen Mann aus Gashiri.

»Es ging so schnell«, sagte T'unga. »Ich habe nicht gesehen, ob Shevshan dabei war.«

»Wo soll er sonst sein?« sagte Barakuda müde.

Toyami trieb die vier Pferde zusammen und band die Zügel an Äste; dann half sie T'unga und Barakuda, den Gleiter leerzuräumen und mit abgebrochenen Zweigen und transportablen Trümmerteilen notdürftig einen kleinen Schutzwall an der Backbordwand des Wracks zu errichten. Learoyd saß bleich am Fuß eines Eisenbaums und hielt sich den Kopf. Neben ihm stand, ebenso bleich, Kakoiannis, den geschienten Arm in einer Schlinge; er hielt Dantes Pistole in der Linken und lauschte in den Wald hinein, aber die Mörder kamen nicht zurück.

Die Funkanlage des Gleiters war nicht mehr zu reparieren. Bei Zhazyros Flug durch die Kabine war auch sein Funkgerät zu Bruch gegangen. Barakuda untersuchte seines, das letzte verbliebene. Es hatte in einer Satteltasche gesteckt, und die Pferde hatten in der Panik auf der Ladefläche auch unter den Sätteln gewütet. Aber das Gerät schien nur oberflächlich beschädigt zu sein.

Dante rief Cadhras, erhielt keine Antwort, stellte nacheinander mehrere Frequenzen ein. Er hörte Teile eines bedeutungslosen Funkgesprächs, aber niemand reagierte auf seine Anrufe. Der Empfänger funktionierte, aber offenbar war der Sendeteil defekt.

Learoyd rappelte sich langsam auf Er stand schwankend unter dem Eisenbaum, blickte auf die Gräber, die Gleitertrümmer, dann schaute er Barakuda an und schüttelte traurig den Kopf. Dante nickte.

Aus: Memoiren, *Lydia Hsiang, Atenoa, Gaia, 501*

»... Im Hafen lag ein Schiff mit seltsamen Aufbauten; an einem der Nebentische erläuterte ein Shil der Zuhörerschar – in der Hauptsache Touristen – die Herkunft des Boots. ›Ein Traner aus Garidu, südlich von Kap Atlas, am Pangotik. Die Leute da sind merkwürdig. Sie haben sich darauf spezialisiert, die großen nuhars *zu fangen. Sie kochen sie aus und transportieren den Tran in riesigen Fässern unter Deck. Der Rest der Fische wird über Bord gekippt. Aus dem Tran machen sie alles, was man sich nur denken kann. Medizin, Getränke, Dung; ziemlich ekelhaft. Die Pötte stinken entsetzlich. Die Schaufelräder sind für schlechten Wind; in Garidu wird man bei Vergehen gegen bestimmte Tabus zu unterschiedlich langen Trampelstrafen verurteilt. Die Verbrecher stecken unter Deck auf diesen Schiffen und müssen bei Windstille in Laufkäfigen, na ja, eben trampeln.‹*

... Anscheinend sind in Garidu Duftstoffe jeder Art nur dann hinnehmbar, wenn sie zu tranigen und tranähnlich riechenden Substanzen verarbeitet werden können. Entsprechend gelten feinere Odeurs als anrüchig, wenn nicht gar als verwerfliche Aphrodisiaka, deren Verbreitung von den Behörden bekämpft wird. Die konservativen Asketen des Stadtrats unterhalten eine Gilde von Schnüfflern, deren Auf-

gabe es ist, illegitime Düfte auszuforschen und ihre Besitzer oder Absonderer hinter Gitter bzw. auf die Trampelschiffe zu bringen. Der Shil berichtete von einem Nomaden, der an einer schlimmen Magenkrankheit litt und besonders strenge Blähungen hatte. Bei einem kurzen Geschäftsbesuch – es ging um einen Handel mit Pferdeäpfeln – in Garidu wurde er beim Passieren des Heiligen Tran-Tores beschnüffelt und verhaftet wegen Verstoßes gegen die Sekret-Dekrete.

›Er trampelt seit vier Jahren‹, behauptete der Shil unter allgemeiner Begeisterung, ›obwohl sein Magen durch die maritime Schonkost längst geheilt ist…‹«

V.

An der Taggabahn ließen sie Kakoiannis zurück. Sie hatten nur vier Pferde, und für Yasuhiros Arm waren lange Galoppstrecken zu schmerzhaft.

»Keine Sorge«, sagte er. Sie schoben den leichten Wagen aus dem Hangar der Farnstation. »Proviant und Wasser reichen bis Zheziri oder Gashiri, und da gibt's genug Leute, die mir weiterhelfen.«

Die Häupter und Heiler des Südkontinents hatten die alten Straßen von Kelgarla nach Gashiri wieder geöffnet; sie brauchten diese Verbindungen, um ihre Arbeit in der zerstörten AV-Union tun zu können – Umsiedlung, Umerziehung der Kommunarden, Wiederaufbau zerstörter Strukturen. Man konnte damit rechnen, nahe der Station im Süden Gashiris auch Leute aus Cadhras anzutreffen.

Nördlich des Farndschungels lag menschenleeres, hohes Ödland. Die Spuren der sieben Mörder wurden frischer, als Toyami, Barakuda, Learoyd und T'unga wieder scharf reiten konnten. Der Shil schätzte, daß zweieinhalb Tage sie voneinander trennten. Über das Ziel des Ritts gab es noch immer keine Klarheit. Gashiri wäre sinnvoll gewesen; in dem dort herrschenden Durcheinander mochten die sieben Flüchtigen unauffindbar verschwinden. Aber sie ritten nicht nach Nordosten.

In den Bergen am Nordrand des Ödlands entsprangen drei Ströme. Zwei vereinigten sich bald und bildeten den weiten Arusee, aus dem fünf kleinere Flüsse nach Norden und Osten abflossen. Zwei von diesen durchbrachen die Grenzberge von Gashiri und wurden zu Nebenflüssen des großen Gashigar; die drei übrigen mündeten weiter nördlich ins Binnenmeer.

Lediglich der dritte der Bergströme floß nach Westen, und ausgerechnet diesem schienen die sieben Flüchtigen gefolgt zu sein.

»Es wird jetzt schwierig mit den Spuren«, sagte Barakuda. Sie kampierten an der Nordseite der Berge, am Oberlauf des nach Westen fließenden Grua. Shilgat näherte sich seinem sonnenfernsten Punkt, die Endzeit hatte begonnen, und in etwa 1500 Meter Höhe war es selbst in Äquatornähe nachts ungemütlich. Ihr Feuer flackerte an einer windgeschützten Stelle zwischen großen Blöcken, die aus einem spornartigen Bergausläufer stammen mußten. Learoyd füllte die Becher zum zweiten Mal mit Tee, und Barakuda beschwerte die Ecken der Karte mit Steinen.

»Achtzig Tage und dreitausendfünfhundert Kilometer seit Golgit«, murmelte Toyami, die sich über Dantes Schulter beugte. »Ihr habt einiges hinter euch. Wir beide ein bißchen weniger, aber allmählich reicht es.«

»Wie hättest du es denn gern?« Learoyd lächelte.

»Ah, manchmal wünsche ich mir, ich könnte einen ganzen Tag lang irgendwo liegen. Oder wenigstens zu Fuß gehen. Einmal nicht reiten wie eine Wahnsinnige.«

»Die Pferde können das bestimmt nachempfinden«, sagte Dante. »Leider wird es jetzt sowieso langsamer.« Er legte den Finger auf die Karte. »Wir kommen in dichter bewohnte Gebiete.«

Nördlich der Berge begann das vom Grua und den anderen Flüssen bewässerte und zum Teil angeschwemmte fruchtbare Flachland der Arugushil. Es gab kleine Orte, vor allem an den Flüssen und ihren Mündungen, aber auch am Arugusee weiter östlich. Daneben fanden sich Weiler, einsame Gehöfte, wandernde Hirtensippen mit ihren Tieren, am Oberlauf des Grua auch Holzfäller, die ihre Flöße bis in die große Transtadt Garidu schickten, wo der Grua in den Pangotik mündete; außerdem kleine Handelstrupps und Wanderdörfer*.

---

* Die »eigentlichen« Arugushil, zu denen fast alle Heiler und Häupter der Gegend (darunter die jeweiligen Obleute) gehören, leben in von bis zu zwanzig P'aodhus gezogenen Rollhäusern; sie halten sich für vegetabilen Ursprungs und fürchten, bei langem Aufenthalt am gleichen Ort Wurzeln und Blätter zu treiben.

»Sieht so aus, als ob sie nach Garidu wollten, oder?« T'unga schüttelte den Kopf »Bloß wozu? Da stinkt es immer. Aber seit die Korallkorsaren keinen Ärger mehr machen, kann man von da bis Kap Tagga und weiter segeln. Nach Norden sowieso.«*

Barakuda kniff die Augen zusammen. »Du meinst... ?«

»Ich sehe sonst keinen Grund. Aber vielleicht schwenken sie ja noch mal und reiten wieder nach Süden. Alles nur, um uns an der Nase herumzuführen. Vielleicht sind wir zu Beginn der Frühzeit wieder in Golgit immer noch auf ihren Spuren.«

Am nächsten Tag trafen sie eine Gruppe von Holzfällern und hörten, die Flüchtigen hätten sich nach der Entfernung bis Garidu erkundigt. Aber das mochte eine bewußte Irreführung sein.

Die Verfolgung wurde schwierig. Immer wieder verloren sich die Spuren auf den belebteren Straßen; als das Flachland erreicht war, mußten sie sich ganz auf Aussagen von Arugushil verlassen. Sieben Pferde unter all den Huf-, Fuß- und Karrenspuren der Westroute am Grua-Ufer waren nicht mehr auszumachen.

Am dreißigsten Tag der Endzeit erreichten sie Garidu. Die Stadt lag zu beiden Seiten der Gruamündung am Pangotik; drei Holzbrücken auf Steinsockeln verbanden die Stadtteile. Ein symbolischer Wall, bestehend aus Stangen und hoch angebrachten Querstreben, war um die Stadt gezogen worden; selbst Einheimische, die unmittelbar innerhalb der »Mauer« wohnten, durften nur durch die Stadttore ein- und ausgehen. Einer Geschichte zufolge waren vor Jahrhunderten einmal Belagerer an dieser Befestigung gescheitert.

Barakuda vermutete, daß sie eher vor dem Gestank geflohen waren. Garidu war einer der wenigen großen Orte des Planeten, die er nie besucht hatte; die Berichte des dortigen Residenten hatten ihm völlig gereicht. Alles, was nicht tranig oder ranzig war, galt als unzulässig; und je ranziger, desto förderlicher für das Gemeinwohl. Die Stein-, Ziegel- und Fachwerkhäuser schie-

---

* Die Transchiffe und Händler von Garidu verkehren auf dem gesamten nördlichen Pangotik, bis hinauf nach Vagaván im Westen des Nordkontinents, sowie im Binnenmeer; ferner suchen sie sogar jene entlegenen Inseln auf, die die imaginäre Trennlinie zwischen Pangotischem und Lysangrischem Ozean bilden, »auf der Rückseite der Welt«.

nen durchtränkt von dem, was die Bewohner herstellten und aus allen Poren abgaben.

Am Trantor wurden Dante, Toyami, Learoyd und T'unga inspiziert. Die Wachen, die der Gilde der Schnüffler angehörten, betrachteten sie mißtrauisch und mißmutig. Nach der langen Zeit im Sattel, seltenem Wäschewechsel und höchst unregelmäßigen Bädern in Flüssen rochen die vier Reisenden zwar selbst für Garidus Maßstäbe nicht mehr anstößig, aber längst nicht passabel. Barakuda und Terence waren jedoch eindeutig Cadhrassi, und obwohl Cadhras weit und das Protektorat beendet war, mochte man sich nicht allzusehr auf Prinzipien versteifen, von denen man durchaus wußte, daß sie örtlich, wechselhaft und irrelevant für das Funktionieren des Großen Chaos waren. Barakuda erkundigte sich, ob außer ihnen viele andere Fremde nach Garidu gekommen seien, in jüngster Zeit.

»Sieben Ruchlose, vorgestern«, sagte der Wächter. »Drei wie du, aber fahlbraun, die anderen Shil und Mischwerk. Was? Nein, wo sie sich aufhalten, davon ist mir nichts nasgewiß.«

Der Resident von Cadhras wohnte in einem alten Haus auf einem Hügel nördlich des Hafens, dem Seewind ausgesetzt. Während sie durch die engen Gassen und das Gequirle der Stadt dorthin ritten, erörterten sie den Ursprung der Weltsicht von Garidu, die sich erstaunlich lange gehalten hatte. Meistens verloren die Bewohner einer Gegend nach wenigen Generationen die Lust am überkommenen Weltspiel und erfanden ein neues, möglichst noch phantastischeres und ebenso unwesentliches. In Garidu verfocht man das Prinzip des Gewaltigen Trans seit mindestens fünf Jahrhunderten. Barakuda vermutete, daß das fruchtbare Küstenland an Übervölkerung gelitten hatte und die Bewohner der Gegend sich zwangsweise mit den Tranfischen, den großen *nuhars,* zu befassen begannen, da sie sonst nichts Außerordentliches für den planetaren Handel liefern konnten. Aus dem doppelten Zwang, die Geburtenzahl zu beschränken (die Heiler, in der Mehrzahl Wanderdörfler, kannten andere Mittel, aber die Beziehungen zwischen ihnen und den seßhaften »Sitzlingen« waren gespannt) und Tran zu verarbeiten, mochte sich die Verehrung abstoßender Gerüche und die Verfolgung aller ruchbaren Aphrodisiaka ergeben haben.

T'unga, der schon einmal, allerdings ungern und kurz, in Garidu gewesen war, machte auf zahlreiche besondere Gari'shil in den Straßen und aus den Plätzen der Nordstadt aufmerksam. Sie trugen, Frauen wie Männer, Gazesäckchen mit einer Art Atemfilter vor der Nase; an einer Stelle nahe der »Stadtmauer« sah Toyami, die sich halb im Sattel umgedreht hatte, sogar Leute bedenkenlos die symbolische Wallanlage durchqueren.

»Zeit für einen Wandel.« T'unga rümpfte die Nase. »Es wäre wirklich nicht schlecht. Vor ein paar Jahren hätte man die Beutelträger und Walldurchquerer zumindest symbolisch bestraft. Es scheint alles lockerer geworden zu sein.«

»Hoffentlich entwickeln sie nicht als nächstes System etwas noch Anrüchigeres«, sagte Barakuda.

»Was haben denn diese Säckchen zu bedeuten? Abgesehen von besserer Luft?« sagte Learoyd.

T'unga kicherte. »Sie heißen ›Fortpflanzer‹. In Garidu ist die Ein-Kind-Familie erwünscht. Jungvermählte dürfen, damit sie wenigstens nicht gleich den Gefallen aneinander verlieren, dreißig Tage lang, in den sogenannten Tändeltagen, diese Dinger tragen. Aber eigentlich nur, wenn sie allein sind. Auf der Straße sah man das früher selten.«

»Und nach diesen dreißig Tagen?«

T'unga hob die Schultern. »Dann sollte eine Zeugung stattgefunden haben. Man nimmt die Dinger wieder ab und ist hinfort der gegenseitigem Rüchnis* ausgesetzt.«

Der Resident von Cadhras, ein hagerer alter Mann mit Stockschnupfen, bestätigte die Mutmaßungen über einen bevorstehenden Fall der spezifischen Weltsicht. Sie saßen im Widerschein des Sonnenuntergangs auf der Terrasse über dem Pangotischen Ozean, tranken Kaffee und genossen den Seewind.

»Was aber Ihre Suche angeht, da sehe ich Probleme.« Der alte Herr faltete die Hände vor dem Bauch und wiegte den Kopf. »Es ist jetzt die gute Jahreszeit für den *nuhar*-Fang. Jeden Tag laufen viele Schiffe ein und aus. Wenn diejenigen, die Sie finden wollen, tatsächlich nach Garidu gekommen sind, dann doch

---

* Das Shilgu-Wort *dag'fiyarna* setzt sich zusammen aus *dagai,* zwingen; *firna* (aus *firaai*, riechen), das Riechen, und dem Potential-Infix *ya*; wörtlich etwa: Zwangs-Potential-Riechen; d. h., Zwang zur Aufnahme von Gerüchen, deren Einstufung als angenehm oder unangenehm dem einzelnen überlassen bleibt.

wohl, um sich hier einzuschiffen. Sei es als zahlende Passagiere oder als Arbeitskräfte, notfalls auch Trampler. Allein gestern – und Sie sagten doch, die Leute sind vorgestern angekommen, nicht wahr? –, also, allein gestern sind mindestens vierzig Schiffe ausgelaufen, davon sicherlich die Hälfte nach Norden. Wahrscheinlich eher drei Viertel.«

»Die Sekretärin für Sicherheit hat im Moment nicht viel zu tun«, sagte Barakuda. Er hatte inzwischen mit Cadhras gesprochen und dabei auch erfahren, daß Yasuhiro Kakoiannis über Gashiri heil heimgekommen war. »Sie fliegt morgen früh mit einem schnellen Gleiter los und kann am frühen Nachmittag hier sein. Vielleicht sollten wir bis dahin nicht nur herumsitzen, sondern Spuren suchen. Haben Sie einen Vorschlag?«

Der Resident lächelte. »Pferdefleisch ist als Alternative zum ewigen Fisch sehr begehrt. Wenn die Verbrecher an Bord eines Schiffes gehen oder gegangen sind, können sie jedenfalls die Reittiere nicht mitnehmen. Sie sollten sich in den Schlachtereien des Hafens erkundigen. Vielleicht hat einer gerade sieben Pferde gekauft.«

»Können Sie uns hier unterbringen?«

Der Resident nickte. »Übrigens wäre es wohl sinnvoll, wenn ich Ihnen einen Begleiter mitgäbe. Einen, der seinen Weg durch Garidu blind kennt.«

Der alte Mann stützte sich auf einen Stock. Er hieß Lavisu, war blind und hatte jahrelang als Schnüffler gearbeitet. Toyami und Learoyd blieben in der Residenz, während Dante, T'unga und Lavisu loszogen.

Nach Sonnenuntergang wurden in Garidu die Tranampeln entzündet. Sie blakten und stanken; ihr diffuses Licht erhellte die Gassen kaum, vermehrte jedoch die Schatten. In den Werkstätten, Läden und Garküchen wurde noch gearbeitet. Dante kaufte ein anrüchiges Buch bei einem Drucker, dessen Haus aus Walbein, *nuhar*-Schuppen und Untersee-Ried gebaut war und über die Stadtgrenze zu lehnen schien.

»Es wird nicht umfallen«, sagte der Drucker; er rieb die Hände am grünlichen Kittel und blinzelte in die Tranflamme. »Der Wall hält es ja.«

Barakuda nickte nur. Das Buch war auf dünnen Blättern gedruckt, einer Art Pergament aus gekochten, verleimten und abgeschabten Riesenschuppen. Die Lettern, die der Drucker verwendete, waren wie überall aus Eisenholz geschnitten; die Druckfarbe gewann der Mann, indem er Fischgalle, P'aodhu-Blut, verdickten Tran und verschiedene Pflanzen zerstampfte, kochte, durchseihte und mit einem Sud aus zerquetschten und aufgekochten Pechwanzen versetzte. Der Titel des Buchs war *Ruchlose Begebenheiten nebst Vorschlägen für eine nasale Wunschwelt.*

»Eine Mischung aus Anekdoten und ketzerischen Empfehlungen, das Leben in Garidu zu verändern«, sagte der Drucker.

»Und du druckst Ketzerisches?«

Der Mann blickte Barakuda an und hob die Schultern.

»Alle Ansichten sind gleich richtig, gleich falsch und gleich wertlos«, sagte er gleichgültig.

Der alte Schnüffler ging vor ihnen her, bedächtig, mit geblähten Nasenflügeln. Im Hafen an der Nordseite der Gruamündung lagen viele Schiffe. Der Abendhimmel gab eben noch genug Licht, um die Verschiedenheit der Typen wahrnehmen zu können. Es waren kleine Küstenboote darunter, Fischkutter und Fähren zu den vorgelagerten Inseln, aber auch große Schiffe für den Hochseefang und Segler ohne Vorrichtungen für das Ausschwenken von Netzen, vermutlich Passagierschiffe; daneben lagen dickbäuchige Frachtsegler, und an den entfernten Molen sah man undeutlich einige Traner oder Trampler mit ihren großen Schaufelrädern und birnenförmigen Schloten. Aus den Hafenkneipen drangen Gerüche, die Dante vage an einen widerwärtigen Transchnaps erinnerten, den man in Arameq am Binnenmeer destillierte.

»Ah, die Vielfalt der Essenzen!« Der Alte holte tief Luft.

»Riechst du eine Vielfalt?« T'unga schüttelte sich. »Ich rieche nur eine dicke, geschichtete Widerwärtigkeit. Bah.«

Lavisu blieb zwischen zwei Tavernen stehen, wandte langsam den Kopf hierhin und dorthin und begann zu murmeln. Es war eine Inventur, eine Analyse. Barakuda traute seinen Ohren kaum.

»In der linken Schänke werden herrliche Würste gebraten, *sagua'li*-Därme, gefüllt mit geraspelten Blättern der Bitterbeize, die in Lake gelegen haben, gehackten Schlickwürmern, Fleisch von den Kiemenmuskeln des *hagut'ai* und *sagua'li*-Hirn, das einige Zehntage in Trantunke und einem Sud aus Zwiebeln, Lauch und Wermut mariniert wurde. Ein Junge, vielleicht elf und noch ohne Körperhaar, bringt einen Teller mit zwei, nein, drei Würsten zum ersten Tisch neben der Tür. Dort sitzen drei Männer. Einer ist vielleicht fünfzig Jahre alt, trägt ein blaues Gewand, hat keine Schuhe an seinen großen ungewaschenen Füßen und trinkt Sampasaft. Er ist Krabbenfischer und hat schadhafte Zähne. Der zweite… «

T'unga ging zum Eingang, schaute, kam zurück und nickte Barakuda zu; dabei machte er große Augen. Dante faßte den Greis sanft am Ellenbogen.

»Ich verneige mich in Ehrfurcht vor deiner Kunst«, sagte er.

Der Schnüffler seufzte. »Ach, es ist nichts, Freund des Residenten. Nur der Schatten alter Kenntnisse. Vor acht oder zehn Jahren hätte ich dir die Haarfarbe des Jungen, die Qualität seiner Unterwäsche und die Sauberkeit seiner Nägel nennen können. Auch die Länge der Bartstoppeln auf der Wange des dritten Mannes am Tisch, der eine Suppe aus Tang, Muscheln und *hagut'ai*-Flossen löffelt.«

Über die mittlere Brücke wechselten sie zum Südhafen. Auch dort fand Lavisu keinen Pferdehauch. Die Schlachtereien waren längst geschlossen, aber der alte Mann versicherte jedesmal, auch in der, vor der sie eben stünden, seien in den letzten zwei Zehntagen keine Pferde verarbeitet worden. Nach einem Rundgang durch die wirren Gassen und Gäßchen des Stadtteils wanderten sie ein Stück flußaufwärts. Plötzlich sog der Alte aufgeregt Luft ein und faßte nach Dantes Schulter.

»Da vorn«, sagte er.

Sie hatten einen Umschlagplatz mit Lagerhallen und Tavernen erreicht. Ein niedriger Damm reichte hier weit in den Grua hinein; Nachen lagen teils vertäut am Ufer, teils waren sie noch auf dem Fluß. Die Männer darin hantierten mit Stangen in der Dunkelheit. Das Becken neben dem Damm diente offenbar zum Sammeln der Flöße und einzelnen Stämme, die vom Oberlauf herabgetrieben wurden.

Die meisten Tavernen vertilgten über kleine Stallungen. Karren standen in Hinterhöfen herum, und irgendwo blökten P'a-odhus.

»Hier werden die Waren aus dem Hinterland gelagert und verteilt. Die Stadt ist zu eng für Karawanen. Ich rieche Pferde. Wie viele sucht ihr? Sieben? Nein, es sind nur zwei. Im Stall der dritten Taverne.«

T'unga ging vorsichtig zum Gebäude. Die Fenster waren hell. Er blickte hinein, drehte sich sofort um und winkte Barakuda.

An einem Tisch in Nähe des Tresens saßen zwei Männer und aßen. Die Taverne war spärlich gefüllt. Barakuda erkannte die beiden auch im matten Tranlicht.

»Der ausgestoßene Sa'orqi und einer der Mischlinge«, sagte T'unga. Sie zogen sich zum Flößerbecken zurück. »Was machen wir? Sollen wir Terence und Toyami holen?«

Dante rang mit sich und den Gesetzen des Abkommens, die er so lange geschützt hatte; dann zog er die kleine Pistole und entsicherte sie. »Es sind nur zwei. Bis Terence und Toyami hier sein können, haben sie längst ihr Mahl beendet und verschwinden vielleicht in der Nacht.«

»Die anderen könnten aber in der Nähe sein«, sagte T'unga zweifelnd.

Der Schnüffler kicherte unterdrückt. »Was das angeht, seid beruhigt. Ich rieche hier genau sieben Ruchlose. Zwei seid ihr; zwei sitzen dort drin am Tisch, ein Sa'orqi und ein Mischling. Eine Frau aus dem Hinterland von Bu'ndai liegt oben, im zweiten Zimmer von links, in den Armen eines Flößers. Das Fenster ist angelehnt. Ein wandernder Heiler der Arugushil meditiert weiter hinten, hinter dem Holzstapel dort, in seinem Karren; er hat am späten Nachmittag Taumeltang verbrannt und eingeatmet.«

Barakuda dachte fast neidisch an die ungeheure Welt der Gerüche, in der er so blind war wie der Schnüffler in der Welt des Sehens; er dachte an die besonderen und einzigartigen Dinge, die Menschen bestimmter Gegenden ein Leben lang zu sich nehmen und durch die Hautabsonderungen verraten, und er seufzte. »Und der siebte?«

»Der siebte ist ein Händler vom Arugusee. Er hat Flachs und Würzkräuter nach Garidu gebracht und sitzt in der ersten Taverne.«

»Warte hier«, sagte Dante.

Die beiden Männer blickten nicht auf, als er und T'unga eintraten. Der rundliche Wirt schaute ihnen entgegen; Barakuda hob die Rechte mit der Pistole, und der Gari'shil bewegte sich langsam ans andere Ende des Tresens.

»Ihr da«, sagte Dante, als sie noch etwa sechs Meter von dem Tisch entfernt waren.

Die Männer reagierten unglaublich schnell. Noch im Aufblicken stieß der eine den Tisch um und ließ sich fallen. Gleichzeitig schleuderte der Sa'orqi seinen Teller. Er traf Dantes rechte Hand. Aus der entsicherten Waffe löste sich ein Schuß.

Der Mischling warf ein Messer; es war auf Barakudas Herz gezielt, blieb aber in dem Buch stecken, das Dante in der linken Innentasche der Jacke trug. Der Sa'orqi hielt plötzlich eine Schleuder in der Hand.

Barakuda feuerte. In derselben Zehntelsekunde löste sich der schartige Stahlwürfel. Dante ließ sich fallen, nicht schnell genug; das Geschoß riß ihm den linken Oberarm auf, fast bis zum Knochen.

Er hörte Stahl auf Stahl klirren. Der Sa'orqi lag in der Ecke, mit einem kleinen Loch in der Stirn. Der Mischling hatte seine Deckung verlassen und drang mit zwei Messern auf T'unga ein. Dante richtete sich langsam und halb betäubt vor Schmerz auf; er versuchte, die Pistole zu richten, aber die beiden Männer bewegten sich zu schnell. T'unga ließ sich rückwärts treiben, duckte sich, fintete, wich aus. Blut troff von seiner Wange, die einer der Dolche des Mischlings geöffnet hatte. Der Krummdolch der Stadtsklavin fand angemessene Verwendung; er zuckte und blitzte, wehrte Angriffe des Gegners ab. Rückwärts taumelnd erwischte T'unga mit dem Fuß einen Schemel, trat ihn vor die Beine des anderen. Der Mischling verlor die Balance, vielleicht nur eine halbe Sekunde, aber zu lang. T'unga tauchte unter seinem rechten Arm weg; der Krummdolch schrieb einen blitzenden Bogen in die Luft, zerschnitt das Lederhemd des Mischlings und steckte dann in seiner Brust.

Einer der Gäste lief hinaus, um den Heiler aus seinem Karren zu holen. Der Sa'orqi war tot. Barakuda kauerte neben dem sterbenden Muli. Mit verzerrtem Gesicht und vor Schmerz rauher Stimme sagte er: »Wo sind die anderen?«

Der Mischling versuchte eine Grimasse, biß sich auf die Zähne und schloß die Augen. T'unga streckte die Hand aus und berührte den Griff des Krummdolchs. Der Mann ächzte. »Auf See«, stieß er hervor.

»Auch Shevshan?«

Der Mischling öffnete die Augen; fast schadenfroh blickte er Barakuda an. »In Golgit geblieben«, murmelte er.

VI.

Cadhras wurde von einem Frühjahrssturm heimgesucht. Die hölzernen Hafentore waren geschlossen, aber im Becken tanzten die Schiffe. Westwind geißelte das Meer und rüttelte an Masten und Bordwänden, und die Boote, rollend und stampfend, steckten das Wasser im Rechteck des Hafens an. Die Reede von Cadhras war leergefegt. Yachten und Frachtsegler ankerten in windgeschützten Buchten an der Ostseite der Schulinsel Corilia; die Hochseefischer hielten sich von den gefährlichen Leeküsten fern, und die Segler der Küstenfischer hätten gegen den Orkan nicht einmal den Hafen verlassen können. Die Kähne und Schiffe waren ringsum mit Fendern versehen; dennoch knirschte und krachte es allenthalben im Becken.

Der Wind trieb salziges Meerwasser in die Mündungen der beiden kleinen Flüsse Sogga und Ylagas; er hetzte ausgefranste Wolken über den Himmel und zog Wasservorhänge über den Kai. Gischt von der giftgrünen Brandung mischte sich mit dem Regen, der waagerecht in die Stadt geweht wurde.

Links neben Barakuda krächzte kläglich ein Seevogel, der sich in eine Mauernische geflüchtet hatte. Der Laut brachte Dante wieder zu Bewußtsein. Verwundert stellte er fest, daß er dem Sturm mindestens eine Stunde lang die Stirn geboten und auf Hafen und Meer hinausgestarrt hatte. Er fühlte sich frisch und wach und war naß bis auf die Haut. Langsam schloß er das Fenster; der Wollteppich war Morast.

In seinem kleinen Bad trocknete er sich ab und rasierte sich. Danach wanderte er einige Minuten im Wohnraum auf und ab, mit einer Hantel in der linken Hand. Die Narbe am Oberarm, wo das Stahlgeschoß des Sa'orqi ihn getroffen hatte, war nur eine von vielen; allmählich gehorchte der linke Arm ihm wieder.

Schließlich zog er sich an, stopfte die Hosenbeine in die Schäfte der weichen P'aodhu-Stiefel, steckte Geld, Schlüssel und Zigaretten in die Lederjacke und verließ sein Apartment.

In den anderen Räumen regte sich noch nichts. Es war eine jener chaotischen Nächte gewesen, nebenan im *Meeresleuchten;* die drei verbliebenen Mädchen Flor, Rugazh und Nya schliefen länger, und neuerdings öffnete die Rote Yolande ohnehin erst nachmittags.

Eine jener chaotischen Nächte, wie sie in letzter Zeit immer häufiger wurden. Bald war die zweijährige Quarantäne überstanden; damit ging eine Epoche zu Ende. Und mit dem Näherrücken des Termins begannen Leute durchzudrehen oder hektische und ungezielte Aktivität zu entwickeln – Leute, die fast zwei Jahre lang bemerkenswert gefaßt die Gashiri-Krise mit ihren Begleiterscheinungen, das lange Warten und die diffuse Stimmungslage vor dem Exodus ertragen hatten.

Dabei würde sich nicht allzuviel ändern, oberflächlich. Das Laborschiff mit den Wissenschaftlern konnte endlich abfliegen, ebenso die Touristen, die zu Beginn der Gashiri-Krise auf Shilgat gewesen waren und wegen der Quarantäne nicht hatten heimreisen können. Damit verbundene Schicksale mußten getragen werden – von Leuten, die zwei Jahre lang ihre Familien nicht gesehen oder ihre Geschäfte verlassen hatten, wie auch von Firmen oder Konsortien, die den Umständen erlegen waren. Das noble Ferienhotel auf Huasiringa, der Dschungelinsel im Binnenmeer, war längst geschlossen, wie auch drei der Hotels an der Bucht von Cadhras und die meisten Frachtagenturen. Die spezialisierten Gemüsebauern von Tadja'ut im Norden des Territoriums, die hauptsächlich für den Export produzierten, konnten ihre eigenen Erzeugnisse immerhin essen und eintauschen. Die Fabriken für Obst- und Fischkonserven in Cadhras hatten auf Halde produziert; so auch die Pharlit-Töpfereien in den Bergen; Großabnehmer im Commonwealth waren bereit gewesen, einen Teil vorab zu bezahlen und auf Lieferungen zu warten. Aber die meisten anderen Dinge, Geschäfte, Beschäftigungen ließen sich nicht so regeln.

Barakuda schlenderte über den windgepeitschten Kai. Er genoß das Toben von Luft und Wasser. Eine gewisse Morbidität lag in diesem Genuß; Dante wußte es, machte sich aber keine Gedanken deswegen. Er gehörte zu denen, die bleiben wollten, und irgendwie war es ihm gar nicht so unlieb, demnächst Shilgat mit weniger »Sternleuten« teilen zu müssen.

Über einen der engen steilen Aufgänge kletterte er zur Innenstadt hinauf, folgte der Avenu Traversal nach Süden. In einem kleinen Lokal an der Plaza Tokman war er zum Frühstück verabredet.

Sarela McVitie kam ein paar Minuten zu spät. Sie küßte ihn leicht auf die Wange, ehe sie sich ihm gegenüber niederließ. Sie war ausgeschlafen; ihre graugrünen Augen forschten in seinem Gesicht. Im Sitzen schälte sie sich aus dem wasserdichten Uniformmantel; darunter trug sie eine Khakibluse und einen hellgrünen Rock. Ein Kellner kam, nahm den Mantel und brachte Kaffee, Brot, Butter, Aufschnitt und Sahne.

»Nichts Neues«, sagte Sarela. Sie verzog das Gesicht. »Die wahrscheinlich letzte große Aktion des Sicherheitsbüros und seiner Agenten sieht nicht sehr erfolgversprechend aus.«

Dante zuckte mit den Schultern und begann zu essen. Undeutlich sagte er: »Mehr war nicht zu erwarten. Wenn ich nur wüßte, was er vorhat.«

In Garidu hatten sie eine Händlerin gefunden, von der die beiden Getöteten als Treiber und Begleiter angeheuert worden waren. Die Karawane sollte zur Westgrenze von Gashiri ziehen. Damit war aber nicht geklärt, weshalb sie überhaupt an Land geblieben waren, statt mit den anderen an Bord eines Schiffs zu gehen – eines Schiffs wohin?

Und: Nachforschungen in Golgit hatten ergeben, daß ein Mann aus Gashiri, der sehr wohl Shevshan sein mochte, zwei Tage nach Beginn der Verfolgungsjagd das Vergnügungsviertel unter dem See aufgesucht hatte. Danach war er verschwunden; später bestätigten Heiler auf genaue Fragen, daß in der unterirdischen Bahnstation ein Wagen fehlte.

Acht Leute hatten das Schiff überfallen und die Morde verübt. Wahrscheinlich war ein neunter am Ufer als Posten zurückgeblieben, um die anderen zu alarmieren, falls jemand sich näherte, und noch wahrscheinlicher hatten sie einen zehnten Mann bei ihren Pferden weiter flußabwärts gelassen. Shevshan mußte später mit dem kleinen Ruderboot den Huagilera überquert haben und flußaufwärts gegangen sein, zu den Katarakten und zum See. Von dort konnte er jederzeit aus einem der Dörfer am Ostufer nach Golgit übersetzen. Die übrigen neun Reiter waren nach Norden geflohen; fünf von ihnen lebten noch.

»Meinst du, es steckt mehr als Rache dahinter?«

»Ich bin nicht sicher. – Wo ist eigentlich T'unga?«

Sarela lächelte. »In Golgit. Er stellt da – Nachforschungen an. Unter anderem.«

Nach dem Frühstück rauchte Dante die erste Zigarette des Tages. Als der Kellner abgeräumt und Sampasaft gebracht hatte, hob Sarela das Glas. »Sampasaft. Ich glaube, ich werde das vermissen.«

Barakuda entdeckte eine Spur von Trauer in ihren Augen. »Wann?«

Sie hob die Schultern. »Spätestens in einem Jahr. Es sei denn, der Kommissar, wer immer er ist, übernimmt mich.«

»Du bist verrückt.« Dante legte die Zigarette in den Aschenbecher und schüttelte energisch den Kopf. »Überleg dir das, Sarela. Der Planet wird ärmer ohne dich, und einige Leute werden dich vermissen. Ich zum Beispiel. Aber wenn du die Flotte verläßt, um auf Shilgat zu bleiben, wird es später sehr schwer werden, anderswo etwas Neues zu finden.«

Sie seufzte. »Ja, ich weiß. Danke für das Vermissen. Aber meinst du, nach der Zeit hier und all den Krisen und Erlebnissen hätte ich Lust, noch mal irgendwo als *kapitá* Garnisonsdienst zu tun?«

Barakuda beugte sich vor und sah ihr in die Augen. »Hör zu. Du hast mehr als zwei Jahre Sonderdienst hinter dir und mindestens ein Bein in der Commonwealth-Abwehr. Nach den Vorfällen und der Extremsituation auf Shilgat geht es bestimmt für alle eine Stufe treppauf. Und du hast gute Arbeit geleistet. Mit ein bißchen Glück kommst du als Majorin der Abwehr in ein Sektor-HQ, vielleicht sogar nach Atenoa. Karriere, Versetzungen, andere Welten, auf denen mehr los ist als hier. In zehn Jahren bist du *praetora*.«

Sie nickte. »Ich weiß. Vielleicht hast du recht. Dank der AVs kann ich ja sowieso keine Kinder kriegen, also ist Karriere das Sinnvollste. Trotzdem... Shilgat ist, tja, was?«

»Shilgat ist Shilgat.«

Sie lachte. »Weise gesprochen. – Außerdem ist mein Problem

lösbar. Überhaupt das Problem der Garnison und der anderen, die für das Gouvernement gearbeitet haben. Mir tun bloß die armen Kollegen vom Territorium leid.«

Die bisherigen Angestellten und Beamten des Gouvernements unterstanden letztlich dem Sekretariat für Dominien und Protektorate auf Gaia und mußten übernommen werden; die Administration des Commonwealth mußte entsprechende Stellen für sie finden, und die Milchstraße bot genügend Einsatzmöglichkeiten. Das Autonome Territorium des Isthmus war jedoch keine Commonwealth-Einrichtung gewesen.

»Allein die Gendarmerie«, sagte Sarela. »Das Kommissariat wird bestimmt eine kleine Polizeitruppe aufstellen, aber was wird mit all den anderen?«

»Ataratz bastelt an Plänen. Ich weiß aber nicht, wie weit er damit ist.«

Der alte Präfekt der Gendarmerie war im Isthmus geboren und würde bleiben. Aber nicht alle, die bisher für die Administration des Territoriums gearbeitet hatten, konnten auf Subsistenzlandwirtschaft oder Fischerei umsteigen.

»Wir brauchen möglichst schnell Klarheit«, sagte Dante nachdenklich. »Klarheit über die genauen Befugnisse und Statuten des Kommissariats und die weitere Entwicklung. Und nach dem Ende der Quarantäne brauchen wir einen gewaltigen Touristenschub und einen furchtbaren Wirtschaftsaufschwung. Oder genug Fatalismus und Einfallsreichtum, um mit dem totalen Zusammenbruch und Neubeginn unter unbekannten Umständen fertig zu werden.«

Sarela ging zurück zu ihrem Büro im Tower des Raumhafens, der seit fast zwei Jahren nur noch als Kommunikationszentrale diente. Dante begab sich zur Commonwealth-Bank, wo er ein längeres Gespräch mit dem *deficit manager* führte.

Auch dies war eine neue Einrichtung, verkörpert durch einen Subdirektor. Das Protektorat hatte sich immer selbst finanziert – das Autonome Territorium durch Steuern (10 % auf Waren, Dienstleistungen, Einkünfte im Isthmus), das Gouvernement durch Zölle (10 % des Warenwerts aller Güter, die den Raumhafen passierten). Überschüsse des Gouvernements wurden, abgesehen von festgesetzten Budgetreserven, nach Gaia abgeführt;

der von Gouvernement, Territorium und Bank gemeinsam unterhaltene Finanzstab setzte die Geldmenge fest. Da das Protektorat keine eigene Münzprägung besaß und Banknoten des Commonwealth von den Shil nicht akzeptiert wurden, waren Obols, Drachmen und Talente im Gegenwert der Exportüberschüsse aus dem Commonwealth nach Shilgat gebracht worden – Münzen. Export fand nicht mehr statt, Import ebensowenig; seit fast zwei Jahren war der interstellare Handel von und nach Shilgat ein kaum noch überschaubares Spiel gewissermaßen im luftleeren Raum: Vereinbarungen per Hyperfunk, Bereitstellungsgarantien von Herstellern, die im Hinblick auf den Tag X auf Halde produzierten, Abnahmeverpflichtungen, Vorauszahlungen auf unzugängliche Konten, Umbuchungen imaginärer Beträge... Problematisch dabei war, daß reale Warenwerte ebenso existierten (da produziert wurde) wie reale Geldwerte, daß aber zwischen beiden keine realen Beziehungen hergestellt werden konnten. Das Bruttoprodukt des Protektorats betrug nach Firmenzusammenbrüchen, dem Ende des Tourismus und der Suspendierung des interstellaren Realhandels noch etwa 30 % dessen, was vor der Gashiri-Krise langjähriger Durchschnitt gewesen war; gleichzeitig hatten Verschiebungen im planetaren Handel (so bezogen z. B. die Völker des Südkontinents viele Dinge aus Cadhras, die für den Wiederaufbau von Gashir und angrenzenden Gebieten nötig waren) zur Vermehrung der umlaufenden Münzmenge auf etwa 115% geführt. Um einen totalen Zusammenbruch des vorübergehend geschlossenen Kreislaufs zu verhindern, hatte der Finanzstab kontinuierlich Geld abgeschöpft und gehortet. Nun saß die Staatsbank auf einem Goldhaufen, den sie nicht anrühren durfte; das Gouvernement verfügte über keinerlei Einnahmen mehr, da der Handel per Raumhafen tot war, mußte aber weiter Gehälter und Betriebskosten zahlen. Andererseits gab es für den Export vorgesehene Warenhalden, deren theoretischer Zollwert dem Gouvernement theoretisch zur Erhebung der zehnprozentigen Abgabe zur Verfügung stand; es gab genügend Geld für Kredite, mit denen Hersteller ihre Arbeitskräfte bezahlen und weiterproduzieren konnten, aber das Geld durfte eigentlich nicht ausgezahlt werden, um das System nicht zu überlasten...

In dieser Situation war Barakudas Frage, was mit den Goldmünzen im Wert von über 800 000 Drachmen geschehen konnte, über die die aufgelöste Transport- und Passage-Gesellschaft TraPaSoc verfügte, äußerst unwillkommen.

»Müssen Sie das a) überhaupt und b) jetzt wissen?«

»Tut mir ja leid, daß ich Ihnen zusätzliche Kopfschmerzen bereite. Aber unser Problem ist, daß das Geld mehreren Leuten gehört. Und jetzt, wo die Firma nicht mehr existiert, sollten wir es vielleicht aufteilen.«

Der Bankmann rieb sich die Augen. Er war hager, grauhaarig, hatte tiefe Ringe unter den Augen und sah aus, als ob er den Vormittag nicht überleben würde. »Ja, klar. Was spricht dagegen?«

Barakuda breitete die Arme aus. »Das eben will ich von Ihnen wissen. Ist unser Guthaben zugänglich, oder ist es konfisziert, gesperrt, suspendiert, was weiß ich?«

Der Mann blickte ihn irritiert an. »Wieso sollte es denn konfisziert sein?«

»Wegen der Abschöpfung. Ich war zu lange weg aus Cadhras und suche hier bei Ihnen nach Informationen. Ich weiß nicht, wie dieses diffizile Spiel gehandhabt wird.«

Der *deficit manager* seufzte. »Wie soll ich Ihnen das erklären? Vor allem wird es überhaupt nicht gehandhabt; wir improvisieren. Die wenigen Prinzipien, die wir ausgearbeitet haben, müssen wir dauernd umgehen.«

»Können Sie das erläutern?«

»Kaum, aber ich will es versuchen. – Sehen Sie: Es ist fast viermal soviel Geld vorhanden, wie es der Summe von Produktion, Dienstleistung und so weiter entspräche. Andererseits sind mehr produzierte Waren vorhanden, als es dem Warenanteil an der Geldmenge entspräche. Verstehen Sie?«

»Ehrlich gesagt nein.« Barakuda grinste.

»Durch den Q-Stau sind… «

»Den was?«

»Ah. Das ist der Quarantäne-Stau, Exportgüterstau infolge der Quarantäne- und Blockadebestimmungen.«

»Das hab ich verstanden. Danke.«

»Bitte. Durch den Q-Stau haben wir jetzt einen Warenberg, der einem großen Teil der überschüssigen Geldmenge entspricht, aber für praktische Belange nicht existiert. In vierzig Tagen, wenn die Quarantäne endet, werden diese Waren nach und nach den Planeten verlassen; das heißt, sie haben mit der umlaufenden Geldmenge nichts zu tun. Wir müssen also… « Der *deficit manager* holte tief Luft und begann mit einer Erörterung von etwas, das er, wenn Barakuda richtig verstand, als Versuch bezeichnete, »polydefizitäre Überschußkanalisierung durch eine Art Paternoster-Transfer imaginärer Ambivalenzen zu systematisieren, mit dem Ziel fiktiver Deflation, die aber immateriell bleiben muß«.

Dante brach in Gelächter aus. »Um alle Sonnen der Galaxis, lieber Herr – ich versuche gerade, das ins Banyashilgu zu übersetzen, und dabei verheddere ich mich hoffnungslos in Potential- und Irreal-Suffixen. Können Sie mir in einfachen Worten sagen, welche Auswirkungen das zum Beispiel auf mein Guthaben oder das unserer Firma hat?«

»Da fängt das Improvisieren an, das ist ja das Problem. Generell sind alle Konten zugänglich, aber nur bis zu dreißig Prozent des jeweiligen Guthabens. Das ist aber nicht durchführbar. Jemand, der von seinem Guthaben leben muß, kann nicht plötzlich aufhören zu essen; also müssen wir bei kleineren Privatguthaben großzügiger sein, dafür kleinlicher bei großen Guthaben. In Ihrem Fall hieße das – achthunderttausend, ja? –, daß Sie über fünf Prozent verfügen können, den Rest bis auf weiteres eingefroren lassen müssen. Solange Sie aber das Geld nicht ausgeben wollen, können Sie über die gesamte Summe verfügen.«

Barakuda starrte ihn verblüfft an. »Wie bitte?«

Der Bankmann wiederholte, begann aber zu grinsen, als Barakuda sich nicht mehr beherrschen konnte.

»Also im Klartext, ich kann mit dem Geld alles machen, solange ich nichts damit mache?« Er prustete.

»So ungefähr. Sie können es zum Beispiel aufteilen, wenn Sie das vorhaben. Wenn Sie es, sagen wir, durch zehn Leute teilen, das wären dann achtzigtausend pro Person, könnte jeder, hm, Moment, über siebeneinhalb Prozent seines Guthabens verfügen. Aber nur in begründeten Ausnahmefällen.«

Barakuda kicherte. »Wunderbar. Wie darf ich das nun wieder verstehen?«

»Es gibt geschäftliche Transaktionen, die für die Gesamtsituation sinnvoll sind, weil sie die Lage entkrampfen. Dann kann man Ausnahmen machen. Es ist eine komplizierte Kasuistik... «

»Sagen Sie mir doch einfach, was machen Sie mit dem Privatmann, der von seinem Vermögen leben muß?«

Der *deficit manager* nickte. »Ja. Das kommt vor. Ahemm. Also, die derzeitigen Lebenshaltungskosten in Cadhras und Umgebung liegen bei etwa fünf Drachmen pro Tag, grob gerechnet – Miete, Essen, Trinken, Kleidung, plus dies und das.«

»Dies und das vor allem.« Dante schüttelte den Kopf.

»Ja. Wir haben in Absprache mit dem Palais und der *asambli* des Territoriums den Wert höher angesetzt, sieben Drachmen. Ein Individuum kann also zur Zeit über siebzig Drachmen pro Zehntag oder einhundertneunundachtzig pro Standardmonat verfügen.«

Ich weiß, daß ich nichts weiß. Der alte Satz beschäftigte Barakuda, als er die Bank verlassen hatte und mit immer wiederkehrendem Grinsen durch die Innenstadt schlenderte. Er überdachte ihn von allen Seiten und beschloß dann, keinen Versuch des tieferen Eindringens in die Mysterien staatlicher Makrofinanz zu unternehmen. Während er nach Süden in Richtung Raumhafen ging, murmelte er »Metafinanz? Patafinanz?« vor sich hin.

Der Wind war abgeflaut, und es hatte aufgehört zu regnen. Dennoch war das Bild grau: graue Steinhäuser und kahle Bäume unter einem bleigrauen Himmel. Die zwei- bis dreigeschossigen Wohngebäude an der Avenu Traversal wirkten trostlos; viele der Läden, Werkstätten, Boutiquen und Cafés in den Erdgeschossen, die sonst mit Auslagen und Geschäftigkeit die Häuserfront belebt hatten, waren geschlossen, manche vielleicht für immer. Abgesehen von einigen Fußgängern war die breite Straße leer, und die oft hektische Kreuzung Avenu Traversal/Bulvar Magellan lag wie tot. Nur eines der Restaurants hatte geöffnet; es roch nach P'aodhu-Stew und irgendeinem Gemüse. Das Gouvernement hatte hier eine Großküche einrichten lassen, ebenso wie in mehreren Lokalen der Innenstadt und in einem der Strandhotels.

Die fatale Abhängigkeit der Stadt vom interstellaren Verkehr und vor allem vom Tourismus wurde Barakuda erstmals wirklich bewußt. In den Dörfern und kleinen Orten des Isthmus war es nicht so schlimm; Bauern und Fischer konnten miteinander Tauschhandel betreiben und notfalls direkt von ihrer Arbeit leben. Aber der Schuhmacher, der pro Saison hundert Paar Stiefel aus P'aodhu-Leder fertigte und an Touristen verkaufte, mußte seit zwei Jahren mit Reparaturen und Flickwerk über die Runden kommen. Von wem sollten die Boutiquen leben, mit ihrem breiten Angebot von erlesenen Handwerkserzeugnissen bis hin zu billigsten, kitschigen Souvenirs? Die Hotels und Restaurants; die Boots-, Pferde- und Karrenverleiher; die Agenturen am Raumhafen, die seit zwei Jahren weder Fracht noch Passagiere gesehen hatten; die Gaukler, Straßenverkäufer, wandernden Artisten; Kneipen, *kabarés,* Künstler; Fremdenführer, *frivolas,* Friseure? Nur ein winziger Teil des Angebots an Dienstleistungen und Unterhaltung konnte überhaupt von Einheimischen genutzt werden – von Einheimischen, die entweder selbst im Dienstleistungssektor arbeiteten oder Exportgüter produzierten, für die es keine Abnehmer gab. Niemand mußte hungern; Gouvernement und Territorium gaben Lebensmittel aus und unterhielten Küchen. Aber es gab auch Geschichten wie die des Vermieters von Reitpferden, der keine Hilfe annehmen mochte, weil es ja vielen anderen viel schlechter ging, und der begonnen hatte, seine Pferde zu schlachten.

Vor dem Raumhafen, auf der kreisrunden Plaza Atenoa, sah es so trostlos aus wie überall. Geschlossene Agenturen, verriegelte Bankfilialen, Hotels, von deren Fassaden der Putz blätterte, unter blinden Fenstern. Zwei der Hotels, die früher Durchgangsreisende beherbergt hatten – Raumschiffbesatzungen, Händler oder Touristen, die nach der Ankunft ein paar Tage »Stadt machen« wollten, ehe sie nach Huasiringa, Afuera, Corilia oder sonstwohin gebracht wurden –, hielten immerhin ihre Bars offen. Aber bei ihnen, wie auch bei der Roten Yolande im *Meeresleuchten,* kostete das Glas Amaranth-Bier oder Sampawein nicht mehr 25, sondern nur noch 10 Obols, und Dante fragte sich, wovon die Wirte lebten oder gar ihr Personal entlohnten. Nicht zu reden von den Bauern und Brauern, die vielleicht ein Hundertstel ihrer Ernten und Produkte absetzen konnten.

»Soweit Cadhras betroffen ist, haben die AVs beinahe Erfolg gehabt«, sagte Maqari. »Nicht mit dem Entvölkern, aber hier ist alles ruiniert.« Er seufzte. »Was, meinen Sie, wäre wohl in der Garnison los, wenn wir nicht wenigstens die Grenzbefestigungen in Gashiri sprengen dürften?«

»Ich weiß«, sagte Dante traurig.

»Dabei ist es für die Profis nicht so schlimm wie für die Ausbildungskompanien... « Maqari starrte in seine leere Kaffeetasse, beugte sich vor, nahm die Kanne und füllte seine Tasse und Dantes Becher wieder auf.

Die Frauen und Männer der A-*centuria* waren schon lange auf Shilgat; sie hatten Bekannte, Freunde, zum Teil Familie, kannten den Planeten und waren belastbar. Die beiden Ausbildungskompanien dagegen hätten nach einjähriger Bodenausbildung zum Schiffs- und Raumtraining weitergereicht werden sollen. Zu Beginn der Gashiri-Krise waren sie bereits ein halbes Jahr auf Shilgat gewesen. Nach zweieinhalb Jahren hatten nun etliche von ihnen Beziehungen geknüpft, die bei der bevorstehenden Versetzung zum Problem werden mußten. Andere hatten ganz einfach Gefallen an Shilgat gefunden und trugen sich mit Plänen, den Dienst aufzugeben und die Menge der Arbeitslosen im Isthmus zu vergrößern. Die meisten aber litten unter allen denkbaren Kollern – zweieinhalb Jahre Bodendienst am Ende der Milchstraße waren nicht das, was die Freiwilligen sich beim Eintritt in die Flotte erträumt hatten.

»Was wird aus Ihnen, mein Lieber?«

Maqari fuhr sich mit der Hand über die Halbglatze; auf das rötliche Gesicht legte sich ein Schatten. »Ich weiß nicht so recht«, murmelte er. »Ich bin fünfundfünfzig und seit siebzehn Jahren hier. Die halbe A-*centuria* wird gegen Abfindung aus dem Dienst scheiden und hierbleiben. Meine Frau und ich... was sollen wir woanders? Sie hat ihren Gemüsegarten hier.« Er lächelte gequält.

Maqari und seine Frau wohnten am Rand der Garnison, unterhalb der Gouvernements-Bungalows auf dem Hügel östlich von Stadt und Raumhafen. Wie für viele andere war auch für sie Cadhras die Heimat, wo alle Freunde und Bekannten lebten. Und mit dem Ende des Protektorats würde die Garnison aufgelöst werden. Nicht gleich, denn in der Übergangsphase des Exodus brauchte man alle verfügbaren Leute, um das Durcheinander zu begrenzen. Aber dann?

»Das Kommissariat wird so was wie eine Miliz kriegen, das ist sicher. Aber keiner weiß, wie die aussehen soll, und wer nimmt dafür einen alten Major von der Flotte, wenn viele junge Leute von der Gendarmerie sich darum reißen?«

»Wissen Sie schon Genaueres – wer Kommissar wird, zum Beispiel?« sagte Barakuda, teils aus Interesse, teils um abzulenken.

»Nix. Verdammte Geheimniskrämerei, was? Ihre Exzellenz hat Vorschläge gemacht, aber Gaia hüllt sich in galaktisches Stillschweigen.« Maqari rührte wütend in seiner Tasse; Kaffee schwappte über. »Wahrscheinlich bleibt zuerst mal alles, wie es ist; der Kommissar wird kommen, wenn das Chaos beseitigt ist.«

»Und die Zuständigkeit wechselt.« Barakuda nickte. »Ja, glaube ich auch. Das kann man einem Neuen ohne Shilgaterfahrung nicht zumuten. Mal sehen, was die Kanzlei sich einfallen läßt.«

Das Protektorat hatte dem Sekretariat für Dominien und Protektorate unterstanden, die Garnison natürlich dem Marine-Sekretariat, wobei der jeweilige Kommandeur der Garnison dem jeweiligen Gouverneur unterstellt war. Die Änderungen hatten auch finanzielle Folgen. Der Dominien-Bereich war klein, das Sekretariat überschaubar; außerdem verfügte es über ein relativ hohes Budget dank der Fürsorge-Pflicht des Commonwealth für abhängige Gebiete. Und da das Gouvernement in Cadhras sich nicht nur selbst finanziert hatte, sondern auch jährlich Überschüsse abführen konnte, waren Cadhras und der Garnison jederzeit sämtliche Sonderwünsche erfüllt worden, selbst wenn sie ausnahmsweise etwas kosteten. Der Kommissar würde eine Art bevollmächtigter Botschafter mit Sonderstatus sein; eigentlich hätte Shilgat nun in die Zuständigkeit des Sekretariats für Auswärtiges gehört, aber wegen der schwierigen Einzelfragen, die sich aus der großen Zahl zum Bleiben entschlossener Commonwealth-Bürger ergaben (auch wenn diese laut Abkommen bald keine Commonwealth-Bürger mehr wären), hatte man den ganzen Komplex der administrativen Spitze übergeben, der Commonwealth-Kanzlei. Und das Budget der Lordkanzler war knapp.

»Alles furchtbar kompliziert«, knurrte Maqari. »Kompliziert, was? Aber Sie, Mann – was haben Sie vor?«

Barakuda rieb sich die Nase und blickte an die Decke. Sie war aus Holz und brauchte einen neuen Anstrich. »Ich schwanke«, sagte er halblaut. »Ich wollte hierbleiben und mit den anderen von der TraPaSoc irgendwas Neues anfangen – vielleicht Segler bauen und verchartern, oder mit Erlaubnis der Shil nach Diamanten suchen, oder so was. Und mit Begheli reisen und baden.«

Maqari nickte. Jedes Wort wäre überflüssig gewesen.

»Jetzt sieht alles anders aus. Marsila und René und Begheli... Und die allgemeine Lage. Ich zweifle manchmal daran, daß Cadhras jemals wieder auf die Beine kommt.« Er lächelte melancholisch. »Sagen wir es mal so: Mich zieht nichts in die Galaxis, aber vielleicht wird mich bald alles von hier wegtreiben.«

Maqari stand auf und ging zu einem Metallschrank, der neben dem Fenster stand. »Haben Sie heute noch viel vor?« sagte er, ohne sich umzudrehen.

Dante musterte den Rücken des stämmigen, mittelgroßen Mannes. »Irgendwann mal zu Mittag essen. Warum?«

»Das kann warten, bis morgen.« Maqari redete den Schrank an, aus dem er etwas holte. »Ich finde, wir haben uns lange genug gesiezt.« Er verschloß die Schranktür und kam mit zwei Flaschen Rum und zwei Emaillebechern zum Schreibtisch zurück.

Barakuda legte die Beine auf die Tischplatte, verschränkte die Hände hinter dem Kopf und lächelte. »Einverstanden, lieber Ponce. Aber findest du, das ändert was? Zwischen uns und überhaupt?«

Der alte Kommandant kratzte sich den Nacken und legte den Kopf schief »Nein.« Er goß beide Becher randvoll. »Aber man gönnt sich ja sonst nichts.«

VII.

Das Wetter wurde besser, anders als die Stimmung. Und Lydia Hsiang war wieder in Cadhras. Die Gouverneurin hatte die wichtigsten Städte und Gebiete des Südens besucht – Inspektion und Abschied. 37 Tage bis zum Ende der Quarantäne, zum Wiederbeginn des interstellaren Verkehrs, zum Anfang des Exodus. Kurz nach Beginn der Gashiri-Krise war ihre fünfjährige Amtszeit abgelaufen; nach mehr als 7 Jahren auf Shilgat und dem definitiven Ende des Protektorats gab es viele Dinge zu bereden und viele Abschiede zu begehen.

Bei seiner Rückkehr aus Garidu war Dante nicht traurig darüber gewesen, daß er die Gouverneurin nicht besuchen konnte. Vor Jahren, während der Pasdan-Krise, hatten sie eine kurze stürmische Affäre gehabt, von der niemand wußte und niemand wissen durfte. Auf kleinen Vorposten wie Shilgat, wo alle Macht in wenigen Händen lag, durften hohe Amtsträger, um die Möglichkeit des Amtsmißbrauchs aus persönlichen Motiven klein zu halten, keine Beziehungen privater Natur miteinander eingehen. Lydia Hsiangs korrupter Vorgänger war nicht über seine Korruption, sondern über eine derartige Liebschaft gestolpert. Das Verbot im *Handbuch* galt auch für den ausgeschiedenen Privatmann Barakuda, der mit dem Amt keineswegs seine Kenntnisse und Beziehungen abgegeben hatte. Aber nun, am absoluten Ende des Protektorats, wären derlei Vorschriften nebensächlich geworden, wenn man es so wollte. Und Dante, der um Begheli trauerte, fürchtete sich vor seiner Trostbedürftigkeit. Die vier möglichen Entdeckungen waren ihm gleichermaßen unangenehm – daß er noch etwas für Hsiang empfand oder nicht, daß sie noch etwas für ihn empfand oder nicht. Außerdem brauchte er Zeit zum Vergessen, und seine mehrmals täglich wechselnden Beschlüsse, Shilgat zu verlassen oder auf Shilgat zu bleiben, wollte er keinem eindeutigen Einfluß aussetzen. Hsiang würde auf jeden Fall abfliegen.

Zu seinem Erstaunen und seiner Erleichterung schlugen andere sich mit schwierigeren Problemen herum. Die defunkte TraPaSoc hatte sich zum Frühstück bei Subhat und Bondak verabredet. Beide waren in den letzten Jahren kaum gealtert. Die temperamentvolle Shil und der ehemalige Sergeant hatten den Niedergang der Stadt ebenso überstanden wie den Tod einer der Töchter von Subhat. Dank des TraPaSoc-Vermögens und der fischefangenden Töchter samt Lebensgefährten gab es im alten Haus am Nordende des Hafenbeckens weder finanzielle Probleme noch zu viel Stille.

Probleme hatte ein anderer: Yasuhiro Kakoiannis. Zwischen zweien der zahlreichen Gänge des Frühstücks klopfte er auf den

Tisch und bat um Aufmerksamkeit. Er schien nicht im geringsten verlegen, aber Barakuda wußte, was die Rede ihn kostete.

»Viele sind wir ja nicht mehr«, sagte er. »Jetzt, ohne Begheli und Marsila und René.« Er machte eine Pause, als ob er nach Worten suchte. Oder nach den anderen Namen: Narciso, Gavril...

Sten Timoara nickte; das schwarze Gesicht war traurig. »Ich würd ihn fast gerne singen hören«, sagte er leise. Timoara und Kara Kikuyo waren vor einigen Tagen aus Gashiri zurückgekommen; sie meinten, sie hätten genug gesprengt. Erst bei ihrer Rückkehr hatten sie von den Ereignissen in Golgit erfahren.

Toyami hob die Hand. »Wenn es um Geschäftliches geht, zähl mich nicht mit, Yasu. Ich bin nur Zubehör.«

Learoyd sah sie von der Seite an. »Bewegliches oder unbewegliches Gut?«

»Ich brauche nämlich Geld. Und zwar eine größere Menge. Mehr, als nach dem, was du sagst, Dante, im Moment von der Bank zu kriegen ist.« Kakoiannis starrte auf seine Hände.

»Was hast du vor?«

»Ich will eine längere Reise machen.«

Barakuda hob die Brauen. »Eine längere Reise, die viel kostet? Willst du mit Pa'aira eine Luxustour um Shilgat machen, oder was?«

Pa'aira schüttelte den Kopf, sagte aber nichts. Ihrem Gesicht war anzusehen, daß sie wußte, um was es ging, daß sie es billigte, daß sie aber auch Zweifel hatte.

Yasuhiro räusperte sich. »Also, hm, wie soll ich das erklären?« Er zögerte, dann gab er sich einen Ruck. »Also, um es kurz zu machen: Ich habe mit Sarelas Hilfe Nachforschungen angestellt. Aber Sarela weiß nicht ganz genau, worum es mir ging.« Plötzlich grinste er. »Wenn ihr sie zum Beispiel nach dem richtigen Namen fragt, den wird sie euch nicht sagen können.«

Dante beugte sich vor. »Du willst doch nicht sagen, daß du dich nach dreißigjähriger Pseudonymität nach deiner Familie erkundigt hast?«

Kakoiannis nickte. »Genau das. Die Eltern leben noch, sie hocken auf dem Familiensitz. Mein Vater ist achtzig, meine Mutter wird es demnächst sein. Außerdem gibt es noch einen

Bruder und eine Schwester, beide längst mit Anhang, klar. Es bleibt vielleicht gerade noch genug Zeit für eine Aussöhnung.«

Irgendwie war es ein naheliegender, normaler Gedanke; dennoch waren nach den Jahren der Geheimniskrämerei alle überrascht.

Kakoiannis blickte sie der Reihe nach an, mit einem beinahe maliziösen Lächeln, als ob er sagen wollte: Hab ich euch da nicht noch ein feines Geschenk gemacht? Er wandte sich an Lugo Bondak. »Chef, was meinst du?«

Der alte Sergeant, früher einmal das Herz der »Bondaks Bande« genannten Truppe besonders harter Sauf- und Raufbolde, betrachtete den ehemaligen Don Juan der Garnison. Die schwarzen Locken des *gentleman ranker* begannen grau zu werden, er war bei Pa'aira in festen Händen, und das feingeschnittene Gesicht war von den Spuren der Explosiven Beulenpest verändert. Bondak stieß einen Knurrlaut aus; für Sekunden wurde er vom alten, ruhigen Mann wieder zum kantigen *sirján*, der seine Leute notfalls mit Flüchen und Fäusten regierte. »Meinst du denn«, sagte er, »die erkennen dich, mit dem, was du da heute an Visage hast?«

Kakoiannis grinste furchterregend. »Ich kann mich ausweisen.«

»Du willst also weg?« Timoaras Stimme war flach; das vernarbte, schwarze Gesicht des ehemaligen Korporals zeigte keine Regung.

Kakoiannis hob die Schultern. »Was bleibt denn noch? Wir sind ein trauriger Rest, alle alt und grau geworden oder auf dem besten, na ja, schlechtesten Weg dahin. Das Protektorat ist am Ende, die TraPaSoc auch. Meint ihr etwa, wir stellen noch mal was auf die Beine?«

Barakuda schloß die Augen. Die mit kühlen Worten aufgestellte Behauptung traf ihn, weil sie stimmte. Es war eine Bilanz, die er sich selbst nicht so deutlich eingestanden hatte. Elf Leute, Bondaks Bande, die berühmte dritte Gruppe der alten B-*centuria:* der Sergeant und die beiden *manipel* mit je einem Korporal und vier Gemeinen. Nach Pasdan hatten die Überlebenden den Dienst quittiert, ihre Abfindungen in die TraPaSoc gesteckt. Fünf Frauen der alten A-*centuria* waren dazugestoßen, außerdem Begheli und Pa'aira, die früher im *Meeresleuchten* gearbeitet hatten. Und er. Gordian Henty, gefallen in den Höhlen bei den Golzain-Katarakten; Emlyn Skudder, verwundet und auf dem Flug von den Höhlen nach Cadhras gestorben; *kapral* Kalef Vanzuid und Aram Elorza, gefallen in den Grenzbergen von Pasdan; Vlad Oubou, von den AVs zu unmenschlichen Experimenten mißbraucht und auf der Taggabahn gestorben/erlöst; Narciso Ping und die beiden alten *suldás* Karuka Katz und Gavril Tatuschin, gestorben in Gashiri; Marsila Bodrelur, René Nardini und Begheli, ermordet in Golgit.

Dante sah die anderen an; den Rest. Lugo Bondak, Sten Timoara, Terence Learoyd, Yasuhiro Kakoiannis – vier von elf. Kara Kikuyo und Shulamit as-Sabah – zwei von fünf. Pa'aira. Dante Barakuda. Learoyds Freundin Toyami und Bondaks Frau Subhat vervollständigten die Runde.

Learoyd, der so oft in kritischen Lagen durch irgendeine Albernheit für Entspannung gesorgt hatte, ließ sie auch diesmal nicht im Stich. Er begann plötzlich zu grinsen und pfiff eine Melodie, die alle kannten, ein uraltes Kinderlied: *Zehn kleine Negerlein.*

Timoara machte »Ha! Ha!« und legte den Kopf schief. »Du meinst das nicht persönlich, oder?«

»Wir sind noch acht von der TraPaSoc«, sagte Barakuda müde. »Wenn wir die Einlagen zurückzahlen und den Rest teilen, kriegt jeder etwa hunderttausend Drachmen. Damit kannst du längere Zeit um die Galaxis fliegen, Yasu.«

Kakoiannis sah ihn irritiert an. »Ich denke, wir können nicht an das Geld?«

»Ja und nein. Die Bank blockiert, damit die hiesigen Verhältnisse einigermaßen stabil bleiben. Wenn du nach dem Ende der Quarantäne Geld außerhalb des Planeten ausgeben willst, zum Beispiel für eine Passage nach Gaia oder sonstwohin, wird man dir die Füße küssen.«

»Zwei Passagen«, sagte Kakoiannis. »Und nicht nach Gaia.«

Alle Augen richteten sich auf Pa'aira, die unbehaglich auf ihrem Stuhl herumrutschte.

»Ja. Ich bin noch nie von hier fortgewesen. Ich weiß nicht, ob ich es woanders aushalte. Und vielleicht kommen wir beide zurück. Aber ich finde, Yasu soll den Versuch machen. Weil ihm was daran liegt.«

Kakoiannis klatschte plötzlich in die Hände. »Verdammter Mist!« sagte er inbrünstig. »Dieses öffentliche Seelenwühlen hätten wir uns sparen können. Wenn ich das gewußt hätte. Ich hab gedacht, ich müßte euch anpumpen – TraPaSoc aufteilen, jeder hebt soviel ab, wie er darf, und dann bettele ich mir das zusammen, was die Passage kostet.«

»Du kannst dein altes Gesicht wieder über die neue Maske der Offenheit stülpen«, sagte Barakuda. »Es glaubt dir sowieso niemand was – weder den alten noch den neuen Anblick.«

»Ihr kommt also vielleicht wieder zurück. Vielleicht auch nicht. Und was macht ihr anderen alle, Kinder?« sagte Subhat. Es waren ihre ersten Worte, seit die Debatte begonnen hatte.

»Mal sehen. Weiß nicht.« Timoara wechselte einen Blick mit Kikuyo; Kara setzte hinzu: »Mit dem Geld kann man ja fast sechzig Jahre leben, ohne einen Handschlag zu tun. Viel Zeug.«

Dante spürte, daß alle auf ihn warteten. Er war der ehemalige Offizier, der Mann mit der besten Bildung und den größten Kenntnissen. »Wir sollten abwarten«, sagte er. »In siebenunddreißig Tagen endet die Quarantäne, dann wird hier das Chaos ausbrechen. Ich schätze, daß an die hundertfünfzigtausend Menschen möglichst schnell Shilgat verlassen wollen. Alle müssen durch Cadhras und über den Raumhafen. Dabei kann es nicht genug freiwillige Helfer in Organisation und Betreuung geben. Wenn also jemand von euch sich langweilt... Bis alles abgewickelt ist, wird einige Zeit vergehen. Der Handel wird wieder beginnen; wahrscheinlich auch der Tourismus, wenn auch weniger als früher. Im Moment ist nicht abzusehen, wie alles hier in einem Jahr aussieht. Vielleicht fällt uns auch schon eher was ein; aber heute sollten wir keine Pläne machen.«

Subhat blickte ihm in die Augen. »Und du – was ist mit dir? Wirst du bleiben?«

Barakuda senkte den Kopf. »Ich weiß es nicht.«

Am späten Vormittag verließ er Subhats Haus, warf einen Blick auf den kaum belebten Hafen und wandte sich nach rechts. Über die Uferstraße ging er nach Norden, bis zur Mündung des Sogga. Das Meer, das vor wenigen Tagen wütend an den Quadermauern gerissen hatte, leckte nur noch träge, wie salziger Brei, in dem irgendwo weit weg jemand mit einem Löffel rührte. Dante mußte einige Gedanken zu Ende denken und umschalten; er lehnte sich gegen das Geländer und rauchte langsam eine Zigarette.

Auf dem Nordufer des Sogga verließ ein Karren den Hof der Konservenfabriken, die nur mit halber Kraft arbeiteten. Sie hatten leerstehende Schuppen und Lagerhallen angemietet, von denen es in Cadhras seit fast zwei Jahren zu viele gab; einen Teil der Produktion mußten sie außerhalb der Stadt lagern. Ohne großes Interesse sah Barakuda, daß der Karren an der ersten Sogga-Brücke vorbei geradeaus fuhr, flußaufwärts, vielleicht zum Karawan-Serai östlich der Stadt, dessen Umschlag wie alles um mehr als die Hälfte nachgelassen hatte, so daß auch dort Lagermöglichkeiten frei geworden waren. Vielleicht auch noch weiter landeinwärts; das fruchtbare Schwemmland zwischen den beiden Flüssen wurde nicht mehr ganz bebaut, und auf einem Stück Brachland hatte man provisorische Hallen errichtet. Dort bereiteten Leute von der Gendarmerie und der A-*centuria* auch eines von vielen Zeltlagern vor, zur Unterbringung der Auswanderer.

Als er mit dem Denken fertig war, ging Barakuda zur Brücke, überquerte sie und stieg die steilen Treppen hinauf, die zwischen den Häusern der Nordstadt die Serpentinen der Straße schnitten. Der Platz vor der Territorialverwaltung war mäßig belebt; in den Arkaden-Hotels hatte das Gouvernement einige der vor zwei Jahren auf Shilgat gestrandeten Touristen untergebracht, und in zwei ehemaligen Restaurants befanden sich kostenlose Garküchen.

Vito Ataratz konnte kaum über die Papierstapel auf seinem Schreibtisch blicken. Der grauhaarige Präfekt der Gendarmerie sah schlecht aus: zu viel Arbeit, zu große Verantwortung, zu wenig Schlaf und zu schwierige Fragen.

»Ah, Barakuda.« Er legte den Stift weg und deutete auf einen Sessel. »Richtig, wir waren verabredet. Hatte ich völlig vergessen. Wie spät ist es?« Er blickte auf die antike Standuhr, die vermutlich von Gaia stammte und zwischen den Aktenschränken gegenüber dem Fenster verkümmerte.

»Sie werden alt, Vito.« Dante setzte sich. »Früher haben Sie nie was vergessen.«

Ataratz rieb sich die Augen, stand auf und ging zum Fenster.

Er starrte auf das Binnenmeer, als ob es dort Antworten gäbe. Ohne den Kopf zu drehen, sagte er halblaut: »Das waren auch andere Zeiten, und in einer anderen Stadt. Den Ataratz von vor drei oder vier Jahren kenne ich nicht mehr.«

Dante schwieg und wartete ab. Ataratz streckte sich und wandte sich um; er stützte sich auf die Lehne des zweiten Besuchersessels. »Warum ich Sie hergebeten habe«, sagte er. »Wir brauchen Ihren Rat und vermutlich Ihre Unterschrift, wenn Sie wollen.«

»Wer ist wir?«

Ataratz lächelte matt. »Die Welt. Shilgat. Das Gouvernement. Der Krisenrat*. Was Sie wollen.«

»Worum geht es?«

Ataratz ging sehr langsam um den Sessel herum und ließ sich hineinfallen. Ein müder alter Mann. »Wir haben endlich neue Anweisungen bekommen, gestern. Hat lang genug gedauert.«

»Anweisungen welcher Art?«

»Was die Zukunft angeht, das Kommissariat und so weiter. Irgendwelche Subalternen in der Lordkanzlei hatten bemerkenswert irrsinnige Einfälle.« Ataratz schüttelte den Kopf, legte die Fingerspitzen beider Hände aneinander und seufzte. »Sie kennen das ja – laut Vorschrift Soundso Nummer X hat der Posten besetzt zu werden von einer Person, die eine bestimmte Laufbahn in der Administration hinter sich hat. Und alles muß nach Plänen ablaufen, die vielleicht für den Südpol von Gaia richtig sind, aber keinerlei Beziehung zur Lage auf Shilgat haben.«

Barakuda nickte. »Ein bürokratischer Grundsatz. Stammt wahrscheinlich aus der Zeit vor Hammurabi. Und wie sehen die neuen Anweisungen aus?«

Ataratz grinste plötzlich und sah fünf Jahre jünger aus. »Ly... die Gouverneurin hat es zuerst per Hyperfunk auf dem Dienstweg versucht, ohne Ergebnis; dann hat sie ihre Beziehungen eingesetzt. Sie wissen ja, sie gehört zu einer der noblen Familien von Atenoa. Ich glaube, irgendein Verwandter von ihr hat mit der Lordkanzlerin zusammen studiert, oder so. Jedenfalls hat sich die Lordkanzlerin persönlich eingeschaltet, und auf einmal geht alles, was vorher streng verboten war. Das Kommissariat

---

* vgl. Fußnote zu Kap. I Teil I, »Pasdan«.

wird nicht nach Standardvorschrift Y, sondern nach den Vorschlägen eingerichtet, die wir und die Shil gemacht haben. Mit ein paar Modifikationen. Gestern abend hat der Rat getagt.«

Barakuda holte die Zigaretten aus seiner Brusttasche. »Ja. Ich hab Ihren Zettel gefunden, als ich diese Nacht heimgekommen bin. Was wollen Sie von mir? Ich bin ein ausgedienter alter Geschützesel.«

Ataratz schnaubte und blickte erneut auf die Uhr. Es war 11:76, 26 Minuten nach Mittag. »Um zwölf bin ich mit Exzellenz zum Essen verabredet. Sie auch, hat sie gesagt, wenn ich Sie auftreiben kann und Sie Hunger haben.«

»Im Palais?«

»Nein. Im *Vistamari.* Ich spendiere uns eine Rikscha, das läßt uns noch ein paar Minuten Zeit. Damit Sie wissen, was auf dem Programm steht.«

Dante hob eine Braue. »Nett von Ihnen. Es ist mir immer ein Vergnügen, mit Ihnen zu speisen, Vito. Mit der Gouverneurin natürlich noch mehr. Aber was wollen Sie von mir?«

Ataratz fixierte ihn. »Es geht unter anderem um einige Detailfragen, bei denen wir gern ihre Meinung hören würden, weil Sie Erfahrung haben. Organisation des Exodus, Übergangsprobleme, so was. Aber vor allem um Personalfragen. Der Krisenrat hat sich für befangen erklärt, was gewisse Dinge angeht, zum Beispiel die Besetzung der höchsten Funktionen im Kommissariat. Der Richter ist jung und will bleiben, die Obfrau der *asambli* ist relativ jung und will bleiben, und so weiter. Da sind zu viele, und zu viele liebe alte Bekannte, die gern mitmischen würden. Ihre Nachfolgerin Sarela zum Beispiel, und sie ist die einzige, die es offen zugegeben hat. Sie hat dann auch vorgeschlagen, daß die Gouverneurin eine Art Besetzungsrat bildet. Wenn Sie so wollen, mit ›verdienten älteren Staatsmännern‹, deren Kenntnisse man nutzen sollte.«

»Oh ah uh, herzlichen Dank.« Barakuda grinste. »Ich weiß aber nicht, wie ich mich als älterer Staatsmann bei Tisch benehmen soll.«

»Pah. Wir hätten Sie einfach gern dabei, auch aus bestimmten... anderen Gründen. Und wir haben gestern abend noch einen Gleiter in den Norden geschickt, um Tremughati und Gortahork aus der Steppe zu holen.« Traurig setzte er hinzu: »Saravyi wird uns fehlen.«

»Wann kommen sie? Hat der Gleiter sie gefunden?« Dante freute sich auf das Wiedersehen mit den ehemaligen Banyashil-Fürsten.

»Ja. Sie sind vor fünf Stunden abgeflogen. Am Nachmittag werden sie hier sein.«

Zwei Rikschas – Leichtmetallkonstruktionen mit weichen Ballonreifen – brachten sie durch die Stadt zur Esplanade an der Bucht. Auch im *Vistamari* waren Touristen untergebracht; das Hotel gehörte zu einem halbstaatlichen Konzern und konnte notfalls vom Gouvernement requiriert werden.

Lydia Hsiang hatte einen kleinen Nebenraum reservieren lassen. Auf dem Weg durch den großen Speisesaal entdeckte Barakuda mehrere Wissenschaftler vom Laborschiff, die wie alle anderen auf das Ende der Quarantäne warteten.

»Gehen Sie voraus, Vito«, sagte er. »Mir ist gerade was eingefallen. Ich komme sofort nach.«

Er ging zu dem Tisch, an dem Arman Mugadisk saß, der Leiter des Laborteams.

»Gibt's was Neues, Barakuda?«

Dante schüttelte die Hand des Wissenschaftlers. »Noch nicht, vielleicht später«, sagte er. Die vielen Fragen, die vor allem um die Möglichkeit einer wissenschaftlichen und kommerziellen Nutzung bestimmter Substanzen kreisten, gehörten zu dem umfangreichen Katalog, mit dem sich das einzurichtende Kommissariat würde herumschlagen dürfen. »Ich habe nur eine Bitte. Können Sie *mir* einen Gefallen tun?«

Mugadisk nickte. »Natürlich. Ich bin froh, wenn ich überhaupt mal was tun kann. Warum nicht Ihnen einen Gefallen? Worum geht es denn?«

»Einer von meinen alten Freunden – Sie wissen schon, von der TraPaSoc – will nach dem Ende der Quarantäne mit seiner Freundin aus bestimmten Gründen weg. Jedenfalls vorübergehend. Nehmen Sie Passagiere mit?«

Mugadisk zwinkerte. »Nein. Aber Ihre Leute sind keine Passagiere. Wohin will er denn?«

»Weiß ich nicht genau. Wahrscheinlich zu irgendeinem Knotenpunkt, und von da weiter. Und hier haben zuerst mal die Evakuierungsschiffe Vorrang; bis der erste reguläre Liner auftaucht, wird es sehr lange dauern.«

»Ja, klar. Sagen Sie den beiden, sie sollen einfach mal zum Schiff kommen.«

Sie hatten einander ein halbes Jahr nicht gesehen. Dante fand Lydias Händedruck leicht und kühl, wie immer; daß ihr kurzes Kraushaar noch immer aschblond war, wußte er seit dem Objektbrief. Seines war längst völlig grau. In dem feingeschnittenen, ovalen Gesicht mit den ausgeprägten Backenknochen glaubte er einige neue Linien zu sehen.

Zunächst redeten sie über Belanglosigkeiten; erst beim Dessert kam die Gouverneurin zum Thema.

»Dante, ich werde Ihnen gleich einige Papiere vorlegen. Wenn wir beim Kaffee angekommen sind. Ich bitte um konzentriertes Überfliegen. Zu den einzelnen Punkten können Einwände erhoben oder Ergänzungen gemacht werden. Die Hauptfragen stellen sich erst im Anschluß daran, weil Kenntnis der Unterlagen nötig ist, um die Fragen überhaupt beraten zu können.«

Während er las, unterhielten sich Hsiang und Ataratz leise über Organisationsprobleme. Eine Kellnerin brachte weiteren Kaffee und gaianischen Brandy; einige wichtige Dinge waren während der Quarantänezeit mit unbemannten Booten nach Cadhras gebracht worden. Medikamente und Schnaps gehörten dazu.

Die ersten Bögen behandelten die Organisation des »Exodus«. Jemand, vermutlich die Gouverneurin, hatte an alles gedacht, bis hin zur Anzahl der benötigten Decken in den Zeltlagern. Barakuda fand keine Lücke im Plan. Ähnliche Themen – schrittweiser Abbau von Einrichtungen etc. – fanden sich auf den meisten anderen Papieren.

Endlich kam er zum wichtigsten, dem Entwurf eines Statuts für das Kommissariat. Demnach sollte der Kommissar Botschafter des Commonwealth auf Shilgat sein und Residenten/Vertreter in den wichtigsten Shilgebieten unterhalten, »nach Lage, Art und Umfang in der Tradition des Protektorats«. Das bisherige Autonome Territorium erhielt für eine Übergangszeit von zunächst 50 Jahren einen Sonderstatus; in den nur oder überwiegend von Shil bewohnten Gegenden *konnte* der Kommissar von den Heilern und Häuptern konsultiert werden, in den gemischten oder vor allem von Cadhrassi bewohnten Gegenden *mußte* der Kommissar die Heiler und Häupter konsultieren. Cadhras und Umgebung erhielten den widerruflichen Status einer Commonwealth-Exklave ohne eigene Souveränität; unter weitestgehender Übernahme bisher bewährter Einrichtungen sollte dort modifiziertes, näher zu bestimmendes Commonwealth-Recht gelten. Der Kommissar würde in Cadhras gleichzeitig eine Art Regierungschef mit Sondervollmachten sein (der Entwurf verwendete, bürokratischen Prinzipien gehorchend, antikes Wortmaterial: »... dem jeweiligen Lordkanzler des Commonwealth gegenüber persönlich verantwortlicher Vogt... «). Eine Stadtversammlung konnte gewählt werden, die drei Berater ins Kommissariat bzw. in die Vogtei entsenden würde; drei weitere Berater sollten die Shil-Häupter stellen.

Ferner hatte der Kommissar die wesentlichen Maßgaben des Shilgat-Abkommens einzuhalten, insbesondere die Abschirmung des Planeten gegen jeden Kultur- und Technologietransfer; dazu erhielt er die alleinige Aufsicht über den Raumhafen, die Funkstation, den Meiler und den Rechner sowie sonstige »relevante technische Einrichtungen«. Zur Durchführung der nötigen Maßnahmen und Aufrechterhaltung der Ordnung *konnte* eine Freiwilligentruppe aufgestellt werden, die in verschiedenen Abteilungen alle nötigen Bereiche (»Verkehrsaufsicht zu Wasser, zu Lande und in der Luft; Ermittlungs-, Verfolgungs- und Vollzugsmaßnahmen in Erfüllung und im Rahmen des örtlichen Rechts; Sicherung der geographischen und rechtlichen Grenzen des Kommissariats... «) kontrollierte; diese durfte nicht mehr als 500 Mitglieder umfassen (»ohne Verwaltungs- und Nebenpersonal«). Die »Kommissariatsmiliz« sollte über Funk, Gleiter, Schnellboote »und ortsübliche Verkehrsmittel wie Pferde etc.« verfügen, außerhalb des Kommissariatsgebiets nur mit Zustimmung und auf Anforderung der Shil-Häupter eingesetzt werden und »nur in Notlagen« Handwaffen verwenden.

Die übrigen Papiere betrafen Finanzielles; es ging da um Budgetgestaltung, Schuldenübernahme durch die Lordkanzlei, Entschädigungs- und Subventionszahlungen... Barakuda verzog das Gesicht. Wichtig und verständlich hierbei war ihm nur der Passus, der dem Kommissariat und der Stadt Cadhras Zoll- und Steuerhoheit nach bisher für Gouvernement und Territorium üblichen Bedingungen einräumte; aus den Einnahmen, die sparsam zu verwalten seien, sollten nach und nach die von der Kanzlei übernommenen Schulden abgezahlt werden.

»Ich glaube, damit können hier alle leben.« Dante schob die Papiere über den Tisch. »Im Prinzip ändert sich nicht viel – außer den Benennungen. Und ein paar politischen Bestimmungen, die aber, wie ich unsere Leute und die Shil einschätze, keine großen Veränderungen bringen werden.«

Ataratz wiegte den Kopf. »Abgesehen von der Eingewöhnung. Umgewöhnung. Neugewöhnung. Oder wie immer man es nennen will. Jedenfalls gibt es weder vom Commonwealth her noch seitens der Shil Beschränkungen für Handel und Tourismus, die über das bisher Übliche hinausgehen.«

Lydia Hsiang spielte mit einem Stift; Barakuda ertappte sich dabei, daß er die schlanken schmucklosen Finger aufregend fand.

»Ein paar Dinge sind zu klären«, sagte sie. »Dafür hätten wir gern Ihren Rat, Dante.«

»Es fehlt auch noch was«, sagte Barakuda. »Schulen, ärztliche Versorgung und so weiter im bisherigen Territorium können ja unter den neuen Umständen weitergeführt werden, auch das Hospital hier. Aber was ist mit Huasiringa, zum Beispiel, und dem Hotel da, oder mit den Schulen und der Akademie auf Corilia.«

Ataratz machte »Ts, ts, ts!«

»Das steht in den Finanzteilen, die Sie hoheitsvoll überlesen haben.« Die Gouverneurin lächelte. »Geht alles weiter wie bisher und untersteht dem Kommissar, mit gewissen neuen Bestimmungen über die Finanzierung und die Einspruchsmöglichkeiten der Shil.«

»Entschuldigung.«

»Bitte sehr. – Es stellt sich jetzt das Problem der Ämterbesetzung, der Dauer der Amtszeiten und so weiter.«

»Welche Vorstellungen haben Sie denn dazu?«

Hsiang legte den Stift beiseite und nahm den Brandyschwenker in die Hand. »Wahl- oder ernennungsabhängige Ämter wie bisher. Also fünf Jahre für den Kommissar, wie bisher für den Gouverneur. Notstand ausgenommen.«

Dante überlegte. »Man sollte«, sagte er dann langsam, »nein, man muß, glaube ich, festschreiben, daß die nicht rein technischen Spitzenpositionen von Leuten besetzt werden, die eine gewisse Mindestzeit auf Shilgat gelebt haben. Für den Operator des Rechners oder den Leiter des Raumhafens ist das nicht so wichtig, aber für alle, die mit Menschen zu tun haben.«

Ataratz nickte.

Hsiang nahm einen Moment lang die Unterlippe zwischen die Zähne; sie waren weiß und regelmäßig. »Was halten Sie davon, jeweils etwa die Hälfte der Stellen im Kommissariat von Leuten aus dem Commonwealth zu besetzen? Also Leuten, die hier nicht unbedingt jahrzehntealte Familieninteressen zu vertreten haben?«

Barakuda stimmte zu. »Das heißt, es müßten praktisch sofort junge Leute von Gaia geschickt werden, die dann später Sekretäre oder Abteilungsleiter werden können.«

»Richtig.« Hsiang notierte etwas, machte dann eine lange Pause, in der sie aus dem Fenster schaute. Abgetakelte Clipper, die zu lange keine Touristen mehr für Kreuzfahrten oder Passagen nach Huasiringa an Bord gehabt hatten, schaukelten auf der trägen Dünung.

»Kommen wir zum Kern. Die Spitzenämter, für den Übergang.«

»Ja. Bis eine neue Stadt-*asambli* gewählt ist und ihrerseits die Leute bestimmt, die sie haben will, sollten die bisherigen Amtsträger im Dienst bleiben, finde ich. Also der Oberste Richter, der ja wohl bleiben will, und die diversen Abteilungsleiter der bisherigen Territorialadministration. Vito, Sie natürlich als Chef der aufzubauenden Miliz. Glückwunsch überhaupt dazu, daß Sie es durchgesetzt haben.«

Ataratz lächelte. »Ja. Ich bin sehr froh. Maximal fünfhundert Leute, das heißt, daß ich einen Teil der Gendarmerie unterbringen kann. Ein paar werden Shilgat verlassen, ein paar andere scheiden ohnehin aus Altersgründen demnächst aus. Es wird nur halb so schlimm, wie ich befürchtet hatte.«

»Was haben Sie vor, Lydia?«

»Wollen Sie mich für das Kommissariat vorschlagen?« Sie lachte. »Darauf läßt sich Gaia niemals ein.«

»Wenn Gaia sich darauf einließe... «

Sie wurde ernst. »Nein. Der Planet ist mir zu sehr ans Herz gewachsen. Wenn ich noch länger bleibe, komme ich nie mehr von Shilgat los. Es wird so schon schwer genug werden.«

»Sie wollen also gehen?«

»Ja.«

Barakuda sah sie nachdenklich an. Mehr als einmal hatte er, hatten andere gesagt, daß man aus solchem Material keine Provinzverwalter, sondern Lordkanzler machen sollte. Lydia Hsiang war die beste Person auf dem Gouverneursposten gewesen, die Cadhras je gesehen hatte. Ein Satz der schlanken, beherrschten Frau fiel ihm wieder ein: »In meiner Familie geht man zuerst zur Flotte und dann in die Politik.« Er erinnerte sich undeutlich an Lektüre seiner Jugend, Schulbücher und historische Abhandlungen. Ein Hsiang hatte noch während der Wirren Jahrhunderte, vor Gründung des Commonwealth, von Gaia aus ein verzweigtes Handelsimperium aufgebaut, den Grundstock des Familienvermögens erwirtschaftet und nebenbei auch daran mitgewirkt, Gaias ökonomische Bedeutung so groß zu machen, daß diese Welt später zum Kern des Commonwealth wurde und die Nachfolge der abgewirtschafteten Erde antrat. Händler, Offiziere – das Landungsunternehmen auf Tartagal, bei dem Barakuda verwundet worden war, hatte ein Konteradmiral Hsiang geleitet –, hohe Beamte, Politiker...

»Haben Sie eigentlich so etwas wie einen Familiensitz, Lydia?«

»Mehrere.« Ihre Augen verschleierten sich für einen Moment. »Zum Beispiel an der Bucht von Nuzuarán und über dem Tastego-Tal.«

Barakuda pfiff leise. Während seiner Zeit in Atenoa hatte er natürlich versucht, die Hauptwelt des Commonwealth näher kennenzulernen. Das Tastego-Tal war eine phantastische Wildnis in zweieinhalbtausend Metern Höhe, überragt von den Schneeriesen des Gaialaya; und Nuzuarán, etwa 200 Kilometer südwestlich von Atenoa, wurde auch ganz schlicht »Paradies« genannt: 80 Kilometer Sandstrand zwischen zwei felsigen Vorgebirgen mit kleinen Fischerdörfern, dezenten Hotels und Bungalows und mehreren alten Palästen, alles vom Rest des Hauptkontinents abgetrennt durch ein Naturschutzgebiet aus Bergen, Farndschungeln und Palmwäldern mit seltsamen Tieren und Pflanzen, und abgerundet durch einen verzauberten Archipel kleiner Inseln mit Tiefseegrotten und Atollen. Eine Gegend, in der es nur ewigen Wechsel zwischen Frühling und Herbst gab und die beiden extremen Jahreszeiten unbekannt waren.

Ataratz nickte versonnen. »Ich habe mal Bilder gesehen«, sagte er.

Hsiang klopfte auf den Tisch. Energisch sagte sie: »Zur Sache. Haben Sie einen Vorschlag für das Kommissariat?«

Dante schwieg. Im Geist sortierte er Kandidaten – Maretha Lunz, die ehemalige Oberste Richterin, nun eine uralte weise Frau, nicht mehr belastbar; Ubang Thang, früher einmal Obmann des Territoriums, Choleriker und Verfechter einer Technifizierung des Isthmus; Elis Baramky, die jetzige Obfrau; er ging Beamte durch, Händler, Lokalpolitiker...

»Wie wär's eigentlich mit Ihnen?« Ataratz sah ihn lauernd an, und plötzlich begriff Dante, daß dieser Vorschlag die ganze Zeit im Kopf des alten Präfekten gekreiselt war.

»Ich?«

»Ja. Sie kennen alle Probleme des Planeten und der diversen Bevölkerungsgruppen; Sie haben Erfahrung im Umgang mit administrativen und politischen Komplexen; Sie sind von allen in Frage kommenden Leuten der einzige, dessen Ernennung alle Shil zwischen Sa'orq und Vagaván sofort zustimmen werden... «

Dante hob die Hand. »Moment mal. Langsam.« Er war doppelt verblüfft – darüber, daß man ihn ernsthaft vorschlug; und darüber, daß er über diesen Vorschlag verblüfft war. Er hätte eigentlich damit rechnen müssen.

»Was Moment? Was halten Sie davon?«

Barakuda schüttelte den Kopf. »Vito, Vito. Das hätten Sie mir aber drüben auch schon sagen können. – Meine Antwort ist schnell und einfach: Nein.«

Ataratz blickte beinahe vergrämt; als Dante Hsiangs Augen suchte, fand er ein völlig ausdrucksloses, verschlossenes Gesicht.

»Dürfen wir trotzdem nach Gründen fragen?« sagte sie.

Dante nickte heftig. »Natürlich. Es gibt genau zwei, und das sind zwei sehr gute Gründe. Erstens bin ich dafür nicht der Richtige. Erfahrung hin und her, aber der Kommissar braucht zwei Dinge, die ich nicht habe – Diplomatie und maßlose Geduld. Ich... ach, egal. Und zweitens weiß ich nicht, ob ich bleibe.«

In diesem Moment öffnete sich die Tür zum kleinen Raum. Tremughati trat ein. Die ehemalige Fürstin der Banyashil drückte Ataratz die Hand, umarmte Lydia Hsiang und küßte Barakuda. Die Olivhaut war noch immer glatt, das schwarze Feuer der Augen ungedämpft, und selbst im Konferenzraum des noblen *Vistamari* wirkte sie in ihrer schlichten Lederkleidung aus der Steppe wie eine Regentin.

»Wo ist Gortahork?« sagte Ataratz.

»Er wird kommen.« Tremughati lächelte alle an und setzte sich neben Dante. »Er redet mit einem alten Heiler, der am Raumhafen auf uns gewartet hat.«

»Woher wußte... « Ataratz hustete und verstummte. Die Häupter und Heiler der Shil waren sämtlich schwache Tele- beziehungsweise Empathen.

»Hast du Hunger, Schwester und Freundin?« Lydia Hsiang verwendete Banyashilgu.

Tremughati winkte ab. »Das kann warten, bis Gortahork kommt. Wir werden zusammen essen. Und zusammen bereden, was zu bereden ist.«

Gortahork erschien wenig später. Auch er trug einfache Steppenkleidung; auch er schien unverändert bis auf die Hakennase, die noch schärfer geworden war.

»Ihr seid natürlich meine Gäste im Palais, solange ihr wollt«, sagte Hsiang. Sie strahlte die beiden an.

Ataratz und Dante wechselten einen Blick, Tremughati sah es und lächelte.

»Wir sollten zur Sache kommen«, sagte sie auf Galaktein. »Der Schreibtisch des Präfekten biegt sich unter dringenden Papieren.«

Ataratz verneigte sich im Sitzen.

»Das Wichtigste zuerst«, sagte Gortahork. »Ihr sucht einen guten Nachfolger für dich, Lydia, oder? Wie soll er heißen – Kommissar? War es so?«

»So ist es.«

Der frühere Fürst des Nordens und »Vater aller Banyashil« ergriff Lydias Hand und nahm sie zwischen seine Pranken; dabei sah er ihr in die Augen. »Freundin und Schwester, du wirst uns verlassen, und das macht uns traurig. Wer soll deinen Platz in unseren Herzen ausfüllen? Wer soll je vergessen, was die Völker von Shilgat dir verdanken? Und wer könnte je den Platz der Hüterin einnehmen?«

Erstaunt und gerührt sah Barakuda Lydias Augen feucht werden. Sie blinzelte; dann neigte sie sich über Gortahorks rechte Hand und küßte sie.

Der große kluge Mann legte den Arm um die Schulter der Gouverneurin. Er streichelte sie, und Tremughati nickte lächelnd.

»Und du, Bruder und Bärenjäger?« sagte Gortahork.

Barakuda hob die Schultern und schwieg.

Tremughati warf ihm einen beinahe spöttischen, gleichzeitig liebevollen Seitenblick zu. »Er weiß nicht, ob er bleiben oder gehen soll. Und er meint, daß er nicht würdig und geeignet ist, den Platz von Lydia Hsiang einzunehmen.«

»Wie wahr.« Gortahork grinste. »Seit wann kennst du deine Grenzen, Freund?«

Tremughati schloß die Augen und legte eine Hand auf Dantes Arm. »Sarela ist zu jung«, sagte sie halblaut. Traurig setzte sie hinzu: »Und Saravyi, der sie liebte und leitete, ist nicht mehr bei uns.«

Dante zwinkerte; tatsächlich hatte er eben daran gedacht, Sarela McVitie vorzuschlagen.

Gortahork spitzte die Lippen. »Ich weiß was.«

Tremughati nickte.

Ataratz blickte verwirrt von einem zur anderen.

Hsiang runzelte die Stirn; dann nickte sie ebenfalls. »Erfahrung, Zuverlässigkeit, Diplomatie – auch wenn er sein Licht für dunkel hält.«

Barakuda kicherte. »Armer Vito. Was halten Sie von Kommissar Ponce Maqari?«

Aus: Geschichte des Protektorats,
Sargon Pfysh, Cadhras, 491

»... Auch in Gashiri hieß ›Anarchie‹: ›Niemand soll herrschen – außer mir/uns.‹ Die genauen Herrschaftsstrukturen sind jedoch bis heute ebenso unbekannt wie die eigentlichen Kernthesen der AV-Ideologie. Archive, Bibliotheken etc. wurden in den Tagen des Untergangs

gezielt von Kommunarden zerstört; erhaltene Texte sind meist wirre Sekundär- oder Tertiär-Auslegungen, die das in ihnen Kommentierte als bekannt voraussetzen und wegen der erratischen Denkverfahren Rückschlüsse selten zulassen. So verrät uns z. B. die erhaltene Stele der Wahren Wirklichkeit in Gashir, daß Realität eine Funktion ihrer Definition sei, festgelegt durch die Gemeinschaft; damit wissen wir aber weder, was genau unter ›Realität‹ verstanden wurde, noch wie ein Definitionsvorgang aussah, noch wer letztlich definierte...

Ähnlich unproduktiv war die Befragung der Überlebenden, immerhin etwa 80 Prozent der Bevölkerung. Entweder befanden sich unter ihnen tatsächlich keine Primärinformierten, oder wenn doch, so zogen sie es vor, Identität, Funktion und Kenntnisse zu verheimlichen.

... Allerdings können die wenigen bekannten Fakten erhellen, weshalb es nicht einmal eingeschleusten Agenten des Gouvernements gelang, substantielle Informationen über die innere Beschaffenheit... zu erhalten...

Basis war ursprünglich ein agrarischer Urkommunismus. Alles gehörte allen bzw. der jeweiligen Kommune; in Abstimmung mit anderen Kommunen legten die Kommunarden fest, welche Leistungen bzw. Erträge für das Überleben der Union notwendig/unabdingbar waren. Diese Leistungen wurden nicht entlohnt; Nahrung, Kleidung, medizinische Versorgung, Unterbringung in Gemeinschaftsunterkünften, Schulung, ideologische Ausbildung usw. waren kostenlos und standen jedem zu... Über dieser ›Pflicht-Basis‹ entwickelte sich mit der Zeit ein ›Lust-Überbau‹: spezielle Nahrungswünsche, besonderes Bettzeug, nicht unbedingt im Sinn der Kommune notwendige Reisen und dergleichen waren gegen Bezahlung erhältlich; bezahlt wurden aber lediglich Übererfüllungen des Leistungssolls. Der Einfachheit halber verwendete Gashiri, das über Mischlinge verdeckten Handel mit Teilen des Südkontinents betrieb, für diese ›Lust-Löhne‹ Foldarmünzen aus diversen Shil-Gebieten.

Ähnlich verhielt es sich mit städtischen Aspekten, Dienstleistungen, Handwerk etc. Jedem standen Stiefel zu; der Stiefelmacher konnte jedoch, nach Erfüllung seines Pflichtsolls, besonders geschmückte Stiefel herstellen und diese verkaufen, statt sie abzugeben...

Kennzeichnend für die Arbeitsweise der unterschiedlichen Kommunen war die sogenannte ›Funktionshierarchie‹, mit der das Problem einer in der strikten Anarchie nicht vorgesehenen, bisweilen jedoch nötigen Leitung gelöst wurde. An Bord eines Schiffes gab es natürlich einen Kapitän; das Amt bestand, aber die Besetzung rotierte – jeden Tag trug ein anderes Mitglied diese Verantwortung.

Auch in der Miliz, bei den ›Ordnern‹, die sowohl Militär als auch Polizei waren, wurden Ränge so besetzt.... Für eingeschleuste Agenten aus Cadhras bedeutete dies zweierlei: Erstens hatten sie sich allenthalben unausgesetzt in die Kommunen und die Funktionshierarchie einzupassen, es gab auch für sie keinerlei Zurückgezogenheit; zweitens verfügten in den zugänglichen Bereichen von Land und Gesellschaft alle über die gleichen unzureichenden Kenntnisse.

Die eigentliche ›Führung‹ der Union blieb völlig anonym; es ist nicht einmal sicher, ob nicht über den theoretisch bekannten Gruppen der ›Kontrolleure‹ und ›Hochkontrolleure‹ noch weitere Eliten existierten. Unbekannt ist ferner die genaue Aufgabenverteilung unter den beiden genannten Gruppen; die Annahme, daß die Kontrolleure alles kontrollierten, was den Ordnern entzogen war, und daß die Hochkontrolleure ihrerseits die Kontrolleure kontrollierten, ist wahrscheinlich, aber unbeweisbar.

Ein seltsames Phänomen hierbei war die sogenannte ›Realitätsverfälschung‹ und ihre Ahndung. Wie erwähnt war Realität eine Frage ihrer Definition; Realitätsverfälschung demnach die Behauptung einer andersartigen Realität. Ein sehr grobes Beispiel: Die anonymen Höchsteliten beschließen, ›rot‹ sei fortan ›grün‹. Im Ort A lebt ein Kommunarde X, der an ›grün‹ festhalten will; er verfälscht die Realität und ist zu bestrafen. Aber nicht nur er – aus den umfassenden (und verlorenen) Dossiers der Hochkontrolleure ergibt sich, daß in B ein Mensch Y vielleicht an dieser Realitätsverfälschung interessiert sein könnte, wenn er davon erführe. Also wird Y vorbeugend behandelt... Grundlage der ›Behandlung‹ (Wahrwäsche *genannt) war die These von der atavistischen, individuellen* persona *und der fortentwickelten, kommunen* persona. *Durch ›Wahrwäsche‹ wurde die kommune* persona, *soweit vorhanden, zerstört und neu geformt; hierbei sollten atavistische Reste der subkommunen Ur-*persona *automatisch vernichtet werden.*

... Neben Kontrollerwägungen war für das Prinzip, daß sexuelle Begegnungen nur in Gruppen mit ungeraden Teilnehmerzahlen geschehen durften, eine seltsame Phobie wesentlich: ›Spiegel und Kopulation sind abscheulich, denn sie vermehren die Illusion‹, wie es – ebenfalls auf der Stele der Wahren Wirklichkeit – heißt. Kontrollierte Fortpflanzung in dunklen, anonymen Zeugekammern sollte den Fort-

bestand der Gemeinschaft sichern; bei den quasirituellen ›Begegnungen‹ in Gruppen war der heterogenitale Zeugungsakt verboten...

Über den Ursprung der Phobie bzw. Doktrin lassen sich nur Mutmaßungen anstellen. Zu striktem Vegetariertum, agrarischem Urkommunismus, anarchischer Funktionshierarchie mit Besetzungsrotation kamen jedoch noch zwei Aspekte, die vielleicht einen Zusammenhang mit der Phobie erschließen lassen: die beiden übrigen Elemente des Namens Anarchovegetarische Union der Ungläubigen Transzendentalisten. *Die AVs bekannten sich zu einem (von der Definition der Realität abhängigen) Materialismus; in ihrem Weltbild gab es keine Götter oder sonstigen höheren Instanzen. Die faßbare Realität von Erde, Wasser, Kopulation und Individuen galt ihnen jedoch als widerwärtig, als ›neu zu definieren‹, somit als zu überwinden. Sie scheinen davon überzeugt gewesen zu sein, daß ab einem bestimmten (eher: vagen?) Entwicklungsstand der Kommune und aller kommunen* personae *eine Entmaterialisierung in eine gemäß Wunschvorstellungen definierte Überrealität möglich sei: Weiterentwicklung zu einem Geistwesen, einem Hyperkollektiv, einer Superintelligenz. Hierzu bedurfte man einer möglichst großen Anzahl von Kommunarden – deshalb die Zeugekammern. Individueller Selbstmord galt, wie alles Individuelle, als verwerflich; gleichzeitiger kollektiver Selbstmord, unter normalen Umständen undurchführbar, als höchstes Ziel. Und vielleicht waren die Seuchen, die die AVs über Shilgat kommen ließen, nur Vorspiel für den eigenen ›Übergang‹... «*

VIII.

Aus Gründen, über die sie schwiegen, wollten Tremughati und Gortahork nicht länger als drei Tage in Cadhras bleiben. Ihr Aufenthalt im Palais der Gouverneurin auf dem Küstenhügel nördlich der Ylagas-Mündung sorgte dafür, daß auch Dante dort viele Stunden verbrachte. Wenn sie zu viert waren, kehrten Dante und Lydia Hsiang natürlich zum Du zurück, gleich ob man Galaktein oder Banyashilgu sprach, und ebenso natürlich kam es zu einer gewissen Annäherung.

Er fand nie heraus, ob Gortahork gewisse Dinge in Gang bringen wollte, als der ehemalige Fürst am Abend vor der Abreise plötzlich sagte: »Bärenbruder, willst du uns nicht in die Steppe begleiten? Wenigstens für den Flug?«

Barakuda hatte sich bisher nicht um die Einzelheiten der Rückreise gekümmert. »Was ist vorgesehen?«

Hsiang warf Gortahork einen schrägen Blick zu. »Ich wollte meine diplomatischen Abschiedsbesuche beenden«, sagte sie langsam. »Arameq und Golazin fehlen noch, und Vagaván. Und die Fürsten des Nordens. Außerdem ein paar Inseln im Lysangrischen Ozean. Ich habe bisher erst Pangotik und Südkontinent erledigt. Ich wollte unsere Freunde morgen in der Steppe absetzen und dann nach Arameq fliegen.« Sie zögerte. »Dante, es wäre mir lieb, wenn du mich begleiten wolltest. Du kennst dich besser aus als ich und kannst mir helfen. Beim Fliegen können wir uns abwechseln; der Pilot, der mich auf der ersten Runde begleitet hat, war sehr einsilbig.«

Barakuda entschloß sich schnell. In Cadhras gab es nichts für ihn zu tun; er würde vielleicht nie wieder die Chance bekommen, mit dem Gleiter über den Nordkontinent zu reisen und alte Bekannte zu besuchen. Dem, was er bei sich das Emotio-Risiko nannte, fühlte er sich gewachsen, so oder so.

Sie verließen Cadhras bei Sonnenaufgang. Entscheidungen waren in den nächsten Tagen nicht zu fällen; die Vorbereitungs-Routine konnten die Beamten des Gouvernements abwickeln, und Maqari, der zuerst gezetert, dann angenommen hatte und innerhalb weniger Stunden per Hyperfunk von der Lordkanzlerin bestätigt worden war, würde mit den Übrigen im Krisenrat für alle Notfälle zur Verfügung stehen.

Kurz nach Mittag erreichte der leichte schnelle Gleiter die Bärenberge und das Lager des Stammes, bei dem Tremughati und Gortahork seit Jahren ihr Zelt hatten. Sie tranken heißen Tee und aßen P'aodhu-Fleisch; dann brachen Lydia und Dante auf, Richtung Arameq. Bei Sonnenuntergang landeten sie auf einem kleinen Plateau in den östlichen Sintul-Bergen, da beide müde und hungrig waren. Barakuda, der die Möglichkeiten der winzigen Bordküche besser kannte, bereitete ein bescheidenes Nachtmahl.

Die Konstrukteure hatten alle Eventualitäten bedacht. Mit wenigen Handgriffen ließen sich die Bänke zu Pritschen umwandeln. Auf Knopfdruck sprang ein Rahmen aus dem Boden; er trug eine dünne Leinwand, die den Gleiter teilte. Barakuda nahm die vordere Hälfte, neben den Kontrollen.

Nachdem er eine halbe Stunde durch die transparente Kuppel gestarrt und Sterne gezählt hatte, stand er auf, zündete eine Zigarette an und füllte zwei Gläser mit Sampawein. Die Heizung des Gleiters arbeitete; unter der Kuppel war es warm. Er hörte hinter sich ein Geräusch, als Lydia Hsiang die Trennwand wieder versenkte.

»Das ist ja lächerlich«, sagte sie halblaut. Als sie sah, daß Dante zwei Gläser gefüllt hatte, lächelte sie und streckte die Hand aus.

Morgens trafen sie in Arameq ein. In Begleitung des Residenten von Cadhras verbrachten sie den größten Teil des Tages in der Reuse, mit dem Fischfisch Ubba-bul und den meisten Kiemen.

Am Spätnachmittag brachen sie wieder auf. Dante fand vor Sonnenuntergang ein Plateau in den westlichen Sintul-Bergen. Nach dem folgenden Besuch in Golazin übernachteten sie auf einer unzugänglichen Felskuppe in der verschneiten Steppe.

In Vagaván besuchten sie die Blutgräfin; anschließend probierten sie in der Residenz, im 23. Kellerraum, die mutmaßlichen Schlüssel aus, die Dante mitgebracht hatte. Nur einer paßte in eines der 23 Schlösser der 23eckigen Steintür. Die Residentin bat sie zu bleiben, aber mit dem Hinweis auf die knappe Zeit brachen sie nachmittags noch auf.

Am nächsten Nachmittag erreichten sie wieder das Lager der ehemaligen Fürsten. Dort blieben sie fünf Tage. Ohne ein Wort darüber zu verlieren, hatten Tremughati und Gortahork ihnen ein Zelt mit einem breiten Lager aus Fellen und Decken neben ihres stellen lassen.

Am zweiten Tag, nach langem Ritt durch ein Tal mit eisüberzogenen Geisterbäumen, redeten sie wieder von der Zukunft des Isthmus und des Planeten. Hsiang notierte genaue Einzelheiten einer Vereinbarung mit den Häuptern und Heilern, für die Gortahork gesorgt hatte.

»Zwanzig Pfund Taumeltang und zehn Pfund *alangra* pro Shilgatjahr zur Verarbeitung und Forschung. Die Nutzung hat in Cadhras stattzufinden; nur fertige Produkte dürfen den Planeten verlassen. Taumeltang wird von Heilern in Cadhras geliefert; *alangra* ist per Gleiter bei bestimmten Heilern in Bu'ndai zu holen. Die mit Forschung und Herstellung befaßte Firma untersteht der Kontrolle des Kommissariats und der Shil-Berater des Kommissars; Häupter und Heiler der Shil sind zu sechsundzwanzig Prozent beteiligt das Kommissariat ebenfalls zu sechsundzwanzig Prozent. Richtig, Gortahork?«

Gortahork nickte. »So kann Mißbrauch verhindert werden, ohne den Nutzen zu mindern. – Bärenbruder, bei *alangra* denke ich an Gashiri. Wir haben bisher nicht gründlich genug über das geredet, was sich bei Golgit ereignet hat.«

Barakuda lehnte sich zurück, stützte einen Ellenbogen auf den Stapel von Pelzen und berichtete, sachlich und ohne erkennbare Gefühle.

Gortahork stellte mehrere Zwischenfragen, die vor allem den genauen Zeitpunkt betrafen, zu dem an Bord des Boots bestimmte Dinge laut oder leise gesagt worden waren.

Tremughati und Lydia wechselten Blicke. Die beiden schönsten und seit Saravyis Tod klügsten Personen des Planeten schienen in die gleiche Richtung zu denken. Tremughati überließ es Lydia, den Gedanken auszusprechen.

»Es ist das erste Mal, daß ich die genauen Einzelheiten höre«, sagte sie. Sie wiegte den Kopf. »Ganz offensichtlich hat man euch abends vom Ufer aus belauscht und dabei Saravyis Satz über Dinge unter Banyadir gehört – was immer er damit gemeint hat. Die Verabredungen für den nächsten Tag – daß jemand nach Golgit reitet und so weiter –, die habt ihr schon auf dem Fluß getroffen und nicht mehr beredet, als ihr am Ufer lagt?«

Barakuda nickte.

Gortahork warf ein: »Nachts, wenn die Posten aufmerksam sind, sollte man einen Feind nicht angreifen. Erst am Morgen, wenn das Tageslicht die Wachsamkeit der Nacht vertreibt.«

Dante hob die Schultern. »Ja, sicher. Sie haben vermutlich eine Stunde, nachdem wir aufgebrochen waren, angegriffen – während an Bord Frühstück vorbereitet wurde und keiner mehr besonders auf die Umgebung geachtet hat. Aber was ist daran so wichtig?«

»Daran nicht.« Tremughati rollte sich auf den Bauch und stützte das Kinn auf die Hände; ihre Augen sprühten schwarzes

Feuer. »Aber Saravyis Rede über Dinge unter Banyadir... Angenommen, Shevshan hat diesen Satz gehört. Oder, wenn er nicht selbst am Ufer war: angenommen, man hat ihm davon berichtet?«

»Er war sicher selbst dort.« Gortahork schloß die Augen. »Etwas unter Banyadir... Du sagst, Saravyi war zuletzt in Sa'orq, in den Archiven?«

»Ja. Er hat aber nicht gesagt, weshalb; auch nicht, ob er neue Dinge entdeckt hat.«

Gortahork stand auf. »Einen Moment.« Er warf einen Fellmantel über seine Schultern, stülpte eine Kappe auf sein schwarzes Haar und verließ das Zelt.

»Was hat er vor?« Dante sah Tremughati an.

Sie antwortete nicht.

Im Zelt war es still. Wenn jemand sich bewegte, raschelten die Pelze; das Feuer knisterte, und der Teekessel zischte leise. Dante hörte Lydia atmen, dicht neben ihm. Draußen, auf der verschneiten Steppe, wehte eisiger Wind, der manchmal an einem der nahen Zelte zerrte und flappende Geräusche verursachte.

Stimmen waren zu hören; dann näherten sich knirschende Schritte im Schnee, und Gortahork trat wieder ein. Er streifte Kappe und Umhang ab, ließ sich neben Tremughati auf das Pelzlager sinken und griff nach dem Teebecher. »Du hättest es uns früher sagen sollen, Bärenbruder«, murmelte er.

»Was?«

»Alles. Vor allem Saravyis Rede über Dinge unter Banyadir. Shevshan ist also nicht mit den anderen, die ihr verfolgt habt, nach Norden geritten?«

»Nein. Er hat wahrscheinlich in Golgit den versperrten Zugang zur unterirdischen Bahn gefunden. Wohin er gefahren ist?« Er zuckte mit den Schultern. »Aber was ist das mit Banyadir? Es scheint euch ja zu beunruhigen. Wißt ihr mehr?«

Tremughati drehte sich wieder auf den Rücken und blickte zum Rauchabzug des Zeltes hinauf »Sag es, Herr meines Herzens.«

Gortahork schwieg; er atmete schwer und tief. Dann richtete er die Augen auf Dante, Lydia, wieder Dante.

»Es gibt etwas unter Banyadir. Die Heiler und Häupter wissen wenig darüber – wenig Genaues. Ich weiß ein wenig mehr, denn ich bin einmal dort gewesen. Nicht weit, aber weit genug. Saravyi wußte, was ich weiß; vielleicht hat er in Sa'orq mehr gefunden. – Nein, ihr braucht nun nicht nach Sa'orq zu fliegen, um nachzusehen. Ihr würdet vermutlich nichts finden. Saravyi hat Jahre gebraucht, um den Schatz geheimen Wissens zu enträtseln und herauszufinden, wo welche Geheimnisse verborgen sind.«

»Ich habe schon einmal etwas dort gefunden«, sagte Dante mürrisch. »Warum nicht ein zweites Mal?«

Tremughati schien zu lächeln; ihre Stimme klang so, aber ihr Gesicht blieb im Dunkeln. »Die Taggabahn, *alan*gra, die Bläser und Feuerspeier, das gehört alles zum Wissen der Heiler und Häupter, deswegen konnte man dir in Sa'orq sagen, in welchen Teilen des Labyrinths der Archive du suchen mußtest. Was unter Banyadir ist... Es ist älter, viel älter, und was darüber im Labyrinth von Sa'orq zu lesen steht, und wo es zu lesen steht, das weiß keiner. Saravyi hat es wohl herausgefunden. Aber der Vater aller Shil ist tot. Und du würdest jahrelang suchen und vielleicht doch nichts finden.«

»Dann sagt uns, was ihr wißt.« Lydias Stimme klang bittend, aber es lag eine unverkennbare Schärfe in ihrem Ton.

Gortahork lächelte. »Hörst du?«

Draußen wieherten Pferde; Frauen- und Männerstimmen waren zu vernehmen. Dann Hufschläge, die leiser wurden und in Schnee und Ferne verklangen.

»Jägerinnen und Jäger der Banyashil werden die Zugänge zu den Tiefen von Banyadir bewachen. Ich hoffe, daß sie nichts finden.«

Tremughati setzte sich auf »Man könnte«, sagte sie leise und langsam; die Wörter tropften; »von Golgit nach Gashiri unter der Erde fahren. Nicht ganz bis Gashiri, aber nahe heran. Wie ihr wißt. Dort könnte ein früher großer Mann aus Gashiri sehen, ob er in dem Durcheinander alte Mitarbeiter findet. Er wird sie finden. Mit diesen besteigt er ein Schiff und segelt über das Meer, das ihr Binnenmeer nennt. Er landet irgendwo zwischen Arameq und dem Norden des Isthmus und begibt sich durch das Land am Banyuli nach Norden, bis er die Berge von Banyadir erreicht. Diesen Weg würde ich nehmen.«

Dante stöhnte. »Schon recht, Fürstin. Aber was soll Shevshan dort? Was gibt es unter den Bergen?«

»Das weiß Shevshan nicht. Aber er weiß, wie wichtig und klug Saravyi war. Und wenn Saravyi sagt, unter diesen Bergen ist etwas, kann das für Shevshan durchaus reichen, um hinzureiten und nachzusehen. Und vergeßt nicht, er hat in Golgit mindestens einen Shil aus Sa'orq bei sich gehabt. Und in der Steppe und am Banyuli treiben sich noch immer Reste der Banditen herum; auch bei ihnen sind Shil, Ausgestoßene; vielleicht wissen diese Geächteten mehr, als uns lieb ist.«

Gortahork räusperte sich. »Habt ihr euch nie gefragt, womit unsere Vorfahren in der Zeit, als Shilgat das war, was ihr eine ›technisch fortgeschrittene Zivilisation‹ nennt, diese Technik gespeist haben?«

Lydia nickte sehr langsam.

Gortahork ließ sich auf den Rücken sinken und redete die Zeltkuppel an. »Die Gipfel von Banyadir sind die höchsten auf Shilgat. Sie sind der Sonne am nächsten. Der größte Berg ist der Ba'nzheyadar.«

»Neuntausendsiebenhundertelf Meter, nach unserer Rechnung«, sagte Barakuda. Er war jetzt hellwach.

»Er war einmal fast hohl. Es gab dort Kammern und Schächte, riesige Hallen und gewaltige Maschinen. Vieles wird in den Jahrtausenden verfallen sein, aber die Große Maschine, heißt es, war für die Ewigkeit.«

»Ewigkeit ist aber ein ziemlich langes Wort«, sagte Lydia.

»Vielleicht für die halbe Ewigkeit. Auf dem Gipfel des Ba'nzheyadar gab es – wie sagt ihr, Anta? Ah, Antenne. Es gab eine Antenne, und vielleicht gibt es sie noch. Diese Antenne zapfte alle Strahlen der Sonne an, nicht nur die, die man sieht und die Licht sind. Alle. Und die Große Maschine machte daraus das, was ihr Energie nennt. Genug, daß ganz Shilgat damit alles tun konnte, was zu tun war.«

Sie schwiegen lange. Schließlich sagte Dante heiser: »Wissen die *mûnaks* davon? Und gibt es diese Dinge noch immer?«

Tremughati schüttelte den Kopf »Die wahnsinnigen Mönche von Banyadir wissen nichts davon. Der Ba'nzheyadar liegt im Südosten ihres Bereichs, umgeben von anderen hohen Bergen und Eiswüsten. Er ist von außen unzugänglich; man muß in die Eingeweide der Berge steigen, um zu ihm zu gelangen. Und die

Eingänge sind von den Heilern versiegelt worden, lange ehe die Mönche nach Shilgat kamen.«

»Wenn aber die Eingänge versiegelt sind… « sagte Lydia.

Gortahork richtete sich auf und hob die Hand. »Nicht alle. In den Jahrtausenden haben sich kleine Berge bewegt, sind zerbrochen oder von Wind und Regen gesprengt worden. Deshalb gibt es am Fuß der Berge einige Höhlen, durch die man in die Labyrinthe unter den Bergen gelangen kann.«

Lydia blickte Dante an. »Was könnte geschehen?«

Barakuda blähte die Wangen auf. »Pfff. Wenn die Antenne und die Leitungen, wie immer sie aussehen mögen, noch funktionieren, und wenn die Maschine noch existiert und in Gang gebracht werden kann… Sie wird, mit sämtlichen Nebenaggregaten und Nebenleitungen, eine gewisse Speicherkapazität haben. Denkbar wäre auch, bei den uns bisher bekannten Shil-Techniken der Vorzeit, daß es andere Möglichkeiten der Energieverwandlung gibt. Ich denke da an die ›Wandler‹, die Saravyi in Tag'gashir'dir eingesetzt hat. Vielleicht läßt sich der ganze Riesenberg aufladen und als eine Art Batterie nutzen. Möglich wäre alles. Aber irgendwann müßte die Sache dann überladen sein und hochgehen, weil die produzierte und verwandelte Energie nicht abgeleitet beziehungsweise abgegeben wird.«

»Großer Knall«, sagte Lydia leise.

»Ja. Aber – das ist alles hypothetisch. Wenn die Antenne noch existiert, wenn die Maschine noch funktioniert, wenn jemand den Eingang findet, wenn jemand vom Eingang durch das Labyrinth an die richtige Stelle kommt, wenn er dann weiß, wie das Ding in Gang zu bringen ist, und wenn er vorhat, die halbe Welt in die Luft zu sprengen… «

Sie ließen ein Funkgerät zurück, für alle Fälle. Dann flogen sie nach Osten, südlich von Banyadir, über das Flachland am Banyuli, und hinaus auf den Lysangrischen Ozean. Nach einem Besuch beim Ältesten der Bilshil, die auf den Inseln des Pangotik und des Lysangrischen Ozeans lebten, setzten sie sich mit Cadhras in Verbindung. Dort gab es nichts, was eine sofortige Rückkehr erfordert hätte. Hsiang erfand weitere Besuche, und Dante studierte die Meereskarten.

Dank der geringen Achsneigung wichen die Jahreszeiten der

Nord- und Südhemisphäre von Shilgat nur wenig voneinander ab; entscheidend war neben Luft und Meeresströmen, Hoch- oder Tieflage einzelner Gebiete und Abschirmung durch Bergketten vor allem die nahezu elliptische Bahn des Planeten. Wenn er seinen sonnenfernsten Punkt erreichte, war überall auf Shilgat Winter; der Winter sah nur überall anders aus. Südlich des Äquators, fast 2500 Kilometer östlich von Kelgarla, fanden sie eine unbewohnte Insel in einer warmen Strömung. Dort blieben sie sieben Tage, bis ihr Proviant zu Ende ging.

Rückblickend erschien Barakuda die Zeit zwischen Start und Landung in Cadhras als hitziger Fiebertraum, zunächst unterbrochen durch die Besuche, später nur noch durch schweifende, immer wieder springende Dialoge. Sie redeten über alles – Geschichte, Literatur, Kunst, Politik, Musik, Shil-Sitten, Astronomie, Verwaltungsprobleme; sie stellten abstruse Theorien auf, über die sie immer wieder hemmungslos lachten. Sie führten lange Gespräche über einzelne Aspekte der wichtigsten Staats- und Gesellschaftsphilosophie des Commonwealth, der konfuzianisch beeinflußten Neuen Stoa, von der beide geprägt waren: Selbstdisziplin, Autonomie des Individuums, Diskretion, Unantastbarkeit des *essentiellen Kerns**, aktiver Fatalismus. Lydia und Dante genossen körperliche Intimität und intellektuelle Ähnlichkeit; diese schlossen aber Vertraulichkeit oder gegenseitige Invasion der Seele aus.

---

* Zentralbegriff der *Noastoa,* entwickelt von Dorji Dyogen Bahadur (87-161 CT), einem der wichtigsten gaianischen Philosophen. Der Begriff sucht die Irrationalität (Gefühle, Metaphysisches Bedürfnis etc.) und ihre Bedeutung für Individuum und Gesellschaft durch definitorische Ausgliederung faßbar zu machen. Anders als in früheren strengen Schulen wird dieser Komplex jedoch nicht abgewertet (»Beherrschung durch Geringschätzung ist Verdrängung«, D. D. Bahadur), sondern in seiner ganzen Tiefe und Verwicklung anerkannt. Von Bahadur und vor allem seiner Nachfolgerin am Peripatio in Atenoa, Ashme Zuvarov Chou (112-201 CT), wurden die verschiedenen Techniken der analytischen Meditation entwickelt, die erst die noastoische Selbstdisziplin ermöglichen: »Nur Erforschtes ist bekannt, nur Bekanntes ist beherrschbar« (Chou). Unerforschte Irrationalität einzelner belastet durch ihre Auswirkungen die Gesellschaft, die auf rationalem Konsens beruht; Bekanntgabe des erforschten essentiellen Kerns eines Individuums lädt zu Manipulation und Mißbrauch ein. Der *nukleo* ist laut Bahadur kostbarster und untrennbarer Teil des Individuums; er ist *Atom* und unteilbar, somit unmitteilbar. – Paraphrasiert nach *Elementare Noastoa,* Pamela du Plessis, Atenoa 412.

»Was wirst du auf Gaia machen?« sagte Barakuda während des Rückflugs. Der Autopilot hielt den Gleiter in geringer Höhe über dem Meer; die Ostküste des Isthmus war bereits zu ahnen.

Hsiang zupfte einen imaginären Faden vom Rock, an den sie sich erst wieder gewöhnen mußte. »Fünf Jahre hätte ich hierbleiben sollen.« Sie lächelte über etwas, das Dante nicht erraten konnte. »Siebeneinhalb sind es geworden. Mit all den Krisen und Noteinsätzen steht mir jetzt laut Reglement fast ein Jahr bezahlter Urlaub zu – Überstunden in Extremlagen, weißt du.«

»Und danach?«

»Das ist noch nicht entschieden. Nach den bürokratischen Spielregeln ist der Gouverneur von Cadhras einem Sekretariatsdirektor gleichgestellt. Das nächste wäre Koordinator, eine Stufe unter dem Subsekretär.« Sie schüttelte den Kopf, ein wenig verdrossen. »Ich weiß gar nicht, ob ich Lust habe, die Stäbe von fünf Abteilungen eines Commonwealth-Sekretariats zu koordinieren. Das ist nur Papierkrieg.«

»Was wäre die Alternative?«

Sie lachte. »Beziehungen; außerdem Lohn für Sonderleistungen oder derlei – vielleicht bietet man mir ein Subsekretariat an. Das ist das höchste, was in der Administration zu erreichen ist – die Sekretäre sind Politiker, keine Beamten. Das wäre auch die wirkliche Alternative.«

Dante nickte, als ob er genau das erwartet hätte. »Also eine Kandidatur für den Rat der Welten?«

Sie hob die Schultern. »Das ist zu hoch. Im Moment jedenfalls. Gaia entsendet nur fünf Abgeordnete in die Weltenkammer, und die derzeitigen Kandidaten sind alle gesund und gehören der Mehrheit an. Die nächste Wahl ist in zwei Jahren.«

»Ich sehe, du hast dich informiert.«

»Natürlich. – Ein Sitz im Planetarischen Parlament wäre leichter zu bekommen. Vielleicht zum Einstieg auch ein Wahlamt in der örtlichen Exekutive – Distriktgouverneur oder derlei. Ich weiß nicht.« Sie lehnte sich zurück, verschränkte die Hände hinter dem Kopf und schloß die Augen. »Ich werde ein Jahr Zeit haben, es mir zu überlegen. Wandern in Tastego, baden in Nuzuarán, tauchen, segeln, die Bibliothek... Es gibt so viel nachzuholen. Vielleicht schreibe ich ein Buch über Shilgat. – Willst du nicht mitkommen?«

Barakuda schwieg. Der Antrag war so lakonisch, daß es beinahe sentimental wirkte, im Umkehrverfahren. Er war gerührt, geschmeichelt, gespalten.

»Der Palazzo ist weitläufig. Es gibt einen Dschungelgarten und einen eigenen Hafen. Und die große Bibliothek.«

Er schwieg noch immer.

»Die Familie weiß Leistung zu würdigen.« Hsiang öffnete die Augen wieder und sah ihn von der Seite an.

Dante nahm ihre Hand und zog sie an die Lippen. »Ich weiß es nicht. Ich bin geehrt. Aber ich weiß es nicht. Noch nicht.«

»Es ist auch zu überlegen, daß man dort vorläufig Ferien machen könnte. Um herauszufinden, ob es einen Sinn hat und welche Formen von Aktivität man auf Gaia betreiben kann. Wir wären beide schlechte Pensionäre, glaube ich.«

IX.

Zwanzig Tage nach dem Ende der Quarantäne meldete sich Gortahork. Barakuda hatte, von finsteren Ahnungen geplagt, seit der Rückkehr nach Cadhras immer ein Funkgerät bei sich getragen.

»Bärenbruder, es ist soweit.« Die Stimme des früheren Fürsten klang gepreßt. Undeutlich waren im Hintergrund Pferde und Stimmen zu hören; und Wind. In schnellen Sätzen beschrieb Gortahork die Gegend. Dann: »Shevshan. Er ist es, und ich glaube, bei ihm sind die anderen, die dir in Garidu entkommen sind. So wie du sie beschrieben hast. Und noch viele andere mehr.«

Es war früher Morgen. Dante saß in seinem Apartment, halb angezogen, und umklammerte die Lehne des Sessels. »Wer? Wie viele?«

»Shil, Cadhrassi, Mulis – Überreste von Nobregas Banditen. Ein paar ehemalige Wehrhafte Jungfrauen, die sich nicht umerziehen lassen wollten. Und mindestens hundert Frauen und Männer aus Gashiri. Zusammen vielleicht tausend Leute. Und die ehemaligen Banditen besitzen noch immer Feuerwaffen.«

»Habt ihr auch welche?«

Gortahork knurrte etwas; es klang wie ein Banyashil-Sprichwort (»Solange Braten da ist, behalte das Messer«), aber es war sehr undeutlich.

»Ich komme, so schnell es geht. Ich rufe dich in – vier Stunden zurück.«

Gortahork klickte mit der Zunge. »Ja. Bring viele Krieger mit, Bruder.«

»Das wird nicht einfach sein.«

»Versuch es. Wir wollen ihnen den Weg verlegen, ehe sie Banyadir erreichen. Das ist ihr Ziel.«

Dante atmete tief durch; dann stützte er den Kopf auf die Hände und dachte nach. Das Laborschiff war abgeflogen, mit Pa'aira und Kakoiannis; bald würden Wissenschaftler der GERAFARMA zurückkehren, um ein Labor in Cadhras einzurichten.

»Yasuhiro«, murmelte er. »Nichts zu machen.«

T'unga war wieder aus Golgit nach Cadhras gekommen; Lugo Bondak, Toyami, Terence Learoyd, Sten Timoara, Kara Kikuyo, Shulamit as-Sabah – alle halfen bei der Verpflegung und Verschiffung der Emigranten. Cadhras mit seinen 25.000 Einwohnern beherbergte im Ort und in der Umgebung über 100.000 Menschen zusätzlich; das Chaos war gewaltig. Die Blockadeflotte war abgezogen. Die Truppentransporter, mit denen die Auswanderer evakuiert wurden, hatten nur Notbesatzungen für Betrieb und Versorgung an Bord, keine Kampftruppen. Die beiden Ausbildungskompanien waren fort. Die Gendarmerie und die verbliebenen Profis der A-*centuria* hatten mit dem Exodus mehr zu tun, als sie bewältigen konnten.

»Oh, verdammter Mist.«

Sarela McVitie hatte zwei Stunden in einem Nebenraum des Tower geschlafen. Ihre Augen waren rot ebenso die Lider. Dante hockte sich auf die Pritsche, reichte Sarela einen Becher Kaffee und berichtete.

»Nichts, Dante.« Sie schüttelte den Kopf und sah ihn traurig an. »Nichts und niemand.«

»Unsere Kundschafter?«

»Alle im Einsatz, noch. Überall auf Shilgat.«

»Gibt es eine Möglichkeit, hier oder von außerhalb Verstärkung zu holen? Truppen, ehemalige Wehrhafte Jungfrauen, Korallkorsaren?«

»Truppen vom Sektor-HQ? Das dauert zehn Tage, mindestens. Zu lange, wie? Und Frauen aus Pasdan oder Kämpfer von den Inseln? Mit viel Glück, aber nur mit sehr viel Glück, kann ich vielleicht in sieben oder acht Tagen genug Transportraum freimachen, um ein Dutzend von ihnen zu holen. Mehr als ein Gleiter ist nicht drin, Dante. Und das frühestens in sieben Tagen.«

Lydia Hsiang war total erschöpft. In den letzten Tagen hatten sie wenig voneinander gesehen – drei Minuten zwischen zwei Konferenzen, ein Kaffee im Stehen. Um jederzeit eingreifen zu können, hatte sie ihr Quartier aus dem Palais in den Militärtower verlegt. In einer nebligen Nacht war sie für drei Stunden in Dantes Apartment gekommen, und die Heimlichtuerei, die unvermeidlich war, zehrte zusätzlich an den Nerven.

Sie schwankte leicht, nachdem er in kurzen, leisen Sätzen berichtet hatte. Der Raum war voller Menschen. Barakuda stützte sie, und eine Sekunde lang schloß sie die Augen. Dann ließ sie sich in einen Sessel fallen.

»Ich bin tot, innen, Dante«, flüsterte sie kaum hörbar. »Ich weiß nicht, was ich tun soll.« Dann, halblaut setzte sie hinzu: »Tut mir leid, Barakuda, aber für Sondereinsätze haben wir weder Zeit noch Leute noch Transportraum. Das müssen Sie verstehen. Und – ich glaube nicht an Maschinen, die nach Jahrtausenden noch funktionieren. Wenn da jemand unbedingt nach Banyadir will, um sich mit den *mûnaks* anzulegen, bitte sehr. Sollen die das untereinander ausschießen.«

Barakuda sah sie bestürzt an. Diese Lydia Hsiang kannte er nicht.

»Ich bin fertig, völlig fertig, verstehst du?« Sie hatte noch genug Beherrschung, dies nur zu flüstern. »Ich kann nur noch wie ein Automat weitermachen, Dante.« Trockenes Schluchzen erschütterte den schlanken Körper. »In fünf Tagen werde ich abgelöst. Das ist mein einziger Gedanke. In fünf Tagen. Noch fünf Tage. Noch fünf endlose, überfüllte, zerfetzende Tage. Komm mit mir.«

Er schaute in ihre Augen, und sie flehten. Lydia griff nach seiner Hand, als hätte sie die Umgebung vergessen.

»Ich muß in den Norden«, sagte er langsam und gequält.

»Ich *muß* – verstehen Sie, Exzellenz, ich kann Tremughati und Gortahork damit nicht alleinlassen. Ich glaube nämlich an diese alten Maschinen.« Er wollte sie an andere alte Shil-Erzeugnisse erinnern, die nach Jahrtausenden noch funktioniert hatten, aber er verschluckte die Wörter; es hatte keinen Sinn, jetzt noch zu argumentieren. Er hatte selbst in den letzten Tagen und Zehntagen bis zur Erschöpfung mitgeholfen – aber er war ein Rädchen, Hsiang dagegen Treibriemen, verantwortlich für mehr als hunderttausend Leben.

»Das heißt – Shilgat ja, Nuzuarán nein, nicht wahr?« sagte sie mit flacher Stimme.

»Es heißt vorläufig Shilgat, Ferien vielleicht später. Wenn jemand überlebt.« Er beugte sich vor, streifte ihre Wange mit den Lippen. »Ich wünsche dir schnelle fünf Tage«, sagte er so leise, daß nur sie es hören konnte. »Wünsch mir Glück – Liebste.«

Sie blickte mit einem verhangenen Lächeln auf. »Glück?« murmelte sie.

Maqari spielte mit einem klirrenden Gegenstand in seiner Jackentasche. Der Major sah uralt aus, eingefallen, wie sein eigener Geist, aber selbst dieser in schlechtem Zustand.

»Nichts zu wollen, Dante. Unabhängig von der Frage, ob ich dir glaube oder nicht. Das heißt, dir glaube ich natürlich. Aber uralte Maschinen, die noch funktionieren sollen? Und mit denen ein Wahnsinniger vielleicht Shilgat sprengen könnte?« Er schüttelte den Kopf.

Barakuda stand auf. »Nicht mal einen Gleiter, Ponce?« sagte er bitter.

Der Major zog die Hand aus der Tasche. Der Gegenstand, mit dem er gespielt hatte, fiel zu Boden. »Nein«, sagte er laut. »Selbst wenn du ihn zur sofortigen Umkehr programmieren würdest, nachdem er dich und die anderen da oben abgesetzt hat, würde er uns mindestens fünfzehn Stunden fehlen.«

Ein pensionierter Zivilbeamter, der in diesen Nottagen mit Schreibarbeiten aushalf, nickte. »Leider. Aber Sie haben da was verloren, Major.«

»Ach, habe ich?« Maqari bückte sich. »Tatsächlich, mein Stift.« Er hob den Stift auf

Der Schreiber wandte sich wieder seinem Tisch zu. Maqari

hob den rechten Fuß ein wenig. Barakuda zog seine Zigaretten aus der Brusttasche, zündete sich eine an. Als er das Feuerzeug einstecken wollte, glitt es ihm aus den Fingern und klirrte zu Boden.

»Hier fällt heute einiges«, sagte er. »Kein Wunder, bei dem Durcheinander.« Er bückte sich, hob das Feuerzeug auf und steckte es in die Tasche zurück, zusammen mit den Schlüsseln, die unter Maqaris Schuh gelegen hatten.

»Na denn, Ponce«, sagte er. »Tut mir leid, daß es nicht anders geht. Bis die Tage.«

Maqari nickte. »Tu was Nützliches«, knurrte er.

Die Schlüssel – komplizierte Impulsgeber, mit einem Pfeifenreiniger zusammengebunden – gehörten zu einem leichten Gleiter; es war der einzige, der im Moment nicht in der Luft war. Barakuda fand ihn am Rand des Militärhafens, neben dem Arsenal. Jemand rief »Dante!«

Es war T'unga; der Shil näherte sich in einem leichten Schlendertrab, den er stundenlang durchhalten konnte. »Sarela sagt, du suchst mich und die anderen.«

»Gutes Mädchen«, murmelte Barakuda. »Hör zu.« Er umriß ihm die Situation im Norden. Nach der Rückkehr von der Reise und den Inseln hatten sie in Bondaks Haus bei einem großen Frühstück bereits darüber geredet, so daß nur wenige Stichworte nötig waren.

»Ich weiß ungefähr, wo die anderen stecken«, sagte T'unga. »Ich bin natürlich dabei. Soll ich... ?«

Dante nickte. »So schnell wie möglich. Aber, T'unga, das ist nicht offiziell. Kein Befehl, kein gar nichts. Nur wer will.«

»Klar. Wo? Hier?«

»So schnell wie möglich.«

T'unga verschwand. Barakuda betrat die Wachstube des Arsenals, eines niedrigen Stahlbeton-Gebäudes. Firpo Cabral saß dort, einer der alten *suldaus* der A-*centuria*. Er las einen blutrünstigen illustrierten Roman; sein rechtes Bein lag auf der Tischkante, und der Knöchel war bandagiert.

»Ah, Chef. Was machen Sie denn hier?«

Dante überlegte blitzschnell. Er kannte die alten Profis, sie kannten ihn seit Jahren; Cabral war in Pasdan gewesen und hatte zu den Freiwilligen gehört, die mit Bondak zum Gashigar gesegelt waren. Die Pestnarben erinnerten daran.

»Jetzt geht es in Banyadir los, Firpo.«

Cabral nahm das Bein vom Tisch. »Na endlich. Die haben uns bisher noch gefehlt. Fein. Ausgerechnet jetzt, was?«

»Ja, ausgerechnet. Hören Sie zu. Ich werde den Gleiter vor der Tür klauen und sofort zurückschicken. Und jetzt will ich in Ihr Arsenal einbrechen. Ich brauche ein paar Dinge.«

Firpo blinzelte. »Wer kommt mit?«

»Bondak, Learoyd, Timoara, Kikuyo und as-Sabah, wenn ich sie schnell genug erwischen kann.«

Der *suldau* grinste plötzlich. »Die alte Truppe? Fein.« Er stand auf und hinkte zur Tür. »Ich scheide sowieso aus, da macht mir ein Rüffel nichts mehr. Eh, Chef, ich habe, fürchte ich, entsetzlichen Durchfall. Wie lange brauchen Sie?«

Barakuda drückte ihm die Hand. »Zwanzig Minuten?«

Firpo seufzte. »Also Verstopfung. Viel Glück.«

»Halt. Ich brauch den Schlüssel.«

Cabral reichte ihm den Impulsstift. »Legen Sie ihn fein in die Schublade da, ja?«

Das Arsenal war nicht besonders reichhaltig und war nie gut ausgestattet gewesen, am wenigsten jetzt nach dem Abzug eines Teils der Garnison. Barakuda aktivierte drei Schweber, kleine Antigravplattformen, und belud sie. Wenn T'unga alle auftreiben konnte und wenn alle mitkamen, wären sie zu acht. Dante summte leise, während er zwischen den halbleeren Regalen und Schränken herumging. Er entschied sich für je zehn Karabiner und Pistolen samt Munition, Gürtel mit Pistolentaschen, etliche Behälter mit Narkosegas – teils zum Werfen, teils mit Treibsätzen –, Leuchtmunition, Handscheinwerfer mit Batterien, dünne Stahltaue. Nachdem er dies und andere kleine Dinge aufgeladen hatte, entdeckte er in einer Ecke einen winzigen Druckbehälter; er enthielt Kapseln mit Sprenggelatine.

Als Cabral wieder erschien, waren die Kammern des Gleiters gefüllt, aber von außen war nichts zu sehen. Barakuda betätigte den Kaffeeautomaten und unterhielt sich mit dem Soldaten, bis die anderen eintrafen. Sie waren vollzählig.

Die Banyashil lagerten zwischen Hügeln am Fuß der Vorberge

von Banyadir. Gortahork sah ausdruckslos hinter dem Gleiter her, als dieser, vom Autopiloten gesteuert, wieder in der Nacht verschwand, nach Süden. Dann warf er einen Blick auf die drei beladenen Schweber und seufzte.

»Mehr war nicht möglich, Bruder«, sagte Barakuda.

»Ich habe es befürchtet. Man könnte fast meinen, Shevshan hat alles so eingerichtet, daß es genau zu der Zeit abläuft, wo in Cadhras das große unersprießliche Chaos herrscht.«

Toyami, die neben den beiden zum Lager ging, sagte halblaut: »Das wäre kein Problem gewesen – ganz Shilgat weiß, wann die Auswanderung stattfindet.«

Tremughati begrüßte sie, als sie die Senke zwischen den immer noch schneebedeckten Hügeln erreichten. Die frühere Fürstin hatte ein helles Tuchband um die Stirn gewickelt; es war blutbefleckt.

»Was ist passiert?« Dante betrachtete sie besorgt; dann überflog er die Anzahl der Lagerfeuer und schloß auf etwa 300 Jägerinnen und Jäger. Im Zwielicht sah er einige, die Verbände trugen.

»Wir haben ihnen den Weg abschneiden können«, sagte Gortahork grimmig. »Aber sie waren zu viele für uns. Die Lager der Stämme sind weit entfernt.«

Dante nickte nachdenklich. Die Nomadenstämme hielten sich in der Steppe auf, und die Steppe begann weiter nordwestlich. Tremughati und Gortahork waren fast 500 Kilometer von ihrem Lager am Fuß der Bärenberge entfernt. Das Hügelland zwischen dem großen Banyuli und Banyadir gehörte nicht mehr zur Graswelt des Nordens.

»Hattet ihr große Verluste?«

Tremughati hob die Schultern. »Tote können nicht reiten. Du wirst hier nur Lebende sehen. Der Kampf war heute mittag.«

»Boten sind unterwegs. Bald werden weitere Jägerinnen und Jäger kommen.« Gortahork ließ sich neben dem Feuer nieder. Die feuchte Erde war mit Lederplanen bedeckt, auf denen Sättel und Felle lagen.

»Wie bald?.«

»Zu spät.« Tremughati sagte es ohne große Betonung. »Wir müssen versuchen, ohne sie zurechtzukommen. Zuerst jedenfalls.«

Barakuda setzte sich auf einen Sattel und tastete nach seinen Zigaretten. »Was geschieht?«

Ein Jäger brachte Tee und kaltes P'aodhu-Fleisch. Bondak und die anderen saßen im Halbkreis um das Feuer und aßen bereits.

»Ich weiß es nicht.« Gortahork schien bekümmert; weniger über die Schwierigkeiten als über die Unklarheit. »Der Yargu-Paß ist nahe. Aber auch die Höhlen. Sie können morgen beides in Angriff nehmen – versuchen, über den Paß nach Banyadir zu kommen, und versuchen, einen Weg unter den Bergen zu finden.«

»Sie werden sich trennen«, sagte Tremughati. »Die Höhlen sind nichts für Pferde, und auch nichts für tausend Leute.«

»Wie werden sie sich teilen, Herrin der Steppe?«

Sie lächelte über die Anrede. »Die *mûnaks* sind wachsam. Sie wissen sicher, daß es heute einen Kampf gegeben hat, und sie werden sich fragen, was das so nahe an ihrer Südgrenze bedeutet. Wenn also Shevshan wirklich in die Eingeweide der Berge gehen will, was ich glaube, wird er seine Leute teilen. Er wird eine Handvoll mitnehmen, die besten, und die anderen über den Yargu-Paß schicken, um die *mûnaks* zu beschäftigen und abzulenken.«

»Was er wohl seinen Leuten erzählt hat?« sagte Learoyd im Hintergrund.

Tremughati blickte im Halbdunkel zu ihm hinüber. »Was meinst du, Terence?«

»Wenn er wirklich sehen will, ob die alten Maschinen noch funktionieren, und ob man mit ihnen böse Dinge tun kann, dann bekommt er sicher ein paar wahnsinnige AVs dazu, mit ihm in die Hölle zu fahren. Aber die anderen? Die ehemaligen Banditen?«

»Das stimmt, Terence.« Barakuda schnappte seine Zigarette ins Feuer und ließ sich Tee in den Becher gießen. »Das ist ein guter Gedanke. Wahrscheinlich hat er ihnen irgendwas von einer Chance erzählt, in Banyadir Unruhe zu stiften. Vielleicht eine Schatzkammer zu plündern oder sogar ein kleines Bergreich zu errichten, wo man nicht dauernd von Banyashil und Cadhrassi behelligt wird. So was wird es wohl sein.«

»Wie weit ist es bis zu den Höhlen?« sagte Bondak.

»Morgen nachmittag werden wir sie erreichen. Wir und die anderen.« Gortahork spuckte aus.

Sie ritten im Morgengrauen los, als die Posten meldeten, daß »Die Anderen« aufbrachen. Der Plan war einfach, aber er beruhte auf vielen Unbekannten. Wenn die gesamte Truppe Shevshans nach Banyadir einzudringen versuchte, wollten die Shil bis zum Paß folgen und diesen dann sperren. »Gegenseitig umbringen dürfen sie sich gern da oben«, hatte Gortahork gesagt. Wenn Shevshan versuchen sollte, mit einer kleinen Gruppe in die Höhlen zu gelangen, wollten sie ihn daran hindern. Der Vorsprung der AVs und Banditen war klein; eigentlich war es mehr ein Sicherheitsabstand, den die Banyashil einhielten, um nicht in ein neues Gefecht mit dem dreifach überlegenen Gegner verwickelt zu werden. Zum Glück waren die Schweber auf *Folgen* programmierbar; sie blieben knapp hinter Barakuda.

Reittiere waren kein Problem; es gab schon zu viele Pferde mit leeren Sätteln, seit dem vergangenen Mittag. Sehr zu Dantes Beruhigung verfügten alle Shil über Karabiner, die sie in den vergangenen Jahren Steppenbanditen oder Gardistinnen von Pasdan abgenommen hatten.

Shevshan schien mehr von Tempo als von Heimlichtuerei zu halten; die Truppe jagte ohne Suche nach Deckung nordwärts, über die alte Karawanenstraße zwischen den Hügeln.

Gegen Mittag wurde das Gelände unübersichtlich. Die Berge rückten näher, die Hügel wurden mehr und höher, und Tremughati, die knapp hinter der Vorhut an der Spitze des Haupttrupps ritt, stellte sich in den Steigbügeln auf und stieß einen langen schrillen Triller aus.

»Wir sollten vorsichtiger sein«, sagte sie, als Dante und Gortahork neben ihr waren. Die Banyashil und die Leute aus Cadhras nutzten die Pause, um im Sattel sitzend zu essen.

Dante sah sich um. »Toyami«, rief er.

Die frühere Agentin kam zu ihm. »Ja?«

»Ich brauche eine Freiwillige. Am liebsten dich, weil du von uns die leichteste bist.«

Toyami grinste flüchtig. »Ich melde mich freiwillig. Worum geht es?«

Barakuda wies auf die Schweber, und Toyami nickte.

Sie entluden eine der Plattformen. Der Durchmesser betrug kaum mehr als einen Meter; am Rand der Scheiben gab es vorstehende Haltegriffe. Toyami kauerte auf dem kleinen Fluggerät, stellte noch zwei oder drei Fragen zur Bedienung der Steuerelemente, dann hob sie die rechte Hand und ließ den Schweber steigen. Nach fünf Minuten kam sie wieder herab.

»Du hast recht, Fürstin.« Sie deutete nach Norden. »Ungefähr drei Meilen voraus haben sie eine Falle vorbereitet. Die Hügel sind da völlig unübersichtlich. Ich schätze, es sind etwa hundert Leute zurückgeblieben, die anderen reiten weiter.«

»Können wir die Falle umgehen?« sagte Gortahork.

»Ja. Sie haben die Hügel rechts und links der Straße besetzt. Wir können einen Bogen reiten.«

»Aber ist das nicht ein bißchen leichtsinnig?« Bondak meldete sich. »Dann haben wir hundert Mann im Rücken, wenn wir weiterreiten.«

Gortahork lächelte. »Keine Sorge, mein Freund.« Er winkte einigen Shil und gab Anweisungen.

Die Vorhut, die ebenfalls angehalten hatte, ritt weiter; alle anderen verließen die Nordroute und hielten sich westlich. Nach kurzer Zeit hörten sie rechts Schüsse; die Vorhut hatte sich dem Hinterhalt genähert und beschäftigte nun die dort liegenden Leute.

Dante sah, daß Tremughati, die etwa zwanzig Meter vor ihm ritt, zu Gortahork hinüberschaute. Sie wechselten Blicke; Gortahork nickte nach kurzem Zögern. Tremughati galoppierte noch ein Stück nach vorn, wo die von Gortahork ausgesuchten Unterführer ritten. Dort zog sie den krummen Säbel halb aus der Scheide neben dem Sattel. Einer der Leute wiederholte die Geste und hob die rechte Hand; dann ließ er sie fallen. Gortahork pfiff.

Etwa hundert Banyashil schwenkten nach Osten. Dante sah hinterher und seufzte. Sie würden den Hinterhalt von hinten und von der Seite aufrollen, schnell und lautlos. Natürlich hatte Tremughati recht, aber er war froh, nicht dabeizusein.

Timoara trieb sein Pferd neben Dantes, so gut das im Galopp zwischen den Hügeln möglich war. »Heißt es das, was ich denke?« schrie er herüber. Sein Gesicht verriet nichts.

Barakuda nickte. »Es sind Mörder, und was sollen wir mit Gefangenen machen?«

Zwei Stunden später brachte Toyami das Kunststück fertig, vom galoppierenden Pferd auf die kleine Scheibe umzusteigen. Learoyd ergriff die Zügel, damit das Tier nicht zurückblieb. Toyami schwebte bis in etwa hundert Meter Höhe, dann ließ sie den Schweber sinken und gab Zeichen. Gortahork sah die Handbewegung und ließ halten.

»Sie teilen sich«, sagte Toyami. Keuchend kletterte sie auf ihr Pferd. »Ungefähr zwanzig reiten nach links, wo die Höhle sein soll. Die anderen kommen gleich in die Berge.«

Tremughati richtete sich wieder in den Steigbügeln auf und winkte. Die drei Heiler, die weiter hinten geritten waren, kamen näher, zwei Männer mittleren Alters und eine alte Frau. Barakuda wunderte sich, daß sie dieses Tempo hatte mithalten können; aber dann sagte er sich, daß sie wie alle Banyashil vom Kindesalter an auf Pferden gelebt hatten.

»Mutter der Stämme?« sagte die alte Frau.

Tremughati wies nach vom zu den Bergen, die fast schon über ihnen aufzuregen schienen. »Sie trennen sich. Du, Tarzhati, wirst zusehen, daß sie nicht mehr aus dem Paß zurückkehren. Wenn die anderen nachkommen« – sie wies hinter sich, dorthin, wo Shevshans Leute den Hinterhalt hatten legen wollen –, »schick einige zu den Höhlen, um sie zu bewachen. Keiner soll eindringen. Vielleicht können wir verhindern, daß überhaupt jemand eindringt.«

Toyami sagte laut: »Nein, Fürstin. Ihr Vorsprung ist zu groß.«

»Vielleicht. Ilahuan, du kommst mit uns.«

Einer der beiden Heiler nickte. Die Trennung war abgesprochen; weitere Anweisungen brauchten die Banyashil nicht.

Tremughati, Gortahork, der Heiler, zehn Jäger und Barakuda mit seinen Leuten rasten weiter. Drei der Jäger hielten die Zügel gesattelter Ersatzpferde. Wieder wechselten die ehemaligen Fürsten der Banyashil Blicke.

Barakuda begriff, was geplant war. Die Reittiere waren ausdauernd und in bester Verfassung, aber nach dem bisherigen Ritt konnten sie nicht mehr lange durchhalten. Es mochte um Sekunden gehen, wenn sie noch eine Chance haben wollten, Shevshans Leute vor den Höhlen zu stellen.

Im Galopp wechselten zwei Jäger und Gortahork von ihren

Pferden auf die nicht mehr frischen, aber bisher reiterlosen Tiere; sie gewannen schnell einen Vorsprung vor den anderen. Dante knirschte mit den Zähnen; dann kam ihm der vielleicht rettende Einfall.

»Halt!« schrie er; er riß den Arm hoch.

Tremughati wandte sich um, schüttelte den Kopf und trieb ihr Pferd voran; lediglich die Leute aus Cadhras zügelten ihre Tiere. Barakuda sprang ab, zog den Karabiner aus der Gewehrtasche am Sattel und legte ihn auf einen der Schweber. Mit fliegenden Händen begann er, die Plattform zu entladen. Die anderen begriffen sofort und halfen.

Die Entscheidung, wer fliegen sollte, mußte schnell gefällt werden. T'unga und Toyami waren jung und beweglich, aber schlechte Schützen; der alte Bondak hielt sich gut im Sattel, lehnte aber den Flug auf kleinen Schwebern ab. »Ich werde steif. Wenn's nicht sein muß... « Ähnliches galt für Shulamit as-Sabah, deren Beweglichkeit unter der Verletzung bei den Golzain-Katarakten gelitten hatte. Und Kara Kikuyo war nicht schwindelfrei.

Sekunden später schwebten Dante Barakuda, Terence Learoyd und Sten Timoara los. Sie lagen mit dem Oberkörper auf den Schwebern; die Beine baumelten. Sie beschleunigten, näherten sich Tremughatis Trupp, überholten ihn. Hinter ihnen kamen die anderen mit den Pferden nach. Dante winkte Tremughati zu, die aufschaute, wie von einem sechsten Sinn alarmiert. Sie hob die rechte Hand mit aufgestelltem Daumen.

Gortahork war weit voraus, aber Shevshans Leute noch weiter. Die Schweber waren nicht für schnelle Verfolgungsjagden konstruiert; es kam Barakuda unendlich lang vor, bis sie endlich über Gortahork schwebten. Auch der Fürst blickte auf, bleckte die Zähne.

Unter ihnen lag ein weites Geröllfeld, übersät mit Felsbrocken von Hausgröße. Eine zerklüftete Steilwand kam ihnen entgegen; sie schob fünf oder sechs schartige Ausläufer wie Tentakel ins Land. Die zwanzig Reiter galoppierten zwischen zwei dieser kahlen gezackten Wände hinein. Sie schienen den Weg genau zu kennen. Barakuda war sicher, daß Shevshan dabei war und daß es sich bei den meisten anderen um Leute aus Gashiri handelte; aber mindestens ein ortskundiger Shil mußte unter ihnen sein.

Es war nicht leicht, mit baumelnden Beinen und liegend auf dem immer wieder wegen ungleicher Lastverteilung kippenden Schweber den Karabiner auszurichten. Als die AV-Truppe sich dem Ende des Talkessels näherte, wo die Höhlen liegen mußten, begannen einige von ihnen ungezielt hinter sich zu schießen. Oder so gezielt, wie man halb umgedreht auf einem galoppierenden Pferd schießen kann, das pausenlos springt und die Richtung ändert, um zwischen Felsen einen Weg zu finden. Sie hatten Gortahork und seine beiden Jäger gesehen; bisher aber nicht in die Höhe geschaut.

Timoara schoß, dann Learoyd und Dante gleichzeitig. Die ersten Kugeln klatschten gegen Felsen oder endeten in der Steilwand. Sie mußten immer wieder in die Kontrollen greifen, die Schweber vor dem Abkippen auffangen, den Felsen nicht zu nah kommen, die neben ihnen wie Sägen aufragten, und gleichzeitig schießen. Zu schießen versuchen. Einer der Reiter vor ihnen riß die Arme hoch und stürzte, dann ein zweiter. Barakuda traf ein Pferd, das sich überschlug und den Reiter gegen einen scharfkantigen Felsen schleuderte. Learoyd holte noch einen Mann von seinem Tier; dann mußten sie die Schweber scharf abbremsen. Das Talende war erreicht.

Am Fuß der Steilwand öffneten sich Höhlen. Spalten, keine großen Öffnungen. Es war unmöglich, dort mit Pferden einzudringen. Die Reiter sprangen ab, suchten Deckung hinter den Tieren und feuerten nach oben und zum Talausgang. Barakudas Scheibe erhielt einen Treffer, schepperte wie ein defekter Gong und begann zu trudeln. Direkt über den Höhleneingängen wölbte sich die Steilwand ein wenig vor; rechts und links die Rasiermesserkanten der beginnenden Ausläufer. Dante stabilisierte den Schweber wieder, der nicht ernsthaft beschädigt schien, und lenkte ihn zur Seite. Timoara und Learoyd wählten den gegenüberliegenden Grat. Von unten wurde weitergeschossen. Timoara stieß einen gellenden Schrei aus; Learoyd reagierte sofort und brachte seine Scheibe neben die des schwarzen *kapral*. Er langte hinüber, um sie zu halten. Dante war zu weit entfernt. Er sah, wie Blut aus dem zerfetzten Hosenbein spritzte. Die Kugel mußte die Oberschenkel-Schlagader getroffen haben. Learoyd brüllte »Sten! Sten! Mein Gott, Mann!« Dann öffneten sich die Hände, die den Rand der Scheibe umklammert hatten, und Timoara fiel, fiel, überschlug sich, prallte zwischen zwei Blöcken auf. Der Karabiner folgte wie ein tanzender Schlußstrich.

Alles hatte nur Sekunden gedauert. Als Barakuda wieder in Schußposition war, sah unten alles unverändert aus. Er hing mit dem Schweber halb gedeckt über dem Rücken der seitlichen Felswand und schoß gezielt, kalt und voller Entsetzen.

Die Leute unten feuerten weiter auf ihn und Terence, aber auch zum Talausgang. Sie hatten sich geteilt. Einige verschwanden bereits im Spalt, andere versuchten, die aufgeregten Tiere zum Felsen zu zerren.

Die drei Banyashil kamen näher, in vollem Galopp. Sie lenkten ihre Pferde mit den Knien und schossen. Das erste der Tiere strauchelte, stürzte, begrub den Reiter. Die beiden anderen wichen aus, wurden langsamer und versuchten, sich in Deckung zu begeben. Es war offensichtlich sinnlos, weiter auf die AVs zu feuern, die hinter Felsen und Pferden standen. Aber nur einer der Shil erreichte die Deckung der großen Blöcke. Der andere ließ plötzlich den Karabiner fallen, neigte sich vornüber, hing über dem Hals seines Tieres und rutschte dann aus dem Sattel. Ein Fuß blieb im Steigbügel; das Pferd hielt sofort an, tänzelte auf der Stelle und wieherte.

Die AVs hatten die Pferde dicht zusammengedrängt, soweit sie noch lebten. Dann erschossen sie die Tiere aus kürzester Entfernung. Vor dem Spalt bildete sich ein Wall von Pferdekadavern. Zwei Tiere, die sie, soweit es möglich war, in den Höhleneingang gezerrt hatten, wurden von innen erschossen und lagen in der Öffnung.

Learoyd und Barakuda ließen die Schweber sinken und verständigten sich mit Gesten. Dante sicherte den Eingang, um dafür zu sorgen, daß nicht plötzlich doch noch jemand zwischen den Pferdeleibern hervorkam und auf deckungslose Reiter schoß. Aber in der Höhle war alles still, und als er näherkam, sah er, daß zunächst niemand aus der Höhle an den Pferden vorbeikommen würde. Aber auch keiner hinein.

Learoyd, Timoaras leere Scheibe neben sich, schwebte zum toten *kapral*. Dante, der sich umschaute, sah, wie Terence traurig den Kopf schüttelte, dann absprang und die Scheiben desaktivierte.

Timoara lag in einer Blutlache, vielleicht dreißig Meter vom

Pferdewall entfernt. Dort fanden sich fünf fahlbraune Männer aus Gashiri, deren seltsame Hauttönung bereits wächsern wurde. Zwei von ihnen waren nur verletzt gewesen; ihre eigenen Leute hatten sie aus nächster Nähe erschossen. In den Nacken, wo die anderen die Läufe aufgesetzt hatten, war die Haut versengt und geschwärzt.

Langsam gingen sie zu den Shil. Durch Betäubung, Trauer und Müdigkeit hindurch spürte Dante, wie eine schwarze Faust in seinen Körper griff und dort etwas Eisiges herumdrehte.

Der von seinem Pferd begrabene Reiter hatte das Genick gebrochen. Der dritte, der noch rechtzeitig in Deckung gelangt war, hatte den Fuß des zweiten aus dem Steigbügel gelöst und kniete auf dem steinigen Boden. Als Dante näher kam, hob er das Gesicht. Es war naß.

Gortahork lebte noch, aber seine Augen schienen schon weit fort. Die Kugel war dicht neben dem Herzen durch den Körper geschlagen; unter dem ehemaligen Fürsten des Nordens, dem Vater der Stämme, waren die Steine dunkel.

Vom Taleingang waren Hufschläge zu hören, als Barakuda neben dem Sterbenden niederkniete und den Kopf sanft auf seinen Schoß bettete.

Gortahork atmete röchelnd. Die Gesichtshaut, die bleiernes Oliv geworden war, schien sich zu straffen; die Hakennase trat deutlicher hervor. Tränen rannen über Dantes Wangen; eine tropfte auf Gortahorks Stirn.

Die Augen kehrten wie aus weiter Ferne zurück. Der Fürst versuchte die rechte Hand zu heben. Dante nahm sie und hielt sie zwischen beiden Handflächen.

»Bruder«, sagte Gortahork. Die Stimme war sehr schwach. »Wir werden keine Bären mehr jagen, Bruder.« Er versuchte ein kleines Lächeln.

Barakuda zwinkerte den Schleier fort. »Ja, Freund«, sagte er heiser. »Aber anderes Wild. Keiner wird entkommen.«

Gortahorks Augen glitten von Dantes Gesicht, schienen sich an einem Felsen zur Linken festzuhalten, dann ins Bodenlose zu fallen. Aber noch atmete er.

Die anderen kamen heran. Dante hörte Hufe, Gewieher, dann das Knirschen des Bodens unter abspringenden Reitern. Und Schritte, die sich näherten.

Als Tremughati neben ihm niederkniete und Gortahorks Gesicht in beide Hände nahm, hielt Dante den Kopf, bis er ihn auf Tremughatis Schoß betten konnte. Ihr Gesicht war eine Steinmaske.

Barakuda erhob sich und ließ sie allein. Er ging zu einem Felsblock. Aus den Augenwinkeln sah er Terence Learoyd, der den Arm um Kara Kikuyo gelegt hatte und langsam mit ihr dorthin ging, wo Sten Timoara lag. Dann lehnte er sich mit dem Bauch gegen den Stein und legte das Gesicht auf die verschränkten Arme.

Aus: Verkünder – Verdummer – Verbrecher,
Filidor Belgutai, Atenoa, 484

»... Ulyalan (sein ›Tictan-Name‹; sein bürgerlicher Name ist unbekannt) begann mit der üblichen Verkaufsstrategie:

a) Feststellung, ob ein latenter Heilsbedarf vorhanden ist (›Sie sehen aus, als ob Sie Probleme hätten‹; nur einer, der wirklich Probleme hat, reagiert darauf) = ›Ihr Gleiter sieht aus, als ob Sie einen neuen brauchten.‹

b) Köderung des ›Bedürftigen‹ durch Verheißungen (›Wir haben einen Fragebogen, mit dem wir das genauer einkreisen können‹; auf Vega IX archivierte Exemplare enthalten 120 kleingedruckte Testfragen, die nur ein wirklich ›Bedürftiger‹ überhaupt zu lesen bereit sein wird) = ›Mal sehen, welche Vorstellungen Sie von einem guten Gleiter haben.‹

c) Auswertung des Fragebogens ergibt immer ›Probleme‹, gleichgültig, wie die einzelnen Fragen beantwortet werden (›... demnach haben Sie vor allem Schwierigkeiten mit anderen und Ihrer Selbsteinschätzung‹; wer außer einem, auf den dies zutrifft, würde den Test denn machen?) = ›Aha, Sie erwarten Komfort und Sicherheit zu erschwinglichen Preisen.‹

d) Angebot eines ›helfenden‹ Kursus, der natürlich einiges kostet (denn was nichts kostet, ist auch nichts wert, und rein karitative Arbeit wird ohnehin belächelt) = ›Da haben wir unser neues Modell; das Richtige für Sie, und für das, was wir damit bieten, ist der Preis wirklich günstig.‹

... zu bedenken: Skeptiker und gefestigte Charaktere sind hier längst ausgeschieden, haben spätestens den Testbogen verlacht. In die nun anlaufende Maschine gerät nur jene Fleischsorte, die zu Wurst gemacht werden kann. Oder will.

... Mit Hilfe eines primitiven Lügendetektors ermittelt der ›Auditor‹ genannte Inquisitor die Schwachstellen des Kandidaten, sagt sie ihm auf den Kopf zu und liefert eine Erklärung, die sowohl erleichtert als auch weiter ködert, da sie neugierig macht und das metaphysische Bedürfnis befriedigt: Die Schwachstellen seien Resultat von Engrammen, *die durch Schlimmes in früheren Leben auf der Seele hinterlassen worden sein sollen. Klartext. ›Du selbst bist unschuldig an deinen Macken, und wir können dir helfen, sie zu überwinden. Du bist nur begrenzt verantwortlich.‹ Mit der Verantwortung wird auch das selbständige Denken abgegeben.*

Am Ende des Kursus (in dem man z. B. angeblich neue Tricks griechischer Rhetoren der Antike lernt) stellen die Kandidaten fest, daß sie tatsächlich etwas Hilfreiches gelernt haben, und steigen natürlich in den nächsten Kursus ein – der teurer ist. Sie bringen Geld; die ›Auditoren‹ erringen Macht, da sie Aufzeichnungen über die ›Macken‹ des Kandidaten aufbewahren und diesen so für sich manipulierbar machen.

Krönung ist schließlich der Mythos. Vor etwa 60 Milliarden Jahren verließen paragöttliche Wesen, genannt Tictans, *ihr sterbendes Universum – also lange vor dem Urknall unseres Universums. Sie irrten durch Kosmen und fanden schließlich sehr spät in Terra-Abkömmlingen passende Gefäße für eine Inkarnation... Deine ›Seele‹ ist ein* Tictan, *gefangen in deinem Leib, verkapselt durch* Engramme, *die nur die Reine Lehre der Einzig Wahrhaften Verehrer Allen Gottes befreiend tilgen kann. Befreiung, Vergöttlichung... Es ist so ziemlich der groteskeste Quatsch, der sich denken läßt, aber bis der Kandidat zum Mythos gelangt, hat er so viele Details eingetrichtert bekommen, die erst durch den Mythos Sinn erhalten, daß seine Reaktion kein empörter Aufschrei, sondern ein großes Offenbarungserlebnis ist... Natürlich läßt die Befreiung sich nur über viele (teure) Zwischenschritte erreichen; natürlich erreicht niemand sie je ganz; natürlich gibt es immer ein noch höheres* arcanum. *Folglich sind die Kandidaten unbegrenzt ›melkbar‹; und da sie als einzige die absolute Wahrheit zu kennen meinen, fühlen sie sich als zusammengehörige Elite. (Ulyalan formulierte, da dies die Wahrheit sei, könne jeder, der gegen die Sekte Stellung beziehe, nur ein Wahnsinniger oder ein Verbrecher sein.)*

Die Rationale Despotie auf Vega IX (ca. 2310-2400 AD) verbot die öffentliche Behauptung unbeweisbarer Dinge; für fast ein wunderbares, friedliches Jahrhundert verschwanden Religion, Philosophie, Politik, Sekten... Die Anhänger des längst verstorbenen Ulyalan flohen ins All, landeten nach langen Irrfahrten auf Shilgat, im Hochland von Banyadir, und ermordeten bzw. versklavten die dortigen Shil, die aus metalinguistischen Gründen unbekehrbar waren. Mit der Zeit errichtete man in Banyadir 114 Klöster, die den 57 Göttinnen und 57 Göttern geweiht sind – Tictans, *die in der Menschheitsgeschichte Bedeutung hatten und ihr* Tictan*tum manifestiert haben sollen. Eigentlich sind es 115 Klöster, doch gilt das Zentrum, Namenloser-Allgott, nicht in diesem Sinn als Kloster, wohl jedoch in jedem anderen Sinn. Damit haben die Mathematischen Mönche, wie man sie auf Shilgat auch nennt, eine binäre Null geschaffen, die gleichzeitig Eins ist...* «

X

Bis die Pferdekadaver beseitigt waren, brach die Nacht herein. Einige Jägerinnen und Jäger, die den Hinterhalt aufgerollt hatten, trafen ein, um das Tal und die Eingänge zu bewachen. Bedrücktes Schweigen lag über allem, unterbrochen nur von gelegentlichem Flüstern, dem Knistern brennenden Holzes und Pferdelauten. In Nähe des Höhleneingangs sprengte Bondak eine Vertiefung in den Felsboden. Dorthin brachten sie zuerst die toten Pferde, danach die neun Männer aus Gashiri. Mit einer weiteren Sprengung wurde alles zugedeckt.

Kara Kikuyo war tapfer. Dante sprach lange mit ihr, dann kurz mit Maqari in Cadhras. Der Kommandeur fand keine Worte; schließlich versprach er mit rauher Stimme, trotz aller Probleme einen Gleiter loszuschicken, um eine etwa noch vorhandene und wie auch immer beschaffene Antenne auf dem Gipfel des Ba'nzheyadar zerstören zu lassen.

Der Heiler Ilahuan lieh sich eine von Dantes Lampen und suchte die Felsen ab. In einem kaum zugänglichen Winkel fand er eine Nische, die ihm geeignet schien. Sie legten den toten Banyashil und Sten Timoara hinein.

Dante band zwei Schweber aneinander und ging langsam dorthin, wo Tremughati noch immer wie versteinert saß, mit Gortahork auf dem Schoß. Sie regte sich nicht, sagte aber kaum hörbar »ja«, noch ehe er gesprochen hatte.

Mit den Schwebern brachte Barakuda Gortahorks Leichnam zu der vom Heiler ausgesuchten Nische. Sie wurde mit glatten Steinen verschlossen, die Jägerinnen und Jäger zusammengesucht hatten.

»Wenn alles vorbei ist«, sagte Dante, »und wenn Tremughati keine anderen Wünsche hat, werden wir mit besserem Sprengstoff aus Cadhras die Höhleneingänge endgültig verschließen und diese Bergtrümmer hier zu einem würdigen Grab formen.«

Der Heiler lächelte flüchtig. »Ein guter Gedanke. Wir sollten überlegen, ob wir drei Bären aus dem Berg hauen können.«

Kurz vor Mitternacht meldete sich Lydia Hsiang per Funk. Ihre Stimme klang, als käme sie aus dem Jenseits. Sie bat Dante, sie mit Tremughati sprechen zu lassen. Aber Tremughati saß noch immer versteinert. Lydia schluckte; dann sagte sie auf Banyashilgu: »Sag der Fürstin – ach, sag ihr, ich weiß nichts zu sagen.«

Kurz vor Morgengrauen erhob sich Tremughati. Wortlos billigte sie Barakudas Anweisungen und Vorbereitungen. Die Banyashil wußten, daß Dante als den Heilern und Häuptern gleich anzusehen war, und hatten sich ihm sofort unterstellt.

Nach einem eiligen Frühstück und kurzem Abschied brachen sie auf. Acht Jägerinnen, acht Jäger, Kikuyo, as-Sabah, Toyami, Learoyd, Bondak, T'unga, Ilahuan, Tremughati und Barakuda ließen die Oberfläche, das Gras und den Himmel von Shilgat zurück. Die übrigen Banyashil blieben, um den Eingang zur Unterwelt zu bewachen.

Zunächst begleitete das Morgenlicht sie; es sickerte durch Risse in den Felsen und kam vom zurückbleibenden Eingang. Die Wände waren zerklüftet, rissig, aus einem fast weißen Stein. Nach mehreren hundert Metern erweiterte sich der schmale Durchgang, so daß sie zu dritt nebeneinander gehen konnten. T'unga und ein Jäger, beide mit entsicherten Karabinern, bildeten die Vorhut.

Der Weg endete vor einem Haufen aus Brocken und Bergschutt, über dem Tageslicht zu sehen war. T'unga kletterte hinauf und winkte. Als sie das Hindernis überwunden hatten, befanden sie sich in einem hohen, steilen Talkessel, der von Gesteinstrümmern übersät war. Vermutlich war hier einmal eine ausgedehnte Höhle gewesen, deren dünnes Dach die Kräfte der Erosion zerstört hatten.

Als sie die Höhlen auf der gegenüberliegenden Seite erreichten, warf Barakuda einen Blick auf die Trümmer zurück. »Ich glaube, wir sollten unter den Bergen vorsichtig mit lauten Schußwaffen sein.«

Die Karabiner wurden mit Lederriemen zusammengebunden und auf den Schwebern verstaut; die Shil griffen zu Bögen, und T'unga überließ der mit Pfeil und Bogen besser vertrauten Toyami seinen Platz an der Spitze.

Stundenlang zogen sie durch teils halbhelle, teils dunkle Gänge, Risse und Höhlen. Sie machten mehrere Rastpausen. Als Barakudas Kombigerät das Tagesende anzeigte – inzwischen hatten sie ein Gebiet erreicht, in das kein Licht mehr fiel –, schlugen sie ihr Nachtlager in einer weiten Höhle auf, an deren rauhen Wänden Rinnsale versickerten, als gäbe es unter ihr noch eine weitere, wasserführende Höhlung.

Kontakt zur Außenwelt gab es nicht mehr; die Felsschichten ließen keine Funkwellen durch. Auch das Kombigerät war nur noch begrenzt nützlich. Die Automatik empfing die von Satelliten abgestrahlten Peilwerte nicht länger, konnte also keine genaue geographische Position mehr angeben. Immerhin registrierte das Gerät Richtungen, Entfernungen und Geschwindigkeiten unabhängig von den Satelliten und zeigte an, daß sie seit dem Aufbruch 23,3 Kilometer in ost-nordöstlicher Richtung zurückgelegt hatten. Barakudas Beine fühlten sich an, als hätte er die doppelte Distanz zurückgelegt, aber er hatte keine Probleme mit seinen künstlichen Knochen und Gelenken an der rechten Hüfte und im Oberschenkel. Shulamit as-Sabah dagegen hinkte leicht.

Im Verlauf des Marschs hatte Dante auch begriffen, weshalb die Shil gerade Ilahuan ausgesucht hatten, um sie durch die Unterwelt zu führen. Der Heiler schien einen untrüglichen Sinn für Richtungen zu haben; außerdem, so sagte er, habe er lange mit einer alten Heilerin geredet, die vor Jahrzehnten einmal tiefer unter den Bergen gewesen sei als jeder andere lebende Mensch.

Nur einmal, an einer völlig unübersichtlichen Gabelung, zögerte er und schlug den nach Nordosten führenden Weg vor. Tremughati trat neben ihn, schloß die Augen und deutete dann in den südöstlichen Gang, der nach wenigen hundert Metern in einem weiten Bogen nach Ostnordost schwenkte.

Ansonsten war die ehemalige Fürstin allein inmitten der anderen. Nicht geistesabwesend; sie nahm alles wahr, riet oder entschied, wenn etwas zu entscheiden war; nicht zerstreut, sondern so gesammelt, daß die Konzentration auf Inneres einen Wall bildete.

Am vierten Tag im Licht der mitgeführten Fackeln und Handlampen bereicherte Barakuda die karge Kost – Trockenobst und Dörrfleisch –, indem er Nahrungskonzentrate aus Garnisonsbeständen in Wasser auflöste und verteilte. Zum Glück gab es überall reichlich Wasser: senkrechte Rinnsale, kleine Bäche, die den Weg eine Weile begleiteten und wieder verschwanden; am dritten Tag hatten sie einen kleinen unterirdischen See durchwatet und am Ufer erstmals Spuren der Verfolgten gefunden. Nach Ilahuans Meinung waren sie zehn bis zwölf Stunden alt; der Heiler gab allerdings zu bedenken, daß ohne Wind- und Sonneneinwirkung Spuren wohl anders gelesen werden müßten als an der Oberfläche.

Nach der nächsten Schlafperiode erreichten sie eine riesige, feuchte Höhle. Am Eingang fanden sie zum ersten Mal Spuren von Bearbeitung: eine Art Torbogen aus glattem Stein, der Dante an die Blöcke der Taggabahn erinnerte. Die Höhle schien das Licht der Handscheinwerfer zu schlucken; sie war angefüllt mit doppelt mannshohen, kegelförmigen Pilzen, die unter metallischem Klirren zu Staub zerfielen, wenn man sie anstieß. Eine durch den Pilzwald gehauene Bahn zeigte, daß die AVs gar nicht versucht hatten, einen Weg um die Wucherungen zu finden.

Auch der Höhlenausgang auf der anderen Seite bestand aus dem seltsamen glatten Stein; der nachfolgende Gang jedoch mochte wieder eine natürliche Gegebenheit sein. Er war rissig, uneben und änderte unausgesetzt die Richtung.

Sie hatten vielleicht drei Kilometer zurückgelegt, als sich vor ihnen ein Wunder auftat. Der Gang mündete in eine neue Höhle, deren Ausmaße sich den geblendeten Augen erst ganz allmählich zeigten.

Als das Licht der Fackel des vorangehenden Jägers in die Höhle fiel, erhellte sie sich langsam, als ob ein unsichtbarer Beleuchter einen stufenlosen Regler hochschöbe. Das Licht war warm und golden, erschien aber den an huschende Lampen und Fackelgeflacker gewöhnten Augen zunächst als grell.

»Die Halle der Singenden Säulen«, murmelte Ilahuan.

Wie zuvor das Licht der Fackel, so wurde nun Ilahuans Stimme aufgenommen, vermehrt verteilt; das Flüstern schwoll zu einem stürmischen Wisperchor an, verästelte und verzweigte sich, formte Klangblätter in entlegenen Teilen der Höhle und starb dann mit einem Rascheln wie von fallendem Laub.

Es war ein gewaltiger Tropfsteindom, der alles je Gesehene übertraf. Säulen wuchsen wie glitzernde Nadeln aus dem Boden oder hingen von der Decke des natürlichen Gewölbes. Die meisten wiesen unregelmäßige Bruchöffnungen auf und schienen hohl zu sein. Erz- und Mineralablagerungen, oft an Jahresringe erinnernd, färbten die Tropfsteine in sämtlichen kräftigen, weichen und schwingenden Schattierungen des Regenbogens. Trümmer herabgestürzter und geborstener Stalaktiten bildeten zwischen den Stalagmiten eine lockere zweite Bodenschicht. An den Wänden und in Steinsockeln aus Material, das nicht der Höhle entstammte, hatte jemand winzige Nischen geformt, halbkreisförmig.

In diesen Nischen standen oder lagen Kristallkugeln. Von ihnen ging das warme, weiche, goldene Licht aus, das die ganze Halle füllte wie ein milder Willkommensgruß.

Zwanzig Meter vom Eingang entfernt lag unter einem zerbrochenen Stalaktit ein Leichnam. Es war der eines Mannes aus Gashiri.

Bis jetzt hatte atemloses, staunendes Schweigen geherrscht. Tremughati gab Zeichen, sich in den Gang zurückzuziehen.

Als sie etwa zehn Meter von der Öffnung entfernt waren, seufzte Learoyd auf. »Herrlich. Und tödlich.«

Tremughati nickte. Mit unbeteiligter Stimme sagte sie: »Wir müssen schweigend und einzeln durch die Halle gehen. Die Säulen verstärken jedes Geräusch. Lautes Reden oder der Klang vieler Schritte könnte tausend Hängende Säulen bersten lassen. Unsere Feinde waren leichtsinnig.«

»Zehn«, knurrte Learoyd. »Neun im Tal, einer hier, und zwanzig waren es. Immer noch zehn zuviel.«

Barakuda dachte an die unterirdische Bahn des Südkontinents, die von solchen Kristallen erleuchtet war, an die unheimlichen Instrumente der Shil, mit denen das Tunnelsystem dort angelegt worden war; an Saravyi, der sie gegen Gashiri eingesetzt hatte.* Dann wanderten seine Gedanken von dem alten Mann, der nicht mehr lebte, zu Gortahork. Er riß sich zusammen und erklärte den anderen Cadhrassi flüsternd die Shil-Technik vergangener Jahrtausende. Alle hatten von diesen Dingen gehört, aber außer ihm, Tremughati und Ilahuan hatte keiner sie gesehen.

»Wahrscheinlich sind die Wände der Halle mit stabilisierter Energie verstärkt; wie die beiden Torbögen hinter uns«, sagte er abschließend. »Wer geht voran? Ah, dumme Frage. Warum nicht ich?«

Langsam, einer nach dem anderen, durchquerten sie mit möglichst leichten Schritten den Dom. Auch das leiseste Geräusch wurde von den Hohlsäulen umgeformt und verstärkt. Als Shulamit as-Sabah sich hinter vorgehaltener Hand räusperte, brach ein Orkan über sie herein, und als die Schweber aus dem Gang in die Halle kamen, wurde das Summen ihrer Generatoren zu einem Klangvorhang ähnlich dem, den ein gesundes Trommelfell hundert Meter von einem riesigen Wasserfall entfernt wahrnimmt.

Drei Stunden dauerte es, bis sie die Halle hinter sich hatten. Alle waren erschöpft, von Tönen betäubt, von Formen und Farben verstört. Durch einen Torbogen traten sie in einen regelmäßigen Gang mit runden Wänden, flachem Boden und flacher Decke. Er bestand aus jenem seltsamen milchigen Stein, von »Wandlern« geformter und mit stabilisierter Energie versiegelter Materie, der für die Ewigkeit gedacht schien. Alle hundert Schritte lagen Goldkristalle in Nischen. Nach kurzem Experimentieren löschten sie die Handscheinwerfer und verwendeten

---

* vgl. Teil 2, »Gashiri«, Kap. XII. – In einigen Gegenden wurden die Instrumente früher auch zur Verfertigung paramaterieller Kunstwerke genutzt; hierauf bezieht sich vermutlich das alte Sprichwort aus Sa'orq, daß es leichter sei, ein Seil aus Sand zu flechten, als das Antlitz des Windes in eine Münze zu prägen.

lediglich eine Fackel als Primärquelle. Das helle Lampenlicht wurde von den Leuchtkristallen zu fast unerträglichem Gleißen verstärkt und gleichzeitig zerlegt; es entstanden irritierende wabernde Farbwalzen. Mit den Bewegungen des Lampenträgers wanderte das grelle Kernlicht und durchsetzte sich mit geisterhaften Schlieren vor allem aus den dunkleren Bereichen des Spektrums.

»Nun beginnen die Korridore und Kammern der alten Anlage«, sagte der Heiler. »Wir werden bald in eine große Dreifachhalle kommen. Drei Hallen übereinander. Bis zu diesem Punkt ist die Heilerin damals vorgedrungen. Was dahinter kommt, weiß ich nicht. Sie hat von einem Fluß gesprochen, einer Katapultbahn und einem Röhrengewirr.«

»Was ist eine Katapultbahn?«

Ilahuan hob die Schultern. »Wir werden sehen. So, wie sie es beschrieben hat, könnte es eine Art unterirdische Taggabahn sein, bei der Wagen zu Beginn eine Steigung überwinden müssen und mit einem Katapult beschleunigt werden. Aber das ist alles sehr unsicher.«

Zwei Schlafzeiten später, nach zahllosen Gangkreuzungen und kleineren kahlen Hallen, erreichten sie den von der alten Heilerin beschriebenen Komplex.

Es war eine Mischung aus natürlicher Höhle und mittels Materiewandlung geschaffener Halle. Sie war grob kastenförmig. Der Gang kam aus einer Längsseite; die Wand war hier völlig kahl und rissig. An den schmalen Kopfseiten fanden sich Gebilde, bei denen unklar war, ob es sich um Statuen und Darstellungen oder reliefartige Schaltanlagen mit symbolischen, abstrakt humanoiden Tragelementen handelte. Zwischen den einzelnen Teilen lagen in Nischen und auf Sockeln Leuchtkristalle.

An der gegenüberliegenden Längsseite öffnete sich ein großer Tunnel. Zunächst war nicht auszumachen, was sich dahinter verbarg; von irgendwo kam mächtiges Rauschen. Tremughati wies nach oben. Vielfarbige Hohlsäulen hingen von der hohen Decke der Halle. Sie glichen den Stalaktiten des gewaltigen Doms, den sie passiert hatten, waren aber offensichtlich keine Tropfsteine, sondern Ergebnisse von Materiewandlung. Milchige Treppen führten an den Kopfwänden aufwärts;

hinter einem Vorhang oder Gatter von hängenden Hohlsäulen waren Tunnelöffnungen zu sehen, zwei übereinander.

Das ruhige, stetige, warme Goldlicht in den Korridoren hatte in den letzten Tagen auf alle eine besänftigende Wirkung ausgeübt. Barakuda war es schwergefallen, Rachegedanken zu denken, und Trauer, Zorn und Entsetzen hatten einer beinahe milden Gelassenheit Platz gemacht. Nach und nach war Tremughati aus ihrer Erstarrung herausgetreten; in die schwarzen Augen kam wieder dunkles Licht, und manchmal lächelte sie sogar.

Nun ging sie zu dem großen Tunnel, der vor ihnen lag. Dante folgte ihr. Das Rauschen, das die Halle erfüllte, wurde leiser, dafür entdeckten sie seine Quelle. Hinter einem halboffenen Milchstein-Schott lag Dunkelheit. Barakuda schaltete die Handlampe ein.

Vor ihnen führen Stufen zu einem steinigen Ufer hinab. Ein schneller unterirdischer Strom, dessen Rauschen durch das Schott drang und von den Hohlsäulen verstärkt wurde, floß durch ein milchiges stabilisiertes Gewölbe.

Dante blickte auf sein Kombigerät. »Er fließt nach Osten. Und zwar schnell. Das sieht aus, als ob deine Vorfahren hier einen vorhandenen Fluß begradigt und nutzbar gemacht hätten. Aber wozu?«

Tremughati ging vorsichtig die glatten Stufen zum Ufer hinab; aus dem verschotteten Durchgang tauchten Bondak, Toyami, Ilahuan und einige Shil auf, die aufmerksam und staunend umherblickten, so weit Dantes Lampe die Anlage erhellte.

Die ehemalige Fürstin blieb einen Moment auf den milchigen Quadern stehen, die eine Art Kai bildeten. Dann wandte sie sich nach links. Mit geschlossenen Augen, in sich hinein horchend, näherte sie sich einem etwa drei Meter hohen, fast ganz im Dunkeln liegenden Wandrelief. Sie blieb davor stehen, öffnete die Augen und streckte die Hand aus.

Barakuda kam näher, richtete den Strahl der Lampe auf die Stelle. Das Relief war ein Halbkreis in der glatten Wand des Kanalgewölbes; erhabene, versenkte und durch möglicherweise geätzte Linien nur angedeutete Figuren starrten aus der begrenzten Fläche auf das dunkle, schnelle Wasser. Dante hätte nichts über die Bedeutung der völlig abstrakten, weder als Menschen noch als Tiere noch als sonst etwas Benennbares kenntlichen Figuren sagen können. Tremughati dagegen schien genau zu wissen, was das Relief bedeutete und wonach sie zu suchen hatte.

Sie berührte nacheinander verschiedene Punkte der Halbscheibe. Mit leisem Ächzen, wie von entweichender Luft, schoben sich zwei zuvor nicht erkennbare Torflügel in die Wände zurück. Dahinter lag eine kleinere Halle, eine Art Hangar.

Barakuda leuchtete hinein. Auf Milchstein-Gerüsten lagen dort flache Kielboote, wie aus hauchdünner Milchstein-Folie gemacht, gegossen, modelliert.

»Das Schott haben sie öffnen können«, sagte Tremughati. »Aber dies hier haben sie nicht gefunden.«

Ilahuan trat näher. »Mutter der Stämme«, flüsterte er. »Woher hast du gewußt...?«

»Die Figuren wispern. Und es gibt Dinge, die in Legenden erzählt werden. Sie sind durch jahrtausendelanges Erzählen unkenntlich geworden, aber es gibt immer einen Kern, den man vermuten kann.«

Ilahuan nickte langsam. »Die Scheibe des riesigen Töpfers, der unter den Bergen Schiffe formt und sie durch den Schwung der rotierenden Scheibe ins Große Chaos schleudert, wo ihre Positionslichter zu Sternen werden?«

»Ja. Die Scheibe ist der Fluß. Es ist ein Nebenfluß des großen Banyuli; er tritt weiter im Osten aus den Bergen, aus einer tiefen Höhle. Saravyi hat mir zu Beginn meiner Zeit als Fürstin von einem gewaltigen Wasserfall im Land der Mönche erzählt. Das Wasser stürzt eine Meile tief unter die Berge.«

Barakuda starrte auf den schwarzen Strom. »Und du meinst, deine Vorfahren haben einen Kreislauf unter der Erde eingerichtet? Einen Ringkanal, aus dem irgendwo Wasser austritt und zum Nebenfluß des Banyuli wird? Und vorher ist da ein runder Schiffahrtsweg in der Unterwelt?«

Tremughati lächelte. »Du klingst ungläubig, aber so wird es wohl sein. Ich glaube, daß man mit diesen Steinbooten unter den Ba'nzheyadar gelangen kann.«

»Dann sollten wir es versuchen.« Barakuda blickte sich um und winkte Bondak herbei. Während Tremughati und Ilahuan die Boote untersuchten, gab Dante dem alten Sergeanten ein paar Erläuterungen. Toyami hörte zu, und kurz nachdem Dante begonnen hatte, erschien auch Learoyd.

»Na fein«, sagte der lange Terraner, als Barakuda fertig war. »Was man bei der Marineinfanterie des Commonwealth so alles erlebt, wenn man sie früh genug verläßt. Komm, *sirján,* holen wir unsere Schwebetornister.«

Einige Jäger hoben die verblüffend leichten Steinboote von den Gerüsten und brachten sie ans Ufer; Ilahuan entdeckte unterhalb der Kaimauer Steinpflöcke, an denen man die Boote festmachen konnte. Im Bug jedes Boots lag eine zusammengerollte Kette aus feinen, fast fadendünnen Milchstein-Gliedern. Auch die Steuerruder und seitlich angebrachte, ruderblattähnliche Bremsvorrichtungen waren aus diesem Material.

Während die anderen die Schweber und das übrige Marschgepäck in den Kanaltunnel schafften, wanderten Tremughati und Barakuda in der großen Halle umher. Die Fürstin deutete schließlich auf die Treppen, die nach oben führten.

»Vielleicht sollten wir uns zunächst noch umschauen. Und herausfinden, was die anderen gemacht haben.« Die Hohlsäulen nahmen ihre Stimme auf; zahllose Echos wucherten scheinbar aus dem Nichts, vermehrten sich, schwollen zu einem brüllenden Chor und schwanden ganz langsam.

»Wahrscheinlich haben unsere Vorfahren über Systeme solcher Säulen miteinander gesprochen, von hier bis zu den Hallen unter dem Ba'nzheyadar.« Diesmal flüsterte sie nur, und die Säulen machten klare, verständliche Sätze daraus, die einander wie rezitative Kanons leiser werdend durch die Halle verfolgten.

Schweigend und möglichst leichtfüßig stiegen Tremughati und Barakuda zum nächsten Tunnel hinauf. Dort fanden sie eine Art Rillenbahn, die an die unterirdischen Wege des Südkontinents erinnerte. Und sie fanden das große Katapult, das ebenfalls aus Milchstein gefertigt war. Aber die elastischen Riemen fehlten. Wenn der gewandelte Stein auch die Jahrtausende überdauert hatte – andere Materialien, die flexibel bleiben mußten, waren zerfallen.

In einem halboffenen Hangar standen Trümmer von leichten Milchsteinwagen. Offenbar hatten die AVs Wagen herausgeholt, sie den steigenden Tunnel hinaufgeschoben, bis die Vehikel abwärts zu gleiten begannen, und alle übrigen Karren zerstört, damit man sie nicht verfolgen konnte.

Barakuda und Tremughati schwiegen bei der Untersuchung

des Tunneleingangs und der Trümmer; mit Blicken und Gesten verständigten sie sich über ihre Folgerungen.

Als sie die Treppen zum dritten Tunnel hinaufstiegen, erschien unten in der Halle Ilahuan, danach Bondak. Sie sahen die Mundbewegung des Heilers, als er etwas flüsterte. Gleich darauf hörten sie, dröhnend aber deutlich, die Wiedergabe von den Hängesäulen.

»Wir sind fertig. Gibt es da oben wichtige Dinge?«

Tremughati beugte sich vor und flüsterte: »Nein. Wir kommen gleich.« Dann ging sie vor Dante her in den Eingang des dritten Tunnels.

Vor ihnen lag, von Barakudas Lampe beschienen, ein unentwirrbares Gemenge von Steindrähten, Steinfäden, Steinröhren, Kugeln, Quadern, verflochtenen Strängen schmaler Steinbänder, ineinander verkeilten Steinzapfen, senkrechten und scheinbar ungestützt schwebenden waagerechten Steinscheiben. Von irgendwo kam ein kalter Luftzug, und als Dante einen Moment die Lampe ausschaltete, sahen sie weit voraus einsickerndes Tageslicht.

»Das dürfte aber nicht sein«, murmelte Tremughati. »Ob die AVs versucht haben, hier an die Oberfläche zu gelangen?«

»Es muß eine Schlucht sein; wir sind zu tief, als daß es eine Öffnung aufs Hochland oder ein Plateau sein könnte.«

Sie nickte. »Trotzdem – mir ist nicht wohl. Laß uns umkehren. Etwas Böses... «

Sie beendete den Satz nicht. Aus dem labyrinthischen Durcheinander tauchten Gestalten auf. Gestalten mit gespannten Bögen und gerichteten Blasrohren. Im Lampenlicht sah Barakuda, daß sie wattierte Jacken trugen, die mit Leder- und Metallstücken besetzt waren. Grenzgardisten der Mathematischen Mönche, der Einzig Wahrhaften Verehrer Allen Gottes.

Tremughati reagierte blitzschnell. Sie drehte sich um, ergriff dabei Dantes linke Hand und rief mit gellender Stimme: »Fliehen – *mûnaks* – weg hier!«

Die Hohlsäulen über dem Tunneleingang nahmen ihren Schrei auf, verstärkten ihn, brüllten die Warnung in die große kastenförmige Halle. Bondak und Ilahuan konnten es nicht überhören oder mißverstehen.

Dante hatte die Lampe fallengelassen und die kleine Pistole

gezogen. Er feuerte einmal blind in den wirren Gang, drehte sich um und schoß zweimal gezielt auf die säulenbehangene Decke am Tunnelausgang. Dann ließ er sich fallen; Tremughati stürzte neben ihm zu Boden, während Pfeile und Bolzen aus den Blasrohren über sie hinwegflogen, lautlos.

Lautlos, weil unhörbar. Die drei Pistolenschüsse füllten zehntausendmal die Halle, überfluteten den Tunnel, zogen wie eine Brandung von Schlaghämmern über schreiende Menschen, die sich nicht einmal selbst schreien hören konnten.

Unendlich langsam löste sich ein gerade noch aus dem Tunnel sichtbarer Teil der Hallendecke mit Dutzenden von Hohlsäulen. Das große Gesteinsstück sackte, während die Säulen unter den furchtbaren Schwingungen splitterten. Dann stürzte alles in die Tiefe, zerschmetterte die Treppen, schüttete den mittleren Tunnel zu und ergoß sich in die Halle.

Ilahuan und Bondak hatten nach Tremughatis Schrei sekundenlang gezögert. Geduckt, vor Schmerzen fast besinnungslos rannten sie in den Gang zum Ringkanal. Es gelang Ilahuan mühsam noch, mit bebenden Fingern die entsprechenden Stellen zu berühren und das Schott zu schließen, ehe die Lawine den Hallenboden füllte. Sie hörten Splitter und größere Trümmerteile gegen das Schott prasseln, aber es hielt.

Im oberen Tunnel preßte Tremughati verzweifelt die Hände gegen die Ohren. Mit dem Bersten und Sturz der meisten Hohlsäulen endete das Tosen so plötzlich, wie es begonnen hatte. In der schmerzenden Beinahe-Stille sah die Fürstin, wie sich der durch den Bruch eines Teils der Hallendecke instabil gewordene Tunneleingang neigte. Sie legte die Arme über den Kopf und preßte sich auf den Boden. Dann krachte der Tunnelmund zusammen. Steinsplitter regneten, und eine erstickende Staubwolke wälzte sich durch den Korridor.

Aus: Beschreibung von Shilgat,
Fulano van Tal, Atenoa, 388

»... *Namenloser-Allgott ist das älteste und wichtigste Kloster; hier sind die 114* Tictan-*Götter symbolisch durch Statuen repräsentiert. Die einzelnen Klöster unterhalten dort Gesandtschaften; der/die Obe-*

re (supremo/suprema *genannt) von Namenloser-Allgott nimmt den höchsten Rang der Hierarchie aller* mûnaks *ein…*

Der präatomare Poet Oscar Wilde beklagte einmal, es sei ein trauriges Faktum, daß es so wenig nutzlose Information gebe – wohlan denn, geschätzte Leser: folgend also sämtliche Klöster des Landes Banyadir, das nicht bereist werden kann.

Auf dem zentralen Hochplateau gruppieren sich um Namenloser-Allgott die Klöster Quetzalcoatl, Indira, Lenin, Astarte, Messalina, Amenhotep, Mao, Thor, Zorbas, Galileo, Homer, Kennedy, Mshimba-Mshamba und Kurdaitcha.

Die übrigen verteilen sich auf weiteren Plateaus nördlich und südlich des Zentrums: es sind dies: Qadhafi, Miriam, Isis, Euklid, Odin, Vishnu, Tezcatlipoca, Kali, Marilyn, Lincoln, Galadriel, Brynhild, Khaesar, Hamilkar, Davidsaul, Safo, Ilsabel, Shimramis, Balkis, Naupolion, Lionardo, Erkyl, Bilitis, Ching, Zhudit, Weland, Dampinyak, Balavaski, Teresa, Golda, Gar'bo, Zola, Murx, Alistor, Palaton, Bolo, Magitatsh, Diddo, Beatrik, Rinaldo, Pelele, Roma, Elseuld, Guinvar, Ramuses, Dion, Elaglab, Nyuba, Palas, Shpinx, Inana, Tanit, Bovary, Mazbagh, Kromvel, Ali Gyer, Tarik, Omar, Ferisht, Harun, Budikka, Patyomnik, Kugufats, Zatsmo, Eurydits, Mioritsa, Tais, Zhana, Eloyz, Ziren, Meluzyn, Borobrud, Ulyalan, Gautamo, Kumini, Lovumba, Valkyrie, Hefa, Fifa, Tizbe, Lamia, Maud, Tarzana, Klioparta, Eileen, Filenofa, Bulivar, Lung-tse, Aldonza, Kyrie, Narnia, Yahú, Fenelik, Pristina, Nerlim, Gandalf, Kyralina, Ayesha, Sofia und Tristram.

... Die Zahl 114 bestimmt fast alles. Mit Erreichen der Heiligen Zahl 114? = 12.996 erwarteten die mûnaks *den Weltuntergang, da durch die Reine Lehre entkapselte Tictans sich immer dann kräftig zusammenschließen können sollen, wenn ihre Gefäße eine Zahl erreicht haben, die ein Vielfaches, eine Potenz o. ä. von 114 darstellt – wie 114?, 114? x 2? usw. usf. (Allerdings geben die* mûnaks *nicht an, weshalb sich die* Tictans *sollten befreien, entleiben wollen, nachdem sie endlich Inkarnationsgefäße gefunden haben.)... Es gibt 114 Farbtöne, 114 Knoten zur Befestigung der Heiligen Schärpe, 114 Methoden der Folter, 114 Heilige Fragen des Großauditors, 114 Rezepte zur Zubereitung des Visionen bewirkenden Kräutersuds, 114 erlaubte Speisefische…* «

XI.

Beißender Wind wehte durch die zerklüftete Schlucht und ließ die Feuer flackern. Er kam unregelmäßig und sprang immer wieder um; es gab keine geschützte Stelle.

Die *mûnak*-Truppen waren nicht sehr gesprächig. Barakuda hatte nichts anderes erwartet; die Sektierer redeten nicht gern mit Außenstehenden. In Banyadir gab es den Begriff der »Beschmutzung durch Kommunikation mit Unerhellten«. Die Frauen und Männer aus den Klöstern kauerten um die Feuer. Einige verfügten über Karabiner, und Dante ahnte, woher sie stammten.

Man hatte den zwei Gefangenen zu essen gegeben – Fladenbrot, Salzfleisch und dünnes Bier, das in Kesseln angewärmt wurde – und angekündigt, morgen werde einer »mit großer Tictan-Kraft« sich um sie kümmern.

Beide waren zu erschöpft, um viel zu reden. Tremughati äußerte Verwunderung darüber, daß sie nach dem Inferno im Tunnel überhaupt noch etwas hörten. Sie waren nicht gefesselt; wohin sollten sie auch fliehen? Die Wände der Schlucht waren steil, bei Nacht nicht zu nehmen; der Eingang zum halbverschütteten Tunnel wurde bewacht, und man hatte ihnen ein Feuer im Zentrum des Lagers zugewiesen. Sie wickelten sich in grobe Pferdedecken und versuchten zu schlafen, eng aneinander gedrängt, um keine Wärme zu vergeuden.

Am Morgen warteten zwei Überraschungen auf Barakuda. Die kleinere war die Ankunft des Mannes »mit großer Tictan-Kraft«. Es war der *supremo* des Klosters Namenloser-Allgott, des ältesten und wichtigsten aller Klöster der *mûnaks*. Dort hatte Dante in seiner Zeit als Sicherheitschef von Cadhras die jährlichen Inspektionsbesuche gemacht, da Banyadir, wie Pasdan und Gashiri, das Shilgat-Abkommen nie akzeptiert und keine Residenten des Gouvernements zugelassen hatte. Aber Namenloser-Allgott war weit entfernt, und selbst wenn Grenzer gleich nach Beginn der Aktionen vor dem südlichen Paß per Semaphor oder Heliograph Alarm gegeben hatten, konnte der Mann noch nicht die Südgrenze erreicht haben. Und diese Schlucht lag im Süden Banyadirs.

Die zweite und weit größere Überraschung war das Wiedersehen beziehungsweise Wiedererkennen einer Tremughati, die er fast vergessen hatte. *Diese* Tremughati hatte er zum letzten Mal in Pasdan gesehen, als die Scharlachprim, die Herrin der mordenden »Heiligen« Mütter, ihr in die Augen sah und niederkniete. In Tag'gashir'dir war es eine andere Tremughati gewesen, die mit ihm zusammen die letzten entscheidenden Aktionen unter Lebensgefahr durchgeführt hatte, nicht gelähmt, aber gedämpft von dem ungeheuren Verhängnis. Es gab weitere: Die in sich gekehrte Tremughati der letzten Tage, die kluge, witzige, immer wieder überraschende »Schwester« und Freundin langer Gespräche in Cadhras und in der Steppe, Gortahorks Frau, so viel klüger wie schöner als Gortahork und Barakuda.

Absurd, dachte er sich in diesem Moment, im schneidenden Morgen der Schlucht an einen Aphorismus von Ashme Zuvarov Chou zu erinnern: »Wenn du die Frau *deines* Freundes hinreißend findest, bist du nicht mehr *sein* Freund.« Aber Gortahork war tot, eingegangen ins Große Chaos, und dort stand Tremughati, in warmer, pelzbesetzter Lederkleidung, barhäuptig. Das schwarze Haar schien das Morgenlicht aufzusaugen, die blitzenden schwarzen Augen waren viel eisiger als jede Winternacht von Shilgat, die vollen Lippen in den Winkeln herabgezogen, wie erstarrt in einem Lächeln; das nichts Freundliches barg, sondern bodenlose Verachtung. Anmut der Steppe, liebliche Jägerin – tausend Namen hatten die Banyashil ihr gegeben, aber diese Tremughati war wieder die Stahlfeder in Samt, wie Vito Ataratz sie einmal genannt hatte – die Fürstin. Barakuda beobachtete sich selbst beim Staunen, kam sich sehr klein vor und bemerkte zweierlei Pietätlosigkeit in seiner Wahrnehmung Tremughatis: Er fand sie hinreißend, und Lydia Hsiang schien ihm plötzlich unendlich weit entfernt. Nicht nur, weil sie inzwischen den Planeten verlassen hatte und in einem schnellen Raumer nach Gaia flog.

Der verblüffte und sichtbar verunsicherte *supremo*, der auf seine Frage, was sie denn hier suche, nur diesen Blick und dieses Lächeln zur Antwort bekommen hatte, schaute zwischen ihr und Barakuda hin und her; er lief unter der gebräunten Haut rötlich an.

»Und Sie, Barakuda – so weit von Cadhras? Sie haben doch

kein Amt mehr; oder ist das ein Sonderauftrag: unter den Bergen wühlen?«

Dante verschränkte die Arme und wies mit dem Kinn auf die Waffen und Ausrüstungsgegenstände, die man ihnen abgenommen hatte. »Da ist ein Funkgerät. Fragen Sie Cadhras, wenn Sie es wissen wollen.«

»Vermutlich waren Sie beide nicht allein da unten«, sagte der *mûnak*. »Aber das Tunnelende ist verschüttet. Wer war noch da, und was soll das alles?«

Tremughati sagte nichts; sie schaute an ihm vorbei. Dante hob eine Braue und sah dem *supremo* ins Gesicht.

Ein schlanker älterer Mann trat zu ihnen. »Wir können sie zum Reden bringen«, sagte er gelassen. »Wie wir die Leute aus Gashiri zum Reden gebracht haben.«

»Sie haben also den Fehler gemacht, die Bande ins Land zu lassen«, sagte Barakuda. »Und jetzt können Sie nicht mehr durch den Paß hinaus. Meinen Glückwunsch.«

Der *supremo* machte eine wegwerfende Handbewegung. »Das hat keine Bedeutung. Die Shil können den Paß nicht ewig blockieren. Und sie sind nicht sehr viele.«

Tremughatis Blick kehrte aus der Ferne zurück. »Die Jägerinnen und Jäger der Banyashil«, sagte sie, ohne irgendwen speziell anzureden, »sperren alle Wege, die ins Land Banyadir und hinaus führen. Im Norden, im Westen und im Süden. Die Wege nach Osten werden von Jägerinnen und Jägern aus den Namenlosen Sklavendörfern* gehalten.«

Der Mönchsobere kniff die Augen zusammen. »Das ist doch ein Trick. Sie sind unsere Gefangenen, also... «

Barakuda kicherte. »Also sollen wir uns auch so benehmen, wie? Sie irren sich, Bruder Abt. Wir haben alle Vorteile. Ob Sie uns binden oder laufen lassen, die eigentlichen Gefangenen sind Sie und Ihre Leute.«

Der schlanke ältere Mann mischte sich ein. »Vielleicht soll-

---

* Überwiegend von Mischlingen (»Mulis«) bewohnte Dörfer südöstlich von Banyadir. Versklavte und zur experimentellen Fortpflanzung verwendete Gebirgs-Shil, ausgestoßene *mûnaks* (z. B. Schwachsinnige oder Aufmüpfige) und ihre Nachkommen konnten bisweilen fliehen und siedelten jenseits der Berge; Jägerinnen aus den Namenlosen Dörfern spielten in der Endphase der Pasdan-Krise eine wichtige Rolle.

ten wir ihnen sagen, *supremo,* daß wir alle nötigen Instrumente bei uns haben, um die Wahrheit zu befördern und die Göttlichkeit zu stärken. Ich bin der Großauditor des Klosters Galadriel.«

Tremughati blickte wieder einen Felsen an. »Rangunterschiede zwischen Wahnsinnigen sind belanglos, ebenso wie die von ihnen eingesetzten Handwerksmittel.«

Barakuda musterte den Großauditor mit einem Ausdruck milden Interesses, vermengt mit Spott. »Galadriel ist ziemlich weit im Süden; Sie sind hier also fast zu Hause, wie? Nett haben Sie es hier.« Er beschrieb mit dem rechten Arm eine vage Kreisbewegung und schaute dabei Tremughati an. Sie nickte.

»Nur schade für Sie, daß bald alles vernichtet sein wird.« Dante tastete nach seinen Zigaretten und versuchte, die Wirkung des letzten Satzes abzuschätzen.

Keiner der Umstehenden reagierte. Der *supremo* blickte sogar gelangweilt. »Wenn Sie auf das Unternehmen dieser Leute aus Gashiri anspielen, Barakuda – wir wissen davon, weil wir einige Leute haben leben lassen, bis wir von ihnen ein paar Wahrheiten bekommen haben. Und Karabiner.«

Barakuda blieb kühl. »Und es stört Sie nicht? Oder halten Sie alles für Märchen?«

»Was – daß es antike Shil-Maschinen geben soll, unter dem Ba'nzheyadar? Sie sehen, wir kennen sogar den Ort.«

Dante war verblüfft, zeigte es aber nicht. Er hatte bezweifelt, daß Shevshan seinen Leuten so viel gesagt hatte. Aber nicht alle Leute aus Gashiri konnten zurückbleiben oder mit unter die Berge gehen – es wäre den ehemaligen Banditen und den geächteten Shil der Bande aufgefallen, wenn man sie plötzlich allein gelassen hätte. Also mußten AVs mit nach Banyadir reiten, und der Rest – Gefangenschaft, Folterung – war durchaus glaubhaft.

Eine andere Idee kam ihm plötzlich in den Kopf. »Nun ja, ich nehme an, es hat ein kleines Feuerwerk über dem Ba'nzheyadar gegeben.«

Diesmal reagierten die *mûnaks.* »Das wissen Sie?« sagte der Obere. »Aha. Dann waren es also Ihre Leute – Gleiter aus Cadhras, wie?«

»Ja. Sie sollten zerstören, was dort noch von alten Antennenanlagen übrig ist.«

Der *supremo* lächelte boshaft. »Ein unwichtiger Nebeneffekt,

Barakuda. Haben Sie sich nicht überlegt, daß die alten Sonnenzapfer, wenn es sie denn noch gibt, nicht nur die normale, sondern auch die Hyperstrahlung von Shalga anzapfen? Und die durchdringt auch Berge. Ihre Leute haben also, wenn überhaupt noch etwas existiert, nur Unwichtiges zerstört. Falls diese Maschinen noch funktionieren, gibt es sicher einen weiteren Sonnenzapfer, der Hyperenergie aufnimmt. Oder glauben Sie, die alten Shil hätten bei Schneestürmen auf dem Gipfel des Ba'nzheyadar, wenn die Antennen nicht funktionieren können, jede Energiegewinnung eingestellt?«

Tremughati nickte und blickte Dante von der Seite an.

»Er hat recht. Dann ist die Gefahr nicht ausgeräumt.«

Barakuda seufzte. »Ja, Fürstin. Wir sind also nicht viel weiter als am Anfang.«

Der Großauditor und der *supremo* verständigten sich durch Fingerbewegungen, die Dante nicht deuten konnte.

»Setzen wir uns doch«, sagte der Obere von Namenloser-Allgott schließlich. »Ich glaube, wir sollten einen Moment lang trotz aller Feindschaft sachlich reden. Wir sitzen im gleichen Boot, wie es scheint.«

Tremughati zuckte mit den Schultern. Barakuda zögerte; dann nickte er. Ihm war sehr unwohl. Konnte es jemals gemeinsame Interessen oder gar Zweckbündnisse mit den *mûnaks* geben? Immer wieder sagte er sich, daß dies eine Falle sein mußte. Aber wozu? Wenn sie tatsächlich alles wußten, Shevshan richtig einschätzten; wenn der ehemalige AV-Führer tatsächlich mit den alten Maschinen die Welt zerstören wollte, um auf diese Weise zu erreichen, was ihm mit den Seuchenerregern nicht gelungen war – welchen Sinn hätte dann eine Finte oder Falle der *mûnaks*?

Auf dem Weg zum Feuer, um das Sättel und Hocker plaziert wurden, drängte Tremughati sich dicht an ihn. In sehr verwaschenem Taggashilgu, wie es im Hinterland von Bu'ndai gesprochen wurde, flüsterte sie: »Die Oberen freuen sich; mehr kann ich nicht lesen.«

»Ich will Ihnen offen sagen, was wir wissen«, begann der *supremo*. Sie saßen um das größte der Feuer und tranken süßen Tee aus kräftigen Hochlandkräutern. Unübersehbar war der Großauditor nicht einverstanden, aber in der Mystarchie der *mûnaks* gab es niemanden über dem Oberen von Namenloser-Allgott.

Er berichtete knapp und ohne überflüssige Details von den Vorgängen aus der Sicht der Mönche. Grenzer hatten wie üblich kleine Patrouillen ins Land vor den Bergen entsandt und die Annäherung zunächst von Leuten aus Gashiri, Banditen und Shil, dann auch von Banyashil gemeldet. Die Zeit hatte nicht gereicht, größere Grenzereinheiten zum Südpaß zu verlegen, so daß man die etwa 800 Leute starke Bande eindringen lassen mußte. Sie war auf dem nächsten Hochplateau nordöstlich des Passes gestellt und vernichtet worden; einige AVs hatten noch etwas »aussagen« können. So hatten die *mûnaks* von den alten Anlagen erfahren, und davon, daß einer namens Shevshan aus der Führungsschicht der untergegangenen Anarchovegetarischen Union der Ungläubigen Transzendentalisten hoffte, mit Hilfe der Anlagen Shilgat vom Planeten zum Asteroidenschwarm zu machen.

»Seit Tagen suchen wir nach einer Möglichkeit, in diese uns bisher völlig unbekannte Unterwelt einzudringen. Das, na, sagen wir Feuerwerk auf dem Ba'nzheyadar hat uns die grobe Richtung angegeben, und im nahen Kloster Eurydits fanden sich Aufzeichnungen über Vermessungen, wonach diese Schlucht der vermutlich tiefste Punkt von ganz Banyadir ist. Und sie liegt fast genau auf der geraden Linie vom Südpaß zum Ba'nzheyadar. Wir haben also hier ein Tunnelsystem gefunden, nicht wahr? Kann man durch diese Tunnels möglichst schnell unter den Ba'nzheyadar gelangen? Oder sind sie jetzt unpassierbar? Gibt es einen anderen, schnelleren Weg? Die Oberfläche scheidet wohl aus; der Berg ist nach unserem Wissen von außen nicht zu erreichen. Und selbst wenn – es würde Monate dauern, über die umgebenden Massive zu kommen.«

Barakuda zögerte noch immer. Tremughati nickte langsam. Dante holte tief Luft. »Also gut. Da wir im gleichen Boot sitzen, um Ihre Metapher zu verwenden, möchte ich zuerst sicher sein, nicht über Bord zu gehen, sobald ich Ihnen neue Ruder geschnitzt habe.«

»Was wollen Sie hören?«

Dante überlegte. »Eine Zusicherung – einen Schwur – ach

was, wenn es Ihnen nicht paßt, brechen Sie ihn ja doch. Unerhellten und Feinden gegenüber ist alles erlaubt oder?«

Der *supremo* lächelte. »Das stimmt, aber ich bin trotzdem bereit, Ihnen und der Fürstin zuzusichern, daß wir, wenn Sie uns einen Weg zeigen oder verraten können, diesen Weg mit Ihnen bis zum Ende gehen werden. Wir werden Sie nicht vorher ausbooten.«

Barakuda zuckte mit den Achseln. »So gut wie jeder andere Eid. Oder so schlecht. Also schön.« Er erläuterte das Tunnelsystem, soweit es ihm bekannt war. »Es wird aber nicht möglich sein, in die Halle zu kommen; oder wenn, dann nur nach sehr langer und vorsichtiger Schaufelei. Ich nehme aber an, daß es in Abständen weitere Hallen oder Schächte zwischen den Tunnels gibt. Wir sollten im oberen Tunnel nach Nordosten gehen, so schnell wie möglich. Und bei nächster Gelegenheit versuchen, in den mittleren Tunnel zu gelangen. Ich glaube nicht daß die AVs überall angehalten und alle Wagen zerstört haben.«

Großauditor und *supremo* schauten einander an; dann gab der Obere irgendwem weiter entfernt ein Zeichen. »Sehr schön«, sagte er. »Dann wollen wir aufbrechen. Zuvor will ich Ihnen aber noch eine Frage beantworten, die Sie nicht gestellt haben.«

Barakuda blinzelte. »Welche Frage?«

»Sie haben sich doch sicher gewundert, daß ich hier auftauchte, so weit von Namenloser-Allgott entfernt oder? Ich befand mich auf einer Rundreise zu den Klöstern und war gerade in Galadriel, als die Ereignisse begannen.«

»Die Rundreise«, sagte Barakuda heiser, »diente sicher einem bestimmten Zweck, sonst würden Sie es mir nicht erzählen.« Er begann sich vor der Antwort zu fürchten und hatte das undeutliche Gefühl, einen Fehler gemacht zu haben.

Tremughati warf plötzlich den Kopf in den Nacken und lachte, aber es war kein fröhliches Lachen. »Das arme Kind«, sagte sie. »In diesem Wetter!«

Der *supremo* zuckte zusammen. »Woher... ? Ach, es spielt keine Rolle. Ja, es hat etwas mit einem Kind zu tun. Mit diesem Kind.«

Eine Gruppe von *mûnaks* kam näher, Frauen und Männer. Sie trugen eine Art Sänfte. Als sie das Feuer erreicht hatten, setzten sie sie ab. Der *supremo* zog die schweren Vorhänge zurück. Im Inneren lag ein kleines Kind. Es schlief. Barakuda kannte sich nicht aus, schätzte aber, daß das Kind etwa ein halbes Jahr alt war. Das Gesicht war fiebrig rot.

»Einhundertvierzehn«, sagte der *supremo*. »Das ist die Heilige Zahl, die Zahl der manifest gewordenen Tictans. Alle Menschen terranischer Abstammung sind Gefäße von Tictans, aber die Götter haben sich verkapselt, um nicht alle Schande und allen Makel zu spüren. Wir, die Einzig Wahrhaften Verehrer Allen Gottes, wissen, daß wir Tictans in uns tragen und eines Tages mit ihnen eins werden und zur Göttlichkeit gelangen können. Durch unsere Lebensführung, unser Studium und die Tilgung schädlicher Engramme konnten wir die Verkapselung des Göttlichen in uns öffnen. Und bei jeder Potenz oder Summe von Potenzen, deren Faktor einhundertvierzehn ist, schließen die halbentkapselten Tictans sich neu zusammen und gewinnen Kraft. Wenn die Kraft groß genug ist, wird der Rest der Verkapselung brechen, und wir alle, alle *mûnaks* von Banyadir, alle Einzig Wahrhaften Verehrer, werden befreit von den Fesseln und Teil der Großen Göttlichkeit.«

Es war eine Art liturgischen Rezitativs; die umstehenden *mûnaks* bewegten ihre Oberkörper rhythmisch vor und zurück, während der *supremo* in einem seltsamen Singsang redete. Nun deutete er abermals auf das Kind. »Einhundertvierzehn zum Quadrat mal vier zum Quadrat ist zweihundertsiebentausendneunhundertsechsunddreißig. Dieses Kind hat die Zahl erfüllt. Und nun, durch den Zufall, der kein Zufall ist, durch die Pläne der AVs und die Maschinen der alten Shil, und durch Ihre Auskünfte, Barakuda, können wir die Fesseln der Verkapselung, die Würgeklammer hinfälliger Leiblichkeit sprengen und göttlich werden.«

Dante schloß die Augen. Die Zahl 207.936 – er hatte vor Jahren eine Abhandlung über die hirnrissigen Mythen der Mönche gelesen, in der auch diese Zahl genannt wurde. Angeblich hatten sie bereits bei Erreichen der Heiligen Zahl 114? = 12.996 den Weltuntergang erwartet und damals versucht, durch Kindermord, dann durch Aussonderung minder Begabter oder Ächtung nicht vollkommen Angepaßter den Bevölkerungsstand zu halten.

»Wenn durch eine gewaltige Erschütterung sämtliche Kapseln gleichzeitig sterben, ist die Göttlichkeit gewiß. Es ist nun nicht mehr wichtig, das Kind allen Klöstern zu zeigen.«

Tremughati streckte die Hand aus, um das Kind zu berühren; man ließ sie gewähren, wenn auch drei *mûnaks,* mit blanken Dolchen, argwöhnisch jede Bewegung beobachteten. Sie schloß die Augen. Plötzlich seufzte das Kind, lächelte im Schlaf und drehte sich auf die andere Seite.

»Was haben Sie gemacht?« sagte der *supremo* heftig.

Tremughati öffnete die Augen wieder. »Die Kleine hatte Fieber, von der Reise durch den Winter. Ich habe sie geheilt. Sie kann ja nicht dafür.«

»Was geschieht nun mit uns?« Barakuda ahnte die Antwort, noch ehe er die Frage stellte.

»Sie beide werden uns begleiten. Der Zufall, daß dieses Kind und die große Maschine der alten Shil uns gleichzeitig gegeben werden, kann kein Zufall sein. Wir sorgen dafür, daß Shevshan und seine Leute keine Fehler machen. Daß die größtmögliche Sprengkraft erzielt wird.«

Barakuda wiederholte: »Was geschieht mit uns?«

»Sie beide werden dabei sein. Und Sekunden vor der Göttlichen Detonation werden wir Sie töten.«

Aus: Beschreibung von Shilgat, *Fulano van Tal, Atenoa, 388*

(Fortsetzung) »... sowie auch 114 berechnete Möglichkeiten der Allgemeinen Vergöttlichung bzw. Befreiung durch Katastrophen, Massenselbstmord etc.

Ferner wurde sehr früh ein Kartenspiel entwickelt, das zunächst Tictan-Tarock, *später* Tictaró *hieß. Es dient in vielen Varianten auch zur Zerstreuung, vor allem aber für liturgische und sonstwie rituelle Akte – Orakel, Enträtselung der Vergangenheit, Bestimmung variabler Zukünfte, Verteilung wichtiger Aufgaben durch gelenkten Zufall...*

Es gibt 114 Karten mit symbolischen Darstellungen der Götter, ihrer Eigenschaften, der ihnen geheiligten Zahlen und Farben... Im Prinzip erlaubt es unendliche Spielmöglichkeiten, da die Kartenwerte variabel sind und von den vorangehenden bzw. nachfolgenden Karten beeinflußt werden. In einer Variante des Zerstreuungsspiels berechtigt z. B. die gezogene Karte Marilyn *zum Ausscheiden aus dem Spiel zwecks Beilagers mit einer beliebigen Person, die sich zu fügen hat; wurde jedoch als letzte vorangegangene Karte* Kennedy *gezogen, muß der Spieler/die Spielerin, der/die* Marilyn *gezogen hat, durch symbolischen Selbstmord ausscheiden und verliert den Einsatz... Einige Karten, zur Illustration:* Mioritsa*: dunkelhaariges Mädchen mit Lamm, stürzt sich von einem Felsen; naive Zärtlichkeit, Opferbereitschaft; grün-gelb-grün-lila.* -/- Magitatsh: *herbe blonde Frau mit Entenfüßen, zerrt einen räudigen Löwen hinter sich her; Beharrlichkeit; blau-rot-blau-blau.* -/- Mshimba-Mshamba: *transparenter Riese, in der Gabel seines eisernen Atems hängt ein Baum; unaufhaltsame Wucht; weiß-orange-blau-rot.* -/- Kurdaitcha: *Mann mittleren Alters, mit Bauchbeutel und schlagenden Schwingen an den Füßen (die Federn der Schwingen gleichen menschlichen Zungen); Hurtigkeit, allseitiger Einfluß; weiß-azur-schwarz-gelb.* -/- Murx: *bärtiger Greis mit Silberblick, erdrückt humanoide Insekten mit einem monströsen Buch; Überlagerung der unerfreulichen Realität durch gezielte Einbildung, rot-weiß-rot-lila.* -/- Filenofa: *dunkle Frau, umgeben von geifernden Hyänen, stickt den Kopf eines Pferdes auf eine Matratze; stetige, objektbezogene Sinnlichkeit, orange-rosa-azur-orange... «*

XII.

Aus einem Grund, den auch Ilahuan nicht kannte, fuhren die drei Boote langsamer als die Strömung. Von allen aufgestellten Mutmaßungen war Kara Kikuyos – »der Kanal schießt dermaßen, daß Bremsen und Anlegen schwierig wäre« – die plausibelste, konnte aber das technische Rätsel nicht lösen.

Zweimal schliefen sie in den Booten. In der Mitte der nächsten Wachperiode –Tag und Nacht hatten im Dunkel der Unterwelt keine Bedeutung – zeigte der Lichtkegel des Scheinwerfers im ersten Boot eine größere Halle. Sie war markiert: An der Rückwand befand sich eine Scheibe mit einem Kreis und einem Punkt in der Mitte. Ilahuan behauptete, das bedeute Großer Mittelpunkt und müsse folglich die Station unter dem Ba'nzheyadar sein.

Durch ein Milchstein-Schott, das Ilahuan öffnete, gelangten sie in eine große Halle, die Ähnlichkeit mit jener hatte, in der sie von Tremughati und Barakuda getrennt worden waren. Auch hier gab es Reste alter Steinartefakte, undurchschaubare Konstruktionen aus Stein und stabilisierter Energie, vor allem aber viele Trümmer.

»Alles, was nicht aus diesem Wandlerprodukt gemacht ist, hat die Zeit nicht überdauert.« Learoyd kniete zwischen intakten Steinkästen ohne erkennbaren Zweck und wühlte im Staub.

Ilahuan machte sie auf eine Übereinstimmung und einen Unterschied aufmerksam, was die beiden großen Hallen am Kanal betraf. Auch hier gab es hängende Hohlsäulen, die jedes Geräusch verstärkten; sie schienen sich in einer Röhre nahe der Decke fortzusetzen, als eine Art Fernsprech-Leitung. Aber es gab keine weiteren Tunnels; nirgendwo auch nur die Andeutung eines »Bahnanschlusses«.

»Muß eine Nebenhöhle sein«, murmelte Learoyd. »Aber wo ist die Haupthalle?«

Es gab viele Stellen an den Wänden, die wie versperrte oder verschottete Durchgänge wirkten, aber diesmal half auch die Kunst des Heilers nicht. Sie verloren fast einen halben Tag mit vergeblichen Versuchen, Durchgänge zu öffnen.

»Die Fürstin könnte vielleicht helfen«, sagte Ilahuan müde. »Ich kann nichts ausrichten.«

Bondak hockte auf dem Boden und blinzelte im Goldlicht zum Heiler auf. »Aber wenn das hier wirklich die Zentrale ist... «

Ilahuan ließ sich ebenfalls nieder. »Bedenkt, daß alle Zugänge zu diesen Anlagen versperrt und versiegelt wurden, vor sehr langer Zeit. Nur die Zufälle von Erdbeben, Erosion, Höhlenbildung haben diesen einen Zugang wieder geöffnet, durch den wir gekommen sind. Und wir waren lange unterwegs, bis wir zu den geformten Teilen kamen. Wahrscheinlich haben meine Vorfahren alle wichtigen Stellen noch einmal besonders versperrt.«

»Wieso dann nicht die andere Halle?«

Ilahuan hob die Schultern. »Ich kann mir nur denken, daß es mit dem Fluß zu tun hat. Vielleicht ist man davon ausgegangen, daß der einzige denkbare Zugang, außer den versperrten und versiegelten Pforten, über den Kanal führt. Vielleicht könnte jemand, der allzu sehr auf riskante Abenteuer erpicht ist, den Nebenfluß des Banyuli aufwärts wandern, dann unter den Bergen hindurchschwimmen und in dieses Kreislaufsystem gelangen.«

»Dann könnte er aber auch in die Höhle kommen, aus der wir mit den Booten aufgebrochen sind. Und die war nicht versperrt.«

Ilahuan machte ein ratloses Gesicht. »Ja. Ich weiß es nicht. Die andere Höhle ist nicht wichtig, nicht im Mittelpunkt. Und...
«

Toyami, die wie eine Katze an vorspringenden Stellen der Wände hinaufgeklettert, über Simse geturnt und mehrmals fast abgestürzt war, unterbrach ihn durch einen leisen Zuruf. »Hier ist eine Art Windkanal oder so was. Ich sehe nach, wohin er führt.«

Sie verschwand; die anderen warteten und aßen vom restlichen, kargen Proviant.

Nach einer halben Stunde erschien Toyami wieder in der Öffnung. »Es ist eng, aber es geht.« Sie sprach leise, und die Hängesäulen verstärkten ihre Stimme. »Man kommt in eine größere Halle, aus der es, soweit ich das sehen konnte, Ausgänge gibt.«

»Gut, daß der Chef an Schweber gedacht hat«, sagte Learoyd. »Ich würde da nicht raufkommen. – Was die beiden wohl machen?«

Ilahuan schien in sich hineinzulauschen. »Sie leben«, sagte er, wie schon mehrfach während der letzten Tage. »Sie sind nicht besonders fröhlich. Jedenfalls die Fürstin nicht. Mehr kann ich nicht lesen.«

Es war ein zeitraubendes Unternehmen. Ausrüstung und Leute mußten mit den Schwebern aufsteigen und diese, oben angekommen, neu einstellen, so daß sie langsam wieder zum Hallenboden sanken.

Der Gang, den Toyami entdeckt hatte, war wirklich nur eine enge Röhre, in der man nicht aufrecht gehen konnte. Als sie endlich die zweite Halle erreichten, waren alle vollkommen erschöpft. In einem Winkel der großen Halle schlugen sie ihr Nachtlager auf und verbrachten die dritte Schlafperiode seit dem Aufbruch mit den Booten. Bondak und Learoyd schnarchten, aber auch ein paar der Banyashil. Nach mehreren Versuchen, durch Änderung der Lage den Lärm zu beenden, verzogen sich die Schnarcher in einen Nebengang. Die Hängesäulen der Halle, die bereits aus tiefen Atemzügen einen Geräuschvorhang machten, zwangen sie dazu.

Am »Morgen« begann, nach kurzer Erkundung, die schlimmste aller Klettertouren. Es gab drei Gänge, die nicht in Nebenkammern endeten. Einer führte in eine zusammengestürzte Höhle; der zweite zu einem Schott, das Ilahuan nicht öffnen konnte. Der dritte Gang endete am Fuß einer engen, steilen Wendeltreppe.

»Hinter dem Schott liegt wahrscheinlich ein Schacht, durch den man schweben könnte«, knurrte Learoyd, als sie sich für die Treppe hatten entscheiden müssen. Er knurrte noch mehr, darunter erlesene Flüche, bei denen die Banyashil mehrfach nachfragten.

Irgendwann verloren sie jedes Zeitgefühl; es gab nur noch Keuchen und schmerzende Muskeln. Später stellten sie fest, daß sie viereinhalb Kilometer Höhenunterschied überwunden und sich dabei zehn Kilometer in der Horizontalen bewegt hatten. Die Stufen waren schmal, immer im Kreis, immer im Kreis; die Abstände zwischen den einzelnen Windungen so niedrig, daß selbst die relativ schmächtige Toyami nicht aufrecht gehen konnte. Mehr als einmal glitt jemand auf dem Milchstein aus; nach mehreren Versuchen gaben sie jede Hoffnung auf, die Treppe mit Schwebern hinter sich zu bringen; zu eng, zu niedrig, keine Möglichkeit, die Geräte zurückzuschicken. Shulamit, Bondak und Kara bugsierten die mit Ausrüstung und Waffen beladenen Plattformen halb hängend, halb schiebend treppauf; die anderen krochen oft genug, weil es einfacher war, sich mit den Händen aufzustützen, als die Balance zu halten.

Immer wieder endeten die Wendeltreppen, gingen über in lange, krumme, auf- und abwärts führende, enge Korridore, an deren Schluß die nächste Treppe begann. Immer häufiger wurde Rast eingelegt. Während einer dieser von Ilahuan als »Keuchlager« bezeichneten Pausen sagte Bondak: »Das muß ja wohl ein Notausgang sein. Dieses Treppensystem.«

Toyami kicherte. »Eher Lieferanteneingang, würde ich sagen.«

Learoyd setzte hinzu: »Und wer da unbedingt rein will, ist selber schuld, wenn er nirgends ankommt.«

Ilahuan hob die Hand. »Leise.« Er lauschte mit geschlossenen Augen.

Dann hörten die übrigen es auch. Irgendwo weit über ihnen

und weit voraus hatte ein dumpfes Grollen eingesetzt; für Sekunden schien der Boden zu beben. Dann endeten die Erschütterungen, aber das Grollen – eher ein tiefes Summen – blieb.

»Sie haben es gefunden.« Ilahuan sah die anderen der Reihe nach an. »Sie haben es gefunden, und die alten Maschinen sind angesprungen. Uns bleibt nicht mehr viel Zeit.«

Als sie sich damit abzufinden begannen, daß sie nie im restlichen Leben aus schrägen Korridoren und steilen engen Wendeltreppen hinausfinden würden, endete plötzlich der Gang in einer Halle. Auch sie bestand aus dem milchigen »gewandelten« Stein, und auch hier hatte das Material, wie schon seit Stunden das der Treppen und Gänge, zu glimmen begonnen. Es war, als wäre der Berg plötzlich zu einem halbtransparenten Lebewesen geworden, durch dessen Haut man irisierendes Blut fließen sah. Gleichzeitig erwärmten sich die Wände. Noch war es nur dann zu spüren, wenn man die Hand auf das Material legte. Aber früher oder später würde alles sehr heiß werden, einschließlich der Luft.

»Wir sind Ameisen, die durch eine riesige Batterie zum Transformator krabbeln, den sie ausschalten wollen, ohne zu wissen, wie er funktioniert.« Toyami wunderte sich einen Moment selbst über den druckreifen Satz; dann schlug sie die Hände vor die Ohren, als sie als letzte die Halle betrat.

Die Hängesäulen an der Decke verstärkten das tiefe Summen der rätselhaften Maschinen zu einem unerträglichen Bordun-Ton. Er war durchsetzt von Geräuschen, die immer wieder begannen, endeten, fortgeführt wurden.

Ilahuan winkte Bondak zu sich und schrie ihm ins Ohr: »Wir sind jetzt wohl nahe an der Großen Halle. Ich glaube, dieser Zwischenlärm, das sind Stimmen, Gespräche, oder Echos davon, verzerrt, zersplittert und mit viel Hall.«

Von überall mündeten Gänge in die Halle, aber es gab nur einen großen Ausgang, aus dem das Grollen zu kommen schien, soweit das überhaupt noch auszumachen war. Als sie den Korridor betraten, wurde der Geräuschorkan ein wenig erträglicher.

Am Korridor lagen mehrere unverschlossene, leere Kammern. In einer, die keine direkte Verbindung zu den Schallsäulen zu haben schien, machten sie Halt.

»Ab jetzt müssen wir sehr vorsichtig sein«, sagte Bondak. »Die AVs haben bestimmt irgendwo eine Wache aufgestellt. Wir sollten nicht voll in eine Karabinersalve rennen.«

Ilahuan und die Banyashil berieten leise über etwas, das die Cadhrassi nicht verstanden. Learoyd wandte sich an seine Gefährten. »Möchte vielleicht irgendwer umkehren?«

T'unga hob eine Braue. »Bis wir hier rauskommen, fliegt uns der Berg um die Ohren. Wir sind zu tief drin.«

Shulamit as-Sabah hatte sich hingekauert und massierte ihr linkes Knie. »Red keinen Quatsch«, sagte sie zu Learoyd gewandt. »Wer von uns umkehren wollte, wäre gar nicht erst mitgekommen.«

Toyami und eine schlanke Banyashil, beide mit Bogen bewaffnet, machten einen Erkundungsvorstoß. Sie gingen geduckt und dicht an den handwarmen Wänden. Sie passierten ein offenes Schott; danach krümmte sich der Korridor. Hinter der Kurve lag ein weiteres Schott, einen Spalt offen.

Plötzlich krachte vor ihnen ein Schuß. Sie ließen sich fallen, krochen zurück zur Biegung. »Mist«, sagte Toyami.

Die Jägerin nickte. »Kein Durchkommen.«

In der Kammer berichteten die Frauen. »Und dann kommt ein weiteres Schott. Es ist fast ganz zu, aber sie haben irgendwas reingeklemmt und einen Spalt offen gelassen. Den benutzen sie als Schießscharte. Nicht ranzukommen. Dieses verdammte Goldlicht wird ja leuchten, bis weder von ihrer noch von unserer Seite anderes Licht kommt, und die machen ihres bestimmt nicht aus. Also auch keine Möglichkeit, sich im Dunkeln ranzuschleichen.«

»Wie breit ist der Spalt?«

Die Jägerin hob ihre Hand. Es war eine schmale, feine Hand.

Bondak kaute auf der Unterlippe, suchte auf einem der Schweber nach etwas und hielt schließlich eine Gasgranate hoch, eine der länglichen mit eigenem Brennsatz.

»Zu breit, fürchte ich.« Toyami nahm sie auf die Handfläche. »Außerdem kommen wir nicht nah genug ran, um genau zu zielen.«

»Also letzte Möglichkeit, wenn uns nichts anderes einfällt«, murmelte der alte Sergeant. Er blickte sich ratlos um. »Weiß jemand was?«

Learoyd seufzte. »Ja, aber das geht auch nicht.«

»Was meinst du?«

»Die Flüstertüte.«

Ilahuan kannte das Wort nicht, begriff aber und nickte. »Das stimmt. Wenn man in der Halle da hinter uns die Große Maschine und die Stimmen hören kann, muß es eine Verbindung geben. Aber das ist sicher eine enge Röhre, in der gerade genug Platz für kleine Übermittler-Säulen ist.«

»Und es muß unerträglich laut sein«, sagte Bondak. »Nein, Terence, es geht wirklich nicht. Da stirbt man ja am Lärm, bevor man irgendwo ankommt.«

Learoyd hörte nicht hin, sondern blickte den Heiler an. »Kannst du uns nicht die Ohren versiegeln?«

Ilahuan lächelte. »Es gäbe etwas, aber ich habe nicht genug davon. Sonst hätte ich längst etwas gesagt.«

»Wieviel hast du davon?«

Ilahuan zog einen kleinen Beutel aus einer der zahllosen Taschen seiner Lederjacke. Er öffnete ihn und fuhr mit dem Finger hinein. »Für zwei Ohren könnte es reichen.«

Toyami und die schlanke Jägerin betrachteten einander. Toyami seufzte und stand auf. »Ich sehe schon, es bleibt an mir hängen.«

Learoyd und Toyami verschwanden im Gang, mit einem der Schweber. Nach fast einer halben Stunde kamen sie zurück, mit schmerzverzerrten Gesichtern.

»Ich passe gerade rein«, sagte die frühere Agentin erschöpft. »Es ist furchtbar eng, und ich weiß nicht, ob ich zur anderen Seite durchkomme.« Sie setzte sich auf den milchigen Boden. Dabei stützte sie sich mit der Hand ab. »Oha.« Sie hielt die Hand hoch. »Es wird wärmer.«

Der Heiler nickte. »Wir haben es bemerkt. Langsam, aber immer noch zu schnell. Viel Zeit bleibt nicht.«

Toyami trank einen Schluck Wasser. »Viel Wasser bleibt auch nicht«, sagte sie fast spöttisch. »Und viel Gepäck kann ich nicht durch die Röhre schaffen, da oben. Aber ich will es versuchen. Was ist mit deinem Ohrzauber, Ilahuan?«

»Kein Zauber, nur gewisse Kräuter.« Der Heiler ließ sich neben ihr nieder, nahm Kräuter aus dem Beutel, steckte sie in den Mund und begann zu kauen. Dann spie er klebriges Mus in seine Handfläche. Er formte daraus zwei Pfropfen, die er in Toyamis Ohren drückte. Bondak nahm die Notapotheke vom Schweber, holte Klebestreifen heraus und pflasterte Toyamis Ohrmuscheln zu.

»Sag mal was.« Sie wandte sich an Learoyd.

Er grinste. »Ich wüßte was Besseres, als hier durch die Unterwelt zu kraxeln. Hast du heute abend was vor?«

Toyami hob die Brauen. »Ich verstehe keine Wort, aber dein Gesichtsausdruck sagt mir genug. Lüsterner Greis.« Sie stand auf. »Ich will es versuchen.«

Nach eineinhalb Stunden tauchte sie wieder aus dem engen Gang auf. In der Halle hatten sich Shil und Cadhrassi abgewechselt, da keiner es lange aushalten konnte, ohne daß ihm der Kopf zersprang. Shulamit war unten und nahm Toyami in Empfang, als sie mit dem Schweber landete.

»Warm da drin.« Toyami sah sehr erschöpft aus; ihre Lederkleidung war überall abgerieben und an einigen Stellen aufgerissen. »Und eng.«

In der Kammer, die Learoyd als »unser HQ« bezeichnete, berichtete sie, ohne die Pfropfen aus den Ohren zu nehmen. Sie hatte sich zwischen Hängesäulen und Stehsäulen, Steinvorsprüngen und Steinstiften hindurchgezwängt. In der engen Röhre war die Luft schon unangenehm heiß.

»Am anderen Ende wird die Röhre breiter, fast wie ein Schalltrichter. Ich hab sehr aufpassen müssen, um nicht rauszuflutschen. Aber da ist die große Halle. Ich schätze, ein Quadratkilometer Fläche und sicher vier- bis fünfhundert Meter hoch, wie ein Kasten. Darüber befindet sich eine Verjüngung, eine Art Kuppel. Wie hoch sie ist, weiß ich nicht. Oben hängt so was wie eine große Scheibe aus zehntausend Leuchtkristallen – die Hallenbeleuchtung. Unten stehen Maschinen, wenn es Maschinen sind. Sie sind alle aus Milchstein, und die meisten glühen. Es ist da drin wärmer als hier, fast so warm wie in der Röhre.«

Bondak zupfte an seinem Ohrläppchen. »Wie lange haben wir wohl noch?« sagte er halblaut.

Ilahuan legte die flache Hand auf den Boden. Es wurde immer wärmer. »Zehn Stunden.« Er sah Toyami an und hob alle zehn Finger.

»Stunden, wie?« Sie schloß einen Moment die Augen. »Dann muß ich wohl weitermachen. Ich brauche mindestens noch zwei Anläufe, bis ich genug Material auf der anderen Seite hab, um die Leute in der Riesenhalle für ein paar Minuten auszuschalten.«

»Wie viele sind es denn noch?«

Sie hatte Bondaks Frage nicht verstanden, erriet aber den Sinn und lächelte. Es war ein beinahe fröhliches Lächeln. »Ach so, das hab ich vergessen. Ich hab sechs AVs und zwei Shil gesehen. Wahrscheinlich sind zwei da vorn am Schott, mit Karabinern. Schade, daß hier unten keine Hallsäulen sind; dann könnten sie nämlich nicht schießen. Egal. Aber da ist noch was.«

Learoyd runzelte die Stirn und sah sie fragend an. Toyami stand auf und nahm den kleinen Beutel mit Gasgranaten. »Mindestens fünfzig Mönche aus Banyadir«, sagte sie. »Und keine Spur von Dante und Tremughati.«

Zwei Tage kletterten sie durch das Steingewirr des eiskalten oberen Tunnels; dann erreichten sie eine kleine Verbindungshalle. In einem offenen Hangar fanden sich vier der leichten Wagen aus gewandeltem Stein. Sie faßten bequem zehn Leute, unbequem fünfzehn. Der *supremo* wählte schnell die Begleiter aus den fast 300 *mûnaks* aus, die bis hierhin mitgekommen waren. Den übrigen befahl er, zu Fuß weiter vorzudringen und in einem hypothetischen weiteren Hangar nach Wagen zu suchen.

Es folgten zwei Tage Fahrt. Immer wieder rasten die übervollen Wagen mit besorgniserregender Geschwindigkeit Gefällstrecken hinab, um dann steile Steigungen zu nehmen. Einige Male griffen von unten Schleppsysteme ähnlich jenen der Taggabahn in die Vorrichtungen nahe den Achsen und zogen die Wagen »bergauf«.

Als sie das Ende der Strecke erreichten, hatten sie laut Barakudas Kombigerät, das der *supremo* am Handgelenk trug, 367 Kilometer zurückgelegt und dabei 2413 Meter Höhe gewonnen.

Dante hätte sich vielleicht dumpfem Fatalismus ergeben, aber dagegen sprachen zwei gute Gründe. Zum einen dachte er trotz aussichtsloser Lage und Gefangenschaft nicht daran aufzugeben; dies lag teils an der Flottenausbildung, teils an seiner Veranlagung, teils schließlich an der von ihm gebilligten Lehre des »aktiven Fatalismus«*. Zum anderen war Tremughati neben ihm, ganz Fürstin, Heilerin und Jägerin, strahlend, unbeugsam und durch nichts zu beeindrucken.

Kurz vor Ende der Fahrt bebte der Boden; bald darauf begannen die milchigen Wände zu glimmen. Als sie am Schluß der Strecke – die Wagen rollten bergauf in eine Halle, aus der nur ein Fahrstrang in Gegenrichtung führte – ausstiegen, hörten sie das dumpfe Grollen nahe voraus.

»Sie haben begonnen«, sagte Tremughati. »Das macht mir die Entscheidung leicht.«

»Welche Entscheidung?« Der Großauditor stand neben ihr, aufmerksam und skeptisch.

»Ob ich Wege öffne oder nicht.«

»Vielleicht brauchen wir Ihre Hilfe gar nicht.«

Tremughati hob die Schultern und schwieg. Die *mûnaks* suchten nach Ausgängen aus der Halle, fanden aber nur verschlossene Schotts, die weder auf Berührung noch auf Gewalt reagierten. Schließlich warf der *supremo* Tremughati einen Blick zu.

»Vielleicht sollten Sie ›bitte bitte‹ sagen«, schlug Dante vor.

Tremughati ging schweigend zu einem Schott. »Es sind wispernde Steine in diesem Tor«, sagte sie über die Schulter. »In den anderen auch. Dahinter gibt es Gänge und Treppen. Und hier einen Korridor, der zu einer Hebeanlage führt.« Sie lehnte die Stirn nacheinander an drei nicht besonders markierte Stellen des Schotts. Langsam fuhr es nach beiden Seiten auf. Zuvor hatte man nicht einmal die Andeutung eines Spalts oder einer Fuge in der Mitte gesehen.

---

* Sinn dieser noastoischen Doktrin ist es, bei widrigen Zufällen (»Schicksalsschläge« ist ein von Dorji Dyogen Bahadur und seinen Nachfolgern verworfenes Wort, da es Einen oder Etwas voraussetzt der/das etwas »schickt«) lähmende Verzweiflung – *dilemaporía,* Bahadur – und Panik zu vermeiden, um aus fatalistischer Resignation die Kraft zu gewinnen, das »lethale Paradoxon« durchzuführen: sich nicht vom Unabwendbaren lähmen zu lassen, sondern es als unabwendbar hinzunehmen, um es im letzten Augenblick vielleicht doch noch abzuwenden. »Wenn aus dem Himmel ein Fels stürzt, der zu groß ist, als daß du rennend die Aufschlagstelle verlassen könntest, wühl eine Mulde in den Boden. Ist der Boden zu hart, dreh dich auf den Rücken und preise die Treffsicherheit des Zufalls und die Maserung des stürzenden Gesteins. Genau die Maserung über dir könnte eine konkave Wölbung sein.«

Ein Korridor lag dahinter; er führte zu einer kleineren Halle, an deren Ende eine Kammer ohne Tür war. Tremughati ging voraus und trat in das milchige Gelaß.

»Woher sollen wir wissen, daß Sie uns nicht in eine Falle locken?« Der Großauditor starrte sie unter zusammengezogenen Brauen an.

Sie antwortete nicht. Langsam, zögernd, traten die *mûnaks* zu ihr und Barakuda. Mit Mühe drängten sich alle in die Kammer. Wieder berührte die Fürstin unkenntliche Punkte.

Mit leichtem Knirschen, das lauter war als das dumpfe Grollen des Berges, begann die gesamte Kammer zu steigen, wie ein Aufzugkorb oder das Abteil eines Paternoster. Als sie schließlich hielt, war fast eine Stunde vergangen, und das Kombigerät zeigte 4756 Meter Höhe über NN an.

»Wir sind auf halber Höhe der Großen Halle«, sagte die Fürstin ruhig. »Ich nehme an, es ist Ihnen recht. Von hier haben wir einen Überblick über die Dinge.«

»Woher wissen Sie das alles?«

»Die wispernden Steine.«

Wieder ging sie voraus, öffnete ein Schott, dann noch eines, schließlich ein drittes am Ende eines langen Korridors.

Barakuda berührte eine der gespenstisch leuchtenden, milchigen Wände. Sie war zu warm. Er sagte nichts; Tremughati nickte, ohne ihn anzusehen.

Als das dritte Schott sich halbierte und in den Wänden verschwand, füllte sich der Gang mit dem Dröhnen großer Maschinen. Es blieb knapp unterhalb der Schmerzschwelle.

Sie traten auf eine Galerie. Vor ihnen, unter ihnen, über ihnen war die Große Halle. Alles in ihr, die Wände und Galerien und Treppen ebenso wie die riesigen kubischen Aggregate auf dem Hallenboden bestand aus milchigem Stein, jener Verbindung aus gewandelter Felsmaterie und stabilisierter Energie. In unterschiedlichen Höhen zogen sich Borde oder Simse mit Hängesäulen um die Halle. Flüchtig überlegte Barakuda, daß sie im tiefen Bereich der hörbaren Wellen eine Aufnahme- oder Wiedergabe-Lücke haben mußten. Sie schienen nur einen Teil, die »Ränder«, der Maschinengeräusche zu verstärken und weiterzuleiten; anderenfalls hätte niemals jemand in dieser Halle arbeiten können.

Die Halle war riesig. Und warm. Über einer Grundfläche von vielleicht einem Quadratkilometer ragten die Wände fast 500 Meter senkrecht auf, unterbrochen von Simsen und Galerien. Darüber wölbte sich eine Kuppel, unter der eine gewaltige Scheibe hing, die alles golden erleuchtete. Sie war durch fast waagerecht gespannte Ketten stabilisiert und schien aus unzähligen Leuchtkristallen zusammengesetzt zu sein.

Aber das goldene Leuchten hatte begonnen, sich zu verändern. Es war heller geworden, durchsetzt von dem diffusen Glimmen der milchigen Wände.

Während der *supremo* und der Auditor sich berieten und dabei immer wieder auf die kleinen Gestalten deuteten, die fast 200 Meter unter ihnen um die großen Maschinenblöcke standen und gingen, beschäftigte Barakuda sich mit mehreren Dingen gleichzeitig. Er zählte die Gestalten; es waren acht. Zehn Leute der Gruppe Shevshans mußten eigentlich noch leben, also hielten vermutlich zwei irgendwo Eingänge besetzt oder bewacht. Er fragte sich, ob die Shil und seine Leute irgendwo in der Nähe waren, irgendwo in der Nähe sein konnten, oder ob sie noch durch unterirdische Labyrinthe irrten. Um vielleicht niemals anzukommen und von der großen Katastrophe getötet zu werden, ohne je einen Blick in die Halle getan zu haben.

Die Katastrophe mußte kommen; sie schien unausweichlich. In der Halle – er berührte noch einmal die nächste Wand – war es weit wärmer als in den Gängen, durch die sie gekommen waren. Welche Energie die uralten Steinmaschinen auch immer der Sonne abzapften – ein Teil des Ba'nzheyadar schien als Batterie zu dienen; der Milchstein speicherte das, was die Maschinen aus der Sonne holten und umwandelten, und zwar speicherte er es im Zentrum der Anlage schneller als am Rand. Die fatale Explosion, die vielleicht den Planeten zerfetzen, auf jeden Fall aber Banyadir auslöschen mußte, würde durch eine Art Überdruck ausgelöst, sobald die Speicherkapazität nicht mehr ausreichte. Möglicherweise waren bis dahin alle in der Halle verbrannt. Der Milchstein konnte sicherlich mehr Hitze speichern und ertragen als die Menschen.

Die Steinblöcke am Hallenboden waren von pulsierendem Licht erfüllt. Dante zählte; bei etwa hundert gab er das Zählen auf. Die Kuben unterschiedlicher Größe bedeckten nahezu den gesamten Boden; sie waren durch grell strahlende Steinröhren miteinander verbunden. Neben dem offensichtlichen Hauptaggregat – einem gigantischen Quader von mindestens 100 mal 100 mal 100 Metern – befand sich an der Wand ein transparenter Halbkreis, in dem ein schwarzer Zeiger vibrierte. Wenn es eine Ladeskala war, und Dante zweifelte nicht daran, dann hatten die Maschinen den Berg etwa zur Hälfte »aufgeladen«.

Die Verhandlungen, die sich anbahnten, interessierten ihn nur am Rande. Einer der *mûnaks* hielt ein weißes Tuch und stieg die Treppe zur nächsten Galerie hinunter. Ein Teil von Barakudas Gehirn stellte Kalkulationen an und bedachte Dinge, die in dieser Lage völlig sinnlos waren, wie die Tatsache, daß die alten Shil die Anlage auch drucksicher gemacht hatten; sonst wäre in über viereinhalbtausend Metern Höhe das Atmen problematisch geworden. Ein anderer Teil registrierte die Vorgänge ringsum und beobachtete Tremughati, die scheinbar desinteressiert am Geländer lehnte.

Die AVs unten mußten schweigend an den Maschinen gestanden haben; einer von ihnen rief plötzlich den Hängesäulen etwas zu, und auf der 200 Meter höherliegenden Galerie war alles gut zu vernehmen.

»Wer seid ihr? Was wollt ihr?«

Der supremo trat an das Geländer, und Tremughati verließ es. Sie kam zu Dante.

»Uns bleibt vielleicht noch ein Tag.«

Barakuda nickte. »So ungefähr habe ich auch kalkuliert. Sie werden sich einigen, kein Zweifel.« Er wies mit dem Kinn auf den *supremo,* der sich mit einem AV unten in der Halle unterhielt. Wahrscheinlich war der andere Shevshan, aber das war weder optisch noch akustisch zu erkennen. »Was machen sie mit uns?«

Die Fürstin sah ihn an. »Keine Furcht?«

Dante hob die Schultern. »Natürlich Furcht, aber sie führt zu nichts.«

Tremughati nickte. »Was sie mit uns machen werden, weiß ich nicht. Ich denke, sie werden uns mit nach unten nehmen und in Nähe der Großen Maschine binden, damit wir nichts tun können. Dann werden sie, bevor es zu Ende, geht das Messer nehmen.«

Barakuda grinste plötzlich. Er legte die Arme um Tremughati und drückte sie an sich. Die umstellenden *mûnaks* griffen nicht ein. »Wir sollten«, hauchte er neben Tremughatis Ohr, »dafür sorgen, daß wir nicht nach unten kommen. Lieber nach oben.«

Sie rieb ihre Wange leicht an seiner, ungeachtet der Bartstoppeln der letzten Tage. »Du denkst an Ilahuan und Bondak?«

»Unter anderem. Wenn sie noch kommen und etwas unternehmen, wäre es besser für alle, wenn wir nicht gleich neben den *mûnaks* und AVs stehen.«

Tremughati löste sich aus seiner Umarmung, drehte sich um und betrachtete den Hinterkopf des *supremo*. Dann schloß sie die Augen.

»Nach unten?« sagte der Oberste des Klosters Namenloser-Allgott eben. Er schien zu zögern. »Ich hätte einen anderen Vorschlag.«

Von unten klang die Stimme des AV. »Sprich. Ich wollte gern mein Messer in Barakudas Bauch umdrehen, du auch, also können wir es beide ebenso gut lassen. Was hast du vor?«

Der *supremo* wies nach oben. »Wir bringen sie unter die Kuppel und lassen sie dort mit Seilen auf die leuchtende Scheibe ab.«

Einen Moment war es still; dann lachte Shevshan. »Ein guter Vorschlag. Ich bin oben gewesen; die Scheibe ist mit Steinketten befestigt. Sie haben messerscharfe Kanten, daran kann keiner klettern. Man braucht also nicht einmal eine Wache oben zu lassen. Und sterben werden sie dort vor uns.«

Der *supremo* beugte sich vor. »Wieso?«

Wieder klang Gelächter herauf. »Wie warm ist es bei euch?«

»Es ist warm, aber es ist auszuhalten.«

»Hitze steigt nach oben, mein Freund und Bruder im Untergang. Die Säulen werden dafür sorgen, daß wir sie schreien und ersticken hören, wenn wir es hier noch aushalten.«

Simse, Treppen und Galerien führten bis zum höchsten Punkt der Kuppel. Man ließ Tremughati und Barakuda mit Seilen auf die Leuchtscheibe hinab. Der Großauditor hatte sie begleitet; ausnahmsweise schien er einverstanden mit dem Beschluß des *supremo*.

»Ein gutes Ende.« Er brauchte nicht laut zu sprechen, obwohl er fast fünfzig Meter über ihnen stand. »Wenn es Ihnen zu heiß wird, können Sie sich in die Tiefe stürzen. Oder die Kehlen an den Kanten der Steinstricke aufreiben. Aber eines können Sie nicht: entkommen.«

Die Scheibe hatte einen Durchmesser von etwa dreißig Metern. Sie bestand aus zahllosen Leuchtkristallen, die durch einen Milchstein-Rahmen zusammengehalten wurden. Die Kristalle lagen dicht gepackt, waren aber nur auf der Unterseite durch Mörtel oder Schmelzglas verbunden. Die Oberfläche, auf der Dante und Tremughati standen, war uneben, und die Kristalle bewegten sich unter ihren Füßen ein wenig.

Die drei Ketten, an denen die Scheibe hing, bestanden aus großen Milchsteingliedern. Und wie Shevshan gesagt hatte, waren die Kanten messerscharf. Barakuda schüttelte langsam den Kopf und trat vom Scheibenrand zurück.

»Sich daran entlangzuhangeln ist unmöglich. Genauso gut könnte man Klimmzüge an der Schneide eines Schwerts machen.«

Tremughati kauerte im Mittelpunkt der Scheibe. Schweiß lief ihr über das Gesicht, und Barakuda bemerkte, wie stickig und heiß es bereits war. Während er sich ihr näherte, zog er die schwere Lederjacke aus.

»Ilahuan ist nicht mehr weit«, sagte Tremughati. »Aber noch ist er nicht da.« Sie blickte zu Dante auf, lächelte und zog ebenfalls die Jacke aus. »Übrigens sollten wir bei wichtigen Dingen flüstern.«

Barakuda setzte sich zu ihr. Dann stand er wieder auf und breitete seine wattierte Jacke aus P'aodhu-Leder aus. Die Kristalle waren unangenehm hart und kantig.

Eine ganze Weile saßen sie nebeneinander, schweigend. Tief unter ihnen grollten die glühenden Maschinen. Weiße Schlieren wanderten durch die Wände. Manchmal, wenn unten jemand lauter redete, drangen Wortfetzen oder Satzstücke zu ihnen empor, aber mit zu viel Hall.

Dante schätzte die Temperatur auf 45°. Dann dachte er an Saunen und daran, daß man zumindest kurze Zeit sehr viel höhere Temperaturen ertragen konnte. Er dachte an die Leute bei Ilahuan und Bondak; dann befaßte er sich mit einem vagen Plan, der noch überlegt und berechnet sein wollte, ehe er beredet werden konnte. Tremughati veränderte ihre Lage, setzte sich auf, rutschte hinter ihn. Sie saßen Rücken an Rücken. Dante empfand ihre Nähe als beruhigend und gleichzeitig beunruhigend. Seufzend zog er die Stiefel aus.

»Für das, was du tun willst«, sagte Tremughati, »brauchst du mehr Kraft, als ich dir mit den Händen einflößen kann.« Sie berührte ihn an der Schulter, und es war, als flösse dunkles Feuer.

»Gibt es eine andere Möglichkeit?«

»Es gibt... tiefere Berührungen.« Ihre Stimme war warm und rauh.

Die Zeit schien zu wabern, wie die Wände. Irgendwann kroch Dante zum Rand der Scheibe und warf einen Blick auf den »Ladeanzeiger«. Die Nadel zeigte ungefähr drei Fünftel. Schweiß rann ihm in die Augen. Er knöpfte das schwere Lederhemd auf. Vorsichtig, um nicht die bloßen Füße an den Kristallen zu zerschneiden, ging er zum Mittelpunkt zurück.

Tremughati war dabei, sich ganz auszuziehen und ein Lager aus den Kleidungsstücken zu machen. Dante kniete neben ihr nieder und zog das halbnasse Unterhemd aus P'aodhu-Wolle über den Kopf. Tremughati lag auf der Seite und sah ihn an. Das lichte schwarze Feuer ihrer Augen war fordernd.

Barakuda dachte an Gortahork. »Oh, Fürstin«, sagte er leise auf Banyashilgu.

»Er würde lachen und sagen, unter guten Freunden sei dies die beste Art, die Stunden vor dem Sterben zu verbringen.«

»Kannst du mich – lesen?«

»Nein. Nur die allgemeine Art deiner Gefühle – ob du froh oder traurig bist. Oder lebst, oder nah bist. Aber das eben stand auf deinem Gesicht geschrieben.« Dies sagte sie auf Galaktein.

»Ich habe euch immer geliebt. Beide«, sagte Dante, ebenfalls in der Sprache des Commonwealth.

»Es war uns ein Stern in der Steppennacht«, murmelte Tremughati lächelnd auf Banyashilgu.

Sein Herz klopfte; Schweiß rann ihm zwischen den Schulterblättern herab. Er fühlte sich wie ein Schuljunge vor dem ersten Rendezvous.

»Es ist heiß hier«, sagte er hilflos auf Banyashilgu.

Tremughati lächelte immer noch und streckte die Arme aus. »Red nicht so viel«, sagte sie auf Galaktein.

Dünn und fern hallten zwei Schüsse. Sie mußten in einem Gang oder Nebenraum gefallen sein, da die Hängesäulen kaum mehr als ein müdes Huschen daraus machten.

Tremughati kam vom Rand der Scheibe zurück. »Es ist der Gang rechts vom großen Anzeiger.«

Dante blickte von den Trümmern seines Lederhemds auf. »Wie wollen sie denn reinkommen? Wenn die AVs sich nicht besonders dämlich anstellen, können zwei oder drei Leute einen dieser Korridore gegen eine Armee verteidigen.«

Tremughati kniete sich auf ihre Jacke. »Man wird sie ablenken müssen. – Was tust du da?«

»Ich hatte eine Idee. Du offenbar auch, was ablenken angeht, wie?«

Die Fürstin lächelte; ihre Zähne blitzten. »In angenehmer Gesellschaft ist das Leben ersprießlicher als der Tod.« Sie kicherte. »Was soll das werden?«

»Mein Gürtel ist mit Metallfäden verstärkt. Ich glaube, deiner auch, nicht wahr? Und die Schnallen – meine ist eine Metallplatte. Sie wird nicht so leicht zu durchschneiden sein.«

Tremughati nickte. »Du willst Schlaufen für Arme und Beine machen und wie ein Klettertier zur Galerie?«

»Ja. Sie haben die Seile liegen lassen. Ich versuche es; wenn es gelingt, ziehe ich dich hoch.«

»Und wenn nicht?«

Barakuda runzelte die Stirn. »Was soll passieren?«

»Hast du genug Kraft von mir bekommen?«

Dante legte den Kopf schief. »Ich fühle mich wie neu geboren. Aber es ist heiß.«

»Nicht viel heißer als vor ein paar Stunden. Der große Anzeiger ist gefallen.«

»Was!?«

Sie winkte ab. »Es wird nicht viel bedeuten. Ich glaube, daß nun auch ein paar weiter entfernte Regionen des Bergs aufgeladen werden. Vielleicht gab es da einen kleinen Widerstand – es ist ja alles uralt.«

»Wie steht der Anzeiger jetzt?«

»Wieder knapp unter halb.«

Barakuda atmete tief. »Das gibt uns mehr Zeit. Gut. Aber du hast von Ablenken gesprochen. Was meinst du damit?«

Tremughati schloß die Augen; sie schien zu lauschen. »Ich kann Ilahuan spüren, aber nicht gut lesen. Sie haben etwas vor. Etwas, das schwierig ist und noch einige Zeit dauern wird. Ich werde wissen, wann es beginnt, und dann... « Sie öffnete die Augen, lächelte, bückte sich und lockerte einen der Leuchtkristalle.

Dante sah sie verständnislos an.

»Du hast gesehen, wie die Kristalle gemacht werden, nicht wahr?«

Dante nickte; überdeutlich erinnerte er sich an die Szenen unter Tag'gashir'dir. Von Luren aufgelöste Felsmaterie war zu Kristallen geformt worden; die goldene Rosette im Zentrum der Gebilde war kein Gold, sondern eine ihm unverständliche Energieform.

»Es ist viel Energie in diesen Kristallen. Was, wenn die Wand des Kristalls birst? Wird Energie frei? Gibt es einen Blitz? Ich weiß es nicht, aber man sollte es versuchen.«

Barakuda grinste plötzlich. »Was immer geschieht – wenn du eines dieser Dinger aus fünfhundert Meter Höhe fallen läßt, gibt es bestimmt einen bösen Knall. Und damit kann man unsere Gegner auch ablenken.«

Als Toyami zum letzten Mal erschien, um ihren Munitionsbeutel zu füllen, reichte Learoyd ihr einen Zettel. Toyamis Augen waren blutrot unterlaufen; Terence zeigte seine Besorgnis nicht, sondern klopfte ihr nur sanft auf die Schulter. Einen Moment lang legte sie ihre Wange an seine.

Auf dem Zettel stand: *Uhren vergleichen. Zeitpunkt genau absprechen und einhalten. Wir starten Ablenkungsmanöver. Funkgerät mitnehmen. Vielleicht ist Decke über Halle durchlässig. Kann Sarela/Maqari Gleiter schicken? Irgendwie müssen wir sehen, daß wir oben rauskommen. Ilahuan sagt, Tremughati und Dante sind oben in der Halle. Tremughati kann Schotts öffnen.*

Toyami nickte. Heiser sagte sie: »Ich will es versuchen. Aber es ist furchtbar laut da drin, und zum Funken muß ich ein Ohr freimachen.«

Learoyd schaute sie traurig an und hob die Schultern.

Nachdem sie eine Zeit vereinbart hatten, stieg Toyami wieder auf den Schweber und ließ sich zur Rohröffnung tragen. Sie schickte den Schweber zurück, winkte und verschwand.

»Es wird bald losgehen. Und der Zeiger steht wieder über halb.«

Tremughati kehrte vom Rand der Scheibe zurück, wo sie einen Haufen Leuchtkristalle aufgetürmt hatte. Dante überprüfte noch einmal die Bänder und Schlaufen. Er hatte beide Gürtel und sein Hemd verarbeitet. Mühsam; stundenlang hatten er und Tremughati abwechselnd mit den Dornen der Schnallen und scharfen Kristallkanten das dicke Leder bearbeitet.

Er stand auf. »Ich gehe. Wünsch mir Glück, Fürstin.«

Er küßte sie.

Tremughati begleitete ihn bis dorthin, wo die ausgesuchte Steinkette an der Scheibe befestigt war. »Was sollte ich dir sonst wünschen? Wir haben noch einiges vor. Wenn das hier vorbei ist.« Leicht berührte sie seine Schulter.

»Du hast also keinen Zweifel, daß wir es überstehen?«

Sie schüttelte den Kopf und lächelte. »Ich habe nie keine Zweifel gehabt. Aber ist es gut, sich der Angst zu überlassen und den Tod würdelos zu erwarten?«

Dante verspürte ein Würgen in der Kehle. Er wandte sich ab.

Sekunden später hing er nackt in Hitze und Höhe unter der Kette aus scharfkantigen Milchstein-Gliedern. Er troff von Schweiß. Die Lederschlaufen schnitten in seine Hand- und Fußgelenke, aber sie hielten. Er zog die Knie an; die Schnalle des Gürtels, an dem seine Füße hingen, knirschte über den Stein und drückte sich ans Oberende des Kettenglieds. Langsam streckte er sich; es kostete ungeheuer viel Kraft, aber dann verhakte sich auch die Schnalle des anderen Gürtels. Weiter. Zusammenziehen, strecken, immer wieder, wie eine Raupe oder eine schlecht geläuterte Stahlfeder. Tremughati sagte etwas, aber er verstand es nicht. Seine Ohren rauschten, Blut pochte in seinem Kopf, und er zerbiß sich die Lippen.

Tremughati schaute hinterher, bis er nach unendlich langer Zeit etwa zwei Drittel der Kette hinter sich gelassen hatte. Dann ging sie zu den aufgehäuften Leuchtkristallen. Es wurde Zeit; sie spürte Ilahuans Erregung und auch die der jungen Frau, die Toyami hieß.

Tremughati nahm einen der Kristalle, wog ihn in der Hand, beugte sich vor, versuchte, die Entfernung zu kalkulieren. Dann schleuderte sie ihn. Er fiel, immer schneller, aber sie sah bald, daß er nicht weit genug fallen würde. Es war völlig unmöglich, von der verjüngten Kuppel der Halle aus so zu werfen, daß der Kristall unten am Rand der gewaltigen Fläche niederging.

Er erfüllte seinen Zweck aber auch so. Sie sah, wie er auf einer der Steinmaschinen aufschlug; fast gleichzeitig erfolgte eine blitzende, blendende Detonation; Sekundenbruchteile später füllten die Hängesäulen die Halle mit einer Serie betäubender, dröhnender Echos. Als die Fürstin wieder klar sehen konnte, rannten tief unter ihr kleine dunkle Punkte durcheinander.

»In zwei Minuten sollte es losgehen. Was war das für ein Knall?« Bondak blickte auf die Uhr und schüttelte verwirrt den Kopf.

Ilahuan öffnete die Augen. »Die Fürstin. Ich weiß nicht, was sie tut, aber sie wirft wahrscheinlich aus großer Höhe Gegenstände herab, um die Feinde abzulenken.«

»Das ist gut. Dann wollen wir beim Ablenken mitspielen.« Learoyd fletschte die Zähne und ergriff die schwere Pistole. Shulamit as-Sabah legte sich ebenfalls vor der Biegung des Gangs auf den Boden, ein weiteres der schweren Geräte zum Abfeuern von Leuchtmunition in der Hand. Sie hatten lange gebastelt, um die Blendgranaten, die zum Werfen bestimmt waren, halbwegs auf die Läufe setzen zu können. Alles unvorschriftsmäßig und riskant, aber es kam nicht auf Feinheiten an.

Sie robbten nach vorn, eng an die nun fast heißen Wände gedrückt. Hinter ihnen sagte Bondak halblaut: »Fünfzig Sekunden. Neunundvierzig. Achtundvierzig... «

»Schnauze, *sirján*.« Learoyd stieß einen Fluch aus; dann waren er und Shulamit in Position.

Vom Schott kam nichts; offenbar waren die Posten durch die unablässig knallenden Wurfobjekte der Fürstin, was immer diese sein mochten, abgelenkt oder irritiert.

Learoyd und as-Sabah feuerten; gleichzeitig schlossen sie die Augen, preßten das Gesicht auf den Boden und setzten blind die nächsten Granaten auf die Läufe. Dann feuerten sie erneut.

Sekundenlang füllte sich der Gang mit sonnenhellem Gleißen. Selbst durch den schmalen, schießschartenähnlichen Spalt im Schott mußten die Blendgranaten verheerend sein – vor allem wenn man annahm, daß die Posten ihre Augen gerade an den Spalt gedrückt hatten.

Nach der zweiten Detonation zählte Terence halblaut bis

fünf; dann sprang er auf, blinzelte in die nachlassende Helligkeit, rannte geduckt an der Wand entlang auf das Schott zu. Neben sich, an der anderen Wand, nahm er als undeutlich huschenden Schatten Shulamit wahr. Aus dem Schottspalt krachten Schüsse. Die geblendeten Posten zogen nach einigen Schrecksekunden einfach durch. Kugeln jaulten durch den Gang, schrillten an der Decke entlang. Drei Meter vom Schott entfernt warf Learoyd sich zu Boden, rollte seitlich nach vorn, hörte halb hinter sich einen erstickten Schrei, erreichte das Schott, nahm die Handgranate aus der Linken in die Rechte, streckte den Arm aus und rollte den kleinen Sprengkörper durch den Spalt. Fast gleichzeitig zog die Linke die nächste Granate aus der Brusttasche, die Rechte übernahm, drückte wieder den Knopf, ließ das tödliche Ding durchs Schott schlittern. Es war, als wären seine Arme und Hände selbständig operierende, fremde Teile.

Zwei Detonationen. Fragmente wirbelten durch den Spalt, aber das Schott hielt. Die dritte Detonation, die Learoyd erwartet hatte und die sein Tod gewesen wäre, ereignete sich nicht.

Jenseits des Schotts, aus der Großen Halle, waren Schreie und von den Hallsäulen monströs aufgeblähte Detonationen zu hören; ein greller Blitz zuckte durch den Spalt und blendete Learoyd und die anderen, die durch den Gang rannten. Während Ilahuan die Kontaktpunkte des Schotts berührte, ging Terence langsam dorthin, wo Kara Kikuyo bereits kniete.

Shulamit as-Sabah hatte den Knopf ihrer ersten Granate nicht gedrückt. Sie war aus der linken Hand gerollt und lag auf dem heißen Milchsteinboden.

Toyami nahm an, daß die Fürstin und Dante auf der riesigen Leuchtscheibe oben in der Kuppel waren, wenn sie sich auch nicht denken konnte, auf welchem Weg man dorthin gelangte. Die stürzenden Gegenstände, die grell explodierten und die Halle mit furchtbaren Echowogen füllten, mußten Leuchtkristalle sein. Trotz der Kräuterpfropfen des Heilers brachten die Lautwellen ihren Kopf beinahe zum Bersten. Sie wunderte sich, irgendwo im Untergrund ihres Bewußtseins, daß sie noch lebte oder nicht mindestens ohnmächtig geworden war. Mit bebenden Fingern richtete sie die mit Treibsätzen versehenen Blend- und Gasgranaten aus.

Dann sagte sie sich, daß dies sinnlos war. Wenn sie den Sammelzünder drückte, würde das Rückfeuer in die Röhre schlagen und sie versengen. Es war schwer, ruhig nachzudenken; ihre Augen tränten, und jedes einzelne Haar schien rotierende Flammenwurzeln in ihren Kopf zu schieben.

Noch eine Minute. Sie riß die Blicke von der Uhr los. Keuchend öffnete sie den Lederbeutel, legte die Granaten mit Treibsatz hinein, bis sie ein Bündel bildeten, das von der Beutelöffnung zusammengehalten wurde. Zu viele blieben übrig, die nicht hineinpaßten. Noch vierzig Sekunden. Sie ließ den Beutel vorsichtig in den Schalltrichter gleiten; das rauhe Leder haftete auf dem Milchstein. Sie kalkulierte, schob mit ausgestrecktem Arm den Beutel weiter zur unteren Trichteröffnung. Die Richtung stimmte ungefähr, und mit ein wenig Glück würden die Flammen der Treibsätze, nachdem sie den Beutel verbrannt hatten, unter der Kante auftreffen, wo der Trichter in die Röhre überging. Zehn Sekunden. Sie hörte Detonationen weit unter sich, in dem Gang, den die AVs bewacht hielten. Mit einer fegenden Armbewegung schob sie alle übrigen Treibsatz-Granaten in den Trichter; sie stürzten auf den Hallenboden. Wohin sie nach der Zündung flogen, entzog sich nun jeder Kontrolle. Toyami hoffte, daß sie alle auf der Längsseite lagen und über den Boden sausen würden.

Sie kroch rückwärts, preßte sich hinter die nächste Schallsäule, schloß die Augen und drückte den Zündknopf.

Als das Schott sich unter Ilahuans Fingern langsam öffnete, schoben zwei auf dem Boden liegende Shil den Block zurück, der in der Mitte des Ganges lag und den Spalt offengehalten hatte. Hinter ihnen knieten die anderen und ließen die Sehnen los. Ein Schwarm ungezielter Pfeile zischte durch den Korridor – für alle Fälle.

»Schnell, schnell!« schrie Bondak; er starrte wie hypnotisiert auf seine Uhr. Ilahuan drückte auf die Kontaktstellen; das Schott schloß sich.

Keine Sekunde zu früh. Noch ehe die beiden Hälften des Schotts sich trafen, krachten in der nicht mehr weit entfernten Halle die dumpfen Detonationen der Gasgranaten.

Bondak lehnte sich an die Wand, sagte »Au!« und zog sich

wieder in den Gang zurück. »Heiß. – Drei Minuten sollten wir warten. Vorher können wir nicht rein; das Gas muß erst verfliegen.«

»Hoffentlich reicht es«, knurrte Learoyd. Er dachte an Toyami. »Um die da drin zu betäuben, meine ich. Die Halle ist verdammt hoch.«

Barakuda hing völlig ausgepumpt am oberen Ende der Steinkette. Er sah nur noch Flimmern und Sterne und zitterte am ganzen Körper. Die Schallwellen, die Tremughati mit ihren Kristallabwürfen auslöste, trafen ihn wie Faustschläge.

Die Kette war in der Wand der Kuppel verankert. Zwei Meter unter Barakuda lag eine der höchsten Galerien, für ihn weiter entfernt als das andere Ende der Milchstraße. Er würde die Füße aus den Schlaufen lösen müssen, an den Handgelenken baumeln, Schwung holen, sich im richtigen Moment fallen lassen und hoffen, daß er die Brüstung zu fassen bekam. Nur – mit welcher Energie? Er hatte keine mehr. Er war nicht einmal fähig, den baumelnden Kopf zu heben.

Jeder Atemzug schmerzte, aber er zwang sich, tief und ruhig zu atmen. Die heiße, stickige Luft zu atmen. Von weit, weit unten kamen gedämpfte Echos von Schüssen; ein greller Blitz tobte in die Kuppel hinauf und schlug durch Dantes geschlossene Lider.

Etwas berührte ihn innerlich, wie die Hand eines Heilers. Eine schwache, ferne Berührung, aber die Panik wich, und er begann sich zu entspannen. Er dachte an die Meinungsänderung des *supremo*. Ein Moment unter Tag'gashir'dir kam ihm ins Gedächtnis zurück; ein Moment, in dem Tremughati und Saravyi ihn hatten spüren lassen, über welche Möglichkeiten der Suggestion die höchsten aller Heiler und Häupter verfügten. Und er begriff, daß Tremughati ihm ihre letzte Kraft schickte.

Fast schluchzend vor Anstrengung und Konzentration zog er die Füße aus den Schlaufen. Einen halben Meter von der leuchtenden Milchsteinwand entfernt hing er an den Handgelenken, mit dem Rücken zur rettenden Galerie. Er schaukelte vor und zurück. Als seine bloßen Füße die Wand berührten, schrie er auf. Sie war glühend heiß. Er stieß sich ab, schnellte hoch, drehte sich einmal um sich selbst. Nun sah er die glühenden Lichterscheinungen im Stein, sah unter seinen Füßen, einen halben Meter entfernt die Kante der Brüstung. Durch die Drehung waren die Schlaufen gekreuzt und fesselten seine Hände. Wieder begann er zu schaukeln, holte Schwung, stieß sich noch einmal von der heißen Wand ab, fühlte, wie sich der Druck auf seine Gelenke verringerte, hing nur noch mit den Fingern an den Lederriemen, schwang zurück, ließ im Vorwärtsschwung los, riß die Arme nach unten und klammerte sich an die Brüstung. Sie war heiß, zu heiß. Er hing am Stein; Bauch, Gesicht, Oberschenkel und Zehen berührten die heiße Fläche. Wieder spürte er die innere Berührung, aber trotzdem wußte er später nie, wie er es geschafft hatte, sich hochzuziehen.

Keuchend und wimmernd lag er einen Moment auf dem Boden der Galerie. Auch hier war der Stein heiß. Mühsam richtete Dante sich auf. In seinen Handflächen, an den Armen und am Bauch bildeten sich Brandblasen. Er rannte die Galerie entlang zur Treppe, die Treppe hinauf, immer bemüht, die Füße so kurz wie möglich auf dem Boden zu lassen. Zwei Galerien höher lagen die beiden Seile, mit denen man ihn und die Fürstin hinabgelassen hatte. Er stieg auf die lose liegenden Windungen des einen Seils, atmete auf, als er feststellte, daß die hornigen Fußsohlen, die nie lange den Stein berührt hatten, nicht verbrannt waren.

Dann wickelte er sich das andere Seil um die Taille und ließ es über die Brüstung hinunter. Er ließ es zu hastig durch die Hände gleiten und heulte auf, als es über die Handflächen schleifte.

Ein Gedanke durchfuhr ihn. Er beugte sich über die Brüstung, um ihn Tremughati zuzuschreien, sah aber, daß die Fürstin den gleichen Einfall gehabt hatte. Sie knotete eine Gleitschlinge ins Ende des Seils und schob das Bündel mit Kleidern und Stiefeln hinein. Dann winkte sie und begann zu klettern.

Barakuda betrachtete die Stelle, an der das Seil über die Kante der Brüstung lief. Aber der Stein, zu heiß für die menschliche Haut, beeinträchtigte die Fasern des Seils noch nicht. Dante lehnte den Oberkörper weit zurück. Er bezweifelte, daß er Tremughati hätte hochziehen können.

Sie schaffte es allein. Als sie über die Brüstung kletterte, biß sie sich auf die Unterlippe. Ihre Augen waren hohl, die Wangen eingefallen von der Konzentration der Kraft-»Sendung«. Einen

Moment standen sie aneinandergepreßt auf der Taurolle. Dann nahm sie Dantes Hände in ihre. Der Schmerz der verbrannten Stellen ließ ein wenig nach, aber mehr konnte ohne weitere Mittel, etwa Heilkräuter, selbst Tremughati nicht tun.

Langsam, Hand über Hand, zog sie das Seil hoch. Immer noch auf der engen Taurolle stehend zogen sie Hosen und Stiefel an.

»Wir müssen uns beeilen.« Tremughati ließ ihr Hemd halb offen und nahm die Jacke unter den Arm. »Die berstenden Kugeln haben die Oberfläche der Maschinen beschädigt. Es gibt da dunkle Stellen.«

Undeutlich unter der Decke seiner Schmerzen hörte Dante die dumpfen Detonationen der Gasgranaten, die sofort von den Säulen zum Klang einer Milliarde Baßpauken verstärkt wurden.

»Das Gas kommt nicht bis hier oben«, murmelte er. »Laß uns gehen.«

Sie mußte einen Moment die Besinnung verloren haben. Ihr rechtes Hosenbein war geschwärzt vom Feuer der Treibsätze. Toyami zog sich weiter in die Röhre zurück. Das Gas wirkte schnell, verflog fast ebenso schnell. Wahrscheinlich würde es in Höhe des Röhrentrichters bereits keine Wirkung mehr haben, aber sie wollte sich verkriechen. Verkriechen, um dem furchtbaren, betäubenden, hirnverätzenden Lärm zu entgehen. Sie dachte nicht mehr, sie kroch nur noch, wimmernd, mit geschlossenen Augen.

Plötzlich ließ der Krach nach. Sie hörte noch etwas, aber es war weit fort, gedämpft, nicht mehr schmerzhaft. Langsam begann sie wieder zu denken, und ihr erster Gedanke war, daß die gemarterten Hörorgane nicht länger arbeiteten. Immer noch mit geschlossenen Augen tastete sie nach dem linken Ohr, löste den Klebestreifen, zog den Pfropfen heraus. Nun hörte sie sehr viel mehr, aber es war zu ertragen.

Sie öffnete die Augen, sah sich um. In ihrer blinden Kriecherei war sie mit dem Kopf unter eine Hallsäule geraten. Die Lautübermittler endeten vielleicht einen halben Meter über dem Boden der Röhre, und bisher hatte sie sich immer an ihnen vorbeigedrückt.

Versuchsweise hob sie den Kopf, steckte ihn ganz in die Öffnung der Hohlsäule. Stille. Paradiesische, absolute Stille. Sie seufzte und hörte sich sanft seufzen, mit ein wenig dumpfem Hall.

Sie zog den Kopf zurück, zwinkerte und bewegte sich aus dem Bereich unter der Säule. Sofort brach das Inferno wieder über sie herein. Hastig floh sie zurück in die Stille. Dort saß sie minutenlang staunend und überlegte, fand aber keine Erklärung. Vielleicht mußten die Säulen so beschaffen sein, um nicht beim leisesten Geräusch zu bersten. Vielleicht bestanden sie aus zweierlei Gestein. Das Wort *Halbleiter* kam ihr in den Sinn, half ihr aber nicht. Dunkel erinnerte sie sich, einmal gelesen zu haben, daß im Zentrum eines Wirbels Ruhe herrscht, und daß beim Abfeuern antiker Großgeschütze um die Abschußstelle herum eine Zone der Stille festgestellt worden war. Aber all dies schoß ihr in Fetzen durch den gemarterten Kopf und lieferte keine einleuchtenden Argumente.

Jäh fiel ihr das Funkgerät ein. Sie hatte versuchen wollen, ob so weit oben im Berg, in Nähe der Halle, die Wellen vielleicht wieder nach außen dringen konnten, und sie hatte keine Möglichkeit gesehen, es tatsächlich zu versuchen, ohne sich und einen eventuellen Hörer in Lärm und Chaos zu ertränken. Nun saß sie gewissermaßen auf einer Insel im Inferno. Sie zog das Gerät aus der Tasche, wischte sich den Schweiß aus den Augen, schaltete die übliche Kundschafter-Frequenz ein und räusperte sich. Es war seltsam, die eigene Stimme wieder hören zu können.

»Mayday Mayday Mayday. Ex-Agentin Toyami ruft Cadhras. Position: im Innern des Ba'nzheyadar, etwa auf halber Höhe. Hört jemand?«

Sie hatte nicht mit einer Antwort gerechnet und ließ beinahe das Gerät fallen. Sarela McVities Stimme klang nah, kaum gestört, aber sehr besorgt.

»Toyami, hier Sarela. Ich höre.«

Sie stieß einen kleinen Schrei aus, eine Mischung aus Schluchzen und Jauchzen. »Sarela, wo... wo bist du? Du klingst so nah.«

»Seit zwei Tagen fliegen wir Patrouillen über Banyadir. In Cadhras ist das Schlimmste vorbei. Nur das Allerschlimmste, aber Maqari hat ein paar zusätzliche Gleiter und Leute bekommen. Wo steckt ihr genau?«

»Ich weiß es nicht.« Toyami versuchte, sich an Zahlen zu erinnern. »Ich glaube, wir sind etwa viereinhalb Kilometer über Null.«

»Ja. Da gibt es einen Hohlraum. Ich kann ihn anpeilen. Eine große Höhle?«

»Halle. Etwa ein halber Kubikkilometer.«

»Das muß es sein. Was macht ihr da? Der Berg speit Flammen, elektrische Entladungen, seit einem halben Tag.«

Toyami versuchte, so schnell wie möglich zu erklären.

Sarela lauschte, unterbrach aber nach nicht einmal einer Minute. »Das ist mir alles zu hoch«, sagte sie. »Es wird mich später mal interessieren. Was können wir hier oben tun?«

»Ich weiß es nicht. Vielleicht weiß der Heiler etwas. Oder Tremughati. Ich melde mich.«

»Soll ich nicht dran bleiben?«

»Lieber nicht. Ich muß gleich zurück in die Hölle.«

Als Ilahuan das Schott wieder öffnete, lagen alle auf dem Bauch. Aber nichts geschah. Geduckt näherten sie sich dem Halleneingang.

Etliche AVs und *mûnaks* lagen in der Nähe der ersten großen Steinmaschine, andere weiter weg. Der Lärm der Detonation war verhallt; nur das Dröhnen der Großen Anlage war noch zu hören, aber auch dies war laut genug-

Learoyd und Kikuyo rannten in die Halle, kauerten neben der ersten Maschine. Der Boden war heiß, aber noch erträglich. Schnell und geduckt kamen die übrigen nach. Plötzlich sah Terence die Läufe hinter einem der nächsten Maschinenblöcke.

»Achtung!«

Der Schrei kam zu spät. Noch während Learoyd rief, krachten die Schüsse aus Karabinern. Dann brach die Hölle los. Schallwellen rasten durch die Halle. Learoyd sah zwei Shiljäger und Ilahuan zusammenbrechen. Eine Jägerin hüpfte in die Luft, schlug dann lang zu Boden. Bondak öffnete den Mund, aber sein Schmerzensschrei ertrank in den Echos der Schüsse, die aus tausend Säulen peitschten, mit der Wucht schwerer Stahlkeulen. Bondak krümmte sich am Boden, hielt aber die aneinandergebundenen Schweber fest. Banyashil rannten im Zickzack zwischen Wand und Maschinen entlang und schossen Pfeile auf die hinter den Blöcken Hockenden. Dann ließen sie die Bögen fallen und drangen mit Messern auf die erste Gruppe *mûnaks* und AVs ein.

Kikuyo deutete nach oben. Von einem der Simse lösten sich, erhaben in ihrer Langsamkeit, die ersten geborstenen Säulen und stürzten in die Tiefe. Sie zerschmetterten Galerien, Treppen und tiefere Simse.

Terence schoß mit einer Pistole, auch sie zu laut, aber leiser als die Karabiner, wenn das überhaupt einen Unterschied machte. Eine der Gestalten, die sich zwischen den Blöcken erhoben hatten, brach zusammen. Kikuyo feuerte ebenfalls, an der Ecke der Steinmaschine kniend.

Learoyd robbte zu Bondak, packte ihn unter den Armen und zerrte ihn aus dem Schußfeld. Der *sirján* preßte eine Hand auf den Bauch, mit der anderen hielt er das Stahltau, an dem die Schweber hingen. T'unga, der flach auf dem Boden liegend mit der Pistole Dauerfeuer gegeben hatte, wälzte sich zur Seite, blieb neben Ilahuan liegen, kroch dann zu Learoyd. Er schüttelte den Kopf.

Terence kippte die Ladungen von den Schwebern und deutete nach oben. T'unga begriff sofort, hockte sich auf eine der Plattformen, nahm eine zweite, hakte die dritte los, desaktivierte sie und schwebte zum Ende der Röhre, in der Toyami lag. Sie sah ihn, winkte und schloß einen Moment lang die Augen. T'unga fand es seltsam, daß sie mit dem Kopf unter einer der Hallsäulen lag.

Sie landeten neben Learoyd und Bondak. Terence und Toyami wechselten einen Blick. Der lange Terraner beugte sich wieder über Bondak und drückte ihm ein Injektionspflaster in den Nacken; der *sirján* entspannte sich. Toyami gestikulierte; T'unga sprang von seinem Schweber, den Toyami sofort packte, und reichte ihr den dritten Schweber so, daß sie ihn festhalten konnte. Irgendwie schaffte sie es, die beiden leeren Plattformen mit einer Hand zu kontrollieren, während sie mit der anderen die Steuerung ihres Geräts manipulierte. Je höher sie stieg, desto heißer wurde die Luft. Um nicht von berstenden Hallsäulen getroffen zu werden, hielt sie sich von den Wänden fort, geriet dadurch aber bald in Sicht der verschanzten AVs und *mûnaks*. Sie schossen, aber die Entfernung war sehr groß.

Die Geräuschkulisse wurde so gräßlich, daß es ebenso gut ein Albtraum von Stummfilm hätte sein können. Einzelne Töne waren nicht mehr auszumachen. Sie sah einen Teil der Auseinandersetzungen bei den Maschinen, wo sich die Banyashil zurückziehen mußten; Learoyd, Kikuyo und T'unga gaben ihnen, wie es aussah, Feuerschutz. AVs und *mûnaks* näherten sich, von Maschinenblock zu Maschinenblock rennend, wieder dem Eingang. Der große Zeiger an der Wand zeigte etwa drei Viertel. Säulen splitterten, stürzten, rissen Treppen und Geländer in die Tiefe. Einige der glühenden Maschinen wiesen dunkle Stellen an der Oberfläche auf. Aus einem der Flecken stieg grell beleuchteter Rauch, dann leckte eine gewaltige Blitzzunge aufwärts, wurde von der hängenden Leuchtscheibe verstärkt, reflektiert, wie in einem Prisma aufgespalten. Die Wände der Halle glühten, in ihnen wanderten Schlieren und Kreisel wie gestikulierende Geister.

Auf der untersten Galerie der Kuppel, 500 Meter über dem Hallenboden, entdeckte Toyami die Fürstin und Barakuda. Dante wankte, schien sich kaum noch auf den Beinen halten zu können; als Toyami die Brüstung der Galerie berührte, begriff sie, warum seine Hände verfärbt waren. Im oberen Teil war es doppelt so heiß wie unten. Mit Zeichen erklärte Toyami der Fürstin die Handhabung der Kontrollen. Barakuda setzte sich rittlings auf seinen Schweber; er konnte sich nicht mehr mit den Händen anklammern.

Sie sanken in die Tiefe. Wieder zuckte eine Blitzzunge aus einem der Blöcke; Reflexion und Aufspaltung füllten die Halle mit unbeschreiblichen und unerträglichen Lichterscheinungen. Tremughati hielt plötzlich, ließ den Schweber steigen. Dante bedeutete Toyami, ihr zu folgen. Während er den Schweber stürzen ließ, um möglichst schnell außer Schußweite der Gegner zu kommen, steuerten die beiden Frauen die leuchtende Scheibe an und holten vom nicht ganz abgetragenen Kristallhaufen so viel, wie sie eben noch auf den Schwebern halten konnten.

Barakuda landete neben dem umkämpften Eingang, dort, wo gedeckt durch die Kante der nächsten Maschine Bondak lag. Das Pflaster hatte gewirkt; der alte *sirján* schien kaum Schmerzen zu verspüren. Es war ruhiger geworden; die Gruppen belauerten einander, statt zu schießen. Offenbar waren die restlichen *mûnaks* und AVs zunächst zufrieden, ihre Gegner aus dem Bereich zurückgetrieben zu haben, in dem sich die Große Maschine und vermutlich auch die Schalter befanden.

Learoyd, T'unga und Kikuyo sicherten die Ecke, schoben neue Magazine in ihre Pistolen, warteten. Die überlebenden Banyashil kauerten dicht neben ihnen; sie hatten Pfeile auf die Sehnen gesetzt. In dem wirren Haufen von Ausrüstung und Waffen, die von den Schwebern gekippt worden waren, suchte Barakuda nach der Apotheke. Sie stand, für ihn nicht sichtbar, jenseits von Bondak. Ein Banyashil, der aus einer Streifschußwunde an der Brust blutete, schaute ihm einen Moment zu, legte den Bogen beiseite und brachte ihm den flachen Kasten. Barakuda zeigte seine Hände; der Shil nickte und öffnete. Mit dem Finger wies Dante auf eine Spraydose, die ein Wundplasma mit Sedativen enthielt. Der Shil sprühte ihm die Handflächen voll, richtete dann den Strahl auf seine eigene Wunde.

Dante beugte sich über Bondak. Lugos Hemd war vorn und hinten durchlöchert. Es sah nach einem glatten Durchschuß oberhalb der Leber aus. Barakuda zögerte. Zweifellos befanden sich Stoffteile in der Wunde; die Lunge mochte verletzt sein, wenn Bondak auch normal zu atmen schien; vielleicht war auch die Leber betroffen. Aber wenn sie ihn überhaupt heil herausbekommen sollten – wenn überhaupt einer von ihnen jemals die Halle und den Berg verlassen würde – wenn wenn wenn... In jedem Fall galt es, weiteren Blutverlust zu verhindern. Der Shil half ihm, den *sirján* auf die Seite zu drehen. Der Boden war längst nicht so heiß wie oben in der Kuppel. Barakuda legte vorsichtig die Wunde offen, sprühte Plasma darüber, wiederholte den Vorgang auf dem Rücken.

Mehrere Detonationen hintereinander, unmittelbar gefolgt von Schallkeulen, rissen ihn hoch. Toyami und Tremughati waren im Sturzflug heruntergekommen und warfen aus geringer Höhe Leuchtkristalle zwischen die kauernden AVs und *mûnaks*. Barakuda nahm eine der Leuchtpistolen aus dem Haufen, lud, die schnell versiegelnde Plasmaschicht in seinen Händen ging in Fetzen. Er wußte, daß er vor Schmerzen brüllte, aber weder er noch sonst jemand konnte es hören. Er feuerte den langen Gang zwischen Maschinen und Wand hinunter. Die Leuchtmunition detonierte irgendwo, blendete vielleicht die Gegner für Sekunden. Eine normale Pistole. Ein Magazin. Der Schweber. Er lag mit dem halbverbrannten Oberkörper auf der Platte, die Beine schleiften. Der Schweber beschleunigte, blieb knapp über dem Boden, raste durch den Gang. Dante gab Dauerfeuer. Aus den Augenwinkeln sah er Toyami mit ihrem Schweber trudeln, kippen, stürzen. In das Durcheinander aus AVs, *mûnaks,* berstenden Leuchtkristallen, Karabinerschüssen, leuchtenden Wänden und glühenden Maschinen stürmten die Banyashil, Kikuyo, Learoyd, T'unga. Barakuda bremste ab, ließ den Schweber wenden, warf die leergefeuerte Pistole fort, flog zurück, bremste wieder, schaltete den Schweber aus und sprang. Tremughati landete eben neben der größten Steinmaschine. Ruhig, als ginge sie alles gar nichts an, näherte sie sich einem wulstförmigen Vorsprung und berührte einige Stellen.

Das dumpfe Grollen endete. Es wurde auch nicht mehr geschossen. Plötzlich waren wieder Stimmen zu hören, Gellen, Keuchen, und über allem ein unheimliches Knirschen, unterbrochen von zischenden Energiezungen, die aus nicht mehr intakten Maschinenblöcken zuckten. Ein Stück weiter lag Toyami, richtete sich langsam auf, benommen vom Sturz, aber unverletzt. AVs und *mûnaks,* links an der Wand ein toter Jäger der Banyashil; daneben kniete Kara Kikuyo. Sie hielt sich den blutüberströmten Kopf. Der Rest war Handgemenge. Dante bückte sich, entriß einem toten *mûnak* das Messer. Er hörte T'unga schreien und sah ihn fallen, zwischen einem *mûnak* und einem AV: Shevshan. Banyashil und *mûnaks* verbissen sich ineinander. Dante wollte zu Tremughati und stolperte über etwas. Es war der Großauditor, mit einem Pfeil im Hals. Ein anderer *mûnak* näherte sich der Fürstin. Dante richtete sich mühsam auf und erkannte den *supremo.* Der Mann hielt ein langes Messer, fast eine Machete, in beiden Händen und holte aus. Tremughati schien es zu spüren, tauchte unter dem von rückwärts kommenden Schlag weg, rollte wie eine Raubkatze zur Seite, stand wieder und duckte sich, um dem nächsten Hieb zu entgehen. Learoyd hatte seinen Gegner niedergekämpft, richtete sich auf und schleuderte ansatzlos sein Messer. Es bohrte sich in die Brust des Obersten vom Kloster Namenloser-Allgott. Barakuda erhielt einen furchtbaren Schlag gegen den Nacken, taumelte und fiel. Als er sich wieder aufrichtete, entriß Shevshan eben dem toten *mûnak* die Machete, wirbelte herum und stürzte sich auf Tremughati. Learoyd wollte ihr zu Hilfe eilen, glitt aber mit einem Wutschrei in einer Blutlache aus. Shevshan war ein glänzender Fechter; die Waffe flirrte in seinen Händen. Tremughati wich aus, duckte sich, tauchte, sprang, fiel, rollte beiseite, kauerte, sprang wieder. Sie blutete aus mehreren leichten Schnittwunden, und es war eine Frage von Sekunden, bis sie fallen würde.

Barakuda kam torkelnd auf die Beine. Entsetzt sah er, daß einige der vom Gas betäubten *mûnaks* und AVs sich zu bewegen begannen. Mit drei Sätzen war er neben Shevshan und der Fürstin. Er sprang den AV von der Seite an, mit ausgestreckten Beinen. Shevshan wurde gegen die glühende Maschine geschleudert, schrie, richtete sich sofort wieder auf und schnellte über den Boden, dorthin, wo die Machete lag. Dante war schneller. Mit der Ferse traf er Shevshans Kinn, bückte sich, riß die Waffe hoch. Der kalte Griff wühlte in seinen wunden Händen. Er kniete auf Shevshans Brust, blickte in die Augen des Mannes, der direkt oder indirekt hunderttausendfachen Tod über Shilgat gebracht hatte. Er dachte an Vlad Oubou, Karuka Katz, Narciso Ping, Gavril Tatuschin, an zahl- und namenlose Taggashil, an Sten Timoara, fragte sich, wo Shulamit as-Sabah sein mochte. Und er dachte an Gortahork. Die Spitze der Klinge ruhte auf Shevshans Hals. Ungläubig sah Dante, wie der AV zu grinsen begann.

»Wir fahren zusammen zur Hölle«, sagte er. »Sie und ich. Und alle anderen. Sie hat abgeschaltet, aber der Berg wird hochgehen. Sie können die Energie nirgends ablassen.«

Dante fühlte, wie Tremughati neben ihn trat. »Sie kommen zu sich«, sagte sie.

»Stoßen Sie ruhig zu, Barakuda.« Shevshan bewegte sich nicht. »Aber dazu sind Sie zu human.«

Dante biß die Zähne zusammen; die Brandwunden jagten Schmerzwellen durch seinen Körper und ließen einen Moment lang alles vor seinen Augen verschwimmen. In diesem kurzen langen Moment dachte er an das Boot bei Golgit, an René Nardini, Marsila Bodrelur, Saravyi und vor allem an Begheli. Er zwinkerte.

»Sie irren sich«, sagte er heiser.

Tremughatis Hand kam von der Seite und drückte auf seine beiden Hände, von oben, über dem Knauf.

Sie ließen den größten Teil der Ausrüstung zurück, flohen den Gang entlang, den Bondaks und Ilahuans Leute gekommen waren, mit den Verwundeten und den Schwebern. Hinter ihnen taumelten die ersten Betäubten zwischen Maschinen und Wand. Tremughati ließ das Schott zufahren; dann erschütterte eine kleinere Explosion den Boden.

»Die Maschine kriegen sie nicht mehr in Gang«, knurrte Learoyd. Er ließ den Zünder fallen, der ein Klümpchen Sprenggelatine hatte hochgehen lassen, und stützte Toyami und Kara. Vier Jägerinnen der Banyashil, drei Jäger, Bondak auf zwei verbundenen Schwebern, Learoyd, Toyami, Kikuyo, Barakuda und Tremughati; die Toten mußten sie zurücklassen.

In der kleinen Halle wandte sich Tremughati nach rechts, ging auf eine für keinen anderen irgendwie auffällige Stelle der Seitenwand zu und berührte unkenntliche Punkte. Die Wand öffnete sich; eine Kammer, ähnlich der Aufzugskammer, durch die sie mit den *mûnaks* hergekommen waren, lag vor ihnen. Sie schleppten sich hinein; die Fürstin berührte wieder einige Stellen.

Sekunden später, nach einer scharfen Aufwärtsbeschleunigung, bremste die Kammer ab. Eine Wand fuhr zurück; sie traten in einen langen Gang, an dessen Ende ein Schott zu sehen war. Die Wände glühten, schienen zu wabern. Der Boden zitterte.

Tremughati streckte die Hand aus, und Toyami reichte ihr das Funkgerät, eingeschaltet.

Sarela McVitie meldete sich sofort. »Der Berg steht in Flammen«, sagte sie erregt. »Wo immer ihr herauskommt, ich kann nirgends landen.«

Barakuda winkte, so gut er konnte. Tremughati hielt ihm das Gerät an den Mund.

»Sarela, hier Dante. Steig in sieben bis acht Kilometer Höhe. Hast du Bomben?«

»Kleine.«

»Wie klein?«

»Typ S wie Saravyi.«

Es handelte sich um kleine »saubere« Nuklearwaffen für taktische Einsätze; auf Shilgat waren sie niemals gelagert gewesen. Dante verschob Fragen auf später.

»Okay. Dann steig lieber ganz hoch, wirf drei auf den Gipfel. Mit Glück, mit sehr viel Glück öffnet das der gespeicherten Energie einen Abfluß, vorübergehend, und wir können doch raus. Aber mach lieber gleich einen Sturzflug. Und dann such uns.«

Tremughati führte sie in die eisige Nacht hinaus. Die dünne Luft und die Kälte ließen alle nach den Strapazen, dem Entsetzen und den Verletzungen fast zusammenbrechen. Weit über ihnen, hinter Vorsprüngen und Nebengipfeln verborgen und nur als Widerschein zu sehen, flammte der Berg, aber auf dem Plateau, das sie betraten, hatten die Entladungen aufgehört.

Die Gleiter kamen sehr schnell. Es waren drei. Innerhalb weniger Minuten waren alle an Bord.

Sie stiegen höher und höher. Wenn sie nicht gewußt hätten, was dort geschah, wäre es ein faszinierendes Schauspiel gewesen. Aus einer Öffnung nahe dem Gipfel schlugen ungeheure Blitze in die Nacht hinauf, schienen an den Sternen lecken zu wollen. Langsam, aber zunächst kaum sichtbar begannen die Entladungen auch an anderen Stellen wieder. In theoretischen Berechnungen stellten später Wissenschaftler fest, daß eine tatsächliche Überladung des unbegreiflichen Bergs und der Anlage hätte ausreichen können, den Planeten zu zerstören oder zumindest für alle Zeiten unbewohnbar zu machen. Aber es war nicht zu einer Überladung gekommen; die durch Leuchtkristall-Explosionen beschädigten Maschinen wurden zu Schwachstellen, die lange Zeit Energie abgaben, ehe sie endgültig instabil wurden. Was dann geschah, als die noch nicht abgeflossene Energie sich schlagartig entlud, war unheimlich und furchtbar genug, aber es betraf vor allem das Bergland von Banyadir und erschütterte Shilgat nur durch Beben, Flutwellen und Orkane.

Plötzlich begann der ganze riesige Berg mit dem umgebenden Massiv zu glühen, immer greller, erhellte die Nacht über Teilen der Nordhalbkugel. Dann – nichts. Keine Detonation, keine Flammen, einfach nichts. Der Ba'nzheyadar verschwand, löste sich auf, hinterließ einen Krater, in dem später ein See entstand. 2000 Quadratkilometer groß, 500 Meter tief, in 2500 Meter Höhe.

XIII.

Nach dem Exodus war Cadhras zur Ruhe gekommen. Zu einer größeren Ruhe als vor dem Chaos allerdings. Immerhin, auch mit dem neuen Status und verringerter Bevölkerung ließen sich Geschäfte machen. Maqari und McVitie hatten Barakuda gebeten, einige der nötigen Schulungen zu leiten – neues Personal mußte mit den Eigenarten des Planeten bekanntgemacht werden, und viele Leute, die bisher in den Ortschaften des aufgelösten Territoriums gearbeitet hatten, sollten andere Posten übernehmen. Tremughati befaßte sich – »zum letzten Mal« – mit der Neuordnung des Nordens; wenn all diese Dinge erledigt waren, würden sie sich an der Südgrenze von Banyadir treffen, in wenigen Zehntagen.

An einem der verregneten Abende wurde Barakuda von einem Boten im *Meeresleuchten* aufgestöbert. Eine Karawane aus dem Süden sei im Serai angekommen, mit einem für Barakuda bestimmten Warenballen. Ein wenig irritiert beendete Dante sein Mahl und wanderte durch die nasse, stille, dunkle Stadt flußaufwärts.

Eine junge Händlerin führte ihn zu einem Verschlag im letzten Innenhof des Serai. »Diese Kiste hier.« Sie trat mit der Fußspitze gegen das schwarze Holz, das mit Eisenbeschlägen gesichert war. »Wir haben sie in Kelgarla übernommen, aber ich weiß nicht, woher sie ursprünglich kommt. Hier ist der Schlüssel.«

Barakuda nahm den unförmigen Gegenstand, steckte ihn ins Schloß und drehte. »Was schulde ich dir, Schwester?« sagte er über die Schulter.

Die Shil grinste. »Die Beförderung wurde bezahlt. Du kannst mich aber zu einem Importschnaps einladen.«

Dante nickte; dann seufzte er. Die Kiste enthielt einen Ballen, oder mehrere Gegenstände, die wie ein Ballen aussahen, zusammengebunden und mit einem Tuch umwickelt. Ein Zettel war daran befestigt. *Ich weiß, daß du derlei suchst, deshalb versuchte ich, derlei zu finden. Erinnere T'unga an die Verabredung. – Kisijian.*

Aber T'unga existierte nicht mehr. Nicht einmal seine Leiche. Aufgelöst zu einem Teil des Nichts oder des Großen Chaos geworden wie alles, was im Berg geblieben war. Die Stadtsklavin von Golgit würde es inzwischen wissen, aber die Kiste war lange vor Beginn des Dramas in Banyadir abgeschickt worden.

Er löste den Knoten und schlug das Tuch zurück. Die Shil beugte sich vor und pfiff leise durch die Zähne. »Wozu soll das gut sein?«

Dante berührte die Objekte: vielkantige Stifte, rostige Schlüssel, mit Stahlzähnen besetzte Stangen. »In Vagaván«, sagte er halblaut »gibt es ein Haus, in dem alles auf der Zahl Dreiundzwanzig beruht. Dort gibt es auch einen dreiundzwanzigeckigen Keller mit einer dreiundzwanzigeckigen Tür mit dreiundzwanzig Schlössern. Die Residenten des Gouvernements haben in diesem Haus gewohnt; in Zukunft werden die Gesandten des Kommissars dort leben. Seit Jahrhunderten haben alle Residenten die Schlüssel zu dieser Tür gesucht. Kisijian hat offenbar alle Schrottplätze des Südens geplündert.«

Es war nicht schwer, einen Grund für eine Ausnahmegenehmigung zu finden. Die bisherige Residentin hatte sich dem Exodus nicht sofort angeschlossen; sie wartete noch immer in Vagaván auf ihre Ablösung. Sarela McVitie, die den neuen Gesandten – einen umgeschulten Offizier der aufgelösten Gendarmerie des aufgelösten Territoriums – nach Vagaván bringen wollte, beantragte die Genehmigung, Barakuda als diplomatischen Berater mitnehmen zu können; dabei fluchte sie über die neuerdings, zumindest bis auf weiteres nötigen, da von Atenoa verhängten, Vorschriften. »Früher hätten wir das einfach so gemacht. Jetzt machen wir es auch einfach so, müssen aber Papier vollschmieren. Idiotisch.«

Weiter mit von der Partie war ein Feinmechaniker im Rang eines Sergeanten, für den kein Papier vollgeschmiert werden mußte, da er offiziell als Pilot mitkam. In Vagaván holten sie die Erlaubnis der Blutgräfin Zilguri ein, notfalls ein wenig Gewalt zur Lösung des alten Rätsels anwenden zu können. Zilguri wirkte gesund und gut durchblutet; seit dem Untergang von Gashiri und den folgenden Verhandlungen mit dem Commonwealth hatte sie keine Initiativen mehr entwickeln müssen und war folglich nicht mehr wegen exzessiven Regierens zur Ader gelassen worden.

»Die Erlaubnis will ich gern geben, aber... « Sie musterte zunächst McVitie, dann die bisherige Residentin, den neuen Gesandten, schließlich den Mechaniker. Barakuda war der einzige, der das flüchtige Grinsen sah. »Es ist so, daß ein Rätsel weit interessanter ist als die Lösung. Und oft enthält die Lösung eine neue Frage, die weit hermetischer und unlösbarer ist als die erste. Aber wenn ihr wollt... «

Zilguri begleitete sie in die Residenz, die vor so vielen Jahrhunderten der Steinherr Yanuba errichtet hatte, ein begabter Baumeister, in dessen Werken immer eine Primzahl verwirklicht war.

Die scheidende Residentin hatte im Kellerraum 23 Kerzen entzünden lassen und mehrere Flaschen eines 23 Jahre alten Weins von der Erde bereitgestellt. Die große Amtshandlung wollte zelebriert sein.

Nach und nach, immer abwechselnd, steckten sie die bizarren Stifte und Schlüssel in die Schlösser der mysteriösen Tür. Es war mit Probieren verbunden, da jeder Schlüssel nur in jeweils ein Schloß paßte. Zu Barakudas maßloser Verblüffung enthielt die von Kisijian zusammengestellte Lieferung tatsächlich einige passende Stifte. Als sie schließlich alles zum Teil mehrfach versucht hatten, blieb nur das letzte Schloß, die Nr. 23, ohne Schlüssel.

»Ich frage mich, wie die Dinger so weit in den Süden gekommen sind.« Barakuda hob sein Glas und sah durch die rote Flüssigkeit dem Feinmechaniker zu, der seit einer halben Stunde mit allen Tricks versuchte, das letzte Schloß zu öffnen. Alle anderen Schlüssel waren gedreht worden, aber die Tür blieb versperrt.

»Yanuba ist weit gewandert«, sagte Zilguri. »Wollt ihr nicht endlich sprengen?«

Der Mechaniker knurrte etwas; dann nickte er. McVitie half ihm, eine mikroskopische Gelatineladung abzuwiegen und zu zünden. Mehr als ein leises Puff war nicht zu hören. Sie ließen der Blutgräfin den Vortritt.

Zilguri zupfte am 23eckigen Türgriff, zupfte noch einmal, zerrte. Mit einem Knirschen und Ächzen bewegte sich die Steinplatte. Zilguri blickte in die dunkle Öffnung, nickte, klickte mit der Zunge und wandte sich ab.

Die Residentin trat vor; sie hielt den Atem an. Dann keuchte sie leicht. »Aber... «, murmelte sie, »wie hat er dann die Tür abgeschlossen?«

Hinter der Platte befand sich eine Vertiefung in der Größe eines Schuhkartons, ansonsten nur Wand. In der Vertiefung lag ein Schlüssel, mit einem Lederplättchen, in das mit alten Shil-Ziffern die Zahl 23 geritzt war.

»Bläser« und »Wandler« aus den Bergen von Sa'orq schufen das Monument. Viele Zehntage lang formten sie die Berge vor der ehemaligen Südgrenze von Banyadir um. Manchmal kamen Gruppen verwirrter Überlebender durch den nahen Paß; die *mûnaks* bestaunten das Werk, das jeden Tag mehr Gestalt annahm, und zogen dann weiter, geleitet von Banyashil-Jägern und Heilern. Das große Beben hatte die Klöster, Felder, Bewässerungssysteme vernichtet – und auch die Überzeugung, daß ihre Weltsicht die einzige Wahrheit sei. In den nächsten Monaten sollten viele von ihnen auf einen unbewohnten Planeten an der Peripherie des Commonwealth gebracht werden; die übrigen wurden unter Aufsicht der Häupter und Heiler auf Shilgat verteilt, in kleinen Gruppen.

Schließlich war das Monument vollendet. An der Südwestseite eines hohen, halbkugelförmigen Bergs aus milchigem Wandelstein standen drei stilisierte, in der Abstraktion noch kenntliche Bären. Unter ihnen, auf drei mächtigen Tafeln, wurden Namen und Daten verewigt: Pasdan, Gashiri, Banyadir; Lebende und Tote, soweit Namen und Daten bekannt waren; alles auf Banyashilgu und Galaktein, in beiden Schriften, mit Jahresangaben in Commonwealth-Zeit und nach dem Kalender von Sa'orq.

Älteste und Obleute der Shil-Völker, die ehemalige Königin Varanira von Kelgarla, der neue Stadtsklave von Golgit, Ubbabul aus Arameq, die Blutgräfin von Vagaván, zahllose Heiler und Häupter, ehemalige Wehrhafte Jungfrauen von Pasdan, der Sprecher der Neuen Kommunarden von Gashiri, Kommissar Maqari und viele Cadhrassi kamen zur Zeremonie, die keine war. Es war einfach der Tag der Fertigstellung. Zuletzt erschien, von Gaia angereist, Lydia Hsiang. Sie schlug vor, den Gortahork, aber auch allen anderen Beteiligten gewidmeten Berg SARAVYI zu nennen.

An einem warmen Herbstmorgen setzten sie Segel; die *Fimfinel-*

la glitt aus dem Hafen von Tashila, ließ die Fischerboote und die Luxusclipper der Touristen zurück. Learoyd war auf den Namen gekommen. »Irgendwie hat doch alles mit Messern und Spitzenhöschen angefangen, und Terence ist kein guter Schiffsname. – Ist das wirklich schon sechs Jahre her?«

Sie waren von weither gekommen. Der Funkspruch hatte Tremughati und Dante aus der Steppe gelockt; langsam waren sie nach Arameq geritten, von dort mit einem Händler nach Huasiringa gefahren. Terence Learoyd und Toyami kamen aus Pasdan; zuletzt waren sie durch die Pasdantiri-Berge gewandert, wo Terence einen ganz bestimmten nebligen Sonnenaufgang noch einmal hatte erleben wollen. Pa'aira und Yasuhiro Kakoiannis waren der Anlaß für das Treffen im *Grand Hotel*; sie kamen von einem langen, versöhnlichen Aufenthalt auf dem Familienhorst der de Grijalva y Salgado, NeuGranada, zurück, aber Porfirio Ataúlfo Ramón de Grijalva y Salgado wollte weiterhin Yasuhiro Kakoiannis bleiben. Kommissar Maqari hatte sie von Cadhras nach Tashila gebracht; im Gleiter saßen neben der Kommandantin der Miliz von Cadhras, Sarela McVitie, dem längst genesenen *sirján* Lugo Bondak und seiner Lebensgefährtin Subhat als – in dieser Kombination überraschende – Dreingabe Kara Kikuyo und Firpo Cabral.

Es folgten drei Tage mit Wiedersehen, Gesprächen, bestem Essen, gutem Wein und Pläneschmieden. Am zweiten Abend hielt Tremughati ihr leeres Glas hoch.

»Dieser terranische Wein ist unvergleichlich. Da ihr nun schon alle überlegt, was ihr mit eurem Geld und eurer Zeit anfangen könnt – warum pflanzt ihr nicht Wein auf Shilgat?«

»Eine der vielen Möglichkeiten.« Barakuda goß nach, behutsam, wie es sich gehörte. »Man könnte auch Diamanten suchen, auf den Pangotik-Inseln, auf denen die Mütter von Pasdan sie gefunden haben.«

»Pangotik-Inseln«, murmelte Subhat. Sie lächelte plötzlich, und die Falten im Gesicht der alten Shil schienen zu verschwinden. »Die Väter meiner Töchter waren Seefahrer und Fischer, meine Töchter sind es, und ich bin immer an Land geblieben. Vielleicht... « Sie warf Bondak einen schrägen Blick zu.

»Warum eigentlich nicht?« Der ehemalige *sirján* nickte. »Wir haben alle genug Geld, um eine Weile nichts zu tun.«

Dante blickte in die Augen der Fürstin. »Die Steppe«, sagte er, »und das alte Apartment neben dem *Meeresleuchten.* Mutter der Banyashil, Herrin meines Herzens – wie gefiele dir ein Schiff als dritte Heimstatt, für eine Weile?«

Der kleine schnelle Segler war einmal ein Aufklärer des Matriarchats gewesen, lag nutzlos im Hafen von Tashila und kostete 10 000 Foldar. Da Geld keine Rolle spielte, bauten die Schiffswerker der Zünfte in Rekordzeit die Quartiere der Besatzung zu Luxuskabinen um. Alle nötigen Dinge wurden an Bord gebracht. Maqari und Sarela waren neidisch nach Cadhras zurückgeflogen. Bei der letzten Besprechung vor dem Auslaufen annektierte Subhat die Kombüse.

»Ich muß was tun. Und ohne gute Köchin gebt ihr die Reise doch nach zwei Tagen auf.«

Am Abend des ersten Reisetages erreichten sie die Südspitze von Huasiringa und gingen auf Westkurs, Richtung Pasdan und Pangotik. Der frische Nordostwind trieb sie rasch voran.

»Er weht vom Berg Saravyi«, sagte Tremughati. Sie lag auf dem breiten Bett in der Kajüte.

Durch das kleine Fenster hörte man Kakoiannis Spottlieder singen, unterbrochen von hellem Lachen und Kommentaren Pa'airas. Die beiden hatten die erste Ruderwache übernommen.

»Vom Berg Saravyi?« Dante lächelte in die Nacht hinaus. »Ein gutes Omen.« Er schloß das Fenster.

»Das stimmt«, sagte die ehemalige Fürstin des Nordens. »Aber warum schließt du das Fenster? Es sind feine Lieder, allesamt ausgezeichnet boshaft.«

»Sie würden uns nur ablenken«, sagte Dante.

Tremughati hob die linke Braue. »Die Fürstin ist immer konzentriert.«

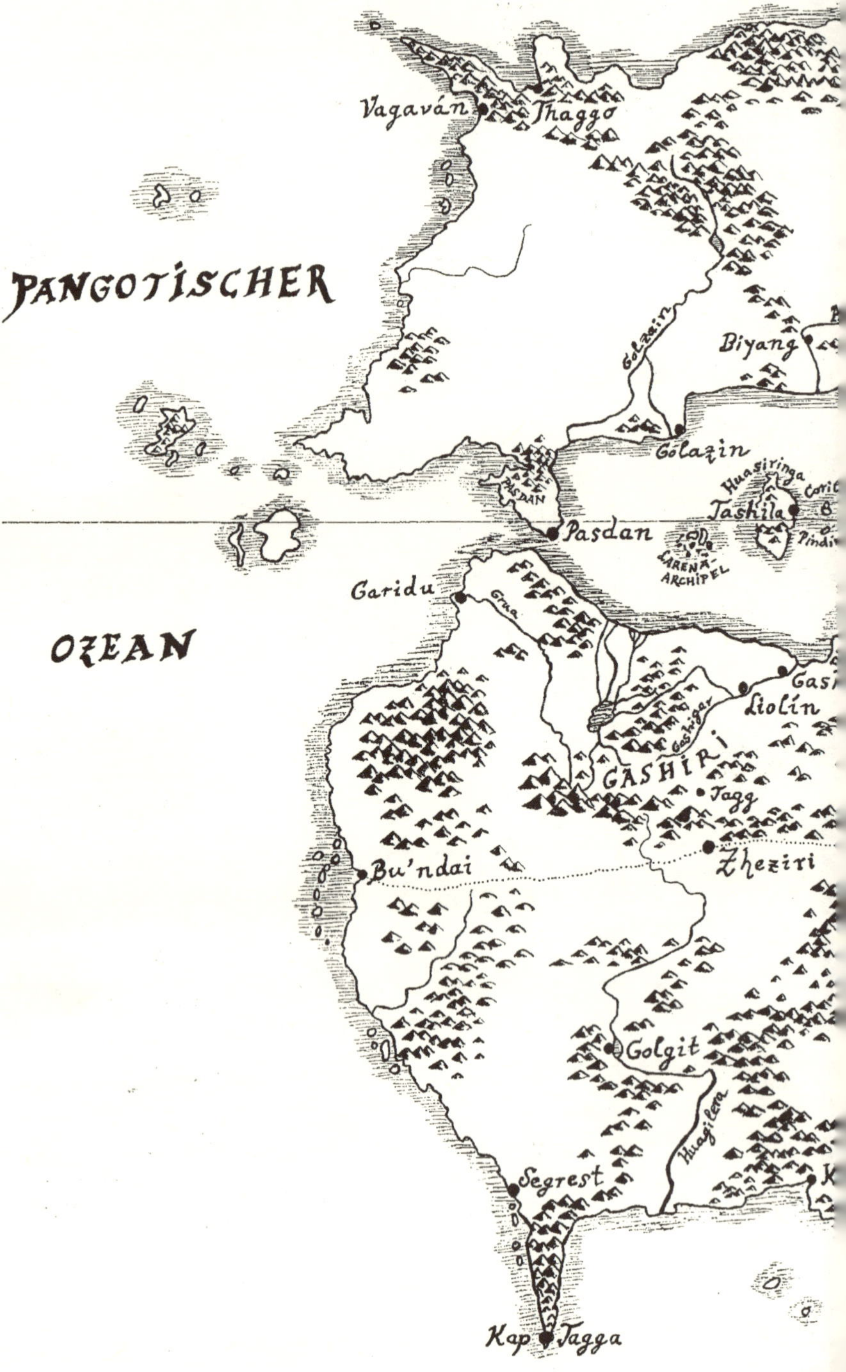
PANGOTISCHER
OZEAN
Vagaván
Thaggo
Gólazin
Biyang
Gólazin
Huasiringa
Tashila
PASDAN
Pasdan
LARENA-ARCHIPEL
Garidu
Liolín
GASHIRI
Jagg
Zheziri
Bu'ndai
Golgit
Huagilera
Segrest
Kap Jagga